Als der Schriftsteller B. sich wegen eines Tumors am Gehirn operieren lassen muss, fürchtet er seine Erinnerung für immer zu verlieren. Doch dann wird der Narkosetraum für ihn zu einem langen Gang durch die verschlungenen Pfade seines Lebens: Von den Bombennächten des Zweiten Weltkriegs über die Wirtschaftswunderjahre und die rebellischen 60er Jahre bis in die Gegenwart. Von der sensiblen Mutter, die ihre künstlerischen Ambitionen nie wirklich ausleben durfte, und von dem bewunderten, meist unnahbaren Vater. Von der Insel im Meer, auf der er aufwuchs und wo er sich doch stets als Außenseiter empfand …

Henning Boëtius, geboren 1939, wuchs auf Föhr und in Rendsburg auf und lebt heute in Berlin. Er studierte Germanistik und Philosophie und promovierte 1967 mit einer Arbeit über Hans Henny Jahnn. Boëtius ist Verfasser eines vielschichtigen Werkes, das Romane, Essays, Lyrik und Sachbücher umfasst. Sein Roman »Phönix aus Asche« wurde in zahlreiche Sprachen übersetzt. Bekannt wurde er außerdem durch seine Kriminalromane um den eigenwilligen niederländischen Kommissar Piet Hieronymus.

Henning Boëtius

Der Insulaner

Roman

btb

Inhalt

Am diesseitigen Ufer

* * *

Er baute aus den Waben der Erinnerung und dem
Bienenschwarm seiner Gedanken sein Haus.

Walter Benjamin über Marcel Proust

Er hatte sich bewegt. Jetzt, nachdem er aufgewacht war, kam es ihm jedenfalls so vor. Bevor er eingeschlafen war, hatte der Mantel anders ausgesehen. Um eine winzige Nuance musste er seine Position verändert, sich ein wenig von ihm weggedreht haben. Vielleicht hatte ihn der Anblick eines Schlafenden gestört, diese Schutzlosigkeit eines Menschen, dessen Sinne vorübergehend blockiert sind, wie bei jemandem, der die Alarmanlage seiner Wohnung ausgeschaltet hat, weil er nach Hause zurückgekommen ist. Und es stimmte, er war zu Hause, in sich, wenn auch ohne es zu wissen. Irgendwo in sich steckte er, bei herabgelassenen Läden, verriegelter Tür. Der andere aber war nicht da, nicht mehr, um genau zu sein. Vor Jahren schon war er ausgezogen, auf Nimmerwiedersehen verschwunden. Nur sein Bademantel war noch da. Ein schönes Stück aus flauschigem Frottee, mit blauen, roten und grünen Streifen. Ein Geschenk des Sohnes, als der Vater wegen einer Operation ins Krankenhaus musste. Der Sohn hatte den Mantel geerbt und mitgenommen, als auch er ins Krankenhaus musste. Jetzt hing er an der Tür zum Badezimmer. B. hatte ihn noch nicht benutzt. Etwas hielt ihn davon ab. Eine diffuse Angst, es könnte etwas Ungeheuerliches geschehen, wenn er ihn tragen würde, während er im Flur auf und ab lief.

Als B. später das Krankenzimmer verließ, kam es ihm vor, als sei es der Mantel, der mit schlenkernden Ärmeln und fließenden Bewegungen ausschritt, und er, der in ihm steckte, sei gezwungen, ihm zu folgen, an den Schwestern vorbei, diesen Tempelpriesterinnen des Lebens, die ihre Körper hinter ihren weißen Kitteln wie einen Teil eines Mysteriums verbargen. Irgendwann hatte er das Gefühl gehabt, durch sich selbst zu laufen, durch einen dieser vielen Gänge in seinem Inneren, durch Adern, Lymphgefäße, Nervenbahnen.

Schließlich erreichte B. eine Tür mit einem Schild, auf dem Sprechzimmer stand. Es wäre ihm lieber gewesen, es hätte Schweigezimmer geheißen. Er zögerte. Sein angewinkelter Finger schwebte einen langen Augenblick über dem Türblatt. Dann klopfte er und trat ein.

Sein Blick fiel auf den von Papieren bedeckten Schreibtisch, dann auf den salopp gekleideten Mann in Jeans und kariertem Hemd und schließlich auf eine lange, von innen beleuchtete Mattscheibe, an der mehrere große Aufnahmen hingen. Sie sahen aus wie die Arbeiten eines Grafikers, der immer das gleiche Motiv variiert. Der Mann am Schreibtisch wirkte übertrieben gesund mit seinem braungebrannten, jungenhaften Gesicht, den dichten, kurzgeschnittenen Haaren, den markanten Händen mit dem goldenen Siegelring. B. wusste, dass der Arzt gerade aus Mallorca zurück war, von einem Kongress, den er mit einer Woche Urlaub verbunden hatte. Er sah B. direkt in die Augen. Dabei lächelte er wie jemand, der unbedingt gute Stimmung verbreiten möchte. »Haben Sie gut geschlafen?«

»Ja. Den Umständen entsprechend. Ich bin ein paarmal aufgewacht, vermutlich durch mein eigenes Schnarchen.«

Der Arzt wirkte ernst, während er aufstand und B. die Hand gab. »Die Nachtschwester hat mir berichtet, dass Sie nicht nur schnarchen, sondern auch ungewöhnlich lange Atemaussetzer haben. Apnoe nennt man das. Eine nicht ungefährliche Anomalie und eine starke Belastung für das Herz.«

Er ging zu den Fotos und winkte B. heran. »Das hier ist das Ergebnis der PET/CT. Ein sehr genaues Abbild Ihres Kopfes in mehreren Schichten und aus mehreren Perspektiven. Sie müssen als Kind einen schweren Unfall gehabt haben, denn die Partien hier, die Nasenscheidewand und die Nebenhöhlen, sind nicht in dem symmetrischen Zustand, in dem sie sein sollten. Das ist wohl auch der Grund für Ihr Schnarchen und die Atemaussetzer. Vermutlich auch für Ihre Hyptertonie. Und deshalb sind Sie zu uns gekommen. Wir werden das irgendwann auch in einer einfachen Operation korrigieren. Aber zuvor müssen wir uns um etwas anderes, viel Gravierenderes kümmern.«

Die Mimik des Arztes veränderte sich. Es war, als glitte eine Wolke über sein Gesicht und hinterließe dort einen Schatten. »Wie Sie wissen, ist das menschliche Gehirn ein außerordentlich komplexes Organ. Man kann es recht gut mit einem Haus mit vielen Zimmern vergleichen, genauer gesagt mit einem symmetrisch konstruierten Doppelhaus, denn fast alles in ihm ist in einer linken und einer rechten Hemisphäre vorhanden.«

Er wandte sich wieder den Aufnahmen zu und deutete mit einem Stift auf eine bestimmte Stelle. »Dies hier ist das Großhirn, der Cortex mit dem Frontallappen, in dem das Bewusstsein steckt. Der Cortex ist so etwas wie der öffentliche Bereich des Hauses. Hier treffen durch verschiedene Eingänge wie Ohren, Augen, Mund, Tastzellen die wichtigsten Informationen aus der Außenwelt ein. Die Post sozusagen, die E-Mails, die Besucher. Hier liegen die Büros, die Flure und Gesellschaftsräume, in denen diskutiert wird, Entscheidungen fallen oder manchmal auch einfach nur gefeiert wird. Es gibt übrigens auch einen eigenen Kinosaal, in dem die Außenwelt auf die Leinwand unseres Bewusstseins projiziert wird. Ähnlich wie bei einer Camera obscura. Und hier, ein Stück tiefer im Haus, gleichsam abgesunken, liegt die geheimnisvolle Reilsche Insel, auch Inselcortex genannt. Wir kennen ihre Funktion nicht genau, aber in ihr treffen sich offenbar Sinneseindrücke und Erfahrungen mit Grundgefühlen wie Lust und Ekel, Angst und Hoffnung. Auch für unser Zeitempfinden scheint diese Region zuständig zu sein. Sie haben mir bei unserem Vorgespräch erzählt, dass Sie auf einer Insel großgeworden sind. Sie werden also aus eigener Erfahrung wissen, wie eng oft auf einer Insel Gefühle, Gedanken und Geheimnisse miteinander verwoben sind.«

B. stellte sich die Reilsche Insel als ein schönes tropisches Eiland vor, mit weißem Sandstrand und einem schwarzen Flutsaum. Der

Arzt räusperte sich und fuhr dann fort: »Das ist aber nicht weiter schlimm. Es gibt genügend andere Areale im Hirn, in denen alles schön getrennt voneinander ist. Hier zum Beispiel, noch weiter innen, liegen die Schlafräume, die Küche, das Bad, die intimen Bereiche sozusagen, die nicht so leicht für einen normalen Besucher zugänglich sind. Von hier aus werden wichtige Interna über den Menschen in den Cortex geschickt. Stimmungen, Gefühle, Positionen von Gliedmaßen und so weiter. Zwischen diesen beiden Bereichen gibt es eine Art Korridor, Thalamus genannt, hier, sehen Sie, dieser Bereich im Zwischenhirn. Thalamus ist ein griechisches Wort und heißt Schlafraum. Das ist ein irreführender Name, denn gerade im Thalamus herrscht eine besonders große Aktivität. Hier wuseln die Dienstboten herum, hier gibt es Freunde, Berater des Hausherrn, heimliche Liebhaber der Hausfrau. Hier werden häufig die eigentlichen Entscheidungen getroffen, ähnlich wie in den Hinterzimmern der Politik. Man könnte auch sagen, im Thalamus wird aus der Überfülle der von außen und innen kommenden Informationen das für lebenswichtige Entscheidungen Relevante herausgefiltert, bearbeitet und weitergeleitet.«

Er machte eine Pause und blickte aus dem Fenster. Die kahlen Äste, die man dort sehen konnte, bewegten sich heftig. Anscheinend war es ein stürmischer Tag. Dann hörte B. wie aus weiter Ferne wieder die Stimme des Arztes.

»Und selbstverständlich gibt es in unserem Haus auch einen Keller. Hier, sehen Sie, die Basalganglien und der Hirnstamm. Was hier passiert, liegt immer noch weitgehend im Dunkeln. Es handelt sich jedenfalls um mehr als die klassischen Funktionen der Willkürhandlungen, der spontanen, unbewussten Reaktionen und Einstellungen des Körpers, der Temperatur- und Blutdruckregelung zum Beispiel. Sie sollten übrigens etwas für Ihren Blutdruck tun. Er ist viel zu hoch. Ich rate Ihnen, zu einem Kardiologen zu gehen. Und schließlich gibt es noch ein Nebengebäude, das eine Art Eigenleben führt, auch wenn es mit dem Hauptgebäude eng verbunden ist: das Kleinhirn.«

B. beschlich ein ungutes Gefühl. Was sollten all diese umständlichen Erläuterungen. Er war doch nicht in einem Hörsaal. Er war hier, um sich die oberen Atemwege operieren zu lassen. Der Arzt beobachtete ihn genau. Seine Stimme hatte jetzt etwas Beschwörendes.

»Und hier, unterhalb des Thalamus, in der Nähe des Hirnstamms, sehen Sie zwei auffällige Regionen. Die eine erinnert an eine Mandel, die andere an ein Seepferdchen. Das sind die Amygdala, auch Mandelkern genannt, und der Hippocampus, der seiner Form nach tatsächlich an ein Seepferdchen erinnert. Beide sind wiederum doppelt vorhanden. Beide sind seltsame, jedoch lebenswichtige Rumpelkammern in der Tiefe des Hirns. Die Amygdala ist vor allem für die Entstehung negativer Gefühle wie Angst und Panik verantwortlich. Der Hippocampus entscheidet über die Speicherung von Erlebnissen aus allen Phasen des Lebens. Er ist sozusagen die Datenbank der persönlichen Erinnerungen eines Menschen. Beides sind entscheidende Navigationssysteme für das Leben. Sie müssen zum Beispiel Angst haben können, um gefährlichen Situationen zu entkommen. Und ohne funktionierende Hippocampi können Sie keine Erinnerungen speichern, keine hilfreichen Erfahrungen machen. Es handelt sich übrigens um entwicklungsgeschichtlich sehr alte Gehirnstrukturen, fast so alt wie das Stammhirn. Aber setzen wir uns doch.«

Der Arzt nahm auf seinem Bürostuhl Platz und machte eine einladende Geste in Richtung eines kleinen schwarzen Ledersessels, der seitlich neben dem Schreibtisch stand.

»Das haben Sie eben schön gesagt«, sagte B. »Ich bin, wie Sie wissen, Schriftsteller, und für meinen Beruf braucht man tatsächlich nichts nötiger als Angst und Erinnerung. Das Erinnern für das Erzählen, die Angst für den Respekt vor einem möglichen Scheitern oder aber auch vor einem möglichen Erfolg. Ich bin im Innersten überzeugt, dass ein großer Schriftsteller erfolglos sein muss. Autoren wie Arthur Rimbaud zum Beispiel waren Genies, gerade weil sie keinen Erfolg hatten und im Leben gestrandet sind. So paradox es klingen mag: Ich habe mich zwar immer nach Ruhm und Anerkennung gesehnt, jedoch gleichzeitig auch höllische Angst davor gehabt. Als liege darin eine Art Verrat an meiner Mission. Daher habe ich meinen Erfolg instinktiv immer wieder zunichtegemacht, wenn er sich einzustellen schien.«

»Das klingt ein wenig nach Masochismus. Ich habe übrigens Ihr Buch im Urlaub mit großen Vergnügen gelesen. Stört Sie das etwa?«

B. hatte inzwischen den Verdacht, dass der Arzt so viel redete, um einer unangenehmen Wahrheit auszuweichen, als schliche er wie eine Katze um den heißen Brei.

»Ich habe Angst«, sagte B. leise und mit zitternder Stimme. »Meine Amygdalae scheinen also offenbar zu funktionieren. Kommen Sie bitte endlich zur Sache.«

Der Arzt nickte. »Ich verstehe Ihre Beunruhigung. Kommen Sie, ich zeige Ihnen das Problem.«

Sie erhoben sich und gingen wieder zum Leuchtschirm. »Dies hier, dieser kleine Schatten zwischen der linken Amygdala und dem linken Hippocampus«, der Arzt zeigte mit dem Stift auf einen walnussgroßen grauen Fleck, »das ist der böse Untermieter in Ihrem Schädelhaus, der Tumor. Wir haben ihn zufällig bei der Durchmusterung der Fotografien entdeckt. Er zahlt keine Miete und benimmt sich frech und aufdringlich. Er ist auch verantwortlich für die typischen Herdsymptome, die wir bei Ihnen festgestellt haben, für Ihre Gangstörungen, Ihre Visusstörungen, Ihre Erinnerungslücken. Wenn er weiter wächst, was er bestimmt tun wird, verlieren Sie möglicherweise die Fähigkeit, Angst zu haben, was durchaus gefährlich sein kann. Auch Ihr Kurz- und Langzeitgedächtnis können bedroht sein. Ich will Ihnen nichts vormachen. Wie die histologischen Untersuchungen ergeben haben, handelt es sich um einen malignen Tumor der Stufe drei, mit anderen Worten, er ist bereits bösartig. Er wird weiter wachsen. Wir sprechen in einem solchen Fall von einer lebensbedrohlichen Raumforderung. Der Begriff Untermieter ist also zu harmlos. Es handelt sich eher um einen aggressiven Hausbesetzer. Für eine Bestrahlung allein ist es zu spät. Ein operativer Eingriff ist leider nicht zu umgehen. Das Problem dabei: die Lage der Geschwulst. Sehen Sie, hier, direkt unterhalb der Insula. Dies macht einen Eingriff kompliziert. Wir werden auf jeden Fall nicht umhinkommen, am offenen Schädel zu operieren. Eine Trepanation oder Kraniotomie, wie wir Ärzte sagen. Eine uralte Praxis, bei der mit einem Bohrer der Schädel geöffnet wird, um zu der erkrankten Hirnregion zu gelangen. Früher wandte man sie an, um bösen Geistern einen Weg aus der von ihnen befallenen Person zu bahnen. Das trifft es im Grunde auch heute noch. Dieser Tumor ist Ihr böser Geist. Ich will Ihnen nichts vormachen. Jede Kraniotomie ist mit gewissen Risiken verbunden. Es kann beim Herauslösen des Tumors zu Verletzungen der umliegenden Hirnsubstanz kommen, mit Folgen wie bei einem Schlaganfall. Das bedeutet im schlimmsten Fall den Rollstuhl, bleibende Artikulationsprobleme, Störungen des Erinnerungsvermögens, auch des Zeitgefühls. Doch wenn wir nichts tun, kommt das alles sowieso und dazu noch ein früher Tod. Wenn wir uns aber zu dem Eingriff entschließen, besteht immerhin die Möglichkeit, dass Sie noch ein paar Jahre ein normales Leben führen können.«

Der Arzt stand auf und gab B. die Hand und drückte sie fest. Dabei sah er ihm in die Augen. »Entscheiden Sie sich bitte bis übermorgen. Wir könnten in einer Woche operieren.«

B. nahm das Abendessen an dem kleinen Tisch am Fenster ein. Er hatte keinen Appetit und ließ das meiste stehen. Er hatte die Jalousie heruntergelassen, denn ein Blick nach draußen kam ihm unangemessen vor. Dann zog er sich aus und legte sich ins Bett, dessen Rückenteil er mit der Fernbedienung so einstellte, dass er fernsehen konnte. Der Apparat lief ohne Signal. Er starrte auf den flimmern-

den Schirm. Das Bildrauschen, dieses Schneetreiben aus kleinen auf-
leuchtenden und wieder verlöschenden Punkten, kam ihm vor wie
eine Darstellung all der Augenblicke seines Lebens, an die er sich
nicht mehr erinnern konnte. Irgendwann schaltete er das Gerät aus,
und der Bildschirm des alten Röhrenapparates wurde dunkel. Ein
schwaches Nachleuchten, dann war alles vorbei. Immer noch starrte er auf die Mattscheibe. Plötzlich erschien dort ein Bild, das ihm
aus seiner Jugend vertraut war. Im flachen Wasser hinter dem Flutsaum sah man ein Monstrum mit zahllosen gelben Gliedern, die sich
ständig bewegten, Scheren, die sich öffneten und schlossen, dünne
Beine, die sich gegen Panzer stemmten. Es war ein ganzer Klumpen von Krebsen. Er hatte in seiner Kindheit auf der Insel oft Miesmuscheln gesammelt, sie mit Steinen aufgeschlagen und ins Wasser
geworfen. Es dauerte nur kurze Zeit, bis sie aus allen Richtungen
herbeikamen, Wollhandkrabben und Taschenkrebse, und sich mit
gespreizten Scheren über das Muschelfleisch hermachten, es aus den
Schalen herausrissen und sich in ihre auf- und zuklappenden Chitin-
mäuler stopften. Die Kurgäste, die gerade ins Wasser gehen wollten, reagierten verschreckt und mieden die Stelle. Das war der Sinn
der Sache: Kurgastärgern, für die einheimischen Kinder der Insel im
Sommer ein beliebtes Spiel. Jetzt war dieses Monstrum mitten in seinem Kopf und machte sich daran, am Flutsaum seines Ichs die aufgeschlagenen Muscheln der Erinnerung zu fressen.

B. bat die Nachtschwester, die Tür einen Spalt offen zu lassen,
damit aus dem erleuchteten Flur ein schmaler Streifen Licht in sein
Zimmer fallen konnte. »Wenn Sie etwas brauchen, drücken Sie doch
einfach den Knopf über Ihrem Bett. Dann geht im Flur die rote Lampe über Ihrer Tür an, und ich komme.«

»Bitte«, wiederholte B. »Nur einen kleinen Spalt. Ich habe das als
Kind gebraucht, in den Bombennächten und an Weihnachten. Sonst
konnte ich nicht einschlafen. Ich habe hinter der Tür das Paradies
vermutet. So ist es noch immer.«

Die Nachtschwester zögerte einen Augenblick, aber dann gab sie B.s Wunsch nach. Der Lichtstreifen bildete eine helle Spur auf seiner Bettdecke. Er tastete mit der Hand nach ihm und sah, wie der Streifen sich auf der Haut rötlich färbte. Dann sank er in einen traumlosen Schlaf.

B. erwachte erst wieder, als man ihm das Frühstück brachte. Zwei wattige Brötchen, eingeschweißte Marmelade, eiskalte, harte Butter, trüber Kaffee. Auch eine Art von Sterbehilfe, dachte er. Nur der Schmelzkäse schmeckte, aber das hatte Gründe, die weit zurück in seiner Kindheit lagen. Als er fertig war, zog er den Bademantel an und verließ sein Zimmer. Er ging am Glaskasten des Pförtners vorbei und durch die automatische Tür hinaus aus dem Gebäude.

Auf dem Vorplatz standen die Raucher. B. betrat die Straße. Die Luft war mild, »eine Luft wie Sekt«, hätte seine Mutter gesagt. Am Ende der Straße lag ein Café. Er ging hinein und setzte sich an einen der kleinen Glastische. Er war der einzige Kunde. Die Bedienung bedachte ihn in seinem Bademantel mit einem skeptischen Blick. B. bestellte einen Pastis ohne Eis. Als sie das Glas brachte, starrte sie auf seine nackten Zehen. Er bestellte ein zweites und ein drittes Glas. Die Dinge um ihn herum bekamen immer schärfere Konturen. Da er seit längerer Zeit keinen Alkohol mehr getrunken hatte, wirkte das Getränk sehr schnell. Als sie das vierte Glas brachte, sah er ihr ins Gesicht. Sie war sehr hübsch, ein wenig blass, als litte sie unter Anämie. Ihre Augen hatten die Farbe vom Aquamarin, ihre Haare waren flachsblond, glatt und zu einem kleinen Zopf zusammengebunden. Das kurze schwarze Kleid und die weiße Schürze standen ihr gut. B. fiel auf, dass sie Kinderknie hatte, die hervortraten und aussahen, als ob ihre Besitzerin häufig auf einem harten Boden knien würde. Sie sah viel jünger aus, als sie vermutlich in Wirklichkeit war, genau der Typ, der bei ihm starke Beschützergefühle auslöste, gemischt mit einem diffusen Begehren.

»Sie kommen mir irgendwie bekannt vor. Kann es sein, dass ich Sie schon einmal gesehen habe?«, sagte B. mit einer Stimme, die ihm fremd erschien, weil sie viel jünger klang, als sie es in Wirklichkeit war. Die Kellnerin zuckte mit den Schultern, ging an den Tresen und griff zum Telefon. Wahrscheinlich hielt sie ihn für einen Patienten aus der geschlossenen Abteilung. Er leerte das Glas mit der trübgelben Flüssigkeit, legte einen viel zu hohen Betrag auf den Tisch und ging. Er hatte einen Entschluss gefasst.

Später, als B. wieder in seinem Zimmer war, bat er die Schwester, den Chefarzt holen zu lassen. Dieser kam und setzte sich an den Rand des Bettes. »Ich freue mich für Sie, dass Sie sich zu dem Eingriff durchgerungen haben. So ist es doch, oder nicht?«

»Ja«, sagte B.

»Sehr gut. Ich werde ihn persönlich leiten. Die Operation wird wahrscheinlich sieben bis neun Stunden dauern. Das hängt davon ab, wie gut sich der Tumor vom gesunden Gewebe abschälen lässt. Sie werden nichts davon merken. Natürlich könnten wir auch nur eine örtliche Betäubung vornehmen. Das hätte den Vorteil, dass wir während des Eingriffs überprüfen könnten, ob wir eventuell das Sprachzentrum verletzen. Aber ich würde in diesem Fall doch eine Vollnarkose vorziehen. Wir müssen bei der Operation mit unseren Messern sehr exakt navigieren. Die kleinste Bewegung des Kopfes könnte schwere Folgen haben. Ich freue mich für Sie«, wiederholte er, als zweifelte er bereits an B.s Kurzzeitgedächtnis. »Genießen Sie den morgigen Tag. Übermorgen beginnen wir mit den Voruntersuchungen. Haben Sie noch etwas auf dem Herzen?«

»Auch wenn ich mich wiederhole. Ich habe Angst. Nicht, mein Leben zu verlieren, sondern mich an nichts mehr erinnern zu können. Alles zu vergessen, was meine Identität bedeutet. Dabei ist Vergessen sicher wichtig, auch um der Erinnerung den nötigen Platz zu geben. Ich bin gerade dabei, die Geschichte meines Lebens aufzuschreiben, und wenn man das tun will, muss man wahrscheinlich aus beiden Flüssen der Unterwelt trinken, aus Lethe, dem Fluss des Vergessens, und aus Mnemosyne, dem Fluss der Erinnerung. Dabei frage ich mich, was Erinnerungen überhaupt sind. Vielleicht nur glaubwürdige Fälschungen der Vergangenheit? Ich versuche in letzter Zeit oft, mich an Erinnerungen zu erinnern. Sie haben die Neigung, sich dabei aufzulösen wie Schneeflocken, die zu tauen beginnen, wenn man sie mit der Hand eingefangen hat.«

Der Arzt lächelte: »Erinnerungen sind keinesfalls immer objektiv. Dafür sorgen schon zwei rätselhafte Gehirnregionen. Der Globus pallidus und die Substantia nigra, eine unscheinbare, wegen ihrer Eisenhaltigkeit schwärzliche Formation im Mittelhirn. Beide Basalganglien wirken offenbar auf den Thalamus ein und veranlassen ihn, nur bestimmte Botschaften an den Cortex zurückzugeben. Eine Zensurbehörde gewissermaßen oder eine Art Filter für die Erinnerung. Aber vermutlich können beide Regionen mehr. Sie könnten zum Beispiel bei der Kreativität eine Rolle spielen.«

»Demnach könnte Kreativität etwas mit zensierter Erinnerung zu tun haben? Die Substantia nigra als Sitz der schwarzen Gedanken, die man ebenfalls braucht, um schreiben zu können?«

»Möglich. Die Wissenschaft sieht in Erinnerungen allerdings ganz banal in erster Linie gespeicherte Informationen. Das kann alles Mögliche sein. Eindrücke, Erlebnisse, Gerüche, Mitteilungen, Texte, Musik. Das Gehirn speichert das alles in seinem Langzeitgedächtnis in Form von Veränderungen an den Synapsen, von denen es im menschlichen Gehirn bis zu 500 Billionen gibt. Es existiert kein eigentliches Erinnerungsorgan, keine molekulare Basis des Gedächtnisses, wie man früher dachte, vergleichbar mit der Festplatte eines Computers. Erinnerungen verteilen sich vielmehr als eine Art Muster in den plastisch veränderbaren Synapsen. Viele unterschiedliche Regionen des Gehirns sind daran beteiligt. Vielleicht sind Erinnerungen sogar das, was man früher Seele nannte. Auf jeden Fall haben sie etwas mit Gedächtnis zu tun. Sie sind doch am Meer aufgewachsen und haben sicher oft am Strand gelegen. Wie ein Körperabdruck im heißen Sand, so ähnlich ist das Gedächtnis. Von den Eindrücken selbst geht nichts verloren, aber Sandkörner rieseln nach und verändern sie.«

»Ist diese Veränderung des Abdrucks durch die Lebensumstände vielleicht das, was wir Vergessen nennen?«

»Was wir Vergessen nennen, ist in der Tat eine Verdrängung von Erinnerungen in eine Art Papierkorb, wo sie dem Zugriff des Bewusstseins entzogen sind. Es handelt sich um einen Schutzmechanismus des Gehirns. Es will nicht in der Datenflut der Erinnerungen ertrinken.«

»Und deshalb entzieht es die unwichtigen Erinnerungen unserem Zugriff?«

»Jedenfalls die, die ihm weniger wichtig erscheinen. Das müssen nicht die gleichen sein, die wir selbst für unwichtig halten.«

»Um Ihr Bild aufzugreifen, wenn man sich erneut in die gleiche Mulde legt, dann verändert sie sich dadurch. Sie wird tiefer, breiter. Neues überlagert Altes. Der gleiche Körper, aber ein anderer Abdruck. Und wenn dann noch der Wind hinzukommt, dann verändert sich der Abdruck weiter. Er kann sogar völlig verschwinden, einfach zugeweht werden. Dann sieht man nur noch den Umriss. Und wenn dann noch die Flut hinzukommt und über die Reste des Abdrucks spült, dann ist er ganz verschwunden. Nur noch glatter brauner Sand. Wäre das so etwas wie Amnesie, wie das, was uns erwartet, wenn wir Alzheimer haben oder sterben?«

Der Arzt nickte. »Aber auch wenn die Mulde völlig zugeweht oder überflutet ist, existiert sie unter den Sandkörnern weiter. Wir können sogar davon ausgehen, dass im Gehirn eines Sterbenden die größtmögliche Menge an Erinnerung enthalten ist, nur unerreichbar für sein verlöschendes Ich.«

»Gelänge es irgendwann, diese Datenflut auszulesen, wäre der Tod besiegt, und ewiges Leben wäre erreicht. Man bräuchte dann nur den alten Datenträger gegen einen jüngeren auszutauschen und alles wieder aufzuspielen.«

»So weit sind wir glücklicherweise noch nicht.«

B., der sich die ganze Zeit aufgestützt hatte, ließ sich jetzt ins Kissen zurückfallen. Dann murmelte er: »Noch eine letzte Frage, Herr Doktor. Bei dem Eingriff, wenn Sie mit dem Skalpell in meiner Gehirnmasse herumschneiden, könnte dabei alles im Gedächtnis Gespeicherte aufgewühlt werden wie die Sinkstoffe in einer trüben Flüssigkeit, in der herumgerührt wird? Könnte jenes plastische Netzwerk der Synapsen der verschiedenen Gehirnregionen, das unser Gedächtnis enthält, nicht in Aufruhr geraten? In Unordnung vielleicht? Chaos im episodischen Gedächtnis und Auftauchen längst vergessener Einzelheiten als Folge einer Tumorentfernung?«

Der Arzt war aufgestanden und beugte sich zu B. herab. Mit fester Stimme sagte er: »Machen Sie sich keine unnötigen Sorgen. Ich werde bei der Exzision mit größter Vorsicht verfahren. Ich glaube nicht, dass sich Ihre Persönlichkeit durch den Eingriff verändern wird.«

Er griff nach B.s Hand, die schlaff auf der Bettdecke lag, schüttelte sie mehrmals und ging. In der Tür drehte er sich noch einmal um und wiederholte, als zweifelte er immer noch an B.s Kurzzeitgedächtnis: »Ich freue mich für Sie. Ich freue mich für Sie. Es wird alles gut.«

In dieser Nacht wachte B. immer wieder auf. Er tastete jedes Mal nach dem elektrischen Wecker, der einst seinem Vater gehört hatte. An der Oberseite befand sich eine Taste. Wenn man sie drückte, leuchtete das Zifferblatt für wenige Sekunden meergrün auf. Es war wie ein Blick in die Tiefe des Meeres. Wenn das Licht erlosch, kamen seine dunklen Gedanken wieder. Sie krochen über den Boden seiner Seele, seltsame schwarze Aale, vollgefressen mit Insektenlarven und Kleinkrebsen, Augenblicken wie Plankton aus einem vergangenen Leben. Die Angst kam in Wellen, süßlich und bitter zugleich. B. tastete nach seinem Handgelenk, bis er seinen Puls fühlte. Er war unregelmäßig und schnell. Endlich schlief er ein.

Am Morgen weckte ihn die Krankenschwester und stellte sein Tablett mit dem in Zellophan verpackten Frühstück auf den schwenkbaren Tisch an seinem Bett. Dann maß sie seinen Blutdruck. »Viel zu hoch«, sagte sie schließlich, nachdem die Luft aus dem Band entwichen war. Es klang wie der letzte Seufzer eines Sterbenden.

»Ist das ein Wunder?«, murmelte B. Er blickte zum Fenster, hinter dem gerade die Sonne aufging. Im Gegenlicht sah der Fensterrahmen aus wie der Rand einer Todesanzeige.

Als B. später mit dem Bus ans Meer fuhr, befand er sich in einer euphorischen Stimmung. Es war ungewöhnlich warm für die Jahreszeit. Die See war unnatürlich blau und sehr regelmäßig von kleinen Wellen gemustert. Am Strand waren nur wenige Leute. B. legte sich in den feuchten Sand, in den Flutsaum unmittelbar an der Wassergrenze. Nach einer Weile hatte er das Gefühl, dass das leise Plätschern der Wellen sich mitten in seinem Kopf befand. Er versuchte nachzudenken, nicht angestrengt, sondern im Rhythmus jener Wellen, aber seine Gedanken trieben immer wieder davon wie Rindenstückchen in einem inneren Meer. Als er endlich aufstand, betrachtete er den Abdruck seines Körpers. Die steigende Flut begann bereits die Mulde zu füllen und dabei ihre Umrisse zu zerstören. Ein kleiner, grauer, halb durchsichtiger Ball wurde in sie hineingespült. B. kniete nieder und berührte ihn mit dem Finger. Er gab nach, der Körper einer toten Qualle. »Du kannst sehr alt werden«, dachte B., »weil du weder ein Hirn noch ein Herz hast. Und du bist sehr schön, weil du dich an nichts erinnern kannst.«

B. fuhr zurück in die Stadt und ging wieder in das Café am Ende der Straße. Diesmal schien die Kellnerin zufrieden mit seinem Äußeren, dem sandfarbenen Cordanzug, dem weißen Stetson, den braunen Halbschuhen. »Pastis ohne Eis?«, fragte sie. »Nein, diesmal ein Gläschen Rosé als Versprechen eines kommenden schönen Sommers. Ich weiß übrigens jetzt, woher ich Sie kenne. Sie haben früher im Strandcafé gearbeitet.«

Sie nickte. »Das stimmt. Ein schöner Arbeitsplatz, aber schlecht bezahlt.«

»Wenn alles gut geht, werde ich Stammgast bei Ihnen.«

»Was heißt das? Haben Sie ein Problem?«

»Ja. Das kann man so sagen.«

Sie sah ihn aufmunternd an. »Es wird schon alles gut gehen.«

»Trotzdem ist mir nach Abschied zumute. Abschiede sind der Wellenschlag am Ufer der Zeit.«

»Ich verstehe nicht genau, was Sie meinen«, erwiderte sie, während sie das Glas mit dem Wein vor ihn hinstellte. »Aber es klingt irgendwie gut.«

Mit B.s künstlicher Gelassenheit war es schnell wieder vorbei. Die Diagnose des Arztes begann wie ein ungeheures Gewicht auf seinem Gemüt zu lasten. Da er inzwischen fürchtete, dass sein Gedächtnis immer schlechter wurde und die Bilder der Vergangenheit bereits mehr und mehr verblassten, entsann er sich des Umstands, dass er schon früh Notizbücher in den unterschiedlichsten Formaten vollgeschrieben hatte, billige, schwarzrot eingebundene und linierte Bändchen aus dem Kaufhaus. Keine Tagebücher im eigentlichen Sinne, eher Logbücher des Lebens, voller Termine, Namen, Telefonnummern, Einfälle, Gedichte. Diese Hefte befanden sich zusammen mit zahllosen Briefen in einem alten Überseekoffer, den er jetzt aus seiner Wohnung kommen ließ. Er begann, in den Manuskripten zu lesen. Sprunghaft, ohne Rücksicht auf die Chronologie. Es war der hilflose Versuch, eine Art Sicherungskopie seines Lebens herzustellen. Vielleicht gab es ja so etwas wie ein Muster in all diesen chaotischen Verhältnissen und Erfahrungen, die sein Dasein ausmachten und, wie er empfand, über eine Beliebigkeit erhoben, die das Leben vieler Menschen prägte.

B. aß in der Kantine zu Mittag. Ihm gegenüber saß ein Mann, der das fette Essen mit großer Gier verschlang. Sein Kopf wirkte unförmig wie ein Kürbis, den sein Gewicht deformiert hatte. Der Patient erzählte B., dass er bereits die dritte Operation hinter sich habe. Aber der Tumor in seinem Hirn wachse immer wieder neu. Wie eine Kartoffel, die man in der Ackerfurche vergessen hat. »Ich habe ständig Hunger. Unmöglich, ihn zu stillen«, sagte der Mann. Er erhob sich und holte sich eine zweite Schweinshaxe mit Sauerkraut und Kartoffelbrei.

An einem der folgenden Tage hatte B. einen Termin beim Chefanästhesisten, dessen Büro in einem Nebengebäude lag. Eine Allee kahler Bäume führte dorthin. An ihren Zweigen waren noch keine Knospen, keine Vorboten des kommenden Frühlings zu sehen. Aber es lagen immer noch trockene Herbstblätter in allen möglichen Ecken und Nischen auf dem Boden. Sie raschelten und bewegten sich im kalten Wind, als wollten sie sagen: Seht her, wir leben, auch wenn man uns längst aufgegeben hat. Der Himmel über den Bäumen war ohne Konturen, eine gleichmäßige, trübe Hochnebeldecke. Als ein Schwarm Vögel unter ihr vorbeiflog, sah es so aus, als ob der Himmel Löcher hätte, durch die man ins schwarze Weltall sehen konnte.

Der Anästhesist war ein älterer Mann, der eine große Menschlichkeit ausstrahlte. Aus seinem kahlgeschorenen Schädel blickten zwei freundliche, wasserklare Augen, und sein Mund verlor sein Lächeln nicht, auch wenn er sprach und dabei unschöne Dinge sagte. Er gab B. die Hand und sagte mit einem starken Akzent: »Schön, dass Sie da sind. Nehmen Sie doch bitte Platz.«

B. war darauf gefasst, Fragen nach früheren Krankheiten, nach den vielen Medikamenten, die er einnehmen musste, und anderen medizinischen Aspekten beantworten zu müssen, doch der Narkosearzt blickte ihn nur eine Weile nachdenklich an und meinte dann: »Sie sind Künstler, nicht wahr?«

»Wie kommen Sie darauf?«

»Nun, Sie haben einen Tick. Das ist typisch für kreative Menschen.« Er blickte auf B.s linke Hand, und B. bemerkte erst jetzt, dass er offenbar die ganze Zeit mit den Fingern auf die Sessellehne getrommelt hatte.

»Ach das. Das ist bloß Ungeduld. Ich kenne an mir eigentlich nur einen echten Tick. Wenn es Kartoffeln zum Essen gibt, muss ich immer eine auf dem Teller zurücklassen, egal wie groß die Portion war, und wenn es Kartoffelbrei gibt, genau die entsprechende Menge an Brei. Diese Macke hängt vermutlich mit meiner frühen Kindheit zusammen. Es gab damals eine Weile fast nur Kartoffeln. Die zurückgelassene Kartoffel ist so etwas wie ein Protest gegen den Krieg.«

»Verstehe. Sollten Sie wirklich einen Tick haben, darf Sie das nicht beunruhigen. Das angebliche Normalverhalten der Menschen ist schließlich selbst ein Tick. Das Ergebnis einer überkompensierten Persönlichkeitsstörung. Im Übrigen habe ich Ihre Akte studiert und daraus entnommen, dass Sie ein Savant sind. Sie verfügen über eine typische Inselbegabung und sind zugleich ein Stümper, was Ihr Sozialverhalten anbelangt. Ich vermute, dass alle Ihre Beziehungen gescheitert sind. Wie oft waren Sie verheiratet?«

»Dreimal. Alle Ehen sind tatsächlich gescheitert, die letzte allerdings nicht an sich selbst, sondern an meinem physischen Zustand.«

»Sie sollten es ein viertes Mal versuchen. Ich möchte Ihnen meine Tochter ans Herz legen. Sie heißt Tatjana, und sie ist sehr schön.«

B. atmete auf. Der Anästhesist gefiel ihm, gerade weil er ein ziemlich unkonventionelles Verhalten an den Tag legte. Zum ersten Mal seit langer Zeit hatte B. den Eindruck, einen echten Dialog führen zu können. Vielleicht könnte er sich mit diesem Menschen sogar befreunden. Allerdings ein lächerlicher Gedanke. Er hatte sein Leben lang vergeblich nach Freundschaft gesucht. Jetzt war es dafür längst zu spät. Er würde sich nicht mehr die Mühe machen, einen anderen Menschen wirklich kennenlernen zu wollen, denn das würde bedeuten, ihm alle Masken so behutsam wie möglich vom Gesicht zu nehmen.

»Wen dürfen wir benachrichtigen, wenn es wider Erwarten irgendwelche Komplikationen gibt?«

»Ich habe keine Verwandten mehr, auch keine Freunde. Ich möchte jedoch, dass Sie die Kellnerin informieren, die in dem Café am Ende der Straße bedient.«

»Haben Sie noch eine Rechnung bei ihr offen?«

»Gewissermaßen ja. Aber keine, bei der es um Geld geht. Aus welcher Gegend Russlands kommen Sie?«

»Das kann ich Ihnen leider nicht genau sagen. Meine Mutter ist Ukrainerin, mein Vater Tschetschene. Ich bin so etwas wie ein sesshafter Nomade. Ich habe meine Jurte immer bei mir. Sie ist in meinem Kopf. Außerdem ist Russe zu sein keine Nationalität, sondern ein Zustand. Ich heiße übrigens Igor.« Er reichte B. die Hand und schüttelte sie.

»Apropos Komplikationen. Was ist, wenn ich nach dem Eingriff nicht mehr aufwache?«

»Sie meinen, wenn Sie nicht mehr in das zurückkehren, was wir lächerlicherweise Leben nennen? Wenn Sie einen sogenannten Hirntod erleiden?«

»Ja. Eine letzte zugefallene Tür, die sich von innen nicht mehr öffnen lässt, weil die Klinke fehlt.«

»Als Russe würde ich lieber von Herztod sprechen. Das Hirn spielt in unserem Land nur eine unwichtige Nebenrolle. Auch der gesunde Menschenverstand ist bei uns ziemlich selten. Aber medizinisch ist der Herztod natürlich nicht mit dem Hirntod gleichzusetzen, also einem irreversiblen Verlust der Gesamtfunktion des Gehirns. Es gibt Schockzustände, die zum Herzstillstand führen, der aber durchaus reversibel sein kann. Man braucht also zusätzliche Indizien, um den endgültigen Ausfall des Gehirns klinisch nachzuweisen. Man leuchtet zum Beispiel mit einer kleinen Lampe direkt in die offene Pupille. Wenn Reflexe ausbleiben, ist das ein Indiz für den Hirntod. Oder man reizt den Trigeminus an bestimmten Druckpunkten, indem man mit einer Nadel hineinsticht. Oder man durchbohrt die Nasenscheidewand mit der Kanüle einer Spritze. Gibt es keine Reaktionen, weder Blutdruckerhöhung noch Veränderungen der Pupillengröße, ist auch das ein gravierendes Ausfallsymptom. Man kann Atropin geben, zwei Milligramm etwa. Wenn der Kreislauf nicht reagiert, deutet das ebenfalls auf einen Hirntod hin. Hirnstammareflexie nennt man das. Als letztes klinisches Ausfallsymptom ist der Nachweis von Apnoe obligat. Apnoe bedeutet das Erlöschen des Atemantriebs. Wenn man den Patienten mit hundertprozentigem Sauerstoff beatmet, steigt der CO_2-Druck in den Arterien. Ab einer gewissen Höhe sollte es zur Spontanatmung kommen. Bleibt sie aus, ist der Patient höchstwahrscheinlich tatsächlich mausetot. Ich als Russe brauche diese Hilfsmittel übrigens nicht. Ich spüre es einem Menschen sofort an, ob er lebt oder tot ist. Er kann ja auch schon zu Lebzeiten ziemlich tot sein. Genau genommen leben viele Menschen ihr ganzes Leben in einem Zustand, den ich als Wachkoma bezeichnen würde. Sie denken nicht nach. Sie vegetieren stumpfsinnig dahin, ohne wirkliche Reflexe zu zeigen, auf Gefühle zum Beispiel oder auf neue Erfahrungen. Man könnte es Lebensareflexie nennen.«

»So ist es. Auch ich hatte immer die größte Angst davor, schon zu Lebzeiten ziemlich tot zu sein.«

»Dagegen habe ich ein gutes Mittelchen.«

Der Anästhesist griff in ein Schränkchen unter seinem Schreibtisch und holte eine Flasche und zwei Gläser hervor. Die Flasche hatte ein Etikett, auf dem eine halbnackte Schönheit dargestellt war. Igor schenkte die Gläser randvoll. »Das ist Snow Queen, mein Lieblingswodka.« Er hob das Glas vorsichtig, um nichts zu verschütten, und sagte »Nastrovje«. B. tat es ihm nach. Das Getränk wirkte wie eine Bluttransfusion. B. fühlte sich plötzlich so wohl wie schon lange nicht mehr. Vielleicht war dies bereits der Beginn der Anästhesie. Der Anästhesist schenkte die Gläser wieder voll. »Früher stellte man sich die Vollnarkose als eine Art Schlaf vor. Heute wissen wir, dass es eher ein komaähnlicher Zustand ist. Das Gehirn ist während der Vollnarkose keineswegs inaktiv, im Gegenteil, es verfällt in eine gewisse Hektik, aber es arbeitet nicht mehr vernünftig, es arbeitet gleichsam russisch. Stellen Sie sich das wie ein völlig überlastetes Internet vor. Zu viel Information, zu viele gleichzeitige Abfragen. Nichts geht mehr. Die Folge: Alle einzelnen Regionen des Gehirns bilden sozusagen Inseln, zwischen denen keine Fähren mehr fahren.«

»Das gefällt mir. Während der Narkose ist das Ich also ein Insulaner, dessen Lebensraum sich über viele voneinander isolierte Inseln erstreckt, über einen ganzen Archipel an Einsamkeiten.«

»So könnte man es sagen. Je mehr wir übrigens das Wesen der Narkose verstehen, desto besser verstehen wir auch, was Wachbewusstsein bedeutet. Man muss auf jeden Fall akzeptieren, dass der Begriff der Wachheit unscharf ist. Denken Sie an das Unbewusste, das sich in Träumen zu Wort meldet. Denken Sie an Komapatienten, die plötzlich die Augen aufschlagen, obwohl sie nicht bei Bewusstsein sind. Auch Schlafwandler, Somnambule, Menschen in Hypnose oder im Drogenrausch bewegen sich in diesem Zwischenreich. Und neuerdings gibt es einige Kollegen, die sogar von einem dritten Bewusstsein ausgehen, das sowohl Eigenschaften der Wachheit als auch der Vollnarkose habe. Man bekommt alles mit, aber man nimmt keinen Kontakt zur Außenwelt auf. Man ist in sich eingeschlossen wie in einem Kerker, tot und lebendig zugleich. Dynästhesie nennt man das.«

»Wie Vampire oder wie Zombies. Oder wie Schrödingers Katze.«

»Schrödingers Katze? Nie von dem Tier gehört.«

»Die Erfindung eines Quantenphysikers namens Schrödinger.«
Der Blick des Anästhesisten ruhte lange und freundlich auf B. Die
Zeit verstrich. Beide schwiegen und tranken. Dann fuhr der Arzt
fort:

»Sie sind Künstler und reden doch manchmal wie ein Naturwissenschaftler, so als ob Sie diese beiden Welten nicht trennen wollen.
Das gefällt mir. Erklären Sie mir dieses Tier.«

»Schrödingers Katze ist eine Untote wie Graf Dracula oder wie
Gott, von dem Nietzsche sagt, er sei eigentlich tot, und der dennoch
in den Köpfen der Menschen ein unsterbliches Eigenleben führt. Be-
sagte Katze sitzt in einem Kasten, völlig abgeschirmt von der Um-
welt. Der Deckel ist zu. Man kann in das Innere nicht hineinsehen.
Man weiß nur: als man die Katze hineintat, lebte sie. Neben ihr be-
findet sich ein Glaskolben, der ein tödliches Gift enthält. Über dem
Glaskolben hängt ein Gewicht. Das Gift entweicht und tötet die
Katze, wenn ein radioaktives Präparat zerfällt und mit Hilfe eines
Geigerzählers einen elektrischen Impuls bewirkt, der wiederum eine
Sperre löst, die das Gewicht in seiner schwebenden Position gehal-
ten hat. Wann dies der Fall ist, weiß niemand, denn der radioaktive
Zerfall ist nicht vorhersagbar. Er ist spontan, völlig zufällig. Er kann
im nächsten Moment oder aber erst in einer Million Jahren stattfin-
den. Ein Gedankenexperiment.«

»Was wollte Schrödinger mit ihm sagen?«

»Er wollte eine Brücke zwischen der Welt der kleinsten Dinge, der
Atome, und unserer Alltagswelt, dem Makrokosmos, schlagen. Er
wollte zeigen, dass Quantenphänomene sich nicht immer im Makrokosmos durch Überlagerung gegenseitig auslöschen. Von außen gesehen ist die Lage der Katze fundamental uneindeutig. Sie ist in einem
für den gesunden Menschenverstand paradoxen makroskopischen
Quantenzustand, in dem sie sowohl lebt als auch tot ist. Erst wenn
man den Deckel öffnet und hineinsieht, kollabiert dieser Quantenzustand und macht einer banalen Eindeutigkeit Platz: Die Katze lebt,

oder sie ist tot. Sie ist nicht mehr beides zugleich. Auch wenn wir uns verlieben, befinden wir uns in einem uneindeutigen Zustand, nämlich in einem zwischen Wirklichkeit und Einbildung. Und wenn man zu schreiben, zu malen oder zu komponieren versucht, legt man alles darauf an, ebenfalls in einer mehrdeutigen Verfassung zu sein.«

Der Anästhesist nickte. »Wie ich schon sagte, ich habe eine sehr schöne Tochter. Sie sieht nicht ohne Grund der Person ähnlich, die auf dieser Flasche abgebildet ist. Gertenschlank und mit einem makellosen Dekolleté. Sie ist eine echte Snow Queen, kühl und heiß zugleich. Sie hat den klangvollen Namen Tatjana, aber das sagte ich Ihnen ja bereits. Sie ist Pianistin, und weil man von dieser Kunst nicht leben kann, arbeitet sie nebenher als Assistenzärztin. Sie hat ein Faible für reife Männer wie Sie. Sie werden ihr gefallen. Kennen Sie das Märchen von der Schneekönigin? Es geht um einen kleinen Jungen, der das Schöne für hässlich, das Hässliche aber für schön hält, weil ihm der Splitter eines Zauberspiegels ins Auge gedrungen ist, den der Teufel gemacht hat. Für uns Anästhesisten ein sehr lesenswerter Text. Die Schneekönigin küsst den kleinen Jungen zweimal, damit er seine Vergangenheit vergisst. Einen dritten Kuss verweigert sie, denn daran würde er sterben. Alles ist eben eine Frage der Dosierung.«

Der Narkosearzt erhob sich und legte beide Hände auf B.s Schultern. »Wir werden uns wiedersehen, mein Freund. Bestimmt. Sie sind noch nicht reif für den Tod. Dazu haben Sie noch zu viel Leben in sich. Das weiß ich, wenn ich Sie in den dunklen Kasten der Narkose befördere, auch wenn ich selbst nicht hineinblicken kann. Künstler wie Sie stufe ich übrigens grundsätzlich in die Klasse mit dem geringsten Risiko ein.« Dann ging er in Schlangenlinien zur Tür hinaus.

In dieser Nacht wurde B. von schweren Träumen geplagt. Darin tauchte ein Mann auf, der ein sackartiges weißes Gewand trug, ein Totenhemd. Es war Charon, aber er sah aus wie Igor, der Anäs-

thesist. Er ruderte B. über einen Fluss. Dessen Wasser war kristall-
klar, sodass man bis auf den Grund sehen konnte. Furchterregende
Monstren krochen dort herum, riesige Krebse mit weit geöffneten
Scheren und schwarzen Stielaugen. Der Fluss mündete in einen anderen, dessen Wasser trüb und giftig war. Igor tauchte ein Gefäß hinein und befahl B., den Inhalt zu trinken. Es schmeckte bitter und
machte betrunken.

Am Vormittag kam der Krankenhausfrisör und begann, B.s Schädel kahl zu rasieren. Er sah zu, wie die Strähnen auf den Linoleum-
boden fielen. Trotz seines Alters war B. immer noch blond. Es war
exakt die Haarfarbe seiner Mutter. Nach ihrem Tod hatte er in einer
kleinen Schatulle eine Locke von ihr gefunden, zusammen mit einem
Rilkegedicht. Er hatte die Locke an seine Haare gehalten und keinen
Unterschied festgestellt.

Wenig später lag B. in einem sterilen Nachthemd auf einer Pritsche und wurde durch endlose Gänge geschoben. Er sah überdeutlich jede Einzelheit über sich, jede schadhafte Stelle an der Decke,
jeden Riss oder Fleck, jedes Insekt. Eine Frau in einem grünen OP-
Kittel beugte sich über ihn. Sie sprach durch den Mundschutz. »Ihnen steht Chefarztbehandlung zu. Der Chefanästhesist ist leider verhindert. Es geht ihm zurzeit nicht gut.«

»Verstehe. Daran ist sicher eine Dame namens Snow Queen
schuld.«

»Wie bitte?«

»Ich habe nichts dagegen, wenn Sie mich in den dunklen Kasten der Bewusstlosigkeit befördern. Ich habe volles Vertrauen zu
Ihnen.«

»Ich kann Sie beruhigen. Mir ist noch nie jemand weggestorben«,
sagte sie. Dann schob sie die Kanüle in sein Handgelenk. B. starrte
auf den Schlauch, der zu dem Gefäß mit der klaren Flüssigkeit führte. Die Narkoseärztin öffnete ein Ventil, und Blasen begannen in
dem Glasbehälter aufzusteigen. B. versuchte, sich auf den Moment

zu konzentrieren, in dem er das Bewusstsein verlieren würde. Wahrscheinlich würde er ihn auch diesmal wieder verpassen, wie schon bei früheren Operationen. Es gab offenbar keinen gleitenden Übergang zwischen Bewusstsein und Bewusstlosigkeit, zwischen Wachsein und Schlaf, zwischen Leben und Tod. Es war, als ob das Licht plötzlich ausgeschaltet würde. Keine Dämmerung, kein Nachleuchten. So würde es auch diesmal sein. Schlagartig würde es dunkel werden, so finster, dass sich selbst diese Finsternis in all ihrer Dunkelheit verlieren würde.

Die Waldkolonie

* * *

Ich habe um meine Kindheit gebeten, und sie ist wiedergekommen, und ich fühle, dass sie immer noch so schwer ist wie damals und dass es nichts genützt hat, älter zu werden.

Rainer Maria Rilke, »Die Aufzeichnungen des Malte Laurids Brigge«

Es fiel B. später schwer, sich an die lange Bahnfahrt zu erinnern, die ihn in die Stadt gebracht hatte. Nur dass die Waggons fast leer gewesen waren und dass es durch viele Tunnel und eine trostlose Landschaft ging. Die Stadt lag an einem großen Fluss. Er hatte ihn vom Fenster des Waggons aus gesehen. Ein breites graues Band, dessen anderes Ufer man kaum vom Himmel unterscheiden konnte.

Auch die Bahnhofshalle war fast leer. Nur vereinzelte, in schwarze Mäntel gehüllte Gestalten wie Schatten. Das mächtige Gebäude bot einen trostlosen Anblick. Viele der Glasscheiben in der Stahlkonstruktion waren gesprungen oder vom Ruß der Dampflokomotiven geschwärzt. B. lud sein Gepäck auf einen Rollwagen und schob ihn zur Gepäckaufbewahrung. »Wie spät ist es«, fragte er den kleinen Mann mit der Schirmmütze, der seinen Reisekoffer zur Aufbewahrung annahm und ihm eine Blechmarke dafür gab. Der Mann deutete zur riesigen Bahnhofsuhr. »Sie hat keine Zeiger«, sagte B. »Wie soll ich dann wissen, wie spät es ist?« »Zeit spielt hier keine Rolle«, sagte der Dienstmann. »Verlassen Sie sich ganz auf Ihre innere Uhr.«

Auch der Platz vor dem Bahnhof war fast menschenleer. B., der jetzt nur eine Aktentasche und einen kleinen Seesack dabeihatte, ging zum Eingang der Untergrundbahn. Er betrat die endlos lange Rolltreppe und fuhr in die Tiefe. Dabei wehte ihm ein heftiger Wind warmer Luft entgegen. Nur wenige der Lampen an den feuchten Wänden verströmten ihr trübes Licht. Der einzige Mensch auf dem schmalen Bahnsteig unten war ein Bettler. Ein ausgezehrter bärtiger Mann, der B. einen Plastikbecher entgegenhielt, in dem eine Münze klapperte. B., der nirgendwo einen Verbindungsplan entdeckt hatte, warf ein Geldstück hinein und fragte, welche Linie ins Stadtzentrum fahren würde. Der Bettler öffnete seinen zahnlosen Mund und gab einige unartikulierte Sätze von sich. In diesem Moment fuhr ein Zug ein. Eine Schlange kleiner roter Wagen. B. stieg ein, gerade noch rechtzeitig, denn schon ruckte der Zug und fuhr los, in einer rasenden Fahrt, die ihn fast den Halt verlieren ließ. In den Kurven bogen und krümmten sich ächzend die Wagen. Das Kreischen der Räder, das Heulen des Fahrtwinds schwoll an zu einem ohrenbetäubenden Lärm.

B. war nicht allein. Einige Fahrgäste wurden gleich ihm auf ihren Sitzen hin und her geschüttelt. Die meisten waren Frauen. Sie waren nicht besonders reizvoll, starrten vor sich auf ihre Hände, vermieden die Blicke der anderen. Eine Weile kümmerte sich B. nicht darum, wohin die Fahrt ging. War er nicht so sein ganzes Leben unterwegs gewesen? Ziellos? Ohne eine Vorstellung, wo er anhalten, wo aussteigen sollte? Wenn die U-Bahn an einer Station hielt, hörte man eine Stimme aus dem Lautsprecher plärren. Was sie sagte, war unverständlich. Doch einmal meinte B. das Wort »Zentrum« zu hören. Er sprang auf und verließ den Wagen. Die Rolltreppe spuckte ihn auf einem großen Platz aus. Es war inzwischen dunkel. B. erkannte auf einem großen Gebäude die Leuchtschrift *Hotel Zentra*. Der letzte Buchstabe war offenbar erloschen.

Er betrat mit seinem Gepäck das Foyer. An der Rezeption stand ein junger Mann und blätterte in einem dicken Buch. »Ich habe ein Zimmer gebucht«, sagte B. »Würden Sie mir bitte den Schlüssel geben und die Zimmernummer?« Der Mann reagierte erst, als B. seine Frage mehrmals wiederholt hatte.

»Die 63? Tut mir leid, das Zimmer ist erst morgen frei.«

»Dann seien Sie so nett und geben mir ein anderes Zimmer.«

»Das ist leider nicht möglich. Wir renovieren gerade. Es ist keine Saison. Sie sind unser einziger Gast.«

»Dann suche ich mir ein anderes Hotel.«

»Ich fürchte, Sie werden kein Glück haben. Wir sind das einzige

Haus, das nicht geschlossen hat. Aber Sie können in dem Sessel dort schlafen.«

So kam es, dass B. seine erste Nacht in der Stadt in einem unbequemen Sessel verbrachte. Draußen tobte ein Sturm. Windböen rüttelten an den heruntergelassenen Jalousien und raubten ihm den Schlaf. Er fragte sich, warum er sich auf dieses Abenteuer überhaupt eingelassen hatte. Es gab nur einen Grund: Er war zu einer Expedition aufgebrochen, deren Ziel er selbst war. Er hoffte herauszufinden, warum er so war, wie er war, warum sein Leben so verlaufen war, wie es verlaufen war. Gab es einen Sinn? Ein Muster? Eine Art Logik des Schicksals? Oder war alles bloßer Zufall, Kontingenz, wie es in der Philosophie hieß, ein absurdes Spiel der Beliebigkeiten, ein stochastisches Phänomen, wie es die Informationstheorie nennt?

Am Morgen erhob er sich mit schmerzenden Gliedern. »Frühstück gibt es in der Cafeteria. Dort gibt es auch eine Toilette, wo Sie sich frisch machen können«, sagte die Person an der Rezeption. Es war diesmal eine junge Frau, die B. freundlich anlächelte. »Ihr Zimmer wird gerade sauber gemacht. Sie können es heute Nachmittag beziehen.«

Das Institut, von dem sich B. Hilfe bei seinem Projekt erhoffte, lag in der Nähe des Hafens. Er ließ sich von der Dame an der Rezeption den Weg zum Fluss erklären. Dann folgte er der Uferpromenade. Er bemerkte dabei, dass die Strömung des Flusses genauso schnell war wie er selbst. Irgendwann musste er einen Seitenarm des Stroms auf einer Brücke queren. Als Kräne auftauchten – sie ragten wie Giraffenhälse über die Dächer der Lagerschuppen –, wusste er, dass er am Ziel war.

Das große Gebäude des Instituts war in einem guten Zustand. Schlicht und funktional, ein kühl wirkender Bau aus Glas und Beton. B. betrat die Drehtür, die sich automatisch in Gang setzte und ihn in einen langen Flur hineinschob. Wieder ging er kahle Wände entlang, wie schon so oft in seinem Leben. Und wie immer empfand er dies als unangenehm, als eine Einschränkung seiner Bewegungsfreiheit: Irgendwo hinzumüssen, ohne Möglichkeit, zu einer Seite entkommen zu können. Er glaubte plötzlich Schritte zu hören, die ihm in einem gewissen Abstand folgten, als würde ihn jemand beschatten. Aber als er sich umdrehte, war niemand zu sehen. Dann stand er vor einer angelehnten Tür, an der ein Zettel mit seinem Namen hing.

Als B. eintrat, fiel sein Blick zuerst auf den Rücken eines Mannes am Fenster. Die Person musste ihn gehört haben, aber sie drehte sich nicht um. Ihr Schweigen füllte den ganzen Raum. Doch da war auch ein leises Geräusch. Ein fernes, leicht an- und abschwellendes Rauschen. War es der Verkehr? Kam es von der Zentralheizung? War es der Fluss, der ganz in der Nähe ins Meer mündete, oder war es das Meer selbst, das dort draußen Treibgut ans Ufer spülte, Botschaften, die nie jemand würde entziffern können?

Dann hörte er eine Stimme. Sie klang fremd und kühl und drang wie aus weiter Ferne an sein Ohr.

»Legen Sie doch bitte den Mantel ab und setzen Sie sich. Machen Sie es sich bequem. Gefällt es Ihnen bei uns? Es ist vielleicht ein wenig kalt, aber es ist noch zu früh, die Heizung anzustellen. Ich habe Sie erwartet. Aber ich habe auch meine Zweifel gehabt, ob Sie wirklich kommen würden. Erinnern kann wie eine unbarmherzige Sonne sein, die schonungslos ihr Licht auf die Vergangenheit wirft.

Dabei kommt oft auch Unschönes zu Tage. Wenn ihre Strahlen auf eine glatte Fläche treffen, werden sie nur Langweiliges zu Tage fördern. Ist die Vergangenheit jedoch rau bewegt wie das Meer, kommt vielleicht ein Kunstwerk zum Vorschein. Wir werden herausfinden, wie es in Ihrem Fall ist. Fangen Sie an. Ich werde zuhören. Hin und wieder, vermutlich sehr selten, werde ich eine Frage stellen, die Sie übrigens nicht zu beantworten brauchen. Es genügt, wenn Sie sie in Ihrem Gedächtnis bewahren.«

B. nahm in dem schweren Ledersessel gegenüber dem Schreibtisch Platz und versuchte sich zu entspannen. Von hier aus konnte man von der Außenwelt nur ein Stück des Himmels hinter den beiden hohen Fenstern sehen. Der Sturm hatte sich inzwischen gelegt, aber die Wellen mussten sich immer noch an der Mole brechen. Die Wolkendecke war aufgerissen. Lücken zeigten sich am Himmel wie blaue Pfützen, deren Tiefe unendlich war. »Rückseitenwetter«, flüsterte B. Ein Fachbegriff aus der Meteorologie, der das wechselhafte Wetter mit Schauern, Sonne und Böen nach dem Durchzug einer Kaltfront bezeichnete. Es war eines seiner Lieblingswörter. Er hatte es zum ersten Mal von seinem Vater gehört.

B. dachte an die schattenhaften Gestalten, die er auf seinem Weg hierher gesehen hatte. Manche von ihnen hatten am Geländer der Flusspromenade gestanden und in die Strömung gestarrt. Sein Herz schlug kräftig. Vielleicht war er zu schnell gegangen.

Der Mann am Fenster ließ sich noch einmal vernehmen. Er sprach gegen die Fensterscheibe, die dabei beschlug. »Wollen Sie eine bestimmte Reihenfolge einhalten?«

»Ja, wenigstens soweit es mir möglich ist. Ich werde versuchen, mich an die Chronologie zu halten, obwohl ich manchmal den Eindruck habe, dass Zeit zu den eher vagen Kategorien meines Lebens zählte. Erinnerungen stehen offenbar keineswegs ordentlich Schlange vor dem Schalter unseres Gedächtnisses. Meistens irren sie ziellos herum wie über einen großen, leeren Platz. Man muss

Glück haben, um einer von ihnen zu begegnen. Aber es gibt noch einen anderen, vielleicht besseren Weg zurück in die Vergangenheit. Ich habe während meines Lebens an vielen verschiedenen und sehr unterschiedlichen Orten gewohnt, die mich geprägt haben. Daraus könnte sich eine Art Landkarte meines Lebens ergeben, so etwas wie seine Topographie. Sie würde ich als zweite Koordinate neben dem bloßen Nacheinander der Jahre hinzuziehen. Ich war nie ein Zeitmensch, ein Denk- oder Gefühlsmensch oder gar ein Menschenmensch. Ich war eher so etwas wie ein Ortsmensch.«

»Wie meinen Sie das?«

Der Mann am Fenster drehte sich um und sah ihn vermutlich an. Aber im Gegenlicht war sein Gesicht nicht zu erkennen, sonst hätte er in ihm vielleicht lesen können. Doch wahrscheinlich hätte das alles verdorben. Er war nicht hier, um sich auszusprechen, um Verständnis zu finden bei einem Freund, sondern um selbst etwas zu verstehen, etwas, was ihm bislang ein Rätsel geblieben war: die Summe seines Lebens. Teilbar nur durch sich selbst, wie er hoffte. Eine Primzahl also. Die Quintessenz. Das waren große Worte, aber B. hielt sich an ihnen fest wie ein Ertrinkender an einer Planke.

»Es gab immer Orte, an denen ich mich unwohl gefühlt habe, manchmal sogar alt, krank und gehetzt. Flure zum Beispiel oder Treppenhäuser, Parkplätze, Büroräume, Wartezimmer, selbst manche Wohn- und Schlafzimmer gehören dazu. Aber es gab auch Orte, an denen ich mich jünger fühlte, als ich in Wirklichkeit war. Zugabteile zum Beispiel, wenn sie sich durch die Landschaft bewegten. Und es gab sogar Orte, an denen ich mir einbildete, ganz ohne Alter zu sein. Am Meer oder an einsam gelegenen Seen konnte ich das Zeitgefühl fast völlig verlieren. Ortsmenschen wie ich reagieren meistens nur schwach auf ihre Mitmenschen. Alles, was sie interessiert, ist jenes Theaterstück, das sie ihr Leben nennen, das Stück, in dem Kulissen die Hauptrolle spielen, während die Menschen nur Statisten sind.«

B. hielt inne, denn er hatte das Gefühl, etwas zu zerreden, das sich hinter dem wehenden Vorhang seiner Gedanken verbarg. Der Mann am Fenster reagierte nicht. Sein Schweigen wirkte auffordernd wie das eines Priesters im Beichtstuhl. B. räusperte sich und fuhr fort:

»Es gibt Menschen, die sich am wohlsten in Wohnzimmern fühlen. Zu ihnen gehöre ich nicht. Andere mögen besonders Dachstuben, wegen des weiten Ausblicks. Es gibt auch Menschen, die ein Souterrain oder das Dämmerlicht eines Halbkellers bevorzugen. Wieder andere finden ihr Schlafzimmer am schönsten und richten es wohnlich ein. Es gibt Küchenmenschen oder Personen, denen ihr Arbeitszimmer über alles geht. Manche sind am liebsten in einer Werkstatt, wieder andere lieben die Kargheit einer Mönchszelle über alles oder den Trubel eines vollen Restaurants. Mein Lieblingsraum in einem Haus war immer schon der Wintergarten, die Veranda, diese Zwischenwelt zwischen Drinnen und Draußen. Man ist der Natur nahe und hat dennoch die Verbindung zum Inneren des Hauses nicht verloren. Ein Raum zwischen Winter und Sommer. Im Winter meistens zu kalt, im Sommer oft zu heiß, hat er seine beste Zeit im Frühjahr und im Herbst. Er hat gewöhnlich große Fenster. Auf den Fensterbrettern liegen tote Fliegen. Es gibt dort mehr schöne, sinnlose Dinge als sonst im Haus. Eine undichte Vase mit Strohblumen oder einen staubigen Gummibaum, eine verbeulte türkische Mokkakanne aus Kupfer, ein Glas mit unpolierten Bernsteinen, ein Flaschenschiff, von Seepocken bedeckte Muschelschalen, einen versteinerten Seeigel, das vergilbte Foto im Standrahmen, das einen im Krieg gefallenen Onkel zeigt. Fensterbretter von Veranden sind wie Tangstreifen des Lebens, an denen manches Strandgut angetrieben ist. Es gibt wichtige Veranden in meinem Leben. In ihnen konnte ich immer schon besser nachdenken als anderswo.«

Der Vorhang am Fenster bauschte sich in diesem Moment wie von einem Luftzug. B. merkte, dass er zu viel und zu schnell redete. Im milchigen Licht, das von draußen hereinfiel, glaubte er jetzt die

Gesichtszüge des Anderen zu erkennen. Sie wirkten starr wie die einer Larve. B. lehnte sich im Sessel zurück und versuchte, sich zu entspannen. Dabei erblickte er sich wie zufällig im Spiegel. Es irritierte ihn, dass er lächelte. Ein dummes Lächeln, wie es jemand aufsetzt, der keinen Grund dazu hat. Schnell sah er wieder zum Fenster. Ein Vogel flog draußen vorbei. Eine Krähe wahrscheinlich oder doch eine Amsel? »Die schwarze Lina«, flüsterte er. Dann begann er zu erzählen, langsam und stockend zuerst, schließlich immer fließender, als sei er in eine Strömung geraten, die ihn unwiderstehlich mit sich fort zog. Manchmal hatte er dabei das Gefühl, dass sich seine Erinnerungen zu einer eigenen Wirklichkeit verdichteten, die nicht mehr mit der Vergangenheit zu tun hatte als ein Schatten mit der Sonne.

*

Mein erster Lebensort war der Kopf meiner Mutter. Ich existierte dort bereits vor meiner Geburt, ja sogar schon vor meiner Zeugung. Es war ein seltsamer Ort. Seine Einrichtung verriet einen ungewöhnlichen Geschmack. Eine wilde Mischung aus Wünschen, Bedürfnissen, Träumen, Vorurteilen, Ängsten, Lektüre, wobei vor allem die Gedichte Rilkes eine wichtige Rolle spielten. Außerdem waren da einige kreative Fähigkeiten wie eine große zeichnerische Begabung und ein beachtliches Talent, anschaulich zu formulieren, und nicht zuletzt eine fast zwanghafte Neigung zum Inszenieren. Das mag nichts Ungewöhnliches sein, doch bei dieser jungen Frau kam eine enorme Energie hinzu, mit der sie die oftmals gegensätzlichen Stilelemente dieses Interieurs zu einer Einheit zu verbinden suchte. Es waren starke disparate Kräfte, die in ihr wirkten, die sich manchmal gegenseitig blockierten oder verstärkten und die ihre Person zu zerbrechen drohten. Äußerlich sah man ihr die komplizierten Verhältnisse ihres Innenlebens nicht an. Sie war vielleicht ein wenig manisch depressiv oder hysterisch, doch verstand sie es blendend, den Eindruck einer hochbegabten, eleganten, selbstbewusst wirkenden Erscheinung zu erwecken. Die Oszillation ihrer Stimmungsschwankungen ergab, ähnlich wie das Vibrato eines Geigentones, den Gesamteindruck eines warmen, wohlklingenden Tones.

Margarete war schlank, und sie hatte rotblonde Haare. Ihre Stirn war sehr hoch und stark gewölbt. Sie erinnerte an ein Botticelliporträt. Sie trug gern weite sommerliche Kleider oder saloppe Hosen, auch wenn es nicht in die Jahreszeit passte, aber solche Kleidungsstücke betonten ihre Figur. Die runde Stirn und ihr blasser Teint weckten bei Männern Beschützergefühle und die Neugier herauszufinden, welch kostbare Gedanken sich dahinter verbargen. Ihre haselnussbraunen Augen traten wegen einer Schilddrüsenüberfunktion ein wenig hervor, was ihnen einen Ausdruck höchster Interessiertheit verlieh, selbst wenn sie in Wahrheit gerade geistig abwesend war. Sie war in der Tat ziemlich häufig unkonzentriert und mit ihren Gedanken in Gefilden unterwegs, wohin ihr niemand folgen konnte. Das lag daran, dass diese junge Frau in sich wie in einem luxuriösen Gefängnis lebte, aus dem sie zwar ausbrechen wollte, ohne jedoch den Mut und die Mittel aufzubringen. Als sie auf die Idee kam, ein Kind haben zu wollen, suchte sie vermutlich einen ebenbürtigen Zellengenossen, mit dem sie ihre schwierig-schönen Haftbedingungen teilen konnte.

Ihre tiefe innere Unruhe hatte wohl Ursachen in ihrer Kindheit. Von ihrem zweiten bis siebenten Lebensjahr hatte sie in der polnischen Stadt Lodz gelebt, bei ihrer Tante Mary, da Margaretes Mutter sich nach der Scheidung von ihrem ersten Mann, einem Kölner Bauingenieur, ein neues Leben aufbauen wollte und ihr die Tochter dabei im Wege war. Die Mutter meiner Mutter nahm damals eine Stellung als Gesellschaftsdame in einem Wiesbadener Nobelhotel an, eine ideale Position, um auf Männerfang zu gehen. Als vierzehntes, letztes, verwöhntes und bildhübsches Kind eines böhmischen Glasfabrikanten war diese Frau ein Ausbund an Lebenstüchtigkeit. Sie hatte nichts Richtiges gelernt, aber sie war schön und redegewandt. Und sie verfügte über eine unbändige Lebenslust, gepaart mit dem, was man Lebensart nennt. Während ihr zweiter Mann eher einem Stockfisch ähnelte, der an der Leine der Konventionen im kalten Wind des Lebens trocknete, erinnerte sie an einen bunt schillernden Paradiesfisch, der zwischen Korallen und Tangbüscheln auf die Jagd nach Beute ging. Sie verfügte sogar über eine gewisse Bildung, die sie ausschließlich den Unterhaltungen mit ihren verschiedenen Liebhabern verdankte, denn sie, der jeder Mann augenblicks erst zu Füßen und dann im Schoße lag, bevorzugte kluge und reiche Männer. Dabei war sie nicht eigentlich berechnend. Es war vielmehr reiner Selbsterhaltungstrieb in einer schwierigen Welt, der sie so handeln ließ. Ob Hysterie, Ohnmachtsanfälle, Verweigerung, Intrigen, sie war Meisterin in jeder Form, einen Mann zu beherrschen. Zu ihren Enkeln war sie anders. Ihnen gegenüber war sie großzügig und voller mütterlicher Wärme, vielleicht weil hier die Kräfte der Sexualität nicht wirken konnten.

Tante Mary, die alle in der Familie Maruschka nannten, weil sie in Lodz in Polen lebte, war das genaue Gegenteil ihrer Schwester. Sie war nicht schön, sie verdrehte auch den Männern nicht den Kopf, obwohl sie mit zunehmendem Alter nicht nur ein wachsendes Faible für das Geistige, für Goethe, für Anthroposophie und chinesische Kunst entwickelte, sondern auch ein bizarres Liebesleben führte. Ihr Mann war Papierfabrikant. Das Paar war kinderlos, und Margarete diente ihnen fünf Jahre lang als Ersatztochter. Ihr Onkel muss sie sehr geliebt und verwöhnt haben. Oft kroch er mit ihr in eines der großen, hohlen Pferde aus Pappmaschee, die er für Karussells bauen ließ. Dort hatte er eng hinter dem kleinen Mädchen gesessen und mit ihm Reiten gespielt. Später hat meine Mutter behauptet, er habe sich an ihr vergangen, aber bei ihr wusste man nie, was Wirklichkeit war und was Phantasie.

Als ihre Mutter wieder geheiratet hatte, und zwar Ernst Müller, einen vermögenden, gutaussehenden Textilkaufmann mit ausgezeichneten Manieren, der auf einer seiner Geschäftsreisen für die Firma Passavant in jenem Wiesbadener Nobelhotel Station gemacht hatte, ließ sie die Tochter mit Einverständnis des neuen Gatten und der Hilfe eines deutschen Offiziers nach Deutschland zurückholen.

Die Familie zog in eine idyllische Waldkolonie südlich von Frankfurt am Main. Der Ort lag wie eine künstliche Insel inmitten eines Meeres von Laubbäumen. Beim Bau der Siedlung hatte man viele Bäume stehen lassen, sodass man den Eindruck haben konnte, immer noch mitten in der Natur zu wohnen. Nicht nur die Luft war hier besser als in der Großstadt. Es gab auch eine vom Gesang der Vögel gemusterte Stille, in der man die Anstrengungen der Lebensgeschäfte vergessen konnte, und deshalb zogen viele Reiche hierher. Auf den großzügig parzellierten Grundstücken standen bald schöne Villen. Viele sahen aus, als hätten sie Gesichter und Mützen oder Hüte auf. Ihre Fenster waren Augen, vor denen sich abends die Jalousien wie Lider schlossen, um morgens wieder aufgeschlagen zu werden zu langen Blicken in die gepflegten Vorgärten.

Margarete fiel es schwer, sich in ihr neues Dasein einzugewöhnen. Das lag wohl vor allem an den Bewohnern der Villenkolonie. Niemand hatte Verständnis für ihre Sensibilität, außer dem evangelischen Pfarrer Rieber, dessen Jugendgruppe sie besuchte und der sie mit der Lyrik Rilkes bekannt machte. Hinzu kamen die häufigen Streitereien ihrer Eltern, die vielen exaltierten Auftritte der Mutter, die ihrem Mann Untreue vorwarf. Die kleine Margarete litt sehr unter den Verhältnissen in ihrem Elternhaus, den ewigen Verdächtigungen, Vorwürfen, Eifersuchtsszenen und Streitereien. Eigentlich war ihr Stiefvater ein gütiger Mensch. Doch hatte ihn seine Frau während seiner Dienstreisen in Skandinavien als Vertreter der Textilfirma Passavant so oft betrogen, dass sein weiches Herz inzwischen versteinert war. Im Ort ein hochgeachteter Mann, hatte seine

Autorität im Hause etwas Unwirkliches. Sichtbare Insignie seiner scheinbaren Macht war eine neunschwänzige Lederpeitsche, die in der Küche an einem Nagel hing. Sie kam nur zweimal zum Einsatz. Einmal, nachdem Margarete die Bohnensuppe, die sie so sehr hasste, bei Tisch heimlich in ihre Schürzentasche gelöffelt hatte und, als man sich vom Tisch erhob, dieser Frevel nicht mehr zu verheimlichen war, ein andermal, als sie den ebenso sehr verabscheuten Haferschleim aus dem Fenster gegossen hatte, wo er die grünen Weinblätter weißlich herabgetropft war.

Margarete war keine gute Schülerin. Mit siebzehn brach sie die Schule ab. Der Textilkaufmann besaß die Großzügigkeit, seiner Stieftochter auf der 1923 neu gegründeten Frankfurter Schule für freie und angewandte Kunst, auch Städelschule genannt, eine Ausbildung zur Malerin zu finanzieren. Täglich fuhr sie nun mit dem Zug in die Stadt. Sie liebte die Arbeit im Atelier, bei der alle Schüler weiße Kittel trugen. Weiß war ihre Lieblingsfarbe. Barg sie nicht alle anderen Farben in sich? Sie liebte auch den Geruch von Terpentin und Fixiermitteln. Allmählich schien sich ihre innere Unruhe zu legen.

Ihre Eltern hatten inzwischen ein Kind bekommen, doch mit ihrer jüngeren Halbschwester verstand sich Margarete nicht. Die Halbschwester war im Gegensatz zu ihr ein durch und durch irdischer Mensch. Auch äußerlich waren die beiden Mädchen grundverschieden. Die eine mit ihren rotblonden Haaren und der Porzellanhaut ein nordischer Typ, die andere dunkel, brünett, ein südlicher Typ. Sie stritten oft erbarmungslos miteinander.

Wenn das Leben in der vornehmen Villa am Waldrand mit den Rosenbögen und den weißen Gartenmöbeln gleichwohl nach und nach in ruhigeres Fahrwasser zu kommen schien, dann lag das nicht zuletzt an der neunzigjährigen Großmutter mütterlicherseits, die vierzehn Kinder bekommen und neun davon großgezogen hatte. Sie zitterte und wackelte beständig mit dem Kopf, sodass man den

Eindruck haben konnte, sie sage immer zu allem nein. Dabei bejahte sie das Leben und die Menschen, selbst wenn sie Fehler hatten. Sie verursachte kaum Kosten, aß nur wenig, vor allem Brei und Suppen, denn sie hatte nur noch einen einzigen, jedoch großen Schneidezahn im Unterkiefer. Das verlieh ihr zwar ein hexenhaftes Aussehen, aber ihre Augen waren voller Güte. Der zweite Ruhepol in der Villa war die Hausmamsell, eine Analphabetin, die für alle groben Arbeiten im Haus zuständig war. Sie holte die glühende Asche mit bloßen Händen aus dem Kochherd, und sie trug zu allen Jahreszeiten mehrere dunkle Wollröcke übereinander und darunter keine Unterwäsche, wie sie mir Jahre später einmal kichernd demonstrierte.

Ende der zwanziger Jahre ernannte die Firma Passavant ihren Angestellten Ernst Müller zum Leiter der neuen Hauptstadtfiliale. Die Villa in der Waldkolonie wurde verkauft und der Umzug nach Berlin organisiert.

Wieder war die Unruhe zurück. Margarete weinte nächtelang. Doch der Umzug nach Berlin bot ihr auch die Möglichkeit eines Neuanfangs. Ihr neues Leben war voller Reize. Alles war offener, eleganter, weiter gefasst. Pfarrer Rieber schrieb seiner ehemaligen Lieblingsschülerin, dass er sich Sorgen mache, sie könne im Lichtermeer dieser Stadt ertrinken, aber sie ertrank keineswegs, vielmehr segelte sie sogar bald schon auf dem Wannsee, der ihr vorkam wie ein Ozean mit Ufern wie gemalte Kulissen. Vor allem die berühmte Pfaueninsel faszinierte sie. Auf dieser Insel mit den künstlichen Ruinen und den wie von sich selbst gemalten Vögeln, die Palette und Pinsel als gespreizte, schillernde Schwanzfedern bei sich zu führen schienen, hätte sie gerne gelebt. Sie seufzte über sich selbst, denn sie wusste ja, woher diese Träumereien kamen. Sie hatte eben einfach zu viel Phantasie.

Ernst Müller finanzierte seiner künstlerisch hochbegabten Stieftochter ein Studium an der berühmten Schule Reimann in Schöneberg mit dem Schwerpunkt Modezeichnen. Ihr Lehrer für dieses

Fach war der bekannte Maler, Modedesigner und Bühnenbildner Ludwig Erkner. Erkner machte seine Schüler mit den französischen Impressionisten Renoir, Matisse und Cézanne bekannt. Der Unterricht war ganz anders als auf der Städelschule. Er war locker und von viel Gelächter begleitet. Die neue Schülerin fand Anerkennung für ihre eleganten Modeentwürfe und die in feiner Technik ausgeführten Aquarelle. Vom Lehrer ermutigt, bemühte sie sich bald, beruflich Fuß zu fassen. Sie bewarb sich mit ihren Entwürfen bei verschiedenen Journalen. Obwohl alle ihre Bewerbungen erfolglos blieben, gab sie nicht auf. Allerdings kaprizierte sie sich fortan darauf, ihre Bilder in sich hinein auf die Leinwand ihrer Seele zu malen und nach außen hin das Leben einer von den Umständen verwöhnten, attraktiven jungen Frau zu genießen. Margarete tanzte viel und gerne. Das Theater Max Reinhardts und Erwin Piscators begeisterte sie. Da wurden Stücke gezeigt, die in Häusern ohne Fassade spielten. So ein Wohnen wünschte sie sich, ohne Gefängnismauern, die den Blick begrenzten.

Seit einiger Zeit war Margarete verlobt. Ihr Auserwählter sah aus wie das Musterbeispiel eines Ariers. Groß, breitschultrig, hellblond, aus den besten Kreisen, ein guter Jollensegler und Tennisspieler. Er trug den wunderbar deutschen Vornamen Peter und hatte nur einen Makel: Er war Jude. Peter und sie hatten sich beim Tennis kennengelernt. Sie waren oft mit seiner Jolle auf dem Wasser. Anschließend saßen sie im *Loretta*, tranken Berliner Weiße mit Schuss und stießen auf die Zukunft an. Einmal legte sie einen Bierdeckel auf ihr Glas. »Wegen der Mücken«, erläuterte sie. »Miggedeckel nennt man das in meiner Heimat«. Das Wort Heimat kam ihr plötzlich komisch vor. Es schwirrte und kitzelte im Mund. Sie wechselte deshalb das Thema und sprach über Rilke. »Rilke ist etwas Besonderes«, sagte sie. »Die Wörter in seinen Texten sind dunkel und hell zugleich. Das verleiht ihnen das Licht der Dämmerung, in dem alles größer aussieht, als es in Wirklichkeit ist. Du musst unbedingt sein ›Stundenbuch‹ lesen. ›Ich liebe meines Wesens Dunkelstunden, in welchen meine Sinne sich vertiefen.‹ Ist das nicht herrlich formuliert?« Peter sah sie voller Bewunderung an. Sie konnte so schöne Dinge sagen.

Im Souterrain ihrer Villa im Grunewald wohnte zurückgezogen ein Mann namens Siegfried Kracauer zur Miete, der, wie sie von ihrer Mutter wusste, an einem Romanmanuskript arbeitete. Oft überlegte Margarete, ob sie nicht mit ihm über Rilke sprechen sollte. Über sein »Stundenbuch«. Warum das Wort »dunkel« darin so oft vorkam. »Du Dunkelheit, aus der ich stamme, ich liebe dich mehr als die Flamme, welche die Welt begrenzt, indem sie glänzt.« Das war auch ihr Credo. Sie war zweifellos ein Kind der Dunkelheit. Sie hatte so viel Melancholie in sich, dass es bestimmt für ein ganzes Leben reichte. Sie stellte sich den Panther aus Rilkes Gedicht vor, wie er in seinem Käfig auf und ab lief. Er war wie sie: gefangen, ruhelos, voller Sehnsucht nach grenzenloser Weite. Die Menschen gleichen Gitterstäben, dachte sie. Die Eltern, die Freunde, sogar ihr Verlobter.

Zu ihrer inneren Dunkelheit gehörte, dass sie nicht wusste, wer ihr leiblicher Vater war. Sie trug zwar den Namen des ersten Ehegatten ihrer Mutter, aber es war mehr als unsicher, ob dieser auch ihr Erzeuger war. Sie hatte einen Grund für diesen Verdacht. Anfang Februar – ihr Stiefvater war wieder einmal im hohen Norden auf einer seiner langen Geschäftsreisen – erschien ein großer, jovialer, glatzköpfiger Herr in ihrer Villa. Als sie in seine Augen sah, hatte sie das Gefühl, in ihre eigenen zu blicken. Der Vertrautfremde, von Beruf Bankdirektor, wie sie später erfuhr, hatte einen großen Strauß Lilien dabei. Er legte ihn auf die Treppenstufen und umarmte ihre Mutter, wobei er sie ein wenig hochhob. Eine Weile hing sie an ihm wie eine Schlingpflanze an einem Baumstamm. Am Abend gingen sie zu dritt auf einen großen Tanzball des Rheinischen Carneval Vereins Berlin, der im *Rheingold*, einem Berliner Luxushotel, stattfand. Die Mutter saß mit geröteten Wangen neben dem Besucher. Die Tochter wurde immer wieder zum Tanzen aufgefordert, was ihr nur recht war, denn die Nähe des freundlichen Bankdirektors war ihr nicht geheuer. Der Besuch übernachtete im Gästezimmer. Am nächsten Tag lud er die beiden Frauen zu einem Bummel über den Kudamm ein. Er kaufte großzügige Geschenke für die Damen, um sich, wie er meinte, für die Gastfreundschaft erkenntlich zu zeigen. Margarete bekam einen weißen Kaschmirpullover mit einem aufgestickten schwarzen Steuerrad. Dann reiste er wieder ab. Am Abend fragte Margarete, wer dieser Herr sei. Sie glaube, ihn irgendwo schon einmal gesehen zu haben. »Natürlich hast du ihn gesehen. Das war vor 15 Jahren. Du warst sechs Jahre alt. Willy hat dich im Auftrag von mir und deinem Vater aus Polen herausgeholt. Willy war damals Offizier der Reichswehr und hatte gute Verbindungen. Du weißt jetzt übrigens auch, wer dein leiblicher Vater ist.« Diese Äußerung traf Margarete wie ein Blitzschlag. Sie rannte auf ihr Zimmer und schloss sich ein. »Alle lügen sie«, schluchzte sie. »Alle außer meiner Großmutter und Anna. Meine Mutter lügt, mein Vater lügt, bestimmt auch Peter.«

Eines war ihr klar, sie selbst würde anders sein. Sie würde sich immer der reinen Wahrheit verpflichtet fühlen, und sie würde so lange nach einem Menschen suchen, der so zu fühlen vermochte wie sie, bis sie ihn gefunden hatte.

Der Ehekrieg in der Grunewaldvilla wurde inzwischen immer heftiger. Die Frau des Hauses bezichtigte ihren Gatten wieder einmal der Untreue, seit sie in seinem Anzug eine auf seinen Namen ausgestellte Hotelrechnung über ein Zweibettzimmer gefunden hatte. Seine Verteidigung, es handele sich um die Rechnung eines Namensvetters, die er als Notizzettel benutzt habe, wirkte ziemlich hilflos. Als er in seiner Not von der Direktion des fraglichen Hotels in Erfurt die Auskunft einholte, er sei in jener Nacht überhaupt nicht in diesem Etablissement gewesen, und als er außerdem von einem Hotel der Nachbarstadt Weimar die Bestätigung erhielt, er habe tatsächlich dort übernachtet, erntete er nur die höhnische Bemerkung, solche Belege könne man von jedem Portier mühelos gegen eine geringe Geldsumme erhalten.

Dann kam im Oktober 1929 jener berüchtigte Schwarze Freitag, an dem der Handel an der New Yorker Börse mehrfach zusammenbrach mit der Folge einer weltweiten Hyperdeflation. Die Firma Passavant musste ihre Berliner Dependance schließen, und Ernst Müller musste die Villa im Grunewald unter großen Verlusten verkaufen. Er entschloss sich, wieder zurück in die Nähe von Frankfurt zu ziehen, wo er, gestützt auf seine großen Kenntnisse in der Textilbranche und seine vielen nationalen und internationalen Beziehungen, ein eigenes Unternehmen aufbauen wollte. Für Margarete war es erneut ein schwerer Schlag, denn sie liebte inzwischen das freie Leben in Berlin, das Treiben auf den Boulevards, das Glitzern des Wannsees im Abendlicht, das Stimmengewirr in den Cafés und auf den Fluren der Schule Reimann. Vieles davon gab es auch in Frankfurt, aber gedämpfter, geordneter, gebändigter von den bürgerlichen Verhältnissen in diesem Zentrum der Banken.

Ein Schlag war es auch für den Mieter im Souterrain, der nun seine günstige Wohnung aufgeben musste. Kurz bevor er auszog, fand Margarete endlich den Mut, ihn zu besuchen. Die Tür zu seiner Wohnung war angelehnt. Der Mann war gerade dabei, seine Bücher und Manuskripte in Kartons zu verpacken. Eine Weile sah sie ihm stumm dabei zu. Er sah ihrer Meinung nach nicht besonders gut aus mit seinen glatten, zur Seite gekämmten Haaren und dem runden, fliehenden Kinn. Als er sie entdeckte und mit seinen großen, sanften Augen neugierig anblickte und sie dann stotternd aufforderte, auf dem Schreibtischstuhl Platz zu nehmen, sagte sie nur: »Vielen Dank, Herr Kracauer. Ich will Sie nicht stören. Ich gehe gleich wieder. Es ist so schade, dass wir Berlin verlassen müssen. Die Stadt ist so schön groß und doch irgendwie so intim.« Eigentlich hatte sie sagen wollen, dass die Weitläufigkeit der Stadt den Käfig so geräumig machte, dass man die Gitterstäbe fast nicht mehr sah. Der Mann nickte. Dann sagte er: »Ja, aber es gibt bessere Städte. Marseille zum Beispiel. Das ist eine große Hafenstadt. Hafenstädte haben den Vorteil, dass sie an einer Seite über eine offene Tür zum Wasser verfügen. Wohin gehen Ihre Eltern?« Sein Stottern irritierte Margarete.

»Nach Frankfurt. Ich mag die Stadt nicht. Sie hat so wenig Poesie.«

»Das stimmt. Ich kenne Frankfurt. Es ist meine Heimatstadt, wie man so gerne irreführend sagt. Ich bin da geboren.«

»Es ist auch meine Heimat. Ich bin bei Frankfurt aufgewachsen. Schreiben Sie an einem Buch?«

»Ja. An einem Roman gegen den Krieg.«

»Das ist gut. Kriege sind etwas Scheußliches. Ich werde das Buch kaufen, wenn es erschienen ist.«

»Ich werde es aber nicht unter meinem Namen veröffentlichen, weil das zu gefährlich wäre.«

»Sie sind Jude, nicht wahr?«

»Ja. Aber kein gläubiger.«

»Wie mein Verlobter. Er ist auch ein ungläubiger Jude. Ich werde Ihren Roman trotzdem lesen. Unter welchem Pseudonym wird er veröffentlicht?«

»Unter gar keinem. Auf der Titelseite wird nur stehen: ›Ginster – Von ihm selbst geschrieben‹. Ich nehme den Namen des Helden an: Ginster.«

»Das ist eine fantastische Idee. Die Romanfigur hat das Buch selbst geschrieben. Welche Einheit von Traum und Wirklichkeit!«

Er lächelte. »Das nennt man auch romantische Ironie. Sie sollten übrigens schreiben, gnädiges Fräulein. Schreiben Sie doch Tagebuch. Das wäre ein Anfang.«

»Daran habe ich auch schon gedacht. Aber ich male lieber. Dabei kann man auch etwas festhalten.«

Wenig später ging Margarete, und Kracauer machte sich daran, den Karton sorgfältig zu verschnüren. Die kurze Begegnung hatte sie aufgewühlt. Von diesem Menschen ging etwas Verstörendes aus.

Nein, einen solchen Mann würde sie niemals heiraten. Mochte er auch noch so klug und gebildet sein. Ganz gegen ihren Willen begann sie zu grübeln. Sie sollte zurück ins alte Gefängnisleben, und davor graute ihr.

An einem der folgenden Tage traf sich Margarete mit ihrem Verlobten im *Loretta*, um den Abschied zu zelebrieren. Peter machte ein unglückliches Gesicht. Er hielt ihre Hand und drückte sie fest. Über dem Wannsee ging brennend rot die Abendsonne unter. »Ich möchte meinem Sohn eine gute Mutter sein. Auch in schweren Zeiten«, sagte sie. »Welcher Sohn?« Er sah sie irritiert an. »Sieh mal, die untergehende Sonne«, fuhr sie fort. In ihren Augen glitzerten Tränen, die das Abendlicht blutrot färbte. »Es sieht aus, als ob es weit im Westen brennt. Als ob dort ein Unglück geschehen wäre.« Sie tranken noch ein Glas, und dann brachte Peter Margarete nach Hause. Im Eingang küsste er sie ein letztes Mal zum Abschied.

Am folgenden Tag fuhren sie mit der großen schwarzen Limousine Richtung Frankfurt. Der Chauffeur, der Mann, die Frau, die Kinder, die Hausmamsell Anna und die Großmutter. Der Handelsvertreter verfügte trotz seiner Verluste an der Börse noch über genügend Geld, um in der Waldkolonie wieder ein ansehnliches Grundstück zu erwerben und sich ein Haus im modernen, sachlichen Stil bauen zu lassen. Nach Fertigstellung der Villa führte man trotz der schlechten Zeiten erneut ein großes Haus mit Dienstpersonal. Ein Fahrer für den sechssitzigen Adler, ein Gärtner für den übersichtlich angelegten Garten, die alte Hausmamsell Anna und ein Dienstmädchen, das oft wechselte, denn die Hausherrin misstraute der erotischen Ausstrahlung junger Mädchen. Die Küche war modern ausgestattet. Es gab sogar einen mit Gas betriebenen Herd und einen Kühlschrank. Trotzdem bestand die Hausherrin darauf, weiter auf einem Kohlenherd zu kochen, denn ihrer Ansicht nach konnte man nur so gute Soßen erzielen. Gleich neben dem Signalkasten, dessen fallende Ziffern melden sollten, in welchem der Zimmer Personal gebraucht wurde, hing die Neunschwänzige. Der Signalkasten war bald kaputt. Das war nicht schlimm, denn Anna konnte sowieso keine Zahlen lesen.

Im selben Jahr wurde die Hausherrin erneut schwanger, diesmal mit einem Sohn, den der Textilkaufmann als seinen Stammhalter anerkennen musste, obwohl er ihm, sowohl was sein Aussehen als auch was sein Naturell betraf, immer fremd bleiben sollte. Dann verstarb die Großmutter, nachdem sie sich auf dem Eröffnungsball des neuen Hauses beim Walzertanzen das Bein gebrochen hatte.

Zwischen den beiden Halbschwestern kam es auch nach der Rückkehr in die Waldkolonie regelmäßig zu seelischen Verletzungen. Als die ältere Schwester einmal in die Hose gemacht und das beschmutzte Kleidungsstück neben dem Grabstein ihrer Großmutter vergraben hatte, um der neunschwänzigen Katze zu entgehen, verpetzte die jüngere sie. Margarete rächte sich grausam. Sie wusste, dass die andere eine schwache Blase hatte. Als bei einem anderen Ball die Debütantin hoch erregt in einem wunderschönen Kleid den von Kerzen erleuchteten Salon betrat, näherte sich ihre Schwester und flüsterte ihr ins Ohr: »Na, pladdert's schon?« Ein Rinnsal war die Folge, das ihr über den Seidenstrumpf lief und neben ihren Tanzschuhen eine Pfütze bildete.

Im neuen Haus der Familie war der dichtende Rittmeister Binding, ein prominenter Bewohner der Waldkolonie, ein gern gesehener Gast. Er hatte eine völkisch-nationale Gesinnung und bewunderte die Rhetorik Adolf Hitlers, was ihn jedoch nicht daran hinderte, zu einem Maler wie Max Beckmann ein freundschaftliches Verhältnis zu unterhalten. Beckmann leitete seit 1925 eine Meisterklasse an der Frankfurter Kunsthochschule. Margarete hatte ihn zuweilen aus der Ferne gesehen, als sie die Anfängerklasse im Städel besuchte. Der strenge Blick und der breite Schädel des Mannes hatten sie eingeschüchtert. Sie war froh gewesen, ihn nicht als Lehrer zu haben. Da Ernst Müller erneut etwas für die Fortbildung seiner Stieftochter tun wollte, brachte er Binding dazu, seinen Freund Beckmann zu überreden, sie als Gasthörerin in seiner Meisterklasse aus handverlesenen Schülern zu akzeptieren. Als Margarete daraufhin im Sommer 1932 mit ihren Skizzen von langbeinigen Frauen in Pelzmänteln und eleganten Kostümen in der Kunstschule erschien, war sie schockiert, weil der Maler keinen einzigen Blick in ihre Mappe warf, stattdessen einen Korb voller grüner Heringe auf einem großen Tisch ausleerte und die Schüler aufforderte, die Fische während ihres Verwesungsprozesses immer wieder zu malen. »Malen, nicht reden«, antwortete er knapp auf Fragen der Studenten. Es war heiß, und der Gestank, der von den Fischen ausging, wurde von Tag zu Tag unerträglicher.

Da die antijüdische Stimmung inzwischen überall im Land zunahm, sorgte Ernst Müller mit Hilfe seiner guten internationalen Verbindungen dafür, dass sein zukünftiger Schwiegersohn von Berlin über Schweden nach Kapstadt auswandern konnte. Dort sollte er auf seine Braut warten, die nachkommen würde, sobald er sich einigermaßen eingerichtet hätte.

Die Zeiten wurden immer schlechter. Beckmann wurde entlassen, seine Bilder wanderten als entartete Kunst in die Depots oder wurden ins Ausland verkauft. Margarete hatte in dieser Zeit zunehmend das Gefühl, dass sich die Gitterstäbe des Käfigs, in dem sie sich seit Jahren befand, mehr und mehr in fensterlose eiserne Wände verwandelten. Rittmeister Binding hatte trotz seiner völkisch-nationalen Gesinnung einen erlesenen Geschmack. Er ließ Beckmann kommen, um sich von ihm porträtieren zu lassen. Im Anschluss an eine dieser Porträtsitzungen waren beide im Hause Ernst Müllers zu Gast. Beckmann hatte vortreffliche Manieren, und er war ein genauso großer Genießer wie Binding. Im Bereich der Gaumenfreuden waren sie sich trotz ihrer kontroversen politischen Ansichten einig. Ernst Müller inspizierte mit seinen Gästen den gut gefüllten Weinkeller. Sie brachten einige Flaschen hoch, und da sie in ihren Gesprächen jede politische Äußerung vermieden, wurde es ein harmonischer und gelöster Abend, bei dem auch der Hausherr allmählich aus seiner gewöhnlichen Versteinerung erwachte. Margarete irritierte es, dass Beckmann mit keinem Wort erwähnte, dass sie bei ihm hospitiert hatte. Vielleicht hatte er sie nicht wiedererkannt. An ihrem Hals zeigten sich rote Flecken. Nachdem sie mehrere Gläser Wein getrunken hatte, traute sie sich, Beckmann zu fragen, worauf es denn beim Malen eigentlich ankäme. Er sah sie belustigt an. »Es gibt keine Regeln, meine Gnädigste. Höchstens einige Verhaltensweisen, die man empfehlen kann. Sie müssen zum Beispiel Ihren Verstand möglichst ausschalten und Ihrer Hand folgen, die ihrerseits dem Herzen folgt, und dieses folgt wiederum den Augen. Sie müssen also die Dinge, die Sie darstellen wollen, so lange mit Ihren Augen und durch sie hindurch mit Ihrem Gefühl betrachten, bis diese ihr Geheimnis preisgeben. Sehen Sie zum Beispiel den kleinen Sessel da drüben? Er ist im Chippendale-Stil gefertigt. Das ist jedoch nur der äußere Anschein. Sie dürfen ihn nicht einfach abkonterfeien. Sie müssen ihn lange genug ansehen, bis er Ihnen seine eigentliche Wahrheit offenbart. Die Wahrheit nicht irgendeines Sessels in einem bestimmten Stil, sondern eben dieses einen Exemplars. Sehen Sie, er ist ein wenig durchgesessen, und die rechte Armlehne ist stärker abgenutzt als die linke. Dieser Stuhl hat einen ganz eigenen Charakter. Er ist ein Individuum. Vielleicht ist er in seinem Wesen blau, obwohl er altrosa bezogen ist. Mehr ist dazu nicht zu sagen.« Er verzog seine breiten, sinnlichen Lippen zu einem Lächeln, sog an seiner Zigarettenspitze und hob das Glas, um mit ihr anzustoßen. Margarete blickte dabei zu Boden, als sei die Wahrheit dieses rätselhaften Mannes eher ungeeignet für eine Wahrnehmung.

Der dichtende Rittmeister neben Beckmann hatte die ganze Zeit über geschwiegen und sich an seinem Glas Rheinwein festgehalten. Nun sah er die Gelegenheit gekommen, sich wirkungsvoll einzumischen. »Mit dem Erzählen ist es übrigens ähnlich, meine Gnädigste. Wenn man die Farbe der Wörter auf die leere Leinwand eines Stück Papiers aufträgt, muss man aufpassen, es nicht zu weit dabei zu treiben. Eine gewisse Sparsamkeit ist nötig. Eine elegante Sparsamkeit sozusagen. Sonst sieht man die Dinge, um die es geht, hinter den Wörtern nicht mehr. Stil nennt man das. Er ist entscheidend für eine Aussage, auch wenn das für einen Stuhl nicht unbedingt gilt.« Er lächelte zufrieden wie jemand, der zwar selbst nicht recht versteht, was er sagt, der sich jedoch sicher ist, dass er sich formvollendet ausgedrückt hat. Margarete indessen dachte bei sich: Malen, was ist das schon. Sie brauchte dazu keine Leinwand, keine Farben, keine Pinsel. Sie malte ja unaufhörlich mit ihren Augen, und die Farben kamen dabei aus ihrem Inneren. Die Leinwand aber war die ganze Welt. Und schreiben? Ja, das würde sie vielleicht dereinst auch einmal versuchen. Interessante Texte gab es genug in ihr, und wenn sie sie aufs Papier brachte, würde sie sie dabei sicher weniger stark verderben, als es bei Bildern der Fall war.

In diesem Moment betrat die Dame des Hauses mit einem Tablett den Salon mit den chinesischen Vasen, dem Seilerflügel, den edlen Perserteppichen, den kolorierten Stichen mit italienischen Motiven und dem Gipsabguss der Lebendmaske Goethes mit Lorbeerkranz an der Wand. Auf dem Tablett lagen, dicht an dicht, geöffnete Austern. Sie trat zu der Gruppe, die ihr am nächsten stand. »Bitte schön, greifen Sie zu. Es ist meinem Mann gelungen, diesen wahren Schatz bei einem Fischhändler in Frankfurt zu heben.« Es war ihr nicht anzumerken, dass sie sich ärgerte, so lange in der Küche gewesen zu sein und an den Gesprächen nicht teilgenommen zu haben. Beckmann schnappte sich eine Auster und schlürfte sie mit geschlossenen Augen. »Herrlich. Das ist das Meer. Oder wenigstens sein bester Botschafter. Es ist schon eine Weile her, dass ich in diesen Genuss gekommen bin. Die Kommunisten haben es mir übrigens verübelt, dass ich in unseren Zeiten der Armut und Lebensmittelknappheit häufig Austern in meine Bilder hineingemalt habe. Das zeigt, wie wenig sie von Kunst verstehen. Ist sie doch häufig nur ein Ausdruck ehrlicher Sehnsucht. Und die prüden Nazis mögen meine Austern nicht, weil sie sich durch sie an das weibliche Geschlechtsorgan erinnert fühlen.« Er lächelte souverän und beobachtete, wie sich die roten Flecken am Hals der Tochter des Hauses vermehrten. Auch Binding schlürfte seine Auster. Dann äußerte er: »Tut mir leid mein Freund, etwas stimmt nicht an Ihrem Vergleich. Austern lassen sich schwerer öffnen.« Er war zufrieden mit seinem Bonmot, ging hinüber zu Ernst Müller und bedankte sich umständlich für die lukullische Überraschung. Margarete aber war froh, dass sich jetzt der Klavierlehrer, ein außergewöhnlich gut aussehender Mann und Freund des Hauses, auf die breite gepolsterte Klavierbank setzte und die Gastgeberin herbeiwinkte. Er begann mit dem Vorspiel. Dann sang die Hausherrin, den einen Unterarm auf das polierte schwarze Holz des Flügels gestützt, mit ihrer schönen, warmen Altstimme ein Lied aus dem Zyklus »Die schöne Müllerin« von Franz Schubert. »Das Wandern ist des Müllers Lust …« Das Pikante daran war, dass der Hausherr Müller hieß und als Handlungsreisender sehr viel unterwegs war.

*

B. hatte aufgehört zu erzählen, so plötzlich, als sei ihm der Faden gerissen. Er war sich während seines Berichtes so sicher wie noch nie gewesen, dass die Unruhe seiner Mutter auch seine Unruhe war. Sie hatte sich auf ihn übertragen, vielleicht schon während der Schwangerschaft. Er war im Übrigen erstaunt darüber, wie leicht ihm sein Bericht gefallen war. So, als hätten sich die Worte schon lange in seinem Kopf gebildet, ähnlich Seerosen, die in der Tiefe im Schlamm knospen und eine Weile brauchen, bis sie sich an der Oberfläche des Wassers entfalten. Nun aber presste er die Lippen zusammen, als wollte er der Stummheit des Anderen ein noch tieferes Schweigen entgegensetzen. Der löste sich nach einer Weile aus seinem Schatten und kam näher. Er bewegte sich leicht und schnell, fast als hätte er kein Gewicht. Dabei verstand er es wieder, im Gegenlicht zu bleiben, sodass sein Gesicht nach wie vor nicht zu erkennen war. Dann spürte B. seinen Atem im Nacken. Kühle Hände legten sich um seinen Hals. Sie glitten auf seine Schultern herab und begannen, seine Nackenmuskulatur zu kneten. »Entspannen Sie sich«, sagte die Stimme. »Sie haben noch einen weiten Weg zurück vor sich.«

Nach einer Weile entfernten sich die Hände wieder und hinterließen einen angenehmen Schmerz in B.s Nackenpartie. Der Andere ging mit langen, geräuschlosen Schritten zur Tür und öffnete sie. Ein kalter Lufthauch zog durch den Raum. Es war finster im Flur. »Ich glaube, Sie haben Ihrer Mutter gegenüber ein schlechtes Gewissen. Sie fühlten sich ein Leben lang von ihr betrogen, aber eigentlich waren Sie selbst der Betrüger. Kommen Sie morgen wieder, zur gleichen Zeit. Verspäten Sie sich nicht. Ihre Zeit ist kostbar.«

Draußen herrschte ein diffuses Licht, das wie ein feiner Schleier über allen Dingen lag. B. ging den Fluss entlang, stromaufwärts in Richtung Innenstadt. Die Strömung hatte aufgehört. Die auflaufende Flut hatte sie zum Stillstand gebracht. Plötzlich gewahrte er etwas im trübgelben Wasser, das wie ein schwimmender Mensch aussah. Er trat an die Brüstung und beugte sich hinab. Nun erkannte er, dass es nur ein vollgesogenes Kleid war, das sich im auf und ab schwappenden Wasser bewegte. Der Stoff kam ihm bekannt vor. Große weiße Margeriten, auf blauen Untergrund gedruckt. Als Kleinkind hatte er oft versucht, diese Blumen vom Kleid seiner Mutter zu pflücken.

B. versuchte, sich den Weg zurück zum Hotel einzuprägen. Er würde ihn die nächste Zeit täglich zurücklegen müssen. Jetzt, auf dem Rückweg, verließ er sich ganz auf seinen Ortssinn, denn es gab niemanden, den er nach dem Weg fragen konnte. Er folgte weiter der Uferstraße flussaufwärts und bog dann in eines der gewundenen

Gässchen ein, die zur Altstadt gehörten. Auch sie waren ohne Leben. Die meisten Fensterläden waren geschlossen, ebenso die wenigen Geschäfte, an denen er vorbeikam. Eine Weile irrte B. umher, bog immer wieder in neue Straßen ein. Er ärgerte sich, dass er sich an der Rezeption keinen Stadtplan hatte geben lassen. Schon wollte er aufgeben, da öffnete sich die Straße auf den großen Platz mit dem Ehrenmal, an dem das Hotel lag. Als er gestern Abend angekommen war, war es schon dunkel gewesen, und in der dürftigen Straßenbeleuchtung hatte er sich vom Äußeren des großen Gebäudes kein Bild verschaffen können. Diesmal nahm er die Fassade genauer in Augenschein. Er sah nun, dass es ein ziemlich alter Bau im Bäderstil der Belle Époque war. Offenbar hatte das Gebäude seine besten Jahre längst hinter sich. Der hellgraue Putz der Fassade war an einigen Stellen rissig, und etliche der Verzierungen über und unter den Fenstern waren abgebrochen.

Als B. das Foyer betrat, strömte ihm eine feuchte Wärme entgegen, in der es muffig nach Putzmitteln und alter Wäsche roch. An der Rezeption war niemand. Er langte über den Tresen und griff sich den Schlüssel mit der Nummer 63, in der Annahme, dass das Zimmer mittlerweile fertig hergerichtet sein musste. Dort roch es nach frischer Farbe. Die Bettdecke war zurückgeschlagen. Auf dem Kissen lag ein rotes, in Zellophanpapier gewickeltes Bonbon, und auf dem kleinen Tischchen standen eine Vase mit wächsernen Schnittblumen, ein kleines Fläschchen Sekt und ein Glas, an dem ein weißes Kuvert mit seinem Namen lehnte. Er öffnete es, zog die Karte heraus und las »Das Personal wünscht Ihnen einen angenehmen Aufenthalt«. Die übliche Floskel. Erstaunlich nur, dass der Satz in Sütterlin geschrieben worden war.

B. sah sich im Zimmer um. Die Einrichtung war wenig einladend. Ein großer Kleiderschrank, eine Anrichte mit eingebauter Minibar, zwei Sessel, der eine rot, der andere blau bezogen, ein nierenförmiger schwarzer Glastisch. Die Minibar enthielt nur eine einzige

Flasche mit einem blauen Etikett. Zu B.s Verwunderung gab es keinen Fernseher. Das war für ein modernes Hotel sehr ungewöhnlich. Viele Dinge zeigten Abnutzungsspuren, abgeplatztes Furnier, Flecken auf dem hellgrünen Teppichboden. B. setzte sich in den blauen Sessel, füllte das Glas mit der perlenden Flüssigkeit und trank es in einem Zug leer. Der Sekt war lauwarm und süß. Plötzlich fiel sein Blick auf einen großen Koffer. Es war sein Seekoffer mit den Manuskripten. Man hatte ihn offenbar von der Gepäckaufbewahrung geholt und auf sein Zimmer gebracht. B. durchsuchte seine Kleidung vergeblich nach der Blechmarke.

Trotz des bedrückenden Ambientes fühlte B. sich schnell wie zu Hause. Vielleicht lag es an der Tapete hinter dem Bett. Ein imitiertes Mosaik aus bunten Quadraten, das ihm bekannt vorkam. Er öffnete die Minibar und holte die andere Flasche heraus. Ihr Etikett zeigte eine schlanke, tiefdekolletierte Frau mit einem Diadem in den langen, wehenden Haaren und einer Ähre in der Hand. B. öffnete den Verschluss und schenkte sich ein. Die Flüssigkeit war klar und kühl. Snow Queen stand auf dem Label. Als er ein zweites Glas trank, spürte er, wie sich seine Verkrampfung löste. Eine Weile saß er lächelnd da und blickte durch den aufklaffenden Vorhang hinaus auf die Straße.

Langsam wurde es wieder dunkel. Der Himmel hatte die Farbe einer großen Schiefertafel. Feine Wolken auf ihm sahen aus wie Kreidestriche. Die Augen fielen ihm zu. Als Letztes nahm er das Klopfen seines Herzens wahr, laut, unregelmäßig und viel zu schnell, als würde dort jemand verzweifelt vor einer verschlossenen Tür Einlass begehren.

2

Als B. am folgenden Tag zum zweiten Mal das Institut betrat, warf er unwillkürlich einen Blick auf seine Taschenuhr. Es war jene silberne Uhr, die sein Vater einst während seiner Haft in einem norwegischen Gefangenenlager gerettet hatte, indem er sie in eine große Tube Zahnpasta hineingeschoben hatte. B. war pünktlich. Das beruhigte ihn. Pünktlichkeit war Balsam auf die Wunden der Zeit.

Die Tür zum Sprechzimmer stand offen, und er betrat daher den Raum, ohne anzuklopfen. Das Unwetter von gestern war durchgezogen, und der Himmel in den Fenstern war unnatürlich blau. Die Wolken darin sahen aus wie Kratzer auf einer gläsernen Schale. In der Ferne hörte man ein dumpfes Grollen. Irgendwo musste eine mächtige Brandung auf die Küste treffen, als Hinterlassenschaft des Sturmes. Alles war wie am Vortag. Der Mann stand am Fenster. Sein Gesicht im Gegenlicht nicht viel mehr als ein dunkler Fleck. B. setzte sich in den Sessel neben dem Spiegel. Der Andere begab sich an seinen Schreibtisch. Er kam B. diesmal weniger fremd vor. Fast meinte er, sich ein, wenn auch vages, Bild von ihm machen zu können. Er redete sich ein, in den undeutlichen Gesichtszügen so etwas wie Anteilnahme oder wenigstens Interesse wahrzunehmen. Vielleicht wäre sein Gegenüber wirklich dazu fähig, seiner lebenslangen Suche nach einem Freund einen späten Sinn zu geben. Er wusste allerdings immer noch nicht genau, was dieses Wort überhaupt meinte: Freund. War das jemand, der alles verstand, was in einem vorging und was man selbst nicht begriff? War es jemand, der ihm ein einfühlsamer Deuter seines eigenen Wesens sein konnte? Auf jeden Fall war es niemand, der einem nach dem Mund redete, der nur simples Einverständnis zeigte. Von einem Freund erwartete B. vor allem eines: Kritik, unbarmherzige, aber zugleich teilnahmsvolle Kritik. Doch die

Stimme, die er nun hörte, war so unbeteiligt, dass er all diese Überlegungen schnell wieder aufgab. »Fahren Sie fort. Wir haben noch einen langen Weg zurückzulegen. Und meine Zeit ist genauso kostbar wie die Ihre.«

B. räusperte sich mehrfach. Dann begann er zu reden, und während er erzählte, kam es ihm vor, als lichte sich der Nebel mehr und mehr, der über dem weiten Land der Vergangenheit lag.

*

Ende 1936 betrat ein Fremder die Bühne des großbürgerlichen Elternhauses von Margarete. Er stieg die breite Treppe zwischen den Rhododendren und den leeren Pflanzenkübeln empor. Dabei bewegte er sich harmonisch und doch zugleich wie jemand, der sich unsicher fühlte. Bewegung und Verharren hatten sich in seinem Gang zu einer fast komisch wirkenden Kombination vereint, zu einer Art erstarrtem Vorwärtsstürmen. Edward war ein gut aussehender junger Mann, athletisch gewachsen, mit dichten dunklen Locken über einer niedrigen Stirn, einer geraden, jedoch fleischigen Nase und einem markant geformten Mund, dessen Lippen an eine schwebende Möwe erinnerten. Auf der obersten Stufe blieb er stehen und schien zu überlegen, was er nun tun solle. Er wusste, hinter dieser Tür wohnte eine junge Frau, die ihn brennend interessierte. Dennoch zögerte er. Vielleicht ahnte er etwas von dem Abgrund, an dessen Rand er verharrte und auf dessen Gefährlichkeit er sich einlassen musste, wenn er weiterging. Er begann, sich die Schuhsohlen am eisernen Abtreter neben der Tür zu reinigen, gründlicher als nötig, vielleicht um sich noch eine Gnadenfrist zu verschaffen. Dann schwebte sein Finger für einen Augenblick über dem blankgeputzten Messingknopf neben der Tür. Endlich drückte er die Klingel. In der Hand hielt er einen Blumenstrauß, den seine einstige Pensionswirtin, die alle nur Mutti Hüter nannten, für ihn besorgt hatte. Wegen des kalten Novemberwetters hatte er sich nicht getraut, die Blumen von ihrer Papierhülle zu befreien, wie Mutti Hüter es empfohlen hatte. Die Tür des Hauses öffnete sich. Ein Dienstmädchen in schwarzem Kleid und weißer Schürze forderte ihn auf einzutreten. Er werde schon erwartet. Sie führte den Ankömmling ins Foyer, wo er sich nun mühte, den Blumenstrauß freizulegen, ohne die empfindlichen Blüten zu verletzen. Der Fußboden aus polierten Solnhofer Platten bewegte sich seinem Empfinden nach stärker als ein Schiffsdeck bei schwerem Seegang, aber er war es gewohnt, solche Schwankungen durch instinktive Pendelbewegungen seines Körpers oder, wie in diesem Fall, seines Gemüts auszugleichen. Obwohl er Friese war, geboren und aufgewachsen auf einer fernen Nordseeinsel, sah er überhaupt nicht nordisch aus, sondern eher wie ein Rudolph Valentino der Küste, der nichts von seiner Wirkung auf Frauen wusste. Nur die Farbe seiner Augen passte zu seiner Herkunft. Sie waren meergrau. Von Beruf Seemann, liebte er die See. Sie war für ihn mehr als ein Arbeitsplatz oder ein Spiegel der inneren Leere, die er manchmal empfand. Derzeit war er allerdings als Luftschiffer auf dem Frankfurter Flugplatz stationiert. Damals hatte Hugo Eckener, der Vater der Zeppelinbewegung, die Vision, den Erdball mit mehreren Routen von Luftschiffen zu umspannen. Die Menschheit sollte zusammenwachsen, und da die Reichweite von Flugzeugen zu gering war für globale Reiseverbindungen, schienen Luftschiffe das Richtige zu sein, um diese Funktion zu übernehmen. Sie waren seine Friedenstauben und wurden von Seeleuten navigiert, da Eckener der festen Überzeugung war, dass nur sie sich auf den schwierigen Umgang mit Wind und Wetter verstanden, der für das Fahren der empfindlichen Konstruktionen aus Leinwand und Aluminium nötig war. Der junge Mann im Hausflur gehörte zu den Auserwählten, die zum Luftschiffsführer ausgebildet werden sollten. Um eine Wohnung zu finden, waren er und sein Freund Gerd wenige Wochen zuvor tagelang mit dem Rad durch die Gegend gefahren und schließlich in der Waldsiedlung gelandet. Hier hatten sie endlich bei Mutti Hüter ein Zimmer gefunden. Sie war die gute Seele des Ortes und die Wirtin des Bahnhofsrestaurants. Außerdem führte sie eine kleine Pension und einen Laden. In einer Umgebung, die sonst nur aus den Villen reicher Familien bestand, hatte sie dadurch eine wichtige soziale Funktion. Nach kurzer Zeit fanden die Freunde mit Mutti Hüters Hilfe ein Zimmer bei der Familie Preusse und konnten in deren Villa an der Hainer Trift umziehen, der einzigen Straße, an der es keine Bäume gab, denn ihre Rotdornallee war einer Krankheit zum Opfer gefallen. Dadurch war sie heller und breiter als die anderen und wurde von den Einwohnern als eine Art Hauptstraße des Ortes empfunden. Sie führte schnurgerade auf eine Steinbrücke zu, die einen Bach überspannte. Er begrenzte den Ort im Norden, ein Rinnsal, das für einen wasserliebenden Inselbewohner nicht der Rede wert war und keinen Trost zu spenden vermochte. Er brauchte allerdings derzeit auch keinen Trost, denn er war in einer für seine Verhältnisse geradezu euphorischen Stimmung, hatte er sich doch vor wenigen Tagen unsterblich verliebt. Bei einem von seiner Vermieterin veranstalteten Gesellschaftsabend hatte er die Tochter jenes Hauses kennengelernt, in dessen Foyer er jetzt wartete. Beide hatten ihre Begegnung von Beginn an als Schicksalsfügung empfunden, beide hatten nur miteinander getanzt, bis spät in die Nacht hinein. Er tanzte hervorragend, nicht zu wild und nicht zu steif. Aus allem, was Edward sagte und tat, auch wegen seiner Zurückhaltung, unter der sie eine innere Glut zu spüren meinte – er war sogar zu schüchtern gewesen, sie nach dem Ende des Balls bis vor die Haustür zu begleiten, sondern hatte das lieber seinem Freund Gerd überlassen –, war es Margarete klar geworden, dass sie füreinander bestimmt waren. Endlich war einer der Gitterstäbe des Käfigs gebrochen, in dem sie sich gefangen fühlte, und durch die entstandene Lücke würde sie hindurchschlüpfen können. Noch am folgenden Tag erklärte Margarete ihren Eltern, dass sie sich von ihrem Verlobten trennen und ihm nicht ans Kap der Guten Hoffnung folgen würde. Das sei ihr gestern klar geworden, auf der Feier bei Preusses. Der Stiefvater wandte ein, dass ihre Emigration nach Südafrika bereits arrangiert sei. Das sei auch gut so, denn hier im Land seien unruhige, wenn nicht gar gefährliche Zeiten zu erwarten. »Bitte, schreibe Peter«, antwortete Margarete. »Du kannst dich so diplomatisch ausdrücken. Kündige bitte die Verlobung für mich auf. Ich habe den Menschen kennengelernt, dem ich meine Zukunft anvertrauen möchte.« Margarete hatte darauf gedrungen, dass ihr Zukünftiger in aller Form von den Eltern eingeladen wurde, und nun war er da. Als ihre Mutter aus dem im ersten Stock gelegenen Ankleidezimmer, in dem sie sich für diese erste Begegnung vorbereitet hatte, den roten Läufer des breiten Treppenhauses herabschwebte, hatte der Gast die Blumen immer noch nicht von ihrem Papierkleid befreit. Sie reichte ihm die Hand zu einem Kuss, er jedoch drückte sie so fest, dass sie innerlich aufstöhnte. Seine Verbeugung glich eher einem Nicken, mit dem er in seiner Arbeitswelt einen Befehl erteilte. Die Dame des Hauses war amüsiert und sofort bereit, ihre immer noch große erotische Anziehungskraft zu aktivieren, wovon der Gast jedoch nichts bemerkte. »Mein Mann ist leider verhindert«, sagte sie mit ihrer angenehm dunklen, facettenreichen Stimme. »Er kommt später. In etwa einer Stunde.« Sie führte den Gast in den Blauen Salon, in dem der Seilerflügel stand, und bat ihn, auf einem der Chippendale-Sessel Platz zu nehmen. Dann ging sie in die Küche, um das Hausmädchen zu veranlassen, ein Tablett mit ein paar Schnittchen, Käsegebäck, langstieligen Gläsern und einer Flasche kaltem Sekt aus dem Frigidaire zu bringen. Als sie wieder im Salon war, setzte sie sich aufs Sofa, legte ihre wohlgeformten Beine übereinander und begann mit der Konversation. »Meine Tochter erzählte mir, dass Sie Kapitän eines dieser wunderschönen, eleganten Luftwesen sind, die wir manchmal über den Himmel ziehen sehen. Bestimmt ist es faszinierend, dort an Bord zu sein, losgelöst von aller Erdenschwere.« »Ich bin nicht der Kapitän, aber ich bin Offizier. Es ist tatsächlich faszinierend, wie Sie sagen.« Edward verstummte, weil er nicht wusste, was es noch zu erzählen gab. In diesem Moment erschien Margarete. Sie trug ein hellblaues, schlichtes Kattunkleid mit weißen aufgedruckten Blumen, das in einen Sommertag besser gepasst hätte als in diese trübe, vorweihnachtliche Zeit. Ihre rotblonden Haare waren zu einem schweren Zopf geflochten, den sie wie eine Krone trug. Die Frisur betonte ihre gewölbte Stirn, und ihre rehbraunen Augen sprachen aus, was sie fühlte: »Mutter, du bist hier überflüssig, dieser Mann gehört mir allein.« Als später der Hausherr kam und noch eine zweite Flasche dem freudigen Anlass zum Opfer fiel, hatte der Gast längst einen Weg gefunden, mit der Situation halbwegs zurechtzukommen. Er erzählte von seiner Arbeit, vom Luftschiff, vom Abwurf der Postsäcke über einsam im Atlantik gelegenen Inseln, von den Schwierigkeiten der Navigation, von Seitenpeilung und Ballastablassen, wenn es galt, über eine Gewitterfront zu gelangen. Die drei hingen an seinen Lippen, und Margarete glaubte bald, in ihrem Sessel wie in einem Fesselballon hoch über den Perserteppichen zu schweben, was nicht nur am Getränk lag, das geeignet war, allen Ballast grüblerischer Gedanken aus ihrer schwermütigen Seele abzulassen, sondern auch an den schlichten und doch so anschaulichen Worten und der angenehmen Stimme des Gastes. Die Dame des Hauses schwelgte in Phantasien weiblichen Besitzergreifens. Der Hausherr stellte hin und wieder präzise Fragen zu den schwierigen ökonomischen und politischen Verhältnissen bei der Luftschifferei. So wurde es ein gelungener Auftakt, und der Fremde war trotz seiner wenig geschliffenen Umgangsformen bei seinen zukünftigen Schwiegereltern als Bräutigam in spe akzeptiert.

In den nächsten Wochen kam sich das junge Paar bei langen Spaziergängen im Wald schnell näher. Edward küsste Margarete zu ihrem Kummer jedoch nie, so sehr sie es sich auch wünschte und immer wieder Situationen schuf, in denen es leicht möglich gewesen wäre. Fünf Monate lang ging es zu ihrem Leidwesen so. Er umarmte sie manchmal und presste sie an sich. Wenn es regnete, hob er sie über die Pfützen und drückte ihre seine Uniformmütze aufs Haar. Aber er riskierte es nicht, seine Lippen ihrem Mund zu nähern. Es war nur zum Teil seine Schüchternheit. Auch das pathetische Gefühl von Endgültigkeit ließ ihn vor einer solchen Besiegelung ihrer Liebe zurückschrecken. Vierzehn Jahre später würde sie ihm schreiben, dass jene fünf Monate des Wartens bewirkt hatten, dass sein Kuss für sie immer noch eine Offenbarung sei.

Bereits in der ersten Woche ihrer Bekanntschaft gab er ihr auf einem Spaziergang zur Bachgrundwiese, einer verwunschen wirkenden Lichtung im Westen des Villenortes, durch die der Hengsbach floss, einen Kosenamen: Ree. Als sie ihn fragte, was das Wort bedeute, erklärte er es ihr umständlich, ree sei ein Kommando aus der Seglersprache. Man sage ree, kurz bevor man das Ruder lege und durch den Wind auf einen neuen Bug gehe. »Heißt auf einen neuen Bug gehen so viel wie den Kurs ändern?« »Ja«, bestätigte er. »Der Wind kommt jetzt von der anderen Seite. Und ich, ich habe nun den Kurs meines Lebensschiffs geändert, weil ich dich kennengelernt habe.« Sie lächelte selig und schlang die Arme um seinen Nacken, in der Hoffnung, dass er sie nun endlich küssen würde. »Und wohin segeln wir, Liebster?« »Geradewegs ins Glück«, sagte er und staunte dabei innerlich über seine klischeehafte Ausdrucksweise, die er jedoch in diesem Moment als durchaus treffend empfand. Glück mochte er eigentlich nicht, es war ein Zustand, der ihn skeptisch machte.

Bei einem ihrer Spaziergänge trug Margarete den weißen Kaschmirpullover mit dem Steuerrad darauf, um ihrem maritimen Freund eine Freude zu machen. Edward war jedoch entsetzt darüber, wie hier ein wichtiges Instrument der Seefahrt als modischer Zierrat missbraucht wurde, aber er zeigte sein Entsetzen nicht. Er zeigte nie Entsetzen, ein ganzes Leben lang. Einmal, als er wieder im Hause

Müller war, lief Edward im Blauen Salon auf und ab. Margarete saß auf der Couch und starrte verwundert auf seine Hände, die er so ineinander verschränkt hatte, dass die Knöchel am Handgelenk weiß hervortraten. »Es muss etwas geschehen«, murmelte er immer wieder. »Es muss etwas geschehen.« Sie nickte und wartete vergeblich darauf, dass er sie in die Arme nehmen würde. Aber am gleichen Tag noch hielt er im Arbeitszimmer Ernst Müllers um die Hand Margaretes an. Das vorsichtige Familienoberhaupt hatte alle Vor- und Nachteile der Verbindung längst erwogen und durchgerechnet, mit dem Ergebnis, dass er wohlwollend einverstanden war.

Den Erhalt des väterlichen Segens besiegelte Edward endlich mit jenem langersehnten Kuss, nachdem er mit seiner Braut ausgelassen durch den Wald zu einer Lichtung mit Namen Bachgrundwiese gerannt war. Die Verlobungsfeier fand am zweiten Mai statt. Man fuhr in beschwingter Laune mit dem Adler nach Assmannshausen und feierte in der *Krone* bei einem opulenten Menü und vielen Trinksprüchen.

Schon am nächsten Tag trat der Bräutigam seinen Dienst als Navigator auf dem Luftschiff »Hindenburg« an. Es war die erste Nordamerikafahrt der Saison. Sie sollte in einer Katastrophe enden. Der Zeppelin fing über dem amerikanischen Flugplatz Lakehurst Feuer, explodierte und brannte völlig aus. Als Margarete von dem Unglück erfuhr, fiel ihr jener Sonnenuntergang über dem Wannsee ein. Es war eine Vorahnung gewesen. So etwas geschah ihr immer wieder. Viele Menschen waren in den Flammen umgekommen. War es mit ihrem Glück vorbei, ehe es richtig begonnen hatte? Sie wollte es nicht glauben. Schließlich schützte sie ihren Verlobten aus der Ferne mit ihren Gedanken und Gebeten. Endlich erhielt sie ein Telegramm mit den lakonischen Worten: »Bin gesund und am Leben.« Sie lächelte. So etwas Unbeholfenes! Wäre er nicht am Leben gewesen, hätte er wohl kaum ein Telegramm schicken können! Sie reagierte mit mütterlichen Gefühlen. Er würde sie in kritischen Situationen zukünftig immer als Ratgeberin und Schutzengel brauchen, vor allem wenn es um das Formulieren ging. Das machte sie stolz und glücklich.

Es war Edward, der das Schiff am Höhenruder gesteuert hatte, sogar gelungen, einige Passagiere aus dem Inferno zu retten. Er war jetzt ein Held, was er allerdings auf Grund seines nüchternen und bescheidenen Naturells nicht groß zur Kenntnis nahm oder gar ausnutzte. Als er zusammen mit den anderen Helden am Frankfurter Hauptbahnhof mit Fahnen und Musik empfangen wurde, war seine Braut zu seiner maßlosen Enttäuschung nicht unter den Zuschauern. Nur seine künftigen Schwiegereltern waren samt Limousine und Chauffeur gekommen, um ihn abzuholen. Als er die Villa betrat, war der Flur leer. Die Tür zum Wohnzimmer war nur angelehnt. Er hörte ein Geräusch, das wie ein Seufzen klang. Er drückte die Tür auf. Da stand sie vor ihm in ihrem blauen Kattunkleid. Tränen rollten über ihre Wangen. Er schloss sie in die Arme. Sie habe ihr Glück nicht mit anderen teilen wollen, erklärte sie schluchzend. Edward empfand diese Aussage als Kompliment, auch wenn er das Verhalten seiner Braut immer noch nicht recht verstand.

Da die Zukunft der Luftschifffahrt nach der Katastrophe von Lakehurst sehr unsicher war, riet man Edward bei der »Deutschen Zeppelin-Reederei«, zunächst in seinen alten Beruf zurückzukehren, und zwar zu seinem anderen Arbeitgeber, der »Hamburger Walfang-Reederei«. Ihm war das nur recht. Schließlich war er in erster Linie Seemann, und das mit Leib, Seele und Verstand. Er empfand sich dabei in einer langen, ruhmreichen Tradition, auf die er auf seine nüchterne Weise stolz war. Seine Heimatinsel hatte in früheren Jahrhunderten besonders viele erfolgreiche Walfänger hervorgebracht. Der Hafen hatte sich mit seiner Tranbrennerei und seiner geschützten Lage als idealer Ausgangsort für die Grönlandfahrer erwiesen, die im Sommer hoch im Norden im arktischen Meer auf Pottwaljagd gingen. Man war auf der Insel dem sogenannten Tran-Eldorado einfach näher als in Hamburg oder Glückstadt, ein bei den damaligen schwierigen Verhältnissen der Seefahrt kein geringer Vorteil. Außerhalb der Fangsaison, im Winter, stapften die Walfänger mit ihren Handlaternen durch tiefen Schnee zu den strohgedeckten Friesenkaten der Dörfer, in deren warmen Stuben bei Tranlampen und Teepunsch die Geheimnisse der Navigation unterrichtet wurden. Das war zwar längst Vergangenheit, aber jene magische Zeit, in der sich Entbehrung häufig mit Gemütlichkeit verbunden hatte, war zuweilen immer noch spürbar auf der Insel, wenn nicht gerade Badesaison war. Nur deswegen war Edward Seemann geworden, obwohl er Abitur hatte und vom Vater eigentlich zum Arztberuf bestimmt gewesen war. Doch als das Familienoberhaupt an Krebs starb, war der Sohn seiner inneren Berufung gefolgt und hatte als Schiffsjunge auf einem Ostseefahrer angeheuert, obwohl er eigentlich viel zu alt und zu gebildet war für eine solche Funktion. Natürlich spielte dabei auch die Tatsache eine Rolle, dass er unbedingt Geld verdienen musste. Das Vermögen seines Vaters war in der Wirtschaftskrise verloren gegangen, und seine Mutter hatte nicht genügend Geld, ein Studium des Sohnes zu finanzieren. Später hatte er als Matrose auf einem stolzen P-Liner, der Viermastbark »Peking«, die volle Härte, aber auch den Mythos der Seefahrt auf Segelschiffen kennengelernt. Die Luftschifferei war ein Umweg in die dritte Dimension gewesen. Jetzt wollte er auf den Boden der Realität zurückkehren, und zwar auf den einzig wirklichen: auf den blauen oder grauen bewegten Boden der Ozeane. Er bewarb sich also beim Hamburger Walfangkontor, und da dort an verantwortlicher Stelle Leute von seiner Insel saßen, erhielt er die Zusage, als 3. Offizier auf einem Walfangmutterschiff an der Walfangsaison 1937/38 in der Antarktis teilzunehmen. Edward brauchte unbedingt das Patent A6 für Große Fahrt, um zum Beispiel Kapitän eines Fangbootes werden zu können. Er würde also an der Hamburger Seefahrtsschule die Schulbank drücken müssen. Unter anderem musste er den Umgang mit den modernen Mitteln der Funkpeilung lernen. Das gefiel ihm gar nicht, und insgeheim wünschte er sich zurück in jene alten Zeiten, als man in klaren Winternächten mit einem erfahrenen Kapitän vor die Tür einer strohgedeckten Kate treten durfte, um sich die Sternbilder erklären zu lassen und die Höhe einzelner Himmelskörper mit dem Sextanten zu bestimmen.

Das neue Tran-Eldorado lag im Süden, in der Antarktis. Der Norden war längst leergefischt. Bevor Edward die Fahrt antrat, wollte er seine Hochzeitspläne in die Tat umsetzen. Zunächst galt es, seiner Familie die Braut vorzustellen und ihr seine geliebte Heimatinsel zu zeigen. »Ik heb die Bruut wiss«, hatte er seiner Mutter geschrieben und damit aus Sicht der Insulaner die Ehe bereits so gut wie vollzogen. Sie fuhren mit dem Zug in den Norden. Als sie die flachen Marschen erreichten, begann Edward zu strahlen. All dieser grasbewachsene, grüne und fruchtbare Kleiboden war dem blanken Hans abgerungen worden. Seine Braut war enttäuscht. So flach hatte sie sich das Flache nicht vorgestellt. Als ob dieser Landschaft der Sinn für das Höhere fehlte. Dann sah sie zum ersten Mal die Nordsee. Das war etwas anderes als der Wannsee! Sie mochte das Meer eigentlich nicht. Es war ihr einfach zu groß, zu unbarmherzig, eine endlose Steppe aus Wellen, eine äußere Leere, die sich mit der inneren Leere, die sie manchmal empfand, auf quälende Weise verbinden konnte. Ihrem Zukünftigen verheimlichte sie diese Gefühle, denn sie wusste, er liebte das Meer gerade wegen seiner Leere. Sie bewirkte bei ihm eine innere Fülle, die man mit Worten nicht ausdrücken konnte. Wenn er während einer Wache auf der Brücke eines Schiffes stand und den Horizont musterte wie einen grauen Strich, den man unter eine lange, komplizierte Rechnung machte, wusste er, dass es dabei um gewaltige Summen eines immateriellen Reichtums ging, der jeden menschlichen Verstand überstieg.

Als die Fähre die Insel erreichte, war die ganze Verwandtschaft an der Pier, um die Braut in Augenschein zu nehmen. Prüfende Blicke und festes Händeschütteln leiteten das Kennenlernen ein. Die Braut hatte sich so elegant angezogen, als ginge sie auf einen Abendball in Berlin. Das löste bei der Verwandtschaft des Bräutigams eher Skepsis aus. Hielt sie sich vielleicht für etwas Besseres? War sie die Richtige für einen Inseljungen? Das Paar blieb drei Wochen. In dieser Zeit lernte Margarete die Einheimischen kennen, eigenartige Menschen, die aus ihrer Sicht so gar keine Kultur besaßen und dennoch mit einem erstaunlichen Selbstbewusstsein ihre Meinungen kundtaten. Kaum jemand hier hatte vermutlich je die Namen Rilke, Beckmann oder Max Reinhardt gehört. Die junge Braut fühlte sich fremd. Dabei gab es genug Gelegenheiten, sich näherzukommen. Schon am ersten Abend wurde auf die inseltypische Weise gefeiert. Man saß eng beieinander um eine große Schüssel, aus der mit einer Suppenkelle ein dampfendes Getränk ausgeschenkt wurde, das sich Teepunschbowle nannte. Es erhitzte offenbar die Gemüter so sehr, dass eine besondere Nähe zwischen allen Anwesenden entstand. Eine Art unverständlicher Sprechgesang wogte zwischen den Anwesenden hin und her, eine steigende Flut von Lauten, die zwischen Lippen und Ohren hin und her schwappte und schließlich irgendwann in gemeinsame Gesänge in einer völlig fremden Sprache überging. Eine erdrückende Fröhlichkeit befiel alle wie ein Fieber, das das Blut in die Wangen trieb und die Zunge in permanenter Bewegung hielt. Einer Außenstehenden wie Margarete musste die historische Dimension dieser Form der Geselligkeit entgehen, in der sich uralte Rituale der Insulaner gegen die Unbilden der Natur, der Winterkälte, der Sturmfluten und der bösen Geister erhalten hatten. Die junge Frau hatte so etwas noch nie erlebt, weder in Frankfurt noch in Berlin. In ihren Kreisen war immer, auch bei geselligen Veranstaltungen, auf denen viel Alkohol floss, eine Art luftleerer Raum um jeden Menschen geblieben, ein Niemandsland, das von Konventionen und heimlichen Gedanken vermint war und davor schützte, sich an die Gemeinschaft zu verlieren. Gespräche, Gesang, Blicke,

Berührungen, all das fand immer über dieses Niemandsland hinweg statt und beließ den Beteiligten ihre Individualität, bewahrte sie vor allzu viel Nähe. Auch Margarete trank ihre Tasse tapfer leer, die allerdings immer wieder nachgefüllt wurde. Das süße Elixier stieg ihr in den Kopf. Sie griff hilfesuchend nach der Hand ihres Liebsten. Auch er hatte sich verändert. So gelöst und fröhlich hatte sie ihn noch nie erlebt. Als das Brautpaar schließlich spät in der Nacht beieinanderlag, tastete sie erneut nach seiner Hand, wie um sich zu vergewissern, dass dieser Mann ihr und nicht den anderen gehörte. Nein, zwischen ihnen bestand weder ein zu großer Abstand noch jene dumpfe Nähe, wie sie sie heute erlebt hatte. Ihre Beziehung, in der sich Berührungen in eine weite Landschaft der Seligkeit verwandelten, war ein Glücksfall.

Tagsüber machten sie lange Spaziergänge. Am Horizont sah man die Halligen. Sie lagen dort wie eine Reihe von Linienschiffen auf Reede. Der Bräutigam sagte ihre Namen auf, als sei es eine dunkle Zauberformel.

Die beiden Verliebten wanderten zu den Vogelkojen und zu einem Kliff im Süden der Insel, einem magischen Ort, in dessen Nähe die Ureinwohner aus der Stein- und Bronzezeit ihre Grabhügel errichtet hatten. Die Hünengräber und das Steilkliff gefielen der Braut, denn hier war die Insel weniger platt als anderswo. Der Bräutigam sagte: »Es gibt auch einen Berg bei uns. Einen Elftausender. Natürlich in Millimeter gerechnet.« Er, der so selten scherzte, lächelte über seinen Spaß, doch in Wirklichkeit, weil er sich so glücklich fühlte wie noch nie zuvor in seinem ganzen Leben. Beiden war bewusst, dass die Zeiten alles andere als sicher waren, doch planten sie während dieser Wanderungen am Meer entlang ihr weiteres Leben, als würde der Frieden ewig halten. Sie würden so bald wie möglich ein Kind in die Welt setzen. Namen und Eigenschaften, Aussehen, möglicher Lebensweg, alles wurde bis ins Detail besprochen. Die künftige Mutter hatte dabei das letzte Wort. Sie hatte längst bei sich entschieden, dass es ein hochbegabter, starker, blonder, breitschultriger, hochsensibler Sohn werden würde, mit langen, schmalen Händen und einer wohlklingenden Stimme. Sie wählten für ihn den Vornamen Jan Henning, der in der Familie ihres künftigen Mannes eine lange Tradition besaß. Würde es jedoch wider Erwarten ein Mädchen, sollte sie Sabine heißen.

Einmal gingen sie durch den Lembkehain, einen kleinen, künstlich angelegten Wald, und setzten sich auf eine Bank. Plötzlich legte Edward seinen Kopf in den Schoß seiner Braut und brach, von ihm selbst unerwartet, in Tränen aus. Es war mehr als ein bloßes Weinen. Es war ein Heulkrampf. Sie griff in seine Haare und streichelte seine Wangen. Erst jetzt, in diesem Augenblick, da er in seiner Heimat war und sich an der Seite seiner künftigen Frau entspannte, hatte der Moment der Katastrophe von Lakehurst, hatte die Todesangst, die er in der Gondel empfunden hatte, sein Gemüt erreicht. Es dauerte lange, bis er sich wieder beruhigt hatte. Er schämte sich seiner Tränen, weil er sie als unmännlich empfand. Margarete aber triumphierte innerlich, hatte sie doch jetzt für immer ein Pfand in der Hand, mit dem sie bei ihrem Liebsten das Geschenk seiner Hingabe würde einlösen können.

Anfang Juli heiratete das Paar. Die Mutter des Bräutigams war bei der Zeremonie nicht anwesend. Edward hatte sie nicht eingeladen, da er fürchtete, sie würde nicht in das elegante Milieu seiner Schwiegereltern passen. Sein ganzes Leben schämte er sich dafür, dass er damals zu feige gewesen war, zu seiner Mutter zu stehen.

Im September trat der frischgebackene Ehemann seinen Dienst auf dem Walfangmutterschiff »Südmeer« an. Seine Frau begleitete ihn nach Hamburg. Sie richtete ihm seine Kajüte ein, in der es penetrant nach Walblut roch. Von nun an würden während ihrer Abwesenheit die von ihr ausgesuchten Gardinen, Bettbezüge und Bilder über ihren Liebsten wachen und ihn vor den Gefahren seines Berufs beschützen. Das Gleiche würde sie für ihn auch in der Heimat tun. Sie würde ein Reich für ihn und sich schaffen, in das er immer wieder zurückkehren sollte, um neue Kraft zu schöpfen für seine harte Arbeit und das Überleben der Gefahren auf See. Obwohl das Schiff noch fast einen ganzen Monat im Hamburger Hafen lag, verließ sie ihren Mann zu seinem Kummer bereits wieder nach einer Woche und fuhr in ihre Heimat zurück. Warum traf sie diese für ihren Gatten unverständliche Entscheidung, obwohl sie unter den ständigen Reibereien zwischen ihren Eltern litt? Vielleicht wollte sie nur einfach wieder allein sein mit ihrem Glück. Nicht einmal sein Verursacher sollte es teilen können. Ihr tief enttäuschter und todtrauriger Mann telefonierte so oft es ging mit ihr.

Margarete machte sich inzwischen auf die Suche nach einer gemeinsamen Wohnung. Mit Hilfe ihres Stiefvaters wurde sie im Forstweg fündig. Sie richtete das neue Heim komplett ein. Ernst Müller gab das Geld für die *Ilse-Möbel*, das Schlafzimmer in Kirschbaumfurnier, die Orientteppiche. Die Bilder malte sie selbst. Auch schrieb sie nun jeden Tag in ein kleines, abschließbares Album. Es war das Tagebuch ihrer Sehnsucht, ihres Leidens unter der Trennung. Sie war also dem Rat jenes seltsamen Schriftstellers aus Berlin gefolgt.

In der Nacht vor der Ausfahrt der »Südmeer« trug sie in ihrer kalligraphisch perfekten Handschrift Folgendes ein: »Heute den ganzen Abend dachte ich daran, dass das Schiff fährt. Nun ist es schon ein halbes Jahr des Wartens weniger ein paar Stunden. Und so wird sich Tag an Tag reihen, der sich durchstreichen lässt, weil er nichts ist als eine Brücke. Ein Brücke in das neue Jahr, das uns wieder zusammenfuhren wird, als hätte es nie ein Ohneeinander gegeben. Gute Nacht, schlaf, als hielt ich deine Hand.« Ihr Warten erschien ihr seltsam süß. Diese Ferne, diese eisige weiße Wüste der Antarktis, in der sich ihr Geliebter nun aufhielt, war Bedrohung und Trost zugleich. Bedrohung wegen der Eisberge und Treibeisfelder, die das Schiff zerquetschen konnten, Trost wegen der Eintönigkeit dieser Welt, die es ihrem Mann leichter machen würde, an sie zu denken.

Trost und Bedrohung, wie eng hing das miteinander zusammen! Manchmal trank sie zu viel Rotwein, und in einem solchen Zustand wurde der Ton ihres Tagebuchs plötzlich freier. Die Wörter begaben sich ein wenig torkelnd auf das Papier: »Heute sind wir vier Monate verheiratet. Ich gratuliere dir herzlich. Wozu? Zu deiner Frau natürlich! Was wärst du jetzt ohne diese deine Frau? Ein seefahrender Junggeselle mit schwarzverhängter Zukunft. Bis du wieder bei mir bist, sind es schon neun Monate der Ehe, und weißt du, was ich da bald mal abends möchte? Ein Glas roten Assmannshäuser trinken, ein wenig grundlos lachen, auf deinem Schoß sitzen, und das alles in unseren eigenen vier Wänden. Einen Schwips haben, lauter Sachen erfinden, die noch nicht erfunden worden sind. Dir alle Knöpfe vom Schlafanzug abdrehen, dir das Leben sauer machen, dir das Leben süß machen. Einmal wieder so sein wie damals. Damals. Allah ist groß, und der Mohammed ist sein Prophet. Amen.« Ja, sie hatte allen Grund, so albern zu sein, denn sie war endlich frei. Zugleich hatte sie das Kunststück fertiggebracht, ihre Sehnsucht von deren Gegenstand zu lösen. Margarete war nun reine Sehnsucht, Verlangen ohne Inhalt und ohne Ziel. Diese Weltflucht nach innen musste vor allen verborgen bleiben. Niemand durfte davon erfahren, schon weil es niemand verstehen würde. Auch ihr geliebter Mann nicht.

Wenn Margarete in diesen Wochen nachts aufwachte, legte sie manchmal ihre Hand auf ihren Bauch und tastete nach den imaginären Bewegungen des Kindes. Obwohl es bisher ausschließlich in ihrer Phantasie lebte, würde es bald Wirklichkeit werden. Nach der Rückkehr von einer sehr erfolgreichen Fangreise drückte Edward erneut auf der Seefahrtsschule in Hamburg die Schulbank, um das Steuermannsexamen zu machen. Die Pfingstferien und die Sommerferien verbrachte er bei seiner Frau in der neuen Wohnung. Obwohl er sich wie ein Gast vorkam, lobte er die Einrichtung und die Bilder in den höchsten Tönen. Die Ausflüge mit dem Rad in den Messler Park, die Abende auf der Terrasse der Schwiegereltern bei Erdbeerbowle und Musik – all das wurde plötzlich getrübt durch die überraschende Nachricht, dass Edwards Lieblingsbruder Thomas an einem Luftröhrenkarzinom gestorben war. Die Nachricht traf ihn schwer, nicht zuletzt, weil er diesem Bruder alle Eigenschaften zuschrieb, die ihm seiner Meinung nach fehlten: Phantasie, Lebensfreude, Leichtigkeit. Die Beerdigung auf der Insel war ein rauschendes Familienfest. Die Geschwister, die beiden so unterschiedlichen Schwestern und die drei so unterschiedlichen Brüder sahen sich endlich einmal wieder. Die Totenfeier endete in der üblichen Séance aus Teepunschbowle und Gesprächen über den Verstorbenen, die ihn für kurze Augenblicke wieder auferstehen ließen. Der untröstliche Edward sah sich durch den Tod des von ihm bewunderten Älteren in seiner pessimistischen Weltsicht bestätigt. Und doch sagte er zu seiner Frau während eines ihrer langen, weitgehend stummen Spaziergänge am Strand entlang – das Meer trug einen Trauerstreifen in Form vertrockneten Blasentangs entlang der Flutlinie – mit trotziger Stimme: »Er wird wie mein Bruder werden. Genauso wie er, voller Lebensfreude und Phantasie.« Seine Frau wusste sofort, wer gemeint war, und sie lächelte ein wenig spöttisch, denn was wusste dieser Mann schon von ihrem Kind. Es würde wie sie werden, Phantasie würde es haben, sicher, aber Lebensfreude nicht. Eher diese wunderbare Melancholie, diese Dunkelstunden ihres Wesens, die sie schützten, wenn ihr das Leben zu nahe kam.

Ende Juli musste Edward wieder den Unterricht in der Seefahrtsschule antreten. Seine Frau begleitete ihn, denn sie war zu Recht der Ansicht, ihre Nähe würde ihm die Schulbank weniger hart erscheinen lassen. Sie entschlossen sich, ihre Familienplanung endlich in die Tat umzusetzen. In Vorbereitung des Projekts erstand Edward eine Flasche Rheinwein und stellte sie zur Kühlung ins ebenerdige Fenster der Pension, in der sie wohnten. Am Morgen musste er feststellen, dass die Flasche gestohlen worden war. Sie kauften eine neue Flasche und fuhren mit der Bahn nach Lüneburg. Sie spazierten die Ufer der Ilmenau entlang. Es war ein herrlicher Sommertag. Sie hatten außer dem Wein und Eierbroten eine Pferdedecke dabei. An einer einsamen Stelle legten sie mich dann auf Kiel, wie mein Vater sich später einmal ausdrückte.

Die Schwangerschaft verlief nicht ohne Komplikationen. Margarete bekam starke Unterleibsschmerzen. Sie ging zu einem Spezialisten, der mittels Ultraschall eine Zwillingsschwangerschaft feststellte. Ein Embryo war in die Bauchhöhle gewandert, der andere vorschriftsmäßig in den Uterus. Das sind Sabine und Jan Henning, sagte die werdende Mutter. Der Arzt entschied, dass man das Bauchhöhlenkind durch Bestrahlung töten müsse. Margarete litt sehr unter dem Eingriff, aber sie war zugleich froh, dass wenigstens das eine Kind überlebt hatte. Vielleicht war es sogar besser, ein Einzelkind zu haben. Sie wusste aus eigener Erfahrung, wie schwierig es zwischen Geschwistern sein konnte.

Im Herbst ging Edward wieder auf die sieben Monate während Reise in die Antarktis, um die Fettlücke des deutschen Volkes schließen zu helfen, wie es in der Propagandasprache der Regierung hieß. Diese Reise war weniger ertragreich als jene im Jahr zuvor. Offenbar wirkte sich der Raubbau an den Tieren aus, den die moderne Fangtechnik ermöglicht hatte. Edward jedoch bewährte sich auf besondere Weise. Ein Mitglied der Mannschaft war depressiv geworden. Ein Polarkoller, wie er, vermutlich bedingt durch die Eintönigkeit der Umwelt, immer wieder auftrat. Der Mann begab sich in Behandlung des Bordarztes, und auf einer der Sitzungen schnitt er ihm mit einem Rasiermesser die Kehle durch. Der Arzt schleppte sich blutend in die Messe. Edward, der zufällig gerade dort war, verband die Wunde und begab sich auf die Suche nach dem Täter, entdeckte ihn im Gang und streckte ihn mit einem Kinnhaken zu Boden. Dann eilte er zurück und kümmerte sich weiter um das Opfer. Ich habe diesen Vorfall später hin und wieder erzählt bekommen, und dabei festigte sich das Bild weiter in mir, dass mein Vater ein naiver Held von hoher Entschlusskraft und großer mentaler und physischer Präsenz war. Ich beneidete ihn um diese Tugenden und war vermutlich ein Leben lang damit beschäftigt, diese Vorzüge durch intellektuelle Qualitäten auszugleichen, natürlich ein ziemlich hoffnungsloses Unterfangen. Später erfuhr ich, dass seine Schiffskameraden ihn ehrfürchtig einen Mann von Stahl und Eisen nannten. Es dauerte lange, bis ich begriff, dass in ihm eine sehr weiche Seele steckte, die wenig zu tun hatte mit dem harten Panzer, der sie umgab.

Während der Zeit der Schwangerschaft führte meine Mutter ihr an ihren Mann gerichtetes Sehnsuchtstagebuch fort: »Dein Kindlein will wachsen und nimmt sich alles, was es braucht, von seiner Mutter. Bald wird es sich regen, weil sein kleines Haus so eng ist. Es will wohl so groß wie sein Vater werden, denn schon jetzt sagt es laut ›Hier bin ich‹, und alle fremden Leute dürfen mich sehen. Das ist nun sehr neu für die Mutter und so schön. Ein unbeschreibliches Gefühl, als müsste selbst ein großes Ungeheuer, das des Weges käme, umkehren vor so einem winzigen, heiligen Geschöpflein. Es verlangt Schutz und gibt ihn doppelt wieder. Bleib für uns gesund, immer, bis wir auf einer Bank vor dem Haus sitzen und unser weißes Haar uns hilft, lange darüber nachzudenken, wie schön und schwer und reich unser Leben war. Deine Frau.«

Am 11. Mai 1939 kam ich kurz nach Mitternacht im Krankenhaus des Nachbarortes zur Welt, angeblich mit gefalteten Händen und einer großen Blutblase auf dem Kopf, die ich vermutlich der Zange zu verdanken hatte, die der Arzt bei der Entbindung zu Hilfe genommen hatte. Vielleicht lag es auch daran, dass ich einen ungewöhnlich großen Kopf hatte, der nur mit Mühe den Geburtskanal passieren konnte. Angeblich starrte ich die Personen, die sich neugierig über mich beugten, direkt mit einem auf sie fast unbarmherzig wirkenden Blick an. Der frischgebackene, stolze Vater, der inzwischen von der Walfangfahrt zurück war, fuhr am nächsten Morgen mit dem Fahrrad durch den Wald, um sich seinen Stammhalter anzusehen. Auch er fühlte sich von dessen starrem Blick förmlich durchbohrt. Die Schwestern prophezeiten wegen meiner Handhaltung, ich würde bestimmt Pfarrer werden. Die junge Mutter aber zerfloss nach der sehr schmerzhaften Entbindung in Mütterlichkeit. Ich soll ihre Brustwarzen blutig gebissen haben. Deshalb musste ich mit der Flasche aufgezogen werden. Ich soll sie beim Trinken immer »mit bösen Augen«, wie meine Mutter ihrem Mann schrieb, fest umklammert haben.

Während fünfundzwanzig BDM-Mädchen zu Ehren meines Erscheinens auf dieser Welt vor dem Krankenhaus Aufstellung nahmen und völkische Lieder sangen, während unter meinem mörderischen Geschrei die Blutblase aufgestochen wurde, war mein Vater bereits wieder in Hamburg und drückte dort erneut die Schulbank, um sein Kapitänspatent zu erwerben. Im August war Prüfung. Er fiel durch, ausgerechnet im Fach Seemannschaft, dem Fach, das er am besten beherrschte. Das war die bisher wohl größte Schmach seines Lebens. Grund war seiner Meinung nach die Aversion eines seiner Lehrer, der sich über die Privilegien eines Luftschiffers und Walfängers ärgerte, dem es gestattet war, bei Bedarf den Schulbesuch zu unterbrechen. Mein Vater muss damals in einem ziemlich desolaten Zustand zu seiner Frau zurückgekommen sein. Er war kein Mensch, der mit Scheitern umgehen konnte. Es war ein großes Glück für sein angeschlagenes Ego, dass ihm die Hamburger Walfang-Reederei erneut eine Stellung, diesmal sogar als 2. Offizier, in Aussicht stellte. Er sollte jedoch zunächst seine Prüfung wiederholen. Meine Eltern gaben daher ihre Wohnung in der Villenkolonie auf. Im September 1939, wenige Tage nach dem Ausbruch des Krieges durch den Überfall der Wehrmacht auf Polen, reisten meine Mutter und ich mit dem Zug in die Hansestadt. Obwohl von der Front nur Erfolgsmeldungen kamen, sah mein Vater die Zukunft seiner kleinen Familie skeptisch. Er entschloss sich daher, einen Astrologen zu konsultieren, obwohl er später solche Pseudowissenschaften immer als

Bauernfängerei bezeichnete und geradezu verachtete. In dem teuren Horoskop stand, dass die schlimme Zeit bald zu Ende sein würde und dass mein Vater bei seinem zweiten Arbeitgeber, dem Hamburger Walfangkontor, eine große berufliche Zukunft vor sich habe. Im November bestand er die Prüfung, diesmal mit guten Noten, und hatte nun das Patent zum Kapitän auf Großer Fahrt. Aber es wurde ihm wegen fehlender Fahrenszeit nicht ausgehändigt, denn die auf Luftschiffen verbrachte Zeit wurde nicht angerechnet. Also fuhren wir zurück in die Waldkolonie und wohnten bei den Großeltern. Ernst Müller empfahl seinem Schwiegersohn, sich freiwillig zum Dienst bei der Luftwaffe zu melden. Er würde sowieso demnächst eingezogen. Und so fuhr Edward mit dem Rad nach Offenbach und meldete sich beim Wehrersatzamt. Bereits wenige Tage später erhielt er den Stellungsbefehl. Er solle sich binnen einer Woche beim Ersatzkommando der Luftwaffe in Cammin in Pommern einfinden. Ähnlich erging es den anderen Luftschiffern. Die meisten kamen später bei Luftkämpfen an der Ostfront um. Edward hatte jedoch wieder einmal das für seinen Lebenslauf so sprichwörtliche Glück: Kurz vor seiner Abreise nach Pommern kam ein Stellungsbefehl vom Hamburger Walfangkontor. Er möge sofort nach Hamburg kommen, um das Kommando über ein Walfangboot zu übernehmen, das die Marine als Hilfsbeischiff benötige. Wegen seiner freiwilligen Meldung zum Kriegsdienst war das Wehrersatzamt Offenbach bereit, den Wechsel als Anerkennung für seinen patriotischen Mut zu genehmigen. Erleichtert fuhr mein Vater in den Norden und übernahm das zum Scheibenschlepper umgebaute Boot.

In der Folgezeit begann für meinen Vater eine wahre Odyssee. Ebenso für seine Frau, die nicht wie Penelope geduldig webend zu Hause auf ihn warten wollte, sondern alles versuchte, um in seiner Nähe zu bleiben. Aber immer wenn sie eine Wohnung für sich und ihr Kind gefunden hatte, war ihr Mann bereits wieder fort, da die Kriegsmarine ständig neue Einsatzgebiete für ihre Geschwader auswies. So wurde aus der Odyssee meines Vaters auch eine der Mutter und des kleinen Telemach. Die permanente Fröhlichkeit, die ich als Baby und Kleinkind ausgestrahlt haben soll, ist vielleicht eine Folge dieses Vagabundenlebens, das mir nach anfänglichen Ängsten ein positives Lebensgefühl abnötigte, um den Aufenthalt auf dieser unsicheren, sich in ständigem Wandel befindlichen Welt ertragen zu können. Wenn ich mich, auf dem Bauch liegend, über meinen Nachttopf beugte, sah ich tief hinab in meinen Orbis Terrarum. Er war kreisrund und duftete. Eine Insel der Zukunft, die zu betreten ich neugierig war.

*

B. verstummte. Sein Gegenüber erhob sich, öffnete die Fensterflügel und lehnte sich weit hinaus. Hatte der Mann ihm überhaupt zugehört? Dann vernahm B. eine Stimme. Sie war sehr klar und deutlich, obwohl der Mann ihm den Rücken zuwandte. »Einiges von dem, was Sie erzählt haben, kommt mir bekannt vor. So ist es eben. Vieles wiederholt sich. Und doch hält sich jeder für einzigartig. Das ist zwar sein gutes Recht, aber es ist eine Illusion. Kommen Sie morgen wieder. Um die gleiche Zeit. Kalkulieren Sie dabei mit ein, dass wir anderes Wetter bekommen. Vielleicht sogar wieder Sturm. Die Zirren am Himmel verheißen nichts Gutes.« Er schloss das Fenster, setzte sich an den Schreibtisch und begann, etwas in ein kleines Buch einzutragen, das er einer der Schubladen entnommen hatte.

B. ging. Der blaue Himmel mit den weißen Schraffuren war inzwischen im Nebel untergegangen. Er war so dicht, dass B. sich an den Mauern entlangtasten musste. Als er auf der Brücke war, fuhr er mit der Hand über das feuchte, kalte Eisengeländer, um nicht die Orientierung zu verlieren. Plötzlich bemerkte er direkt vor sich eine dunkle Gestalt. Er näherte sich vorsichtig, bis er erkannte, dass es eine alte Frau war. Er roch den Mantelstoff und einen strengen

Duft von Mottenkugeln. Sie hob die Hand und strich ihm über das Haupt. »Schön, dass du schon so früh laufen konntest«, sagte sie. »Ich wusste natürlich, dass Laufenkönnen die Voraussetzung dafür ist hinzufallen. Das eine ist nicht ohne das andere zu haben. So ist es im ganzen Leben. Du bist oft hingefallen. Du hattest immer schmutzige Knie davon. Aber du hast nie geweint. Du hast dich nie entmutigen lassen. Im Gegenteil, man konnte sogar glauben, dass dir schmerzhafte Erfahrungen gefielen. Ich habe nie ein Kind erlebt, das so fröhlich hingefallen und gleich danach wieder aufgestanden ist, um eine neue Richtung einzuschlagen. Ich nehme an, so ist es heute noch mit dir. Du bist und bleibst eine Frohnatur.«

Noch während sie sprach, begann die Person mit dem Nebel zu verschmelzen. Das Letzte, was B. sah, war ihr schmaler, eingefallener Mund, der wie ein ovales Blatt in der Luft schwebte, bis er von einem Windstoß davongetragen wurde.

3

In der Nacht wachte B. mehrmals auf, da er glaubte, Stimmen zu hören. Sie kamen von irgendwoher durch die vermutlich dünnen Wände. Als er gegen die Wand klopfte, verstummten sie, nur um bald wieder anzufangen. Ein fernes Wispern, unverständlich, doch eine Erregung verratend, die sich mehr und mehr auf B. übertrug. Skrupel plagten ihn, während er an die Decke starrte und beobachtete, wie eine Spinne ihr feines Netz wob. Warum war er dem Rat des Arztes gefolgt, warum war er hierhergekommen, um sich dieser Behandlung zu unterziehen? Es war bestimmt ein Fehler gewesen. Er sehnte sich zurück nach seinem alten Leben, auch wenn es zuletzt ziemlich beschwerlich gewesen war. Aber nur von ihm zu erzählen kam ihm vor wie Leichenfledderei. Man drehte die Taschen vergangener Tage um und leerte ihren Inhalt auf einen Seziertisch. Das war wenig schön. Es half auch nicht gegen das Vergessen. War es nicht schon so weit, dass sich sein Gehirn mehr und mehr zu verpuppen begann, bis nur noch ein weißlicher formloser Gegenstand übrig wäre? Erst als es hell wurde, hörten die Stimmen auf, und er schlief endlich ein.

Den Vormittag verbrachte B. im Hotel, aber nicht in seinem Zimmer, wo er es nur schwer aushielt. Er saß lieber im Foyer auf einem der durchgesessenen Sofas, auch wenn es dort zugig und kalt war. Das Wetter hatte sich tatsächlich geändert. Regen trommelte gegen die Scheiben, und kräftige Böen rüttelten an den Läden. Der Mann an der Rezeption würdigte ihn keines Blickes, was B. als wohltuend empfand. Er war Stammgast, und da er mit allem zufrieden schien, war er inzwischen Luft für das Personal.

Eine Weile blätterte B. in den Zeitungen, die auf dem niedrigen Couchtisch lagen. Darunter war ein Blatt mit dem eigenartigen Titel »Der Einsamer«, ganz so, als ob Einsamkeit eine Tätigkeit oder ein

Beruf war wie Gärtner oder Schriftsteller. Aber war Schriftsteller zu sein überhaupt ein Beruf? War es nicht vielmehr eine besondere Spielart der Einsamkeit? Er hatte das Schreiben nie als Arbeit empfunden, eher als eine Art Zeitvertreib. Und zwar im wörtlichen Sinne. Man vertrieb die Zeit, indem man über sie schrieb, über die Dinge und Menschen, die sich in ihr bewegten wie Raupen auf einem Blatt. Er selbst blieb dabei in seinem Kokon und würde erst im Moment des Todes schlüpfen, ein farbloser Schmetterling mit durchsichtigen Flügeln, den man nur wahrnahm, wenn er mit einem Knistern in der schwarzen Flamme des Endes verbrannte.

B. dachte an seinen Vater, der seine Frau zehn Jahre überlebt hatte, allein in seinem Haus in absoluter Stummheit. Nicht einmal Selbstgespräche führte er. Er redete nur, wenn jemand da war, und das war selten der Fall. Dann allerdings redete er ohne Unterlass. Der Sohn hatte sich damals nicht in seinen Vater hineinversetzen können. Wie konnte man es aushalten in dieser Einsamkeit? Jetzt dachte er anders darüber. Ein solches Dasein hatte auch seine Vorzüge. Ein innerer Dialog zwischen Erinnerung und Vergessen, den beiden Hauptdarstellern der letzten Lebensphase. Das Vergessen machte sich über die Erinnerung lustig, die Erinnerung schimpfte auf das Vergessen, eine Tragikomödie ohne Zuschauer. Jetzt hatte er selbst diese leere Bühne betreten. Auch die Seiten des Journals in seinen Händen waren leer. Er starrte lange auf das weiße Papier, bis er sich einbildete, dort kleine Buchstaben wie schwarze Staubkörner wirbeln zu sehen. Sie schienen manchmal Wörter zu bilden, doch sie zerfielen zu schnell wieder, um ihren Sinn erfassen zu können. Schließlich taten ihm die Augen weh.

B. stand auf und ging zur Rezeption. »Kann ich etwas zum Schreiben haben?«, fragte er. Der Mann sah ihn prüfend an, als sei seine Gestalt möglicherweise eine Art Fata Morgana. »Nehmen Sie das«, sagte er schließlich. Er holte aus der Innentasche seiner Uniform einen goldenen Füllfederhalter. »Sie können ihn behalten. Ich brauche ihn nicht mehr.« Dann fuhr er damit fort, in einem aufgeschlagenen Buch zu lesen, das offenbar die Gästeliste enthielt.

B. setzte sich wieder, nahm die Zeitung und begann, sich auf deren leeren Seiten Notizen zu machen zu dem, worüber er am Nachmittag reden wollte. »Ich war ein kleines Kind, das zufällig in einen verheerenden Krieg hineingeboren wurde. Das hat mich wahrscheinlich für immer geprägt. Ich meine nicht nur meine labile Konstitution, meine häufigen Magenschmerzen, die die Folge unverarbeiteter Todesängste sein könnten, sondern vor allem meine Art, auf die Welt zu reagieren. Ich neigte lange dazu, Landschaften, Dinge und Menschen mit meinen Erwartungen zu überfordern. Ich bildete mir allzu oft ein, vom Anblick einer schönen Gegend, einem Gefühl einer Person gegenüber oder einem poetischen Text vor jenem Abgrund bewahrt zu werden, der damals für immer in mir entstanden war. Ich muss in der Endphase des Krieges einem zerbrechlichen Gefäß ähnlich gewesen sein, das sich Tag für Tag und Nacht für Nacht mit neuer Angst füllte. Meine Mutter verschloss es mit ihrer Fürsorge. Doch die Ereignisse schüttelten es so sehr, dass der Druck in seinem Inneren immer höher stieg und es zu bersten drohte. Ich habe offenbar damals einen Weg gefunden, dieser Gefahr zu begegnen. Nicht, indem ich die Wände des Gefäßes immer dicker werden ließ, sondern indem ich seinen Deckel von Zeit zu Zeit von innen öffnete und den Druck dadurch senkte. Dünnhäutig und impulsiv, so haben mich die Traumata meiner Kindheit werden lassen. Bis heute nehme ich die Welt verzerrt wahr, bis heute habe ich große Schwierigkeiten, in ihr einen Sinn zu erkennen. Ich neige zu Übertreibungen, als könnte man die Fehler des Daseins dadurch gewaltsam korrigieren. Auch meine ewige und offenbar vergebliche Suche nach einem Freund hängt wohl mit dieser Prägung zusammen. Ich wollte in Wahrheit keinen Gesprächspartner, kein echtes Gegenüber, sondern einen stummen Zellengenossen, der die gleiche Strafe wie ich abzusitzen hat.«

Was er notierte, traf nicht das, was B. eigentlich sagen wollte. Er hatte sich zu vage ausgedrückt. Eigentlich wollte er noch von der Erfahrung einer besonderen Angst reden, die die Eigenschaft von fast hypnotischer Ruhe hat. Das war nur scheinbar ein Widerspruch. Er schrieb weiter: »Alles, woran ich mich aus der Kriegszeit erinnern kann, hat einen besonderen Glanz. Die Dinge, die Gesichter. Es ist ein Glanz der Finsternis, in der das Licht so stark gebrochen ist, dass es nur selten nach draußen dringt. Die Infragestellung der Moral, die bizarren Bilder zerstörter Städte, toter Menschen, all das deformiert offenbar nicht nur die Gefühle, sondern auch die Kategorien des Verstandes, mit deren Hilfe man sich die Welt konstruiert. Raum und Zeit wirken seltsam verbogen, als hätten sie die Struktur der Raumzeit in der Einstein'schen Relativitätstheorie. Das Ferne ist nah, das Nahe fern, das Gerade ist krumm. Die Zeit rast im Zickzack vorbei wie ein flüchtender Hase und steht im nächsten Moment still wie ein lauschendes Reh auf einer Lichtung. Eine absurde Nebelwelt mit zerfließenden Konturen, in der es keine Gleichzeitigkeit von Ereignissen gibt, ein schwarzes Loch, das den Raum, der es umgibt, durch seine Anziehungskraft verbiegt. Dass ich nicht selbst in diesen Abgrund stürzte, machte mich damals größenwahnsinnig. Ja, ich wurde größenwahnsinnig als Folge meiner Ängste, meiner Schwäche und des Abgrunds in mir.«

B. las, was er geschrieben hatte. Die Schriftzeichen auf der Zeitung begannen erneut durcheinanderzuwirbeln, bis der Text unlesbar war. Er legte das Journal zurück in den Stapel auf dem Couchtisch, sah auf die Uhr, steckte den Füller ein und machte sich auf den Weg. Er kannte ihn inzwischen gut, auch wenn die Straßen immer wieder ihren Verlauf zu ändern schienen. Aber er spürte den Wind in seinem Gesicht. Wie immer kam er vom Meer. Er brauchte ihm also nur entgegenzugehen.

Die Tür war abermals nur angelehnt. Der Mann stand diesmal nicht am Fenster, sondern seitlich an der Wand, halb von einem

Vorhang verborgen. B. nahm Platz. Er hatte das Gefühl, dass es ihm diesmal weniger schwerfallen würde, mit seiner Erzählung fortzufahren. Doch der Andere fiel ihm ins Wort, als er gerade beginnen wollte. »Sie haben Ihren Vater mit Odysseus verglichen und Ihre Mutter mit der wartenden Penelope. Das scheint mir ziemlich hochgegriffen zu sein. Vielleicht waren Ihre Eltern normaler, als Sie denken. Noch schlimmer ist allerdings ein langweiliger Telemach. Seine Geschichte möchte niemand hören. Warum erzählen Sie eigentlich so ausführlich von Ihren Eltern?«

»Weil ich dadurch von mir erzähle. Beide Elternteile haben mich stärker geprägt, als ich es mir lange Zeit eingestehen wollte. Der fast zwanghafte Realismus meines Vaters und die ausufernde Phantasie meiner Mutter, seine Überlegtheit und Stabilität, ihre Schwärmerei und Hysterie: Das Zusammenwirken beider Persönlichkeitsmerkmale verlieh mir so etwas wie die Drehung eines Brummkreisels, der nicht umfällt, solange ihn die Peitsche trifft. Die Töne, die ich dabei erzeugte, wurden später meine Texte. Als ich mehr von Atomphysik wusste, begegnete mir dieser Drehsinn wieder als Spin. Elektronen und Protonen haben einen positiven oder einen negativen halbzahligen Spin. Das Pauliprinzip schließt aus, dass es auf einer Elektronenschale zwei Elektronen mit gleichem Spin gibt. Deshalb bin ich ein Einzelkind geworden. Nur durch das Pauliprinzip kann übrigens überhaupt die ausgedehnte Welt entstehen, weil es den Abstand zwischen Elementarteilchen erzwingt und deshalb nicht alles in einem Punkt zusammenfällt. Meine Eltern bildeten mit ihrem gegensätzlichen Drehsinn eine perfekte, gesättigte Schale, die ihre Welt umschloss. Niemand konnte hinein oder hinaus, und mir blieb irgendwann nichts anderes übrig, als mich ihrem gnadenlosen Pauliprinzip zu entziehen, indem ich flüchtete, die Schale verließ. Vielleicht ist ja im Urknall das Pauliprinzip aufgehoben. Ich suchte meinen privaten Urknall, in dem ich über beide Spins gleichzeitig verfügen konnte: ehrlich und verlogen, realistisch und verträumt, verheiratet und verliebt. Auch dass ich mich beruflich nicht zwischen Naturwissenschaften und Kunst entscheiden konnte, sondern beides verbinden wollte, gehört hierher. Später zeigte sich, dass ich nie ein stabiles Orbital bilden konnte, dass ich niemals in der Lage sein würde, eine gerade Linie zu laufen, sondern dazu verurteilt war, immer durch das Dasein zu torkeln wie ein Freude- oder Trauertrunkener. Auch im Moment des Sterbens wird es wahrscheinlich so sein. Ich werde mich von einer Seite auf die andere wälzen und dabei hoffen, dass ich zwei Tode zugleich sterben kann, einen des Körpers und einen des Geistes, und dass beide von einer Art Auferstehung begleitet sein würden.«

»Sie neigen dazu, sich naturwissenschaftlich auszudrücken. Ist das möglicherweise nur eine Strategie, Unwissenheit zu verschleiern? Aber erzählen Sie weiter, mein Freund.«

*

Es gab, wie gesagt, keinen größeren Gegensatz, als ihn meine Eltern verkörperten. Und ich selbst sollte später diesen Gegensatz ausleben in einer Art Schizophrenie der Lebensentwürfe, in meiner Unfähigkeit, mich ganz und gar für einen bestimmten Weg zu entscheiden. Ich wollte immer zwei Wege gleichzeitig einschlagen, im Beruf wie in der Liebe, auch wenn sie voneinander weg führten und mich der erzwungene Spagat zerreißen musste. Noch aber war es nicht so weit. Noch bot ich trotz aller Gefahren der Kriegszeit den unfreiwillig komischen Anblick eines einfachen, sonnigen Wesens, einer Frohnatur, die allem vertraute, was sie umgab, selbst den Bomben. Trotz der vielen Ortswechsel kehrten wir immer, wenn mein Vater Urlaub hatte, in die Waldkolonie zurück, als sei sie ein magnetischer Pol unserer Welt. Ich nehme an, meine Mutter war dabei die treibende Kraft; es war ihr gelungen, ihre alte Wohnung, die meine Eltern aufgegeben hatten, wieder anzumieten. Mein Vater musste sich als Seemann eigentlich fremd fühlen in der Idylle der Waldkolonie. Ich glaube heute, dass ich ihm das anmerkte bei seinen Besuchen. Er war mir fremd, nicht nur weil ich ihn so selten sah, sondern vermutlich weil er sich in dieser Umgebung selbst fremd war und sich dieses Gefühl auf mein feines Sensorium übertrug. Er tat sich auch mit den starken Gefühlen seiner Frau nicht leicht, obwohl sie ihm natürlich schmeichelten. Einmal sagte sie: »Ich aber weiß, dass ich aus Sehnsucht bin.« Es war ein Rilkezitat, das in seinen Ohren übertrieben und dunkel klang. Dabei schätzte er doch nichts mehr als Klarheit.

Ende November 1939 musste mein Vater nach seinem Kurzurlaub zu Hause wieder nach Hamburg zurück. Ein sehr kalter Winter begann. Der frischgebackene Kapitän, dem allerdings immer noch die offizielle Bestätigung durch eine Patenturkunde fehlte, musste mit seinem kleinen Hilfsschiff als Eisbrecher auf der Elbe fahren. Da die großen Ozeandampfer wegen des Krieges die Fahrt von und nach Hamburg inzwischen eingestellt hatten, war der Fluss diesmal besonders schnell zugefroren. Der Dienst meines Vaters war hart; manchmal kam er zweiundzwanzig Stunden nicht aus den Kleidern. Anfang des neuen Jahres fuhr auch meine Mutter in den Norden, um bei ihrem Mann zu sein. Mich ließ sie bei meinen Großeltern zurück, denen meine Mutter lustige Namen gegeben hatte. Sie nannte sie Muttl und Vatl. Ich soll nächtelang geweint haben. Das behauptete wenigstens die Hausmamsell Anna. Neun Tage später war meine Mutter wieder da. Stolz schrieb sie an ihren Mann, wie sehr ich mich über ihre Rückkehr gefreut hätte.

In der Waldkolonie spürte man nichts vom Krieg. Nur die Stimmen im Radio klangen anders. Sie plärrten lauter als in Friedenszeiten. Ich lebte damals in jenem glücklichen Zustand von Kleinkindern, die die Welt noch nicht dreidimensional erleben. Alles ist Fläche, und die tastenden Bewegungen der Hände dienen dazu, den Bildern vorsichtig ein wenig Tiefe zu verleihen. Ein Zustand, wie ihn ein Erwachsener nur noch im Vollrausch erlebt. Auch die Zeit existiert noch nicht. Alles ist gleichzeitig. Die Geräusche, die Stimmen schwirren wie Insekten umher, die Farben und Formen der Dinge dehnen sich gleich schillernden Seifenblasen und zerplatzen, wenn man wegsieht oder sie berührt. In diesem chaotischen Durcheinander trieb ich wie ein kleiner Ball in einer wilden Strömung, auf und ab tanzend, niemals untergehend, außer im Schlaf, wenn das trübe Wasser des Flusses in meine Augen und Ohren strömte und ich in ihm versank. Kinder in diesem Alter kennen den Unterschied zwischen Ursache und Wirkung nicht. Gäbe es einen Begriff für diese Wahrnehmungsform, würde ich ihn Wirksache nennen. Die ganze Welt, in der sich ein Kind befindet, ist ein Dschungel von lauter Wirksachen. Wenn es sich stößt, zum Beispiel an einem Stuhlbein, vermutet es, dass ihm das Stuhlbein einen Tritt gegeben hat. Wenn es auf der Straße hinfällt und sich eine blutende Wunde am Knie holt, dann war es die Straße, die aus unerfindlichen Gründen zum Knie hochgestiegen ist. Kinder kennen von sich aus keine Schuld, und wenn man ihnen dieses Gefühl mühsam beigebracht hat, dann sind sie nicht in der Lage, es richtig zuzuordnen. Erst durch die Erziehung verlieren Kinder allmählich die Fähigkeit, Wirksachen wahrzunehmen, und an ihre Stelle tritt die langweilige Unterscheidung von Ursache und Wirkung, ein großer Verlust in der Fähigkeit, die Welt zu interpretieren. Ich habe eine sehr frühe Erinnerung an jene Zeit, und zwar an einen Nussbaumbeistelltisch mit einer Platte aus Delfter Kacheln, den mein Vater von seiner Heimatinsel mitgebracht hatte. Ich muss etwa ein Jahr alt gewesen sein, als ich auf allen vieren über den Teppich kroch und mich an einem der Tischbeine hochzog. Mein Blick fiel auf die Kacheln. Da gab es seltsame Dinge, nach denen ich tastete. Sie wirkten bedrohlich und schön zugleich. Heute weiß ich, es waren Mühlen, windwüchsige Pappeln, ein kleiner Junge, der sehnsüchtig aufs Meer mit seinen Segelbooten hinaussieht. Dieses Meer war klein und groß zugleich, und wenn man es mit der Hand berührte, war es hart, glatt und kühl. Später fand ich all diese Motive auf einer wirklichen Insel wieder, so als sei sie die vergrößerte Oberfläche jenes Tisches. Sie hatten immer noch die glänzende Glasur jener Kacheln.

Noch ein anderes Bild faszinierte mich. Es tickte, sah jeden Tag ein wenig anders aus und befand sich hoch über mir im Himmel des Zimmers. Es war das Zifferblatt einer Standuhr, ein Hochzeitsgeschenk der Mutter meines Vaters. Das Gehäuse und das Zifferblatt hatte ein Vorfahre, ein dänischer Bäckermeister und begabter Zeichner und Bastler, vor fast 200 Jahren angefertigt. Ich bin mit Vornamen nach ihm benannt worden. Der aus schlichtem Fichtenholz gezimmerte Kasten sah aus wie ein langer, schmaler Sarg, in dem die Zeit begraben worden war. Im oberen Teil des mit Blumen bemalten Zifferblattes drehte sich eine mit Zähnen versehene Scheibe Tag für Tag einen Zahn weiter. Auch sie war bemalt: zwei runde rosige Gesichter mit rotem Mund und blauen Augen, zwischen denen eine Kogge auf einem stürmischen Meer segelt, während auf der gegenüberliegenden Seite eine Ruine verfällt. Zwei halbrunde Blenden verdecken die Gesichter unterschiedlich und zeigen so die Mondphasen an. Wenn das eine Gesicht verschwand, tauchte das andere auf. Nie sah man beide zugleich in voller Größe. Das ärgerte, ja quälte mich. Diese Uhr war so etwas wie eine Stele, vor der mein Vater die vergangene Zeit seiner Vorfahren verehrte. Die Uhr durfte nie stehenbleiben, und so beförderte mein Vater, wenn er zu Hause war, regelmäßig die schweren Bleigewichte nach oben, damit ihr Herz nicht aufhörte zu schlagen. In seiner Abwesenheit musste meine Mutter diese heilige Aufgabe übernehmen. Dabei gab es jedes Mal ein schnarrendes Geräusch, das mir von Beginn meines Lebens an vertrauter war als jeder andere Laut.

Weil die scheinbar mühelos errungenen Erfolge der deutschen Armeen die Friedensprognose des Horoskops zu bestätigen schienen, drängte mein Vater darauf, dass wir, trotz der in einer Hafenstadt verstärkten Kriegsgefahren, ganz nach Hamburg umsiedelten. Nach anfänglichen Protesten gab meine Mutter schließlich nach. Im April reiste sie in die Hansestadt, um eine Wohnung zu suchen. Diesmal nahm sie mich mit. Die Wohnungssuche gestaltete sich schwierig, denn es gab inzwischen, als eine der ersten Kriegsfolgen, nur noch teure Großwohnungen auf dem Immobilienmarkt. Mein Vater wurde mit seinem Schiff nach Swinemünde verlegt, sodass meine Eltern erneut getrennt waren. Das Schiff diente als Scheibenschlepper, wobei es eine große Scheibe an einer langen Leine durchs Wasser zog, um den Kanonieren auf Kriegsschiffen ein Ziel zu bieten. Wir blieben in einer Pension zurück. Zu ihren Bewohnern gehörte Oma Hieber, eine feine alte Dame, die wunderschöne blaue Pantoffeln voller gelber Blumen für mich stickte und mir das Laufen beibrachte. Die Pantoffeln waren so schön, dass ich dauernd hinfiel, weil ich sie ständig anstarren musste.

Unterdessen kam der Krieg bedrohlich näher. Am 18. Mai gab es die erste schwere Bombennacht. Die Bomben fielen bereits, als die Sirenen zu heulen begannen. Wir hielten uns zusammen mit Oma Hieber und zwei anderen gebrechlichen alten Frauen im ersten Stock des Hauses auf, denn es hatte keinen Keller. Meine Mutter saß die ganze Nacht hindurch auf einem Stuhl in der Mitte des Zimmers und hielt die Arme mit gefalteten Händen um mich geschlungen, bis endlich im Morgengrauen Entwarnung kam. Sie fühlte sich stark in ihrer Beschützerrolle, ich aber spürte die ganze Zeit über ihr pochendes Herz wie eine Glocke, die in ihrer Brust unaufhörlich Alarm schlug.

Zwei Monate später wurde der Petroleumhafen Hamburgs in Brand geschossen. Der Himmel war dunkel von Rauch. Er bildete große Wolken, aus denen schwarze Schneeflocken fielen. Wir rannten inzwischen bei jedem Angriff in einen nahegelegenen Bunker, der angeblich gasdicht war. Manchmal verbrachten wir dort fünf Tage am Stück. Ich habe noch eine Erinnerung an diese Zeit: Wir sitzen in einem großen, völlig leeren Bus und fahren durch endlose

Straßen an lichterloh brennenden Häusern vorbei. Das viele Feuer gefiel mir. Ich winkte den Flammen durch die Scheibe zu.

Mitte Juli zogen wir auf Wunsch meines Vaters nach Saßnitz auf Rügen, denn er konnte uns dann leichter von Swinemünde aus besuchen. Wir wohnten in der Pension *Ägir*. Es gibt ein Foto aus dieser Zeit, auf dem ich eine lange Strickhose anhabe, die an den Knien ganz schwarz ist, weil ich immer wieder hinfiel. Trotzdem lächele ich auf dem Bild das senile Lächeln eines Greises, der den Grund seiner guten Laune nicht begreift. Ich war noch nicht stubenrein, und meine Mutter bekam deshalb ziemlichen Ärger mit den Wirtsleuten. Ich vermute, dass sie mich sehr unter Druck gesetzt hat. »Du bist ein kleiner Stinker«, sagte sie oft. »Henny ist eine Rübe«, erwiderte ich.

Auf Rügen muss ich zum ersten Mal das Meer gesehen haben, aber es hat wohl keinen Eindruck auf mich gemacht, denn ich erinnere mich nicht mehr an seinen Anblick. Vielleicht konnte ich einfach noch keine solchen gewaltigen Dimensionen begreifen, vielleicht war es mir aber auch einfach zu langweilig, zu grau, zu kalt und zu weit weg. Meine Ozeane waren die Pfützen, Regentonnen, wassergefüllte Rinnsteine, der kleine Bach am Nordende der Waldkolonie, der wassergefüllte Abgrund in der Kloschüssel. Nach starken Regenfällen trat er über die Ufer und wurde reißend wie eine wütende Schlange. Auch die Flüsse in den Rinnsteinen traten dann über die Ufer der Bürgersteige. Ich ließ Blätter und kleine Rindenstückchen auf ihnen schwimmen. An solchen Regentagen war der Villenort eine Insel, die mitten im Wasser trieb. Ich fuhr mit dem Finger die Ströme hinab, die die Regentropfen auf den Fensterscheiben hinterließen, oder ich staute das Wasser in den Rillen auf den Fensterbänken und reiste mit den Augen durch einen überschwemmten Garten, den ich nicht betreten konnte, weil ich nicht nass werden durfte.

Nach diesen Meeren sehnte ich mich, wenn meine Mutter auf das wirkliche Meer hinausdeutete und sagte, dass dort irgendwo hinter dem Horizont mein Vater sei. Er war von neuem verlegt worden, diesmal nach Kiel, und da er inzwischen genügend Fahrenszeit nachweisen konnte, wurde ihm nun endlich auch das Kapitänspatent auf Große Fahrt ausgehändigt. Sein kleines Schiff wurde mit Flakgeschützen armiert und dann nach Emden geschickt, zur großen Invasionsflotte, die England erobern sollte.

Es hatte jetzt natürlich für meine Mutter keinen Sinn mehr, in Saßnitz zu bleiben. Obwohl sie lieber in ihre Heimat zurückgefahren wäre, nahm sie auf Bitten ihres Mannes die Einladung ihrer Schwiegermutter an, den weiteren Kriegsverlauf auf seiner ungefährdeten Heimatinsel zu verbringen. Hier geschah es dann wohl, dass ich jene Fläche zwischen Ufer und Horizont, die so wandelbar ist wie die Haut eines riesigen Chamäleons, zum ersten Mal bewusst bemerkte. Es war der 3. September 1940, wie meine Mutter in einem Brief an ihren Mann notierte, als ich weinend zu ihr lief und immer wieder aufs Wasser hinaus zeigte. Das Meer war ein großes blaues Tuch, das wie ein nasses Wäschestück vom Horizont herabhing, vermutlich um zu trocknen. Es musste demnach arg schmutzig gewesen sein. Vielleicht hatte es sich ja in die Hose gemacht.

Wir wohnten bei der Mutter meines Vaters in einem Haus, das direkt am Wasser lag. Diese bescheidene Frau schien kein Mensch aus Fleisch und Blut und Launen zu sein. Vielmehr glich sie einem Schatten oder einem alten Bild, das sich, vergilbt und voller Stockflecken, aus einem Album gelöst hatte und nun in der Strömung der Tage trieb. Ich spielte jeden Tag am Strand. Mit meinem kleinen roten Blechschäufelchen versuchte ich voller Zuversicht, den gewaltigen Sandkasten des Ufers leer zu schippen. Einmal wurde ich von einheimischen Kindern an den Beinen gepackt und die Strandmauer hochgezogen. Oben war plötzlich unten, und unten war oben. Die Wolken waren Schneehaufen zu meinen Füßen, und der Sand bedeckte den ganzen Himmel. Die Mauer war aus grobem Mörtel, und an einer Stelle befand sich ein langer, schräg verlaufender Riss, hinter dem kleine, scharfe Flintsteine zu sehen waren. Ich sehe diese Stelle bis heute übergenau vor mir wie eine Fotografie. Ich prallte mit dem Kopf gegen die Steine und begann aus einer Platzwunde zu bluten. Heulend rannte ich nach Hause. Die Schattenfrau verarztete mich in der Küche, unter einer tickenden Messinguhr, die die Form eines Kochtopfes hatte und die ich noch heute besitze. Ihr Ticken wirkt immer noch schmerzstillend auf mich.

Auch die beiden Schwestern meines Vaters kamen auf die Insel, um den Bomben in Hamburg zu entgehen. Und so waren es vier sehr verschiedene Frauen, zwei davon mit einem kleinen Kind, die gemeinsam den Haushalt bestritten. Das war wörtlich zu nehmen. Denn das Klima zwischen den Frauen wurde von Tag zu Tag schlechter. Die Empfindlichkeiten wuchsen. Es herrschte Kleinkrieg an der Heimatfront, während die Männer draußen an der wirklichen Front einen großen Krieg führten. Meine Mutter beklagte sich brieflich bei ihrem Mann, dass sie mit ihren so empfindlichen, feingliedrigen Händen harte körperliche Arbeit leisten müsse. Ich aber nahm unterdessen auf meine Weise Besitz von der Umgebung. Man ließ mich, angetan mit einem blauen Trainingsanzug und einem roten Umhang, hinaus in das nahegelegene Wäldchen. Die vielen Bäume erinnerten mich an die Waldkolonie. Aber sie waren viel kleiner und wegen des häufigen Winds ganz schief gewachsen. Einmal kam ich an eine Wiese. Auf ihr standen lauter Pusteblumen. Ich pflückte einen Strauß und rannte so schnell ich konnte zurück. Winzige Fallschirme umschwebten mich dabei, und als ich ankam, hing nichts mehr an den Stängeln. Ich reichte sie stolz meiner Mutter, die mich dafür an sich drückte und liebkoste.

Ende Oktober passierte ein Unfall. Meine Mutter erzählte mir später, als ich eine schmerzhafte Zahnregulierung über mich ergehen lassen musste, dass ich in der Wohnung gestolpert und mit voller Wucht auf den Rand einer Wasserkanne gefallen war. Ein Schneidezahn wurde durch den Aufprall in den Kiefer zurückgetrieben. Meine Mutter konsultierte den Hausarzt und dieser einen Dentisten, der eine Kieferentzündung prophezeite und eine baldige Operation empfahl. Für meine Mutter war es ein willkommener Anlass, die Insel zu verlassen. Sie entschloss sich, in die Waldkolonie zurückzukehren, um mich dort von einem Kieferorthopäden behandeln zu lassen. Im Nachtzug lag ich auf dem Sitz neben ihr, den Kopf in ihrem Schoß, und lauschte dem rhythmischen Klacken der Räder, bis die Schmerzen nachließen und ich einschlief.

Wir bezogen unsere alte Wohnung im Forstweg, der inzwischen »Straße der SA« hieß. Mein Vater lag unterdessen mit seinem Schiff in Calais, von wo es bald nach England gehen sollte. Er erhielt nun vier Reichsmark Front- und Gefahrenzulage pro Tag und verbrachte die Nächte mit seiner Mannschaft in einem alten Weinkeller. Auch andere Besatzungen waren dort. Man trank Wein, spielte Skat bei Kerzenlicht und schlief auf Strohsäcken. Der Krieg war für Edward immer noch eine Mischung aus Nichtstun und Warten, ganz so wie es Statisten in einem Theaterstück geht, die in der Kantine auf ihren kurzen Auftritt warten. Das Ende der Invasionsabsichten bedeutete für ihn eine Erlösung. Unter Volldampf ging es zurück in die Heimat. Am 9. Dezember erreichte das ehemalige Walfangboot die Elbmündung bei Cuxhaven und dann einen Tag später die Werft in Kiel. »Süd 5« sollte dort zu einem Torpedosuchschiff umgebaut werden. Für die Taucher musste eine Druckkammer eingebaut werden. Außerdem gab es eine gründliche Entmagnetisierung des Rumpfes wegen der gefährlichen Treibminen, den sogenannten Magneteiern. Während der Werftzeit konnte der frischgebackene Kapitän endlich einen längeren Urlaub nehmen. Kurz vor den Feiertagen erschien bei uns also dieser fremde Mensch. Er wurde euphorisch von meiner Mutter begrüßt, aber ich war böse, denn er vertrieb mich aus dem Ehebett.

Meine Mutter war eine große Künstlerin, wenn es um die Inszenierung eines Festes ging. Das sollte mich für immer prägen, denn es begründete meine lebenslange Affinität zu vorgetäuschten Welten. Wenn sie auch nicht mehr mit Pinsel und Farben malte, sondern mit Gegenständen, Düften und Daten, erreichte sie dabei die Wirkung eines schönen Bildes. Mit großem Geschick vermochte sie es, Heiligabend das ganze Jahr über mit allerlei Prophezeiungen und Andeutungen für mich zum Gipfel eines hohen Berges aus vielen Tagen zu machen, den es zu erklimmen galt, wobei die Adventszeit der letzte steile Anstieg war, anstrengend und spannend zugleich. Gipfelkreuz war das Hauptgeschenk, auf das ich ein ganzes Jahr warten musste.

Schon die ersten Weihnachten meines Lebens, an die ich mich nicht mehr erinnern kann, müssen perfekt inszeniert worden sein. Die Welt war gänzlich von Gerüchen und einem warmen Licht erfüllt, das unter anderem von dem großen Rauschgoldengel kam, der auf der Anrichte neben dem Radio stand. Sein schönes wächsernes Gesicht mit den himmelblauen Augen, die blonden, wallenden Haare und der rotgeränderte, offene und innen schwarze Mund mochten der Grund dafür sein, dass ich mich später immer wieder unglücklich in Blondinen verliebte. Das Licht kam von kleinen dünnen Kerzen, die der Engel in seinen wächsernen Händen hielt und die meine Mutter, wenn sie fast niedergebrannt waren, rechtzeitig auszublasen pflegte, worauf zwei dünne, bläuliche, brenzlig duftende Rauchschlangen in den Zimmerhimmel stiegen.

Auch diesmal hatte es meine Mutter verstanden, mich in einen von Tag zu Tag sich steigernden quälenden Wartezustand zu versetzen. Jeder Morgen begann damit, dass ich ein Türchen des von ihr selbst gemalten Weihnachtskalenders öffnen durfte. Als ich am Morgen vor Heiligabend die größte Tür aufmachte, blickte mich ein Mann mit Pfeife, vier Ärmelstreifen und Kapitänsmütze an. Er sah meinem Vater, der jetzt bei meiner Mutter übernachtete, verblüffend ähnlich. »Das ist diesmal dein Hauptgeschenk«, sagte meine Mutter.

Offenbar gibt es zwei unterschiedliche Typen von Menschen: die, die in der Kindheit mit Hauptgeschenken, und die, die mit Nebengeschenken aufgewachsen sind. Ich war einmal mit einer Frau verheiratet, die ich sehr mochte, die jedoch ein typischer Nebengeschenkmensch war. Es gab in ihrer Familie wenig Geld und viele Kinder. Entsprechend viele kleine Päckchen wurden während der Bescherung ausgepackt, mit preiswerten, jedoch praktischen Dingen, die vom Beschenkten jubelnd und zufrieden in Besitz genommen wurden. Meine erste Ehe musste wohl auch deshalb in die Brüche gehen, da ich im Gegensatz dazu durch den Einfluss meiner Mutter ein typischer Hauptgeschenkmensch geworden war. Meine Erwartungshaltung gegenüber Dingen und Menschen war übertrieben und zwanghaft auf ein einziges hohes Ziel gerichtet, während meine Fähigkeit, mich über Nebensachen zu freuen, deutlich unterentwickelt war. Schon in meiner frühesten Kindheit legte meine Mutter alles darauf an, mich in einen quälenden Zustand permanenter Vorfreude zu versetzen. Geduld und Ungeduld verbanden sich dabei zu einer widersprüchlichen Mischung, zu einem Quantenzustand der Uneindeutigkeit.

Wir verbrachten das Weihnachtsfest also diesmal zu dritt. Mein süßer Warteschmerz erreichte seinen Höhepunkt, als ich auf einem Hockerchen vor einer hohen Flügeltür Platz nehmen musste und lange nichts geschah. Ich hörte nur dumpfe Geräusche und leise Musik hinter der Tür. Plötzlich öffnete sie sich zu einem schmalen Spalt, und der mit einem weißen Pelz geschmückte Unterarm des Christkinds erschien. Eine schmale Hand hielt ein silbernes Glöckchen. Dreimal wurde es geschüttelt, dreimal klingelte es hell. Dann verschwand der Arm wieder. Kurz darauf öffnete sich die Tür, und meine Mutter kam herein. Sie nahm mich bei der Hand und führte mich in das Wohnzimmer. Ein Fenster stand weit offen, und ich konnte in den kalten schwarzen Nachthimmel sehen. »Siehst du, das Christkind ist eben davongeflogen«, sagte sie. »Aber es hat dir etwas dagelassen, als Belohnung dafür, dass du so brav gewesen bist.« Draußen schneite es. Die Flocken schimmerten wie Sternschnuppen im

Kerzenlicht. Meine Mutter schloss das Fenster. Dann wurde der Baum angezündet. Es sah aus, als würde er lichterloh brennen, und die Schatten von skifahrenden Zwergen, die an den Zweigen hingen, tanzten und schwebten über die Tapete. Mein Vater nahm ein großes Buch und las daraus eine Geschichte vor. Er las mit seiner schönen, resonanzreichen Stimme, langsam, ohne Betonung, so als sei der Text eine Gebrauchsanweisung. »Es begab sich aber zu der Zeit ...«

Anfangs verstand ich kaum etwas, nur dass es um ein kleines, armes Wurm ging, das noch kleiner und ärmer war als ich und das Jesus hieß und irgendwann beschnitten wurde und dann wuchs und stark wurde im Geiste. Alles klang schön und ein wenig grausam. Dann gab es Gänsebraten. Ich bekam einen Flügel. Er ließ sich bewegen wie ein Scharnier. Mein Vater schabte mit einem Messer das Fleisch von dem Flügel. Dann zerdrückte er eine Kartoffel auf meinem Teller und legte das Fleisch dazu. Ich formte mit dem Löffel eine kleine Burg, die ich mit brauner Soße umgab. »Man spielt nicht mit dem Essen«, sagte mein Vater. Dann fütterte er mich, während goldgelbe Töne wie Honigfäden aus dem Schallstoff des Radios tropften und über Möbel und Teppiche flossen. Immer noch gab es keine Bescherung. Die Zeit gefror in fein ziselierten Eisblumen am Fenster. Endlich kam der erlösende Satz. »Willst du nicht nachschauen, was dir das Christkind dagelassen hat?« Mein Vater nahm auf dem Ohrenstuhl Platz und beobachtete seinen kleinen Sohn, wie er auf allen vieren zu einem weißen Hügel kroch, der sich unter dem Tannenbaum erhob. Ich zog das Tuch beiseite. Ein Bilderbuch und zwei große Hunde kamen zum Vorschein. Einer war schwarz, der andere weiß. Sie sahen mich aus glühenden Glasaugen an und bellten nur, wenn ich ihnen dabei mit meiner Stimme half. »Das sind Max und Moritz«, sagte meine Mutter. »Max ist schwarz und böse, Moritz ist weiß und lieb. Genau wie du. Mal bist du Max, mal bist du Moritz.« Mein Vater nahm mich auf seinen Schoß, und ich tat das Gleiche mit Max und Moritz, und dann starrten fünf Augenpaare auf die langsam niederbrennenden Kerzen, zwei davon blaugrau, eines braun und zwei Paare aus buntem Glas. Ich hob den Kopf und starrte in die behaarten Nasenlöcher meines Vaters. Dort ging es tief hinab in ein dunkles Weltall ohne Sterne. Als alle Kerzen niedergebrannt waren, machten sich meine Eltern in der Küche zu schaffen, während ich auf dem Teppich lag und beiden Hunden abwechselnd meine Stimme lieh. Sie bellten sich an und schlugen mit den Köpfen gegeneinander. Moritz gewann den Kampf, und Max lag mit den kurzen Beinen nach oben tot auf der Teppicherde. Am nächsten Abend las mein Vater aus dem Bilderbuch vor. Dass das Peterchen darin fliegen konnte wie das Christkind, gefiel mir. Ich wollte am liebsten auch fliegen können. Aber dass der Mann im Mond so böse war, dass er sogar die Puppe von Peterchens Schwester auffraß, gefiel mir gar nicht. Anschließend gingen wir in den verschneiten Garten. Es war schon dunkel, und der Vollmond schien. Mein Vater deutete zu der hellen Scheibe und sagte: »Die dunklen Flecken auf dem Mond sehen aus, als habe er ein Gesicht. Punkt Punkt Komma Strich, und fertig ist das Mondgesicht, sagen die Kinder. Früher, als es noch keine Fernrohre gab, sie sind nämlich erst vor vierhundert Jahren erfunden worden, waren diese Flecken das Einzige, was man mit bloßem Auge auf dem Mond erkennen konnte. Deshalb gibt es viele Sagen und Legenden über den Mann im Mond und sein Gesicht. Die Astronomen haben in ihnen große Meere gesehen. Das Meer des Regens und das Meer der Heiterkeit sind die Augen. Der lachelnde Mund ist das Meer der Wolken.« Mein Vater sprach ganz ruhig. So ausführlich hatte er mir noch nie etwas erklärt. Meine Augen tränten, die Stimme meines Vaters aber klang ganz fern, als stünde er selbst auf dem Mond und riefe zu mir herab: »Heute weiß man, dass diese grauen Flecken keine Ozeane sind, sondern riesige flache Steinwüsten, die durch den Einschlag großer Meteore entstanden sind.« Ich begriff nichts von dem, was er sagte, aber etwas in mir verstand dennoch alles. »Siehst du den Ring aus Dunst, der sich um den Mond herum gebildet hat? Man sagt, der Mond hat einen Hof. Das bedeutet schlechtes Wetter. Vielleicht regnet es morgen sogar.« »Der Hof hat einen Mond«, erwiderte ich, weil es besser klang.

Es regnete tatsächlich am folgenden Tag, und der Schnee begann zu tauen. Seitdem bewunderte ich meinen Vater als zuverlässigen Wetterpropheten. Er blieb fast sechs Wochen bei uns, und ich hatte mich schon fast an ihn gewöhnt, als er wieder spurlos verschwand. Nur seine schwarzen Nasenlöcher blieben zurück und breiteten sich nachts über den ganzen Himmel aus. Sterne funkelten in ihnen. Peterchen war inzwischen auf der Erde zurück und hatte den Hof mitgebracht und mir geschenkt. Ich vergrub ihn im Garten, damit kein schlechtes Wetter mehr kommen konnte. Nachts nahm ich beide Hunde mit ins Bett. Ich hatte Moritz lieber, aber Max sollte das nicht merken. Kurze Zeit später verschwand Max. Angeblich weil er Läuse hatte. Moritz war jetzt allein und bekam meine ganze Liebe. Ich schlief nun jede Nacht mit ihm im Arm ein.

*

B. sah zum Fenster. Der Mann war verschwunden. Er hatte also nicht zugehört, aber das machte B. nichts aus. Es reichte ihm, dass er sich selbst gelauscht hatte. Auf dem Heimweg am Flussufer entlang glaubte er in unregelmäßigen Abständen hinter der geschlossenen Wolkendecke das kurze Aufleuchten eines Widerscheins zu sehen wie bei einem Wetterleuchten. Er blieb stehen, legte beide Hände auf das Ufergeländer und lauschte. Wieder meinte er ein fernes Grollen zu hören, aber anders als vor zwei Tagen konnte es nicht mehr von einer Brandung herrühren. Das Meer hatte sich längst beruhigt, und seine Wellen waren klein und regelmäßig geworden. Auch hatte sich der Wind inzwischen völlig gelegt. Die Luft war stickig, feucht und für die Jahreszeit viel zu warm. Tobte dort hinter dem Horizont ein schweres Gewitter?

Er hatte sich den Weg zurück in sein Hotel eingeprägt, aber diesmal fiel es ihm trotzdem schwer zurückzufinden. Es war, als habe sich der Verlauf der Straßen verändert. Es gab kleine Plätze, die ihm völlig neu waren, Häuserfassaden, die er noch nie wahrgenommen hatte. Einmal geriet er in eine Sackgasse und musste umkehren. Es dauerte mehr als eine Stunde, bis er endlich in seinem Zimmer war.

Später lag B. in seinem Bett und versuchte lange vergeblich einzuschlafen. Immer noch sah er hin und wieder jenen kurzen Lichtschein, der die Vorhänge aufleuchten ließ, als würde sie der Lichtkegel eines Scheinwerfers streifen. Das dumpfe Grollen schien näher gekommen zu sein. B. stand auf und zog sich wieder an. Dann setzte er sich mit einem Glas Snow Queen ans Fenster und blickte hinaus. Über den Himmel fuhren lange weiße Finger. Sie bohrten sich in die tief hängende Wolkendecke. In der Ferne war das Heulen von Sirenen zu hören. Irgendwann war B. schließlich in dem Sessel eingeschlafen. Als er am Morgen mit schmerzenden Gliedern erwachte, war die Flasche Snow Queen leer.

4

B. fragte den Portier, zu dem er inzwischen ein gewisses Vertrauen hatte, seit er ihm den kostbaren Füller geschenkt hatte, was da nachts los gewesen sei. Er habe nichts gehört, sagte der Mann, aber das sei auch nicht verwunderlich wegen seiner Schwerhörigkeit. »Vielleicht üben sie wieder«, sagte er. »Es könnte ein Manöver gewesen sein.« »Welche Manöver?«, fragte B. »Das weiß man nicht. Es könnten unsere Leute sein oder die anderen. Es heißt, es würde wieder Krieg geben. Ich halte nichts von solchen Gerüchten. Sie machen die Leute verrückt. Irgendwann verselbständigen sie sich und erzwingen eine militärische Auseinandersetzung, für die eigentlich kein Grund besteht.«

B. ging zum Institut. Es war still, kein Grollen mehr, auch keine Blitze am wolkenverhangenen Himmel. Am Ziel angelangt, nahm B. Platz und überlegte, ob er den Anderen nach den Kriegsgerüchten fragen sollte. Aber er würde keine Antwort bekommen. Gespräche solcher Art waren nicht vorgesehen. Also begnügte sich B. damit, seine Geschichte fortzusetzen.

*

Manchmal schob mich unser Kindermädchen Annie auf einem Schlitten mit roter Eisenlehne durch den Schnee. Ich hatte einen ganzen Vorrat von selbstgemachten Schneebällen in einer Dose, die auf dem Schlitten stand. Damit schoss ich auf unsichtbare Tiere und Soldaten, die jedes Mal sofort tot umfielen. Der Frühling kam, und der Schnee taute. Überall gluckste braunes Wasser und strömte in die Siele. Die ganze Erdkugel musste inzwischen voll Wasser sein. Ich legte mein Ohr an den Globus, der auf der Anrichte stand, und hörte es rauschen. Den Mondhof hatte ich wieder ausgegraben und in die Gegend geworfen, denn ich liebte jetzt schlechtes Wetter, weil man da besser spielen konnte. Im Matsch zum Beispiel, der durch die Finger quoll, wenn man eine Faust machte. Einmal saß ich im Esszimmer auf dem Fensterbrett und sah hinaus auf ein Meer voller Pfützen, in die es pausenlos regnete. Überall waren Einschläge kleiner Tropfen, um die sich Kreise bildeten. Gelbes, von sich ausdehnenden Ringen gemustertes Wasser bis zum Horizont. Aus einer Baumkrone im Nachbargarten wuchs eine große schwarze Wolke. Ein greller Blitz stach in ihren Bauch, wodurch die Wolke platzte. Millionen von weißen Hagelkörnern prasselten heraus und tanzten auf dem Fenstersims. Ich saß am halboffenen Fenster, griff nach den eiskalten Perlen, die wie Mottenkugeln aussahen, und steckte mir so viele ich konnte in den Mund. Meine Mutter kam herein, riss mich vom Fenster fort, schloss es mit einer heftigen Bewegung und ließ den Rollladen herab. Draußen grollte es gewaltig. »Willst du vom Blitz erschlagen werden? Bei Gewitter müssen alle Fenster zu sein«, schrie sie außer sich. »Du spielst mit deinem Leben. Hörst du? Der Donner ist schon ganz nah. Außerdem bekommt man schreckliches Halsweh, wenn man Hagelkörner lutscht.« »Das ist doch der Donnermann, und der ist lieb«, schluchzte ich. Ich begann zu weinen, so sehr spürte ich ihre Angst. Außerdem hatte ich tatsächlich plötzlich Halsschmerzen. Sie nahm mich in den Arm. »Du hast mich angesteckt. Jetzt habe ich auch Halsweh. Aber ich weiß ein gutes Mittel dagegen. Ich mache uns eine Honigmilch.« Als ich dieses schöne Wort vernahm, ließen die Schmerzen gleich wieder nach, und als ich das heiße, süße, gelblich-weiße Getränk aus der Schnabeltasse trank, wurden sie vollends weggespült.

Im Garten war oft ein großer Vogel, der mich mit schief gelegtem Kopf ansah. Er hatte schwarzes Gefieder und einen spitzen gelben Schnabel, mit dem er Regenwürmer aus dem Boden zog. Es sah lustig aus, wie Gummibänder, die immer länger wurden. »Das ist die schwarze Lina«, erklärte meine Mutter. »Sie wohnt in unserem Garten und ist dein Freund.« Ich blickte den Vogel an und spürte eine unbestimmte Hoffnung in mir, die mit diesem Wort zusammenhing. »Du weißt nicht, was ein Freund ist? Das ist jemand, der immer zu einem hält«, sagte meine Mutter. »Genauso wie es dein Vater mit mir macht.« Ich sah hinaus. Mein Vater war nicht da. Ich war mir in diesem Augenblick nicht einmal sicher, ob er überhaupt noch existierte. Die schwarze Lina hatte gerade wieder einen Regenwurm gepackt und mühte sich, ihn aus dem Rasen zu ziehen. Der Wurm wurde immer länger und zerriss in zwei Teile. Dann flog mein Freund mit der einen Hälfte im Schnabel davon. Als ich zu weinen anfing, sagte meine Mutter mit ihrer klangvollen Trösterstimme: »Sie kommt bestimmt wieder zurück zu dir. Die schwarze Lina ist nämlich treu.« Ich weinte aber wegen des Wurms, der auch mein Freund gewesen war.

Mein Vater wurde unterdessen nach Danzig zu einer U-Boot-Flottille beordert. Seine Heuer wurde von 450 auf 600 Reichsmark erhöht, inklusive 20 Reichsmark Gefahrenzulage. Es war seine Aufgabe, mit Hilfe von Tauchern Torpedo-Blindgänger vom Meeresgrund zu bergen. Anfang Mai fuhr meine Mutter zu ihm. Mich ließ sie bei Muttl und Vatl zurück. Diesmal weinte ich nicht. Ich hatte ja die schwarze Lina und Moritz und irgendwo einen halben Regenwurm. Und ich musste auch nicht mehr so viel Grießbrei essen, denn Muttl machte am liebsten Braten mit viel brauner Soße und gab mir kleine Stückchen davon, die ich immer ganz hinunterschluckte. Meine Eltern lebten unterdessen für einige Wochen in einer kleinen Fischerkate am Strand der Danziger Bucht. Wahrscheinlich verbrachten sie damals die glücklichsten Tage ihres Lebens. In diese Zeit fiel mein dritter Geburtstag. Muttl nahm mich auf den Arm und trug mich durch Haus und Garten. Sie roch sehr stark nach ihrem teuren Lieblingsparfüm. Wenn sie mich trug, war es ganz anders, als wenn meine Mutter dies tat. Obwohl Muttl kleiner war als ihre Tochter, glaubte ich auf ihren Armen höher über der Welt zu schweben, und ich kam mir fast vor wie das Peterchen beim Fliegenlernen. Vatl strich mir über den Kopf und nannte mich einen tapferen kleinen Mann. Ich bekam ein Kinderstühlchen, das man zu einem Sitz mit Tisch umbauen konnte. Man hob mich hinein, und ich war gefangen wie in einem zu kleinen Laufställchen. In dem hölzernen Sitz war eine Öffnung mit einem Deckel, und darunter hing ein weißer Blechtopf, in den ich Aa machen sollte. Direkt vor meiner Nase war ein Draht mit lauter bunten Perlen gespannt. Man konnte sie hin- und herschieben. »So lernst du ganz leicht rechnen«, sagte meine Großmutter. Sie schob die Perlen hin und her und sagte dabei ein langes Wort: »Einszweidreivier.« Auch ich schob die bunten Kugeln einmal nach links, dann wieder nach rechts und sagte dabei: »Einszweivierdrei.« »Es muss einszweidreivier heißen«, sagte Muttl. »Einszweivierdrei«, wiederholte ich. »Du bist ein kleiner Dickkopf«, sagte Muttl und herzte mich.

Meine Mutter vermisste ich nicht, auch weil ich in dieser Zeit mit einer neuen, bedeutenden Welt Bekanntschaft schloss, deren oberste Götter Onkel hießen. Onkel waren weder böse noch gut. Sie waren auch nicht grau. Sie waren vielmehr ganz bunt wie große Rechenkugeln. Sie hatten wahrscheinlich auch keine eigene Wohnung, sondern konnten, wenn sie wollten, überall sein und auch ganz plötzlich wieder verschwinden. Sie waren immer unverheiratet, auch wenn sie eine Frau hatten. Mein Vater war kein Onkel. Vatl auch nicht. Von Onkeln wurde man nie gestraft und anschließend geherzt. Sie waren außerdem ziemlich laut und machten am liebsten lauter verbotene Sachen.

Einmal, ich glaube, es war an meinem Geburtstag, packte mich ein Onkelgott und warf mich hoch in die Luft. Ich hatte keine Angst, obwohl ich der Zimmerdecke so nahe kam, dass ich dort die Risse, Flecken und Spinnweben deutlich erkannte. Die gleichen Onkelhände, die mich hochgeschleudert hatten, fingen mich wieder auf.

Gleich darauf flog ich wieder empor, bis fast zum Mond an der Decke. Wenn ich im Leben so etwas wie Glück gehabt habe, dann ist es nur den Onkeln zu verdanken. Es gab eine ganze Reihe von ihnen, die mich in eine Luft warfen, in der es sich wenigstens ein Weilchen besser atmen ließ. Der erste von ihnen, der mir seine Zuneigung auf diese Weise demonstrierte, war Onkel Brudda. Er hatte mich damals nach meinem Höhenflug auf einen seiner großen, dicken Onkeloberschenkel gesetzt und heftig auf und ab geschaukelt. Dazu hatte er mit einer lauten, sonoren Stimme immer wieder Brudda, Brudda, Brudda gerufen. Ich taufte ihn deshalb Onkel Brudda, und seitdem nannten ihn alle so. Onkel Brudda lebte auf einem anderen Stern, nämlich außerhalb der Waldinsel, irgendwo weit weg hinter den Bäumen. Unser Flüsschen kam aus seinem Garten, in dem es vielleicht eine Quelle gab, denn ihm war alles zuzutrauen. Onkel Brudda war häufig zu Gast im Hause meiner Großeltern, ein großer, schöner Mann, eine stattliche Erscheinung mit besten Manieren und liberalen Ideen, hinter denen sich, wie ich später herausfand, ein wahrer Abgrund an Lebenshunger verbarg. Für den Kriegseinsatz war er bereits zu alt, aber keineswegs für die Liebe. Er war Pianist und Sänger und hatte einen schönen Bariton. Seine Finger waren nikotinbraun, und er roch immer nach Zigarre. Es hieß, dass ihm im Ort etliche Kinder ihr Dasein verdankten, eine Folge seiner pädagogischen Fähigkeiten als Klavierlehrer. Tante Betty, die Frau, mit der Onkel Brudda offiziell verheiratet war, war mager und hässlich. Sie sah mit ihrer langen Nase und der Warze am Kinn aus wie die Blitzhexe in »Peterchens Mondfahrt«. Doch sie war klug und warmherzig. Außerdem sprach sie fließend Englisch, weil sie eine Weile als Suffragette in England gelebt hatte. Sie hatte ihrem attraktiven Mann eine Ausbildung als Sänger finanziert und ihn dann geheiratet. Er betrog sie von Anfang an nach Strich und Faden, aber sie passten dennoch gut zusammen, obwohl sie jedes Mal unsäglich litt, wenn sie von einer neuen Affäre erfuhr. Sie drohte dann regelmäßig mit Selbstmord, aber wenn er ihr daraufhin Blumen und andere Aufmerksamkeiten brachte, hellte sich ihre Stimmung schnell wieder auf. Wenn man bei den beiden, wie ich später häufig als Student, zu Besuch war, versank man förmlich in einer wohligen Atmosphäre aus Musik, Tee, Sherry und Keksen. Onkel Brudda spielte das verstimmte Klavier und sang Schubertlieder. Er sang so schön, dass man die falschen Töne des Pianos nicht mehr hörte. Tante Betty schenkte Sherry ein und erzählte von ihren heroischen Tagen in England. Sie wohnten in einem hässlichen Siedlungshaus. Das Besondere an ihm war ein Riss, der die Fassade von der Regenrinne bis zu den Kellerfenstern spaltete.

Die Zuneigung zwischen Onkel Brudda und Muttl war echt. Hier hatten sich zwei Menschen gefunden, die zwar an den einander gegenüberliegenden Ufern der Konvention standen, doch dabei immer in der Lage waren, in den reißenden Fluss einzutauchen, um sich für kurze Zeit in der Strömung treiben zu lassen. Noch im hohen Alter, als seine Frau längst tot war, ging Onkel Brudda jeden Tag an Krücken von seinem Haus den langen Weg zu Muttl, und sie bekochte ihn liebevoll. Anschließend saßen sie händchenhaltend auf dem Chippendale-Sofa und sprachen von den alten Zeiten. Ich unterhielt mich gerne mit diesem immer noch schönen Mann mit den nikotinbraunen Fingern und den glatt zurückgekämmten weißen Haaren, die vom Qualm seiner Zigarren eine leicht gelbliche Farbe angenommen hatten. Er hatte durch und durch vernünftige Ansichten, hielt nichts von Gott und der Welt und bestärkte mich in der Meinung, es käme vor allem darauf an, sich nie mit nur einer Sitzgelegenheit zu begnügen. »Kein Sessel, kein Hocker, kein Schaukelstuhl, kein Sofa allein macht glücklich«, sagte er einmal, »aber eine Klavierbank kann vieles möglich machen. Musik zum Beispiel und andere schöne Dinge.« Dabei lächelte er zufrieden in seinen Zigarrenqualm hinein, als sähe er dort in den blauen Schlieren ein besonders schönes Bild.

Es gab noch einen anderen wichtigen Onkelgott: Onkel Anton. Er war klein und drahtig. Auch er hatte liberale Ansichten, auch er war sehr musikalisch. Er konnte Volkslieder singen und schön Gitarre dazu spielen. Aber er warf mich nicht in die Luft, sondern schleuderte mich stattdessen in den großen Grashaufen, den er zusammengerecht hatte, nachdem er den Rasen von Muttl und Vatl geschnitten hatte. Einmal ertappte ich diesen Onkel dabei, wie er ins Waschbecken pinkelte, und seitdem stand für mich fest, dass er weit über allen Dingen stand.

Ende Mai war meine Mutter zurück. Ich hatte sie fast vergessen, aber jetzt schwebte sie plötzlich in ihrem blauen Kattunkleid wie ein Geist zur Tür herein, schloss mich in die Arme und weinte, während sie mich heftig an sich drückte. Ich schmeckte ihre salzigen Tränen und weinte schließlich auch, sodass zwischen unseren Wangen zwei Bächlein entstanden, die sich zu einem Flüsschen vereinigten. Ihr langes rotgoldenes Haar war zu einem Zopf geschlungen, den sie, zu einer Krone geformt, in würdevoller Trauer auf dem Kopf trug. Das betonte ihre gewölbte Stirn und verlieh ihren rehbraunen Augen einen melancholischen Glanz. Nun, da die Hoffnung auf ein schnelles Kriegsende immer mehr verblasste, eignete sie sich eine Haltung an, in der Schmerz, würdevolles Erdulden und schützende Liebe eine unauflösliche Verbindung eingingen. Meine Mutter fragte mich, ob ich in ihrer Abwesenheit viel geweint hätte. Ich schüttelte den Kopf, und sie schien darüber enttäuscht zu sein, denn auch sie schüttelte den Kopf. Dann ließ sie mich los, gab mir einen Klaps auf den Po, und ich rannte hinaus in den Garten, wo Onkel Anton gerade dabei war, die Weinranken an der Südfront des Hauses zu beschneiden. »Du musst immer zwei Augen stehen lassen, mein Kleiner«, meinte er, »sonst sieht der Wein nicht, wohin er wachsen soll.«

Der neue Sommer war von der gleichen ungezügelten Heftigkeit wie der Winter zuvor. Ich muss damals sehr viel im Kinderwagen durch die Gegend geschoben worden sein. Auf dem Rücken liegend fiel mein Blick in die vorbeiziehenden Baumkronen. Die Bäume liefen auf ihren Zweigen, während wir still standen. Auch hier gab es direkt vor meiner Nase einen Draht mit einer Reihe bunter Holzkugeln. Über den Ausschnitt des Himmels beugte sich eine Frau. Sie versuchte, mir das Zählen beizubringen. »Einszweidreivier«, sagte sie wieder und wieder. Ich sprach ihr nach. »Einszweivierdrei.« Wieder und wieder. »Einszweidreivier«, sagte sie. »Einszweivierdrei«, korrigierte ich. Ich ließ mich von dieser Melodie nicht abbringen. Sie klang einfach besser.

In diesem Sommer gab es häufiger als sonst schwere Gewitter, bei denen meine Mutter jedes Mal die Fenster schloss. Ich dagegen hatte keine Angst vor dem schwarzen Donner und den gelben Blitzen. Wenn ich allein war, öffnete ich das Fenster und hielt die Hand hinaus. Als mein Vater zu einem seiner Kurzurlaube erschien und seine Frau sich bei ihm über meinen Leichtsinn beschwerte, erklärte er: »Wenn du einen Blitz siehst, musst du langsam zu zählen anfangen, mein Sohn, bis der Donner kommt. Du kannst doch zählen?« »Ja«, sagte ich, »einszweivierdrei.« »Es heißt einszweidreivier«, sagte er. »Wenn du bis drei kommst, ist das Gewitter noch einen Kilometer entfernt, und es besteht keine Gefahr. Wenn du aber nur bis eins zählen kannst, bis der Donner kommt, ist das Gewitter schon ganz nah. Es ist dann nämlich nur noch dreihundert Meter entfernt. Das liegt an der Schallgeschwindigkeit. In einer Sekunde legt der Schall nämlich dreihundert Meter zurück. Den Blitz aber sehen wir mit Lichtgeschwindigkeit, und die ist eine Million mal schneller als der Schall. Deshalb kommt der Donner immer nach dem Blitz, weil er viel länger bis zu den Ohren braucht als das Licht bis zu den Augen. Und wenn du gar nicht mehr zum Zählen kommst, ist das Gewitter direkt über dir. Es donnert dann gleichzeitig mit dem Blitz. Dann musst du besonders aufpassen und dich vor allem nie unter einen hohen Baum stellen, wie zum Beispiel unter die Eiche da drüben.« Ich begriff nichts von dem, was er sagte, aber als ich zum Fenster hinaussah, sah ich einen großen Baum im Nachbargarten, der einen Aststummel ohne Blätter hatte. »Den da hat ein Blitz getroffen, dabei ist der Ast abgebrochen«, sagte mein allwissender Vater. Kurz danach verschwand er wieder, schnell wie der Blitz und ganz ohne Donner, um mit der 25. U-Boot-Flottille die norwegische Küste entlang bis zum Trondheimfjord zu fahren. Meine Mutter hängte eine große Karte von Europa an die Wohnzimmertür und unterstrich das Wort Trondheim mit einem blauen Stift. Trondheim klang sehr schön. Ein dumpfes Grollen wie von einem Gewitter. Ich begann zu zählen »einszweivierdrei« und wartete auf den Blitz, aber er kam nicht. Unser Hauswirt hatte inzwischen den Keller mit starken Holzbalken abstützen lassen, und wenn die Sirenen heulten, nahm mich meine Mutter auf den Arm und ging mit mir hinunter in einen großen, dunklen Raum mit Regalen voller Einmachgläser. Da der Alarm immer nachts kam, legte mich meine Mutter im Keller auf eine Matratze und deckte mich mit einer Daunendecke zu. Sie beugte sich über mich und gab mir einen langen Kuss auf den Mund. Dann löschte sie das Licht. Nur eine Kerze brannte flackernd auf einem der Regale. Ich konnte lange nicht einschlafen. Wenn es keinen Alarm gab, schlief ich im Ehebett. Im erleuchteten Raum nebenan hörte man die Stimmen der Erwachsenen. Unter dem Türspalt hindurch floss ein goldener Streifen Licht ins Schlafzimmer. Ich verstand nicht, was die Menschen nebenan sagten. Ihr Gemurmel wogte auf und ab. Es klang bedrohlich, und ich konnte auch hier lange nicht einschlafen, bis sich endlich die Tür öffnete und meine Mutter hereinkam. Sie roch nach Zigarettenrauch und setzte sich auf den Bettrand. Ihre Wangen glühten. Ihre Lippen, mit denen sie mir den Gutenachtkuss auf den Mund gab, waren weich. Dann schlief ich ein. Dabei hörte ich eine seltsame, stille Musik, ein Rauschen eher, das sich verstärkte, wenn ich das Kissen auf mein Ohr schob. Ich wusste nicht, dass es mein eigenes Blut war, das durch die Adern strömte. Irgendwann später schlüpfte meine Mutter zu mir. Unsere Füße berührten sich. »Fußi machen«, nannte sie es. Wenn ich aufwachte, kuschelte ich mich an sie. Morgens hörten wir Stimmen und

Musik aus einem braunen Kasten, der auf der Kommode stand und Blaupunkt hieß, obwohl er ein grünes Auge hatte. In ihm wohnten kleine Menschen, die sich laut unterhielten oder Musik machten. Das grüne Auge zwinkerte mir zu, wenn ich an einem der Knöpfe drehte. Dann bewegte sich auch ein roter Strich über lauter schräg untereinanderstehende Wörter. Ich fragte meine Mutter, was sie bedeuteten. »Das sind die Sender«, sagte sie. Sie las sie mir vor. Am schönsten war das Wort Hilversum. Ich fragte sie, ob Hilversum auf dem Mond läge. »Es liegt in Holland und gehört jetzt uns«, sagte meine Mutter. Das zweitschönste Wort war Beromünster. »Beromünster ist ein Schweizer Sender, den wir nicht hören dürfen. Der Führer hat es verboten«, erklärte sie.

Immer wenn mein Vater bei uns zu Gast war, stellte er den Kasten auf den Küchentisch, schraubte die Rückwand ab und fuhr mit einem Pinsel über die Glaskolben, die es im Inneren des Gerätes gab. Ich sah ihm interessiert zu und fragte, ob die kleinen Menschen in den Glaskolben sich freuen würden, wenn es sauber würde und sie hinaussehen könnten. »Da gibt es keine kleinen Menschen«, sagte er. »Dafür gibt es Elektronen. Die sind winzig klein, und sie steigen zur Anode auf und verstärken dabei die Stimmen und die Musik.« »Anode«, sagte ich und wiederholte das schöne Wort, bis es sich selbst aufsagen konnte.

Es gab noch andere Musik. Im hinteren Teil unseres Gartens stand ein Baum, dessen ganze Krone wie ein Instrument summte. Einmal ging meine Mutter mit mir hin und rüttelte am Stamm. Zahllose braune Käfer fielen heraus. Es waren alles dumme Summsemänner, die sich tot stellten oder herumkrochen und ihre Flügeldecken auf- und zuklappten. Ich hatte Angst, aber als meine Mutter mit ihrem schönen Mezzosopran zu singen begann: »Maikäfer flieg, der Vater ist im Krieg. Die Mutter ist in Pommerland, Pommerland ist abgebrannt«, beruhigte ich mich, und während ich mich an ihren Hals schmiegte, sah ich ein weites schwarzes Land ohne Bäume vor mir, wo aus dem Boden kleine gelbe Flammen wie Menschenhände züngelten und meinen Vater ansteckten, bis er ganz heruntergebrannt war und nur noch seine schwarzen Stiefel dastanden. Ein anderes Lied meiner Mutter war fast noch schöner. Wenn sie sang »O du lieber Augustin, alles ist hin«, verschmolz diese Zeile zu einem einzigen Wort, das nicht aufhörte in mir weiter zu klingen.

Ich wurde bei so viel Musik bald selbst zum Musiker. Mein erstes Instrument war eine Harfe aus Aluminium mit Stahldrähten, die über zwei Bügel straff gespannt waren. Es war ein Eierschneider, und ich hatte entdeckt, dass die Drähte hohe, zirpende Töne erzeugten, wenn man sie zupfte. Man konnte durch Fingerdruck die Tonhöhe variieren. Die Musik, die dabei entstand, war so schön, dass ich es nicht lange ertrug, ihr zu lauschen. Auch sonst war die Welt voller Klang. Hoch am Himmel zogen manchmal ganze Schwärme glänzender Libellen vorbei, deren tiefes Brummen noch zu hören war, wenn sie in einer Wolke verschwanden. Meine Expeditionen in den Garten und in die Umgebung des Hauses wurden immer länger und kühner. Bäume schienen die wichtigsten Bewohner des Ortes zu sein. Sie waren überall. Richtige Menschen waren viel seltener. Nur auf der östlichen Seite war der Wald ziemlich dünn, und man sah durch die Stämme weiße Siedlungshäuser. Sie hatten keine Nasen und Ohren, aber kleine böse Augen, und ihre Schädel waren kahl. An den drei anderen Seiten war der Wald von geheimnisvoller Endlosigkeit. Im Westen wurde die Kolonie von einem Zaun glänzender Eisenbahngeleise begrenzt, auf denen manchmal schnaubende, Feuer und Dampf speiende, ölglänzende Drachen mit grünem Schwanz und schwarzen Schuppen vorbeiglitten. Gleich dahinter wogte Wald wie ein windbewegtes Meer. Ein Bach floss unter den Gleisen hindurch und verlor sich wie eine Schlange mit brauner, durchsichtiger Haut mäandernd in einem unendlich tiefen, grünen Fluss aus Laub und Tannennadeln. Wenn ich die Hand hineinhielt, spürte ich, wie sich die Schlange bewegte.

Eines der prächtigsten Gebäude der Kolonie lag in einem Park, in dem es lauter künstliche Dinge gab: eine Burgruine, eine Grotte und ein Flussbett mit einer weißen japanischen Holzbrücke. Der Fluss war kaum länger als breit. Er verfügte weder über eine Quelle noch eine Mündung. Meistens gab es kein Wasser in ihm. Ich habe damals oft am Zaun jener Villa gestanden und die aus großen Steinen errichtete Burgruine und den ausgetrockneten Fluss betrachtet. Besonders schön war es, wenn er sich bei heftigem Regen allmählich füllte und Laub und kleine Zweige auf dem Wasser trieben wie eine große Schiffsflotte. Ich schüttelte den Kopf, und alles um mich herum schüttelte sich auch. Wenn ich mich bückte und zwischen meinen Beinen hindurchsah, wuchsen die Bäume aus dem Himmel in den Boden, und die Häuser gingen auf ihren Schornsteinen spazieren.

Die Erinnerungen an meinen Vater verblassten damals immer mehr. Er war nur noch ein Pfeife rauchendes Bild in einer Uniformjacke, das auf der Anrichte im Esszimmer stand. Einmal indessen klingelte es an der Tür, und das Bild kam herein. Später saß es auf der Veranda, als gehöre sie ihm. Es toastete Weißbrotscheiben, auf denen süßer gelber Honig in braun umrandete Löcher floss. Dann setzte es mich auf seinen Schoß und legte die Arme um mich, als wollte es mich ersticken. »Du bist ganz schön groß geworden, mein kleiner Sohn«, sagte das Bild. »Wenn das so weitergeht, bist du bald genauso groß wie ich.«

Der Sommer war sehr heiß. Meine Eltern fuhren auf Fahrrädern durch den Wald. Ich saß auf dem Gepäckträger und hielt mich am Hosengürtel meines Vaters fest. Auf einer Lichtung picknickten wir. Meine Mutter hatte mir ein weißes Lätzchen umgebunden. Mein Vater pellte ein gekochtes Ei und zerteilte es mit dem Eischneider. Meine Mutter legte Miggedeckel über unsere Gläser mit Apfelsaft. Später kamen wir an einen See voller Seerosen. Ich spielte am Ufer, als ein wütender Schwan fauchend auf mich zuschoss. Mein Vater schnappte mich gerade noch rechtzeitig und hob mich hoch in die

Luft. Sein Kopf sah von oben aus wie ein leeres Vogelnest. Später in der Wohnung schraubte er wieder einmal die Rückwand des Blaupunkt ab und wischte mit einem Pinsel den Staub von den glänzenden Glastürmen und den silbernen Häusern, die es dort gab. Dann war er wieder fort. Er hinterließ eine Lücke, die sich schnell mit meiner Zufriedenheit füllte, meine Mutter wieder ganz für mich alleine zu haben. Ich saß wieder jeden Abend bei ihr im Wohnzimmer, wenn sie nähte oder las. Ich hielt ein Bilderbuch verkehrt herum in den Händen und blätterte die Seiten um.

Es war immer noch warm, aber es hatte ein paar Tage geregnet und roch nach feuchter Erde und faulendem Laub. »Ideales Pilzwetter«, sagte meine Mutter eines Morgens. »Wir sollten Pilze suchen gehen. Hast du Lust?«

Es klang wie eine rätselhafte Verheißung, obwohl mir das Wort Pilz gar nicht gefiel, denn es zischte so komisch. Weil es so schön warm war, trug meine Mutter ihr blaues Kattunkleid mit den weißen Margeriten, das ich so liebte. Wir verließen den Ort durch die Unterführung unter den Bahngeleisen. Hier war der Bach von hohen Wänden eingezwängt, und unsere Stimmen hallten ganz laut. Dann war es, als öffnete sich ein Tor in ein fremdes Land voller Feen und Elfen. Wir folgten eine Weile dem Bach, der plötzlich viel dunkler war und sich leise flüsternd durch das Unterholz schlängelte. »Er fließt zur Bachgrundwiese«, sagte meine Mutter. »Da gibt es ein richtiges Echo.« »Was ist das?«, fragte ich vorsichtig, denn das Wort machte mir Angst. »Ein Echo wiederholt immer genau, was du rufst, als ob es dich verhohnepiepelt.« Ich fragte, was mit diesem komischen Wort gemeint war. »Es bedeutet, dass man sich über jemanden lustig macht.« Ich stellte mir das Echo als ein böses, verhohnepiepelndes Wesen vor, das seinen Kopf abnehmen konnte, weil sein Mund ganz um ihn herumging.

Der Weg verließ das Gewässer, und wir kamen am Friedhof vorbei. Meine Mutter öffnete das schwarze Eisentor und ging mit mir durch die schmalen Wege zwischen lauter Blumen, Büschen und steinernen Figuren hindurch, die furchtbar ernste Gesichter machten. Vor einem der Gräber blieb meine Mutter stehen. »Hier liegt Muttls Mutter, deine Urgroßmutter«, flüsterte sie. »Sie hatte nur einen großen Zahn, einen richtigen Hauer, und sie zitterte ständig und wackelte mit dem Kopf. Aber sie war sehr lieb und starb mit neunzig Jahren, kurz nachdem sie sich beim Walzertanzen das Bein gebrochen hatte.« Dann kniete meine Mutter nieder und drückte ihre Wange auf die von Efeu bedeckte Erde. »Hörst du? Sie tanzt noch immer.« Auch ich kniete nieder und lauschte angestrengt, aber ich hörte nur den Atem meiner Mutter. Wir gingen weiter durch den Wald. Irgendwann war die gläserne Schlange wieder da und folgte uns in langen Windungen zu einer großen Lichtung. »Das ist die Bachgrundwiese«, sagte meine Mutter. »Willst du das Echo hören, das da drüben am Waldrand wohnt?« Sie rief ganz laut: »Wie heißt der Bürgermeister von Wesel?« »Esel«, scholl es aus dem Mund zurück, der so breit war wie der ganze schwarze Waldrand. »Versuch es auch mal.« Doch so laut ich auch rief, das Echo wollte mich einfach nicht verhohnepiepeln. »Der arme Bürgermeister von Wesel«, sagte meine Mutter. »Du hast ihn erschreckt mit deiner schrillen Stimme, und er ist davongelaufen. Jetzt ist er im Krieg und muss sein Leben opfern für unser Vaterland.« Wir gingen zum Flüsschen hinunter und picknickten im Gras. Ich hatte den Eischneider dabei und machte Musik. Auf einem Baumstumpf in der Nähe saß ein Feuersalamander. Er sah aus wie eine kleine schwarzrote Flamme, die auf der feuchten Rinde züngelte. Später spielte ich zwischen Libellen im klaren, rasch dahinfließenden Wasser mit Korkstückchen, in die ich kleine Zweige als Mast gesteckt hatte. Viele meiner Schiffe kippten um in den Katarakten des wilden Stromes, und alle Seeleute und Passagiere ertranken. Auch mein Vater war unter den Opfern. »Ganz weit dahinten«, sagte meine Mutter und deutete zum Ende der Wiese, »verschwindet unser Bach in der Erde und kommt irgendwo am Ende der Welt unter anderem Namen wieder zum Vorschein. Vielleicht sogar auf einer fernen Insel. Nur der Bürgermeister von Wesel kennt den unterirdischen Verlauf des Flusses.« Ich kuschelte mich an meine Mutter und roch ihren süßen Duft. Wie ein alternder Liebhaber spürte ich, dass die Zeit, dieser unerbittliche Nebenbuhler, uns irgendwann auseinanderbringen würde. Ich begann erst zu seufzen, dann leise zu weinen. Meine Mutter streichelte mich und deutete auf einen Baum. »Sieh mal, dem Baum dort geht es viel schlechter als dir. Er hat schrecklichen Durst und verliert seine Nadeln.« Dann nahm sie mich bei der Hand, und wir gingen weiter in den Wald hinein, der immer dichter und dunkler wurde. Bald krochen wir auf allen vieren unter den Bäumen einer Fichtenschonung umher. Es war finster und roch modrig nach faulendem Holz. Schließlich kamen wir an eine kleine bemooste Lichtung, auf die ein goldenes Bündel Sonnenstrahlen fiel. Irgendwo schlich ein großes Tier vorbei, denn ich hörte, wie Zweige knackten. Auf einmal sah ich direkt vor mir einen riesigen Pilz mit dunkelbraunem Hut. Als ich ihn vom Boden lösen wollte, zerfiel er in lauter kleine Stücke, und zahllose Ameisen krochen über meine Hände. Meine Angst wurde immer größer, denn das Knacken der Zweige kam näher. Ein Mann mit einem Sack über der Schulter trat auf die Lichtung. Ich wollte schreien, aber meine Mutter beruhigte mich mit den Worten: »Du brauchst dich nicht zu fürchten. Das ist doch der Vater deiner kleinen Freundin Elke.« Die beiden Erwachsenen schüttelten sich die Hände. In diesem Augenblick war über uns ein lautes Dröhnen zu hören. Ein großer, länglicher Schatten verdunkelte für den Bruchteil einer Sekunde den Himmel zwischen den Baumkronen. »Das ist die neue Waffe, die den Feind in die Knie zwingen wird«, sagte Elkes Vater. »Eine V1. Sie muss vom Kurs abgekommen sein. Ein sogenannter Irrläufer. Eigentlich sollte sie unterwegs zum Tommy sein.« Das Wort »Irrläufer« gefiel mir über die Maßen. Ich wollte irgendwann auch ein Irrläufer mit einem brummenden Schatten sein.

»Wer ist Tommy?«, fragte ich ängstlich. »Ist er böse?« »Er ist unser Feind«, sagte meine Mutter und strich mir übers dünne Haar. »Er führt mit uns Krieg. Krieg ist etwas Schlimmes. Aber unsere Männer werden ihn gewinnen. Für dich und für mich.« Sie zog mich an ihre warme, weiche Brust. »Elke hat heute nach dir gefragt«, sagte deren Vater. »Besuch sie doch mal wieder.« Dann verabschiedete er sich und verschwand zwischen den Tannen. Väter können verdammt gut verschwinden, dachte ich.

Am nächsten Tag gingen wir zu Elke. Ich sah sie immer, wenn sich unsere Mütter besuchten. Während die beiden Frauen sich im Zwielicht der Eingangshalle begrüßten, saß meine Freundin hoch oben auf einem Treppenabsatz. Sie hatte langes weißblondes Haar. Ein Sonnenstrahl aus einem Fenster brachte es zum Leuchten. Kleine glitzernde Staubsterne schwebten um sie herum. Vor der roten Blüte ihres Mundes stoben sie auseinander und erloschen irgendwo im Schatten des Treppenhauses. Ich schritt die Stufen empor, ein Ritter, der tapfer mit dem Gewicht seiner Rüstung kämpft. Dann verschwanden wir im Kinderzimmer. Die riesigen Möbel dort hatten Zinnen und Türmchen. Wir veranstalteten Turniere, wie sie in einem von Elkes Bilderbüchern dargestellt waren. Ich kämpfte um ihre Gunst, indem ich Drachen tötete und deren rotes Blut trank. Elke flocht unterdessen ihre Haare zu einem Zopf. Dann ließ sie mich an ihm ziehen. Jedes Mal meckerte sie dabei wie eine Ziege.

Einmal, als meine Mutter die Jalousie der Verandatür herunterließ, schrie sie plötzlich auf. Dann trat sie mit dem Schuh auf etwas, das dort über den Boden kroch. Es gab ein hässliches, knirschendes Geräusch. Sie zeigte mir anschließend ein flaches, gelb-schwarzes, breitgequetschtes Monstrum. »Ich habe dir eben das Leben gerettet«, sagte sie schwer atmend. »Das ist eine Hornisse. Sie hat einen großen Stachel und ein gefährliches Gift, an dem man sterben kann.«

*

B. schwieg. Von seiner frühen Kindheit zu erzählen hatte ihn angestrengt. Er kam sich wie ein Verräter vor, wie jemand, der vergeblich versuchte, Geheimnisse zu lüften, ohne sie dabei zu zerstören. Um glaubhaft von seiner Kindheit zu reden, muss man ein Kind sein, wenigstens ein künstliches. Außerdem ergaben die einzelnen Erinnerungen kein ganzes Bild. Es war ungefähr so, als ob man die Teile eines Puzzles in die Luft warf und erwartete, dass sie sich von selbst zusammenfügten, wenn sie wieder auf dem Boden landeten.

Er ging ohne Abschiedsgruß. Das milde Wetter war umgeschlagen und in ein kräftiges Schneetreiben übergegangen. Alle Wege waren weiß. Er bemerkte die Abdrücke einer Fußspur. Seine eigene Spur, wie er am Muster der Sohle erkannte, aber sie lief ihm entgegen. B. folgte ihr und trat dabei in die Abdrücke, als wolle er dieses Rätsel auslöschen. Es war schließlich unmöglich, dass er schon einmal durch diesen Schnee gegangen war, denn als er zum Institut gegangen war, hatte er noch nicht gelegen. Hinter der Brücke sah B. einen schwarzen Vogel, der im Schnee nach Brotkrumen suchte. »Bist du es, die schwarze Lina?«, flüsterte er.

Später aß B. im Bistro des Hotels ein Sandwich. Es war weich und zugleich zäh wie Gummi und schmeckte nicht. Dazu trank er einige Gläser sauren Wein. Er war der einzige Gast. Der Kellner saß vor dem Fernseher und starrte auf den Bildschirm. Der Empfang war so schlecht, dass man nur verrauschte Bilder sah, helle und dunkle Flecken, die hin und her huschten.

B. ließ sich eine Flasche Rotwein geben. »Schreiben Sie die Rechnung mit aufs Zimmer«, sagte er. Dann ging er nach oben, öffnete die Flasche und schenkte sich ein. Er saß am Fenster und sah hinaus, während er trank. Der Wein war korkig und bitter. Den Vorhang hatte er zu einem schmalen Spalt geöffnet. Zahllose Bilder zogen vor seinen Augen vorbei, ähnlich den Einzelbildern einer Filmrolle, die vor dem Bildfenster eines Projektors vorbeigleiten. Plötzlich hörte B.

ein Geräusch. Es war, als ob tausend Fingerknöchel an die Scheiben klopften. Er zog den Vorhang ganz zur Seite. Graue Schleier trieben draußen vorüber, wehten wie verwaschene Fahnen im Sturm. Gegen die Fenster prasselten Hagelkörner. Er öffnete einen der Flügel. Kleine Kugeln schossen ins Zimmer. Er sammelte einige von ihnen vom Teppich auf und steckte sie sich in den Mund. Sie schmolzen schnell und schmeckten fade. Dann schloss B. das Fenster und trank das letzte Glas.

Wieder konnte er lange nicht einschlafen, obwohl es draußen diesmal still war. Schlaflosigkeit ist eigentlich eine gute Vorbereitung auf den Tod, dachte er. Denn es gibt kein Leben ohne Einschlafen und Aufwachen. Die Atemzüge der Zeit heben und senken die Brust des Schläfers. Und Erinnerungen sind der Hauch, der die Fenster der Augen von innen beschlägt.

5

B. kam pünktlich im Institut an. Da die Tür wieder nur angelehnt war, stieß er sie auf und betrat den Raum. Niemand war zu sehen. Auf der Glasplatte des Schreibtisches stand ein Mikrofon. Daneben lag ein Zettel: »Ich bin heute leider verhindert. Fahren Sie trotzdem fort. Es wird alles aufgezeichnet. Ich höre es mir dann später an.«

Im ersten Moment war B. enttäuscht. Sicher, er betrieb so etwas wie Erinnerungsarchäologie in eigener Sache. Der fremde Zuhörer war nur so etwas wie ein Katalysator. Doch im Grunde wollte er mehr. Er wollte Anteilnahme. Eine Weile lauschte B. angestrengt. Es war totenstill. Er trat ans Fenster, schob den Vorhang beiseite und sah hinaus. Das Meer war glatt, ein riesiger Spiegel, in dem sich ein gleichförmig von einer Wolkendecke überzogener Himmel betrachten konnte. B. hörte nur seinen eigenen Atem und ein unnatürlich laut klopfendes Herz, das vermutlich sein eigenes war. Er setzte sich in den Sessel, wobei er es vermied, in den Wandspiegel zu sehen, und überlegte, ob er die ganze Angelegenheit nicht abbrechen sollte. Erinnerungen, Reminiszenzen, Ereignisse aus einer anderen Zeit, Erzählungen von Menschen, die längst tot waren. Wen interessierte das alles überhaupt? Vielleicht sollte er einfach ins Hotel zurückgehen, seine Sachen packen, die Rechnung bezahlen, der Person an der Rezeption ein großzügiges Trinkgeld geben und abfahren. Aber wohin? Gab es irgendwo in dieser Welt überhaupt noch einen Platz für ihn? Er räusperte sich, gab sich einen Ruck und begann.

*

Meinem Vater drohte inzwischen neue Gefahr. Er sollte auf ein U-Boot verlegt werden, eine Waffengattung mit ähnlich hohen Verlusten wie die Luftwaffe. Doch dann wurde er zum 1. Offizier auf dem ehemaligen Walfangmutterschiff »Wikinger« ernannt. Kurt Christensen, ein einflussreicher Bekannter meines Vaters aus dessen Inselheimat, der ihm einst schon die Karriere bei der Zeppelin-Reederei ermöglicht hatte, hielt auch diesmal seine schützende Hand über ihn. Seinen neuen Dienst sollte mein Vater in Lübeck antreten. Damit würde er weit weg sein von der neuen Front, die sich, seit Hitlers Überfall auf Russland im Juni 1941, fern im Osten erstreckte. Für meine Mutter bedeutete es zugleich, dass sie ihrem Mann endlich eine schöne, große Kammer einrichten konnte. Sie reiste im Dezember nach Kiel, wo die »Wikinger« inzwischen zu einem Versorgungstanker umgebaut wurde. In der Stadt kaufte sie Stoffe und Kissen ein. Dann machte sie sich ans Werk, nachdem sie eine perspektivisch getreue Ansicht der Kammer gezeichnet hatte.

Ich wohnte während dieser Zeit wieder bei Muttl und Vatl. Vatl achtete streng darauf, dass ich mit dem Essbesteck richtig umging. Er schimpfte, wenn man sich beim Essen nicht richtig benahm, zum Beispiel die linke Handwurzel nicht exakt an der Tischkante liegen hatte, während man mit rechts die Suppe löffelte. Dann packte er einen beim Unterarm, zog ihn hoch und schlug ihn mit dem Ellbogen auf die Tischplatte zurück, eine höchst schmerzhafte Strafe. Dabei war seine eigene Art, Suppe zu essen, höchst unmanierlich. Er tauchte den Löffel ein, hob ihn einen halben Meter über den Tisch und ließ seinen Inhalt in den Teller zurückplätschern, dass es nur so spritzte. Die Prozedur sollte angeblich der Abkühlung der Suppe dienen. Alle sahen diesem kuriosen Ritual betreten zu und trauten sich nicht zu grinsen.

Die Küche gleich neben dem Eingangsbereich war der wärmste Raum im Haus. Dort wurde in allen Jahreszeiten auf dem großen Kohleherd gekocht, selbst an heißen Sommertagen. Muttl glich die Strenge ihres Mannes mehr als aus. Wenn ich bei ihr in der Küche war und sie mit Töpfen und Pfannen hantierte, galten keine strengen Regeln. Ich durfte die Soße mit dem Finger probieren, durfte kleckern und rühren, und ehe ich hinaus zum Spielen ging, gab mir Muttl ein großes Stück Braten in die Hand, das ich als Expeditionsverpflegung in die Hosentasche steckte. Wenn ich völlig durchnässt und verdreckt von meinen Abenteuern zurückkam, schnappte mich Muttl, machte mich sauber und trocknete meine Sachen am Herd. Sie kochte und buk exzellent. Ihr Apfelstrudel war legendär, ebenso ihr Christstollen. Und sie war eine Meisterin im Soßenmachen. Hier kam es darauf an, wie sie mir an dem großen Eisenherd demonstrierte, die aus einer Mehlschwitze und Bratensaft erzeugte Soße immer wieder ein wenig anbrennen zu lassen, gerade so viel, dass sie eine dunkelbraune Farbe bekam und einen ganz leicht bitteren Beigeschmack hatte. Es ging also um eine gewagte Gratwanderung zwischen Anbrennen und Löschen, und hierin besaß sie beim Kochen wie in der Liebe ein geradezu artistisches Können. Viel später erkannte ich, dass es in der Kunst um eine ähnliche Gratwanderung ging, nämlich um die zwischen kühler Artistik und emotionaler Hingabe. Auch beim Dichten und Malen müssen sich Anbrennen und Löschen die Waage halten.

Es war eine glückliche Zeit für mich. Meine Entdeckungsreisen wurden immer länger. Am Bahnhof betrachtete ich bewundernd die gewaltigen Dampfloks, die einen durchdringenden Schrei ausstießen, ehe sich ihre mächtigen Glieder zu bewegen begannen. Weihnachten waren meine Eltern und ich wieder zusammen, und alles verlief wie immer, doch im darauf folgenden Februar verschwand meine Mutter erneut für drei Wochen zu ihrem Mann. Die »Wikinger« lag inzwischen in Wesermünde. Manchmal gab es Luftangriffe. Wenn die Sirenen zu heulen begannen, rannte meine Mutter in die Kammer ihres Mannes und verkroch sich unter der Bettdecke, während mein Vater die Seesoldaten an der Flak beaufsichtigte. Als meine Mutter wieder zurück war, spürte ich die große Unruhe in ihr. »Es muss eine Lösung geben«, murmelte sie immer wieder. Sie wollte in diesen bedrohlichen Zeiten wohl öfter mit ihrem Mann zusammen sein, denn sie glaubte felsenfest, dass ihn ihre Anwesenheit beschützte.

Der Frühling kam mit seinen Regen- und Sonnenschauern, den Schmelzwasserflüssen in den Rinnsteinen und dem zarten Lichtgrün der jungen Blätter. Fast jeden Tag war ich nebenan bei Muttl. Die großen Trauerweiden schüttelten ihre langen Haare, und die mächtigen Rhododendronbüsche, die den Eingang der Villa flankierten, sahen wie tapfere Türsteher aus, die das Haus beschützten. Im Foyer herrschte selbst bei Fliegeralarm eine friedliche Stille. Hier wäre ich auch bei Alarm am liebsten geblieben, statt mit den anderen in den Keller gehen zu müssen. In diesem von Vatl, wie es damals in völliger Verkennung der militärischen Mittel der Zerstörung hieß, »bombensicher« gemachten Keller lagerte auch der Wein, große eiserne Regale voller Flaschen, die mit ihren gläsernen, bedruckten Leibern großen Eindruck auf mich machten. Sie waren Vatls ganzer Stolz, und es verging kein Abend, an dem er nicht seine Schätze inspizierte, die Flaschen zählte und eine oder zwei mit nach oben nahm. Es hieß, der Krieg sei nun schon drei Jahre alt, genauso alt wie ich inzwischen. Er war immer noch weit weg, irgendwo hinter den Bäumen, da, wo es sowieso keine richtige Wirklichkeit gab. Doch kaum merklich kam er näher. Manchmal bemalte er jetzt den Himmel wie eine Wandtafel mit lauter langen Kreidestrichen, Kondensstreifen von hoch fliegenden Bombern, und immer öfter erscholl der durchdringende Heulton der Sirenen, der zwei Minuten währte, was einem wie eine Ewigkeit vorkam. Er zerschnitt alles, was ihm in die Quere kam, Ohren, Augen, Hälse, Haare, Arme, Beine. Man konnte vor Schreck beim Laufen umknicken. Die Fensterscheiben waren kurz davor zu zerspringen, so sehr vibrierten sie. Meine Mutter bekam rote Flecken am Hals, und wenn ich bei Muttl war, bemerkte ich, dass sie die Töpfe vom Herd nahm, um zu verhindern, dass das Essen anbrannte, während wir im Keller waren.

Einmal, als Onkel Brudda Muttl besuchte und wegen Fliegeralarm bleiben musste, nahm er mich im Keller auf den Schoß und sagte: »Links, links, wenn der Hauptmann kommt, dann stinkt's.« Wahrscheinlich hatte ich wieder einmal in die Hose gemacht, vor Angst oder weil ich immer noch nicht ganz stubenrein war. Mutti Hüter empfahl meiner Mutter, eine Gasmaske zu kaufen und für mich immer ein nasses Handtuch bereitzuhalten, um es mir bei einem Gasangriff über Mund und Nase legen zu können. Auf der Hainer Trift, in der Nähe der Hengsbachbrücke, wurde eine Flakstellung mit riesigen Scheinwerfern aufgebaut. Nachts bohrten sich ihre dicken gelben Finger in den dunstigen Himmel. Manchmal stiegen dort auch Sternschnuppen auf, statt zu fallen. »Das sind die Flakscheinwerfer und die Leuchtmunition«, erklärte meine Mutter. »Sie üben für den Ernstfall. Du brauchst aber keine Angst zu haben, der wird bestimmt nicht eintreten.«

Meine Mutter hörte viel Radio und unterstrich auf der großen Landkarte an der Doppeltür mit einem roten Stift die Städte, die die Deutsche Wehrmacht im Osten erobert hatte, und mit einem blauen Stift die Orte, an denen sich mein Vater gerade mit seinem Schiff befand. Es war bei Todesstrafe verboten, ausländische Sender zu hören. Aber meine Mutter tat es bei heruntergelassenen Jalousien trotzdem. Das Bumbumbumm einer Kesselpauke dröhnte aus dem Lautsprecher und ließ den Krieg im Gleichschritt auf uns zumarschieren. Heute weiß ich, dass es das Erkennungssignal der BBC war. Einmal sagte meine Mutter mit Grabesstimme: »Der böse Tommy hat den Zoo bombardiert. Erinnerst du dich an die beiden großen Nilpferde Toni und Vroni? Sie sind jetzt tot.« Das Wort tot hatte etwas ganz Besonderes an sich. Es klang vorwärts und rückwärts gleich, und das runde O befand sich in seiner Mitte zwischen zwei Kreuzen, als sei es gerade verstorben und zwischen ihnen beerdigt worden.

Sonntagvormittags und wenn kein Fliegeralarm war, frühstückten wir im Bett und hörten dabei die Sendung »Das Schatzkästlein«.

Ein Mann mit einer wunderschönen Stimme sprach Gedichte. »Das ist Mathias Wieman«, sagte meine Mutter. »Es gibt keinen besseren Sprecher auf der Welt als ihn. Welch ein Trost ist seine Stimme in diesen schweren Zeiten!« Wenn andere, schrille und plärrende Stimmen aus dem Lautsprecher kamen, machte sie das Radio aus.

Ende März erschien eine Dame in unserer Wohnung, die sich ganz eigenartig benahm. Sie lächelte nie und beachtete mich kaum, was mir ziemlich gut gefiel, und sie sprach eine fremde Sprache. Es war die Schattenfrau von der Insel, die in der Nähe eine Kur machen sollte. Ich hatte sie nicht wiedererkannt, vielleicht weil sie in dieser ihr fremden Umgebung noch mehr an Kontur verlor. Wahrscheinlich war die Mutter meines Vaters damals ziemlich krank, denn sie aß ganz wenig. Einmal nahm sie mich auf den Schoß. Da hörte ich wieder dieses leise Ticken der Küchenuhr, und eine Stelle auf meinem Kopf schmerzte plötzlich. Als meine zweite Großmutter wieder fort war, schloss sich die Luft um die leere Stelle, an der sie gewesen war. »Die Ärmste ist mit den Nerven völlig am Ende. Sie ist jetzt bei Wiesbaden zur Kur«, sagte meine Mutter mit einem kleinen triumphierenden Lächeln.

Der Sommer kam, und immer noch gab es große Pausen zwischen den Fliegeralarmen. Wieder war er besonders schön und heiß. Aus den Ritterspielen zwischen Elke und mir waren Doktorspiele geworden. Auch andere Kinder nahmen daran teil. Ich hatte inzwischen außerdem eine zweite Freundin. Sie hieß Gudrun und hatte schwarze Haare wie Max und mein Vater. In einem Garten hinter dem Gebüsch trafen wir uns zu einem Geburtstagfest. Wir zogen die Höschen und Röckchen aus. Die Unterhosen in den Kniekehlen beugten wir uns abwechselnd nach vorn. Der eine zog seine Hinterbacken auseinander, der andere leckte die kleine Stelle zwischen ihnen, hellbraune, glänzende, seltsam duftende ovale Herbstblätter mitten im Sommer.

In dieser Zeit bekam ich ein neues Bilderbuch, das mich tief beeindruckte. Auch in ihm gab es einen Jungen, der fliegen konnte. Er hieß Robert und segelte mit seinem aufgespannten Regenschirm durch die Lüfte. Das Mädchen im Buch brannte lichterloh, weil es mit Streichhölzern gespielt hatte. Ich stahl eine Schachtel Streichhölzer von Vatls Rauchertischchen und eine kleine Stoffpuppe aus Elkes Puppenstube. Dann schlitzte ich sie im Garten auf und zündete sie an. Sie brannte wegen der Holzwolle in ihr sehr gut. Nur die Glasaugen waren schließlich übrig. Sie blickten mich traurig aus einem Häuflein Asche an. Ich vergrub die Reste, und dann betete ich, die arme Verstorbene möge in den Himmel kommen.

Nachts, wenn ich im Bett lag, hörte ich wieder die Stimmen hinter der Tür. Ich verstand jetzt besser, was sie sagten, denn sie waren lauter geworden. Meistens ging es um den Feind und seine Gräueltaten. Vor allem um die sogenannten Terrorangriffe auf Hamburg und andere Städte. Irgendwann kam meine Mutter herein, setzte sich zu mir, nahm meine kleinen Finger in ihre langen, schmalen Hände und betete zum lieben Gott, er solle ihren Mann und meinen Vater heil aus dem Krieg nach Hause bringen. Es klang, als ginge es um zwei verschiedene Personen. Nachdem sie gegangen war, zog ich die Decke über die Ohren und spielte mit dem Leuchtknopf, den alle bekommen hatten: eine kleine runde Brosche, die im Dunkeln gelbgrün leuchtete. Man trug sie nachts an der Kleidung, damit man erkannt werden konnte, denn die Straßenlaternen brannten nicht mehr, und kein Licht drang aus den Häusern, weil die Läden wegen des strengen Verdunklungszwangs geschlossen und die Rollläden heruntergelassen werden mussten. Dann herrschte draußen eine überraschend tiefe samtene Dunkelheit, in der die Sterne am Himmel besonders schön leuchteten.

Eines Tages sagte meine Mutter zu mir: »Du hast schreckliche X-Beine.« Es klang wie ein Vorwurf, und ich begann zu weinen. Sie schickte mich zu einer Frau, die mir Topflappen zwischen die Schenkel steckte. Dann musste ich ein paar Schritte gehen. Die Lappen durften dabei nicht herunterfallen. So ging es Tag für Tag. Ich sträubte mich nach Kräften gegen diese Erniedrigung, und meine Mutter schalt mich deshalb, ich sei renitent. Es war das erste Fremdwort, das sich für immer in meinem Kopf einnistete, noch vor dem Wort »sensibel«. Eines der Rituale, mit denen sie meine Renitenz zu bekämpfen suchte, war eine Art Exorzismus. »Du hast wieder mal deinen kleinen Teufel im Kopf«, hieß es dann. »Geh zum Klo, beug dich über die Schüssel und schüttele ihn aus deiner Stirn. Dann musst du spülen. Weg ist er, und du bist wieder lieb.« Mehrmals am Tag befolgte ich diese Anweisung, betrat jedes Mal darauf strahlend das Zimmer, in dem meine schöne Mutter war, und holte mir den Lohn für meine Selbstreinigung. »Henny ist eine Rübe«, sagte ich. Sie schloss mich in die Arme und versicherte, dass ich nun wieder ihr lieber, kleiner, braver Sohn sei, während ich mit triumphierendem Lächeln wiederholte: »Henny ist eine Rübe.«

Ende Mai kam der Mann zurück, der sich als mein Vater ausgab. Er trug jetzt eine Uniform mit drei goldenen Streifen am Ärmel und brachte mir ein Geschenk mit, das jemand von der Mannschaft seines Schiffes für mich zum Geburtstag gebastelt hatte. Ein hölzernes Segelboot mit einem Blechkiel, der verhinderte, dass es aufrecht stehen konnte. Ich zog es trotzdem mit Begeisterung nach jedem Regen durch die Pfützen und Rinnsteine, auch wenn die ganze Mannschaft von Bord gefallen war. Keine drei Wochen später musste mein Vater wieder auf sein Schiff. Die »Wikinger« hatte eine neue Funktion erhalten. Sie lag jetzt in der Heikendorfer Bucht bei Kiel auf Reede und diente mit ihren vielen Walöltanks als Dieselöllager und mit einem zur Bühne umgebauten Laderaum als Kraft-durch-Freude-Schiff.

Auch meine Mutter verschwand für einen ganzen Monat, und ich durfte wieder bei Muttl und Vatl wohnen. Vatl achtete streng darauf, dass ich den Mittagsschlaf genau einhielt, was mir sehr schwerfiel. Aber ich gehorchte, denn ich wusste, dass Vatl mit seinen magnetischen Augen durch Wände sehen konnte. So lag ich also jeden Tag nach dem Mittagessen wach im Bett und starrte zur Decke. Irgendwo wurden heftig Türen geschlagen. Die Fenster waren mit löchrigen Rouleaus verdunkelt. Draußen schien grell die Sonne, während im Zimmer grüne Dämmerung herrschte. An der Decke trugen sich seltsame Dinge zu. Geister trieben dort ihren Schabernack. Einer von ihnen ging auf dem Kopf und rollte einen Wagen über den grünen Himmel. Neben ihm tanzte ein kleiner Zwerg auf seinem spitzen Hut. Heute weiß ich, dass durch die winzigen Löcher in der Verdunklung ein Camera-obscura-Effekt entstand, der alles, was im Garten geschah, seitenverkehrt an die Decke projizierte. Die Geister waren in Wirklichkeit Onkel Anton und sein kleiner Sohn beim Rasenmähen.

Immer öfter gab es jetzt auch nachts Bombenalarm. Tagsüber herrschte noch Frieden, der umso tiefer wirkte, je lauter in der Nacht das Abwehrfeuer gewesen war. Onkel Anton, der mit der Halbschwester meiner Mutter eine ähnlich komplizierte Ehe wie sein Schwiegervater führte, wohnte inzwischen mit seiner Frau im Haus der Schwiegereltern. Er war ein Meister vieler Dinge. Er wusste zum Beispiel, dass Brötchen besser schmecken, wenn man einen Teil ihres weichen Inneren herauspulte. Er konnte einen Fußball so hoch in den Himmel kicken, dass er an den elektrischen Drähten, die den Himmel über unserem Garten in zwei Teile zerschnitten, vorbeiflog und immer kleiner wurde, bis er für immer in den Wolken verschwand. Anschließend kletterte Onkel Anton über den Zaun, holte einen ganz ähnlichen Ball aus dem Nachbargarten und machte für mich und seinen kleinen Sohn das Kunststück noch einmal. Er war ein besonderer Mensch, ein echter Tausendsassa, nicht nur weil er auf dem Kopf gehen konnte. Kinder mochte er fast so gerne wie Frauen. Immer war er braungebrannt, auch im Winter. Seine Stimme näselte. Vielleicht lag es an seiner schmalen Nase, vielleicht auch an seinem Dialekt, der französisch klang, weil ihn einst die Hugenotten in diese Gegend mitgebracht hatten. Wenn er sang, hatte er einen schönen, volltönenden Bariton, keine ausgebildete Stimme wie die von Onkel Brudda, aber ein natürliches Organ, das wie geschaffen für Volkslieder war. Er konnte auch wunderbar die Konzertgitarre zupfen. Er konnte überhaupt fast alles und mindestens so gut wie Rasenschneiden. Einmal erklärte er mir, wie man richtig Rasen mähte. »Es ist eine Kunst«, sagte er. »Drei Schnitte sind nötig, einmal waagerecht, einmal senkrecht und einmal diagonal. Den letzten Schnitt lässt man liegen, wegen der Düngung.« Auch Frauen müsse man so nehmen, einmal längs, einmal quer und einmal diagonal. Ich verstand nicht, was er damit meinte. Onkel Anton konnte auch mit Karten zaubern und zweistimmig pfeifen. Und er konnte wie kein anderer mit dem Gartenschlauch umgehen. Der Schlauch tanzte wie eine hypnotisierte Schlange in seinen Händen, und der Wasserstrahl schickte seine Tropfen als glitzerndes Feuerwerk in den Himmel. Manchmal zauberte er so einen Regenbogen herbei. Vielleicht war er wegen dieser Kunst im Heimatschutz bei der Feuerwehr.

Wie Onkel Brudda war Onkel Anton nebenbei ein großer Frauenheld. Offensichtlich war das eine Grundeigenschaft von Onkelgöttern. Von Beruf war er Lederfabrikant, und er hatte angeblich das Goldlackleder erfunden. Irgendwie hatte er es geschafft, nicht an die Front zu müssen, vielleicht weil es ihm gelungen war, sein Goldlackleder als kriegswichtiges Produkt anerkennen zu bekommen. Doch zurzeit lag die Produktion seiner Firma brach. Es gab nichts zu tun. Die Frauen hatten keinen Bedarf mehr an Goldlackpumps und goldenen Handtaschen. Überall machten sich Tarnfarben und Dunkelheit breit. Nur Onkel Antons Ehe brannte lichterloh. Und in diesem Fall versagten seine Löschkünste. Oft hörte man die Wutausbrüche seiner Frau durch die Wände und die beschwörenden Klänge seiner näselnden Stimme. »Wir haben jetzt Krieg, mein Kleiner«, erklärte er mir einmal und strich mir übers dünne blonde Haar. »Das liegt an diesem Verrückten mit dem schwarzen Bärtchen. Er hat ihn vom Zaun gebrochen. Krieg ist etwas ganz furchtbar Dummes. Das einzig Kluge am Krieg ist, dass er so viele einsame Frauen zu Hause hervorbringt.« Ich verstand damals nicht genau, was er meinte und warum er dabei so siegessicher lächelte, aber seine Worte hatten etwas Tröstliches. Er konnte auch den Führer perfekt nachahmen, indem er sich einen schwarzen Kamm unter die Nase hielt und mit schnarrender Stimme vom Endsieg redete. »Der Endsieg steht kurz bevor, meine Herrschaften. Wir werden ihn jedoch nicht feiern können, weil wir dann bereits alle tot sind.«

In dieser Zeit spielte ich viel mit Onkel Antons Sohn. Fritz war ein Jahr jünger und etwas kleiner und schwächer als ich, was mir sehr gefiel. Er war mein erster richtiger Freund. Ich merkte nicht, dass Freundschaft bei mir offenbar der Versuch war, jemanden dazu zu bringen, alles genauso wie ich zu machen, nur ein bisschen schlechter. Wir bauten nach meiner Anleitung Autos aus den beiden Korbliegestühlen auf Vatls Terrasse und fuhren damit um die Wette. Wir gruben auch eine Höhle in den Komposthaufen, der in der hintersten Gartenecke hinter einer dichten Buchenhecke verborgen war. Ihre Wände hielten sogar dem durchdringenden Magnetblick von Vatl stand.

Als der erste Schnee fiel, zeigte Onkel Anton seinem Sohn und mir, wie man einen Schneemann mit Kohlenaugen und einer Mohrrübennase baute. Unter die Mohrrübe klebte Onkel Anton ein Stückchen schwarze Kohle als Schnurrbart. »Erkennt ihr ihn?«, fragte er uns. »Er heißt Adolf.« Dann bewarfen wir alle drei Adolf mit Schneebällen, bis seine Nase und seine Arme abfielen.

Meterhoch türmte sich bald die weiße Pracht vor unserer Tür. Als die ersten Brandbomben fielen, schmolzen sie Löcher in den Schnee, aus denen es dampfte. Die Nahrungsmittel wurden immer knapper. Es gab jetzt Essensmarken, und Butter wurde rationiert. Meine Mutter begann die Butter mit Strichen zu versehen, die sie mit dem

Messer hineinritzte. Pro Tag durfte nur noch eine schmale Scheibe verbraucht werden. Als Aufstrich gab es statt Honig schwarzen Sirup. Nur an Weihnachten war es anders. Zwar machten die meisten inzwischen sogenanntes Kriegsgebäck, zum Beispiel Makronen aus Zucker, Haferflocken, Eiweiß und Margarine oder Honigkuchen aus Kunsthonig. Aber bei Muttl und Vatl kam Besseres zum Einsatz. Butter, Puderzucker, Korinthen, Sultaninen, Schokolade, Zitronat, Orangeat, Mandeln, kandierte Früchte und vor allem viel Rum und Kognak. Vatl scheute keine Mühe und Kosten, um über seine Geschäftsverbindungen ins neutrale Ausland all diese Wunderdinge zu beschaffen. Seine Frau buk in der überhitzten Küche wie jedes Jahr viele Christstollen. Niemand sonst walkte und knetete so lange und intensiv den Teig, niemand gab so viel Rum und Kognak hinzu und trank dabei selbst so viele Gläschen. Ich aber durfte Plätzchenteig naschen, der beim Ausstechen der Sterne und Herzen übrig blieb. »Du verdirbst dir noch den Magen«, sagte meine Mutter. Für mich stand dagegen fest, dass der Teig besser schmeckte als die fertigen Kekse. Und das blieb so mein ganzes weiteres Leben.

Kurz vor Weihnachten wurde ich nach drüben gerufen. Der Sohn von Onkel Anton und ich mussten uns auf zwei Küchenstühle setzen, die man ins Wohnzimmer gestellt hatte. Davor stand ein leerer Sessel, auf dem ein Buch lag. Onkel Anton, seine Frau, Muttl, meine Mutter, Onkel Brudda und Tante Betty saßen auf den Sesseln und dem Sofa und beäugten uns. Plötzlich rumpelte und donnerte es gegen die heruntergelassenen Jalousien. Die Terrassentür ging auf, und ein Mann mit einem mächtigen weißen Bart und einem großen Sack über der Schulter erschien. In der einen Hand hielt er eine Peitsche. Er setzte sich uns genau gegenüber, schlug das Buch auf und begann mit tiefer Stimme aus ihm vorzulesen. Viele Sätze waren rot unterstrichen. Es war das handgeschriebene Kochbuch meiner Mutter, wie ich Jahrzehnte später herausfand. »Ihr habt beide schwer gesündigt. Du hast schweinische Wörter benutzt«, sagte der Weih-

nachtsmann zu Fritz. »Dafür gebühren dir zehn Schläge auf den bloßen Hintern.« Er zückte drohend die Neunschwänzige. Dann war
ich an der Reihe. »Du bist renitent und machst deiner Mutter dadurch viel Kummer. Dafür sollst du auch zehn Hiebe bekommen.«
Wir mussten aufstehen und uns bücken, aber die Hosen durften wir
anbehalten. Die Hiebe mit der Peitsche glichen eher einem sanften
Streicheln, und nachdem wir uns wieder setzen durften, öffnete der
Weihnachtsmann seinen Sack. Nüsse, Bonbons, Lakritzstangen und
kleine Spielsachen flossen heraus.

Bald darauf kam mein Vater überraschend nach Hause. Es war
wie immer. So, als gäbe es nur ein einziges Weihnachten. Wieder
saß ich mit roten Wangen und klopfendem Herzen in der Diele vor
der Doppeltür. Nebenan hörte man leise Geräusche und dann Musik. Plötzlich öffnete sich die Tür zu einem Spalt. Dann erschien der
Arm mit dem weißen Pelz, der schmalen Hand und dem silbernen
Glöckchen. Diesmal dauerte es besonders lang, bis es bimmelte und
ich eintreten durfte. Wieder stand das Wohnzimmerfenster offen,
und kalte Abendluft drang durch die Schlitze der wegen des Verdunklungsgebots herabgelassenen Jalousie. »Eben ist das Christkind weggeflogen«, sagte meine Mutter. Wie konnte das Christkind
nur durch diese schmalen Schlitze hinaus, fragte ich mich. Es musste
doch dabei wie von einem Eierschneider in lauter dünne Scheiben
geschnitten worden sein. Meine Mutter schloss das Fenster, nahm
mich bei der Hand und führte mich zu den Geschenken. »Schau mal,
was es für dich dagelassen hat.« Diesmal war das Hauptgeschenk
ein großes graues Kriegsschiff aus Holz. Wenn man mit einem Torpedo, den man mit einer kleinen Vorrichtung über den Teppich
schießen konnte, auf eine seitliche Markierung am Schiffsrumpf
traf, wurde in seinem Inneren eine Feder ausgelöst, und die Aufbauten flogen in die Luft und verteilten sich im Zimmer. Dieses Wunderwerk hatten polnische Zwangsarbeiter angefertigt, die im Wald
in einer von Stacheldraht umgebenen Baracke lebten. Nach der Be-

scherung las mein Vater wie immer die Weihnachtsgeschichte vor. Dann spielten wir das Spiel »Wessen Kerze am längsten brennt, der stirbt zuletzt.« Meine Mutter gewann, denn sie hatte sich eine Kerze vom untersten Zweig ausgesucht, wo die Luft nicht so stark aufstieg, die Flamme kleiner war und das Wachs deshalb langsamer verzehrt wurde. Meine Kerze war ganz oben. Sie flackerte und erlosch vor allen anderen und verbreitete dabei einen angenehm stechenden Geruch. Die Kerze meines Vaters erlosch wenig später, obwohl sie noch nicht ganz heruntergebrannt war. Ich weiß nicht warum, aber diesmal blieb eine kleine Enttäuschung in mir zurück, obwohl ich den ganzen Abend immer wieder das Schlachtschiff in die Luft jagte und diesmal ein größeres Stück von der Ente bekommen hatte. Diese Enttäuschung lebte in mir wie ein Parasit. Zunächst unbemerkt wurde er im Laufe meines Lebens größer und größer und sollte sich schließlich zu einer ernsten Gefahr für mein seelisches Gleichgewicht auswachsen. Schon bald, als der Weihnachtsbaum abgeschmückt und verschwunden war, begann das Warten auf das nächste Weihnachtsfest.

*

B. verstummte und sah auf die Uhr. Es war noch keine volle Stunde vergangen, aber er entschloss sich, die Sitzung abzubrechen. Er fühlte sich erschöpft, stand auf, griff seinen Mantel, nickte dem Mikrofon zu und ging. Auf dem Rückweg stellte er fest, dass er sich innerlich erleichtert fühlte. War das ein erster positiver Effekt der Behandlung? Vielleicht lag es auch nur am veränderten Wetter. Die Sonne hatte die Wolkendecke über der Stadt durchbrochen. Es war kein strahlender Sonnenschein, eher ein diffuses Licht. Aber es machte die Welt um ihn herum doch freundlicher. Auf den Fassaden der Häuser waren an manchen Stellen blasse Farben zu erkennen, die er bislang nicht bemerkt hatte, und auf dem Pflaster des Bürgersteigs schien es eine leichte Andeutung von Mustern aus Licht und Schatten zu geben. Kurz vor seinem Ziel musste B. den großen Platz überqueren. Er war gesäumt von kahlen Büschen und Bäumen. Einige Beete waren offenbar frisch bepflanzt worden. Stachlige Rosen, umgeben von Rindenstückchen. Knospen waren noch nicht zu erkennen. Der Platz war fast leer. Die einzige Person war ein alter Mann auf einer Bank. B. hatte plötzlich das starke Bedürfnis, mit jemandem zu reden. Er ging zu der Bank, blieb direkt vor dem Mann stehen und sagte: »Hallo, wie geht es Ihnen, mein Freund?« Der Mann rührte sich nicht. Er trug einen schweren braunen Tweedmantel. Neben ihm lehnte ein Spazierstock mit einem silbernen Knauf. Seine Schuhe hatten Löcher, aber er trug einen roten Schlips aus Seide. In seinem wachsgelben Gesicht mit den geschlossenen Augen war keinerlei Leben. Man konnte jedoch ahnen, dass es einmal schön gewesen war. B. fragte sich, ob der Mann tot war, erfroren vielleicht, weil er die Nacht auf dieser Bank verbracht hatte. Er tippte ihm auf die Schulter. Da öffneten sich die Augen des Mannes zu einem Blick, in dem so etwas wie Belustigung lag. Die Lippen seines breiten, sinnlichen Mundes öffneten sich, aber sie bewegten sich nicht. Tief aus seiner Brust drangen Töne wie aus einem Lautsprecher, zuerst leise, dann immer kräftiger. Es war ein Lied. »Drüben hinterm Dorfe steht ein Leiermann/ Und mit starren Fingern dreht er, was er kann.« Immer wieder die gleiche Strophe, als käme sie von einer Schallplatte mit einem Sprung. »Onkel Brudda«, flüsterte B. leise, »wie geht es dir?« Da verstummte die Stimme, und die hellgrauen Augen des Mannes schlossen sich wieder.

Später, nach dem Abendessen und einer hastig leergetrunkenen Flasche Wein, lag B. in seinem Bett und versuchte, seinen Gedanken eine klare Form zu geben. Doch glichen sie eher einem trüben Fluss, in dem einzelne Wörter und Ideen trieben. Nur so viel stand für ihn fest: Die Erfahrung des Krieges hatte sein Lebensgefühl für immer geprägt. Jene diffuse Wolke der Bedrohung, aus der heraus jederzeit ein tödlicher Blitz schlagen konnte, hätte ihm eigentlich Angst machen sollen. Aber Angst hatte er damals kaum verspürt. Die Ahnung vom Wahnsinn der Erwachsenenwelt hatte bei ihm als Gegengift eine Art kindlich-verkehrte Wahrnehmung der Welt erzeugt. Deren Hauptmerkmal war der völlige Verlust der Fähigkeit, Dinge und Verhältnisse in ihrer Bedeutung richtig einzuschätzen. Der Anblick eines kleinen Vogels auf dem Rasen und jener eines Flugzeugs am Himmel unterschieden sich nicht voneinander. Ein Laubfeuer im Garten glich dem qualmenden Trichter einer Phosphorbombe. Ein brennendes Hausdach wärmte den staunenden Blick. Ein Gegenstand gehörte dem Dieb, nicht obwohl, sondern weil er ihn gestohlen hatte. Angst schmeckte süß. Augenblicke konnten über die Eigenschaften der Ewigkeit verfügen, während die Ewigkeit zu einem Blitz schrumpfen konnte. Das Glück hingegen schmerzte. Und die Liebe war etwas, das es nur in der Unerfüllbarkeit gab.

6

Als B. aufwachte, schien die Sonne auf das herabgelassene Rouleau. An der Decke sah er grüne und graue Schatten, die sich hin und her bewegten. Draußen musste es Passanten geben. Er hatte schlecht geschlafen, war mehrmals von einem regelmäßigen dumpfen Pochen geweckt worden, das an den Herzschlag eines Menschen erinnerte. Jetzt fragte er sich, ob es sein eigner Herzschlag gewesen war, ob er dies alles nur träumte, ob er immer noch in Wahrheit schlafen würde. Vielleicht war alles nur ausgedacht, sein ganzes Leben. Eine tröstliche Vorstellung, denn dann wäre auch das Ende nur ausgedacht und der Tod nicht viel mehr als die Schlusspointe einer Illusion. Ein Vexierbild, nicht mehr. Er stand auf, zog das Rouleau hoch und blickte hinaus, aber niemand war zu sehen. Er sah sich um. Irgendetwas war verändert. Es dauerte eine ganze Weile, bis sein Blick den tristen Raum so gründlich inspiziert hatte, dass er wusste, was es war. Die Blumen auf dem kleinen Glastisch am Fenster waren neu. Sie waren gelb. Gestern, als er zurückgekommen war, waren sie noch weiß gewesen. Jemand musste also im Zimmer gewesen sein, während er geschlafen hatte. Er nahm den Strauß aus der Vase und hielt ihn sich an die Nase. Er roch nach Staub. In der Vase war kein Wasser. Kein Zweifel, es waren künstliche Blumen. Gelbe Rosen, zwischen deren Blütenblättern sich Schmutz abgelagert hatte. Dennoch empfand er so etwas wie Dankbarkeit für die kleine Geste des Personals.

Am Nachmittag ging B. den Fluss entlang zum Institut, in dem er sich selbst verhörte, wie er es inzwischen bei sich nannte, geradeso als sei er ein Kleinkrimineller, dessen einzige Gesetzesübertretung darin bestand, dass er versucht hatte, glücklich zu sein. Auch er war schließlich geprägt von dem, was man ein besessenes Glücksverlangen nennt. Auch ein Melancholiker war vor dieser Fixierung nicht geschützt. Seine Vorstellung vom Glück hatte lediglich andere Farben als die einer Frohnatur. B. hatte seine Aktentasche dabei. Sie enthielt ein Manuskript, das er dem Reisekoffer entnommen hatte und das er in der Nacht gelesen hatte. Es war kein Text von ihm. Seine Mutter hatte ihn geschrieben. Er war erstaunt, wie stark ihn ihre Sprache berührte.

B. setzte sich in den Sessel und betrachtete sich flüchtig im Spiegel. Er erkannte sich kaum, so fremd kamen ihm seine Gesichtszüge vor. Auch diesmal war niemand im Zimmer. Aber das Mikrophon war aufgebaut, daneben lag abermals ein Zettel: »Ich habe Ihrem Bericht mit Interesse gelauscht. Ihre Stimme wirkte sicherer als sonst. Vielleicht hilft Ihnen das Unpersönliche. Deshalb habe ich mich entschlossen, auch heute der Sitzung fernzubleiben. Fahren Sie jetzt mit der Aufnahme fort.« Eine Weile schwieg B. beharrlich, als würde er dadurch gegen etwas protestieren, das ihm doch eigentlich lieb und wichtig war: Die mäandernden Ströme der Erinnerung. Dann hörte er plötzlich seine eigene Stimme.

*

Das neue Jahr eröffnete mir eine Welt, die wahrscheinlich meine ohnehin nur schwach ausgebildete Fähigkeit, Verhältnisse richtig einzuschätzen, vollends und für alle Zukunft untergrub. Wieder war ein Ortswechsel schuld. Er veränderte mich besonders radikal, denn meine neue Umgebung hatte keinen festen Boden. Sie schwamm vielmehr im Wasser und bewegte sich, wenn auch nur leicht, bei stürmischem Wetter. Ende Dezember fuhren meine Eltern mit mir mit dem Zug nach Kiel und bezogen in einem kleinen Ort an der Kieler Förde namens Heikendorf ein Zimmer in einer Pension. Von hier aus konnte mein Vater, der nun als Schiffsoffizier der Handelsmarine für die Kriegsmarine tätig war, bequem jeden Tag zur Arbeit auf seinem Schiff fahren und dennoch die Nächte mit seiner Frau verbringen. Tagsüber sollte ich in einen Kindergarten gehen. Das war ein Schock für mich, denn ich hatte nicht gelernt, mit so vielen anderen Kindern zusammen in einem Raum zu sein. Ich bekam es mit der Angst zu tun und lief weg, ohne zu wissen, wohin. In einer langen, gekrümmten Straße griff mich jemand auf und brachte mich in die Pension. Als mein Vater abends vom Dienst kam, schimpfte er mit mir, aber ich musste nicht wieder in den Kindergarten. Einmal, als meine Eltern im Kino waren, legte ich, nachdem ich mein großes Geschäft gemacht hatte, »Peterchens Mondfahrt« über die Öffnung, denn meine Mutter hatte mir eingeprägt, dass so ein Geruch etwas Böses ist. Ich spielte mit der Tochter der Wirtsleute auf dem Hinterhof, am liebsten im Hühnergehege. Wir griffen in den Hühnerkot und beschmierten uns mit ihm. Es brannte auf der Haut. Meine Geliebte behauptete, mit dem Bauchnabel reden zu können. Ich legte mein Ohr an ihren nackten Bauch und hörte nichts. Einmal gab es Fliegeralarm. Wir mussten dann alle in den Keller. Dort saßen wir eng beieinander, die Wirtsleute mit der Tochter, die Gäste, meine Mutter und ich. Es war dunkel. Durch die Astlöcher der Brettertür sah man die Sternschnuppen der Flakgeschosse und den grellen Widerschein der Einschläge. Immer wenn es keinen Fliegeralarm gab, besuchten wir meinen Vater auf dem Schiff. Die Barkasse der »Wikinger« holte uns morgens ab und brachte uns abends zurück. Gewöhnlich ist die Kieler Förde ein ruhiges Gewässer. Doch einmal wehte ein heftiger Oststurm. Meine Mutter hatte für die Offiziere Zitronencreme gemacht. Es machte ihr ziemliche Mühe, die Barkasse zu besteigen, ohne den Halt zu verlieren oder die braune Steingutschüssel mit der gelben, glibbrigen Masse fallen zu lassen. Mich hob ein Matrose an Bord, und dann saß ich neben ihr hinter der Persenning, die die überkommende Gischt abhalten sollte. Wir wurden trotzdem pudelnass. Seeleute brachten uns sicher die lange, an der glatten Bordwand herabhängende Treppe hoch an Deck, wo mein Vater in schwarzem Ölzeug stand und uns in Empfang nahm. Meine Mutter trug mich auf dem Arm, als wir zum Brückenhaus gingen. Als wir es betreten wollten, passierte es: Meine Mutter stürzte über das Schott im unteren Bereich der Tür, eine Art erhöhter Schwelle gegen das Eindringen von Wasser. Da sie mich auf dem Arm hatte und die Schüssel in der freien Hand trug, konnte sie sich nicht abstützen. Die Steingutschüssel zersprang, und Zitronencreme bedeckte Boden und Wände. Ich lag mitten darin und leckte die süßsaure Masse. Mir war nichts passiert, aber meine Mutter hatte sich die Kniescheibe so schwer verletzt, dass der Schiffsarzt sie bis auf weiteres für nicht transportfähig erklärte. Wir waren also gezwungen, auf dem Schiff zu bleiben. Für mich war das eine glückliche Fügung, denn eine Zeit voller Abenteuer brach an. Mein Spielzeug war nun kein hölzernes Segelboot mit Blechkiel mehr, auch kein Schlachtschiff mit losen Aufbauten. Es war ein echtes, zweihundert Meter langes Schiff mit siebzig Besatzungsmitgliedern. Ich war der Kapitän, auch wenn das außer mir natürlich niemand wissen durfte. Das gebot schon die Pflicht der Geheimhaltung, denn schließlich waren wir im Krieg. Die Seeleute mochten mich von Anfang an auf ihre raue und ruppige Art. Ich war für sie vermutlich so etwas wie ein Maskottchen, mit dessen Hilfe sie ihre Sehnsucht nach ihren eigenen Familien ein wenig stillen konnten. Teil der Besatzung war ein großer Bordhund namens Etzel. Er gehörte meinem Vater und sollte unter anderem dafür sorgen, dass es weniger Ratten auf dem Schiff gab. Ich liebte dieses Tier, und wir spielten jeden Tag zusammen an Deck. Der Schäferhund war größer und viel stärker als ich. Wenn er seine mächtigen Tatzen auf meine Schulter legte und mir mit seiner rauen Zunge übers Gesicht leckte, ging ich in die Knie. Ich ernannte ihn zu meinem 1. Offizier.

Meine Mutter wohnte in der holzgetäfelten Kajüte ihres Mannes, die sie anfangs wegen ihrer Verletzung nie verließ. Der Steward brachte ihr das Essen ans Bett. Mich steckte man zum Schlafen mitsamt einem Feldbett in unterschiedliche Zweckräume des Schiffes, mal in den Pumpenraum, in dem die ganze Nacht über die Elektromotoren brummten, mal in die Funkbude, in der grüne, blaue und rote Lichter glimmten und flackerten, Relais klickten und Morsezeichen in den Lautsprechern der Empfänger piepten. Damals entstand wohl meine starke Beziehung zur Welt der Radiowellen, die bis heute anhält.

Tagsüber hatte ich viel Freiheit. Meine Mutter lag mit bandagiertem Knie im Kojenbett, und mein Vater versah irgendwo auf dem Schiff seinen Dienst. Ich aber marschierte an der Reling auf und ab wie all die anderen Schiffsführer vor mir, wie Ahab, Hornblower, Bligh. Der angebliche Kapitän des Schiffes hieß Clausen, und nur um ihn nicht zu kränken, ließ ich ihm offiziell sein Amt. Ich kletterte auf die gewaltigen, fünf Meter langen rostigen Anker des Schiffes, die an Deck festgezurrt waren, oder spielte mit dem Inhalt einer großen Kiste voller Schrauben, Muttern, Zahnräder und anderen Schrottteilen, die jemand von der Mannschaft für mich an Deck gestellt hatte. Unbehelligt von Aufpassern erkundete ich das ganze Riesenschiff. Dass ich es immer besser kennenlernte, verdankte ich vor allem dem Steward und dem Ingenieur Olsen. Olsen war Erster Maschinist. Er setzte mich auf seine Schultern und lief durch den Maschinenraum und die großen Räume mit den Separatoren, in denen in Friedenszeiten Walöl gewonnen wurde. Er erklärte mir alles Technische ganz genau, als sei ich ein Erwachsener. Der Steward zeigte mir seine Gunst auf andere Weise. Er führte mich eines Tages in einen kleinen Raum hinter der Pantry und setzte mich in eine große Kiste. Sie war voll weißen Schnees, der teilweise faustgroße Klumpen bildete. Es war Puderzucker. Ich saß wie ein Polarforscher mitten in dieser süßen Arktis und leckte mir die weißen Finger ab. Auch das verstärkte bei mir den Verlust aller Maßstäbe für Glück und Genuss.

Für meine Eltern muss es eine besonders schöne Zeit gewesen sein. Kapitän und Offiziere saßen oft in der Messe zusammen und feierten. Der Koch, ein dicker Mensch namens Haidorn, von allen liebevoll Hein Donnerschloss genannt, kreierte opulente Menüs, wie man sie an Land kaum mehr bekam. Meine Mutter genoss es, als einzige Frau an Bord im Fokus männlicher Blicke und Komplimente zu sein. Manchmal gab es Unterhaltungsabende für die Besatzungen der »Wikinger« und anderer auf Reede liegender Schiffe. Sie fanden in einem der großen Laderäume statt. Ich wurde jedes Mal in den Pumpenraum oder die Funkbude verbannt. Man hatte den Bootsmann als meinen Babysitter und Bewacher abgestellt, aber dieser wollte die Veranstaltung unbedingt auch erleben. Also nahm er mich mit und versteckte mich hinter seinem breiten Rücken. Wir saßen ganz hinten bei der Mannschaft, vor uns die Bänke mit den Soldaten und Offizieren, auf der Bühne die Künstler. Eine Diseuse trat in einem dünnen rosa Kleid auf, das ihre Figur nur wenig verhüllte. Sie sang, von einem Pianisten begleitet, mit ihrer Koloraturstimme Lied nach Lied, wobei einer der Träger ihres Kleides, das ich für ein Nachthemd hielt, immer wieder von ihrer Schulter glitt. Ich betrachtete die Szene voller Missbehagen, indem ich mich seitlich hinter dem Rücken des Bootsmanns hinauslehnte. Ich erkannte meinen Vater in der ersten Reihe und meine Mutter, deren verletztes Bein vor ihr auf einem Hocker lag. Sie taten mir leid, so entsetzlich war der Gesang. Als die Diseuse Pause machte und sich den Träger wieder über ihre nackte Schulter streifte, rief ich in die Stille: »Warum kreischt die hässliche Alte im Nachthemd so laut!« Alle drehten sich nach mir um. Der Bootsmann schnappte mich und eilte mit hochrotem Kopf aus dem Saal. Später musste er sich von meinem Vater eine geharnischte Standpauke anhören. Auch meine sofort geäußerte Bereitschaft, zusammen mit meinem Aufpasser den Teufel im Klo zu versenken, konnte ihn nicht milde stimmen.

Ein andermal entdeckte ich auf meinen Forschungsreisen über das riesige Schiffsdeck ein kleines rotes Kästchen mit einem Knopf. Es war so hoch an einem der hinteren Deckshäuser angebracht, dass ich es nicht erreichen konnte. Also warf ich das Gerümpel aus meiner Bastelkiste und zog sie dorthin, wo das interessante Ding hing. Ich kletterte hinauf und drückte auf den Knopf. Augenblicks schrillten und röhrten Sirenen, und aus allen Niedergängen quollen Soldaten und begaben sich auf die Verteidigungspositionen, besetzten die Flugabwehrgeschütze und musterten den Himmel und den Horizont mit ihren Ferngläsern. Dann wurde das Schiff von Begleitbooten aus mit Hilfe einer Tarnkappe aus künstlichem Nebel unsichtbar gemacht. Schließlich entdeckte mich ein Soldat, der schwer bewaffnet das Deck kontrollierte, auf der Kiste unter dem roten Kästchen. Auf die mutwillige Auslösung eines Alarms standen laut Kriegsrecht schwere Strafen wegen Wehrzersetzung. Ich weiß nicht, welche Gespräche zwischen dem Kapitän und meinem Vater daraufhin stattgefunden haben. Ich nehme an, das Ergebnis war, dass wir so bald wie möglich das Schiff verlassen sollten. Meine Mutter war jedoch immer noch nicht transportfähig, und so bekamen wir eine Gnadenfrist.

Ich spielte damals viel mit Etzel, ritt auf ihm, umklammerte ihn und kugelte mit ihm übers Deck. Einmal nahm der große Hund einen langen Anlauf und kam in großen Sprüngen auf mich zu. Wir prallten zusammen, und ich fiel um. Der schiefe Zahn, der wieder hervorgewachsen war, lag neben mir. Es tat sehr weh, aber ich weinte nicht, denn wenn einem jemand wehtut, den man liebt, muss man andere Wege finden, seinen Schmerz zu zeigen.

Mein vierter Geburtstag wurde bereits Ende April begangen, denn der Schiffsarzt hatte meiner Mutter inzwischen den Gips abgenommen, und wir sollten nun das Schiff so schnell wie möglich verlassen. Einige Mitglieder der Mannschaft hatten Geschenke für mich gebastelt: eine Suppenkelle, einen Panzer, ein U-Boot und vieles mehr, alles aus Holz gefertigt und mit grauer Tarnfarbe gestrichen, von der überreichlich an Bord vorhanden war. Nur der hölzerne Serviettenring in Form eines dicken Matrosen war bunt bemalt.

Bei der Bescherung zeigte sich der grausame Humor der Seeleute. Jeder, der mir sein Geschenk hinhielt, warf es, als ich es begeistert nehmen wollte, scheinbar blitzschnell aus dem offenen Bullauge. Ich begann zu weinen, aber dann war das Geschenk wie durch ein Wunder wieder da, hinter dem Rücken des Schenkers hervorgezogen. So nahe lagen Freude und Schmerz beieinander, dass man sie fast nicht unterscheiden konnte.

Schon am nächsten Tag fuhren meine Mutter und ich mit dem Zug zurück in die Waldkolonie, während die »Wikinger« nach Hamburg verlegt wurde, um als Lagerschiff zu dienen. Die Umstellung auf die beschauliche Welt der Siedlung fiel mir schwer. Ich hatte schließlich ein Schiff verloren und war eine Weile unleidlich. Im Juli nahm mein Vater seinen Jahresurlaub und kam zu uns. Wir machten wieder Ausflüge in den Messler Park und zur Bachgrundwiese. Am 28. Juli fuhr mein Vater in einem völlig überfüllten Zug, der oft stehen blieb, weil die Gleise durch Bombeneinwirkung zerstört waren, nach Hamburg zurück. Er traf unmittelbar nach der Aktion »Gomorrha« ein. Während eines neuntägigen Bombardements war die halbe Stadt in Schutt und Asche gelegt worden. 34 000 Menschen waren umgekommen, viele im Feuersturm. Auch die »Wikinger« hatte einen Volltreffer erhalten. Etzel sprang in Panik in eine offene Luke und verletzte sich so schwer, dass er erschossen werden musste. Die Brücke mit der Kammer meines Vaters brannte völlig aus. Ihm selbst geschah nichts, denn er schlief während des Angriffs mit seinen Kameraden in einem Getreidesilo am Hafen. Als meine Mutter von dem Angriff erfuhr, trauerte sie um die Zerstörung des von ihr so liebevoll zusammengestellten Inventars, der Sofakissen, der Vorhänge, der Bilder, der Bettbezüge. Die »Wikinger« wurde notdürftig repariert und nach Riga verlegt.

Regelmäßig hörten wir jetzt im Blaupunkt eine Stimme, die ständig die drei gleichen Wörter wiederholte: »Quelle Siegfried Sieben.« »Ist das die Quelle von unserem Bach?«, fragte ich meine Mutter.

»Ein wenig schon«, antwortete sie. »Quelle Siegfried Sieben heißt das Planquadrat, in dem der Flughafen und auch unser Ort liegen. Das bedeutet, dass feindliche Bomber unsere Gegend anfliegen und dass wir in den Keller müssen.«

Es erwies sich als Nachteil für uns, dass der Rhein-Main-Flughafen in der Nähe der Waldkolonie lag. Wenn die amerikanischen und englischen Langstreckenbomber von ihren Einsätzen im Osten kamen, warfen sie manchmal ihre letzten Bomben über uns ab, weil sie die Häuser des Villenortes für Flughafengebäude hielten oder auch einfach, um Sprit für den Rückflug zu sparen. Immer häufiger mussten wir in den Keller. Meine Mutter beteuerte wieder und wieder, dass wir den sichersten Keller im ganzen Ort hätten. Ich bräuchte mich deshalb nicht zu fürchten. Wenn es jedoch Einschläge schwerer Luftminen in der Nähe gab, wackelten klirrend die Einmachgläser in den Regalen, und ich begann zu schreien. Meine Mutter warf sich dann schützend über mich und zog zusätzlich eine Steppdecke über uns. In dieser doppelten Dunkelheit brütete ich das zerbrechliche Ei der Todesangst aus.

Bald konnte ich alle möglichen Bomben an dem für sie charakteristischen Pfeifen unterscheiden. Es zeigte sich, dass die feindlichen Angriffe vor allem erfolgten, wenn der Himmel bedeckt war, denn bei klarem Himmel gaben die Flugzeuge der Alliierten ein zu gutes Ziel für die Flak ab. Aus diesem Grund stand meine Mutter oft vor dem Barometer und klopfte gegen das Glas.

In diesem Sommer suchte ich einen neuen Freund. Meine Liebe zu Elke und Gudrun reichte mir nicht mehr. Es gab nur einen Jungen in unserer Straße, der als Spielkamerad in Frage kam. Er hieß Horst, war zwei Jahre älter, einen Kopf größer und viel stärker als ich. Als ich ihn einmal auf der Hengsbachbrücke traf, hatte er einen mächtigen schwarzen Hufeisenmagneten bei sich. Ich musste dieses Wunderding unbedingt besitzen. Ich stahl also eine der großen gelben Flaschenbirnen aus dem Obstspalier des Hauseigentümers und bot sie Horst zum Tausch gegen den Magneten an. Er war einverstanden. Es war ein glücklicher Tausch, denn Horst hatte die Birne schnell verspeist, während ich zu Hause alles magnetisierte, was dafür geeignet war. Die Klingen der Messer unseres Silberbestecks zum Beispiel. Sie klebten danach in der Schublade zusammen, und meine Mutter hatte wieder einen Grund, mich zur Teufelsaustreibung aufs Klo zu schicken. Ich erweiterte unterdessen meine naturwissenschaftlichen Studien, indem ich alles mögliche Gerät untersuchte. In einer Schublade des Sekretärs entdeckte ich einen kleinen Lederkasten. In ihm befand sich ein Instrument mit einem feinen Zeiger, der sich bewegte, wenn man den Apparat ins Licht hielt. Voller Neugier nahm ich einen Hammer und öffnete ihn damit. Als eine kleine Federspirale, feine Drähte und andere Teile seiner Eingeweide neben Glassplittern auf dem Tisch verstreut waren, bekam ich ein schlechtes Gewissen. Ich vergrub die Leiche im Garten und legte das leere Etui in den Sekretär zurück. Als sich viele Jahre später mein Vater eine neue Kamera kaufte, als Ersatz für seine Exakta, die inzwischen am Grund des Polarmeeres lag, und voller Vorfreude auf seinen kostbaren Selenbelichtungsmesser das Etui öffnete, gestand ich ihm den Frevel. Die Angelegenheit war verjährt. Er schimpfte nicht, strafte mich aber eine Zeitlang durch Nichtbeachtung, was mir ganz recht war, denn es änderte im Grund nicht viel.

Ein andermal warf ich eine Nagelfeile in den Schlitz an der Rückseite des Blaupunkt. Er begann zu qualmen, dann schwieg die Stimme in ihm. Vielleicht brannte Mathias Wieman. Ich musste diesmal nicht aufs Klo und den Teufel austreiben. Diese Zeiten schienen vorbei zu sein. Der Teufel hatte wahrscheinlich meinen Kopf verlassen und saß jetzt anderswo. Meine Mutter ließ das Radio reparieren, damit die Quelle Siegfried Sieben wieder sprudeln und die Pauke des Britischen Rundfunks wieder dröhnen konnte.

Gegen Endes des Jahres erreichte meinen Vater in Riga die Nachricht, dass er sich demnächst einen vierten Ärmelstreifen an die

Uniform nähen lassen konnte, denn er war zum Kapitän der »Südmeer« ernannt worden, einem ehemaligen Walfangmutterschiff, das als Versorgungsschiff und nördlichster U-Boot-Stützpunkt in einem Fjord bei Kirkenes in Nordnorwegen lag. Schon am folgenden Tag reiste mein Vater mit der Bahn in einer zehn Tage dauernden Odyssee zu seinem Schiff. Die letzten 100 Kilometer musste er über die Eismeerstraße trampen. Ein finnischer LKW-Fahrer und Schnapsschmuggler nahm ihn mit. Finnland war damals gegen die Sowjetunion mit Deutschland verbündet. Als mein Vater endlich am Ziel war, hatte er sich eine schwere Erkältung eingefangen, was ihn jedoch nicht hinderte, seine neue Stellung von Anfang an zu genießen. Auf der großen Landkarte an der Doppeltür unserer Wohnung erschien nun ein neuer blauer Strich ganz weit oben. »Da ist dein Vater jetzt«, sagte meine Mutter. »Fast am Nordpol.«

In der Küche von Muttl saß eines Tages ein junger Mann mit einem großen Verband um den Kopf. Er wurde von allen Datza genannt und war der Freund meines jüngsten Onkels. Datza kniete vor mir nieder, zog seine Haare beiseite und zeigte mir die tiefe, glänzende Furche, die sich über seinen Schädel zog. »Ich bin jetzt wertvoll«, sagte er stolz. Er hatte an der Westfront einen Streifschuss abbekommen. Eine Silberplatte dichtete seinen Schädel ab.

Manchmal, wenn Entwarnung war, gingen meine Mutter und ich zu Mutti Hüter. Sie hatte neben ihrem Laden eine Gaststube. Dort konnte man billig essen. Mutti Hüter war immer gut gelaunt. Sie redete über den Krieg wie über ein vorübergehendes schlechtes Wetter, und sie schenkte mir zuweilen ein Stück selten gewordener Fleischwurst. »In der allergrößten Not schmeckt die Wurst auch ohne Brot«, sagte sie, ein Reim, der sich meinem kindlichen Sprachgefühl tief einprägte. Später versuchte ich in meinen Gedichten immer wieder, eine ähnliche Prägnanz des Klangs zu erzielen. Als es Anfang 1944 immer schlimmer wurde mit den Bomben, machten wir eine Erholungsreise in den Schwarzwald. Die Halbschwester meiner Mutter war dort bereits mit ihrem Sohn. Es schneite unaufhörlich, sodass der Schnee bald bis zu den Dachtraufen der Häuser reichte. Der Dachstuhl unserer Pension war voll von eiskaltem Puderzucker, den der Sturm dorthin geblasen hatte. Auch Onkel Anton war nachgereist. Wir stapften zu dritt durch den Schnee, er an jeder Hand ein Kind. Unsere kleinen Körper sanken so tief ein, dass er sie bei jedem Schritt aus ihm herausziehen musste. Plötzlich warf sich Onkel Anton auf den Rücken und schlug mit den Armen halbkreisförmig um sich. Er stand wieder auf, klopfte sich den Schnee ab und zeigte auf den Abdruck, den sein Körper hinterlassen hatte. »Ich habe einen Adler gemacht«, sagte er. »Jetzt seid ihr dran.« Wir ließen uns ebenfalls rücklings in den Schnee fallen und schlugen mit den Armen um uns. Aber als wir aufstanden, waren keine Adler entstanden, sondern so etwas wie zerzauste Spatzen. Am nächsten Tag bekam ich hohes Fieber und große Schmerzen im Bauchbereich. Der Arzt meinte, es seien die Masern, und zwar auf der Innenseite der Bauchdecke. Ich jammerte die ganze Nacht, und meine Mutter streichelte mir stundenlang den schmerzenden Unterleib. Seit dieser Zeit habe ich oft Bauchschmerzen, als ob ich dadurch ihre tröstende Hand zurückrufen möchte.

Im März 1944 waren meine Mutter und ich wieder auf der Insel. Mein Vater hatte darauf gedrängt, denn er hatte inzwischen von den sogenannten Terrorangriffen im Rhein-Main-Gebiet gehört. Das Haus, in dem mein Vater seine Kindheit zugebracht hatte, war voll mit Leuten. Jetzt wohnten dort neun Erwachsene und zwölf Kinder. Einige waren auf dem Festland ausgebombt worden. Darunter ein Ehepaar mit einem kleinen Sohn. Er hatte braune Locken. Als ich mich ihm näherte, voller Freude, einen Spielkameraden gefunden zu haben, der kleiner und schwächer war als ich, biss er mir mit ungewöhnlicher Kraft in den Arm. Man musste ihm gewaltsam die Kiefer öffnen, um ihn von mir zu trennen. Ich blutete und sah den Bogen seiner Zähne auf meiner Haut. Ich schrie wie am

Spieß. Wieder war es meine Großmutter, die sich um die Wunde kümmerte, sie auswusch und verband, und wieder saß ich dabei unter der tickenden Messinguhr auf ihrem Schoß, und Tränen liefen mir die Wangen herunter, weniger wegen der Schmerzen als wegen meiner Enttäuschung, so von einem möglichen Freund behandelt worden zu sein. Auf der Insel merkte man bisher kaum etwas vom Krieg. Es war, als sei er nur ein Gerücht. Einmal gab es dann doch Fliegeralarm. Schnell sprach sich herum, dass über der Marsch ein Luftkampf stattfand. Alle rannten nach draußen, um das Spektakel zu sehen. Als eine der Maschinen, es war die deutsche, brennend abstürzte, wurde applaudiert. Ich aber war in panischer Angst in den Keller gerannt und hatte mich in einer leeren Kartoffelkiste versteckt. Als man mich fand, zitterte ich am ganzen Leib. Einige der Kinder machten sich lustig über mich. »Angsthase, Angsthase«, skandierten sie. »Du bist so sensibel«, sagte meine Mutter. Sie fühlte sich nicht mehr wohl unter all den Leuten. Während mein Vater immer verzweifeltere Briefe aus dem hohen Norden schrieb, da er nur selten Post bekam und nicht wusste, ob wir überhaupt noch auf der Insel waren. Während er auf Enten- und Robbenjagd ging und auf das Abtauen der Eisdecke im Fjord wartete, um sein Schiff vor den russischen Flugzeugen in einem Nebenarm verstecken zu können, verließen meine Mutter und ich Mitte Juni die Insel wieder und fuhren zurück in die Waldkolonie. Meine Mutter hielt mich im Arm, als wir an der Reling standen und zusahen, wie die Insel im Kielwasser der Fähre immer kleiner wurde. Sie kam mir vor wie ein Rindenstückchen, das im Hengsbach davontrieb. Meine Augen tränten vom Wind. Ich glaubte zu sehen, dass die Insel schließlich am Horizont unterging wie ein leckes Schiff.

*

B. verstummte. Er stand auf, ging zum Schreibtisch und zog dessen Schubladen auf. Die meisten waren leer. In einer jedoch fanden sich beschriebene Blätter. Er warf einen flüchtigen Blick darauf. Der Text kam ihm vertraut vor, auch die Namen, die darin vorkamen. War es eine Mitschrift dessen, was er bisher erzählt hatte? Als er hörte, wie sich Schritte näherten, begab er sich schnell wieder an seinen Platz. Der Mann, der nun seit einer Woche so etwas wie sein Beichtvater war, trat ein. Er trug einen schwarzen Schlapphut, einen Borsalino, wie B. vermutete, und legte ihn auf die Schreibtischplatte. »Gehen Sie, gehen Sie«, sagte er knapp, »und seien Sie morgen zur üblichen Zeit wieder da. Ich bin mit dem Verlauf des Experiments bisher zufrieden. Mehr kann man zurzeit nicht erwarten. Erinnerungen sind immer auch Fälschungen, aber es gibt gute und schlechte Fälschungen.« Er kehrte B. den Rücken zu und sah aus dem Fenster. Vielleicht hielt er auch die Augen geschlossen. Aber was machte das schon für einen Unterschied.

Zurück in seinem Hotelzimmer setzte sich B. in den blauen Sessel und starrte so lange auf den Wachsblumenstrauß, bis er das Gefühl hatte, dass es echte Rosen waren und ihr Duft den Raum erfüllte. Ein merkwürdiger Zustand innerer Freude überkam ihn. Er hatte sich in den letzten Jahren seines Lebens sehr einsam gefühlt, was kein Wunder war, denn er hatte so gut wie alle Kontakte zu anderen Menschen eingestellt. Aber nun hatte er das Gefühl, nicht mehr alleine zu sein. Seit er mehr und mehr aus dem Schatten der Vergangenheit trat, war er es selbst, der sich zu ihm gesellte.

Diesmal schlief B. bei offenen Fenstern. Mitten in der Nacht wachte er von einem Geräusch auf. Helle Stimmen, die einen Chor bildeten, atonal, ohne Struktur, wie das Rauschen von Wellen oder Baumkronen im Wind. Er stand auf, trat ans Fenster und sah gerade noch, wie eine Gruppe von Kindern um eine Straßenecke verschwand. Er hörte ihr Gelächter noch einen Moment, bis es wieder vollkommen still wurde. Eines der Kinder hatte besonders laut gelacht, ein Lachen, in dem sich Unsicherheit und Triumph eigenartig mischten, wie ihm schien.

Der Platz selbst war leer. Das trübe orangefarbene Licht einiger Laternen erhellte ihn dürftig. In den Sand waren schachbrettartig einige große Quadrate geritzt, Hickelkästchen, wie sie Kinder malen. Auch der Stein lag noch da, den man beim Hickeln mit dem Fuß voranstoßen muss. In dem Feld, das Hölle hieß und das man nicht betreten durfte, lag ein totes Tier, ein Vogel mit schwarzem Gefieder und gelbem Schnabel.

B. legte sich wieder ins Bett, knipste die Nachttischlampe an und streifte den Schlauch des Blutdruckmessers über seinen linken Oberarm. Das Gerät schnurrte wie eine Katze. Die beiden Werte, die auf dem Display erschienen, waren viel zu hoch. Es wurde Zeit, etwas dagegen zu unternehmen. Er hatte in letzter Zeit vergessen, regelmäßig die Tabletten zu nehmen, die ihm der Arzt verordnet hatte.

B. ging ins Bad. Er brauchte eine Weile, um zu begreifen, dass das Gesicht, das ihm aus dem Spiegel über dem Waschbecken entgegenstarrte, sein eigenes war. Plötzlich hörte er ein Geräusch hinter sich. Er drehte sich um und sah in der vollen Badewanne einen nackten Menschen. Es war eine junge Frau. Sie rauchte Pfeife und blickte B. mit einem amüsierten Lächeln an. Plötzlich begann sie immer heftiger zu zucken. Die Pfeife fiel ihr aus dem Mund und ging zischend unter. Dann begann das Mädchen mit dem Kopf gegen die Kacheln zu schlagen. Immer wieder dieses dumpfe Geräusch. B. stürzte hinzu und versuchte, sie festzuhalten. Aber die Person entwickelte eine ungeheure Kraft, umklammerte seine Arme und versuchte, ihn ins Wasser zu ziehen. Er wusste, dass es in einem solchen Fall nur ein Hilfsmittel gab: Er riss sich los, und dann schlug er mit der flachen Innenhand dem Mädchen mit voller Kraft ins Gesicht. Das Zucken hörte auf. Sie starrte ihn an und begann laut zu lachen. »Ich danke dir. Das hat gutgetan. Weißt du noch, damals? Wir passten überhaupt nicht zusammen. Ich war Bettnässerin und völlig ungebildet.

Du hast ständig belehrende Reden geschwungen. Ich bekam häufig epileptische Anfälle. Und du mochtest mich trotzdem.«

Ein vages Bild tauchte in seinem Kopf auf, ein dunkles Zimmer, in dem nur eine Kerze brannte. Er lag neben einem Mädchen. Sie schlief. Leise war er damals aufgestanden, hatte sich angezogen und war gegangen. Auch jetzt ging er. Kurz bevor er die Badezimmertür schloss, sah er noch, wie das Mädchen aus dem Wasser stieg und in seine Kleider schlüpfte.

7

B. frühstückte im Bistro und begab sich dann noch einmal nach oben. Das Bad war leer. Das Mädchen war verschwunden. Aber die Kacheln neben der Badewanne waren nass. Dann machte er sich auf den Weg zum Institut. Er nahm diesmal seine Aktentasche mit, in die er einen maschinengeschriebenen Text aus dem Reisekoffer getan hatte. Während er den Fluss entlanglief, bemerkte er Sand, Kieselsteine und Seetangbüschel auf dem Trottoir. Offenbar hatte es in der Nacht Hochwasser gegeben.

B. nahm in seinem Sessel Platz, und eine große Ruhe kam über ihn. Der Andere saß in der Nähe des Fensters und blickte ihn an, erwartungsvoll, wie ihm schien. Während B. zu erzählen begann, ging jener zur Tür und schloss sie leise hinter sich.

*

Eigentlich hatte uns mein Vater besuchen wollen, aber die Invasion der Alliierten in Frankreich hatte inzwischen begonnen, und es herrschte deshalb eine strenge Urlaubssperre. Er hatte schwarze Gedanken und schrieb an ihrem Hochzeitstag in einer fein gestochenen Schönschrift einen Abschiedsbrief an seine Frau, den er an seinen Schwiegervater schickte, mit der Bitte, ihn seiner Frau auszuhändigen, falls sie Witwe werden sollte. »Seit einiger Zeit habe ich das Gefühl, dass mir etwas geschehen könnte. Eine mächtige Unruhe hat mich erfasst.« Er legte dem Brief eine gepresste Blume bei, die er an den Hängen des Fjords gepflückt hatte. Das war eine Anspielung auf jene seltene dunkle Blume, die er einst gemeinsam mit dieser Frau hatte finden wollen, wie er in seinem ersten Brief an sie geschrieben hatte. Sie fand damals, dass seine Worte beinahe nach

Rilke klangen. »War das Glück mit der seltenen Blume gemeint?«, schrieb er jetzt. »So haben wir sie gefunden.«

Seine dunkle Vorahnung trog ihn nicht. Anfang September stellte Finnland an der Nordfront den Kampf ein. Kirkenes war nun nicht mehr zu halten, und mein Vater erhielt den Befehl zum Rückzug. Auch bei uns gab es immer seltener friedliche Tage. Die Waldkolonie hatte sich sehr verändert. Die wenigen Tage, an denen wir den Keller verlassen konnten, glichen Reisen in die überbelichtete Welt eines fremden Planeten, dessen Sonne viel näher war als unsere. Alles war so unwirklich und hell, dass mir die Augen wehtaten. Die grünen Blätter an den Bäumen hatten eine graue Tarnfarbe, der Asphalt Löcher, die von kleinen achteckigen Brandbomben hineingefressen worden waren. Seltsamerweise gab es überhaupt keine Fliegen, obwohl auch dieser Sommer sehr heiß war.

An einem der wenigen ruhigen Tage trafen meine und Elkes Mutter einmal zufällig auf der Hengsbachbrücke aufeinander. Elke und ich waren nackt. »Wer von beiden Kindern ist größer«, sagte meine Mutter. »Wir werden es herausfinden«, sagte Elkes Mutter. Wir mussten uns Rücken an Rücken stellen. Ich schämte mich. Meine Liebe zu Elke erlosch in diesem Moment. Es war wie die Entladung eines Kondensators, dessen Pole man zu nahe aneinandergebracht hatte. Ein kleiner Funke, dann war die Spannung erloschen.

Die Angst in der Bevölkerung nahm mit jedem Tag und jeder Nacht zu. Sie wucherte wie Dickicht in den Augen der Menschen. Sie quoll aus ihren Mündern wie schwarzer Rauch. In den kurzen Phasen der Entwarnung war ich nun oft in der Villa einer Familie mit dem Namen Lejeune, um mit deren Kindern zu spielen. Die Welt der Lejeunes war etwas Besonderes. Alles war größer in ihr. Das Haus, der Garten, die Zimmer. Selbst die Besenkammer, in der wir Verstecken spielten, war so groß wie mein Kinderzimmer. Die Bäume im Garten waren doppelt so dick, doppelt so hoch und doppelt so zahlreich wie in den anderen Gärten. Auch die elektrische

Eisenbahn der Lejeunekinder war riesengroß: Es war eine Spur II. Man konnte auf der Lokomotive und den Wagen richtig sitzen. Leider gab es in dieser Welt niemanden, in den ich mich verlieben konnte. Zwei Kinder waren zu alt und zwei zu jung. Dafür gefiel mir Tante Mathilde gut. Sie war fast so interessant wie ein echter Onkel. Manchmal spielte sie mit uns und hatte dabei verrückte Ideen. Die Lejeunekinder besaßen ein überdimensionales Puppentheater. Wenn man seinen Vorhang beiseiteschob, blickte man in eine Welt, die wirklicher war als die Wirklichkeit. Im Hintergrund sah man eine brennende Burg. Es gab seitlich einklappbare Waldkulissen, einen blauen Teich mit weißen Schwänen aus Pappe, Ritter auf Pferden mit silbernen Schilden und goldenen Lanzen, eine Prinzessin in wallenden weißen Gewändern, schöner als alle Prinzessinnen aus Fleisch und Blut. Der Bösewicht war ein feuerspeiender Drache, den man mit einem Schwert treffen konnte, sodass er platt wie eine grüne Flunder auf die Seite fiel. Wir spielten Stücke, die Tante Mathilde für uns ausgedacht hatte, bis uns wieder der Fliegeralarm in die Keller holte. Einmal weckte mich meine Mutter mitten in der Nacht. Sie führte mich an das nach Süden gelegene Fenster des Wohnzimmers und deutete zum Himmel über den Bäumen. Er sah genauso aus wie der Hintergrund im Puppentheater der Lejeunekinder. »Das ist kein Morgenrot und auch kein Abendrot«, sagte meine Mutter. »Ganz Darmstadt brennt. Sie haben es gerade im Radio gesagt.« Wenige Tage später fuhren wir mit dem Zug dorthin. Den Grund für die Reise weiß ich nicht mehr. Wir rumpelten mit der Straßenbahn durch eine faszinierende Trümmerlandschaft. Überall geborstene Betondecken, Eisenträger, die wie Spieße in den Himmel ragten, qualmende Schuttberge, Dachstuhlskelette, aus den Angeln gerissene Türen, Fensterhöhlen in schwarzen Zimmern voller Ruß, Tapetenfetzen. Es war unnatürlich warm und roch verbrannt. Eine ähnlich schöne Spielwelt für die Augen, wie ich sie schon einmal in Hamburg gesehen hatte. Der Krieg ist ein großer Maler und Bildhauer. Er arbeitet mit einem grausamen Pinsel und einem scharfen Meißel. Seine Kunstwerke haben eine tödliche Schönheit, deren Anblick die Sinne verwirrt und die Moral zerstört.

Die Stimmen aus dem Radio kündigten inzwischen auch am Tage immer häufiger Bomberstaffeln an. Feindsender oder Wehrmachtssender einzustellen war bei Todesstrafe verboten. Aber wie viele andere hielt sich meine Mutter nicht an dieses Verbot. Wir rannten jedes Mal in den Keller. Dort saßen andere verstörte Menschen dicht beieinander. Dann setzte das Bombenkonzert ein. Das hohe Pfeifen der Granaten, das langanhaltende Bellen der Flak, das dumpfe Grollen der schweren Luftminen. Ich lag wie immer auf einer Matratze, und meine Mutter warf sich wie immer mit ihrer Steppdecke über mich. Und so lag ich mit meiner empfindlichen Dotterseele unter drei Schalen, einer aus Fleisch und Blut, einer aus Stoff und einer aus Zement. Die Einschläge kamen immer näher. Mörtelstaub hing als Nebel im Raum. Weckgläser voller Marmelade und Obst tanzten in den Regalen. Die Menschen hielten sich aneinander fest und schrien bei jedem Einschlag. Niemand konnte schlafen. Am nächsten Tag war Entwarnung. Ich durfte hinaus in eine vom Krieg gemalte Welt. Alles war gelb, die Häuserwände, die Bäume, die Straße bedeckt vom Lehm aus den Bombentrichtern. Neben unserem Schlafzimmerfenster steckte ein Eisenträger tief im Boden, den eine Explosion wie einen gewaltigen Speer dorthin geschleudert hatte. Ich traf Horst auf der Straße. »Komm mit, ich zeig dir was Lustiges«, sagte er. Wir gingen in das Eckhaus an der Hainer Trift, in dem er wohnte, und dann die Treppe hoch ins Dachgeschoss. Er öffnete die Tür zum Klo. In der Decke war ein Loch. Die Kloschüssel hatte einen Riss, und in ihr lag eines dieser achteckigen, länglichen Eisendinger, eine Brandbombe, die nicht gezündet hatte.

Ein paar Straßen weiter saß eine Frau auf einem Stuhl in einem Garten neben einem rauchenden Trümmerberg, der einst eine Villa gewesen war. Sie sah aus wie eine Statue, denn sie war über und über von Mörtelstaub und Lehm bedeckt. Doch ihr Mund bewegte sich. Sie gab den Männern, die mit ihren Schaufeln herbeigeeilt waren, Hinweise, wo die Treppe zum Keller gewesen war. Am Abend klingelte es an unserer Haustür. Ich hörte meine Mutter mit jemand reden. Dann kam sie zurück und sagte: »Die Lejeunes sind ausgebombt. Tante Mathilde ist tot. Sie hat es nicht mehr in den Schutzraum geschafft. Die verschütteten Kinder hat man herausgeholt. Sie kommen gleich zu uns. Du kennst sie ja. Sei lieb zu ihnen. Sie haben Schreckliches durchgemacht.«

Dann kamen sie wirklich, einige fremde Frauen und vier Kinder. Ich erkannte sie nicht. Wo sonst Augen waren, erhoben sich Hauthügel. Gesichter dick und rund wie Kürbisse. Die Frauen versuchten, mit nassen Wattebäuschen den Mörtelstaub unter den Lidern zu entfernen. Dann wurden die Kinder ausgezogen und gewaschen. Der Kleinste kam in mein Bett. Ich war empört, weil er meinen neuen, geblümten Morgenmantel trug, den ich von Muttl zum Geburtstag geschenkt bekommen hatte. Das Kind zuckte ununterbrochen. Man gab ihm meinen Stoffhund Etzel in die Arme, dem das genauso wenig gefiel wie mir, denn er zuckte jetzt ebenfalls. Ich durfte zum Trost in dieser Nacht im Ehebett schlafen und Fußi machen. Am Morgen wurden die Kinder weggebracht. Sie sahen immer noch aus wie kleine Monster.

Meine Mutter ging mit mir durch den Ort. Überall auf dem Trottoir waren schwarze Kuhlen, aus denen es rauchte. Auch in unserem Garten gab es sie, Einschläge von Phosphorbomben. Wir gingen zum Grundstück der Leujeunes. Das Haus war ein großer Haufen Steine, aus dem Eisenträger und Holzlatten herausragten. »Tante Mathilde ist noch drin«, sagte meine Mutter. »Man hat sie bisher nicht gefunden.« Auch in der Hainer Trift hatte es Volltreffer gegeben. Ein Haus kurz vor der Brücke hatte keine Fassade mehr. Man sah das Badezimmer mit dem schräg ins Leere hängenden Klo. Daneben die gemusterten Tapeten des Wohnzimmers. Das Pendel einer

Wanduhr bewegte sich noch. Die Uhr schlug in diesem Moment. »So etwas habe ich zuletzt im Theater bei Max Reinhardt in Berlin gesehen«, sagte meine Mutter. »Das ganze Stück spielte in einem Haus mit vielen Zimmern ohne Vorderwand.« Das Haus daneben war nur noch ein Hügel aus Steinen. »Alle sind tot, nur der Opa hat im Keller überlebt«. Die Stimme meiner Mutter klang seltsam streng. »Er wollte nicht mit in den Splittergraben, den sie im Garten geschaufelt haben. Das hat ihm das Leben gerettet. Die anderen sind alle erstickt, weil eine Bombe den Graben zusammengeschoben hat.«

Bei meinen Großeltern war inzwischen ein seltsamer Mensch einquartiert. Er lebte in dem kleinen Umkleideraum im ersten Stock und kam nur ganz selten heraus. Dann saß er im Flur mit den edlen Perserteppichen und den schwarzen Ebenholzmöbeln auf einem Chippendale-Sessel und putzte und ölte sein Gewehr. Er war Major der Luftwaffe, ein schöner Mann, wie Muttl schnell erkannt hatte. Er hatte eine Beinprothese und bewegte sich hüpfend wie ein Clown. Er erzählte mir von seinem Absturz, als er hinter dem brennenden Motor saß und in eine Hölle voller Flammen starrte. Sein linkes Bein hatte Durchschüsse gehabt, ohne dass er Schmerzen verspürt hätte. Da war nur diese sengende Hitze im Gesicht. Er hatte es geschafft, sein Flugzeug zu Boden zu bringen. Jetzt war er ein Held und ein Invalide. Er redete mit mir wie mit einem Erwachsenen. »Ich vermisse das Fliegen. Der Krieg ist mir egal. Aber das Fliegen vermisse ich.« Bald darauf verschwand der Major aus dem Haus. »Man hat eine Verwendung für ihn gefunden«, sagte Muttl. »Schade um den schönen Mann.«

Onkel Anton zog mit seiner Frau und seinem Sohn in unsere Wohnung. Auch sie waren ausgebombt. Sie lebten nun zu dritt im Esszimmer, das ich nicht mochte, weil ich dort einige Male lila Fliederbeersuppe mit gelben Schwemmklößen hatte essen müssen. Wir hörten die ständigen Streitereien des Ehepaares durch die Tür. Auch

Tante Maruschka zog zu uns, da ihre Wohnung in Frankfurt durch eine Luftmine beschädigt war. Sie hatte nach dem Tod ihres Mannes allein gelebt und hatte sich verstärkt auf die Künste verlegt, hatte junge Schriftsteller finanziell unterstützt und war genauso mannstoll gewesen wie Muttl. Es hieß, dass sie von dem Geld, das der Modesalon einbrachte, manchmal eine Segeljacht auf dem Bodensee charterte, um Lustfahrten mit ihren Schützlingen zu veranstalten. Tante Maruschka rezitierte, vor allem wenn Bomben fielen, gern laut Texte von Goethe. Einmal, es war im Oktober, als ich wie gewöhnlich abends neben meiner Mutter im Bett lag, hörte man einen lauten Knall. Unmittelbar darauf ging draußen vor dem Fenster eine Lawine aus Dachschindeln nieder. Wir sprangen aus dem Bett, zogen uns hastig an und rannten in den Keller. Meine Mutter beruhigte mich mit den Worten: »Wir haben einen Treffer. Aber dein Onkel Anton wird das Feuer bestimmt wegzaubern. Du weißt ja, er ist ein Zauberkünstler und außerdem bei der Feuerwehr.« In der Tat war mein Onkel bereits auf dem Dach. Ich wusste, er konnte einen Ball so hoch in den Himmel schießen, dass er feindliche Bomber damit traf. Und mit einem Wasserschlauch konnte er einen Regenbogen machen. Also würde er bestimmt auch das Feuer löschen. Trotzdem verließen wir wegen der Brandgefahr das Haus. Wir ahnten ja nicht, dass Onkel Anton leichtes Spiel hatte, denn die Phosphorbombe war ausgerechnet in die Sandkiste gefallen, die zum Löschen auf dem Dachboden stand. Tante Maruschka trug mich auf dem Arm. Dabei sprach sie fortwährend laut vor sich hin. Wahrscheinlich rezitierte sie aus dem Faust. Vielleicht die Walpurgisnacht. Wir eilten an brennenden Phosphorfeuern vorbei, die wie Lagerfeuer aussahen. Die Flak bei der Hengsbachbrücke schoss aus allen Rohren. Vor einem der Feuer sah ich die schwarze Silhouette eines Soldaten. Er hielt sein Gewehr mit aufgepflanztem Bajonett in die Flammen, als wollte er etwas grillen. Eine große Ruhe ging von diesem scherenschnittartigen Bild aus, das ich immer noch deutlich vor mir sehe. Dann erreichten wir das Haus der Familie Preusse, in dem sich einst meine Eltern kennengelernt hatten. Der Keller dort sollte angeblich besonders sicher sein, der sicherste am Ort. Das behauptete jedenfalls meine Mutter. Das Bombardement ging unterdessen weiter. Einmal, als ich pinkeln musste, führte mich jemand an die hintere Kellertür, von der aus eine Treppe in den Garten ging. Ich sah durch die offene Tür für einen Moment das Rechteck eines Himmels voller Scheinwerferfinger, Leuchtspurmunition, mondbeschienenen Kondensstreifen und Christbäumen, wie man die an Fallschirmen hängenden Markierungsleuchten nannte. Es war ein wunderschönes Bild, als habe der liebe Gott aus dem ganzen Himmel einen großen Weihnachtskalender gemacht. Am nächsten Tag kehrten wir in unsere Wohnung zurück, aber von nun an schliefen wir immer im Keller. Das Loch im Dach wurde mit neuen Schindeln versehen. Ein gelber Fleck in roter Umgebung, als hätten die Flammen ein Denkmal bekommen.

Mitte Oktober wurde das Schiff meines Vaters von russischen Torpedoflugzeugen versenkt. Einer der Torpedos war durch den Wellentunnel tief ins Schiff eingedrungen und dort explodiert, so dass die »Südmeer« innerhalb weniger Minuten sank. Mein Vater leitete die Evakuierung des Schiffes. Es gab nur zwei Verluste. Ein Soldat sprang mit umgehängtem Gewehr und Tornister salutierend vom Oberdeck und verschwand in der eiskalten See. Der andere war ein Lotse, der im letzten Moment noch einen Koffer voller Schnaps aus dem Salon holen wollte, der drei Decks unterhalb der Brücke lag. Er kam nicht mehr zurück. Nachdem alle Übrigen in den Booten waren, gingen der Kapitän und der 1. Offizier über das schräge Deck ins Wasser. Sie trugen zu ihrem Glück dickes Lederzeug, das einen gewissen Schutz gegen die Kälte bot und sich nicht so schnell vollsog. Gerade noch rechtzeitig wurden die beiden Schiffbrüchigen von heraneilenden Begleitbooten aufgenommen. Wieder einmal hatte mein Vater sprichwörtlich Glück im Unglück gehabt.

Meine Mutter erfuhr erst Anfang November von all dem durch einen Brief des berühmten Wasserfliegers Hauptmann Seegers, der mit meinem Vater befreundet war. Sie erfuhr auch, dass ihr Mann nun als Kapitän eines Schnellbootes die Aufgabe hatte, Mannschaften von Küstenbatterien kleiner Inseln an der Nordwestküste abzuholen und aufs sichere Festland zu bringen. In ihrer Phantasie veränderte sich die Geschichte der Rettung ihres Mannes zu einer romantischen Version, die sie mir später immer wieder erzählte: Seegers hatte meinen Vater von seinem Flugzeug aus entdeckt, hatte unter Lebensgefahr neben ihm gewassert und ihn eigenhändig aus dem eisigen Meer gezogen. Als mein Vater später den wahren Hergang seiner Rettung erzählte, glaubte meine Mutter ihm nicht. »Wie immer spielst du alles zu sehr herunter«, war ihr Kommentar.

Wieder kam Weihnachten, nun bereits zum fünften Mal in meinem Leben. Mein Vater hatte diesmal keinen Urlaub bekommen, was mir ziemlich gut gefiel. Wie immer in der Adventszeit öffnete ich jeden Tag eine der Türen des von meiner Mutter gemalten Weihnachtskalenders, wie immer naschte ich Plätzchenteig, und wie immer half ich beim Schmücken des Baumes, den Onkel Anton für uns im Wald geschlagen hatte. Meine Mutter hatte die alten Figuren aus dem Erzgebirge, die Skifahrer, die Musikanten verschenkt. Nur rote Kugeln, weiße Kerzen und silbernes Lametta sollten den Baum schmücken. Das entsprach ihrem Entschluss, als Reaktion auf die komplizierte Weltlage die privaten Dinge zu vereinfachen. Aluminiumstreifen waren vom Himmel gefallen, abgeworfen von feindlichen Fliegern, um den Funkverkehr zu stören. Sie lagen überall, im Wald, im Garten, auf der Straße, und glitzerten verlockend. Meine Mutter schnitt mit ihrer großen Schneiderschere Lametta aus ihnen. »Ein Baum muss rieseln«, sagte sie. »Wie ein silberner Wasserfall.« Ich hatte ihr die Fäden anreichen müssen, und sie hatte sie so dicht drapiert, dass man von den Tannenzweigen nichts mehr sah. Dann saß ich vor der Doppeltür auf einem harten Stühlchen und lauschte mit klopfendem Herzen den verheißungsvollen Geräuschen im Nebenzimmer. Das Radio lief. »Stille Nacht, heilige Nacht.« »Vom Himmel hoch, da komm ich her.« Waren etwa die Bomber des Feindes gemeint? Ich hörte, wie meine Mutter laut mitsang, während sie das Weihnachtszimmer vorbereitete. »Die Quelle Siegfried Sieben ist derzeit ausgetrocknet«, rief sie durch die Tür. »Der Tommy feiert auch Weihnachten!«

Das Warten auf die Bescherung war die gleiche süße Qual wie immer. In der Ferne grollte es wie ein Gewitter. »Hörst du? Die Front kommt immer näher«, rief sie durch die Tür. »Aber Heiligabend lassen sie uns bestimmt in Ruhe.« Endlich erschien die schmale Hand im Pelzärmel und läutete das silberne Glöckchen. Ich betrat das vom brennenden Lichterbaum erleuchtete Zimmer. Wegen des strikten Verdunklungsgebots waren nicht nur die Rollläden heruntergelassen, sondern auch die Vorhänge zugezogen. Das Christkind hatte keine Chance, in den Nachthimmel hinausfliegen zu können. Da würde es vielleicht auch abgeschossen, dachte ich. Es versteckte sich jetzt irgendwo in der Wohnung, vielleicht im Keller oder auf dem Dachboden.

Diesmal gab es wieder ein echtes Hauptgeschenk. Meine Mutter hatte seit Wochen dunkle Andeutungen dazu gemacht. »Es wird dir sehr gefallen, aber du musst auch fleißig sein damit.« Unter dem Baum lag auf einem weißen Laken ein seltsames, glänzendes schwarzes Ding. Meine Mutter erklärte, es sei eine Schreibmaschine für Kinder, mit der man einzelne Buchstaben nacheinander aufs Papier zaubern konnte, indem man einen Hebel auf der Tastatur verschob und ihn dann kräftig niederdrückte. Vatl hatte das kostbare Ding besorgt. Als erstes probierte ich meinen Namen aus, den meine Mutter auf ein Blatt Papier gemalt hatte, damit ich die richtigen Tasten finden konnte. »Vielleicht wirst du eines Tages ein Dichter wie Rilke«, sagte sie. Dann saßen wir vor dem Baum und spielten das Spiel »Wer stirbt zuletzt«. Ich wollte, dass meine Mutter gewann, aber diesmal ging ihr Lebenslicht früher aus. »Wir beten für deinen Vater«, sagte sie. »Die Kerze da unten, die immer noch brennt, das ist sein Lebenslicht.«

Als die Front immer näher rückte, als der Lärm der Geschütze zu einer Dauermelodie wurde, entsann sich meine Mutter jenes Rats des jüdischen Schriftstellers Siegfried Kracauer. Sie begann erneut, Tagebuch zu verfassen, diesmal mit durchaus literarischem Anspruch. Sie schrieb es, um ihre Ängste zu mildern, denn sie hatte seit Monaten nichts mehr von ihrem Mann gehört. Offenbar war der Briefverkehr von der Front in die Heimat zum Erliegen gekommen. Sie schrieb es aber auch, um ihre Haltung in unserer lebensbedrohlichen Situation als Musterbeispiel von Umsicht und Tapferkeit zu schildern. Lange war ich der Meinung, meine Mutter wäre unfähig gewesen, einen Beruf auszuüben. Heute denke ich, sie hätte Schriftstellerin werden können. Nicht das Malen war ihr Haupttalent gewesen, sondern sie hätte das Zeug gehabt, anspruchsvolle Unterhaltungsromane zu schreiben. Sie besaß nicht den nüchternen Blick eines Chronisten, sie neigte eher zu blumigen Formulierungen, aber sie verstand es, ein kompliziertes Geschehen anschaulich zu schildern. Und sie nahm beim Schreiben wie selbstverständlich die Rolle des allwissenden Erzählers ein. Ich habe den Text dabei und möchte ihn vorlesen, wenn es Ihnen recht ist.

B. zog ein Konvolut von Schreibmaschinenseiten aus seiner Aktentasche, räusperte sich und holte mehrmals tief Luft, als wollte er lange den Atem anhalten können, um eine große Strecke zu tauchen, so wie er es früher als Knabe getan hatte, um dann bis zu fünfzig Meter unter Wasser zurückzulegen. Schließlich begann er mit stockender Stimme zu lesen.

Freitag, der 23. März 1945. Eine Welle der Erregung geht durch den Ort. Neue Gerüchte lösen alte ab. Die Straßen sind voller Menschen. Sie stehen in Gruppen, erwägen, verwerfen Pläne, um sie im nächsten Augenblick wieder neu zu fassen. Fiebernd wird jedem, der von einem benachbarten Ort kommt, entgegengesehen. Ich halte mich abseits, gehe ruhig meiner gewohnten Arbeit nach und verhalte mich allen Prophezeiungen gegenüber abwartend. Die Amerikaner sollen bereits in Egelsbach sein, eine andere Gruppe von Panzerspitzen in Mörfelden. Ruhig, ganz ruhig Ree, stehe fest zu deiner erstrebten Haltung. Plötzlich Alarm! Feindliche Tiefflieger! Wir sind es gewohnt und nehmen es hin. Der Abwurf ist geringer als sonst. Leute kommen ins Haus, die ich selten sehe: »Was meinst du? Was glauben Sie?« Weder meine ich noch glaube ich, ich erwarte die Entscheidung des Schicksals so ruhig und gefasst, wie es nur geht. Die Gerüchte der näher kommenden Front verstärken sich, einige packen fieberhaft. Wie oft habe ich in den letzten Tagen gehört, dass wir fliehen sollen. Die einen wissen ein Versteck nahe der Sandgrube, die anderen eines im Wald, wieder welche einen unterirdischen Gang in der alten Burgruine von Dreieichenhain. Ich lasse mich nicht beirren, bleibe hier, weil ich ganz fest spüre, dass es für mich und meinen Sohn das Beste ist. Die Amerikaner haben einen Brückenkopf bei Oppenheim gebildet und bewegen sich in südöstliche Richtung. Die Nervosität flaut ab. Gemäßigte gehen ihren Gewohnheiten nach, andere suchen noch in dieser Nacht Hals über Kopf das Weite. Die hier einquartierte Luftwaffe allerdings packt fieberhaft, Telefonleitungen werden aufgerollt, Befehle gehen hin und her, aber wir erfahren nichts Genaues. Die Nacht vergeht wie jede. Schlaf im Keller. Alarm, Geschützdonner, Unruhe, aber ein kleiner Sohn, der von allem nichts merkt. Samstag. Früh sind wir auf den Beinen. Die Läden sind überfüllt. Jeder kauft, was es irgend noch gibt. Jede Stunde erwarten wir ein schweres Bombardement von Frankfurt. Da – drei Tiefflieger umkreisen unser Haus! Die Vögel fallen wie Steine vom Himmel. Mein Sohn rast in den Keller. Er kennt seit Monaten nur noch dies eine, diese Hetze des Auf und Ab bei dem geringsten Motorengeräusch. Die kleinen Ma-

schinen sehen kokett aus. Silberner, gedrungener Leib, roter Bug, gelbe Schwanzflosse und in dem Rot die weiße Kappe des Piloten. Tak, tak, tak gehen die Bordwaffen. Wir schauen dauernd nach dem Barometer. Solange der Himmel strahlend blau ist, fürchten wir uns nicht. Aber es fällt. Die letzten Luftwaffenautos verlassen bei beginnender Dämmerung den Ort. Die Spannung wird schwer erträglich. Einige Frauen und Kinder, gerade die, die von Erdulden, Ausharren, vom Sieg des Führers allzu viel geredet haben, lassen sich in Panikstimmung von den LKWs mitnehmen. Wir wissen, sie fahren dem Krieg direkt in die Arme. Warnungen schlagen sie in den Wind. Bei mir rennt die halbe Straße aus und ein. Sie fassen nicht, dass ich den Gerüchten keinen Glauben schenke und mich so normal wie jeden Tag verhalte. Oh ja, der Tag ist aufschlussreich! Die Erfahrungen mit den Menschen im Allgemeinen bestätigen sich. Da sehe ich eine Mutter, sie und ihr Mann gehören zu den »alten Kämpfern«, wie sie vor ihren Kindern wild mit den Armen fuchteln: »Wehe, wenn ihr mir ›Heil Hitler‹ sagt oder ›Die Fahne hoch‹ singt!« Ich höre die Weiber untereinander tuscheln von »Uniformen und Abzeichen vergraben, Papiere und Bücher verbrennen«. Von den Lippen der fanatischen Parteigänger fließen ölige Worte der gegenteiligen Auffassung. Oh Menschheit! Auf dem Rathaus Bienenschwarmtätigkeit. »Much to do« und wenig Resultate. Die Volkssturmmänner gehen gewichtigen Schrittes mit Armbinden und x-kalibrigen Gewehren umher. Die Lage sei ernst, doch keiner weiß wie sehr. Wir sind ohne Strom, also auch ohne Nachrichten. Zeitungen gibt es seit Tagen nicht mehr. Da, eine furchtbare Detonation! Eine zweite folgt. Ungeheure Rauchpilze steigen auf. Das kann nur eine Sprengung sein. Und nun beginnt ein infernalisches Getöse. Türen und Fenster springen auf, das Haus wankt. In Frankfurt werden die Brücken gesprengt, die Fabriken, der Flughafen – auch hier in der Nähe dröhnt es ununterbrochen. Wir bleiben unten. Jetzt zeigt es sich, und in den nächsten Tagen noch mehr, wie gut wir da-

ran taten, unseren Luftschutzraum wie eine kleine Festung einzu-
richten. Da sind Lebensmittel, Trinkwasser und alles Notwendige,
um gut durch die verschiedensten Gefahren zu kommen. Die Nacht
ist böse. Bewegungen in den Straßen, Befehle, Ungeduld, Rufe! Um
Viertel nach drei rücken die Volkssturmmänner aus, an ihrer Spitze
der Bürgermeister. Einige kopflos gewordene Frauen folgen ihnen.
Die Sprengungen nehmen zu, die Hölle scheint los zu sein! Ich habe
meinem Sohn die mit Watte dick gefütterte wollene Mütze tief über
die Ohren gezogen. So liegt er in Kissen vergraben, und seine Mut-
ter wacht über ihn gebeugt den Rest der Nacht. Vielleicht stürzt
doch noch ein Balken, den sie mit ihrem Körper aufhalten kann?
Das Kind schläft und weiß von nichts. Du gute kleine Seele, was
mag uns noch geschehen? Und vor wie viel Grauen hat dich wohl
der Entschluss auszuharren bewahrt? Gott, behalte uns an deinem
Herzen und schütze uns für unseren Mann und Vater. Lass es ihn
wissen, dass wir durchkommen, und nimm ihm alle Qual und alles
Leiden. Der Morgen dringt durch die Kellerspalten. Wird heute das
Schicksal für uns seinen letzten Satz sprechen?

B. hörte, wie das Papier raschelte, so sehr zitterten seine Hände.
Dann sah er auf. Der Andere saß in seinem Stuhl und hielt die Augen geschlossen. Sein Atem ging ruhig und regelmäßig. Er schien zu
schlafen. Doch dann bewegten sich seine Lippen, und B. hörte ihn
wie aus großer Entfernung reden.

»Warum haben Sie aufgehört? Ich versuchte mir gerade vorzustellen, was Ihre Mutter beschreibt. Es klingt tatsächlich wie ein Roman. War es wirklich so, wie es der Text beschreibt?«

»Ich glaube schon, auch wenn sie, wie ich zugeben muss, eine starke Phantasie hatte. Aber wenn ich ihr Tagebuch lese, sehe ich alles
wieder vor mir. Ich selbst habe keine Erinnerung mehr. Die Bilder
sind wie ausgelöscht. Es ist wie bei einem Album, aus dem man die
Fotografien entfernt hat und wo nur noch die Klebeecken und die

weißen Rechtecke zu sehen sind, wo das Papier weniger stark vergilbt ist. Aber eines weiß ich: Jene Wollmütze hat mich nicht ausreichend geschützt vor dem Kriegslärm. Sie hat ihn nur dumpf und dadurch noch bedrohlicher gemacht. Eines der wenigen Bilder, an die ich mich genau erinnere, ist der Tiefflieger. Aber es war keineswegs so, wie es meine Mutter beschreibt. Ich bin damals nicht in den Keller gerannt. Ich war vielmehr auf der Straße. Ich war neugierig, wollte selbst erkunden, was draußen los war. Ich war der Aufsicht meiner Mutter entwischt, als sie gerade im Keller war. Draußen war niemand zu sehen. Eine ungeheure Spannung lag über allem. Die Wipfel der kahlen Bäume sahen aus wie aus schwarzem Draht. Ich ging die Straße der SA entlang, als ich plötzlich ein mächtiges Brausen hörte. Dann sah ich ein Insekt wie eine riesige Hornisse direkt über den Baumkronen und Hausdächern. Ich erkannte ein Gesicht mit großen Facettenaugen. Dann das Tackern einer automatischen Waffe. Eine lange Spur kleiner Löcher jagte direkt neben mir die Straße entlang. Es sah aus, als ob eiserne Regentropfen in den Straßenstaub fielen und dort explodierten. Jemand riss mich am Arm in einen Hauseingang. Eine Frau hatte mich bemerkt und blitzschnell gehandelt. Sie brachte mich nach Hause. »Ihr Sohn ist von einem Tommy beschossen worden«, sagte sie. Meine Mutter schimpfte mit mir. Sie war wütend, vielleicht weil sie in ihrer Beschützerrolle versagt hatte. Später kamen ein paar Jungen vorbei, die älter waren als ich. Einem bluteten die Knie. Sie waren beim Kriegerdenkmal ebenfalls beschossen worden und hatten sich auf das Straßenpflaster geworfen. Meine Mutter verarztete den verletzten Jungen mit einem Pflaster und schickte ihn wieder hinaus.«

B. blickte auf. Dann sagte er: »Wenn einem offensichtlich, wenn auch vergeblich nach dem Leben getrachtet wird, macht einen das nicht gerade stark. Im Gegenteil, es kann einen für immer verunsichern. Es ist wie eine innere Beschmutzung. Ich habe diese Schmach nie wegwaschen können. Das übertriebene Selbstbewusstsein, das ich zuweilen an den Tag legte, war nichts weiter als eine hilflose Tarnung dieser traumatischen Erfahrung.«

Wieder holte B. tief Luft und setzte dann die Lesung fort. Dabei hatte er das Gefühl, seine Stirn gegen die seiner Mutter zu pressen, und zwar von innen. Ihre hohe, runde Stirn lag wie eine Fechthaube über seinem Gesicht und machte ihn unverwundbar, hinderte ihn jedoch durch ihr Gitter zugleich, die Dinge so zu sehen, wie sie vermutlich in Wahrheit waren. Die ganze Zeit über hörte er ihre dunkle, ein wenig brüchige Stimme. Sie kam aus dem tiefsten Keller seiner Seele.

Sonntag, der 25. März 1945. Ein diesig-grauer Tag beginnt. Oh Himmel, laste nicht so tief! Aber das Barometer fällt weiter, und ein dünner Regen folgt. Schon im Morgendämmern beginnt die Straße lebendig zu werden. Durch den Wald kommt ein Schützenbataillon. Etwa 300 Mann, meist grauhaarige Großväter, die nicht mehr fest auf den Beinen sind. Sie schleppen Panzerfäuste oder Maschinengewehre. Einige schieben zwei Lafetten mit kurzhalsigen, kleinen Kanonen. Mir kommen Bedenken. Nein, das ist für uns nicht gut, dass sie den Waldrand und die Landstraße besetzen. Sie sehen harmlos aus, aber der Gegner kann das nicht wissen. Ihr Kommandeur, ein Mann mit blassem, energischem Gesicht, sieht nicht so aus, als mache er viel Federlesens. Die Leute kommen in die Häuser, borgen Spaten aus und sind erschöpft von dem Marsch von Bonames bis hierher. Sie sind noch gar nicht ausgebildet, aber die Zeit drängt. Sie haben Hunger. Es wird geschanzt! Wir hatten gehofft, dass wir davon verschont bleiben, zumal die Nachbarorte zerpflügt und aufgerissen wurden. Auch im Wald sind Panzerfallen. Ich packe einen kleinen Rucksack und richte das Rad meines kleinen Bruders für die äußerste Not. Im Haus gegenüber wird der Gefechtsstand errichtet. Wieder gehen einige Menschen blindlings davon. Der stellvertretende Bürgermeister, unser Schuster, hält sich gut mitten in der Brandung von Unvernunft, Besonnenheit und dringenden Fra-

gen. *Das Frontfeuer rückt näher. Es kommt von Südwesten, auch von Nordwest. Keine Möglichkeit genauer Nachrichten, wir sind auf Gerüchte angewiesen. Jeder, der nicht irgendetwas zu besorgen hat, bleibt im Haus. Plötzlich die Dorfglocke! Eine Neuigkeit wird ausgeläutet! Ach, es ist der Wein, den die Luftwaffe zurückließ und der, ein Liter pro Kopf, an die Bevölkerung verteilt wird. Die Leute sollen auch ihre restlichen Lebensmittel einkaufen und erhalten einiges von den Vorräten dazu. Vor dem Keller des Wohnhauses unseres Kaufmannes, wo die Verteilung stattfindet, steht eine Schlange geduldiger Menschen, die sich an ihren Gesprächen erhitzen. Eine Mutter von drei Kindern empfiehlt mir dringend, mich mit meinem Sohn umzubringen. Die geistig-seelische Haltung der meisten ist erbarmungs-, nein, verachtungswürdig. Nur wenige bleiben ruhig. Vatl geht tief gebeugt unter seinen Sorgen, Muttl ist viel auf der Straße und sehr erregt. Ein Artillerietreffer geht in den Keller neben dem großen Verkaufsraum. Er schlägt ein großes Loch. Verletzt wird niemand. Das Getöse nimmt zu. Essen mag kaum einer. Der Nachmittag naht. Ich bringe noch einiges, das uns und unserer Liebe wert ist, in den Keller und sorge für die letzten Notwendigkeiten, die ein längerer Aufenthalt dort unten verlangt. Fünf Uhr. Eine Reihe Menschen steht vor der Weinausgabestelle. Da kommt der junge Arzt des Ortes mit weißer Armbinde und ruft: »Die Amerikaner haben Langen besetzt, in zwanzig Minuten sind sie da!« Alles rennt. Weiße Tücher heraus! Weiße Tücher aufs Dach für Fliegersicht! Es zeigt sich, dass die fanatischen Nazis als Erste säuberlich genähte weiße Fahnen an Stangen hissen. Wir bewimpeln das Haus mit Bettwäsche. Kurz darauf fahren Kuriere durch die Straßen. Auf Befehl der Wehrmacht sind die Tücher sofort hereinzunehmen, sonst wird der Bürgermeister erschossen. Die Erregung erreicht ihren Höhepunkt. Also wird der Ort verteidigt. Was das heißt, weiß jeder. Trotzdem schreibe ich noch einen Brief an den liebsten Menschen, der über dies alles in der härtesten Sorge gehen muss. Ich*

will versuchen, den Brief noch einem Soldaten nach Frankfurt mit-
zugeben. In dieser Nacht haben wir alle unser Lager im Keller, die
Hausbesitzer, Tante Maruschka, mein Sohn und ich. Keiner schläft,
nur das Kind atmet ruhig. Der Beschuss steigert sich zu einem höl-
lischen Lärm. In die dumpfen Schläge der Artillerie mischt sich ein
neuer Ton, den wir bisher nicht gehört haben. Ob das die Pan-
zer sind? Die zwanzig Minuten sind längst vergangen. Also wieder
ein aufgebauschtes Gerücht. Aber diesmal scheint es doch, als wä-
ren sie in unseren Straßen. So laut peitschen die Schüsse durch die
Nacht. Herrgott, schütze uns, bewahre uns vor dem Bösen, lass uns
hindurchgehen und das Erlebte wie Wasser abschütteln. Du lieber
Gott, schenke uns das Leben neu für den Mann und Vater, dem wir
gehören, den wir über alles lieben und der uns braucht, so wie wir
ihn. Verlass uns nicht in unserer Not!

Montag, der 26. März 1945. Lieber Gott, wie schmal und zart
sind unsere Körper geworden, wie frisst die Zeit seit unserem Jung-
sein Jahr für Jahr an Herz und Seele! Ich sammle alle Kraft und ver-
suche mit gelassener Stimme meinem Sohn, der zittert, Märchen zu
erzählen. Um siebzehn Minuten nach elf fahren die amerikanischen
Panzerkolosse in unsere kleine Kolonie ein. Ein kurzer Feuerwech-
sel, einzelne Schüsse knallen gegen Wände, springen auf dem Pflas-
ter. Es klingt, als schlügen Kinder ihre Peitschen. Alles rast mit wei-
ßen Tüchern an die Fenster und schwingt sie hinaus. Die ersten
Haustüren werden mit Kolbenschlägen bearbeitet, weil sie keine
weißen Fahnen zeigten. Langsam wälzen sich zahlreiche der stäh-
lernen Mammuttiere durch die Straßen. Ich halte unser Kind im
Arm, und alle Anspannung löst sich in Tränen. Totenstille im Ort,
nur das dunkle Motorengeräusch und hie und da ein »Hallo« oder
ein Lachen der einziehenden Männer. Langsam wagt man sich an
die Fenster. Ich ziehe die Rollläden ein klein wenig hoch, und wir
blicken gebannt durch die Schlitze auf die Hainer Trift. Da sind zu-
nächst die ungeheuren Panzer, gelb, die Grenadiere, die auf ihnen

sitzen, auch in Khakigelb, halbkugelige Stahlhelme auf dem Kopf. Sie sehen prachtvoll aus, jung, gesund, breitschultrig, fast alle sportliche Erscheinungen. Die Panzer sind außer mit ihrem Geschütz, dessen Rohr drohend nach vorne ragt, mit leichter Flak und Maschinengewehren bestückt. Kleine Proviant- und Munitionskisten hängen in Bündeln ringsherum. Über das Heck ist eine orangefarbene Fahne gespannt, wohl ein Zeichen für die Flieger. Sie kommen näher. Vor dem Haus Preusse hält der erste Koloss. Etwa zwanzig Mann gehen ins Haus. Die anderen sichern die Straße mit ihren Maschinengewehren. Sie halten alle Gewehre oder Maschinenpistolen in den Händen und fuchteln damit herum, ihre lebhafte Sprechweise damit ebenso lebhaft unterstreichend. Gleich darauf sieht man sie in den offenen Fenstern sitzen, Zigaretten rauchen und irgendeinen Song flöten. Frau Preusse scheint gut mit ihnen fertigzuwerden. Sie halten dort so eine Art Hauptquartier und sind den ganzen Tag dort zu sehen. Nun gehen sie Haus für Haus ab, sichern Straßenecken, fragen nach Waffen, Fotoapparaten und Ferngläsern. In manchen Häusern verschwinden zehn bis zwanzig Mann. Zu uns kommen sie kurz in den Garten, gehen aber gleich wieder. Bei den Eltern lassen sie sich zweimal sehen. So vergeht die Mittagszeit. Es wird wohl kaum einer Lust zum Essen verspürt haben. Ich bin gerade mit meinem Sohn im Wohnzimmer, da öffnet sich die Tür. Ein Amerikaner, von zwei Kameraden begleitet! An seiner rechten Hand blitzt ein breites goldenes Armband. Brutales Gesicht, aber nicht unsympathisch die Augen. Eine Alkoholfahne geht von ihm aus. Seine Flinte unterstreicht jede Geste. Ob ich Wein habe! Nur eine Sekunde prüfe ich, auch die beiden anderen, die groß und breitschultrig und stumm dahinter stehen. »Ja, eine Flasche im Keller!« »Go on.« Er will sie holen. Blitzschnell überlege ich, dass unser ganzes Gut, das Beste, was wir besitzen, unten verstaut ist. Nur ruhig bleiben! Mein Sohn klammert sich an mich. Er ist furchtbar erregt, rote Flecken zeichnen sich auf sein kleines Gesicht. Ich schicke ihn hinauf und gehe langsam voran zur Kellertür. Der Amerikaner lacht. Er hat schon viel getrunken, und seine Augen schwimmen. Ree, nur keine Angst zeigen; mein Herz flattert – aber gelassen und freundlich nehme ich dem Mann die Stablampe aus der Hand und gehe vor ihm hinunter. Ich lese Erstaunen in seinem Blick. Unten sind unsere so unerhört mühsam erworbenen, ersparten Lebensmittel, von denen unser Leben in den kommenden Wochen abhängt. Da stehe auch »the bottle«. Ich reiche sie ihm. Er kann, ebenso wie seine Kameraden, kein Wort Deutsch. Doch fließt mir das Englisch leicht von den Lippen, als wolle mir Gott helfen und mich für den Menschen, zu dem ich gehöre, bewahren. Ob das meine einzige Flasche sei? Ja. Dann wolle er sie nicht nehmen. Doch doch, das könne er ruhig. Er überfliegt den dunklen Raum mit dem Bett, den Luftschutzeinrichtungen, Vorräten und Habseligkeiten. Ob das alles mein sei? Ja. Er rührt nichts an. Auch mich nicht. »Haben Sie schon viele Tage hier gelebt, hier im Keller?« »Oh, wir hausen seit Monaten so.« »Poor lady, poor little child.« Ich fühle, dass ich nichts mehr zu fürchten habe. Obwohl – er will noch nicht hinauf, fragt und fragt. Ich antworte. »Yes my husband is in North Norway.« Ich bin froh, von ihm sprechen zu können. Das ist wie ein Schild, den ich vor mir hertragen kann und der mich schützt, was immer auch geschehen mag. Der Amerikaner wohnt in der Nähe von Lakehurst. Während wir uns wieder hinauf zu seinen Kameraden begeben, erzählt er ihnen, dass mein Mann bei der HAPAG sei, was sie freudig aufnehmen. Die Spannung löst sich. G.I.s werden geholt und müssen auch eine »bottle« spenden. Mein Sohn bekommt Schweizer Schokolade, Kekse, Sahnebonbons usw. Sie haben ein ganzes Warenlager voll Leckereien bei sich. Es gefällt ihnen so gut, dass sie gar nicht mehr gehen wollen, aber keiner rührt das Geringste in der Wohnung an. Als das Gespräch ernster wird, erzählen sie, dass sie bei Mainz über den Rhein gekommen sind, von da die direkte Straße nach Darmstadt, dann weiter nach Langen, Sprendlingen, Isenburg, Offen-

bach, und endlich schwärmten sie nach rechts und links aus, um die kleinen Randorte zu besetzen. Hier und dort sei aus den Häusern geschossen worden, eine Unvernunft, die entsprechende Folgen nach sich zog. Sie waren erstaunt über den hübschen Villenort. »A nice little village.« Wir sollten froh und dankbar sein, dass das Grauen so an uns vorübergegangen sei. Von Frankreich hätten sie nur schreckliche Bilder des Leidens und der Zerstörung begleitet. Jetzt könnten wir beruhigt schlafen. Sie täten uns nichts und wollten nichts von uns. Es sei nicht ihr Fehler, dass dies alles über Deutschland gekommen sei. Es sei auch nicht der Unsere, sagte ich. In wenigen Wochen sei alles vorbei, sagt der Amerikaner. Eine ungeheure Maschine, voran die Panzer-Elitetruppen, rolle über unsere Heimat, sofern sie sich nicht ergebe. Ich solle ganz ruhig sein, unsere Männer und Brüder kehrten zurück, auch als Gefangene. Die Gefangenen hätten es drüben gut, aber die ihren würden in Deutschland schlecht behandelt. Ich sagte, das glaube ich nicht. Oh doch, der eine von ihnen sei in deutscher Gefangenschaft in Frankreich gewesen und hätte Böses erfahren. Ich habe in diesen Jahren gelernt, nur das zu glauben, was ich sehe. Ja, und um meinen Mann brauchte ich mich nicht zu sorgen, Amerika und England haben Mangel an Seeleuten. Wenn er bei der HAPAG sei und kein aktiver Soldat gewesen sei, dann wären das die günstigsten Voraussetzungen. Sie geben mir fetten Käse, ich sei so schmal und so blass, und sicherlich würde ich alles dem kleinen Sohn zukommen lassen. Ich muss ihnen versprechen, den Käse bestimmt allein zu essen. Es ist so, dass eine menschlich-verbindende Atmosphäre sich ausbreitet, fern von Hass, Politik, Propaganda. Endlich gehen sie, ein herzhaftes »shake hands«. Sie wollen noch am Abend Frankfurt einnehmen. An diesem Abend geschieht noch viel. Ich muss mit dem Rad an den vielen Panzern vorbei, um für meinen Sohn Milch zu holen. Das ist nicht so einfach. Ich überhole einen Mann aus dem Ort, der eine Schubkarre schiebt. Zwei Beine mit glänzenden Stiefeln baumeln über den Rand. Über *einem hellgrünen, neuen Waffenrock eine blutige Masse, die nicht mehr Gesicht ist. Nur die Zähne grinsen darin weiß wie im Hohn. Es ist der Major, der uns verboten hatte, weiße Fahnen zu hissen. Er hatte sich mit ein paar Soldaten an der Schneise Richtung Langen eingegraben. Als die Panzer kamen, ergaben sich die alten Landser. Nur der Major in seinem MG-Nest feuerte verbissen weiter. Eine kurze Salve brachte ihn zum Schweigen. Wir erfahren später, dass sein Widerstand das Schicksal der kleinen Kolonie um ein Haar anders entschieden hätte. Um ein hauchdünnes Haar! Der Feind pflegte sich nämlich bei geringster Gegenwehr zurückzuziehen und das Ziel zunächst gründlich mit Fliegerbomben zu zerstören. Keiner von uns hätte das überlebt! Nun fährt er dahin, wird irgendwo verscharrt. Ich muss daran denken, ob bei ihm zu Hause eine Frau, ein Kind auf einen Brief warten? Wie gelähmt gehe ich durch unsere Räume. Da wird ausgeschellt, dass die Bevölkerung in dieser Nacht noch im Keller schlafen soll. Im Wald seien noch Widerstandsnester. Tatsächlich schießt es bis in den nächsten Tag ohne Unterbrechung. Dazwischen dröhnt die schwere Artillerie, die Frankfurt unter Feuer nimmt. Wir liegen unten mit unseren Gedanken. Mein Sohn atmet ruhig. Ich bete für Dich, bin Dir so nah wie nie, denke »Du mein Mann, mein Leben, meine ganze Liebe!« Dazwischen steht nach kurzem Schlaf das blutüberströmte Antlitz des Majors, die weißen, grausam lächelnden Zähne, die ich nicht vergessen kann.*

B. blickte auf und versuchte vergeblich, im schwer erkennbaren Gesicht des Anderen zu lesen. Er hatte das Gefühl, etwas erläutern zu müssen, Rechenschaft zu geben über das, was ihm über die Lippen kam und doch von seiner Mutter stammte. »Ich habe sie selbst gesehen, die Panzer und die Soldaten. Auch an die drei Männer, die zu uns ins Haus kamen, kann ich mich genau erinnern. Die Angst hat das Bild fixiert. Doch es war auch hier anders, als es meine Mutter beschrieben hat. Da stand kein Soldat plötzlich im Wohnzimmer.

Vielmehr klingelte es ganz normal an der Haustür. Meine Mutter öffnete und bat die Soldaten herein. Ein Schwarzer und zwei Weiße. Sie hatten Maschinenpistolen umgehängt und trugen Rucksäcke. Einer sagte in gebrochenem Deutsch: ›Können wir den Keller sehen?‹ Meine Mutter hatte rote Flecken am Hals. ›Wenn Sie möchten‹, sagte sie. ›Wir haben niemand versteckt.‹ Ich klammerte mich an den Rock meiner Mutter, während zwei der Soldaten, die Maschinenpistolen im Anschlag, die Kellertreppe hinunterstiegen. Sie leuchteten mit ihren großen Stablampen in jeden Winkel. Einer von ihnen entdeckte die Weinflasche, die meine Mutter für die Rückkehr ihres Mannes aufbewahrte, und nahm sie an sich. Dann kamen sie wieder nach oben und durchsuchten alle übrigen Räume und schließlich den Dachboden. Die ganze Zeit über standen wir zu dritt im kleinen Vorflur, der Farbige, meine Mutter und ich. Ich hatte noch nie einen Schwarzen gesehen, nur die Mohren in Bilderbüchern. Es ging das Gerücht, dass die Neger, wie man sie hier nannte, Frauen Gewalt antaten und Kinder in Säcke steckten und umbrachten. Nun stand ich direkt neben einem dieser Ungeheuer. Er lächelte mich an mit seinen unglaublich weißen Zähnen und sagte mit einer tiefen, rauchigen Stimme Wörter, die ich nicht verstand. Dann waren die anderen beiden zurück. Meine Mutter begann in ihrem unbeholfenen Schulenglisch zu reden. Warum behauptet sie in ihrem Tagebuch, dass ihr Mann bei der HAPAG war? Er war doch beim Hamburger Walfangkontor angestellt! Aber Lakehurst hat sie tatsächlich erwähnt, und etwas Besseres hätte sie nicht sagen können. Als habe sie eine Zauberformel gesprochen. Das Ende der ›Hindenburg‹ war in Amerika immer noch ein lebendiger Mythos. Die Soldaten legten sofort die Waffen ab und schüttelten erst meiner Mutter, dann mir die Hand. Dann öffneten sie ihre Rucksäcke, aber niemand steckte mich hinein. Es war vielmehr wie an Weihnachten. Lauter Wunderdinge mit seltsamen Namen kamen zum Vorschein. Cornflakes, Peanutbutter, Ananas in Dosen. Einer der Männer drückte mir ein gelbes

Schmelzkäseeck in die Hand. Seitdem kann ich keinem Käseeck widerstehen, obwohl es eigentlich scheußlich schmeckt. Ehe sie gingen, gaben sie meiner Mutter die Weinflasche zurück. Dass eine anschließende Party stattgefunden haben soll, in der die Soldaten über ihre Angriffsstrategie berichteten wie dem Vorgesetzen bei einem Rapport im Hauptquartier, hat meine Mutter erfunden. Warum hat sie die Situation so verändert dargestellt? Ich glaube heute, dass sie nicht anders konnte. Sie musste die Wahrheit verbiegen und schönen, um ihr dadurch mehr Stabilität zu verleihen. Das hat sie immer getan. Sie musste sich zur Heldin stilisieren, um den Abgrund aus Schwäche und Unsicherheit in ihr zuzuschütten.«

Als B. das Typoskript zusammenfaltete und in seine Tasche steckte, merkte er, dass seine Hände immer noch zitterten. Dann sah er auf die Uhr. Er hatte die Geduld seines Zuhörers vermutlich auf eine harte Probe gestellt. Der Mann öffnete das Fenster und lehnte sich hinaus. Man hörte Möwenschreie und in der Ferne das Tuckern eines Schiffsdiesels.

Im Hotel spürte B., wie erschöpft er war. Die Stimme seiner Mutter tönte immer noch nach in seiner Brust wie eine kleine silberne Glocke. Sein Herz schlug unnatürlich schnell. Er hatte das Gefühl, dass es nicht sein eigenes war.

B. ließ das Rouleau herunter und zog es anschließend wieder ein wenig hoch. Dann setzte er sich ans Fenster und sah durch die Schlitze hinaus. Alles war ruhig, die Straße wie ausgestorben, die gegenüberliegenden Fenster blind. Doch etwas im Zimmer hatte sich verändert. Es dauerte eine Weile, bis B. begriff, was es war. Man hatte ihm einen Fernsehapparat hingestellt. Er schaltete ihn ein. Es war noch ein altes Röhrengerät, und es dauerte lange, bis ein schwarzweißes, flackerndes, unscharfes Bild erschien. Personen waren zu erkennen, die eine lange Straße hinabliefen. Einige hielten sich an der Hand, andere gingen allein. Offenbar war der Ton ausgefallen.

8

Auf dem Weg zum Institut entschloss sich B., von der gewohnten Route abzuweichen. Er überquerte eine Brücke, die über einen kleinen Bach führte. Sie bestand aus Steinquadern und stand in ihrer Mächtigkeit in keinem Verhältnis zu dem kümmerlichen Flüsschen, das dort unten zwischen Sandbänken mäanderte. Eine Weile stand er auf der Brücke und starrte hinab. Das Wasser des Bachs war trübe, blasig und roch übel. »Mnemosyne, der Fluss der Erinnerung«, flüsterte er. Er erreichte schließlich verspätet jenen Raum, dessen Fenster auf ein unsichtbares Meer hinausgingen. Der Andere saß bereits in seinem drehbaren Bürosessel und spielte scheinbar gelangweilt mit einem Stift, während B. seinen Bericht fortsetzte.

*

Nun war also Frieden, jedenfalls in unserer Region. Das war ein ungewöhnlicher, irritierender Zustand. So, wie eine plötzliche Stille nach einem lange anhaltenden lauten Ton. Die Angst vor Bomben hatte alles zu Gegenwart gemacht. Jetzt war an ihre Stelle eine andere Angst getreten, die diffuser war, die Angst vor der Zukunft. Es gab Gerüchte von Plünderungen. Aber sie bezogen sich nur auf die verlassenen Häuser und Wohnungen der geflohenen Parteigänger. Angeblich hatte es abends auch Übergriffe gegeben von Seiten der im Wald lagernden »Negertruppen«, wie meine Mutter sich ausdrückte. Es hieß, sie hätten versucht, deutschen Frauen Gewalt anzutun. Straßen und Wege waren bei einsetzender Dämmerung wie leer gefegt. Es gab auch keinen richtigen Bürgermeister mehr. Den alten, der zehn Jahre im Amt und Mitglied der NSDAP gewesen war, hatten die neuen Herren abgesetzt. Nun vertrat der Schuster provisorisch seine Stelle. Er bemühte sich redlich, ein wenig Ordnung in das allgemeine Chaos zu bringen. Er schickte den Ausrufer mit seiner Glocke durch den Ort mit der Aufforderung an alle Einwohner, sich vor dem Rathaus zu versammeln. Dann verlas er die neuen Verordnungen, die ihm von den Amerikanern diktiert worden waren. Striktes Ausgehverbot zwischen sechs Uhr abends und sieben Uhr morgens. Der dringende Befehl, alles, was an den Nationalsozialismus erinnerte, sofort zu vernichten. Dazu die Mahnung, die kursierenden Gerüchte nicht noch weiter aufzubauschen und ihre schier endlose Kette nicht zu verlängern sowie alle persönlichen Kleinkriege ebenso zu unterlassen wie das Angeben und Denunzieren. Bereits am Nachmittag brannten in fast allen Gärten Feuer. Hakenkreuzfahnen, Urkunden, Bücher nährten die Flammen. Auch wir verbrannten die schwarze Hitlerbibel »Mein Kampf«, die meine Eltern wie alle Paare bei der Heirat vom Standesbeamten bekommen hatten. Als das Buch nicht richtig brennen wollte, rannte ich ins Haus und holte andere Bücher, darunter auch die schwarze Bibel mit der Weihnachtsgeschichte, aber meine Mutter schimpfte mich deswegen, und ich musste alle Bücher wieder ins Wohnzimmer bringen. Im Ort war es ruhig. Kaum einer der Besatzer war zu sehen. Meine Mutter schrieb an ihrem Tagebuch. Abends zündete sie immer wieder neue Weihnachtskerzen an, um Licht für ihre Arbeit zu haben, denn es gab keinen Strom. Da es in der Waldkolonie auch kein Wasser gab, gingen wir jeden zweiten Tag mit einem Leiterwagen, auf dem ein großer Eimer stand, zum Wasserwerk, das im Nachbarort lag, jenseits der Bäume, dort, wo für mich die fremde Welt begann. Meine Mutter ließ den Eimer füllen. Anschließend legte sie ein rundes Brett auf das Wasser, damit es nicht herausschwappen konnte. Dann ging es zurück. Für mich war es jedes Mal, als ob wir eine kleine, runde Insel auf einem kleinen, runden Meer gerettet hatten. Zu Hause begann meine Mutter damit, unsere ganze Habe in den Keller zu schaffen und eine Inventarliste anzufertigen. Vatl war in letzter Zeit fast unsichtbar geworden. Auch die Lederpeitsche in Muttls Küche war verschwunden. Man sah es an dem hellen Fleck an der Wand. Doch Ernst Müller war in Wahrheit sehr aktiv. Er verhandelte mit den Amerikanern über die Möglichkeiten einer kommunalen Selbstverwaltung, und vom Verhandeln, vom Verkauf verstand er etwas. Die Besatzer waren beeindruckt von seiner kühlen Seriosität, seinem gepflegten Englisch. Sie trauten ihm, nicht zuletzt weil er ihnen die Tennisplätze zur Verfügung gestellt hatte, die eigenartigerweise von keinerlei Brandbomben beschädigt worden waren.

Vatl hatte inzwischen preisgünstig ein großes Grundstück in einer Neubausiedlung am nördlichen Rande der Waldkolonie gekauft, um dort Bohnen, Kartoffeln und anderes Gemüse anbauen zu lassen, eine Tätigkeit, die vor allem meine Mutter übernahm. Ich begleitete sie oft dabei und spielte im Sand, während sie pflanzte, säte und alles mit einer Gießkanne goss. Sie sah wunderschön aus in ihrem dünnen geblümten Sommerkleid und wurde oft von vorbeifahrenden amerikanischen Soldaten angesprochen. In ihr Tagebuch schrieb sie:

Ich bin in diesen Wochen noch kaum einen Augenblick zum Sitzen gekommen. Wenn ich die Kraft und die Zeit addiere, ich meine die Zeit, die es kostet, unsere gesamte Habe im Keller und an den verschiedensten Orten zu bergen und zu bewahren, alles zu registrieren und zu überwachen, so wäre mir in friedlichen Jahren genügend Raum geblieben, in Ruhe und Muße ein durchdachtes Buch zu schreiben. Ja, nun gilt es wieder alles in den Zustand zu versetzen, wie es vor 1939 war, und das bringt erneut eine Menge Arbeit und Schlepperei. Dazu kommt die Jagd nach dem Wasser, die Hetze um irgendetwas Essbares und Holz zum Feuern. Die einfachsten und auch dringendsten Gesetze des Lebens herrschen und nehmen den ganzen Menschen in Anspruch. Da ist allem voran der Hunger! Ihn zu stillen wird für Jahre hinaus im Vordergrund unseres Schaffens stehen. Wir sind jede freie Stunde auf dem Gartengrundstück. Die ungewohnte Arbeit bringt alle Knochen zum Singen, und ich liege nachts wie ein Stein im Bett! Noch schlafe ich mit dem Söhnlein auf dem schmalen Lager, solange wir ohne Licht sind. Es wird unerhört viel eingebrochen und geplündert. Vornehmlich von den überall herumlungernden Polen. Ich bin nicht direkt in Angst, doch ist das Steigern der Diebstähle und Schießereien nicht dazu angetan, beruhigend zu wirken. Bis heute mussten alle Frankfurter in die Stadt zurück, andernfalls würden ihre Wohnungen beschlagnahmt. Die Überquerung des Mains geschieht auf eine abenteuerliche Art. Nur noch der Torso einer Brücke steht und ist notdürftig zurechtgeflickt. Es ist auch der Hauptverkehrsweg der Amerikaner. Die meisten sind auf den Pendelverkehr winziger Paddelboote angewiesen und müssen in langer Schlange anstehen, wenn sie übersetzen wollen. Blickt man in die Runde, so ist allenthalben der Kampf mit den verschiedensten Schwierigkeiten zu erkennen, und es erscheint dem Nachdenklichen absurd, dass Menschenwerk seit vielen, seit ungezählten Jahren nur dies gezeitigt hat, sich und anderen alle Wege zu verbauen, dort zu vernichten, wo sich Schönes, Ewiges entfalten könnte. Es ist Sonntag. Ein Tag, wie er strahlender und schöner vom besten Kalender nicht angesagt werden kann. Ich habe nach Tisch eine Stunde im Garten geruht und in den blühenden Kirschbaum gestarrt. Auch ein wenig zu lesen versucht, aber noch fehlt es für friedliche Dinge an der inneren Bereitschaft. Noch sind Herz und Nerven im allgemeinen Getriebe befangen. Aber es tat doch gut, so zu liegen und aufmerksam umherzusehen. Es will scheinen, als sei die Natur ganz plötzlich vom lautlosen Winter in ein starkes Grün verwandelt worden, oder mag es daran liegen, dass wir jetzt erst zur Besinnung kommen und für diese Dinge ein Auge haben? Unbeschreiblich, wie das zarte Grün der Birken in der reinen Luft zu schweben scheint. Die Vögel haben ihre fröhliche Liebeslust, bald werden sie die elterlichen Sorgen der Futterbeschaffung haben. Beim Unkrautjäten lief mir ein Marienkäferlein über die Hand, so

*rot und schwarz gepunktet wie im Märchenbuch. Hast Du mich
damit gegrüßt? Komm, lass Dir den bitteren Kummer von der Stirn
küssen. Sei ganz ruhig. Es geht uns ja gut! Unser Sohn wagt sich
nun auch in andere Straßen zum Spiel. Langsam vergisst er Sirenen-
geheul und Bombengetöse. Unwahrscheinlich für uns diese Ruhe in
der Luft. Was kümmert uns jetzt ein dahinziehender Schwarm der
drohenden Vögel? Seit vierzehn Tagen kein Ton mehr, der an Alarm
erinnert. Wie wohltuend ist das, wie heilend. Und im Herzen unseres Landes geht all das weiter, was uns schon halb vergessen ist.
Nicht nachdenken, Ree – das Schicksal lebt nicht um der Einsicht
willen. Es macht Geschichte! Und Geschichte wird mit Blut geschrieben. Wo bist Du, Du liebste Seele, was mag Dir geschehen,
bist Du gesund? – Die Vögel singen ihr Liebeslied. Über Trümmer
und leere Geschosshülsen hängen Zweige voll zartfarbener Blüten,
die Natur erfüllt getreu und unzerstörbar in ihrem Wesen den vor-
geschriebenen Wandel. Oh, wir Menschen!*

Allmählich traute auch ich mich in der Tat wieder hinaus, erst in den
Garten, dann in die Straßen. Zum Glück war die schwarze Lina wie-
der da. Sie hatte die Bombenangriffe gut überstanden und zog wie
immer an Regenwürmern, bis sie auseinanderrissen. Besonders die
Ruinen der getroffenen Häuser zogen mich magisch an. Ich wühl-
te zwischen den Steinen des Schuttbergs, der einmal die Villa der
Lejeunes gewesen war. Dabei meinte ich, in der Tiefe ganz leise die
Stimme Tante Mathildes zu hören. Nahrungsmittel waren knapp.
Deshalb aßen wir bei Muttl und Vatl. Vatl hatte immer noch seine speziellen Bezugsquellen. Hin und wieder kamen Güterzüge mit
amerikanischer Beuteware an. Der Ausrufer informierte dann die
Einwohner, und alles rannte hin und prügelte sich um die Waren.
Mitte April gab es auch endlich wieder Strom. Im Blaupunkt waren
jetzt völlig neue Töne zu hören. Quelle Siegfried Sieben war endgültig versiegt, auch das Bummbumm der BBC. Dafür war Jazzmusik

zu hören, Glen Miller zum Beispiel. Meine Mutter stand mitten im Wohnzimmer und tanzte dazu, während ich sie anstarrte wie ein eifersüchtiger Liebhaber. Immer öfter saß sie in der Küche, um ihr Tagebuch fortzusetzen. Es war an einen imaginären Leser, meinen Vater, gerichtet, von dem sie nicht wusste, ob er überhaupt noch existierte. Umso wichtiger war es für sie, zu ihm zu sprechen, als könne sie ihn dadurch zum Leben erwecken. Für sie materialisierte sich ihr Mann in den Worten ihrer Liebe, stärker als es die Wirklichkeit vermochte.

Der Garten ist ein einziger Strauß. Dein Sohn verändert sich von Tag zu Tag. Aus dem blassen, verängstigten Kind entwickelt sich zusehends ein frischer, sorgloser Junge. Wie wirst Du einmal froh sein, dass ich standhaft zu Hause blieb, wenngleich mich auch das Gegenhandeln wider Deinen Wunsch oft und oft gequält hat. Nun zieht sich der Krieg bis in Deine Heimat, und es hat den Anschein, als käme es gerade in dem Küstengebiet zu den härtesten Kämpfen. Während wir hier fast friedvolle Verhältnisse haben, verstärkt sich alle Vernichtung in den Räumen, die zum Endkampf ausersehen sind. Darum bitte ich ja täglich Gott inständig, er möge Dich wissen lassen, dass Du ohne Sorge um uns sein kannst. Aber Du und mein Bruder, ihr gebt unseren Herzen viele bange Fragen auf. Wo mögt ihr sein, und wann sehen wir euch wieder? Vier Tage angespanntester Arbeit und einiger Aufregung. Zunächst sprang unser Sohn mit bloßen Füßen ahnungslos in einen schwelenden Laubhaufen und verbrannte sich bos beide Füße, hauptsächlich die Zehen. Zwei Stunden schrie er wie ein Tier. Ich tat alles, die Schmerzen zu lindern, und war ganz verzweifelt, ihm nicht helfen zu können. Später, als er nur noch leise wimmerte, sagte er: »Meine gute Mutti, immer wenn ich mir wehtu, nimmst du alles wieder weg, besser als der Onkel Doktor.« In der Nacht wachte ich bei ihm und gab ihm eine Schlafpille. Heute ist es nun schon viel besser, und er läuft bereits wieder herum.

Ich bekam einen Raummeter Holz zugewiesen, der weit im Wald geholt werden muss. Es ist eine unerhörte Strapaze. Allein schon die schweren Knüppel auf den Wagen schichten und durch den zähen Morast nach Hause zerren. Abends bin ich am Ende meiner Kräfte. Da ist ja noch die Feldarbeit, das Kochen, die Wäsche. Es reißt nicht ab. Und man hilft diesem und jenem alten, gebeugten Menschen auf dem Holzplatz, der ratlos vor den unsagbaren Schwierigkeiten steht. Da ist noch ein Gutteil Männer, die dem Krieg auf irgendeine Weise entgangen sind und ihren Frauen heute eine doppelte Hilfe sind. Mein geliebtester Mann. Du ließest es nicht zu, dass mein Rücken wie eine einzige, große Wunde brennt. Gute Nacht, schlafen, schlafen! Wo bist Du? Sei nicht bang um uns. Es ist alles eine einzige Probe der Bewährung. Nachts wache ich immer wieder auf, meist aus einem Traum. Wenn er schön war und der Seele guttat, erzähl ich ihn mir zu Ende. Heute Nacht war ich die Frau, die über alles geliebte, Napoleons. Aber er war Du! Du trugst nur seinen Namen. Die Historie blieb im Hintergrund. Nur Persönliches erlebte ich im Traum. Außer an ein philosophisches Gespräch über den Ruhm erinnere ich mich noch deutlich an eine wunderbare Geste der Zärtlichkeit, mit der Du mich glücklich machtest. Ich wachte auf und glaubte, dass mein Kopf an Deiner Schulter ruhte. Ganz verwirrt war ich. Den Rest der Nacht habe ich mir diese Geschichte zu Ende erzählt. Wie unendlich lange bist Du von uns fort. Am 24. April kam es zu einer seltsamen Feier vor dem Rathaus. Der Ausrufer hatte die Einwohner dort zusammengerufen, und der Bürgermeister verlas eine Proklamation, die die Kapitulation der deutschen Nation und den damit erreichten Frieden zum Inhalt hatte. Der Führer ist aber immer noch am Leben, und im Osten wird noch gekämpft. Als die Gesichter von schwarzen Teufeln in den Fenstern des Rathauses erschienen, ging ein Raunen durch die Menge, und alle zerstreuten sich. Siebzig Farbige waren im Rathaus einquartiert, und das verbreitete Angst und Schrecken. Neue Gerüchte blühen: Die Besatzer beschlagnahmten

Häuser und ganze Dörfer in der Umgebung, Zeppelinheim zum Beispiel. Am 28. April erschienen in der Waldkolonie mehrere Jeeps und LKWs mit Amerikanern. Sechs Häuser mussten sofort geräumt werden, darunter das Eckhaus am anderen Ende unserer Straße, die nun wieder Wildscheuerweg heißt. Jeden Tag kann uns Gleiches widerfahren. Doch mir ist nicht bang. Was ist mir der Besitz der Dinge, die wir über den Luftkrieg gerettet haben? Was ist mir dies alles gegen dies eine: endlich die Gewissheit zu haben, dass Du gesund bist und heimkehrst. Lass nur dies geschehen! Sei getreu bis in den Tod, dann will ich Dir die Krone des Lebens geben. Ich bin Dir so unendlich gut, mein geliebter Mann, und es will scheinen, als wandle sich Herz und Seele in dieser Liebe zu immer tieferer Innerlichkeit. Das Auf und Ab der Ereignisse in der Welt berührt mich in diesen letzten Tagen der Entscheidung ihrem Ursprung nach, nicht ihrer Art und Gestalt wegen. Ich stehe, wie fast immer, mit Anschauung und Deutung allein. Oft will mir scheinen, als füge das Schicksal im Sinne des Ewigen organisch Stein um Stein des Weltgebäudes und als gehöre selbst Zerstörung und vermeintliche Sinnlosigkeit zur Gänze der Entwicklung. Jeder führt nun das Umsonst im Munde, das Umsonst der Opfer. Doch selbst das, glaube ich, ist nicht umsonst geschehen, ist doch auch die Auferstehung Christi ein Gleichnis-Bild, wie sich aus Tod neues Leben formt, Leben, das vor dem Antlitz der Unsterblichkeit um ein Besserwerden bestrebt ist. Es wird doch Menschen geben, wenn es auch die wenigsten sind, die unter der Last ihrer Zeitaufgabe wachsen und ihr Samenkörnlein in die immer bereite Erde senken. Unser Kind ist frisch und heiter wie nie zuvor. Vergessen sind die angstvollen Nächte im Keller, all das furchtbare Hin und Her der letzten Jahre. Auch mir sind die Geschehnisse versunken, und die Stille des Himmels offenbart sich wie ein Wunder, an dem teilzuhaben für uns Menschen eine Gnade ist. Die Natur steht in vollem Blühen, ja und nun wirst Du bald kommen, das sagt mir Gott im Traum jede Nacht.

In Wahrheit war ich keineswegs frisch und heiter wie nie zuvor. Ich hatte jene Kellernächte nicht vergessen. Der Keller war jetzt tief in mir, und er war nicht von Balken abgestützt. Ich bekam über das ganze Gesicht einen Hautausschlag. Meine Mutter machte dafür den Wassermangel und die dadurch bedingte schlechte Hygiene verantwortlich, ich aber wusste es besser. Die brennenden, juckenden Stellen, aus denen manchmal wässrige Tropfen austraten, waren Anzeichen des inneren Regens, der in mir fiel und von innen gegen meine Stirn und meine Wangen prasselte wie gegen Fensterscheiben, durch die man nicht viel mehr sehen konnte als die grünen Schatten der Natur. Auch hatte ich Angst um meine Mutter. Da es bereits sehr warm war, trug sie ihre leichten Sommerkleider. Sie hatte etwas an sich, das den Amerikanern gefiel, und das genoss sie offenbar. Sie sah tatsächlich Marlene Dietrich ähnlich, die alle kannten und liebten, seit sie sich mit ihren langen Beinen und ihrer tiefen, rauchigen Stimme als Truppenbetreuerin betätigt hatte. Ihrem Tagebuch vertraute sie Folgendes an:

Gegen Abend hatte ich ein Abenteuer. Ich komme vom Grundstück, vom Unkrautjäten. Ein Lastwagen bremst scharf neben mir. Ein lachendes, jugendliches Gesicht, vom Alkohol gerötet. Übrigens ein auffallend schöner Mann. Er grüßt, fragt höflich nach der Zeit. Ich sage sie ihm. Er schaut auf seine Armbanduhr und meint: Also um 7 Uhr dann. Ich sehe ihn verständnislos an. Noch kapiere ich nicht. Er lächelt und zeigt seine blendenden Zähne. Amerikanische Männer seien auch Männer, meint er. Während ich mich umdrehe, sage ich ruhig: »And I have thought, Americans are gentlemen!« Da hatte ich meine Ruhe. Aber bis etwa halb neun umkreiste der Lastwagen unser Viertel wie ein Habicht.

Eine Woche vor meinem Geburtstag sagte meine Mutter: »Er ist tot. Das Drama steht im Finale.« Ich wusste nicht genau, von wem die Rede war. War etwa mein Vater gemeint? Sie merkte wohl, dass sie mir eine Erläuterung schuldig war, und fuhr fort: »Unser Führer ist tot. Berlin ist gefallen. Es ist keine Dogmatik, mein lieber Sohn, wenn man behauptet, dass am Ende aller Wirren immer Gott spricht. Ich bin ganz ruhig. Mir erscheinen die Dinge trotz ihrer chaotischen Form organisch eingefügt in das Ganze, in das unendliche Schicksal der Welt. Welche Aufgaben für die Frauen und Mütter! Liebe, Liebe und noch einmal Liebe den Heimkehrenden, den innerlich und äußerlich Verwundeten. Güte, Demut und ein fester Halt für die Jungen, die auf Trümmern beginnen müssen, auf den sichtbaren Trümmern und auf den unsichtbaren der Ideale. Mensch werden – welch ein schwerer, verantwortungsvoller Weg!« Es war eher ein Selbstgespräch, dessen meiste Sätze ich nicht verstand. Aber ich spürte ihren Ernst und schlang meine Arme um ihren Hals. Sie ging zum Küchentisch und schrieb in ihr Tagebuch:

Von Norwegen immer noch nichts Neues. Nur, dass fliehende Schiffe bombardiert werden! Ich bin in großer Unruhe und finde seit vielen Nächten keinen Schlaf. Unbegreiflich, dass sich der verlorene Krieg noch dahinschleppt. Welch ungeheure Schmach ist das Ganze für unser Vaterland! Ich weiß, dass auch Du unter der Demütigung leidest, und möchte jetzt bei Dir sein, Dich ganz fest in den Armen halten, wie all die Jahre in den seltenen Stunden unserer tiefsten Not.

7. 5. 45, Montag. Norwegen hat kapituliert! Nur dies erfüllt jetzt mein Herz. Ich spüre, dass Du lebst, dass ich Dich wiedersehen darf. Nicht mehr allzu lang werden wir warten müssen. Jede Stunde kann es geschehen, dass der grausamste aller Kriege sein Ende gefunden hat. Aber das Gemüt will sich kaum regen. Es ist wie ausgebrannt in den Jahren des Leidens, und leer stehen die Wände im Inneren vor dieser letzten Schmach. Nur eines beherrscht mich ganz: das Bewusstsein, dem geliebtesten Menschen Stütze sein zu

dürfen. Und mehr denn je Frau, Geliebte, Mutter und Kamerad,
und ich weiß, dass mir diese eine und höchste Kraft geblieben ist.
Aus der Lehre dieser Jahre wollen wir schöpfen, von uns werfen,
was unserer nicht würdig ist, und unseren Sohn zu einem wahren
Menschen erziehen. So wahr uns Gott helfe!

Dann hatte ich wieder Geburtstag. Mitten auf dem Geburtstagstisch
stand, umgeben von sechs brennenden Kerzen, ein Foto meines Vaters. Ich war enttäuscht, weil meine Mutter es zum Hauptgeschenk
erklärt hatte. Ein richtiges Hauptgeschenk gab es nicht. Meine Mutter hatte einige kleine Spielsachen von den Polen erstanden, die immer noch im Wald in Baracken lebten und von denen es hieß, dass
sie gefährlich seien. Darunter ein Schäufelchen und einen Eimer aus
Holz. Ich spielte damit in den Bombentrichtern, an deren Grund
sich immer mehr Wasser sammelte. Das Bild meines Vaters stand
noch neun Tage später dort, am Pfingstsonntag, dem Muttertag. Ich
hatte einen Strauß mit Butterblumen und Gänseblümchen gepflückt
und brachte ihn meiner Mutter. Sie legte ihn vor die Fotografie. Im
Tagebuch hielt sie fest, mit welchen Worten ich ihr den Strauß überreicht hatte: »Vati soll am Muttertag nicht allein sein!« Am Abend
trocknete ich Geschirr ab. Dazu soll ich gesagt haben: »Vati soll sich
heute doch schonen.«

Wie viele Nächte lagen wir in der feuchten Kellerluft, über uns das
todbringende Dröhnen der Viermotorigen. Jetzt fliegen sie tief über
unsere Dächer, und kaum einer hebt den Kopf. In den Straßen la-
chen die Mädchen, malen die Lippen und stecken Blumen ins Haar.
Aus den Häusern dudelt bis spät in die Nacht die atonale Tanz-
musik. Prachtvoll gewachsene Amerikaner treiben in den Gärten
und auf der Wiese Leichtathletik. Sie spielen immer dasselbe Ball-
spiel, das kindlich anmutet und doch Kraft erfordert. Es scheint mir,
als wäre ihre physische Haltung Ausdruck ihrer inneren Struktur.

Unbekümmert, vital, triebhaft dem Leben hingegeben, jedes Ding der eigenen Bequemlichkeit unterordnend, ohne nach seiner Bestimmung zu fragen, praktisch, und über dem gesunden, muskulösen Körper einen Schein von Brutalität. So ist mein Eindruck. Ihr Gebaren ist natürlich durch Krieg und dessen Ausgang verstärkt worden, aber auch ohne diesen Einfluss sind sie wohl Männer, die keine Hemmnisse kennen. Ich werde oft belästigt, aber Gemeinheit ist mir noch nicht begegnet, wie so vielen anderen, auch bei Betrunkenen nicht.

In den nächsten Wochen änderte sich einiges. Die Amerikaner hatten die Villa meines Großvaters konfisziert und dort ihr Hauptquartier errichtet. Als Gegenleistung versprachen sie ihm, ihn zum neuen Bürgermeister zu machen. Muttl und Vatl zogen bei uns ein und mit ihnen ständiger Streit und schlechte Laune. Meine Mutter war von den Besatzern dazu auserkoren worden, für den Kommandanten und seinen Stab die Salate zu machen. Sie ging nun oft mit einer großen Schüssel voller Salat hinüber und blieb ziemlich lange dort. Sie schien ihre neue Position zu genießen. »Diese Schwarzen erinnern an schöne wilde Tiere«, sagte sie. »Was für prachtvolle Figuren sie haben!«

Meine Mutter wurde für ihre Dienste offenbar großzügig bezahlt, denn sie hatte plötzlich genug Geld, um mir neue Schuhe zu kaufen. Die alten waren längst zu klein geworden und verursachten mir Schmerzen beim Laufen. Wir gingen nach Sprendlingen, vorbei am Haus von Onkel Brudda, wo der Riss in der Fassade größer geworden war. Im Schuhladen musste ich mich auf ein Gerät stellen, mit dem man meine Füße durchleuchtete. Ich sah die Füße eines Gespenstes, ein grünes Gerippe mit dürren Knochen. Und ich bekam ein Heftchen geschenkt, in dem ein Salamander namens Lurchi lauter Abenteuer erlebte. Er war genauso ungeschickt wie ich, und deshalb war er mein Freund. »Henny ist ein Lurchi«, sagte ich manchmal, wenn mir ein Missgeschick passiert war.

Bald hatten alle Kinder einen amerikanischen Soldaten als Freund. Auch ich hatte einen. Ein Philippino mit gelber Haut. Wir fuhren durch den Ort. Ich saß voller Stolz im Jeep, kaute Popcorn und trank Coca Cola. Ich wusste, wir hatten gesiegt, und ich war stolz darauf, bei den Siegern zu sein. Einmal, als ich krank war und im Bett lag, brachte meine Mutter ein großes Paket mit. »Das schicken dir die Soldaten«, erklärte sie. Ich durfte selbst auspacken. Zum Vorschein kamen unglaubliche Schätze, Spulen mit Kupferdraht, gläserne Radioröhren, schwarze Kippschalter, silberne und goldene Kondensatoren. Manches davon kannte ich aus dem Inneren des Blaupunkt, wenn ihn mein Vater gesäubert hatte. Ich spielte mit diesen geheimnisvollen Sachen, legte sie zusammen in der Erwartung, dass plötzlich Stimmen oder Musik zu hören war. Kurz darauf entdeckte ich in der Nähe der Hengsbachbrücke direkt am Flüsschen eine Stelle, an der die Amerikaner ihre defekten Geräte entsorgten. Radiochassis, Funkgeräte, alles lag in einem großen Haufen halb im Wasser. Ich rannte so schnell ich konnte nach Hause und flehte meine Mutter an, diesen Schatz zu bergen. Sie ließ sich erweichen. Wir fuhren mit dem Fahrrad. Ich saß auf dem Gepäckträger. Ich wollte alles mitnehmen, aber sie erlaubte mir nur, zwei dieser rätselhaften Wunderdinge zu bergen. Ich suchte die Radiochassis aus dem Müll und hielt sie während der Rückfahrt auf dem Gepäckträger mit den Händen fest. Die schweren Metallteile schnitten schmerzhaft in meine Finger. Es war ein süßer Schmerz. Es war der Schmerz der Liebe. Zu Hause angelangt begann ich die Geräte zu zerlegen. Schließlich lagen eine Reihe von Drähten, Röhren, Röhrenfassungen, Drehkondensatoren mit ineinandergreifenden Lamellen und vieles andere vor mir auf dem Küchentisch. Ich blutete aus einer Wunde an der Hand. Meine Mutter kam in die Küche. »Du bist verrückt«, sagte sie. »Wie siehst du nur aus!«

Um diese Zeit befreundete ich mich mit Werner. Er war einige Jahre älter als ich und wohnte im Haus gegenüber. Er nahm mich mit in den Wald und befahl mir, die Hosen herunterzulassen. Auch er ließ sie herunter, und dann stießen wir unsere nackten Hintern gegeneinander. Es gab ein dumpfes, süßliches Gefühl. Ich wusste, dass wir etwas Verbotenes taten. In dieser Zeit begann ich wie eine Elster zu stehlen. Ich stahl Werner eine ganze Armee von Zinnsoldaten und tauschte sie bei einem Jungen namens Kondi Berra gegen anderes Spielzeug. Kondi hatte etwas ganz Besonderes. Er war der Besitzer eines Armeefunkgeräts. Ich nahm es in einem unbeobachteten Moment an mich und vergrub es in unserem Garten. Kondis Eltern hatten auch eine sogenannte Katzenlampe, die ohne Batterien auskam. Sie schnurrte, wenn man einen Hebel herunterdrückte, und gab dabei für kurze Zeit ein schwaches Licht. Sie lag immer auf der Garderobe. Ich nahm sie heimlich mit und spielte damit unter der Bettdecke. Meine Diebereien kamen ans Licht, nachdem Werner seinen Soldaten bei Kondi wiederbegegnet war. Zu meiner großen Demütigung musste ich das Funkgerät im Beisein von Werner, Kondi und deren Müttern wieder ausgraben. Eine körperliche Bestrafung blieb aus, aber man strafte mich mit Verachtung, was schlimmer war. Mein Meisterstück vollbrachte ich später im Hauptquartier der Besatzungsmacht. Als meine Mutter wieder einmal Salat brachte und ich sie begleiten durfte, entwendete ich in Muttls Küche dem amerikanischen Koch, einem hünenhaften Neger, eine große Stablampe mit fünf Batterien. Ich verbarg sie unter meiner Jacke, während wir in Richtung Bahnhof gingen. Meine Mutter bemerkte, dass ich etwas unter meiner Jacke verborgen hielt. Sie wollte es sehen. Als die Taschenlampe zum Vorschein kam, nahm sie sie an sich. »Das ist Diebstahl von Militärgut«, sagte sie, »dafür kannst du standrechtlich erschossen werden!« Wir gingen zurück, und meine Mutter gab dem Koch die Lampe wieder. Niemand erschoss mich. Die Männer in der Küche lachten. Der Koch gab mir ein salziges Stück Fleisch, das an einem Knochen hing, und sagte mit amerikanischem Akzent: »Was ist los, der Hund ist los, und der Bürgermeister sitzt im Keller.« In meinen Ohren klang es wie ein wunderbares Gedicht. Was war es, das bei mir die Stehlsucht auslöste? Ich war kein normaler Kleptomane. Für deren Stehlsucht ist symptomatisch, dass die gestohlenen Dinge für sie keinen Wert hatten, während das für mich nicht galt. Vor allem alles, was mit Elektrizität zu tun hatte, zog mich unwiderstehlich an. Ich glaube, ich stahl, weil ich liebte und weil ich das Objekt meiner Begierde unbedingt besitzen wollte. Später gehörten vor allem Frauen dazu. Ich glaube, meine Form der Stehlsucht war eine Form der Liebeskrankheit. Es gibt jedoch auch eine andere Erklärung. Meine Stehlsucht hing mit dem Sog zusammen, der entsteht, wenn man sich innerlich leer fühlt. Mir war schließlich auch etwas Kostbares gestohlen worden: mein kindliches Vertrauen in die Realität. Man hatte auf mich geschossen, Bomben auf mich und meine Mutter geworfen. Man hatte mir das rote Kinderherz herausgerissen und durch ein künstliches Herz ersetzt, das zwar schlug, jedoch seine ursprüngliche Farbe verloren hatte. Es war nicht mehr rot, es hatte eine graue Tarnfarbe. Ich begann zu stehlen, weil ich mir eine Wiedergutmachung versprach. Ich wollte mein rotes Herz zurück.

Im Wald hörte man immer noch vereinzelt Schüsse. Es hieß, dass es versprengte Soldaten gab, die sich irgendwo eingegraben hatten, und meine Mutter verbot mir strikt, in den Wald zu gehen. Zwei Tage vor Weihnachten, kurz vor Mitternacht, hörte Vatl draußen in der Dunkelheit eine laute Männerstimme. Sie rief in einem fort. »Reelein! Reelein! Ich bin's.« Vatl öffnete vorsichtig die Haustür, um den vermeintlichen Störenfried zur Rede zu stellen. Da erkannte er seinen Schwiegersohn. Mein Vater stand plötzlich mitten im Zimmer, einen großen Sack in der Hand. Seine schwere schwarze Lederjacke fühlte sich kalt an. Er hatte dünne Haare bekommen, und seine Stirn war jetzt höher als die seiner Frau. Meine Mutter hing an seinem Hals und weinte Tränen des Glücks. Dann wandte sie sich zu mir: »Das ist diesmal das Hauptgeschenk. Und das Schönste ist: Es ist für uns beide.« Ich war weniger begeistert. Dieser fremde Mann war höchstens ein Nebengeschenk. Er packte seinen Seesack aus. Brot und eine geräucherte Schweinebacke kamen zum Vorschein, außerdem zwei schwarze Filmentwicklerdosen. Er schraubte die Deckel ab. Gelbe Butter war darin. Mir drückte er einige klebrige Rollen mit weißen und rosa Pfefferminzdrops in die Hand. Ich lutschte einen der Bonbons mit gemischten Gefühlen. Dieser zugleich süße und scharfe Geschmack bewirkte beides: Zu- und Abneigung. Noch an diesem Abend musste ich zurück in mein altes Gitterbett. Ich war schon sechseinhalb Jahre alt und musste nun schlafen wie ein Dreijähriger. Ich bohrte mit dem Finger durch die Gitterstäbe hindurch ein Loch in den Mörtel der Wand, das Nacht für Nacht immer tiefer wurde. Bis heute spüre ich meine wundgescheuerte Fingerkuppe.

Zu meiner Erleichterung verschwand mein Vater damals bald wieder, wenigstens tagsüber. Er war zu den Waldarbeitern abkommandiert worden, die für die Besatzer Holz machen mussten. Jeden Tag gingen meine Mutter und ich durch die Bahnunterführung in Richtung Bachgrundwiese. Ich trug eine Thermoskanne mit Kaffee aus Kaffeeersatz, meine Mutter einen zugedeckten Korb mit Broten. Mein Vater stand mitten auf der Waldlichtung mit einer großen, blitzenden Axt in den Händen, die er weit ausschwang. Meine Mutter lief auf ihn zu und umschlang ihn. Dann picknickten wir auf einem gefällten Baum.

Kurz darauf wurde ich eingeschult. Mit einer großen Schultüte, gefüllt mit Popcorn und Erdnüssen, die ich von meinem Philippino bekommen hatte, brachten mich meine Eltern zum Rathaus, in dem die provisorische Schule untergebracht war. Wir lernten Schreiben nach Sütterlin. Auf ab auf, Pünktchen drauf, sagte der Lehrer. Das war wieder ein Gedicht. Einmal spielte die Klasse »Dornröschen war ein schönes Kind«. Wir mussten uns im Kreis aufstellen, an den Händen fassen und singen. Dann musste ein Mädchen in den Kreis. Das war Dornröschen, gespielt von Elke. Ich war der Prinz, denn ich war der einzige Junge in der achtköpfigen ersten Klasse. Kondi, Horst und Werner besuchten bereits die zweite Klasse. Ich musste hinter den Kreis treten, der die Dornenhecke darstellte, und mir dann durch sie hindurch den Weg zur schlafenden Prinzessin bahnen, um sie wachzuküssen. Elke drehte ihr Gesicht weg, sodass ich nur die Wange traf. Wahrscheinlich verübelte sie mir die Episode mit Gudrun.

Eines Tages sagte meine Mutter zu mir: »Wir können nicht bleiben. Dein Vater findet hier keine Arbeit. Er ist schließlich Kapitän und kein Waldarbeiter. Aber dein Vater hat Leute auf seiner Heimatinsel gefunden, die ihre Wohnung mit unserer tauschen wollen. Wir werden auf die Insel ziehen. Du kennst sie ja bereits. Sie wird deine neue Heimat werden.« Ende März war es so weit. Vatl war es gelungen, einen italienischen Eisenbahnviehwagen zu besorgen. Er stand auf einem Nebengeleis bereit und wurde drei Tage lang mit dem gesamten Hausstand meiner Eltern beladen. Die Sessel, das Sofa, die Anrichte, der Esstisch, die *Ilse-Stühle* mit dem Korbgeflecht in der Rückenlehne, der kleine Kacheltisch, die gesamte Aussteuer, die Damasttischtücher und Servietten, die Bettlaken, das Geschirr und Besteck, das zerlegbare Schlafzimmer, die Bücher mit den Lederrücken, die Bilder, die Standuhr, der Blaupunkt und natürlich die wichtigste Reliquie: ein Modell der Viermastbark »Peking«. Mein Vater hatte es, wie er sagte, als Leichtmatrose auf seinen Fahrten mit diesem Schiff rund Kaap de Goede Hoop gebaut und seiner Mutter geschenkt, und als sie starb, hatte er es zurückerhalten. All dies wurde sorgfältig verstaut und von meinem Vater seemännisch verzurrt. In der Nähe der Schiebetür installierte er einen Kanonenofen. Das Ofenrohr konnte man abnehmen, um zu vermeiden, dass man in den Bahnhöfen entdeckt wurde, denn es war streng verboten, dass Passagiere in den Güterzügen mitfuhren. Dann kam der letzte Tag. Ich war sehr unglücklich, denn ich sollte nun alles verlassen, meine schöne Waldinsel, die Bachgrundwiese, den Hengsbach, meine sieben Geliebten aus der Schule, Werner, Muttl und Vatl, Onkel Anton und Onkel Brudda. Wir gingen zum letzten Mal zu Mutti Hüter, um uns zu verabschieden, und sie überreichte mir ein noch größeres Stück Fleischwurst als sonst. Den Abend verbrachten wir bei Muttl und Vatl. Sie wohnten wieder in ihrer Villa, denn das Hauptquartier der Amerikaner war nach Frankfurt verlegt worden. Im Esszimmer war der Tisch festlich gedeckt. Kerzen brannten. An meinem Platz erwartete mich eine Überraschung. Muttl hatte ein besonderes Abschiedsgeschenk für mich. Sie brachte es aus der Küche und stellte es direkt vor mich hin. Ein Nudelauflauf nur für mich in einer kleinen dampfenden Jenaer Glasform, bedeckt von einer goldgelben Käsekruste, die an den Rändern dunkelbraun und knusprig war. Die magnetischen Augen von Vatl beobachteten mich streng, als ich mein Geschenk vertilgte. Er wusste bereits, dass er in den nächsten Tagen auf Betreiben der Besatzer einstimmig zum ehrenamtlichen Bürgermeister gewählt werden würde, und verzieh mir vermutlich nur deshalb, dass ich beim Essen das linke Handgelenk nicht exakt an der Tischkante abgelegt hatte. Onkel Anton spielte anschließend Gitarre und sang zweistimmig mit Onkel Brudda »Am Brunnen vor dem Tore«. Der jüngste Bruder meiner Mutter, der inzwischen aus dem verlorenen Krieg zurückgekehrt war, sagte: »Wenn du größer bist, kriegst du meine Eisenbahn. Sie ist was Besonderes, Spur 0.« Als wir gingen, wurde es schon dunkel. Im Vorgarten unseres Hauses sah ich die schwarze Lina. Sie war sicher gekommen, um mich zu verabschieden, und ich winkte ihr traurig zu. Dann gingen wir alle zusammen zum Bahnhof und kletterten in den Viehwagen. Mein Vater schloss die schwere Schiebetür. Im Waggon war es finster und totenstill wie in einem Keller. Dann begann das Warten. Einmal klopfte es. Mein Vater machte die Schiebetür einen Spalt auf. Draußen stand Mutti Hüter und reichte ihm eine Tüte mit Frikadellen. Später musste ich in das vertäute Gitterbett. Irgendwann ruckte es. Kurz darauf hörte ich das rhythmische Geräusch der

Räder auf den Schienen. Wir fuhren. Aber nicht sehr lange. Plötzlich erneute Stille. Wieder standen wir. Die Zeit weigerte sich zu vergehen. Ich konnte nicht einschlafen vor Aufregung. Mein Vater saß im Ohrenstuhl und las bei einer Kerze in einem Buch. Meine Mutter lag auf einer Matratze, zugedeckt mit ihrem Pelzmantel. Irgendwann musste ich doch eingeschlafen sein. Als ich gegen Morgen aufwachte, hörte ich wieder das Klackklackklack der Räder. Plötzlich wurde es immer schneller. Mein Vater sprang von seiner Matratze auf und hielt die Standuhr fest. Es gab einen heftigen Aufprall. Irgendwo polterte ein Topf zu Boden. Dann wieder Stille. »Wir sind den Ablaufberg heruntergerollt«, sagte er. »Man hat uns in einen neuen Güterzug eingereiht.«

Eine ganze Woche dauerte die seltsame, unwirkliche Reise in dieser rollenden Arche Noah an langen Reihen von Dampflokomotiven mit zerschossenen Kesseln vorbei. Dass wir in den Norden fuhren, merkte man, denn der Wind, der durch die Ritzen der Holzwände des Güterwagens pfiff, nahm ständig zu, und es wurde immer kälter. Meine Mutter zauberte während der Fahrt auf dem kleinen Kanonenofen, einer Hexe, einfache Gerichte. Die Kohlen holten wir heimlich vom Tender, wenn der Zug stand. In den Güterbahnhöfen zog mein Vater das Ofenrohr ein und schloss die Tür. Der Wind wurde inzwischen so stark, dass mein Vater die Ritzen mit Stroh zu kalfatern begann. Es war eisig, und in dem Eimer gefror das Wasser. In einem Ort mit dem hoffnungslosen Namen Niebüll standen wir erneut. Wir verließen den Zug und gingen in das Bahnhofsgebäude, während unser Waggon an die Kleinbahn nach Dagebüll angekoppelt wurde. Im Bahnhofsrestaurant bollerte ein Eisenofen. Ich bekam eine dampfende Limonade, ein Heißgetränk. Es war rot wie Blut, schmeckte süß und ein wenig bitter. Als wir weiterfuhren, blickte mein Vater durch ein Astloch und nannte die Namen der Orte, die wir passierten, wie die Stationen bei einer Prozession: Maasbüll, Blocksberg, Dagebüll-Kirche, Dagebüll-Hafen. »Vor dem

Krieg hat diese Bahn deinem Großvater gehört«, erklärte er mir. Es war ihm anzumerken, wie glücklich er war, endlich nach Hause zu kommen. Ich aber dachte an nichts, ich wusste nichts, und ich empfand auch nichts. Die Zukunft war ein Sack voller tauber Nüsse, aus dem Sack des Weihnachtsmanns gerollt. Auf der Mole von Dagebüll hielten wir. Mein Vater schob die Schiebetür zur Seite. Ein heftiger Wind fegte mit seinen Böen in den Wagen herein. Ich saß wie ein uralter Mann im Ohrenstuhl und blickte aufs Meer. Auch wenn ich es früher schon einige Male gesehen hatte, nahm ich es diesmal ganz anders wahr. Seine kurzen Wellen wirkten zornig und verspielt zugleich. Sie überschlugen sich und schüttelten ihre Mähnen. Ich saß da wie ein König und gab dem Meer eine Audienz. Meine Untertanen hatten alle weiße Kronen auf dem Haupt. Mir tränten die Augen vom Wind, und das Salzwasser aus meinem Inneren mischte sich mit jener salzigen Endlosigkeit, die nun der unebene Spiegel meines künftigen Lebens sein würde.

*

B. hatte nicht bemerkt, dass sein Zuhörer den Raum verlassen hatte. Zu sehr war er versunken gewesen in sein Erzählen, in diesen somnambulen Zustand zwischen Wachheit und Schlaf, zwischen Tod und Leben.

Die Insel

* * *

*Wir haben jetzt das Land des reinen Verstandes
nicht allein durchreist, und jeden Teil davon sorgfältig in Augenschein genommen, sondern es auch
durchmessen, und jedem Dinge auf demselben seine Stelle bestimmt. Dieses Land aber ist eine Insel, und durch die Natur selbst in unveränderliche
Grenzen eingeschlossen. Es ist das Land der Wahrheit (ein reizender Name), umgeben von einem
weiten und stürmischen Ozeane, dem eigentlichen
Sitze des Scheins, wo manche Nebelbank, und
manches wegschmelzende Eis neue Länder lügt,
und indem es den auf Entdeckungen herumschwär-
menden Seefahrer unaufhörlich mit leeren Hoffnungen täuscht, ihn in Abenteuer verflicht, von denen er niemals ablassen und sie doch auch niemals
zu Ende bringen kann.*

Immanuel Kant, »Kritik der reinen Vernunft«

B. hatte das Gefühl, dass es mit ihm zu Ende ging. Sein Herz schlug unregelmäßig und unnatürlich laut. Als er ins Bad ging, um etwas Wasser zu trinken, starrte er in ein bleiches Gesicht, das ihm fremd vorkam. Ein Streifen Blut rann aus beiden Mundwinkeln. »Du bist es«, flüsterte er, »Maldoror, der Mann, der das Lächeln der anderen nachahmen will, indem er sich die Mundwinkel aufschneidet.« Er wusch sich das Gesicht. Dann nahm er den Kunststoffbecher von der Waschkonsole, ging zurück ins Zimmer und schenkte sich den Becher voll mit Snow Queen. Er trank in kleinen Schlucken, bis er müde genug war, um sich wieder ins Bett zu legen.

Als B. am nächsten Morgen im Institut erschien, um seinen Bericht fortzusetzen, unterbrach ihn der Andere: »Ich beobachte die ganze Zeit Ihren Puls. Man kann ihn an Ihrer pulsierenden Schläfenader ablesen. Er ist viel zu hoch. Das gilt wahrscheinlich auch für Ihren Blutdruck. Sie sollten einen Kardiologen aufsuchen. In der Stadt gibt es einen guten Arzt, der auf Herzprobleme spezialisiert ist. Ich schreibe Ihnen die Adresse auf.« B. fasste sich unwillkürlich ans Herz, und wirklich, er fühlte einen undefinierbaren Schmerz im linken Brustmuskel.

Der Andere schrieb etwas auf einen Zettel und reichte ihn B. Dann öffnete er das Fenster und lehnte sich weit hinaus. »Es ist kalt geworden. Ganz als ob wieder Winter wäre. Ich schlage vor, dass wir die Arbeit für ein paar Tage unterbrechen. Ich muss auf einen Fachkongress. Klären Sie inzwischen Ihre gesundheitliche Situation.«

Draußen war es still. Weiße Flocken schwebten wie kleine Fallschirme herab und landeten auf dem Pflaster, wo sie ihre Farbe verloren und Wasserflecken bildeten. Es sah aus, als verbluteten sie. Als B. die Brücke überquerte, sah er einen Mann. Er hatte wellige braune

Haare, trug einen hellen Trenchcoat, starrte ins Wasser und rauchte eine Zigarette, deren Asche er hin und wieder in den Fluss schnippte. B. näherte sich leise und berührte ihn an der Schulter. Der Mantelstoff gab nach, und die Person stäubte wie graue Asche in den Fluss. Zurück blieb ein Schneerest auf dem Trottoir, der nicht schmolz. Er hatte die Form eines Vogels mit ausgebreiteten Schwingen.

B. ging weiter. Er verspürte das Bedürfnis, dieser Stadt, in die er unter so großen Schwierigkeiten gelangt war, wieder den Rücken zu kehren. Er war unzufrieden. Vielleicht lag es daran, dass er sich bei seiner Beichte nun einer Phase seines Lebens widmen musste, die ihm wichtiger war als alle anderen. Es ging um seinen neuen Lebensort, den wahrscheinlich wichtigsten unter allen in seinem Leben, und er hatte Angst, dessen Aura zu zerstören, wenn er von ihm erzählte. Er hatte viele Jahre auf einer echten Insel zugebracht, ein kleiner, schiffbrüchiger Robinson, der seinem Papagei Abend für Abend vor dem Einschlafen seine Erlebnisse erzählte, einem Vogel, der nicht mehr Verstand hatte als ein Echo, das alles nachplapperte, was den Waldrand erreichte.

Am nächsten Morgen verließ B. früh das Hotel. Er lief an endlosen Häuserzeilen entlang, um zum Rand der Stadt vorzudringen. Dabei fiel es ihm schwer, die Richtung zu halten, denn am trüben Himmel war keine Sonne auszumachen. B. dachte an den Kompass, den er einst als Jugendlicher gestohlen und wieder zurückgegeben hatte, und wünschte sich, ihn jetzt bei sich zu haben. Die weißen Fassaden der Häuser wurden immer grauer. Gegen Mittag sah er am Ende einer langen und breiten Allee ein blaues Rechteck. Es konnte das flache Land sein oder das Meer. Er glaubte schließlich, in diesem unscheinbaren Fleck die Silhouette einer Insel zu sehen.

Das Laufen hatte ihn angestrengt, und er spürte plötzlich wieder heftige Stiche in der linken Brust. Deshalb entschied er sich, den Versuch abzubrechen, den Stadtrand erreichen zu wollen. Er machte kehrt und erreichte bereits kurze Zeit später den Platz, an dem das

Hotel lag. Vielleicht gab es eine Abkürzung, oder er war mehrfach im Kreis gelaufen. Er ging zur Rezeption, ließ sich das Telefon geben und rief in der Praxis des Kardiologen an, dessen Adresse ihm der Andere gegeben hatte. Zu seiner Verwunderung erhielt er sofort einen Termin. Er sollte sich gleich am nächsten Vormittag einfinden.

B. zeigte dem Portier die Adresse der Arztpraxis und bat ihn um eine Wegbeschreibung. »Einen Stadtplan habe ich leider nicht«, sagte der Mann. »Der letzte offizielle Plan ist im Übrigen sehr ungenau gewesen. Aber ich mache Ihnen gerne eine Skizze.«

Er nahm ein Blatt Papier und kritzelte darauf mit einem Bleistift Linien und Pfeile. Striche deuteten die Straßen an, Pfeile die Richtung, in die er gehen sollte. All diese Zeichen waren schwach oder mehrdeutig. Sie wirkten wie Hieroglyphen, die schwer zu enträtseln waren. B. machte sich dennoch nach einer unruhig verbrachten Nacht voller Hoffnung auf den Weg. Immer wieder hielt er an und musterte erst die Planskizze und dann die Häuserfassaden. Mehrfach glaubte er, an der gleichen Stelle vorbeigekommen zu sein, die gleiche Ecke umrundet, den gleichen Platz überquert zu haben. Die Straßen waren leer. Niemand war zu sehen, den er fragen konnte. Auch die Windrichtung gab keine Orientierungshilfe ab, denn in den engen Häuserschluchten änderte sie sich ständig. Endlich bemerkte B. einen Menschen. Ein kleines Kind, das geradewegs auf ihn zukam. Immer wieder fiel es hin, stand wieder auf und lief weiter. Mit jedem Schritt, den es näher kam, schien es größer und älter zu werden. Bald war es ein Halbwüchsiger, schmal und hochgewachsen, dann ein junger Mann mit langen blonden Haaren. B. war stehen geblieben. Aus dem jungen Mann war inzwischen ein älterer Erwachsener geworden. Er war jetzt nur noch wenige Schritte entfernt. B. rief ihm zu: »Können Sie mir sagen, wie ich zum kardiologischen Institut komme?«

»Ja, das kann ich. Ich komme gerade selbst von dort her. Es liegt an der Hauptstraße, die wir die Messina nennen und die unsere Stadt in zwei gleich große Hälften teilt. An der Fassade ist eine große Reklametafel, die eine Flasche zeigt.« Die Stimme des Mannes war brüchig geworden. Er ging jetzt schleppend und tief gebückt wie ein alter Mann, ein Greis mit weißem Bart, der an einen Seebär erinnerte.

»Und wo liegt die Messina?« Der Alte blieb stehen und fasste sich ans Herz. »Sie beginnt hinter der Kreuzung, ungefähr zweihundert Meter von hier«, röchelte er. Dann taumelte er und stürzte aufs Pflaster. Als B. sich über ihn beugte, spürte er, dass der Mann im Sterben lag. Alles Blut war aus seinem Gesicht gewichen. Die Augen waren leer, leer von der Leere, in die sie zu blicken schienen.

»Sind Sie zur See gefahren?«, fragte B. Die Lippen des Sterbenden bewegten sich schwach. Er hörte ein Krächzen. »Ich bin um die ganze Welt gefahren. Das ist lange her.«

Er verstummte. B. griff nach dem Handgelenk des Mannes und suchte vergeblich den Puls. Er konnte nichts tun für den Toten. Man würde ihn sicher bald finden und auf dem großen Friedhof der Namenlosen vor der Stadt beerdigen, von dem er gehört hatte.

B. setzte seinen Weg fort und gelangte an eine vierspurige Prachtstraße mit hohen, völlig gleichartigen Hausfassaden. Sie glänzten im trüben Licht, denn sie waren mit weißen Kacheln bedeckt. Das verlieh ihnen etwas Unwirkliches. Man fühlte sich in eine überdimensionale Badeanstalt versetzt. B. lief die Allee entlang. Dabei fühlte er sich beobachtet. Überall hinter den zahllosen vorhanglosen Fenstern vermutete er Augen, die sich zu dem Facettenauge eines gigantischen Insekts vereinigt hatten. Schließlich kam er an ein Gebäude, auf dessen gekachelter Fassade eine Werbung für Snow Queen prangte. Neben der Eingangstür hing ein Messingschild mit der Aufschrift »Kardios«, dem griechischen Wort für Herz. Im Foyer des Hauses gab es das gleiche Schild mit dem Hinweis, die Praxis befinde sich im fünften Untergeschoss.

Der Aufzug war außer Betrieb. Ein rotes Klebeband versperrte die Tür. B. machte sich also zu Fuß an den mühsamen Abstieg durch ein schlecht beleuchtetes Treppenhaus. Die Wände waren feucht, das Geländer eiskalt. Mehrfach musste B. stehen bleiben, bis sich sein Herzschlag wieder beruhigt hatte. Schließlich stand er vor einer Tür mit der Aufschrift »Kardios«. Die Tür öffnete sich automatisch, und vor ihm lag ein grell beleuchteter Flur. Ein Poster an einer der Wände zeigte eine Abbildung des menschlichen Herzens in allen Details, den beiden Herzkammern, den Klappen, dem Vorhof, den Aorten und Venen. Das Mädchen an der Rezeption erinnerte ihn an eine Person aus der Vergangenheit, eine Kellnerin, in die er einmal verliebt gewesen war. Sie nahm seine Personalien auf. Dann schickte sie ihn ins Wartezimmer, das voller alter Leute war. Den meisten sah man an, dass sie Herzprobleme hatten. Die Gesichter waren fahl oder unnatürlich gerötet. Einige atmeten schwer, andere massierten ihren linken Brustmuskel mit der Hand.

B. setzte sich auf den einzigen freien Stuhl und blätterte in einer Zeitschrift, die in einer Sprache verfasst war, die er nicht kannte. Sie war voller Fotografien, viele davon schwarzweiß, interessante Gesichter von offenbar bedeutenden Persönlichkeiten, Strände, pittoreske Städte. Er musste lange warten, bis sein Name verzerrt aus dem kleinen Lautsprecher tönte. Das Mädchen von der Rezeption führte ihn zum Sprechzimmer. Der Kardiologe war ein großer, schlanker Mann. Er sah aus wie ein Sportler, durchtrainiert und elastisch in den Bewegungen. »Was haben Sie auf dem Herzen?«, fragte er und lächelte über seinen Scherz.

»Ich habe manchmal unmotiviert starkes Herzklopfen«, sagte B. »Auch ein Ziehen im linken Brustmuskel, und zuweilen sterben die Finger meiner linken Hand ab, obwohl es warm ist. Im Übrigen ist mein Blutdruck offenbar viel zu hoch.«

»Das sind leider keine ausreichenden Symptome für eine genaue Diagnose. Wir werden zunächst eine Ultraschallkontrolle machen. Dann ein Belastungs-EKG. Sicher sehen wir dann klarer.«

Später lag B. auf einem Tisch. Auf dem Bildschirm eines kleinen

Monitors sah er schemenhaft diesen grauen, pulsierenden Muskel, ohne den es kein Leben gab, keine Illusionen, keine Träume, keine Ängste, keine Liebesgefühle. Er musste an jenes furchterregende Ding denken, das er einst am Strand der Insel entdeckt hatte, kinderkopfgroß und von Sand paniert. Es hatte regelmäßig gezuckt, wenn man es mit einem Stock berührte. Er hatte andere Kinder herbeigeholt, die sich ebenso wie er vor dem Monstrum gefürchtet hatten. Er war damals auf die Idee gekommen, ein Loch zu graben, das Monstrum hineinzustoßen und mit Sand zu bedecken. Nachdem sie das Ding begraben hatten, sah es so aus, als lebe es immer noch, denn die Sandkörner bewegten sich über der Stelle, rieselten in die Risse, die sich gebildet hatten. Sie waren schließlich in panischer Angst davongerannt. Als er seinem Naturkundelehrer davon erzählte, mutmaßte dieser, dass es ein angetriebenes Rinderherz gewesen sei, das man nach einer Schlachtung ins Meer geworfen habe und das immer noch Muskelreflexe zeigte.

Die Stimme des Arztes im Hintergrund erläuterte B., was auf dem Monitor zu sehen war. »Ihr Herz ist so weit ganz in Ordnung. Die eine Herzklappe ist ein wenig verkalkt und schließt nicht mehr optimal. Das ist aber unproblematisch. Damit können Sie durchaus weitermachen.«

Dann musste B. auf einem Ergometer Platz nehmen. Eine junge Frau presste Elektroden auf seinen nackten Oberkörper, die immer wieder abfielen, während er strampelte. Er schloss die Augen und dachte an die Zeiten, als er mit einer Freundin große Radtouren gemacht hatte. »Es gibt deutliche Hinweise auf eine pathologische Problematik. Ich vermute eine Stenose«, sagte der Arzt später, als er sich das Diagramm ansah. »Klarheit wird erst eine Herzkatheteruntersuchung geben. Ich werde sie selbst im Krankenhaus durchführen und kann dann notfalls Gegenmaßnahmen treffen, zum Beispiel einen Stent setzen oder einen Bypass legen. Das Krankenhaus liegt ebenfalls in der Messina. Wenn Sie draußen weitergehen, kommen

Sie an einen quadratischen Platz, an dessen Ecken sich vier Türme erheben. Alle sind von Säulen umgeben, wie eine griechische Agora. Hinter einem dieser Säulengänge liegt ein Kinderspielplatz. Wenn Sie ihn überqueren, stoßen Sie auf das Krankenhaus. Ich rate Ihnen, nicht länger mit der Untersuchung zu warten. Lassen Sie sich einen Termin geben.«

Der Kardiologe drückte ihm fest die Hand. »Nur Mut, mein Freund. Das schaffen Sie schon.« Es klang in B.s Ohren wie ein Memento mori. Er begab sich zur Rezeption. Die junge Frau mit der weißen Schürze öffnete ein Programm auf ihrem Bildschirm. »Der nächstmögliche Termin ist morgen um elf Uhr in der Klinik.«

»Einverstanden«, sagte B.

»Ich brauche noch Ihre Anschrift und Ihre Telefonnummer.«

B. nannte die Adresse des Hotels und fügte hinzu: »Sie können mich telefonisch über das Hotel erreichen.«

B. ging zurück. Wieder fand er sein Hotel ohne Probleme. Anscheinend verfügte er inzwischen über einen inneren Kompass, dessen Nadel ihm die Navigation in dieser labyrinthischen Stadt erleichterte. Er legte sich angezogen auf sein Bett und starrte zur Decke. An einigen Stellen blätterte der Putz schon wieder ab, obwohl das Zimmer ja erst vor kurzem renoviert worden war. Als Kind hatte er in solchen schadhaften Partien die Karten unbekannter Länder gesehen, die man mit den Augen bereisen konnte, um fantastische Abenteuer zu erleben. Jetzt sah er nur die Spinne, die dort mit großem Fleiß an ihrem Netz wob.

Als B. am folgenden Morgen aufwachte, spürte er einen menschlichen Körper neben sich. Eine kleine, langgestreckte Hügelkette unter der Steppdecke. Obwohl er ihn nicht berührte, empfand er ihn geradezu körperlich, ähnlich wie Eisenspäne einen Magneten spüren und sich nach dem Muster seiner Feldlinien ausrichten. Eine

Weile genoss B. diese Situation. Er wollte nicht wissen, wer es war, der dort neben ihm lag, vollkommen verhüllt von der Bettdecke. Dann erhob er sich leise und schlich ins Bad. Als er zurück war, war der Körper verschwunden.

B. fiel ein, dass er einen Termin im Krankenhaus hatte. Er machte sich auf den Weg. Auf der Messina kam ihm ein Strom dunkel gekleideter Menschen entgegen. Sie gingen im Gänsemarsch, viele paarweise, untergehakt oder sich an der Hand haltend, andere einzeln, manche taumelten wie Betrunkene, wieder andere bewegten sich fast militärisch exakt. Niemand reagierte auf einen Gruß oder einen Blick. Es ist ein Totentanz, dachte B., eine Pavane der Verblichenen. Als er das Gebäude mit der Snow-Queen-Reklame erreicht hatte, fiel ihm ein Schild auf, das er beim ersten Mal übersehen hatte. *Messina-Bar*, stand darauf. Er hatte noch Zeit und entschloss sich daher, das Lokal zu betreten. Es war ein schmuckloser Raum mit hoher Decke, an der sich ein Ventilator drehte. Er kannte diese Art von Bars. Ihr Ambiente war auf die reine Funktion des Trinkens reduziert. *Functional bars* nannte man sie deshalb in England. Die kärgsten dieser Etablissements hatte B. auf den Äußeren Hebriden erlebt. Auch hier war es nicht viel anders. Selbst das Pappgestell mit dem Pin-up gab es, an dem Erdnusstüten hingen. Man konnte mit jedem Kauf einer Tüte die nackte Person dahinter weiter entkleiden.

Hinter dem Tresen stand ein großer Mann. Er hatte riesige Hände und gewaltige Unterarme voller Tätowierungen, graue Locken und einen mächtigen schwarzen Schnauzbart. Die Kneipe war leer. B. schob sich auf einen der Barhocker. »Habe ich Sie nicht irgendwann und irgendwo schon einmal gesehen?«, sagte er.

»Das ist gut möglich. Mich haben viele gesehen. Ich habe auch viele gesehen. Das führt dazu, dass ich mir niemanden merken kann. Je mehr Gesichter, desto mehr gleichen sie sich. Was möchtest du haben?«

»Ein Bier und einen Snow Queen. Einen doppelten.«

Ein geradezu ungeheuerliches Gefühl von Wärme und Geborgenheit überkam ihn, ja sogar von Hoffnung. Nachdem er getrunken hatte, suchte er das Gespräch, als sei dies die logische Konsequenz aus diesen Gefühlen.

»Heißen Sie zufällig Amon?«

»Das ist mein Name. Aber er ist nicht zufällig. Meine liebe Mutter hat ihn für mich ausgesucht.«

»Ein ägyptischer Göttername. Oder der Name eines hebräischen Kaisers oder der Namensgeber des großen französischen Poeten Lautréamont.«

»Das passt alles zu mir. Götter sind dazu da zu fallen. Du siehst es an mir. Statt wie einst im Ring, unschlagbar für viele Jahre, stehe ich jetzt hier und zapfe Bier für gescheiterte Existenzen. Du zum Beispiel, du gehörst vermutlich auch zu ihnen. Du hast etwas Ruheloses an dir. Typisch für Seeleute. Bist du zur See gefahren?«

»Ja, allerdings nur ein halbes Jahr. Ich hatte mir damals überlegt, in die Fußstapfen meines Vaters zu treten, beruflich meine ich. Aber sie waren entschieden zu groß für mich. Das wusste ich zwar schon vorher, aber ich wollte es am eigenen Leibe erfahren. Deshalb habe ich auf einem Frachtschiff angeheuert und bin ein halbes Jahr durch das Mittelmeer gegondelt. Bis nach Constanza im Schwarzen Meer. Als ich wieder zurück war, wusste ich, dass die Seefahrt nichts für mich ist. Es gab großartige Momente, vor allem nachts auf der Brücke, aber insgesamt überwogen die Eintönigkeit und die Rohheit einer reinen Männerwelt. Danach habe ich studiert. Vermutlich ein Fehler. Auch eine Form der Seefahrt, über das Meer des Geistes.«

Amon lächelte amüsiert. »Du brauchst mir nichts zu erklären. Die Seefahrt ist nur etwas für Leute, die so leer im Kopf sind, dass ein ganzer Horizont hineinpasst. Dieser hier geht auf mich.« Er stellte zwei Gläser auf den Tresen und füllte sie. »Du willst sicher zum Krankenhaus?«

»Ja«, sagte B. verdutzt.

»Alle, die hier einkehren, wollen zum Krankenhaus. Sie trinken vorher bei mir, um sich Mut zu machen oder sich einbilden zu können, eigentlich gesund zu sein. Ich wünsche dir jedenfalls viel Glück.« Er ließ B. noch einmal diesen festen Händedruck spüren, der ihm vorkam, als wollte ihn jemand davor bewahren, in einen Abgrund zu stürzen.

Alles war, wie vom Arzt beschrieben. Der quadratische Platz. Die vergoldeten Türme an den Ecken, die Säulen, der leere Kinderspielplatz. Die korpulente Dame, die in der Krankenaufnahme saß und auf einen Bildschirm starrte, fragte nach B.s Papieren, dem Überweisungsschein, dem Beleg der Kostenübernahme durch die Krankenkasse. Als er all das nicht vorweisen konnte, geriet sie in Rage. »Ich könnte Sie rauswerfen, junger Mann«, keifte sie, »was bilden Sie sich eigentlich ein. Wer sind Sie überhaupt. Was wollen Sie bei uns, wenn Sie sich nicht ordentlich anmelden können, und zwar mit allem, was dazugehört? Ich werde mit dem Chef Rücksprache halten. So lange nehmen Sie gefälligst im Wartezimmer Platz.«

Auch hier saßen wieder Leute, in denen nur noch wenig Leben zu sein schien. Sie erinnerten an Figuren in einem Wachsfigurenkabinett. Kaum einer sprach, einige flüsterten vor sich hin. Es klang wie Selbstgespräche ohne Sinn und Verstand. Nach längerer Zeit erschien eine andere Dame und rief B.s Namen auf. Sie war wesentlich freundlicher und nahm ihn in einen anderen Raum mit, um seine Personalien aufzunehmen. Dann telefonierte sie. »Sie haben Glück. Sie können sogar ein Einzelzimmer bekommen. Gehen Sie auf die Kardiologische Station und melden Sie sich bei der Schwester. Hier ist die Beschreibung des Weges.«

B. lief durch endlose Gänge. Die Wegbeschreibung war schwer zu verstehen. Als er im Kreißsaal landete, gab er auf. Er wandte sich an einen jungen Mann im grünen Kittel und bat um Hilfe. »Kommen Sie mit«, sagte der. »Zufällig muss ich auch zur Kardiologie.«

Wenig später war B. in seinem Zimmer. Er musste sich entkleiden und ein Nachthemd anlegen, das seiner Meinung nach einem Leichenhemd ziemlich ähnlich sah. Eine Schwester brachte ihm ein Beruhigungsmittel. Dann rasierte sie ihm die Schamhaare ab. Später lag B. auf einem Krankenhausbett und wurde durch endlose Gänge geschoben. Der Krankenpfleger war ein stämmiger Mann mit der Figur eines Ringers. Er beschwerte sich, während er das Bett mit großer Geschwindigkeit voranschob, dass es in dieser vermaledeiten Stadt keinen vernünftigen Schlachter gäbe. Die Leute hier verstünden nichts vom Essen. Das mache sie krank, und dann landeten sie logischerweise schließlich in der Kardiologie.

In den Fahrstühlen, diesen engen Käfigen aus Stahl, fuhren sie mal hoch, mal wieder herunter, um schließlich im Keller die Fahrt fortzusetzen. Immer wieder ging es um Ecken in neue Gänge hinein. Dann waren sie endlich in der richtigen Station. Der Kardiologe begrüßte B. mit dem gleichen kräftigen Händedruck, mit dem er ihn gestern verabschiedet hatte. Er musste sich auf eine schmale Pritsche legen. Über ihm das große Auge des Röntgenapparates. Es fuhr an einem Stahlarm über seinen Brustkorb, während der Arzt den langen, biegsamen Katheter von der Leiste aus durch die Arterie in Richtung Herz schob. Auf dem Bildschirm sah B. das dunkle Geäst der Herzkranzgefäße, das immer wieder für Sekundenbruchteile sichtbar wurde, wenn ein Kontrastmittel aus dem Katheter in die Blutbahn gespritzt wurde. Bizarre Bäume, an denen die überreifen Früchte eines Lebens hingen.

Nach der Untersuchung bat der Arzt B. zu einem Gespräch. »Ihre Koronargefäße wie auch die Hauptadern sind bereits stark verkalkt, aber es ist noch nicht so weit, dass wir operativ eingreifen müssen. Wir werden zunächst versuchen, Ihre Krankheit konventionell zu behandeln. Ich verschreibe Ihnen verschiedene Tabletten, die Sie täglich einnehmen müssen. Zur Blutverdünnung, gegen den Hochdruck, Lipidsenker gegen die zu hohen Blutfettwerte. Haben Sie ein

Blutdruckmessgerät?« B. bejahte. »Dann möchte ich, dass Sie in der nächsten Zeit ein Protokoll Ihrer Werte führen, damit Sie überprüfen können, ob die Tabletten wirken.«

B. musste noch eine Nacht im Krankenhaus bleiben, dann durfte er zurück ins Hotel. Er fuhr mit einem Taxi, das ihm das Krankenhaus besorgt hatte. B. war erleichtert und suchte das Gespräch. Er saß auf der Rückbank und begann zu erzählen, warum er hier sei, wie es um seine Gesundheit bestellt sei. Der Taxifahrer reagierte nicht. Er sagte kein Wort und drehte sich auch nicht um. Als sie am Ziel waren, deutete er auf die Zahl im Display des Rückspiegels und strich wortlos das Geld ein. Während B. ausstieg, versuchte er das Gesicht des Fahrers zu erkennen. Es war ohne markante Züge, glatt und anonym, als trüge der Mann eine Strumpfmaske.

Auf seinem Zimmer erwartete B. eine Überraschung. Am geöffneten Fenster stand ein Fernrohr auf einem Stativ, ein astronomischer Refraktor, ein Zweizöller, wie er sofort erkannte, da er sich in der Vergangenheit eine Weile mit Astronomie und astronomischen Instrumenten beschäftigt hatte. Er richtete den Refraktor nacheinander auf die verschiedenen Fenster der gegenüberliegenden Häuserfassade. In einem der Fenster glaubte er die Gestalt einer Frau zu sehen. Ihre Silhouette schimmerte durch den dünnen Vorhang. Ihre Arme bewegten sich wie die langen Gliedmaße eines Krebses. Offenbar zog sie sich aus. Dann teilte sich der Vorhang, und das Fenster öffnete sich. Die Frau beugte sich mit nacktem Oberkörper vor, und dabei fielen ihr die langen blonden Haare übers Gesicht und bedeckten es.

9

Wenige Stunden später betrat B. das Institut. Der Andere stand mit dem Rücken zu ihm am Fenster. »Wie ging es damals weiter, nachdem Sie den Krieg und das Festland hinter sich gelassen hatten?«
B. nahm Platz und begann.

*

Mein Vater stand mit mir an der Reling der Inselfähre und hielt mich an der Hand. Mit der freien Hand deutete er auf einen dunklen Hügel am Horizont. »Das da ist eine Hallig, mein Sohn. Das Leben auf Halligen ist sehr einsam und sehr hart. Es formt die Menschen. Unsere Vorfahren haben sich oft von dort die Frau geholt. Es waren gute Frauen. Sie waren hart wie ihr Leben. Sie hatten es gelernt, einsam zu sein und mit den wenigsten Dingen auszukommen.«
Es war stürmisch und kalt. Die Fähre stampfte, und ihr scharfer Vordersteven schnitt klaffende Wunden in die Wogen, aus denen grünes Blut quoll. Unser Ziel war wegen Gischt und Regen bislang nicht zu sehen. Mein Vater stieg die eiserne Treppe zur Brücke hoch. Er trug mich auf dem Arm, denn das Schiff stampfte und schlingerte so stark, dass er um meine Sicherheit besorgt war. Da er auf der Insel ein bekannter Mann war, ließ man uns in die Brücke ein. Ich spürte sofort die besondere Stimmung, die hier herrschte. Es war eine fast sakrale Atmosphäre, wie in der Apsis einer Kirche, in der die Reliquien aufbewahrt wurden. Auch hier gab es Reliquien, den großen blankgeputzten Messingkompass zum Beispiel, das vom Schweiß unzähliger Hände lackierte Steuerrad aus Eichenholz, den ebenfalls blankgeputzten Maschinentelegraphen mit den magischen Wörtern »volle Kraft, halbe Kraft, langsam, stopp«, ein Gedicht,

das, wie ich damals natürlich nicht ahnen konnte, so etwas wie mein Lebensmotto war. Auch wenn ich nichts verstand von all diesen Details, fühlte ich doch mit den feinen Sensorien des Kindes, dass die Situation alles andere als normal war. Die auf der Brücke anwesenden Männer wirkten hoch konzentriert und angespannt. Das galt auch für meinen Vater, obwohl er im Augenblick doch nur Passagier war. So hatte ich ihn noch nie erlebt. Er wirkte auf mich noch fremder als sonst, und zugleich strahlte er etwas ab, das ein Erwachsener als Würde bezeichnen mochte, ich aber als Kind, das nicht wusste, was Würde ist, als eine Art Frömmigkeit empfand. Was ich nicht wusste: Der starke Oststurm hatte das Wasser aus dem Wattenmeer nach Westen getrieben. Dadurch war der Wasserstand niedrig, obwohl Flut war. Überall sah man weißgischtende Stellen, wo die Wellen sich an Sandbänken brachen, die sonst tief unter der Meeresoberfläche lagen. Entsprechend vorsichtig musste navigiert werden, um ein Auflaufen zu verhindern, und entsprechend angestrengt hielten die Wachhabenden Ausschau nach Seezeichen und Untiefen. Ich kletterte auf eine Kiste und sah durch die Klarsichtscheibe, die auf Grund ihrer schnellen Rotation frei von Regenwasser war. Irgendwann kam eine große rote Boje in Sicht. Obwohl die Männer auf der Brücke Ferngläser benutzten, hatte ich sie als Erster bemerkt. »Da ist eine Boje«, rief ich. »Du hast sehr gute Augen«, sagte der Mann mit den meisten Ärmelstreifen. Mein Vater ergänzte: »Das ist der Preester. Er ist nach Steuerbord geneigt. Das bedeutet, wir haben immer noch auflaufend Wasser. Beim Preester ändern wir den Kurs nach Norden, denn dann haben wir die große Sandbank hinter uns.« Es war zu spüren, dass er am liebsten selbst Kapitän dieses Schiffes gewesen wäre.

Plötzlich tauchte vor uns die Insel wie eine große Seeschlange aus dem Meer. Sie hatte einen schuppigen, gezackten Rücken und schüttelte die Regenböen von ihrer Haut. Mein Vater erklärte mir die verschiedenen Einzelheiten des Rückgrats. »Der kleine Leuchtturm da ist die Südostspitze. Dahinter sieht man den Turm von Olhörn und die Bäume vom Lembkehain. Die Mühle ist nicht mehr in Betrieb. Davor die großen Hotels. In dem Haus rechts, da, wo der Sandwall anfängt, wirst du wohnen. Es heißt Haus Rungholt. Siehst du den Musikpavillon und die Mittelbrücke und die Hotels am Hafen?« Ich sah alles durch die Augen meines Vaters, als seien es ebenfalls Klarsichtscheiben, nur klein und grau. Die Masten der Schiffe, das Hellinghaus, wie mein Vater erklärte, Bäume des Königsgartens und das Zollhaus, in dem, wie sich später herausstellen sollte, meine große Liebe lebte. Der Oststurm peitschte Wellen gegen das Ufer. Es sah aus, als ob die Insel wie ein Schiff durchs Wasser schnitt. Es war meine erste wirkliche Insel. Zwar war ich schon hier gewesen, aber ich war damals zu klein, um zu begreifen, was eine Insel ist. Eine Welt, ganz und gar von Wasser umgeben. Wie ein Mensch inmitten eines Meeres von Fremdheit. Menschen sind immer Inseln, auch wenn sie versuchen, mit anderen in Kontakt zu treten.

Der Rudergänger drehte am Steuerrad. Sofort krängte die Fähre und fuhr in einer engen Kurve auf den Anleger zu. Der Kapitän gab das Kommando »Maschine stopp« und dann »Volle Kraft zurück«. Der Mann am Maschinentelegraphen stellte die Hebel entsprechend. Dabei klingelte es wie an Heiligabend vor der Bescherung. Ich war aufgeregt und randvoll mit Vorfreude. Das Schiff erzitterte und rammte dann mit einem heftigen Stoß die mächtigen Holzpfähle der Pier. Taue flogen an Land und wurden um Poller gelegt. Wir gingen nach unten, wo meine Mutter ungeduldig wartete. Sie hatte einige Kognaks getrunken und behauptete, sie sei seekrank. Jetzt machte sie ihrem Mann Vorwürfe, dass er sie so lange allein gelassen hatte. Als ich über eine Gangway den Inselboden betrat, gab er ein wenig nach. Danach schwankte er kaum merklich auf und ab, wie damals, als ich die »Wikinger« betreten hatte. Hinter dem Anleger standen einige Leute in schweren Mänteln, darunter die Familie meines Vaters, zwei Schwestern, ein Bruder und ein Schwager. Das also waren meine neuen Onkel und Tanten, und meine Erwartung war entsprechend groß. Sie begrüßten uns und nahmen uns mit in das Haus eines der Onkel, das in der Nähe des Hafens lag. Es gab Kaffee und Kuchen, und dann nahmen die Dinge ihren typischen Verlauf. Eine Feier begann. Sie glich wohl der, wie sie meine Mutter zehn Jahre zuvor als frischgebackene Braut bei ihrer Ankunft auf der Insel erlebt hatte. In einem dunklen, holzgetäfelten Zimmer hockten alle eng beieinander und sprachen ein unverständliches Kauderwelsch. Es war sehr warm, und die Rauchschwaden aus der Pfeife des Bruders meines Vaters mischten sich mit dem Dampf aus den Tassen. Die Luft war undurchsichtig wie eine beschlagene Scheibe. Der Raum glich einer Taucherglocke am Grunde des Meeres. Es war sehr laut. Wenn jemand etwas sagte, dann war es, als riefe er von einem Ufer zum anderen über einen breiten Fluss, in dem sich eine träge Strömung aus guter Laune zur Mündung wälzte, hinter der das kalte Meer der Wirklichkeit begann. Besonders gefiel mir Onkel Otto, der eine dicke Zigarre rauchte oder vielmehr von ihr geraucht wurde. Er hatte etwas Geheimnisvolles an sich, ähnlich wie Onkel Anton. Wenn er etwas über den Fluss rief, dann klang es völlig anders. Es hieß, dass er Freimaurer sei. Man munkelte, dass er auf den Schornsteinen seiner Schiffe gewisse Zeichen anbringen ließ, die ihm wirtschaftliche Vorteile brachten. Onkel Otto hatte viel gelesen, wie ich Jahre später herausfand. Nicht nur die Bibel, nicht nur Goethe, nicht nur die Inselchronik. Von Beruf Seemann wie mein Vater war er jedoch zugleich Philosoph und Lebemann. Schopenhauer war sein Idol. Dieser Widerspruch war typisch für einen Onkel. Eine Frohnatur, die sich dem Pessimismus verschrieb. Ich fühlte mich bei aller Unsicherheit seltsam geborgen. Niemand würde mich hier finden können, kein Tiefflieger, keine Bombe, denn wir waren längst eingenebelt von der Pfeife des Gastgebers, der Zigarre Onkel Ottos und dem Tassendampf.

Außer den Erwachsenen gab es einige blonde Jungen, die unter dem Tisch spielten oder ständig hinaus- und wieder hereinrannten.

»Das sind deine Vettern«, sagte mein Vater. »Ich hoffe, du verstehst dich mit ihnen.« Ich saß eng neben meiner Mutter, halb versunken in große Kissen. Die Teepunschbowle tat bald ihre Wirkung. Sie machte offenbar musikalisch, und alle begannen zu singen. Niemand beachtete mich, und das war mir nur recht. Doch dann sagte der Gastgeber plötzlich: »Kann er schon Plattdeutsch?«, und zeigte mit seinem Pfeifenstiel auf mich. »Er ist ziemlich schmal«, sagte die Frau neben ihm, die jetzt meine Tante war. »Er sollte mehr essen.« »Er sieht meinem Bruder überhaupt nicht ähnlich«, sagte der Onkel und paffte blauen Nebel zur Decke.« »Er sieht seiner Mutter ähnlich«, sagte die Frau neben ihm. Es klang wie eine Rüge. Sie war es auch, die die Tassen immer wieder neu füllte. Irgendwann gab es Schnittchen, Schwarzbrot, Butter, gekochte Krabben und Räucheraal. Ich spürte deutlich, wie unwohl sich meine Mutter fühlte. Ich sah auch die Flecken, die aus dem Kragen ihrer weißen Bluse wie rote Wanzen ihren Hals emporkrochen. Onkel Otto meinte: »Er wird sich schon machen. Hauptsache, er lernt lesen.« Niemand achtete auf ihn. Ich merkte daran, dass es ein richtiger Onkelgott war, denn richtige Onkelgötter waren für die normalen Menschen von zweifelhaftem Wert. Nur die Kinder verstanden sie, weil nur sie die Kinder verstanden. Eine neue Schüssel mit Teepunsch segelte aus der Küche herein, landete auf dem Tisch und verstärkte die liturgischen Gesänge. Meine Mutter beteiligte sich nicht an ihnen, dafür aber mein Vater. Ich hatte ihn noch nie singen hören. Seine Augen glänzten dabei. Er singt mit den Augen, dachte ich. Sein Bruder nahm beim Singen die Pfeife nicht aus dem Mund. Die Rauchwolken tanzten in Pirouetten zur Decke. »Ich bin froh, dass du wieder zu Hause bist«, sagte er zu meinem Vater. »Du gehörst hierher.« Das dunkel getäfelte Zimmer glich mehr und mehr der Gondel eines Heißluftballons, in dem sich alle Insassen immer höher über den Teppichboden erhoben. Die Zeit verging immer langsamer, ja sie schien unter dem Einfluss einer unendlichen großen Gravitation sogar völlig zum Stillstand zu kommen. Irgendwann spürte ich, wie sich jemand unter dem Tisch an meinen Schnürsenkeln zu schaffen machte, aber ich schenkte dem keine weitere Beachtung. Als die Teepunschschüssel leer war und die letzte Pfeife ausgeklopft, standen alle auf und begannen mit dem Abschied, einem kräftigen Händeschütteln. Ich aber fiel hin und landete unsanft auf dem Boden. Die Schnürsenkel meiner beiden Schuhe waren mit einem Knoten zusammengebunden. Mein Vater bückte sich und öffnete ihn kommentarlos. Dann gingen wir über den Sandwall in unsere Wohnung, meine Mutter leicht schwankend am Arm ihres Mannes. Es war dunkel und bitterkalt. Der scharfe Ostwind fegte helle Sandschwaden über den Weg. Dann verschluckte uns das Haus. Unsere Wohnung lag im ersten Stock. Die Wohnungstür stand offen. Die Einrichtung, die im Laderaum der Fähre verstaut gewesen war, war inzwischen gebracht worden. Überall standen Möbel und Bilder herum. Mein Vater setzte die Standuhr in Gang und lauschte eine Weile ihrem Ticken. Ihr Pendelherz hatte seiner Meinung nach viel zu lange stillgestanden. Ich musste mich trotz der Kälte ausziehen und in eine Wanne voll kalten Wassers stellen. Meine Mutter schrubbte mich ab, mit einem Handschuh, der eine raue und eine glatte Seite hatte. Ich hasste diese Prozedur, aber meine Mutter bestand darauf, denn wir hatten uns während der langen Zugfahrt nur notdürftig waschen können. Dann musste ich in mein kleines Kinderbett, das mein Vater in einer eiskalten Mansarde aufgestellt hatte. Meine Eltern aber krochen in ihr Bett, und meine Mutter fasste die Hand ihres Mannes, wie eine Ertrinkende den Rettungsring.

Ich war so aufgeregt, dass ich nicht einschlafen konnte. Wütende Böen jaulten wie tollwütige Tiere am Fenster. In den Krach mischte sich ein regelmäßiges Grummeln und tiefes Donnern. Es erinnerte an den Krieg, an die Detonationen von Bomben und Granaten. Aber diesmal hatte ich keine Angst. Ich stieg über die Reling meines Bettes und schlich zum Fenster, öffnete es einen Spalt und sah hinaus. Draußen war es sternenklar. Helles Mondlicht versilberte das stürmische Meer. Gewaltige Wellen prallten gegen die Strandmauer, schleuderten Gischtfontänen in die Luft, in denen sich das Mondlicht glitzernd wie ein Heringsschwarm in einem Netz verfing. Ich schlüpfte wieder unter meine Decke und lauschte dem Dröhnen der Brandung. Zweifellos fuhren wir durch diese Wasserwüste, und die Brecher draußen waren nichts anderes als unsere Bugwelle. Niemand wusste, dass ich der Kapitän dieses Schiffes war. Ich würde das vor den anderen geheim halten, schon um sie nicht zu enttäuschen. Allmählich schläferte mich der rhythmische Klang der brechenden Wellen ein wie ein monotones Wiegenlied, obwohl ich sehr aufgeregt war, denn ich war unversehens aus der Fiktion in die Realität geraten. Das Inselschiff, von dem ich geträumt hatte, seit ich damals die Kacheln auf einem kleinen Tisch gesehen hatte, war Wirklichkeit geworden. Das war mehr als ein Hauptgeschenk, das war so, als öffnete sich die Tür in einem Weihnachtskalender, und man trat durch sie hindurch und war in der realen Welt. Vielleicht gibt es nichts Schlimmeres für einen Träumer, als wenn er in seinem Traum aufwacht und feststellen muss, dass der Traum Wirklichkeit geworden ist. So war es damals für mich auf dieser Insel. Und das sollte mich für mein ganzes weiteres Leben prägen. Immer würde ich aus Träumen in die Realität stolpern, mich verwundert umsehen und bitter enttäuscht sein.

Am nächsten Morgen war ich früh auf und schlich wieder ans Fenster. Das Meer hatte sich zurückgezogen, und in der Morgendämmerung schimmerte das feuchte Watt mit seinen Muscheln und Wattwürmerhäufchen. Bald darauf holte mich meine Mutter zum Frühstück in die Küche, in der es mollig warm war, da der Küchenherd brannte. Später legten meine Eltern Teppiche aus und rückten die Möbel an die Plätze, die meine Mutter für die richtigen erklärte. Dann hängten sie die Bilder auf, nach den Regeln des goldenen Schnitts an den Wänden verteilt. Wieder einmal konnte meine Mutter sich als Herrscherin über ein Innenreich empfinden, in dem ihr Mann und ihr Sohn die einzigen Untertanen waren. Zuletzt bekam auch die »Peking« ihren alten Platz auf dem Wohnzimmerschrank. Sie war ein heiliger Gegenstand. Einmal im Jahr, meistens kurz vor Weihnachten, stellte mein Vater das Schiffsmodell vorsichtig auf den Esstisch, hob behutsam den Glaskasten ab, unter dem es stand, und entstaubte Segel, Takelage und Schiffsdeck mit einem Pinsel. Dann stellte er das Schiff wieder auf den Schrank zurück, wo es unter dem Glashimmel bei völliger Flaute mit prallen Segeln weiterfuhr, während ich mit den Augen als blinder Passagier irgendwo an Bord war, in einem der Rettungsboote oder im Kabelgatt. Als ich älter war und mein Vater an diesem Ritual der Schiffsreinigung immer noch festhielt, fragte ich ihn einmal, was er da eigentlich tat. Er schüttelte den Kopf über meine Frage und blieb die Antwort schuldig. Es dauerte lange, bis ich begriff, dass auch er bei dieser Reinigungsaktion jedes Mal innerlich wieder an Bord war. Mein Vater hatte immer behauptet, er habe das Modell mit dem fein ausgeführten Rigg auf seiner letzten Reise selbst gebaut. Doch das stimmte nicht, wie er mir erst kurz vor seinem Tod gestand. Er hatte es einem handwerklich geschickten Schiffskameraden abgekauft, um es seiner Mutter zu schenken. Das Bild eines absolut wahrhaftigen Menschen, der, wenn überhaupt, nur unwissentlich log, hatte fortan für mich eine schadhafte Stelle.

Am ersten Tag meines neuen Lebens blieb ich in der Wohnung und beobachtete meine neue Welt von der Veranda aus, einem langen, unbeheizten hölzernen Raum vor dem Wohnzimmer, durch dessen viele Glasscheiben man den Sandwall und das Meer sehen konnte. Der Sturm hatte sich gelegt. Es goss in Strömen. Doch immer noch schlugen einzelne Windböen wütend gegen die Fenster. »Eine Warmfront«, sagte mein Vater. »Sie wird bald durchgezogen sein.« »Warmfront« war ein schönes Wort. Es kam in die Schatzkiste meiner Lieblingswörter und lag dort gleich neben dem Wort »Rückseitenwetter«, das im Verlauf des Tages aus dem Munde meines Vaters fiel, als es erneut einen Wetterumschwung gab. Der wolkenverhangene Himmel platzte auf und bekam blaue Tümpel. Ich bemerkte, dass mein Vater größer aussah als auf dem Festland. Zweifellos war es seine Insel. Ich war vielleicht nur ein blinder Passagier. Aber ich ernannte mich zu seinem Ersten Steuermann und schritt den ganzen Tag verantwortungsbewusst auf der Kommandobrücke unserer Veranda auf und ab. In der Grünanlage vor dem Haus stand ein weißer Flaggenmast. Für mich war es der Fockmast eines Schiffes, und die Brandung am Strand war die Bugwelle entlang einer Bordwand aus Sand. Ich steuerte die Insel mit großem Sachverstand durch die sie umgebenden Untiefen. Dabei musterte ich mit meinen guten Augen den Horizont, um anderen Schiffen oder Sandbänken rechtzeitig auszuweichen, während meine Mutter in der Kombüse arbeitete und mein Vater irgendwo an Deck seiner Arbeit nachging. »Hart backbord«, rief ich. »Maschine halbe Kraft zurück!« Meine Mutter streckte den Kopf zur Verandatür herein. »Hast du mich gerufen?«, fragte sie. »Wir müssen an einer Hallig vorbei. Stör mich nicht. Es wird ganz knapp, weil wir wegen dem Ostwind nur wenig Wasser haben«, rief ich. »Du kannst wieder in die Kombüse. Ich schaff' es schon.«

Am selben Nachmittag begann ich die anderen Räume zu erkunden. Mitten durch das Haus verlief eine lange Treppe mit einem roten Läufer und einem schwarz lackierten Geländer. Ich traute mich bis hinunter zum untersten Absatz. Die Treppe endete in einem dunklen Flur vor einer Tür. Sie stand offen. Als ich vorsichtig eintrat, erwartete mich eine Überraschung. Im trüben Licht des Souterrains standen zwei lila Sessel. In einem saß ein Junge mit dunklen Locken, in dem anderen ein Mädchen mit hellblonden Haaren. Beide starrten mich an, ohne einen Ton zu sagen. Hinter ihnen erhob sich ein Weihnachtsbaum. Obwohl bereits April war, hatte man ihn noch nicht abgeräumt. Er war völlig anders geschmückt als unser Christbaum. Kein Lametta, keine roten Kugeln, sondern silberne Kugeln und ganz viel Engelshaar. Es waren die gleichen goldenen Haare, die auch das Mädchen hatte. Im Hintergrund kroch ein alter glatzköpfiger Mann herum. Er sah böse aus, und seine Stimme krächzte wie die eines Raben. »Was willst du hier. Du hast hier nichts verloren«, knurrte er. »Verschwinde gefälligst, du Lausebengel.« Ich machte, dass ich wegkam. Als ich mich in der Tür umdrehte, sah ich, wie mir das kleine Mädchen nachwinkte. Nie wieder im Leben habe ich eine solch trostlose Geste gesehen.

Ich rannte hoch in unsere Wohnung und fragte, wer die Leute da unten seien. »Der alte Mann im Souterrain ist Herr Schau, der Hausbesitzer«, sagte meine Mutter. »Die Kleinen sind die Kinder des Ehepaares, mit dem wir die Wohnung getauscht haben. Sie gehen bald weg in die Waldkolonie. Du brauchst dich deshalb gar nicht erst mit ihnen zu befreunden. Spiel lieber mit deinen Vettern. Aber spiel nicht mit Flüchtlingskindern. Sie haben schlechte Angewohnheiten und benutzen hässliche Wörter.«

Schon am zweiten Abend bekam ich ein größeres Bett. Es hatte kein Gitter mehr. Ich schob die Bettdecke zusammen und kroch in die Kajüte meiner Barkasse. Fortan fuhr ich Nacht für Nacht mit leise tuckerndem Motor auf die weite See hinaus. Das Motorengeräusch machte ich selbst. Das Rauschen der Bugwelle kam von der Brandung am Strand.

Am nächsten Tag traute ich mich endlich hinaus. Der Sturm war vorbei, und die Aprilsonne trocknete den Strand. Meine Mutter hatte mich viel zu dick angezogen, und ich warf mich mit meinem Mantel in den warmen Sand. Eine Weile lag ich wie ein Seehund am Flutsaum und wartete, bis die Ausläufer der immer noch großen Wellen meine Hände umspülten. Ich griff in den gelben Schaum und schmierte ihn mir ins Gesicht. Dann rasierte ich mich mit einer Miesmuschelschale, wobei ich das bittere Salz des Meeres schmeckte. Als ich wieder im Haus war, musste ich erneut in die Waschschüssel, um von meiner Mutter abgeschrubbt zu werden. Ein Seemann hat es nicht leicht, dachte ich, wenn er seinen Beruf ernst nimmt.

So ging es ein paar Tage weiter. Ich balancierte die Buhnen entlang, pflückte Strandschnecken von den Pfählen und sagte das kleine Gedicht auf, das ich von meinem Vater gehört hatte und mit dem Kinder Strandschnecken dazu bringen wollen, die Tür ihres Schneckenhauses aufzumachen: »Ankertutz, kommt herut.« Ich war stolz, denn ich sprach jetzt offenbar fließend Plattdeutsch. Der Strand war leer. Nur weit weg an der Mittelbrücke sah ich ein paar Kinder, die dort spielten.

Eines Abends brachten meine Eltern ein Bild mit nach Hause, das die Insel aus der Vogelperspektive zeigte. Sie hatten es in einem Lokal gegen ein großes Aquarell getauscht, das meine Mutter gemalt hatte, kurz nachdem ihr Verlobter mit dem Zeppelin »Hindenburg« abgestürzt war. Es zeigt ein fantastisches Luftschiff, das an fünf luftleeren Kugeln über einer weiten, bergigen Landschaft schwebt und mit Hilfe eines Segels vorankommt. Vom Mast hängt ein großer geöffneter Fallschirm herab, sodass im Falle eines Absturzes die Rettung des Luftschiffers möglich ist. Ich habe dieses Bild, das lange in meinem Kinderzimmer hing, sehr geliebt, und ich verstand nicht, warum es meine Eltern hergegeben hatten. Zu dem Bildertausch war es am Ende einer durchzechten Nacht im *Altdeutschen Keller* gekommen. Nun schwebte das Luftschiff an der Wand einer verrauchten Kneipe. Ihr Wirt gab dafür den Kupferstich, den mein Vater unbedingt haben wollte, weil er nach einer Zeichnung von der Hand eines Verwandten aus dem 18. Jahrhundert gefertigt worden war, eines Bäckermeisters, von dem auch das Gehäuse und das Zifferblatt unserer Standuhr stammte. Ungewöhnlich an diesem Bild war die Vogelperspektive, aus der die Insel zu sehen war, als wäre der Bäckermeister beim Zeichnen auf jenem Luftschiff gewesen, das meine Mutter gemalt hatte. Die Insel erinnerte von oben an einen Menschenkopf im Profil, mit langem, nach Westen gewölbtem Hinterkopf, das Gesicht nach Osten gewandt, die Nase ein Vorsprung im Deich der Marsch, zu Recht Neshörn genannt. Der Mund war der Hafen und der Rachen dahinter der Königsgarten. Das Auge war eine Vogelkoje, von Wimpernbäumen umstanden, die wellige Frisur war das Vorland im Norden. Der Südstrand schließlich war das Kinn und der Sandwall das Bärtchen zwischen Kinn und Mund. Drei Brücken und zahlreiche Buhnen ragten wie feine Borsten ins Meer, der Anleger am Hafen, die Mittelbrücke am nördlichen Ende der Kurpromenade und die Schaubrücke an ihrem südlichen Ende. Man sah die kleinen Spielzeughäuser, die Mühle, die Ulmenallee der Promenade und den Königsgarten, einen idyllischen, von Bäumen gesäumten See. Er diente einst dem Hofstaat des dänischen Königs zur Belustigung, wenn der König auf der Insel war, aber auch dazu, den Hafen vom Schlick frei zu spülen, indem man ihn bei Flut durch eine Schleuse volllaufen ließ, um dann bei Ebbe die Schleusentore wieder zu öffnen. Im Mittelteil des Bildes sah man die Inseldörfer mit ihren Kirchen und Mühlen. Am Horizont erhoben sich die Dünen der Nachbarinseln, viel zu groß gezeichnet und eher an mächtige Gebirge erinnernd. Dazwischen, in einer klaffenden Lücke, öffnete sich der Blick auf das endlose Außenmeer. Die Insel hatte noch keinen breiten Strand, keine Strandmauer, dafür ein Steilufer, das an der Hafeneinfahrt begann und sich um den höher gelegenen Teil der Insel zog. Die Straße mit dem Namen Sandwall, an der sich bereits damals das Badeleben hauptsächlich abspielte, war noch ein echter Wall aus Sand, keine befestigte Uferpromenade, wie es so viele gibt auf der Welt. Die kleinen kugelig geschnittenen Ulmen auf dem Bild boten den eleganten Flaneuren, die damals die Insel besuchten, ein wenig Sonnenschatten an schönen und Windschatten an stürmischen Tagen. Der eigentliche Flaneur aber war das Meer, das vor dem Sandwall in seinem gedeckten graublauen Anzug hin und her wanderte, mal von Süden kommend bei auflaufendem Wasser, mal von Norden bei ablaufendem Wasser.

Je länger ich dieses seltsame Bild anstarrte, umso größer wurde meine Lust, zu einer Entdeckungsreise ins Innere der Insel aufzubrechen. »Gibt es auf der Insel ein Echo?«, fragte ich meine Mutter. »Ich glaube nicht. Aber es gibt einen Wald. Der ist so klein, dass er auf die Bachgrundwiese passen würde. Du warst schon einmal dort, als du ganz klein warst. Erinnerst du dich nicht? Du musst Richtung Südstrand laufen. Irgendwann siehst du den Waldrand. Aber sei rechtzeitig zurück, bevor es dunkel wird.« Ich machte mich auf den Weg. Waldränder haben mich schon immer fasziniert, weil hinter ihnen ein Geheimnis liegt, auch wenn es sich nicht immer zeigen will. Hier war es eine dichte Ansammlung niedriger, verkrüppelter Kiefern hinter einem Erdwall. Ich rief so laut ich konnte nach dem Bürgermeister von Wesel. Aber keine Antwort, nur das Rauschen der Wipfel im Wind. Ich betrat das Wäldchen durch ein kleines weißes Holztürchen und folgte den engen, gebogenen Wegen. Die Zweige der Kiefern winkten mir zu, so heftig wurden sie vom Wind geschüttelt. Es knarrte, wisperte und raunte, stöhnte, klagte und heulte, als ob es hier lauter gequälte Wesen gäbe. Ich beeilte mich, aus diesem verzauberten Wald herauszukommen. Wie von selbst bewegten sich meine Beine immer schneller, und ich hatte das Gefühl, dass es ständig bergab ging. Plötzlich sah ich vor mir eine Straße. Auf der anderen Seite begann ein zweiter Wald. Die Bäume hier erinnerten an die Waldkolonie, denn sie waren viel höher und dicker und bogen sich nicht so im Wind. Ich lief weiter und kam auf eine Lichtung mit einer großen grasbewachsenen Grotte. War ich vielleicht durch einen geheimnisvollen Zauber zurückgekehrt in meine alte Heimat? Ich betrat die künstliche Höhle und setzte mich auf den Boden. Es roch nach Urin und Fäkalien. Als ich leise zu jammern begann, schallte meine Klage vielfach verstärkt von der Decke der Grotte zurück. Hier gab es also doch ein Echo. Als ich den Namen des Bürgermeisters aussprach, antwortete ein ganzer Chor von Eseln. Allmählich wurde es dunkel, und ich rannte weiter, ohne die

Richtung zu kennen. Auf einmal sah ich zwischen den Bäumen ein graues Tuch. Es war das Meer. Mit ausgebreiteten Armen rannte ich ihm entgegen und folgte dann der Strandmauer, bis ich wieder zu Hause war. Mein Vater war wütend. Er sagte: »Du musst endlich lernen, dich an die Regeln eines vernünftigen Zusammenlebens zu halten.«

Am nächsten Tag sagte er: »Damit du dich nicht wieder verläufst, zeige ich dir heute die ganze Insel.« Er setzte mich auf den Gepäckträger seines Fahrrads und fuhr mit mir von Osten nach Westen, die ganze lange Straße entlang, an der die Inseldörfer lagen. Sie bildete die Grenze zwischen der tiefliegenden Marsch und dem höher gelegenen Geestteil der Insel. Die Dörfer lagen alle auf dem Geestrand, damit sie bei einem Deichbruch nicht gefährdet waren. Bei jedem Dorf nannte mein Vater in einem ehrfürchtigen Ton seinen Namen. Ich sah seinen rhythmisch schaukelnden Körper auf dem Sattel vor mir. So nah war ich ihm noch nie gewesen, auch nicht auf den Radfahrten durch den Messler Park. Als wir das westliche Ende der Straße erreicht hatten, war das Meer nicht zu sehen. Überall erstreckte sich brauner Sand. »Wir haben Hohlebbe«, sagte mein Vater. »Jetzt kann man sogar zur Nachbarinsel laufen, aber man muss aufpassen, dass man nicht zu spät losläuft. Sonst spült einen die Flutströmung weg.«

Auf der Rückfahrt zeigte mir mein Vater einen großen, runden Wall. »Das ist die Lembecksburg«, sagte er. »Hier hat sich im 14. Jahrhundert der Ritter Lembeck gegen den dänischen König verteidigt.« Dann fuhr er zu den Hünengräbern. Ich verstand »Hühnergräber« und fragte ihn, welche Hühner dort gestorben seien. »Das sind Grabhügel von Toten aus der Bronzezeit«, erklärte er. »Drei Stück nebeneinander. Sie heißen deshalb Tribargen.« Weiter ging es zum nahegelegenen Goting Kliff, das er für besonders sehenswert hielt. Regen hatte tiefe Rinnen in die ockerfarbenen Abhänge gefräst. Am Fuß des Steilkliffs lagen große rosa Steine. »Das sind Findlinge aus der Eiszeit«, erklärte mein Vater. »Die Gletscher haben sie hierhergeschoben. Unsere Insel war früher ein Teil des Festlands. Draußen im Watt gibt es einen versteinerten Wald.« Später kamen wir an einem tiefen, wie ein Amphitheater geformten Loch in der Erde vorbei. »Das ist der Ringreiterplatz«, sagte mein Vater. »Da kämpfen die Ringreiter um den Sieg. Sie müssen vom Pferderücken aus mit einer Lanze einen kleinen Ring treffen und ihn aus der Halterung reißen.« Zum Schluss der Rundreise fuhren wir quer durch die Marsch zu einem in einem kleinen Wäldchen gelegenen viereckigen Teich. »Das ist eine Vogelkoje«, erklärte er. »Das sind künstliche Teiche, die man angelegt hat, um Krickenten zu fangen. In jeder Ecke des Teiches befindet sich eine Reuse. Auf dem Teich schwimmen Lockenten, die die Krickenten in diese Fallen hineinlocken, wo man sie packt und wringelt.« »Was heißt wringelt«, fragte ich. Das Wort gefiel mir nicht. »Das ist eine Methode, wie man Enten tötet. Man ergreift sie am Kopf und schleudert den Körper mehrmals herum, wobei der Hals bricht.« Alles, was mein Vater sagte, war nüchtern und geheimnisvoll zugleich.

In den nächsten Wochen versuchte ich, mich gegen den Rat meiner Mutter mit den Kindern zu befreunden, die im Souterrain wohnten. Sie waren immer noch da, denn die Amerikaner hatten inzwischen alle Villen in der Waldkolonie konfisziert. Der Junge besaß einen echten kleinen Benzinmotor, den man mit einigem Geschick zum Laufen bringen konnte und der dabei knatterte und stank. Sein Vater hatte das Wunderwerk für seinen Sohn gebaut. Ich überlegte, wie ich die Maschine unbemerkt an mich bringen konnte, gab den Plan aber bald wieder auf. Das Mädchen war eine Prinzessin, viel schöner als Elke. Ich war sofort verliebt in sie und versuchte, sie an den Strand zu locken, indem ich vorgab, mich als echter Einheimischer mit Muscheln und Krebsen auszukennen. Mein Wissen bezog ich aus einem Buch, das ich im Bücherschrank meiner Eltern gefunden hatte und in dem lauter Seegetier des Wattenmeeres abgebildet war. Seesterne, Krebse, Seetang, Muscheln. »Ich habe einen echten Einsiedlerkrebs gefunden«, sagte ich. »Willst du nicht mitkommen und ihn ansehen?« Die Prinzessin schüttelte ihr goldblond gekröntes Haupt. Sie spielte anscheinend lieber auf dem Teppichboden der düsteren Kellerwohnung. Ich hatte sie überhaupt noch nicht reden hören. Vielleicht war sie stumm, vielleicht hatte sie keine Zunge. Auch der Junge blieb lieber drinnen, und so musste ich wieder allein zum Strand. Es war windstill, das Meer glatt und von stumpfem Grau wie ein blinder Spiegel. Immer noch rollten große Wellen an den Strand, Zeugen des letzten Sturms. Ich legte mich in den kalten Sand und lauschte der Musik, die sie machten. Es waren immer die gleichen drei Klänge. Erst ein scharfes Rauschen, verursacht von ihrem Brechen, dann, wenn die Welle auf den Strand schlug, ein tiefer, dumpfer Ton wie von einer mächtigen Pauke, gefolgt von dem Zischen des zurückflutenden Wassers in den Steinen. Ich lief am Strand entlang und sammelte alle möglichen Wunderdinge, die dort lagen, rote, gelbe, blaue, weiße Muschelschalen, ausgeblichene Krebsscheren, Möwenfedern, Quallen, kleine Schwämme, die Eiergelege von Wellhornschnecken, die Eikapseln von Katzenhaien, schwarze ledrige Gehäuse mit langen spitzen Ecken, rostige Niveadosen, abgebrochene Kämme, Steine, aus denen man Funken schlagen konnte, rostbraune Steine, Hexenschüsseln genannt, in deren Innerem gelbe Kerne waren, wenn man sie aufschlug, weiße, längliche, zerbrechliche Gebilde, die Skelette von Tintenfischen, die man Kanarienvögeln in die Käfige gab. Schöneres Spielzeug gab es nicht. Besonders spannend war der Tangstreifen, die schmale Zone zwischen Wasser und Strand. Hier gab es die meisten Wunderdinge. Hier sammelte sich schwarzer Seetang, der knirschte, wenn man auf ihn trat, hier gab es grünen Blasentang, der knallte, wenn man ihn zwischen zwei Steinen zerdrückte, hier wurden tote Fische angspült, hier gab es kleine Pfützen, in denen durchsichtige Krabben herumflitzten. Ich machte mit einem Stöckchen Striche in den Sand und konnte dann

sehen, ob es flutete oder ebbte. Dabei fand ich heraus, dass bei auflaufendem Wasser die Grenze zwischen Meer und Strand viel deutlicher war als bei ablaufendem. Einmal entdeckte ich ein großes
Schneckengehäuse, das sich langsam über den Sand bewegte und
dabei eine Spur hinterließ. Ich hob es hoch und sah, wie sich ein Tier
blitzschnell in das Gehäuse zurückzog. Es war ein Einsiedlerkrebs.
Ich nahm ihn mit, um ihn der Prinzessin zu zeigen, aber sie rannte
schreiend aus dem Zimmer, als ich das Tier hochhielt und zwei gelbe
Scheren in der Öffnung des Schneckenhauses erschienen.

Irgendwann verschwand die Familie aus der Kellerwohnung. Die
Eltern hatten sich entschlossen, nach Australien auszuwandern. Ich
sah von meiner Schiffsbrücke aus zu, wie sie mit ihrem Gepäck über
den Sandwall in Richtung Hafen zogen. Die Prinzessin ging an der
Hand ihres Vaters. Ich öffnete ein Fenster, winkte und rief. Alle
drehten sich um und winkten zurück. Nur die Prinzessin nicht.

Ich war nicht lange traurig, denn ich spürte, dass ich einen wirklichen Freund gefunden hatte. Ein richtiger Freund musste groß sein
und schön, und man musste gut mit ihm spielen können. Genauso
war das Meer. Es war nie langweilig. Es konnte seine Farbe ändern
wie ein Chamäleon, seine graue Haut abstreifen wie eine Schlange
und in eine neue schlüpfen, die blau war. Es trieb Wellen vor sich her,
weißwollige Schafe, die es schor, wenn der Wind nachließ. Es konnte
rosa Kaninchen aus seinem schwarzen Zylinder zaubern, wenn morgens die Sonne aufging. Und es brachte manchmal ganze Schiffe zum
Verschwinden, wenn es sie in das Tuch seines Nebels wickelte. Ich
besuchte meinen neuen Freund jetzt jeden Tag, und als es wärmer
wurde, legte ich mich in den Sand und wartete darauf, dass das steigende Wasser mich umarmte. Erst berührte es meine ausgestreckten
Hände, dann meine Stirn, sodass ich den Kopf heben musste, dann
meine Brust, und schließlich umfasste es mich ganz und gar.

*

B. hatte zuletzt mit geschlossenen Augen erzählt, als wolle er alles vor sich sehen wie einen Film im abgedunkelten Kinosaal. Als er die Augen wieder öffnete, war die Gestalt am Fenster verschwunden. An ihrer Stelle stand eine alte Frau. Sie kehrte B. jedoch nicht den Rücken zu, sondern blickte ihn an. Ihre Haare waren grau und zu einem Knoten geschlungen, ihre Haut fahl, bis auf die linke Wange, die aussah, als sei sie rot geschminkt. »Sei unbesorgt«, sagte sie. »Ich bin die Vertretung. Aber ich bin informiert. Ich habe gelesen, was du bisher erzählt hast. Vieles davon kommt mir ziemlich ausgedacht vor. Anscheinend hast du eine blühende Phantasie. Die hast du schon damals gehabt.«

»Kann es sein, dass wir uns von irgendwoher kennen?«

»Ich denke, wir kennen uns recht gut, ohne uns je wirklich gekannt zu haben. Das ist manchmal so und muss wohl auch so sein. Auch Fremdheit kann eine Form der Nähe sein.«

»Ja, das stimmt. Ich habe mich ein Leben lang als Fremdling empfunden, egal mit wem ich zusammen war. Oft war ich mir auch selbst fremd. Aber ich habe dabei immer das Gefühl gehabt, nicht wirklich einsam zu sein. Fast ist es mir zuletzt sogar gelungen, mich ein wenig selbst zu lieben.«

Die Frau erhob sich, nahm wortlos seine Hand und drehte sie mit der Fläche nach oben. »Es hat keine Narben gegeben, als ich dich damals mit dem Lineal bestraft habe.«

»Ihre Schläge haben sehr wohl Narben hinterlassen. Keine physischen, dafür seelische. Beide haben leider die gleichen Eigenschaften. Minderwertiges Fleisch, bindegewebsreiche, verhärtete Fibrose. Vorurteile, Ängste, Ideologien, das ist die seelische und geistige Fibrose. Ich habe ein Leben lang gegen sie angekämpft.«

Die Frau brachte ihn zur Tür. »Frühe Demütigungen können feige machen«, sagte sie. »Sie können aber auch das Gegenteil bewirken.«

»Sie haben mich nicht mutiger gemacht. Es war etwas anderes, das sie mich ertragen ließ.«

»Was war es, wenn ich fragen darf?«

»Ein ausgeprägtes, übertriebenes Selbstbewusstsein, das seine Stärke aus der Tatsache bezog, dass es unbegründet war.«

»Der Zweck heiligt die Mittel. Sagt man nicht so?«

»Ich finde, das ist ein dummer Spruch, jedenfalls in meinem Fall. Der Zweck war zwar richtig, aber das Mittel war so falsch, dass von ihm keine heilende Wirkung ausgehen konnte. Ich frage mich, warum Sie mich schikaniert haben und mir immer schlechte Noten gaben.«

»Weil du es dir zu leicht gemacht hast. Es stimmt, du warst hochbegabt, aber du warst nicht bereit, für deine Begabung etwas zu tun. Ich fürchtete, du könntest ein Hochstapler werden. Als dein Vater mich geohrfeigt hat, habe ich innerlich triumphiert. Er fühlte sich in seiner Familienehre verletzt, aber was ist das schon, Familienehre. Es gibt nur die Ehre der Einsamen.«

»Können Sie sich an Inke erinnern?«

»Natürlich. Wer könnte sie je vergessen. Sie war nicht nur die Schönste, sie war auch die Beste. Ihre Leistungen beruhten nicht auf Scharlatanerie wie bei dir.«

»Wissen Sie, was aus ihr geworden ist?«

»Darüber darf ich nichts sagen. Dass du sie nicht bekommen hast, wird dein Leben lang eine schwärende Wunde bleiben.«

Die alte Frau reichte ihm die Hand. Sie fühlte sich kalt und weich an wie ein Stück Leder, das lange im Wasser gelegen hat. Dann verließ sie den Raum.

B. ging die Straße entlang zurück. Doch diesmal bog er kurz vor der Brücke ab. Der Weg führte zu den Docks. Sie waren fast leer. Nur ein einziges Schiff war zu sehen. Es hatte schwarze Segel und lag wegen Niedrigwasser tief im Hafenschlick. Niemand war an Deck zu sehen oder im Steuerhaus. Auf dem Deich stand ein Mädchen. Es war stehen geblieben, als ob es auf B. wartete. Sein helles Kleid war schmutzig. War es hingefallen? Das Mädchen drehte sich um. Sein Gesicht war blutverschmiert. B.s Herz schlug wie rasend. Er beschleunigte seine Schritte. Schließlich rannte er. Aber er kam einfach nicht näher.

Zurück im Hotel bestellte sich B. sein Abendbrot zusammen mit einer Flasche Wein aufs Zimmer. Später, als er angezogen auf dem Bett lag und gegen die Decke starrte, versuchte er, sich Inkes Gesicht vorzustellen. Aber er konnte sich nur noch an ihre weißblonden Haare und ihre großen blauen Augen erinnern.

B. beobachtete eine Fliege, die im Netz der Spinne an der Decke zappelte. Er überlegte, ob er sie befreien sollte, als er ein Klopfen hörte. Das Zimmermädchen trat ein mit einem Tablett, das sie auf den kleinen Tisch am Fenster stellte. Sie strich sich die Schürze glatt. »Soll ich bei Ihnen bleiben?«, fragte sie. »Ich habe Feierabend.« Er nickte. »Holen Sie noch eine zweite Flasche und ein zweites Glas, Inke.«

»Das ist nicht mein Name. Aber meinetwegen können Sie mich so nennen.«

Sie verschwand und erschien kurze Zeit später mit einer zweiten Flasche Wein und einem Glas. »Setz dich ans Fenster«, sagte B. »Ich möchte dir beim Trinken zusehen.«

Sie lachte. »Das ist alles?«

»Ja, das ist alles. Ich finde, es ist schon ganz schön viel, jemandem beim Trinken zuzusehen. Das Bild, das du abgibst, wandert durch meine Augen in meinen Cortex, von dort in die Basalganglien und wieder zurück in den Thalamus, der dann entscheidet, ob er dieses Bild behalten will, indem er es an den Hippocampus weitergibt, oder ob er es lieber in den Papierkorb des Vergessens wirft.«

»Sind Sie Arzt?«

Er nickte. »Allerdings kein Arzt im üblichen Sinne. Ich bin zugleich mein eigener Patient.«

»Sind Sie denn krank?«

»Ja. Unheilbar krank. Denn ich lebe noch.«

Sie nippte an ihrem Glas und sah ihn spöttisch an. B. stand auf und setzte sich zu ihr an den Tisch. Sie tranken schweigend. Als beide Flaschen leer waren, zog sich B. aus und legte sich ins Bett. Durch die halb geschlossenen Lider sah er die Frau am Fenster. Sie änderte ständig ihr Aussehen. Erst erinnerte sie ihn an seine Mutter. Dann an Inke, zuletzt an seine zweite Frau. Es war, als ob er ihr jedes Äußere geben konnte, das ihm in den Sinn kam. Sie zog sich ebenfalls aus und schlüpfte zu ihm unter die Decke.

B. schlief schlecht in dieser Nacht. Nicht nur, weil ein fremder Mensch in seiner Nähe war. Er hatte auch Angst davor, im Schlaf seine Erinnerungen zu verlieren, wie man einen Kamm im Sand verliert. Als er am Morgen erwachte, war das Bett neben ihm leer. Sein Blick fiel auf den Zettel, der auf dem kleinen Tischchen lag. Er stand auf und las: »Es ist nach Mitternacht. Ich gehe jetzt. Sie sollten unbedingt einen richtigen Arzt aufsuchen. Sie haben lange Atemaussetzer. Ich habe mit Hilfe meiner Armbanduhr herausgefunden, dass Sie manchmal fast drei Minuten keine Luft holen. Ich hatte schon Angst, Sie könnten ersticken.«

10

Als B. am nächsten Tag in seinem ledernen Beichtstuhl saß, kamen ihm Bedenken, ob es richtig war, die Vergangenheit als eine Art Chronik zu rekonstruieren. Zerstörte er sie nicht damit? Machte er nicht eine zufällige Reihe von Anekdoten aus dem, was einmal ein komplexes Leben gewesen war? Er wollte schon aufstehen und gehen. Doch dann riss er sich zusammen und begann.

*

Für meinen Vater muss die Umsiedlung auf die Insel so etwas wie die Rückkehr des verlorenen Sohnes in seine Heimat gewesen sein. Für meine Mutter hingegen war es die Vertreibung aus dem Paradies, so schwierig die Verhältnisse auch in der Waldkolonie bei Frankfurt gewesen waren. Sie sollte nun Hyperboreerin werden. Von Pfarrer Rieber wusste sie, Hyperborea war für die Heiden der Antike eine sagenhafte Insel jenseits der Berge am nördlichen Rand der Welt. Ihre Einwohner kannten weder Krankheit noch Alter. Sie aßen, tranken und sangen Tag und Nacht und waren dabei pausenlos glücklich. Welch eine grausame Vorstellung, ständig glücklich zu sein, dachte sie. Glück mochte sie nicht, jedenfalls nicht in seiner banalen Form. War sie nicht in den letzten Jahren zu einer Meisterin in der spielerischen Beherrschung des Unglücks geworden? Zu einer Virtuosin im Umgang mit schwierigen Lebensverhältnissen, mit Krieg, Hunger, Sehnsucht, Einsamkeit? Sie brauchte das Unglück, um sich und ihrem Leben die angemessene Farbe und Form zu geben. Ohne die Grundierung des Leidens hatte das Glück entschieden zu grelle Farben.

Wir waren erst wenige Tage auf der Insel, als an einem Sonntagnachmittag drei blonde Jungen vor der Tür standen. Meine Vettern.

Sie waren gekommen, um mich zum Besuch der Kirche abzuholen. Unsere Mütter hatten das verabredet. Wir wanderten zu viert über die Landstraße ins Innere der Insel. Westlich des Ortes erhob sich eine mächtige, aus großen Granitquadern gebaute Kirche. Sie lag, von Grabsteinen und Kreuzen umgeben, auf einer kleinen Anhöhe und war von furchteinflößender Größe. In der Waldkolonie hatte es keine Kirche gegeben. Jetzt war ich zum ersten Mal in meinem Leben in einem Gotteshaus. Im hohen Kirchenschiff war es feucht, kalt und dämmrig. Der weinerliche Gesang der Gemeinde, die strafenden Worte des Pastors von der Kanzel, der blutende Mann aus Holz an der weißgekalkten Wand, all das verstörte mich. Als der Gottesdienst endlich zu Ende war, war ich froh, wieder nach draußen zu können. Meine Vettern sagten, sie hätten noch etwas vor. »Ich muss nach Hause, meine Mutter wartet«, sagte ich. »Da musst du längs, du Quiddje, die Straße da geht in die Stadt zurück«, sagten sie und deuteten mit ausgestreckten Armen in eine bestimmte Richtung. Das Wort »Quiddje« gefiel mir. Es klang lustig. Ich wusste ja nicht, dass es so viel heißt wie »Fremder, der kein Plattdeutsch kann und nicht hierher gehört«.

Ich ging los, aber so weit ich auch ging, die Stadt kam nicht in Sicht. Schließlich begann ich immer schneller zu laufen. Ich rannte. Es dämmerte schon. Im Zwielicht wirkte alles viel größer. Die Hecken, die Zaunpfähle. Die kahlen Bäume sahen aus wie knorrige Riesen mit wirren Haaren und langen Messern in den Fäusten. Sie waren mir auf den Fersen, kamen immer näher. So schnell ich auch war, sie ließen sich nicht abschütteln. Ich hörte ihr Keuchen, das Klatschen ihrer nackten Füße auf dem Boden. Auch der Mann im Mond kroch jetzt über den Horizont. Sein Kopf mit dem großen zahnlosen Mund und den leeren Augenhöhlen rollte hinter mir her. Ich kam an einem tiefen Krater vorbei und erkannte in ihm den Ringreiterplatz, den mir mein Vater gezeigt hatte. Ich wusste, dass diese Stelle im Westen lag, und erschrak. Tränen stiegen in mir hoch, keine Kummertränen, sondern Tränen der Angst, die viel bitterer schmeckten. Ich erreichte ein Dorf mit niedrigen, reetgedeckten Häusern. Alles war dunkel. Doch dann bemerkte ich weit weg in der Marsch ein Licht. Ich rannte darauf zu und kam an ein großes Gehöft. Die Tür stand halb offen, und ich betrat den Flur. Ein gelber Schimmer drang durch eine zweite Tür. Ich blickte durch den Spalt und gewahrte eine Gruppe von Menschen, die um einen großen Tisch saß. Eine Petroleumlampe beleuchtete die Szene. Männer, Frauen, Kinder, alle hatten langstielige Löffel in der Hand und aßen eine weißliche Suppe aus einer großen Schüssel, die in der Mitte des Tisches stand. Ich nahm all meinen Mut zusammen und trat ein. Sie drehten die Köpfe und starrten mich an, als sei ich ein Geist. Einer der Männer fragte mich etwas in einer fremden Sprache. Ich verstand kein Wort. »Ich habe mich verlaufen«, sagte ich. Wahrscheinlich schluchzte ich dabei. »Ich muss nach Hause, meine Mutter wartet.« Jetzt sprach eine Frau. Diesmal verstand ich, was sie sagte. »Wo kommst du her?« »Von da, wo die Schiffe ankommen. Ich war in der Kirche und wollte nach Hause«, stammelte ich. »Dann bist du in die falsche Richtung gelaufen, mein Kleiner. Du bist hier schon fast am anderen Ende der Insel. Du musst einfach in die entgegengesetzte Richtung gehen. Dann kommst du zurück zu deiner Mutter. Hier, nimm das zur Stärkung mit.« Sie gab mir ein Stück Brot, das ganz salzig schmeckte von meinen Tränen.

Ich rannte hinaus, und weiter ging es durch die Dunkelheit. Bald waren die Riesen wieder da. Sie hatten wie ich die Richtung gewechselt und waren noch größer geworden. Ich spürte ihren eisigen Atem im Nacken. Wenigstens rannte ich jetzt dem Mann im Mond entgegen. Er war vielleicht gar nicht böse, und sein gefräßiges Maul war in Wirklichkeit ein tiefes Meer. Irgendwann kam ich wieder am Ringreiterplatz vorbei. Dann sah ich ein riesiges schwarzes Schiff. Es war aus dem Himmel herabgestürzt. Krähen umkreisten es. Ich irrte zwischen Grabsteinen herum. Die Toten kicherten und seufzten unter der Erde. Zahllose Knochenfinger krochen wie weiße Würmer aus den Gräbern. Ich begann zu schreien. Da hörte ich eine Stimme ganz in der Nähe. Sie war sanft und freundlich und sagte: »Was machst du denn hier so spät bei der Kirche?« Jemand trat aus der Dunkelheit. Es war ein Mädchen, größer und älter als ich. Ich schämte mich vor ihr und hörte auf zu weinen. »Wo wohnst du?«, fragte sie. »Im Haus Rungholt«, stammelte ich. »Sie haben mich in die falsche Richtung geschickt. Das haben sie mit Absicht getan.« »Hab keine Angst, ich bring dich nach Hause.« Sie nahm mich bei der Hand und führte mich dunkle Straßen entlang, bis wir am Ziel waren. Das Mädchen klingelte an unserer Tür. Meine Mutter öffnete. Sie hatte Tränen in den Augen. Als ich im Wohnzimmer stand und zu schluchzen begann, schimpfte sie. »Du ungezogener Bengel, was hast du uns angetan. Ich hatte solche Angst um dich. Dein Vater hat dich überall am Strand gesucht. Er ist sogar bis zur Kirche gelaufen. Er ist immer noch unterwegs.« »Sie haben mich in die falsche Richtung geschickt«, sagte ich wieder und wieder. Dann war mein Vater zurück. Er sagte kein Wort. Sein Gesicht war grau und stumm wie ein Stein. Ich wurde ins Bett geschickt. Ich kroch in meine Barkasse und fuhr hinaus aufs Meer zu einem anderen Land mit lauter Freunden.

Die Härte meines Vaters bekam ich in den nächsten Tagen zu spüren. Er hatte sich verändert. Seit wir auf der Insel waren, wirkte selbstsicherer und behandelte mich strenger als früher. Jedes Mal, wenn ich nur ein bisschen zu spät zum Mittagessen kam, zog mir mein Vater die Hose herunter. Er schlug mich mit der flachen Hand. Ich ertrug es stumm und besah mir danach im Spiegel des Schlafzimmerschranks mein Gesäß, auf dem der Abdruck seiner Finger deutlich zu sehen war. Zuerst waren sie blaurot, später grün. Bevor wir auf die Insel gekommen waren, hatte mich mein Vater nie körperlich gezüchtigt. Dass einem ein Mensch wehtat, den man eigentlich lieben möchte, erzeugt eine seltsame Turbulenz in der Seele, einen Strudel von Zu- und Abneigung, der alles in sich hineinzieht und miteinander vermischt. Ich bin diese Gefühlsmischung meinem Vater gegenüber seit damals nie wieder ganz losgeworden. Wenn er mich lobte, reagierte ich mit Misstrauen, wenn er mich schalt, flackerte eine innere Flamme des Trotzes in mir auf.

Mein Vater entschied, ich hätte keine richtige Kleidung für das oft so harte Wetter auf der Insel. Er griff in seinen Crewbüdel, einen kleinen Segeltuchsack voller Werkzeug zum Flicken von Leinwand, den er seit seiner Zeit auf der »Peking« an einem Ehrenplatz aufhob, holte Marlpieker, Kolophonium, Garn, eine große gebogene Nadel und einen Segelhandschuh heraus und nähte mir eine Hose aus Sturmsegeltuch. Sie war so stabil, dass sie auf den Hosenbeinen stehen konnte, auch wenn niemand in ihr steckte. Mein Vater hob mich hoch und stellte mich von oben in sie hinein. Wir standen in der Veranda. Wind war aufgekommen. »Das da ist ein Böenrand«, sagte er und wies auf einen schwarzgrauen Strich am Himmel. »Das Barometer ist gefallen. Wir bekommen Sturm. Jetzt hinunter mit dir. In der neuen Hose wirst du nicht nass.« Diesmal war sein Gesicht nicht wie ein Stein, sondern eher wie aus Holz. Ich glaube, er war stolz auf seine Arbeit. Ich lief so schnell ich konnte hinunter an den Strand, obwohl die steife Hose meine Bewegungsfähigkeit stark einschränkte. Regen peitschte die Wellen. Es sah aus, als hätte das Meer die Windpocken. Das Wasser stieg und stieg und fraß gierig den Strand. Bald prallte es gegen die Strandmauer und schoss in umgekehrten Wasserfällen in den Himmel. Die See schrie und blutete aus zahllosen Schnittwunden weißes und gelbes Blut. Wattebäusche quollen aus ihrer Haut, die der Wind in die Straßen trieb, wo sie an Häusern und Bäumen kleben blieben. Der Wind war so stark, dass ich nicht vorankam. Wenn ich mich umdrehte, musste ich rennen, um nicht umzufallen. Die Hose war nicht nur aus Segeltuch, sie wirkte auch wie ein Segel. Dennoch war ich glücklich, dass die Natur so wütend war. Es war eine gute Wut. Sie hatte die Fähigkeit zu trösten.

Als ich völlig durchnässt nach Hause kam, brannten meine Schenkel und mein Glied wie Feuer. Meine Mutter hob mich aus der Hose und cremte die wundgescheuerten Stellen ein. Ich weigerte mich fortan standhaft, dieses Kleidungsstück zu tragen. Da meine Mutter diesmal auf meiner Seite war, akzeptierte es mein Vater mit mürrischem Gesichtsausdruck. Seiner Meinung nach hatte ich für einen männlichen Nachfolger eine viel zu zarte Haut.

Einmal lagen draußen im Watt drei große graue Schiffe. Sie klappten wie gewaltige Haifische ihre breiten Mäuler auf. Kastenförmige Fahrzeuge mit großen Rädern fuhren heraus und näherten sich dem Strand. »Das ist der Tommy«, sagte meine Mutter. »Er ist mit seinen Amphibienfahrzeugen übers Watt gekommen und besetzt nun die Insel.« Diese Eroberer waren ganz anders als die Amerikaner in der Villenkolonie. Sie schenkten uns nichts. Sie beachteten Kinder einfach nicht. Nebel kam auf und verschlang die Landungsboote. Als er sich lichtete, waren sie wieder fort.

Auch mein Vater verließ in diesen Tagen die Insel, um seine beruflichen Aussichten bei einer Reederei auf dem Festland zu sondieren. »Er hat endlich eine richtige Arbeit gefunden«, sagte meine Mutter. »Die deutschen Reeder dürfen nämlich wieder Schiffe fahren lassen.« Sie schien untröstlich, dass ihr Mann wieder weg war, und ich musste nun wieder neben ihr schlafen und Fußi machen. Am Wochenende gingen wir früh ins Bett und hörten einen bunten Abend. Dabei gab es eine lustige Stimme, die die unsichtbaren Hörer im Studio genauso zum Lachen brachte wie meine Mutter und mich. Einmal sagte sie: »Das Leben ist wie eine Brille, man macht viel durch.« Solche Wortspiele gefielen mir sehr und bohrten sich tief in meinen Sprachschatz ein. Dann war mein Vater überraschend wieder da. Die Sache mit der Reederei auf dem Festland hatte nicht geklappt. Er saß stumm im Lehnstuhl und sah aus wie jemand, der nie wieder würde lachen können.

Am letzten Apriltag des Jahres 1946 wurde ich zum zweiten Mal eingeschult. Am Morgen dieses besonderen Ereignisses überreichte mir meine Mutter eine große Schultüte. Sie war verdächtig leicht, und wenn ich sie schüttelte, raschelte es leise. Ich trug meinen alten Ranzen, als ich am Sandwall entlang zur Schule lief. Die Griffel und Buntstifte klapperten in ihm, und das gelbe Schwämmchen, das an einer Schnur seitlich aus dem Ranzen hing, tanzte im Wind. Manchmal berührte es mich beinahe zärtlich an der Wange. Ich kickte eine leere, verbeulte Libbys-Dose vor mir her. Dabei gab es weiße Kratzer auf meinen frisch geputzten Stiefeln. Aber als ich in die Straße einbog, die zur Schule führte, gab ich dem Dosenball einen kräftigen Tritt, sodass er besonders lange rollte, bis er reglos im Rinnstein liegen blieb. Als ich auf dem Schulhof ankam, war dort eine lärmende Menge von Kindern. Die Erwachsenen zwischen ihnen erinnerten an Bojen in einer aufgewühlten See. Es wurde geschrien, getobt, mit Gegenständen geworfen. Ich entdeckte zwei meiner Vettern, und da ich wusste, dass ich mit ihnen in die gleiche Klasse gehen sollte, gesellte ich mich zu ihnen. Im mondförmigen Gesicht des einen Vetters klafften zwei Augen wie leere blaue Muschelschalen. Sie musterten mich durchdringend. »Na, Quiddje«, sagte er. Der andere Vetter ignorierte mich. Er war ein schlanker, hellblonder, besonders hübscher Junge. Als die Schulklingel schrillte, drängte sich ein reißender Strom von Kinderleibern mit ohrenbetäubendem Lärm durch die Tür in das rote Klinkergebäude. Ich wurde mitgerissen. Der große, lange Flur mit den zahllosen Kleiderhaken an den Wänden wimmelte von schreienden Jungen und Mädchen. Ich suchte meine Vettern, und als ich sie endlich inmitten des Chaos ausgemacht hatte, lief ich auf sie zu. Der mit den Muschelaugen war etwas kleiner als ich, aber breiter gebaut, mit kurzen, stämmigen Beinen und einer platten Stupsnase. Als er mich bemerkte, sagte er: »Na Quiddje, bildest dir wohl ein, was Besseres zu sein.« »Mammisöhnchen!«, rief ein anderer Junge, während er dabei war, sich seinen kahlgeschorenen Schädel mit einem Stück Kreide einzureiben, bis er ganz weiß war. In diesem Moment gab mir mein Vetter einen Fausthieb mitten ins Gesicht. Meine Schultasche schlug auf den Boden, Schulhefte und Stifte purzelten heraus. Ich fiel über ein vorgestrecktes Bein. Der andere Vetter lag über mir und drückte meinen Kopf mit beiden Händen auf die Fliesen. Direkt neben meinem Gesicht sah ich riesengroß eine rosa Kinokarte. »Kindervorstellung« stand darauf. Es gelang mir, mich umzudrehen. Über mir an der Wand eine endlose Reihe von Kleiderhaken. Viele von ihnen waren abgebrochen. Dann klingelte es wieder. Mein Vetter ließ von mir ab, nicht ohne drohend zu zischen: »Na warte, nach der Schule mach ich dich fertig, du Quiddje.« Der Vetter mit den Muschelaugen trampelte auf meiner Schultüte herum, bis sie ganz flach war. Dann rannte er zur Klassenzimmertür. Sie stand weit offen wie ein Schleusentor, und alle fluteten hinein. Ich gehörte zu den Letzten, weil ich meine zerbrochenen Griffel einsammeln musste, und landete in einer der hintersten Reihen. Einer der Jungen stand an der Tür und lauschte. »Sie kommt«, rief er in den Lärm. Dann betrat die Lehrerin den Raum. Fräulein Eberhard war ziemlich klein, hatte graue, verfilzte Haare und einen Mund fast ohne Lippen. Ihre Haut sah aus wie altes, stockfleckiges Papier. Mit einem langen Lineal schlug sie mehrmals auf ihr Pult und schrie: »Ruhe! Alles aufstehen!« Es dauerte eine Weile, bis die fünfundvierzig Kinder unter großem Lärm dem Kommando Folge geleistet hatten. »Setzen«, schrie das Fräulein. Wir setzten uns. Die Stühle und Bänke knarrten und quietschten. »Aufstehen!« »Setzen!« So ging es einige Male. Es war wie Kniebeugen machen. Schließlich stolzierte das Fräulein durch den Mittelgang und forderte uns der Reihe nach auf, unsere Namen zu sagen. Dabei zeigte sie mit dem Lineal auf das jeweilige Kind. Jedes Mal trug sie den Namen in ein Notizbuch ein. So erfuhr ich auch, wie das Mädchen aus der ersten Reihe hieß. Es war mir gleich aufgefallen, weil es die ganze Zeit über sitzen geblieben war, ohne sich am Geschrei der anderen zu beteiligen. Inke gehörte mit ihren großen taubenblauen Augen und ihren glatten weißblonden Haaren zweifellos zur Spezies der Rauschgoldengel. Ich starrte sie die ganze Zeit an und hörte nicht, wie mich die Lehrerin nach meinem Namen fragte. »Du hast also keinen Namen«, sagte das Fräulein und stieß mir das Lineal in die Seite. »Auch gut. Du heißt also Niemand. Das kann ich mir besser merken. Los, steh auf und sing uns etwas vor, Niemand!« Ich wusste, ich konnte leider nicht singen. »Los, sing!« Sie schlug mit dem Lineal so heftig auf die Schulbank, dass meine zerbrochenen Griffel aus der Rinne im Holz hüpften und herunterrollten. Dann rief das Fräulein, den Höllenlärm übertönend: »Seht ihn euch nur an. Niemand hat keinen Namen und will auch nicht singen.« Inke drehte sich um und blickte in meine Richtung. Ihre Augen glichen Wolkenlücken, hinter denen der Himmel ganz blau und klar war. Die Klasse johlte und lachte. Meine Hände klebten am Tisch. Als ich sie hochhob, sah ich zwei Inseln aus Schweiß, die immer kleiner wurden. Neben ihnen, wie angespültes Strandgut, Tintenflecke und eingeritzte Buchstaben. Darüber ein kleiner Deckel aus Blech. Ich klappte ihn auf. Ein schwarzes Loch voller Papierkügelchen, Brotresten, Krümeln von Radiergummis gähnte mich an. Vielleicht könnte ich, dachte ich kurz, mich dort verbergen, hindurchschlüpfen in eine andere Welt. Hinter einem der Fenster stand eine Möwe mit ausgebreiteten Schwingen unbeweglich in der Luft. Inke hatte sich abgewandt und betrachtete die Tafel, auf die die Lehrerin jetzt einen großen lateinischen Buchstaben malte. Ich nutzte die Gelegenheit, sprang kopfüber in das Loch auf dem Tisch und klappte den Deckel hinter mir zu. Dunkelheit umfing mich. Dumpf und weit weg hörte man den Lärm der Klasse und das Quietschen der Kreide auf der Tafel. Ich tastete mich voran in eine weißlich schimmernde Grotte voller süßer, klebriger Tropfsteine, das Innere eines Baiserküsschens. Ich würde mein Geheimnis nur meiner Geliebten verraten. Ich würde sie hierher führen, und wir würden nur von Zucker leben und der Süße unserer Liebe. Ich schlich zurück. Vorsichtig öffnete ich den Deckel und kroch an meinen Platz. Ich malte die Buchstaben ihres Namens in mein Heft. Mein Nebenmann sah mir dabei zu. »Du kannst ja schon schreiben«, sagte er. »Und auch lesen. Weil ich eine Schreibmaschine habe«, sagte ich stolz.

Inke war die unangefochtene Klassenkönigin. Alle bewunderten sie, alle warben um ihre Gunst, selbst die Lehrerin. Ein unüberwindlicher Abgrund von zehn Bänken trennte uns zwar, aber ich hatte gelernt, auf meinen Blicken wie auf unsichtbaren Stelzen zu laufen und den großen Abstand spielend zu überwinden. Daher saß ich während der quälend langen Unterrichtsstunden insgeheim neben Inke und spürte ihre Nähe, wie ein Baum seine Rinde spürt. Fräulein Eberhard war der Tod, Inke war das Leben. Ich vermied den Blick der einen und suchte den Blick der anderen, aber mir schien manchmal, dass das Leben mich absichtlich ignorierte, vielleicht weil es nicht die Kraft hatte, die Stärke meiner Gefühle zu erwidern.

Nach der Schule wartete ich, bis sich der Klassenraum und der Schulhof geleert hatten. Dann vergrub ich meine Hände tief in den Taschen meiner braunen Lodenhose und ging. Meine Vettern waren nirgends zu sehen. Inke hatte die Schule in Richtung Hafen verlassen. Ich schlug den gleichen Weg ein, obwohl mein Zuhause in der entgegengesetzten Richtung lag. Vom Königsgarten her hörte man das Schnattern der Enten. Der Wind trug den Geruch von Teer und Schmieröl von den Helgen am Hafen herbei. Als ich die Hafenstraße querte, kam einer der Vettern auf mich zu. Es war der, der mich verprügelt hatte. »Was machst du denn hier«, fragte er in einem erstaunlich freundlichen Ton. »Ich will zum Hafen, Schiffe gucken«, sagte ich. »Kommst du mit?« Er nickte. Dann zeigte er zu dem Flaggenmast an der Mole. »Gibt wohl Sturm. Sie ziehen schon den Sturmball hoch.« Verzweifelt warf ich einen Blick in die Hafenstraße, denn irgendwo hinter einer ihrer Fassaden vermutete ich meine Geliebte. Beim Gehen stieß mich mein Vetter mit dem Ellbogen in die Seite. »Bubi hat gesehen, wie du ›Inke‹ in dein Heft geschrieben hast.« Ich wurde rot, und natürlich bemerkte er es. Er grinste und wollte etwas sagen. Aber ich kam ihm zuvor: »Wenn es eine Sturmflut gibt, gehen wir auf die Mittelbrücke.« Ich drehte mich um und rannte in die Hafenstraße zurück. Dabei erblickte ich gerade noch rechtzeitig ein blondes Mädchen zwischen Königsgarten und Hafenbecken. Es verschwand in einem Haus am linken Ufer der Hafenausfahrt. Ich schlich den Deich entlang, so lange, bis ich die Hausnummer lesen konnte. Es war eine Sieben. Ein gutes Omen, denn unser Haus in der Waldkolonie hatte die gleiche Nummer gehabt. Jetzt wusste ich, wo Inke wohnte, und das war erst einmal genug. Ich eilte nach Hause. Der Wind hatte aufgefrischt und blies Sandschwaden über den Weg. Wie ein Slalomläufer begann ich zwischen den Ulmenreihen des Sandwalls hin und her zu laufen. »Inke«, rief ich immer wieder in die Windböen hinein, »wir werden heiraten.«

Wieder einmal kam ich zu spät zum Mittagessen. Meine Mutter schalt mich, aber ich lächelte glücklich, wie jemand, der sein Ziel zwar nicht erreicht hatte, aber doch wenigstens die Richtung kannte, in der es lag. Inke wohnte im Zollhaus. Sie war die Tochter des Zöllners. Ich konnte sie jetzt jederzeit in meinen Gedanken besuchen. Nach dem Essen ging ich in die Veranda. Meine Mutter war gefolgt und stand jetzt direkt hinter mir. »Dein Vater ist endlich entnazifiziert worden«, sagte sie. »Er wurde als Mitläufer eingestuft. Ihm hat geholfen, dass er während des Krieges bei der Handelsmarine angestellt war. Hoffentlich passiert ihm nichts auf der Fähre. Bei dem Sturm! Aber vielleicht fahren sie auch gar nicht.« Die Reederei, die einst meinem Großvater gehört hatte, hatte ihm eine Stellung als Gepäckträger angeboten, und aus Geldnot hatte er sie annehmen müssen.

Der Sturm war jetzt mit seiner Warmfront über uns. Regen prasselte gegen die Scheiben. Das Meer war nur noch als milchige Fläche zu ahnen. Mich hielt nichts mehr. Als verantwortungsvoller Inselkapitän musste ich hinunter an Deck. Gegen den Willen meiner

Mutter zog ich meine Wettersachen und meine Gummistiefel an und rannte los. »Geh nicht zu nahe an die Wellen«, hörte ich eine Stimme hinter mir. »Und pass auf, dass du keine nassen Füße kriegst.«

Die Eingangstür ließ sich kaum öffnen, so stark drückte der Wind gegen sie. Eigentlich war Ebbe, aber das Wasser war diesmal nicht abgelaufen. Jetzt stieg es schnell immer höher. Ich musste mich unbedingt um das Wohl des Schiffes, seiner Besatzung und seiner Passagiere kümmern, vor allem um den kostbarsten Passagier mit Namen Inke. Ich flüsterte Kommandos wie »Halbe Kraft zurück« und manövrierte die Insel mit viel Geschick durch die Untiefen des Wattenmeeres. Der Sturm nahm immer noch zu. Einzelne Möwen standen unbeweglich am Himmel. Es sah aus, als würden sie mit ihren gelben Schnäbeln wie mit kleinen Dolchen in die heranjagenden Wolken stechen. Ich rannte gegen den Wind, der mich fast umwarf, und schrie dabei so laut ich konnte vor Angst und Begeisterung. Im Windschatten eines Baumes blieb ich stehen. Meine Augen tränten. Durch die dicht gewobenen Tropfenvorhänge sah ich die aufgewühlte Fläche des Meeres. Die Brecher hatten steile Kämme, von denen der Sturm weiße Fransen abriss. Manche Wellen waren größer, andere kleiner. Die größeren fielen über die kleineren her, überrannten sie, weil sie schneller waren, und taten sich mit ihnen zusammen. Dadurch entstanden noch größere Wasserwände, deren Flanken grün wie Flaschenglas waren. Ehe diese Monster zusammenbrachen und in breiten Schaumteppichen zerflossen, brüllten und trompeteten sie wie sterbende Elefanten. Die vom Wellenkamm herabstürzenden Wassermassen wirbelten den Strand auf und rissen alles Mögliche, Bretter, Steine, Seetang, in den neuen Wellenbauch hinein, der sich bereits wieder mächtig aufblähte und alles zu verschlingen drohte, was sich ihm in den Weg stellte. Wo die Brecher auf die Strandmauer trafen, prallten sie zurück, und die zurückgeworfenen Wellen kreuzten sich mit der nächsten heranrollenden Wogenfront in einer windzerzausten Wasserfontäne, von der ockerfarbene Schaumflocken in die Straßen wehten. Sie hingen in den Ästen der Bäume, klebten auf dem Straßenpflaster und an den Häuserfassaden. Ich arbeitete mich zur Schrägen Mauer vor, einer mehrere Meter breiten Rampe aus Beton, die in der Nähe unseres Hauses vom Sandwall zum Strand hinabführte. Einst hatte sie dazu gedient, den Badekarren die Fahrt vom Badehaus zum Wasser zu ermöglichen. Bei Sturm und Hochwasser war sie ein beliebter Spielplatz, denn die Wellen schossen dort bis auf die Straße hoch und bildeten Kreuzseen dabei, wenn sie auf die Seitenwände trafen und abprallten. Dort waren schon andere Kinder. Sie versuchten, zwischen zwei die Rampe heraufströmenden Seen ohne nasse Füße von einer Seite zur anderen zu kommen. Auch ich machte mit. Als wir genug hatten, rannten wir schreiend und jubelnd zur Mittelbrücke. Die Flut war bereits so hoch, dass die Dünung lange Gischtsägen durch die Lücken zwischen den Brettern presste. Wieder versuchten wir, so trocken wie möglich zwischen den Wasserwänden von der einen Brückenseite auf die andere zu gelangen, und wieder wurden wir dabei pudelnass. Ich war glücklich, denn der jähzornige Sturm verhinderte, dass man Notiz von mir nahm und mich hänselte. Als das Wasser abzulaufen begann, entdeckte ich, dass man im wieder frei werdenden nassen Sand direkt an der Strandmauer tief einsank, wenn man die Füße abwechselnd bewegte. Man steckte schließlich bis zu den Oberschenkeln in ihm und konnte sich dadurch schräg gegen den immer noch heftigen Wind lehnen, ohne umzufallen.

Das Meer zog sich diesmal nicht so weit zurück wie sonst. Mir fiel Inke ein und die Gefahr, in der sie sich befand. Ich rannte zum Hafen. Dort stand das ölige Wasser in den Straßen und schwappte um den Fuß des Deiches, auf dem das Zollhaus lag. Eines der Schiffe, das zur Reparatur auf der Helling lag, war aufgeschwommen. Arbeiter waren dabei, es mit Seilen zu sichern. Ich rannte den Deich entlang mit dem Ziel, Inke zu retten. Aber niemand war zu sehen. Die Tür des Zollhauses war zu. Ich war zu spät gekommen.

Enttäuscht rannte ich nach Hause, von den Böen vorangeschoben wie ein Segelschiff vor dem Wind. Als ich unsere Wohnung betrat, saß mein Vater in der Küche und trank Tee. Die Fähre war wegen des Sturms nicht gefahren, und er schien nicht unglücklich darüber. Später führte er mich zu einem der Verandafenster und deutete zum Himmel, wo zwischen den jagenden Wolken einzelne blaue Lücken trieben. »Es reißt auf«, sagte er. »Die Warmfront mit dem Regen ist durchgezogen. Es ist dann sehr wechselhaft, böig, kühl, voller Schauer und kurzer Sonnenphasen.« »Typisches Rückseitenwetter«, sagte ich fachmännisch.

Am Tag nach dem Sturm lag der ganze Strand voller gelber Kugeln. Ein Frachtschiff war vor der Insel auf Grund gelaufen und auseinandergebrochen. Es hatte seine gesamte Ladung verloren. Alle waren am Strand und sammelten die Früchte ein. Die meisten waren ungenießbar, nur bei einigen war ihr Inneres noch essbar. An meinem Geburtstag kam ein besonders schweres Paket aus der Villenkolonie. Mein jüngster Onkel hatte Wort gehalten, denn es enthielt seine Märklineisenbahn, die Spur 0 mit der grünen Lokomotive und den Eisenbahnwagen, in denen man sogar die Toiletten sah, wenn man ihr Dach abnahm. Ich spielte oft mit ihr. Meistens veranstaltete ich Eisenbahnkatastrophen, indem ich die Schienen absichtlich schlecht miteinander verband oder Gegenstände auf sie legte. Dann schaltete ich das Licht aus und ließ den Zug mit überhöhter Geschwindigkeit fahren, bis er aus den Schienen sprang und irgendwo gegen etwas prallte, gegen ein Stuhlbein zum Beispiel. Anschließend konnte ich beim Licht meiner Taschenlampe Rettungsmaßnahmen einleiten, die darin bestanden, dass ich zum Beispiel die hellen Kratzer an einem Stuhlbein mit ein wenig Butter beseitigte.

Wochen vergingen, quälende Wochen, was die Schule anbelangte. Die Kinder riefen mir »Geld, Geld, Geld« nach, weil ich mein hessisches »gell« immer noch nicht abgelegte hatte. Doch eines tröstete mich: Es war jetzt manchmal so warm, dass ich ins Wasser gehen konnte, bis es mir zum Hals reichte. Ich hatte dabei das Gefühl, ganz leicht geworden zu sein. Immer wieder stieß ich mich mit den Zehen vom Boden ab und meinte dann jedes Mal für Sekunden überhaupt kein Gewicht mehr zu haben. Einmal sah mir mein Vater vom Strand aus zu. »Der Sommer kommt. Es wird Zeit, dass du schwimmen lernst«, rief er. »Ein richtiger Insulaner muss schwimmen können.«

Er war sichtlich guter Laune, denn er hatte gerade das Angebot der ortsansässigen Muschelfirma Emde angenommen, den Muschelkutter »Karl Friedrich« als Kapitän zu führen. Für ihn war es ein großer Schritt voran. Auch ich war stolz, denn die »Karl Friedrich« war der größte der vier Muschelkutter, die in unserem Hafen stationiert waren. Wir mussten keinen Hunger leiden, denn vor allem Miesmuscheln gab es im Überfluss. Sie wuchsen draußen im Watt auf großen Sandbänken, ganze Felder blauschwarzer Tiere, die sich mit ihren Bärten am Boden festkrallten. Es gab so viele von ihnen, dass alles Mögliche aus Muschelfleisch gemacht wurde. Muschelsuppe, Muschelwurst, Muschelkuchen. Wenn man sie aß, knirschte Sand zwischen den Zähnen.

Eines Tages nahm mich mein Vater mit an den Strand. Er setzte mich auf seinen breiten Rücken, der weißhäutig und voller Leberflecken war. Dann schwamm er aufs Meer hinaus. Ich hockte wie ein Schwimmkrebs auf ihm und krallte mich an seinen Haaren fest. Plötzlich tauchte er unter. Alles war grün um mich. Ich schluckte Wasser und glaubte zu ersticken. Als mein Vater wieder auftauchte, schnappte ich nach Luft und begann wie am Spieß zu schreien. Mein Vater schwamm an Land und ließ mich wie einen nassen Sack in den Sand fallen. Er war verärgert, denn wieder einmal hatte sich gezeigt, dass ich kein richtiger Kerl war, wie er ihn sich wünschte. Ich lernte trotzdem bald schwimmen, und zwar auf die typische Art der Einheimischen. Ein größerer Junge stieß mich einfach von der Mittelbrücke ins Wasser. Um nicht unterzugehen, zappelte ich mit Armen und Beinen und kam sogar voran dabei. Hundepaddeln nannte man das. Vom Hundepaddeln war es kein weiter Weg zum Kraulen und Brustschwimmen. Am schönsten war Rückenschwimmen, weil man dann die Wolken sehen konnte.

An manchen Tagen brannte die Sonne jetzt so stark, dass der Sand zu heiß war, um barfuß zu laufen. Ich fand heraus, wie man trotzdem zum Wasser hinunterkommen konnte. Man musste sich auf die Knie niederlassen und sich mit Händen und Füßen voranschieben. Dann verbrannte man sich nicht, denn der Sand war schon wenige Zentimeter unter seiner Oberfläche nur noch wohlig warm. Trotz der brennenden Sonne kam meine Mutter nicht auf die Idee, mich mit einer Creme einzureiben. Vielleicht gab es so etwas damals auch gar nicht auf der Insel zu kaufen. Die Haut auf meinem Rücken und meiner Nase färbte sich daher bald erst hellrot, dann dunkellila. Sie schälte sich immer wieder in großen Streifen. Die Schmerzen waren mörderisch, aber ich ertrug sie tapfer. Ich war eine Rothaut am Marterpfahl der Sonne, und sie durchbohrte mich mit ihren Pfeilen. Die Schmerzen verschwanden außerdem sofort, wenn man bis zum Hals ins Wasser ging. Ich war daher fast ständig im Wasser.

Einmal, als ich auf dem Bauch im warmen Sand lag, breitete ich die Arme aus und holte den Sand in mehreren Umarmungen zu mir heran, bis ein warmer Hügel unter der Brust entstand. Dabei entdeckte ich ein Spiel, das ich »Spuckekissen« nannte. Wenn man im Mund Speichel sammelte und diesen dann in einem großen Tropfen auf den Abhang fallen ließ, bildete der sofort ein kleines viereckiges Kissen, das, mit lauter Sandkörnern paniert, den Abhang herunterrollte. Ich zeigte es meinem jüngsten Vetter, der noch nicht zur Schule ging, und er verbreitete meine Entdeckung weiter, und alle spielten plötzlich »Spuckekissen«. Ich hatte eine Möglichkeit gefunden, mir ein wenig Anerkennung bei den einheimischen Kindern zu verschaffen. Ich war jetzt Spieleerfinder. Eigentlich aber galten meine Sandumarmungen in Wirklichkeit einer Person, die irgendwo weit weg mit ihren Freundinnen badete. Sie hatte nie Sonnenbrand. Ihre makellose Haut war tiefbraun, und ihre Haare waren durch die Sonne so ausgebleicht, dass sie fast silbern wirkten. Ich traute mich nicht in ihre Nähe. Aber ich wusste, dass sie da war. Auch sie lag jetzt bestimmt auf dem Bauch, umarmte den warmen Sand und spielte »Spuckekissen«.

Ich hieß inzwischen nicht mehr Quiddje, sondern Pockwisch. Fräulein Eberhard hatte nämlich, um den Lärmpegel in der Klasse zu senken, ausführlich die Geschichte des Sylter Fischers und Freiheitskämpfers Pidder Lyng erzählt, der den Amtmann Henning Pockwisch mit dem Kopf in einen großen, dampfenden Grünkohltopf steckte, als dieser für den dänischen König überfällige Steuern eintreiben wollte. Die ganze Klasse saß gebannt da und lauschte der Geschichte. An ihrem Ende deutete das Fräulein mit dem Lineal auf mich und sagte: »Der da heißt gar nicht Niemand, wie ich immer dachte, er heißt Pockwisch.« Ein unbeschreibliches Gejohle brach aus. Alle zeigten sie auf mich und brüllten im Chor »Pockwisch, Pockwisch, Pockwisch«. Nur Inke beteiligte sich nicht an diesem Krawall. Ich schlich ihr oft nach der Schule nach, aber sie beachtete mich nicht, auch wenn ich mich nicht besonders geschickt anstellte. In den Pausen war Inke immer von ihrem Hofstaat umgeben, einem ganzen Schwarm von Bewunderern. Einmal sah ich sie zufällig, als ich vor der Tür einer Tanzbar stand, dem *Trocadero*, das von den Wortspiele liebenden Einheimischen »Treck de Dör to« genannt wurde. Die Fassade des Hauses war hässlich, die Farbe blätterte ab. Verrufene Dinge sollten drinnen geschehen. Wir Kinder gingen oft hin und malten sie uns aus. Inke stand auf Zehenspitzen vor dem Briefkasten an der benachbarten Post und blickte in den Schlitz. Vielleicht wollte sie sehen, ob der Brief, den sie eingeworfen hatte, auch beim Empfänger angekommen war. Als sie sich umdrehte und mich wahrnahm, lächelte sie. Dann rannte sie davon, während mich eine Lähmung erfasst hatte, die erst von mir abfiel, als sie um die

Ecke verschwunden war. Ich ging zum Postkasten, hob den Deckel, der den Einwurf verbarg, und blickte hinein. Da glaubte ich in der Dunkelheit ihre Augen zu sehen, eine blaue, schimmernde Doppelsonne mit zwei schwarzen Sonnenflecken darin.

Am nächsten Tag traf ich Inke am Strand wieder. Diesmal war sie allein. Ich nahm all meinen Mut zusammen und ging auf sie zu. Sie blieb stehen und sah mich fragend an, ohne ein Wort zu sagen. Mein Herz klopfte wie rasend. »Kannst du schielen?«, stammelte ich. Inke schüttelte den Kopf. »Du kannst es ganz einfach lernen«, sagte ich mit bereits festerer Stimme. »Du musst nur einen Stock nehmen und auf seine Spitze gucken.« Ich bückte mich, nahm einen kleinen Zweig und blickte auf seine Spitze. »Und jetzt musst du den Stock immer näher zu dir ziehen, ohne den Blick von seiner Spitze zu wenden. Dann schielst du automatisch.« Ich machte es vor. Dann gab ich Inke den Stock. Sie machte es genauso, und ich sah, wie die Doppelsonne ihrer blauen Augen ihre Bahn verließ und die zwei schwarzen Sonnenflecken auf ihnen aufeinander zuwanderten. Es sah so komisch aus, dass ich lachen musste. Inke warf mir den Stock vor die Füße, drehte sich wortlos um und rannte davon. Ich hatte alles falsch gemacht. Immer wieder in meinem späteren Leben würde ich den gleichen Fehler machen: das Objekt meiner Sehnsucht durch irgendwelche klugen Belehrungen zu vertreiben.

*

Die Vergangenheit hat etwas von einem überfluteten Meeresboden an sich, in den man bei jedem Schritt einsinkt, dachte B. Das macht den Weg zurück in die Kindheit so schwer. Es gab zu viele Augenblicke, an die er sich erinnern konnte, zu viele Bilder, zu viele Klänge. Er war froh gewesen, als die Sitzung zu Ende war. Jetzt ging er durch menschenleere Straßen. Nur ein streunender Hund war zu sehen. Das Wetter spielte verrückt; es veränderte sich ständig. Mal schneite es, mal schien die Sonne, dann gab es Regenböen, Gewitter, dann wieder Windstille. Es wechselte dauernd das Kostüm, als ob alle Jahreszeiten auf einmal auf der Bühne erschienen. »Typisches Rückseitenwetter«, dachte er.

Als er das Hotel betrat, war das Foyer leer. Die Sitzgarnituren waren verschwunden. Auch die Teppiche und Gardinen. An der Fahrstuhltür hing ein Zettel. »Wegen Renovierung außer Betrieb.« Er eilte die Treppen hoch. Die Tür seines Zimmers war angelehnt. Er betrat den Raum. Auch hier waren die Möbel und Vorhänge verschwunden. Nur das Bett und sein Reisekoffer waren noch da. Aber das Bettzeug und die Matratze hatte man entfernt. Er war so müde, dass er sich einfach auf den Lattenrost legte und sofort einschlief.

11

Am Morgen weckten B. laute Geräusche. Die Tür sprang auf, und zwei dünne Männer in engen schwarzen Hosen und Ringelhemden erschienen. Sie trugen einen großen Schrank und stellten ihn an der Stelle ab, an der auch vorher ein Schrank gestanden hatte, wie man an der Tapete erkennen konnte. Eine der Schranktüren hatte einen hohen Spiegel. Die Männer stellten sich abwechselnd vor ihn und schnitten Grimassen wie ein Clown. Er hatte kein Spiegelbild, wie B. von seinem Bett aus bemerkte. Sie schienen diesen Mangel ersetzen zu wollen, denn wenn der eine vor dem Spiegel stand, ahmte der andere hinter ihm die Bewegungen und Grimassen seines Kumpans nach. Dann verschwanden beide grußlos. Schon kurze Zeit später erschienen sie wieder und brachten Einrichtungsgegenstände, auch eine Matratze. B. war inzwischen aufgestanden und stand an der Wand. Niemand nahm Notiz von ihm. Als das Zimmermädchen die Bettdecke, das Kissen und die Bezüge brachte und damit begann, das Bett zu beziehen, fragte er sie, was die ganze Prozedur sollte. Es seien doch alles die alten Sachen. Sie sah ihn freundlich lächelnd an. »Aber Sie haben sich verändert. Genügt das nicht?« Sie ging auf ihn zu und legte die Arme um seinen Hals. »Ich hoffe, Sie fühlen sich wohl bei uns.« Dann küsste sie ihn, und als er etwas sagen wollte, legte sie die Finger an die Lippen, knickste und verschwand. Als B. den Kleiderschrank öffnen wollte, stellte er fest, dass er abgeschlossen war und dass auch nirgendwo ein passender Schlüssel zu finden war.

Nach dem Frühstück machte sich B. auf den Weg. Auf halber Strecke wurde er von einem Mann überholt. Er ging mit elastischen Schritten, wirkte jung, obwohl B. ihn nur von hinten sehen konnte. Er trug einen schwarzen Gehrock und einen schwarzen Zylinder, unter dessen Krempe blonde Locken hervorquollen. B. beschleunigte seine Schritte, aber sein Versuch, den anderen einzuholen, war vergeblich. Er rief, aber der andere reagierte nicht. An der nächsten Straßenecke bog der Mann in eine Querstraße ein. Als B. die Stelle erreichte, war niemand mehr zu sehen.

B. war aufgefallen, dass sich der Mensch, dem er sein Leben erzählte, inzwischen weniger distanziert verhielt. Es kam vor, dass er bei bestimmten Formulierungen nickte, als sei er einverstanden oder habe zumindest Verständnis für das, was B. von sich erzählte. Auch diesmal war es wieder so. Während er redete, schien der andere konzentrierter zuzuhören als sonst. Er wirkte weniger kühl, weniger passiv.

*

Ich war jeden Tag am Strand. Das Meer war warm, wenn die Flut über das von der Sonne aufgeheizte Watt kam. Manchmal hatte es fast Körpertemperatur, wie Fruchtwasser, in dem man auf seine Geburt wartete. Ich war glücklich. Daran änderte auch Fräulein Eberhard nichts, die mich fast an jedem Schultag schikanierte. Sie schien es zu genießen, wenn die Klasse dann einen Moment still war, denn die meisten wollten mitbekommen, wie ich reagieren würde. Ich aber ließ alles stumm über mich ergehen und blickte zu Inke, die sich nicht umdrehte und gelangweilt auf die Tafel blickte. Das gab mir genug Kraft, all diese Demütigungen auszuhalten. Ja, ich würde auf sie warten. Warten hatte ich schließlich gelernt.

Der Pendelschlag der Gezeiten war der alles Geschehen beherrschende Rhythmus des Tageslaufs, wichtiger als Schule und Freizeit, als Tag und Nacht. Auch die Spiele am Strand waren von den Gezeiten geprägt. Bei auflaufendem Wasser konnte man Verteidigen spielen, ein Spiel, bei dem man mit Schaufel und Händen Sandwälle und Burgen mit Türmen und einer Vogelfeder als Fahne baute. So gut die

Verteidigungsanlagen auch waren, verstärkt mit Seetang und Kieselsteinen, sie wurden irgendwann von der steigenden Flut überrannt. Die Burggräben füllten sich, und die Burg mit ihrem Turm brach zusammen. Das war der schönste Moment, weil man dann die Prinzessin retten musste. Bei ablaufendem Wasser konnte man in kleinen Prielen und Wasserstellen Krabben fangen oder Miesmuscheln sammeln, die man zu Hause kochen konnte. Es gab auch Stellen, wo sich Schlick angesammelt hatte und wo man sich mit ihm einreiben konnte, um dann sein schwarzes Gesicht in die Sonne zu halten, bis der Schlamm getrocknet war und sich wie eine graue, rissige Masse abpellen ließ. Im Schaufenster des Spielzeugladens am Sandwall hatte ich ein großes Schiffsmodell entdeckt, ein Ruderboot in Klinkerbauweise. Ich bettelte so lange, bis es meine Eltern für mich erstanden. Stundenlang zog ich es hinter mir her, nachdem ich es mit Muscheln und Steinen beladen hatte. Im grünen Wasser zeichnete sich seine Bugwelle als gläsernes Dreieck ab. Ich hatte noch nie so etwas Schönes gesehen. Es war ein Bild, das zugleich außerhalb und in mir war. Eine Epiphanie, wie sie Joyce zum Zentrum seiner Ästhetik machte, eine Form des Seins jenseits der Kategorien von Verstand und Sinnen, in der die Zeitlosigkeit aufblitzt. Auch Kants Ding an sich hat solche Eigenschaften. Verstand und Sinnesorgane, die begreifbare Welt und die sichtbare, enden an der Schwelle zum Ding an sich. Sie bildet eine Grenze, hinter der das Unbekannte beginnt. Das Reich der Noumena, der nur gedachten oder geträumten Dinge. In einer Epiphanie dringt so etwas wie Licht und Form aus dem fremden Reich hinter der begreifbaren Welt, ähnlich wie man eine Theaterszene vage durch einen Vorhang erahnt. So verhielt es sich auch mit meinem Holzboot, wenn ich es durch die Priele des Watts zog. Ich sah es dann von oben aus dem Blickwinkel einer Möwe und saß zugleich in ihm und lehnte mich über seine Reling. Manchmal war das Meer so klar, so durchsichtig, dass man meinen konnte, das Boot schwebe wie ein Luftschiff über dem Sand. Ich schöpfte mit der Hand ein wenig Wasser hinein. Dann fing ich Garnelen und setzte sie ins Boot. Sie hüpften herum und starrten mich mit ihren stecknadelkopfgroßen schwarzen Stielaugen an. Ich war zufrieden in meiner Einsamkeit, denn ich hatte ein Gleichgewicht zwischen Sehnsucht und Warten gefunden. Das war wie Ebbe. Stillstand und Flut.

Ich hatte beobachtet, dass es zwischen Hochwasser und Hohlebbe ungefähr zwanzig Minuten gab, in denen die Strömung aufhörte, um dann die Richtung zu wechseln, und dass diese Situation jeden Tag ungefähr eine halbe Stunde später eintrat. Ich fragte meinen Vater nach der Ursache dieses Phänomens. Er erklärte ein wenig zögernd, aber mit der akkuraten Stimme eines ehemaligen Prüflings der Seefahrtsschule: »Das liegt am Unterschied zwischen Mond- und Sonnentag. Der Mondtag ist ungefähr 50 Minuten länger als der Sonnentag. Und da der Mond Ebbe und Flut bewirkt, verspätet sich die Tide jeden Tag um genau diese Zeit.« Ich spürte sein Bemühen, das, was er selbst kaum verstand, möglichst einfach auszudrücken. »Was ist ein Mondtag?«, fragte ich. Diesmal kam seine Antwort sehr schnell: »Die Zeit, die zwischen zwei Durchgängen des Mondes durch den Meridian verstreicht.« »Was ist ein Meridian?« »Wenn du dort, wo du gerade stehst, zum Zenit blickst und von diesem Punkt aus mit Hilfe eines Kompasses eine gerade Linie zum Süd- und zum Nordpol ziehst, in Gedanken natürlich, dann hast du den Meridian.« »Was ist der Zenit?« »Der Punkt am Himmelsgewölbe, der genau senkrecht über dir liegt. Und genau senkrecht unter dir liegt der Nadir. Wäre die Erde eine durchsichtige Glaskugel, könntest du auch den Nadir sehen.« Ich blickte auf meine Schuhspitzen und glaubte, weit unter mir tatsächlich einen kleinen schwarzen Punkt wahrzunehmen. »Eigentlich bewegt sich der Mond ziemlich gleichmäßig um die Erde«, setzte mein Vater seine Erklärungen fort. »Wenn die Erde sich nicht bewegen würde, bräuchte er von Meridian zu Meridian nur 360 Grad. Da sich aber die Erde gleichzeitig um die Sonne dreht, verschiebt sich der Meridian ständig, und der Mond braucht über 370 Grad, um ihn erneut zu passieren. Deshalb ist der Mondtag länger als der Sonnentag.« Ich sah ihn voller Bewunderung an, und ich war froh, einen solchen Vater zu haben, der sich in der Natur auskannte. Sein großes Wissen bewirkte, dass ich inzwischen im Stillen Freund zu ihm sagte und alle meine Briefe, die ich später an ihn schrieb, mit dem für einen Sohn unüblichen Satz beginnen ließ: »Lieber Freund …« Manchmal schrieb ich sogar: »Mein innig geliebter Freund und Vater.« Ich nahm mir vor, dass ich später viele Erfindungen nur für ihn machen würde, zum Beispiel eine Wal-Zerkleinerungsmaschine, wie ich ihm später einmal schrieb. Oft auch stand ich am Strand, um nach dem Muschelkutter Ausschau zu halten, auf dem mein Freund Kapitän war. Entdeckte ich ihn als kleinen braunen Fleck unter dem Horizont, rannte ich zum Hafen und wartete, bis die »Karl Friedrich« anlegte, und sah dann dabei zu, wie die Muschelarbeiter die Miesmuscheln in lange, rotierende Drahtsäulen schaufelten, wo sie von harten Wasserstrahlen gereinigt wurden. Mein Vater stand im Steuerhaus und beobachtete das Treiben. Er würdigte mich keines Blicks, vielleicht weil er mich nicht gesehen hatte oder weil ich nicht in seine Männerwelt passte. Ich aber war stolz, dass er eine blaue Kapitänsmütze trug und ihm alle gehorchten, wenn er etwas befahl.

Ich war einsam. Doch das war nicht so schlimm. Die Einsamkeit von Kindern ist nicht vergleichbar mit der von Erwachsenen. Kein Jammern, keine Anklagen, kein Aufbegehren, kein Trotzverhalten, ja nicht einmal der Versuch einer Flucht in irgendeine übertriebene Geschäftigkeit, wie es für einsame Erwachsene typisch ist. Die Einsamkeit von Kindern ruht in sich. Sie ist wie ein Stein, dessen Inneres von großer Leichtigkeit ist. Erst im hohen Alter erreichen manche Erwachsene diese Form der Einsamkeit wieder. Ich vermute, auch mein Vater hatte sie am Ende seines Lebens zurückgewonnen.

Dass ich damals so allein war, lag an den Einheimischen, Erwachsenen wie Kindern. Sie schienen kein Interesse an mir zu haben, ja sie mochten mich offensichtlich nicht. Wenn sie mich nicht ignorierten, zog ich ihren Spott auf mich. Sie riefen mir Spottverse nach wie »Rote Haare, Sommersprossen sind des Teufels Volksgenossen«. An meiner Isolation war meine Mutter nicht unschuldig, denn sie verkündete überall, dass ihr Sohn etwas Besonderes sei, hochsensibel und hochbegabt. Wie gering man mich schätzte, zeigte sich auch beim Fußball, wo ich von den Kapitänen regelmäßig als Letzter in eine Mannschaft gewählt wurde. Selbst Mädchen wurden mir vorgezogen. Mir blieb gar nichts anderes übrig, als das zu entwickeln, was man eine Inselbegabung nennt, jene Spielart des Autismus, bei der sich ungewöhnliche Fähigkeiten mit sozialer Inkompetenz verbinden. Immer wieder versuchte ich durch die Erfindung neuer Spiele Anerkennung zu finden. Am erfolgreichsten war ich mit der Pissballschlacht. Man legte sich bäuchlings nackt in den heißen Sand und pinkelte. Dadurch entstand ein warmer, feuchter Ball von der Größe eines Schneeballs. Wenn man ihn vorsichtig aufhob, zerfiel er nicht, und man konnte andere damit bewerfen. Eine Weile spielten alle dieses Spiel, und die Mütter wunderten sich, dass ihre Kinder plötzlich so viel Wasser tranken wie sonst nie und sogar Flaschen mit an den Strand nahmen, um genügend Munition herstellen zu können.

Am meisten Kontakt hatte ich noch zu meinem Vetter Kai. Kai war drei Jahre jünger als ich. Wenn er am Strand von weitem auf mich zulief, sah es aus, als schwebte er förmlich über den Sand. Er schien so leicht wie von der Sonne gebleichtes Treibholz. Deshalb stolperte er auch nie, obwohl jeder seiner Schritte wie ein Stolpern wirkte. Ich mochte ihn, weil er mich nie hänselte. Vielleicht lag es daran, dass er einen Kopf kleiner war als ich, vielleicht aber auch daran, dass er selbst ziemlich oft das Ziel von Spott und Schikanen der Älteren war. Und vielleicht gab es noch einen Grund: Kai sah mit seiner Stupsnase und den hellblonden feinen Haaren seiner Mutter sehr ähnlich, meiner Tante Hella. Sie war immer sehr nett zu mir. Außerdem sah sie ein bisschen aus wie eine ältere Inke.

Da die anderen Inselkinder nicht mit mir spielen wollten, hielt ich mich trotz des Verbots meiner Eltern an die Flüchtlingskinder, von denen es eine ganze Reihe auf der Insel gab. Sie waren noch schlimmer dran als ich. Ich war ja nur ein halber Flüchtling und wenigstens zur Hälfte der Sohn eines echten Eingeborenen. Die englischen Besatzungsbehörden hatten die Flüchtlingsfamilien auf der ganzen Insel verteilt und dazu leerstehende oder nur von Einzelpersonen bewohnte Wohnungen requiriert. Auch der alte Schau musste unter großem Protest einen Teil seiner Zimmer abgeben.

Zur Flüchtlingsfamilie, die bei uns einzog, gehörte Ilse. Sie war zwei Jahre älter als ich, gertenschlank und einen Kopf größer. Sie hatte braune Augen und schwere braune Zöpfe. Sie erzählte lauter spannende Geschichten vom Krieg. Zum Beispiel von einer Frau, die eine Stehlampe mit einem Schirm aus Menschenhaut besaß. Einmal nahm mich Ilse an die Hand und zog mich zu einem Zimmer in einem der unbewohnten Hotels. Ein großer Junge lag dort auf einem Bett und hüpfte mit dem Bauch auf und ab. Er stöhnte dabei, und als er sich auf den Rücken drehte, sah ich sein geschwollenes Glied. Von Ilse lernte ich böse Wörter wie »Fromms«. Ich konnte mir nichts darunter vorstellen, aber alle lachten so komisch, wenn es fiel. Ilse rauchte Zigaretten, die sie sich selbst drehte. Den Tabak gewann sie aus den getrockneten Blütenblättern von Dünenrosen. Sie ließ mich probieren. Es schmeckte bitter und tat in der Lunge weh. Einmal hob Ilse den Rock. Sie hatte keine Unterhose an und steckte sich eine Zigarette zwischen die Beine. Dann öffnete sie den Mund und ließ kreisrunde Rauchkringel steigen. »Wie machst du das«, fragte ich. »Ich habe eine Röhre in mir, die von der Fotze direkt in den Mund führt. Guck doch mal rein, dann siehst du das Zäpfchen in meinem Gaumen.« Ich bückte mich und blickte auf die Stelle zwischen ihren

Beinen. Es war stockfinster und haarig dort, und für lange Zeit wurde ich dieses schreckliche Bild nicht mehr los.

In dieser Welt voller Zurückweisungen und Ablehnung war mein Vater, auch wenn ich seine Härte fürchtete, so etwas wie der Zenit hoch über den Sternen und Wolken, zu dem ich ehrfürchtig und ein wenig ängstlich aufschaute, und wenn er unterwegs war, war er der unsichtbare Nadir. Meine Mutter aber war der Mittelpunkt meines Kosmos. Ich umkreiste sie in unterschiedlich großen Radien, auch wenn ich auf der Insel unterwegs war. Wenn ich krank war, und das war ich oft in der ersten Zeit dort, dann war der Radius am kleinsten. Ich lag mit Halsweh und Fieber im Bett und genoss ihre Fürsorge. »Du hast dich erkältet«, sagte sie, »weil du dich nicht warm genug anziehst.« Es klang wie eine Zeile aus einem Wiegenlied, und ich wurde schläfrig. Sie brachte mir auf einem Tablett einen Teller Zwieback mit Honigmilch. Die gelben Zwiebackscheiben schwammen auf einem weißlichen Meer und sogen sich langsam mit der Flüssigkeit voll. Ich beschleunigte ihren Untergang, indem ich sie mit dem Löffel hinunterdrückte, und dann drang all die Süße in mich und machte mich glücklich. Jede Stunde musste ich Fieber messen. Wenn die Temperatur fiel, war ich traurig, denn ich fürchtete, bald wieder gesund zu sein.

Ich vergaß in jenen Tagen meinen alten Lebensort, die Waldkolonie, mehr und mehr. Auf der Insel war es trotz meiner Einsamkeit viel bunter, viel schöner, viel abwechslungsreicher. Die Waldkolonie war eine grüne Welt von Licht und Schatten gewesen. Die Insel war eine blaue Welt aus Licht, das sogar schien, wenn es dunkel war, und allen Dingen einen aus dem Meer kommenden Schimmer verlieh. Als dann eines Tages sogar die schwarze Lina erschien und Regenwürmer aus der kleinen Wiese bei der Schrägen Mauer zog, war ich beinahe zufrieden. Mein Freund musste weit geflogen sein, um mir Gesellschaft zu leisten. Nur eines bedauerte ich: Es gab hier keine richtigen Onkel, mit Ausnahme von Onkel Otto. In der Schule ging es mir weiterhin schlecht. Fräulein Eberhard hatte einen Piek auf mich, wie man hier sagte. Sie machte sich einen Spaß daraus, die Schüler dazu zu bringen, mich auszulachen. »Wir lernen jetzt das X«, sagte sie einmal. »Pockwisch, komm mal nach vorne und stell dich neben die Tafel. Und nun malt seine Beine ab. Dann könnt ihr den neuen Buchstaben.« Trotz ihrer Strenge hatte Fräulein Eberhard ihre Klasse nicht im Griff. Wenn der Höllenlärm überhand nahm, ging sie durch den Mittelgang die Reihen entlang und schwang das Lineal. Sie strafte auch mich, obwohl ich mich am allgemeinen Geschrei nicht beteiligte, indem sie mein Handgelenk ergriff, meine Hand nach oben bog und mehrmals auf ihre Innenfläche schlug. Ich reagierte nicht, denn mir half der äußere Schmerz, meinen inneren zu ertragen, dessen eigentliche Ursache nicht diese Demütigungen, sondern die Nichtbeachtung durch Inke war. »Hat die Eberhard dich wieder gequält?«, fragte meine Mutter, als ich ihr meine rot geschwollene Handfläche zeigte. »Ich werde deinem Vater sagen, dass etwas geschehen muss. Er muss diese Frau unbedingt zur Rede stellen.«

Im Juli wechselte mein Vater zurück zur Fährenreederei, diesmal als Steuermann auf einer der Fähren. Im Oktober wurde er in der gleichen Funktion auf eine andere Fähre versetzt. Es war wohl eine Art Beförderung, denn es handelte sich um das Flaggschiff der Reederei. Trotzdem litt mein Vater weiter unter seiner beruflichen Situation, was ihn noch wortkarger und empfindlicher machte, denn für den einstigen Kapitän eines Walfangmutterschiffs waren diese kleinen Wattenmeerschiffe nur Spielzeug. Wir Kinder sahen das natürlich anders. Wir hatten Favoriten, nicht nur bei den Muschelkuttern, auch bei den Fähren. Wir kannten ihr Alter, ihre Länge und Motorstärke ganz genau, auch welche noch ein echter Dampfer war und welche am besten Eis brechen konnte. Wenn sich eines dieser Schiffe unserer Insel näherte, rannten wir zum Strand, winkten und riefen seinen Namen. Draußen auf dem Meer wirkten sie wie große schwarzweiße Möwen mit gelben Schornsteinschnäbeln. Manchmal, bei warmer und dunstiger Sommerluft, erhoben sie sich in die Luft und schwebten über dem Wasser. Auch die Halligen schwebten dann als Fesselballons am Horizont. »Das ist eine Luftspiegelung«, sagte mein Vater. »Eine Fata Morgana, die durch die Erhitzung der Luft entsteht.«

Dann kam der November und mit ihm schlechtes Wetter. Mein Vater klopfte jeden Morgen, ehe er zur Arbeit auf sein Schiff ging, gegen das Barometer, so wie es meine Mutter in den letzten Kriegstagen getan hatte. Einmal machte er dabei ein besorgtes Gesicht. »Ein enormes Tief ist im Anzug. Wir werden nicht mehr lange fahren können. Das Barometer fällt ungewöhnlich schnell.« Wieder klopfte er gegen das Glas des reichverzierten Instruments, das er von seiner Mutter geerbt hatte. »Außerdem haben wir Springflut.« »Springflut« war wieder so ein schönes Wort, das sich sofort tief in meinen Wortschatz eingrub. »Was ist eine Springflut?«, fragte ich. »Eine Springflut entsteht, wenn das normale Hochwasser noch durch die Anziehungskraft des Mondes verstärkt wird, wenn also Mond und Sonne den Wasserberg auf dem Ozean in die gleiche Richtung ziehen. Das ist bei Neumond so, weil dann der Mond genau auf der gleichen Seite der Erde steht wie die Sonne. Bei Vollmond ist es anders. Dann steht der Mond auf der anderen Seite der Erde wie die Sonne. Dadurch schafft er einen zweiten Flutberg. Und das Watt ist größer als normal, weil das Wasser stärker abgelaufen ist, und die Flut wird auch höher sein.« Er runzelte die Stirn, und ich spürte, dass er sich nicht ganz sicher bei dieser Erklärung war. Doch dann fuhr er mit fester Stimme fort: »Es gibt zweimal im Monat Springflut. Immer zwei bis drei Tage nach Vollmond oder Neumond. Das liegt daran, dass der Flutberg, der draußen auf dem Atlantik entsteht, ein bisschen braucht, bis er durch den englischen Kanal zu uns ins Wattenmeer kommt. Wenn noch ein Sturm aus Nordwest hinzukommt, kann das für niedrige Inseln wie die Halligen ziemlich gefährlich werden. Es gibt dann manchmal Land-

unter. Deshalb stehen die Häuser der Halligen auch auf Warften.«
»Landunter« war wieder ein magisches Zauberwort. »Gibt es bei
uns auch manchmal Landunter?«, fragte ich hoffnungsvoll. Mein
Vater schüttelte den Kopf. »Nein. Wir liegen zu hoch. Dieser Teil
der Insel ist Geest. Aber die Marsch liegt tief. Da kann es zu Deichbrüchen kommen.« Er zog eine schwere Lederjacke an, band die
Schnur seines Südwesters unterm Kinn zusammen und verschwand
mit dem Fahrrad zum Hafen.

Nach dem Sturm, der mich enttäuschte, weil es kein Landunter
gab, wurde es sehr kalt. Der Winter kam. Es war mein erster Winter auf der Insel, und er war ganz anders als die Winter in der Villenkolonie. Am Flutsaum bildeten sich Zonen aus weichem Eis. Bei
Ebbe blieben Eisschollen wie große Plattfische auf dem Sand liegen.
Mit steigendem Wasser schwammen sie auf und trieben im Flut-
strom die Küste entlang. Ein beständiger Ostwind wehte. Scharf wie
ein blaues Keramikmesser kratzte er die Wolken vom Himmel. Dann
drehte der Wind nach Nordwesten. Es wurde milder. Dicke Schneeflocken fielen ins Wasser und ertranken dort. Als immer mehr vom
Himmel kamen, bildete sich eine Haut aus Matsch, die die Wellen
wie ein großes graues Gummituch bedeckte, das sich auf und ab
bewegte. Ich machte eine interessante Entdeckung: Wenn man den
Kopf in den Nacken legte und in das Schneetreiben sah, schienen
die Flocken alle aus einem Punkt zu kommen. Es sah aus wie weiße
Blütenblätter, die aus einer kleinen grauen Blume wuchsen. Bald war
die ganze Insel weiß eingepudert. Kinder zogen mit ihren Schlitten
zum Deich, um dessen kurze Flanken hinabzufahren. Rund um die
Schulklingel hatte die Klinkerwand weiße Pocken von den zahllosen
Schneebällen, die nach ihr geworfen wurden. Ich vermute, meine
Mutter war damals nicht weniger einsam als ich. Doch sie verände-
te sich in jenen Tagen, wirkte zufriedener. Sie hatte ein wenig Plattdeutsch gelernt, sagte nun häufig »een bi een« statt »eins nach dem
anderen«. Dass sie sich besser fühlte, lag an ihrem neuen Bekann-

tenkreis. Flüchtlinge aus dem Baltikum, Menschen, denen Namen wie Rilke, Beckmann und Kracauer etwas sagten. Es gab für sie offenbar zwei Sorten von Flüchtlingen: die einfachen Leute mit ihren verdorbenen Kindern und die Vertriebenen aus besseren Kreisen, die hochgebildet waren. Der wohl Wichtigste unter ihnen war der Theologe und Pädagoge Kurt Hunnius, der, obwohl bereits 72 Jahre alt, auf der Insel schon 1945 ein Internat und eine private Oberschule gegründet hatte. In beiden Institutionen herrschte ein streng konservativer, asketischer Geist. Zum Kreis der Balten gehörten auch Doktor Wittlich, ein Germanist, Anthroposoph und Goethekenner aus Riga, seine Frau Gracy, die seltsam klingende Gedichte schrieb, der Klaviervirtuose Professor Joachim Ansorge, Sohn des berühmten Lisztschülers Conrad Ansorge. Man traf sich in den Privaträumen der Wittlichs regelmäßig zu einem Lesekreis. Gedichte wurden vorgetragen, Bücher diskutiert. Man spielte auch Theater, einmal den Egmont in einer fünfstündigen Aufführung. Meine Mutter störte sich zwar am »preißischen Akzent«, wie sie sagte, der ansonsten begabten Laiendarsteller, aber sie war dennoch dankbar für so viel Kultur. Wittlich war der Mittelpunkt des Kreises. Er hielt lange Vorträge über Zahlenmystik und andere esoterische Themen. Meine Mutter verstand kaum etwas von seinen Ausführungen, aber da sie von allen umworben wurde und nun wieder über Rilke und andere deutsche Dichter sprechen konnte, war sie zum ersten Mal seit langem glücklich. Nicht nur die Sprache, auch die Musik kam jetzt zu ihrem Recht. Ansorge gab Klavierabende im Pädagogium. Nach einem seiner Auftritte verschwand der drogenabhängige Pianist im Watt. Mein Vater, wie immer ein Mann der Tat, lief ihm nach und rettete ihn vor dem Ertrinken.

Die Vorweihnachtszeit kam, die für mich immer noch wichtigste Zeit des Jahres. Es war jetzt manchmal so kalt, dass ich morgens in meinem ungeheizten Zimmer unter einer von Raureif bezogenen Bettdecke erwachte. Meine Mutter schob mir abends vor dem Schlafengehen zwei Wärmflaschen aus Blech unter die Decke. Sie waren oval und sahen mit ihren Einfüllstutzen aus Messing wie große U-Boote aus. Ich schob sie unter der Bettdecke beim Licht meiner Taschenlampe hin und her und ließ sie Seeschlachten führen. Mein Vater kam zu den Feiertagen. Als er in der kalten Veranda die Nabenschaltung seines Fahrrades auseinandernahm und die Zahnräder fettete, durfte ich auf die Einzelteile und das Werkzeug aufpassen und sie ihm anreichen. Das bestärkte mich in dem Gefühl, dass er mich brauchte und doch so etwas wie ein echter Freund sei.

An Heiligabend, vor der Bescherung, schickte meine Mutter meinen Vater und mich auf einen langen Spaziergang. Sie wollte allein sein, während sie die Bühne für das Fest vorbereitete. Die Winternacht war eiskalt und stürmisch. Wir stapften stumm durch den Schnee zur Kirche, eng nebeneinander, ich auf der Leeseite im Windschatten meines Vaters. Der Ostwind schnitt dennoch gnadenlos in meine Wangen. Die Sterne über uns funkelten wie himmlische Schneekristalle, und in unserem gegenseitigen Schweigen verlor sich alles Fremde zwischen uns. Als wir den Südstrand erreicht hatten, änderte mein Vater den Kurs um 180 Grad nach Norden, und ich hüpfte auf die andere Seite, um weiter im Windschatten zu bleiben. Wir folgten der Strandpromenade. Das Meer war pechschwarz. Die Halligen sahen mit ihren erleuchteten Fenstern aus wie Schiffe, die am Horizont auf Reede lagen. Niemand war zu sehen. Vielleicht waren wir ganz allein auf der Welt. Der Wind kam jetzt vom Meer her und war noch heftiger geworden. Mein Vater neben mir sah gegen den Himmel aus wie eine mächtige schwarze Wand, hinter die ich mich ducken konnte und die mich schützte. Ich konnte kaum Schritt halten mit ihm, so schnell ging es voran. Ich war glücklich. Die Zeit vor der Bescherung war diesmal ganz leicht zu ertragen. Das Warten konnte selbst warten.

Bevor wir in die erste Straße des Ortes einbogen, blieb mein Vater plötzlich stehen und zeigte zum Himmel. »Siehst du die Milchstraße, mein Sohn? Das ist das helle Band mit den vielen Milliarden Sternen, das sich über den ganzen Himmel zieht.« »Warum heißt sie Milchstraße?«, fragte ich. »Vor langer Zeit, als die Menschen sich noch nicht vorstellen konnten, dass die Milchstraße eine große Scheibe voller Sterne ist, deren Rand man als milchiges Band sieht, da stellten sie sich vor, Milch sei in einer langen Spur über den Himmel ausgelaufen.« »Und warum ist sie ausgelaufen?« »Die Griechen haben sich in der Antike vorgestellt, dass am Himmel lauter Götter wohnen. Der oberste Gott war Zeus, und der hat manchmal seine Frau Hera betrogen. Er hatte einen unehelichen Sohn mit Namen Herkules. Der Kleine war halb Mensch, halb Gott. Zeus wusste, sein Sohn würde nur ganz zum Gott, wenn er die Muttermilch von Hera trinken würde. Deshalb legte er den Säugling heimlich an Heras Brust, als sie schlief. Der Kleine begann zu nuckeln. Davon wachte Hera auf. Sie war sehr böse und schleuderte den Säugling von sich, weil er nicht ihr Kind war, und dabei spritzte die Muttermilch aus ihrer Brustwarze und bildete die Milchstraße.« »Und Herkules ist dann kein Gott geworden?« »Nein. Natürlich nicht. Aber er wurde der stärkste Mensch der Welt.« »Gibt es überhaupt einen Gott da oben, wie Mutti manchmal sagt?« Mein Vater zog seine silberne Taschenuhr aus der Jacke und las beim Licht einer Straßenlaterne die Zeit ab. Dann begann er schneller auszuschreiten. »Das erkläre ich dir nachher. Wir müssen jetzt weiter. Deine Mutter ist inzwischen sicher schon mit den Vorbereitungen fertig.«

In den nächsten Jahren wiederholte sich diese tiefe Erfahrung wortlosen Ausschreitens vor der Bescherung noch zwei, drei Mal. Dann war es damit für immer vorbei. Wir wurden uns wieder fremd und blieben es für den Rest seines Lebens, trotz mancher winterlicher Spaziergänge über die verschneiten Felder auf dem Festland. Erst kurz bevor mein Vater starb, waren wir uns wieder nah. Die Mauer seines einstigen Schweigens war da inzwischen längst von einer undurchdringlichen Hecke ständigen Redens überwuchert. Es gelang mir ganz zum Schluss, sie zu überwinden und in den dahinter verborgenen, verwilderten Garten seines Wesens zu blicken, dorthin, wo neben vielem Unkraut auch das empfindliche Gewächs seiner Seele blühte. Bald darauf sollte er wieder schweigen, und zwar für immer.

Wir gingen damals im Windschatten der großen Bäderhotels zu unserer Wohnung und stürmten voller Vorfreude über den roten Läufer das Treppenhaus empor. Am Dienstboteneingang zu den hinteren Zimmern klaffte ein Spalt, als hätte jemand versucht, einen großen Weihnachtskalender zu öffnen. Das Minutenlicht war ausgegangen, aber der Lichtstrahl von dort lenkte unsere Schritte wie das keilförmige Leuchtfeuer einer Hafeneinfahrt. Dann kamen wir in eine wohlige Wärme, in der es nach Bratäpfeln und Entenbraten roch. Meine Fingerspitzen und Fußzehen begannen zu schmerzen, weil das Blut in sie zurückkehrte, aber der Schmerz war schön. Mein Vater nahm auf dem Ohrenstuhl Platz und blätterte in dem schwarzen Buch, das sich Bibel nannte. Meine Mutter deckte währenddessen den Tisch, und dann gab es Flugente, die meine Mutter bei einem Bauern gegen eine Damastdecke getauscht hatte. Sie war zäh und schmeckte nach Fisch. Wahrscheinlich hatte man sie mit Fischabfällen aufgezogen. Aber die Stimmung zwischen uns war so gut, dass sich niemand beklagte. Nach dem Essen wurde das Geschirr in die Küche gebracht. Mein Vater spülte wie immer, und ich durfte wie immer abtrocknen. Dabei wünschte ich mir nichts sehnlicher, als auch einmal spülen zu dürfen, wegen des warmen Wassers und der Möglichkeit, Tassen und Teller wie Schiffe untergehen zu lassen. Danach wurde der Baum angezündet, und mein Vater las die Weihnachtsgeschichte vor. Seine Stimme war noch wohlklingender als sonst, wie ich fand. Die ganze Zeit über starrte ich neugierig auf einen kastenförmigen Gegenstand, der, verdeckt von einem weißen Tuch, unter dem Baum lag. Es war das Hauptgeschenk. So war es immer gewesen, aber diesmal war etwas anders: Es gab den pelzbesetzten Arm nicht mehr, vielleicht weil die große Doppeltür auf den kalten und dunklen Flur hinausging, vielleicht auch weil ich aus Sicht meiner Eltern zu alt für Illusionen dieser Art geworden war. Das Christkind hatte sich endgültig in meine leibhaftige Mutter verwandelt, die nun vor unseren Augen mit dem silbernen Glöckchen das Zeichen gab, dass die Bescherung stattfinden konnte. Ich fiel auf die Knie und zog die Decke weg. Ein großer Karton wurde sichtbar, mit lauter aufgedruckten Wunderdingen, Kränen, Autos und Flugzeugen. Ich hob den Deckel ab, und bunte Metallteile kamen zum Vorschein. Es gab ein Extrakästchen mit kleinen Metallteilchen, die in der Mitte ein Loch hatten. Sie hießen »Mutter« wie meine Mutter. In einem anderen Kästchen lagen lauter kleine Metalldinger, die aber nicht Vater hießen, sondern »Schrauben«. Muttern und Schrauben passten ineinander. Man konnte sie mit einem Schraubenschlüssel und einem Schraubenzieher ganz fest miteinander verbinden. Wie meine Eltern, die nichts auseinanderbringen konnte, auch wenn sie oft getrennt waren. Ich begann sofort mit der Arbeit. Anfangs hielt ich mich an das Buch mit den Bauanleitungen, die ich nicht verstand, dann aber ließ ich meinem Erfindergeist freien Lauf. Wahre Wunderdinge entstanden, die sich drehen und über den Teppich schieben ließen. Die Kerzen am Baum brannten, während aus dem Blaupunkt Weihnachtslieder erklangen. Dann spielten wir wieder »Wer lebt am längsten«. Meine Kerze erlosch diesmal als Letzte, weil ich inzwischen begriffen hatte, dass die unterste wegen der dort geringeren Luftbewegung die größten Chancen hatte. Später nahm mein Vater mich auf den Schoß und sagte: »Du hast mich vorhin etwas gefragt, mein Sohn. Ich muss dir sagen, es gibt da oben niemanden.« Er zeigte zur Zimmerdecke und meinte wohl den Himmel. »Die Menschen glauben an einen Gott, aber das ist vor allem ihrer Angst vor der Größe des Weltalls und dem Tod zu verdanken. Es stimmt, die Sterne sind wirklich sehr weit weg. Lichtjahre weit weg. Ich erkläre dir nun, was ein Lichtjahr ist, nämlich keine Zeit, sondern eine Entfernung, und zwar die Entfernung, die das Licht in einem Jahr zurücklegt. Sie ist sehr groß, denn Licht bewegt sich mit 300 000 km in der Sekunde. Da das Jahr 365 Tage hat, der Tag 24 Stunden, die Stunde sechzig Minuten und die Minute sechzig Sekunden, muss man alles miteinander malnehmen.« Er nahm ein Blatt Papier, schrieb die Zahlen nebeneinander und begann, sie zu multiplizieren. Ein ganzer Bandwurm von Ziffern entstand. »Merke dir einfach, dass es ungefähr neuneinhalb Billionen Kilometer sind.« Er blickte auf mich herab, und ich starrte in seine behaarten Nasenlöcher, durch die man wie durch zwei Fernrohre unendlich weit ins Weltall sehen konnte. Jetzt wusste ich, dass er sich in den Tiefen des Himmels auskannte und dass er deshalb Recht hatte, wenn er behauptete, dass es keinen Gott gab.

Die Zange aus dem Metallbaukasten nahm ich mit ins Bett. Ich habe sie heute noch. Ich war jetzt Ingenieur und dachte mir am nächsten Tag eine Kolbenpumpe aus, die ewig laufen konnte. Das Wasser, das sie aus dem Brunnen hochholte, lief aus dem Hahn auf ein Schaufelrad. Von seiner Achse wurde ein Gestänge angetrieben, das den Pumpenschwengel bewegte. Also würde die Kraft des Wassers neues Wasser aus der Tiefe holen, und das pausenlos. Wasserräder kannte ich ja. Ich hatte selbst früher einmal eines am Hengsbach gebaut, das sich in der Strömung gedreht hatte. Meine Pumpe würde nie aufhören zu arbeiten. Ich war mir meiner Sache sicher und fertigte eine Konstruktionszeichnung an, die ich voller Stolz meinem Vater zeigte, wobei ich ihm die Funktionsweise des Apparates erläuterte. Er schüttelte den Kopf und sagte: »Du glaubst, ein Perpetuum mobile konstruiert zu haben. So nennt man eine Maschine, die auch ohne Energiezufuhr nie aufhört zu arbeiten. So etwas gibt es aber leider nicht. Es liegt an der Reibung der Achsen in den Lagern. Dein Perpetuum mobile kann nicht funktionieren, weil der Kolben der Pumpe und das Wasserrad in seinen Lagern mehr Kraft verbrauchen, als das ausfließende Wasser erzeugen kann. Ein Perpetuum mobile hat noch niemand gebaut. Es ist auch nicht möglich, weil bei allem, was sich bewegt, immer auch Reibung mit im Spiel ist. Man nennt dieses Gesetz ›Zweiter Thermodynamischer Hauptsatz‹«. Ich war enttäuscht, aber diesmal glaubte ich meinem Vater nicht. Irgendwann würde ich es schaffen, eine solche Maschine zu bauen. Es ging schließlich nur darum, die Reibung auszuschalten, und das musste doch irgendwie möglich sein.

Ende Januar mussten die Fähren ihre Fahrten aufgeben. Das Eis war zu dick geworden und die Treibeisbarrieren zu hoch. Da auf der Insel inzwischen wegen der vielen Flüchtlinge 15 000 Menschen lebten, wurde die Versorgungslage schnell kritisch. Das Eis zwischen Insel und Festland war aber zum Glück bald so dick, dass LKWs vom Festland aus die Insel erreichen konnten. Das war nicht ganz ungefährlich. Immer wieder brachen Lastwagen ein, vor allem am Ley, einem großen Priel zwischen Insel und Festland, dessen starke Strömung an der Eisdecke nagte. Unter Lebensgefahr schob man lange Bretter unter die Ladefläche, um das Versinken des eingebrochenen LKWs zu verhindern, und schleppte ihn schließlich mit mehreren Treckern zurück aufs Eis. Ich war jeden Tag als Polarforscher unterwegs, kletterte auf kleine Schollenberge und schoss Seehunde mit meinem Holzgewehr. Irgendwann schmolz das Eis, und die Schneewehen verschwanden. Die inzwischen schmutzig-grauen Eisberge wurden kleiner und kleiner und trieben im Ebbstrom davon. Der Inselwinter war vorüber, und die neblige Melancholie eines langen Vorfrühlings begann.

*

B. brach ab. Seine Lippen brannten und schmeckten nach Salz. »Morgen fällt die Sitzung aus«, sagte der Andere. »Ich habe einen wichtigen Termin. Eine Pause wird uns beiden guttun. Es ist nicht einfach, einen Berg zu besteigen, von dem aus man weit zurückschauen kann und dessen Flanken sich mehr und mehr als Abgrund entpuppen.«

Er brachte B. zur Tür und gab ihm die Hand. Der Händedruck war fest, die Hand jedoch eiskalt. Auf dem Weg zurück zum Hotel fiel B. das Laufen schwer. Er hatte in letzter Zeit immer wieder Probleme mit dem Gehen gehabt. Die Füße taten ihm weh, und seine Beine waren geschwollen. Das brachte ihn auf die Idee, sich ein Fahrrad zu besorgen. Als B. an der Rezeption fragte, ob es in der Nähe ein Fahrradgeschäft gäbe, erntete er ungläubiges Staunen. »So etwas gibt es bei uns schon lange nicht mehr«, sagte der Portier. »Ich entsinne mich, sie als kleiner Junge noch gesehen zu haben. Ich gebe Ihnen aber einen Tipp. Gehen Sie zum großen Schrottplatz im Westen der Stadt. Er liegt direkt am Fluss. Vielleicht finden Sie da, was Sie suchen.«

Jetzt lief B. schon über eine Stunde am Fluss entlang Richtung Westen. Breites Wasser wälzte sich ihm entgegen, braunrot, wie ein dunkler Strom venösen Blutes. Nachdem er die letzten Häuser bereits eine Weile hinter sich hatte, sah er in der Ferne eine Erhebung. Als er näher kam, wusste er, er war am Ziel. Der Hügel bestand aus einem Gewirr von Gegenständen. Alles, was die Zivilisation in den letzten Jahrzehnten an technischen Geräten hervorgebracht hatte, war dort gestapelt, ineinander verschachtelt und verfilzt zu einer gigantischen und bizarren Installation aus geborstenem Blech, zersplittertem Glas, verrosteten Rohren. Allmählich konnte B. Einzelheiten erkennen: Autokarosserien, Möbelstücke, Badewannen, Waschmaschinen, Trockner, Fernsehapparate, Computer, Elektromotore, Rasenmäher, Mobiltelefone. Offenbar hatte sich niemand die Mühe gemacht, Ordnung in dieses Chaos zu bringen, zum Beispiel wertvolle Buntmetalle von anderen Materialien zu trennen.

Unterhalb der Schrotthalde lag hinter einem hohen Zaun aus Maschendraht ein großer Platz. Neben der von einem Schiebetor verschlossenen Zufahrt stand eine Baracke. Niemand war zu sehen. B.

rief mehrmals aus Leibeskräften. Es dauerte eine Weile, bis sich eine kleine Tür öffnete und ein Mann erschien. Er war alt, mager und hielt sich sehr aufrecht. Seine Kleidung war geflickt, das Gesicht asketisch, schmal und voller Runzeln. Die dichten grauen Haare erinnerten an eine umgedrehte Bürste. Er blutete aus einer Stirnwunde und ging an Krücken. Humpelnd kam er näher und reichte B. die Hand durch das Torgitter. »Es ist lange her, dass sich jemand hierher verirrt hat. Was führt dich in diese verlassene Gegend, mein Sohn?«

»Ich suche ein gebrauchtes Fahrrad oder Teile, aus denen ich mir eines zusammenbauen kann. Ich kenne mich damit aus. Ich habe eine Weile sogar davon gelebt, dass ich alte Räder vom Schrottplatz wieder fit gemacht und verkauft habe.«

»Ein Fahrrad?« Der Mann lachte. Es sah aus, als schnappe ein Reptil nach Luft. »Ein Fahrrad? Seit man sie verboten hat, gibt es keine mehr in der Stadt. Aber es kann sein, dass hier noch ein paar rostige Skelette zu finden sind. Fahrradleichen sozusagen. Komm mit und schau selbst.«

Der Mann schloss das Tor auf und schob es so weit beiseite, dass B. hindurchschlüpfen konnte. Er sah sich um. Es roch nach Teer, altem Öl und Eisen, ein Geruch, der ihm einst wie der schönste der Welt erschienen war.

»Sei vorsichtig, man verletzt sich leicht in diesem Gelände. Ein kleiner Schnitt, eine Blutvergiftung, und schon ist es aus. Komm, ich zeige dir die Stelle mit den Rädern.«

Sie kletterten über eine Halde von Computergehäusen und Waschbecken. Dann hangelten sie sich an geborstenen Schränken und Tischen entlang. Ein Sofa stand fast unversehrt neben einem Ohrensessel, dessen Sprungfedern durch den Lederbezug gedrungen waren. B. setzte sich einen Moment darauf und versuchte, sich einen Überblick zu verschaffen. Die abfallende Flanke des Hügels vor ihm war bedeckt mit Flachbildschirmen, in denen sich das Tageslicht spiegelte. Es sah aus wie eine Fläche voll tausender kleiner Eisschollen. Dahinter meinte B. mehrere Rahmen, Lenker und Felgen zu erkennen.

»Da sind welche«, rief er. »Da unten am Fuß der Halde.«

Er schlitterte und rutschte über die Bildschirme hinab und landete inmitten von Fahrrädern. Keines war vollständig. Da fehlten Lenker, Sattelstützen, Ketten, Schutzbleche, Reifen. Der Schrotthändler war ihm gefolgt, wobei er seine Krücken geschickt wie Skistöcke benutzte. »Ich bräuchte Werkzeug«, sagte B. Der andere nickte und verschwand. Als er zurückkam, hatte er einen Rucksack voller Schraubenschlüssel, Schraubenzieher und Zangen dabei.

B. hatte inzwischen bereits einige Fahrradrahmen und Einzelteile aus dem Haufen gezogen. Schweigend machte er sich an die Arbeit. Der Schrotthändler setzte sich auf das Sofa und sah ihm zu. Manchmal zeigte er mit seiner Krücke in eine bestimmte Richtung und rief: »Da hinten, da ist noch etwas Brauchbares für dich.«

Als die Dämmerung hereinbrach, hatte B. ein altes Herrenrad fahrtüchtig gemacht. Sein Rahmen war schwarz. Als er ihn mit einem ölgetränkten Lappen abrieb, kamen perlmuttfarbene, rotumrandete Verzierungen zum Vorschein. Er schleppte das Rad die Müllhalde hoch und setzte sich neben den Schrotthändler auf das Sofa.

»Was bin ich Ihnen schuldig?«

»Nichts. Du weißt, was ich meine. Das Nichts ist die höchste Banknote im Kosmos, gedruckt auf dem Schweigen seines wahnsinnig gewordenen Schöpfers. Bring mir also ein wenig von diesem Nichts, wenn du seiner habhaft geworden bist.«

»Ich werde mein Bestes tun. Darf ich fragen, was Sie früher gemacht haben? Sie waren doch wohl nicht schon immer Schrotthändler.«

»Doch, doch. Ich war Schriftsteller, das heißt, ich war ein Schrotthändler des Geistes.«

»Worüber haben Sie geschrieben?«

»Meistens über das Warten. Denn das Warten ist die schönste Beschäftigung für einen freien Geist. Vor allem dann, wenn es echtes Warten ist, das heißt, wenn man umsonst auf etwas wartet.«

»Das verstehe ich. Ich habe auch oft und gerne umsonst auf etwas gewartet, das nur in meinen Wünschen existierte.«

»Und was hast du früher gemacht?«

»Alles Mögliche. Ich war nie sehr beständig in meinen Beschäftigungen. Ich bin Insulaner von Beruf.«

»Ein Robinson also. Jemand, der Schiffbruch erlitten hat und durch seine Rettung dazu verdammt ist, in zwei Welten zu leben, in der Wirklichkeit der Gegenwart und auf der Insel der Erinnerung. Du hast es versucht und zu spät erkannt, dass das unmöglich ist. Hier, nimm einen Schluck.«

Der Schrotthändler holte einen Flachmann aus seinem Kittel, schraubte ihn auf und reichte ihn B. Es war Whisky.

»Ich war auch Insulaner. Ich habe meine Insel verlassen, weil sie mir zu eng war, obwohl sie eigentlich ziemlich groß ist. Ich habe eine fremde Sprache gelernt, um mich von den Bildern zu reinigen, die mich am Schreiben gehindert haben. Als ich die fremde Sprache noch nicht beherrschte, waren meine Texte am besten. Man muss stammeln können, um sich einigermaßen präzise auszudrücken.«

B. stand auf. »Noch eine Frage. Haben Sie vielleicht etwas, womit ich einen alten Schrank öffnen kann?«

»Hier, nimm das.« Er griff in seine Hosentasche und reichte B. einen Drahtring, an dem verschiedene kleine Schlüssel hingen.

B. bedankte sich. Dann schleppte er das Fahrrad zum Ausgang und fuhr in Richtung Stadt. Das Gefährt klapperte und schwankte bei jedem Tritt in die Pedale, denn die Felgen waren verzogen. Aber B. fühlte sich so stark wie schon lange nicht mehr.

Er stellte das Rad im Hof des Hotels ab und ging erst ins Bistro, denn er war hungrig wie schon lange nicht. Anschließend auf seinem Zimmer brauchte er nur wenige Minuten, um den Schrank zu öffnen. Eine schwere schwarze Lederjacke hing auf einem Bügel. Außerdem gab es Briefe in Aktenordnern und Notizbücher mit Aufschriften wie »Schiffstagebuch S. S. Ree«.

B. ließ sich eine Flasche Rotwein kommen, setzte sich in den Sessel am Fenster und begann in den Briefen zu lesen. Seine Eltern hatten sich während des Krieges und später, wenn sein Vater auf See war, sehr häufig geschrieben, manchmal mehrfach in einer Woche. Sie hatten lange Zeit eine regelrechte Briefehe geführt. Vieles von dem, was er las, kam ihm bekannt vor, ja es schien ihm manchmal, dass er diese Briefe schon vor langer Zeit einmal gelesen hatte.

B. ging noch einmal zum Schrank und stöberte in den Dokumenten. Dabei fiel ihm ein kleines, grau marmoriertes Büchlein in die Hand. Als er es aufschlug, klopfte ihm das Herz bis zum Hals. Auf dem kleinen Schwarzweiß-Foto sah er sein Gesicht. Es war sein Seefahrtsbuch.

12

In dieser Nacht schlief B. so gut wie schon lange nicht mehr. Es lag nicht nur am Rotwein, es lag auch an der vielen Bewegung, die er tags zuvor gehabt hatte. Als er erwachte, fiel ihm sein Rad wieder ein. Er hatte keine Möglichkeit gehabt, es abzuschließen. Er rannte hinunter und sah zu seiner Erleichterung, dass es immer noch da war. Er bestieg es und fuhr zum Institut, um seinen Bericht fortzusetzen. Es war wie damals, als er auf der Insel mit seinem ersten Fahrrad unterwegs gewesen war. Ein Schwebezustand, der damals sein Selbstbewusstsein hatte wachsen lassen.

*

In dieser dunklen Phase des Jahres saß ich manchmal in einem Raum, der ein großes Fenster hatte, durch das man in andere Welten blicken konnte, die mich faszinierten, auch wenn sie unscharf waren und ein wenig flimmerten. Er befand sich in einem heruntergekommenen Gebäude mit dem vielversprechenden Namen »Centralhalle-Lichtspielhaus«. Um hineinzukommen, musste man eine große Treppe mit vielen Stufen hochsteigen, was nicht einfach war, da sich auf jeder Stufe viele Kinder und Jugendliche drängelten. Es wurde gebrüllt und geboxt. Ich blieb meistens auf der untersten Stufe. Irgendwann öffnete sich oben am Ende der Treppe eine Tür, und ein kleiner, bleicher Mann erschien. Er hatte ein schwarzes Bärtchen unter der Nase und wurde deshalb von den Einheimischen Hanne Hitler genannt. Es war der Kinobesitzer. Auch er tobte und boxte und schrie, wir sollten uns anständig benehmen, sonst würde er uns nicht hereinlassen. Dann verschwand er wie durch einen Zaubertrick, und wir drängten in einen dunklen, langen Flur, an einem beleuchteten Kasten vorbei, in dem jetzt Hanne Hitler hockte und rosa Eintrittskarten für seinen Palast der Illusionen verkaufte. Der Saal füllte sich schnell unter einem ohrenbetäubenden Lärm. Wenn man die Kinokarten faltete und an der Knickstelle ein kleines Loch machte, sie dann an die Lippen hielt und kräftig hineinblies, entstand ein schrilles Zirpen wie von lauter verrückt gewordenen Grillen. Das Chaos wurde noch größer, weil die Kinder in den am Boden festgeschraubten Klappstuhlreihen im gleichen Rhythmus hin und her schaukelten, bis die Schrauben herausrissen und die langen Stuhlreihen wie hölzerne Tausendfüßler über das Parkett krochen. Plötzlich aber wurde es schlagartig still, denn der große Deckenleuchter war erloschen, um gleich darauf wieder anzugehen – das erste Anzeichen dafür, dass die Vorstellung bald beginnen würde. Der Lärm schwoll erneut an, bis eine Klingel schrillte. Stille. Diese Ebbe und Flut der Geräusche wiederholten sich dreimal. Nach dem dritten Klingeln ging das Licht aus, und der rote Vorhang glitt zur Seite. Mein erster Film war ein Erlebnis, das sich mir tief einprägte. Er spielte in den zerstörten Häusern Berlins. Eine Gruppe junger Leute baute einen Zirkus auf. Ein Trapez hing an einem Stahlträger von einer Ruine herab, und ein muskulöser Mann machte mit einem jungen Mädchen im knappen Trikot gefährliche Schwünge. Immer wieder fing er seine Partnerin auf, wenn sie abzustürzen schien. Plötzlich begann die Fassade, an der das Trapez befestigt war, Risse zu bekommen und zu bröckeln. Ich hatte schreckliche Angst um das Mädchen. Ich spürte, wie ich meine Armmuskeln anspannte, denn ich wollte die arme Trapezkünstlerin fangen. Die meisten anderen Zuschauer schienen sich dagegen nicht für den Film zu interessieren. Viele hatten aus ihren Kinokarten mit Spucke feste Krampen gerollt und beschossen sich gegenseitig mit Hilfe von Gummibändern, oder sie zielten auf die Personen auf der Leinwand. Im Lichtkegel des Projektors leuchteten die kleinen Geschosse auf, und ihre Schatten flitzten über das Bild.

Ich ging von da an oft in das Lichtspielhaus. Die Welt der Kino-illusionen wurde für mich zu einer tröstlichen Zuflucht, die mir immer wieder eine Verschnaufpause verschaffen sollte in der kalten Inselwirklichkeit langer Wintertage. Meiner Mutter schien es ähnlich zu gehen, denn auch sie ging nun häufig ins Kino, oft zusammen mit mir. Wir saßen dann wie ein altes Liebespaar nebeneinander und hielten uns an der Hand. So kam es, dass ich mich in das doppelte Lottchen verliebte, aber auch in ihre schöne Mutter. Vor allem aber waren es die vielen Wildwestfilme, die mein angeschlagenes Ego stärkten. Ich hatte einen schweren, metallisch blauen Colt geschenkt bekommen, den ich immer souveräner benutzte, und die Aufforderung »Zieh, Hund!« kam mir mit größter Überzeugungskraft über die Lippen, wenn ich nachts an unsichtbaren Mördern vorbei durch das Treppenhaus auf die im Dachstuhl gelegene Toilette schlich.

Der neue Frühling war ungewöhnlich warm, als wollte das Wetter den strengen Winter wiedergutmachen. In dieser Zeit war mir meine Mutter besonders nah. Damals erzählte sie mir auch einiges aus ihrer Jugend. Wie tief sie zum Beispiel der Tod ihrer einzigen Kindheitsfreundin Ilse verletzt hatte. Ilse war aus dem Badezimmer ihrer im dritten Stock gelegenen Frankfurter Wohnung gestürzt. Die Spitzen des Eisenzauns unten hatten das Mädchen mit den schweren blonden Zöpfen durchbohrt. Seitdem könne sie nie mehr richtig fröhlich sein, sagte meine Mutter seufzend. Immer gebe es in jedem Licht etwas Dunkles. Das habe schon Rilke so ausgedrückt.

Eine andere Geschichte meiner Mutter verwirrte mich. Sie habe als junges Mädchen einmal in einer großen Menschenmenge gestanden. Ein Mann habe sich von hinten an sie gedrängt, und später habe sie etwas Klebriges auf ihrem Mantel entdeckt. Dieser Mensch habe sie zu etwas sehr Unanständigem missbraucht. Ich musste an die andere Ilse denken und an den Jungen auf dem Bett. Es gab in der Welt irgendein klebriges Ungeheuer, das sich nicht zeigen wollte, das aber auf mich lauerte.

Als der Sommer kam, lag ich einmal zwischen Mittelbrücke und Hafen bäuchlings im heißen Sand. Ein Stück hinter mir lag ein Bauernmädchen. Es war blond und hatte große Brüste. Plötzlich erhob sich das Mädchen und streifte sich den Sand von der nackten Haut. Dann verschwand es in Richtung Hafenstraße im Dunst. Eine ungeheure Sehnsucht erfüllte mich. Ich presste mich auf den heißen Strand und schloss die Augen. Ich sah, wie sie über die Landstraße in Richtung der Dörfer ging. Nein, sie ging nicht, sie flog. Ihre Füße berührten die staubige Straße nicht. Einmal drehte sie sich um lächelte mir zu, ehe sie zwischen den großen Ulmen verschwand. Ihr Mund mit den roten Lippen löste sich aus ihrem Gesicht und schwebte auf mich zu. Ich sehe das Bild immer noch in aller Deutlichkeit vor mir, diese zerfließende Mädchengestalt im Sommerglast. In Wirklichkeit gab es sie nicht. Es gab nur jene süß schmerzende Sehnsucht, die mich durchflutete und die diese Vision erzeugt hatte.

Mehr und mehr begann ich mich für all diese geheimnisvollen und bedrohlichen Dinge zu interessieren. Auf entsprechende Fragen gab meine Mutter ausweichende Antworten. Sie deutete nur etwas von einem großen, schönen Mysterium zwischen Mann und Frau an. Ich würde es irgendwann später auch kennenlernen. Sie meinte es wohl als Trost, aber mich machte diese Antwort doppelt unruhig. An Sonntagen und bei schönem Wetter gingen wir gewöhnlich in die Teestube. Sie lag im Süden, in einer Dünengegend außerhalb des Ortes. Meine Mutter hatte sich mit der Besitzerin angefreundet. Auch sie war keine Einheimische. Das machte den Kontakt zwischen den beiden Frauen leichter. Während sie bei Kaffee und Kuchen plauderten, lag ich auf dem Boden neben dem Bücherregal und blätterte in den großen Lexikonbänden, die dort standen. Die bunten Abbildungen hinter knisterndem, durchsichtigem Papier faszinierten mich. Ich fand bald heraus, wie man nach dem Alphabet und mit Hilfe von Verweisen vorgehen musste, um zu bestimmten Artikeln zu gelangen. Als ich zufällig auf das Stichwort »Geschlechtsorgane« stieß, fand ich schnell eine ganze Reihe rätselhafter und magisch klingender Wörter wie Erektion, Ausspritzungsgang, Vorhaut, Scheide, Penis, Vorsteherdrüse, Schamlippen, Kitzler, Beischlaf. Vor allem das Wort Schamberg hatte es mir angetan. Ich fragte mich, wie hoch ein Schamberg war und wie er aussah. Um das herauszufinden, musste man unter dem Wort Scheide nachsehen. Dort las ich, dass ein Schamberg von krausen Haaren bedeckt war. Ich schloss den Folianten und schob ihn hastig ins Regal zurück, denn ich hatte das Gefühl, etwas Verbotenes zu tun.

Einmal ging ich, während sich meine Mutter immer noch unterhielt, beladen mit solcherlei neuen Geheimnissen hinaus vor die Tür, um in den Dünen zu spielen. Vor der Teestube stand eine große Regentonne. Auf der Oberfläche des gefüllten Fasses sah ich zwei weiße Dinger schwimmen. Als ich sie herausholen wollte, erkannte ich, dass es nackte Füße waren, die mit den Sohlen gerade noch aus dem Wasser ragten. Ich packte sie und zog ein kleines Kind heraus. Es war ganz blau angelaufen. Ich rief um Hilfe. Die beiden Frauen kamen angelaufen, auch Frau Sönnichsen, die Putzfrau, und ihr Mann, die in der Küche gewesen waren. Es war ihr Kind. Der Mann schüttelte seinen kleinen Sohn wie eine Flasche und begann dann, seine Brust zu bearbeiten. Es dauerte eine ganze Weile, bis das Kind wieder zu atmen begann. Man lobte mich. Ich bekam ein großes Stück Torte, und der Vater baute ein Flaschenschiff für mich, eine grüne Viermastbark, die an einem Steilkliff mit einem Leuchtturm und einer Reihe von Häusern vorbeisegelt. Noch heute sehe ich dieses Flaschenschiff gerne an, denn es erinnert mich an eine der wenigen guten Taten meines Lebens.

Wieder vertrug ich die viele Sonne nicht, und wieder schälte ich mich wie eine Pellkartoffel. Ich ertrug die Schmerzen noch am ehesten, wenn ich bis zum Hals im Wasser war. Oft stand ich lange so und betrachtete den Horizont, der wie eine Wäscheleine aussah, an der die Halligen zum Trocknen hingen. Im Juni gab mein Vater seine schlecht bezahlte Stelle bei der Wyker Dampfschiff-Reederei auf und kehrte zur Muschelreederei zurück. Er war nun endlich wieder Kapitän, wenn auch nur auf einem alten, in Holland gebauten hölzernen Bojer mit Namen »Rolf Verhey«. Wir Kinder mochten diesen Kahn nicht. Er hatte einen merkwürdig krummen Rumpf, sah sehr hässlich aus und war ziemlich langsam. Am 9. Oktober 1947 geschah eine Katastrophe, die fast das Leben meines Vaters oder mindestens seine Karriere abrupt beendet hätte. Es war ein herbstlich kühler Tag. Auf dem Wasser lag dichter Nebel. Es war pottendick, wie die Einheimischen sagen. Seit sechs Uhr morgens war mein Vater mit seinem Schiff unterwegs zum Festland, um eine Ladung Muscheln zu landen. Zu diesem Zweck hatte man eine Löschkolonne von achzehn Männern zusätzlich zu den vier Mann Besatzung angeheuert, die die Muscheln mit Forken und Schaufeln in einen Eisenbahnwaggon befördern sollten. Um 8 Uhr 30 war die Arbeit erledigt, und die »Rolf Verhey« legte ab, um wieder zum Fischen auszulaufen. Es war windstill und immer noch neblig. Die Sicht betrug keine 200 Meter. Mein Vater hatte noch vom Festland aus angerufen, ob und wann die Fähre von der Insel abgelegt habe, um den Zeitpunkt einer Begegnung im engen Fahrwasser abschätzen zu können. Bei Tonne eins kam ihnen ein Motorboot entgegen, und mein Vater stellte fest, dass die Sicht inzwischen nur noch 100 Meter betrug. Deshalb beorderte er zwei Leute als Ausguck in die Bugspitze und betätigte regelmäßig das Nebelhorn. Außerdem ließ er die Maschine auf halbe Kraft drosseln. Um 9 Uhr 20 wurde vom Ausguck die in schneller Fahrt an Steuerbord aufkommende Inselfähre gemeldet. Meinem Vater war sofort klar, dass eine Kollision nicht mehr zu vermeiden war. Er wusste aber auch, dass unten im Vorschiff achtzehn Löscharbeiter eng beieinander hockten. Um sie vor dem wahrscheinlichen Tod zu bewahren, entschloss er sich zu einem Ausweichmanöver, das nicht den Vorschriften der Seewasserstraßenordnung entsprach: Statt hart Steuerbordruder zu geben, gab er hart Backbordruder. Dieses Manöver führte dazu, dass der Bug der Fähre mit voller Wucht das Achterschiff der »Rolf Verhey« traf. Bis unter die Wasserlinie aufgeschlitzt, begann das Schiff zu sinken. Verzweifelt versuchte mein Vater zusammen mit den beiden Seeleuten, die ebenfalls im Ruderhaus waren, die klemmende Tür aufzudrücken. Es gelang ihm buchstäblich in letzter Minute, indem er sich mit voller Kraft gegen sie warf. Alle Arbeiter waren inzwischen an Deck. Mein Vater und die zwei anderen Männer aus dem Ruderhaus rannten nach vorne. Doch die »Rolf Verhey« sank wegen der Größe des Lecks und ihres offenen Laderaums so schnell, dass alle ins kalte Wasser mussten, wobei sie sich an auftreibenden Holzteilen festklammerten. Neben meinem Vater schwamm der Muschelarbeiter Max Kannas. Er schrie um Hilfe, weil er sich nicht über Wasser halten konnte. Mein Vater schwamm zu ihm und schob ihm sein Brett unter den Bauch. Die Fähre, die bereits fast wieder außer Sicht war, lag 60 Meter entfernt mit gestoppter Maschine. Man ließ ein Rettungsboot herab. Onkel Otto, der auf der Fähre das Restaurant betrieb, leitete die Rettungsaktion. Das Rettungsboot leckte stark, denn es war lange nicht mehr im Wasser gewesen und durch Austrocknen an den Nähten undicht geworden. Deshalb konnte es nur wenige Männer aufnehmen. Die meisten, darunter mein Vater, mussten sich am Bootsrand festhalten und sich so zur Fähre rudern lassen. Mein Vater ließ eine Musterung seiner Leute durchführen, die ergab, dass drei Mann fehlten. Sie mussten ertrunken sein, wahrscheinlich im Maschinenraum, der vom Bug der Fähre direkt getroffen worden war. Mit dem Motorboot, dem sie begegnet waren, ging es zur Insel zurück. Dort sprach sich die Katastrophe schnell herum. Meine Mutter hörte von einem Nachbarn, dass drei Mann beim Untergang der »Rolf Verhey« ertrunken seien. Als ich aus der Schule kam, stand sie am oberen Treppenabsatz und schrie: »Dein Vater ist untergegangen.« Ich blieb stehen und starrte den roten Läufer an. Er verwandelte sich in einen reißenden Strom von Blut. Ich glaubte meinen Vater tot. Dann lag ich in den Armen meiner Mutter. Sie heulte und schrie immer wieder: »Mein geliebter Mann, mein geliebter Mann.« In diesem Moment kam der vermeintlich Ertrunkene zur Tür herein, in trockener Arbeitskleidung, die er von der Reederei erhalten hatte. Er nahm uns in die Arme, erst seine Frau, dann mich, dann uns beide zusammen. Ich spürte den Druck seiner Arme wie einen Schraubstock. Später saßen wir am Tisch. Meine Eltern tranken Wein, und mein Vater schilderte das Unglück immer wieder, wobei er viele nautische Begriffe verwendete, als seien wir die Experten eines Seegerichts. Wäre ich damals an Bord der »Rolf Verhey« gewesen, dachte ich, wäre die Kollision nicht passiert, denn ich hätte mit meinen guten Augen trotz Nebel den Entgegenkommer bestimmt rechtzeitig bemerkt. Die havarierte »Rolf Verhey« wurde in der folgenden Woche gehoben und an den Inselstrand gebracht, ganz in der Nähe von unserer Wohnung. Ich rannte hin. Da lag dieser schwarze Kadaver. Sein Rumpf war seitlich auf ganzer Länge aufgerissen. In der Bilge fand ich einen schwarzen Gummistiefel. Er sah für mich wie das Bein eines Toten aus.

Mein Vater fuhr nach Hamburg, um den Leichter »Ursula« nach Wyk zu überführen. Es war ein kühnes Unternehmen, denn das flachbödige Schiff war nur für die Flussschifffahrt konstruiert. Die »Ursula« unternahm Muschelfahrten zu den Sandbänken. Ich durfte manchmal mitfahren, auch als sogenannte Pisser gegraben wurden, Klaffmuscheln, die sich im Laderaum öffneten und einen kleinen Penis herausschoben, aus dem sie einen weiten Wasserstrahl aussandten. Sie waren für Menschen ungenießbar, wurden aber zu Tierfutter verarbeitet. Wenn die Schute mit Pissern voll war, entstand ein dichter Vorhang von Wasserstrahlen. Das war viel besser als das einstige Überkreuzpinkeln mit meinem Vetter Fritz in der Waldkolonie. Mein Vater übernahm wieder das Kommando auf dem Muschelkutter »Karl Friedrich«. Ich war stolz. Für mich stand fest, dass er ein Seeheld war, unverwundbar auf dem Wasser, verletzlich nur an

Land. Hier war er ein ganz normaler Mensch, der mir außerdem nicht besonders gefiel, vermutlich, wie ich es viel später mutmaßte, weil er seine Unsicherheit auf dem Trockenen mit allzu konservativen Ansichten kaschierte. Damals sollten vor der Insel neue Muschelbänke angelegt werden, um sie dann später abzuernten. Dazu wurden im ganzen Wattenmeer kleine Miesmuscheln, die sogenannte Muschelbrut, abgefischt und an vorbereitete Stellen am Rand der Priele gebracht. Mein Vater hatte den Auftrag, günstige Stellen mit Pricken abzustecken, dünnen Birkenstämmen mit einem Reisigbündel an der Spitze. Sie werden am Rand eines Priels im Wattboden eingegraben. Einmal nahm er mich dabei mit. Wir gingen frühmorgens bei ablaufendem Wasser zum Hafen. Gegenüber vom Zollhaus lag eine kleine Barkasse, ein umgebautes ehemaliges Rettungsboot mit einem Ruderhaus und einem Dieselmotor. Ich hatte schulfrei bekommen, gegen den Willen von Fräulein Eberhard natürlich, aber der Rektor hatte der Bitte meines Vaters entsprochen. Wir kletterten eine kleine Leiter hinunter an Bord. Mein Vater schraubte etwas aus dem Zylinderkopf des Motors heraus, das aussah wie eine rosa Zigarette. Er zündete das Ding an und schraubte es wieder ein. Dann warf er den Motor mit einer Kurbel an. »Geh nach vorne und mach die Leine los«, sagte er. Seine Stimme hatte einen Ton, den sie sonst an Land nicht hatte. Fest, bestimmt, klar, aber nicht ohne eine in ihr verborgene Freundlichkeit. Ich folgte dem Kommando und schielte dabei immer wieder zum Zollhaus hinüber. Wie schade, dass Inke mich jetzt nicht sehen konnte, dachte ich. Wir fuhren zum Hafen hinaus. Mein Vater sagte: »Hier, nimm die Pinne und halte Kurs auf die schwarze Tonne dahinten. Du hast doch gute Augen.« Selten war ich so glücklich gewesen. Ich spürte die Vibration der Maschine, die sich über die Pinne und meine Hand auf mein Herz übertrug, kniff die Augen zusammen und peilte die Tonne an. »Das machst du prima«, sagte mein Vater. »Wohin fahren wir?«, fragte ich. »Wir fahren zum Ley. Das ist der Priel, der tief in die Föhrer Schulter hineinreicht. Die Föhrer Schulter ist das große Sandwatt zwischen Föhr, Sylt und dem Festland. Bei Ebbe taucht es vollständig auf. Ideal für Muscheln. Wir wollen sie da züchten. Muscheln dürfen nämlich nicht immer vom Wasser bedeckt sein, wenn sie gut schmecken sollen.« Großzügig verteilte die Sonne ihre Goldmünzen auf der Oberfläche des Meeres. Am Horizont schmolz der eisblaue Himmel und ergoss sich über die Kante eines unsichtbaren Wehrs hinab ins Wasser. Ich hörte die Möwen, die Austernfischer, die Kiebitze, dieses ganze für das Wattenmeer typische Vogelkonzert. Es kam von den großen Sandbänken, die allmählich aus den Fluten auftauchten und die Luft flirren ließen mit ihrer Wärme. Dann waren wir am Ziel. »Bring den Anker aus! Drück ihn in den Sand«, befahl mein Vater. Ich nahm den Dregganker und sprang ins flache Wasser. Es war so warm wie Pissbälle. Später, als das Wasser noch weiter gefallen war, gruben wir mit einem Spaten Löcher und steckten die mitgebrachten Pricken hinein. Wir bewegten sie hin und her, wodurch sie immer tiefer in den feuchten Sand eindrangen. Dann mussten wir warten, bis die Flut kam und uns wieder flott werden ließ. Wir sprachen wenig. Einmal sagte mein Vater: »Hörst du, wie das Watt singt?« Tatsächlich war ein feines Sirren zu hören. »Das ist ein sicheres Zeichen, dass die Flut kommt.« »Wer singt denn da?«, fragte ich. »Das steigende Grundwasser in den Sandbänken drückt die Luft in kleinen Bläschen heraus. Sie platzen dann, und das ergibt diesen Ton.« Als wir am Abend zurück waren, herrschte beim Abendbrot zwischen uns ein Einverständnis, wie es ganz selten war. Vielleicht wird er doch noch ein richtiger Kerl, dachte mein Vater wahrscheinlich. Ich aber war mir völlig sicher, bereits ein richtiger Kerl zu sein.

Zum ersten Mal kamen in diesem Sommer 1948 wieder mehr Kurgäste auf die Insel. Die zahlreichen Strandkörbe wurden zu wichtigen Spielgeräten für uns. Besonders beliebt war in der Abenddämmerung das Anschleichen an Strandkörbe, in denen ein Liebespaar saß. Wir kippten den Strandkorb um und hüpften auf seinem

Rücken herum, bis er sich zu bewegen begann wie ein großes Tier. Dann rannten wir schnell weg. Abends gingen wir die Strandkörbe ab und holten aus den kleinen Seitentaschen im Leinenstoff alles Mögliche heraus, das die Kurgäste dort vergessen hatten. Sonnencreme, Kämme, Spiegel, Sonnenbrillen. So kam es, dass bald jedes Kind eine Sonnenbrille besaß, und dass ich endlich etwas gegen meinen Sonnenbrand tun konnte. Einmal trieb ein kleines Kind mit dem Gesicht nach unten in der Ebbströmung vorbei. Ein Kurgast sah es, sprang ins Wasser und holte es heraus. Sein Gesicht war ganz blau. Der Retter packte es an den Beinen und schüttelte den kleinen Körper. Wasser und Erbrochenes quollen aus dem Mund. Dann legte er das Kind rücklings in den Sand und holte mit seinen Fingern die Zunge aus dem Mund. Sie war ganz weiß und sah aus wie ein toter Fisch. Wir umstanden die Szene. Anschließend rannte ich zu meiner Mutter. »Ist es tot?«, fragte ich. Sie schüttelte den Kopf. »Es ist nicht tot, sonst würdest du jetzt bestimmt einen kleinen Engel sehen, der über dem Wasser schwebt.« Ich blickte hinaus und sah eine Möwe, die über der Gruppe am Strand kreiste. Dann hörte man die Sirene eines Rettungswagens. Das Kind wurde in eine Decke gehüllt und weggebracht. In der Zeitung stand später, dass es überlebt hatte. Beinahe war ich ein wenig enttäuscht.

Einige der leerstehenden Hotels hatten wieder aufgemacht. Abends schlenderten ihre Gäste über den Sandwall. Ich beobachtete sie von der Veranda aus ungnädig mit dem kleinen Einrohr, einem Erbstück meines Vaters. Die Fremden gefielen mir nicht. Sie schienen keine Ahnung zu haben, wie schwierig mein Inselschiff zu steuern war. Das Haus neben uns gehörte zwei völlig gleich aussehenden, dicken, kleinen Männern mit runden Glatzköpfen. Sie sahen wie mit Gesichtern bemalte Ostereier aus. »Die Gebrüder Nielsen sind eineiige Zwillinge«, sagte meine Mutter. »Sie haben die Mumps gehabt.« Wir Kinder hatten Angst vor ihnen. Wenn man vorbeiging, sah man manchmal die zwei runden Köpfe wie Lampions direkt nebeneinander hinter einer Fensterscheibe. Die Gebrüder Nielsen vermieteten ebenfalls an Kurgäste. Einmal in diesem Sommer spielte in ihrem Vorgarten eine Kapelle mit dem Namen »Die Bravos« vor einem Häuflein Badegäste. Meine Mutter und ich gingen auch hin. Ich hatte solche Musik bisher nur aus dem Radio gehört. Ein Gitarrist, ein Bassist und ein Akkordeonspieler. Der Gitarrist sang gerade einen Schlager, den ich von meiner Mutter kannte: »Ich hab das Fräul'n Helen baden sehn, das war schön. Da kann man Waden sehn, rund und schön im Wasser stehn. Und wenn sie ungeschickt tief sich bückt – so –, da sieht man ganz genau bei der Frau – oh.« »Was ist das Oh bei dem Fräulein«, fragte ich meine Mutter. Statt zu antworten, sah sie mich strafend an. Auf einmal fingen die Musiker wie verrückt zu tanzen an. »Verdammte Biester«, brüllte der Gitarrist. »Überall Ameisen.« Die Zwillinge kamen mit großen Eimern voller heißem Wasser aus dem Hotel und schütteten es auf den Boden. Dann spielte die Band weiter.

In diesen Tagen geschah, was mein Vater längst befürchtet hatte: Er wurde wegen der drei Ertrunkenen, die sein Ausweichmanöver zur Folge gehabt hatte, wegen fahrlässiger Tötung angeklagt. Eine Verurteilung hätte das Ende seiner beruflichen Zukunft bedeutet. Immer wieder saß er am Wohnzimmertisch, um sein Manöver zu überprüfen, indem er zwei kleine, aus Pappe ausgeschnittene Schiffsrümpfe hin und her schob. Am 12. Juni fand die Hauptverhandlung im Bahnhofshotel von Dagebüll statt. Mein Vater hatte einen guten Anwalt. Er beschrieb wortreich die mangelnden Sicherheitsmaßnahmen der Fähre und das Unterlassen von Warnsignalen. Den Ausschlag für den Freispruch meines Vaters gab jedoch ein überraschender Auftritt der Frauen der Muschelarbeiter. Sie waren extra von der Insel herübergekommen und betraten unangekündigt den Saal, um meinem Vater für die Rettung ihrer Männer durch das unvorschriftsmäßige Manöver zu danken und ihn zu seiner Heldentat zu beglückwünschen, bei der er sein eigenes Leben riskiert hatte. Er wurde freigesprochen und konnte weiterfahren, weil er sein Patent nicht verloren hatte.

Die Firma Emde hatte inzwischen Schwierigkeiten, im Wattenmeer vor der Insel genügend Muscheln zu fischen. Daher schickte sie ihre Schiffe, darunter auch die »Karl Friedrich«, nach Ostfriesland. So kam es, dass mein Vater erneut verschwand und ich wieder im Ehebett schlafen musste. Jeden Abend hörten wir beim Schein einer Kerze Radio. Wenn es nichts im Programm gab, das meine Mutter interessierte, lasen wir Bücher, vor allem Wildwestromane von Zane Grey, die sie sehr mochte. Manchmal hörte ich sie seufzen. Sie hatte ein großes Glas Südwein auf dem Nachttisch stehen und trank immer wieder einen kleinen Schluck. Ich musste regelmäßig zur Leihbücherei, um Nachschub zu holen. Die Frau hinter dem Tresen der Ausleihe hatte dünne blonde Locken und eine lange Triefnase. Da mein Lesehunger unstillbar geworden war, entstand so etwas wie eine Zuneigung zwischen uns. Immer wenn ich bei ihr erschien und die Leihkarte auf den Tresen legte, lächelte sie und fragte: »Was darf es diesmal sein? Wieder ein Grey? Ich glaube, du hast schon alle gehabt. Wie wäre es mit Karl May? Oder bist du noch zu jung dafür?« Sie gab mir »Winnetou II«, denn der erste Band war ausgeliehen. Es war der Anfang eines rauschhaften Lesevergnügens. Dass ich mit dem zweiten Band beginnen musste, wirkte sich auf mein ganzes Leben aus, denn es fiel mir in Zukunft immer schwer, bei einer Sache vorne anzufangen und nicht in der Mitte.

Eines Tages besuchte uns ein Mann. Er hieß Pastor Schwarz und war sehr freundlich. Ich glaube, er wollte meine Mutter für irgendeine kirchliche Aufgabe gewinnen. Man schickte mich aus dem Zimmer. Später, als ich wieder hineindurfte, stand der Mann an der Tür, mit einem großen Paket unter dem Arm. Er winkte mich herbei und nahm aus seiner Aktentasche eine Broschüre. »Das ist für dich«, sagte er. »Es ist sehr interessant. Wenn du etwas nicht verstehst, kannst du mich besuchen kommen, und wir reden dann darüber.«

In der Broschüre wurde der Aufbau der Materie erklärt. Die Atomkerne enthielten blaue und grüne Kugeln, die Protonen und Neutronen hießen. Die sie umkreisenden Elektronen waren rot. Als ich später mit meinem Stabilbaukasten spielen wollte, gestand mir meine Mutter, sie habe den Kasten dem Pastor geschenkt, da er so viele Kinder habe. Ich war wütend. Niemand auf der Insel hatte einen solchen Kasten. Und außerdem wollte ich Erfinder werden und brauchte ihn deshalb dringend. Wahrscheinlich hatte der Pastor mir die Broschüre aus schlechtem Gewissen geschenkt. Ohne es zu wissen, hatte er damit den Grundstein zu der Obsession gelegt, die mich für lange Zeit beherrschen sollte: die Begeisterung für Atomphysik. Nun wollte ich unbedingt tiefer eindringen in die Geheimnisse der Materie und der Atomkraft. Ich ging zu meiner Bücherfee. »Ich möchte ein Buch über Atome«, sagte ich. »Ich habe da etwas für dich«, sagte sie. Sie holte ein Buch. Es hieß »Du und die Natur« und war ein dicker, in grünes Leinen gebundener Wälzer mit kleinen Zeichnungen. Der Verfasser Paul Karlson schrieb ziemlich lustig und spannend über alles, was die Physik an gelösten und ungelösten Rätseln zu bieten hatte: »Herr Proton hat eine tiefe Neigung zum Mädchen Meson. Die Liebe ist so groß, dass er sich nicht scheut, es seinem Nachbarn namens Neutron zu entreißen. Wenn das gelingt, sind beide glücklich bis zur Selbstvergessenheit. Wir kennen sie nicht wieder, sie bilden eine neue Einheit – ein Neutron. Das erste Neutron aber, dem die Geliebte genommen wurde, ist unversehens ein Proton geworden, ununterscheidbar von dem ersten Liebhaber und von der gleichen Sehnsucht nach dem geliebten Mädchen Meson erfüllt. Das arme Mädchen fühlt sich hin- und hergerissen, und so glücklich es in der Gemeinschaft mit einem Liebhaber ist, nie ist dieses Glück von Dauer, stets muss es zum andern hinüberwechseln.«

Ich war begeistert und verstand alles auf Anhieb. Auch ich war ja ein Proton und wollte mit Inkes Hilfe zu einem Neutron werden.

Meine Eltern aber, die, wie meine Mutter immer wieder beteuerte, auch eine Einheit bildeten, mussten in Wirklichkeit sehr unglücklich sein, weil sie das Prinzip des Wechselns nicht kannten. Ich hörte nicht auf zu lesen. Noch in der Nacht setzte ich mit Hilfe einer Taschenlampe die Lektüre unter der Bettdecke fort. Da gab es die Unschärferelation, den Tunneleffekt und noch vieles Spannende mehr. Über das Perpetuum mobile hieß es, seine Konstruktion sei absolut unmöglich, da keine noch so gut gebaute Maschine Energie aus dem Nichts erschaffen könne. Mein Vater hatte also leider recht gehabt. Dass eine Maschine immer Energiezufuhr braucht, und zwar mehr, als sie selbst erzeugt, hing mit dem Zweiten Thermodynamischen Hauptsatz zusammen. Er sagt aus, dass Unordnung wahrscheinlicher ist als Ordnung. Das Fachwort dafür war Entropie. Je größer die Unordnung, umso höher die Entropie. An diese Wahrheit habe ich mich mein Leben lang gehalten. Entropie steigt immer an. Das gefiel mir sehr. Reibung sorgt dafür, dass die Moleküle sich immer unordentlicher verhalten. Das war bei Teppichfransen genauso wie bei einem Perpetuum mobile und wie bei mir.

1949 übernahm mein Vater wieder die inzwischen reparierte »Rolf Verhey«. Onkel Otto bewirtschaftete inzwischen die Restauration auf allen Fährschiffen und verdiente dabei so gut, dass er zusammen mit seiner Frau ein altes Hotel am Hafen pachten konnte. Tante Hella war eine Art weiblicher Onkel, denn sie hatte Eigenschaften, wie ich sie bisher nur von Onkeln kannte. Sie war frech und voller verrückter Einfälle. Manchmal tanzte sie spät in der Nacht auf einem Tisch ihres Restaurants. Sie funkelte und sprühte dabei, immer von Gästen umschwärmt und immer haarscharf am Rand des Tisches und des sittlich Erlaubten. Sie war die Jüngste von ehemals sechs Geschwistern, von denen noch vier lebten, ein Nachzügler, ein Nesthäkchen also. Nur Nesthäkchen können so anmutig und schön sein, denn sie kommen oft ungeplant auf die Welt und haben dadurch etwas von zufälligen Phantasiegebilden. Es gab wahrscheinlich niemanden auf der Insel, der nicht in Tante Hella verliebt war. Selbst mein Vater, der ihr altersmäßig näher stand als die anderen Brüder, mochte sie mehr, als es ihm recht war, aber er hätte sich solche Gefühle natürlich nie eingestanden. Doch wenn er von ihr sprach, war ein seltsamer, warmer Nebenton in seiner Stimme, der nicht zu einem Bruder passte.

Das Fährhotel war ein altes Haus mit vielen Türmchen und Gauben und einer bröckelnden Fassade. Es hatte den Charme einer vergangenen Zeit und war die richtige Bühne für eine so temperamentvolle junge Frau wie Tante Hella. Für alle Kinder mit nassen Füßen war es ein Schutzort. Wir trockneten unsere vollgesogenen Strümpfe am eisernen Herd in ihrer großen Küche. Zu ihren eigenen Sprösslingen war Tante Hella streng, aber uns andere Kinder behandelte sie mit der größten Freundlichkeit und Liberalität. Es war, als umgebe sie eine angstfreie Zone, in der alles möglich zu sein schien. Sie wurde zu meiner Schutzgöttin, in deren Nähe ich nie gehänselt wurde.

Obwohl der Sommertourismus bereits im Aufwind war, standen immer noch einige der großen, alten Hotels leer. Ihre Eingangsportale waren zwar abgeschlossen, aber wir Kinder kletterten durch die Fenster, indem wir die Riegel hinter den geborstenen Scheiben beiseiteschoben. Dann liefen wir durch leere Treppenhäuser, Gänge und Zimmer. Überall Staub, Spinnweben, zerbrochenes Glas, Schimmel an den Wänden. Vieles erinnerte an die Zeit, als es hier Leben gegeben hatte. Einige Betten waren noch bezogen. Im Restaurant waren die Tische gedeckt, in der Bar standen halbleere Flaschen, die wir öffneten, um daraus zu trinken. Das meiste schmeckte scharf und bitter, manches auch zuckersüß. Einmal glaubte ich ein Paar dort zu sehen. Sie hielten Gläser in der Hand und tranken sich zu. Ihre Umrisse leuchteten bläulich, und ihre Stimmen mischten sich in das an- und abschwellende Geräusch der Windböen.

Wir spielten Verstecken und Räuber und Gendarm und riefen Namen aus verschiedenen Zimmern. Irgendwo klapperte ein Laden.

Wir hatten Angst vor Geistern, aber sie war nicht so groß wie unsere Neugier. Es gab kein elektrisches Licht, doch wir hatten unsere Taschenlampen dabei. Wieder erfand ich ein Spiel. Ich baute Morsetasten aus Wäscheklammern, indem ich zwei Reißzwecken in ihre Holzbacken drückte und sie mittels meiner amerikanischen Kupferdrähte mit einer Fahrradbirne und einer Flachbatterie verband. Wir verlegten Leitungen von Zimmer zu Zimmer und morsten in der Dunkelheit SOS, denn das Hotel war ein Ozeandampfer, der auf einen Eisberg gefahren war und zu sinken drohte. Dann rannten wir auf den Dachboden, um an Deck zu gelangen. Von einer Luke aus sah man die aufgewühlte See. Die fernen Halligen im Mondlicht waren Schiffe, die auf dem Weg zu uns waren, um uns zu retten, weil sie unsere Morsezeichen empfangen hatten.

*

An diesem Abend begann B. damit, die Notizbücher seines Vaters, die er im Schrank gefunden hatte, zu lesen. Sie bestanden hauptsächlich aus wortkargen Eintragungen, in denen er im Alter penibel den Zustand seines Körpers festgehalten hatte. Täglich registrierte er in Zahlen und kurzen Bemerkungen dessen fortschreitenden Verfall. Besonders ausführlich widmete er sich dem Urinbeutel, den er ziemlich oft wechseln ließ, wozu er telefonisch seinen Arzt herbeirief. Er hatte Prostatakrebs, war operiert worden, hatte die Bestrahlung hinter sich und seitdem immer wieder Probleme im Bereich des Urogenitaltrakts. Schmerzen in der Harnröhre zum Beispiel, gegen die er anzukämpfen versuchte, indem er sich mit Eiswürfeln gefüllte Plastiktüten auf den Penis legte. Ebenso fanden sich in diesen Logbüchern lange Listen von Wetterdaten, zu Niederschlägen, Luftdruck, Wolkenbildung und Temperatur. Was steckte hinter der gnadenlosen Nüchternheit dieser Notizen?, fragte sich B. War sein Vater wirklich so, oder wollte er nur etwas kaschieren, vor sich und vor anderen?

Nur wenige Eintragungen gaben etwas von den Empfindungen seines Vaters preis. Eine davon hatte er nach einem kurzen Besuch seiner Heimatinsel gemacht: »Wenn ich meine Reise zusammenfassen soll, muss ich sagen, dass die Insel sich sehr zu ihrem Nachteil verändert hat. Nichts ist geblieben von der traulichen, familiären Atmosphäre, die der Ort und die Insel früher ausgestrahlt hatten. Natürlich, wir Exinsulaner sind enttäuscht darüber, weil wir fälschlicherweise immer das Jugendbild vor Augen haben, vieles verherrlichen in Gedanken und Erinnerung und vieles Nachteilige, was es ja auch in unserer Zeit gab, vergessen haben oder verdrängen. Nach jedem Besuch dort werden wir uns mehr lösen von der Insel, aber doch nie vergessen, dass wir von dorther stammen, dass wir dort eine goldene Jugend hatten und dass die Insel immer unsere Heimat bleiben wird.«

War sie auch seine Heimat gewesen?, fragte sich B. Und was hatte der Verfasser des Logbuchs mit der traulichen, familiären Atmosphäre gemeint? Hinter diesen harmlosen Begriffen verbarg sich wohl das, was B. selbst mit dem Wort Mythos bezeichnet hatte. Etwas, das viel mehr war als »traulich« oder gar »familiär«. Etwas, das die Realität überstieg und sie in etwas verwandelte, das einen besonderen Sinn in sich trug, der keinerlei Funktion hatte außer sich selbst. Mythos in dieser Bedeutung hatte nichts zu tun mit der traditionellen Vorstellung einer Götterwelt. Daneben hatte »Mythos« freilich für B. noch eine andere Bedeutung, die ihm vor allem im Blick auf sein eigenes Leben wichtig schien. Der italienische Schriftsteller Cesare Pavese hatte in seinem Tagebuch »Handwerk des Lebens« Mythos als den Gegensatz von Mythologie, von Aberglauben bestimmt. Ein mythologisches Leben glich einer Geraden, ein mythisches Leben hingegen war wie ein Bogen konstruiert. Man musste um diese Form des Schicksals ringen, musste verhindern, dass das Schicksal zu einer schlichten, geraden Linie zwischen Geburt und Tod wurde. Eine berufliche Karriere zum Beispiel durfte nicht geradlinig aufsteigen wie eine Leiter, sie musste wellenförmig verlaufen. Das erforderte große Anstrengungen, Mut zum Scheitern, Kreativität, Bereitschaft zum Experiment, Radikalität in der Vermeidung von gängigen Daseinswegen. Pavese hatte solche Überlegungen eine Poetik des Schicksals genannt. B.s Leben war alles andere als geradlinig verlaufen. Dennoch fragte er sich jetzt, ob er sich ausreichend an dieser Poetik orientiert hatte.

13

Am folgenden Tag erschien B. wieder im Institut, um seine Lebensbeichte fortzusetzen. Er bemühte sich sehr, nichts zu verklären und die Dinge so zu schildern, wie er sie in Erinnerung hatte. Das war nicht einfach, denn die Erinnerung ist bekanntlich eine flexible Größe. Sie ist weich wie eine Gummimaske. Sie passt sich dem Gesicht an, das sich unter ihr befindet.

*

Die Insel hatte sich verändert. Sie war wirklicher geworden. Und immer wenn etwas wirklicher wird, geht etwas von einem ursprünglichen Geheimnis verloren. Der Alltag hatte damals fast überall Normalität in mein Leben eingeschleppt wie eine Art Virus. Unter Tante Hellas Schutz war ich jetzt bei meinen Kameraden akzeptierter als zuvor. Das war zwar erfreulich, hatte aber auch seine Nachteile. Ich war zu einer Art Mitläufer geworden. Meine Schulkameraden machten sich zwar seltener über mich lustig, stießen mich weniger oft zurück, aber sie schenkten mir kaum Beachtung, als sei Unwichtigkeit die Daseinsform, die mir zukam.

Kurz nach Weihnachten wurde es immer kälter. Der Himmel war unnatürlich blau, so eisblau wie das Meer. Man wusste nicht, wer wem den Spiegel vorhielt und wer sich in ihm betrachtete, das Meer oder der Himmel. Ich ging jeden Morgen gleich nach dem Aufwachen in die Küche und wärmte mich am Kohleherd. Dann betrat ich dick angezogen die unbeheizte Veranda und kratzte die Eisblumen vom Fenster, bis ich hinaussehen konnte. Ein unwirkliches Bild bot sich mir. Mächtige Kolosse trieben von Norden kommend mit der Ebbströmung langsam das Fahrwasser entlang nach Süden. Sie sahen aus wie riesige Klumpen Puderzucker. Nach der Schule rannte ich zum Strand. Es war Ebbe, das Watt bedeckt von Eisschichten in ganz unterschiedlichen Formen und Farben. Einige waren milchig grau und voller kleiner Kugeln, einige biegsam wie Gummimatten, andere spröde, schwarz und spiegelglatt, wieder andere gelb und matschig. All diese Formationen bildeten Platten, die schräg gegeneinander geneigt waren. An den Grenzlinien zwischen ihnen konnte man einbrechen. Die Eisberge lagen weit draußen. Sie waren im Watt auf Grund gelaufen und bewegten sich nicht mehr. Ich wollte hinaus zu ihnen, wollte sie besteigen, als kühner Polarforscher mit meinen unsichtbaren Schlittenhunden in die eisigen Packeiswüsten vordringen. Ich hatte im »Guten Kameraden« über Nansens legendäre Polarexpedition mit der »Fram« gelesen, auch über den Wettlauf zum Südpol zwischen Scott und Amundsen. Nun waren diese Abenteuer auf einmal Wirklichkeit für mich. Ich rannte nach Hause. Es war Mittagszeit, und meine Mutter hatte den Tisch gedeckt. »Ich habe keinen Hunger«, rief ich. Ehe sie protestieren konnte, war ich bereits wieder unterwegs. Ich lief zurück zum Strand und wagte mich auf das Eis. Immer wieder stürzte ich, brach ich ein, doch ich rutschte und schlitterte voran. Die Flut kam bereits, und die dünnen, welligen Schichten gefrorenen Salzwassers, die den Wattboden bedeckten, schwammen auf. Der Lärm der sich aneinander reibenden Eisfelder nahm zu. Peitschende Töne wie Gewehrschüsse waren zu hören, auch dumpfes Dröhnen, wenn ganze Teile der unter Spannung stehenden Treibeisfelder zerbarsten. Ein sirrender Ton, erzeugt von Eisschollen, die sich aneinander rieben, erfüllte diese bizarre Welt. Die Eisdrift in der Flutströmung entfernte mich immer mehr vom Ufer. Es war höchste Zeit umzukehren. Ich rannte Richtung Ufer, sprang von Scholle zu Scholle. Die Rinnen blauen, windgekräuselten Wassers zwischen ihnen klafften immer weiter auf. Als ich die Kante des Eises erreichte, war bereits ein breiter Wasserstreifen zwischen ihr und dem Strand entstanden. Es blieb mir nichts anderes übrig, als hineinzuspringen. Das eiskalte Wasser ging mir bis an die Hüfte. Ich watete an Land. Hose, Unterhose, Strümpfe, Schuhe, alles war nass und voller Sand. So konnte ich nicht nach Hause. Es gab nur eine Möglichkeit: zu Tante Hella gehen zum Kleidertrocknen an dem großen eisernen Herd, der in der Küche des Hotels stand und an dem sie jeden Tag ihre legendären Muschelgerichte zubereitete.

Mit dem neuen Frühling kam ein besonderer Tag: Ich wurde zehn. Mit der Einstelligkeit meines Alters ging zu Ende, was manche die goldenen Jahre der Kindheit nennen. Für das Geburtstagsfest am Nachmittag hatte ich meine drei Vettern und fünf Schulkameraden eingeladen. Die Standuhr im Wohnzimmer schlug halb vier. In einer halben Stunde sollten meine Freunde kommen. Als es vier Uhr war, streckte meine Mutter den Kopf zur Verandatür herein und sagte: »Jetzt ist es gleich so weit. Ich mache am besten schon die Kerzen an.« Ich sah Frauen nicht gerne an Bord. Aber in diesem Fall hatte ich eine Ausnahme gemacht. Meine Mutter betrat die Veranda und machte sich an dem langen, festlich gedeckten Geburtstagstisch zu schaffen. Die weiße, frisch gestärkte Tischdecke, die nur zu besonderen Anlässen zum Einsatz kam, weil sie aus der Aussteuer stammte. Die Teller aus französischem Steingut, auf allen die gleiche Flusslandschaft zwischen hohen Bergen, die gleichen Schlösser auf den Gipfeln und die gleiche schlanke Frau mit Wanderstock, die einen kleinen Jungen an der Hand hinter sich herzieht. Die silbernen Kuchengabeln und Teelöffel. Die bunten Gläser für die Limonade. Neben jedem Platz eine Herzmuschelschale und darüber das Tischkärtchen mit dem Namen des Gastes und einer kleinen Zeichnung, Blumen und Gräser, die meine Mutter am Tag zuvor mit Tusche und Aquarellfarben angefertigt hatte. Sie zündete die zehn Kerzen an, die in der Geburtstagstorte steckten, richtete Gabeln und Löffel gerade und verschob die Tischkärtchen, bis sie alle genau den gleichen Abstand zueinander hatten. Ehe sie ging, streichelte sie mir über die

Haare, wozu ich natürlich meinen unsichtbaren Dreispitz abnehmen musste. »Sie werden gleich da sein«, sagte sie. »Ich fange am besten schon an, den Kakao zu machen.« Ich nickte gnädig und warf erneut einen Blick durch mein Fernglas, denn ich hatte etwas unter der Kimm entdeckt. Tatsächlich näherte sich da ein Geleitzug von acht Schiffen. Freund oder Feind? Jetzt erkannte ich sie. Es war das befreundete Geschwader. Schnell kam es näher, mehrere Jungen, die um die Bäume der Kurpromenade tanzten. Auch Kai war dabei. Ich musste Fahrt aus dem Schiff nehmen, damit die Geschwaderkapitäne leichter an Deck kommen konnten. Deshalb gab ich an den Maschinenraum im Souterrain das Kommando »Halbe Kraft voraus«. Ich überlegte, ob ich ihnen entgegengehen sollte, aber das ziemte sich bestimmt nicht für einen Flottenadmiral. Als sie dicht unter der Veranda waren, sah ich ihre Gesichter genau. Sie lachten und blickten zu mir herauf. Einer streckte die Zunge heraus, und ein anderer tippte ein Vogelzeichen gegen die Stirn. Dann sprangen sie die Strandmauer hinab, und ich sah, wie sie damit begannen, Steine in die Wellen zu werfen. Meine Mutter steckte wieder den Kopf zur Tür herein. »Der Kakao ist fertig«, sagte sie. »Pünktlich sind deine Freunde ja nicht gerade.« Ich ging ins Wohnzimmer und sah auf die große Standuhr. Es war zwanzig nach vier. Dann ging ich in die Veranda zurück, öffnete eines der Fenster und lehnte mich weit hinaus. Der Strand war leer, so weit man sehen konnte. Vielleicht waren sie schon im Hausflur. Ein Windstoß fuhr in den Raum und blies einen Teil der Kerzen aus. Ich schloss das Fenster wieder. Meine Mutter erschien und schimpfte. Dann stellte sie die Tischkarten, die der Wind umgeblasen hatte, wieder auf und zündete die Kerzen erneut an, um sie gleich darauf alle auszublasen. »Sie brennen bei dem Wetter zu schnell runter«, sagte sie. »Wir machen sie später noch einmal an.« Ich lief zur Haustür und steckte den Kopf hinaus in das düstere Treppenhaus. Keine Geräusche. Niemand. Wieder ging ich Wache, lief aufgeregt vor der Fensterfront auf und ab, aber ich vermied es hinauszusehen. Es war bereits fünf, als meine Mutter hereinkam. »Der Kakao ist kalt geworden«, sagte sie. »Hast du deinen Freunden auch die richtige Zeit genannt?« Ich nickte stumm, denn ich hatte einen Kloß im Hals, der mich am Sprechen hinderte. »Iss du wenigstens schon ein Stück von dem schönen Kuchen.« Sie schnitt ein Eck aus der Torte und legte es auf den Teller neben meiner Tischkarte. Es war der einzige Platz an einer Schmalseite des Tisches. An seinen langen Seiten standen sich je vier leere Stühle gegenüber. Ich setzte mich und nahm tapfer die Gabel in die Hand, aber mir war so schlecht, dass ich keinen einzigen Bissen hinunterbekam. Die gelblichen Kringel der Sahnecreme sahen aus wie tote Würmer. Ich ekelte mich. »Nun iss schon«, hörte ich die Stimme aus dem Wohnzimmer. »Du hast schließlich lange genug gewartet.« Meine Mutter blieb neben mir stehen, bis ich den ersten Bissen im Mund hatte. Dann ging sie. Ich behielt das süße Zeug im Mund und rannte durchs Treppenhaus hoch auf die Toilette. Dort spuckte ich es aus. So machte ich es, bis das ganze Torteneck beseitigt war. Meine Mutter steckte den Kopf herein. »Hast du dir die Blase erkältet? Oder warum rennst du dauernd aufs Klo. Hast du auch immer gezogen? Es liegt nur daran, dass du dich nie warm genug anziehst. Es ist noch zu früh für kurze Hosen.« Dann verschwand sie wieder. Ich blickte erneut zu den Fenstern hinaus. Es war halb sechs. Die Schatten waren schon lang. »Alle Mann in die Boote«, murmelte ich. Dann ging ich ins Wohnzimmer und hockte mich zur Eisenbahn, meinem Hauptgeschenk, einer Märklineisenbahn Spur 00, die ich beim Händler gegen meine Spur 0 getauscht hatte, die jetzt im Schaufenster ihre Kreise zog. Ich ließ den Zug ein paarmal um das Oval fahren. Dann lenkte ich ihn rückwärts aufs Abstellgleis. Ich beugte mich über die drei Güterwagen. Auf ihrer braunen Ladefläche waren kleine Pfützen entstanden. Es regnete. Immer mehr Tropfen fielen, bis die Waggons ganz nass waren. Ich hörte, wie meine Mutter den Tisch abzuräumen begann, hörte das Klappern von Tellern und Tassen und Besteck überlaut wie fernen Geschützlärm. Wieder schlich ich in die Veranda und lehnte die Stirn gegen das kühle Glas eines der Fenster. Es beschlug von meinem Atem, sodass das Meer aussah, als läge es im Nebel. Ich wischte die Scheibe mit dem Ärmel meines Nickis frei und ächzte dabei wie ein alter Mann. Ein dunkler Strich zog sich wie eine Teppichstange über den Himmel. Faserige, wehende, graue Stoffe hingen an ihr. Ich wusste, was es war. Ein Böenrand mit Regenfahnen. Schnell kam er näher. Dann war das Wetter über uns. Ich sah, wie sich das Meer veränderte, erst grau wurde, dann weiße Wellenkämme bekam. Der Preester begann sich nach Norden zu neigen. Es flutete. Ich ging zum Barometer und klopfte dagegen. Der Zeiger fiel sehr stark. Das deutete auf einen großen Sturm. Es war möglich, dass wir in Seenot kommen würden. Ich dachte an Inke und stellte mir vor, wie sie voller Angst am Fenster des Zollhauses saß und hoffte, von mir gerettet zu werden. Ich zog meine Jacke an, setzte die Pudelmütze auf und rannte zum Königsgarten. Die Bäume, die ihn umgaben, bogen sich im Wind. Vor dem Zollhaus blieb ich stehen. Alle Fensterläden waren geschlossen. Vor der Tür lagen Sandsäcke. Inke war also in Sicherheit. Am immer kleiner werdenden Strand lief ich zurück nach Hause. Windböen schoben mich. Die Wellen erreichten schon die Strandmauer, und ich bekam nasse Füße. Aber ich fühlte mich groß und stark, und meinen Kummer spürte ich nicht mehr. Wie schon so oft verwandelte sich meine soziale Armut in einen inneren Reichtum. Ein simples Wechselgeschäft: Jede erneute Demütigung wurde von der Natur wiedergutgemacht, und dafür liebte ich sie. Mir fiel die Unschärfebeziehung ein, von der ich bei Karlson gelesen hatte. Alles wurde dort uneindeutig. Es gab weder Ort noch Zeit. Auch das Hässliche verschwamm.

Als ich am nächsten Tag in der Schule erschien, verloren meine Kameraden kein Wort über ihren Verrat. Sie taten so, als sei nichts gewesen. Als ich dann Kai am Nachmittag traf, machte ich ihm keine Vorwürfe. Ich begriff, dass er wie eine leichte Feder war, die der Wind in jede Richtung wehen konnte. Ich verstärkte stattdessen meine Versuche, ihn in meine Phantasiewelt zu ziehen. Kai war gutmütig und begeisterungsfähig. Da er von den Größeren ebenfalls oft gehänselt wurde, ging er bereitwillig auf mein Werben ein. Er musste sich lange Vorträge über die Thermodynamischen Hauptsätze und über Entropie anhören. Einmal, auf dem Jahrmarkt, als wir vor dem Hau-den-Lukas standen, nutzte ich die Gelegenheit, ihm den Unterschied zwischen potentieller und kinetischer Energie zu erklären: »Wenn das eiserne Männchen zu weit vom Hammer hochgejagt wird, aus der Schiene heraus, und dann im Bogen zurückfällt, und zwar genau auf deinen Fuß, dann tut das genauso weh, wie wenn du dir direkt mit dem Hammer auf den Fuß gehauen hättest. Der Lukas hat nämlich auf dem höchsten Punkt seiner Flugbahn die höchste potentielle Energie. Und die ist genauso groß wie die kinetische Energie, die im Hammer steckt.« Ich hatte das Beispiel aus Karlsons Buch. Kai sah mich entsetzt an, und als er zwei Groschen bezahlte und auf den Bolzen schlug, fuhr das Gewicht nur einen halben Meter hoch. Dann gingen wir weiter, um dem stärksten Mann der Welt beim Kettensprengen zuzusehen, ein Däne, der sich Milo Baro nannte, ein dicker Koloss mit Hängebauch. Er ließ sich von einer Assistentin die Brust mit Ketten umwickeln und mit einem überdimensionalen Schloss verschließen. Sie schnitten in sein wabbliges Fleisch. Dann atmete Milo Baro tief ein und sprengte sie tatsächlich. »Sie sind bestimmt präpariert«, erklärte ich. Jetzt kam der Höhepunkt der Vorstellung. Milo Baro legte sich rücklings auf einen Hocker. Eine Decke wurde über ihn gebreitet. Seine Assistenten hoben ein Gestell auf seinen Bauch, auf dem sich ein kleines Kettenkarussell mit vier Sitzen befand. Anschließend wurden die vier dicksten Frauen aus der staunenden Menge aufgerufen, die Sitze einzunehmen, und dazu drei Männer, die das Karussell drehen sollten. Alles klappte, und es gab großen Applaus. Gestell und Decke wurden entfernt. Milo Baro erhob sich mit hochrotem Gesicht vom Hocker und verneigte sich. Ich aber sah, wie das Ganze funktioniert hatte: Der Hocker verfügte über zwei Lehnen, und wenn Milo Baro seinen Bauch einzog, ruhte das Gestell auf ihnen.

Kurz danach beschloss ich, eine Rakete in die Umlaufbahn zu schicken. Ich sägte aus einer Vorhangstange ein dreißig Zentimeter langes Rohr und versah es mit einer Spitze aus Holz. Dann kaufte ich von meinem Taschengeld Papppatronen, mit denen man ein Spielzeugraketenauto antreiben konnte. Ich füllte das in den Patronen enthaltene explosive Pulver in das Messingrohr und presste es fest. Dann bohrte ich ein kleines Loch in den Treibsatz und steckte einen wachsgetränkten Wollfaden hinein. Ich erklärte Kai, dass wir unbedingt einen großen freien Platz brauchten, um beim Start der Rakete niemanden zu gefährden. Er schlug den Sportplatz am Lembkehain vor. Wir gingen hin, und ich stellte in der Mitte des Platztes die Rakete auf und zündete die Lunte an. Dann rannten wir zu dem Wall, der den Sportplatz umgab, und suchten dahinter Schutz. Als nichts weiter geschah, spähten wir vorsichtig über die Böschung. Die Lunte brannte immer noch. Plötzlich zischte es. Funken sprühten, und eine schwarze Qualmwolke hüllte die Rakete ein. Als sie sich verzogen hatte, sahen wir, dass die Rakete umgefallen war. Mein Vetter sah mich bewundernd an. »Meinst du, wir kommen damit irgendwann zum Mond?«, fragte er, während wir das rußgeschwärzte Projektil nach Hause trugen, nachdem es abgekühlt war. »Natürlich«, sagte ich. »Aber bis dahin gibt es noch viel Arbeit.«

Dann kam das jährliche Sportfest. Um acht Uhr morgens mussten wir uns auf dem Schulhof versammeln, Jungen und Mädchen getrennt, alle in weißen Turnhemdchen und schwarzen Turnhosen. Der Sportlehrer war ein Hüne mit kurz geschorenem blondem Haar. Er teilte uns ein. Neben mir standen meine Vettern und der wie immer braungebrannte Georg. Seine Popularität erreichte fast die von Inke. Er sah am besten aus, war der beste Schüler und der beste Turner der ganzen Schule. Er wurde deshalb von allen, egal welcher Klasse, als Anführer anerkannt. Auch ich hatte mir alle erdenkliche Mühe gegeben, seine Gunst zu gewinnen. Erstaunlicherweise war er auf mein Werben eingegangen. Wir spielten jetzt manchmal zwischen Ginsterbüschen Anschleichen, und er nahm mich auf den Golfplatz mit und zeigte mir Schläge und wie man einlocht.

Meine Vettern machten sich lustig über meine dünnen Beine und meine viel zu großen Turnschuhe, die meine Mutter von jemandem geliehen hatte und die ich nun so eng wie möglich zuband. Beim Bücken bemerkte ich Inke, die abseits stand, von ihrem Hofstaat aus Bewunderinnen umringt. Schließlich setzte sich der Zug der Schüler in Bewegung, die Jungen zuerst, dann die Mädchen, angeführt und gelenkt von den knappen Kommandos des Hünen. Es ging durch enge Straßen und dann über Lüttmarsch. Die Luft war schwül und der Weg staubig. Hinter uns begannen die Mädchen Volkslieder zu singen. Inke war fast immer verdeckt von ihren Freundinnen. Ich glaubte jedoch, ihr Lachen herauszuhören, und mich befiel der furchtbare Gedanke, sie lache über mich. Auf dem Platz angekommen mussten wir in Doppelreihen antreten. Auf den Wällen standen die Zuschauer dicht an dicht. Ein Lautsprecher auf einem Mast kündigte blechern die Ereignisse und Ergebnisse an. Unsere Altersgruppe musste zuerst zur Sprunggrube. Dort stand ausgerechnet Fräulein Eberhard mit dem Maßband. Wir sollten in alphabetischer Reihenfolge springen. Ich war deshalb der Erste, nahm einen viel zu großen Anlauf, trat daneben und fiel unsanft in die Grube. Das Fräulein ergriff das Maßband und schrieb etwas auf den Zettel. Dabei sah sie mich nicht an. Sie strafte mich durch Nichtbeachtung. Als Nächstes kam das Schlagballwerfen. Das war meine Spezialität. Ich warf schließlich jeden Tag Steine ins Meer und hatte dabei sogar etwas entdeckt: Wenn man einen nicht zu großen Stein sehr hoch warf, gab es ein helles, scharfes Geräusch, wenn er ins Wasser eindrang.

Bald machten alle am Strand solche »Zucker«, wie wir sie nannten. Ich nahm abermals Anlauf und schleuderte den kleinen roten Lederball so weit, dass ich viele Punkte dafür bekam. Nur Georg warf noch ein paar Meter weiter. Meine Augen suchten Inke. Hatte sie meinen Wurf gesehen? Sie saß mit ihrem Hofstaat auf dem Wall und zupfte Margeritenblätter. Ich wusste, was das für ein Spiel war: Du liebst mich, du liebst mich nicht, du liebst mich …

Der Lehrer schickte auch uns zum Wall. Wir sollten uns vor den Wettläufen ausruhen. Georg warf kleine Steinchen nach Inke, und sie warf ihr Lächeln zurück, so zielgenau, dass es an mir vorbeiflog und nur ihn traf. Jedenfalls bildete ich mir das ein. Endlich ging es zum Laufen. Ich prüfte noch einmal meine Schnürsenkel und kniete mich in die Startlöcher. Nach einer Ewigkeit kam der Knall der Pistole. Es gab einen Fehlstart, den einer meiner Vettern verschuldet hatte. Beim zweiten Versuch klappte es. Wir rannten. Ich sah meine riesigen Turnschuhe unter mir wie zwei große weiße Flundern, die um die Wette schwammen. Bald waren alle vor mir. Endlich kam die Ziellinie. Ich hörte das Klicken der Stoppuhren. Einer unserer Lehrer trat auf mich zu und sah auf das Zifferblatt. Dann gab er mir die Hand und sagte: »13,7. Gratuliere. Das ist die langsamste Zeit, die ich je gestoppt habe.« Dann ging er zum Mikrofon und verkündete über den Lautsprecher: »Wir haben hier einen neuen Rekord. Einen Schüler, der die langsamste Zeit gelaufen ist. 13,7 Sekunden für 50 Meter. Seine Name lautet …« Ich hörte den Namen nicht, obwohl es mein Name war. Ich weiß nicht, wie ich es schaffte, mich auf den Beinen zu halten. Ich war tot, gestorben, unter der steinigen Wiese des Platzes begraben. Inke kam aus unendlich weiter Ferne, um Blumen auf mein Grab zu legen. Kahle Margeriten, deren Blätter sie für einen anderen ausgezupft hatte.

Um diese Zeit lag Vatl im Sterben. Er war so etwas wie der Mäzen der Familie gewesen. Immer wieder hatte er meinen Eltern finanziell unter die Arme gegriffen. Als meine Mutter erfuhr, wie schlecht es ihrem Stiefvater ging, fuhren wir zu dritt in die Villenkolonie. Es war Juli. Als ich meine alte Heimat wiedersah, packte mich ein zäher, süßer Schmerz. Ich lief alle Straßen ab, suchte nach Spuren der einstigen Zerstörung. Man sah noch die Umrisse der Bombentrichter, auch wenn sie inzwischen zugeschüttet waren, und der große Garten der Lejeunes war leer. Vatl hatte Prostatakrebs und lag bereits im Koma. Durch die angelehnte Tür des kleinen Zimmers im Flur sah ich für einen winzigen Augenblick sein Gesicht, eine gelbe Maske, die man einem Totenkopf übergestülpt hatte. Ich stand auf dem roten Läufer der Treppe, als er seinen letzten Atemzug tat. Mir fiel ein Foto ein, das Vatl mit seiner Frau im Urlaub am Toten Meer zeigte. Er schwamm, getragen durch den hohen Salzgehalt des Wassers, zeitunglesend auf dem Rücken. Er muss damals ziemlich glücklich gewesen sein.

Die Villenkolonie war eine Fata Morgana für mich geworden. Doch einzelne ihrer Bewohner nicht. Maruschka erschien auf der Insel. Sie hatte Fritz dabei. Ich war ungehalten, denn ich wollte nicht an meine alte Heimat erinnert werden. Gegenüber Fritz, mit dem ich einmal während des Krieges so viel und gerne gespielt hatte, kehrte ich den raubeinigen Seemann heraus, der Landratten verachtete. Ich nahm ihn mit zum Hafen. Dort lag die »Karl Friedrich«, direkt unterhalb des Zollhauses. Wir gingen über ein schmales Brett an Bord, und ich zeigte meinem Vetter die Ankerwinsch, die Positionslaternen und andere Details und erläuterte ihm gnädig deren Funktion. Während mein Vater unten im Mannschaftsraum war, gingen wir zurück an Land. Dabei verlor mein Vetter den Halt und fiel in den schmalen Abgrund zwischen Schiff und Kaimauer. Er verschwand vollständig im trüben, öligen Wasser. Dann tauchte er kurz wieder auf. Man sah nur für eine Sekunde die Haare wie ein helles Seegrasbüschel auf der Wasseroberfläche. Ich schrie um Hilfe. Mein Vater hörte es, kam herbeigerannt, stellte sich auf die Scheuerleiste des Schiffes, und als der Haarschopf noch einmal, vermutlich zum letzten Mal, hochkam, zog er an ihm meinen Vetter heraus. Während wir kurze Zeit danach, er natürlich pudelnass, nach Hause liefen, schwärmte er von den ungeheuren Dingen, die er dort unten im trüben Wasser gesehen haben wollte. Weiße Walfische, grüne Haie, blaue Meerjungfrauen. Es zeigte sich, dass er in diesem Augenblick mehr Phantasie besaß als ich. Er hatte seine Angst in Bilder verwandelt, wohl ein archaisches Phänomen der Kreativität. Ich war erleichtert, als Maruschka mit Fritz die Insel wieder verließ.

An Weihnachten gab es wie immer ein Festessen. Und wieder saß mein Vater danach im Ohrensessel und las die Weihnachtsgeschichte vor. Ich schielte dabei die ganze Zeit nach dem Hauptgeschenk, das diesmal offenbar riesengroß war. Es stand, von einem weißen Bettlaken verhüllt, an der Wand. Ehe ich es sehen durfte, musste ich noch ein langes Gedicht vorlesen. Es stammte aus der Feder meiner Mutter. Das Gedicht hieß Verkündigung. »*Es eilten keine Boten durch Paläste, gewohnt, das Ungewöhnliche gleich zu berichten, dem Herrschenden, im Kreis berufener Gäste, zu sagen von den seltsamen Gesichten, dass da ein Licht vom Himmel falle, so dringlich, dass der Sicherste von ihnen verstört von einem Wunder lalle und alle tief betroffen schienen. Nicht so geschah es. Denn die Reichen neigen gierig oft ihr Ohr nur jenen, die in großen Zahlen und Vergleichen sich in Besitz und Münze heimisch wähnen. Nein. Die lange schon erhoffte Helle traf erst die Niedrigsten, weit draußen vor den Toren. Aus einem nie erspähten Stern brach eine Welle wundersamen Glanzes, dass sie ganz verloren in seinen Anblick ihre Arme hoben. Schon ahnend, dass ein Unerhörtes sich begeben. Und sie begannen Gott, den Herrn, zu loben. In hingeduckten Tieren regte sich das Leben, als eine Stimme, voller Inbrunst und Gewalt, vom Heiland, der da kommen sei, zu ihnen sprach und eines Engels strahlende Gestalt die Hirten anrief: ›Folgt den Sternen nach!‹ Da fasste auch der Müde nach dem Stabe und barg ein Lamm in seines Mantels Falten. Einfältig wie sein Herz war die geringe Gabe.*

Ein stummer Zug von nächtlichen Gestalten fand zu dem niedren Stalle wie im Traum. Der Stern stand still. Sie traten auf die Schwelle, noch zögernd, doch im warmen Raum sahn sie in süß verklärter Helle Marias Antlitz sich zur Krippe neigen. Da lag ihr Kind, der Heiland, inniglich erfleht! Sie fielen nieder, und die Alten beugten ihr Haupt in Demut und im wortlosen Gebet. Sie hoben ihre schmerzgewohnten Hände zu Gottes Sohn in seinem heil'gen Schein und fühlten auch sein reines, wahres Sein!«

Ich hatte mich mehrmals verlesen. Auch hatte ich vermutlich rote Flecken an meinem Hals. Der Blick meiner Mutter hatte die ganze Zeit auf mir geruht. Sie wusste wohl, dass ich über kein reines, wahres Sein verfügte. »Du hast dich aufgeregt, mein Sohn«, sagte sie. »Du bist viel zu sensibel. Darin sind wir uns ähnlich.« Es war überdeutlich. Sie sah sich als Maria, meinen Vater als Joseph und mich als das Christuskind.

Dann durfte ich endlich das Betttuch wegziehen. Zu Tage kam ein Herrenfahrrad der Marke Bauer mit 28er Rädern, schwarz, mit roten und perlmutterfarbenen Verzierungen und mit einer großen Lampe mit einem Schalter zum Abblenden bei Gegenverkehr. Ich durfte es mit in mein kleines Schlafzimmer nehmen. Am nächsten Morgen trug mein Vater das Fahrrad hinunter, und ich konnte meine ersten Fahrversuche machen. Ich hatte Mühe, über die Stange zu kommen. Mein Vater hielt das Fahrrad am Gepäckträger fest. Dann rannte er mit mir den Sandwall entlang.

Es dauerte nicht lange, bis ich allein fahren konnte. Das veränderte die Inselwelt für mich. Alle Entfernungen schrumpften. Ich wurde noch schneller, als ich eine Schnur an einem Bierdeckel befestigte, diesen knickte und ihn unter die Halterung des vorderen Schutzblechs schob, sodass eine Hälfte zwischen die Speichen ragte. Das andere Ende der Schnur knotete ich am Lenker fest. Beim Fahren entstand ein knatterndes Motorengeräusch. Wenn ich an der Schnur zog, wurde es lauter, und meine Geschwindigkeit stieg. Ich fuhr die

Hauptstraße von Osten nach Westen. Dorf auf Dorf passierte ich. Schließlich ging es nicht mehr weiter. Ich hatte das Ende der Insel erreicht, und es hatte keine Stunde gedauert. Das Meer glänzte in der Wintersonne. Die Dünen der Nachbarinsel sahen wie Schneeberge aus. Amerika war nicht mehr weit. Ich war glücklich wie schon lange nicht mehr, denn keiner meiner Schulkameraden hatte ein so großes und schönes Rad. Und immer wieder fuhr ich stolz und knatternd am Zollhaus vorbei und klingelte dabei übermütig.

*

B. blickte auf. Es war der gleiche verstörte Blick wie damals, als er das Gedicht seiner Mutter vorgelesen hatte. Diesmal war das Gesicht des Mannes am Fenster deutlicher als sonst. B. glaubte, in ihm ein Lächeln zu bemerken, das schwer zu deuten war. War es mitleidig, anteilnehmend oder einfach nur amüsiert?

B. ging grußlos und stieg auf sein Fahrrad. Der Himmel hatte sich verändert. Er glich einer gläsernen Wand, auf deren Rückseite rosafarbene Wolken gemalt waren. B. ließ die Stadt hinter sich und fuhr eine Weile die Steilküste entlang. Dabei passierte er einige Häuser mit roten Dächern und schließlich einen Leuchtturm. Weit draußen sah er ein Segelschiff. Es kam nicht voran, obwohl es guten Wind hatte. Seine Bugwelle bewegte sich nicht. Sie wirkte erstarrt, wie auf den grün gestrichenen Rumpf geklebt, und das Meer sah aus, als ob es aus blau lackiertem Kitt bestand.

An Land war der Wind inzwischen eingeschlafen, die Luft stickig und heiß. B. fuhr auf eine Stelle zu, die aussah wie eine ferne Öffnung, wie ein kreisrunder Schlund im Westen, in dem die tiefstehende Sonne steckte, ein mit rotem Lack versiegelter Korken. B. trat so kräftig er konnte in die Pedale, aber er kam nicht voran. Immer noch war er auf der Höhe der Viermastbark. Plötzlich sah er am Himmel ein Gesicht, seltsam verzerrt wie durch dickes Glas. Es war ein

Mann mit einem Schnauzbart. Er beugte sich herab, und sein Mund öffnete sich, als ob er etwas sagte. Aber B. verstand die Worte nicht. Da war nur ein fernes Murmeln.

Zurück in seinem Zimmer setzte B. die Lektüre in den Notizbüchern seines Vaters fort. Ihn befiel erneut eine tiefe Traurigkeit, als er las: »13. November. Nach milder Witterung wurde es wieder kalt. Aber die Blätter an den Bäumen wollen noch nicht recht fallen. Es fehlen die Herbststürme, um sie restlos von oben kommen zu lassen. Ich kann also noch nicht mit der Beseitigung der Blätter auf dem Rasen beginnen. Nur die Kastanien sind bereits kahl. Die Birken halten die Blätter noch fest, und die Eichen beginnen erst jetzt gelb zu werden.«

B. erinnerte sich, wie er einmal seinen Vater durch ein Wohnzimmerfenster beim Zusammenharken der Blätter beobachtet hatte. Es schien für ihn mehr zu sein als eine gewöhnliche Gartenarbeit. Es schien ihn tief zu befriedigen, so als würde er alle einst schönen und inzwischen vergilbten Augenblicke zusammenrechen, die vom Baum seines Lebens gefallen waren, Blatt für Blatt.

In der Nacht hörte B. schleifende Geräusche auf dem Flur. Dazu unregelmäßige Schritte. Dann wieder Stille. Gab es doch noch einen Gast? Man hatte ihm an der Rezeption erklärt, dass es um diese Jahreszeit so gut wie nie Besucher gab. Im Sommer dagegen sei das Hotel sogar häufig ausgebucht.

Die Geräusche setzten von neuem ein. B. stand auf, schlüpfte in seinen Bademantel und streckte den Kopf zur Tür hinaus. In der trüben Notbeleuchtung sah er einen Menschen. Er trug einen lodengrünen Sakko und eine graue Gabardinehose. Seine schwarzen Schuhe glänzten. Er hielt sich sehr aufrecht, aber sein Gang war schleppend. Mit der rechten Hand zog er einen großen Reisekoffer hinter sich her. Immer wieder blieb er stehen und lehnte sich schwer atmend an die Wand. B. sah ihn nur von hinten, doch ehe der Mann um eine Flurecke verschwand, drehte er sich um. Er hatte ein eindrucksvolles Gesicht, eine hohe Stirn, glatte, zurückgekämmte Haare, hellgraue Augen, die jetzt B. wahrzunehmen schienen, nur für einen kurzen Moment zwar, aber dieser genügte, um ein strenges Lächeln auf seinen schmallippigen Mund zu zaubern. Dann war er um eine Ecke verschwunden. »Vatl«, flüsterte B., »bist du wieder auf Reisen?«

14

In der Nacht hatte B. einen Albtraum. Er war mit Handschellen an die Querstange der Drehtür des Hotels gefesselt und kam deshalb weder hinein noch hinaus. Immer wieder musste er im Kreis gehen, wie ein Hamster in seinem Rad. Und glich er nicht tatsächlich längst einem gefangenen Tier? Sammelte er nicht Erinnerungen wie Nüsse und verscharrte sie in seinem Gedächtnis, um im Winter des Lebens einen ausreichenden Vorrat davon zu haben? Tatsächlich waren bestimmte herausragende Lebensmomente für ihn immer entscheidend gewesen. Sie waren die einzige ihm bekannte Form von Glück. Augenblicke, die nicht unbedingt schön sein mussten, die jedoch einen magischen Glanz hatten wie die Epiphanien bei Joyce, die Madeleineerlebnisse bei Proust, die überraschenden Momente in Alain-Fourniers Roman »Der große Meaulnes«.

Es war fast schon Routine, als B. wieder im Ledersessel saß. Die anonyme Nähe des Anderen war ihm inzwischen so vertraut, dass er sie kaum mehr bemerkte. Es hätte sein Vater sein können oder sein Sohn. Beide waren ihm ähnlich fremd geblieben. Der Andere sprach fast nie, doch diesmal sagte er: »Sie haben vor einiger Zeit Ihren Vater mit Odysseus verglichen, Ihre Mutter mit Penelope und sich mit Telemach. Inzwischen weiß ich, das ist kein treffender Vergleich. Ihr Vater ist trotz seiner vielen Reisen offenbar im Wesen sesshafter gewesen als sein Sohn. Und Ihre Mutter war nur in der Wirklichkeit treu. In Gedanken war sie es vermutlich nicht. Sie aber weben tagsüber mit erstaunlicher Geduld selbst am eigenen Totengewand und trennen es nachts in Ihren Träumen immer wieder auf, um den Moment hinauszuzögern, an dem es fertig ist.«

*

Wer kann schon von sich sagen, dass er einst Kapitän eines Flaschenschiffes war? Wer kann schon von sich behaupten, dass er als Kind die Wirklichkeit als ein verzerrtes, durch dickes Glas gebrochenes Abbild der eigenen Träume wahrnahm? Dieser Effekt verstärkte sich in meinem Fall, als ich eines Tages den Klassenraum betrat und Inke nicht da war. Ich bemerkte es sofort, denn sie saß gewöhnlich in der ersten Reihe nahe der Tür, und immer suchte sie mein Blick, wenn ich ins Klassenzimmer kam. Diesmal war ihr Stuhl hochgeklappt. Vielleicht hat sie sich verspätet, dachte ich, oder sie ist krank. Aber Fräulein Eberhard erklärte zu Beginn der Stunde, dass die beste Schülerin der Klasse leider die Insel verlassen müsse. Ihr Vater, der Zöllner, sei aufs Festland versetzt worden. Die Familie würde heute schon die Insel verlassen.

Es war eine Katastrophe für mich, und zwar ein Leben lang. Dieser leere, hochgeklappte Stuhl der Schülerbank glich einem Abgrund. Er würde für immer vorhanden sein, und alle meine zukünftigen Beziehungen würden darunter leiden. Der Sitz blieb auch in den folgenden Wochen hochgeklappt. Niemand traute sich offenbar, ihn einzunehmen.

Am Tag, als Inke mit ihrer Familie die Insel verließ, war ich gleich nach der Schule mit meinem Fahrrad zum Hafen gefahren. Im Schutz eines Lagerschuppens beobachtete ich, wie ein Möbelwagen vor dem Zollhaus stand und Schränke, Tische, Sessel, Stühle, ein Sofa und viele Kisten eingeladen wurden. Auf dem Sofa hatte Inke bestimmt oft gesessen. Dann fuhr der Lastwagen um den Hafen herum zum Pier. Kurz danach sah ich sie kommen. Die Eltern und ihre Tochter. Sie trug das gleiche weiß-blau gemusterte Kleid, in dem ich sie zum ersten Mal gesehen hatte. Ich zog mich noch mehr hinter die Schuppenwand zurück und lugte vorsichtig zum Schiff. Die Familie ging über die Gangway an Deck und verschwand im Inneren. Das Schiffshorn ertönte mehrmals, und die Qualmwolken aus dem Schornstein verstärkten sich. Die Gangway wurde auf die Pier gezogen, die Taue von den Pollern losgemacht. Schraubenwasser sprudelte auf, und dann bewegte sich die Fähre langsam vom Anleger weg. Ich verließ mein Versteck und rannte zum Pierkopf. Da sah ich die drei auf dem oberen Deck an der Reling stehen. Sie winkten. Galt es Freunden, galt es der ganzen Insel? Oder galt es gar mir? Ich sah Inkes Lächeln, wie es sich ablöste von ihren Lippen und in der Abendbrise zu mir flog. Ich spürte es wie ein Feuer auf meinem Mund, das salzige Tränen vergeblich zu löschen versuchten. Damals ahnte ich wohl zum ersten Mal, dass nicht Warten die eigentliche Kunst des Lebens ist, sondern Abschiednehmen. Ich litt auf meine Weise. Ich lag im Flutsaum am Strand mit dem Gesicht im nassen Sand und wartete auf das Steigen des Wassers. Oder ich setzte mich aufs Fahrrad und fuhr ziellos über die Insel, denn dann spürte ich meinen Kummer am wenigsten.

Gegen Ende des Jahres wurde meinem Vater gekündigt, weil sich die Muschelfischerei nicht mehr lohnte, denn es gab bessere Reviere in Dänemark und Holland. Er musste stempeln gehen, was ihm sehr zu schaffen machte. Ihm war längst klar, dass er auf seiner Heimatinsel keinerlei berufliche Zukunft hatte. Es gab in seinen Augen nur einen Weg: wieder auf Große Fahrt zu gehen, auch wenn dies die Trennung von seiner Familie bedeutete. Die deutsche Seeschifffahrt lag jedoch darnieder. Alle Schiffe waren als Reparationsleistung einkassiert worden, mit einer Ausnahme: der Dampfer »Hörnum«, ein echter Seelenverkäufer, der in einem so schlechten Zustand war, dass die Alliierten ihn nicht haben wollten. Er gehörte dem Reeder Entz und lag in Rendsburg, in der sogenannten Armesünderbucht, einer Ausbuchtung der Obereider, in der im Mittelalter Hinrichtungen stattgefunden hatten. Entz ließ das Schiff reparieren, um einen Neuanfang der deutschen Handelsmarine zu wagen. Außerdem wollte er neue Schiffe bauen. Mein Vater erfuhr davon aus der Zeitung und bewarb sich bei der Reederei Zerssen, die Entz gehörte. Er erhielt keine Antwort, doch dann griff sein alter Förderer Christensen ein und vermittelte ein Gespräch mit dem Reeder. Der erkannte sofort, dass er in meinem Vater einen tüchtigen und willigen Untergebenen gefunden hatte, mit dem sich wahrscheinlich noch einiges in der Zukunft anfangen ließ, denn er verfügte über gute Umgangsformen, hervorragendes Aussehen, konservative Grundansichten, hohe Intelligenz, Bildung, natürliche Autorität und eine totale Loyalität dem Arbeitgeber gegenüber.

Am 12. Juli 1950 sollte mein Vater seinen Dienst in Rendsburg antreten. Vorher ging er noch zu Fräulein Eberhard und stellte sie zur Rede. Er ertrug es offenbar nicht, dass ein Familienmitglied, in diesem Fall sein Sohn, von ihr so wenig geschätzt wurde. Als sie sich zu rechtfertigen versuchte, über meine Unfähigkeit mich unterzuordnen klagte, meine Sprunghaftigkeit und meine Neigung zum Träumen beschrieb, widersprach er heftig. Das seien alles Eigenschaften, die für ein Mitglied seiner Familie ganz untypisch seien. Er kenne seinen Sohn besser als sie, und er lege die Hand dafür ins Feuer, dass ich meinen Weg machen würde. Als das Fräulein daran zweifelte und als erschwerend hinzufügte, mein Einzelgängerwesen würde den Klassenverband stören und die Moral der Schüler untergraben, verlor mein Vater die Beherrschung und gab der Lehrerin eine kräftige Ohrfeige. Die Konsequenz dieser Ungeheuerlichkeit war überraschenderweise nicht etwa ein juristisches Nachspiel. Stattdessen musste Fräulein Eberhard eine andere Klasse übernehmen. Vermutlich war der gute Klang unseres Familiennamens auf der Insel der Grund für diese Maßnahme des Schulrektors. Wir fürchteten und hassten ihn, weil er oft an der Eingangstür des Schulgebäudes stand und uns mit seinem Rohrstock zu treffen versuchte, was man nur durch möglichst schnelles Rennen verhindern konnte. Jetzt erschien er in der Klasse, um den neuen Lehrer vorzustellen. Der zog, nachdem der Rektor gegangen war, einen Rohrstock unter dem Pult hervor und sagte: »Na, habt ihr ihn auch ordentlich mit Zwiebelschalen eingerieben? Ihr wisst ja, dass sie dann leicht zerbrechen.« Er grinste, zerbrach den Stock in lauter kleine Stücke und steckte sie in seine Jackentasche. Fortan genoss er keinerlei Autorität mehr, und der Lärm während des Unterrichts war unbeschreiblich. Mich behandelte er übertrieben freundlich. Er gab mir auch einen neuen Spitznamen. Ich war plötzlich nicht mehr Pockwisch, sondern Poetius.

Im Herbst wurde ich ohne Probleme in die fünfte Klasse versetzt. Eine bessere Zeit begann. Das lag vor allem an meinem neuen Klassenlehrer. Er stammte von der Nachbarinsel und hieß Wöbbe, ein Name, der gut zu ihm passte, denn er war groß und übergewichtig und hatte ein weiches, freundliches Gesicht, obwohl er cholerisch war und sehr laut werden konnte, wenn die Schüler ihm nicht zuhörten. Dann quoll sein Gesicht auf wie ein Teig am warmen Ofen. Seine Leidenschaft waren die Ornithologie und die Meeresflora. Sein Unterricht bestand hauptsächlich aus einem langen Erzählen märchenhafter Geschichten, in denen es von Lachmöwen, Einsiedlerkrebsen, Seepocken und Hummern nur so wimmelte. Er fragte selten, und wenn, dann gab er gleich die Antwort dazu. Da ich immer zuhörte, mich oft meldete und meine eigenen Naturbeobachtungen zum Besten gab, wurden meine Schulnoten unter ihm schlagartig besser. In Zeichnen hatte ich plötzlich eine Eins, ebenso in Naturkunde. Bald war ich der Klassenprimus, was meine Beliebtheit vollends untergrub.

Durch Lehrer Wöbbe hörte ich zum ersten Mal vom einzigen Fluss der Insel, der Godel, die in einem Sumpfgebiet mit seltenen Vögeln wie der Sumpfschnepfe und der Bekassine im Südwesten der Insel entsprang. Es gab also doch noch Geheimnisse auf ihr, die ich nicht kannte. Ich musste die Quelle des Flusses unbedingt finden. Seit »Quelle Siegfried Sieben« hatte das Wort Quelle einen magischen Klang für mich. Und ich hatte einen ungeheuerlichen Verdacht, denn ich hatte in dem Buch »In den Reichen der Tiefe« gelesen, dass es unterirdische Flüsse gab, ganze Systeme von Höhlen mit unterirdischen Seen und Wasserläufen, die irgendwo als Quelle wieder ans Licht traten. Vielleicht war die Godel in Wirklichkeit der Hengsbach, von dem ich ja wusste, dass er irgendwo hinter der Bachgrundwiese in der Erde verschwand, um ganz woanders unter einem neuen Namen wieder aufzutauchen. Warum sollte es nicht möglich sein, dass er sich unter der Erde den weiten Weg zu dieser Insel gesucht hatte und meine beiden von mir so geliebten Lebensorte miteinander verband? Wenn ich wieder einmal in der Villenkolonie sein würde, würde ich Tinte in den Hengsbach kippen und dann untersuchen, ob sich das Godelwasser irgendwann blau färbte.

Gleich nach der Schule begab ich mich mit dem Rad auf meine Expedition. Als ich durch die Hafenstraße fuhr, bemerkte ich Georg. Ich hielt an und erklärte ihm, dass ich die Quelle der Godel suchen wolle. »Lass uns lieber kämpfen«, sagte er und nahm die Haltung eines Boxers ein. Das sahen einige Arbeiter, die dabei waren, das Pflaster aufzureißen. Sie legten ihr Werkzeug beiseite und bildeten mit Eisenstangen und rot-weißen Bändern einen Boxring. »Jede Runde dauert drei Minuten«, sagte einer der Männer. »Wer zuerst aufgibt, hat verloren.« Georg begann zu tänzeln und machte mit der rechten Faust kreisende Bewegungen. Es sah richtig professionell aus. Ich versuchte, die gleiche Stellung einzunehmen, und wich dabei zurück. »Los, schlagt endlich zu«, rief einer der Arbeiter. Ich stieß meine linke Faust vor und traf Georg so unglücklich, dass seine Unterlippe aufplatzte und zu bluten begann. Die Männer brachen den Kampf ab. »Du bist Sieger durch technischen K. o.«, sagte einer von ihnen zu mir. Ich hatte Tränen in den Augen, denn es tut weh, jemanden zu verletzen, den man gerne hat.

Ich fuhr weiter Richtung Goting Kliff. Die Quelle der Godel musste westlich von hier sein, also folgte ich dem Kliff in dieser Richtung. Tatsächlich fand ich bald die Flussmündung. Rostrotes Wasser floss über den Strand und grub ein Muster von kleinen Gräben hinein. Ich kletterte die Uferböschung hoch und folgte dem Lauf des Baches. Bald erreichte ich eine Senke, aus der das Flüsschen kam. Ich versank mit meinen Schuhen im Matsch. Nirgends war eine Quelle zu sehen, nur eine von Sumpfgräsern bewachsene Moorfläche. Als ich Wöbbe von meiner Expedition erzählte, meinte er. »Die Godel hat gar keine Quelle. Sie ist kein echter Fluss, sondern ein Süßwasserpriel, der sich aus anderen Süßwasserprielen speist.«

Dann kam die Zeit des Abschieds von meinem Vater. Meine Mutter zelebrierte sie mehrere Tage lang, indem sie mal weinte, mal besonders ausgelassen war. Ehe er die Insel verließ, ging er mit mir noch einmal am Meer entlang. Es war ein leicht nebliger Tag. Wir standen am Strand, und er zeigte mir den hellen Kreis, der sich wie ein Heiligenschein um die Sonne gebildet hatte. »Das ist ein Halo«, sagte er. »Rechts und links siehst du je eine Nebensonne. Es sind viele feine Eiskristalle in der Luft, in denen sich das Sonnenlicht bricht. Das kann schlechtes Wetter bedeuten.« Ich hatte von ihm die Namen der Wolken gelernt und wie man sie unterschied und in welchen Höhen sie sich befanden. »Wolken sind eine Art Sprache der Luft«, hatte er erklärt. »Wenn man sie versteht, kann man die Entwicklung des Wetters vorhersagen. Zirren zum Beispiel, die hohen Windhaken in der Stratosphäre, kündigen eine Warmfront an und damit schlechtes Wetter.« Der Nebel hatte sich aufgelöst, und hoch am Himmel erschienen die feinen Strukturen von Cirren. Als es tatsächlich eine Stunde später zu wehen und zu regnen begann, hatte ich wieder einmal den Beweis für die außergewöhnlichen Fähigkeiten meines Vaters, die mich dazu brachten, ihn zu bewundern, bei aller Fremdheit, die ich ihm gegenüber empfand.

Ich schlief jetzt wieder im Ehebett. Ich schlief unruhig und tastete immer wieder nach der Hand meiner Mutter. Sie schrieb ihrem Mann, dass ich oft ihren Schlaf störe, weil ich meinen Kopf in ihren Leib bohren würde. Wollte ich wieder dorthin zurück, wo ich herkam? Meine wissenschaftlichen Ambitionen wurden unterdessen immer größer. Ich konstruierte für meinen fernen Vater eine Wal-Zerkleinerungsmaschine, außerdem ein Atomkraftwerk, das sich auf Knopfdruck selbst zerstörte. Auch gelang es mir, mit einem Funkeninduktor Morsezeichen über mehr als einen Kilometer Entfernung zu übertragen. Voraussetzung für diese Leistung waren Geräte der Firma Kosmos, die ich mir zum Geburtstag hatte schenken lassen. Ein Transformator, ein Funkeninduktor, der eine Funkenstrecke von zwei Zentimetern erzeugen konnte, was einer Spannung von 20000 Volt entsprach. Ich tötete mit solchen Entladungen in der Veranda Fliegen. Dabei hörte ich von nebenan ein lautes Knattern, das vom Blaupunkt kam und den Empfang der gerade laufenden Sendung unmöglich machte. Meine Mutter steckte den Kopf zur Veranda herein und sagte, sie glaube, ein Gewitter käme. Man würde die Blitze im Radio hören. »Das bin ich«, sagte ich stolz. Ich hatte ein Phänomen wiederentdeckt, das Marconi bereits Ende des 19. Jahrhunderts herausgefunden hatte. Ich baute eine bessere Morsetaste und funkte SOS in die Welt. Das ging so lange gut, bis Herr Schau erschien und sich beschwerte, dass er nicht mehr Radio hören könne. Meine Mutter solle gefälligst damit aufhören, ständig den Staubsauger zu benutzen, solange er nicht funkentstört sei.

Der neue Sommer war süßer als seine Vorgänger. Die alte Kurkapelle aus Holz war abgerissen und durch einen Klinkerbau mit Strohdach ersetzt worden. Wenn sich von dort die Klänge des Kurorchesters in die Schreie der Seevögel mischten, wenn das Ballett der Ulmenblätter in der Abendbrise nach ihnen tanzte, zog mich dieser Ort magisch an. Ich konnte die Musik von der Veranda aus hören, doch meistens ging ich hinunter, lehnte mich an einen der Bäume in der Nähe und lauschte den Schlagern und Operettenmelodien. Auf den Bänken saßen Touristen und Einheimische nebeneinander, alte und junge Leute. Das abendliche Meer verlor allmählich seine Farbe und glich bald einem schwarzen Tuch, in das die grünen, roten und gelben Lichter ferner Schiffe eingewebt waren. Die Musik gefiel mir nicht, aber sie erhielt durch die Wellengeräusche, den Wind und die Sterne, die durch die Zweige funkelten, eine wunderbare Tiefe und einen märchenhaften Glanz. Zum ersten Mal erlebte ich die Fähigkeit von Klängen, alles um einen herum zu verwandeln, die Dinge, die Stimmung, die ganze Welt. Töne, Farben, Gerüche verschmolzen zu einer Einheit, in der die Zeit stillzustehen schien.

Tagsüber waren die Strände jetzt so voll wie noch nie. Überall wurden Burgen geschaufelt, Ball gespielt und am Wasser entlangflaniert. Es roch nach Seetang, Sonnenöl und Bratwürsten. Die Luft bildete Hitzeschlieren über dem Sand, und kreischende Kinder bespritzten sich gegenseitig in Ufernähe, während ihre Mütter in den Strandkörben brieten, wobei sich einige von ihnen Herzmuschelschalen auf die Augen legten, um sie vor der Sonne zu schützen, andere hinter aufgeschlagenen Illustrierten Schatten suchten. Athletische Männer spielten Faustball über eine gespannte Schnur. Der Eisverkäufer ging mit seinem Bauchladen von Strandkorb zu Strandkorb und verkaufte seine bunte, süße, schmelzende Ware, die in bunten Tropfen an den Eistüten klebrig herabtropfte, ehe sie ganz verzehrt war. Große blaue Niveabälle rollten über den Sand wie Trabanten der heißen Sonne. Es war die für Badeorte so typische Stimmung, in der sich Langeweile, Wohlbefinden, Balzverhalten und Schläfrigkeit mischten. Der Wunsch nach Glück schien auf eine sanfte Weise gestillt und in eine dumpfe Zufriedenheit verwandelt, die erst gegen Abend einer neuen Erregung Platz machte, wenn man den Sonnenbrand spürte und sich in den Pensionen und Hotelzimmern das Salz vom Körper wusch. Es war, als hätten die Menschen ein starkes Aphrodisiakum zu sich genommen, dessen Wirkung nun in den Kneipen, den Strandkörben und Sandburgen zu beobachten war und das uns vorpubertierende Inseljugend mit reichlich Anschauungsmaterial versorgte.

Zu meinem Kummer erschien nun wieder Verwandtschaft aus der Villenkolonie. Ich empfand es als Entweihung. Was wollten sie auf meiner Insel? Sie gehörten nicht hierher. Tante Mary war die Erste, dann kam auch Muttl mit ihrem Sohn. Er war inzwischen ein stattlicher, gut gebauter junger Mann geworden. Er beachtete mich kaum. Einmal beobachtete ich ihn von der Strandmauer aus. Er lag sonnengebräunt in knapper Badehose im Sand, einige Meter entfernt von einer jungen Frau im Bikini, und warf kleine Steinchen nach ihr. Einige trafen die Brüste, andere den Bauchnabel. Sie schien es zu genießen, denn sie änderte ihre Lage nicht. Ehe er ohne seine Mutter wieder abfuhr, erzählte ich ihm von meinen Plänen, Atomphysiker zu werden. Ich wollte ihn beeindrucken, aber er meinte nur: »So früh kann man sich beruflich nicht festlegen. Da kann noch viel passieren, was deine Pläne ändert.«

Muttl wohnte in einem Haus am Südstrand. Sie promenierte den ganzen Tag, stark gepudert und einen großen schwarzen Strohhut mit Schleier auf den ondulierten Haaren, an der Strandmauer entlang und hielt nach möglichen Liebhabern Ausschau. Schließlich war sie Witwe und brauchte Trost. Mit ihren 59 Jahren war sie immer noch eine sehr stattliche und attraktive Erscheinung. Auch schien sie ein Geheimnis zu umgeben, das Blicke der Passanten magisch anzog. Manche hielten sie sogar für die schwedische Diseuse Zarah Leander, die kurz zuvor im Rahmen ihrer Deutschlandtournee die Insel besucht hatte.

Ich besuchte meine Großmutter in ihrer Pension, um sie mit meinen neusten wissenschaftlichen Errungenschaften zu konfrontieren. Ich hatte den Trafo und den Funkeninduktor dabei. Über einen langen Klingeldraht verband ich einen seiner Konduktoren mit der Dachrinne und funkte zu einer bestimmten Uhrzeit die Morsezeichen SOS. Ich hatte meine Mutter gebeten, genau zu diesem Zeitpunkt den Blaupunkt anzustellen und zu prüfen, ob das Knattern zu hören war. Tatsächlich vernahm sie Störungen, wie sie jedenfalls später behauptete. Ich hatte also mindestens einen Kilometer drahtlos überbrückt. Von Muttl erfuhr ich später, dass der Hörfunk in der ganzen Nachbarschaft auf rätselhafte Weise gestört worden war.

Muttl kam jeden Tag zum Tee zu uns. Ihre Tochter stellte fest, dass der billige Kognak der Marke Mariacron, den sie im Wäscheschrank aufbewahrte, immer fader schmeckte. Kein Zweifel, ihre Mutter trank heimlich und füllte die Flasche mit Tee auf, um den Pegelstand zu halten. Muttl verhandelte inzwischen mit dem Besitzer unseres Nebenhauses, in dem auch Ilse wohnte, über einen Ankauf. Onkel Otto und der ältere Bruder meines Vaters, der eine kleine Radiowerkstatt betrieb, in die ich zu meinem Kummer nie hinein durfte, boten ihr das Stammhaus der Familie für 37 000 DM an, aber Muttl schien das zu teuer zu sein.

Mit Georg und mir war es nach dem Boxkampf wieder aus, aber ich hatte einen neuen Freund gewonnen. Er hieß Berndt, war kein Insulaner, nicht einmal ein halber wie ich. Berndt war der Urenkel Robert Kochs, des Entdeckers der Tuberkulosebazillen. Schon das war für mich ein Grund, um seine Freundschaft zu buhlen. Er war zwei Jahre älter und einen Kopf größer als ich. Alle nannten ihn Ziegenkoch, weil er eine Ziege hüten musste, die in Lüttmarsch angepflockt war und immer im Kreis ging. Er wurde noch weniger von der einheimischen Jugend respektiert als ich. Ich wollte Berndt beeindrucken und schlug ihm vor, mit mir auf Große Fahrt zu gehen. Umgehend ging ich an die Verwirklichung des mutigen Vorhabens. Ich mietete von meinen Ersparnissen ein gelbes Schlauchboot und baute einen Besenstiel als Mast ein. Ein Betttuch war das Segel. Als Ruder diente ein Brett, das ich fest in der linken Hand hielt. So ausgerüstet stachen wir in See. Das Wetter war rau an diesem Tag. Ein kräftiger Nordwind wehte, günstig für unser Vorhaben, vor dem Wind am Ufer entlang nach Süden zu segeln. Berndt trug einen gut geschnittenen Anzug, ein weißes Hemd und schwarze Lackschuhe, ich eine Pumphose, einen braunen Nicki und ebenfalls Straßenschuhe. Tatsächlich machten wir gute Fahrt. Wir hatten sogar eine richtige kleine Bugwelle. Als wir auf der Höhe des Leuchtfeuers bei Olhörn waren, musste ich den Kurs nach Westen ändern. Dadurch traf uns der Wind nun seitlich, sodass wir kenterten. Wir schwammen an Land und bargen das Schlauchboot, das die Wellen an Land geworfen hatten. Dann rannten wir hin und her, bis unsere Kleider trocken waren. Wir waren jetzt echte Freunde, denn wir hatten gemeinsam Schiffbruch erlitten.

Einige Zeit später verließ Muttl die Insel wieder. Sie ließ durchblicken, dass unsere Insel zwar wunderschön sei, dass dieser Welt jedoch Entscheidendes fehlte: Eleganz, Kultur, schönes Wetter, Spargel, guter Wein und gute Soßen zum Beispiel. Ich begann meinem Vater lange Briefe zu schreiben, in denen ich von meinen zukünftigen Erfindungen schwärmte, auch davon, dass ich bald ein Perpetuum mobile konstruieren würde, das den Zweiten Thermodynamischen Hauptsatz in die Schranken verwies. Reibung sei nicht unüberwindlich, was man schon daran erkennen könne, dass die Haut rutschiger wurde, wenn man sie mit Niveaöl einrieb. Alle diese Briefe begannen mit der Anrede »Lieber Freund«. Mein Vater hielt dies vermutlich für ein Zeichen großer Sohnesliebe, während ich mit diesem Wort meine unstillbare Sehnsucht nach Anerkennung beschwor.

Während mein Vater glücklich war, wieder auf großer Fahrt zu sein, stürzte sich meine vereinsamte Mutter ins Inselnachtleben. Äußerer Anlass war der Besuch der »Amerikaner«. So nannte man die Insulaner, die vor dem Krieg ausgewandert waren. Die meisten waren mit uns verwandt. Sie waren für einige Wochen auf die Insel gekommen, um zu ihren Wurzeln zurückzukehren und dabei den Kriegsverlierern ihren enormen Lebensstandard zu demonstrieren. Party folgte auf Party. Jede verlief nach dem gleichen Ritual. Es begann am frühen Abend mit Pfirsichbowle bei meinem Radioonkel. Dann ging es ins Kurhaus zum Preistanz und anschließend in den Altdeutschen Keller. Die einheimische Sitte, hier Grog und einen billigen Likör, sogenanntes »Wyker Feuer«, zu trinken, wurde durch Unmengen von Cocktails hinweggespült, die sich die Amerikaner mixen ließen. Anschließend ging es ins Fährhotel, wo Tante Hella

»in Ungarisch machte«, wie meine Mutter meinem Vater schrieb. Sie sprang auf den Tisch, hob den Rock und tanzte. Meine Mutter beteuerte in einem mehrseitigen Brief, in dem sie alle Details, die Tänze, Getränke und Tanzpartner beschrieb, dass sie mehrmals vergeblich versucht hatte, der saufenden Meute zu entkommen. Erst im Morgengrauen sei sie schwankend über den Sandwall nach Hause gelaufen. Dabei sei sie am Schaufenster des Fotoladens vorbeigekommen und habe den zugleich strengen und liebevollen Blick ihres Gatten genossen. Sie habe seinen Blick immer noch im Rücken gespürt, als sie das Haus betrat. Tatsächlich hing im Schaufenster des Inselfotografen seit Wochen ein lebensgroßes Porträt meines schönen Vaters als vielbewunderter Blickfang für Einheimische wie für Touristen.

Maruschka kam erneut für fünf Wochen auf die Insel. Sie mietete sich in der *Villa Irma* ein, einem in der Nähe unseres Hauses gelegenem Hotelkasten. Sie blieb die halbe Nacht auf und erschien jeden Mittag bei uns zum Frühstück. Ich sah sie manchmal spät in der Nacht, wenn ich auf die Veranda schlich, um Nachtwache auf meinem Schiff zu gehen, völlig allein wie einen Nebelfleck unter den Bäumen des Sandwalls vorüberziehen. Meine Mutter, die seit Wochen unter einer großen Mattigkeit und starken Schmerzen im Unterleib litt, erzählte ihrer Tante von ihren Beschwerden. Maruschka überredete sie, sich einer Generaluntersuchung auf dem Festland zu unterziehen, und gab ihr großzügig Geld dafür. Dann mietete sie sich in Inneren der Insel in einem Friesenhaus ein, weil es ihr angeblich im Badeort zu hektisch war. Ich sollte während der Abwesenheit meiner Mutter bei ihr wohnen. Ich musste also im Doppelbett neben meiner Großtante übernachten und es ertragen, dass sie mir lang und laut abwechselnd aus der Bibel und aus dem »Faust« vorlas. Weil es mir langweilig war, schlug ich vor, den Wattenweg von Amrum nach Föhr zu gehen. Wir schlossen uns einer geführten Touristengruppe an. Der Wattenweg war ungefähr vier Kilometer lang und mit Reisigbüscheln markiert. Es kam darauf an, eine halbe Stunde vor Hohlebbe den größten Priel in der Mitte der Strecke zu queren, ehe er bei auflaufendem Wasser unpassierbar wurde. Meine Tante trödelte. Ihre grauen Haare hatten sich aus dem Dutt gelöst und wehten in alle Richtungen. Als wir den Priel erreicht hatten, ging er uns bereits bis zu den Hüften. Ich stemmte meine Hände in ihren Allerwertesten und schob sie voran, während sie tremolierend »Über allen Wipfeln ist Ruh« rezitierte. Mit letzter Kraft schaffte ich es, sie auf die andere Seite des reißenden Stromes zu bringen.

Dann war meine Mutter wieder zurück. Sie umarmte mich und erzählte mir von der Zeit im Krankenhaus. Der junge Doktor Augustin sei so wunderbar einfühlsam gewesen. Er habe nichts gefunden, nur eine leichte Entzündung im Bauch, die man mit Medikamenten behandeln könne. An ihren Mann schrieb sie, ich sei während ihrer Abwesenheit unter der Obhut von Tante Mary völlig verwahrlost, ein Beweis dafür, dass sie mich nie mehr allein lassen durfte. Sie war noch sehr schwach und lag viel im Bett. Ich pflegte sie, so gut ich konnte, da noch Schulferien waren, und brachte ihr Rotwein, in dem ich ein Eigelb verquirlt hatte, ans Bett. Einmal las ich heimlich den Untersuchungsbericht. In ihm stand etwas von einem rätselhaften Organ namens Hypophyse, das bei ihr träge und manchmal nur stockend arbeite. Dagegen solle sie nun dreimal täglich eine Hormonspritze bekommen. Gegen die Entzündung im Unterleib hatte der Arzt Moorsitzbäder und die Einnahme einer ätzenden Silberlösung empfohlen. Meine Mutter, die immer gertenschlank gewesen war und die auf Äußerlichkeiten viel Wert legte, wurde von Monat zu Monat dicker. Bald wog sie 73 Kilo. Sie schob ihr zunehmendes Übergewicht auf die hormonellen Veränderungen durch die Spritze. Ich meine heute jedoch eher, es war etwas anderes, das ihren Körper unförmig zu machen begann. Es war die Person, die in ihr eingepfercht war und die nun begann, die weichen Wände ihrer Gefängniszelle auseinanderzutreiben: jene imaginäre Schriftstellerin, die von den Lebensumständen daran gehindert worden war, ihrer Berufung zu folgen. Auch meine Mutter trank inzwischen heimlich, wie ich am täglich sinkenden Pegel der Flasche Mariacron im Schlafzimmerschrank feststellte.

Zwei Tage vor ihrer Rückreise nach Hause erschien Maruschka, um die letzte Zeit mit uns zu verbringen. Sie hatte ein Geschenk für mich. Es war ein echtes Hauptgeschenk: eine Kamera mit lederner Bereitschaftstasche. Obwohl es nur eine Box war, war sie der Beginn meiner Leidenschaft für das Fotografieren. Ich knipste nun alles, was mir vor die Linse kam, meine Mutter, unser Haus, das Meer, vor allem aber Wolken, immer wieder Wolken. Die belichteten Rollfilme brachte ich zum Inselfotografen. Es war jedes Mal ein Fest für mich, die Kontaktabzüge im Format 6×9 abzuholen. Beim Licht einer Kerze betrachtete ich die Bilder in meinem Zimmer. Mir gefiel die Welt in diesen unscharfen Schwarzweiß-Bildchen mit ihrem gezackten Rand besser als die Wirklichkeit. Die Unschärfe stand ihr gut.

Mein Vater hatte sich sehr aufgeregt, als er von der Krankheit seiner Frau erfuhr. Er beruhigte sich erst wieder, als sein Schiff nach mehreren Ostseefahrten endlich auf eine lange Reise ins Mittelmeer ging. Er sah nun all die markanten Landmarken wieder, die ihm von seinen Vorkriegsfahrten vertraut waren. Die weiß leuchtenden Kreidefelsen von Dover, die Insel Wright an Steuerbord, der Leuchtturm von Ouessant an Backbord, den die deutschen Seeleute wegen seiner schwarzweiß gestreiften Bemalung den preußischen Grenadier nannten, Kap Finisterre an Spaniens Nordwestküste, Kap Trafalgar, bei dem einst Nelson die französische Flotte vernichtend geschlagen hatte, wie mein anglophil gesinnter Vater mit leicht triumphierendem Unterton an uns schrieb. Schließlich die Meerenge von Gibraltar, hinter der die mythengesättigte Welt des mediterranen Meeres begann. Über Algier, wo die Ölvorräte ergänzt werden mussten, ging es nach Piräus, dann über Saloniki und Istanbul nach Izmir.

Die historischen Gewässer der »Odyssee«, die Ägäis, die Bucht von Salamis, der erhabene Götterthron des Olymp, all das gab meinem Vater das Gefühl, keinen normalen Arbeitsplatz zu haben, sondern sich gleichzeitig im realen Meer und im Meer der antiken Literatur zu bewegen. Ja, er war wirklich Odysseus, und seine Frau war Penelope, die zwar kein Totenhemd aus Garn webte, sondern eines aus Worten in ihren Sehnsuchtsbriefen, die ihm die Agenten in den Häfen an Bord brachten. Sein kleiner Sohn Telemachos legte hin und wieder Fotos von Wolken bei. Meine Mutter aber litt. Sie fühlte sich mehr denn je wie ein Panther in seinem Käfig und schrieb an ihren Mann: »Es tut mir alles weh vor Sehnsucht. Überall stoße ich mich an den Stangen, die das Mögliche eingrenzen. Da ist keine Geduld mehr, kein Sichergeben, weder Einsicht noch der Trost der Vernunft. Im Zimmer ist dein großes Bild, von dem dein Sohn sagt, dass deine Augen einem überallhin folgen. Ich wage nicht auf deinen fest geschlossenen Mund zu schauen, die Möwe, die mir schon so viele Jahre vertraut ist.«

*

Ehe B. ging, versuchte er, den stummen Mann am Fenster in ein Gespräch zu verwickeln. »Wie kann man die Schmetterlinge vergangener Momente mit dem Schmetterlingsnetz der Erinnerung einfangen, ohne die feinen irisierenden Schuppen auf ihren Flügeln zu zerstören, die sie erst flugfähig machen? Wie kann man sie aufspießen, indem man sie erzählt oder niederschreibt, ohne ihnen das Leben zu nehmen?« Der Mann wandte ihm den Rücken zu und schien aus dem Fenster zu blicken. Dann drehte er sich um und sagte: »Sie sollten sich damit abfinden, dass Ihre Erinnerungen nichts anderes sind als Zufallsfunde, die Sie am Flutsaum Ihres Lebens machen. Das, was anspült, weil es leicht genug ist, nicht vorher schon im tiefen Wasser unterzugehen.«

Im Hotel saß B. in seinem Sessel und betrachtete nachdenklich die Wachsblumen. Ziellos ließ er seine Gedanken schweifen, sich an diesem und jenem Gegenstand, dieser und jener Idee für einen kurzen Augenblick anhängen, nur um ihn dann wieder zu verlassen. Auf eine solche Weise wollte er verhindern, allzu klar, allzu beflissen einer bestimmten Linie des Denkens zu folgen. Der Andere hatte recht. Der Zufall sollte Regie führen, wenn es um die Rekonstruktion seines Lebens ging. Vielleicht sollte er für immer hierbleiben, für immer in diesem Zimmer vor diesen staubigen Blumen. Oder besser noch sich eine Wohnung suchen. Es gab hier offenbar sehr viel Leerstand. Manche Viertel wirkten wie ausgestorben. Wohnungen mussten deshalb sehr preiswert sein.

Er hatte sich an die Stadt gewöhnt. Er mochte inzwischen ihre Anonymität, ihre Leere. Auch fand er sich immer besser in ihr zurecht. So hatte er herausgefunden, dass es wenig Sinn machte, nach dem Weg zu fragen. Meistens war sowieso niemand da, den man fragen konnte, und die seltenen Antworten waren oft widersprüchlich. Am ehesten noch gelangte man an ein Ziel, wenn man sich einfach treiben ließ.

B. begann wieder im Logbuch seines Vaters zu lesen. Er stieß dabei erneut auf eine längere Passage, in der mehr stand als Wetterdaten oder eine Auflistung von körperlichen Gebrechen. »9. Dezember. Stationäres, kräftiges Hoch über der Ostsee. Trockene, kalte Luft. Nachts minus fünf Grad. Gestern bei den Nachbarn zum Adventsteepunsch. Viel erzählt. Schon seit längerer Zeit beobachte ich, dass ich mich seit dem Tod meiner Frau vor vier Jahren verändert habe. Während ich sonst in meinen Äußerungen und meinem Benehmen sehr zurückhaltend war, bin ich offener geworden und sogar ausgesprochen redselig. Wenn ich darüber nachdenke, muss ich sagen, dass ich mich in meinen neuen Kleidern nicht wohl fühle. Es entspricht nicht meiner Natur, die sich durch Beruf, Krieg, Katastrophen herausgebildet hat. Es hat vielleicht mit einer gewissen Vereinsamung zu tun, gegen die sich ein alter Mensch nicht wehren kann. Es ist, als wären Deiche gebrochen, und nun steht das Vorland unter Wasser und das will nicht mehr abfließen.«

B. fragte sich, ob es bei ihm inzwischen ähnlich war, ob er nicht auch inzwischen unerträglich redselig geworden war. Auch in ihm schien ein Deich gebrochen, aber nicht nur das Vorland stand unter Wasser, sondern die ganze Insel.

15

B. fuhr mit dem Rad in die Vorstädte. Es kam ihm vor, als ob sie inzwischen gewuchert waren wie ein Krebsgeschwür. Neue Straßen erstreckten sich grau ins Niemandsland. Auch neue Gebäude waren entstanden. Sie sahen bereits jetzt schon wie Bauruinen aus, Betonfassaden mit leeren Fensterhöhlen. Endlich erreichte er den Stadtrand. Je weiter B. sich von der Stadt entfernte, umso eintöniger wurde die Landschaft. Immer wieder drehte er sich um, denn er hatte den Eindruck, dass der Stadtrand ihm folgte. Er fuhr jetzt schneller, trat schließlich so stark in die Pedale, wie ihm möglich war. Irgendwann sah er die Stadt nicht mehr. Vor ihm lag ein diffuser Schleier, der den Horizont verbarg. In ihm bewegte sich ein großer Schatten. Er sah aus wie ein sterbendes Tier, dessen Körper sich konvulsivisch bewegte. B. hielt an, denn vor diesem bedrohlichen Nebel schreckte er zurück. Er blickte auf seine Uhr. Es war sowieso Zeit umzukehren. Die Rückfahrt ging ganz leicht, als rollte das Rad wie von selbst. Im Hof des Hotels ließ er es abgeschlossen stehen. Dann ging er, so schnell er konnte, am Fluss entlang Richtung Hafen. Als er später in seinem Sessel Platz nahm, atmete er schwer. Es dauerte eine Weile, bis er die Kraft hatte, seinen Bericht fortzusetzen.

*

Während meine Mutter aufquoll wie ein abgedeckter Kuchenteig, wurde ich im Verhältnis zu meiner Körpergröße immer dünner. Meine Arme und Beine glichen Stelzen. Meine Nase sprang unnatürlich vor und wurde immer länger. Meine beiden vorderen Schneidezähne wanderten auseinander und bildeten eine schwarze Lücke. Meine dünnen, flachsblonden, linksgescheitelten Haare waren zur

Seite gekämmt wie Teppichfransen. Es gibt Fotos aus dieser Zeit, auf denen ich aussehe wie Pinocchio. Mein großer Mund lächelt, aber das Lächeln sieht unsicher aus. Ich bewegte mich mit schlenkernden Gliedern, ungeschickt und an meinem Gang schon von weitem erkennbar, als hätten sich die unsichtbaren Marionettenfäden verheddert, an denen ich hing. Ich hielt mich schlecht. »Mach keinen solchen Buckel«, sagte meine Mutter oft. »Du hältst dich wie ein alter Mann. Du wächst einfach zu schnell.« Den Pinocchiofilm hatte ich im Kino gesehen. Ich wünschte mir, genau wie er ein echter Junge zu werden, indem ich meinen Vater rettete. Aber wovor? Es ging ihm offensichtlich immer besser. Seine neuen Kollegen schätzten ihn, und die Seefahrt gab ihm eine Sicherheit, die er an Land nicht besaß.

Konsul Entz hatte entschieden, es den Offizieren seiner Schiffe zu erlauben, ihre Frauen für einen kurzen Abschnitt der Fahrt an Bord zu holen. Was heute auf Schiffen selbstverständlich ist, war damals eine große Ausnahme. Mein Vater schrieb, dass er mich leider nicht unterbringen könne, es sei einfach kein Platz auf der »Blidum«. In einer Nachschrift ergänzte er: »Sei nur nicht traurig, mein Sohn. Ganz bestimmt kannst du mich auch einmal in Hamburg besuchen. Ein ganz kleines ›vielleicht‹ bleibt sogar für dieses Mal noch. Wenn es nicht klappen sollte, trag es auf deinen breiten Männerschultern aus.« Ich hatte aber leider keine Männerschultern, und breit waren sie schon gar nicht. Ich war tief verletzt und schrieb ihm einen verzweifelten Brief, in dem ich ihn anflehte, mich doch mitfahren zu lassen. Meine Mutter schlug ihrem Mann vor, die erste kurze Strecke der neuen Levantefahrt, das Stück von Hamburg nach Bremen, mitzufahren, und zwar ohne den Sohn. Aber sie wollte mich auch nicht auf der Insel lassen, da dort Typhus ausgebrochen sei, wie sie in einem Brief an ihren Mann behauptete. »Ich kann unseren guten, lieben Jungen hier nicht allein der Gefahr aussetzen, nicht wahr?« Ich sollte deshalb nach Hamburg mitkommen und dann die Zeit bei der ältesten Schwester meines Vaters, ihrem Mann, den vielen Katzen und ihrem großen Hund verbringen. Ich protestierte so heftig gegen diesen Plan, dass sich meine Eltern erweichen ließen, mich doch an Bord der »Blidum« mitzunehmen. So kam ich zu meiner ersten echten Seefahrt. Es war eine überwältigende Erfahrung. Ich war selig. Ein wirkliches Schiff war doch besser als ein ausgedachtes, weil es mehr an Phantastischem bot, als sich die Phantasie ausdenken konnte. Ich übernachtete, wie einst auf der »Wikinger«, in einem Nebenraum voller Hilfsmaschinen. Wieder dieses verheißungsvolle Surren und Brummen, dieses Klacken der Relais, diese bunten Sternbilder der Kontrolllampen. Wieder dieser so typische Geruch nach Eisen, Rost, frischer Farbe, Salzwasser, Öl und Teer. Jeder einzelne dieser Gerüche mochte unangenehm sein, aber zusammen ergaben sie einen Duft von einmaliger Schönheit.

Während wir noch im Hafen lagen, kletterte ich über die verschiedenen Decks. Die Kräne im Hafen erinnerten an riesige Giraffen. Dickbäuchige Schlepper und schlanke Barkassen durchpflügten das Hafenwasser. Ich durfte in den Maschinenraum, in diese über alle Decks gehende Kathedrale aus Eisen und Kupferleitungen mit den Türmen der Zylinder und den Kirchenfenstern der Manometer, die dem Eingeweihten Auskunft über den Zustand eines schlafenden Riesen gaben, der zu gewaltiger Kraft erwachen konnte, wenn man die entsprechenden Ventile öffnete. Endlich legten wir ab. Schlepper brachten uns zum Fahrwasser. Ich war auf der Brücke, da mein Vater Wache hatte. Die Ufer der Elbe glitten mit ihren Erhebungen, Häusern und Bäumen vorbei wie gemalte Kulissen, die über eine große Bühne geschoben wurden. Dann wichen sie immer mehr zurück. Man sah nur noch Deiche und hin und wieder die Silhouette einer Spielzeugstadt. Die sanfte Dünung der Nordsee begann sich in die Bugwelle zu mischen und ließ sie größer und unregelmäßiger werden. Die Farbe des Wassers veränderte sich von Hellbraun zu Flaschengrün, und das Schiff begann sich sanft zu wiegen. Die Gesichter der Männer auf der Brücke wirkten ernst und konzentriert, denn wir befanden uns in einem schwierigen Gewässer. Die Schiffe mussten sich an enge Korridore halten, die von Minen freigeräumt waren. Mein Vater neben mir musterte den Horizont mit einem Blick, wie ich ihn noch nie an ihm gesehen hatte. Er war zugleich extrem aufmerksam und völlig leer. Erst viel später begriff ich, dass dieser Blick sowohl nach draußen wie nach innen gerichtet war. Ein Blick in die endlose Weite und in die eigene Seele. Niemand sprach. Nur manchmal, wenn es um eine Kursänderung ging, nannte mein Vater eine Zahl, die der Rudergänger sogleich wiederholte, ehe er am winzigen Steuerrad drehte. Sonst hörte man nur das dumpfe Pulsieren der Maschine und die Morsezeichen aus der Funkerkammer nebenan. Die Tür war nur angelehnt, und als ich hineinblickte, sah ich wieder diesen faszinierenden Sternhimmel über der Welt der Funkwellen, all diese kleinen roten, grünen, blauen und gelben Lichter der Kontrolllampen und das matte Rosa der Glimmlampen. Immer wieder trat mein Vater zum Radar und presste sein Gesicht gegen die Gummimanschette. Auch ich durfte auf den Schirm sehen, mit seinem grün leuchtenden Zeiger, der die schwarze Scheibe umkreiste und dessen Nachleuchten die grünlich schimmernden Echos anderer Schiffe und der Küstenlinie sichtbar machte. Nie war mir mein Vater zugleich so nah und so fern gewesen wie in diesen sich in pure Zeitlosigkeit ausdehnenden Augenblicken. Ich spürte, ich existierte für ihn nicht und war doch in seiner Nähe geborgen.

Als es dunkel wurde und die Sterne am Himmel erschienen, war die Wache meines Vaters zu Ende. Ich wollte noch auf der Brücke bleiben. Ich sei noch nicht müde, sagte ich. Aber er nahm mich mit und schickte mich zu Bett. Es dauerte lange, bis ich einschlief. Das Letzte, was ich wahrnahm, war die Tatsache, dass das Wiegen aufgehört hatte. Offenbar waren wir in die Mündung eines Flusses eingelaufen. Als ich am Morgen aufwachte und aus dem Bullauge blickte, sah ich, dass wir am Ziel waren. Überall Kräne, Lagerhallen, das Kreischen der Winschen, die zudringlichen Rufe der Möwen, die Stimmen der Schauerleute. Meine Mutter und ich blieben noch zwei Tage an Bord, bis das Schiff beladen war. Während mein Vater jede freie Minute und die Nächte mit seiner Frau verbrachte, durchstöberte ich alle Winkel an Bord, drang nach vorne vor bis ins Kabelgatt, nach oben bis aufs Peildeck und nach unten bis zum Wellentunnel. Ich überlegte, wo ich mich am besten als blinder Passagier verstecken konnte. Doch dann mussten wir die »Blidum« verlassen. Mein Vater umarmte uns. Ich glaubte dabei zu bemerken, dass er keinerlei Abschiedsschmerz empfand.

Wir fuhren mit dem Taxi durch das immer noch stark vom Krieg gezeichnete Bremen. Meine Mutter schrieb am gleichen Tag an ihren Mann: »Du wurdest immer kleiner, deine Mütze ein weißer Punkt, der Wagen fuhr um die Ecke, und weg warst du! Das tat so weh wie ein Stich und dann wie ein langes Ziehen im Körper, der so müde war von deinen Armen. Ich drückte mich in eine Ecke und sah blind in viel, viel Trümmer. Es war eine lange Fahrt um zerstörte Häuserblocks. Staub, stumpfe Erdhügel mit dürrem, wehendem Gras, verbogenes Eisen, durch viele Straßen immer das Gleiche. Wir kamen zum Bahnhof. Der Koffer wurde aufgegeben. Dann gingen wir durch den lebhaften Verkehr zum Hotel, wie zwei Hühner, die unversehens auf ein Karussell geraten waren.« Lange habe sie dort noch in den trostlosen Hinterhof hinabgesehen. »Schimmernde Ami-Wagen in Seegrün und Himbeerrot. Als ich verstohlen ob all der Pracht für einen kurzen Gang unser Zimmer verließ, begegnete mir ein kokettes Stubenfräulein mit Spitzenhäubchen über dem engen schwarzen Seidenkleid und Nylons darunter. Sie trug ein Tablett mit einem Kelchglas voll dickem Orangensaft, wie Seerosen frisierte Pampelmusen, Eier, Toast. Ein Frühstück, sichtlich das erste an diesem Tag! Einen Augenblick blieb die Tür weit offen, die Tür mir gegenüber. Ich sah einen himmelblauen Tea-Gown aus schwerer Seide mit Marabu, eine Mammut-Puderquaste, ein Riesenbett, einen rothaarigen, zerzausten Vamp darin mit einem ebenso unappetitlichen, fetten Ami-Offizier, schwüle Düfte, blitzende Flakons, und – zu war die Tür!«

Meine Mutter trank ein Fläschchen aus der Minibar, dann zog sie sich aus und kroch zu mir ins Doppelbett, und wir machten Fußi. Ich war glücklich. Zum ersten Mal in meinem Leben war ich in einem Hotel. Es war einer dieser neuen grauen Kästen, aber genau das gefiel mir. Man fühlte sich wie in einer Schublade, die man jederzeit von innen aufziehen konnte. Vor dem Fenster flackerte die Leuchtreklame. Irgendwo hörte man ein ständiges Brummen, ein Geräusch, das mir das beruhigende Gefühl gab, immer noch auf dem Schiff zu sein.

Am nächsten Tag fuhren wir zum Bahnhof, um Fahrkarten zu kaufen. Bevor wir abfuhren, aßen wir im Bahnhofsrestaurant zu Mittag. Das Essen wurde in großen Muschelschalen serviert. »Das ist Ragout fin«, sagte meine Mutter. »Du musst Wuhstersoße dazu nehmen. Aber nur einen Spritzer.« Sie zeigte auf eine Flasche mit einer bräunlichen Flüssigkeit. So etwas Großartiges wie Ragout fin hatte ich noch nie geschmeckt. Dazu trank ich Coca Cola und meine Mutter deutschen Wermut. Einmal hob ich mein Glas und sagte mit theatralischer Stimme: »Auf uns drei!«

Als wir wieder zurück auf der Insel waren, erwartete uns in der Wohnung das große Porträtfoto meines Vaters. Er sah auf ihm ganz anders aus als in meiner Erinnerung. Meine Mutter saß am Tisch vor einer Flasche Santa Barbara, einem chilenischen Rotwein, den sie am Bahnhof in Bremen gekauft hatte. Sie schenkte sich ein erstes, dann ein zweites Glas voll, trank und fragte: »Was hat dir am besten gefallen?« »Dass ich bei meinem Vater war und ihr euch beide so lieb habt«, sagte ich tapfer.

Meine Mutter fand, dass mein neuer Freund einen zu starken Einfluss auf mich hatte. Sie stellte Berndt Koch zur Rede, und es kam zu einem heftigen Wortwechsel. Sie erreichte, dass Berndt die Freundschaft brüsk aufgab. Ich litt darunter und weinte lange vor dem Einschlafen. Meine Mutter bat ihren Mann inzwischen brieflich, so viel wie möglich süßen Algierwein zu kaufen und in seiner Kammer einzulagern. Vor allem Samos und türkischen Izmir. Das brauche sie, wenn sie ihn wieder besuche, denn solche schweren Weine machten so schön müde. Mein Vater schrieb zurück, seine Frau solle in der Zeit seiner Abwesenheit doch endlich ein wenig schriftstellern, wie sie es doch so lange schon vorgehabt habe. »Für meinen Sohn und mich. Wir hätten unsere Freude daran und Du ein Ausgefülltsein in Zeiten der Einsamkeit. Du sollst nicht ganz in Deinem Haushalt aufgehen. Du kannst so nette kleine Geschichten schreiben. Nur sei vorsichtig, wenn Du etwas veröffentlichen willst. Du erlebst nur Enttäuschungen, wenn die Lektoren in Deinen Sachen die Aktualitätserfordernis vermissen.«

Brief nach Brief kam an, vom einarmigen Postboten durch den ehemaligen Lieferanteneingang, die kleine Tür neben meinem Zimmer, geschoben. Meine Mutter blieb meistens im Bett, bis dieser Moment gekommen war. Wenn ich aus der Schule kam, las sie mir dann den neuen Brief vor. Diese Briefe waren für mich wie Gedichte mit wunderschönen Wörtern darin. Lemnos, Lesbos, Smyrna. Ihr Klang prägte mein Gefühl für Sprache. »Mein Vater ist ein Dichter«, sagte ich und meinte damit auch seine Fähigkeit, ganz ohne übertriebene Formulierungen seinen Alltag und seine Schiffsreise anschaulich darzustellen. Meine Mutter las mir immer auch ihre Gegenbriefe vor. Neuerdings waren alle in grüner Tinte geschrieben. Sie hatte ein ganzes Fass davon gekauft. »Ich liebe diese Farbe«, meinte sie. »Ist es nicht die Farbe des Meeres, der Hoffnung und der Augen deines Vaters?« Ihre Briefe waren überschwänglich und manchmal auch in einem echten Rausch geschrieben, was man merkte, wenn sie sich um übertriebenen Humor bemühte und die Buchstaben ihrer so kalligraphisch schönen Schrift größer und schiefer waren als gewöhnlich. Meistens sang sie in höchsten Tönen das hohe Lied ihrer Liebe, während mein Vater eher von den Ladungen berichtete, die sie in den jeweiligen Häfen übernahmen.

Der Rhythmus der Arbeit meines Vaters, seine Schiffsreisen, die meistens zwei Monate dauerten, und seine kurzen Urlaube dazwischen, bestimmte nun unser Leben. Wetterverhältnisse, die chaotischen Zustände bei den Hafenarbeitern Nordafrikas, die unberechenbare Ladungspolitik der Reederei, all das machte diese Reisen in den Augen meines an Pünktlichkeit gewohnten Vaters zu wahrhaft homerischen Irrfahrten. Da die »Blidum« zu früh zurück war und ihre dritte Mittelmeerfahrt bereits Mitte Dezember beginnen sollte, musste das Weihnachtsfest um einige Wochen vorgezogen werden. Mein Vater kam zu einem Kurzurlaub auf die Insel. Das Fest verlief nach dem üblichen Ritual: Plätzchen backen, Baum schmücken, Spaziergang von Vater und Sohn, Essen, Hauptgeschenk, Vorlesen der Weihnachtsgeschichte. Unsere Stimmung war gut, was nicht zuletzt auch am Algierwein lag, dem »Feurio«. Meine Mutter hatte von Tante Mary Geld bekommen, von dem sie beim Inselkrämer fünf Flaschen gekauft hatte, die er extra vom Festland hatte kommen lassen. Der Name »Feurio« war ihre Erfindung. Das Wort meinte nicht nur das Getränk, sondern auch den heiligen Zustand intensiver Nähe zwischen uns dreien. Ich bekam diesmal Schlittschuhe. Doch das Hauptgeschenk war ein großer, hölzerner Kosmos-Physikkasten, den ich mir inständig gewünscht hatte. Er enthielt ein kleines Labor samt Anleitung zu zahlreichen Experimenten. So kam es, dass ich noch am selben Abend auf dem Teppich saß und ein Liebesthermometer baute, dessen rote Säule einen langen Glasstab emporstieg, wenn man eine kleine Aluminiumdose voller rot gefärbtem Wasser anfasste.

Als mein Vater wieder fort war, wurden meine Mutter und ich krank. Beide hatten wir hohes Fieber, beide mussten wir erbrechen. Wir lagen nebeneinander im Bett und starrten zur Decke. Ich hatte Etzel im Arm. Als es uns besser ging, begannen wir zu lesen. Meine Mutter Zane Grey, ich Physik- und Chemiebücher. Sie trank jeden Abend einige Gläser Feurio gegen einen möglichen Rückfall und ließ auch mich mittrinken. Der Wein war fast schwarz, schwer und süß. Man merkte seine Wirkung schon nach wenigen Schlucken. Nachts lag ich eng neben meiner Mutter. Manchmal weinte sie, und dann nahm ich sie in die Arme. »Wenn ich traurig bin und fast vergehe vor Sehnsucht, dann lege ich meinen Kopf auf die schmale Brust meines Sohnes«, schrieb sie ihrem Mann. Die Schule war im Januar wegen Kohlenmangel geschlossen worden. Wir mussten trotzdem jeden Tag hin, um unsere Hausaufgaben zu holen. Die Besinnungsaufsätze, die ich zu Hause verfasste, waren liebevoll illustriert, doch die kleinen Aquarelle stammten alle von meiner Mutter. Es waren Fälschungen, die zu meinen guten Noten beitrugen.

Auch meine Vettern hatten zu Weihnachten Schlittschuhe bekommen. Sie lernten das Schlittschuhlaufen auf dem Ententeich hinter dem Königsgarten und fuhren bald ziemlich gut. Ich traute mich mit meinen Schlittschuhen nicht dorthin, denn ich wusste, wenn ich hinfiel, würden sie mich auslachen. Also wartete ich eines Abends, bis es dunkel war, und ging dann über den Sandwall Richtung Hafen. Meine Schlittschuhe hingen an einem Stock, den ich über der Schulter trug. Niemand sollte mich sehen. Ich erschrak, als mir plötzlich Wöbbe entgegenkam und mich fragte, wo ich denn so spät noch hinwolle. »Ich bin mit meinem Vetter verabredet«, log ich. »Wir wollen Paarlaufen üben.« Auf dem Ententeich war niemand. Trotzdem fühlte ich mich hier nicht sicher genug vor fremden Blicken. In den Teich mündete ein kleiner Graben, dessen Wasser gelb war, vermutlich von den Verunreinigungen aus der nahegelegenen Schrotthalde. Er hieß bei der Jugend Eierquetscher und war jetzt gefroren. Ich ging über ihn in die dunkle Marsch hinein bis zu den Pötten, den großen Seen hinter dem Deich, die einst beim Lehmstechen für die Ziegelherstellung entstanden waren. Fünf von ihnen lagen hintereinander und waren durch einen schmalen Graben miteinander verbunden. Die Ufer waren von Reet umgeben. Hier würde mich niemand sehen können. Obwohl jetzt die Nacht hereinbrach, obwohl ein eisiger Wind über die schwarze Fläche voller Luftblasen und Rillen fegte, wurde meine Angst überdeckt von dem Glücksgefühl, mich nicht schämen zu müssen, wenn ich hinfiel. Ich schraubte die Schlittschuhe an meine Stiefel und stieß mich vorsichtig ab. Immer wieder glitt ich aus und fiel schmerzhaft, meistens auf den Hinterkopf. Dann blitzten Sterne in meinem Hirn und mischten sich unter die Sterne am Himmel. Tapfer setzte ich meine Laufversuche fort. Der Mond stieg über den Marschen auf, und in seinem fahlen Licht sah ich die Gebäude der stillgelegten Ziegelei, die einst meinem Großvater gehört hatte. Ich war gerade bei dem Versuch, einen Kreis zu laufen, wieder hingefallen und lag auf der Seite, als ich ein seltsames Wesen bemerkte, das wie eine kleine Elfe zwischen dem Reet zu schweben schien. Ich glaube heute, ich erlebte damals eine Epiphanie, eine dieser seltsamen Verwandlungen eines Augenblicks, während der er sich zu einer nur ihm zustehenden Ewigkeit mausert, die sich niemals auslöschen lässt, auch nicht durch die Macht des Vergessens. Langsam kam das Kind näher, während ich mich mühsam erhob. Es war ein kleines, blasses Mädchen in einem viel zu dünnen Kleid. Sie lachte hell, während ich wieder zu laufen begann. Jedes Mal, wenn ich hinfiel, stieß sie einen spitzen Schrei aus, aber das störte mich nicht. Einmal blieb ich direkt vor ihr stehen. Sie war ganz schmutzig im Gesicht. »Wie heißt du?«, fragte ich. Sie schüttelte den Kopf und zeigte zur Ziegelei. Ich lief einen großen Bogen, und diesmal stürzte ich nicht. Als ich wieder zurück war, voller Stolz und froh, dass ich einen Zeugen für meinen Erfolg hatte, war das Mädchen verschwunden. Es hatte sich zwischen den Eisbärten der Reetpflanzen in Luft aufgelöst.

Ich schnallte die Schuhe ab, lief über den Eierquetscher zurück und an den Schneewehen vor dem Haus meines Radioonkels vorbei nach Hause. Meine Mutter schimpfte, weil es so spät war. »Du hast Glück, dass dein Vater auf See ist«, sagte sie. Ich erzählte ihr, dass ich eine echte Elfe gesehen hätte und dass ich durch ihren Zauber jetzt laufen könne. »Das war bestimmt ein Flüchtlingskind«, sagte sie. »In der Ziegelei hat man Zigeuner einquartiert.«

Am nächsten Tag war ich wieder auf den Pötten. Diesmal bei Tageslicht. Die Elfe war nicht da. Ich sah sie auch nie wieder, obwohl ich dort die ganze Woche über Schlittschuhlaufen übte. Schließlich glaubte ich, genauso gut wie meine Vettern zu sein. Ich konnte sogar ein wenig Eistanz. Ich überredete Kai eines Abends, mit mir Schlittschuhwalzer zu tanzen. Und so kam es, dass wir zu zweit Arm in Arm über die Pötte schwebten, zu einer Musik, die wir nur in unserem Inneren hörten. Das Eis war ein schwarzer Spiegel, in dem die Sterne glitzerten. Sie waren zugleich über uns und unter uns. Dazwischen tanzten wir, kleine, verrückte Zwerge, die auf der schmalen Grenze zwischen zwei Abgründen dahinglitten, ohne abzustürzen, weder in den schwarzen, sternenübersäten Himmel noch in den schwarzen, sternenübersäten Boden aus Eis.

In dieser Zeit bemerkte ich eine erstaunliche Änderung an meinem Körper. Auf meinem Schamberg, der eigentlich ziemlich flach war, bildeten sich feine Härchen. Ich zeigte diese Veränderung meiner Mutter, als sie mich wusch. »Das ist ganz natürlich«, sagte sie. »Auch dein kleiner Piephahn wird wachsen.« Piephahn nannte sie mein Glied. Wir Jungen sagten Pischer. Wenn wir nach einer Sportstunde duschten, verglichen wir unsere Schamhaare. Manche hatten noch keine, bei anderen sah es aus, als würde dem kleinen Mann, der zwischen ihren Schenkeln baumelte, ein Schnurrbart wachsen. Sitzenbleiber hatten die meisten Schamhaare. Das war so etwas wie ausgleichende Gerechtigkeit.

Am Geburtstag meines fernen Vaters stand sein Foto auf dem Tisch. Ich hatte eine Kerze davorgestellt. Meine Mutter öffnete eine Flasche Algierwein, und wir tranken auf sein Wohl. »Wir sind schon ganz duhn vor lauter auf dich trinken. Wir haben dich ganz doll gefeiert und sind immer noch dabei. Feurio!!!«, schrieb ich in den gemeinsamen Brief an das Geburtskind, während meine Mutter Kuchen holte. Als sie zurück war, fügte sie deutlich beschickert hinzu: »Bitte, lass dir diesmal nicht wieder die Haare so kurz schneiden. An den Seiten müssen sie lang sein! Was sich ein grrroßer Künstler ist, trägt sich Schopf lang! Du, das ist mein Ernst!«

Ostern sollte ich auf das Gymnasium kommen. Es hieß, dass das Auswahlverfahren für die Hunniusschule sehr scharf sein würde, da es zu viele Bewerber gab. Als die Aufnahmeprüfung näher rückte, besuchte Lehrer Wöbbe meine Mutter und teilte ihr mit, dass sie sich wegen mir keine Sorgen machen müsse. Ich sei hochbegabt und ein sicherer Kandidat für die höhere Schule. »Welcher Ideenreichtum, verbunden mit besonders guter Ausdrucksweise, steckt in dem Jungen«, sagte er. Meine Mutter nickte und erwähnte beiläufig, dass ich diese Talente wohl von ihr hätte.

Um diese Zeit machte Muttl meiner Mutter das Angebot, mich für einen Monat in der Waldkolonie aufzunehmen. Anlass war die bevorstehende Verlobung meines jüngsten Onkels. Da die Aufnahmeprüfung ins Gymnasium ausgerechnet in diese Zeit fiel, ging meine Mutter, angetan mit dem Pelzmantel, den Tante Mary ihr geschenkt hatte, zum Direktor der Hunniusschule und erwirkte die Erlaubnis, dass ich die Prüfung nachmachen dürfe. So fuhren wir dann gen Süden. Es ging vorbei an grauen Baracken und Trümmern. »Hier werden die Kinder selber eine graue Wand«, sagte ich so laut, dass es alle im Abteil hören konnten. Meine Mutter notierte diese Formulierung auf die Rückseite eines aufgerissenen Luftpostkuverts. Dann saßen wir im Speisewagen des FD-Zuges, aßen eine Kleinigkeit und tranken Bier dazu, uns gegenüber ein dicker Mann, der Unmengen verspeiste. »Der Mann hat einen Daumenlutscher in der Backe«, sagte ich wieder so laut, dass die Mitreisenden es hören konnten. Zu meiner Zufriedenheit erntete ich anerkennendes Gelächter, und meine Mutter schrieb auch diesen Satz auf. Schon seit einiger Zeit hatte ich herausgefunden, dass ich mit Wörtern ziemlich gut spielen konnte: Ich war vom Spieleerfinder zum Spracherfinder geworden. Das war für mich eine neue Chance, Aufmerksamkeit zu erzielen.

Muttl holte uns vom Bahnhof ab. Sie sah anders aus als früher, obwohl sie ihren schwarzen Witwenschleier über dem Gesicht trug. Doch ihre Backen schimmerten unnatürlich rot unter den schwarzen Maschen, und der Puder auf ihrer Nase war ungleichmäßig aufgetragen. Für mich war es eine aufregende Expedition in eine vergangene Welt. Die Natur war hier schon viel weiter. Alles war grün in zahllosen Schattierungen. Ich lief den Wildscheuerweg entlang. Er war inzwischen asphaltiert wie die Hainer Trift. Vergeblich suchte ich nach den Einschusslöchern des MGs, das mich einst beschossen hatte. Dann fuhr ich mit dem Rennrad meines Onkels und dem Fotoapparat durch die Unterführung zum Friedhof. Ich legte mein Ohr an das Grab meiner Großmutter, aber alles war still. Sie tanzte nicht mehr. Weiter ging es zur Sandgrube. Kaulquappen gab es noch nicht. Dann fand ich mit einiger Mühe die Bachgrundwiese. Sie hatte nichts Märchenhaftes mehr. Ich rief nach dem Bürgermeister von Wesel. Das Echo war schwach und brüchig. Ich hatte ein Fässchen Tinte dabei, das ich von Muttls Schreibtisch gestohlen hatte, und kippte seinen Inhalt in den Hengsbach.

Später entdeckte ich im Haus einen Kasten. Ich öffnete ihn und fand darin das Akkordeon meines Onkels. Ich begann zu spielen, übte stundenlang, bis ich einigermaßen »Wo de Nordseewellen trecken an de Strand« konnte. Es klang, als würde im Inneren des Balges ein Tier gequält. Das sagte ich meiner Mutter, und sie schrieb es wieder auf. Leider gab es hier keine Nordseewellen. Auch die Welt der Onkel hatte viel von ihrer Aura eingebüßt. Meine Mutter trat wie eine geborene Insulanerin auf und sprach mit einem leicht norddeutschen Akzent, was ziemlich schrecklich klang. Im Übrigen musste sie viele spitze Bemerkungen über ihre Figur seitens ihrer Mutter und ihrer Halbschwester ertragen.

Das Verlobungsfest im Elternhaus der Braut endete im offenen

Streit und mit wechselseitigen Beleidigungen. Da half es auch nichts, dass Onkel Anton und Onkel Brudda zweistimmig »Am Brunnen vor dem Tore« sangen und Muttl anschließend am Klavier von Onkel Brudda begleitet Zarah Leanders berühmtes Lied »Kann denn Liebe Sünde sein« intonierte. Ich spürte, dass es meiner Mutter nicht gut ging. Sie wollte weg, nach Hause, wie sie sagte. Schon am nächsten Tag verschaffte ich ihr unfreiwillig einen Vorwand dafür abzureisen. Ich fuhr mit dem Rennrad durch den engen Weg zwischen dem Eisengeländer vor den Geleisen und dem Bahnhofsgebäude. Dabei geriet ich mit der rechten Hand gegen das Geländer und riss mir den Daumennagel ab. Blutüberströmt, denn ich war mir vor Schmerzen mit der blutenden Hand übers Gesicht gefahren, erschien ich kurz danach weinend in Muttls Haus. Wenig später traf der Arzt ein, betäubte die Wunde örtlich und säuberte sie. Dann verband er die Hand und gab mir ein starkes Schmerzmittel. Die jodhaltige Seeluft werde die Heilung der Verletzung fördern, sagte meine Mutter und rechtfertigte so den überhasteten Aufbruch. Am nächsten Tag traten wir die lange Rückreise an. Ich hatte große Schmerzen, trug den Arm in der Schlinge und war stolz auf meine Tapferkeit. Auf der Fähre standen wir eng nebeneinander auf dem oberen Deck. Innerer Jubel ergriff uns, als wir im Abendlicht die typischen Merkmale der Inselsilhouette ausmachten, die Mühle, die Schräge Mauer, die Mittelbrücke, die Fenster unserer Veranda. Ich winkte mit der verbundenen rechten Hand meiner Insel einen Willkommensgruß zu. In der Wohnung erwartete uns mein Abschlusszeugnis. Wöbbe hatte es geschickt. Es bestand aus lauter Einsen und Zweien, nur in Leibesübungen hatte ich eine Vier. Meine Mutter öffnete eine Flasche Algierwein, und wir stießen auf meinen Erfolg an. Meine Großmutter schickte mir als Belohnung zehn Mark. Ich war nun reich, denn ich hatte in der Waldkolonie außerdem fünf Mark mit lauter kleinen Reparaturen von elektrischen Geräten verdient. »Ich will mir ein Schifferklavier kaufen«, erklärte ich. »Da musst du noch eine Weile sparen und Geduld haben«, sagte meine Mutter. Sie sprach das Wort Geduld aus wie etwas, für das sie keinerlei Sympathie empfand.

Eigentlich sollte meine Nachprüfung in zwei Wochen stattfinden, aber schon am nächsten Tag, einen Tag vor Schulbeginn, musste ich in die Hunniusschule. Ich saß mit meiner verbundenen Hand in einer großen Baracke, die als Klassenraum diente, und sollte einen Bogen mit Prüfungsfragen ausfüllen. Das Schreiben mit links bereitete mir Schwierigkeiten, aber gerade dadurch malte ich die Buchstaben sauberer als sonst. Dann stellte der Lehrer mir einige Fragen. »Woher weißt du so gut in den Naturwissenschaften Bescheid?« »Weil ich ein Naturwissenschaftler bin«, sagte ich. »Und was willst du später werden?« »Erfinder und Forscher.« Wir erfuhren das Ergebnis der Prüfung am folgenden Tag, dem 6. März 1951. Ich hatte mit der Note »sehr gut« bestanden.

*

B. hatte sich vorgenommen, auf dem Rückweg einen kleinen Umweg über die Küste zu machen. Das Meer lag schwer unter einer vom Dunst verhangenen Sonne. Die Wellen wirkten erstarrt wie in Wasser gegossenes Blei. Er kam an einem Mann vorbei, der auf einem kleinen Hocker am Ufer saß und in der linken Hand eine Palette hielt. In der rechten Hand hatte er einen Pinsel, den er immer wieder in eine der Farben tauchte, um anschließend mit ihm durch die Luft zu fahren. B. stellte sich neben ihn. Der Maler beachtete ihn nicht und fuhr mit seiner Arbeit fort. Als B. aufs Meer hinaussah, bemerkte er, wie weit draußen ein Schiff allmählich Konturen gewann. Plötzlich zog der Künstler ein großes Tuch aus seiner Hosentasche und machte damit Bewegungen wie jemand, der etwas wegwischen will. Das Schiff war jetzt nur noch ein grauer, diffuser Fleck unter dem Horizont.

16

Als B. an diesem Morgen erwachte, schien zu seiner Überraschung die Sonne. Die schweren Vorhänge waren beiseitegezogen, obwohl er sie gestern Nacht zugezogen hatte. Er ging zum Fenster, öffnete es, lehnte sich weit hinaus und atmete tief durch. Die Luft roch schwach nach Kaffee und frischem Brot. Auf dem Platz vor dem Hotel spielten Kinder. Es war zum zweiten Mal, dass er Kinder sah in dieser Stadt, in der es seinem bisherigen Eindruck nach fast nur alte Leute gab.

B. zog sich an und ging hinunter. Diesmal wollte er irgendwo in der Stadt in einem kleinen Café frühstücken. Das Hotelfrühstück war viel zu reichhaltig und schmeckte außerdem nach Kühlschrank. Als er dem Portier seinen Schlüssel gab, reichte dieser ihm ein Kuvert. »Das ist für sie abgegeben worden.« »Wann?«, fragte B. »Heute Morgen. Von einer jungen Frau, die ihren Namen nicht nennen wollte.«

B. steckte das Kuvert ein und ging. Die Kinder waren verschwunden. Er ertappte sich bei dem Wunsch, selbst noch einmal zu hickeln. Er betrat die Quadrate und bückte sich nach dem runden, flachen Stein, der dort lag. Er hob ihn auf und bemerkte, dass er sehr leicht war. Das war kein Stein, das war ein Stück Knochen von der Größe einer Zwei-Euro-Münze, gerade so groß wie das Stückchen Schädeldecke, das man bei einer Trepanation entfernen musste, um an die Hirnmasse zu gelangen. B. steckte die Knochenscheibe ein, bestieg sein Fahrrad und fuhr in die Innenstadt. Alle Läden in den verwinkelten Gassen waren noch geschlossen, die Rollläden vor den Schaufenstern und Eingangstüren heruntergelassen. Er wollte schon aufgeben, als er wie zufällig in die Messina einbog. Hoffnungsvoll fuhr er weiter. Tatsächlich war die *Messina-Bar* geöffnet. Vor der

Tür standen kleine Tische in der Morgensonne. An ihnen saßen Arbeiter in Blaumännern, rauchten, tranken Kaffee oder Pastis und lasen Zeitung. Auch der Innenraum war besetzt. B. erkannte den Schrotthändler. Hinter dem Tresen hantierte Amon, der Bärtige mit den tätowierten Unterarmen. Er nickte B. zu und zeigte zu einem kleinen Tischchen in der Ecke neben dem Zigarettenautomaten. B. bestellte einen Milchkaffee und ein Croissant und setzte sich dann an das Tischchen. Er spitzte die Ohren und versuchte, die Gespräche der Männer am Tresen zu verstehen. Dann öffnete er den Brief und las sich laut vor, was dort stand. »Komm doch mal vorbei. Ich möchte dir einiges erklären, was du damals missverstanden hast. Ich wohne in der ...« Der Rest des Satzes war unleserlich, die Tinte verlaufen, als sei sie nass geworden.

*

Ein neuer Lebensabschnitt begann für mich. Ich war jetzt Quintaner. Schon der Schulweg war anders. Er war viel weiter, aber er führte direkt am Südstrand entlang. Bei schönem Wetter legte ich ihn barfuß zurück und hatte bald eine Hornhaut unter den Füßen, dick wie Schuhsohlen. Wir hatten jetzt verschiedene Lehrer für die einzelnen Fächer. In Musik zum Beispiel eine kleine dralle Blondine, die wegen ihres Aussehens den Spitznamen Murmel hatte. Der Physik- und Mathematiklehrer mochte mich nicht, denn er erkannte schnell, dass ich für seine pädagogischen Bemühungen, komplizierte Rechenoperationen und physikalische Sachverhalte in die Strohköpfe der Schüler zu pflanzen, eine Belastung war. Wenn er Fragen stellte, beantwortete ich sie ungefragt, ohne mich zu melden und ehe er seinen Satz vollständig ausgesprochen hatte. Wenn er uns etwas von Atomen erzählte, widersprach ich oft und machte ihn freundlich mit den neusten Forschungsergebnissen bekannt. Auf der ersten Elternkonferenz beklagte sich Dr. Körner öffentlich über mich. Ich sei ein typisches Beispiel für einen Schüler, der das Pferd vom Schwanz her aufzäumt. Körper und Geist würden dadurch auseinanderfallen. Als gelungene Einheit von Körper und Geist pries er Georg. Bei ihm sei das antike Ideal »Mens sana in corpore sano« Wirklichkeit geworden. Meine empörte Mutter erzählte mir den Auftritt Dr. Körners in aller Ausführlichkeit. Ich war wütend, weil ich mich ungerecht behandelt fühlte. Konnte nicht auch ein gesunder Geist in einem ungesunden Körper sein?

Dann begann die neue Badesaison. Trotz der milden Frühlingsluft trug meine Mutter ihren Pelzmantel, um ihre füllige Figur zu kaschieren. Sie roch nach Mottenpulver und verbot mir zu meinem Leidwesen, jetzt schon in das noch ziemlich kalte Wasser zu gehen. Dann war Himmelfahrt ein wichtiges Datum, weil die Inseljugend an diesem Tag seit alters die Insel umrundete. Sechsunddreißig Kilometer zu Fuß, gegen den Uhrzeigersinn, erst auf dem Deich, dann den Geestrand entlang. Dabei lieferten sich die Wyker jedes Jahr Prügeleien mit den Bauernsöhnen aus dem Inselinneren, die ihnen am Deich auflauerten. Ich wollte zum ersten Mal mitmachen, obwohl ich Angst vor Schlägereien hatte. Aber wieder verbot es mir meine Mutter. Sie fuhr stattdessen mit mir mit dem Fahrrad um die halbe Insel. Wir radelten quer durch die Marsch bis ins Vorland bei den Vogelkojen. Meine Mutter hatte harte Eier, den Eierschneider, Brot, Nudelsalat und eine Flasche Feurio dabei. Nach dem Picknick machte sie ein Schläfchen, während ich auf den Salzwiesen herumspazierte und über die kleinen Entwässerungsgräben sprang. Dabei entdeckte ich etwas Scheußliches, ein Unding voller Blut und Schleim. Ich ahnte, dass es ein Fromms war, und der hässliche Wurm dort im Gras sollte sich in mein Gehirn einbohren wie ein Parasit und dort Unheil anrichten für immer. Ich sah auch, wie auf dem Deich die Jugendlichen mit ihren Rucksäcken vorüberzogen. Ich gehörte nicht zu ihnen, und sie gehörten nicht zu mir. Nur zu gerne hätte ich mich verprügeln lassen, um das zu ändern.

Am 16. Juni kam mein Vater zu einem Kurzurlaub auf die Insel, bevor er eine neue Reise, diesmal nach Mexiko, antrat. Er blieb sechs lange Tage, und ich schlief wieder in meinem Bett. Dabei entdeckte ich etwas Eigenartiges. Wenn ich auf dem Bauch lag und mich hin und her schob, begann es unter mir zu jucken, bis plötzlich ein heftiger Schmerz entstand. Das war umgekehrt wie bei einer normalen Wunde. Ich griff nach der Stelle und merkte, dass mein Glied größer war als sonst. Ich knipste das Licht an und drehte mich auf den Rücken. An der Spitze meines Gliedes war ein kleiner Mund, der sich öffnete und schloss, als wollte er etwas sagen, aber nur etwas Klebriges erschien auf seinen Lippen. Ich wiederholte das Experiment immer wieder. Es tat höllisch weh und brannte. Wahrscheinlich war das die Folge einer Ausdehnung der Moleküle durch Reibungswärme, vermutete ich. Als mein Vater wieder weg war, zog ich seinen Schlafanzug an und legte mich an seinen Platz. Flüsternd erzählte ich meiner Mutter von meiner Entdeckung. Sie reagierte empört. »Lass das nur bleiben, mein Sohn«, sagte sie. »Es handelt sich um etwas Wunderschönes, um ein Mysterium, aber es ist nur für Erwachsene. Später wirst du wissen, was ich meine. Bei Kindern ist es etwas Schmutziges.« Diesmal hielt ich mich nicht an ihre Mahnung. Ich setzte meine Experimente fort und sagte ihr nichts mehr davon. Irgendwann wurde der Schmerz immer süßer und flutete bis in die Haarspitzen durch meinen ganzen Körper hindurch.

Ich war nun zwölf Jahre alt, und es war Hochsommer. Manchmal glühte der Sand, und das Meerwasser war so warm wie in einer Badewanne. Nach der Schule und dem Mittagessen war ich jeden Tag am Strand und schob Muscheln durch die rieselnden Sandkörner. Jeden Abend war ich am Musikpavillon. Meistens lehnte ich an einem dicken Ulmenstamm und lauschte unter dem dichten Blätterdach den Schlagern und Operettenmelodien des kleinen Kurorchesters. Seit ich mich körperlich verändert hatte, übte die Musik, die dort gespielt wurde, eine ungeahnte Faszination auf mich aus. Es war, als spielte die Kapelle in mir, und jedes Mal stieg aufs Neue dieses verwirrende, süßlich schmerzende Gefühl aus meinem Unterleib in mir auf. Ich war krank, unheilbar krank. Meine Krankheit hieß Geschlechtsreife. In mir tanzte ein Jo-jo auf und ab zwischen der tiefsten Stelle, den Schuldgefühlen, und der höchsten, der Lust. Nicht nur mir ging es so, auch meine Vettern und Schulkameraden hatten die Krankheit, außer Kai, der zwei Jahre jünger war. Das machte ihn zu einem kleinen Heiligen, dessen unschuldige Tugend man herablassend belächeln konnte. Die Pubertät veränderte auch die Stimmung zwischen uns. Wir rückten näher zusammen. Vielleicht weil wir alle fasziniert waren von den neuen Möglichkeiten des Verbotenen, so wie sich Kleinkriminelle grundsätzlich untereinander besser verstehen als Unschuldslämmer und Saubermänner. Einmal verbreitete sich auf dem Schulhof das Gerücht, in den Dünen am Kliff liege eine Frau mit nacktem Busen. Alle, die Räder hatten, machten sich nach dem Unterricht sofort auf. Wir robbten durch das Dünengras und sahen in weiter Entfernung am Strand eine braungebrannte, barbusige Frau, die sich dort sonnte. Jemand hatte ein Fernglas dabei, und wir rissen es uns abwechselnd aus den Händen. Eine Woge der Erregung spülte uns nach Hause zurück. Wochenlang redeten wir davon, beschrieben, was wir Unerhörtes gesehen hatten. Das Wort Brustwarze schwamm durch unsere Hirne wie ein monströses Meeresungeheuer.

An einem heißen Sommertag fuhren wir zum Kliff. Wir kletterten und sprangen das Kliff hinab und zogen uns aus. Einige der Jungen fielen mit steifem Glied übereinander her wie brünstige Hunde. Sie taten so, als würden sie kopulieren, wobei sie sich im Sand wälzten und mit ihren erigierten Penissen aufeinander einstachen. Ich stand dabei und hielt schamhaft die Hand vor mein Geschlecht. Oben am Kliff stand der Sitzenbleiber, um Wache zu halten. Er hatte sich geweigert, an dem Treiben teilzunehmen, vermutlich weil er zwei Jahre älter war und Sexualität von ihm schon ernsthafter praktiziert wurde. Ich sehe ihn bis heute vor mir, wie er hoch aufragend gegen den blauen Himmel am Rand des Steilkliffs stand, während weiße Sommerwolken über ihn hinwegzogen. Die sich im Sand wälzenden Knaben, das glitzernde Meer, der schwarze Seetangstreifen, die rötliche Erde des Kliffs, die mächtigen grauen und rosa Findlinge im Watt und auf dem Strand, all das verschmolz zu einem Bild, das sich tief in meine Erinnerung einbrannte.

In der Schule hatte ich neuerdings Erfolge, und zwar nicht auf dem Gebiet meiner eigentlichen Kompetenz, den Naturwissenschaften, sondern im Bereich der Kunst. Unser Kunstlehrer entsprach Dr. Körners Ideal von »mens sana in corpore sano« noch weniger als ich. Er war verkrüppelt, ein Gnom mit großem Buckel. Die Schüler nannten ihn Giftzwerg, obwohl er ein gütiger und freundlicher Mensch war. Er förderte mich und verschaffte mir die Gelegenheit, mein Talent bei Klassenfesten zu zeigen. »Ich weiß, dass dir deine Mutter bei deinen Bildern hilft, aber du brauchst sie nicht von ihr überarbeiten zu lassen«, sagte er. »Gerade weil sie unbeholfener sind, sind sie echt.« Ich bekam von ihm den Auftrag, das Bühnenbild für die Freilichtaufführung des Schulfestes anzufertigen. Die Entwürfe wurden ausgestellt.

Einmal, mitten im Sommer, erhielt ich einen Luftpostbrief von meinem Vater. Er begann mit den Worten »Da du mein einziger Freund bist …« und enthielt die Bitte, zum Kolonialwarenhändler zu gehen und bei ihm von meinem Ersparten zwei Flaschen guten Rotwein, am besten Algierwein, zu kaufen. Das Geld würde er mir zurückgeben, wenn er wieder in Hamburg sei. Ich ging zum Krämer, und er versprach, zwei Flaschen Südwein vom Festland kommen zu lassen. Als ich zurück war, war meine Mutter ausgegangen. Ich schrieb in krakeliger Schrift auf einen Zettel folgende Nachricht: »Ich bin mit Cordanzug, gewaschenen Füßen, Strümpfen, Schuhen, mandelwärmendem Schal, gekämmt, zur Musik gegangen, komme bald zurück! Dein Sohn.« Als meine Mutter nach Hause kam, ergänzte sie meine Nachricht in ihrer schönen, gleichmäßigen Schrift, wobei sie den Duktus meiner Hand nachzuahmen versuchte: »Zähne habe ich geputzt, oder brauchte ich das nicht?«

Ich war jetzt Maler und grenzenlos verliebt, wobei ich nicht wusste, in wen. Auch meine Mutter blühte auf. Meine Eltern hatten sich für die 2000 Mark, die Muttl zur Verfügung gestellt hatte, einen Bauplatz am Südstrand gekauft. Die Aussicht auf ein eigenes Haus verlieh meiner Mutter neues Selbstvertrauen. Sie nahm jetzt mit einer anderen Einstellung an den Inselfestivitäten teil. Sie fühlte sich wie eine Agentin, die alles mitmachte und zugleich aus der Distanz beobachtete, um ihrem Mann anschließend detaillierte Augenzeugenberichte zu schreiben. »Am schlimmsten ist dieser Doktor Körner, ein ganz widerlicher Bursche, geil und hinterhältig – aber alle finden ihn fabelhaft. Um unserem Sohn nicht zu schaden, habe ich mich sehr zusammengenommen, ihn nicht mitten ins Gesicht zu schlagen.«

Das Schulfest kam. Die Aufführung des Theaterstücks, zu dem ich die Kulissen entworfen hatte, musste wegen schlechten Wetters in der Aula stattfinden. Zum ersten Mal machte ich Bekanntschaft mit der faszinierenden Welt des Theaters. Dass in ihr Schein und Wirklichkeit verschmolzen, gefiel mir sehr. Zwei meiner Cousinen, Töchter des gefallenen Bruders meines Vaters, waren aus Amerika zu Besuch gekommen. Sie waren älter und größer als ich und in meinen Augen unendlich schön, die eine brünett, die andere blond. Sie saßen im Publikum, und ich bildete mir ein, dass sie vor allem meine Theaterkulissen bewunderten. Abends ging es in den Saal des Kurhauses zu einem Rokokofest. Alle mussten entsprechende Kostüme tragen. Ich hatte ein weißes Rüschenhemd an, das um meinen mageren, schmalen Oberkörper schlotterte. Meine Mutter war nicht mitgekommen. Sie hatte die beiden jungen Damen blasierte Gören genannt. Vermutlich war sie eifersüchtig. Zu meiner Freude durfte ich am Tisch zwischen meinen Cousinen sitzen. Ich drehte mich zwischen beiden hin und her, rotierte wie der kleine Anker eines Elektromotors, der sich zwischen zwei Magnetpolen befindet und in dessen Kupferspulen der Strom eines diffusen erotischen Begehrens fließt. Auch Dr. Körner und Tante Hella waren da. Körner machte meiner Tante schamlos den Hof, während die beiden deutsch-amerikanischen Mädchen allen zeigten, wie man richtig Samba und Boogie tanzte. Als mich die brünette Cousine zum Tanzen aufforderte, täuschte ich Übelkeit vor und verließ den Saal, denn ich konnte nicht tanzen. Später gingen wir alle in den Altdeutschen Keller. Ich beobachtete, wie Doktor Körner seine Hand auf Tante Hellas Oberschenkel legte und wie sie es geschehen ließ. Wieder saß ich zwischen meinen Cousinen und spürte den Magnetismus ihrer Körper, der seine Feldlinien mitten durch mich hindurchschickte. Der Morgen graute, als ich am Meer entlang nach Hause ging. Es war Hohlebbe. Das Watt erinnerte an die nackte Haut einer Riesin, die auf dem Rücken lag und in die Wolken starrte. Ich hatte zu viel getrunken. Der Anker in meiner Brust drehte sich immer noch und erzeugte Strom, der jetzt zur aufgehenden Sonne floss und sie zum Leuchten brachte. Zu Hause saß meine Mutter am Küchentisch vor einem Glas Feurio und blickte mich anklagend an. Ihre Augen schwammen in Tränen.

Seit einiger Zeit war ich kein Musterschüler mehr, schrieb immer wieder Fünfen, vor allem in Mathematikarbeiten, in denen mich die Abneigung gegen den Lehrer zu Fehlern animierte, die ich sonst nicht gemacht hätte. Meine Vettern, die in Mathe viel schlechter waren, hatten oft bessere Noten, da Doktor Körner jeden Tag im Fährhotel war und Tante Hellas Mittagstisch und ihren Anblick genoss und dabei jede Menge Tipps zu Schulaufgaben von sich gab. Ich selbst war jetzt mehr denn je gespalten zwischen dem Wunsch, einst ein berühmter Naturwissenschaftler zu werden oder aber ein verkannter Künstler, denn verkannt zu sein schien mir eine wichtige Voraussetzung für die Fähigkeit, Großes zu leisten.

Da es mit der Karriere meines Vaters nicht recht vorangehen wollte, versuchte meine Mutter ihn in ihren Briefe dazu zu bewegen, die Reederei zu wechseln. Auch er fühlte sich von Entz übergangen, da er immer noch nur 2. Offizier war. Außerdem empfand er die Trampfahrt entlang der amerikanischen Küste als berufliche Zurücksetzung. Meine Mutter nahm deshalb Kontakt mit Kurt Christensen auf und traf sich mit ihm im *Café Roseneck*. Wieder trug sie ihren Pelzmantel, obwohl es längst viel zu warm dafür war. Christensen bestellte deutschen Weinbrand, Asbach Uralt, denn er wusste, dass die Dame vor ihm gerne Kognak trank. Dann legte er seine mit einem Siegelring bewehrte Hand auf ihren Unterarm und riet von zu viel Ungeduld in der Sache ab. Entz sei vor allem in Kiel vernetzt, und da habe er leider wenig Einfluss. Sein Revier sei Hamburg, wo sich derzeit einiges täte. Man wolle zum Beispiel 45 Millionen in den deutschen Walfang stecken, aber die Margarineerzeuger wie Henkel zögerten noch. Vielleicht ergäbe sich hier eine Perspektive für meinen Vater. Christensen übernahm die Rechnung, half meiner Mutter in ihren Wintermantel und sagte, als sie das Café verließen: »Gnädige Frau, hätten wir den Krieg nicht so unglücklich verloren, hätte ich dafür gesorgt, dass Ihr Gatte ganz nach oben kommt. Ich hatte damals viel vor mit ihm. Grüßen Sie ihn herzlich von mir. Er wird schon seinen Weg machen, und wenn der richtige Zeitpunkt da ist, werde ich ihm unter die Arme greifen.«

Im September erschien Muttl wieder auf der Insel, die ihr offenbar immer noch als passende Bühne für die Auftritte einer alternden Schönheit erschien. Sie kam mir vor wie ein Geist aus der Zwischenwelt zwischen Leben und Tod. Die Insel war damals so etwas wie eine verkleinerte Version der neuen Bundesrepublik, in der sich das erstaunliche Gebilde des Wirtschaftswunders formte, ein dichtes Gewebe von Seilschaften alter Kriegskameraden mit der Spinne des Wohlstands in seinem Zentrum. Neue Autos kamen mit der Fähre vom Festland herüber. Wir umstanden sie bewundernd. Sie sahen aus wie kostbare Brotdosen, kastenförmig und in grellen Farben. Es gab inzwischen auch etliche Zugereiste aus Großstädten wie Hamburg, die sich Friesenhäuser als Sommerresidenz oder Geldanlage kauften. In der Feldstraße, eine der Straßen des Ortes, die mich wegen der großen Bäume und verzierten Häuserfassaden an die Waldkolonie erinnerte, sah ich ein solches Pärchen auf der Terrasse einer großen Villa sitzen, er in Badehose mit Bierbauch, sie im knappen Bikini, die braunen Körper eingeölt, glänzendes, welkes Fleisch, ein unangenehmer Anblick, der mich mit einem diffusen Ekel erfüllte und sich unauslöschlich in mein Gedächtnis einbrannte wie eine Epiphanie.

Je näher Weihnachten rückte, umso mehr sehnte ich mich nach meinem Vater. Gerade jetzt, in dieser Zeit der Pubertät, hätte ich ihn gebraucht. Ich idealisierte ihn. Mehr denn je war er für mich ein Seeheld. Eigentlich erwarteten wir ihn zu einem Kurzurlaub, doch er kam nicht. »Grund sei der 1. Offizier, der mit seiner Trinkerei die ›Blidum‹ zu einem Teufelsschiff mache«, teilte er brieflich mit. Ich schrieb, neben meiner schlafenden Mutter liegend, mit Hilfe meiner Taschenlampe unter der Bettdecke ein Gedicht an meinen Vater, das ich an Heiligabend vor dem leeren Ohrensessel auswendig aufsagte: »Wie eine nagende Säge frisst sich ins Leben die Zeit, o Mensch bedenk und erwäge, unendlich lang ist die Ewigkeit.« Diese Verse hätte meine Mutter niemals fälschen können. Die »nagende Säge der Zeit« wäre ihr nicht eingefallen.

Die Hitze des Landes, an dessen Küsten die »Blidum« fuhr, machte meinem Vater zu schaffen. Er wurde krank, bekam heftige Fieberanfälle. Anfang September wurde das Schiff endlich zurückerwartet. Meine Mutter schrieb, dass sie ausgerechnet am 4. September ihre Menstruation bekommen würde. Das sei eine echte Katastrophe. Der erste Tag sei immer so schlimm, dass sie dann im Bett bleiben müsse. Mein Vater hatte Blasenkatarrh. Auch das war ungünstig für das Mysterium beim Wiedersehen. Er stellte nun jeden Tag, wenn seine Wache zu Ende war, in seiner Kammer die Tischlampe zwei Stunden lang auf einen Stuhl und beleuchtete seinen Penis in der

Hoffnung, dass die Wärme der Glühbirne die Entzündung rechtzeitig heilen würde.

Wegen der langen Abwesenheit der Besatzung erlaubte Entz den Offizieren erneut, ihre Familienmitglieder auf der ersten Teilstrecke der nächsten Levantefahrt von Hamburg bis Bremen mitzunehmen. Diesmal war meine Mutter ohne Diskussion bereit, meine Mitreise zu akzeptieren, und auch der Rektor der Hunniusschule erlaubte mir, den Unterricht zu unterbrechen. Als ich meinen Vater wiedersah, erschrak ich, denn er war kaum wiederzuerkennen. Sein Gesicht war ganz klein geworden, und er hatte dunkle Ringe unter den Augen. Ich jedoch war glücklich. Wieder war ich entweder im Maschinenraum oder auf der Brücke. Ich freundete mich mit einem der Heizer an. Er erzählte meinem Vater später, ich hätte ihm über jedes Ventil, jede Pumpe wie ein Fachmann Auskunft geben können. Da ich inzwischen einiges an Fachliteratur über Schiffsmaschinen studiert hatte, versuchte ich, ihm den Carnot'schen Kreisprozess zu erklären, dem er im Grunde seinen Arbeitsplatz verdankte. Wegen des Höllenlärms im Maschinenraum war das keine leichte Sache. »Eine Dampfmaschine kann nur Leistung bringen, wenn es eine Kältesenke und einen Wärmeberg gibt«, brüllte ich. »Das liegt daran, dass Wärme immer von heiß nach kalt fließt, niemals umgekehrt. Wärme ist Bewegung von Molekülen. Dabei gilt: Je wärmer, desto heftiger die Bewegung. Beim Abkühlen lässt die Bewegung nach. Das sagt der Zweite Thermodynamische Hauptsatz, und deshalb ist angeblich auch kein Perpetuum mobile möglich, obwohl ich immer noch glaube, dass man es mit einem Trick schaffen könnte. In unserem Fall ist das kalte Meerwasser die Senke und der Ölkessel der Berg.« Der Heizer starrte mich wie ein Rätselwesen an. Dann erschien ein schneeweißes Lächeln in seinem ölverschmierten Gesicht. »Hast du schon mal einen Kessel angezündet?« Er zeigte auf einen mächtigen Stahltank. »Komm heute um drei her, dann geht es los.« Ich durfte tatsächlich den Ölkessel anzünden. Der Heizer reichte mir dafür eine lange Eisenstange, an deren Spitze ein mit einer brennbaren Flüssigkeit getränkter Stoffballen war. Ich musste sie durch eine kleine Öffnung in den Kessel schieben, und dann sah man durch eine feuerfeste Scheibe ein wahres Höllenfeuer lodern.

Mitte September, kurz nach unserer Rückkehr auf die Insel, erschien meine Großmutter dort. Sie sah blendend aus und hatte vor, bis Ende Oktober zu bleiben und in dieser Zeit den Bau eines Hauses für sich und uns auf dem Bauplatz am Südstrand zu veranlassen. Diesmal wohnte sie bei uns, und ich schlief wieder in meinem eigenen Bett, was mir nur recht war, denn seit meiner Geschlechtsreife war mir eine allzu große körperliche Nähe zu meiner Mutter unangenehm. Am 15. September wäre Vatl 70 Jahre alt geworden. Wir feierten seinen Geburtstag posthum. Es gab Bocksbeutel, den Muttl vom Festland hatte kommen lassen. Nachdem ich einiges vom Wein getrunken hatte, klopfte ich an mein Glas und hielt eine Rede aus dem Stegreif. Ich sprach von Vatl als Muttls bestem Freund und sparte auch nicht mit Wortspielen wie zum Beispiel Kravatl, eine Anspielung auf die Tatsache, dass der Verstorbene sehr erfolgreich im Verkauf von seidenen Krawatten gewesen war. Die beiden Damen weinten, ich aber war bester Stimmung und sehr zufrieden mit mir. Ich war auf dem besten Wege, ein kleiner, aufgeblasener Idiot zu werden. Muttl galt als reiche Witwe und gute Partie. Sie wurde oft auf Feten eingeladen, erzählte dann zur allgemeinen Erheiterung Herrenwitze und sang vulgäre Lieder. Sie sorgte auch dafür, dass im Haus ständig scharfe Sachen, vor allem Kognak und Likör, vorhanden waren. Sie trank jetzt offen, mochte aber zum Kummer ihrer Tochter keinen algerischen Rotwein. Muttl behauptete, die Insel sei ihr zur zweiten Heimat geworden, obwohl es sehr kalt und stürmisch war und sie deshalb ständig von Erkältungen geplagt wurde. Ende Oktober reiste sie wieder ab. Es sei hier doch zu unwirtlich, meinte sie. Außerdem hätten die Einheimischen kein Niveau.

Als der Winter kam, ging ich wieder öfter ins Kino. Ich wollte es auch zu Hause mit dieser Welt der Illusionen zu tun haben und bastelte mir deshalb aus einem Schuhkarton eine Art Heimkino. Ich installierte in seinem Inneren eine starke Glühbirne und schnitt ein Loch in eine der Schmalseiten. Davor klebte ich eine Linse, die ich aus dem Fernrohr meines Vaters geschraubt hatte. Durch zwei seitliche Schlitze konnte ich Filmstreifen schieben. Die Kleinbildnegative meines Vaters. Ich projizierte sie an die Wand, seltsame Welten, in denen Schnee und Eis schwarz waren, Bäume und Felsen hingegen weiß, während mein Vater in einem schwarzen Fellmantel auf weiße Robben schoss. Nur das Meer und der Himmel veränderten ihre Farbe nicht. Sie blieben grau.

Einmal gab es im Kino einen 3-D-Farbfilm. Man musste eine Pappbrille aufsetzen mit einer roten Folie für das eine Auge und einer grünen für das andere. In lauter Einzelszenen ohne Zusammenhang sollte der Zuschauer mit gruseligen Bildern geschockt werden. Zum Beispiel kam eine große Vogelspinne, die auf dem Ende eines Besenstils hockte, auf den Betrachter zu, oder ein gewaltiger Taschenkrebs mit geöffneten Scheren war so nahe, dass es aussah, als könnte er einem in die Nase zwicken. Jedes Mal brüllte das Publikum auf vor Schreck. Ich nahm einige Brillen mit nach Hause und baute meinen Projektionsapparat um. Zwei Hundert-Watt-Birnen hinter zwei Linsen, vor die ich je eine rote und eine grüne Folie klebte. Dadurch wurde das Licht in zwei unterschiedlich farbigen Bündeln gegen die Tapete geworfen. Wenn man einen Gegenstand von der Decke hängen ließ und ihn anstieß, sodass er hin und her pendelte, hatte sein Schatten unterschiedlich breite rote und grüne Ränder. Setzte man die Stereobrille auf, dann war der Schatten plötzlich räumlich, entfernte sich und kam wieder näher. Ich lud Kai zu einer Vorführung ein. Ich hatte einen großen Krebs gefangen und mit einer Schnur an der Decke aufgehängt. Er zappelte und bewegte die Scheren. Ich stieß ihn an, sodass er hin und her schwang. Mein Vetter, der die Brille auf der Nase hatte, schrie auf und rannte in Panik aus dem Zimmer.

Bewusst oder unbewusst förderte meine Mutter meine soziale Isolation. Dazu gehörte, dass sie bei jeder Gelegenheit meine ungewöhnliche künstlerische Begabung pries, die ich von ihr geerbt hätte. Aber auch die Kleidung, die sie mich tragen ließ: Pumphosen, Nickis und Stirnbänder, die bei meinen Mitschülern als weibisch und lächerlich galten. Hinzu kam, dass ich im Sport eine Niete war. Vor allem Geräteturnen jagte mir panische Angst ein. Georg war schon zu Wellen am Reck fähig, während ich nicht einmal einen Klimmzug zustande brachte. Als ich einmal im Barren hing und nicht hochkam, schlug der Sportlehrer, ein Doktor der Germanistik und wie so viele aus der Nazizeit übernommene Akademiker als Schullehrer überqualifiziert, mir zum allgemeinen Gelächter von oben durch die Holme mitten ins Gesicht, sodass ich wie ein nasser Sack zu Boden fiel. Obwohl ich aus der Nase blutete, musste ich weiterturnen. Als meine Mutter sich bei ihm beschweren wollte, flehte ich sie an, es nicht zu tun, da ich Angst hatte, für den Rest der Schulzeit von ihm gepeinigt zu werden.

Meine Mutter las mir immer noch ihre Briefe an ihren Mann vor, doch ich begann, ihre ständigen Sehnsuchtstiraden in Zweifel zu ziehen. Ich fing an, mir zum ersten Mal Fragen zu stellen, was meine Eltern und ihr inbrünstiges Glück anbelangte. War das alles echt, oder spielten sie nur Theater? Zu Weihnachten schrieb meine Mutter ihrem Mann einen Brief, dem sie ein Aquarell beilegte, das sie wieder als Bild von mir ausgab: ein goldener Stern, darin ein Bett mit dem Christuskind, dem, umgeben von Lichtstrahlen, fünf Gestalten entgegengehen: Vater, Mutter, Sohn, Tochter und ein Hund. Darunter standen in Druckschrift mein Name und ein Gedicht, das tatsächlich von mir war und das ich später vor dem leeren Ohrenstuhl vorlesen musste. »Du liebe, gute, süße Mutter. Was musst du doch so viel ertragen! Dein Mann so fern mit seinem Kutter, und tausend Schmerzen, die dich plagen. Doch lass uns trotzdem fröhlich sein und mutig in die Zukunft schauen, denn weder Sehnsucht noch das Bein kann Dir Dein festes Ziel verbauen.« Was ließ mich in dieser Scheinwelt überleben? War hier bereits Ironie im Spiel? Ich schlief immer noch im Ehebett, machte Fußi und erzählte im Dunkeln lang und breit meiner Mutter von meinen widersprüchlichen Berufsabsichten und Existenzängsten. Hauptgeschenk war diesmal ein Akkordeon, eine Hohner Student, finanziert von Muttl. Meine Mutter hatte das Instrument vorher schon vom Kaufhaus Hildebrand ausgeliehen für ein Foto, das mein Vater erhalten sollte. Für die Aufnahme puderte Ingversen mir die Nase. Meine Mutter korrigierte meine glatte, zur Seite gekämmte Fassonfrisur. Ich sollte lächeln. Heraus kam ein wahnsinniges Grinsen mit leicht vorstehenden Schneidezähnen. Meine Finger lagen so auf den Tasten, dass man erkennen konnte, dass ich noch keine Ahnung vom Spielen hatte. Ich war traurig, denn ich vermisste den Spaziergang mit meinem Vater. Seit einiger Zeit hatte ich ständig Magenschmerzen. Der neue Kinderarzt untersuchte mich drei Stunden lang und stellte nichts Organisches fest. »Bei solchen sensiblen Naturen«, sagte er zu meiner Mutter, »ist das seelische Geschehen mit dem körperlichen eng verknüpft. Das mag oft lästig sein, doch diese begabten, labilen Naturen sind das Salz der Erde. Die anderen haben es wohl in manchem äußerlich leichter, bleiben aber Herde und Masse.« Meine Mutter nickte verständnisvoll, denn sie bezog diese Diagnose auch auf sich.

Die »Blidum« sollte Ende Januar 1953 zurück sein. Meine Mutter reiste diesmal ohne mich nach Bremen, um dort ihren Mann zu erwarten. Ich wurde von unserer neuen Haushaltshilfe betreut. Die »lange Else« war sehr groß, hatte ein Pferdegebiss und sabberte ständig. Ich ekelte mich vor ihr und dem Essen, das sie bereitete. Meistens waren es Kuchen, die sie in rauen Mengen mitbrachte. Kai kam extra deswegen jeden Tag vorbei und half mir, die riesigen Tortenberge abzutragen. Ich wurde krank und bekam hohes Fieber. Meine Eltern schienen ein schlechtes Gewissen gehabt zu haben, denn sie ließen mir von der Firma Kosmos einen »Opticus-Baukasten« schicken. Meine Mutter schrieb tröstend: »Bald bin ich wieder bei dir, und dann machen wir wieder Fußi.« Und mein Vater ergänzte, er freue sich auf unsere zukünftigen Gespräche, wenn wir »um de Süd« gehen würden. Er unterschrieb mit »Dein Freund und Vater«. Was war er nun eigentlich? Ich spürte längst, dass er nicht beides zugleich sein konnte. Irgendwann musste er sich für eine der beiden Rollen entscheiden.

Im »Opticus« gab es Teile, aus denen man ein Mikroskop mit dreihundertfacher Vergrößerung bauen konnte. Tubus, Objektiv, Okular und Zahntrieb. Als das Mikroskop fertig war, öffnete sich mir eine neue Welt. Mein Labor war die kalte Veranda. Ich legte Fliegenbeine auf den Objektträger. Sie sahen wie Monster aus. Ich riss mir Haare aus und betrachtete die Wurzel. Ich staunte über die Schönheit von Spucke, die bunt schillernden Sofakissen ähnelte. Auch Zucker war toll. Die kantigen Kristalle glichen gewaltigen Bauwerken von einem anderen Stern. Als meine Mutter wieder da war, bat ich sie, mir eine Rinderbrühe zu kochen. Sie wunderte sich, mochte ich Brühe doch nicht. Als die Suppe fertig war, aß ich nur wenige Löffel davon. Das meiste zog ich auf Reagenzgläser auf, die ich mit Wattebäuschen verschloss. Nach einigen Tagen stank es unerträglich in der Veranda, aber ich konnte große Fäulnisbakterien bei ihrer Teilung beobachten. Ich masturbierte auf einen Objektträger und sah, dass die Spermien wie Kaulquappen aussahen und sich genauso bewegten. Anschließend brachte ich sie mit den Fäulnisbakterien zusammen in der Erwartung, dass neue, unbekannte Wesen entstünden, aber die Kaulquappen schwänzelten bald nicht mehr, und die Clostridien stellten die Teilung ein.

*

Auf dem Rückweg zum Hotel erblickte B. einen jungen Mann, der geradewegs auf ihn zukam. Er war groß, sah gut aus, »sehr gepflegt«, hätte seine Mutter gesagt. B. erkannte in ihm einen ehemaligen Mitschüler, der aus Friedberg ins Internat der Insel gekommen war und der B. damals als Klassenprimus abgelöst hatte. Als er direkt vor ihm war, wich er nicht aus. So kam es, dass B. mitten durch ihn hindurchging wie durch eine Wolke, die schwach nach Rasierwasser roch. B. drehte sich um und sah zu, wie die Wolke sich wieder zu einem Menschen verdichtete.

»Bist du es?«

Der andere nickte.

»Wie geht es dir?«

»Wie soll es mir schon gehen. Ich habe alles richtig gemacht. Und genau das war falsch.«

Der Friedberger ging ohne Abschiedsgruß. B. starrte ihm nach. »Und ich habe alles falsch gemacht«, flüsterte er. »War das vielleicht dann sogar richtig?«

Auch er setzte seinen Weg fort. Innerlich wartete er auf etwas. Aber er wusste nicht, worauf. Vielleicht war das auch unwichtig. Warten war ein Zustand, in dem sich die Seele besonders schöpferisch betätigen konnte. Ein Tier näherte sich. Eine wie ein Tiger gefleckte Katze. B. blieb stehen. Die Katze ließ sich viel Zeit. Immer wieder kehrte sie um, doch dann näherte sie sich erneut. Schließlich war sie bei ihm, drückte sich an sein Bein und schnurrte. B. bückte sich und kraulte das Tier hinter dem Ohr. Plötzlich spürte er etwas, das kalt und hart war. Die Katze hatte sich umgedreht, und B. sah, dass ihre bisher verborgene Seite ein Skelett war.

Nachts erwachte B. von einem Lärm. Er schien einmal mehr vom Flur her zu kommen. B. stand auf und steckte den Kopf zur Tür hinaus und sah eine gespenstische Szene. Draußen wurde ein alter Mann, zahnlos und geifernd, von einer jungen Frau über den Gang geführt. Er versuchte, ihr das Kleid vom Leib zu zerren. Sie aber hatte ihn fest im Griff. Die beiden verschwanden in einem Zimmer. Er hörte Schreie. Dann war es still.

B. legte sich wieder ins Bett, ohne einschlafen zu können. Als der

Morgen graute, ging er ins Bad. Lange stand er vor dem Spiegel und musterte sich. Die nagende Säge der Zeit hatte ganze Arbeit geleistet. Er machte sich eine heiße Badewanne und spielte wie einst als kleiner Junge mit der Seifenschachtel Schiffsuntergang.

Nachdem er gefrühstückt hatte, saß B. noch eine Weile im Foyer. Auf dem Couchtisch lag ein neues Exemplar des »Einsamer«. B. blätterte darin, sah aber wieder nur Seiten voller winziger, wirbelnder Buchstaben, ähnlich dem stochastischen Rauschen der Leuchtpunkte auf einem Monitor ohne Signal. Er holte den goldenen Füller hervor und begann, seine Gedanken niederzuschreiben: »Ein Inertialsystem ist ein System, in dem es keine Scheinkräfte gibt wie zum Beispiel in rotierenden Systemen. Alles, was sich in Inertialsystemen bewegt, ändert weder seine Richtung noch seine Geschwindigkeit. Keine Scheinkraft wirft einen Gegenstand aus der Bahn, keine Trägheitskraft beschleunigt oder bremst ihn. Es ist übrigens nicht klar, ob es in dieser Welt überhaupt echte Inertialsysteme gibt, ob sie nicht eine Fiktion sind, die aus rein theoretischen Überlegungen geboren wurden. Ich selbst habe jedenfalls oft genug die Richtung gewechselt, bin oft genug vom Leben ausgebremst worden, ehe ich ein Mittel fand, wieder Fahrt aufzunehmen. Dabei wollte ich eigentlich mein eigenes Inertialsystem sein. Frei von Scheinkräften, wie es sie in allen rotierenden System gibt. Aber das war etwas, das nicht nur den physikalischen, sondern auch den psychologischen Verhältnissen widersprach. Freundschaft zum Beispiel war für mich die Existenz eines zweiten Menschen im gleichen Inertialsystem. Wenn man die gleiche Musik hörte und dabei das Gleiche empfand, konnte man auf diesem Weg zu einer einzigen Person werden. Solche einfachen Galilei-Transformationen zwischen mir und einer anderen Person habe ich immer angestrebt, und immer bin ich dabei gescheitert. Sicher, es gab zuweilen Momente, in denen ich glaubte, eine solche einfache Nähe mit einem anderen erreicht zu haben. Aber sie waren sehr selten und meist wohl nur eingebildet. Gewöhnlich herrschten überall Trägheit und Schwerkräfte, die mich aus der Bahn werfen konnten oder die zu Missverständnissen zwischen mir und einer mir wichtigen Person führten. Die einfachen Galilei-Transformationen galten dann nicht mehr, nicht einmal die bereits wesentlich komplizierteren Lorentz-Transformationen, die den Faktor Zeit enthalten und innerhalb der speziellen Relativitätstheorie dazu dienen, die Differenzen zwischen zwei sich gegeneinander bewegenden Inertialsystemen zu berechnen. Zwischen den Menschen steht es also grundsätzlich schlimm. Die von ihnen ausgehenden Schwer- und Trägheitskräfte, mit denen sie ihre Positionen und ihren Anspruch auf persönliches Lebensglück behaupten, diese Gezeitenkräfte, wie es die Physik nennt, verzerren den Raum so stark, dass es immer wieder zum Absturz in die schwarzen Löcher einer banalen Subjektivität kommt.«

Diesmal steckte B. die Zeitschrift ein, und dann machte er sich auf den Weg ins Institut.

17

Als B. Platz genommen hatte, bemühte er sich wieder einmal vergeblich, im Gesicht des Mannes am Fenster zu lesen. Es hätte ihn interessiert, ob er ihn mit seiner Lebensgeschichte inzwischen langweilte. Doch im Gegenlicht sah er wieder nur einen ovalen grauen Fleck, so als hätte man eine Porträtzeichnung auszuradieren versucht.

*

Meine Mutter war nicht allein zurückgekommen. Sie hatte meinen Vater mitgebracht. Diesmal war er mir besonders fremd. Er hatte sich wohl entschieden, nur noch mein Vater zu sein. Konsul Entz hatte angeordnet, dass er eine Reise aussetzen und einen Teil seines Urlaubs nehmen sollte. Mein Vater blieb daher einen ganzen Monat. Während dieser Zeit fuhr er aufs Festland und wurde von seinem Chef persönlich zu einem Gespräch empfangen. Der Konsul schien einiges mit seinem Angestellten vorzuhaben. Vor allem die Frau des Reeders hatte am blendenden Aussehen und den guten Manieren dieses Mannes Gefallen gefunden. Zunächst sollte es jedoch zu einem Härtetest kommen. War dieser schweigsame, attraktive und gebildete Mann, der so wenig in das Klischee eines Seemanns passte, wirklich so gut, wie gemunkelt wurde? Um das zu prüfen, wollte der Reeder ihn für ein Jahr als 1. Offizier auf die alte »Hörnum« versetzen, die auf Trampfahrt in Nordamerika unterwegs war. Für meine Eltern bedeutete das eine viel härtere Trennung, als es die Mittelmeerfahrten mit sich brachten. Die »Hörnum« würde ein volles Jahr weg sein, und das bei schlechten Postverbindungen. Mein Vater willigte auf Zuraten seiner Frau unter der Bedingung ein, möglichst bald als 1. Offizier auf eine der Neubauten der Reederei versetzt zu werden. Der Schritt vom 2. zum 1. Offizier war erheblich, egal auf welchem Schiff. Als 2. Offizier war man eine Art Mädchen für alles. Zum Beispiel war man für die ärztliche Versorgung der Mannschaft zuständig. Der 1. Offizier hingegen war zuständig für die Ladung und genoss fast so viel Autorität wie der Kapitän. Ende Februar verließ mein Vater also die Insel und fuhr nach Hamburg, um seinen Dienst anzutreten. Ich war erleichtert. Jetzt war ich wieder der Mann im Haus.

An der Schule hatte sich wenig für mich geändert. Giftzwerg sorgte dafür, dass ich den Auftrag bekam, das Abschlussfest der Quinta zu gestalten. Dazu gehörte es auch, 123 Tischkärtchen zu malen. Ich zeichnete vor, meine Mutter vollendete. Die Feier fand im Strandhotel statt, das inzwischen renoviert war und als erstes Haus am Platz galt. Alle lobten die Kärtchen. Nach dem Essen sollte ich das Gedicht »Arm Kräutchen« von Ringelnatz aufsagen. Die erste Strophe brachte ich noch über die Lippen. »Ein Sauerampfer auf dem Damm stand zwischen Bahngeleisen, machte vor jedem D-Zug stramm, sah viele Menschen reisen.« Dann stockte meine Stimme. Ich stand stumm da, mit flammendem Gesicht, und schluckte Qualm, denn viele im Publikum rauchten Zigaretten oder Zigarren. Der Qualm sammelte sich zu einer großen Wolke an der Decke, aus der es bald Gelächter regnen würde. Mein Blick irrte zu den Fenstern, hinter denen das Meer zu sehen sein sollte, doch es war hinter Vorhängen und Blumentöpfen verborgen. Dafür gab es im Saal ein Meer von Gesichtern. Sie waren wie Papiermasken auf die Schädel geklebt, mit starren Augen und schäumenden Mündern. Die Stille schwoll an und stieg bis zur Decke und umspülte den großen Kronleuchter. Mein Herz schlug wie ein Hammer. Als sei ich selbst ins Gedicht geraten, stand ich schwindsüchtig und verloren da, ein armes Kraut, ein schwacher Halm. Plötzlich sah ich vor mir die Züge in der Villenkolonie, wie sie im Bahnhof einfuhren und kurz danach wieder verschwanden. Einige fuhren nach Süden zum einen Ende der Welt und die anderen nach Norden zu ihrem anderen. Dann hielt einer an. Meine Stimme stieg aus und lief mir durch die Sperre entgegen. Laut fuhr ich fort: »Der arme Sauerampfer sah Eisenbahn um Eisenbahn, sah niemals einen Dampfer.« Draußen hörte man in diesem Moment den Pfiff eines Schiffes. Jemand zog den Vorhang beiseite, und ich sah die »Föhr-Amrum«, den einzigen Dampfer der Flotte, wie er in Richtung Hafen fuhr. Als der Applaus zu tröpfeln begann, ging ich an meinen Platz und wischte mir die schweißnassen Hände an der Tischdecke ab. Es gab Kaffee und Kuchen und anschließend Bowle. Alles redete durcheinander. Jemand hieb mir auf die Schulter. Es war ausgerechnet mein Sportlehrer. »Das hast du prima gemacht, mein Junge«, dröhnte er. Ich trank Bowle, bis ich zu schweben begann. Allein schwebte ich später am Strand entlang nach Hause, während die Erwachsenen hinüber ins Fährhotel gingen. Meine Mutter versackte gründlich und kam erst gegen Morgen am Arm von Dr. Körner nach Hause. Von nun an schwärmte sie für ihn, und auch meine Mathematiknoten wurden schlagartig besser.

Mein Vater schrieb aus Amerika, die Überfahrt des Seelenverkäufers nach Mexiko sei ein schwieriges und riskantes Unternehmen gewesen. Die »Hörnum« war als Ostseeschiff für kurze Strecken mit häufigen Hafenbesuchen konstruiert worden und nicht für die Überseefahrt. Das Schiff war überladen, lag viel zu tief und geriet bereits in der Biskaya in einen gefährlichen Sturm. Grund für die Überladung war die Tatsache, dass man auf Geheiß des Reeders so viel Kohle gebunkert hatte, dass man auf einen Zwischenstopp auf den Azoren verzichten konnte. Überall auf dem Schiff hatte man Kohlensäcke untergebracht, auch in Räumen, die dafür nicht vorgesehen waren. Es gab auch eine nicht unbeträchtliche Menge davon an Deck, wodurch der Schwerpunkt des Schiffes gefährlich angehoben wurde und der Freibord sehr niedrig war. Gleichwohl erwies sich die »Hörnum« als tüchtiges Seeschiff. Der pockennarbige, ungepflegte Kapitän war zwar Trinker, aber ein besserer Seemann, als es sein Äußeres vermuten ließ. Das Deck lag ständig unter Wasser. Schwere Dünung rollte über das Schiff und brach sich in hohen Wasserwänden an den Aufbauten. Als ein besonders großer Brecher, ein Kaventsmann, wie die Seeleute sagen, das Schiff seitlich traf, legte es sich so stark über, dass der Kapitän und mein Vater den Halt verloren und in eine Ecke der Brücke purzelten, wo sie Mühe hatten, wieder auf die Beine zu kommen. Eine Weile bildeten sie ein Knäuel von Armen und Beinen. Daraus entwickelte sich später das Gerücht, dass es zwischen den beiden eine Schlägerei gegeben habe. Der Kapitän wies den Rudergänger an, die Wellen so abzureiten, dass sie das Schiff frontal trafen. Irgendwann ging es trotzdem nicht mehr, da die Maschine zu schwach war. Sie mussten beidrehen. Die Situation war gefährlich, aber mein sonst so nüchtern denkender Vater hatte keine Angst. Er war euphorisch wie selten. Während dieser aufregenden Stunden dachte er häufig an die Bücher Joseph Conrads, an »Taifun« zum Beispiel, Texte, die er liebte und in die er jetzt mitten hineingeraten zu sein schien. Als sich der Sturm gelegt hatte, gingen sie wieder auf Kurs, aber sie erreichten statt der angestrebten achteinhalb Knoten nie mehr als sechs, eine kolumbische Zahl, wie sie mein Vater nannte, denn sie waren tatsächlich nicht schneller als einst der Entdecker Amerikas mit seinen Karavellen. Während des Sturms waren die an Deck verstauten Kohlen über Bord gegangen. Sie mussten deshalb doch die Azoren zum Bunkern anlaufen. Die Überfahrt dauerte einen ganzen Monat. Es gab weder eine Badewanne noch eine Dusche an Bord. Man musste sich an Deck mit Eimern voller Salzwasser reinigen. Die Mahlzeiten nahm man in einer kleinen Messe im Achterschiff ein. Wegen der ständigen Überflutung des Decks kam man nur in Gummistiefeln dorthin. An dem einzigen Tisch saßen Offiziere und Mannschaft zusammen. Auf der Tischplatte lag ein nasses Tuch, damit die Teller wegen der heftigen Schiffsbewegungen nicht herunterrutschen konnten. Nur der Kapitän aß allein in seiner Kammer, und dort trank er auch allein. Am

8. April erreichten sie Havanna. Von dort ging es mit einer Ladung Zuckersäcke die amerikanische Küste entlang nach Norden und in die kanadischen Seen hinein. Das Wetter war hinter Kap Hatteras plötzlich sehr kalt geworden, eine Folge der arktischen Winde und des kalten Labradorstroms. Mein Vater trug jetzt lange Unterhosen und eine wollene Bauchbinde, die ihm seine Frau mitgegeben hatte. Sie fuhren den Sankt-Lorenz-Strom hinauf in die riesigen Binnenseen. Mein Vater betrachtete mit dem Fernglas die steilen, bewaldeten Ufer und hielt erfolglos Ausschau nach Indianern.

Mir ging es zur gleichen Zeit nicht besonders gut, denn mich hatte die Vergangenheit eingeholt. Wegen jenes Unfalls auf der Insel, bei dem meine Milchzähne in den Kiefer zurückgetrieben worden waren, war mein Gebiss deformiert. Die oberen Schneidezähne standen vor, und die Lücke zwischen den beiden oberen Vorderzähnen wurde immer größer, während meine unteren Zähne wie Kraut und Rüben aussahen, so drückte es jedenfalls meine Mutter aus. Sie schickte mich zu einer Zahnärztin, die gerade ihre Praxis in der Hafenstraße eröffnet hatte. Das wunderbarerweise unverheiratete Fräulein Steenhoop, eine bildhübsche brünette Person, machte Röntgenaufnahmen und entdeckte, dass in meinem Unterkiefer zwei Backenzähne lagen, die nicht herauswachsen konnten. Sie schlug eine Operation zur Kieferregulierung vor. Nach einer lokalen Betäubung sägte sie mit einer kleinen Kreissäge ein Stück aus meinen Oberkiefer heraus. Ich spürte die Erschütterung beim Sägevorgang im ganzen Körper. Die Schmerzen waren trotz der Betäubung unvorstellbar. Umso fester drückte ich meinen Kopf gegen die weiche Brust der Ärztin. Nach Beendigung der Operation, bei der viel Blut geflossen war, band das Fräulein ein mit einer gelblichen Substanz sterilisiertes Garn um die beiden auseinanderstehenden oberen Schneidezähne und zog es mit aller Kraft zusammen. Diese Prozedur wiederholte sie alle zwei Tage. Auf diese Weise sollte die Lücke zwischen den beiden Zähnen allmählich geschlossen werden. Mein

Zahnfleisch begann sich zu entzünden und in roten Trauben zu wuchern. Ich blutete aus dem Mund und hielt die Situation nur aus, indem ich mich unsterblich in das Fräulein verliebte und während der Behandlung meinen Kopf immer wieder an ihre Brüste presste.

Auch wenn meine Noten besser geworden waren, war ich nicht mehr der Klassenprimus. Ein Junge aus Friedberg war aufgetaucht und schrieb in fast allen Fächern nur Einser. Die meisten Internatler waren viel gebildeter und intelligenter als die Einheimischen, was sicher daran lag, dass sie reichen und zerrütteten Ehen entstammten. Sie waren arrogant und aufsässig und verachteten die einheimischen Schüler genauso wie die Lehrer. In den Pausen tyrannisierten sie uns. Einige rauchten bereits. Sie sorgten auch dafür, dass die ersten Pornoheftchen in der Schule auftauchten. Es waren Wesen von einem anderen Stern, weder Einheimische noch Touristen. Ich ahnte, dass sie heimatlos waren, und ich suchte ihre Nähe, als könnten sie mich erlösen, denn war ich nicht ebenfalls ein Zwischenwesen? Der neue Klassenprimus, der Friedberger, war groß, schlank und verstand es, eloquent zu reden. Ich bewunderte ihn und suchte seine Freundschaft. Einmal traf ich ihn zufällig in der Nähe des Gymnasiums. Er war umringt von einer Gruppe anderer Schüler. Sie standen mitten auf der Straße. Ich kam gerade mit meinem Bauer von einer meiner Inselüberquerungen zurück und stieg bei ihnen ab. Der Friedberger ging um mein Rad herum und bewunderte es scheinbar. Plötzlich zog er mit einem Ruck am Gepäckträger, sodass sich der Lenkervorbau schmerzhaft in meinen Schamberg bohrte. Die Verletzung, ein Bluterguss, tat tagelang höllisch weh. Ich fuhr davon und weinte dabei, weniger wegen der Schmerzen als aus Enttäuschung über eine solche Hinterhältigkeit. Kurze Zeit danach verschwand der Friedberger wieder von der Insel.

An meinem dreizehnten Geburtstag bekam meine Mutter plötzlich heftige Unterleibsschmerzen und Fieber. Der Inselarzt diagnostizierte eine Blinddarmreizung und verschrieb Penicillinspritzen. Als die Schmerzen nicht aufhörten, hielt er eine sogenannte Frauensache für wahrscheinlicher. Von einer Operation riet er vorerst ab. Meine Mutter zelebrierte ihre Krankheit, steuerte den Haushalt vom Bett aus, schrie beim Verabreichen der Spitzen. Ihre Bettlägerigkeit hatte auch Vorteile für mich: Ich konnte am Vatertag zum ersten Mal bei der jährlichen Inselumrundung mitmachen. Morgens um vier Uhr gingen Kai und ich los. Aus den Prügeleien am Deich hielten wir uns heraus, abends um halb acht war ich wieder zu Hause. Ich gestand, sieben Pfeifen und zwei Zigaretten geraucht und zwei Flaschen Bier getrunken zu haben. Ich sei völlig schwarz gewesen, schrieb meine Mutter an ihren Mann. Sie steckte mich in eine Wanne und schrubbte mich eine Stunde lang ab. Dabei entdeckte sie zu ihrer Freude, dass ich männlicher werde, wie sie schrieb. »Ist es ein Wunder, dass unser Junge Einzelgänger bleiben muss und dass er verhöhnt wird, weil die anderen instinktiv spüren, dass er ihnen überlegen ist?«

Tage später holte ich die »Peking« vom Schrank, entfernte den Glaskasten, staubte das Deck mit einem Kuchenpinsel ab und erneuerte einige gerissene Bindfäden der Takelage. Anschließend brachte ich die Standuhr, die wieder einmal stehen geblieben war, zum Laufen. Es war, als wollte ich meinen Vater überflüssig machen.

Ich war jetzt immer öfter im Fährhotel. Wenn ich die große, fensterlose Küche betrat, stellte sich ein Gefühl der Geborgenheit ein, das ich zu Hause nicht hatte. Meine Vettern und ich spielten Tischtennis auf dem großen Küchentisch, mit Brotbrettchen als Schläger, während Tante Hella am gusseisernen Herd stand und kochte. Mein Vater verließ unterdessen mit der »Hörnum« das eiskalte, regnerische Gebiet der großen Seenplatte und fuhr durch den Sankt-Lorenz-Strom in den Atlantik Richtung Karibik. Da die »Hörnum« auf Trampfahrt war, musste sie jedes einigermaßen lukrative Ladungsangebot annehmen. Bald kamen sie wieder in Zonen mit tropischem Wetter. Als sie San Salvador erreicht hatten, schrieb mein Vater: »Hier betrat Kolumbus nach langer Fahrt zum ersten Mal amerikanischen Boden. Von hier aus fuhr er nach Cuba und Haiti. Auch wir nehmen diesen Weg.«

Kai war inzwischen mein wichtigster Spielkamerad. Wir bauten am Goting Kliff eine Höhle aus Steinen und Grassoden, eine Art kleines Hünengrab. Dort saßen wir nun oft und rauchten Pfeifchen, die wir mit getrockneten Dünenrosenblättern stopften. Ein andermal animierte ich ihn zu einer Fahrradtour in die Dünen. Wir hatten einen Benzinkocher, Wasser, Nudeln, Eier, Zucker und einen Topf dabei. Ich kochte für uns mein damaliges Lieblingsgericht: Zuckernudeln. Plötzlich fing das Dünengras Feuer. Die Flammen breiteten sich rasend schnell über eine große Fläche aus, und wir hatten Mühe, unsere Fahrräder zu erreichen. Als ich zu Hause war, ging ich früh ins Bett. Ich hatte ein schlechtes Gewissen, denn ich hatte meine geliebte Insel angesteckt. Ich wusste, es gibt nichts Schlimmeres als Feuer auf einem Schiff. Dünengras war für den Küstenschutz sehr wichtig. Im Inselboten stand ein Bericht über diesen Vorfall und dass man die Urheber des Brandes nicht gefunden habe. Unsere Schandtat schweißte meinen Vetter und mich noch mehr zusammen. Meine Mutter schrieb an ihren Mann: »Die beiden sind einfach unzertrennlich. Oft und oft habe ich unsrem Jungen gesagt, er soll sich nach einer rechten Freundschaft umsehen, worauf diese Antwort kommt (wörtlich): ›Ach Mutti, ich habe gar kein Verlangen danach. Ich empfinde meine Jugend als golden und wunderbar. Freundschaft und Kameradschaft habe ich mit Dir und Vati, geistig und seelisch! Das kann mir keine Jungensfreundschaft bieten, denn was Höheres gibt es für mich nicht. Mir dir kann ich über alles reden. Ich brauche nur Spielfreunde, und davon ist bis jetzt der Netteste Kai. Wir haben großen Spaß miteinander. Mir fehlt nichts, gar nichts, und ich kann sehr froh darüber sein!‹ Es stimmt, was Dein Sohn sagt. Ihm fehlt nichts, er hat wirklich eine schöne Jugendzeit. Seine Zärtlichkeit, die Du, Liebster, entbehren musst, ist mir ein großer Trost in meiner ständig wachsenden Sehnsucht nach Dir. Es ist wirklich nett zu sehen, wie er mit der rührendsten Geduld den verwilderten kleinen Kai zu bilden versucht, wie er ihm stundenlang alles erklärt.« Dass das Zitat einmal mehr eine Fälschung war, ist leicht zu erkennen. Nicht nur am pseudokindlichen Duktus der Schrift. Es ist auch der Stil meiner Mutter: »golden und wunderbar«. Mein eigener Stil war deutlich anders. Ich hatte damals bereits eine von Metaphern überladene Sprache. So schrieb ich einmal an meinen Vater: »Ich weiß, wie schwer du arbeiten musst und Dir selbst nicht das Geringste gönnst, um erstens Deiner Frau und Familie das Leben zu ermöglichen und zweitens, um Deinem Sohn einen kräftigen Schubs zu geben, dass er die Rutschbahn des Lebens, die über so viele Berge und Hindernisse zum Ziele führt, überwindet. Ich will Dir versprechen, mich nicht durch glänzende Dinge, die doch von innen verrostet sind, verleiten zu lassen von meiner gesetzten Bahn abzuweichen und im tiefen und übelriechenden Morast der Menschheit stecken zu bleiben. Du und Mutti sind es, die mir meinen Lebensweg ebnen, und dafür will ich euch bis in die Ewigkeit danken!«

Inzwischen warteten wir wieder auf den alljährlichen Besuch Muttls. Am 6. Juni, zwei Wochen später als angekündigt, erschien sie für einen Monat auf der Insel. Hand und Unterarm waren bandagiert. Sie war auf dem Frankfurter Bahnhof von einem elektrischen Paketwagen angefahren worden, war gestürzt und hatte sich das Handgelenk gebrochen. Meine Mutter triumphierte. Sie sah es als gerechte Strafe für die Bewohnerin einer Lügenwelt an.

Fräulein Steenhoop legte meine beiden Backenzähne frei. Wieder hatte ich große Schmerzen, wieder konnte ich kaum essen. Nach Abheilung der Wunde bekam ich eine »Maschine« für den Unterkiefer, die ihn nach vorne drücken sollte. Außerdem eine Spange mit einer rosa Gaumenplatte für die oberen Zähne, die verhindern sollte, dass sie wieder auseinanderwanderten. Beides sollte ich zwei Jahre tragen. Die Spange nur tagsüber, aber auch das war quälend genug, denn mein Gaumen war ständig entzündet.

Anfang August kam Muttl erneut auf die Insel. Auch Tante Mary erschien kurz danach und wohnte bei einer Freundin in Nieblum. Anlass war der Geburtstag meiner Mutter. Sie hatte sich eine Lesung antiker und indianischer Märchen durch ein Fräulein Rougemont aus Flensburg gewünscht. Die Lesung fand bei Kerzenlicht in einem Nieblumer Lokal statt. Muttl verschwand während der Veranstaltung immer wieder nach draußen in den Schankraum und betrank sich hemmungslos mit Likör. Sie wurde immer aggressiver, bis Maruschka und meine Mutter sie in ihre Pension *Klar Kimming* brachten, wo sie sich den ganzen nächsten Tag erbrach. Meine Mutter bekam heftige Unterleibsschmerzen und fuhr zu einem berühmten Frauenarzt nach Flensburg, um sich untersuchen zu lassen. Sie saß dabei nackt in dem »Marterstuhl«, wie sie sich ausdrückte, während der Professor mit seinen flinken Händen in sie eindrang. An den Frauenorganen fand er nichts. Alles sprach für eine chronische Blinddarmreizung. Ich durfte in dieser Zeit im Fährhotel wohnen. Als meine Mutter zurück war, beichtete ich ihr, dass ich über das große Mysterium, wie sie es nannte, seit einiger Zeit Bescheid wusste, dank der Folianten in der Teestube und gewisser unanständiger Zeichnungen meiner Klassenkameraden. Meine Mutter schalt mich und sagte, ich hätte nichts begriffen, nichts von der heiligen Reinheit des Mysteriums, das von den meisten Menschen nur beschmutzt würde. Eine eigenartige, zugleich bleierne und papierne Traurigkeit ergriff mich. Die Insel war kein schwimmendes Schiff mehr. Sie war auf Grund gelaufen. Ich wusste nicht recht, wie es weitergehen sollte. Nur dass ich Wissenschaftler werden würde, stand für mich inzwischen fest. Auch meine Mutter war unruhig und traurig. Sie bekam eine heftige Bronchitis. In einem unbeobachteten Moment wog sie sich auf der öffentlichen Personenwaage am Sandwall. Der Zeiger stand bei 74 Kilo. Sie machte daraufhin den vergeblichen Versuch einer Obstdiät, die meistens bei Sahnebaiser endete. Mein Vater empfahl seiner Frau brieflich: »Wenn es dir schwer ums Herz wird, nimm die rechte Hand deines Sohns, lege sie ganz fest auf deine Brust und fühle dann, dass alles in Ordnung geht.«

Endlich, am 3. November, ging meine Mutter ins Krankenhaus am Südstrand. Eine Woche lang lag sie bereits in einem Einbettzimmer, das Muttl und Tante Mary bezahlten. Immer wieder wurde die Operation verschoben, da ihre Bronchitis noch nicht ausgeheilt war. Sie genoss die Zeit wie einen Ferienaufenthalt. Überall Blumen, Bücher, Briefe und ständig Besuche. Auch ich kam jeden Tag für kurze Zeit und verstand das Theater nicht, das sie wegen ihrer Lage machte. War mir doch selbst ein Jahr zuvor wegen meiner häufigen Bauchschmerzen der Blinddarm herausgenommen worden, völlig umsonst allerdings, denn er war nicht entzündet oder vereitert gewesen. Ich erinnerte mich noch gut daran, wie am Tag vor dem Eingriff meinem Bettnachbarn von einer Krankenschwester die Schamhaare abrasiert worden waren. Sie benutzte ein aufgeklapptes Rasiermesser und schob bei der Arbeit den großen, schlaffen Penis des Mannes hin und her. Auch er sollte am Blinddarm operiert werden.

Ich wohnte in dieser Zeit bei meinem Radioonkel und seiner Frau. Hier war ich in einer völlig anderen Welt. Wenn er nicht gerade feierte, war mein Onkel ein zurückhaltender, stiller Mann. Tagsüber saß er in einem Nebengebäude und reparierte Radios. Leider erlaubte er mir immer noch nicht, ihm dabei zu helfen oder auch nur zuzuschauen. Seine Frau war eine friesische Schönheit mit nachtschwarzen Haaren, und sie verstand es, mit einem Lächeln und großer Freundlichkeit jeden in ihrer Nähe ihrem Willen zu unterwerfen. Hierin glich sie Tante Hella, auch wenn sie äußerlich extreme Gegensätze waren. Mitte November wurde meine Mutter endlich operiert. Tage später schrieb sie an ihren Mann: »Drei Tage Hölle, vier Nächte Hölle, alle Martern und nirgends Hilfe, nur der gepeinigte Körper, der ganz auf sich gestellt ist! Nur das Ende der Narkose war schön. Das Aufwachen ist wunderbar, es gibt kaum etwas

Herrlicheres, langsam erkennt man die Umrisse im Zimmer, man lebt ja! Voller Glück und ohne Schmerzen schläft man wieder ein. Die Schwester hielt mir den Spiegel hin, das war ein ganz verklärtes Gesicht, strahlende Augen, rosig, sehr jung, ohne ein Fältchen. Dann kam die Nacht, schrecklich und endlos, der Leib eine einzige Wunde. Und Dein lieber Sohn verwahrlost von Tag zu Tag mehr.« Wegen einer Thrombose wurde meine Mutter mit Blutegeln behandelt, vor denen sie sich sehr ekelte. Ich sah bei einem meiner Besuche die schwarzen Tiere auf dem welken Fleisch ihrer von Krampfadern durchzogenen Beine und ekelte mich ebenfalls. Während mein Vater im Aufwind war, war das ganze Lebenssystem seiner Frau erschüttert. Ihre Macht über das Glück, das von der Dreifaltigkeit aus Mann, Frau und Sohn getragen wurde, schien immer mehr im Schwinden begriffen.

Mitte Januar war die »Archsum«, das neue Schiff meines Vaters, in Hamburg zurück und musste in die Werft. Meine Mutter fuhr für drei Wochen zu ihrem Mann. Ich durfte zu meinem Kummer nicht mit, angeblich wegen der Schule. In Wahrheit wollte meine Mutter ihren Mann endlich einmal wieder für sich alleine haben. Als sie auf dem Schiff eintraf, lag er mit einer heftigen Grippe in der Koje. Er hatte hohes Fieber. Eigentlich hatte meine Mutter ihre eigenen Beschwerden und natürlich das Mysterium, auf das sie ein Jahr hatte verzichten müssen, zelebrieren wollen, nun musste sie stattdessen einen kranken Menschen pflegen, eine Aufgabe, die all ihren Inszenierungswünschen zuwiderlief und sie »fahrig« machte, wie sie mir später erzählte. Die Kammer war kalt, weil auf dem Schiff während der Werftzeit die Heizung stillgelegt worden war. Die Toilettenverhältnisse waren primitiv. Man musste über zahllose Leitern klettern, um zu dem schmutzigen Klo der Arbeiter zu kommen. Dazu kam der permanente Lärm der Reparaturarbeiten. Meine Mutter trank vor Kummer die Flasche Blackberry-Likör, die sie in der Kammer entdeckt hatte, ganz allein aus. Nach der Beendigung der Reparaturen fuhr sie bis Bremen mit, wo Konsul Entz das neue Schiff seiner Flotte besuchte. Während die Seeleute alle Frauen, die illegal an Bord waren, versteckten, ließ sich der Reeder vom Kapitän durchs Schiff führen und saß auch eine Weile am Bett seines kranken 1. Offiziers. Meine Mutter wurde vom Konsul und seiner Frau sehr freundlich begrüßt. Man speiste zusammen in der Offiziersmesse. Mit am Tisch saß ein Passagier namens Böheim, der mit seinem Bart und seiner Schiffermütze wie das Klischee eines Seebären wirkte. Etwas Diabolisches gehe von ihm aus, befand meine Mutter. Außerdem war er in ihren Augen »mittelpünktlich«. Das war eine ihrer Wortbildungen, mit denen ich aufwuchs und die sich wie Zecken in mein Gehör einbohrten. Böheim, der eigentlich Buchheim hieß, war acht Jahre jünger als mein Vater, ein Tausendsassa, eitel, begabt, Kriegsberichterstatter, Oberst der Marine, Abenteurer, Fotograf, Maler, Kunstsammler, der entartete Kunst kaufte, darunter auch Werke von Beckmann. Meine Mutter unterhielt sich länger mit ihm. Beckmann war der Anknüpfungspunkt ihres Gesprächs gewesen. Böheim hatte ein Buch über diesen Künstler verfasst und deshalb eine Menge über ihn zu sagen. Meine Mutter hielt dagegen mit ihren persönlichen Eindrücken vom Unterricht bei ihm. »Er war ein ungewöhnlicher Mensch«, beteuerte sie. »Sehr seriös und dennoch ein Genie.« »In seiner Brust wohnten zwei Seelen, die sich erstaunlich gut miteinander vertrugen«, sagte Böheim. Buchheim hatte sich in Böheim umgetauft, weil er unter diesem Namen Bestsellerautor werden wollte. Nun wollte er Meereindrücke sammeln, denn der Roman sollte eine maritime Handlung haben. Konsul Entz hatte ihm die Mittelmeerreise geschenkt und als Gegenleistung einen Reisebericht verlangt. »Was für ein Niedergang in dieser Welt!«, dachte meine Mutter empört. »Dieser Mensch will einfach nur Erfolg haben!« Er hatte, wie sie fand, genau das im Übermaß, was ihr fehlte: Eigenliebe. Und er war das Gegenteil von Rilke. Ein Antirilke sozusagen. Wenn sie schreiben würde, würde sie versuchen, ein weiblicher Rilke zu sein. Eigenliebe und Dichten, das vertrug sich einfach nicht.

Dann war die kurze Zeit ihres getrübten Glücks zu Ende. Mein Vater durfte immer noch nicht aufstehen und konnte seine Frau nicht an Land begleiten. Weinend und frierend machte sie sich auf die Rückreise, während die »Archsum« die Weser hinabfuhr. Immer stärkerer Wind kam auf. Er wuchs sich zum Orkan aus. Das Schiff musste in Bremerhaven vor Anker gehen, weil die Lotsen nicht mehr versetzt werden konnten. Es war jener legendäre Frühjahrssturm des Jahres 1953, der in Holland zu zahlreichen Deichbrüchen führte und in dem allein an der Scheldeküste 600 Menschen ertranken. Als meine Mutter in Altona zum Bahnhofsrestaurant ging, riss ihr der gleiche Sturm den Hut samt Hutnadeln und Schleier vom Kopf. Am Morgen fand sie im Hotel den Bleistift wieder, den ich ihr zusammen mit einem Etui vergangene Weihnachten geschenkt hatte, mit der flehenden Bitte, sie solle endlich zu schreiben anfangen. Auf der Hinreise hatte sie im gleichen Hotel übernachtet und das Etui dort vergessen. Es ist ein Omen, dachte sie. Sie sollte vielleicht wirklich schreiben.

Ich erlebte damals auf der Insel den stärksten Sturm meines Lebens. Das war ein echter Trost. Die ganze Hafengegend stand unter Wasser. Trotz des Unwetters war die Fähre gefahren. Die Zustände an Bord waren katastrophal. Fast alle Passagiere wurden seekrank. Sie mussten in Wyk über einen schwankenden Steg an Land gebracht werden, weil die Pier überflutet war. Ich stand am Hafen, um meine Mutter abzuholen, blass vor Erregung und strahlend vor Glück, ein solches Unwetter erleben zu dürfen. Meine Mutter schrieb es allerdings der Tatsache ihrer Heimkehr zu. Am Abend gab es Fußi und Feurio. Auch meinem Vater ging es wieder gut. Die Krankheit war wie verflogen, als sein Schiff endlich die eigentliche Reise antreten konnte. In der Biskaya kamen sie erneut in einen schweren Sturm. Das Schiff musste für 30 Stunden beidrehen. Auch hier wurden fast alle an Bord seekrank, auch der Seebär Böheim. Auf der Insel herrschte die nächsten Wochen ein extrem strenger Winter. Es war so kalt, dass mir meine Mutter verbot hinauszugehen. Ich musste bei ihr im Bett bleiben, im einzigen geheizten und einigermaßen warmen Zimmer. Als die größte Kälte vorbei war, wollte meine Mutter mit mir einen Ausflug zur Teestube machen. Aber dort war wegen Krankheit geschlossen. Frau Vollhardt wurde am Unterleib operiert. Sie hatte Darmlähmung und musste künstlich ernährt werden. Nach einer notwendigen zweiten Operation wachte sie nicht mehr aus der Narkose auf. Meine Mutter hatte den Ort auf der Insel verloren, an dem sie sich am wohlsten gefühlt hatte.

*

B. hatte die ganze Zeit über auf seine Hände gestarrt, als schämte er sich dessen, was er erzählte. Als er jetzt den Blick hob, bot sich ihm ein seltsamer Anblick. Der haarlose Kopf des Anderen war auf die Schreibtischplatte gesunken und lag dort regungslos wie ein großer Briefbeschwerer. Das Fenster stand offen. Der Vorhang wehte herein und streifte dabei hin und wieder das Haupt des Schlafenden. B. erhob sich und verließ den Raum auf Zehenspitzen.

18

Am folgenden Tag saß statt des Anderen eine Frau in einem weißen Arztkittel hinter dem Schreibtisch im Institut. Ihr Alter war schwer zu schätzen. Ihr vollen, lockigen Haare täuschten Jugend vor, ein Eindruck, dem die harten und scharfen Züge ihres Gesichts widersprachen. Sie begrüßte B. mit den Worten: »Mein Kollege fühlt sich nicht wohl und hat mich gebeten, ihn heute zu vertreten. Ich hoffe, das irritiert Sie nicht. Ich werde aufmerksam zuhören.«

*

Die Wohnsituation in unserem Haus wurde immer unerträglicher. Der alte Schau schlich wie ein böser Geist durch das Haus und versuchte in einem fort, seine Mieter durch immer neue Schikanen loszuwerden, da er das Haus verkaufen wollte. Ein ums andere Mal drehte er die Hauptsicherung heraus, wenn wir im Bett lagen und einen bunten Abend im Blaupunkt hören wollten. Meine Mutter schrieb meinem Vater in einem langen Brief, den sie mir wie gewöhnlich mit erhobener Stimme vorlas, er solle sich während der Mahlzeiten in der Messe als Gesprächspartner charmant benehmen, dann würde ihn dieser Böheim oder Buchheim in seinem Reisebericht gebührend herausstreichen. Das wäre sehr wichtig für seine Karriere. Und sie flehte ihn förmlich an, sich in Alexandrien einen Anzug machen zu lassen, denn er würde bestimmt bei der gegen Ende des Jahres zu erwartenden Indienststellung des neugebauten Zerssenschiffes »Rantum« dorthin wechseln. Mein Vater fühlte sich inzwischen auf der »Archsum« zusehends wohler. Er begann seine seltenen Briefe an mich mit »mein Freund« statt »mein lieber Sohn«. Ich bedankte mich auf meine Weise, indem ich eine knappe Abhandlung mit dem Titel »Das Atomzeitalter« verfasste und sie einem der Briefe meiner Mutter beilegte. »Vielleicht wird Dir, lieber Freund, ein Einblick in die Geheimniswelt der Atome Freude machen. Das ganze Bestreben des Menschen gilt dem Nutzbarmachen der Energie der Atome. Um sich diese gewaltige Kraft klarzumachen, gebe ich hier ein Beispiel.« Es folgte ein Plädoyer für Atomkraftwerke, da Kohlekraftwerke wegen der nötigen Versorgungsmittel, der Gleisanlagen, Kräne, Güterzüge, und des Zweiten Thermodynamischen Hauptsatzes und des damit verbundenen Carnotprozesses zu viel der von ihnen erzeugten Energie selbst verschwendeten.

Die »Archsum« erreichte inzwischen Iskenderun. Am 12. März kam es dort zu einer Katastrophe, bei der das Schiff beinahe verloren ging. Alles hing an einem seidenen Faden, der schon »fast zu zerreißen begann«, wie mein Vater für seine Verhältnisse erstaunlich blumig schrieb. Sie hatten zwei Tage zuvor an die Pier verholt. Ein gewaltiger Sturm kam auf. Böheim war auf der Brücke und versorgte den Kapitän zu dessen Ärger mit guten Ratschlägen. Plötzlich brachen sämtliche Festmachertrossen, und das Schiff trieb auf die Felsenküste zu, die nur 100 Meter vom Liegeplatz entfernt war. Schwere Dünung und auflandiger Wind machten die Situation bedrohlich. Nur eine lange Festmacherleine an einer Festmacherboje hielt noch. Sie war der seidene Faden, an dem jetzt das Schicksal der »Archsum« hing. Während der kritischen Augenblicke stand mein Vater selbst an der Winde, auf die sie mit viel Mühe die Festmacherleine aufgetrommelt hatten, immer darum bemüht, das Schiff gegen den Wind zu halten, und immer Lose gebend, wenn der Druck zu stark zu werden drohte. Erst im letzten Moment gelang es, die Maschine anzuwerfen und mit »Voller Kraft zurück« aus der Gefahrenzone zu entkommen. Als der Bericht über das Geschehen den Reeder erreichte, wurde ihm wieder einmal bewusst, welche Perle an Seemann er in diesem Mann gefunden hatte. Und Böheim hatte endlich einen maritimen Eindruck für sein Buch, der nicht nur das Wetter, sondern auch eine Person betraf. So wie mein Vater benahm sich ein wahrer Seeheld: besonnen und von der Gefahr nicht seines Verstandes und seiner Einfühlsamkeit beraubt. Als Böheim Jahrzehnte später seinen Bestseller »Das Boot« publizierte, fanden sich diese Tugenden in der Romanfigur des Herren Kaleun wieder.

Im April war mein Vater von seiner Mittelmeerreise zurück. Da sich seine Frau bei einem Sturz einen feinen Riss im Ellbogengelenk zugezogen hatte und den Arm in Gips trug, holte ich ihn allein in Dagebüll ab. Zum ersten Mal fuhr ich meinem Vaterfreund auf einem Schiff entgegen, während er derjenige war, der an Land wartete. Dieser Rollentausch gefiel mir sehr. Ich war bereits 1 Meter 70 groß, dünn, hatte schmale Schultern und X-Beine. Die Topflappen von einst hatten nicht geholfen. Auch die Zahnregulierung war kein wirklicher Erfolg gewesen. Zwar war die Lücke zwischen den mittleren Schneidezähnen verschwunden, dafür hatten sich aber rechts und links von ihnen zwei neue Spalten aufgetan. Mein Vater taxierte mich und erkannte meine körperlichen Mängel auf den ersten Blick, ohne etwas dazu zu sagen. Zwanzig Tage blieb er auf der Insel. »So lange dauert das Nirwana«, schrieb er später. Schon am Abend nach seiner Abreise musste ich sein Nachthemd anziehen und wieder zu meiner Mutter ins Bett. Erst wollte ich nicht, aber sie lockte mich mit einem Buch über Astronomie. Ihr Göttergatte, wie sie jetzt ihren Mann immer häufiger nannte, war nach Rendsburg gefahren, wo er in Kürze seinen Dienst auf dem Neubau »Rantum« antreten sollte, und zwar als 1. Offizier. Die »Rantum« war mit ihren einhundertvierzehn Metern Länge das größte und modernste Schiff der deutschen Handelsflotte. Das galt nicht nur für die Maschine, einen gigantischen Einzylinder-Zweitakter von 3600 PS Leistung, der im Gegensatz zu den üblichen Schiffsmotoren mit billigem Schweröl betrieben werden konnte, sondern auch für die noble Einrichtung der Messen und Kammern nach den Entwürfen eines Sylter Stararchitekten, mit der gut zahlende Passagiere angelockt werden sollten. Mein Vater wohnte im *Kronprinzen* am Schlossplatz, dem besten Hotel der Stadt. Er lernte nun den Reeder und dessen Frau näher kennen. Dabei bemerkte er nicht, wie sehr die blonde Reedersfrau mit ihm zu flirten versuchte. Zu den Übergabefeierlichkeiten der »Rantum« fuhr meine Mutter nach Rendsburg. Zum ersten Mal bewegte sie sich im Milieu des Geldadels der aufstrebenden Nation. Dabei setzte sie ihr Äußeres unter großen Druck. Wenn sie neben ihrem schlanken Mann stand, dessen grau werdende Schläfen sein gutes Aussehen noch verstärkten, wurde besonders deutlich, dass ihre Figur längst nicht mehr dem Ideal der attraktiven Frau entsprach.

Meine Großmutter erschien auf der Insel, um meine Versorgung zu übernehmen. Sie wirkte jugendlich und vital wie schon lange nicht mehr. Sie gab mir etwas Geld. Zusammen mit meinem Taschengeld reichte es, damit einen Bausatz bei der Firma Kosmos zu kaufen, der alles enthielt, was man brauchte, um ein Teleskop zu bauen. Eine 140 cm lange schwarze Papp röhre als Tubus, ein Okular in Aluminiumfassung, eine Zahnstange mit Zahnrad zum Scharfstellen. Das Kostbarste war die Frontlinse: ein Zweizöller, der eine vierzigfache Vergrößerung erlaubte. Ich baute alles zusammen und fertigte aus Holz ein primitives Stativ. Als es endlich dunkel war, richtete ich den Refraktor vom Fenster meines Zimmers auf den Mond. Er grinste mich an mit seinem pockennarbigen Gesicht und zwinkerte mir zu. »Hallo Peterchen, sei herzlich willkommen, du bist ein großer Entdecker«, flüsterte er, wobei er meine Lippen bewegte, »du wirst das Weltall erobern mit dem schnellen Raumschiff deiner Ideen.« »Ja, das werde ich«, sagte ich so laut, dass meine Großmutter den Kopf zur Tür hereinstreckte und fragte, was ich denn vorhabe. Da das Blickfeld aus meinem Fenster begrenzt war, schaffte ich das Teleskop hinunter auf die Wiese vor dem Haus. Die Nacht war klar und das schimmernde Band der Milchstraße deutlich zu sehen. Als ich das Fernrohr auf sie richtete, überwältigte mich der Anblick eines Gewimmels von Myriaden kleiner Sterne. Sie lagen dicht beieinander wie Sandkörner am Strand. Der Strand war schwarz, aber die Körner machten ihn hell. Ich starrte so lange durch das Okular, bis mir Hals und Rücken wehtaten und meine Augen tränten. Ich war ganz allein, denn um diese Zeit waren die Inselbewohner zu Hause oder in den Lokalen. Es war schön, so allein zu sein mitten im Weltall. Ich hatte endlich eine Möglichkeit gefunden, die Enge der Insel mit meinen Blicken zu verlassen.

Am nächsten Tag baute ich den Refraktor in der Veranda auf und richtete ihn aufs Festland. Deutlich war der Deich zu erkennen. Hinter ihm ein Haus, auf dessen Dach in großen Buchstaben *Café Lange* stand, alles natürlich auf dem Kopf, wie es sich für ein Kepler'sches Fernrohr ohne Umkehrlinse oder Prisma gehörte. Wenn ich lange genug durch das Okular starrte, konnte ich diese Vertauschung von Oben und Unten wieder aufheben und alles normal sehen. Wenn ich mich anschließend in meiner Umgebung umsah, standen jedoch die Bäume und Häuser auf dem Kopf, und es dauerte einen Moment, bis das Bild wieder umsprang.

Schon kurz danach veröffentlichte ich mein erstes wissenschaftliches Werk. Es war auf Büttenpapier geschrieben und bestand aus dreizehn mit Heftklammern verbundenen Seiten. Sein Titel lautete: »Mond und Sterne. Objekte für Fernrohre«. Darunter stand mein Name mit dem Zusatz »unter Mitarbeitung von McKready«, schließlich das Datum und die sorgfältig in Großbuchstaben gemalten Wörter EIGENER VERLAG. Das schmale Werk enthielt ein Inhaltsverzeichnis mit siebzehn Kapiteln, eine mit Bleistift und Buntstift gemalte Mondkarte, eine Liste von 83 Mondkratern und Gebirgen, jeweils mit einem Häkchen versehen, wenn ich sie selbst beobachtet hatte, außerdem eine Reihe von Sternbildern, eine Zeichnung unserer Galaxie mit dem Ort der Sonne in der Nähe ihres Randes, eine Beschreibung der Sonnenflecken, eine Liste der Planeten mit Zahlen zum Sonnenabstand und den Umdrehungszeiten, der mittleren Bahngeschwindigkeit, der Fluchtgeschwindigkeit, der

Schwerkraft am Äquator, bezogen auf die Erde, der Neigung der jeweiligen Ekliptik und eine Zeichnung zur Entstehung des Sonnensystems durch einen vorüberziehenden großen Stern, der gerade dabei ist, die Planeten aus der Sonnenmasse zu reißen. Ich hatte alles aus einem Sachbuch von Kelvin McKready abgeschrieben und abgemalt, aber das spielte keine Rolle. Am Himmel gab es kein Urheberrecht. Dass ich den wahren Autor als Mitarbeiter nannte, war pure Gnade. Eine weitere Publikation meines Verlages sollte bald folgen. Diesmal kein Sachbuch, sondern echte Literatur. Ich schrieb meinem Vater: »Ich möchte in absehbarer Zeit ein kleines Buch schreiben. Halte es nur nicht für ungekochte Krabben. Ich möchte wirklich sehr gern Mutti etwas diktieren, und zwar einen Zukunftsroman. Nicht so einen abenteuerlichen Dominik, sondern ein Buch, das sich nur an wirklich wissenschaftliche Grundlagen hält. Die Erde ist darin ein sterbender Planet. Die Menschen suchen verzweifelt nach einem Weg, auf einen anderen Planeten überzusiedeln. Am Anfang möchte ich einen Überblick auf alles geben, was seit 1953 geschehen ist, bis zur ›zukünftigen Gegenwart‹.«

Mein Spezialwissen im Bereich der Naturwissenschaften war inzwischen so angewachsen, dass ich für die Lehrer im Unterricht ein immer größeres Problem wurde. Ich stellte selbst rhetorische Fragen und lieferte die Antwort gleich mit. Meine Mitschüler verdrehten die Augen, wenn ich mich nur meldete. Ich riss den Unterricht manchmal an mich, indem ich zu kleinen Vorträgen über die Unschärfebeziehung oder die Entstehung von Sternen ansetzte, auch wenn es gar nicht zum Stoff passte. Und die Lehrer ließen mich entweder seufzend gewähren oder unterbrachen mich abrupt.

Mitten in diesem Sommer gab es eine partielle Sonnenfinsternis. Ich baute den Refraktor vor unserem Haus in der Nähe der Strandmauer auf. Dann richtete ich ihn auf die Sonne und projizierte sie als leuchtende runde Scheibe auf ein weißes Blatt Papier. Man konnte deutlich die Sonnenflecken sehen. Ich hatte Stöcke in den Boden gesteckt und mit einer Schnur verbunden. Wer die Sonnenfinsternis sehen wollte, musste fünfzig Pfennig zahlen. Dann durfte er in den Innenbezirk meines Sonnenobservatoriums treten und dabei zusehen, wie sich der dunkle Schatten des Mondes ganz langsam über die Sonnenscheibe schob. Viele Kurgäste gingen auf dieses Angebot ein. Das so verdiente Geld sollte ich bald gut gebrauchen können, denn ich hatte mich unsterblich verliebt. Und zwar in einen Kurgast mit Namen Irene. Sie war siebzehn, voll entwickelt, wie es so schön heißt, und sie war aus der Gegend der Waldkolonie. Ich hätte mich nie getraut, sie anzusprechen. Sie war es, die das tat. Grund war der bevorstehende Burgenwettbewerb. Ich hatte zu diesem Anlass die Burg eines kleinen Jungen mit Schiffen und Seesternen geschmückt und lag nun auf dem Bauch im Sand. Dabei beobachtete ich heimlich die Schönheit aus der benachbarten Burg, die viel größer war und einen weißen, klappbaren Strandkorb enthielt. Sie trug einen Bikini und kämmte ihre blonden, lockigen Haare. Plötzlich kam sie herüber und baute sich direkt vor mir auf. Von unten sah sie aus wie die Statue einer antiken Göttin aus Gustav Schwabs »Sagen des klassischen Altertums«. »Hallo«, sagte sie. »Ich bin die Irene. Du hast anscheinend Talent. Meine Geschwister und ich wollen beim Burgenwettbewerb mitmachen. Würdest du uns beim Schmücken unserer Burg helfen?« Mein Herz schlug wie wild. Ich stand auf und kratzte mir verlegen den Sand von der Brust. Kurz danach begann ich, den Wall der Burg mit einem Krokodil aus angefeuchtetem Sand zu verzieren. Die grünen Schuppen fertigte ich aus Seegras. Dann formte ich einen Zweimastschoner unter vollen Segeln zwischen Möwen. Irene und ihre kleinen Schwestern sammelten bunte Steine, Herz-, Bade- und Miesmuscheln. Wir machten Mosaike daraus, nachdem ich die Motive vorgezeichnet hatte. In der Mitte der Burg errichtete ich einen kubischen Hügel mit Terrassen, ähnlich einer Mayapyramide. Eine große Treppe, gepflastert mit weißen Herzmuscheln, führte hinauf. Auf dem Hügel lag die Sandskulptur eines großen

Seesterns, ebenfalls mit einem Mosaik bunter Muscheln verziert. Ich war stolz und glücklich und nahm gelassen die Komplimente der Mädchen entgegen. Zum ersten Mal in meinem Leben war es mir gelungen, die Kunst in den Dienst der Liebe zu stellen.

Irene wohnte im Kurhaus. Sie versprach mir, an diesem Abend zur Kurmusik zu kommen, nachdem sie ihr neues blaues Taftkleid anprobiert habe. Ich zog meine lange Cordhose an und ging voller Vorfreude zum Musikpavillon. Es wurde schon dunkel. Eines der erleuchteten Fenster des Kurhauses stand offen. Ich glaubte, Irene dahinter zu erkennen, wie sie sich in ihrem Kleid vor einem Spiegel hin und her drehte. Ich lehnte an einem Baum und überließ mich ganz dem süßen Leiden des Wartens. Eine blonde Sängerin, auch sie in einem blauen Kleid, stand auf der Bühne und sang Operettenmelodien und Schlager aus der alten Zeit, von denen ich einige von meiner Mutter kannte, begleitet von einem kleinen Orchester mit Streichern und Saxophon. Die Zeit verging. Irene kam nicht. Als die Musik zu Ende war und die Bänke sich leerten, ging ich enttäuscht nach Hause.

Am nächsten Morgen sah ich Irene von der Veranda aus. Sie machte am Strand mit einem roten Ball gymnastische Übungen. Ich zog mich schnell an und rannte, ohne mein Frühstück anzurühren, hinunter. Sie stand am unteren Ende der Schrägen Mauer und kickte den roten Ball so nach oben, dass er ihr immer wieder genau vor die Füße rollte. »Sei nicht böse«, sagte sie mit ihrem mir so vertrauten hessischen Akzent, »ich konnte leider gestern nicht mehr kommen. Ich musste auf meinen kleinen Bruder aufpassen. Wollen wir nicht Schlauchboot fahren? Oder hast du keins?« »Natürlich habe ich eins«, log ich. »Aber es ist gerade beim Flicken. Heute Nachmittag können wir fahren.«

Ich rannte zum Spielwarenladen am Ende des Sandwalls und erfuhr, dass ein Schlauchboot enorme drei Mark Leihgebühr pro Stunde kostete. Dann rannte ich nach Hause und zählte mein Geld.

Trotz meiner Einnahmen während der Sonnenfinsternis reichte es nicht, und so bettelte und flehte ich meine Mutter an, mir die fehlenden Münzen vorzuschießen. Erst als ich zu weinen anfing, gab sie sie mir. Am Nachmittag holte ich das Boot, das eher eine Luftmatratze mit einem schlauchförmigen Rand war. Ich pumpte es auf. Irene sah dabei zu. Die Hitze, der Gummigeruch, Irenes Niveaöl, alles berauschte mich. Dann zog ich das Boot ins Wasser. Wir setzten uns hinein. Ich saß zwischen ihren Beinen, ihre Schenkel rechts und links von mir wie eine Reling. Jeder hatte ein Paddel in der Hand. Die Ebbströmung zog uns immer weiter hinaus. Schließlich wurde es Irene zu gefährlich, obwohl ich sagte, der Strom würde bald kentern und uns zurücktreiben. Sie ließ sich ins Wasser gleiten und kraulte zum Strand zurück, während ich ihr mit Mühe folgte.

Nach dieser Niederlage spielte ich meine letzte Karte aus. Ich erzählte Irene, dass ich ein guter Angler sei. Ob sie nicht Lust hätte, mir beim Angeln zuzusehen. Auch das war eine Lüge. Weder besaß ich eine Angel, noch hatte ich je geangelt. Wir verabredeten uns für den nächsten Vormittag am Deichsiel von Neshörn. Den Rest des Tages verbrachte ich damit, die Verzierungen der Strandburg zu verbessern, während Irene im Strandkorb lag und in einer Illustrierten blätterte. Am nächsten Morgen stahl ich einen Besenstiel aus unserer Besenkammer. Dann kaufte ich einen Angelhaken und band ihn mit einem Stückchen Paketschnur an den Holzstiel. So höchst kümmerlich ausgerüstet machte ich mich auf den Weg. Das Wetter war schön, das Meer glatt wie ein Spiegel. Es flutete, bestes Angelwetter also. Eine ganze Reihe von Anglern saß auf der Steinkante vor dem Deich auf ihren Hockern. Sie beobachteten die Schwimmer, oder sie warfen mit einem gekonnten Schwung ihrer teuren Angelruten den Blinker weit hinaus. Ich schlug eine Miesmuschel auf, schob ein Stückchen Fleisch auf den Haken und ließ die Angel in der Nähe des Siels ins Wasser. Offenbar war es doch kein so gutes Angelwetter, denn keiner fing etwas außer Fischen, die so klein waren, dass der Angler sie gleich wieder ins Wasser warf. Endlich näherte sich Irene auf der Deichkrone. Ich sah sie schon von weitem. Sie hatte eine weiße Bluse an und trug enge weiße Shorts. Sie war nicht allein. Neben ihr ging ein junger Mann, athletisch und braungebrannt. Ich kannte ihn. Er machte im Auftrag der Kurverwaltung mit den Kurgästen gymnastische Übungen am Strand. Beide setzten sich direkt oberhalb von mir ins Gras. Ich war wie gelähmt, rührte mich nicht, hielt den Besenstil krampfhaft fest. Plötzlich zuckte es gewaltig. Der Angler neben mir warf seine Rute hin und rannte zu mir. Er nahm den Besenstiel und zog die Schnur heraus. Am Haken hing ein Fisch, groß und stark wie ein Arm, der schillernd im Sonnenlicht zappelte. Auch die anderen Angler eilten herbei und bewunderten meinen Fang. Niemand machte sich über meine Angel lustig. Der Mann, der mir geholfen hatte, befreite das Tier vom Haken und tötete es fachgerecht. Dann tat er es in eine Tüte und reichte sie mir. »Dein Glück möchte ich auch mal haben«, sagte er. »Du hast einen prächtigen Hornfisch gefangen. Er schmeckt toll. Lass ihn dir von deiner Mutter braten.«

Irene und ihr Begleiter hatten applaudiert, als mein Fisch an Land gezogen worden war. Nun standen sie auf und gingen Hand in Hand den Deich entlang Richtung Vogelkojen. Ich nahm die Tüte und den Besenstiel und trottete nach Hause. Mir war speiübel, wegen Irene und dem Fisch, dessen Leben ich zerstört hatte. Meine Mutter zerlegte ihn und briet die Stücke mit Butter in der Pfanne. Er hatte wunderschöne grüne Gräten. Dann aßen wir andächtig und tranken Wein dazu.

Am nächsten Tag fiel die Entscheidung beim Burgenwettbewerb. Wir erreichten den zweiten Platz. Der Preis war ein großer blauer Wasserball von Nivea. Irene schenkte ihn mir. Dabei lächelte sie. Ich fand sie zum ersten Mal nicht mehr schön. Ein Fotograf kam vorbei und fotografierte uns. Irene und ihre Geschwister saßen auf dem äußeren Burgwall, ich lag hinter ihm, die Arme auf den Sand gestützt, und lächelte, wie ich Lächeln gelernt hatte, ein zugleich künstliches und naives Lächeln, offen wie ein Scheunentor für dumme Gefühle und kluge Gedanken.

Als die Frankfurter Familie darauf die Insel verließ, war ich nicht traurig. Im Gegenteil. Die Kurmusik gefiel mir an diesem Abend wie noch nie. Die Kapelle spielte die neusten Schlager und dann Walzermusik. Die elektrischen Lampions, die zwischen den Ulmen hingen, schaukelten in der Abendbrise und ließen die Schatten um mich herum tanzen. Plötzlich erschien ein kleiner blasser Junge auf dem Podium. Er hielt eine weiße Spielzeuggeige in der Hand und presste sie sich unters Kinn. Dann fuhr er im Takt der Musik mit einem hölzernen Bogen über die Saiten, die in Wirklichkeit Bindfäden waren. Als das Stück zu Ende war, klatschten alle. Der Dirigent beugte sich zu dem Knaben hinab und schüttelte ihm die Hand. Ein Mann sprang aufs Podium und nahm den Jungen auf den Arm. Dann verschwanden sie über die Strandtreppe in Richtung Wasser. Man sah nur noch die weiße Geige im Mondlicht leuchten. Ich aber spürte, dass sich irgendetwas für immer verändert hatte. Das Meer war nicht mehr nur dort draußen, sondern es war fortan auch in mir, egal wo ich mich befand. Und mit der Liebe war es wohl ganz ähnlich.

*

B. bemerkte, dass die Frau auf der anderen Seite des Schreibtisches offenbar eingeschlafen war. Ihr Kopf war auf ihre Brust gesunken, und ihr Atem ging röchelnd und stoßweise. »Bist du es, Irene?«, flüsterte B. Er bemerkte, dass die Frau etwas in der Hand hielt, die auf dem Schreibtisch lag. Es glänzte silbern und sah aus wie ein Fisch. B. schien, dass er noch lebte, denn die Hand zuckte ein wenig. Er blickte auf seine Armbanduhr und stellte fest, dass erst eine halbe Stunde vergangen war. Es war eigentlich zu früh, die Sitzung abzubrechen, doch ihm war die Lust vergangen, die Erzählung seiner

Geschichte fortzusetzen. Er ging und gab sich diesmal keine Mühe, leise zu sein. Vielmehr schlug er die Tür hinter sich zu.

Am Abend beschäftigte sich B. mit seinem Archiv, den Briefen seiner Eltern und anderen Dokumenten. Dabei entdeckte er in einem der Kästen ein rotes Etui mit einem Bleistift darin. Es war das Etui, das er einst seiner Mutter geschenkt hatte. Er nahm ein Blatt Papier und schrieb mit dem Stift ein paar belanglose Zeilen. Als er sie sich laut vorlas, klangen sie wie Lyrik.

19

Am nächsten Morgen fuhr B. wie immer ins Institut. Sein Ärger über das offensichtliche Desinteresse des Anderen an seinem Leben war einer gewissen Vorfreude gewichen. Das lag an dem Manuskript, welches er am gestrigen Abend im Schrank gefunden hatte und das sich nun in der schwarzen Aktentasche befand, die auf dem Gepäckträger klemmte.

Jetzt saß B. in seinem Beichtstuhl, diesem bequemen Ledersessel, der ihm inzwischen immer härter vorkam, dem Mann gegenüber, der wieder erschienen war und dessen Gesicht wegen der herabgelassenen Jalousie im Dunkeln lag. B. holte das Schriftstück aus der Tasche, legte es vor sich hin und begann in ihm zu blättern. Schließlich hob er den Blick und begann zu sprechen.

Ich habe gestern im Hotel diesen Text in meinen Unterlagen gefunden. Während ich ihn las, befiel mich eine tiefe Traurigkeit, in die sich zugleich eine gewisse Zufriedenheit mischte. Es handelt sich um eines der wenigen längeren Schriftstücke, die meine Mutter verfasst hat. Sie hat ihn auf dem Büropapier der Reederei, bei der mein Vater angestellt war, geschrieben. Ich war damals sehr beeindruckt von ihm. Durch ihn wurde eine für mich wichtige Reise vor dem Vergessen bewahrt. Meine erste große Schiffsreise. Ich verdankte sie meinem Vater. Er hatte beim Prokuristen der Reederei die Erlaubnis erwirkt, meine Mutter und mich auf einer Fahrt der »Rantum« nach Luleå am nördlichen Ende des Finnischen Meerbusens mitzunehmen. Der Direktor der Hunniusschule war wegen meiner inzwischen wieder guten schulischen Leistungen bereit, mir zwei Wochen frei zu geben.

Diese Reise in den hohen Norden hat mich in vieler Hinsicht verändert, denn ich erlebte damals eine fremde Landschaft, ein fremdes

Licht, das etwas Unwirkliches hatte und die Farben auf eine Weise hervortreten ließ, wie es sonst nur Träume vermögen. Mit dem Reisebericht, den meine Mutter an Bord verfasste, hatte sie endlich das getan, wozu ihr mein Vater in seinen Briefen immer wieder dringlich geraten hatte: Schreiben als Versuch, sich innerlich zu festigen. Meine Mutter kaschierte den literarischen Anspruch ihres Textes dadurch, dass sie vorgab, ihn für die interessierten Teilnehmer einer imaginären Kaffeerunde zu schreiben, die nicht das Glück hatten, all diese Wunder persönlich zu erleben. In ihrem Reisebericht zeigt sich ein erhebliches Formulierungstalent, aber zugleich auch eine fast zwanghafte Neigung, sich zur allwissenden Deuterin der Welt zu machen. Dabei war sie wohl in Wahrheit von tiefer Unsicherheit erfüllt. Ihr ganzes Leben lang blieb meine Mutter in sich selbst gefangen. Ihr Versuch, sich am Zopf der eigenen Sprache aus dem Sumpf ihrer Ängste zu ziehen, war von Anfang an zum Scheitern verurteilt. Sie machte sich etwas vor mit ihrem theatralischen Selbstlob, mit ihren süßen Illusionen und einer schönen Sprache, deren Eindringlichkeit zuweilen den fast morbiden Ton einer verzweifelten Hybris hatte, mit der sie alles bannen wollte, was ihrer Meinung nach hätte schmerzhaft sein können: die kleinen Wahrheiten, die banalen Tatsachen, die präzisen Beobachtungen und ernüchternden Erfahrungen, die verlorenen Illusionen und die uneingestandenen Momente des Scheiterns. Zweifellos war sie damals auf dem Weg, eine echte Schriftstellerin zu werden, obwohl sie sicher große Angst vor der damit verbundenen Notwendigkeit einer gnadenlosen Selbstkritik hatte. Vielleicht war das der Grund dafür, dass sie diesen Weg nicht zu Ende ging.

Dienstag, den 25. August 1953. Die uns vom Himmel ganz plötzlich geschenkte Schwedenreise fängt damit an, dass wir mit ziemlich viel Gepäck in rechter Hetze das Haus verlassen. Und das trotz meiner intensiven, alles bedenkenden Vorbereitung! Diese letzten Tage wa-

ren recht anstrengend für mich. Eine schnelle Tagesreise nach der Kreisstadt wegen Passverlängerung und Visa für uns beide. In letzter Minute erreiche ich Zug und Dampfer, nachdem ich mir auf dem Amt ebenso kurz wie temperamentvoll Luft verschafft habe, und heimwärts geht es, um bereits schon am nächsten Tag mit Sohn und Koffern auf Gegenkurs zu liegen. Da Herr Z., einer der Prokuristen der Reederei, liebenswürdig um unser Wohl bedacht, unbedingt das Programm unserer Ab- und Anreise zum Schiff gestalten wollte, seinerseits aber ständigem Programmwechsel innerhalb des Reedereibetriebes ausgesetzt war, gab es zunächst einen wilden Telegramm- und Telefongesprächwechsel. Am 24. abends meldet der Meine sich dann auch, wie erwartet und erspürt, mit enttäuschter Stimme, warum wir nicht in Hamburg seien. Er hat recht. Jede gemeinsame Stunde ist unwiederbringlich und nicht zu entbehren. Nun, wir vertrösten ihn auf den 26. August, an dem uns ein schnelles Auto von Rendsburg nach Hamburg bringen wird. Am 25. August, dem Tag unserer Verabredung mit Herrn Z. in Dagebüll, gießt es in Strömen. Nicht nur das. Es stürmt, und harte Böen peitschen die See. Wir haben eine hässliche Überfahrt und nützen die Stunden des Wartens in Dagebüll, Herr Z. kann uns erst gegen Abend holen, mit einem Verpusten bei starkem Kaffee und einem »Magenbitter«. Die Reise fängt eigentlich gar nicht so schön an. Aber die ganze Fahrt ist ja ein Wunder, und ein Wunder müsste auch mit einem kleinen Zauber beginnen.

Ich erinnere mich genau an diese Situation. Für mich war die stürmische Überfahrt alles andere als hässlich. Sie war im Gegenteil ein intensives Erlebnis. Die Seereise hatte für mich bereits begonnen, und ich war aufgewühlt wie das Meer. Dann saßen wir den ganzen Nachmittag im großen Wintergarten des Strandhotels in Dagebüll. Wir hatten einen Tisch am Fenster. Es regnete so stark, dass man das Meer kaum erkennen konnte und die Schafe auf dem Deich wie nasse Schneehaufen aussahen. Meine Mutter trank mehrere Fläschchen Kümmerling. Ihr sei übel, erklärte sie. Die Zeit verstrich nur langsam. Sie war in den Regentropfen gefangen, die gegen die Scheiben schlugen und in kleine mäandernde Bäche zusammenflossen. Lauter durchsichtige Sekunden, Minuten und Stunden, die zur Fensterbank herunterrannen. Wir sprachen kaum. Das war ungewöhnlich. Normalerweise redete meine Mutter in langen Tiraden, in denen sie verschiedene Leute schlecht machte, Onkel Otto zum Beispiel, den sie als windig bezeichnete, oder die lange Else, die ihr zu hässlich war, ihre Mutter, die abgrundfalsch sei wie deren andere Tochter auch, oder Tante Hella, die nichts anderes als ein Flittchen sei. Und ich neigte damals zu langen Predigten über die Geheimnisse der Atomphysik. Ich glaube, meine Mutter war mir in diesen Stunden sehr nah und zugleich sehr fern. Wollte man dafür ein passendes Wort prägen, würde ich es »fernah« nennen. Sie war mir fernah, ein Zustand, den ich später noch mit einer Reihe anderer Frauen erleben sollte. Es ist eine Verfassung, in der die körperliche Nähe fast zu einem bedrohlichen Abgrund wird. Endlich hörten wir ein Auto dreimal hupen. Es war Herr Zeus, ein großer Mann mit dünnen Haaren, einer vorspringenden Nase und einem fliehenden Kinn. Er war sehr freundlich zu mir. Fast hätte er ebenfalls ein Onkel sein können, aber dazu fehlte ihm die Unvernunft. Wir fuhren durch den Regen. Meine Mutter vorne auf dem Beifahrersitz. Ich hatte hinten die ganze Rückbank zur Verfügung. Noch nie war ich so bequem durch die Landschaft geglitten. Ich kannte ja nur das rumpelnde Reisen im Zug, wenn die Drähte der Telefonmasten draußen auf und ab schwankten und hin und wieder weißer Rauch der Lokomotive durch ein halbgeöffnetes Fenster drang und ein schrilles Pfeifen den Zug zu einem fliegenden Drachen machte. Dazu das typische Klacken der Räder auf den damals noch unverschweißten Schienen, an dem man hören konnte, wie schnell man fuhr. Die Fahrt in dem großen Auto war hingegen fast geräuschlos. Bäume und Häuser glitten vorüber wie auf einer Kinoleinwand. Herr Zeus rauchte eine Zigarette nach der anderen und gab sich Mühe, seine Nachbarin zu unterhalten. Er sagte ständig »Gnädige Frau« und schwärmte in höchsten Tönen von meinem Vater. Dann waren wir am Ziel und wurden in ein hell erleuchtetes Wohnzimmer geführt. Die Hausherrin, eine attraktive blonde Frau im Hosenanzug, begrüßte uns. Herr Zeus mixte Cocktails. Auf dem Tisch stand ein großes Tonbandgerät. Ein nagelneues Grundig TK 10, das über 700 DM gekostet hatte, wie Herr Zeus stolz erklärte, und das fast nur in Tonstudios zu finden sei. Es war das erste Mal, dass ich so ein Wunderwerk zu sehen bekam. Man konnte mit ihm Klänge einfangen wie mit einem Schmetterlingsnetz. Für mich stand sofort fest, dass ich unbedingt so bald wie möglich auch solch ein Gerät haben musste. Frau Zeus drückte auf eine Taste, die Spulen begannen sich zu drehen, und eine Stimme ertönte, begleitet von Musik. Es war die Stimme von Frau Zeus, laut und deutlich. Sie bewegte die Lippen dazu. Deutsche Schlager, perfekt gesungen mit einer weichen, dunklen Stimme. »Rote Rosen, rote Lippen, roter Wein«, »Die blaue Nacht am Hafen«. Ich kannte sie alle und hätte sie mitbrummen können. Der Hausherr lud uns ein, bis zum Eintreffen der »Rantum« in zwei Tagen in seinem Haus zu wohnen. Meine Mutter klagte, ihr Mann sei nur zwei Stunden Autofahrt entfernt. Er würde sie sehnsüchtig erwarten. Sie müsse schon morgen unbedingt zu ihm. Herr Zeus telefonierte. Nach einem letzten Manhattan wurden wir in das Gästezimmer geführt und legten uns zu Bett. Meine Mutter schlief kaum. Auch ich war aufgeregt. Die Vorfreude war zu groß. Aber auch das Staunen über all das Neue, das ich an diesem Tag erlebt hatte. Die Autofahrt, das Tonbandgerät, die Atmosphäre des Hauses. Es war anders als bei Muttl und Vatl, anders als bei meinen Inseltanten und -onkeln. Alles war neu und edel und dennoch ziemlich gemütlich. Am nächsten Morgen holte uns ein Wagen der Reederei ab und brachte uns in einer rasenden Fahrt zum

Hamburger Hafen. Meine Mutter beschreibt das Wiedersehen mit ihrem Mann so:

Der Meine steht gerade mit einer Gruppe Herren an Deck! Ihn se-hen, weiche Knie und das dumme Herz ... und da ist er schon!! Schnell in unsre Kammer und ... große Pause!!! Ja, die Kammer ist einfach entzückend. Ein kleiner, intimer Salon im Halbrund, ganz getäfelt in mattem Rüster, bildschön in der Holzverarbeitung, ver-kleidet die Heizung, die Klimaanlage, schmale grün-braune Strei-fen im Bezug der tiefen Sessel und des Rundsofas. Reizende Wand-beleuchtungen aus mattem Messing. Schreib- und Bücherecke, alles auf die Farbtöne Braun und Grün gestimmt, resedagrüne Wand-vorhänge an drei kleinen Fenstern (keine Bullaugen mehr!) und der Koje, resedagrüner Teppich und ebenso die Decke auf dem niedri-gen Couchtisch; ein sehr gutes Ölbild »Kühe im Morgennebel auf der Marsch«. Das Ganze sehr kultiviert, urgemütlich und das Meis-terwerk eines bekannten norddeutschen Malers und Innenarchitek-ten, Herr Mechlen aus dem Malerdorf Kampen auf Sylt. Er hat das ganze Schiff eingerichtet und für seine Entwürfe sagenhafte 35 000 Mark bekommen.

Ich wurde, solange die Passagiere nicht an Bord waren, in einer der komfortablen Passagierkammern einquartiert. Am Abend kamen die Schlepper, und dann ging es stromabwärts die Ufer der Elbe entlang. Wieder dieses schöne Panaromabild auseinanderrücken-der Ufer, sich spreizende Schenkel, die das Meer gebären. Ich war auf der Brücke. Vieles war mir vertraut, doch vieles auch neu. Der Rudergänger drehte kein Steuerrad, sondern drückte zwei große Knöpfe auf einem Pult, einen für Ruder steuerbord, einen für Ruder backbord. Ein flüchtiger Blick in die Funkbude zeigte mir, dass die Geräte dort moderner und größer geworden waren. Auch die Ra-daranlage war auf einem technisch verbesserten Stand. Aber Blick und Haltung des 1. Offiziers, der mein Vater war, hatten sich nicht geändert. Ich erkannte erneut an ihnen diese konzentrierte Ruhe, in der große Aufmerksamkeit und Entschlusskraft gleichsam eingekapselt waren. Ich wusste, er war jetzt sehr weit weg auf einem anderen, völlig von Wasser bedeckten Stern. In solchen Momenten verehrte und bewunderte ich ihn, diesen disziplinierten Odysseus. Seine Frau hatte ein anderes Bild von ihm. Sie schrieb: »Er sieht prächtig aus, tief braun gebrannt von den Tropen, gesund, sehr schlank und elastisch wie nur eh und je. Vor Glück, seine beiden bei sich zu haben, ist er stumm, strahlt aber immerzu wie ein Kind vorm Weihnachtsbaum.«

In der langsam tiefer werdenden Dämmerung zahllose Lichter am Ufer und auf dem breiten Strom gelbe Toplichter, erleuchtete Reihen von Bullaugen, rote und grüne Positionslampen, blinkende Signale der Leuchttonnen, weiße Finger der Leuchtfeuer, die über alles hinwegglitten und nach der Unendlichkeit tasteten. Am rechten Ufer die gelben Girlanden des *Schulauer Fährhauses*, dem Lokal, das die ein- und ausfahrenden Schiffe über einen starken Lautsprecher begrüßte und ihnen ein Lied zusandte. »Glückliche Reise, Rantum!« war deutlich zu hören. Dann erklang die deutsche Nationalhymne, von einer Schallplatte gespielt. Ich sah das Lächeln in dem in der schwachen Brückenbeleuchtung maskenhaft wirkenden Gesicht meines Vaters. Mitternacht war seine Wache zu Ende. Meine Mutter zog ihn in die Kammer, eine Penelope, die ihrem Odysseus keine Zeit für weitere Irrfahrten ließ. Ich aber ging aufs Peildeck hinauf. Ich hatte das Nachtglas meines Vaters dabei. Die Wolken verzogen sich und gaben den Blick auf den Sternhimmel frei. Ich war stolz und glücklich, denn ich kannte viele Sternbilder mit Namen. Ich machte Doppelsterne aus, und als der Mond aufging, spazierte ich an der Schattengrenze seiner Sichel die Krater entlang und murmelte ihre Namen. Besonders schön waren die drei eng nebeneinanderliegenden Krater Theophilus, Cyrillus und Catherina in der Nähe des

Mare Nectaris. Die schönste Formation auf dem Mond. Das war auch eine Trinität. Theophilus und Cyrillus, die beiden männlichen Krater, hatten Zentralberge und berührten sich, Catherina war etwas entfernt, aber mit ihnen durch eine tiefe Schlucht verbunden. Mein Vater war Theophilus, ich war Cyrillus und meine Mutter Catherina. Ich war inzwischen hundemüde und legte mich in meine Koje. Als ich kurz vor Sonnenaufgang erwachte, hatte die »Rantum« bereits ihre Reise durch den Nordostseekanal nach Rendsburg beendet. Das Schiff machte gerade am Kai der Werft in der Obereider fest. Hier sollten die Mängel beseitigt werden, die sich während der Jungfernfahrt gezeigt hatten.

Vier Tage gründliche Überholung des Schiffes. Ausführung der Garantiearbeiten, das heißt für die festen Insassen eine Reihe von höchst unbequemen Tagen, denn ein Heer von Werftarbeitern läuft auf und ab, durchstöbert jeden Winkel, es kracht und hämmert, sägt, mitunter fehlt Wasser, dann läuft probeweise die Klimaanlage, dass man im Eisschrank zu sitzen meint, kurz, es ist alles andere als gemütlich. Ich habe die Schürze vor und wienere hinter jedem Arbeiter her. Der Meine veranlasst, dass die Reparaturen in unsrem Wohnraum zuerst gemacht werden. Sehr schnell habe ich alles wieder gemütlich. Zum Trost spendet der Meine einen wunderbaren Klosterlikör. Der Tischler, der sorgfältig Holzleistchen mattiert, ist ein Österreicher. Er behandelt die Möbel, als seien es Säuglinge, ganz liebevoll, mit vielerlei Reden, die sich auf dem Schiff, in unsrer norddeutschen Luft, geradezu apart anhören. Er kriegt auch seinen Likör, was ihn noch gesprächiger macht. Sehr schnell erfahre ich alles, was seine Welt ausmacht. Von seinem Weiberl, von den herzigen Kinderln, und ob ich eppa schon mal im Prater war? Er kriegt noch einen Likör, und jetzt ist er bereit, sich für mich enthaupten zu lassen. Unser Sohn ist in seinem Element. Er hat einen Overall an, Pudelmütze und Gummischuhe. So kann nicht viel passieren. Er er-

obert das Schiff auf seine Weise, zunächst den Maschinenraum, Öl-
flecken haben wir ihm erlaubt, und er macht Gebrauch davon. Wir
sehen ihn kaum. Das ganze Werftgelände ist sein Reich. Mittags
braucht er nicht im Salon mit uns allen zu essen, also kein lästiges
Umziehen, und Waschen auch nur das Allernotwendigste. Henry,
die Perle, serviert ihm oben in unsrer Kammer Portionen von ganz
ungehörigem Ausmaß, doch werden sie vertilgt. Er ist ganz unkom-
pliziert, bedarf keines Zuspruchs, keiner Ermahnung, man kann
tun und lassen, was man will, und Henry hat, trotz seines Tisch-
dienstes im Salon, immer Zeit zu einem kleinen Schwatz. Er redet
unseren Sohn mit »Sie« an und ist nicht davon abzubringen. Ein
paar Tage später duzen sich dann beide.

In Wahrheit litt ich darunter, dass ich nicht mit den anderen zusammen essen durfte, weil meine Mutter offenbar meine Tischmanieren für unzureichend hielt. Dadurch war es mir nicht möglich, mir durch Wortspiele und originelle Bemerkungen Beachtung zu verschaffen. Nach einem kurzen Besuch im Maschinenraum wurden mir außerdem weitere Ausflüge dorthin untersagt. Die Ingenieure der Firma Borsig hatten wenig übrig für einen Vierzehnjährigen, der ihnen den Carnot'schen Kreisprozess einwandfrei erklären konnte.

Obwohl wir nicht fuhren, hielt ich mich jetzt meistens auf der Brücke auf. Dabei entdeckte ich mit dem Fernglas etwas Seltsames: Am gegenüberliegenden Ufer des an dieser Stelle seeartig verbreiterten Flussarms saß ein Mann auf einem Klappstühlchen. Er trug einen großen schwarzen Schlapphut und schien ein Bild zu malen. Immer wieder fuhr er mit dem Pinsel über einen Zeichenblock, den er auf den Knien liegen hatte. Dabei blickte er abwechselnd auf das Bild und auf das Schiff. Ich hatte das Gefühl, in seinem Bild zu sein, ja, dass alles um mich herum ebenfalls gemalt war. Später sah ich ihn in der Kammer meines Vaters wieder. Er zeigte meinen Eltern das Bild, das er gemalt hatte. Ich fand es nicht besonders gut. Als er gegangen war, sagte meine Mutter. »Das ist Graf von Merveldt, ein berühmter Maler. Er hat von Konsul Entz den Auftrag erhalten, das Schiff zu malen.«

Am Nachmittag war der Mann mit dem Schlapphut wieder zurück und zeigte meinen Eltern ein neues Aquarell der »Rantum«. Ich hatte inzwischen ebenfalls ein Bild des Schiffes gemalt, mit Buntstift und ganz aus dem Kopf, denn ich war ja selbst auf dem Motiv und musste mir deshalb vorstellen, wie es aus der Ferne aussah. Graf von Merveldt betrachtete mein Werk. Dann klopfte er mir auf die Schulter. »Du hast noch die wahre Freiheit des Malens, mein Junge, die wir Erwachsenen uns mühsam erkämpfen müssen. Bei dir sind das Abstrakte und das Gegenständliche noch nicht getrennt, sondern zwei Seiten einer Medaille. Mach weiter so, solange du kannst.« Ich verstand nicht genau, was er meinte, aber ich war stolz. Dann sagte ich zum Entsetzen meiner Eltern: »Sie haben die ›Rantum‹ wie eine Kuh gemalt, die ihr Euter auf dem Rücken hat.« Graf von Merveldt lachte. »Du bist mir vielleicht ein boshafter Kunstkritiker. Aber du hast recht. Ich kann Segelschiffe besser.«

Meine Mutter hatte es inzwischen verstanden, mit Hilfe der beiden Stewards die Kammer des 1. Offiziers zu einem gut besuchten Salon zu machen. Es gab Oliven, eisgekühlte Cocktails, Klosterlikör, Sandwiches in Form kleiner Segelschiffe mit einem Zahnstocher als Mast, außerdem den Lieblingssnack meiner Mutter, Angels on Horseback, gegrillte Austern mit Speck. Wenn die Gäste gegangen waren, schrieb sie an ihrem Text.

Freitag 28.8. – Die Stunden rasen dahin. Festhalten möchten wir sie! Am Tag und in der Nacht. Der Meine hat wie stets über das Maß zu tun. – Ich sehe ihn überall, am wenigsten in unsrem kleinen Daheim. Am Abend essen wir mit Graf M. allein in unsrem Wohnraum. Im Salon unten ist es zu ungemütlich, da die Klimaanlage probeweise läuft. Wir haben einen sehr hübsch gedeckten Tisch,

Henry, die Perle, bedient. Es gibt einen guten Tropfen, Kerzenlicht und einen Gast, der seinen Sessel nicht verlässt. Es wird eine jener Plaudereien, bei denen Scherz und Ernst wie die Bälle hin und her fliegen. Graf Merveldt erzählt von seinen Pariser Studienjahren, seinem dortigen Kreis, zu dem auch Friedrich Sieburg zählte, von Marokko, vom Orient, der Südsee, von Südamerika; kaum ein schöner Fleck unsrer Erde, den er nicht kennt, dort wo Stille ist und Schönheit, nicht die großen, lauten Städte. Aber Paris – Paris ist die Ausnahme! Auch seine Frau ist gekommen. Sie ist Chefredakteurin bei der »ZEIT« und schreibt jetzt ein Buch über Mexiko. Im Herbst fährt sie nach drüben, während er sich auf den Balearen häuslich niederlassen will. Um dem Hauptlärm der Werftarbeiten zu entgehen, gleichzeitig einige notwendige Besorgungen wie neue Shorts und Sandalen für die Tropenausrüstung zu machen, fahren wir drei in die Stadt. Zuerst gehen wir konditern, haben in dem sehr hübschen, modernen Café ein kleines Erlebnis, das Anlass zu viel Gelächter gibt, sich aber nicht ganz salonfähig macht. Es hebt jedoch so die Stimmung, dass wir uns unter allerlei Albernheiten höchst zwanglos durch die Straßen bewegen.

Nach erfolgtem »Shopping«, bei dem es plötzlich aus allen Kübeln gießt, und das auf unsre kalte Pracht, Schirm blieb natürlich an Bord, retten wir uns in die sehr gepflegte Eiderhalle, ein ratsweinkellerähnliches Gebäude, das für seine lukullösen Gerichte bekannt ist. Mitten in der Nacht kaufe ich noch in einem hell erleuchteten Blumengeschäft einen Arm voll roter Astern. Zwei Frauen und ein Mann wanden wunderbare Kränze aus lebenden Blumen. Sie waren gar nicht überrascht, als ich ans Fenster klopfte, und öffneten freundlich. Auf dem Tisch stand ein Tablett mit Wein und Likören. Nebenan war eine große Hochzeit, für die sie allen Blumenschmuck geliefert hatten, und nun, zu ihrer Nachtarbeit, hatte man ihnen von drüben eine Stärkung geschickt. Dort die Hochzeitskränze, hier die Totenkränze, beides gleich liebevoll, gedankenlos, vielleicht aber *auch gedankenvoll gebunden. Ich bekomme noch meine Blumen, sorgfältig und ohne Eile ausgewählt, und werde auf dem Heimweg von meinen Männern gehänselt, dass ich immer so hartnäckig meine Vorhaben realisiere und sogar noch in der Nacht an die Blumen denke, die wir nachmittags nicht bekommen haben. Sehr müde erreichen wir unser Schiff, das wir immer wieder neu als Oase empfinden. Das ist nun der erste Abend, den wir zwei alte Liebesleutchen für uns ganz allein haben. Unser Sohn geht gleich zu Bett. Das Schiff liegt ohne Laut. Nur die Lichtmaschine summt leise. Wohltuend diese Ruhe! Wir zünden unsre Kerze an, noch ein Glas Wein und dann dies unbeschreibbare Mysterium, das unsre gemeinsamen Stunden und Tage krönt und uns bis ans Ende dankbar macht.*

B. unterbrach seine Lesung und sagte: »Immer wieder musste meine Mutter fast zwanghaft ihrem imaginären Lesepublikum mitteilen, wie wichtig dieses sogenannte Mysterium für sie und ihren Mann war und wie sehr er »der ihre« ist. Vielleicht ahnte sie, dass er sich durch seine berufliche Karriere mehr und mehr ihrem Einfluss entzog. Jenes »kleine Erlebnis« in dem Rendsburger Café war übrigens nichts anderes als eine Folge der beginnenden Inkontinenz der Schreiberin. Als sich die Frau des Reeders am letzten Werfttag ankündigte, um auf dem Schiff eine Party zu geben, hatte meine Mutter einmal mehr Gelegenheit, sich ihrer Traumwelt zu versichern und alles Störende mit dem Bann selbstgerechter Ablehnung zu belegen.

Der Meine, der ohnehin an tausend Sachen zugleich denken muss, sorgt dafür, dass es mit der Party einigermaßen klappt, und wirft sich in letzter Minute in sein Gala-Weiß, um die Damen zu empfangen. Das bleibt auch nicht ganz ohne Wirkung. Die Dame unsres Oberhauptes ist für den äußeren Glanz sehr zu haben. Die Party, die sich bis in die Abendstunden dehnt, stört sehr und verschafft uns

allerlei Unruhe, da sich alles andre fast nur in unsrer Kammer ab-
spielt. Später kommen auch noch die Damen zu mir, und Frau Entz,
die eine wirklich bezaubernde, hochelegante Erscheinung ist, macht
uns miteinander bekannt. Es wird typisch Konversation gemacht,
liebenswürdig zwar, aber zugleich zerlegen sich die Evas gegenseitig
in die einzelnen Bestandteile ihrer Garderobenfragen. Ich war da-
rauf vorbereitet und hielt, so hoffe ich, stand. Gott schütze uns vor
diesen Auswüchsen des Mammons!

Am Dienstag kamen die letzten Passagiere an Bord. Ich musste jetzt
in der Kammer meines Vaters auf einem Sofa übernachten. Am
Mittwoch ging es endlich los. Wir fuhren durch die Kieler Bucht auf
das offene Meer hinaus. Bei meinen bisherigen Seefahrten hatte man
immer irgendwo ein Stückchen Land gesehen, eine Küste oder eine
Hallig. Jetzt war es anders. Zum ersten Mal erlebte ich einen Horizont, der sich wie ein vollständiger Reif um mich schloss. Als dann
doch die Silhouetten der dänischen und schwedischen Inselküsten
aus dem türkisgrünen Wasser auftauchten wie schwimmende Farb-
schraffuren am Himmel, hatten sie etwas Unwirkliches. Ich stand
während der Wache meines Vaters neben ihm. Sein Ernst und seine
Aufmerksamkeit übertrugen sich auf mich. Ich fühlte mich stark wie
selten. Er erlaubte mir sogar, das Schiff zu steuern. Ich beobachtete
die Stellung des Kreiselkompasses, die Zahl, auf die eine Markierung zeigte und die dem Kurs entsprach. Bei der kleinsten Abwei-
chung begann sie zu wandern, und ich konnte mit Hilfe der beiden
Steuerknöpfe korrigierend eingreifen. Bald war ich darin genauso
geschickt wie ein erfahrener Rudergänger. Meine Mutter saß unterdessen in der Kammer ihres Mannes, trank Klosterlikör und betätigte sich als Reiseschriftstellerin. Dass sie eigentlich Malerin hatte
werden wollen, spürte man ihrem Schreibstil an. Vieles war wirklich
so, wie sie es beschreibt. Je höher wir kamen, desto mehr schienen
wir uns in einem Gemälde zu bewegen. Luleå liegt am oberen Ende

des Finnischen Meerbusens, fast auf 66 Grad nördlicher Breite. Von da ist es nicht mehr allzu weit zum nördlichen Polarkreis. Die Luft ist in dieser Region oft von einer Klarheit, die den Farben und Formen der Dinge tatsächlich eine fast unwirkliche Intensität verleiht. Die Landschaft, die Berge, die Häuser, die Bäume, das Moos, die roten und blauen Beeren, die Pilze mit den rotbraunen Kappen: Die Welt ist eine große Leinwand, die Sonne ist der Pinsel, und die Tageszeit ist der Maler. Die fast übertriebene Farbigkeit erinnert an Hinterglasmalerei. Viel Violett, viel Orange, viel Zinnoberrot, wo man eigentlich braune, grüne und ockerfarbene Töne erwartet. Auch wirken die Dinge wie von feinen Linien umrandet. Auf den Bildern Munchs findet man diesen Effekt wieder.

Unsre Passagiere erscheinen an Deck, ganz auf Seefahrt kostümiert, durchweg sehr elegant, die vier jungen Herren etwas snobistisch, wie aus Modejournalen, das Saloppe amerikanisch betonend. Der I. O. lässt Liege- und Deckstühle aufstellen. Leuchtend orange und knallblau sind sie. Zu dem silbergrau-weißen Schiff sieht das sehr hübsch und lustig aus. Wir gleiten elegant dahin, von den kleinen, weißen Ostseemöwen begleitet. Die jungen Leute haben sich an den Ausblicken bald sattgesehen. Sie fotografieren viel, einer hat einen Filmapparat, aber als auch dieses sich vorübergehend erschöpft hat, verlangt es sie nach den begehrten Bordspielen. Nach achtern, im Freien, liegt das Vergnügungsdeck, die sogenannte »Laube«. Ein nach den Seiten geschützter und überdachter Raum mit regelrechten Gartenmöbeln, Bänken, einem Pingpong-Tisch und dem Abstieg ins Schwimmbad. Dort wird also gespielt, sich in der Sonne geaalt. Shuffleboard gibt's natürlich auch und alle die Scherze, die der Globetrotter von einer Schiffsreise verlangt. Also, die jungen Leute wollen Tischtennis spielen. Der I. O. lässt ihnen alles aufbauen, vor allem die feinen Netze anbringen, die die ganze Laube abschließen. Beim 2. Gongschlag, vor dem Essen, versammelt sich alles im

Salon, und hier machten wir uns offiziell miteinander bekannt. Es ist an Bord Sitte, dass man sich zu Tisch zurechtmacht und abends umkleidet. Das ist zwar nicht sehr bequem, doch wenn es tagsüber auch angenehm ist, in Sportkleidung zu erscheinen, so ergibt es doch ein hübsches Bild, wenn die Herren abends im dunklen Anzug erscheinen, die Damen im entsprechenden Kleid. Als rechten Tischherrn habe ich Graf Waldersee-Bassewitz, dem gegenüber der leitende Ing. sitzt. Dann folgt Gräfin Waldersee-Bassewitz, eine junge, ganz reizende Frau. Wir haben entschieden die nettere Tischhälfte, und es geht bei uns immer lebhaft und sehr vergnügt zu. Der Clou am Tisch aber ist Orlando! Orlando Braque aus Paramaribo. Sein Vater ist Gouverneur in Südamerika, seine Mutter eine Javanerin. Er ist klein, zierlich gebaut, wie gedrechselt, gelbhäutig, schwarze, schräge Augen, blauschwarzes Haar, wie eine seidene Kappe, schmales Bärtchen, Hände wie eine Frau mit langen, nervösen Fingern. Seine Bewegungen sind von katzenhafter Anmut, der schmale Körper ist sehnig und durchtrainiert. Er treibt viel Sport, spielt unwahrscheinlich gut Tischtennis, auf eine ganz merkwürdige Art, schlägt natürlich alle. Hinter seiner dicken Brille blinzeln stets vergnügte Augen. Er spricht recht gut Deutsch, fällt immer wieder in fließendes Englisch, kommt er aber nach ein paar Whisky in Stimmung, hält ihn nichts mehr. Dann gibt es nur seine spanische Muttersprache im rasanten Tempo. Orlando ist der Clown an Bord, er ist ständig in Bewegung, unglücklich, wenn das Radio nicht unentwegt laut dudelt. Er tanzt leidenschaftlich gern, am liebsten Soli. Das sind akrobatische Leistungen. Da die »Clique«, zu der Orlando gehört, Abend für Abend im Rauchsalon feiert, der Meine und ich uns aber meist in unsre liebe Kammer retirieren, kommen wir um diese Genüsse. Einmal sah ich aber den Kleinen einen Mambo tanzen, wirklich großartig. Er wirbelt herum, dass man nicht weiß, was oben und unten ist. Seine Kleidung ist extravagant, so erscheint er zum Tennis in ganz kurzen, leopardengemusterten Höschen, *dazu einen dicken weißen Pulli mit Rollkragen. Dann hat er wieder ein schreiend buntes Tuch um den Hals. Man kann ihm nicht böse sein. Zu mir ist er unglaublich galant. Der Meine sagt, das sei bei den Südamerikanern typisch. Immer bringt er mir irgendwas, was mir wirklich gerade fehlt. Unserem Sohn gibt er mit großer Geduld freiwillig Unterricht im Tischtennis (und tatsächlich lernt es unser Junge sehr schnell). Morgens ist er von den nächtlichen Gelagen meist etwas grünlich. Dann rollt er sich wie eine Katze in irgendeinem Deckstuhl zusammen und spielt »tot«. Orlando Braque sorgt dafür, dass sich keiner langweilt, und alle haben ihn gern. Wir spielen bei schönem Wetter viel Tischtennis zusammen. Es macht mir viel Spaß, obwohl mir die vier glänzenden Spieler haushoch überlegen sind. An einem Sonntag spielten wir mit dem Meinen mehrere Doppel. Das war zu nett, wie wir da miteinander im Gefecht lagen. Mit Tischtennis begann meine Bekanntschaft mit dem Meinen. Wir haben mehr als einmal daran gedacht! Und jetzt? Jetzt spielt ein langer Sohn mit Stimmbruch als Partner seines noch so drahtigen Vaters, und seine Mutter lässt sich von vier jungen Männern den Hof machen. Wo bleibt die Zeit?*

Ich bin der Überzeugung, dass die sich anbahnende Paranoia meiner Mutter in diesen Tagen einen regelrechten Schub bekam. Sie war in ihren Augen die Königin der Tafel, und sie identifizierte sich sogar mit der Rolle des 1. Offiziers, wenn sie schreibt: »Anschließend, nach dem Essen gehen wir dann mit unsrem Mann und Vater die Wache auf der Brücke.« Auf die offensichtliche Veränderung ihres Körpers, unter der sie litt, reagierte sie mit Ironie: »Ich lege mir, trotz meiner leise beginnenden kurvenreichen Figüre und sehr zum Ergötzen des Meinen, keinerlei Hemmungen auf und genieße die Menüs durch das ganze Repertoire. Mitunter schaue ich zur Küche herein und darf mir bei unsrem netten Chefkoch etwas Besonderes bestellen, d.h. das Tagesprogramm machen. Das Ergebnis ist meistens Stangenspargel, zerlassene Butter und Katenschinken.« Ich war immer noch von der Tafel ausgeschlossen und bekam mein Essen wie ein Aussätziger allein auf der Kammer serviert. Warum demütigten mich meine Eltern auf diese Weise? Wusste ich doch, dass ich bei jeder angeregten Unterhaltung mit meinen Einfällen eine Bereicherung gewesen wäre. Der Reeder hatte Orlando die Reise aus geschäftlichen Motiven geschenkt. Orlandos Vater gehörten große Bauxitminen. Entz, der auch Konsul der Niederlande und damit automatisch von der Kolonie Surinam war, hatte natürlich ein großes Interesse am Transport dieses Stoffes, aus dem Aluminium gewonnen wurde. Für mich war Orlando Braque mein ganzer Trost. Ich spürte, dass er etwas Wichtiges in mir auslöste. Ich glaube heute, er war der Grund dafür, dass ich für die kommende Zeit meines Lebens keine Angst mehr davor haben musste, etwas grundsätzlich falsch zu machen. Wenn ich etwas falsch machte, dann gehörte dies einfach zu den besonderen Ausdrucksformen meines Daseins. Genau diese Lehre erteilte mir der Paradiesvogel aus Paramaribo. Und zwar nicht durch lange Erklärungen, sondern durch die Art, wie er sich gab, durch sein hemmungsloses Tanzen, durch seine freche Aufmachung, durch sein Lachen, das wie ein Kolibri durch den Regenwald der Meinungen und Vorurteile schwirrte, vor allem aber durch seine verrückte Art, Tischtennis zu spielen. Er war der Beste an Bord und schlug, wenn er wollte, alle nach Belieben. Er hielt den Schläger wie ein kleines Tablett vor sich, wobei seine Hand mit den gespreizten Fingern fast die ganze Rückseite bedeckte. Deshalb verfügte er über keine Rückhand, dafür aber über eine wahrhaft tödliche Vorhand. Mir gab er jeden Tag eine Stunde Unterricht. Wir spielten auch bei hohem Wellengang, wobei sich die Platte selbst wie ein großer Schläger bewegte. Auch das war kein Problem für meinen Lehrer. Ich hatte Pingpong bisher nur mit meinen Vettern auf dem großen Küchentisch vom Fährhotel gespielt, mit Brotbrettern als Schläger. Innerhalb einer Woche brachte mich Orlando jetzt so weit, dass ich mit den anderen Erwachsenen mithalten konnte. »Dein Stil ist jetzt genauso unmöglich wie meiner«, sagte er einmal. »Aber das macht nichts, wenn du ihn nur konsequent anwendest. Deine Fehler werden den Gegner verwirren, und du wirst siegen.« Er hatte recht. Ich schlug inzwischen sogar meinen Vater, der ein recht geschickter und solider Spieler war. Was für ein Erfolgserlebnis! Wenn wir Doppel spielten, war ich immer an der Seite Orlandos, und jedes Mal gewannen wir. Abends tanzte Orlando Solo zum Tefifon, der vollaufgedrehten großen Musikkommode im Salon. Rumba, Samba, Mambo. Er streute in seine Choreographie nach Belieben Pirouetten und Sprünge ein. Sein Lieblingsgetränk war ein grasgrüner Cocktail mit dem Namen Absinth Margarita. Er hatte die dazu nötigen Ingredienzien selbst mitgebracht, da er zu Recht annahm, dass sie im Giftschrank des Stewards fehlten. Orlando zeigte Henry, dem Steward, wie man einen Margarita mixt, und ließ mich das starke und süße Getränk probieren. Auch meine Mutter trank ein Glas. »Es passt zu Ihnen«, sagte Orlando, wobei er schelmisch lächelte. »Das muss an Ihrem Vornamen Margarete liegen.« »Geben Sie mir noch ein Glas, Orlando. Sie sind ein echter Verführer!«, antwortete sie. Da es an Bord keine jungen Mädchen gab, nahm er mit den älteren Damen vorlieb, zeigte sich galant und flirtete mit ihnen auf eine witzige Art. Ich glaube, ich war ein wenig verliebt in Orlando. Ich wäre ihm überallhin gefolgt, wäre er bereit gewesen, mich mitzunehmen.

*

B. holte eine silberne Taschenuhr hervor, hielt sie ans Ohr und zog sie dann auf. »Die Uhr meines Vaters. Sie geht ein wenig vor. Das war für ihn, der auf Pünktlichkeit so viel Wert legte, ein ewiger Kummer und ein Glück zugleich, denn er stellte eine Uhr lieber zurück als vor.«

B. trat ans Fenster. Der Andere hielt sich im Hintergrund. B. sah hinaus. Er hörte eine Stimme in seinem Rücken. »Sie wünschen sich, dass es stürmt. Leider muss ich Sie enttäuschen. Der Wetterbericht sagt für die kommenden Tage trübes, windstilles Wetter voraus.«

B. ging wortlos. Auf dem Platz vor dem Institut standen einige Arbeiter mit Schaufeln und Besen und kehrten Sand zusammen. B. trat zu ihnen, fragte, woher der viele Sand komme. »Unsere Wanderdüne«, sagte einer der Männer. »Jedes Mal, wenn der Sturm aus einer bestimmten Richtung bläst, kommt sie näher. Es gelingt nicht, sie aufzuhalten, weder durch Zäune noch durch Bepflanzen. Irgendwann wird sie die ganze Stadt verschütten.«

Im Hotel beschloss B., noch ein wenig durch die Flure des Gebäudes zu wandern. Immer wieder ging es um Ecken, und wären da nicht kleine erleuchtete Kästchen gewesen, auf denen der Fluchtweg bei einem Feuer durch farbige Pfeile erklärt wurde, er hätte sicherlich die Orientierung verloren.

B. wechselte das Stockwerk und gelangte schließlich in einen Teil des großen Komplexes, der offensichtlich nicht benutzt wurde. Der Flurläufer war zerschlissen und fehlte an manchen Stellen ganz. An den Türen gab es keine Nummern. Viele von ihnen standen offen, und als B. einen Blick in eines der Zimmer warf, stellte er fest, dass es in einem völlig verwahrlosten Zustand war. Die Tapeten hingen in Fetzen, die Möbel waren kaputt, die Matratzen lagen neben dem Bett. Er trat an eines der Fenster und sah durch die zerbrochene Scheibe hinaus. Der Blick ging weit über die Dächer. Der Mond schien, und in der Ferne glaubte er das Meer als einen silbernen Streifen unter dem Horizont zu sehen.

Beim trüben Licht der Notbeleuchtung setzte B. seine Erkundungsreise fort. Dabei gelangte er in einen großen Raum, der offenbar einst eine Bar gewesen sein musste. Als er einen Lichtschalter betätigte, flammten zu seiner Überraschung unter den Spiegeln hinter der Theke blaue und violette Leuchtstoffröhren auf. Er schob sich auf einen der Barhocker. Alles war von einer dicken Staubschicht bedeckt. Nur nicht der Barhocker neben ihm, als hätte dort noch vor kurzem jemand gesessen. Dafür sprach auch, dass auf dem Tresen ein Glas stand, halb gefüllt mit einer grünen Flüssigkeit. B. steckte seinen Finger hinein und leckte ihn ab. Deutlich schmeckte man den Absinth heraus. Bevor B. den Rückweg antrat, trank er das Glas aus. »Auf dich, mein Freund«, flüsterte er.

20

Am nächsten Tag war es vollkommen windstill. Der Himmel glich einer Pferdedecke, die ein barmherziger Gott über die sterbende Erde gebreitet hatte. Am liebsten wäre B. im Bett geblieben, denn er war sehr müde. Es gab in letzter Zeit immer häufiger Tage und Nächte, an denen er nichts mit sich anzufangen wusste. Die Leere der Stadt schien in ihn einzudringen wie ein Virus. »Nichts macht noch einen Sinn«, murmelte B. »Nicht einmal die Sinnlosigkeit, wie ich früher einmal gedacht habe, als sei dieser Begriff ein letztes Refugium gewesen, in dem es sich aushalten ließ.«

Schließlich raffte er sich auf und fuhr durch die Stadt. Er kam an einem Radiogeschäft vorbei und hielt. Voller Erwartung betrat er den Laden. Im Dämmerlicht sah er einen alten Mann, der an einem Tisch saß und sich mit der Reparatur eines Empfängers beschäftigte. B. sprach ihn an, aber der Mann antwortete nicht. Er hob nur den Kopf. Seine Augen schimmerten grün und schienen zu flackern. Es waren magische Augen.

»Ich möchte ein Radio kaufen«, sagte B. »Ein einfaches Gerät. Es braucht kein UKW zu haben. Es reicht, wenn es amplitudenmodulierte Sender empfangen kann.«

Wortlos schraubte der Mann die Rückwand des Apparates zu und reichte ihm das Gerät.

»Und ich brauche noch einen längeren Kupferdraht als Antenne.«

Der Mann ging zu einem Regal und drückte B. eine Spule in die Hand.

»Was schulde ich Ihnen?«, fragte B.

»Nichts«, sagte der Mann. »Kannst du inzwischen wenigstens Plattdeutsch?«

B. klemmte das Radio auf seinen Gepäckträger und fuhr ins Hotel zurück. In seinem Zimmer stellte er das Gerät auf den Tisch, steckte den Draht in die Antennenbuchse, führte ihn zum Heizkörper und wickelte ihn dort um die Entlüftungsschraube. Dann schaltete er das Radio ein. Es war ein altes Röhrenradio. Deshalb dauerte es eine Weile, bis das magische Auge zu leuchten begann und es empfangsbereit war. Man hörte es knacken und rauschen. B. drehte den Abstimmknopf und hielt ein Ohr an den Lautsprecherstoff. Plötzlich hörte er ein rhythmisches Dröhnen wie die Schläge einer Pauke. Dann Stimmen. Sie waren sehr leise und schienen durcheinanderzureden, in einer Sprache, die B. nicht verstand, obwohl sie ihm seltsam vertraut war. »Das ist mein Unterbewusstsein«, flüsterte B. »Es will mir etwas erzählen.«

Am Nachmittag fuhr B. ins Institut. Die Aktentasche hatte er wieder dabei.

*

B. zog das Manuskript hervor und begann:

Wir schreiben nun Mittwoch, den 2. September. Wir haben achterlichen Wind und machen schnelle Fahrt. Es geht durch die Kieler Bucht an Fehmarn vorbei. Mir steht ein gutes Glas zur Verfügung, mit dem ich alles Sehenswerte abwandere. An Gedser vorbei geht es weiter mit Kurs auf Bornholm. Kap Arkona liegt steuerbord und ist für uns tabu, denn dort regiert der Russe! Man kann diese Dinge schlecht begreifen, und irgendwie passt es nicht zu dem strahlenden Tag, dass wir in schmaler, minenfreier Rinne vorbeischleichen. Weiter geht es. Wir passieren Öland, das als dünner Strich in schon diesiger Luft liegt. Es kommt Wind auf. Später bringt der Funker ein Wettertelegramm. Da haben wir es! Mit 16 Knoten Geschwindigkeit geht es in ein ausgewachsenes Tief.

Für mich war das aufkommende Unwetter ein willkommenes Abenteuer. Am nächsten Morgen wachte ich von den starken Schiffsbewegungen auf und zog mich im Liegen an, während meine Mutter bei dem Versuch aufzustehen gegen die hin und her schlagende Tür zum Badezimmer flog, sich am Schienbein verletzte und sich in die Toilette erbrach.

Ich hielt meinen Kopf gerade so günstig über das WC, dass ich Neptun auf Kommando opfern konnte. Ganz hässlich und klein kroch ich in meine Koje zurück, und als der Meine nachsehen kam, hatte er viel zu trösten. Dieser Misserfolg hielt mich jedoch nicht davon ab, mir das Menü ans Bett servieren zu lassen. Ich aß es auch mit gutem Appetit und behielt es dort, wo es hingehörte. Schon am Abend erscheine ich wieder im Salon. Dort muss ich natürlich durch ein Spalier von Grinsern, bekomme aber sofort Hilfestellung von dem immer galanten Grafen W., der den Spöttern tüchtig contra gibt. Wir haben die See von achtern, schaukeln also stetig auf und ab, immer den Berg rauf und dann ins Tal runter. Man gewöhnt sich dran, und die jungen Leute spielen sogar Tischtennis, obwohl sich die Perspektiven immer wieder verschieben. Man sagt, Alkohol baue vor, und ich versuche es mit Cognac, obwohl ich ihn nicht gerne mag. Das machte aber ganz fürchterlich gesprächig, und der Meine brauchte seine kurze Nachtruhe so nötig. Er hielt mich einfach fest und legte mir ein Kissen aufs Gesicht. Das war also auch nicht das Richtige!

Wir fuhren in Ballast und hatten deshalb einen hochliegenden Schwerpunkt. Das machte die Schaukel- und Schlingerbewegungen des Schiffes besonders unangenehm. Aber ich wurde nicht seekrank. Das erfüllte mich mit Stolz. Eine ungeheure Euphorie hatte sich meiner bemächtigt. Meine Mutter wurde von Henry betreut und trank abwechselnd Klosterlikör und Asbach. Henry war ein windiger Hund. Der erste Steward in meinem Leben und typisch für seine Gattung. Stewards sind Zwischenwesen, Kellner zur See. Ihre Natur ist oft schwankend, wie der Untergrund, auf dem sie arbeiten. Es verlangt eine gewisse Artistik in der Bewegung, wenn man zum Beispiel bei hohem Wellengang eine Suppe servieren muss. Auch dass die Mannschaft sie nicht als vollwertige Besatzungsmitglieder ansieht, verleiht ihrem Wesen eine gewisse schillernde Formlosigkeit, und das war es wohl auch, was meiner Mutter so an ihm gefiel. Als der Sturm nachließ, spielte ich mit Orlando Tischtennis. Die Bälle wurden vom Wind in Bahnen gelenkt, die man nur mit äußerster Reaktionsschnelligkeit berechnen konnte. So ging es weiter Richtung Norden.

Am nächsten Morgen grauer Himmel, gleiche Wetterlage. Die Passagiere haben sich mit Wolldecken in die Liegestühle gepackt. Es ist empfindlich kühl. Wir haben nun ringsherum nichts als Wasser. Aber mit dem Himmel geht eine merkliche Veränderung vor. Wir sehen es alle. Die Farben werden anders, je weiter wir nach Norden kommen. Man kann das schlecht beschreiben, und wenn man das malte, so wie die Natur es tut, würde man es nicht für glaubhaft halten oder gar zu Kitsch erklären. Besonders der Abend mit der untergehenden Sonne und der ganz frühe Morgenhimmel sind unsagbar zaubervoll. Die Farben sind von einer Klarheit und Kraft, nicht Pastell und zerfließend, sondern wie mit einem breiten Pinsel übereinandergesetzt. Leicht violettes Blau, starkes Orange, lebhaftes Türkis, Zitronengelb und Feuerrot, alles ganz unvermittelt nebeneinander und doch in einer überwältigenden Harmonie. Dazwischen kohlschwarze Wolken wie gezackte Scherenschnitte. Man muss das sehen, Worte sind da nur Stückwerk. Kurz vor unsrem Bestimmungshafen haben wir noch das große Glück, ein Nordlicht zu erleben. Das ist nun vollends zum Stummwerden. Man fühlt sich in die Götter- und Sagenwelt versetzt. Merkwürdige Bögen und Riesenhallen stehen am Himmel, Säulen und breite Strahlenbänder, und dies alles in einem Farbenrausch, dass auch der sonst Oberflächliche ganz still wird und nur schaut.

Am Sonnabend, dem 5. September, früh am Tage, laufen wir in Luleå ein. Schon die Einfahrt in den Hafen ist reizvoll, so ganz anders, als ich es von anderen Häfen kenne. Durch tausend Inselchen und Schären windet sich unser Schiff hindurch. Sie scheinen in Privatbesitz zu sein, denn überall sieht man kleine Holzhäuser stehen. Die Küste ist sanft hügelig und dicht bewaldet. Luleå liegt in einer weiten Bucht, freundlich in Grün gebettet, eine schlanke Kirche aus roten Backsteinen und sonst fast nur Holzhäuser in allen Größen. Wir liegen vorerst auf Reede, da wir erst später an dem Ladeplatz festmachen werden. Gleich nach Tisch machen wir uns landfertig und lassen uns mit einer Barkasse zum Kai übersetzen. Sehr neugierig und stadtfremd wandern wir durch die Straßen. Die Hauptstraße ist schnell gefunden. Alles sehr gepflegt und sauber. Auffallend ist das Publikum. Durchschnittlich sehr elegant und hypermodern angezogen. Die Herren in engen Röhren-Hochwasserhosen, saloppen, überlangen Jacken aus buntem Tweed, langgeschlitzt oder mit Quetschfalte, kurze, bis ans Knie reichende Mäntel, vielfach aus Wildleder, fast nur barhäuptig, Schuhwerk bequeme Slipper. Die Damenwelt durchweg groß, schlank und blond, sehr kultiviert angezogen, ob es eine Kellnerin oder eine Dame der Gesellschaft ist. Sie tragen fast alle das »Deux-pièces« und sind in ihrem starken Make-up ganz amerikanisch. Die Teenager, die vielen Kinder, alles amerikanisch gekleidet, amerikanisch aussehend, ganz und gar amerikanisch beeinflusst! In den Kinos fast nur amerikanische Filme. Kaum sehen wir eine Frau, von der man annehmen könnte, dass sie im Haushalt oder einer Fabrik arbeitet. Dabei arbeiten sie alle. Ob sie verheiratet sind oder nicht. Auch darin ganz Amerika! Und Autos, Autos in endloser Reihe. Viele Frauen am Steuer. Die Kinder sind ebenso bunt und fast übertrieben gekleidet, wie wir es von den kleinen Amerikanern kennen, und fahren kleine, knallbunte Stahlräder. Wir gehen in die Hauptkonditorei. Dort erwarten uns, wie könnte es anders sein, amerikanische Tanzmusik und der Kapitän, der 1. Offizier und unsere vier Jünglinge. Wir bestellen gemeinsam, um die Sache zu verbilligen. Der Kaffee ist gut, die Kuchen widerlich süß. Aber ganz entzückend, wirklich bildhübsch, die uniformierten Bedienungsmädchen. Es ist auch proppenvoll, besonders viel junge Herren, die heftig mit den Mädchen flirten. Kapitän und 1. Offizier müssen an Bord zurück, da die »Rantum« um vier Uhr in den Erzhafen verholen soll. Der Sohn und ich wollen um die Bucht herum bis zum Liegeplatz laufen. Wir schippern also los, durch die alten Vorstädte, Straßen und Gässchen. Der Meine wird schon unruhig sein. Wir haben noch einen langen Weg, ein Drittel ungefähr um die Bucht herum, immer den Schienen der Erzbahn entlang, da kann man sich nicht verlaufen. Endlich sind wir an Bord, rechtschaffen müde, und sinken in zwei Arme, die sehnlichst auf uns gewartet haben.

Meine Mutter war noch nie in Amerika, aber in ihrem Reisebericht tut sie so, als kenne sie es wie ihre Westentasche. Genau das ist es, was sie zur Schriftstellerin macht, die Fähigkeit, die Wirklichkeit der Einbildungskraft vollkommen auszuliefern. Schriftsteller sind professionelle Simulanten, sie sind Junkies der Phantasie. Nicht Dichtung und Wahrheit, sondern Dichtung *als* Wahrheit. Deshalb ist Lüge oft reinste Poesie.

Sonntag, der 6. September. Der einzige Tag unsrer Fahrt, an dem der Meine in Zivil ist, äußerlich und innerlich. Wir lassen uns zum Frühstücken viel Zeit. Wir wollen auch nicht wieder in die Stadt. Unser Schiff ist unsere Heimat, und so sind die andern sehr erleichtert, dass der I. O. freiwillig die Oberaufsicht an Bord übernimmt. Es dauert keine Stunde, da ist unsere »Rantum« wie leergefegt. Jeder geht seinen Passionen nach und verbringt den Feiertag nach sei-

ner Mütze. Wir sind ganz allein und genießen das. Dieser Frieden!
Von unsrer Höhe können wir im Kreis über die ganze Bucht sehen,
die heute sich in den schönsten, klarsten Farben vor uns breitet. Im
Rücken ein hochgetürmter Fels, ein Berg mit Festungsresten aus
alter Zeit. Dann aber Wald, endlos sich dehnender Wald. Fichten.
Kiefern und immer wieder die nordische Birke. Es reizt unsren Jun-
gen, die uns so nahen Trümmer der Festung zu besteigen, und wir
schicken ihn auf Erkundung los. Bald sehen wir ihn behend wie eine
Gemse die Felsen erklimmen, und um ein weniges später schickt er
vom Gipfel einen Jodler zu uns. Da steht unser Sohn, eine kleine
graue Gestalt auf einem riesigen Granitfelsen, ein Pünktchen in die-
ser Unendlichkeit, aber unser ganz geliebtes Pünktchen. Und sei-
ne Eltern liegen tief unter ihm auf dem Sonnendeck eines schönen
Schiffes, Hand in Hand, stumm, glücklich und unsagbar zufrieden.

Ich war ganz allein durch das Rentiermoos auf einen hohen Felsen in der Nähe der Hafenanlagen geklettert. Das Moos krachte
und knirschte wie kleine Eisschollen unter meinen Schuhen. Überall glaubte ich Zwerge und Trolle zu sehen und ihr Kichern zu hören. Ich war selbst ein Troll, mit meiner roten Pudelmütze, die ich
wegen der kühlen Luft trug. Als ich oben war, blickte ich hinunter
zum Schiff. Es war gut einen Kilometer entfernt. Ich sah auf dem
Peildeck zwei in Decken gehüllte Menschen in Liegestühlen. Etwas
blitzte kurz auf. Es war das Fernglas, mit dem sie mich beobachteten. Sie kamen mir winzig klein vor, fast hilflos und unnütz, wie
von einem Kind weggeworfene Puppen, deren es überdrüssig geworden war. Ich bedauerte sehr, dass ich meine Box nicht dabeihatte.
Die schwedischen Zollbehörden hatten alle Fotoapparate unter Verschluss genommen. Vielleicht weil die finnische und russische Grenze so nahe war und man Spionage fürchtete. So war ich selbst der
Fotoapparat. Alles verwandelte sich durch meinen Blick in ein Bild.
Der Moment, in dem ich meiner Mutter als kleine graue Gestalt er-

scheine, war in Wahrheit das genaue Gegenteil. Nie hatte ich mich größer, mächtiger, siegreicher gefühlt. Ich war Teil einer Epiphanie, eines heiligen Moments, der die Zeit verschlang, bis sie völlig verschwunden war. So etwas hatte ich noch nie erlebt, auch auf der Insel nicht. Mein ganzes weiteres Leben würde ich solche Augenblicke suchen, und nur dann, wenn ich erfolgreich bei dieser oft vergeblichen Suche war, war ich glücklich. Ich wollte damals unbedingt meine Eltern an diesem Erlebnis teilnehmen lassen. Es schien mir geradezu die Bedingung dafür zu sein, weiter mit ihnen zu leben. Also rannte ich den Berg hinab, um sie zu holen. Natürlich begriffen sie nichts von meiner Euphorie. Sie sahen nur die malerische Aussicht.

Gegen 3 Uhr kehrt der Kapitän mit seiner Frau zurück. Sie sind müde gelaufen, und der Kapitän ist so nett, die Obhut an Bord zu übernehmen. So können wir an Land und wollen das auch, solange die Sonne noch alles wärmt. Der Wald hat es uns angetan. Wir ziehen bequeme Schuhe an, und auf geht's, alle drei Arm in Arm, mit Gesang. Wozu sind die Straßen da, zum Marschieren, zum Marschieren in die Welt ohne Geld, juchhu! Zuerst natürlich auf die Bastillion, wie unser Sohn den Felsen aus unerfindlichen Gründen genannt hat. Meine Männer muten mir da an Kraxelei und Kühnheit ein bisschen viel zu. Aber mit vereinten Kräften geht's, der eine zieht vorn, der andre schiebt hinten, und endlich sind wir oben, ziemlich außer Puste. Einen Weg gibt's da nicht herauf, nur glatte Felsen, kleine und gewaltige. Doch es lohnt. Bei klarster Sicht schauen wir weit übers Meer und ins Land. Dort die unzähligen Inselchen, dort das silberne Band des Elvs, die Stadt, die Erzbahn, die Segelschiffchen, ja unser stolzes, elegantes Schiff, alles Spielzeug! – Wir sitzen lange da oben auf dem sonnenwarmen Stein und können uns nicht sattsehen. Dann aber lockt der Wald. Auf der andren Seite der Bastillion geht es sanfter abwärts, zwar noch über Stock und Stein, über klare Quellwasser, aber schon tut sich der Wald vor uns auf, und nun kommt ein neues Märchen, genauso wie es in Büchern steht. Das muss man erlebt und unter den Füßen bis ins Herz gefühlt haben. Man geht auf einem Teppich. So etwas von Moosen, die seltensten Arten! Zum ersten Mal sehen wir das silberne Islandmoos im Freien, dann alle Farben Sammet, dazwischen eigenartige Flechten und harte Gräser, Zwergfarne, und all dies durchtupft von einer Unmenge Tyttebeeren, einer preiselbeerähnlichen Frucht, nur größer, von leuchtendem Rot. Sonnenlicht und geheimnisvolles Dunkel, ernste schwarze Tannen, die helle Birke, das Bunt der Eberesche, immer wieder bemooste, große Felsblöcke, ein umgestürzter Baum, all dies lebt und webt einen Zauber um uns, für den wir innerlich ganz bereit sind. Ich pflücke von jeder Pflanzenart, die wir finden können, einen Strauß, der sich noch viele Monate, vielleicht Jahre halten soll. Er hat alle Farben, auch ganz hell-lila Erika, die hier hochgewachsen ist, mit großen Blütentrauben. Der Strauß für den Zinnkrug ist fertig. Auf einem gefällten Baum ruhen wir uns aus, singen ein bisschen, es ist aber schöner, wenn man still ist und auf das Summen und all die Waldgeräusche hört. Ein Bussard zieht seine Kreise, und da ist noch ein zweiter. Es wird kühler, die Sonne verliert Kraft, und langsam schlagen wir die Richtung heimwärts an. Der Meine sieht gar nicht aus wie ein »Zuagroaster« in seinem grauen Nicki, braungebrannt, ein Sträußerl am Hut, der im Genick sitzt. Wir fassen uns unter, und talwärts geht es, ohne Weg. Unten angekommen geraten wir in eine Waldkolonie, die wir schon von oben sahen. Hier wohnen, mitten im Wald, in riesigen, sehr gepflegten Garten die Besitzer der Erzgesellschaften. Es fällt mir auf, dass keines der Grundstücke eingezäunt ist. Nur tiefe Gräben, die meistens von Birken eingesäumt sind, trennen die Besitze voneinander. Auf einer Birkenallee, der schönen Zufahrtsstraße zu den Villen, wandern wir nach Hause, kommen gerade recht zum Abendessen, wo sich alles wieder versammelt hat und lebhaft die Erlebnisse diskutiert. Den Abend verbringen wir bei uns allein, mit unsrer Er-

innerung, unsrem Erfülltsein und auch mit einem festlichen Tropfen Wein. Das Backsteinkirchlein, die Bastillion, der jetzt dunkle Wald, die silbrig schimmernde Küste, dann ist es vorbei, vielleicht für immer, vielleicht sehen wir es mal wieder? Unten, in unsrer Kammer steht ein Waldstrauß im Zinnkrug. Es ist nicht vorbei und wird nie vorbei sein!

Noch in der Nacht bricht es los. Ich wache davon auf, dass ich hart auf den Meinen pralle. Von da an klammere ich mich an ihm fest, obwohl das nichts nützt. Er hält mich, spricht beruhigend, unter uns, auf der Couch, wird unser Sohn hin und her gerollt, mal ist der Raum kohlschwarz, dann fahlgelb, und das in stetem Rhythmus. Wir haben schwere See und den ganzen Segen von der Seite! Das Schiff macht nur langsam Fahrt. Es muss kämpfen, und das mit tausenden Tonnen Erz! Ich fange an Gespenster zu sehen. Das Einzige, das beruhigt, wir drei sind zusammen! Komme, was da wolle! Doch bleibt es unheimlich. Im Zwielicht des Morgens sehe ich, wie im Raum nichts mehr an seinem Platz ist. Die Vorhänge stehen quer! Die Bilder hängen quer, einmal nach rechts, einmal nach links, die Lampen, mein Kleid auf dem Bügel, alles ist in Bewegung. Zum ersten Mal sehe ich Gegenstände einfach durch die Luft fliegen. Der Meine hat das meiste im Badezimmer auf einem Holzrost am Boden geborgen. Die Stühle an den Messinghaken festgezurrt, doch kracht und bummst es, und hart schlagen die Brecher über unser Schiff. Es kommt mir gar nicht mehr groß vor, nein, ganz klein und hilflos, wie eine Nussschale. Wir haben Windstärke 12! Es ist unmöglich aufzustehen. Ich versuche es, versuche den Strumpf anzuziehen, werde aber so gegen die Wand geschlagen, dass ich es aufgebe. Der Meine ist oben auf der Brücke. Unser Sohn hat mehr Glück, er zieht sich im Liegen, so gut es geht, an. An Waschen ist nicht zu denken. Später versucht er die überkommenden Seen zu fotografieren. Trotz des einfachen Apparates gelingen ihm einige gute Aufnahmen. Keiner darf über Deck gehen. Wir haben alle paar Se-

kunden die kochende See an Bord. Mit ungeheurem Getöse bricht sie über uns und verläuft sich in tausend Wässerlein durch die Speigatts in ihren Mutterschoß zurück. Durch das Bullauge versuche ich etwas davon zu sehen. Ein riesig-weißer Gischt macht das aber unmöglich. Henry bringt mir Bouillon ans Bett, bewegt sich wie ein Seiltänzer. Ich kann die Tasse nicht halten. Schlecht ist es mir nicht, aber sobald ich aufstehe, fliege ich herum. Überall habe ich Flecken in meiner so empfindlichen Haut. Die meisten Passagiere sind seekrank. Ich habe den typischen Druck auf den Ohren, als ob das Trommelfell platzen wollte. Unser Sohn ist immer oben bei seinem Vater und hält sich prächtig. Er ist auf dieser Reise wirklich keine Last. So geht es, ohne Pause, zwei Nächte und einen Tag, immer quere See, wir können ihretwegen den Kurs nicht ändern. Am 2. Tag wird es etwas besser, die Windstärke sinkt auf 8, für die Erzladung immer noch zu viel. Wir haben die See jetzt ein wenig von achtern, das schafft etwas Erleichterung. Ich kann jetzt auch aufstehen, ziehe mich warm an und bin oben auf der Brücke, bei Mann und Kind. Der Meine ist sehr, sehr lieb und besorgt. Immer wieder legt er schnell einmal den Arm um mich mit beruhigendem Druck. Mein jahrelanges Wünschen, eine lange Fahrt nach Übersee oder dem Orient mitzumachen, hat einen argen Stoß erlitten. Es ist mir gar nicht mehr danach zumute. Alles atmet auf, als sich die See endlich einigermaßen beruhigt, aber es bleibt Schlechtwetter bis zum Festmachen im Heimathafen. Das Schönste liegt hinter uns! Nur, dass wir noch beisammen sein dürfen. Das vergessen wir nicht, und je näher der Abschied rückt, desto schmerzlicher wird uns der Gedanke an die unvermeidliche Trennung. Am Freitag, den 11., morgens machen wir im Heimathafen fest. Die Koffer sind gepackt. Die Kammer schön aufgeräumt, die Schubladen meines Mannes geordnet. Der Luleåstrauß leuchtet unvermindert frisch. Die Maschine läuft schon, bereit zur Ausfahrt. Auf Wiedersehen ihr alle, auf Wiedersehen liebes Schiff, auf Wiedersehen geliebte Kammer! Der

Meine bringt uns zum Fallreep. Es regnet, und sehen kann man auch nicht so recht. Wir stehen noch und schauen zu, wie die Leinen losgeworfen werden. Sie winken uns von der Brücke, alle, alle Genossen unsrer Reise, die Besatzung und – unser Mann und Vater. Wir steigen zu Herrn Z. in den Wagen. Er hat eine sehr liebe Idee. Mit seinem großen, schweren Wagen jagt er zum Kanal, und dann fahren wir neben der »Rantum« her, lange, lange, begleiten sie ein Stück. Immer geben wir Signal, winken, winken. Alles freut sich an Bord. Dann geht es Richtung Fährhafen. Der Regen hat aufgehört. Kaum ein Wort wird gewechselt. Die späte Sonne begleitet uns durch die liebliche Landschaft unserer Heimat. So fahren wir mit unsren Gedanken in den stillen Abend …

Hier endet der Bericht. Er hat einen wohlkalkulierten Schluss. Ein abgebrochener Text, der in den Köpfen der Leser nachhallen soll. Das Schiff fuhr weiter nach Amsterdam, wo die Familie des Reeders an Bord kam, um die ganze Rundreise mitzumachen. Auch Orlando war an Bord geblieben. Er hatte sich von mir verabschiedet, indem er seine zierlichen Hände auf meine schmalen Schultern legte. »Besuch mich in Paramaribo«, hatte er gesagt. »Ich nehme dich in den Tischtennisclub mit, und wir werden alle schlagen.« Ich hatte genickt, obwohl ich ahnte, dass es nie zu dieser Reise kommen würde.

Die »Rantum« fuhr nach Puerto Rico, dann nach Curaçao, dann nach Trinidad. Hier lag ständig Musik in der Luft, wie uns mein Vater schrieb. Danach ging es nach Paramaribo, wo Orlando sehr zum Bedauern der Reederstöchter das Schiff verließ. Weiter ging es nach New Orleans. Während der Reise hatte mein Vater viel Kontakt mit dem Reeder und seiner Frau. Er ahnte nicht, dass besonders Letztere ihn insgeheim für künftige Aufgaben prüfen sollte. Ende Oktober ging es auf die Heimreise. Bei den langen Wachen auf der Brücke kam es zu mehreren persönlichen Gesprächen zwischen Konsul Entz und meinem Vater. Mein Vater hatte vom Kapitän erfahren, dass die

Reederei einen Nautischen Inspektor einstellen wollte, und mein Vater machte sich Hoffnungen auf diesen Posten.

*

Auf der Rückfahrt zum Hotel fühlte sich B. so leicht wie schon lange nicht mehr. Er hatte seiner Mutter Gehör verschafft. Er hatte dabei sogar versucht, ihre Stimme nachzuahmen. Es war wie bei einer Séance gewesen, bei der man den Geist einer Toten ruft. Und dieser war wirklich erschienen. Der Hotelportier sagte ihm, dass ein neuer Gast angekommen sei, der nach ihm gefragt habe. B. erkundigte sich nach der Zimmernummer. Das Zimmer lag im fünften Stock, direkt unter dem Dach. Es war nicht abgeschlossen, und B. betrat den Raum. Niemand war zu sehen. In einer Ecke stand ein großer Überseekoffer. Der Deckel war hochgeklappt, und B. erkannte viele modische Kleidungsstücke, einen Cocktailshaker und einige Flaschen mit geistigen Getränken. Tequila, Absinth und Cointreau. Vom Gaubenfenster aus konnte man über die Häuser der Stadt sehen. Man sah die Kräne am Hafen und dahinter das Meer. Auf dem Tisch standen zwei Gläser mit einer grünen Flüssigkeit. Nachdem B. eine Weile vergeblich gewartet hatte, trank er beide aus und kehrte dann in sein Zimmer zurück. Der Gedanke, dass Orlando vielleicht in der Nähe war, hinderte ihn am Schlafen. Was ihm jedoch noch mehr zu schaffen machte, war das Gefühl, seiner Mutter unrecht getan zu haben. Er hätte sich damals mehr um sie kümmern müssen, als er zu ahnen begann, in welche existenzielle Not sie durch sich selbst, aber auch durch das Leben geraten war. Stattdessen hatte er sich ihr gegenüber in Kritik ergangen und sogar Abneigung bis hin zum Hass und zum Ekel empfunden. Doch war er nicht genau so ein Träumer wie sie? Waren sie nicht Seelenverwandte in der Neigung, sich die Wirklichkeit zurechtzubiegen, bis sie einem gefiel?

21

Nach der Schwedenreise kam mir die Insel verändert vor. Obwohl ich sie immer noch liebte, hatte sie für mich viel von ihrer ursprünglichen Magie verloren. Auch hier gab es ungewöhnliche Farben und Himmel, doch war das Bild schlechter gemalt, und es war schwer, sich als Teil von ihm zu fühlen. Die Fahrt nach Lappland hatte mir neue Horizonte eröffnet. Die Sehnsucht nach Entdeckungen hatte sich von der Enge eines überschaubaren Ortes befreit. Ich ging wieder zur Schule wie jemand, der innerlich abwesend ist. Ein Freigänger des Lebens. Mein Zeugnis war nicht schlecht, nur die Noten in Physik und Mathematik entsprachen mit »gut« keineswegs meinen Leistungen. Dr. Körner wollte offenbar immer noch meinen ungestümen Tatendrang in diesen Fächern bremsen. Er sagte zu mir: »Du bist deiner Klasse zwar weit voraus, aber ich halte nichts von einem Atomphysiker, der die Hebelgesetze nicht kennt.« Natürlich kannte ich auch die Hebelgesetze, aber ich hütete mich zu widersprechen. Ich teilte das Zeugnis meinem Vater brieflich mit, in jenem gewundenen, humorigen Stil, den ich mir inzwischen angewöhnt hatte, nicht etwa weil ich das Leben besonders lustig fand, sondern weil ich damit immer wieder einen gewissen Erfolg bei Erwachsenen hatte und weil ich mich hinter Wortspielen und hölzerner Ironie verbergen konnte wie hinter einem Schutzschild. »In der letzten Stunde gab unsere Klasse der Schule und der gesamten Lehrerschaft eine Schlussfeier. Dabei musste ich zusammen mit zwei Mädchen ein längeres Gedicht vortragen. Ich stand verkrampft zwischen den beiden auf dem erhöhten Podium vor dem vollgestopften Saal der Aula. Der Direx saß 50 cm vor mir auf einem Stuhl und beobachtete mich interessiert. Auch Dr. Körner und die Musiklehrerin, die wir Murmel nennen, beobachteten mich. Du kannst Dir also sicher meine inneren Gefühle vorstellen. Während ich sprach, fühlte ich die Röte von meinen Fußspitzen an aufsteigen. Sofort setzte ich alle Gegentruppen ein, um den Angriff meines in Wallungen befindlichen Blutes aufzuhalten. Aber unbarmherzig stieg es weiter, erreichte den Bauchnabel und bewegte sich weiter in Richtung Kopf. Sofort setzte ich einige Stoßtrupps ein, um den Nachschub zu zerstören. Erst als das Blut direkt unterm Kragenknopf stand, gelang es meinen verwegensten Revolvermännern, die Röte in Schach zu halten. Als ich fertig war, fiel mir ein Erzbrocken vom Herzen.« Nach meinem Auftritt sangen Doktor Körner und Murmel das Papageno-Duett aus der Zauberflöte. Es ging um Liebe und um Kinderkriegen. Immer wieder dieses Papapapapapapapa, das beider Münder zu dunklen Löchern machte wie in einem Vogelkasten. Ich war fasziniert und angewidert zugleich.

Mitte November durfte meine Mutter noch einmal zu meinem Vater an Bord, bevor die »Rantum« ihren Levantedienst antreten sollte. Mein Vater hatte von Konsul Entz großzügigerweise die Erlaubnis erhalten, seine Frau von Rotterdam über Hamburg und Bremen bis Antwerpen mitzunehmen. Ich blieb daher für drei Wochen auf der Insel zurück in der Obhut von Frau Sönnichsen, die inzwischen bei uns die lange Else als Haushaltshilfe ersetzt hatte. Meine Mutter verfasste nach ihrer Rückkehr während der Weihnachtszeit erneut einen ausführlichen Reisebericht. Es war deutlich, dass sie Geschmack am Schreiben bekommen hatte. Sie schrieb jetzt in einem Stil, der deutlich an Pathos gewonnen hatte, und las mir den ganzen Text vor, an mehreren Abenden und bei Kerzenlicht und Feurio. Es war die erste Dichterlesung meines Lebens. Ich war fasziniert von ihrer weichen, ein wenig brüchigen Stimme und ihren schönen Formulierungen. Manchmal flackerte die Kerze, wenn sie ihre Stimme erhob, um dem Inhalt Nachdruck zu verleihen. Sie war jetzt eine richtige Schriftstellerin, wie ich fand. Ich bin mir ziemlich sicher, dass sie den Schritt zur publizierenden Autorin gemacht hätte, wenn sie auf der Insel geblieben wäre. Sie hätte dann ihr Talent nicht der Karriere ihres Mannes geopfert.

Wenn ich nun damit beginne, das Erlebnis unserer Antwerpenreise zu Papier zu bringen, so soll es schon deshalb geschehen, damit unser Sohn, der nicht an ihr teilnehmen konnte, und auch wir später einmal nachlesen können, was uns hier und dort widerfuhr. Ich schreibe ganz frei in die Maschine, die hochbetagte und sehr widerspenstige, und stütze mein Gedächtnis auf die zahlreichen kurzen Skizzen, die ich während jeder Reise zu machen pflege. Wenn es mitunter mehr nach Dichtung als nach Wahrheit klingen mag, so liegt es zumeist in der Natur der lebhaft aufgenommenen Erlebnisse, nicht etwa an der so gern zitierten Phantasie der Schreiberin. Wenn es trotzdem nach Zauber aussieht, ist es das durchaus Ungewöhnliche, das Seefahrt und Bordleben mit sich bringen.

Ich möchte diesmal darauf verzichten ihren Text vorzulesen. Ich will ihn lieber mit eigenen Worten wiedergeben, aus der Furcht heraus, Missverständnisse zu provozieren, wenn ich versuche, das spezielle Pathos, die spezielle Ironie und Künstlichkeit ihrer Sprache zum Klingen zu bringen. Man könnte den falschen Eindruck gewinnen, ich würde mich bei meinem Vortrag über sie lustig machen. Dabei ist Künstlichkeit ein generelles Merkmal von Literatur, auch wenn sie sich betont um Nüchternheit bemüht. Wenn ich heute ihren Bericht lese, dann nicht nur als ein Dokument jener Reise, sondern auch der seelischen Lage der Autorin, die wohl damals erkannt hatte, dass die Karriere ihres Mannes, deren Förderung ihr ursprünglich so wichtig gewesen war, ihn nun unweigerlich aus dem Zentrum ihrer Macht zu entfernen drohte.

Meine Mutter verließ die Insel Mitte November. Sie trug das, was sie als ihre »kalte Pracht« bezeichnete: einen Pelzmantel, ein viel zu enges, schwarzes Kostüm, das ihre Körperfülle eher noch betonte, und ein schräg aufgesetztes Pariser Hütchen mit einem Gesichtsschleier. Im kalten Wartesaal des Altonaer Bahnhofs musste sie viele Stunden mit ihren zwei Koffern warten, ehe endlich um Mitternacht der Nachtzug nach Hoek van Holland abfuhr. Als sie in ihrem schmalen Schlafwagenbett lag, kam es ihr vor, als schwebte sie wie ein Komet durch das Weltall. Am nächsten Vormittag fuhren sie in Schiedam ein. Der Zufall wollte es, dass sie, als sie die Wagentür öffnete, direkt in die Arme ihres wartenden Mannes sank. Oder war es kein Zufall?, fragte sie sich. War es Eingebung? Schicksal? Er wusste doch gar nicht, mit welchem Zug sie kommen wollte, und die Wagennummer konnte er schon gar nicht kennen! Es musste also Fügung gewesen sein, ein neuerlicher Beweis für ihre tiefe Zusammengehörigkeit. Ein Agent der Reederei brachte sie zum Schiff. Immer noch schwebte alles. Als sie endlich allein in der Kammer waren, erwies es sich, dass ihr Mann keine Zeit für das Mysterium hatte. Die »Rantum« sollte bald nach Hamburg auslaufen. Allein gelassen, öffnete sie die Koffer und begann, den Raum mit Hilfe des Mitgebrachten zu verschönern. Wie sie diese Tätigkeit liebte! Das Dekorieren, das liebevolle Anordnen der Dinge nach dem goldenen Schnitt. Immer wieder klopfte es, und Passagiere von der vorangegangenen Überseereise erschienen, um sich vom I. O. zu verabschieden. Sie hörte von ihnen, wie beliebt ihr Mann gewesen sei. Die Damen hatten ihm den Spitznamen Beau Frère gegeben. Er war das begehrteste Pferd bei den Reiterspielen im Schwimmbassin gewesen, das man auf einem Lukendeckel errichtet hatte und bei dem jeweils eine Dame auf dem Rücken eines Mannes saß, seinen Hals zwischen ihren gespreizten Schenkeln, und versuchte, ein anderes Paar umzuwerfen. War sie eifersüchtig auf die attraktiven jungen Frauen, die jetzt bei ihr erschienen? Nein, denn sie hatte keinen Grund dazu. Ihr Liebster war ihr treu bis in alle Ewigkeit. Immer wieder sah er zur Tür herein und fragte, ob sie alles habe. Henry, die Perle, kam und brachte die Einladung der heimlich-unheimlichen

Regentin, wie sie die Frau des Reeders bei sich nannte, zum Tee im Rauchsalon. Der Konsul war bereits nach Kopenhagen geflogen. Nun saß sie Frau Entz gegenüber. Die Reedersfrau war eine echte Grande Dame, sehr schön, sehr blond, sehr grazil gewachsen. Scharfe, wache Züge, geprägt von Intelligenz und Ehrgeiz. Kalte, prüfende Augen, edel beringte Hände mit hyperlangen, irisierend rot lackierten Nägeln, die in ständiger Bewegung waren. Die Kleidung hocherlesen. Sie musste auf der Hut sein, musste der Prüfung standhalten. Also bot sie, während Henry Tee und Kuchen reichte, alles auf, was sie an Vorteilen ausspielen konnte. Ihre Berliner Zeit, ihre Bekanntschaft mit Beckmann und Binding, ihr Faible für Rilke. Sie schien bei der Reedersgattin gepunktet zu haben, denn das Geplauder mündete in eine Einladung zusammen mit ihrem Mann auf ein Glas Wein am Abend. Wieder wurde ihr Alleinsein gestört, aber es half nichts. Der Anlass war zu wichtig für die Zukunft des I. O. Beide warfen sich in Schale, sie in die kalte Abendpracht, ein malvenfarbenes Taftkleid, er trug die nagelneue Uniform. Pünktlich saßen sie im Salon und tranken herrlich gekühlten Moselwein, Kröver Nacktarsch 1947, Nacktpopöchen, sagte sie beim Anstoßen, und alle lachten, auch der dritte Gast, der Sohn des schwedischen Gesandten in Italien, ein reizender Mensch, der tadellos Deutsch sprach. Sie redeten über Gegenwartsprobleme, den mühsamen Aufbau der deutschen Schwerindustrie, die verbesserungswürdige Infrastruktur des Landes. Immer wieder schenkte Henry nach, Flasche auf Flasche, viele Nacktpopöchen. Meine Mutter merkte nicht, dass sie langsam betrunken wurde. Frau Entz las ein acht Seiten langes selbstverfasstes Gedicht vor, das in Knittelversen die Geschehnisse der Reise schilderte. Rilke hätte sich im Grabe umgedreht. Alles kam in den Versen vor, die Akteure, das anfängliche schlechte Wetter, die Seekrankheiten, der blaue Tropenhimmel, das Schwimmbad mit den Reiterspielen. Als sich der schöne I. O. zunächst weigerte, Pferd zu spielen, da er keine Badehose habe, wurde ihm ein Badeanzug aus dem Kleiderspind des Konsuls verschafft. Ein in ihren Augen obszönes Bild entstand. Seine braunen Muskeln, die bunten Seidenbikinis der Damen, die Cocktails am Beckenrand. Diese Menschen haben keinen Sinn für das Farbenspiel des Meeres, sagte sie sich. Für sie ist der Blick in diese subtile Unendlichkeit langweilig, dann lieber Bridge, lieber Tennis, lieber Reiterspiele, lieber laszive Tanzereien zur Musikbox, immer wieder die gleiche Platte von diesem Neger, von dem es hieß, dass er seine Kehle mit rostigen Nägeln ausspülte. Auf der Stirn des I. O. erschienen Schweißtröpfchen, denn er bemerkte den Zustand seiner Gattin. Plötzlich erhob er sich und fand die richtigen Worte des Abschieds, einen Dank für die Einladung, einen Hinweis auf die Abfahrt früh am nächsten Morgen und die viele Arbeit, die bis dahin noch zu tun sei. Aber einen Handkuss brachte der Göttergatte nicht zustande. Dann in der Kammer war endlich Zeit für das Mysterium. Der Lohn für all das Warten, all die Entbehrungen einer leidgeprüften Seemannsfrau.

Am nächsten Morgen wachte sie spät auf. Das Bett neben ihr war leer. Die Kammer schaukelte, in ihrem Kopf schwappten Bilder wie in einem vollgelaufenen Flaschenschiff, das in einem Weinfass untergegangen war. Sie sah zum Bullauge. Das Meer darin wie ein grauer, glasierter Wandteller. Sie stand auf und blickte hinaus. Wasser bis zum Horizont. Also waren sie bereits auf dem Weg nach Hamburg. Die Kammer war voller gelber Winterastern, ein Gruß des Geliebten. Blumen waren billig in Holland. Henry brachte das Katerfrühstück, Eier und Speck. Dann begann sie mit den Vorbereitungen zu einem vorgezogenen Weihnachtsfest. In den Leuchter kam eine dicke rote Kerze. Auf den Tisch breitete sie eine Tischdecke mit gestickten Weihnachtsmotiven, die sie mitgebracht hatte. Darauf drapierte sie die in Weihnachtspapier verpackten Mitbringsel für ihren Mann, die wollene lange Unterhose, den selbstgestrickten Schal, das Buch von Peter Bamm. Endlich erschien der I. O., denn seine Freiwache begann. Er packte die Geschenke aus und nahm gerührt seine Frau in die Arme. Henry tauchte auf mit einer Flasche Mosel, diesmal kein Nacktpopöchen, sondern etwas Besseres. Sie tranken sich zu, auf ihr Glück, ihre Zukunft und die Zukunft des hochbegabten Sohnes. Später begann die neue Wache des I. O. Seine Frau erschien auf der Brücke, nahm auf einem Hochhocker nahe der Fensterfront Platz. Das Meer kam ihr vor wie eine graue Mauer mit einem Horizont als First. Doch in der kleinen Kammer waren sie glücklich. Sie waren im achten Himmel, wie sie schrieb. Sie zog jedes Mal die kleinen, geblümten Vorhänge vor den Bullaugen zu, damit das Meer die Einzelheiten des Mysteriums nicht sehen konnte.

Dann die Elbeinfahrt, wie immer ein faszinierendes Erlebnis. Auch der Himmel schien sich diesmal mit seinen blauen Wolkenlücken an dem schönen Bild zu beteiligen. Und endlich die Stadt. Der Michel mit seiner grünen Pickelhaube, die Kräne, die Landungsbrücken, die Speicherstadt. Nichts war mehr zu sehen von den gewaltigen Zerstörungen des Krieges, keine Ruinen, keine Schuttberge, aus denen schwarzen Schornsteinschlote wie Stelen in den Himmel ragten. Kaum hatten sie festgemacht, wuselte es von fremden Menschen an Bord. Auch ihr Mann war plötzlich wieder ein Fremder. Die viele Arbeit, das Laden und Löschen, der Lärm der Winschen, die Rufe, ein Chaos, dem ihre sensible Existenz kaum standhielt. Doch dann war Sonntag. Plötzliche Stille. Die Schwester des Mannes kam zu Besuch, im Schlepptau ihr Mann, ein unangenehmer Glatzkopf, der aussah, als sei er einem Bild von George Grosz entsprungen. Jetzt war sie ganz First Lady, ganz Gastgeberin. Henry servierte im kleinen Salon ein Menü für die vier, während draußen die Stadt einen Sternhimmel aus erleuchteten Fenstern bekam. Am Montag hatte der I. O. endlich Zeit, sich mit seiner Gattin in die Innenstadt fahren zu lassen. Sie flanierten über den Weihnachtsmarkt, durch die elegante Fußgängerzone. Die Schaufenster waren so harmonisch in schönen Farbabstufungen dekoriert, als hätte sie ihre künstlerische

Hand dabei im Spiel gehabt. Ja, eine neue Zeit war angebrochen. Friede und Wohlstand auf Erden. Sie aßen im Ratskeller, in der gleichen Nische, in der sie schon einmal gespeist hatten, sie halb tot aus der Wünschklinik kommend, wo ihr die Tochter Sabine genommen worden war. Nun war es ein neues Hochzeitsmahl, bei dem sie wieder auf Gesundheit und zukünftiges Glück anstoßen konnten.

Die »Rantum« lief nach Bremen aus. Vom Sohn kam ein beruhigender Brief, wie immer humorvoll geschrieben. Diese wichtige Gabe war ihm von ihr und seinem Vater geschenkt worden, sie sei »der Saft, der alles enthalten kann«, wie sie schrieb. Herr Zeus war an Bord, um die Reise bis Antwerpen mitzumachen, als Prokurist ein wichtiger Mann für die Karriere des I. O. Er war ständig in ihrer Kammer und hinderte sie an der Feier des Mysteriums. Herr Zeus sei äußerst sektfreudig, schrieb sie in ihrem Reisebericht, zumal dieser Tropfen an Bord so billig fließe und außerdem noch auf Spesen gehe, und die Ungarische halte gerne mit, »weil es so schön in der Nase kitzelt, tausend kleine Teufel aus dem Hirnkasten springen und der Eheliebste wieder einmal seinen schweren Stand haben wird«. Mit der Ungarischen meinte sie sich selbst, wobei sie auf die böhmische Herkunft ihrer Mutter anspielte. Leider zeigte sich die See, nachdem sie Cuxhaven querab passiert hatten, plötzlich aufsässig. Sie zog es vor, in der Koje zu bleiben, denn als der I. O. die Blumenvasen ins Badezimmer brachte, wusste sie, was zu erwarten war. Doch dann wurde es weniger schlimm, und das Wattenmeer mit seiner Neigung zu kurzen Wellen zeigte sich galanter, als sie erwartet hatte.

Kaum hatte ihr Schiff in Bremen festgemacht, erschien Direktor Wassmann, wegen seiner großen Baumwollplantagen in Übersee der »Deutsche Baumwollkönig« genannt, an Bord und überbrachte meinen Eltern eine Einladung zu sich nach Hause. Ein Mercedes 300 holte sie ab, kein Wagen, sondern ein sechsschläfriges Bett, wie meine Mutter schrieb. Mit sechs zartrosa Nelken, widerwillig getragen von meinem Vater, ging es über eine Freitreppe in eine »faszinierende Welt voller Kultur, Reichtum und Harmonie«. Bei der Beschreibung der Hausherrin hatte sie ein Selbstporträt geschaffen: »Wohlproportioniert, fraulich, künstlerisch, Gegensätze ausgleichend.« Als sie wieder in ihrer Kammer waren, fiel die Last der Bewunderung und des Neides wie ein Stein von ihr. Ein solches Leben in Luxus kann auch eine Qual sein, dachte sie. Allein die Wechselsprechanlage!

Am nächsten Morgen musste Herr Zeus in die Stadt. Er nahm meine Mutter im Agentenwagen mit. Sie wollte meinem Vater Khakihosen für die Orientfahrt besorgen. Für den Mittag hatte sie sich mit Herrn Zeus in der Böttcherstraße verabredet, damit er sie wieder mit hinaus in den Hafen nehmen konnte. Der ganze Vormittag gehörte ihr, welch ein gefährliches Geschenk von Freiheit! Nachdem sie mit einiger Mühe einen Laden gefunden hatte, der Tropenkleidung führte, und die Hose erstanden hatte, ging sie die Treppe hinunter in den Ratskeller, denn zu dieser Stadt gehörte unbedingt ein Glas alter Rotspon, langsam und genüsslich geschlürft. Sie hatte noch viel Zeit bis zu ihrem Rendezvous mit Herrn Zeus. Deshalb wanderte sie nach dem Rotsponerlebnis die geliebte Böttcherstraße mit ihren Künstlerlädchen und schönen Buchhandlungen auf und ab. Sie spürte ihren Eheliebsten an ihrer Seite, den sanften Druck seines Arms. »Wie wäre es noch mit einem kleinen Imbiss in Geheimrat Roselius' *Kaffee HAG*?«, dachte sie. Im kleinen, runden *Kaffee HAG* war alles verändert. Die Nische, in der sie einst mit ihrem Liebsten gesessen hatte, gab es nicht mehr. Es gab auch keinen Klaben mit dicken Mandeln. Stattdessen Gayelord-Hauser-Kost. Sie bestellte geraffelte Sellerie mit Petersilie. Danach hatte sie Aufstoßen. Ihr war nach einem doppelten Doppelkorn. »Ja, dieser Gayelord Hauser will unbedingt einen doppelten Doppelkorn«, sagte sie laut, sodass sich ein Passant nach ihr umdrehte. Sie betrat eine Weinstube mit bunten Butzenscheiben. Es blieb nicht bei dem einen doppelten Doppelkorn. Außerdem hatten sie Assmannshäuser und Lübecker Rotspon auf der Karte. Zwei Stunden später sagte Herr Zeus zum I. O., den er an Deck angetroffen hatte: »Also stell dir vor, ich gehe wie verabredet in der Böttcherstraße auf und ab, immerzu auf und ab! Kein Mensch zu sehen. Mittagszeit, die Läden zu, die Gassen leer. Auf einmal kommt mir eine sehr distinguierte Dame entgegen, ganz in Schwarz, sehr elegant, mit schlankem Stockschirm. Donnerwetter, denke ich, die kennst du doch! Eine rote Rose steckt an ihrem Mantelkragen, und ebenso rot sind ihre Wangen. ›Hoppla‹, sagt sie, ›da sind Sie ja endlich!!!‹, und eine Wolke, also eine Wolke umgibt sie! Und ihr Gang! Wie ein leeres Schiff in der Dünung!« Mein Vater war alles andere als erbaut über diese Schilderung, die er wortlos über sich ergehen ließ. Seine Frau saß währenddessen schuldbewusst in der Kammer und nähte mit zitternden Fingern eine aparte Quetschfalte in die Khakihose.

Weiter ging es nach Antwerpen. Acht riesige Mercedes-Lastzüge mussten durch die Luken versenkt werden, ein schwieriges Unterfangen. Außerdem war Sonntag, und an diesem Tag arbeiteten die katholischen belgischen Stauer nicht. Ihr Mann hatte jetzt Zeit für einen Landgang, und sie hatte sich für ihn »bildhübsch« gemacht. Wieder die schwarze Pracht, die dunkelrote Rose, das Pariser Hütchen. Dann standen sie auf dem Marktplatz und schauten zuerst einmal nach oben. Der Himmel war noch grau verhangen, aber es sah aus, als kämpfte sich die Sonne durch. Ihre Blicke blieben an der himmelhohen Turmspitze der Kathedrale hängen. Arm in Arm überquerten sie den Platz. Sie fühlte sich jung wie schon lange nicht mehr. Sie betraten den Dom. Die unendlich erscheinende Höhe und Tiefe des Mittelschiffs machte die Menschen und auch sie zu winzigen Spielzeugwesen. Leise gingen sie an Altären und Beichtstühlen vorbei, deren Dach von schweren barocken Holzfiguren getragen wurde. Überall der Schein der Kerzen, zu Ehren der Muttergottes angezündet. Ihr war kalt, und sie zog ihren Liebsten zu einem winzigen Kanonenöfchen mit endlosem Rohr, das sich irgendwo im Himmel der Kathedrale verlor. Hier hockten ein paar Greise und wärmten die steifen Glieder, während gekrümmte Finger langsam die Perlen des Rosenkranzes abtasteten. Sie wollte nie so alt werden. Ein Gedanke, der sie traurig machte. Da geschah auf einmal ein Wunder. Der liebe Gott schickte plötzlich die Sonne, deren Strahlen als breite, bunte Bänder durch die hohen Fenster drang. Er schickte brausenden Orgelklang, dass es sie durchschauerte. Die hohe Messe begann. Ganz hinten, im Dunkel der Säulen geborgen, standen sie, eng aneinandergeschmiegt, und fühlten sich eins. Leise gingen sie hinaus. Draußen lag der Platz in strahlender, warmer Sonne. Langsam bummelten sie durch die Altstadt. In einem großen Pavillon spielte eine Militärkapelle. Einer der Trompeter hatte ein zweijähriges Kind auf dem Arm. »Das wäre bei uns unmöglich«, dachte sie. »Bei uns ist alles viel zu steif.« Ihr Ziel war das Palais Rubens, das große Wohnhaus, in dem der Maler die meisten seiner Werke geschaffen hatte und in dem er nach einem erfüllten Leben gestorben war. Still wanderten sie von Raum zu Raum, deren Pracht und erlesener Geschmack sie förmlich erschlug. Rubens hatte füllige weibliche Körper geliebt. Auch sie hatte inzwischen eine Rubensfigur. Bestimmt hätte er sie zu seinem Modell gewählt! Tief berührt verließen sie das Anwesen. Sie war müde, und ihr Magen meldete sich fordernd. Ihr Kavalier hatte schon vorgesorgt. Er wusste, wo man angemessen dinieren konnte: Im *Chapeau Rouge*, einem schmalen Haus aus dem fünfzehnten Jahrhundert. Erwartungsvoll betraten sie einen vollbesetzten langen Raum und stiegen eine schmale Wendeltreppe in das obere Stockwerk hinauf. An einem der großen, bleigefassten Fenster fanden sie einen Tisch für sich allein. Während ihr Kavalier und Gebieter die Karte studierte, betrachtete sie interessiert das Interieur. Es war, als sei man mitten in einem der berühmten Gemälde der holländischen Schule. Ein reizendes Fräulein in schwarzer Seide, sehr kurzem, engem Röckchen und weißem Schürzchen mit zwei glühenden Kohlen statt Augen im Kopf fragte sie nach ihren Wünschen. Sie bemühte ihr Französisch, die Kellnerin ihr Deutsch. Heraus kam ziemliches Radebrechen. »Madame wünscht une spécialité de la maison *Chapeau Rouge*? Naturellement. De Boss haben alles arrangiert. Zuerst un plat très connu, Horsd'œuvre. Dann für Madame Escargots gratinés.« Monsieur wählte gegrillte Seezunge. Dazu passte gut gekühlter Sancerre. Ein Papiertischtuch flatterte heran, darauf ein Rechaud mit blauen abgestoßenen Steinguttellern, die Gläser, die Flasche Wein. Monsieur sollte probieren. Er tat es mit der Miene eines Kenners. Die Escargots nahten. Eine große, runde silberne Platte mit lauter kleinen Vertiefungen. Im Reisebericht steht: »Darin schwimmt in gebräunter Butter je eine Muschel, d. h. das Innere einer Muschel, fein gesäubert und gelöst in je einer halben, blauen Muschelschale. Darüber dicke Scheiben französischer Käse, mit Wein übergossen und mit Butter belegt. Das Ganze knusprig überbacken.« Ich habe mich gefragt, warum die Autorin diesen Lapsus beging. Sie machte Weinbergschnecken zu Muscheln, serviert in blauen Miesmuschelschalen! Entweder zeigte sich hier ihre völlige Unkenntnis, oder sie hatte beim Schreiben so viel getrunken, dass sich in ihre Erinnerung die Miesmuschelvergangenheit ihres Mannes mischte. Der Tisch sah bald aus wie ein Schlachtfeld. Noch einen Wein und dann einen Genever auf Kosten des Hauses. Klingklang sagten ihre Gläser zum letzten Mal. Mein Vater hielt es mit einem kritischen Blick auf seine Frau für richtig, einen extra starken Kaffee kommen zu lassen. Sie brachen auf. Die Wendeltreppe schien nicht zu enden. Sie drehte sich immer weiter in ihrem Kopf. »Au revoir, Madame, au revoir, Monsieur!« Dann die frische Luft. Die ganze Welt war eine Wendeltreppe.

Als sie später zurück auf dem Schiff waren, hatte ihnen Henry, die Perle, kleine Sandwichs hingestellt, dazu Kröver. Tat das gut! Auf der Couch hingestreckt, nur der milde Schein der Wandlämpchen, der ihre ganz nah, Frieden und so viel Glück! Schnell kam der

Abend, die Nacht. Alles was später war, war Abschied. Der nächste Tag und der übernächste. Es schmerzte sehr. Sie würde sich nie daran gewöhnen, und sie wollte sich auch nie daran gewöhnen!

*

B. erhob sich und steckte das Manuskript ein, in das er, während er erzählte, immer wieder einen Blick geworfen hatte. Dann verließ er den Raum, ohne den Anderen anzusehen. Als er auf seinem Fahrrad saß und kräftig in die Pedale trat, fühlte er sich seltsam leicht. Ein Anflug von Zufriedenheit hellte seine Miene auf. Dieser Zustand hielt den ganzen Abend an. Er hatte keine Lust, im Hotel zu bleiben. Vielmehr fuhr er mit dem Fahrrad durch die Straßen, ohne ein Ziel zu haben. Irgendwann landete er wie zufällig in der Messina. Das Schild über der Tür war neu. »Spek en Eieren« stand darauf, neben einem gemalten Spiegelei mit einer Scheibe Speck. Amon, der bärtige Odysseus, stand am Tresen und nickte ihm zu, als er eintrat. B. setzte sich auf einen Barhocker und musterte die Gäste. Sie unterhielten sich lautstark, aber er verstand ihre Sprache nicht. Sie klang ein wenig wie Plattdeutsch. Vermutlich war es Holländisch oder Flämisch. Eine junge Frau in einem schwarzen Seidenkostüm mit weißer Schürze sprach ihn an und sagte erst auf Französisch und dann im gebrochenen Deutsch: »Sie sehen ihm ähnlich.« »Wem?« »Ihm, de Boss. Ich erinnere mich noch gut an die beiden. Sie waren sehr lustig. Doch die Frau kam mir trotzdem nicht glücklich vor. Sie hatte rote Flecken am Hals und trank viel zu schnell und viel zu viel.«

»Sie reden von meiner Mutter.«

»Sie tat mir damals leid.«

»Damals? Sie tut mir noch heute leid, und ich frage mich manchmal, ob ich ihr nicht hätte helfen können. Ich habe ein schlechtes Gewissen, denn ich habe ihre Einsamkeit ignoriert.«

Die Bedienung drängte sich an ihn und legte ihre Arme um seinen Nacken. »Du bist ein komischer Kerl. Du versuchst dich immer schlechter zu machen, als du bist. Was möchtest du trinken?«

»Einen kühlen Weißwein aus Frankreich. Den gleichen wie damals.«

»Den gleichen wie damals? Ich glaube, es war ein Sancerre, Jahrgang 1952. Ein guter Jahrgang. Ich bringe dir eine Flasche.«

Sie ging. B. sah ihr nach, so wie vermutlich sein Vater ihr nachgesehen hatte. Scheinbar desinteressiert, als wolle er sich nicht eingestehen, für ihre Anziehungskraft empfänglich zu sein.

Er entdeckte die Musikbox in der Ecke. Ein Automat der alten Sorte. Bilder von Südseelandschaften, Palmen, Frauen in Schilfröckchen, mit nackten Brüsten. Man musste Münzen einwerfen und über Tasten mit Buchstaben und Zahlen die Platten wählen. B. drückte, ohne hinzusehen, zwei Tasten. Der Greifer fuhr die kleinen schwarzen Scheiben ab, bevor er eine von ihnen auf den Plattenteller beförderte. Knistern, Knacken. Dann die glockenreine Stimme eines Knaben. »Mama, du sollst doch nicht um deinen Jungen weinen. Einst wird das Schicksal uns wieder vereinen. Ich werde es nie vergessen, was ich an dir hab besessen.«

Er kannte das Lied. Heintje hatte es in einer Fernsehshow gesungen, als er gerade promovierte. Bei der Zeile »Dass es auf Erden nur eine gibt, die mich so heiß hat geliebt« war ihm übel geworden. Jetzt war es wieder so. Er ging zum Tresen zurück und bestellte einen doppelten Schnaps. Amon füllte ein großes Glas halbvoll mit Genever und schob es B. hin.

»Ich möchte die Weinbestellung rückgängig machen.«

»Welchen Wein?«

»Den Sancerre von 1952. Ihre Bedienung wollte ihn mir bringen.«

»Tut mir leid, mein Freund. Ich glaube nicht, dass wir so eine alte Flasche im Keller haben. Ich habe auch keine Bedienung, jedenfalls nicht heute.«

Hatte er geträumt? In diesem Moment öffnete sich die Eingangstür, und ein dunkelhäutiger Mann kam herein. Groß, massig, ein wahrer Fleischberg. Er blickte sich um. Dann näherte er sich B. und begrüßte ihn. B.s Hand verschwand völlig in der großen Hand des Schwarzen. Sie war weich wie ein Kissen. »Hey Chap«, sagte er. »Nice to see you. Remember me?«

Diesmal war es kein Traum. »You are Big Nelson. I will never forget you. Wir haben uns damals im *Felsenkeller* kennengelernt, als ich in Frankfurt studierte, aber viel lieber mit dir gekickt habe. Wie könnte ich das je vergessen!«

»You want a drink?«

»Yes my friend.«

Big Nelson ging zum Musikautomaten und musterte die Tastatur. Dann warf er eine Münze ein und drückte eine bestimmte Kombination. Es dauerte nicht lang, und die markante Stimme von Ray Charles ertönte: »I have had my fun.« Big Nelson orderte für sich und B. das, was sie auch damals immer getrunken hatten. Ein großes Glas Bier und einen Kognak. Er kippte den Kognak in das Bier, das daraufhin eine trübe, gelbbraune Farbe annahm. Dann tranken sie sich zu, nachdem sie ihre Gläser hart gegeneinandergestoßen hatten.

»How do you feel?«, fragte B.

»Not really bad. They killed me later in Vietnam. Believe me, it's nice to be dead.« Er lachte dröhnend und öffnete seine Jacke, knöpfte sein Hemd auf und zeigte seinen gewaltigen linken Brustmuskel, in dem drei runde Narben mit wulstigen Rändern zu sehen waren. »Wie gefällt dir das, Chap? Hat meiner Frau eine Rente eingebracht.«

Er lachte wieder. Dann ging er zum Kicker und spielte mit einem jungen Mann, der es verstand, aus der hintersten Reihe geniale Tore zu schießen, obwohl er einarmig war. Neben B. saß ein wilder Typ. Ein wenig krumm und sehr breit gebaut. Weißes, lockiges Haar und ein gewaltiger grauer Bart umrahmten sein dunkelfarbenes Gesicht. Eine Narbe zierte seine Stirn, und seinem Gebiss fehlten etliche Zähne. »Du kommst mir bekannt vor. Was hat dich zu uns verschlagen«, sagte er mit sonorer Stimme. »Hat die Münze nicht geholfen, die du von mir für das Glück bekommen hast? Hierher verirrt sich normalerweise kein Fremder.« Die Worte lösten bei B. eine Erinnung aus, die lange zurücklag. Er war damals in Irland gewesen und hatte ein Konzert des berühmten Tinkers Pecker Dunne gehört. Nachdem Pecker sein letztes und berühmtestes Lied »Sullivan's John« gesungen hatte und der frenetische Applaus verklungen war, war seine junge holländische Frau mit dem Hut herumgegangen und hatte Geld gesammelt. Dann war der Sänger zu B. gekommen, hatte ein Geldstück aus dem Hut gefischt und es ihm mit einer kleinen Verbeugung überreicht. »Das ist für das Glück«, hatte er gemeint und dann hinzugefügt: »Ich gebe nach einem Auftritt immer nur einem einzigen Zuhörer einen Shilling, und zwar dem, von dem ich glaube, dass er ihn verdient hat, weil er die Währung kennt, in der man das Glück kaufen kann: Mut und die Freiheit der Entscheidung.« B. war stolz gewesen und hatte den Applaus des Publikums mit Genugtuung entgegengenommen.

Ein weiteres Bier kam. Seine Blume war karamellfarben, die Flüssigkeit schwarz wie altes Motoröl, und es schmeckte bittersüß. »Geht auf meine Rechnung«, sagte B.s Nachbar und schob seinen Bierdeckel dem Wirt hin. B. fühlte sich geborgen wie schon lange nicht mehr. Big Nelson, Pecker Dunne und noch einige andere Kuriositäten der Menschheit: Das waren die echten Helden seiner Lebensgeschichte.

Wieder ging die Tür auf, und jemand in einem dunklen Marinemantel kam herein. Ein eiskalter Luftzug wehte durch den Schankraum und wirbelte die Rauchschwaden über den Köpfen der Trinkenden auf. Der Schrotthändler begrüßte B. »Wie geht es dir, mein Freund? Bist du zufrieden mit dem Rad, oder ist es dir zu alt?«

»Ich bin zufrieden. Gerade weil es alt ist.«

»Ich gebe dir einen aus. Was hättest du denn gerne.«

»Das Gleiche wie du.«

»Zwei Whisky bitte, aber doppelte«, sagte der Schrotthändler zum Wirt. »Kommt sofort, Samuel«, sagte Amon. Der Schrotthändler wandte sich wieder B. zu. »Jetzt heißt es warten. Sofort heißt hier nämlich etwas anderes als in der gewöhnlichen Welt.«

»Das macht nichts. Ich warte gern. Warten hat sich für mich verändert gegenüber früher. Ich bin nicht mehr so ungeduldig. Selbst wenn Stunden vergehen würden, ehe der Whisky kommt, würde mich das nicht stören. Es liegt wohl daran, dass ein langes Leben hinter mir liegt. Ich würde dich übrigens gerne noch einmal aufsuchen, Samuel.«

»Brauchst du doch ein besseres Rad?«

»Nein, ich brauche einen Generator, eine Lichtmaschine, die sowohl Strom erzeugt als auch mit Strom arbeitet. Am besten von einem LKW.«

»Du meinst einen Startergenerator? Sie sitzen meistens direkt auf der Kurbelwelle und sind schwer auszubauen. Wozu brauchst du so ein Ding?«

»Ich will ein Perpetuum mobile konstruieren. Wenn ich die Klemmen, die Strom erzeugen, mit denen, die Strom verbrauchen, verbinde, müsste sich der Anker ewig drehen.«

Der Schrotthändler lachte. »Und die Verluste? Die Erwärmung der Kupferspule hast du wohl nicht auf der Rechnung.«

»Um den Zweiten Thermodynamischen Hauptsatz zu überlisten, muss man die Wärme in Energie verwandeln, ehe sie im Weltall verloren geht.«

»Das geht nicht, wie du sehr wohl weißt.«

»Es geht. Die Liebe jedenfalls schafft es manchmal.«

»Nur, wenn sie erwidert wird. Komm am besten morgen früh vorbei. Dann sehen wir, was sich machen lässt.«

Der Whisky kam, und sie tranken schweigend die dampfende Flüssigkeit. Die *Messina-Bar* war für B. so etwas wie ein Wartesaal, in dem das Warten endlos sein durfte, weil es das Warten auf das Nichts war.

22

Am nächsten Tag fuhr B. mit dem Fahrrad den Fluss entlang. Das Wasser war schwarz wie Teer. An einer Stelle, an der eine Treppe in die Uferwand geschlagen war, hielt er an und lehnte sein Gefährt an einen Laternenpfahl. Er kletterte die Böschung hinab, vorsichtig, denn die Treppenstufen waren voller Algen und Schlamm. Dann streckte er seine Hand in die Strömung. Als er sie herauszog, war sie ebenfalls schwarz. Es dauerte eine Weile, bis er sie mit einem Taschentuch gesäubert hatte. Dann stieg er wieder auf sein Fahrrad und fuhr zum Institut.

*

Zu Weihnachten bekam ich dieses Jahr den großen, für Lehrer und Schüler der Oberstufe gedachten Kosmosbaukasten »Physik« für 94 Mark. In den folgenden Tagen machte ich trotz Protesten seitens meiner Mutter die kleine Küche zu meinem Labor und begann geradezu wütend mit den Experimenten. Kai musste bei meinen Versuchen assistieren und sich meine wortreichen Erläuterungen der Experimente anhören. Im Kasten gab es alles für den Bau einer kleinen Dampfmaschine. Nachdem ich die Einzelteile zusammengebaut hatte, füllte ich den kleinen Kupferkessel mit Wasser und stellte den angezündeten Bunsenbrenner darunter. Voller Erwartung beobachteten wir, wie der Zeiger des Manometers stieg und stieg. Es war Silvesterabend. Auch meine Mutter sah zu. Sie hatte für uns Glühwein gemacht. Der Kolben der Dampfmaschine ruckte ein paar mal hin und her. Dann flog der Pfropfen aus dem Kessel, und Dampf und heißes Wasser traten zischend aus. »Die Reibung der beweglichen Teile ist zu hoch«, erläuterte ich das Geschehen. Meine Mutter füllte unsere Gläser mit Glühwein. Eigentlich sollte sie bald zu Bett gehen, was sie jedoch nicht tat. Sie blieb auf, bis die Standuhr zwölfmal schlug. Wir prosteten uns zu. Dann rannten Kai und ich in die windige Dunkelheit und warfen angezündete Kanonenschläge und Knallfrösche in fremde Briefkästen.

Die Verhältnisse im Haus Rungholt waren inzwischen völlig unerträglich. Schau machte Ernst mit dem Versuch, uns loszuwerden. Bereits drei Tage nach Weihnachten erhielt meine Mutter ein Schriftstück mit der Räumungsklage. Um seine Absichten zu untermauern, weigerte sich Herr Schau, die Heizung anzustellen. Im Januar gab es eine Kältewelle. Wir hockten um den grünen Kohlenofen und mussten das Wasser in Eimern von einer öffentlichen Wasserstelle holen. Es war wieder genau wie in den letzten Tagen des Krieges.

Anfang Januar erreichte meinen Vater eine Nachricht der Reederei, er sei zum Kapitän befördert und solle in Hamburg das Kommando der »Blidum« übernehmen. In zwei oder drei Jahren würde er dann zum Nautischen Inspektor ernannt werden. Vorher müsse er allerdings noch einige Fahrten als Kapitän absolvieren, um so den anderen Schiffsführern gegenüber die nötige Autorität zu erlangen. Mein Vater war anfangs nicht unbedingt glücklich über diese Aussicht. »Als Kapitän bin ich König an Bord, als Inspektor bin ich höchstens ein kleiner Minister«, schrieb er an seine Frau. Verlockend empfand er allerdings die Aussicht auf ein geordnetes Familienleben. Ich schrieb ihm zu seinem Geburtstag einen Brief, in dem ich ihm zu seiner Ernennung gratulierte und außerdem ankündigte, dass ich mit ihm Wichtiges zu besprechen hätte. Ich würde intensiv an meiner eigenen Karriere arbeiten, Bücher von Pascual Jordan, Erwin Schrödinger, Albert Einstein und Max Planck lesen und chemische Formeln pauken wie die von Diäthylmesocyclohexylbenzthiocarbocyoninjodid und in meinem Labor Experimente machen, die mein Wissen um die Geheimnisse der Natur vertiefen würden. »Ich fange in diesen Tagen an, ernsthaft an meinem Ziel zu arbeiten. Hoffentlich werde ich es Dir gleichtun, also ebenfalls wie Du das Lebensziel erreichen.« Ich schloss den Brief reichlich steif und pathetisch: »Mit diesen Worten und mit einem festen Händedruck auf ein baldiges Wiedersehen lässt der Sohn seinen Vater grüßen.«

Im neuen Jahr wurde die Räumungsklage gegen uns verhandelt und abgewiesen, ebenso wie Schaus Antrag auf Mieterhöhung. Er musste sämtliche Gerichtskosten tragen und auch die Heizung wieder anstellen. Meine Mutter hatte angeboten, bis zum 1. September auszuziehen, und damit dem Kläger von vornherein den Wind aus den Segeln genommen. Die Wohnungssuche auf der Insel war allerdings schwierig, da es immer noch viele Flüchtlinge gab. Sie hatten den sogenannten »Schein A« und wurden bevorzugt. Meine Mutter erfuhr, dass ein Bauherr gegenüber dem Friesenmuseum ein Haus errichten wollte. Auf Anfrage bot er meiner Mutter gegen 3000 Mark Baukostenzuschuss die Parterrewohnung an. Muttls Grundstück am Südstrand war 2000 Mark wert. Sie wollte es uns zur Finanzierung der Wohnung überlassen. Die restlichen 1000 Mark wollte Tante Mary beisteuern. Meine Mutter unterschrieb also den Vertrag. Schau aber blieb bei seinen Schikanen. Er weigerte sich, die Brunnenpumpe anzuwerfen, sodass wir auch weiterhin kein Wasser und keine Heizung hatten.

Dann geschah etwas, das die Hausbaupläne meiner Eltern durchkreuzte, wenn sie auch vorerst noch an ihnen festhielten. Kurz nach der Rückkehr der »Rantum« Ende Januar erschien mein Vater auf der Insel. Stolz trug er die neue Uniform mit den vier goldenen Ärmelstreifen, als er bei wieder stürmischem Wetter über die Gangway den Inselboden betrat. Es war bitterkalt, schneidender Ostwind fegte die Straßen leer. Der Eisgang nahm zu, und bald darauf musste der Fährbetrieb eingestellt werden, sodass mein Vater auf der Insel festsaß. Als er wieder einmal zum Hafen ging, um sich zu erkundigen, ob und wann die Fähren endlich wieder fahren würden, und anschließend bei seinem Bruder einkehrte, erreichte ihn dort ein Anruf des Reeders persönlich. Entz war höchst ungehalten. Mein Vater habe den Termin der Ablösung verpasst. Er hätte unter diesen Umständen erst gar nicht auf die Insel fahren dürfen. Vergeblich bat mein Vater um Verlängerung seines Urlaubs. Dann ging er zum Anleger. Zufällig lag dort die »Hilligenlei« abfahrtbereit, das Schiff mit den besten Eisbrecherqualitäten. Sie sollte versuchen, das Festland zu erreichen. Mein Vater ergriff die Gelegenheit und ging an Bord, ohne uns informieren zu können. Wir warteten vergeblich auf seine Rückkehr. »Wahrscheinlich ist er bei seinem Bruder versackt und feiert seine Ernennung«, meinte meine Mutter. Ich aber ging Wache in der eiskalten Veranda und sah, wie die »Hilligenlei« dabei war, sich durch die Eismassen ihren Weg zu bahnen. Ich erkannte durch meinen Refraktor meinen winkenden Vater an Deck. Als die Fähre den Preester erreicht hatte, hatte sie es geschafft, denn dort war das Meer wegen des starken Ebbstroms offen. Die Erfahrung aber, vom Festland abgeschnitten gewesen zu sein, und die Verärgerung seines Arbeitgebers hatten den Entschluss bei meinem Vater bewirkt, so bald wie möglich mit seiner Familie aufs Festland zu ziehen, um solche Probleme in Zukunft zu vermeiden.

Bald darauf trat mein Vater seine Probezeit im Büro der Reederei an. Er bat meine Mutter, für ein paar Tage nach Rendsburg zu kommen, trotz ihres offenen Beins. Sie sollte mir das Versprechen abnehmen, so lange meine Experimente einzustellen, vor allem weil er befürchtete, ich könnte mit meinem Spiritusbrenner eine Katastrophe auslösen. Da meine Mutter mir zu Recht nicht traute, quartierte sie mich trotz großer Bedenken kurzerhand im Fährhotel ein. Ich war glücklich, denn ich liebte Tante Hella und ihre lockere Lebensführung mehr denn je. Als meine Mutter zurückkam, war sie entsetzt über meine angebliche Verwahrlosung, die jedoch nichts anderes war als ein Spiegel meines Glücks.

Anfang März wurde mein Vater als Urlaubsvertretung des Kapitäns der »Blidum« nach Hamburg beordert, um sie auf der nächsten

Mittelmeerreise zu führen. In der Schule schrieb ich in Mathematik inzwischen nur noch Fünfen. Und das in meinem Lieblingsfach! Der Grund war die neue Mathematiklehrerin, die mich aus für mich unerfindlichen Gründen nicht leiden konnte. Und noch ein anderes Unheil traf mich wie ein Schlag. Eines Tages bemerkte ich, dass ich ein Straßenschild nicht lesen konnte. Die Buchstaben verschwammen. Auch die Halligen hatten ihre klare Silhouette verloren und glichen eher verwaschenen Flecken am Horizont. Meine Mutter schickte mich zum Augenarzt. Es gab keinen Zweifel, ich war kurzsichtig geworden und musste fortan eine Sehhilfe tragen. Ich sah durch die Brille mit dem schweren Horngestell jetzt noch fürchterlicher aus als sowieso schon. Ich wusste, ein Kapitän mit Sehfehler verlor sein Patent. Er durfte nicht auf der Brücke stehen und Verantwortung übernehmen. Nur am Refraktor spielte mein Sehfehler keine Rolle. Mein beruflicher Werdegang war daher entschieden. Ich würde Astronom werden, jemand, der keine Brille brauchte, da eine winzige Drehung am Okular den Sehfehler ausglich.

Meine Mutter versuchte nach wie vor, ihren Weltschmerz, der seine Ursache nicht nur in der Abwesenheit ihres Mannes hatte, in Alkohol zu ertränken. Einmal versackte sie bei einer Geburtstagsfeier im Haus ihres Schwagers. Sechzehn Personen saßen in einem Raum eng beieinander. Es war die übliche heilige Messe der Inselgemütlichkeit. Als meine Mutter ihre Bowle heimlich in Blumenvasen zu schütten begann, wurde sie von ihrem Sitznachbarn dabei ertappt. Es gab einen Aufstand. Sie sei feige, und sie gehöre samt ihrem Sohn sowieso nicht auf die Insel. Fluchtartig verließ sie die Gesellschaft, die bereits einen Grad von Trunkenheit erreicht hatte, wo dies niemand mehr wahrnahm. Meine Mutter lief schwankend am Meer entlang. Auch das Meer war betrunken. Die Wellen torkelten an den Strand und erbrachen sich in den Seetang. Sie kroch in ihr kaltes Bett und weinte. Bevor sie einschlief, nahm sie sich vor, möglichst bald nach Wegen zu suchen, ihrem Mann aufs Festland zu folgen.

Mitte März setzte endlich Tauwetter ein. Dichter Nebel lag auf dem Meer, der mich meine Kurzsichtigkeit besser ertragen ließ. Ich widmete mich wieder meinem Labor, während meine Mutter die Wege durch den Grünstreifen ablief, die sie siebzehn Jahre zuvor verliebt mit ihrem Mann gegangen war. Er hatte damals auf einer Bank zwischen dunklen Bäumen seinen Kopf in ihren Schoß gelegt und ganz gegen seine sonstige Art die Beherrschung verloren und bitterlich geweint. Ein plötzlicher Nervenzusammenbruch als Folge der Katastrophe von Lakehurst.

Mein Vater genoss unterdessen seine neue Würde und fand nebenher Zeit, sich antike Schauplätze anzusehen. Endlich konnte er sich wirklich als Odysseus fühlen. Er schickte mir eine Postkarte aus Knossos mit einer Fotografie des Wandgemäldes, das den Stier des Königs Minos zeigte, und schrieb dazu: »Mögest Du, mein lieber Sohn, immer einen Ariadnefaden zur Hand haben, um aus dem Labyrinth des Daseins herauszufinden.« Er konnte nicht ahnen, dass es mein Problem sein würde, mehrere Ariadnefäden zu haben, die sich auch noch ständig ineinander verhedderten.

Ende April war mein Vater zurück, immer noch im Ungewissen, ob und wann er seinen Posten als Nautischer Inspektor antreten sollte. Und es gab nichts Schlimmeres für ihn als Ungewissheit. Doch dann wurde er Anfang Mai nach Hamburg beordert, um bei der Partnerreederei Schuldt als Inspektor zu hospitieren. Meine Mutter besuchte ihn dort für zwei Wochen. Ich setzte es durch, wieder im Fährhotel wohnen zu dürfen. Es ging mir in Tante Hellas Welt besser als irgendwo sonst auf der Insel. Die eigenen Gesetze, die in ihrem Revier herrschten, waren freier, humaner, weniger rigide als überall sonst. Auch meine Akzeptanz bei den Gleichaltrigen wuchs, solange ich hier wohnte. Das Fährhotel hatte einen ziemlich dubiosen Ruf. Aber je schlechter er war, desto erfolgreicher lief das Geschäft. Unter dem Dach gab es, abgetrennt durch dünne Holzwände, einfache Zimmer, die die Gäste mit ihren Damen stundenweise mieten konnten. In einem dieser Verschläge wurde ich einquartiert. Eines Tages erschien eine höchst attraktive Person und bezog das Zimmer nebenan. Ich nannte sie Stella, weil so die Hauptperson in einer Geschichte hieß, die in der Illustrierten »Stern« erschienen war und die uns sexuell erregte, weil dort detailliert eine Szene beschrieben war, in der Stella nackt unter der Dusche stand. Stella war die neue Bedienung im Fährhaus. Sie kam aus Hamburg und übertraf alles, was man in den billigen Pornoheftchen zu sehen bekam. Sie hatte lange rote Haare, die sie manchmal offen, manchmal zu einem Zopf gewunden trug. Sie hatte eine schneeweiße Haut, bedeckt mit zahllosen kleinen Sternbildern von Sommersprossen. Ihre grellrot geschminkten Lippen waren ständig wie zum Kuss aufgeworfen. Ihr Busen war trotz seiner bemerkenswerten Größe straff, ihre Taille schmal, ihr Hintern unter dem engen schwarzen Kellnerinnenkleid von vollkommener, halbkugeliger Form. Sie hatte eine Art, mit einem herausfordernden Wiegen der Hüften zu gehen, die unbeschreiblich frivol war. Ihre Stimme war rauchig, und ihre großen graublauen Augen blickten spöttisch, milde und alles verzeihend. Der Umsatz im Fährhotel stieg schlagartig an. Die Männer betatschten Stella, und sie ließ es geschehen. Wegen Stella war ich oft mit anderen Jungen in meinem Zimmer. Durch eine der dünnen Holzwände hörten wir manchmal das Stöhnen eines Pärchens im Liebeskampf. Doch wir hatten nur Augen für die schöne Bedienung, die sich nebenan auf ihren abendlichen Auftritt vorbereitete. Wir pressten unsere Augen an verschiedene Ritzen und Astlöcher, aber es war nicht mehr zu sehen als die verschwommenen Bewegungen einer menschlichen Gestalt. Plötzlich ging einer der Jungen aus dem Zimmer. Wir hörten eine Tür, dann war er zurück. Er grinste. »Ich war drin«, sagte er stolz. »Ich habe sie in echt nackich gesehen.« Dann fingerte er eine der Zigarren seines Vaters aus der Hosentasche und zündete sie an. Wir waren neidisch und versuchten uns vorzustellen, was er da in echt gesehen hatte.

In diesen schönen elternfreien Tagen fielen mir meine alten Pläne wieder ein, Romane zu schreiben, und ich versuchte, meine Vettern zu bewegen, sich ebenfalls der Literatur zu widmen. Ich hatte mir vorgenommen, parallel zwei Romane zu schreiben, einen Cowboyroman, dessen Held Tex Carter hieß, und einen Zukunftsroman, bei dem eine Rakete eine wichtige Rolle spielte, mit der der Held Lichtgeschwindigkeit erreichen konnte und damit nach den Regeln der allgemeinen Relativitätstheorie dem Prozess des Älterwerdens entzogen war, jedenfalls bezüglich des irdischen Inertialsystems. Diese Geschwindigkeit erzielte das Raumschiff durch ein spezielles Perpetuum mobile, das die Gesetze des Ersten und Zweiten Thermodynamischen Hauptsatzes außer Kraft setzte. Wie das möglich war, wollte ich noch herausfinden. Wir lasen uns die Texte gegenseitig vor. Die meiner Vettern waren nicht länger als eine Seite, auf der es von Leichen nur so wimmelte. Ich brachte es bei meinem Cowboyroman immerhin auf 50 Seiten und beim Zukunftsroman auf 21.

Dann kam meine Mutter zurück. Wie immer befand sie, ich sei wieder einmal völlig verwahrlost. Ebenso wie meine Schulhefte, in denen es von Fehlern nur so wimmeln würde. Schlimmer als meine körperliche Verfassung sei jedoch die moralische, wie sie meinem Vater schrieb, nachdem ich ihr von den Geräuschen im Nebenzimmer erzählt hatte und davon, dass einmal, als ich aus der Schule gekommen war, ein betrunkener Mann in meinem Bett lag, der außerdem meine ganze Schokolade aufgegessen hatte.

Meine Mutter erbot sich, meinen Zukunftsroman abzutippen, wenn er fertig sei, und an einen Jugendbuchverlag zu schicken. Von den wissenschaftlichen Passagen würde sie nichts verstehen, aber der Humor, mit dem ich die politischen Verhältnisse im Jahre 1999 schildere, gefiele ihr sehr. Inzwischen kristallisierte sich immer mehr heraus, dass wir aufs Festland ziehen würden, sollte mein Vater die Stelle als Inspektor bekommen. Diese Aussicht hing wie ein Damoklesschwert über mir. Ich konnte nicht recht einschätzen, was das bedeutete. Einerseits fühlte ich mich längst als eingefleischter Insulaner wie Robinson, wenn auch, trotz meines Vetters Kai, ohne echten Freitag und unter fremden Kannibalen. Andererseits wollte ich wie meine Mutter weg von der Insel, um endlich richtige Freunde zu finden. Dann wieder wollte ich unbedingt auf ihr bleiben, denn ich spürte, dass ich nirgendwo sonst mit so viel Wetterpoesie, so viel Stürmen, Böenrändern und Eisschollen rechnen konnte. Am liebsten wäre ich in zwei Welten zugleich gewesen, aber ich wusste, dass das nur bei Lichtquanten möglich war, denn die Unschärfebeziehung ermöglicht es ihnen, an zwei Stellen zugleich zu sein.

Zu meinem 15. Geburtstag hatte ich mir den Chemiebaukasten von Kosmos gewünscht und bekam ihn nun auch nachträglich, finanziert von Muttl und Tante Mary. Ich ging zur Apotheke und erstand einige der wichtigsten Chemikalien, die der Chemiebaukasten aus Sicherheitsgründen nicht enthielt, zum Beispiel Salpeter- und Schwefelsäure. Mit dem Bunsenbrenner des Baukastens begann ich, Glasröhren zu verformen, Pipetten und ein Quecksilberbarometer zu bauen. Es funktionierte gut und zeigte das Herannahen eines Tiefs sehr deutlich an. Dann versuchte ich durch wilde Mischungen verschiedener Stoffe neue zu erzeugen, die die Natur nicht kannte. Ich war jetzt Alchemist und wie viele andere in den Jahrhunderten vor mir auf der Suche nach dem legendären Stein der Weisen.

Im Hochsommer erschien Muttl wieder auf der Insel. Sie hatte eine schwere Lungenentzündung hinter sich, war weiß gepudert und trug ihren Hut nun ohne Schleier. Ich fand, sie sah aus wie ihre eigene Mumie. Muttl trug sich erneut mit dem Plan, ein Haus am Südstrand zu bauen und ganz auf die Insel zu ziehen. Meine Eltern sollten ein Stockwerk bewohnen. Ihre Hauptaufgabe aber sollte es sein, mich zu betreuen, denn meine Mutter wollte zu ihrem Mann, um die weitere Zukunft zu besprechen. Auf keinen Fall wollte sie mich wieder zu ihrer Schwägerin Hella geben. Dann lieber in die berüchtigte Pension Rottraut, in der die Kinder geschiedener Eheleute und andere

Problemfälle untergebracht wurden. Obwohl über die Zukunft meines Vaters noch nicht offiziell entschieden war und ein Umzug aufs Festland daher noch nicht endgültig feststand, war meine Mutter innerlich fest entschlossen, die Insel ganz zu verlassen, dieses »Gottesfleckchen Erde, dem sie immer die Treue halten würde«, wie sie meinem Vater schrieb. Zunächst wollte sie jedoch den Bauherrn im Glauben lassen, dass wir in sein Haus einziehen würden.

Ich begleitete meine Mutter auf das Richtfest des Neubaus, ordentlich fein gemacht in gebügelter Hose, weißem Hemd und einem grünen Sakko von Vatl mit extrem wattierten Schultern. Alle saßen auf langen Holzbänken im einzigen Raum, dessen Wände bereits verputzt waren, unserem zukünftigen Keller: der Bauunternehmer, die zukünftigen Mieter, Muttl, die Maurer und die Zimmerleute. Die Arbeiter tranken Bier und Korn. Es gab 40 Pfund heiße Würstchen und Berge von Kartoffelsalat. Bald wurde gesungen und getanzt. Jemand spielte Akkordeon. Die Arbeiter machten sich einen Spaß daraus, mir immer wieder süßen Likör nachzuschenken. Ich trank sieben randvolle Gläser und rauchte zwei Zigaretten. Es dauerte nicht lange, und ich begann meine Umgebung nicht nur in der Ferne, sondern auch in der Nähe verschwommen zu sehen. Jede meiner Hände hatte plötzlich zehn Finger. Auch die Gesichter verdoppelten sich. Meine Tante, die Frau des Radioonkels, war mit dem Fahrrad gekommen. Da sie inzwischen ebenfalls reichlich getrunken hatte, bat sie mich, ihr Fahrrad nach Hause zu fahren. Sie wolle lieber zu Fuß gehen. Ich war sofort bereit dazu, denn ich liebte ja das Radfahren. Ich ahnte nicht, dass ein wahrer Höllenritt daraus werden sollte. Kaum war ich aufgestiegen, musste ich wieder absteigen, da ich das Gleichgewicht beim Antreten nicht halten konnte. Einer der Arbeiter schob mich an, nachdem er mir noch ein letztes Glas Likör eingetrichtert hatte. Ich fuhr in Schlangenlinien davon, mitten auf der Straße, dann durch die engen Gassen. Die Häuserwände kamen abwechselnd näher und entfernten sich wieder. Instinktiv orientierte ich mich an gewissen Landmarken, und tatsächlich roch ich irgendwann den Fischladen. Ich warf das Fahrrad gegen die Schuppenwand, und dann rannte ich zum Strand. Mir war speiübel. Der Sand wogte unter mir wie eine wildgewordene Wanderdüne. Es war Ebbe, und ich torkelte aufs Watt hinaus. Dann warf ich mich in voller Kledage bäuchlings zwischen Muscheln und Seetangbüscheln auf den nassen Boden und übergab mich. Das Watt stand senkrecht wie eine Wand. Um nicht abzurutschen, krallte ich mich mit eiskalten Händen am Seetang fest, bis die Übelkeit nachließ. Als ich zu Hause ankam, war meine Mutter schon da. Sie hatte offensichtlich einen ordentlichen Schwips, denn statt zu schimpfen, brach sie in helles Gelächter aus, als sie meine traurige Gestalt erblickte.

Inzwischen erhielt mein Vater, der mit der »Keitum« in Istanbul lag, folgendes Telegramm: »Dienstantritt in der Reederei nach Keitum Rückkehr.« Jetzt war es also amtlich. Er war tatsächlich der neue Nautische Inspektor der Reederei Zerssen. Zurück in Hamburg holte ihn der Reeder persönlich ab. Es war eine große Ehre. Vor dem Waldgasthaus hinter Quickborn hielt der Fahrer den Mercedes an. Der Konsul lud meinen Vater zu einem opulenten Essen ein. Es gab ein langes Gespräch, eine letzte Prüfung wohl, die günstig für den Kapitän und Nautischen Inspektor in spe ausfiel. Mein Vater rief seine Frau an und teilte ihr die Entscheidung seines Chefs mit und dass er das Angebot annehmen würde. Finanziell sei er kaum schlechter gestellt als ein Kapitän. Zwar müsse er an Land seinen Lebensunterhalt zahlen und lebe nicht umsonst wie die Schiffsführer, aber er rechne damit, zum Ausgleich Tantiemen zu bekommen.

Als ich an diesem Tag vom Strand kam, empfing mich meine Mutter mit glänzenden Augen. »Es gibt große Neuigkeiten. Dein Vater soll der neue Inspektor der Reederei werden. Wir werden bald aufs Festland ziehen. Freust du dich nicht?« Es war eine Hiobsbotschaft, denn ich sollte mein geliebtes Inselschiff verlieren, nachdem ich es so lange durch die Untiefen von Raum und Zeit gesteuert hatte.

Mitte Juli begann der Dienst meines Vaters. Das Büro lag in der Nähe des Chefzimmers, für ihn eine völlig neue Situation, denn der Mann, der so weit über ihm stand, war zugleich auch direkt neben ihm. Er, der einstige Luftschiffer und Walfänger, Odysseus, Kolumbus, Ikarus, Ahab, Ismael und Queequeg in einer Person, sah jetzt täglich diesen eindrucksvollen Patriarchen in seinem Zimmer verschwinden und wieder auftauchen wie den Meergott Neptun persönlich. Er sah auch gutaussehende Sekretärinnen wie Seeforellen durch die Flure schwimmen, und er musste sich nun ohne Sextant und Logarithmentafeln in Akten und Korrespondenzen vertiefen, in jenes Papier, das Tag für Tag wie Strandgut an seinem Schreibtisch antrieb.

Mein Vater kam erstaunlich gut zurecht mit dieser Situation. Die Sekretärinnen schwärmten für den bestaussehenden Mann der Firma, und der Chef zeigte seine wahre Macht nicht oder nur selten. Trotzdem war der Nautische Inspektor froh um jeden Außendienst, jede Reise zu einer Werft oder einem Hafen, auch wenn er nun Auto fahren musste, etwas, das ihm anfangs ziemlich schwerfiel. Er fuhr immer in der Straßenmitte, so wie er es mit einem Schiff mit großem Tiefgang auf einer Wasserstraße zu halten pflegte. Das besserte sich erst, als ihn einer seiner Kollegen begleitete und ihm Fahranweisungen gab.

Mein Vater wohnte zunächst in einem Zimmer des Hotels *Zum Landsknecht*, dem besten Haus der Stadt. Meine Mutter besuchte ihn, um eine Wohnung für uns zu suchen, so wie sie es einst bereits in Hamburg getan hatte. Sie sah das Telefonbuch durch. Dabei fiel ihr eine *Pension Ehlers* in der Alten Kieler Landstraße auf. Sie zog ihre kalte Pracht an, machte sich auf den langen Weg durch die Innenstadt und landete schließlich vor einem düsteren Klinkerbau mit herabgelassenen Jalousien. Der Eingang lag im Hinterhof. Die Tür war angelehnt. Sie klopfte, und als niemand reagierte, trat sie ein und stand unvermittelt in einer großen Küche. Ein riesiger Bernhardinerhund ließ sie nicht aus den Augen. Sie rief mehrmals laut: »Hallo, ist da jemand«. Endlich erschien eine stark geschminkte, etwa fünfzig Jahre alte Frau, die Haare hellblond gefärbt. »Sind Sie Frau Ehlers?«, fragte meine Mutter. Die andere nickte, musterte sie gründlich und sagte: »Suchen Sie Arbeit?« »Nein«, sagte meine Mutter verwirrt. »Ich suche ein Zimmer für meinen Mann.« Die andere lachte. »So was habe ich noch nie gehört. Jetzt kommen schon die Ehefrauen zu uns!« »Mein Mann ist Inspektor bei Zerssen. Wir wohnen im *Lands-knecht*. Das ist auf die Dauer kein Zustand, wie Sie verstehen wer-den, gnädige Frau.« »Wir nehmen keine Männer«, sagte Frau Ehlers. »Wir sind ein reines Mädchenpensionat.« »Das macht nichts. Mein Mann wird oft geschäftlich unterwegs sein.« »Sie scheinen nicht zu verstehen«, sagte Frau Ehlers. »Wir sind ein Puff.«

Fluchtartig verließ meine Mutter das Etablissement. Dabei be-merkte sie auch die rote Laterne mit einer goldenen Sieben an der Hausfassade. Der Vorfall sprach sich schnell herum in der Klein-stadt und bewirkte viel Gelächter. Meine Mutter aber wurde kurze Zeit später fündig in der *Pension Dressler*, nachdem sie sich ver-gewissert hatte, dass hier einige alte Männer, die aussahen wie pen-sionierte Studienräte, aus und ein gingen und auch keine rote Later-ne über der Tür hing.

Im August 1954 schrieb ich einen fünf Seiten langen, gewunden formulierten Brief in meiner besten Schönschrift an meine Mutter. Ein Geburtstagsgeschenk für sie. In Ton und Stil war er so etwas wie das Resümee eines alten Mannes über sein Leben, mit einem be-schwörenden Ausblick in die Zukunft:

An meine Mutter. Heute wirst Du 45. Ich muss schon sagen, das ist eine schöne runde Zahl. Ich habe erst das erste Drittel dieser Zeit hinter mir. Ich glaube aber, dass sich in diesen 15 Jahren einige Ge-danken bei mir angehäuft haben, über die ich heute in diesem Brief mit Dir und Deinem Mann sprechen möchte. Aber auch nur mit

Euch allein, denn Ihr seid die bis jetzt einzigen Menschen, denen ich bedingungslos vertrauen kann, wie ich erst kürzlich wieder erfahren habe. Dieser Brief soll keine sentimentale Liebeserklärung an Euch sein. Ich werde mich einfach über alles auslassen, was mich bedrückt und bewegt, auch über das, was ich an Euch noch gerne sehen würde. Ich werde jetzt zuerst über mein bisheriges Leben mit seinen Haupteindrücken schreiben. Von den ersten Jahren meines Lebens ist mir nur Mutti in Erinnerung, was Dich nicht enttäuschen soll, lieber Vater, aber du warst ja fast immer fort, im Krieg oder auf See. Mutti erschien mir damals als eine sichere Festung, zu der man sich immer flüchten konnte, an der man sich festhalten konnte. Sie konnte aber auch sehr unangenehm werden, wenn man zum Beispiel eine volle Hose hatte. Schon damals haben mich schwerwiegende wissenschaftliche Probleme bewegt. Ich saß in einem Sportwagen und versuchte an den Fingern abzuzählen, ob es eins zwei vier drei oder eins zwei drei vier heißen würde. Ich war damals wohl schon mehr Lyriker als Mathematiker. Ich kann mich leider auch daran erinnern, dass ich damals einen sehr starken Trieb zum Stehlen hatte. Ich stahl Werner Kunz geschickt mehrere Soldaten und verschacherte sie Kondi Berra gegen ein eigenartiges Ding, ich glaube es war irgendein Armee-Funkgerät, dann stahl ich Kondi Berras Eltern eine kleine Taschenlampe. Wenn man auf einen Hebel daran drückte, leuchtete das Lämpchen unter surrendem Geräusch auf. Beide Fälle kamen ans Tageslicht. Als ich mit Werner Kunz befreundet war, war ich in sehr schlechter Gesellschaft, und ich war damals bestimmt in einer moralischen Gefahr. Schon früh hatte mich die Technik interessiert, und zwar vorerst nur »was drin war«. So weiß ich noch ganz genau, wie du mit dem Rad, mit mir auf dem Gepäckträger, vom Schietberg kamst und ich in jeder Hand ein Radio hielt. Gildemeister klaute ich seine Flaschenbirnen und verschacherte sie gegen einen großen Magneten, Vatis wertvollen Belichtungsmesser zerstörte ich vollkommen und vergrub ihn, so-

dass diese Tat erst viel später herauskam. Meine erste Freundin war Elke Frese, die aber eine sehr eigenwillige und freche Person war. Das Kriegserlebnis hat mich sehr bedrückt und geängstigt. Am tiefsten blieb der Eindruck der Lejeune-Kinder nach der Verschüttung ihres Hauses. Mein Vater trat zum ersten Mal mit voller Wucht auf meine Lebensbühne, als er kurz vor Weihnachten aus der Gefangenschaft zurückkehrte. Ich weiß noch genau, wie er mir ganz verklebte weiße und rote Bonbons mitbrachte und mir am nächsten Tag ein Segelschiff schenkte. Denkt aber bloß nicht, dass meine Erinnerungen an diese Tage nur mit materiellen Dingen verbunden sind. Schon die eigenartige Veränderung in Deinem Wesen, in Deinem Gesicht, in der Atmosphäre, die Dich umgab, prägte sich tief in mein Kinderherz ein. Ein anderes Weihnachtserlebnis beeindruckte mich ebenfalls außerordentlich. Das war, als Du, Mutti, Deine Hand mit einem Glöcklein als die Hand des Christkindes herausstrecktest. Als ich auf der Insel dann zur Schule kam, brach eine wenig schöne Zeit heran, die, so glaube ich, meinen Charakter (wie soll ich es ausdrücken) etwas beeinflusst hat. Sie hat mich jedenfalls nicht gerade menschenfreundlicher und aufgeschlossener gemacht. Für die folgende Zeit zog ich mich wie ein Einsiedlerkrebs in mein Gehäuse zurück. Vielleicht lag es gerade an diesem Umstand, ich fand keinen Freund und war recht einsam, dass in mir ganz unbewusst Fragen auftauchten, Fragen nach dem Wie und Warum. Mit der Technik hatte es angefangen. Ich wollte Schiffsmaschinenbauingenieur werden. Dann zerbrachen meine Gedanken an dem Perpetuum mobile, als ich auf die beiden Thermodynamischen Hauptsätze stieß. Ich weiß nicht, wie schnell es kam, es war jedenfalls plötzlich da: das Z i e l. Ich halte das Ziel für das wichtigste im Leben. Kein Schiff ohne Kurs; nicht treiben, sondern schwimmen! Ihr mögt sagen, was Ihr wollt, Ihr mögt Einwände bringen, Ihr mögt wie mein Onkel sagen: Das Berufsbild ändert sich, ob man will oder nicht, ständig. Ich weiß es, aber es muss so sein, es muss. *Mein*

Gebiet ist mir zum Freund, zum Begleiter, Berater geworden. Sagt nicht, ich wäre exaltiert in meinen Worten. Ich sehe meinen Kurs genau vor mir, die Kompassnadel darf nicht zittern, nicht ausschlagen. Ich kann nicht an das Wahrscheinliche denken: dass ich ein Versager bin. Ich kann mir einfach keinen andern Weg vorstellen. Ich kann mir denken, dass Du jetzt, lieber Vati, sagen wirst: »Nur mit der Ruhe.« Trotzdem höre mich bitte weiter an. Ich habe in den letzten Jahren genug Bücher, gute Bücher, gelesen. Ich habe glücklicherweise ein einigermaßen gutes Gedächtnis für diese Dinge. Und so meine ich wenigstens etwas auf diesem Gebiet der Wissenschaft zu wissen. »Ich weiß, dass ich ein wenig weiß«, so vermessen bin ich schon; aber vielleicht werde ich später wie jener große Mann sagen können: »Ich weiß, dass ich nichts weiß.« Eines habe ich in den letzten Jahren aber sehr, sehr vermisst: einen Freund, mit dem ich mich über all die Dinge, die ich täglich in mich hineinpumpe, unterhalten kann. Was nützt es, dass ich meine Großmutter jeden Abend mit Vorträgen bombardiere, es ist wie eine Radioschaltung, der die Resonanz fehlt. Bei Mutti ist es, was ganz natürlich ist, ebenso. Da bleibt mir nur noch mein Vater, von dem ich weiß, dass er auf jenem Gebiet kein unbeschriebenes Blatt ist. Doch bis jetzt war er mir fern, körperlich fremd, und in manchen Stunden spüre ich das sehr. Nun hat er einen Beruf, der ihn sehr anstrengen wird. Trotzdem hoffe ich, dass ich mehr von ihm habe als bisher. Wie ich Euch beide Alten kenne, möchtet Ihr noch über gewisse Gefühleindrücke, die ja nie ausbleiben, gerne einiges wissen. Verknallt habe ich mich nicht mehr und nicht weniger wie meine gleichaltrigen Kameraden in gutaussehende junge Damen. Verliebt habe ich mich nur einmal, bis jetzt, und das war, wie Ihr wisst, in jene Irene aus Frankfurt. Und zwar weniger in ihr ansprechendes Äußere als in ihre Klappe, die mich sehr an dich erinnert hat, Mutti. Ich bin mit ihr abends zur Kurmusik gegangen, bin Schlauchboot gefahren, hab ich Dussel doch dafür mein letztes erspartes Taschengeld ausgege-

ben!, und habe mit ihr am Deich geangelt. Viele Jungens haben
mich damals hochgenommen und veräppelt. Aber da ich wusste,
dass ihr Vater ein reicher Knacker war, sie im Sommer an die Adria
fuhr, und sah, dass sie jedes Mal einen Schwarm von hoffnungs-
freudigen Verehrern um sich hatte, fügte ich mich in das Schick-
sal eines Außenseiters und gab meinen Platz auf. Na, Vati, erinnert
Dich das nicht an Deine eigene Jugend? So, liebes Geburtstagskind,
findest Du nicht, dass diese Epistel ein eigenartiges Geburtstags-
geschenk ist? Ich habe kein Geld für materielle Dinge, hoffe aber,
dass Du nicht enttäuscht bist. Entschuldige bitte auch die schlechte
Schrift, die vielen Fehler und Verbesserungen, die ja eigentlich nicht
in einen Geburtstagsbrief gehören, aber meine Gedanken wollen
schneller als meine nicht allzu gute Feder; bedenke, dass ich diesen
Brief in etwa 1 ½ Stunden geschrieben habe. Nun will ich schließen
und gleichzeitig öffnen, und zwar ein Leben eröffnen, das hinter
den 15 Jahren nicht herhinkt. Ich kann Euch aber nicht zu viel ver-
sprechen, denn es wird immer wieder Rückschläge geben, dann er-
innert mich bitte an diesen Brief. Euer Sohn

Während meine Schulkameraden bereits auf Partys ihre ersten se-
xuellen Erfahrungen machten, meine Vettern und ihre Freunde sich
zum Skatspielen trafen und dabei Bier tranken und dicke Zigarren
rauchten, war ich ganz und gar zum Sonderling, zum Eigenbrötler
geworden. Eines Tages traf ich Onkel Otto auf der Kurpromenade.
»Ich habe gehört, dass du uns bald verlassen wirst«, sagte er. »Du
bist darüber vielleicht traurig, aber du musst es als große Chance
sehen. Man kann nicht immer im Hafen liegen. Wenn man etwas
werden will, muss man auf Trampfahrt gehen. Hauptsache, du liest
die richtigen Bücher. Hier, nimm das als Proviant für spätere Zeiten.« Er zog eine Glasröhre aus seiner Sakkotasche und reichte sie
mir. In ihr war etwas, das aussah wie ein brauner Torpedo. Es war
eine teure Zigarre.

Auf der Schule ging es mir unterdessen wieder besser. Das lag an unserem neuen Deutschlehrer. Er kam als Referendar vom Festland und sollte sein Assessorexamen Ende des Schuljahrs ablegen. Sein Name war Erich Schröter, und da er mit seinen dunklen Locken, seinem markanten Kinn und der niedrigen Stirn aussah wie ein amerikanischer Leinwandheld, wurde er von allen nur der schöne Erich genannt. Er hatte eine ganz eigene Auffassung von Pädagogik. Zu ihr gehörte es, sich ständig mit beißender Ironie über einzelne Schüler lustig zu machen. Niemand war vor seinem Spott sicher, eigenartigerweise mit Ausnahme von mir. Er lobte mich vor der ganzen Klasse, und ich schrieb auf einmal nur noch Einsen. Ich wusste nicht, wie ich zu dieser Ehre kam und ob es überhaupt eine Ehre war. Der schöne Erich war natürlich höchst unbeliebt, aber manchmal siegte auch die Schadenfreude, und er erntete Gelächter mit seinen fragwürdigen Sottisen. Am Tage vor seiner Prüfung, bei der es nicht zuletzt auf eine rege Beteiligung der Klasse ankam, instruierte er uns entsprechend. Wer sich auf eine Frage von ihm mit der linken Hand meldete, wusste die Antwort. Die mit der rechten Hand wussten sie nicht. Zu einem meiner Vettern meinte er: Du meldest dich am besten immer mit rechts. Nach der erfolgreich bestandenen Prüfung verschwand der schöne Erich wieder von der Insel, was niemand bedauerte außer mir natürlich.

Als sich das Datum unserer Abreise näherte, fuhr ich die Insel noch einmal mit meinem Fahrrad ab. Es ging über alle Dörfer, zur Lembecksburg, zum Kliff, zum Godelmoor, zu den Vogelkojen. Tante Hella arrangierte ein Abschiedsessen für mich. Natürlich gab es ihre berühmte Muschelsuppe. Anschließend fand eine kleine Party statt. Meine Vettern rauchten Zigarren, spielten Skat und tranken Bier. Auch Stella war da, wie immer in ihrem engen nachtschwarzen Kleid und ihrer blütenweißen Schürze. Ich würde sie zum letzten Mal sehen. Sie trug die Haare offen, und ihre grauen Augen erinnerten an winterliche Teiche, deren Eis so dünn war, dass es gefährlich sein musste, dort Schlittschuh zu laufen. Ich versuchte, sie mir als Negativ vorzustellen oder in Komplementärfarben. Ihre Haare waren grün wie bei einer Meerjungfer, ihr Kleid war weiß, die Schürze schwarz. Sie schürzte die dunkelgrünen Lippen, während sie Bier, Schnaps und Wein nachschenkte und mir einmal sogar einen Kuss auf die verschwitzte Stirn gab. Die Musiktruhe im Restaurant lief auf voller Lautstärke. Immer wieder legten wir neue Schellackplatten auf. Darunter war eine Aufnahme des Jazztrompeters Bix Beiderbecke. Das Solo, das er blies, machte auf mich einen unauslöschlichen Eindruck. Tante Hella schenkte mir die Platte, und Stella drückte mich an sich, mitten hinein in diese wunderbare Dünenlandschaft ihres Leibes, in der es warm war, die Dünengräser wogten und über der ein betörender Duft aus Seife lag.

Am letzten Tag auf der Insel klingelte es an unserer Tür. Es war der Friedberger. Er war zu Besuch, trug einen gut geschnittenen Anzug und ein weißes Hemd mit Schlips. Er sah noch besser aus als früher. Wir setzten uns in die Sessel, und ich erzählte von meinen Berufsplänen. Er nickte und lächelte ein wenig spöttisch. Dann sagte er, er habe überhaupt keine Pläne. Er wisse nicht, was er werden solle. Er habe nämlich zu nichts Lust. Meine Mutter erschien mit einem Tablett. Teekanne, Tee und Kuchenteller. Sie setzte sich zu uns und riss dann das Gespräch an sich. Irgendwann sah der Friedberger auf seine Uhr, erhob sich, bedankte sich höflich und verschwand für immer von meiner Lebensbühne.

Mein Vater kam vom Festland herüber. Er wirkte ernst und entschlossen. Unsere Möbel wurden auf ein Kümo geladen, das direkt nach Rendsburg fuhr. Wir übernachteten auf Matratzen. Am letzten Tag auf der Insel, dem 31. August 1954, verabschiedete ich mich von Kai. Es tat mir ehrlich leid, ihn zu verlieren. Dann ging ich zum Königsgarten. Auf dem Deich neben dem Ententeich entdeckte ich das Wrack eines großen Lastwagens, das lange Fahrgestell ohne Räder und Aufbauten. Aber der Motor war noch vorhanden. Ich rannte nach Hause und holte einige Schraubenschlüssel aus dem Werkzeugkasten meines Vaters. Dann lief ich zurück, öffnete mit einiger Mühe das Gehäuse der Lichtmaschine und zog den großen, schweren Kupferanker heraus. Es regnete in Strömen, und ich war voller Öl. Ich schleppte den schweren Anker nach Hause und versteckte ihn im Schuppen. Ich schlief schlecht in dieser letzten Nacht, stand immer wieder am Fenster und beobachtete die angelehnte Schuppentür. Am nächsten Morgen bat ich meine Eltern um die Erlaubnis, den Anker mit aufs Festland nehmen zu dürfen. »Was willst du mit dem schweren Ding«, sagte mein Vater. »Es ist völlig nutzlos. Du bist doch kein Schrotthändler wie Klaasen. Bring den Anker sofort zurück. Er gehört ihm. Kupfer ist ziemlich viel wert. Es kommt nicht in Frage, dass du ihn mitnimmst.« Ich blickte ihn an, stumm und voller Verzweiflung. Dann stieß ich hervor: »Es ist das Herz der Insel. Ich möchte, dass es immer für mich schlägt.« Er war unfähig, mich zu verstehen. Ich verstand mich ja selbst nicht. Ich brachte den Anker zurück und schob ihn in die Lichtmaschine.

Dann kam die Überfahrt. Sie war genauso stürmisch wie jene vor achteinhalb Jahren, nur die Richtung hatte sich geändert. Ich stand an der Reling und sah, wie die Insel immer kleiner wurde. Es war wie ein Schiffsuntergang, und ich war, wie es sich für einen Kapitän gehörte, als Letzter von Bord gegangen. Meine Eltern saßen unten im warmen Schiffsrestaurant. Wahrscheinlich tranken sie Tee und freuten sich auf ihre Zukunft. Ich aber hatte keine Zukunft. Sie war zusammen mit meiner Vergangenheit untergegangen. Und die Gegenwart war nichts als kalter Regen, der mir ins Gesicht schlug.

Festland

* * *

Die Vergangenheit ist ein Bumerang aus Filz.

Als B. am nächsten Morgen aus dem Fenster seines Hotelzimmers blickte, war alles verändert. Die Straßen waren von Sand bedeckt, und an den Fassaden der Häuser klebte Schaum. Es musste in der Nacht einen heftigen Sturm gegeben haben. Er öffnete das Fenster und lehnte sich hinaus. Da sah er einen kleinen Jungen unten auf der Straße. Er war barfuß, schippte mit einem Schäufelchen Sand in einen kleinen blauen Eimer, und als er voll war, trug er ihn um die Straßenecke.

B. starrte gebannt hinaus. In der Ferne hörte er das Rauschen der Wellen deutlicher als je zuvor. Dann sah er den Jungen wieder. Er kam mit dem Eimer zurück. Der Eimer war leer. Wieder schippte er Sand hinein, und wieder verschwand er mit ihm. So ging es immer weiter fort. B. schloss das Fenster, zog sich an und verließ das Hotel. Als er die Straße betrat, war der Junge nirgends zu sehen. Er hätte ihn nur zu gerne gefragt, worin der Sinn seines Spiels bestand.

B. fand die Stelle, an der das Kind den Sand geschaufelt hatte. Hier war der Asphalt wieder zu sehen. Er folgte der Spur der kleinen Füße in die Seitenstraße hinein. Sie endete vor einer Mauer. Hierher hatte der Junge offenbar den Sand gebracht, denn ein kleiner Sandberg erhob sich vor der Mauer. B. bestieg ihn. Er konnte über die Mauer sehen. In der Ferne sah man eine gewaltige Düne und davor einen Garten mit Apfelbäumen. Sie trugen rote Früchte. Es musste dort also Herbst sein, obwohl vor der Mauer Spätwinter war. So als ob die Zeit rückwärts gelaufen war. »Der Garten von Ama«, flüsterte B. Er war manchmal mit ihrem Enkel, seinem Vetter, bei dieser Frau gewesen. Sie lebte in einem kleinen Inseldorf und trug immer die schwarze Trauertracht der Fehringer. Im Pesel ihres Friesenhauses, der Stube, die nur zu Festen betreten wurde, roch es nach stillstehender Zeit. In ihrem Garten standen alte, windwüchsige Apfelbäume, die im Herbst rote Äpfel trugen, Weihnachtskugeln am Baum der Erkenntnis. Einmal hatte er es gewagt, einen dieser Äpfel zu essen. Sie waren süß wie die Erkenntnis, dass es keine Unvergänglichkeit gibt. Immer wenn B. später auf der Insel war, hatte er diesen Garten gesucht, aber er hatte ihn nie mehr gefunden.

Er ging zurück, frühstückte im Bistro des Hotels und machte sich anschließend zu Fuß auf ins Institut, denn der viele Sand in den Straßen machte Fahrradfahren unmöglich.

23

»Die Vergangenheit ist ein Bumerang aus Filz«, sagte B., nachdem er Platz genommen hatte.

Der Andere sah ihn spöttisch an. »Ist das von Ihnen?«

»Nein. Ich habe diesen kuriosen Satz in einem Film gehört, der für meine geistige Entwicklung sehr wichtig gewesen ist, denn er wich ab von allem, was ich bis dahin im Kino gesehen hatte. Der Held Jonas versucht seinen Filzhut loszuwerden, weil er mit ihm Schuldgefühle verbindet, aber es gelingt ihm nicht. Der Hut taucht immer wieder auf. Schließlich zerschneidet er ihn und verbrennt die Fetzen. Das ist so, als versuche man im Gehirn die Erinnerung zu zerstören. Filz ist grau, weich und dennoch stabil. Das gilt auch für die Vergangenheit. Sie kommt wie ein Bumerang immer wieder zurück und verhindert, dass man vergessen kann, die schönen Momente ebenso wie die hässlichen.«

»Ich nehme an, Sie bemühen sich beim Erzählen Ihres Lebens um größte Genauigkeit, um Deckungsgleichheit von Ereignis und Erinnerung. Sie wollen Ihr Leben möglichst unverzerrt in Ihren Worten spiegeln.«

»Ja, ich bemühe mich tatsächlich um Objektivität. Aber ich glaube, dass sich ein ganzes Leben niemals wie eine Blume zwischen zwei Buchdeckeln in eine Erzählung pressen lässt, und sei sie auch noch so lang. Dabei geht einfach zu viel von der Struktur, den Farben und den Gerüchen verloren. Wenn wir uns rückblickend selbst betrachten, unterliegen wir außerdem dem Spiegelparadoxon. Rechts und links scheinen vertauscht, was dazu führt, dass wir uns zwar erkennen, jedoch zugleich fremd bleiben. Das liegt daran, dass der Spiegel aufrecht vor uns steht. Würde er auf dem Boden liegen und wir auf ihm stehen, wäre nur oben und unten vertauscht. Wir stünden dann scheinbar auf unseren Füßen. Rechts und links aber blieben unverändert. Ihre Vertauschung ist eine Folge der Position des Betrachters. Das allein verhindert die Objektivität eines Lebensberichtes. Es macht ihn zur Spiegelfechterei. Auch das ist eine Variante des Spiegelparadoxons: der Unterschied zwischen einer realen Person und dem Bild, das sie sich von sich macht. Hier kommt es oft zu einer Vertauschung, die erst der Tod beendet, indem er den Spiegel zerschlägt.«

»Fahren Sie jetzt mit Ihrer Vorspiegelung wahrer Erfindungen fort. Hauptsache, Sie machen keinen Zerrspiegel daraus wie der Teufel in Andersens Märchen von der Schneekönigin. Was also hat der neue Lebensort mit Ihnen gemacht?«

B. lehnte sich zurück. Dann setzte er seine Erzählung fort.

*

Bis heute verstehe ich nicht, warum ich damals jenen schweren kupfernen Anker aus der Lichtmaschine des LKWs unbedingt mitnehmen wollte, als wir die Insel verließen. Vielleicht war es so etwas wie der Versuch Robinson Crusoes, etwas Lebenswichtiges von dem gestrandeten Schiffswrack zu retten. Ein Fässchen voller Pulver oder Rum zum Beispiel. Die Insel war ja für mich ein Schiff geworden, das auf Grund gelaufen war. Oder sie war ein Wal, der nun nach meinem Weggang in die Tiefen der Zeit abtauchte. Und ich war Jonas, der aus dem Bauch des Wals plötzlich ans Festland gespien wurde. Das führte zu einer Veränderung fast aller meiner Lebensbedingungen und veränderte schließlich auch meine Seele, meine Gedanken, meine ganze Person. Ich wurde ängstlicher, unsicherer, orientierungsloser. Wenn ich meine drei Lebensorte mit Farben in Verbindung bringen würde, dann war der Villenort grün und die Insel blau. Der neue Ort, eine norddeutsche Kleinstadt am Nordostseekanal, war dunkelrot. Hier gab es keinen Strand, kein Watt, keinen Flutsaum. Ich lebte nicht mehr auf einer Scheibe mit einem Rand, sondern auf einer Kugel, auf der bekanntlich keine Grenzen existieren. Am schlimmsten aber war, dass es auch keinen echten Horizont mehr gab. Der Horizont, der die Insel kreisförmig umgab, glich dem Rand eines großen Spiegels, der auf dem Rücken lag und in dem sich Wolken, Möwen und Sterne betrachten konnten. Dieser Spiegel war die See. Hier aber gab es keinen Spiegel. Vorbei war es mit der Weite des Meeres, der Freiheit der Blicke. Überall schoben sich Häuserfassaden aus dunkelrotem Klinker ins Gesichtsfeld. Dabei besaß die Stadt streng genommen eine Insellage zwischen dem Nordostseekanal und dem Fluss Eider, der allerdings durch den Bau einer Straße in seinem natürlichen Lauf unterbrochen worden war.

Meine erste Reaktion auf die veränderten Verhältnisse bestand darin, dass ich mich verkroch, mich kaum aus dem Gebäude hinaustraute, in dem ich jetzt mit meinen Eltern hauste. Genauso hatte ich mich Jahre zuvor auf der Insel verhalten, als ich mich zunächst im Haus Rungholt versteckte, ehe die Entdeckerlust über meine Ängste die Oberhand gewann. Die *Pension Dressler* lag in der Sophienstraße, nicht weit von der Obereider und dem Reedereigebäude entfernt, dem Arbeitsplatz meines Vaters. Meine Eltern bezogen ein zur Straße gelegenes größeres Zimmer im Parterre. Mein Zimmer lag drei Stockwerke höher direkt unter dem Dach. Wenn ich die Treppe emporstieg, hatte ich das Gefühl, mit jeder Stufe an Freiheit zu gewinnen. Eine Jakobsleiter, die in meinen neuen Himmel führte. Er war nicht weit und abwechslungsreich wie über der Insel, er war eine winzige Dachstube mit schrägen Wänden, einem schmalen Bett, einer Waschschüssel, einem Spiegel, einem kleinen Schrank, einem wackligen Tisch, einem Küchenstuhl und einem Kanonenofen. Ich war froh, dass man durch eine Gaube über die Hausdächer hinwegsehen konnte. In diese Gaube stellte ich meinen Refraktor, und auf dem Tisch baute ich mein Labor auf mit seinen Erlenmeyerkolben, dem Ständer voller Reagenzgläser, dem Mikroskop, den braunen

Flaschen mit Chemikalien, dem Bunsenbrenner, dem Transformator und dem Funkeninduktor. Hier würde ich meine Experimente durchführen, immer noch mit der absurden Hoffnung, irgendwann den Zweiten Thermodynamischen Hauptsatz außer Kraft setzen zu können.

Im Zimmer meiner Eltern gab es eine verschlossene und von einem Vorhang kaschierte Schiebetür, hinter der der Essraum lag, in dem zweimal am Tag die Pensionsgäste an zwei großen ovalen Tischen Platz nahmen. Dieser sogenannte Salon war überladen eingerichtet. Überall Spitzendeckchen und Kissen aus billiger Brokatimitation. Neben den Esstischen viele kleine Beistelltische, eine imposante Anrichte, die wie eine Festung aussah, eng gehängte Bilder mit Landschaftsmotiven, Bauernhäusern, Fischerbooten am Strand. In den Augen meiner Mutter eine Hölle der Geschmacklosigkeiten. Die Wirtin war eine große, korpulente Frau mit einem teigfarbenen Gesicht, tiefschwarzen Haaren, die vermutlich gefärbt waren, und großen, hinter einer Hornbrille lauernden grauen Augen. Sie saß an der Schmalseite eines der Tische und überwachte die Prozedur der Verköstigung. Die liebreizende Tochter des Hauses bediente. Sie war bei weitem nicht so fade wie das Essen, das sie servierte. Einmal in jeder Woche gab es hartgekochte Eier in Senfsoße. Vor allem dieses Gericht hasste ich. Die Soße war ekelerregend gelbgrün und säuerlich, die dampfenden Kartoffeln zerfielen auf dem Teller in weißliche Haufen, ohne dass man sie auch nur berührt hatte. Die Eier waren so hart gekocht, dass sie zuweilen unter dem Messer wegsprangen und nicht selten auf dem Teppich landeten. Aber der Anblick der Tochter der Pensionswirtin machte für mich vieles wieder gut. Sie war etwas älter als ich und in meinen Augen unglaublich schön. Sie hatte dichtes, aschblondes, gewelltes Haar und wie Irene eine vollreife Figur, wie man damals sagte. Ihr Mund mit den aufgeworfenen Lippen war ständig zu einer Mischung aus Missbilligung und Kussbereitschaft verzogen.

Während der Mahlzeiten lag eine tiefe Stille über dem Raum, die die Essgeräusche wie ein Resonanzboden verstärkte. Erst wenn der letzte Gast sein Besteck abgelegt hatte, hob die Wirtin die Tafel auf. Jetzt durfte geraucht werden, und sogar so etwas wie Gespräche entstanden. Lauter Meinungen und Allgemeinplätze, die wie Fliegen umherschwirrten und dunkle Flecken in den Köpfen hinterließen. Es gab über zehn Gäste, ältere alleinstehende Männer, Witwer, pensionierte Lehrer, aber auch den einen oder anderen Vertreter. Wenn die Tochter mit den Geschirrtürmen in der Küche verschwunden war und man das laute Klappern beim Abwasch hörte, hielt ich es nicht mehr aus. Ich rollte meine Serviette zusammen, steckte sie brav durch den Plastikring und verschwand oben in meiner Kammer. Ich hatte vor, Schießbaumwolle herzustellen. Doch dazu musste ich in die Stadt, um mir in einer Apotheke Watte, Salpeter- und Schwefelsäure zu besorgen. Mein Wissensdurst war inzwischen stärker als meine Furcht vor der unbekannten Welt draußen. Ich steckte also eines Tages mein ganzes Taschengeld ein und verließ die Pension. In der Nähe gab es einen kleinen Teich, der mit seinem Baumgürtel ein wenig an eine Vogelkoje erinnerte. Ich ging an ihm entlang, querte eine Straße und blieb stehen, denn ich wusste nicht, in welche Richtung ich weitergehen sollte. In der Ferne sah man eine Reihe niedriger Häuser. Einer der Arme des Flusses, an dem die Stadt lag, endete hier, weil man das Flussbett zugeschüttet hatte, um Platz für den Verkehr zu schaffen. Ein amputiertes Glied, in dem es keine Strömung, keinerlei Blutfluss mehr gab, dafür umso mehr Algen, Wasserlinsen, Entenschnatter und Wasserpest. Ich folgte dem Uferweg und kam an einem mächtigen Gebäude vorbei, das wie ein finsteres Schloss auf einem künstlichen Hügel lag. Unterhalb davon überspannte eine kleine weiße Holzbrücke den toten Flussarm. Meinen Versuch, eine Apotheke zu finden, hatte ich vergessen, zu groß war inzwischen der Sog dieser unbekannten Welt. Ich betrat die Brücke und befand mich kurz danach in einem kleinen Wäldchen, besser gesagt, einem Park mit hohen Bäumen. Es wurde allmählich dunkel. Vor mir lag ein weiter Platz mit einem hohen Denkmal, der Halbbüste eines Mannes auf einer Säule, der mit einem seltsam abwesenden Lächeln in eine imaginäre Weite blickte, so als gäbe es doch einen Horizont hinter den Häuserfassaden. In der Nähe saß ein älteres Paar auf einer Bank und unterhielt sich Händchen haltend über den Sinn des Lebens. Der Mann deutete zum Himmel, an dem jetzt die ersten Sterne sichtbar wurden. »Immer wenn ich die Sterne sehe«, sagte er, »dann habe ich das Gefühl, dass es noch etwas anderes gibt außer uns. Etwas Besonderes, das ganz weit weg ist und das uns die Bedeutung unseres Lebens schenkt.« »Und unserer Liebe«, flüsterte die Frau und lehnte den Kopf an seine Schulter. Ich ertappte mich bei dem Gedanken zu ihnen zu gehen, um ihnen zu erklären, dass all diese Sterne zur Milchstraße gehörten und wie man ein Lichtjahr berechnete, aber ich zog mich lieber zurück und fand meinen Weg nur, weil ich die weiße Brücke zwischen den Bäumen schimmern sah.

Die Dunkelheit war inzwischen so schwer, wie sie auf der Insel nie gewesen war. Dort hatte sie bei aller Tiefe immer auch die schimmernde Farbe des Nachthimmels gehabt, hier glich sie einem schwarzen Deckel, den man über einer Kiste geschlossen hatte. Wenn man trotzdem Sterne sah, dann lag es daran, dass der Deckel Löcher hatte. Als ich die Pension endlich erreicht hatte, sah ich durch die zugezogenen Vorhänge die Umrisse meiner Eltern wie Schatten in der Unterwelt. Ich klopfte an ihrer Tür und trat ein. Meine Mutter wirkte in diesem engen Raum noch dicker als sonst. Mein Vater hingegen schien magerer, und seine Haare wirkten dünner. Auf seine strenge Frage, wo ich mich so spät noch herumgetrieben habe, berichtete ich von meiner Entdeckungsreise. »Du warst am Paradeplatz«, sagte er. »Das Denkmal stellt Uwe Jens Lornsen dar, den Sylter Deichvogt, der die Verfassung Schleswig-Holsteins geschrieben hat und dafür lange im Gefängnis saß.«

Es dauerte eine Weile, bis mir mein neuer Lebensort einigermaßen vertraut wurde, wobei über den Straßen, den Gebäuden, den Plätzen immer ein leichter Schleier des Fremden ausgebreitet blieb, durch den die Konturen und Einzelheiten der Dinge an Schärfe und Deutlichkeit verloren, wie bei einem Sternhimmel, dem ein Fremdlicht die Brillanz nimmt. Am 2. September sollte ich mich im Gymnasium melden. Geplagt von düsteren Vorahnungen lief ich mit meiner Schultasche zur Bushaltestelle. Als der Bus kam, wurde mir bewusst, dass ich keine Ahnung hatte, wie ich mich verhalten sollte. Den ersten Bus ließ ich daher einfach vorbeifahren, obwohl die Zeit drängte. Beim zweiten Bus stand ich vor der offenen Tür, bis der Fahrer ungeduldig wurde und mir befahl, endlich einzusteigen. Ich kam zu spät zum Gymnasium. Es war jenes finstere Schloss, das ich bei meiner ersten Expedition entdeckt hatte. Das Schulgebäude aus rotem Klinker war im 19. Jahrhundert auf einer ehemaligen Bastion der Festungsanlagen errichtet worden und sah aus wie eine Mischung aus Kaserne und Gefängnis. Es trug ausgerechnet den Namen Herders, jenes Gelehrten aus dem 18. Jahrhundert, der einst auf einer Schiffsreise von Riga nach Frankreich im Angesicht der sturmumtosten Steilküsten der Hebriden die Poesie der Natur entdeckt hatte und seiner Meinung nach damit auch die Natur der Poesie. Hier aber gab es nichts von beidem, weder Natur noch Poesie. Nur ein paar große Bäume, das schmutzige Wasser eines toten Flussarms, in dem Plastiktüten trieben, eine pädagogische Kaserne, in der die Illusionen junger Rekruten des Lebens und die gestorbenen Ambitionen ihrer Erzieher einquartiert waren und die nun für einen Krieg des Daseins exerzierten, der für die meisten der Insassen längst verloren war.

Der Unterricht hatte schon begonnen. Wenigstens wusste ich, in welchem Raum meine zukünftige Klasse saß. Mit klopfendem Herzen stieg ich die breite Treppe hoch und ging durch leere Flure an Türen mit Nummern vorbei. Es gab hier zu meiner Erleichterung keine zerbrochenen Kleiderhaken, und es war auch niemand da, der mich verprügeln wollte. Hinter den Türen hörte ich das Murmeln von Stimmen. Dann stand ich vor meinem neuen Klassenzimmer. Nach einigem Zögern klopfte ich, und als jemand mit scharfer Stimme »Herein« rief, trat ich ein. Mein Blick fiel auf den Mann, der am Lehrertisch saß. Er sah mich kurz an, nickte, und dann wandte er mir wieder sein Profil zu. Ich kannte es. Ein markantes Profil, eine römische Nase, eine niedrige Stirn unter dichten braunen Locken. Welch ein verstörender Zufall! Es war niemand anderes als der schöne Erich. Ich vernahm seine vertraute, glasklar artikulierende Stimme. »Dieter, mach deinen Platz frei. Setz dich nach hinten. Wisst ihr übrigens, wen ihr gerade anglotzt? Wir haben jetzt ein Genie unter uns. Jemand, dem keiner von euch Schlafmützen das Wasser reichen kann.« Ich spürte, wie eine Welle von Ablehnung die ganze Klasse erfasste. Ein gutaussehender blonder Junge erhob sich und setzte sich in die letzte Bank. Er grinste dabei schadenfroh. Die Stimme des schönen Erich aber schnitt wie eine Messerklinge in die stickige Atmosphäre. »Dieter, dein dummes Grinsen kann man nur als berechtigte Enttäuschung über sich selbst verstehen. Es wird dir vergehen, solltest du einst in der Lage sein, ein wenig mehr Selbstkritik üben zu können, was ich allerdings bezweifeln möchte.« Dann wandte er sich mir zu. Seine Stimme senkte sich und wurde sanft. »Was hat dich von der Insel ausgerechnet in dieses trübe Nest verschlagen, mein Junge?« »Mein Vater ist jetzt bei der Reederei Zerssen angestellt.« »Dann setz dich auf den frei gewordenen Platz. Wir werden sehen, wie dir der Ortswechsel in diese Stadt der Ahnungslosen bekommt.«

Ich schob mich an unwillig zur Seite bewegten Knien vorbei zu dem freigewordenen Stuhl. Neben mir saß ein großer Junge mit einem runden Gesicht. Als ich mich niederließ, hob er seinen Hintern ein wenig und ließ einen Furz fahren. Einige lachten. Der schöne Erich nahm indessen die Störung zum Anlass, eine Aufgabe zu stellen. »Ihr habt soeben die der Situation durchaus angemessene Äußerung von Wolle gehört. Es ist wohl das Klügste, was zu sagen ihm möglich ist. Etwas, das tief aus seinem Innersten kommt und deshalb über sehr viel Glaubwürdigkeit verfügt. Ich würde es den Hauch seiner Seele oder seines Geistes nennen, das, was bei den Griechen Pneuma hieß. Nehmt jetzt eure Hefte und schreibt auf, was ihr über den Begriff Pneuma wisst, und falls euch das Wort nicht vertraut ist, schreibt auf, was ihr über die Seele und den Geist zu sagen habt. Über Bedeutungsunterschiede dieser Begriffe zum Beispiel.« Der schöne Erich lehnte sich zurück und lauschte sichtlich zufrieden den schwachen Geräuschen unserer Schreibwerkzeuge. Ich schrieb ziemlich viel, wobei ich selbst nicht alles verstand, was mir aus der Feder floss. Wolle aber hatte noch nichts geschrieben. Er schielte zu mir herüber und versuchte mitzulesen, aber das brachte ihn offenbar nicht weiter. Er ließ daraufhin noch einmal einen Furz fahren, diesmal aber ziemlich leise. Der schöne Erich sammelte unsere Hefte ein und überflog die Texte. Dann sagte er: »Müller, was du über den Geist geschrieben hast, ist sehr genau und verdient Anerkennung. Du hast nämlich nur Phrasen gedroschen, und zwar aus dem Stroh, das auf der Tenne deines Gehirns liegt. Wolle hat wenigstens nichts geschrieben, aber er hat ja auch eine andere Art, sich pneumatisch auszudrücken.« Dann forderte er mich auf, meinen Text vorzulesen, was ich stotternd tat: »Seele ist ein religiöser Begriff und deshalb aus naturwissenschaftlicher Sicht höchst umstritten. Da es keinen Gott gibt, gibt es auch keine Seele. Genauso wie es anscheinend kein Perpetuum mobile geben kann, weil das die Thermodynamischen Hauptsätze verbieten. Es gibt nämlich keine Bewegung ohne Reibung. Und Reibung ist etwas Körperliches. Wenn man sagt: Dieser Todesfall bewegt mich sehr, dann meint man damit nicht, dass sich die Seele bewegt. Man meint damit vielmehr den Geist. Der Geist ist nämlich das Einzige am Körper, das keine Reibung erzeugt, wenn es sich bewegt. Es liegt daran, dass der Geist kein Muskel ist und keine Maschine. Es ist auch kein religiöser Begriff, sondern ein philosophischer. Er meint alles, was am Körper nicht materiell ist, die Gedanken, die Sehnsucht, die Trauer, die Angst oder die Gefühle, wenn man verliebt ist. Für den Geist gelten deshalb die Thermodynamischen Hauptsätze nicht. Würde man mit ihm etwas bewegen können, hätte man ein echtes Perpetuum mobile.« Der schöne Erich gab keinen Kommentar ab, sondern sah auf seine Armbanduhr. Die Stunde war fast zu Ende. Und bis zum Schrillen der Klingel sah er dann stumm aus dem Fenster und lauschte dem diffusen Lärm, den die Klasse erzeugte.

In der großen Pause standen die Schüler in Gruppen auf dem Schulhof. Ich hielt mich etwas abseits, denn ich spürte die Ablehnung, die von meinen neuen Klassenkameraden ausging. Meier rauchte, und ich hörte, wie er mit seiner neuesten Eroberung prahlte. In der Nähe des Eingangs sah ich eine kleine Gruppe von Mädchen. Sie standen eng beieinander wie Schafe bei Gefahr. Das Gymnasium war eine reine Jungenschule. Die wenigen Ausnahmen waren Töchter von Lehrern. Zwei Wochen später wiederholte sich, was ich auf der Insel bereits erlebt hatte. Der schöne Erich verschwand. Einfach so, ohne Vorankündigung, wie in den Hut der Vergangenheit gezaubert. Und mit ihm verschwanden jene boshaften Formulierungen eines mir wohlgesonnenen Zynikers, die, ohne dass es mir damals bewusst war, bereits in den Ackerfurchen meines Gehirns keimten. Dass ich später Heinrich Heine, Georg Christoph Lichtenberg und Oscar Wilde liebte, lag sicher an dieser besonderen Spracherfahrung: Man konnte auch mit Esprit Witze auf Kosten anderer machen. Sprache konnte eine scharfe Waffe sein.

Unser neuer Klassenlehrer war ein grauer Mensch. Weder sah er besonders gut aus, noch war er boshaft. Er hieß Edward Hoop, hatte ein rundes, weiches Kindergesicht, eine blasse Hautfarbe, eine Stupsnase, einen ein wenig schiefen Mund, farblose, glatte, zur Seite gekämmte Haare und ebenso farblose Augen hinter dicken Brillengläsern. Er bewegte sich unbeholfen und wirkte unsicher. Die Klasse glaubte daher, mit ihm leichtes Spiel zu haben. Aber er ließ sich nicht aus der Ruhe bringen, einer Ruhe, die allein auf geistiger Überlegenheit beruhte. Mit dem neuen Mann, der dort verlegen lächelnd und mit eigentümlich schaukelnden und zugleich steifen Bewegungen neben dem Lehrertisch stand, veränderte sich für mich alles. Ich mochte ihn sofort, denn er schien mir ähnlich fremd in diesem Raum zu sein wie ich selbst. An einem der nächsten Tage brachte er ein schmales Rowohlt-Taschenbuch in den Unterricht mit. Es trug den Titel »Dreizehn nicht geheure Geschichten«. Hoop las eine von ihnen vor. Sie hieß »Mov«, und sie war verstörend. Ich bemerkte, wie sehr dieser Text ihn selbst faszinierte und wie wenig es ihn behelligte, dass er ihn möglicherweise vor einer Mauer der Verständnislosigkeit vortrug. Die Geschichte spielte auf hoher See auf einem Schiff. Ein junger Matrose war schwer verletzt. Ein Stückchen Darm drang bläulich durch seine Bauchdecke. Es kam zu einer Notoperation. Der Text war spannend, die Sprache eindringlich und zugleich aggressiv. Einige versuchten, ihr Unverständnis durch Gelächter zu kaschieren. Wolle rutschte auf seinem Sitz hin und her und vergaß, zu seinem üblichen pneumatischen Ausdrucksmittel zu greifen. Eigentlich hieß er Wolfgang, wie mir ein Blick auf den Umschlag seines Arbeitsheftes zeigte. Aber alle, auch die Lehrer, nannten ihn nur bei seinem Spitznamen. Einen Nachnamen schien er nicht zu haben. Als Hoop fertig war, hatte er eine Gruppe von Schülern in einem Zustand der Verwirrung vor sich, in dem sie vermutlich zugänglicher waren als gewöhnlich. Er nutzte dies, um etwas über den Autor zu erzählen, über den ewig trunkenen Sprachmagier und Orgelbauer Hans Henny Jahnn. Das war ungewöhnlich. Von moderner Literatur war höchstens Heinrich Böll bis in die Lehrpläne vorgedrungen. Auch ich war verstört. Das Dunkle, das Rätselhafte dieses Textes passte nicht in meinen um Logik bemühten Verstand. Doch war ich lange genug am Meer aufgewachsen, um die Faszination der abgründigen Bilder des Textes zu spüren. Ich spürte auch, dass dieser neue Deutschlehrer liebte, was er sagte und tat. War es ein gutes Omen, dass dieser Mensch den gleichen Vornamen hatte wie mein Vater? Und bedeutete sein Nachname nicht auf Plattdeutsch Hoffnung?

Als ich wieder in der Pension war, rettete ich mich auf den scheinbar festen Boden meiner Fachbücher. Doch auch dort gab es nicht wenige mysteriöse Textstellen, die wie groteske Phantasien eines Weltschöpfers wirkten, der wenig von Logik hielt. Ich nahm mir vor, diesen widersprüchlichen Verhältnissen nachzugehen. Ich musste versuchen, Brücken zu schlagen zwischen Wissenschaft und Dichtung, zwischen Einstein und Jahnn, der ja selbst in beiden Bereichen zu Hause war, denn er schrieb nicht nur faszinierende Prosa, sondern beschäftigte sich auch mit den mathematischen Strukturen des Orgelklangs und versuchte sich außerdem als Hormonforscher.

Beim Abendessen saßen wie immer alle Pensionsgäste um die beiden Tische. Doch etwas war diesmal anders. Eine Stimme beherrschte den Raum, die sich durch ihre Lautstärke von der Tristesse der Flüstergespräche abhob. Sie gehörte zu einem Mann, der mich mit seinem ständigen Grinsen und seiner betont guten Laune an Onkel Otto erinnerte. Er war Vertreter für Pfanniknödel und machte hier Station, um die hiesigen Läden zu besuchen. Er pries uns seine Waren an und beschwor lauthals deren einmalige, wunderbare Qualität. »Sie schmecken wie selbstgemacht, wirklich, wie selbstgemacht, die kleinen, köstlichen, runden Dingerchen«, wiederholte er gebetsmühlenartig, schnalzte dabei mit der Zunge und starrte ungeniert auf die Brüste der Pensionstochter. Dazwischen streute er kleine erotische Geschichten ein, zum Beispiel Gelegenheitsabenteuer mit Verkäuferinnen, Hotelangestellten und Kellnerinnen. Niemand im Raum schien diese Zoten interessant zu finden, mit Ausnahme der Wirtin und ihrer Tochter. Sie bediente den Vertreter besonders aufmerksam, legte ihm immer wieder nach und brachte ihm ein neues Fläschchen Bier. Meine Eltern reagierten ungehalten. Sie erhoben sich vorzeitig und verzichteten auf den Nachtisch, und auch ich sah mich dadurch genötigt, ihrem Beispiel zu folgen. Wir saßen noch eine Weile vor dem Blaupunkt. Dann ging ich in meine Kemenate und stellte mir die Tochter vor, wie sie sich nackt über mich beugte und ihre großen Brüste gegen mich presste.

Die Tage verliefen eintönig und geräuschlos, als seien sie genauso grau und unzerreißbar wie Filz. Alles war ineinander verfilzt, die Momente, die Bilder, die Gefühle, die Gedanken. Abwechslung gab es für mich nur, wenn mich mein Vater auf seine häufigen Fahrten nach Kiel oder Brunsbüttel mitnahm, Orte, an denen die Reederei sehr lukrative Schiffsausrüstungen unterhielt. Das sind große Supermärkte, in denen die Seeleute alles kaufen konnten, was sie auf See für ihr Wohlergehen brauchten, von Stahltrossen bis zu Bourbonwhisky. Abends musste ich meinem Vater regelmäßig von meinen schulischen Erfolgen berichten, die sich in Grenzen hielten, da ich auch an der Herderschule schnell Konflikte mit Lehrern hatte. Nicht mit dem neuen Deutschlehrer, der mich sehr freundlich behandelte, aber mit den Lehrern der naturwissenschaftlichen Fächer, die mit meinem in ihren Augen naseweisen und unnatürlichen Interesse für die Rätsel der Natur nicht klarkamen. Sie begriffen nicht, dass unstillbare Neugier der Kern meiner Begeisterung für naturwissenschaftliche Themen war. Der Mathematiklehrer zum Beispiel, ein kleiner Mann, der bei jedem Wetter und zu jeder Jahreszeit das Gleiche trug, einen Hut mit breiter Krempe und einen fleckigen Trenchcoat, stand oft mit dem Rücken zur johlenden Klasse an der Tafel, türmte Zahlenreihe auf Zahlenreihe und wischte sie wieder aus, um neu anzufangen. Wenn er nicht weiterkam, ließ er einen Schüler aus der Parallelklasse kommen, der besser rechnen konnte, um die Aufgabe zu Ende zu bringen. Mich fragte er nie, obwohl Mathematik meine Stärke war.

Ich vermisste die Insel mit jedem Tag mehr. Sie war jetzt in mir und zugleich unerreichbar. Wenn ich in mich hineinblickte, sah ich sie aus einer Art innerer Vogelperspektive. Mein Vater, mit dem ich meine Traurigkeit eigentlich hätte teilen wollen, hatte sich in der letzten Zeit sehr verändert. Er war herrisch, unduldsam, humorlos geworden. Der Seeheld in ihm war gestorben. Kein Hornblower mehr, kein Ahab, nicht einmal ein Bligh, der despotische Kapitän der Bounty. Eher erinnerte er jetzt an einen sesshaften Odysseus, der nur scheinbar genug von den Irrfahrten auf dem Meer hatte und sich nun enttäuscht als kleiner Tyrann zu Lande aufführte. Jeden Morgen ging er in sein nur wenige Meter entferntes Büro, erschien mittags kurz zum Essen und kam abends wieder, manchmal später als erwartet, frustriert von Geschäftsintrigen und »Papierkram«, wie er es nannte. Er saß nun tagtäglich in einem Bürostuhl oder am Steuer eines Autos, und nachts schlief er statt in einer Schiffskammer in einem Pensionszimmer. Wir hatten beide auf unsere Weise das Meer verloren. Eigentlich hätte uns das einander näherbringen müssen, aber das Gegenteil war der Fall.

Abends saß ich meistens bei meinen Eltern auf dem grünen Klappsofa, das ihnen als Schlafstatt diente. Meine Mutter bereitete auf der Anrichte heißes Wasser mit einem kleinen Reisetauchsieder. Erst tranken wir Tee, dann Grog, dabei hörten wir Radio. Meine Eltern hatten ihr altes Radio durch ein modernes Gerät mit Drucktasten ersetzt. Natürlich musste es wieder ein Blaupunkt sein, diesmal das Model Riviera, ein Name, der Fernweh weckte. Das neue Gerät war teuer, denn es konnte neben Kurz-, Mittel- und Langwelle auch die neuen störungsfreien, frequenzmodulierten UKW-Sender empfangen. Solche Sender gab es erst seit zwei Jahren. Ihre Reichweite war nicht größer als 50 Kilometer, aber wir konnten das Programm des Norddeutschen Rundfunks empfangen. Ich bat meine Eltern vergeblich, mir das alte Radio zum Ausschlachten zu überlassen. Ich nehme an, sie konnten es bei dem Radiohändler in Zahlung geben. Auf dem neuen Gerät lag ein Deckchen, auf dem ein Teller stand mit einer türkischen Vase darauf, die mein Vater von seiner letzten Levantefahrt mitgebracht hatte. In der orientalisch gemusterten bauchigen Vase prangten rote Tulpen. Dahinter hing das Bild von der Kurpromenade der Insel, dem Sandwall, auf dem Leute in der Kleidung des 19. Jahrhunderts flanierten. Das war unser Hausaltar. Er bot uns Ausflüge in die weite Welt. Wir saßen oft zu dritt andächtig vor ihm und hörten zu, wenn zum Beispiel Peter Bamm den Vorderen Orient erklärte.

Auch meine Mutter hatte sich verändert. Sie trug Seidenschals, obwohl es viel zu warm war im Zimmer, und sie benutzte englische Ausdrücke wie »overboiled«. Das Teewasser durfte nicht zu lange kochen, sonst war es overboiled, und der Tee schmeckte nicht mehr, verkündete sie. Mein Vater schwieg beharrlich, während meine Mutter pausenlos auf die Pensionsmutter schimpfte, auf den Pfanniknödelvertreter, der die Dummheit und Frivolität der normalen Menschen ihrer Meinung nach exemplarisch verkörperte. Ich berichtete vom neuen Deutschlehrer, der auch Reeder sei, denn er hatte ein Kümo von seinem Vater geerbt und ließ es unter seiner Regie fahren. Mein Vater machte sich lustig darüber. Das sei ein bloßes Hobby und simple Küstenfahrt und habe mit der wahren Seefahrt nichts zu tun. Er machte den Grog ziemlich stark. Meine Mutter beruhigte sich allmählich, während ich immer tiefer in die verschwommene Welt aus Klängen, Klappsofa, türkischem Steingut und zugezogenen Vorhängen versank. Der Riviera hatte zwar einen deutlich besseren Klang, aber etwas war verloren gegangen: jenes sargähnliche Design, das seinem Vorgänger etwas Geheimnisvolles verliehen hatte. Unvorstellbar, dass hinter dem golddurchwirkten Schallstoff jene Quelle Siegfried Sieben hätte sprudeln können. Wenn ich allein im Zimmer war, verband ich die Antennenbuchse über einen langen Draht mit der Vorhangstange aus Messing und versuchte mit Hilfe der Kurzwellenlupe ferne Sender zu empfangen. Ich stellte mir dann vor, in der Funkbude eines Schiffes zu sein. Manchmal übte ich auf meinem Akkordeon Schlager wie »Vaya Con Dios« oder »Tabak und Rum«. Als ich damals auf der Insel das Instrument bekommen hatte, hatte ich Unterricht nehmen sollen. Ein Lehrer war tatsächlich vom Festland gekommen und hatte mir eine Stunde gegeben, aber dann war er nie wieder erschienen. Entsprechend dilettantisch war meine Spieltechnik geblieben. Außerdem gefiel mir das Instrument inzwischen nicht mehr besonders. Sein näselnder Klang kam mir albern vor.

Manchmal, wenn mein Vater unterwegs war, ging ich mit meiner Mutter ins Kino. Es gab mehrere Lichtspielhäuser in der Stadt, und es ging dort deutlich zivilisierter zu als in der Centralhalle der Insel. Einmal sahen wir »High Noon« mit Gary Cooper. Meine Mutter tastete während der Vorstellung mit der Hand nach meiner und flüsterte: »Er ist ihm noch ähnlicher geworden.« Auf dem Rückweg versuchte ich, den Titelsong zu singen. »Do not forsake me, oh my darlin'.« Am best°en klang es im Treppenhaus. Ich hoffte, dass es die Tochter der Wirtin hörte, denn ich war inzwischen schwer verliebt in sie. Abends schloss ich mein Dachzimmer nicht ab, in der Hoffnung, dass sie käme. Manchmal stand ich vor dem Spiegel und schob aufgerollte Socken unter mein Unterhemd, um ihre Brüste zu imitieren. Ein süßes, klebriges Gefühl füllte mich aus wie türkischer Honig.

In der Schule war ich isoliert wie immer. Nur Wolle hatte die Güte, sich hin und wieder mit mir abzugeben. Ich verbrachte also oft den ganzen Nachmittag und Abend in meiner Bude, experimentierte oder blickte sehnsüchtig durch meinen Refraktor. Doch waren die astronomischen Beobachtungsmöglichkeiten sehr schlecht, nicht nur wegen des kleinen Himmelsausschnitts, den ich überblicken konnte, sondern auch wegen der Luftschlieren, die sich vor dem Gaubenfenster bildeten, denn drinnen bollerte der Kanonenofen, und draußen war es bitterkalt. Ich wandte mich daher wieder verstärkt der Chemie zu. Mir war es inzwischen gelungen, bei einem freundlichen Apotheker Salz-, Salpeter- und Schwefelsäure in hochkonzentrierter Form zu bekommen. Auf die skeptischen Fragen des Mannes erklärte ich, ich würde diese hochaggressiven Substanzen für Experimente in der Schule benötigen. In Wahrheit experimentierte ich mit ihnen auf meinem kleinen wackligen Tisch in der Dachkammer. Ich stellte Königswasser her und versuchte, verschiedene Metalle darin zu lösen. Ich hielt einen brennenden Holzspan in siedende Salpetersäure und beobachtete die dabei entstehenden Leuchtphänomene. Ich atmete dabei rotbraune Stickoxiddämpfe ein und das stechende Chlorgas, das ich aus Salzwasser mittels Hydrolyse herstellte. Ich mischte Schwefel- und Salpetersäure und tauchte Watte in das Gebräu, die ich anschließend trocknete. Ich wusste, dass durch die Nitrierung der Cellulose Schießbaumwolle entstand. Doch als ich mit einem Hammer auf die Watte schlug, geschah nichts. Offenbar war ich wieder einmal kläglich gescheitert. Mein Nicki und meine Dralonhose waren inzwischen von Säure durchlöchert. Als ich eines Tages aus der Schule kam und nach dem Essen die Treppe hochstürmte, um weiterzuarbeiten, war mein Labor verschwunden. Die Flaschen mit der Säure, der Chemiekasten von Kosmos mitsamt Schwefelpulver, Quecksilber, Bunsenbrenner, Erlenmeyerkolben, Reagenzgläsern und den von mir selbst über der Brennerflamme gebogenen Glasröhren, alles war weg. Mein Vater hatte mein komplettes Chemielabor auf Bitten meiner Mutter im Fluss versenkt. Ich war untröstlich, verweigerte das Abendessen und legte mich heulend ins Bett. Wie gewöhnlich hatte ich zuvor mit Papier umwickelte Briketts in den Ofen gelegt, damit er bis zum Morgen durchbrennen konnte und ich ihn nicht neu wieder anzünden musste. Gegen Morgen wachte ich hustend und mit starken Kopfschmerzen auf. Der Ofen qualmte aus dem Aschefach und aus allen möglichen Ritzen. Ich wäre vermutlich an einer Kohlenmonoxidvergiftung gestorben, hätte nicht das Dachfenster einen Spalt aufgestanden, da ich am Abend zuvor doch noch Himmelsbeobachtungen mit dem Refraktor gemacht hatte. Als ich den Vorfall meinen Eltern beichtete, verband ich dies mit einer kleinen Belehrung. »Ich wäre fast an einer Kohlenmonoxidvergiftung gestorben. Das ist vermutlich wegen einer schlechten Verbrennung der Briketts entstanden. Kohlenmonoxid hat die Eigenschaft, hungrig auf ein zweites Sauerstoffatom zu sein, um sich in das harmlose Kohlendioxyd zu verwandeln. Gelangt es über die Atemwege in die Lunge, entzieht es deshalb dort den roten Blutkörperchen den Sauerstoff, der eigentlich zu den Muskeln und zum Gehirn transportiert werden soll, und man erstickt unter Qualen. Aber die Astronomie hat mich gerettet, denn das Fenster meiner Sternwarte stand die ganze Nacht offen.«

»Du bist verrückt«, sagte mein Vater. »Du hast einfach nur Glück gehabt.«

Während des Essens redete ich häufig auf meine Eltern ein und versuchte, ihnen meine neusten Erkenntnisse im Bereich der Naturwissenschaften zu erklären. Am Nachbartisch hatte ein älterer Herr seinen Stammplatz. Er trug immer den gleichen braunen Nadelstreifenanzug und wirkte völlig abwesend. Doch einmal, als ich mich gerade darüber beklagte, dass ich auf Grund der Position des Dachfensters und der Luftschlieren das schönste Wintersternbild, den Orion, nicht sehen konnte und daher auch nicht den Orionnebel, sah er zu mir herüber und sagte: »Junger Mann. Sie sollten vielleicht Ihre Sternwarte nach draußen verlegen. Nicht weit von hier gibt es genügend freie Flächen ohne Schlierenbildungsgefahr, die Eiderniederung zum Beispiel, von der Sie sich einen guten Überblick über den Sternenhimmel verschaffen können. Welche Öffnung hat übrigens Ihr Refraktor?« Ich war verblüfft. Hier sprach ganz offensichtlich ein Eingeweihter. Der Begriff Öffnung bezog sich natürlich auf den Durchmesser der Frontlinse meines Fernrohres. »Es ist ein Zweizöller«, sagte ich stolz.

Nach dem Essen erhob sich unser Tischnachbar und näherte sich uns. Er wandte sich mit einer leichten Verbeugung an meine Eltern und sagte: »Gestatten, mein Name ist Fiedler. Ich war Lehrer am hiesigen Gymnasium. Ich würde mich gerne mit Ihrem Sohn ein wenig unterhalten. Es ist selten genug, dass man auf solche Interessen stößt.« Dann wandte er sich an mich, wobei er mich plötzlich duzte: »Wie wäre es heute Nachmittag um fünf? Dann hast du bestimmt deine Schulaufgaben fertig.«

Ich war pünktlich zur Stelle. Herrn Fiedlers Zimmer lag im hinteren Teil des Hauses, ein großer, dunkler Raum, vollgestopft mit Büchern und braunen Möbeln. Alles war hier braun, die Vorhänge, die Ledereinbände, die Sessel, die Tischdecke, Herr Fiedler. Sein schütteres Haar allerdings war von leicht gelblichem Weiß. Herr Fiedler rauchte Zigarren wie mein Onkel Brudda, und seine Fingerkuppen waren ebenfalls gelb. Zweifellos war er ein Prachtexemplar aus der Onkelwelt. Es zeigte sich schnell, dass er an Sternen genauso leidenschaftlich interessiert war wie Onkel Brudda an Frauen. Wir nahmen in durchgesessenen Lederfauteuils Platz. Mein Gegenüber zündete sich eine Zigarre wie eine braune Feststoffrakete an, und dann waren wir als Astronauten in unserem braunen Raumschiff mit Überlichtgeschwindigkeit im braunen Kosmos unterwegs. Die Sessel verformten sich unter dem Andruck der Beschleunigung. »Er ist erst vor kurzem gestorben«, sagte Herr Fiedler und lächelte zufrieden. Er nickte mehrmals und zündete die Zigarre wieder an, die inzwischen ausgegangen war. Seine Lider bewegten sich wie die Flügel einer Sternwartenkuppel und öffneten sich vor dem Zwillingsteleskop seiner Augen, mit dem er jetzt in weiter Ferne etwas Unerhörtes zu sehen schien. »Du weißt, mein Junge, wen ich meine?« Ich schüttelte den Kopf. »Dann werde ich dir helfen. Hast du schon etwas von der Rotverschiebung gehört?« Diesmal fiel es mir leicht, ebenfalls zu nicken. »Das ist die optische Entsprechung des akustischen Dopplereffekts, wie man ihn bei einer Polizeisirene bemerken kann. Sie klingt höher, wenn das Fahrzeug auf einen zukommt, und tiefer, wenn es sich wieder entfernt.« Herr Fiedler nickte zufrieden. »Und wer hat sie als erster Mensch am Himmel bemerkt?« »Ich glaube, es war Hubble.« »Ganz recht, Edwin Hubble. Ein echtes Genie. Er hat als erster Mensch dank des guten Teleskops, das er benutzen durfte, festgestellt, dass das Licht einzelner schwach leuchtender Objekte, sogenannter Nebel, im Weltall ins Rot verschoben ist. Damit stand fest, dass sie sich nicht innerhalb, sondern außerhalb unserer Milchstraße befinden und dass sie sich von uns mit großer Geschwindigkeit entfernen. Er erkannte auch, dass diese Geschwindigkeit umso größer ist, je weiter die Nebel von uns entfernt sind, ein Hinweis auf die Tatsache, dass sich der Kosmos ausdehnt. Der liebe Gott bläst ihn auf wie ein Kind einen Luftballon. Hubble ist nun leider tot, viel zu jung verstorben. Man sollte seine Asche unter dem Sternenstaub der Milchstraße verstreuen. Aber seine Entdeckungen sind unsterblich. Vor allem die der Expansion des Weltalls.« »Die Hubble-Konstante«, warf ich wie eine Souffleuse stichwortartig ein. »Ja, es ist gut, mein Junge, dass du von der Hubble-Konstante gehört hast. Eine wichtige Zahl. Leider kennen wir ihre Größe nicht genau. Sie ist das Maß für die Geschwindigkeit, mit der sich unser Weltall ausdehnt.« Ich sah um mich. Die Bilder im rauchgeschwängerten Raum schienen sich zu entfernen. Ebenso die Buchrücken, die Möbel. Alles dehnte sich aus. »Kennst du auch den Hubble-Index?« Ich schüttelte den Kopf. Herr Fiedler erhob sich ächzend von seinem Sessel, ging zum Bücherregal und holte ein großes, in Leder gebundenes Buch heraus, legte es auf den Tisch und schlug es auf. Dann winkte er mich herbei. Vor mir lagen wunderbare Abbildungen, auf denen Milchstraßen in verschiedenen Phasen ihrer Entwicklung dargestellt waren. Herr Fiedler blätterte weiter, bis das große Bild einer Galaxie erschien. »Das ist der Andromedanebel«, sagte ich. »Ganz recht. Unsere Nachbargalaxie. Sie ist der unseren ähnlich. Ein Spiralnebel mit vier Armen. Manche meinen, er habe nur zwei Arme, ich bin mir aber sicher, dass es vier sind. Wenn wir diesen Nebel als Bild unseres Heimatnebels nehmen, wären wir ungefähr hier.« Er deutete mit seinem Nikotinfinger auf eine Stelle in einem der Arme, etwa zwei Drittel vom Zentrum entfernt.

»Hier ungefähr wäre unsere kleine Sonne. Ein ganz kleines, winziges, leuchtendes Staubkorn inmitten von Milliarden anderen. Wie lächerlich zu glauben, wir seien etwas Besonderes, wie lächerlich deshalb alle Kriege, alle Religionen, wie lächerlich auch der Papst mit seinem Gottesvertreteranspruch angesichts unserer marginalen räumlichen Position des Sonnensystems im Weltall.« Ich dachte, dass aus dieser Perspektive die Eier in Senfsoße auch nicht mehr so schrecklich waren. Herr Fiedler zündete sich seine Zigarre an, die erneut ausgegangen war, und blies den Qualm zur Decke. »Übrigens ist das Licht der Andromedagalaxie ins Blau verschoben. Das bedeutet nichts anderes, als dass sie sich auf uns zubewegt, mit einer Geschwindigkeit, die 3000 Mal größer ist als ein fahrender Schnellzug. Die Galaxie ist ungefähr 250 Lichtjahre entfernt. Das heißt, dass sie in etwa zwei Milliarden Jahren mit unserer Galaxie kollidiert.« Er legte sanft seine Hand auf meine Schulter. »Ich möchte dir etwas schenken. Doch erst eine Frage: Wie ist dein Refraktor montiert, azimutal oder parallaktisch?« »Parallaktisch natürlich.« »Sehr gut. Aber dann wird seine Montage vielleicht nicht genau mit der Breite unserer Stadt korrespondieren. Du weißt natürlich, dass der Winkel, den die Drehebene eines parallaktisch montierten Fernrohrs mit der als ideal gedachten Erdoberfläche des Standorts gleich seiner geographischen Breite sein muss, denn die Drehachse ist der Erdachse parallel, und das bedeutet, dass der jeweilige Standort Einfluss auf die Neigung hat. Ich habe selbst einmal einen parallaktisch montierten Refraktor besessen. Einen Vierzöller sogar. Genauer gesagt, er gehörte der Schule. Das Stativ aber habe ich selbst gebaut, genau entsprechend dem Breitengrad, auf dem sich unsere Stadt befindet. Du kannst es haben, ich schenke es dir. Wir müssen es nur holen. Es muss noch irgendwo auf dem Dachboden der Schule sein. Am besten, wir machen uns gleich auf den Weg.« Er erhob sich, drückte seine Zigarre aus und schlüpfte in einen braunen Regenmantel.

Wir gingen durch die Stadt. Es war nachmittags, und die Schule war leer. Herr Fiedler klingelte beim Hausmeister und ließ sich den Schlüssel für den Dachboden geben. Dann stiegen wir die Treppen hinauf bis zu einer Holzstiege, die in den Dachboden führte. Offenbar hatte sich hier über viele Jahrzehnte alles angesammelt, was für den Schulbetrieb nicht mehr benutzt wurde. Kisten mit alten Schulbüchern, Berge von übereinandergestapelten Schreibpulten und Stühlen, verstaubte Gefäße aus dem Chemielabor, altertümliche Schalttafeln, ausgestopfte Vögel und andere Tiere. Eine Arche Noah vergessener Dinge. Ich hätte nur zu gerne einige dieser Schätze geborgen. Herr Fiedler aber ging zielstrebig zu einem Verschlag, öffnete dessen Lattentür und zog ein großes hölzernes Stativ heraus. Wir trugen es hinunter und dann zurück in die Pension. Ich brachte es hoch in meine Dachstube und ging sofort daran, eine Verbindung zwischen dem drehbaren Oberteil des Stativs und meinem Fernrohr zu basteln. Ich war glücklich. O ja, so glücklich war ich schon lange nicht mehr gewesen. Ein Kenner des Weltalls hatte mich wie einen Gleichrangigen behandelt. Seine und meine Einsamkeit hatten wie zwei parallele Spiegel unendlich vervielfältigt, was zwischen ihnen lag.

*

B. schwieg. Die Konturen der Vergangenheit verschwammen. Je mehr er sich mühte, aus ihr Bilder, Erinnerungen, Fakten und Gespräche wie aus einem dunklen Gewässer zu fischen, umso mehr trübte sich dieses dabei. Schließlich sagte er: »Ein wenig erinnert mich jene Stadt an die, in der ich jetzt bin, auch wenn sie viel kleiner ist. Aber es war schwer, sie zu verlassen. Sie schien einem hinterherzuwachsen wie ein Tumor aus Häusern und Straßen.«

B. sah zu, wie dieser Mensch ohne Gesicht sich erhob und zum Fenster ging, dieser Schattenmensch mit seinem hohlen Schädel, der eine Maske trug, starr und bleich. Er öffnete die Fensterflügel und sah hinaus. B. meinte, das Rauschen der Brandung zu hören und das Geschrei von Seevögeln. Dann drehte der Mann sich um und sagte: »Sie sollten keineswegs nachlassen in dem Bemühen, Ihre Geschichte zu erzählen. Sehen Sie darin einfach den Versuch, einem toten, nackten Körper ein langes Leichenhemd anzuziehen, um es den Anwesenden leichter zu machen, seinen Anblick zu ertragen. Und trösten Sie sich damit, dass das Leben ein mehr oder weniger langer Kampf ist, bei dem es nur einen Gewinner gibt: den Verlierer.«

24

Als B. sehr früh an diesem Morgen aufwachte, war es stockdunkel im Zimmer. Die Nachttischlampe ging nicht an, auch die Deckenleuchte nicht. Offenbar war der Strom ausgefallen. Er tastete sich zu den Vorhängen und zog sie beiseite. Auch draußen war es finster, nirgends erleuchtete Fenster, keine Straßenlaternen. Doch glaubte er schemenhaft einen Menschen zu erkennen, der auf der anderen Seite der Straße stand und zu seinem Fenster hochblickte. Seine Augen funkelten, als spiegelten sie ein Licht, das von oben auf sie fiel. Der Mann deutete zum Himmel. B. öffnete das Fenster und sah hinaus. Aber er konnte nichts erkennen, keine Sterne, keinen Mond. Eigentlich hätte die Morgendämmerung längst hereinbrechen sollen, aber der Himmel war ebenso lichtlos wie die Erde unter ihm.

B. tastete sich zum Glastisch. Eine Flasche stand darauf. Er näherte seine Armbanduhr dem Etikett. Im schwachen Licht der Leuchtziffern schimmerte es blau. Er schraubte den Verschluss ab und trank einen großen Schluck. Es war, als dringe ein Eiszapfen in seine Brust. Im Dunkeln zog B. sich an und ging hinunter in die Empfangshalle. Auch hier gab es kein einziges elektrisches Licht. Lediglich eine brennende Kerze flackerte auf dem Tresen der Rezeption. Auf sein lautes Rufen rührte sich nichts. Da war nur die typische Stille eines großen Hauses, die das leise Summen irgendwelcher Geräte und das ferne Rauschen von Wasserleitungen in sich birgt und dadurch fast noch tiefer ist. Nach einem kurzen Zögern ging B. durch die Drehtür hinaus auf die Straße. Ein warmer Wind wehte ihm entgegen, viel zu warm für die Jahreszeit. Er schmeckte Staub auf den Lippen. Ihm fiel plötzlich ein, dass er einen Termin beim Kardiologen hatte. Die Routineuntersuchung, wie es hieß.

Die Zeit drängte. B.s Fahrrad stand in einem Seiteneingang, den das Küchenpersonal benutzte. Er schloss es auf und fuhr durch die leeren Straßen. Die alte Fahrradlampe funktionierte. Sie ließ sich sogar von Nah- auf Fernlicht umschalten, genau wie es bei seinem Fahrrad auf der Insel möglich gewesen war.

Der Strahl des Scheinwerfers glitt über die Fassaden und das teilweise aufgerissene Straßenpflaster. Er fuhr ohne Orientierung. Alles sah gleich aus, ein Labyrinth mit steinernen Wänden und Fenstern, die wie blinde oder tote Augen wirkten, starr und ausdruckslos. Plötzlich wurde es hell. Der nachtschwarze Himmel verwandelte sich übergangslos in eine trüb leuchtende, wolkenverhangene Fläche, die kaum merklich flackerte, als stamme ihr Licht von riesigen Neonröhren hinter den Wolken. War es ein Nordlicht? Die in südlicheren Breiten so seltene Aurora borealis, von der sein Vater erzählt hatte, er habe sie im Winter in Kirkenes fast jede Nacht gesehen wie den Widerschein feindlichen Artilleriefeuers, und die er selbst einmal als Halbwüchsiger im Gaubenfenster einer Pension wie ein Wunder erlebt hatte?

B. querte einen Platz, der ihm unbekannt war und dennoch seltsam vertraut. Er war mit Kopfsteinen gepflastert. An seinem Rand erhob sich auf einem steinernen Brunnen eine große Gestalt. B. stieg ab, lehnte sein Fahrrad an den Sockel und blickte hinauf. Es war die Büste eines Mannes auf einer Säule. Aus seiner Schläfe quoll schwarzes Wasser und sammelte sich im Becken des Brunnens. »Du hast dich damals geirrt«, murmelte B. »Nicht du warst krank, sondern die Welt.«

Er fuhr weiter. Endlich kamen Straßenzüge, die er wiedererkannte. Auf einer der weiß gekachelten Häuserwände das Bild einer riesenhaften Flasche, auf deren Etikett in blauer, halb abgeblätterter Farbe eine schlanke, leichtbekleidete Frau zu sehen war. Sie hielt eine Ähre wie einen Wanderstab in der Hand und war in der Pose einer Läuferin erstarrt. Darunter das Wort »Snow Queen«.

B. stellte sein Rad ab und betrat das Gebäude, dessen Tür sich automatisch öffnete, wenn man sich näherte. Durch den langen Flur ging er zur Rezeption, nannte seinen Namen und sagte, er habe einen Termin beim Kardiologen. Er wurde ins volle Wartezimmer verwiesen und zu seiner Verwunderung schon wenig später in den Behandlungsraum gerufen. Die Assistentin sagte, er solle seine Jacke und sein Hemd ausziehen, sie wolle ihm Blut abnehmen. Sie war sehr schön, ihre dichten Haare waren tiefschwarz, ihre Augen von wunderbarem Eisblau, der gleichen Farbe wie die Gummihandschuhe, die sie sich jetzt über ihre Hände streifte. Sie nahm eine sterilisierte Spritze aus einer Schublade und band seinen linken Arm ab. Immer wieder versuchte sie vergeblich, die Vene zu finden. »Sie haben anscheinend nur mehr wenig Blut in sich«, sagte sie lächelnd. Dann nahm sie sich seinen rechten Arm vor. Diesmal war sie erfolgreich in ihrem Bemühen. B. beobachtete, wie das Blut von der Nadel in das Innere der Spritze gezogen wurde. Es war dunkelrot, fast schwarz. »Sie heißen Tatjana und sind Pianistin«, sagte B.

»Woher wissen Sie das?«

»Von Ihrem Vater. Was tun Sie hier?«

»Das sehen Sie doch. Ich arbeite in der Gesundheitsbranche. Leider ist es heute sehr schwer geworden, in meinem eigentlichen Beruf Geld zu verdienen. Es gibt zu viele Talente, und der Markt ist zu klein. Ich habe deshalb eine Ausbildung zur MTA begonnen. Ziehen Sie sich bitte weiter aus und legen Sie sich auf die Pritsche dort.« Sie verschwand hinter einem Vorhang.

Es war kalt, und B., der nur mit einem Slip bekleidet auf der Liege lag, schämte sich seines alt gewordenen Körpers. Er fror. Als eine Weile nichts geschah, wollte er aufstehen und sich wieder anziehen. In diesem Moment erschien der Arzt. B. setzte sich auf und gab ihm die Hand. »Haben Sie das Protokoll dabei?« B. nickte. »Es steckt in der Außentasche meines Mantels. Und der Mantel hängt im Wartezimmer.«

Der Arzt öffnete die Tür zum Nebenzimmer und rief: »Tatjana, gehen Sie ins Wartezimmer und holen Sie bitte den Mantel unseres Patienten.« Dann drehte er sich um und fragte B. »Wie sieht Ihr Mantel eigentlich aus?« B. rief laut, sodass man es im Nebenzimmer hören konnte: »Er ist aus flauschigem Stoff, ein wenig sieht er wie ein Bademantel aus.«

Kurze Zeit später kam die Assistentin mit dem Kleidungsstück zurück. Der Arzt griff in die Taschen und zog einen kleinen schwarzen Notizblock heraus. B. hatte in ihm einiges an Traumbildern und Erinnerungsfetzen notiert. Der Arzt blätterte darin und sagte: »Sehr interessant. Sie befinden sich offenbar auf Spurensuche, wie ein Scout in der Vergangenheit.«

»Das stimmt. Die Blutdruckwerte befinden sich ganz am Schluss.«

Der Arzt überflog die Zahlen. »Ihr Blutdruck hat sich so gut wie normalisiert. Sie haben sogar eine leichte Hypotonie. Damit können Sie uralt werden. Ich werde mir trotzdem Ihre Herzkranzgefäße noch einmal ansehen. Seien Sie bitte morgen Nachmittag im Krankenhaus in der Messina. Sie wissen ja, wo es liegt, ein paar Straßenzüge weiter am Platz der vier Türme.« Er gab B. die Hand und ging. Als dieser sich anzog, erschien die Assistentin. Sie trat ganz nahe zu ihm heran und flüsterte: »Wenn Sie möchten, könnten wir uns sehen.«

»Ja, das wäre schön. Aber ich will erst die neue Katheteruntersuchung hinter mich bringen, Fräulein Tatjana.«

Dann fuhr B. ins Institut, um seinen Bericht fortzusetzen.

*

In diesen Tagen kam einer der wichtigsten Wissenschaftler der Raumfahrt auf seiner Vortragsreise auch in unsere Stadt: Professor Hermann Julius Oberth, der berühmte Weltraumpionier und Ziehvater Wernher von Brauns. Die Veranstaltung fand in der wegen der dort stattfindenden Kochkurse »Puddingakademie« genannten Volkshochschule im Gerhardshain statt. Der Saal war brechend voll. Ich hatte meine Eltern überredet mitzukommen. Wir saßen zu viert in einer der vorderen Reihen, Herr Fiedler neben mir. Professor Oberth sah genauso aus, wie ich mir einen Weltraumpionier vorstellte, nämlich wie eine Mischung aus Daniel Düsentrieb und Albert Einstein. Mit Hilfe eines Episkops warf Oberth verschiedene seiner kühnen Ideen auf die Leinwand. Zum Beispiel riesige Hohlspiegel aus Silberfolie, die in der Schwerelosigkeit aufgefaltet um die Erde ziehen sollten. Sie ließen sich über Funk steuern und stellten nicht nur gigantische Energiequellen dar, sondern auch kriegsentscheidende Waffen. Man würde ganze Armeen oder Großstädte verdampfen können, wenn man den Brennpunkt eines solchen Spiegels entsprechend justierte. Oberth schien diese Vorstellung zu genießen, denn er lächelte bei dieser Passage seiner Rede zufrieden wie ein Mann vor einem Grill mit perfekter Glut. Oberth beschwor auch die Möglichkeit einer Reise zu anderen Sternen mit bewohnten Planeten, indem man Raketen nutzte, die mit Hilfe eines neuartigen Ionenantriebs nahezu Lichtgeschwindigkeit erreichen konnten. Dadurch war es möglich, die sogenannte Zeitdilatation oder relativistische Dehnung der Zeit zu nutzen, die Einstein entdeckt hatte. Die Raumfahrer würden bei solchen Geschwindigkeiten langsamer altern und daher ihr Ziel zu Lebzeiten erreichen können, während auf der Erde Jahrzehnte oder gar Jahrhunderte vergingen. Der Professor dozierte leidenschaftlich und bohrte dabei genüsslich in seiner Nase, rollte die Pupel zwischen den Fingern und schoss sie mit Hilfe von Daumen und Zeigefinger in eine imaginäre Umlaufbahn um die Deckenlampe. Nach dem Vortrag ließ ich mir sein Buch signieren. Dabei hielt ich mich nur mit Mühe davor zurück, ihm meine Mitarbeit anzubieten. Später im Wohnzimmer versuchte ich, mich mit meinen Eltern über das Gehörte zu unterhalten. Das Problem mit meinem Vater war allerdings, dass er zwar viel verstand, aber nichts begriff.

Bei meiner Mutter war es genau umgekehrt. Sie begriff eine ganze Menge, aber sie verstand einfach nichts. Natürlich sprach ich auch mit Herrn Fiedler über den Vortrag. Er bemängelte, dass Oberths Ideen zwar genial seien, aber kaum durchführbar. »Der Mann hat zu viel Phantasie«, sagte Fiedler. »Ihm fehlt der Sinn für die Realität. Hohlspiegel würden sich nie genau steuern lassen, dafür sorgt schon der Sonnenwind mit seiner unterschiedlichen Stärke. Er hat auch das Uhrenparadoxon nicht verstanden. Es stimmt zwar, dass die Astronauten langsamer altern, aber nur von der Erde aus gesehen. Für sie selbst verändert sich nichts, und sie sind längst tot, ehe sie ihr Ziel erreicht haben.« Ich war enttäuscht über dieses Urteil. Herr Fiedler war offenbar immer noch viel zu sehr Lehrer, um sich auf kühne Gedanken einlassen zu können.

Es wurde bitterkalt in diesen Tagen. Jeden Abend machte ich den Kanonenofen an. Koks und Briketts schleppte ich aus dem Keller hoch in den vierten Stock, Treibstoff für meine Raumkapsel. Die Nächte waren sternenklar, und der Mond stand so, dass ich ihn durch das Dachfenster beobachten konnte. Ich korrigierte und verbesserte meine alte, selbstgezeichnete Mondkarte. Außerdem bewies ich experimentell, wie die Mondkrater entstanden waren. Hierzu besorgte ich mir einen alten Suppentopf und füllte ihn mit einem Brei aus Gips. Dann stellte ich ihn auf den heißen Ofen und beobachtete, wie sich dabei im Gips verschieden große Blasen bildeten. Wenn sie platzten, entwich Wasserdampf in einer kleinen Fontäne und hinterließ einen Ringwall mit einem kleinen Hügel im Zentrum.

Eine Zeitlang trafen Herr Fiedler und ich uns regelmäßig in dessen Zimmer, in dem es so angenehm muffig nach Zigarren, alten Büchern und feuchter Wäsche roch. Herr Fiedler behandelte mich wie einen Kollegen. Der Raum war Kosmos und Rakete zugleich. Wir saßen angeschnallt in unseren ledernen Schleudersitzen und warteten auf den Start. Dabei diskutierten wir, welche Stellen sich für eine Landung besonders eignen würden. »Flache Regionen, die man

Mare nennt, bieten sich natürlich an, eine problemlose Landung zu ermöglichen«, sagte Herr Fiedler. »Die Rakete kann dort nicht umkippen.« »Mare Nubium, Mare Imbrium, Mare Crisium, Mare Tranquillitatis, Mare Serenitatis.« Ich sagte die Namen wie die Zeilen eines Gedichtes auf. Herr Fiedler nickte wohlwollend und ergänzte: »Du hast das Meer das Nebels vergessen und das Meer des Regens, das Meer der Gefahren. Es gibt noch mehr.« Er holte einen Folianten aus dem Bücherregal, schlug eine Mondkarte auf und deutete mit seinem Nikotinfinger auf verschiedene Stellen. »Hier ist das Mare Frigoris, das Meer der Kälte, hier das Mare Fecunditatis, das Meer der Fruchtbarkeit, hier das Mare Vaporum, das Meer des Dunstes, und hier das Mare Humorum, das Meer der Feuchtigkeit. Man hielt die Mare ursprünglich tatsächlich für Ozeane, aber sie sind nichts anderes als riesige Staubwüsten, die nach besonders großen Meteoriteneinschlägen entstanden, weil die dabei verflüssigte Gesteinsmasse den Krater vollkommen ausgefüllt hat.« Ich nickte sachverständig und meinte dann: »Mir gefällt das Mare Crisium am besten, weil es so gleichmäßig geformt ist. Es sieht aus wie eine riesige Insel. Aber wir sollten vielleicht doch lieber mitten in einem großen Krater landen. Dann hat man beide Landschaftsformen, die Fläche und die Berge.« »Das sehe ich auch so«, sagte der Gastgeber, ohne sich an dem von mir benutzten Personalpronomen »wir« zu stören. »Es gibt allerdings ein Problem. Die extremen Temperaturunterschiede zwischen Mondtag und Mondnacht. Sie können bis zu 300 Grad betragen, denn es gibt dort oben ja keine Atmosphäre und kein Wasser, das ausgleichend wirken kann. Eine große Belastung für Mensch und Material.« Ich stimmte diesen Bedenken zu und sagte dann: »Ich weiß eine Lösung des Problems. Man könnte einen Krater in der Nähe der Pole als Landeplatz nehmen. Dort dürfte der Temperaturunterschied geringer sein, weil das Licht immer schräg einfällt.« Herr Fiedler wiegte den Kopf. »Das stimmt zwar, mein Sohn. Aber es ist dort ständig bitterkalt.« Er wirkte bekümmert, als wären wir bereits konkret von diesem Problem betroffen. Und wahrscheinlich saßen wir, der junggebliebene alte Mann und der altkluge Junge, in diesem Moment wirklich am Ufer eines Mondmeeres und lauschten seinen Wellen, auch wenn sie nur aus Staub bestanden. Wir waren uns damals sehr nahe. Ich habe immer versucht, einen Menschen zu finden, dem ich nahe sein konnte. Es ist mir auf Dauer nie gelungen. Heute frage ich mich, ob es an mir lag oder an den anderen. Oder lag es an beiden Seiten? Vielleicht hat ja jener berühmte Autor recht, wenn er schreibt: »Ich vermute, das einzige Mittel, nicht mehr allein zu sein, ist, nicht mehr zu denken.«

Neben Herrn Fiedler gab es noch einen zweiten Menschen, der damals einen wachsenden Einfluss auf mich hatte: mein neuer Deutschlehrer. Einmal, als er Schulhofaufsicht hatte und dabei wohl bemerkte, dass ich isoliert von den anderen am Zaun stand und traurig in den toten Flussarm starrte, näherte er sich und sprach mich an. »Erich hat mir von dir erzählt. Von deinem großen Interesse an den Naturwissenschaften. Mich interessiert das auch. Willst du mich nicht einmal besuchen, morgen vielleicht, gegen acht? Ich wohne in Büdelsdorf. Das ist hinter den Bahngeleisen, aus Sicht der Stadt gewissermaßen am Ende der Welt.«

Er nannte Straße und Hausnummer. Ich bedankte mich und versprach, pünktlich zu sein. Eine solche Einladung durch einen Lehrer war sehr ungewöhnlich, fast anrüchig. Deshalb log ich, indem ich meinen Eltern sagte, ich wolle einen Schulfreund treffen. Später ging ich durch eintönige Straßen in Richtung Osten. Es war neblig, und die Straßenlaternen warfen milchig-weiße Kegel in die Dunkelheit. Als ich den Bahnübergang erreichte, war die Schranke geschlossen. Ich zündete mir eine Zigarette an, eine Lux, eine Marke, die ich neuerdings heimlich rauchte, da sie mit ihren festen, rotweißen Pappschachteln und der Assoziation an »Luxus« meinem Lebensgefühl am besten entsprach. Ich war nervös, als ahnte ich, dass ich mich in eine unbekannte Gefahr begeben würde. Heute weiß ich, dass ich mich an einem Bifurkationspunkt befand, einer Gabelung meines Lebenslaufs. In einem Bifurkationspunkt herrschen besondere Bedingungen: Eine unberechenbare Oszillation zwischen zwei Möglichkeiten, die weit mehr ist als das unschlüssige Verharren an einer Weggabelung, bevor eine Entscheidung fällt und ein bestimmter Weg eingeschlagen wird. In einem Bifurkationspunkt herrschen chaotische Verhältnisse. Das System springt zwischen den verschiedenen Möglichkeiten eines stabilen Zustandes hin und her, verfolgt für eine gewisse Zeit mehrere Möglichkeiten, eine bestimmte Richtung einzuschlagen, gleichzeitig. So war es auch jetzt, an diesem nasskalten Abend vor der Schranke. Ich hätte umkehren können und eine Entschuldigung für mein Ausbleiben erfinden können, aber ich tat es nicht. Dann dröhnte der Zug heran. Als sich die Schranke hob, warf ich die Zigarette weg und ging weiter. Die Häuserfassaden wurden immer hässlicher. Mit einiger Mühe fand ich die richtige Hausnummer. Ein moderner Flachdachbungalow aus rotem Klinker, von vielen Bäumen umgeben, in einer Nebenstraße. Ich klingelte. Hoop öffnete und bat mich herein. Er trug eine legere Hausjacke und weit geschnittene Cordhosen. Ich betrat einen großen Raum, an den Wänden moderne Bilder, viele Bücherregale, alles aus Teak, sehr sparsam, sehr kühl in seiner funktionalen Struktur und doch nicht ungemütlich, obwohl man nirgends Dinge entdecken konnte, die in den Augen meiner Mutter unbedingt zur Wohnlichkeit gehört hätten. Hoop bat mich, Platz zu nehmen, und ich sank in einen der Sessel aus Chrom und schwarzem Leder. Auf dem gläsernen Couchtisch standen zwei Weingläser und eine Schale mit Erdnüssen. Der Gastgeber verschwand und kam mit einer Flasche zurück. Während er sie entkorkte, fragte er unvermittelt: »Wofür interessierst du dich eigentlich am meisten?« Es war, als öffnete er auch in mir eine Flasche, die unter Überdruck stand. Alles sprudelte aus mir heraus. Die Atome, die Dilatation der Zeit, das Uhrenparadoxon, die Quantentheorie, die Thermodynamischen

Hauptsätze. »Die Zeit ist nichts Absolutes«, sagte ich, »man kann sie dehnen wie ein Gummiband. Man kann sie sogar zum Stillstand bringen und dadurch ewig leben, gesetzt den Fall, es gelingt einem, sich mit Lichtgeschwindigkeit durchs All zu bewegen.« Hoop hörte anscheinend aufmerksam zu. Als ich nach dem nächsten Glas Wein die Schrödinger'sche Katze beschrieb, dieses kuriose Tier, das zugleich tot und lebendig ist und dadurch die Uneindeutigkeit von Quantenphänomenen belegt, lächelte er. »Ich habe auch eine Katze«, sagte er. »Allerdings ist sie ausschließlich lebendig.« Wie auf ein Stichwort hin öffnete sich die Tür, und ein braun-weiß gefleckter Miniaturtiger erschien. Er schnurrte und rieb sich an Hoops Bein. »Was du erzählst, klingt alles sehr geheimnisvoll«, sagte er. »Es gibt aber auch durchaus noch andere Welten, die voller Geheimnisse sind.« Er hob sein Glas, und wir tranken uns zu. »Die Musik zum Beispiel. Es soll viel Mathematik in ihr stecken, viel Logik also, und doch kann man sie mit dem Verstand nicht begreifen.« Er stand auf und ging zum Plattenspieler. Kurz danach ertönten fremde Klänge, schwer und düster für meine Ohren, fast misstönend. Das war ganz anders als die Musik, die meine Mutter liebte, anders als Smetana, Bruch oder Beethoven. Ich trank mein Glas leer und überlegte dabei, ob ich diese faszinierenden Klangwelten gut finden sollte. Hoop schenkte nach und zündete sich eine Zigarette an. Er rauchte sie in einer Bernsteinspitze und blies den Rauch vorsichtig von sich. »Das ist Brahms, seine dritte Sinfonie.« Wir hörten zwei Sinfonien dieses Komponisten und tranken dabei die Flasche Rheinwein aus. In den Pausen sprachen wir wenig. Irgendwann hörte ich eine fremde Stimme, brüchig und klagend. Hoop stand auf und verschwand. Als er zurückkam, sagte er: »Meine Mutter kann wieder mal nicht einschlafen. Hast du übrigens Lust, ein Theaterstück von Tennessee Williams zu sehen? Übermorgen wird »Endstation Sehnsucht« im Kieler Schauspielhaus gespielt. Ich könnte dich mitnehmen, natürlich nur, wenn deine Eltern damit einverstanden sind.« Er holte eine zweite Flasche und schenkte nach. Ich versuchte erneut, ihm die Seltsamkeit von Quantenzuständen zu erläutern, und er hörte wieder aufmerksam zu. »Es gibt keine Eindeutigkeit in der Welt der Quanten«, dozierte ich. »Was wir Eindeutigkeit nennen, ist ein rein statistisches Phänomen.« Hoop nickte. »Ich denke, das gilt auch für Beziehungen zwischen Menschen«, sagte er.

Später, als ich einmal auf der Toilette war, hörte ich wieder jene gespenstische Stimme. Ich lief den Flur entlang und öffnete die Tür, hinter der ich sie vernommen hatte, einen Spalt. Im Licht einer kleinen Nachttischlampe sah ich den Kopf einer alten Frau mit grauen, lockigen Haaren. Ihre Augen sahen wie Glasmurmeln aus, weil sie stark hervortraten, als seien sie aus ihren Löchern gerollt. Sie hatte mich gehört, drehte den Kopf und sah mich mit einem Basiliskenblick an, dessen Starrheit mich erschreckte. Ihre Stimme zitterte: »Bist du noch da, mein Sohn?« Es war, als käme der Satz aus dem Glas Wasser auf dem Nachttisch, in dem ihr künstliches Gebiss lag. Leise schloss ich die Tür. Als ich wieder im Sessel saß, hatte Hoop eine neue Platte aufgelegt. Diese Musik gefiel mir besser, sie war lieblicher, irgendwie leichter zu verstehen, voller Klänge und Farben, die ich aus der Natur kannte. »Das ist Mahler«, sagte Hoop. »Er hat Brahms fortgesetzt.«

Es war nach Mitternacht, als er mich zur Tür brachte und mir seine kleine, weiche Hand zum Abschied gab. Auf dem Heimweg befand ich mich in einer seltsamen Stimmung. Zum ersten Mal war ich unsicher, was meine Zukunft anging. Der Nebel hatte sich aufgelöst. Die Dunkelheit war ungewöhnlich klar, und die Straßenlaternen trugen keine milchigen Kegel leider mehr. Ich begann, laut zu singen: »Do not forsake me, oh my darlin'.« Zurück in meiner Dachkammer, saß ich noch eine Weile am Fenster. Sterne waren zu sehen. Dann zogen Wolken auf, und Tropfen fielen gegen das Gaubenfenster, erst sanft, dann immer heftiger. Ich öffnete es und hielt mein Gesicht in den Regen.

Am nächsten Morgen erzählte ich meinen Eltern beim Frühstück von dem Angebot meines Deutschlehrers, mit mir ein Theaterstück in Kiel zu besuchen. Mein Vater war irritiert, aber meine Mutter war von der Idee angetan. »Tennessee Williams, war er nicht Amerikaner?«, sagte sie. »Soviel ich weiß, lebt er noch«, sagte ich. »Das Stück heißt ›Endstation Sehnsucht‹.« »Ich habe davon gehört. Es muss ein gutes Stück sein. Ich glaube, es geht um eine arme Person, die langsam wahnsinnig wird, weil niemand in ihrer Umgebung Sinn für ihre Besonderheit hat. Sie ist einfach viel zu sensibel.« Es war deutlich, dass sie von sich selbst redete.

Mein Lehrer holte mich am nächsten Abend in seinem Wagen ab. Es war ein großes Auto, das wie ein amerikanischer Straßenkreuzer aussah, ein blauer Opel Kapitän. Wir fuhren durch den langen Tunnel einer dunklen Nacht. Die Scheinwerfer glitten wie weiße Finger an den Bäumen entlang und brachten die Straßenmarkierung zum Aufleuchten. Hoop sagte hin und wieder etwas und bezog sich dabei auf das Stück, das wir sehen würden. »Es geht darin nicht nur um die Handlung, es geht um mehr, es geht um die Natur des Menschen.« Ich lauschte dem leisen Brummen des Motors und roch den Geruch neuen Leders. Dann saßen wir im Theater. Es war mein erster richtiger Theaterbesuch. Auf der Insel hatte ich nur einmal im Saal des Fährhotels das deftige Volksstück »Krach um Jolante« gesehen, mit einem lebendigen Schwein auf der provisorischen Bühne. Das hier war etwas völlig anderes. Schon das Foyer wirkte auf mich wie eine großartige Kulisse. Als dann das Stück begann und die Schauspieler die Bühne betraten, benahmen sie sich wie richtige Menschen, die in großer Erregung waren, und doch simulierten sie nur. Es wurde geschrien, gelacht, geweint, geflucht, gestikuliert, und alles schien wirklicher als die Wirklichkeit. Nachdem der Vorhang gefallen war, wurde so lange applaudiert, bis alle Darsteller wieder zum Vorschein kamen und sich vor dem Publikum verneigten. Viele Zuschauer erhoben sich und klatschten, auch ich tat es und stellte dabei fest, dass es eine leicht gewölbte Handstellung gab, die das Klatschen so laut machte wie Gewehrschüsse. Anschließend gingen wir in eine Bar. Wir saßen an einem schwarzen Glastisch und tranken Wein. Die Glasplatte kam mir abgrundtief vor wie jenes Eis der Pötten, auf dem ich Schlittschuhlaufen gelernt hatte. Mir fiel nichts Besseres ein, als wieder von der Welt der Atome zu reden. Hoop zündete sich eine Zigarette an und rauchte sie so vorsichtig, als könnte sie jeden Moment in die Luft gehen. Irgendwann fiel er mir ins Wort: »Hast du schon mal von Freud gehört?« Ich schüttelte den Kopf. »Er hat die Psychoanalyse begründet. Seine wichtigste These lautet, die Persönlichkeit eines Menschen ist dreigeteilt. Es gibt das Über-Ich, das Ich und das Es.« »Also ähnlich wie Atome, die aus Protonen, Neutronen und Elektronen bestehen.« Hoop lächelte und sagte dann: »Du solltest auch wissen, es gibt so etwas wie den Ödipuskomplex. Ich glaube allerdings nicht, dass es für ihn ein Pendant in der Welt der Atome gibt. In diesem Stück, das wir gerade gesehen haben, geht es vor allem um ihn, um den Ödipuskomplex. Welche der Figuren ist deiner Meinung nach die interessanteste?« »Die Frau, die am Schluss verrückt wird. Sie hat mich ein bisschen an meine Mutter erinnert. Die bildet sich auch immer mehr ein, als wirklich ist.« »Du meinst Blanche. Blanche ist übrigens französisch und heißt ›Die Weiße‹. Das ist natürlich symbolisch gemeint. Blanche ist wie eine Leinwand, auf die man alles Mögliche projizieren kann. Stimmungen, Bilder. Sie lebt zwischen Traum und Wirklichkeit und kann sich weder für das eine noch für das andere entscheiden. Das führt schließlich zu ihrem Untergang. Aber interessanter ist meiner Meinung nach Harold Mitchel, genannt Mitch, der Freund von Blanches Liebhaber Stanley. Er ist zwar nur eine Nebenfigur, aber Tennessee Williams hat in ihm das Prachtexemplar eines vom Ödipuskomplex ruinierten Menschen geschaffen. Ich glaube sogar, Mitch ist eine Art Selbstporträt des Autors. Er ist ein Zwischenwesen, weder animalisch wie Stanley noch vergeistigt wie Blanche. Und genau das ist sein Problem.« »Und was ist das für ein Komplex, der Ödipuskomplex?« Hoop schien es zu genießen, dass er meine Neugier geweckt hatte. »Das hat nichts mit dem zu tun, was man gewöhnlich unter Komplex versteht, wenn man zum Beispiel sagt, der da hat Komplexe. Komplex heißt bei Freud so etwas wie Zusammenhang verschiedener Teile, so wie man auch von einem Gebäudekomplex spricht. Im Grunde ist die Psychoanalyse so etwas wie die Wissenschaft der menschlichen Natur.« Was mein Lehrer sagte, faszinierte mich. So hatte noch nie jemand mit mir geredet. Überdeutlich sah ich seine Hand auf der Glasplatte liegen, ein weißliches Tier, von fünf kleinen Würmern vorangezogen, bis es den Stiel des Weinglases erreicht hatte. »Um deine Frage zu beantworten, muss ich ein wenig ausholen. Kennst du den Mythos von Ödipus?« »Nicht genau. Ich habe aber etwas darüber in Gustav Schwabs ›Sagen des klassischen Altertums‹ gelesen.« Voller Scham dachte ich daran, wie ich die sekundären und primären weiblichen Geschlechtsorgane in die antikisierenden Abbildungen der Göttinnen hineingemalt hatte und wie sie immer noch zu sehen waren, nachdem ich sie ausradiert hatte. Hoop lächelte verständnisvoll, als könne er meine Gedanken lesen. »Es begann damit, dass der thebanische König Laios einen anderen Königssohn verführen wollte. Dessen Vater verfluchte ihn daraufhin mit den Worten: ›Wenn du je einen Sohn bekommst, wird er dich töten.‹ Laios war kinderlos und weigerte sich fortan, mit seiner Frau zu schlafen, aus Angst, einen Sohn zu zeugen. Als er einmal, betrunken vom Wein, doch mit Iokaste schläft, wird sie schwanger und bekommt ein männliches Kind. Die Eltern erinnern sich an den Fluch und ergreifen Maßnahmen, um die Gefahr zu bannen. Laios lässt die Füße des Kindes durchbohren und zusammenbinden. Dann übergibt man es einem Hirten, um es im unwirtlichen Gebirge des Kithairon kopfüber an einem Baum aufhängen zu lassen. Bevor es stirbt, finden Hirten des korinthischen Königs Polybos das schreiende Kind und bringen es nach Korinth. Das dort herrschende kinderlose Königspaar adoptiert es und gibt es als eigenen Sohn aus. Wegen der verletzten Füße nennen sie es Ödipus, das heißt nämlich so viel wie Klumpfuß.« Wie gebannt hörte ich Hoop zu und war doch zugleich abwesend. Seine Stimme kurvte in weiten Schwüngen über die Glasplatte und ritzte weiße Bögen hinein. Es ging um Heimatlosigkeit, Inzest und Vatermord. Irgendwie schien es meine Geschichte zu sein. Dann hörte ich seine sanfte Stimme wieder klar und überdeutlich. »Als die Wahrheit durch den blinden Seher Teiresias kommt, erhängt sich Iokaste mit ihrem Schleier über ihrem Bett, und Ödipus sticht sich mit einer goldenen Spange aus ihrem Gewand die Augen aus. Seine Tochter Antigone führt ihn aus der Stadt, wo er in einem heiligen Hain stirbt.« Hoop brach ab. Er wirkte müde und ließ für uns noch zwei Gläser Wein und einen Kaffee kommen. Dann fuhr er fort: »So grausam sind die antiken Mythen, aber sie enthalten sehr viel Wahres. Es gibt noch andere Versionen der Geschichte, aber allen ist gemeinsam, dass Ödipus dafür bestraft wird, dass er seinem Schicksal ausweichen will. Das ist die größte Schuld, die man auf sich laden kann. Die physische Blindheit des Helden am Ende seines Irrwegs symbolisiert die psychische Blindheit während seines ganzen Lebens. Die Moral lautet also: Wehre dich nicht gegen dein Schicksal, versuche nicht, es auszutricksen. Der geniale Freud hat in dem Mythos die Möglichkeit gesehen, den heimlichen Inzestwunsch des männlichen Kindes zu veranschaulichen, das in seiner phallischen Phase die Mutter libidinös begehrt und den Vater als Konkurrenten hasst. Wenn der Knabe nicht in der Lage ist, die Bindung an seine Mutter zu lösen und den Hass auf den Vater in sein Über-Ich zu verwandeln, wenn mit anderen Worten der Ödipuskomplex des Knaben nicht verschwindet, nicht untergeht, wie Freud sagt, dann kommt es zu Männern wie Mitch, die sich ein Leben lang nicht entscheiden können, welchen Weg sie gehen sollen.« Ich wollte etwas sagen, aber ich traute mich nicht. Es wäre wohl unpassend gewesen, wieder von

Atomen anzufangen. Hoop rief die Kellnerin, zahlte, und dann glitten wir in dem großen Straßenkreuzer durch die Nacht zurück. Er fuhr sehr schnell, und ich wurde in den weichen Ledersitz gedrückt, wenn der Wagen beschleunigte oder um eine Kurve fuhr. Die Bäume der Allee huschten vorbei. Sie sahen im Licht der aufgeblendeten Scheinwerfer wie fallende Sternschnuppen aus. Hoop machte das Radio an. Moderner Jazz war zu hören. Ich fühlte mich trotz seiner wilden Fahrweise so sicher wie schon lange nicht mehr. Doch was meine Zukunft anbelangte, mein eigenes Schicksal, da war ich unsicherer denn je. War auch ich eine Art Ödipus, der ständig falsche Wege ging, um seiner Bestimmung auszuweichen? Hoop lebte offenbar mit seiner Mutter zusammen. Er war unverheiratet geblieben. War auch er seinem Schicksal ausgewichen? Später hörte ich von Mitschülern, dass mein Lehrer ein warmer Bruder sei, ein Hundertfünfundsiebziger, wie man damals Homosexuelle nannte. Angeblich fuhr er in den Sommerferien mit seinem Geliebten nach Italien, einem Land, in dem Menschen seiner Veranlagung sich freier bewegen konnten als in unserer protestantisch-kühlen Welt.

Hoop schien mich zu mögen, denn er lud mich in größeren Abständen immer wieder zu sich ein. Ich habe allerdings nie bemerkt, dass er sich mir anders als in Gesprächsform zu nähern versuchte. Er schaffte es aber, ohne dass es mir bewusst wurde, meine einseitige Fixierung auf die Naturwissenschaften zu lockern. Ich begann, Freud zu lesen. Hoops Einfluss auf mich führte auch dazu, dass ich meinen Kontakt zu Herrn Fiedler einstellte. Bei einem unserer letzten Gespräche sagte Fiedler zu mir: »Werde Astronom, mein Junge. Das ist ein wunderbarer Beruf. Er führt durch seinen Gegenstand, das Weltall, dazu, dass man sich und seine Lebenswirklichkeit, die Gefühle, die Liebe, den Tod, nicht mehr so wichtig nimmt. Der Blick durch ein Teleskop relativiert das alles.« Ich nickte, aber ich ahnte, dieser Rat kam zu spät. Ich wollte lieber alles übertrieben wichtig nehmen, die Gefühle, die Liebe, den Tod. Und dazu brauchte ich noch andere Astronomen wie zum Beispiel diesen Sigmund Freud, der es offenbar verstand, sein Teleskop auf das innere Universum des Menschen zu richten.

*

B. sah auf und bemerkte, dass er allein im Raum war. Der Andere war irgendwann gegangen, ohne dabei das geringste Geräusch zu machen.

Er fuhr ins Messina-Krankenhaus. Diesmal fiel es ihm erstaunlich leicht, den Weg zu finden. Als er die Snow-Queen-Reklame gewahrte, lehnte er sein Rad an die weiße Kachelwand und betrat Amons Bar, um sich Mut anzutrinken, auch wenn ihm bewusst war, dass der ambulante Eingriff zur ärztlichen Routine gehörte.

Der Wirt begrüßte ihn wie einen Stammgast. »Wieder einmal auf dem Weg ins Krankenhaus? Wo fehlt's denn diesmal?«

B. nahm auf dem Barhocker Platz und sagte, ohne auf die Frage einzugehen: »Ich weiß jetzt endlich, woher ich dich kenne. Du bist Preisboxer gewesen. Es tut gut, wenn sich eine Erinnerungslücke schließen lässt wie ein Schlagloch auf dem Lebensweg.«

»Erzähle«, sagte Amon. »Das geht auf meine Rechnung.« Er stellte ein frisch gezapftes Bier auf den Tresen und daneben ein Glas Slibowitz.

»Ich war damals in keiner guten Verfassung. Ich war auf ganzer Linie gescheitert. Ich glaubte zwar, dass ein gewisses Maß an Scheitern fruchtbar sei für einen angehenden Schriftsteller. Doch offenbar hatte ich es in der Kunst des Scheiterns zu weit getrieben. Ich war dreiunddreißig, arbeitslos, zum zweiten Mal unglücklich verheiratet und lebte vom Geld meiner Frau. Der Narziss in mir war total unterernährt. Da war es nur ein kleiner Lichtblick, dass ich ein Buch veröffentlicht hatte, erst im Eigenverlag, dann in einem richtigen. Ein Jugendbuch, das ich für meine Kinder geschrieben hatte und das meine Träume von Inseln im Norden enthielt. Wegen der schönen Illustrationen, die ein Freund gemacht hatte, war ich auf ein großes Verlagsfest in Bayern eingeladen worden. Drei Tage lang erlebte ich einen Veitstanz der Eitelkeiten, durfte den Pirouetten der Erfolgreichen zusehen mit dem Gefühl, wenigstens dieser Form der Selbstverstümmelung entgangen zu sein. Dann reiste ich an die südlichste Grenze des Landes und fuhr mit der Seilbahn hoch zum Fellhorn bei Oberstdorf, saß in der Höhensonne, trank Enzian und blickte nach Norden. Ich suhlte mich in trüben Gedanken, schrieb in mein Tagebuch, dass die Menschen entweder Erdtouristen seien oder gefräßige Heuschrecken und ich ein erfolgloser Hochstapler, als mir die Idee kam, mich aus dieser Stimmung zu befreien, indem ich nonstop in einer einzigen Zugreise das Land von seiner südlichen bis zu seiner nördlichen Grenze durchmaß. Ich wollte im Grunde nach Hause, und das war nicht der Ort, an dem ich lebte, es war die Insel meiner Kindheit. Da ich aber wegen deren Bewohnern keine Lust hatte, sie zu betreten, wollte ich auf die nördliche Nachbarinsel, um von dort aus wenigstens ihre Silhouette zu sehen, wie ein Liebhaber, der seine mit einem anderen verheiratete Geliebte heimlich von einem Waldrand aus beobachtet, wie sie, ihr Kind an der Hand, aus der Haustür tritt. Ich fuhr also los, saß allein in einem Abteil und überließ mich der Magie der Bewegung, bei der die Landschaft draußen, aufgemalt auf ein Endlosband, vorbeigezogen wird. In einer größeren Stadt hatten wir drei Stunden Aufenthalt. Es war Abend, und ich machte mich auf, um etwas zu trinken. Es war kühl und dunstig. Auf der breiten Ladenstraße war kein Mensch zu sehen. Ich kam über einen großen Platz. Dort lungerten kurzhaarige Jugendliche herum. Als sie mich sahen, rotteten sie sich zusammen und folgten mir. Jemand warf eine volle Bierflasche in meine Richtung. Sie zerplatzte auf dem Pflaster und bespritzte meine Kleidung. Die Situation war bedrohlich. Die Halbstarken kamen immer näher und begannen Beleidigungen zu grölen und ihre Fäuste zu schwingen. Da sah ich ein erleuchtetes Kneipenschild. Ich ging zu dem Lokal und trat ein. Es war proppenvoll, der Menschenlärm unbeschreiblich. Ich schob mich zum Tresen und bestellte ein Bier. Das Stimmengewirr um mich herum war unverständlich. Es dauerte einige Zeit, bis ich begriff, dass alle Ausländer waren, wahrscheinlich Jugoslawen. Frauen, mit dunklen Kopftüchern und mit Silberschmuck behangen, liefen in der Küche aus und ein. Es gab nur eine einzige Deutsche im Raum, eine ältere Prostituierte im Leopardenmantel. Man beachtete mich nicht. Das Unbehagen, das ich anfangs verspürt hatte, wich, und ich bestellte ein zweites Bier. Dich hatte ich zunächst für einen Gast gehalten, da du mal vor, mal hinter der Theke standst. Du hast alle um Haupteslänge überragt und sahst aus wie ein Räuberhauptmann aus einem Bilderbuch. Riesige, muskulöse, tätowierte Unterarme, Hände wie Bratpfannen, ein gewaltiger Schnurrbart, blitzende Augen und schwarze dichte Locken. Du warst von allen der Lauteste und Schnellste. Wenn du telefoniert hast, hieltest du dabei den Hörer wie eine Stichwaffe, die du nach dem Gespräch mit der Eleganz auf die Gabel zurücklegtest, mit der ein Torero den tödlichen Stoß in den Stiernacken setzt. Mein Nebenmann erzählte mir in gebrochenem Deutsch, du seist der berühmte Amon, der beste Boxer Europas. Man habe dem hiesigen Lokalmatador 5000 Mark geboten, wenn er dich schlagen würde, aber jener, ein gewisser Damnik, habe einfach zu viel Angst vor einem Kampf mit dir. Dann bist du hinter den Tresen gegangen und hast ein Bier für mich gezapft. Du hast dabei so konzentriert gewirkt wie ein Sprengstoffexperte, der eine Dynamitpatrone füllt. Ich hatte inzwischen keinerlei Bedenken mehr, denn du bist mir wie der erste wirkliche Mensch vorgekommen, den ich seit Tagen zu Gesicht bekam. In deiner Nähe konnte man sich vollkommen sicher fühlen. Hätte ich nur jemanden wie dich zum Freund gehabt, ich hätte jedes Problem, jedes Unglück mit Leichtigkeit überstanden. Ich erhielt ein Bier mit einer perfekten Schaumkrone, einen doppelten Slibowitz umsonst dazu, und dann schnapptest du dir die Ledertasche der Prostituierten und führtest, für alle sichtbar, pantomimisch auf, wie man ein Portemonnaie klaut. Alle johlten und lachten, und immer wieder erschollen die Rufe ›Amon, Amon‹. Ich ertappte mich dabei, dass auch ich mit einstimmte. Bevor ich ging, sagte ich dir, dass draußen eine Gruppe von Schlägern sei, die es offenbar auf mich abgesehen habe. ›Das sind armselige Kinder‹, meintest du, ›man müsste eigentlich Mitleid mit ihnen haben. Wenn sie dir an die Wäsche wollen, sage einfach, du seist ein Freund von Amon. Dann ziehen sie den Schwanz ein.‹ Als ich ging, klang dein Tschüs wie ein Segen, der mich in dieser Orwellstadt beschützen würde. In der Bahnhofshalle sah ich sie wieder. Die Halbstarken vom Platz standen an Stehtischen, soffen und grölten deutsche Lieder. Sie schenkten mir keine Beachtung. Dein Segen schien zu wirken Ich holte mein Gepäck und ging in den Speisewagen. Das Bier dort wurde ohne Liebe gezapft, und seine Krone fiel sofort in sich zusammen.«

Amon lachte. »Anders als meins. Und wie ging deine Expedition aus?«

»Als ich mein Ziel erreicht hatte, ging ich auf einem langen Holzsteg durch die Dünen zum Meer. Ich war aufgeregt, als ob ich zu einer Geliebten ging. Sie empfing mich in einem grauen Gewand ohne Horizont. Es war unmöglich, die Insel meiner Kindheit zu sehen. Ich stieg eine lange Treppe hoch in ein Café mit dem Namen *Strandblick* und betrat den in Rot und Violett gehaltenen Raum. Ich setzte mich an einen Tisch in der Nähe der salzverkrusteten Fenster und bestellte einen Teepunsch. Ich war der einzige Gast. Die Kellnerin brachte das Getränk und schimpfte dabei auf den Stress des Sommers. Dann setzte sie einen Kopfhörer auf und ging mit ihrem tragbaren Kassettenrekorder in ihrer weißen, flatternden Schürze hinaus vor die Tür, um Schlager im Seewind zu hören. Ich zog mein kleines, schwarz-rotes Notizbuch hervor und begann zu schreiben: »Es ist nicht Trauer, es ist nicht Melancholie, es ist nicht Schmerz, es ist kein Trübsinn, keine Erschöpfung, nicht Resignation und auch nicht ein Gefühl der Leere allein. Keines dieser Wörter trifft auch nur annähernd den Zustand, in dem ich mich jetzt am Ende meiner Reise befinde.«

»Und in dem befindest du dich immer noch, habe ich recht?«

B. nickte. Als er ging, drehte er sich noch einmal um und sah, dass der Wirt der *Messina-Bar* lächelte, in einer Weise, die er nicht zu deuten vermochte.

B. ging zum Platz der vier Türme. Die Goldverzierungen glänzten in der Sonne. Ihr Licht spiegelte sich in den weißen Kacheln der Fassaden. Er war nicht besonders nervös, denn die Prozedur, die ihn erwartete, kannte er bereits.

Tatjana assistierte. Sie hatte ihn im Flur erwartet und ihm etwas in die Hand gedrückt.

»Hier, das ist für Sie.«

Es war eine CD. Chopin und Bach. Von ihr gespielt, mit ihrem Foto und ihrer Widmung. Dann war alles wie schon einmal. Als ob er den gleichen Film noch einmal sah. Wieder begrüßte ihn der Kardiologe mit einem kräftigen Händedruck. Wieder lag B. nackt auf einer schmalen Pritsche, über ihm an einem Stahlarm das große Glubschauge des Röntgenapparates.

Die Assistentin betäubte eine Stelle in der Leistengegend. Dann brachte der Arzt dort mit dem Skalpell einen kleinen Schnitt an, um anschließend den langen, biegsamen Katheter durch die Arterie in Richtung Herz zu schieben. B. sah auf dem Bildschirm das schwarze Geäst der Herzkranzgefäße, das immer wieder für Sekundenbruchteile sichtbar wurde, wenn ein Kontrastmittel aus dem Katheter in die Blutbahn gespritzt wurde. Bei dem anschließenden Gespräch machte der Arzt ein ernstes Gesicht. »Ihre Stenose hat sich verstärkt. Wir werden nicht umhinkönnen zu operieren. Eine PTA, wie wir sagen. Das heißt perkutane transluminale Angioplastie. Es ist ein

Bagatelleingriff, der unter örtlicher Betäubung vorgenommen wird. Wir machen einen kleinen Schnitt in der Leistengegend und schieben dann den Katheter mit Hilfe eines Führungsdrahtes durch die Arterie an die verengte Stelle. Auf dem Katheter sitzt ein kleiner Schlauch, den man im arteriosklerotischen Material aufblasen kann. Dadurch wird es auseinandergedrückt, dilatiert, wie wir Ärzte sagen. Damit sich die Stelle nach der Dilatation nicht wieder verengt, kann man ein expandierendes Metallgitter einsetzen, einen sogenannten Stent, der das Gefäß offen hält. Die Risikorate ist sehr gering. Sie liegt unter fünf Prozent. Zu einer Thrombose oder einer Perforation im dilatierten Gefäß kommt es nur sehr selten. Ich schlage also vor, dass wir den Eingriff morgen früh hinter uns bringen. Sie bleiben am besten hier. Ich habe ein Einzelzimmer für Sie reservieren lassen. Sie bleiben dann anschließend noch eine Nacht zur Beobachtung bei uns.«

»Es gibt auch eine Dilatation der Zeit«, murmelte B., wie um sich selbst zu beruhigen. »Der liebe Gott setzt bei hohen Geschwindigkeiten einen Stent in die verkalkten Zonen des Weltalls. Die Zeit fließt trotzdem wie verdicktes Blut langsamer als gewöhnlich. Und deshalb kann ich morgen auch nicht kommen.«

»Das klingt hübsch, aber ich weiß nicht, was Sie meinen.«

»Ich habe morgen früh einen Termin im Institut«, sagte B.

»Kein Problem. Wir sagen ihn für Sie ab. Ich habe gute Beziehungen zu dem Herrn dort.«

Als B. das Krankenhaus verließ, regnete es. Das Gespräch mit dem Arzt hatte ihn verunsichert. Er ging zurück in die *Messina-Bar* und bestellte diesmal einen doppelten Wodka der Marke Snow Queen. Amon war bester Laune und vollführte beim Einschenken ein kleines Tänzchen. Es waren kaum Gäste da. Ein Mann mit Sonnenbrille saß vor seinem Glas, in dem sich eine dunkelrote Flüssigkeit befand. Als er die Sonnenbrille abnahm, kamen zwei tiefe Löcher zum Vorschein, die seinen Kopf wie einen Halloweenkürbis aussehen ließen. An den Brillengläsern hingen die beiden Augäpfel.

Er hielt B. die Brille entgegen. »Seien Sie unbesorgt. Alles nur Show. Ich gehe auf einen Faschingsball.«

In diesem Moment ging die Tür auf, und Tatjana erschien. Sie trug einen vom Regen fleckigen Trenchcoat, und ihre schwarzen Haare ringelten sich wie Korkenzieher um ihr blasses Gesicht. Sie schlüpfte aus ihrem Mantel, warf ihn über die Lehne eines Stuhles, setzte sich neben B. und zündete sich eine Zigarette an. Dann bestellte sie ebenfalls einen Snow Queen.

B. sah Tatjana an und begann zu rezitieren. »Taigatanz verbrannter Blätter, eichhornleicht im Steppenwind. Augen die im Wirbelwetter dunkler als die Nächte sind.«

»Das ist von Ihnen, habe ich recht?«, sagte sie.

B. nickte. »Sie können anscheinend in meinem Leben lesen wie in einem offenen Buch. Es ist der Anfang eines frühen Gedichts. Ein Liebesgedicht an Ihre Namensvetterin, die russische Schauspielerin Tatjana Samoilowa. Ich hatte mich in sie verliebt, als ich den Film ›Wenn die Kraniche ziehen‹ sah.«

»Sie waren damals achtzehn Jahre alt, ein Alter, in dem es einem nicht gerade schwerfällt, sich hoffnungslos zu verlieben.«

»Tatjana Samoilowa beendete damals mein Faible für Brigitte Bardot. Geschmacklich ein ziemlicher Fortschritt. Sie sehen ihr übrigens ähnlich. Trinken wir noch einen?«

Sie lachte und legte ihre flache Hand auf ihr Glas. »Der Doktor hat gemeint, ich solle auf Sie aufpassen. Sie würden seiner Ansicht nach zu unvernünftigen Verhaltensweisen neigen. Das stimmt sicher auch, aber ich habe Verständnis dafür.«

»›Man muss noch Chaos in sich haben, um einen tanzenden Stern gebären zu können‹, hat Nietzsche einmal geschrieben. In der Tat ist die Unvernunft die Seele der Vernunft, und die Vernunft ist der Körper der Unvernunft.«

Eine Weile saßen sie schweigend nebeneinander. Dann stand Tatjana auf und schob ihren Arm unter seinen. »Ich bringe Sie jetzt in

Ihr Bett«, sagte sie mit einer Stimme, die zugleich lasziv und mütterlich klang.

In seinem Krankenzimmer zog sie B. mit langsamen, mechanischen Bewegungen aus. Dann streifte sie ihm das hinten offene Nachthemd über. Auch sie entkleidete sich und legte sich neben ihn. Er spürte ihre Haut, ihre Haare. Er stützte sich auf und blickte ihr, die auf dem Rücken lag, gerade ins Gesicht. Dann näherte er seinen Mund dem ihren und sprach in die halb geöffneten Lippen, als wolle er sie beatmen: »Stürzt mein Blick in jene Klüfte ihrer Augen Brunnenmeer, schmiegt sich leicht an stiller Hüfte ein Gedanke hoffnungsleer. Schwarzer Kranich, im Gefieder schmal, ein Antlitz schwer aus Samt. Niemals singt Tatjana wieder, und ich träume unbekannt.«

Er wollte sie küssen, streicheln, berühren. »Nicht«, sagte sie, »Sie sollten sich nicht aufregen, das ist nicht gut für Ihr Herz.«

Die Operation am folgenden Tag verlief ohne Komplikationen. Sie war auch nicht schmerzhaft. Tatjana assistierte, der Kardiologe wirkte sehr konzentriert bei seiner Arbeit. B. trug einen Kopfhörer, in dem Klaviermusik von Chopin und Bach zu hören war.

Die folgende Nacht, die er noch im Krankenhaus verbringen musste, verlief ereignislos. Er wartete vergeblich auf den Besuch von Tatjana. Er langweilte sich und versuchte, sich an jenes Jahr seiner Schulzeit zu erinnern, in dem er wohl seine größten Entwicklungsschritte gemacht hatte. Aber seine Erinnerungen glichen einem zerschlissenen Teppich, dessen Muster kaum mehr zu erkennen sind. Er war ausgeblichen vom grellen Licht der Gegenwart. Nur einige wenige Stellen hatten ihre Leuchtkraft und Klarheit der Linien behalten.

Der Kardiologe besuchte ihn. »Ich bin sehr zufrieden mit dem Eingriff. Schonen Sie sich die nächsten Tage. Bald wird es Ihnen besser gehen.«

»Kann ich Ihre Assistentin sprechen?«

»Ich muss Sie enttäuschen. Sie ist nicht mehr im Haus. Ich habe ihr frei gegeben, denn sie muss für ein Konzert üben, das sie in ihrer Heimat geben soll.«

»Die Blätter sind ziemlich schnell verbrannt«, flüsterte B.

25

B. verbrachte noch einen Tag und eine Nacht in seinem Hotelzimmer. Dann ging er ins Institut. Wieder hatte er seine Aktentasche dabei. Der Andere schüttelte ihm zur Begrüßung die Hand. »Ich habe erfahren, dass die Operation ein voller Erfolg war. Schön, dann können wir also weitermachen.«

B. fand, dass ein solch herzlicher Empfang ungewöhnlich, ja unangemessen war. Er störte die Anonymität, die er für seine Konfessionen brauchte wie der Sünder den Vorhang im Beichtstuhl, der das Gesicht des Priesters verbirgt. Diesmal sah B. das Gesicht des Anderen deutlicher als je zuvor. Es war ausdruckslos und stoisch wie ein Volto Bianco, eine jener berühmten venezianischen Masken. Da die eine Hälfte im Schatten lag, schien sie in der Mitte geteilt – ein Volto Bianco e Nero.

*

Ich lernte damals bei Empfängen im Hause Entz, bei Betriebsfesten oder Schiffstaufen einige Leute aus der Berufswelt meines Vaters näher kennen. Es war nicht meine Welt. Niemand hier interessierte sich für Einstein oder Sigmund Freud. Aber meine Mutter wollte unbedingt, dass ich in dieser Welt meine neuen Freunde suchte. Diese Leute gehörten deutlich zur Hautevolee, denn sie wirkten wie Vögel, die so hoch flogen, dass man sie vom Boden aus kaum wahrnehmen konnte. Meine Mutter, die sie gerne ironisch und zugleich neidisch die »Hautevolaute« nannte, gab sich redlich Mühe, selbst in diese Welt aufzusteigen, und ihr Mann folgte ihr dabei, so gut er konnte. Er war zwar mit großen Höhen von der Luftschifffahrt her vertraut, aber er tat sich schwer mit den hier verlangten Umgangsformen. Bei einem Handkuss zum Beispiel wirkte er wie ein Arzt, der die Hand auf verdächtige Flecken hin inspiziert, und seinen Hut trug er so aufrecht, als müsse er eine Last balancieren. Einige der Söhne und Töchter dieser Oberschicht gehörten zum gleichen Jahrgang wie ich und gingen in meine Klasse oder eine der Parallelklassen. Darunter war auch Max, der Sohn eines der Prokuristen der Firma. Er war ein schlechter und fauler Schüler, aber er sah gut aus und war ein blendender Tennisspieler. In seiner Nähe fühlte ich mich noch minderwertiger als sonst. Ich wusste, ich war klüger und wusste mehr, aber Max sah nicht nur besser aus, er bewegte sich auch besser und strahlte die Selbstsicherheit eines Vogels aus, der sich in großer Höhe auf die Segeleigenschaften seiner Flügel verlassen konnte. Max war mit einem der Reedersöhne befreundet. Beide hatten bereits feste Freundinnen, die sie allerdings in kurzen Zeitabständen immer wieder wechselten. Sie nahmen mich mit in das große weiße Haus, in dem die Reederfamilie residierte. Es lag wie ein Chalet in einem Park mit hohen Bäumen. In der Bibliothek mit ihren braunen Holzregalen voller ungelesener Folianten gab es eine moderne Musikanlage mit einem Plattenspieler, der mich faszinierte, weil er über einen Magnettonabnehmer verfügte. Wir hatten zu Hause nur einen Automatikplattenspieler mit Kristalltonabnehmer. Zwischen beiden Systemen lagen Welten: Kristalltonabnehmer waren das einfache Volk der Abtaster, Magnettonabnehmer waren die Hautevolee. Sie waren teuer, aber sie gaben Musik viel weniger verzerrt wieder. Die Plattensammlung gehörte dem ältesten Sohn des Konsuls, dem Kronprinzen der Reederei, der sich zurzeit zur Ausbildung in Amerika befand. Das meiste war Swing, vor allem Platten von Benny Goodman. Das Schlagzeug Gene Krupas klang mit dieser Anlage, als habe der Drummer sein Schlagzeug direkt im Nebenzimmer aufgebaut. Ich beschwor noch am Abend meine Eltern, sich auch so einen Plattenspieler zuzulegen.

Max war ein sympathischer Bruder Leichtfuß. Er hatte genauso viel Glück bei den Damen, wie er ein schlechter Schüler war. Bestand da vielleicht ein Zusammenhang?, fragte ich mich. Das wäre für mich höchst ungünstig. Auf dem Schulhof wurde viel von Partys geredet. Das schönste Mädchen der Stadt sollte sich auf einen Tisch gelegt haben, und die anderen hatten sie angeblich entkleidet. Ich wurde leider nie zu einem dieser legendären Bacchanale eingeladen. Stattdessen führte mich Max in den privaten Tennisverein des Reeders ein. Ich bekam ein paar Stunden Unterricht, aber ich stellte mich ziemlich ungeschickt an und schlug die Bälle immer wieder ins Netz, während auf der Bank die jungen Schnösel mit ihren Damen amüsiert zusahen und Zigaretten rauchten. Der Trainer brüllte mich an, ich solle nicht aus dem Handgelenk spielen, das sei hier verdammt noch mal kein Tischtennis. Und ich solle den Arm steif halten, denn er sei die Verlängerung des Schlägergriffs. Als ich einen schmerzenden Tennisarm bekam, gab ich diesen Sport auf.

Prokuristen waren sehr wichtige Leute, auch wenn man nicht so recht wusste, wofür sie zuständig waren. Meine Eltern hielten auch privat Kontakt zu ihnen. Einer dieser Menschen lud uns in sein Sommerhaus an der Schlei ein. Es war ein heißer Tag. Die Töchter und ihre Mutter waren braungebrannt und leicht bekleidet. Alle waren FKK-Anhänger. Wir tranken auf der Terrasse Cocktails. Dann wurde gegrillt. Als alle angeheitert waren, verkuppelten mich die Erwachsenen zum Spaß mit einer der Töchter. Alle lachten. Die Tochter schwieg. Ich sah, wie sich Schweißperlen im rotbraunen Delta zwischen den Brüsten der Frau des Prokuristen bildeten und sich mit Niveaöl zu einer Emulsion vereinigten.

Ich ging immer noch mit meiner Mutter ins Kino, wenn mein Vater auf Dienstreise war. Einmal sah ich dabei einen surrealen Kurzfilm von unglaublicher Intensität. In ihm wurde ein Auge mit einer Rasierklinge aufgeschnitten. Ich hatte das Gefühl, es sei mein eigenes Auge, und verließ völlig verstört das Kino. Zum ersten Mal in meinem Leben hatte ich eine Ahnung davon, was Absurdität meint und was surreale Bilderwelten anrichten konnten. Ich fühlte mich selbst absurd, in viele Stücke zerschlagen und falsch wieder zusammengesetzt. Mein Kopf pendelte zwischen meinen Beinen, meine Geschlechtsteile wuchsen aus meinen Händen, meine Haare unter meinen Fußsohlen kitzelten, und meine Augen rollten in meinen Achselhöhlen hin und her. Ich musste inzwischen den Konfirmandenunterricht besuchen. Auch das war surreal und absurd. Ich wusste, dass mein Vater ungläubig war, und bat ihn, mich aus dem Unterricht zu nehmen, doch er weigerte sich, wohl weil er an den Gott des gesellschaftlichen Aufstiegs glaubte. Den Unterricht erteilte ein stiernackiger Pastor, den alle nur Witwentröster nannten, denn es hieß, dass er mit etlichen hinterbliebenen Frauen Verhältnisse hatte und sogar Geld dafür kassierte. Der Unterricht bestand im Auswendiglernen des Vaterunsers, der Gebote und des kleinen Katechismus. Meine Abneigung gegen Frömmigkeit erhielt neue Nahrung. Ich mochte die christliche Religion nicht. Ihre Glaubensinhalte hielten keiner wissenschaftlichen Analyse stand. Zu den Teilnehmern am Konfirmandenunterricht gehörte ein zierliches blondes Mädchen mit Namen Agnes. Ich verliebte mich sofort in sie und ging nun bereitwillig ins Gemeindehaus der Sankt-Jürgen-Kirche. Meine Verliebtheit steigerte sich noch, als wir alle einen Gottesdienst besuchen mussten. Die Sankt-Jürgen-Kirche war ein hässlicher Neubau. Agnes stand an der Brüstung der Empore und sang mit glockenreiner Stimme zur Orgelmusik ein altes Weihnachtslied. Sie schien dabei wie ein Engel schwerelos unter der Decke zu schweben. Ich fand heraus, dass sie die Bibelstunde der Sankt-Jürgen-Kirche besuchte. Sie wurde von einem Pastor abgehalten, der das Gegenteil des Witwentrösters war: eloquent, liebenswürdig, jung und modern. Wegen Agnes entschloss ich mich, an der Veranstaltung teilzunehmen. Im Vorzimmer des Pastorats lag die Zeitschrift »Magnum« mit ihren großformatigen, grobkörnigen Schwarzweiß-Fotos. Sie machten einen tiefen Eindruck auf mich. Die Bibelstunden liefen immer nach dem gleichen Muster ab: Der Pastor gab Stichworte vor und ließ uns reden, wobei er hin und wieder lässig korrigierend eingriff. Um Agnes zu imponieren, überwand ich meine Scheu vor Publikum, die mich so oft stumm sein ließ. Ich tat mich durch lange Redebeiträge hervor, in denen ich die Existenz Gottes mit kosmologischen Argumenten ad absurdum zu führen meinte. »Die Rotverschiebung der Galaxien beweist, dass sich das Weltall ausdehnt. Der liebe Gott würde es wohl kaum in einem Kosmos aushalten, dessen Wände sich ständig voneinander entfernten.« Meine Stimme war überlaut vor Aufregung. Dabei schielte ich zu dem blonden Engel, aber sie starrte vor sich hin und schien nicht zuzuhören. Der Pastor widersprach mir mit theologischen Argumenten. Glaube und Naturwissenschaften seien zweierlei Paar Schuhe. Gott sei weder eine Person mit einem weißen Bart noch ein Wagenlenker des Schicksals. Er sei vielmehr das geistige Prinzip, das die Welt zusammenhalte wie ein wunderbarer magischer Klebstoff. Ich konterte mit dem Sandkörnerargument, wie ich es bei mir nannte: »Es gibt im Weltall einige Trilliarden Sterne. Ungefähr ebenso viele Sandkörner gibt es am Strand der Insel, von der ich stamme. Wenn jetzt ein einzelnes Sandkorn behauptet, es sei das Zentrum der Welt, das wichtigste Sandkorn überhaupt und nur auf ihm gebe es Menschen und einen Erlöser, dann würde man, wenn man barfuß über diesen Strand läuft, dieses Sandkorn für völlig verrückt und größenwahnsinnig halten.« Der Pastor lächelte mild und teilnahmsvoll, als habe er es mit einem Kranken zu tun. Aber er sagte nichts, und Agnes blickte mich aus ihren großen rauchgrauen Augen strafend an. Nach der Bibelstunde sagte der Pastor im Vorzimmer zu mir: »Wer sich wie du von der Angel Gottes zu lösen versucht, dem bohrt sich der Haken nur umso tiefer in die Kiemen ein.« Ich war empört über so viel Selbstgewissheit, aber die erneute schmerzhaft-süße Erfahrung unerwiderter Liebe ließ mich die demütigende Situation tapfer ertragen.

Ende März wurde ich konfirmiert. Dieser gesellschaftlich wichtige Schritt wurde standesgemäß im *Landsknecht* gefeiert. Meine Eltern hatten einen ganzen Raum gemietet. Von der Insel war die Frau des Radioonkels, aus Hamburg meine Katzentante und ihr Mann als Botschafter der Familie meines Vaters erschienen. Die Familie meiner Mutter hatte keinen Vertreter geschickt. Meine Mutter trug ein rotes Wollkleid, das sie wie eine Steuerbordtonne aussehen ließ, mein Vater seine Uniform mit den vier Ärmelstreifen, ich einen nagelneuen Konfirmationsanzug aus dunklem, kratzigem Flanell, eine weinrote Weste, ein Tropenhemd meines Vaters und einen grünen Seidenschlips meines Großvaters. Auch Konsul Entz war da. Nach einer kurzen Rede meines Vaters, die meine Mutter mit launigen Zwischenrufen störte, gab es ein Festmenü, bestehend aus Krebsschwänzen »Cardinal«, Schildkrötensuppe, Filetsteak »Straßburger Art«, gemischter Salatplatte, Pommes frites und Crêpe Hawaii. Dazu wurde ein 1952er Oppenheimer Krötenbrunnen Spätlese kredenzt. Der Konsul hörte mir aufmerksam zu, als ich von meiner beruflichen Absicht erzählte, als Atomwissenschaftler Karriere zu machen. »Ich werde Ihre Fortschritte wohlwollend verfolgen, junger Mann«, sagte er leutselig. Meine Eltern händigten mir das Konfirmationsgeschenk aus. Es war ein echtes Hauptgeschenk: eine Kodak Retina 1b mit brauner Ledertasche und einen Handbelichtungsmesser. Ich war überwältigt. Jetzt würde ich Magnumfotos machen können und an die Zeitschrift schicken. Vereiste Pfützen, bereifte Zweige, Wolken über meiner Dachgaube, der Riviera mit der türkischen Vase. Ein gutes Foto hauchte einem toten Gegenstand Leben ein oder ließ einen lebendigen Gegenstand zu seinem inneren Wesen erstarren. So etwas konnten sonst nur Götter. Schon am nächsten Tag machte ich mich auf die Jagd nach Motiven.

Kurz nach meinem Geburtstag verließen wir die Pension, um in einem Klinkerneubau in der Nähe des Kanals eine Mietwohnung im ersten Stock zu beziehen. Es war für mich keine echte Befreiung, auch wenn wir jetzt sogar einen kleinen Garten hatten und nicht mehr Eier in Senfsoße essen mussten. Aber wir wohnten nun alle in einem Geschoss, und es war dadurch für meine Eltern leichter geworden, mich zu kontrollieren. Unsere neue Straße war eine triste, nicht asphaltierte Chaussee, die parallel zum Kanal verlief und in der auch die *Goldene Sieben* lag, jenes Bordell, in dem meine Mutter einst ein Zimmer für ihren Mann gesucht hatte. Die Gegend war öde und trostlos. Von einem winzigen Balkon aus konnte man hinter einem Schrottberg die Aufbauten vorbeifahrender Schiffe sehen. Sie glitten vorüber wie die beweglichen Blechfiguren in einer Jahrmarktsschießbude. Wir saßen dort manchmal sonntags, wenn es das Wetter zuließ, um zu frühstücken. Mein Vater toastete wie einst in der Waldkolonie Weißbrot und roch nach Rasierwasser, meine Mutter nach Eau de Cologne und dem scharfen Geruch heimlich getrunkener Schnäpse.

Bereits einen Tag nach dem Umzug musste mein Vater die Stadt verlassen. Konsul Entz schickte ihn mit dem Neubau der Reederei, dem Erztanker »Bertha Entz«, an die amerikanische Ostküste mit dem Auftrag, die neuen Erzladeeinrichtungen von Häfen wie Baltimore und New York auszuspionieren und zu fotografieren, um anschließend in Havanna die immer noch als Trampfahrer eingesetzte »Hörnum« zu inspizieren. Auf der Überfahrt geriet das Schiff in einen schweren Sturm. Mein Vater schrieb uns: »Ab Mitternacht ist der Teufel los. Die See ist sehr hoch geworden und kommt quer ein. Das Schiff holt zeitweise bis 40 Grad über. Die Stühle im Salon und in den anderen Messen reißen sich los und beginnen mit furchtbarem Gepolter hin und her zu fahren. Die tollen Schlingerbewegungen halten bis 9 Uhr an. Die Seeleute in der Mannschaftsmesse kippten durch eine besonders hohe Welle während des Frühstücks mitsamt ihren Stühlen um und schlitterten zusammen mit Kaffee, Marmeladenbroten und zerbrochenem Geschirr über den glatten Boden.«

Meine Mutter genoss unterdessen den Triumph, trotz Kopfweh, Schnupfen und dicken Beinen das Aufstellen der Möbel und das

Hängen der Bilder ohne ihren Mann bewerkstelligt zu haben. Ich empfand die erneute lange Abwesenheit meines Vaters als Wohltat, half willig meiner Mutter in der Küche und durfte endlich wieder das Geschirr abwaschen. Abends saßen wir oft im Wohnzimmer und hörten Musik oder Hörspiele mittels störungsfreiem Drahtfunkempfang oder dem neuen Plattenschrank, den meine Eltern auf mein Drängen hin bei Radio Kienast gekauft hatten. Der Plattenspieler verfügte über einen Magnettonabnehmer mit Röhrenvorverstärker. Wir hörten die Moldau, gespielt vom russischen Geiger Dawid Oistrach, und tranken dazu Feurio. Ich war jetzt meiner Mutter fast wieder so nahe wie einst auf der Insel. Doch immer noch war ich manchmal »renitent«, wie sie in ihren Briefen nach Amerika schrieb, während ich an meinen Vater anlässlich des achtzehnten Hochzeitstags meiner Eltern Folgendes schrieb: »Ich muss schon sagen, dass ich einen genialen Vater habe, denn du kamst am 3. Juli auf die geniale Idee, diese Frau zu heiraten. Diesem Umstand hat das vierdimensionale Raum-Zeit-Kontinuum es zu verdanken, dass dein Sohn den gekrümmten Raum betrat. Darum danke ich dir in aller Form als das, was ich leider noch nicht bin, dafür als das, was ich bin, nämlich ein Unzulänglichkeitskorpuskel, das der Unschärferelation unterliegt.« Ich hatte mir inzwischen offenbar angewöhnt, Selbstironie als Selbstschutzmaßnahme anzuwenden.

Unsere Wohnung war zu früh bezogen worden, das Haus noch nicht ausgetrocknet, die Zimmer klamm und feucht. Da half auch ständiges Heizen bei offenen Fenstern nicht. Die kostbaren Familienbilder begannen sich zu werfen. Auf den brieflichen Rat ihres Mannes klebte meine Mutter kleine Scheiben, die sie von Feurio-Korken abschnitt, auf die Rückseiten der Bilder, um sie zu schützen. Auf den Außenwänden zeigten sich große dunkle Flecken, die mal größer, mal kleiner waren, je nach Wetterlage. Sie sahen wie Karten unbekannter, düsterer Inseln aus.

Mein Zimmer war das kleinste in der Wohnung. Es lag am Ende

des langen Flurs und verfügte über ein Fenster nach Norden zur Straße hin. Meine Mutter hatte auch diesen Raum eingerichtet. Ein senfeiergelbes Schlafsofa, zwei senfeiergelbe Sessel, grüne Wollvorhänge, ein Resopaltisch mit einer umlaufenden Aluminiumschiene, eine Tapete, die ein Mosaik aus grünen, blauen, weißen und roten Quadraten imitierte. Nachts, wenn ich nicht schlafen konnte, hockte ich am Fenster und starrte auf die leere Straße. Eine Laterne leuchtete nur wenige Meter von meinem Fenster entfernt wie eine kalte Sonne in meine kleine Innenwelt. Auf der anderen Seite der Straße lag ein mächtiger Klinkerbau. Er wurde Uhrenblock genannt, weil über dem Portal eine riesige Uhr hing. Sie war längst stehen geblieben, und die schwarzen Zeiger sahen wie Galgen aus, an denen die verdorrte Zeit aufgeknüpft worden war. Das Gebäude gehörte zu einer ehemaligen Kaserne. Jetzt waren in den zahllosen Räumen Flüchtlinge und Emigranten untergebracht. Ich erinnere mich an ein Bild: ein ungewöhnlich heißer Sommertag. Ich war auf dem Weg zur Schule. Neben dem seitlichen Eingang des Uhrenblocks standen ein Mann und eine Frau. Plötzlich trat der Mann der Frau mit aller Macht seinen Stiefel in den Bauch. Man hörte ein dumpfes Geräusch. Ohne einen Laut fiel die Frau in den Staub und krümmte sich. Er trat noch ein paarmal zu. Die Frau wurde blau im Gesicht und erbrach sich, während ich machte, dass ich weiterkam.

Mein neuer Schulweg führte über den riesigen Hof des ehemaligen Militärkomplexes durch die Neustadt mit ihren sternförmig auf den Paradeplatz zulaufenden Straßen. Hier gab es verrufene Kneipen, und es war fast, als habe sich die Stadt in diesem Viertel einen Rest an Geheimnissen bewahrt.

Mit meinen neuen Klassenkameraden ging es mir nach wie vor nicht viel besser als mit jenen auf der Insel. Sie hänselten mich zwar nicht, aber sie ignorierten mich, was beinahe noch schlimmer war. Wahrscheinlich verübelten sie mir meinen guten Kontakt zum Klassenlehrer, der mich und meine Aufsätze häufig lobte. Wenigstens war es mir gelungen, Wolle für mich einzunehmen. Ich ließ ihn abschreiben und traf mich häufig nach der Schule mit ihm. Unsere Rollenverteilung war klar: Er war der Praktiker, ich der Phantast. Er half uns bei der Gartenarbeit im neuen Haus. Das Grundstück war kahl, ein Rasen musste eingesät, Bäume gepflanzt, ein kleines Beet mit Gemüse und Salat angelegt werden. Während der Arbeit hielt ich Vorträge über Kosmologie und Atomphysik, die mein neuer Freund geduldig ertrug. »Ich bin dabei, ein Perpetuum mobile zu erfinden, obwohl dies nach den Thermodynamischen Hauptsätzen unmöglich sein soll. Wenn es mir gelingt, bekomme ich bestimmt den Nobelpreis.« Wolle hörte auf zu graben, stützte sich auf seinen Spaten und sah mich fragend an. »Was ist das, ein Perpetuum mobile?« »Eine Maschine, die arbeitet, ohne Energie zu verbrauchen. Das geht nur, wenn man die Natur überlistet, indem man aus Unordnung Ordnung schafft. Das nennt man Entropieverringerung.« Wolle lachte und ließ wieder einmal einen fahren. »Was ist Entropie?«, erkundigte er sich. »Was du eben gemacht hast, Furzen, das ist Entropievermehrung. Man kann deinen Furz nicht mehr zurückgewinnen. Er ist in der allgemeinen Unordnung der Moleküle verflogen. Im Grunde arbeitest du mit deinen Blähungen am Wärmetod des Kosmos.« Wolle schien das für ein Kompliment zu halten, denn er lächelte zufrieden. Dann meinte er: »Du kannst ihn doch einatmen, dann ist er nicht verloren.« In diesem Moment erschien meine Mutter mit einem Tablett mit geschmierten Broten und zwei Flaschen Bier. Wir setzten uns auf die Gartenstühle und ließen uns von der Frühlingssonne bescheinen

Ich kehrte meinen Mitschülern gegenüber nach Kräften den Insulaner heraus, gab den wettergegerbten Salzwasserhund. Diese Pose führte mich geradewegs in eine der größten Niederlagen meines Lebens. Noch heute habe ich Schweißausbrüche, wenn ich an sie denke. In meiner Klasse gab es einen Jungen, der sich von den anderen durch seine sanfte Art und große Selbstsicherheit unterschied. Auch er gehörte zur Hautevolee, denn er war der Sohn des Besitzers der Landeszeitung. Er war mädchenhaft hübsch. Seine brünette Haut, seine dichten dunklen Haare und sein Oberlippenbärtchen verliehen ihm etwas Französisches. Ich versuchte, seine Sympathie zu gewinnen, und redete viel von meinen Erfahrungen mit Schiffen und der Seefahrt. Er war der Besitzer einer O-Jolle, die an der Obereider lag. Eines Tages lud er mich zum Mitsegeln ein. Als ich ein wenig nach der vereinbarten Zeit am Segelhafen erschien, war die Jolle bereits ein Stück weit draußen an einer Boje vertäut. Mit im Schiff waren noch zwei andere Freunde. Als sie mich am Ufer stehen sahen, riefen sie mir zu, ich solle mit dem Kahn, der am Bootssteg festgemacht war, zu ihnen herausrudern. Ich geriet in Panik, denn ich war noch nie gerudert und wusste nicht, wie ich die Riemen, die im Boot lagen, bedienen sollte. Aber es gab diesmal keinen Ausweg, keine Möglichkeit zur Flucht in eine Simulation. Ich musste zurückrufen, dass ich nicht rudern könne. Mir war schlecht vor Scham. Sie kamen mit der Jolle ans Ufer, und ich konnte einsteigen. Dann segelten wir hinaus. Niemand erwähnte meine Blamage. Aber ich hatte das Gefühl, für alle Zeiten gescheitert zu sein, und verfiel für Tage in eine tiefe, gleichsam konturlose Resignation.

Als der Winter kam, malte meine Mutter auf dem Balkon ein Gemälde. Bäume im Schnee, dahinter die Aufbauten eines Schiffes. Sie sahen aus wie ein schwarzer Riegel, der den Horizont verschließt. Es war ihr letztes Bild. Sie unternahm auch keinen neuen Versuch mehr zu schreiben.

Im neuen Jahr meldeten mich meine Eltern bei der Tanzschule Schmolke am Butterberg im nördlichen Teil der Stadt an, denn sie hielten es für sehr wichtig, dass ich tanzen lernte. Ich würde es bei meiner Karriere noch brauchen, wie sie meinten. Widerwillig machte ich mich auf den Weg. Ich trug den immer noch den viel zu breitschultrigen grünen Sakko meines Großvaters, als ich zum ersten Mal diesen Kalvarienberg seelischer Leiden bestieg, ein Ritter von der traurigen Gestalt. Frau Schmolke, eine ältliche Frau mit blondgefärbten, ondulierten Haaren, begrüßte uns in einem großen Raum mit Spiegeln an den Wänden. Die Damen standen an der einen Seite aufgereiht wie Hühner auf der Stange, die Herren auf der anderen Seite wie ungeduldige Hähne. Auf ein Kommando der Tanzlehrerin sollten alle Tanzschüler loslaufen, um sich eine Partnerin zu suchen. Zu schüchtern und zu irritiert von der peinlichen Situation, war ich einer der Letzten, die sich in Bewegung setzten. Deshalb landete ich bei einem der wenigen Mädchen, die wegen mangelnder Attraktivität noch nicht in Beschlag genommen worden waren. Eigentlich war sie ganz hübsch, aber sie hatte ein von Akne schwer gezeichnetes Gesicht. Die Tanzlehrerin warf eine Reihe von Mänteln aufs Parkett. Wir mussten mit ihnen üben, wie man einer Dame in dieses Kleidungsstück hilft. Es gelang mir bei meiner Partnerin erst nach mehreren Verrenkungen, ihren Arm in den richtigen Ärmel zu fädeln. Dann sollten wir uns anfassen, die linke Hand mit ihren Fingern hoch erhoben und mit den Fingern der Partnerin verknäult, die rechte auf die Hüfte des Mädchens gelegt. Ich stellte fest, dass sie bei meiner Partnerin breit genug war, um ein Abrutschen zu verhindern. Unsere Handflächen schwitzten, während wir uns auf Geheiß von Frau Schmolke nach der Musik von einem Plattenspieler hin und her zu drehen begannen. Ich sah mich im Spiegel, sah diese rotblonde Haartolle, dieses rote Gesicht mit der übergroßen Nase, diesen grünen Sakko, der mich umgab wie eine starre Schatulle, in der der dünne Körper einer Vogelscheuche steckte. Meine Partnerin gab sich alle Mühe, mein ungeschicktes Stolpern auszugleichen. Im Spiegel wirkten ihre Gesichtsnarben wie die feinen Pinseltupfer eines pointillistischen Malers. Frau Schmolke empfahl uns, unsere Partner außerhalb der Tanzstunde näher kennenzulernen. Ich lud meine Partnerin daraufhin ins Kino ein. Wir verabredeten uns in ihrer Straße. Ich sah sie von weitem kommen, eine seltsame Menschenfigur aus Papier, unpräzise mit der Schere aus der tristen Umgebung ausgeschnitten. Wir gingen in Richtung Kino, nahe beieinander und dabei sorgfältig darauf achtend, dass wir uns nicht aus Versehen berührten. Dann saßen wir in einer der hintersten Reihen. Ich hatte eine Tüte Popcorn gekauft, die wir geräuschvoll verzehrten, während auf der Leinwand die Schüsse des Westerns fielen. Nach dem Ende des Films verabschiedeten wir uns mit einem schwitzigen Händedruck. Ich brachte sie nicht nach Hause und verstieß damit wahrscheinlich gegen die Vorstellungen Frau Schmolkes von einem galanten Benehmen.

Gegen Ende des Sommers war Abtanzball. Je näher dieser Termin rückte, umso mehr fürchtete ich ihn. Am Tag vor dem Ball blieb ich im Bett. Ich sei krank, mir sei schlecht, ich hätte Halsweh, starke Schluckbeschwerden, beteuerte ich, als meine Mutter ins Zimmer kam. »Du hast glänzende Augen«, sagte sie. »Du hast bestimmt erhöhte Temperatur. Du bist einfach viel zu sensibel.« So kam es, dass ich die Gemeinheit beging, meine Partnerin beim Abtanzball im Stich zu lassen. Ich sah sie nie wieder, hörte nie wieder etwas von ihr, aber ich schäme mich noch heute für meine Feigheit, die mich lügen ließ und einen anderen Menschen in eine derart demütigende Situation gebracht hatte.

Ich war sechzehn Jahre alt. Weder Kind noch Mann, ein linkisches Doppelwesen, das fähig war, sich zwanghaft in alles zu verlieben, wenn es nur am oberen Ende mehr Haare hatte als am unteren. In einen Besenstiel zum Beispiel, vorausgesetzt, er lehnte mit dem Stiel nach unten an der Wand. Mein Vater war wieder zurück. Er sah verdammt gut aus, braungebrannt von der Sonne einer anderen Welt. Das verstärkte meine Unzufriedenheit mit meinem eigenen unattraktiven Äußeren. Selbst Wolle sah besser aus als ich, jedenfalls auf einem der Fotos, die ich von ihm gemacht hatte, als er auf dem Geländer des toten Eiderarms saß und James Dean ähnelte.

Immer noch versuchte ich, wenigstens meine Eltern zu beeindrucken. Ich bastelte eine Tafel aus schwarzer Pappe und hängte sie wie ein Bild an die Wand. Dann hielt ich einmal die Woche Vorträge über die Wunder der Welt der Atome, erläuterte die Unschärferelation, die Krümmung des Raumes, die Dilatation der Zeit, die Thermodynamischen Hauptsätze. Meine Eltern saßen auf ihren Stühlen und lauschten meinen Ausführungen wie brave Schulkinder. Meine Mutter trank Feurio und mein Vater Grog oder Bier. Ich nehme nicht an, dass sie viel von meinen Ausführungen verstanden, aber sie sonnten sich in dem Gefühl, dass ihr Sohn etwas Besonderes sei. »Der Dirac-See, lieber Vater, ist größer als alle Ozeane, die du befahren hast. Er besteht aus negativer Energie und durchdringt den gesamten Kosmos. Es gibt winzige Löcher in ihm wie kleine Bojen. Sie sind positiv, weil Minus mal Minus Plus ergibt.« Insgeheim hoffte ich, dass diese Gleichung mir einst helfen würde, meine negativen Eigenschaften durch eine Negation in Erfolg zu verwandeln.

Eines Abends beschlossen Wolle und ich, das Geheimnis der *Goldenen Sieben* zu lüften. Wir schlichen bei hereinbrechender Dunkelheit über eine von Stacheldraht eingezäunte Wiese zur Rückseite des Bordells. Das letzte Stück mussten wir bäuchlings durch einen Hühnertunnel robben. Es stank erbärmlich, und unsere Hände und Kleider waren voller Hühnerkot. Mir fiel das Mädchen mit dem sprechenden Bauchnabel ein, mit dem ich in Heikendorf im Hühnerstall gespielt hatte. Dann zogen wir uns die Mauer hoch und erblickten einen Hinterhof mit einer Tür, über der eine Lampe brannte. Ein Mann stand davor und rauchte eine Zigarette. Wir erschraken derart, dass wir uns von der Mauer fallen ließen und so schnell wie möglich durch den Hühnertunnel zurückkrochen. Dann flohen wir über das freie Feld. Es war dunkel, und ich rannte in einen Stacheldraht. Dabei riss ich mir die Hose auf und die darunterliegende Haut. Da ich stark blutete, gingen wir zu Wolle nach Hause. Seine Mutter, eine liebe, einfache Frau, säuberte meine Wunde und verband sie. Als ich spät nach Hause kam, schimpfte mich meine Mutter aus, vor allem wegen der zerrissenen Hose.

In diesem trüben Winter gab ich mein ganzes Taschengeld für Kinobesuche aus. In der Klasse sprach sich schnell herum, welche Filme besonders gute sogenannte »Stellen« hatten. Ich nahm meine Kodak mit in die Vorstellungen, geladen mit einem hochempfindlichen Film. So gelang es mir, eine besonders aufregende Szene festzuhalten: Die Bardot trat mit nacktem Oberkörper vor einen Spiegel und strich sich über die Brüste. Im Saal herrschte atemlose Stille. Plötzlich rief jemand laut »Hühnerbrust«, und die Spannung löste sich in einem kollektiven, brüllenden Gelächter. Von den ziemlich unscharfen Fotos ließ ich beim Fotohändler Abzüge machen und verkaufte sie mit einem ziemlich kleinen Gewinn an meine Schulkameraden.

Spätabends saß ich oft noch lange am Fenster meines Zimmers und starrte auf die leere, von Neonlicht beleuchtete Straße. Mir war, als könnte ich mich hinaussehen, um zugleich dort draußen und in meinem Zimmer zu sein. Einmal ging eine Gruppe von Halbstarken vorbei. »Es riecht hier nach Fisch«, sagte einer der Jungen. Alle lachten. Die Bemerkung hatte offensichtlich eine sexuelle Bedeutung.

*

Als B. anschließend durch die Stadt fuhr und überlegte, ob er nicht einen Umweg über die *Messina-Bar* machen sollte, weil er dort vielleicht Tatjana antreffen würde, auch wenn das mehr als unwahrscheinlich war, erlebte er ein eigenartiges Wetterphänomen. Der Himmel verdunkelte sich mehr und mehr, obwohl es Mittag war. Heftiges Schneetreiben setzte ein, für die Jahreszeit höchst ungewöhnlich. Er stieg vom Rad und schaltete den Dynamo ein. Während er langsam weiterfuhr und die beschneite Straße im Lichtkegel der Lampe leuchtete, bemerkte er aufflackernde Lichtstreifen am Himmel. War es Wetterleuchten oder die Aurora borealis, die die Eskimos für eine Brücke ins Jenseits hielten? Vielleicht handelte es sich bei diesen Phänomenen auch um die Folge irgendeiner fernen Katastrophe, um einen heraufziehenden vulkanischen oder nuklearen Winter zum Beispiel.

B. fragte an der Rezeption, ob das Fernsehen oder Radio etwas Ungewöhnliches gemeldet habe. »Wir haben derzeit keinerlei Empfang«, sagte der Pförtner. »Überzeugen Sie sich selbst.« Er drehte am Lautstärkeknopf des Radios hinter ihm. Lautes Rauschen erklang. Auf seinem Zimmer schaltete B. das alte Röhrengerät ein, aber auch hier hörte er nur Rauschen und Knacken. Doch nach einer Weile meinte er, wie schon einmal, leise Stimmen zu hören, die in einer fremden Sprache redeten.

26

Am nächsten Morgen lag ein neues Exemplar des »Einsamers« auf dem Couchtisch des Foyers. B. setzte sich und blätterte darin. Diesmal waren die Buchstaben deutlich. Sie fügten sich an manchen Stellen sogar zu einem lesbaren Text: »Einsamkeit ist die größtmögliche Nähe zu sich selbst. Sie erzeugt einen vielstimmigen inneren Monolog, der im Tod in einer grandiosen Formulierung ausklingt.«

*

Durch das Fotografieren war ein Fotogeschäft in der Altstadt zu einem der wichtigsten Orte der Welt für mich geworden. Hierher brachte ich meine belichteten Filme, hier holte ich die Negative und die Abzüge ab, meistens im Format 7 x 10, denn mehr konnte ich mir nicht leisten. Der Inhaber des Ladens, ein streng blickender glatzköpfiger Mann, der jedoch äußerst freundlich war, äußerte sich manchmal sogar lobend zu meinen Bildern. In der Nähe, direkt neben dem Kino, gab es einen Radioladen. Einmal im Monat fand hier ein Quizabend statt. Das Publikum, alles junge Leute, saß auf Stühlen. Die Inhaberin, eine Frau Künast, legte Platten auf, kleine Achtzehnzentimeterscheiben, meistens mit Jazz oder einer neuen Musik aus Amerika, die sich Rock'n'Roll nannte. Wer als Erster den Musiker oder die Band erriet, durfte die Platte behalten. An einem dieser Abende erzielte ich einen Volltreffer, als die Ladenbesitzerin und Moderatorin ausgerechnet jenes Stück von Bix Beiderbecke auflegte, das ich von Tante Hella bekommen hatte. Schon nach zwei Tönen der Trompete hatte ich es identifiziert. Alle applaudierten, und die Inhaberin reichte mir die Platte mitsamt einer Tüte Erdnüsse.

Ich hatte inzwischen eine neue fixe Idee. Ich wollte ein eigenes Radio bauen. Den Schaltplan eines einfachen Einkreisers hatte ich mir bereits besorgt, auch ein paar Teile aus alten Empfängern ausgebaut. Aber das Herzstück fehlte: eine Triode. Ich fragte im Radioladen, wo ich eine solche Röhre bekommen könnte. Man nannte mir die Adresse eines gewissen Herrn Berger, der für sie Radios reparieren würde. Berger hatte eine kleine Werkstatt in seiner Privatwohnung. Früher hatte er für die ortsansässige Radiofabrik Wobbe gearbeitet. Aber sie war inzwischen wegen zu hoher Herstellungskosten stillgelegt worden und produzierte nun leider keines dieser schönen Geräte mehr, deren Gehäuse aus Edelholz bestand und die einen besonderen Klang hatten. Berger war ein großer Mann mit einem teigigen Gesicht und zurückgekämmten blassblonden Haaren. In seiner Wohnzimmerwerkstatt roch ich den betörenden Geruch, der beim Löten entsteht, wenn das Kolophonium im Lötdraht verdampft und den ich schon auf der Insel bei meinem Radioonkel kennengelernt hatte. Berger schenkte mir eine alte Triode, eine REN804. »Du kannst die Audionspule auf die Papphülse von Klopapier wickeln«, sagte er. »Du weißt, wie rum?« »Ja«, sagte ich, »die Windungen für die Rückkopplung müssen gegenläufig sein.«

In einer Ecke seiner Werkstatt stand eine Gitarre. Berger bemerkte meinen neugierigen Blick. Er nahm das Instrument und begleitete mit ihm die flotte Tanzmusik, die gerade aus einem der vielen Lautsprecher in seiner Werkstatt kam. Es klang wunderbar. Seine Tatzenhand glitt mit gespreizten Fingern über den Hals des Instruments wie ein Eichhörnchen, das einen Stamm emporklettert. »Alles Sieben-Nonen-Griffe«, erklärte er stolz. »Mit ihnen kann man auch komplizierte Melodien mühelos begleiten.«

Zu Hause begann ich gleich mit der Arbeit. Ich holte eine Rolle Toilettenpapier, ging in den Keller und wickelte sie dort vollständig ab, um an die Pappröhre zu kommen. Die Radioteile, den Trafo, die beiden Drehkondensatoren, die Triode, Kondensatoren und Widerstände befestigte ich auf einem Holzbrett. Dann wickelte ich die Audionspule und verband alles mit Kupferdraht. Ich hatte kein Messgerät. Um zu wissen, ob ich Strom hatte, berührte ich bestimmte Punkte der Schaltung mit dem Finger, wobei ich heftige Schläge bekam. Das war nicht ganz ungefährlich, denn im feuchten Keller war die Erdung des Körpers sehr gut. Ich gewöhnte mich jedoch bald an die Stromschläge, sodass sie mir nichts mehr ausmachten. Mein Experiment schien zu misslingen. Ich hörte im Kopfhörer nur Zischen und Brummen. Immer wieder drehte ich an den beiden Knöpfen der Drehkondensatoren, und da geschah das Wunder. Erst ein Rauschen, dann das Pfeifen der Rückkopplung und endlich wie aus dem Nichts eine menschliche Stimme. Sie sprach Englisch und dann ein seltsames Deutsch. Dann erklang blechern Jazzmusik. Es war der BFN, der englische Soldatensender. Der Moderator hieß Chris Howland. Er gefiel mir, weil er ziemlich viel Blödsinn redete. Als ich wieder oben in unserer Wohnung war, erzählte ich meinen Eltern voller Stolz von meinem Erfolg. »Aber wir haben doch ein Radio«, war ihr ganzer Kommentar.

Bald darauf fiel mir Bergers Gitarre wieder ein. Sie war schön mit ihrem schlanken Hals, den abgerundeten Formen und den beiden F-Löchern. Ich spürte, der Besitz eines solchen Instrumentes würde mich glücklich machen. Ich ging in die Stadt, um Berger aufzusuchen. Vielleicht konnte er mir sagen, wo ich eine gebrauchte Gitarre bekommen könnte. Auf dem Alten Markt war eine Baustelle. Ein großer Kran mit einer Abrissbirne zerstörte altes Gemäuer. Es sah aus wie im Krieg. Viele Leute sahen fasziniert dabei zu, wie einige historische Häuser an dieser einzig übriggebliebenen pittoresken Stelle der Stadt unter gewaltiger Staubentwicklung in sich zusammenfielen.

Bergers Werkstatt war verschlossen, und ich ging weiter zum einzigen Musikgeschäft der Stadt. Da hingen sie, die Objekte meiner Begierde, aber keines war so schön wie Bergers Instrument. Ich fragte den Verkäufer, ob ich meine Hohner Student in Zahlung geben könnte, wenn ich eine Gitarre erstehen würde, und erhielt die Auskunft, ich müsse das Instrument vorbeibringen und taxieren lassen.

In den folgenden Wochen entstand an der Baustelle das neue Kaufhaus Grimme, ein nüchterner Neubau, natürlich aus rotem Klinker. Zur Eröffnung strömte alles hin. In einem der Schaufenster stand eine männliche Puppe in einem Anzug. Sie hielt eine besonders schöne Gitarre in der Hand, als würde sie sie spielen. Der Verkäufer sagte mir, die Gitarre sei eine Leihgabe des örtlichen Musikladens. Ich solle dort fragen, wenn nächste Woche neu dekoriert würde. Als ich meinen Eltern von der Gitarre erzählte, meinten sie, ich hätte doch bereits ein Instrument. Sie würden mir für eine Klampfe kein Geld geben. Ich nahm meine Hohner und ging zum Musikgeschäft. Die schöne Gitarre war tatsächlich zurück. Es sei eine Höfner, sagte der Verkäufer. Die Zarge sei aus Augenahorn, und sie klinge auch besonders gut wegen der Fichtenholzdecke. Sie nahmen das Akkordeon in Zahlung, und ich versprach, den Rest in Raten abzustottern. Am nächsten Tag holte ich das Instrument, zusammen mit einer Gitarrenschule und einer Grifftabelle. Meine Eltern waren wütend, weil das Akkordeon verschwunden war. Ich begann sofort zu üben, mit einer Leidenschaft und Ausdauer, die ich zuvor nur wissenschaftlichen Themen gegenüber entwickelt hatte. Nach wenigen Tagen konnte ich die ersten Griffe mit leeren Saiten. G-Dur, D-Dur, A-Dur, E-Dur. Ich ging zu Berger und zeigte ihm voller Stolz meinen Schatz. Berger nahm die Gitarre auf seinen Oberschenkel, schnappte sich ein Plektrum und produzierte eine ganze Kaskade von Sieben-Nonen-Griffen. »Sie klingt nicht schlecht«, sagte er, »aber sie hat keine Bucht wie meine, siehst du, diese Ausbuchtung im Korpus oben am Hals. Dadurch hast du Probleme, wenn du ganz oben spielen willst.« »Kann ich nicht bei Ihnen Unterricht bekommen?«, fragte ich. »Ich habe wenig Zeit. Aber gut, ein paar Stunden kann ich dir geben. Kostet aber fünf Mark pro Stunde.«

Ich bekam den Unterricht. Er bestand vorwiegend aus Ratschlägen. »Du brauchst andere Saiten. Geschliffene Saiten für elektrische Gitarre. Die sind zwar leiser, aber die Akkorde lassen sich besser und vor allem geräuschlos verschieben. Hier ist ein solcher Saitensatz. Du kannst ihn behalten.« Auf den sechs kleinen Tüten mit den Saiten sah man die Fotografie eines Mannes mit Oberlippenbart. Er sah aus wie ein Zigeuner. »Das ist der Kerl, der diese Saiten entwickelt hat«, sagte Berger. »Er sitzt derzeit wegen Unzucht mit einer Minderjährigen im Knast. Auf dem Foto macht er einen Barrégriff. Dabei drückt der Zeigefinger alle Saiten eines Bundes. Du brauchst keine Barrégriffe zu lernen. Das ist eine Handhaltung, die die Hand schnell verkrampft und ermüdet. Wenn man drei Stunden ununterbrochen Tanzmusik macht wie ich und dabei Barrégriffe benutzt, dann ist die Hand hinterher kaputt. Praktiker wie ich spielen alles mit Daumengriffen. Nimm die Gitarre und wirf sie mir zu.« Verblüfft gehorchte ich. Er fing das Instrument mit der linken Hand auf, und zwar so, dass Finger und Daumen den Hals in einer Art Würgegriff umschlossen. »Da hast du ihn, den perfekten Daumengriff.« Ähnlich wie die unübliche Tischtennisschlägerhaltung, die ich von Orlando Braque gelernt hatte, war ich nun für den Rest meines Lebens durch eine zweite unorthodoxe Handhaltung geprägt. Braque und Berger gehörten zweifellos zur gleichen Kategorie jener onkelhaften Zwischenwesen, die sich aus Bequemlichkeit oder Schläue Abweichungen von der Norm leisteten. Berger war Mitglied einer Amateurband, die Dixieland und Swing spielte. Sie übten in einer Baracke. Ich durfte bald mitspielen. Da meine unverstärkte Gitarre so leise war, dass man sie kaum hörte, machte es nichts aus, dass ich die B-Tonarten nicht beherrschte, in denen die Bläser meistens spielten. Berger spielte elektrisch verstärkt. Seine Hand war ein großer Kapodaster aus Fleisch und Knochen, unter dem der Gitarrenhals völlig verschwand. Er spielte auch regelmäßig mit seinem Trio, bestehend aus Kontrabass, Gitarre und Tenorsaxophon, im einzigen

Stripteaselokal der Stadt in der Herrenstraße. Einmal ging ich mit Wolle dorthin. Eigentlich durfte man erst ab 18 Jahren hinein, aber Berger versicherte dem Türsteher, wir wären bereits alt genug. Wir tranken Wodka mit Kirsche und kamen uns großartig vor. Wolle hatte nur Augen für die großen Brüste einer älteren, leicht verfetteten Dame, die sich zur swingenden Musik mit ungeschickten Verrenkungen auf der kleinen Bühne entkleidete. Ich aber interessierte mich hauptsächlich für Bergers geniale Spieltechnik.

Wenn ich mich heute in jenes Jahr 1956 zurückversetze, empfinde ich eine seltsame Stimmung, eine undefinierbare Mischung von glücklichen und unglücklichen Gefühlen. Man müsste dafür ein eigenes Wort erfinden, eine Kombination aus euphorisch und depressiv. Eupressiv vielleicht. »Eu« ist griechisch und heißt »gut«. Ein gutes Gefühl, das zugleich niederziehend ist. Ich war jetzt in der Oberstufe, und das bedeutete, dass ich neue Lehrer bekam. Leider war Hoop deshalb nicht mehr mein Klassenlehrer. Doch sein Nachfolger war auch nicht schlecht. Ein körperlich zarter Mann mit haselnussbraunen Augen und glatten, zurückgekämmten Haaren. Seine Stimme war sanft, aber was er sagte, war von einiger Härte. Er kritisierte gnadenlos unsere Aufsätze, die wir vorlesen mussten. Wenn er einen stilistischen Mangel feststellte, unterbrach er, diskutierte die Formulierung und ließ uns Verbesserungsvorschläge machen. Viele brachte das zur Verzweiflung. Ungenaues Formulieren bedeutet ungenaues Denken, und das bedeutet ungenaues Leben, sagte der Mann, der Lüders hieß. Ich wusste inzwischen, dass er Gedichte schrieb, und das erklärte wohl seine Liebe zur Sprache.

Ich war inzwischen nicht mehr der Klassenbeste. Es gab nämlich einen Neuzugang, einen kleinen, ungeheuer fleißigen Bauernjungen aus Breiholz, einem Nachbardorf. Er glänzte in allen Fächern und bekam und überall Einser, auch in Sport. Nur in Mathematik und Physik war ich noch die Nummer eins. Das lag vor allem an unserem neuen Mathematik- und Physiklehrer Rüschmann, ein großer, übergewichtiger Mann mit einem runden Kindergesicht. Er war eine Koryphäe in seinen Fächern und als Gymnasiallehrer deutlich unterfordert. Von Hoop erfuhr ich, dass Rüschmann im Krieg zu den Raketenspezialisten um Wernher von Braun gehört hatte, die in Peenemünde die V1 und die V2 entwickelten und bauten. Nach seiner Entnazifizierung war er nicht mit von Braun nach Amerika gegangen, sondern Lehrer geworden. Rüschmann nahm im Unterricht keinerlei Rücksicht auf die klägliche mathematische Bildung der Schüler. Vielmehr dozierte und rechnete er an der Tafel, als stehe er im Hörsaal einer Universität. Eigentlich sollten wir uns mit Differential- und Integralrechnung beschäftigen, etwas, das für die meisten Schülerschädel bereits zu schwierig war. Das Steckenpferd unseres Lehrers war jedoch die Tensorrechnung. In den Mathestunden herrschte unsichere Stille, wenn er seine mit einem Stück Kreide bewaffnete Hand über die Tafel gleiten ließ und dabei große Klammern um Gruppen von Symbolen und Zahlen malte. Auch der Bauernjunge musste die Segel streichen. Wenn der ehemalige Raketenbauer mit sichtlichem Behagen von Matrizen, Vektoren, Determinanten und Tensoren redete, war ich der Einzige, der ihm einigermaßen folgen konnte. Schon bald war der Mathematikunterricht ein, wenn auch ungleicher, Dialog zwischen uns beiden, wobei ich meistens der Fragende und er der Antwortende war. Erst als wir auf das Thema Minkowski-Raum kamen, änderte sich das. Ich hatte mich bereits vor einiger Zeit mit der sogenannten Minkowski-Welt vertraut gemacht. Der Gedanke, dass in ihr Raum und Zeit keineswegs, wie in der klassischen Physik unterstellt, unabhängig voneinander sind, hatte mir sofort eingeleuchtet, denn er entsprach meinen Erfahrungen. Auf der Insel war die Zeit anders verlaufen als auf dem Festland, weil hier der Raum viel beschränkter war. Das machte alles langsamer, die Sonnenuntergänge genauso wie die Bewegungen eines Menschen.

Rüschmann wurde mein Förderer und Gönner. Sein Einfluss schien meine Lebenslinie wieder in ihre ursprüngliche Richtung zu lenken, die sie durch den Einfluss Hoops verlassen hatte. Wir hatten noch einen zweiten Lehrer, der nicht in das Klischee eines Gymnasiallehrers passte. Ein stiernackiger, weißhaariger alter Mann mit einem zerklüfteten Trinkergesicht. Er war unser Erdkunde- und Geschichtslehrer, ein hochgebildeter Mensch und brillanter Erzähler. Wir lauschten fasziniert, wenn er von Griechen und Römern erzählte, als seien es Nachbarn von nebenan. Er war ähnlich zynisch wie der schöne Erich, und er hatte eine höchst unpädagogische Angewohnheit: Während er redete, zum Beispiel Cäsars Feldzüge beschrieb, schnappte er sich einen Schüler am Ohrläppchen, drehte es herum und zog den armen Kerl durch den Mittelgang hin und her. Dabei schimpfte er auf die Menschen insgesamt und auf die Deutschen insbesondere. »Alle haben es gewusst«, grollte er. »Die Ausrottung der Juden, dieses unglaubliche Verbrechen, das unser Volk für alle Zeiten auf den Müllhaufen der Geschichte wirft. Wenn die meisten heute sagen, sie wären ahnungslos gewesen, dann ist das eine verdammte Lüge.« Eines Tages verschwand er plötzlich, mitten im Schuljahr. Vielleicht war er versetzt oder pensioniert worden, vielleicht hatte er einen Schlaganfall gehabt. Hoop erzählte mir, dass dieser Mann sich während der Nazizeit in einem bayrischen Dorf versteckt hatte, weil er zu einer Widerstandsgruppe gehört habe. Unser vogelköpfiger Biolehrer war das genaue Gegenteil dieses Mannes. Ständig buhlte er um die Gunst seiner Schüler, und immer noch war er ein bekennender Nazi. Auf Wandertagen, wenn wir durch die kümmerlichen Wälder der Gegend liefen, verteidigte er die Euthanasie und die Rassenlehre der Nationalsozialisten. Er deutete auf einen toten Igel, der auf dem Sandweg lag. »Die Natur kennt nur das Recht des Stärkeren«, sagte er. »Mitleid ist ungermanisch.« Ich hatte eine Eins bei ihm, da ich Haeckels kunstvolle Zeichnungen von Kieselalgen in meinem Arbeitsheft perfekt kopiert hatte. Das änderte sich schlagartig, als Wolle während des Aufklärungsunterrichts, in dem der Biolehrer genüsslich von pflanzlichen

Begattungsteilen wie Stempel und Samenfäden redete, einen Furz ließ und ich darüber lachen musste. Der Lehrer bekam einen roten Kopf, kanzelte mich vor der Klasse ab als jemand, der vor den heiligsten Dingen keinerlei Respekt habe und aus meiner Eins wurde im nächsten Zeugnis eine Fünf.

An meinem siebzehnten Geburtstag lud ich ein paar Schulkameraden ein. Max, Wolle und einige andere. Ich war nervös, denn mir steckte immer noch die Demütigung bei meinem zehnten Geburtstag auf der Insel in den Knochen. Doch diesmal kamen sie alle. Ich hatte meinen Funkeninduktor an die umlaufende Aluminiumschiene des Tisches angeschlossen und konnte ihn mit einem Fußschalter einschalten. Über den Tisch hatte meine Mutter eine Decke gebreitet, auf der Kuchen und Getränke standen. Während wir zu essen und zu trinken begannen, betätigte ich unbemerkt den Schalter. Die Funken der Hochspannung von 20 000 Volt schlugen durch die Tischdecke in die Hände und Handgelenke meiner Gäste. Sie schrien auf. Ich hielt es für einen gelungenen Scherz, die anderen allerdings weniger. Doch das Bier, das wir heimlich aus den Teetassen tranken, besänftigte die Gemüter schnell.

Die Monate glichen sich bis auf das Kostüm der Jahreszeiten, die Tage unterschieden sich so wenig voneinander wie die Klinkersteine, aus denen die Häuserwände bestanden. Einzig meine Fortschritte auf der Gitarre trösteten mich. Ich beherrschte inzwischen die Sieben-Nonen-Griffe ähnlich gut wie Berger. So hätte es ewig weitergehen können, ein einziges Einerlei von Momenten, die alle in sich den Keim einer tödlichen Krankheit trugen: vergänglich zu sein. Dann geschah jedoch etwas, das meiner Lebenslinie eine völlig neue Krümmung verlieh.

Wie schon im Jahr zuvor, sollte ich einen Teil der Sommerferien im Villenort verbringen. Wir fuhren mit dem Auto gen Süden. Meine Eltern wollten Urlaub im Schwarzwald machen und setzten mich bei Muttl ab. Ich war froh, Onkel Anton wiederzusehen. Er fuhr mit mir in seinem roten Sportcoupé nach Frankfurt und zeigte mir die neu entstandene Reklamebeleuchtung, vielfarbige, flackernde, rieselnde Neonschriften, Leuchtfeuer in der Welt des Wohlstandes. Vor einer Kaffeebar an der Hauptwache hielt er an und spendierte mir den ersten Espresso meines Lebens.

Die Sommerabende auf der Terrasse meiner Großeltern waren Onkel Antons Gesamtkunstwerke. Unvergleichlich seine Erdbeerbowle, aus deren Herstellung mein Onkel ein Ritual machte, bei dem es vor allem darauf ankam, die geviertelten Erdbeeren lange genug in einer Mischung aus Kognak und Zucker ziehen zu lassen. Nach Sonnenuntergang stellte Muttl die Bowle mitsamt Gläsern auf den Terrassentisch, über dem kerzenbeleuchtete Lampions hingen. Onkel Anton spielte auf seiner Konzertgitarre und sang dazu mit seinem schönen, natürlichen Bariton »Am Brunnen vor dem Tore«. Er brachte uns die zweite Stimme bei, für ihn ein Leichtes, denn er konnte zweistimmig pfeifen. Ich brummte den Bass mit. Die Erdbeerbowle schimmerte hellrot in unseren Gläsern. Die Solnhofener Platten der Terrasse strahlten die Wärme der untergegangenen Sonne ab. Glühwürmchen tanzten wie winzige Meteore im blauen All des Nachthimmels. Das Glück war ein süddeutsches Märchen. So etwas gab es nicht im rauen Norden. Neben mir saß ein junges Mädchen, Olga, ein Sommergast wie ich. Sie kam aus einer bayrischen Kleinstadt. Ihre Großmutter war mit Muttl befreundet und wohnte im Haus. Olga war gertenschlank. Ihre Haut war rein und glänzte wie Kupfer im Kerzenlicht. Ihre dunkelbraunen, glatten Haare umrahmten ein Gesicht mit großen Mandelaugen. Sie trug ein weißes Kattunkleid mit blauen Blumen, das mich an das Sommerkleid meiner Mutter erinnerte. Wenn wir nicht sangen, glaubte ich Grillen zirpen zu hören. Es waren die Grillen in meinem Kopf. Die Kerzen auf dem Tisch lockten zahllose Nachtfalter an, von denen viele zischend in den Flammen verbrannten. Der Mond zwischen den Zweigen der Buchen war der größte Lampion. Immer wieder schenkte

Onkel Anton mit einer großen Kelle Bowle nach. Seine Armbanduhr, eine Longines, glänzte dabei golden im Kerzenlicht. Er zündete sich eine Zigarette an. Ihre Glutzone kreiste wie ein weiteres Glühwürmchen über dem Tisch. Plötzlich spürte ich den sanften Druck von Olgas Knie an meinem. Trunken von Bowle und Olgas Nähe tat ich mein Bestes, um Eindruck bei ihr zu machen. Ich erklärte ihr die Unschärferelation, was mir auf Grund der Tatsache, dass ich meine Umgebung inzwischen ziemlich unscharf wahrnahm, auch mühelos gelang, wie ich fand. Dann spielte ich auf Onkel Walters Konzertgitarre Jazz, aber ihre hohe Saitenlage war leider völlig ungeeignet für Septnonengriffe. Schließlich schrammelte und sang ich Schlager von Bruce Low. »Es hängt ein Pferdehalfter an der Wand«. »Tabak und Rum«. Ich sang falsch und zu tief. Als ich »Das alte Haus von Rocky Docky« zum Besten gab, erntete ich einen bösen Blick meiner Großmutter, die die Zeilen »Dieses Haus ist alt und hässlich, dieses Haus ist kahl und leer« offenbar auf ihre Villa bezog. Olga war ein wenig weggerückt, während ich sang. Als mein Onkel die letzten mit Wein und Kognak vollgesogenen Erdbeeren auf unsere Gläser verteilte, schwebte ich in einem Himmel, der noch ein gutes Stück über dem siebten lag, der letzten Himmelsschale, hinter der das Nichts beginnt und nur noch die Träume existieren. Die Glühwürmchen über uns hatten sich verdoppelt, ebenso die Glutzone von Onkel Antons Zigarette. Sie bewegte sich wie ein Komet mit Doppelschweif durch den Garten, in dem er mit Olga auf und ab lief. Sterne waren zu sehen, und sogar die Milchstraße schimmerte mit ihrem silbernen Belag zwischen den Zweigen der Buchen. Ich ging zu den beiden und deutete nach oben. Ich war in meinem Element. Am Sternhimmel kannte ich mich besser aus als jeder andere hier. Ich zeigte Olga das Sommerdreieck im Zenit des Nachthimmels, Wega, Deneb und Altair. Unsere Arme berührten sich dabei. Am liebsten hätte ich ihr mehr über die Milchstraße erzählt, zum Beispiel auf welchem der beiden Spiralarme wir gerade standen, doch Olga verabschiedete sich von uns mit einem gehauchten Wangenkuss. Dann schwebte sie zwischen den Rosen zur Terrassentür und verschwand.

Am nächsten Morgen bot ich Olga an, ihr meine einstige Heimat zu zeigen. Wir schlenderten an den Bahngeleisen entlang zur Unterführung. Überall wuchs hohes Springkraut. Ich berührte die schwellenden Knospen, und sie sprangen auf. Es kitzelte zwischen den Fingern. Olga machte es mir nach und kicherte dabei. Wir gingen zur Bachgrundwiese. Ich hatte die Retina dabei und fotografierte sie auf der alleinstehenden Kiefer und später am Rande der Kiesgrube. Sie trug auch an diesem Tag ihr dünnes Kattunkleid voller blauer Blumen, und ich war wieder trunken, nicht mehr von Bowle, sondern von einem Glücksgefühl, das man so hemmungslos nur in der Jugend empfinden kann. Es überzog alle Dinge um mich wie eine trügerische Glasur, machte alles glänzend und neu, die Blätter, die Wolken, das Gras und natürlich diesen Menschen, der an meiner Seite ging und ein schwäbisches Volkslied summte.

Schon am nächsten Tag kam der Abschied. Wieder mit Gesang und Erdbeerbowle. Wieder merkte ich nicht, dass Olga nur Augen für Onkel Anton hatte. Ich begleitete sie zum Bahnhof und schleppte ihren Koffer. Sie gab mir die Hand, und wir vereinbarten, uns Briefe zu schreiben. Bald darauf kamen meine Eltern aus ihrem Urlaub zurück und nahmen mich mit nach Hause. Ich stürzte mich in einen Abgrund des Wartens. Als kein Brief von Olga kam, schrieb ich. Ich hatte inzwischen die Aufnahmen entwickeln lassen und legte dem Brief Abzüge bei. Um meine Erregung zu verbergen, bemühte ich mich um einen betont lässigen Stil. »Liebe Olga, wie Du siehst, schicke ich Dir hier Bilder von einem Mädchen, das Dir sehr ähnlich sieht. Ich hoffe doch, dass Dir die Aufnahmen gefallen.« Eine Woche später kam die spröde mit »Olga« unterschriebene Antwort, in der sie bat, ihr ein Foto von James Dean zu schicken. Beigelegt war ein Foto von Brigitte Bardot, ausgeschnitten aus einer Illustrierten. Die Bardot sah ungeheuer lasziv aus. Sie trug ein seidenes Nachthemd, dünn genug, um mehr als nur andeutungsweise ihren kurvenreichen Körper zu zeigen. Ich entwarf einen Antwortbrief und war dabei so unsicher und aufgeregt, dass ich ihn von meiner Mutter korrigieren ließ. Ein trauriges Dokument meiner immer noch grenzenlosen Abhängigkeit von ihr. »Liebe Brigit... ach so, liebe Olga! Zuerst will ich mich für Deinen netten Brief und das Bild von Brigitte bedanken. Mir scheint es, als sei ihr Mund noch schmollender geworden. Ich hab bis jetzt vergeblich versucht, ein Bild von James Dean aufzutreiben. Die Mädchen hier scheinen einen ähnlichen Geschmack wie Du zu haben, aber das ist nicht verwunderlich, denn in seinen beiden Filmen ›Jenseits von Eden‹ und ›Denn sie wissen nicht, was sie tun‹ war ich auch begeistert von seinem Spiel. Es ist traurig, dass er verunglückt ist. Ich werde jedenfalls weiter versuchen, ein Bild von ihm zu erwischen.« Da mir natürlich klar war, dass ich nicht wie James Dean aussah, versuchte ich, meine mangelnde Attraktivität durch andere Qualitäten zu kompensieren. Ich würde gerade die Russen lesen, Dostojewski, Tolstoi. Ich würde Jazz hören auf einem selbstgebauten Plattenspieler oder im selbstgebauten Radio. Ich würde selbstgebaute Radios verkaufen und drei Monate Garantie darauf geben. Außerdem würde ich mit einem Pianisten zusammen spielen und demnächst auf einem Klassenfest mein erstes Konzert geben, zu dem ich sie hiermit einladen würde. »Es genügt, wenn Du Dein neuestes Modellkleid von Dior anziehst. Du musst aber pünktlich um acht Uhr unten an der Laterne vor unserem Haus warten. Jetzt bin ich schon so weit, dass mich nur noch meine Gitarre einigermaßen über Wasser hält. Du spürst die tiefe Tragik, die von meiner Gestalt ausgeht. Wenn Du außerdem noch Lust verspüren würdest, den Brief zu beantworten, würde es mich freuen.« Ich hatte den Entwurf mit »Dein ...« unterschrieben, ein Wort, das meine Mutter strich, weil es ihr wohl zu übertrieben vorkam.

Ich wartete. Die Zeit dehnte sich und verzerrte die Minkowski-Welt. Am schlimmsten war es, wenn ich in meinem Zimmer wartete. Dann erstarrte die Zeit zu einem Punkt im Gefängnis der euklidschen Raumkoordinaten. Endlich – in Wirklichkeit waren erst wenige Tage vergangen – kam die Antwort. Meine Mutter hatte das Kuvert kommentarlos auf meinen Tisch gelegt. Olga schrieb in kindlicher Schönschrift »Am Donnerstag bekam ich Deinen Brief, und ich habe mich sehr über das Schreiben gefreut. Es tut mir leid, dass es Dir so traurig geht, doch hoffe ich, dass Dir die Gitarre über deinen trostlosen Zustand hinweghilft.« Es war ein nüchterner Text, in dem mir Olga mitteilte, dass sie mit Onkel Anton Federball gespielt habe und dass sein Sohn noch einmal für eine Woche in den Villenort komme. Ich las in jedem belanglosen Wort eine verkappte Liebeserklärung und schrieb sofort zurück. Diesmal unterschrieb ich mit »Dein …«.

Die Zeit war nun für mich durch das Warten auf Olgas Briefe getaktet. Immer wenn ich von der Schule kam, hoffte ich, dass ein Brief für mich da war. Meine Mutter würde ihn auf den Tisch in meinem Zimmer legen. Ich würde ihn hastig aufreißen und erst beim zweiten Lesen seinen Inhalt aufnehmen. Fast ein Jahr würde vergehen bis zu den nächsten Sommerferien und der Möglichkeit eines Wiedersehens. Ich hatte inzwischen einen neuen Freund: Wilhelm, der Sohn des Pastors der Christkirche. Er war ein Jahr älter und eine Klasse über mir. Ein hübscher Junge, groß, breitschultrig, mit dunkelblonden Locken. Sein Gesicht war weich und hatte trotz der ausgeprägten Kinnpartie etwas Mädchenhaftes. Ich fand zwar, dass Wilhelms Frömmigkeit zwischen uns stand, aber die Musik verband uns. Er spielte hervorragend Klavier und Geige, Klassik genauso wie Jazz. Wir hatten uns bei einem Jazzabend im Kulturzentrum kennengelernt und sahen uns nun häufiger auf dem Schulhof. Da wir beide die Jazzbibel von Joachim-Ernst Berendt gelesen hatten, schwelgten wir im Austauschen von Namen berühmter Jazzer und der mit ihnen verbundenen Stilformen. Wilhelm lud mich zu sich nach Hause ins Pastorat ein. Die Wohnung war dunkel. Überall lagen Gesangbücher. Die Räume rochen nach Kerzenwachs und alter Wäsche. Die vielen Geschwister, der Pastor mit seinem feinen weißen Haar, seine kräftige Frau mit dem schweren Haarknoten, der große Tisch, an dem alle saßen und nach dem Tischgebet schweigend die einfache Mahlzeit zu sich nahmen, all das vermittelte die Atmosphäre eines früheren Jahrhunderts. Nur das jüngste Kind war anders. Wilhelm war das Enfant terrible. Der Vater liebte ihn abgöttisch, und Wilhelm durfte sich viel erlauben. So hatte er auch den Schlüssel zur Kirche. Nach dem Essen ging er mit mir in das schlichte Kirchenschiff aus dem 17. Jahrhundert und spielte auf der Arp-Schnitger-Orgel Blues, während ich im Gestühl saß und an Olga dachte. Wir entschlossen uns, eine Band zu gründen, und fanden bald noch einen dritten Musiker, einen Vibraphonisten, der auf seinem seltenen Instrument bereits ein Meister war. Mir war inzwischen klar geworden, dass ich eine elektrisch verstärkte Gitarre brauchte, um mit Klavier und Vibraphon mithalten zu können. Ich tauschte daher im Musikladen meine schöne Ahorngitarre gegen ein billigeres Modell der Marke Framus mit einem Tonabnehmer und einer Bucht in der Zarge. Berger verkaufte mir billig einen alten Wehrmachtsverstärker. Die Lautsprecherbox baute ich selbst. Jede Woche übten wir in einem Klassenraum der Herderschule. Mitte Mai, kurz nach meinem 18. Geburtstag, fand im Kulturzentrum unser erster Auftritt statt. Obwohl wir schlecht zusammenspielten, war es ein Erfolg, was sicher an der fehlenden Konkurrenz lag.

Die düstere Stadt schien ein wenig heller für mich geworden zu sein. Die roten Klinkerbauten sahen manchmal aus, als reflektierten sie die Morgensonne einer Zukunft, die schöner als die Vergangenheit war. Ich hatte endlich einen richtigen Freund, und ich hatte die Frau meines Lebens gefunden.

*

B. bildete sich ein, dass der Andere diesmal aufmerksamer zugehört hatte als sonst. Sein Schatten am Fenster bewegte sich kaum merklich. Vermutlich sah er hinaus. Dann hörte man eine Stimme: »Ein sich im Herbst vom Zweig lösendes Blatt schwebt langsam und kreiselnd herab. Warum eigentlich ist dieser Anblick so beruhigend? Vielleicht weil dieser kurze Vorgang die schönen Momente im Leben eines Menschen symbolisiert. Ehe das Blatt sich zu seinen toten Kameraden gesellt, dem raschelnden Laub am Boden, ist es für eine kurze Zeit allein und frei, nach einem langen sesshaften Dasein neben anderen Blättern in der Krone eines Baums, in dem es nur der Wind hin und wieder ein wenig bewegt hat. Von einer solchen Phase Ihres Lebens haben Sie heute erzählt. Es wird Ihnen gutgetan haben. Wir müssen leider die Arbeit für eine Weile unterbrechen. Ich werde verreisen. Zu einer Fortbildung. Auch wir müssen hin und wieder unser Wissen auf den neusten Stand bringen. Kommen Sie in einer Woche wieder, zur üblichen Zeit.«

27

Wind fegte durch die Straßen, ein eintöniger, farbloser Wind, der aus der Vergangenheit kam und Gerüche mit sich trug, die B. längst vergessen hatte. Es war ein ungewohntes Gefühl, eine ganze Woche frei zu haben, denn längst hatte er sich an das Ritual seiner Lebensbeichte gewöhnt. Sie war für ihn zu einer Struktur geworden, die seinem Dasein eine gewisse Festigkeit verlieh. Nun quälten ihn die langen im Hotelzimmer verbrachten Stunden. Er litt unter Schlaflosigkeit und empfand seine Einsamkeit in diesem Gefängnis bald als unerträglich.

Nur wenn B. in der Stadt unterwegs war, fühlte er sich besser. Da er sich dabei immer wieder verirrt hatte, entschloss er sich, einen eigenen Stadtplan zu verfertigen. Dazu fuhr er nun jeden Tag mit seinem Fahrrad durch die Stadt, hielt immer wieder an und trug die geschätzte Länge und Richtung der zurückgelegten Strecken in sein Notizbuch ein. Am meisten Probleme machten ihm dabei die zahlreichen gekrümmten Gassen mit ihrer beständigen Richtungsänderung, die manchmal sogar in sich zurückführten, sodass er im Kreis gefahren war.

Abends im Hotel arbeitete B. die Daten und Skizzen in einen gezeichneten Plan ein, der bald aussah wie ein sich verästelnder Korallenstamm oder wie ein der Länge nach durchgeschnittener Blumenkohl. Die Messina bildete dabei die Grenzlinie, an der sich die beiden halbkreisförmigen Hälften berührten.

B. dehnte seine Fahrten immer weiter bis in die Randgebiete aus. Hier war es noch trister als in der Innenstadt. Endlose Ansammlungen grauer Reihenhäuser. Fenster und Läden waren meistens geschlossen. Doch mussten sie bewohnt sein, denn wenn er sein Ohr an eine der Türen legte, hörte er ein Summen wie von fernem Stimmengewirr.

Es gab auch Gegenden, die weniger ausgestorben waren. Plätze mit Spuren von Leben, ein verlassener Blumenstand, dessen Pflanzen noch nicht verwelkt waren, in den Gassen streunende Katzen und Hunde, Exkremente von Tieren, von Ratten vielleicht. Einmal sah er Tauben, die nach Essbarem pickten. Er scheuchte sie auf, indem er direkt auf sie zufuhr. Was ihm nach einer gewissen Zeit auffiel: Es gab einen Bezirk, einen ganzen Stadtteil, der unzugänglich war. Hier waren die Straßen zugemauert oder mit Stacheldraht abgesperrt. Als er den Portier darauf ansprach, sagte dieser: »Es handelt sich um den Stadtteil, in dem damals die Seuche ausgebrochen ist. Man hat vergeblich versucht, die Häuser und Straßenzüge zu reinigen. Daraufhin hat man eine Quarantäne veranlasst. Einige sind der Meinung, man solle die gesamte Zone abreißen, die Häuser sprengen, alles dem Erdboden gleichmachen.« B. schraffierte auf seinem Plan die abgesperrte Zone. Sie sah aus wie ein walnussgroßer, dunkler Fleck.

Einmal stieß er bei seinen kartographischen Expeditionen auf einen Menschen, den er zu kennen glaubte – den kleinen Jungen, der Sand in den vom Sturm verwehten Straßen geschaufelt hatte. B. stieg vom Rad und fragte nach seinem Namen. »Ich heiße Henny. Ich bin eine Rübe.« Er drehte sich um und rannte mit schlenkernden Gliedmaßen davon.

Endlich war die Woche verstrichen. B. ging ins Institut. Der Andere empfing ihn mit den ermunternden Worten: »Nur Mut, erzählen Sie weiter. Trauen Sie sich, auch wenn die Geschehnisse wenig originell sind.«

B. störte sich nicht an dieser ein wenig spöttischen Bemerkung. Er nahm in dem Ledersessel Platz, holte einige Blätter aus seiner Aktentasche, legte sie vor sich auf den Tisch und begann.

*

Olgas Briefe kamen pünktlich, einmal die Woche. Es waren die typischen Brieffreundschaftsbriefe sehr junger Menschen. Ein wenig steif, voller versteckter Anspielungen und offener Banalitäten. Welche Filme man gesehen, welche Bücher man gelesen hatte. Sie teilte in ihren auf dünnem blauem Luftpostpapier geschriebenen Zeilen auch einiges über ihr Äußeres mit, ihre Frisur, ihre Kleider, ihre Schuhe. Sie kritzelte linkische Illustrationen dazu, Botschaften aus einer kleinbürgerlichen Mädchenwelt, von der ich nichts verstand. Meine Briefe hingegen strotzten von jener larmoyanten Ironie, die ich ein Leben lang loszuwerden versucht habe.

In den Sommerferien war ich wieder bei Muttl. Auch Olga sollte kommen. Ich wartete sehnsüchtig auf sie, aber sie kam erst zehn Tage später, da ihre Schwester krank geworden war. Ich fuhr nach Frankfurt und holte sie vom Bahnhof ab. Im ersten Moment erkannte ich sie nicht wieder. Innerhalb eines Jahres musste sich dieser Schmetterling noch einmal verpuppt haben und war nun als ein noch schöneres Luftwesen geschlüpft. Schon am zweiten Tag gingen wir zur Bachgrundwiese und kletterten auf den Hochsitz der Kiefer an ihrem Rand. Aneinandergelehnt warteten wir auf irgendein Wunder, und tatsächlich traten zwei Rehe auf die Lichtung. Ich nahm meinen ganzen Mut zusammen, und als die Rehe äsend wieder verschwunden waren, gestand ich ihr meine Liebe und fragte sie, ob sie meine Liebe erwidern könne. Später schrieb sie mir: »An diesem Tag warst Du Mann und kleiner Bub zugleich. Als Mann sagtest Du es und gingst mit mir heim. Aber die paar Minuten, bis Du meine Antwort fühltest, diese Minuten warst Du ein kleiner Junge, der sehnsüchtig darauf wartet, ob man ihm etwas schenkt oder nicht.« Sie hatte mir damals auf dem Hochsitz die Antwort in Form eines Kusses gegeben, den ich ungeschickt erwiderte, denn es war mein erster richtiger Kuss. Durch ihn stand für mich nun vollkommen fest, dass sie einst meine Frau werden würde. Bei ihr war es offenbar ein wenig anders, denn sie gestand später: »Und glaube mir, gerade Deine

Schüchternheit hat mir so gutgetan, wegen diesem Deinem ganzen Benehmen musste ich damals das tun, was ich getan habe. Geliebt habe ich Dich erst später, jeden Tag etwas mehr, bis am o.o. der Höhepunkt erreicht war, der nun anhielt. Hoffentlich noch sehr, sehr viele Jahre.« Der o.o. war der Beginn einer neuen Zeitrechnung, der Beginn unserer Liebe.

Wir gingen damals zur Sandgrube. Olga stand oben am Rand des Steilhangs, und ich fotografierte sie, als wollte ich diesen Anblick eines schönen, hochgewachsenen Mädchens im Kattunkleid, das sie immer noch trug, obwohl es ihr zu eng geworden war, für die Ewigkeit festhalten. Später legten wir uns am Rande des Grubenabgrunds ins Gras, ich halb auf ihr. Sie rührte sich nicht, und wenn ich mich zu bewegen versuchte, legte sie ihre Hand auf meinen Kopf und flüsterte: »Noch nicht.«

Einige Tage später organisierte Onkel Anton für uns und seinen Sohn eine Rheinfahrt von Bingen nach Koblenz und zurück. Wie immer, wenn ich unsicher war, flüchtete ich in die Rolle des seeerfahrenen Insulaners. Ich erklärte Olga, dass ein Raddampfer kein richtiges Schiff sei, eher so etwas wie ein Wasserauto. Als wir den Loreleyfelsen passierten, rezitierte Onkel Anton mit näselnder Stimme aus dem Stegreif ein langes Gedicht. »Zu Bacharach am Rheine wohnt eine Zauberin, sie war so schön und feine und riss viel Herzen hin.« Mir war sofort völlig klar, wer diese männermordende Zauberin war. Bei manchen Versen hatte ich den Eindruck, dass der Dichter Brentano, dessen Namen ich bis dahin noch nie gehört hatte, sie direkt an mich richtete: »Die Augen sanft und wilde, die Wangen rot und weiß, die Worte süß und milde, das ist mein Zauberkreis. Ich selbst muss drin verbrennen, das Herz tut mir so weh, vor Schmerzen möcht ich sterben, wenn ich dein Bildnis seh.« Auch Olga fand die Verse schön. Sie bedauerte nur, dass ihre Haare nicht so lang seien wie die der Zauberin.

Auf der Rückfahrt wurde es dunkel. Wir standen an Deck mit

Weingläsern in der Hand. Wie Luftschiffe mit erleuchteten Gondeln zogen hoch oben die Burgen vorbei. Ich setzte mich mit meiner Freundin auf den Radkasten. Mein Kopf lag in ihrem Schoß. Ich roch einen süßlich-faden Geruch. Wenig später kam ein Mann von der Besatzung auf uns zu und erklärte uns, dass es verboten sei, sich hier aufzuhalten. Wir gingen zum Bug. Trunken von Wein und Gefühlen meinte ich zu sehen, wie der scharfe Vordersteven die Flussufer rechts und links aufwarf wie die Schar eines Pfluges.

Auch die nächsten Tage vergingen als ein nicht enden wollender Traum. Einmal hängte Olga Wäsche im Garten auf. Sie trug ein schlichtes Kleid und eine Schürze. Ihre Haare waren zu einem Knoten geschlungen. Auch dieses Bild hielt ich mit meiner Kamera fest. Olga sah aus wie Tatjana Samoilowa. Es hätte mich nicht gewundert, wenn in diesem Augenblick Kraniche über den Himmel gezogen wären. Dann kamen weitere Tage und Abende, wieder mit Erdbeerbowle und Volksliedern. Ich wohnte unterm Dach in dem unisolierten Zimmer mit schrägen Wänden, in dem einst Vatls Chauffeur gehaust hatte. Ein paar Mal flehte ich meine Geliebte vergeblich an, heimlich nachts zu mir zu kommen. Sie sagte empört, dass sie ihre und meine Großmutter niemals auf eine solch niedrige Weise hintergehen würde. Wieder gingen wir spazieren. Wir lagen am Rand einer Schneise im Gras. Es war ausgerechnet die Stelle, wo die amerikanischen Panzer aufgehalten werden sollten. Man sah noch die Spuren der Maschinengewehrnester.

Dann fuhr Onkel Antons Sohn ab. Ich war froh darüber, denn das Interesse meiner Freundin an mir schien dadurch zu wachsen. Der letzte Tag kam. Ich musste zurück nach Hause, weil die Schule begann. Olga ging mit mir über die Gleise in den Wald. Wir setzten uns zwischen die dichten Farne. Mein Kopf lag in ihrem Schoß. Plötzlich hob sie ihr weißes Sommerhemd. Ich sah ihre Brüste gegen das Flirren der Buchenblätter. »Du kannst sie berühren«, sagte sie. Für mich aber war es eine Epiphanie, ein Bild, das man nicht berühren konnte, ein fast religiöser Akt der Verschmelzung von Wirklichkeit und Traum. Von nun an würde ich immer auf der Suche nach solchen Augenblicken sein, weil sie die einzige Form der Unvergänglichkeit sind. Wir erklärten diesen Moment zum Beginn einer neuen Zeitrechnung. Es war der nullte Tag des nullten Monats des nullten Jahres. Olga fuhr mit mir nach Frankfurt, um den Abschied zu zelebrieren. Ich fragte sie unterwegs nach dem Grund unserer Liebe. Sie antwortete mit ein wenig Ungeduld in der Stimme: »Für das Geschenk der Liebe musst du danken, nicht nur mir, auch dem Schicksal oder Gott, ganz wie du es nennen willst.« Wir nahmen uns vor, jeden vierten Tag einen Brief zu schreiben, datiert nach der neuen Zeitrechnung. Dazu einen Gutenachtzettel vor dem Einschlafen, in Blei- oder Buntstift auf die abgerissene Seite eines Kalenders notiert, eine Vorwegnahme des Bettgeflüsters in der Hochzeitsnacht. Sie sollte den Briefwechsel beginnen. Als jedoch kein Brief kam, schrieb ich am 27. August: »Meine liebe Olga! Ich wünsche mir so sehr einen Brief. Wird er morgen kommen? Weißt Du, ich erinnere mich so gerne an bestimmte Augenblicke unserer Ferien, an jene Momente, wo sich mein ganzes Wesen mit Dir verband.«

Endlich kam ihr erster Brief. Olga schrieb von ihrer Sehnsucht und dass sie mich erst richtig hatte lieben können, als der Sohn von Onkel Anton weg war. »Es ist gut, dass er fast eine Woche früher fuhr als Du.« Es war eine Formulierung, in der Süßes und Bitteres miteinander verschmolz. Von da an hielten wir uns an die Abmachung: alle vier Tage ein Brief.

Mein Leben hatte jetzt einen Viertagesrhythmus. Ich schrieb ihr von meinen Zweifeln, meinem Unglauben. Einmal schrieb sie: »Nun habe ich noch eine Frage an Dich: Du sagtest im Villenort einmal ›Hoch lebe der Zufall‹. Glaubst du wirklich an den Zufall, und war es Dir ernst damit? Dies klingt so unwichtig, es ist mir aber sehr, sehr ernst mit dieser Frage. Schreibe mir bitte die Antwort bald, aber erst, wenn Du sie Dir richtig überlegt hast.« Sie schrieb auch, dass der christliche Glaube ihr sehr viel bedeute, wegen einer großen Schuld, die sie mir nicht sagen könne. Sie liege bereits zehn Jahre zurück. Mich beunruhigte diese dunkle Andeutung sehr. Um ihr zu helfen, verfasste ich eine kleine Abhandlung über das Thema Physik und Glauben mit dem Hintergedanken, meine Geliebte zu missionieren. Sie antwortete: »Ich habe Deinen Text interessiert und objektiv gelesen. Was Du über die Einheit des Weltsystems schreibst, ist ja sehr interessant. Vielleicht sind wir in unseren Ansichten gar nicht so weit auseinander.« Ich schrieb daraufhin, sie würde mich nur lieben, weil sie eine Aufgabe in mir sehe, nämlich, mich zum Glauben zu bekehren. Sie leugnete. »Ich liebe Dich, weil ich nicht anders kann. Du darfst mir glauben, dass es auch für mich manchmal sehr schwer ist, unseren Unterschied zu überwinden. Zum Beispiel bei der Frage, was ist nach dem Tode. Nach Deiner Auffassung sind wir dann wieder Dreck.« Wenn aber ihr Glaube recht hätte, dann sei das auch nicht besser, denn sie käme in den Himmel und ich in die Hölle, und so wären wir wieder getrennt.

Auf meine Bitte hin luden meine Eltern Olga ein, in den Weihnachtsferien zu uns zu kommen. Ich fragte in meinem nächsten Brief, ob ich wenigstens dann nachts zu ihr kommen könne. »Ich muss Dir noch einmal mit ›nein‹ antworten«, schrieb sie zurück, »obwohl ich mir selbst damit einen großen Wunsch versage. Sieh, wir können das nicht machen, Deinen Eltern gegenüber. Mit wie viel Vertrauen und Verständnis kommen sie uns entgegen, und da sollen wir irgendetwas Geheimes machen, da sollen wir ihr Vertrauen missbrauchen?« Ich schlug mich immer mehr mit selbstquälerischen Gedanken herum, geriet tiefer und tiefer in ein schwarzes Loch der Verzweiflung, vor allem nachdem Olga schrieb, sie könne an Weihnachten nicht kommen. Ihre Familie sei ihr zu wichtig in diesen Tagen. Ich tröstete mich mit der Gewissheit, dass es trotz allem meine erste richtige Liebesgeschichte war, auch wenn sie fast nur in Vorstellungen und Briefen stattfand. Sie war also im Grunde imaginär, aber gerade das verlieh ihr anscheinend eine große Kraft und Tiefe. Ich konnte gewissermaßen am Ufer des Lebens stehen und zugleich im Meer der Gefühle ertrinken.

Damals keimte wohl zum ersten Mal in mir die Idee, dass die eigentliche Wirklichkeit deren Weigerung sei, wirklich zu sein. Eine teuflische Dialektik, die mich fast mein ganzes Leben begleiten sollte. Ich schlug nun meinerseits vor, Olga an Weihnachten zu besuchen, am besten über Silvester, und sie schrieb, die Mutter sei einverstanden, auch die beiden Brüder, wenn ich meine Klampfe mitbrächte. Aber mit dem Vater habe sie sich noch nicht getraut zu sprechen. Ich war glücklich und verzieh ihr sogar den scheußlichen Ausdruck Klampfe für meine geliebte Framus. Ich antwortete: »Wenn zwei Menschen wie Du und ich zusammenliegen, ohne alle Schranken und Hüllen, äußerlichen sowie moralischen, wenn sie sich in ihrer Liebe finden, verschmelzen sie zu einem Wesen, das weder ein Ich noch ein Du, sondern nur ein Wir kennt. In diesem Moment hat die Liebe ihre größte Vollkommenheit gefunden. Sie ist dann ein Mysterium. Auf diesen Moment sind all mein Sehnen und meine Träume gerichtet.«

In den folgenden Briefen machte Olga immer wieder Andeutungen über einem gewissen Werner, aber ich müsse nicht eifersüchtig sein. Sie hatte mit Hilfe ihres neuen Lippenstifts lauter rote Küsse auf das Briefpapier gepresst. Sie schrieb, sie habe auch Post von Onkel Anton erhalten, zusammen mit einem Buch mit Bildern von Delacroix. Darunter der Akt von Mademoiselle Rose. Er zeigt eine vollbusige junge Frau, die auf einer Kiste sitzt. Ich litt an quälender Eifersucht, denn ich hatte den Verdacht, dass mein geliebter Onkel Anton durch diese Abbildung Olga erotisch in seinen Bann ziehen wollte.

Anfang Dezember wurde der Jazzclub der Herderschule verboten. Vermutlich steckte Rüschmann dahinter, der inzwischen Konrektor geworden war und für den Jazz nichts als banale Negermusik war. Was ich nicht ahnen konnte: Hinter den Kulissen war ein Tauziehen um meine Person entbrannt – mein Mentor Rüschmann auf der einen Seite und Hoop und Lüders auf der anderen. Rüschmann sah in mir den kommenden Atomwissenschaftler, die beiden Deutschlehrer waren der Meinung, meine Hauptbegabung würde eher im Künstlerischen liegen. Die Entwicklung schien zunächst Rüschmann recht zu geben. Mein Interesse an Atomphysik wuchs ständig. Daran änderte auch die Tatsache nichts, dass Hoop mich wieder öfter ins Kieler Theater mitnahm, zum Beispiel zum »Blick von der Brücke« von Arthur Miller. Die weibliche Hauptfigur des Stücks war Catherine. Sie war mit ihren siebzehn Jahren genauso alt wie Olga. Rodolpho, die männliche Hauptfigur, begehrte Catherine genauso verzweifelt wie ich meine Freundin. Da Konsul Entz die Bereederung des bei den Kieler Howaldtswerken aufgelegten ersten deutschen und weltweit dritten Atomschiffs »Otto Hahn« übernehmen sollte, landete die Hochglanzzeitschrift »Atompraxis« auf dem Bürotisch meines Vaters. Da er mit ihr nichts anfangen konnte, gab er sie an mich weiter, und ich verschlang sie Heft für Heft. Bald war mein Spezialwissen im Bereich Reaktorbau größer als das Rüschmanns. Ich konnte zum Beispiel meinem Vater erklären, warum der geplante Druckwasserreaktor als besonders sicher und effektiv gelten konnte. Der berühmte Professor Finkelnburg aus Erlangen war mit der Konstruktion des Schiffsreaktors betraut worden. Er besuchte die Reederei, und mein Vater erzählte bei dieser Gelegenheit von seinem hochbegabten Sohn und seinem Interesse für Atomkraft. Finkelnburg versprach, sich während des Studiums um mich zu kümmern und mich später als seinen Assistenten anzustellen. All das teilte ich Olga voller Stolz mit, um ihr die Zukunft an meiner Seite schmackhaft zu machen. Olga hatte sich inzwischen entschlossen, das Gymnasium aufzugeben und bei einem Drogisten in die Lehre zu gehen. Ich schrieb, dass mich diese Entwicklung beunruhigen würde und dass ich mir manchmal ihrer Liebe nicht mehr sicher sei. Sie antwortete: »Du schreibst in Deinen Briefen, dass Du oft

Angst hast, mich zu verlieren. Ich glaube nicht, dass diese Angst berechtigt ist, gerade *weil* wir nicht immer beisammen sind. So sehr ich mich manchmal nach Dir sehne, so sehr bin ich aber andererseits auch froh darüber, dass wir uns so selten sehen. Nun fragst Du sicher warum. Erstens, aus praktischen Gründen. Wärest Du immer hier, wir würden doch möglichst jede freie Stunde zusammen verbringen. Dann bliebe meine Arbeit daheim liegen, meine Schularbeiten wären nicht gemacht, Deine wären flüchtig. Das Zweite aber ist, dass ich nach den vielen Jahren ein richtiger Einzelgänger geworden bin. Ja manchmal, ich sage es Dir ganz offen, wünsche ich gar nicht, dass Du bei mir wärest. Ich bin ein Mensch, der so in sich abgeschlossen ist und so viel mit sich selber zu kämpfen hat, dass mich oft die Gegenwart eines anderen nur stört. Das hat mit unserer Liebe gar nichts zu tun, es zeigt nur, dass es gut ist, dass wir nicht immer zusammen sind. Umso mehr freue ich mich jetzt auf unser Wiedersehen an Weihnachten. Weißt Du übrigens, was ich am Dienstag getan habe? Ich habe mit Werner gesprochen. Ich konnte es einfach nicht mehr mit ansehen, wie er bei jeder Begegnung mit mir rot wurde.« Sie habe Werner zu einem Stelldichein zwischen sieben und halb acht hinterm Haus gebeten und ihm von ihrem Freund in der Ferne erzählt, mit der Bitte, damit aufzuhören, immer rot zu werden. Als ich mich voller Eifersucht über ihre erneute Kontaktaufnahme mit Werner beschwerte, antwortete sie »Mein kleines Dummerle, was denkst Du denn von mir. Du weißt doch, dass meine Liebe echt ist. Wenn ich manchmal wünsche, dass sogar Du nicht bei mir bist, dann nur deshalb, weil ich Dir nicht zumuten möchte, dass ich zwar bei Dir bin, in Deinen Armen, aber Deine Zärtlichkeiten nicht erwidern kann, sondern nur dankbar und glücklich für die Ruhe bin, die Du mir gibst.« In meinem Antwortbrief bestand ich darauf, alles schonungslos von ihr wissen zu wollen, vor allem was diesen Werner anging. Daraufhin beichtete Olga, dass sie schon früher kurze Abenteuer mit zwei anderen Jungen gehabt habe, die beide sehr erfahren gewesen seien, was sie aber eher abgeschreckt habe. »Küssen: Du kannst es gar nicht. Das ist ja gerade das Schöne daran, denn das macht Deine Küsse so glaubwürdig.« Die Bemerkung traf mich wie ein Messerstich. Meine Freundin beherrschte die Technik des Double Bind perfekt, dieses Spiel der Zu- und Abwendungen in einem Rhythmus, der das Opfer wehrlos macht. In dieser Zeit hatte ich immer wieder starke Magenschmerzen. Der Arzt verschrieb mir eine Rollkur, die keinerlei Wirkung zeigte. Der Plan meiner Reise in den Süden zerschlug sich, angeblich weil Olgas Schwester wieder krank geworden war. Meine Freundin teilte mir im gleichen Brief mit, dass sie sich die Haare hatte kurz schneiden lassen. Auch das war kein gutes Zeichen. Ende Januar wurde ich ernsthaft krank, bekam hohes Fieber. Ich war so schwach, dass ich Olga nicht schreiben konnte. Auch sie schrieb nicht. Als ich zwei Wochen später meinen Zustand schilderte, antwortete sie: »Mein Liebster, es tut mir wirklich sehr, sehr leid, dass Du wegen mir Schmerzen hattest. Weißt Du, was ich mir gerade vorstelle? Wir sind auf einer einsamen Insel. Du hast Deine Jacke unter mir ausgebreitet, damit ich nicht friere, und ich liege darauf in Deinen Armen. Du hältst mich ganz fest, ganz hart, sodass es wehtut, und küsst mich lange, ganz lange, bis wieder meine Lippen bluten, und dann schlafe ich ein und kurz darauf Du, und wir schlafen zusammen in unserer Liebe. Grüße bitte auch Deine Eltern herzlich von mir.« Ihrem nächsten Brief lag ein Foto bei, auf dem, wie sie schrieb, der Typ zu sehen sei, in den sie kurz verknallt gewesen war. »Der mit der Sonnenbrille neben dem Kantor.« Das war also ihr neuer Verehrer. Nicht Werner, sondern der Sonnenbrillenmann, den sie W. nannte. Ich war am Boden zerstört. Meine Hände zitterten so, dass ich den Brief kaum lesen konnte. Und es kam noch schlimmer. »Dies wird ein sehr ernser, sehr wichtiger Brief werden. Deshalb bitte ich Dich, lies ihn trotz allem ruhig und versuche (bitte versuche es) mich etwas zu verstehen. Ich weiß, das ist wahnsinnig viel verlangt, aber glaub nur, meine Liebe zu Dir ist trotz allem, was in der letzten Woche geschah, nicht erloschen. Sicher denkst Du nun, sehr rätselhaft, dieser Anfang. Deshalb werde ich Dir nun ganz genau alles erzählen.« Tränen traten mir in die Augen, alles verschwamm, mein Puls raste, meine Hände zitterten. »Dienstag: In der Schule grüßt mich ein Bekannter von W. und lässt mich fragen, ob ich auf den Faschingsball mitgehe. Ich verabrede durch ihn, dass W. mich am nächsten Abend vom Geschäft abholen soll. Mittwoch: W. holt mich ab, und ich benehme mich ihm gegenüber wie gegen irgendeinen blöden Heini. Ich merke zwar, dass W. alles andere als ein blöder Heini ist, kann aber nicht mehr umschalten und verhalte mich furchtbar. Donnerstag: Ich halte es nicht mehr aus. W. muss mich für ein ganz leichtes Mädchen halten, das kann ich nicht ertragen. Ich rufe ihn an, und er holt mich abends ab. Wir gehen spazieren, er bringt mich heim, dabei lerne ich ihn etwas besser kennen. Ich merke, dass er sehr philosophisch, sehr selbstironisch, vernünftig und anständig ist. Er spricht als Freund zu mir und verspricht mir, das für mich zu bleiben, was auch geschieht. Ich beginne ihn als Mensch zu lieben. Freitag: W. holt mich wieder ab, wir gehen wieder spazieren, erzählen uns viel, und ich merke, dass er mir nicht nur als Mensch etwas bedeutet. Auch W. zeigt, dass er nicht nur mein Bruder sein will, wenn er auch wiederholt sagt, dass es ihm das Wichtigste ist, wenn wir uns rein menschlich verstehen. Samstag: Ich sehe ihn nur kurz, bin aber darüber schon glücklich. Sonntag: Wir gehen abends in die Kirche in eine geistliche Abendmusik. Montag: W. holt mich ab, und nun weiß ich, dass ich es nicht mehr rückgängig machen kann, dass ich ihn liebe.« Eine lange, biegsame Klinge drang durch die Arterie neben meiner Leiste über beide Herzkammern und die Halswirbelsäule durch das Foramen magnum bis in die Schädelhöhle und durchbohrte das Stammhirn. »Das, mein Freund, ist die schonungslose Wahrheit.« Eine zweite Klinge fuhr durch die linke Halsschlagader direkt in den Cortex. Ich begann allmählich zu begreifen. »Nicht geschrieben habe ich bis jetzt, was ich für Kämpfe mit mir focht. Du oder W.? Dich aufgeben? – Nie! W. aufgeben? Ich kann es nicht! Trotz W. aber, glaube mir das bitte, liebe ich Dich noch, ich weiß, dass ich Dich mit W. betrüge, und kann doch nicht zurück. Andererseits ist meine Freundschaft zu W. nicht von der Tragweite, der Schwere unserer Liebe im Villenort. Ich habe eben W. versprochen, solange er noch als Soldat in der hiesigen Kaserne ist, für ihn da zu sein. Ich konnte nicht anders, denn er liebt mich, und ich kann, das ist mein Verhängnis, keinen mir sympathischen Menschen unglücklich sehen. Mein Guter, ich weiß, es ist für Dich, nach allem, was im Villenort war, wahnsinnig schwer, mich zu verstehen, ich verstehe mich selber nicht, ich bin manchmal am Verzweifeln, und trotzdem kann ich nicht zurück, trotzdem muss ich W. lieben. Nun hoffe ich auf Dich, wirst Du mir so viel Verständnis entgegenbringen können? Ist Deine Liebe so groß, dass Du das alles ertragen kannst? Glaube bitte nicht, dass ich mich irgendwie im Recht fühle, ich weiß, ich, ich allein bin schuld, ich musste uns, Dich unglücklich machen, aber ich kann nicht anders, muss weitermachen, bis alles endet, bis ich wieder zu meiner Ruhe zurückkehren kann. Ich warte sehr auf Deinen Brief, bitte versuche mich zu verstehen, denn ich liebe Dich, trotz allem Deine Olga.«

Beide Klingen kreuzten sich im Thalamus, Stoß auf Stoß, ein tödliches Duell. Ich stürzte zu meinem Schreibtisch, und ohne zu überlegen, schrieb ich an mich selbst folgende Zeilen: »Ein junger Mann sitzt am Schreibtisch. Er sieht alles überklar vor sich. Die braungetönte, furnierte Schreibtischplatte mit den abgerundeten Ecken. Der grüne Filzbelag mit den vielen Tintenklecksen und Malereien gedankenloser Augenblicke. Eine Zeichnung zum Beweis des Satzes von Pythagoras, darauf ein krokodillederimitierendes Brillenetui, innen mit kariertem Stoff gefüttert. Das alles erfasst sein Blick. Und doch ist diesem jungen Mann vor fünf Minuten die Frau gestorben.«

Zum ersten Mal in meinem Leben hatte ich mit dem Labyrinth der Liebe Bekanntschaft gemacht, ein Labyrinth, das keinen Ausgang hat, in dem der Ariadnefaden ein Henkersseil ist und Minotaurus von den Jungfrauen gefressen wird. Trotzdem fühlte ich mich besser. Zum ersten Mal hatte ich Schreiben als echte Lebenshilfe genutzt. Die banalen Details, die ich beschrieben hatte, stillten die Blutung meiner klaffenden Herzwunde. In den nächsten Tagen verfasste ich drei verzweifelte Briefe, in denen ich mit Vorwürfen und flehentlichen Bitten nicht sparte. Sie würde sich offenbar jedem sympathischen Menschen an den Hals werfen. Das sei Promiskuität. Ich flehte um Mitleid meiner Familie gegenüber. Meine Mutter sei ganz verzweifelt. Mein Hauptargument lautete, man könne Liebe nicht teilen. Olga reagierte ungehalten: »Du hast recht, man kann nicht zwei Menschen auf einmal lieben. Du siehst gleich am Anfang dieses Briefes, was das Ende sein wird, das Ende des Briefes und das Ende überhaupt. Ich war über Deine Briefe enttäuscht, ja empört. Wenn Du an mein Mitleid Deiner Familie gegenüber appellieren willst, dann hast Du damit gerade das Allerdümmste getan. Ich kann Dir versichern, bei mir hätten nicht einmal meine Eltern etwas gemerkt, geschweige denn Oma und Onkel. Was ich in der letzten Woche durchgemacht habe, das kann keiner ahnen. Es ist gerade für mich sehr, sehr schwer gewesen, mich zu entscheiden, und ich war manchmal fast wahnsinnig vor Gedanken und Grübeln. Als ich dann auf Deine Briefe hin mit meiner Mutter sprach, war sie entsetzt, wie ich das und vor allem etwas, was ich schon seit fast zehn Jahren für mich allein schleppe, tragen konnte. Aber was erzähle ich Dir hier dies alles, der Sinn des Briefes ist ja doch, das Ende herbeizuführen. Nun schließe ich, es tut mir wirklich weh, dass ich Dir Schmerz bereiten muss, aber Du kannst mir glauben, dass ich in den letzten Wochen ebenso viel gelitten habe wie Du und dass ich es auch ertragen konnte. Wenn es nach mir geht, bleiben wir trotz allem gute Freunde, Olga.« Mich überkam eiskalte Ruhe. Ich ließ den Brief fallen, und er flatterte auf den Strohteppichboden. Dann verfasste ich ein Antwortschreiben in einem unnatürlich verständnisvollen, versöhnlichen Ton, in dem ich das Fazit meiner großen Liebe zog: »Die vergangene Zeit hat für mich zwei wertvolle Dinge gebracht: Ich habe die Liebe zur Frau kennengelernt, ich bin dadurch reicher geworden, und ich will nicht vergessen, Dir für all das, was Du mir gegeben hast, zu danken. Aber ich weiß jetzt auch, dass ein gewisses Mindestalter zur Erfüllung der Liebe vorhanden sein muss.«

Die ganze Affäre war ein Lehrstück gewesen, weniger über die Liebe als über meine Fähigkeiten als Illusionskünstler. Doch gelernt hatte ich nichts dabei. Ich ging nun sehr oft ins Kino. Die Welt der Illusionen schien mir ehrlicher als das, was sich als Wirklichkeit ausgab. Außerdem begann ich, Tagebuch zu schreiben: »Donnerstag, den 3. April: Hoffentlich denke ich nie lächerlich über das, was ich jetzt schreibe. Mir ist heute so stark wie nie bewusst geworden, dass nicht das Objekt entscheidend ist, sondern die Art der Beziehung, in der *ich* zu ihm stehe. Der Grad der Leidenschaftlichkeit dieser Beziehung macht Gut oder Böse, besser, wahr oder unwahr aus. Das Absolute des Objekts (Kunst, Religion ...) ist ein Irrtum. Erst die Anteilnahme des Subjektes heiligt die Existenz des Objekts. Ich leide in diesen Tagen sehr. Besser gesagt: Ich darf leiden, und zwar *leiden*schaftlich. Ich gehe Kierkegaards Weg des Ärgernisses, und ich wehre mich mit Händen und Füßen gegen die Behauptung meiner Eltern, ich befände mich in einer bloßen Jugendperiode, die sich im Niederziehenden badet. Ich glaube, die angebliche Weisheit des Alters, die sich in einer gewissen Mäßigung äußert, ist nichts weiter als Stumpfheit, Abgenutztheit der Sinne und des Verstandes. Auf die Leidenschaftlichkeit darf nie verzichtet werden.«

Der März war ein besonders trüber Monat. Ununterbrochen fiel ein sanfter Nieselregen und glasierte die Gefängnismauern der Klinkerfassaden. Das Wetter passte gut zu meiner Gemütsverfassung. Ich ging auf den Jahrmarkt, der auf dem freien Gelände vor der Markthalle stattfand, nicht um mich aufzuheitern, sondern um die Absurditäten einer solchen Institution zu genießen, ihre Folterinstrumente, ihre Geschmacklosigkeiten. Ich überwand mich sogar, Kettenkarussell zu fahren wie einst als Kind auf der Insel. Alles stand auf einmal schräg, drohte in einen Abgrund zu rutschen, die Buden, die Menschen. Dazu laute Musik mit einer fast gewalttätigen Tristesse, wie sie nur Schlager aus verzerrenden Lautsprechern im Regen haben können. Ich sah ein stark geschminktes Mädchen in einer Bude, ging hin und nahm ein Gewehr entgegen. Ich schoss zweimal daneben, dann aber traf ich mit dem letzten Schuss das Porzellanröhrchen. Das Mädchen reichte mir eine gelbe Stoffrose wie einem Troubadour, der ihre Gunst gewonnen hat. Ein Gefühl wohliger Trauer überkam mich. Und plötzlich waren sie da, Wörter und Buchstaben, erst tief in mir, dann strömten sie mir plötzlich über die Lippen: »Leere Lippen Nullen lallen, alle sind und alle fallen, durchs Tor, durch das des Geistes Spur zur Hölle fuhr.« Ich sprach mir diese Verse immer wieder laut vor, aus Angst, sie wieder zu vergessen. Es war schon spät, als ich nach Hause kam. Mein Vater war auf Dienstreise. Ich ging durch den Flur zum Schlafzimmer und trat ein, ohne zu klopfen. Meine Mutter lag im Bett, aufgebahrt in ihrem Fett, ihrem erschlaffenden Bindegewebe und ihrer ziellosen Sehnsucht, neben sich ein leeres Glas und eine ausgetrunkene Flasche Feurio. »Ich habe ein Gedicht gemacht«, sagte ich. »Diesmal ist es aber kein Weihnachtsgedicht.« Sie starrte mich erwartungsvoll aus ihren braunen, vortretenden Haselnussaugen an, und ich sagte leiernd die Verse auf, als drehte ich an einer Kurbel, die in meinem Herzen steckte. »Leere Lippen Nullen lallen«. Sie nickte und sagte: »Das hast du gut gemacht, mein Sohn.«

*

B. sagte mit leiser Stimme, wobei er sich erhob und zur Tür ging: »Zweifellos befand ich mich damals an einem Bifurkationspunkt. Ich wünschte, der kleine graue Mann käme noch einmal vorbei und brächte mich an jene Weggabelung zurück. Die Möglichkeit, sich in Gedichten auszudrücken, war verlockend. Würde ich heute vielleicht den anderen Weg einschlagen? Ich hätte dann bestimmt mehr Erfolg gehabt. Andererseits hätte mich das kaum dem nähergebracht, was ich bis heute unter Glück verstehe: einen Zustand schönster und fruchtbarster Hoffnungslosigkeit.«

»Wen meinen Sie mit dem kleinen grauen Mann?«

»Ich weiß es nicht genau. Vielleicht so etwas wie mein Schicksalslenker. Er ist die Hauptfigur in dem ersten Theaterstück, das ich ein Jahr später schrieb. Es heißt ›Das Lächeln‹.«

»Um welches Lächeln geht es?«

»Um das Lächeln des kleinen grauen Mannes. Als er verschwindet, bleibt es in der Luft zurück. Es ist ein spöttisches Lächeln.«

B. fuhr mit dem Fahrrad zurück. Ein sanfter Nieselregen, genau wie der, als er damals zum Jahrmarkt gegangen war. Es wunderte ihn nicht, dass auf dem großen Platz vor dem Hotel ein Riesenrad stand. Es gab auch einige Buden, darunter eine Schießbude. Überall waren Kinder. Sie drängten durch die engen Gänge zwischen den Buden. Ihre Gesichter waren schmutzig. B. ging zur Schießbude und ließ sich ein Gewehr geben. Dann zielte er auf einen kleinen Spiegel, in dem er sein blasses Gesicht sah.

28

Mitten in der Nacht erwachte B. von einem Geräusch. Er lag mit offenen Augen da und starrte gegen die Decke. Da hörte er es wieder. Schlurfende Laute wie von Schritten. Er stand auf und schlich zur Tür. Leise öffnete er sie einen Spalt und blickte in den Flur. Er sah, wie sich ein Mann entfernte. Er war klein und trug einen grauen Mantel. An der Stelle, an der sich der Flur teilte, blieb er unschlüssig stehen. B. zog sich hastig an und verließ sein Zimmer. Der Flur war leer.

Ohne gefrühstückt zu haben, machte er sich auf den Weg zum Institut. Diesmal verzichtete er auf sein Fahrrad. Er wollte nicht zu schnell ans Ziel kommen. Auf dem großen Platz vor dem Hotel sah er den kleinen Mann wieder. Er folgte ihm in eine enge Straße und achtete darauf, dass sich der Abstand zwischen ihnen nicht verringerte. Plötzlich geschah etwas Seltsames. Da waren plötzlich zwei kleine Männer vor ihm, deren Silhouetten sich vollkommen glichen. B. kannte das Phänomen solcher Doppelbilder von der Stereoskopie. Zwei zweidimensionale Fotografien vom gleichen Motiv, aus einem jeweils etwas anderen Gesichtswinkel aufgenommen und mit einer Prismenbrille zur Deckung gebracht, ergaben den Eindruck des Dreidimensionalen. Da B. als Junge keine solche Brille hatte, hatte er durch Übung gelernt, die Fotos auch ohne sie zur Deckung zu bringen. Dazu musste man das automatische Akkommodieren der Augen ausschalten und das eine Bild mit dem linken, das andere mit dem rechten Auge ansehen. Parallelblick nennt man das. B. blieb stehen und versuchte die beiden Gestalten mit dieser Methode zur Deckung zu bringen. Er konnte es noch immer. Doch in dem Moment, als die beiden Figuren zu einer verschmolzen, lösten sie sich in Luft auf.

*

Ich wusste damals nach dem Jahrmarktsbesuch immer noch nicht, wie es weitergehen sollte. Aber ich fühlte mich seit langer Zeit zum ersten Mal innerlich stark. Ich begann Gedichte im Stile Rilkes zu schreiben. Jeden Tag. Manchmal eine ganze Flut von ihnen. Alle gereimt. Es war eine Art verbaler Onanie. Meine Mutter besaß ein kleines Konvolut von Rilkegedichten, das ein Freund für sie in kalligraphischer Jugendstilschrift angefertigt hatte, als sie zwanzig Jahre alt geworden war. Ich vermute, dieser Freund war sehr verliebt in sie gewesen. Die Blätter waren gelocht und wurden von einem rosa Seidenfaden zusammengehalten. Diese Form der Publikation übernahm auch ich nun. Ich schrieb die Texte auf der Reiseschreibmaschine meiner Mutter und vernachlässigte mein Chemielabor und meine Radiowerkstatt im Keller. In den Sommerferien war ich auf Einladung Muttls wieder in der Waldkolonie. Mit dem Fahrrad meines jüngsten Onkels fuhr ich die *loci amoeni* meiner verlorenen Liebe ab. Ich kam traurig zurück. Onkel Anton versuchte mich aufzuheitern. Er ritzte mit dem Fingernagel lauter von der Seite gesehene weibliche Brüste in die Damasttischdecke in Muttls Esszimmer und erklärte mir die unterschiedlichen Formen. Die Birnenform, die Apfelform, die Kegelform. »Der Busen deiner Freundin gehört bestimmt zur Kategorie Kegelform. Ich nehme doch an, du hast ihn gesehen.« Er klopfte mir auf die Schulter. »Mein Junge, begreife doch endlich, dass Liebeskummer ein Geschenk der Musen ist. Hör dir mal das an.« Er legte Fischer-Dieskau auf. Schuberts Liedzyklus »Die Winterreise«. »Wunderschön, nicht wahr?«, sagte Onkel Anton. »So traurig und so voller Liebe. Die meisten seiner Lieder sind Schuberts permanentem Liebeskummer zu verdanken. Das macht sie so wunderbar bittersüß, wie Erdbeerbowle mit einem Schuss von Angostura. Merke dir, mein Junge, allein auf eine ausgewogene Mischung der Kontraste kommt es an. Dauerndes Glück ist fade, dauerndes Unglück betäubt. Schubert war damals unsterblich in seine Klavierschülerin, die Komtesse Caroline Esterhazy verliebt.

Aber sie war adlig und damit für ihn unerreichbar. Außerdem hatte er Syphilis und war schon ziemlich schwach. Es ist zudem zu bezweifeln, dass das hübsche Ding in seinen Lehrer verknallt war. Er war mit seiner hohen Stirn, dem Bauchansatz und den wirren Haaren nicht gerade attraktiv. Aber seine besten Sachen, ›Die Winterreise‹, das d-Moll-Streichquartett ›Der Tod und das Mädchen‹, hat er erst jetzt schreiben können. Auch unsterbliche Klavierstücke für vier Hände wie die ›f-Moll-Fantasie‹. Er setzte die Noten so, dass sich die Arme der Spieler zuweilen kreuzen und sich dabei ihre Hände berühren mussten, so verliebt war der arme Kerl.« Die Worte meines Onkels berührten mich tief. Ich musterte ihn bewundernd und bemerkte dabei zum ersten Mal die feinen Verästelungen geplatzter Äderchen rechts und links seiner markanten Hakennase, vermutlich vom Druck seiner Lesebrille verursacht. Als ich seine Brille später auf dem Wohnzimmertisch entdeckte, sah ich, dass ihre Gläser nicht geschliffen waren. Es war eine Theaterbrille.

An jenem Abend betrachtete ich mich im Spiegel, der im Foyer des Hauses hing, und fotografierte mich dabei. Eine Art Fahndungsfoto. Es war offensichtlich: Ich war hässlich, hatte eine zu hohe Stirn, eine zu große Nase, ein fliehendes Kinn. Die schwere Hornbrille verstärkte all diese Mängel noch. Ja, es stimmte, ich war ein großer, dünner Zwerg Nase. Der Sonnenbrillenmann sah sicher viel besser aus. Ich beschloss Gegenmaßnahmen. Dreimal am Tag machte ich Liegestütze, und wegen meines leichten Körpers schaffte ich es bald auf fünfzig. Wieder zurück bei meinen Eltern ließ ich meine Haare trotz ihrer Einwände wachsen, bis sie sich mit viel Wasser in die Stirn kämmen ließen. Dann hatte ich eine furchtbare Idee. Ich holte aus meinem Chemielabor die braune Flasche mit dem Totenkopfetikett und tupfte hochprozentige Schwefelsäure auf meinen Nasenrücken. Es brannte wie Feuer, und die Haut rötete sich. Schnell versuchte ich, die Säure mit einem nassen Waschlappen zu entfernen. Aber es war zu spät. Was als Nasenverkleinerung gedacht war, erwies sich als höchst töricht. Tagelang musste ich mit einer angeschwollenen Nase herumlaufen, deren Haut sich kräuselte und aufbrach, sodass gelblicher Schorf die Wunde bedeckte. »Ich hatte einen Unfall«, log ich in der Schule.

Zweifellos war meine Lebenslinie an einem Tiefpunkt angelangt, und es war nicht abzusehen, wann es wieder bergauf gehen würde. Immer noch verfasste ich gereimte Gedichte im Rilke'schen Ton, allerdings nicht mehr so viele. »Wo bauchige Vasen im Wasser treiben, an Buhnen sich reiben und Fischaugen glasen ...« Das Wiegen der Reime beruhigte mich. Als ich im Kino den russischen Film »Wenn die Kraniche ziehen« sah, verliebte ich mich in die Hauptdarstellerin Tatjana Samoilowa und verfasste ein Liebesgedicht an sie. Ich wollte es der Schauspielerin schicken, aber es erwies sich als unmöglich, ihre Adresse herauszufinden.

Zu Weihnachten bekam ich als Hauptgeschenk endlich die lang ersehnte eigene Schreibmaschine. Ich hielt es kaum aus während des Weihnachtsessens, Karpfen blau und Kröver Nacktarsch. Endlich durfte ich mit meinem Schatz in mein Zimmer. Ich begann einen automatischen Nonsenstext zu schreiben, der mit den Sätzen begann: »Jener ist glucklich, dieser nicht. Armer Poet, warum bist du verruckt? Du bist schon ein furchtbarer Kerl weil du zum Donnerwetter nochmal keine Tuttelchen über dem a hast.« Es gab auf der Maschine keine Umlaute, dafür Vokale mit Akzenten, die Abkürzung Fr für Franc, ein Trema, ein C mit einem Komma darunter, einer Cédille. Offenbar war die schwarze Olympia für den französischen Markt gedacht. Vermutlich hatte sie mein Vater aus dem Büro mitgenommen, da dort niemand mit einer solchen Maschine etwas anfangen konnte. Für mich aber war es eine Offenbarung. Ich übte eine ganze Weile auf dieser Maschine, zuerst mit zwei Fingern, dann mit vier, schließlich mit sechs. Die Umlaute fabrizierte ich mit Hilfe des Tremas. Dieser Umstand erwies sich als Segen, denn er erzwang einen Moment des Innehaltens und Nachdenkens während des Schreibens.

Vielleicht wäre ich auf einer Maschine mit normaler deutscher Tastatur nie ein Poet geworden. Ich schrieb wie besessen, zum Beispiel Texte wie diesen: »Ich habe in der Hand ein kleines Leuchten, ich singe von den Sternen, die ich in meiner kleinen Hütte fand. Ich bitte Euch, weise Herren, helft mir den Schlüssel zu finden, den ich in der Manteltasche des Gestern verlor.« Aber ich spürte, dass mir zur Qualität meiner Texte etwas Entscheidendes fehlte. Irgendein Wunder, das mir Inspiration verlieh. Das Wunder geschah: Ich begegnete meinem Leseengel von der Insel wieder. Mitten auf dem Paradeplatz. Es war ein windiger und kalter Tag. Ihre spitze Nase leuchtete mir rot wie der Preester entgegen. Wir freuten uns ehrlich und schüttelten uns die Hände wie ein altes Liebespaar, das sich wiedergefunden hat. Sie war in unsere Kleinstadt versetzt worden, an eine größere Bibliothek zwar, jedoch mit ebenso wenig interessierten Kunden wie auf der Insel. Ich sah ihr in die grauen, von lebenslanger Lektüre kurzsichtig gewordenen Augen, und noch am selben Tag eilte ich in die Volksbücherei, und wirklich, sie stand hinter dem Tresen und lächelte mich an wie ehedem auf der Insel, und ich lächelte zurück, wie nur Komplizen lächeln können. In maßloser Gier las ich alles, was mir mein Bücherengel über den Tresen schob. Dostojewski, Tolstoi, Karl Philipp Moritz. Kafka war natürlich die entscheidende Lektüre, denn sie entsprach am meisten meinem Lebensgefühl, obwohl mich bei den Romanen und Erzählungen des Prager Autors jedes Mal eine Art bleierner Müdigkeit befiel und ich länger als gewöhnlich brauchte, seine Werke bis zum Ende zu lesen. Das war anders beim »Idioten« von Dostojewski. Diese Prosa zog mich sofort in ihre reißende Strömung. War ich nicht selbst ein kleiner Myschkin? Ich malte den Helden des Buchs, so wie ich ihn mir vorstellte, mit Kohle auf eine große Pappe und hängte das Bild an die Wand meines Zimmers.

Noch etwas anderes geschah in diesen Tagen und wirkte sich entscheidend auf meinen Lebensweg aus. Ich hörte regelmäßig die wöchentliche Sendung des NDR-Abendprogramms. Diesmal ging es um einen gewissen Comte de Lautréamont, einen seltsamen Menschen, der 1868 nachts in einem Hotelzimmer zu wilden Klängen am Klavier deklamierend ein einziges Werk verfasste: »Die Gesänge des Maldoror«. Es handelte in hymnischen Textpassagen vom Bösen und seiner Vergoldung zu einer Art negativer Tugend, die alles durchdringt. Der Autor war extrem erfolglos. Sein Name war ein Pseudonym, abgeleitet von »l'autre Amon«, der andere Amon. Amon war ein hebräischer Vorname. Sein bekanntester Träger wurde wegen Götzendienst ermordet. Lautréamonts Buch wurde zwar gedruckt, aber ignoriert. Er starb 1870 während der Belagerung von Paris in seinem Hotelzimmer an einem bösartigen Fieber. Seine Gesänge wurden durch Zufall während des Ersten Weltkrieges wiederentdeckt und zu einem Schlüsselwerk für die moderne Literatur. Ich ging am nächsten Tag zu meiner Bücherfee. Der Titel war tatsächlich im Katalog enthalten. Sie holte das Buch aus dem Giftschrank des Magazins, wie sie sich ausdrückte, und händigte es mir widerstrebend aus. Es war rot eingebunden. Blutig-rot. Ich schlug das Buch auf. Schon der Anfang war vielversprechend: »Gebe der Himmel, dass der Leser, erkühnt und augenblicklich von grausamer Lust gepackt, seinen steilen und wilden Weg durch die trostlosen Sümpfe dieser finsteren und gifterfüllten Seiten findet, ohne die Richtung zu verlieren; denn wofern er nicht mit unerbittlicher Logik und einer geistigen Spannung, die wenigstens seinen Argwohn aufwiegt, an diese Lektüre geht, werden die tödlichen Ausdünstungen dieses Buches seine Seele durchtränken wie das Wasser den Zucker. Es ist nicht gut, dass jedermann die folgenden Seiten lese. Nur Einzelne werden diese bittere Frucht gefahrlos genießen.« Diese maßlose Behauptung reizte meinen naturwissenschaftlichen Verstand. War es wirklich möglich, dass dieses Buch einen anderen Menschen aus mir machen konnte? Zu Hause las ich das Werk wie im Rausch, die ganze Nacht hindurch. Es gab unglaubliche Sätze: »Mein ganzes Leben lang sah ich die Menschen mit engen Schultern, ohne eine einzige Ausnahme, stupide und zahlreiche Taten vollbringen, sah ihresgleichen verdummen und die Seelen mit allen Mitteln verderben. Das Motiv ihrer Handlungen nennen sie Ruhm. Bei solchem Anblick wollte ich lachen wie die anderen. Das, seltsame Nachahmung, war unmöglich. Ich nahm ein Federmesser mit scharf geschliffener Klinge, und dort, wo die Lippen sich vereinigen, durchschnitt ich das Fleisch. Einen Augenblick lang glaubte ich mein Ziel erreicht. In einem Spiegel betrachtete ich diesen durch eigenen Willen verletzten Mund! Es war ein Irrtum! Das Blut, das reichlich aus beiden Wunden floss, hinderte mich zu erkennen, ob dies wirklich das Lachen der anderen sei.« Die »Gesänge des Maldoror« erschütterten die kleinbürgerlichen Strukturen meiner Lebenswelt in ihren Grundfesten. So schilderte der Autor die Vergewaltigung eines Mädchens durch eine Bulldogge. Anschließend weidete der Hundebesitzer das Mädchen durch ihre Vagina aus. Ein riesiges Schamhaar tanzte in einem Raum. Lauter Bilder von maßloser und betörender Scheußlichkeit bohrten sich in mein Hirn und stifteten dort heilloses Chaos. Am nächsten Tag kaufte ich eine grüne Glühbirne, die mein Zimmer in leichenfarbenes Licht tauchte. Ich las die »Gesänge des Maldoror« noch einmal. Ganze Passagen sprach ich mit erhobener Stimme, als predigte ich von einer Kanzel. Im grünen Licht sah der Einband des Buches aus wie getrocknetes Blut. Nie wieder gereimte Gedichte, dachte ich. Jede Form von Harmonie war Dummheit. Wenn man eine Chance im Leben haben wollte, dann musste man sich im Schlamm einer abartigen Phantasie wälzen wie ein Schwein, das auf diese Weise die Stechmücken der Realität bekämpft.

Das Buch half mir dabei, mich endlich erfolgreich gegen die Dominanz meiner Mutter zu wehren. Sie aber wollte die über die Jahre gewachsene Herrschaft über mich nicht so einfach aufgeben. Immer wieder führte sie lange Telefonate mit meinem Vater, in denen sie sich über meine angebliche Renitenz beschwerte. Diese täglichen Denunziationen führten zu dramatischen Situationen. Einmal, als mein Vater aus dem Büro kam, ging er durch den langen schmalen Flur auf mich zu und schlug mir mit voller Wucht ins Gesicht. Der Schlag war so hart, dass ich gegen die Tür meines Zimmers prallte und aus Nase und Lippen blutete. Ich starrte ihn an wie ein fremdes Wesen. Das also war der Mann, den ich einst in meinen Briefen als Freund bezeichnet hatte. Dann ging ich in mein Zimmer und setzte mich auf einen Stuhl. Ich blickte zum Wandspiegel und musste grinsen. Das Blut in meinen Mundwinkeln wischte ich nicht ab, denn ich sah aus wie Maldoror. Mein Vater aber litt unter seiner Tat. Er war ganz grau und sprach eine Weile nicht. Sicher war ihm bewusst, dass er zu weit gegangen war. Aber er brachte auch keine Entschuldigung über die Lippen. So kam es zum ersten Mal in unserem Leben zu einer langen Zeit des Schweigens zwischen uns, zu einem tiefen Graben aus nicht ausgesprochenen Klagen und Vorwürfen. Auch ich litt unter diesem Schweigen. Nur meine Mutter schien es zu genießen. Sie war gut gelaunt wie schon lange nicht mehr.

Meine Eltern waren zu dem Schluss gekommen, dass die Gitarre schuld war an meinem renitenten Wesen, und verboten mir, auf ihr zu spielen oder gar bei dieser zwielichtigen Dixielandband mitzumachen. Ich schloss mich daraufhin in die Toilette ein und drohte, mich umzubringen. Als ich mich weigerte herauszukommen, nahmen sie schließlich Abstand von ihrem Verbot. In dieser Zeit ging die Saat in mir auf, die Hoop gesät hatte, als er »Mor« vorlas, und die durch die »Gesänge des Maldoror« weiteren Nährstoff erhalten hatte. Ich schrieb auf meiner schwarzen Olympia inzwischen ungereimte Gedichte mit morbiden Metaphern und finstere Geschichten, in denen es meistens regnete, kleine Theaterstücke, in denen ein grauer Held seine Einsamkeit feierte. »Ich kenne die Nächte der Fieberkranken. Die Luft haftet wie abgestandenes Bier an den Wänden. Winzige Thermometer brechen zwischen den Lippen der Unglücklichen, und ihr Jammern überzieht den Mond mit Dunkelheit. Der Auswurf ist in solchen Nächten ohne Farbe, und jede Regung

deiner Seele oxydiert wie Quecksilber im ungeläuterten Herbst-
sturm.« Mit Hilfe meines Leseengels stieß ich auf weitere Bücher,
die mich in der eingeschlagenen Richtung bestärkten, darunter das
Werk von Rimbaud mit seinen wilden Spracheskapaden. Aber auch
sehr luzide Texte gehörten dazu. Zum Beispiel »Monsieur Teste«
von Paul Valéry, dieser Kurzroman, der mit einem Satz von extremer
Sprengkraft beginnt: »Dummheit ist nicht meine Stärke.« Ich nahm
mir vor, diesen Satz zu meinem Lebensmotto zu machen. Alle hingen sie miteinander zusammen wie das Myzel eines einzigen riesigen Pilzes. Auch meine Texte gehörten dazu. Ich war jetzt ein Poè-
te maudit, ein Ausgestoßener, den das Scheitern in der Gesellschaft
adelte. Maudits gab es nur in Kleinstädten wie der, in der ich lebte.
In Großstädten können sie nicht entstehen. Auch im Villenort wäre
ich nie ein Maudit geworden, ebenso nicht auf einer Insel. Ein Maudit muss selbst eine Insel sein, und auf einer wirklichen Insel ist das
unmöglich.

Immer noch ging ich oft ins Kino, weniger der Filme wegen als
wegen der Möglichkeit, dort meine Einsamkeit wie auf einer Bühne zu inszenieren. Der eigentliche Film fand nicht auf der Leinwand
statt, er war im Saal, und ich war der Hauptdarsteller. Die Inszenierung war immer die gleiche. Trübes Wetter, Nebel oder Regen. Ich
ging in die Innenstadt, trug einen schweren, von Feuchtigkeit vollgesogenen Mantel mit hochgeschlagenem Kragen und einen schwarzen Wollschal, den ich eng um den Hals geschlungen hatte. Meine
Einsamkeit beleuchtete den Weg. Ich brauchte die Menschen nicht,
die stark waren in ihrer Dummheit. Ich brauchte weder Herkunft
noch Ziel. Die Kinofassade hatte etwas Kulissenhaftes, leicht vorn-
übergeneigt und mit trüben Farben bemalt. Der obere Stock war
unbewohnt, die Fenster starrten mich an mit leerem Blick. In der
Eingangshalle war es unnatürlich warm, aber ich behielt den Mantel an, denn er schützte mich vor den Gefahren des Wohlbefindens.
Kinoplakate an den Wänden, viele mit beschädigten Rändern. In

der Glasscheibe der Kasse mein blasses Gesicht, verzerrt von den Unebenheiten der Scheibe. Die Kartenverkäuferin in ihrem Käfig wie ein zerzauster Kanarienvogel. Ich hatte Mitleid mit ihr, und mein Mitleid verwandelte sich augenblicklich in Liebe. Das war die neue Chemie der Gefühle. Eine blitzartige Änderung des Aggregatzustandes von Eis in Wasser, ein Phasenübergang, bei dem Wärme verbraucht wird, ohne dass sie die Temperatur erhöht. Als sie mir die Karte gab, lächelte sie vielsagend. Ich ging über den verschlissenen Läufer zum Kinosaal. Die Tür zum Saal war weit geöffnet. Verbrauchte Luft schlug mir entgegen. Ich zeigte meine Karte. Die Platzanweiserin war hübsch. Ich musterte sie ungeniert, taxierte ihre Figur, während ich mit den Fingern die Karte in meiner Manteltasche zerfetzte. Die Sperrholzsitze knarrten. Die meisten waren leer. Ich setzte mich in die zweite Reihe, ganz außen, und legte den nassen Mantel auf meine Knie. Dann starrte ich auf den großen, schweren Vorhang. Er war rot und voller Flecken. Immer mehr Besucher kamen. Ich hörte ihr Raunen, roch ihren Schweiß, den Dampf aus ihren Mänteln. Ich hörte das Rascheln der Bonbontüten, während ich eine kalte Zigarette in der Hand hielt, denn Rauchen war verboten. Jemand kam. Ein Mädchen schob sich an meinen Knien vorbei. Ihr Mantel hing offen. Ich roch ihr Parfüm. Sie setzte sich vier Plätze weiter. Unendlich weit. Dann der Film. Ich war Jonas, der traurige Held in ihm, der vergeblich versuchte, seinen Filzhut loszuwerden. Er vergaß ihn absichtlich an allen möglichen Orten, aber immer wieder tauchte er auf. »Die Vergangenheit ist ein Bumerang aus Filz«, sagte eine Stimme hinter der Leinwand. Als ich das Kino verließ, merkte ich lange nicht, dass ich meinen Schal vergessen hatte.

Häufig saß ich nun allein in der Milchbar am Jungfernstieg und las oder schrieb. Ich rauchte Lux, trank Wodka mit Kirsche. Die gläserne Tischplatte des Nierentischs spiegelte mein Gesicht. Sie war ein schwarzer Teich, in dem Metaphern wie Seerosen trieben. Draußen gingen Schattenwesen vorbei, auch drinnen an der Bar sa-

ßen Schattenwesen, Menschen, die am Ufer des Styx auf ihre Überfahrt warteten. Der tote Unterarm der Eider, den die weiße Brücke
wie ein skelettierter Finger überspannt, war der Fluss der Unterwelt.
Sein Wasser war grün und giftig. Trank man daraus, machte es unsterblich. Ich schrieb: »Irgendwo gibt es marmorschwarze Platten
aus Glas. Dort spiegeln sich weiße Gesichter im blassen Licht der
Neonröhren. In blauen Zigarettendunst gehüllt sitzen Menschen
um den Tisch. Sie nagen an bleichen Knochen, und die purpurnen
Feuerstreifen wachsen, grauen Schnee hinter sich türmend. Braunes
Gift windet sich heiß, stößt taumelnd in die Nacht. Sie beugen sich
tief über irdene Schalen und speien Nebel aus ihren Mündern. Sie
schlingen, und immer neue Speisen bringt die große Mutter. Nach
dem Essen entleeren sie ihre Mägen. Das fließt dann grün über den
Kristall, tropft langsam über den Fußboden. Die Fliegen wissen das,
und sie feiern an solchen Tagen ihre Freudenfeste.« Ich las die Lyrik-
anthologie »Transit«, die ein Dichter namens Höllerer herausgege-
ben hatte. Hier waren alle Stilrichtungen der zeitgenössischen Lyrik
versammelt. Es war ein Kochbuch der Sprache mit vielen Rezepten,
von denen ich etliche ausprobierte. Leider gab es in der Milchbar
keinen Absinth. Aber es gab einen grünen Likör, und ich bat das
Mädchen an der Bar, ihn mir mit Joghurt und Sahne zu einem Shake
zu mixen. Anschließend ging ich zum Lornsen-Denkmal. Dieser
Mann war auch eine Art Maudit gewesen. Ich wusste inzwischen,
dass er wegen angeblicher aufrührerischer Umtriebe in Haft gekommen war und dass er die Verfassung Schleswig-Holsteins erst lange
danach in der Hitze südamerikanischer Kneipen schrieb. Er war von
Wahnideen geplagt, bildete sich ein, erbärmlich zu stinken und die
Menschheit mit seiner tödlichen Krankheit anzustecken. Schuldgefühle brachten ihn dazu, sich an den Genfer See zurückzuziehen und
ohne menschliche Kontakte in der Nähe von Byrons Landhaus zu
leben. Im Alter von nur 45 Jahren beging er auf eine grotesk konse-
quente Weise Selbstmord: Er schnitt sich die Pulsadern auf, ging in

den See, bis ihm das Wasser zum Hals reichte, und schoss sich mit einer Pistole in den Kopf.

In einem war ich mir sicher: Ich war jetzt kein angehender Naturwissenschaftler mehr, ich war Dichter, und das war ein Zustand und keine Funktion. Ich überlegte, was ich für Voraussetzungen brauchte, um gute Literatur zu machen. Mir fielen fünf Faktoren ein: 1. Leiden, existentielle Konflikte wie Einsamkeit und Erfahrung der Sinnlosigkeit des Lebens, und davon hatte ich reichlich. 2. Naturerfahrung, die hatte ich genügend auf der Insel gesammelt, 3. Bildung, da gab es viele Defizite, die ich unbedingt abbauen musste, 4. Menschenerfahrung, auch in diesem Punkt sah es nicht gut aus für mich, 5. Protest gegen alle Konvention. Da würde ich leichtes Spiel haben. Es reichte ja völlig, ehrlich zu sein.

»Ich will nicht unter euren Vorschriften ersticken«, sagte ich eines Tages zu meiner Mutter. Sie antwortete mit einem Satz, der mich wie eine Ohrfeige traf: »Du bist konventioneller, als du denkst.« Heute weiß ich, wie recht sie hatte. Wenn ich ein wenig Asche neben den Aschenbecher fallen ließ, wischte ich sie sorgfältig auf. Und ich versuchte, den Windsorknoten meines Schottenschlipses so sorgfältig wie möglich zu binden. Kernphysik interessierte mich inzwischen nur noch am Rande. Auch eine Liebe wie jene zu Olga interessierte mich nicht. Ich war der absurde Mensch. Das Absurde war schön, und es war die einzige echte Realität. Deshalb nannte ich den absurden Menschen konkretisiert. Um ein konkretisierter Mensch zu sein, musste man scheitern. Man musste die Qual ewiger Sinnlosigkeit akzeptieren wie eine verdiente Strafe. Ich war Sisyphos, der jeden Tag den Stein seines Daseins den Berghang des Alltags emporrollte, um ihm in der Nacht träumend hinterherzulaufen, wenn er herunterrollte. Aber ich war auch Orpheus, der tote Pflanzen und Tiere und selbst Steine durch seinen Gesang zum Leben erwecken konnte. Meine Lyra war einst ein Eierschneider gewesen und hatte sich jetzt in eine Gitarre verwandelt und zugleich in die Tasten meiner Olympia. Ich war auf dem richtigen Weg, gerade weil mich in dieser Kleinstadt diese trüben Klinkerbauten der Unterwelt und diese Ignoranz ihrer Bewohner umgaben. Als einige Klassen der Herderschule und des Mädchengymnasiums einen Ausflug in das Schullandheim Ascheberg machten, nahm ich einige meiner neuen Texte mit. Ich ging mit einem der Mädchen stundenlang durch den herbstlichen Wald und versuchte, ihr die Wichtigkeit morbider Visionen klarzumachen. Sie lachte immer wieder kurz auf und hielt dabei nach essbaren Pilzen Ausschau. Ich selbst hatte nur Augen für Fliegen- und Knollenblätterpilze. Am zweiten Abend las ich im Aufenthaltsraum einige meiner Elaborate vor. Eines davon hieß »Verzweiflung« und begann folgendermaßen: »Der gotische Turm spuckte verächtlich auf die Straße. Gerade vor die Füße Kollbecks, der in die behaarte Luft starrte. Die Kirchenuhr rülpste zweimal. Das bronzene Brunnenmännlein pisste über den goldenen Schalenrand. Kollbeck drehte sich an die Wand. Die Wand grinste. Kollbeck sah wieder auf die Straße. Ein Bettler fuhr in einer gelben Limousine vorbei. Kollbeck griff in seine Manteltasche. Sie war voller Schlamm. Er wusch sich das Gesicht im Urin und bot dem Brunnenmännlein eine filterlose Zigarette an. Aber das Brunnenmännlein rauchte nur Filter und pisste Kollbeck ins Gesicht. Das sah Kollbeck ein. Er ging nach Hause und drehte sich wieder an die Wand. Die Wand grinste.« Die anwesenden Mädchen kicherten, die Jungen machten Bemerkungen wie »So ein Schwachsinn«, und bald waren alle gegangen bis auf einen. Er saß immer noch da vor seinem Bier und betrachtete mich mit jenem ironischen Grinsen, das ich später noch so oft an ihm wahrnehmen sollte. Er hieß Jens und hatte einen gewaltigen blonden Haarschopf, war zwei Jahre jünger als ich und sah Rimbaud ähnlich. Er fragte mich, was ich mit diesen seltsamen Texten eigentlich erreichen wolle. Sein offenbares Interesse tat mir gut. Ich erklärte ihm die fundamentale Wichtigkeit der These, zum Guten nur über den mit Scheußlichkeiten gepflasterten Weg des Bösen gelangen zu können, und empfahl ihm dringend die Lektüre der »Gesänge des Maldoror«. Er, der in der Jungen Union war und Journalist werden wollte, widersprach nach Kräften, aber ich hatte ihn bereits an der Angel. Er wollte sogar eine Abschrift meiner Texte haben. Nachdem wir in unserer Kleinstadt zurück waren, besuchte ich ihn. Er hatte inzwischen selbst etwas geschrieben. Einen Prosatext, in dem ein gewisser Boskopp reihenweise Mädchen zerstückelte.

Wir trafen uns nun regelmäßig, mal bei mir, mal bei ihm. Unsere Abende entwickelten sich zu regelrechten Séancen. Wir tranken Unmengen Alkohol und verfertigten dabei automatische Texte, frei assoziiert, wie wir meinten, jedoch ferngesteuert von unseren Vorbildern. Da man mit Bier kaum den Zustand echter surrealer Phantasie erreichen konnte, erfand ich ein Getränk, das ich Molotowcocktail nannte. Rum und Rotwein je zur Hälfte, dazu einen großen Schuss Korn. Wir tranken diese trübe, scheußlich schmeckende Mischung mit Strohhalmen aus großen Wassergläsern. Heute würde man das Komasaufen nennen. Die Folgen stellten sich schnell ein. Wir lagen betrunken auf dem Teppich und lallten unsere spontan erfundenen Nonsenstexte.

Nachdem ich einmal nach einer solchen Nacht mit meinem Fahrrad nach Hause zurückfuhr und von der Fahrt nichts weiter mitbekam als zu Leuchtbändern verwischte Lichter der Straßenlaternen, wachte ich im Morgengrauen im Vorgarten unseres Hauses auf, die Speichen des Vorderrades über mir. Der bleiche Himmel war durch die Speichen unterteilt wie eine Kompassrose. Die Felge war die Milchstraße, die Radnabe das Zentrum unserer Galaxie, und ich war ins Bodenlose dieses Weltalls gefallen. Mein Vater sah mich, als er die Wohnung verließ, um ins Büro zu gehen. Er trat voller Verachtung mit dem Fuß gegen das Rad, unter dem ich mich gerade aufzurappeln versuchte. Mir war speiübel. Ich erbrach mich den halben Tag und konnte deshalb auch nicht in die Schule gehen, doch ich lächelte, wenn ich über der Kloschüssel hing. Diesmal würde ich den Teufel nicht mehr aus meiner Stirn lassen und hinunterspülen. Er würde in meinem Kopf Wohnrecht genießen, solange ich lebte.

Um mein karges Taschengeld etwas aufzubessern, gab ich Gitarrenunterricht. Zu meinen Schülern gehörte der kleine Sohn des Inhabers eines der verrufensten Etablissements der Stadt. Der *Leuchtturm* war ein Paradies für Trinker und ein illegales Bordell. Wenn ich zu meinem Schüler wollte, musste ich durch den Schankraum und dabei über schnarchende, halbnackte Leiber steigen, die dort ihren Rausch ausschliefen. Ich versuchte ohne Erfolg, dem kleinen, blassen Jungen Sieben-Nonen-Griffe beizubringen, und gab diesen Job bald auf. Was mich jedoch zufrieden machte: Ich hatte endlich einen richtigen Freund gefunden, der jünger war als ich, den ich zum Echo meiner Person machen wollte wie einst meinen Vetter Kai auf der Insel. Wolle hatte sich für diese Rolle als ungeeignet erwiesen. Darum verschwand er jetzt aus meinem Leben, obwohl dies ungerecht sein mochte. Aber experimentelle Texte bewirkten bei ihm leider nicht einmal eine Reaktion seines Darmtraktes. Und mit Wilhelm verband mich nur die Musik.

Jens und ich waren inzwischen unzertrennlich. Wir gingen im Nebel an den Hafen, umarmten die Kante des riesigen Silogebäudes und predigten unsere automatischen Texte gegen den Himmel. Der Vater meines Freundes war ein kleiner Mann, der immer verschmitzt aussah. Er ähnelte Heinz Rühmann und hatte die Angewohnheit, mittags in seinem Geschäft für Malerfarben mit Freunden Karten zu spielen. Dabei wurde Bier getrunken. Sie nannten es Frühschoppen. Das war neu für mich. Ich lernte schnell, dass ein guter Frühschoppen den Dingen einen besonderen Glanz verlieh, als habe man sie in Zaponlack getaucht. Die Mutter von Jens war das Gegenteil ihres Mannes. Sie war Französin, grazil, ernst und immer ein wenig traurig. Wahrscheinlich vermisste sie ihre Heimat. Man sah ihr an, dass sie einst sehr hübsch gewesen sein musste. Immer noch wirkte sie mädchenhaft. Sie war um ihren Sohn sehr besorgt, wollte ihm immer etwas Gutes tun. Dabei traf sie aber nur auf Ungeduld und Ablehnung. Wenn wir in seinem Zimmer saßen, tranken, rauchten, über Poesie redeten, über die Magie des Absurden, den konkretisierten Menschen und das Glück der Sinnlosigkeit, steckte sie zuweilen den Kopf zur Tür herein und fragte mit ihrer singenden Stimme, in der die französische Sprachmelodie immer noch durchklang, ob wir etwas bräuchten, einen Kaffee vielleicht. Jens brüllte: »Hau ab, stör uns nicht, du bist hier unerwünscht.« Ich erschrak über so viel Respektlosigkeit gegenüber der eigenen Mutter, die dabei doch so viel netter war als meine. Aber ich beneidete meinen Freund auch um diese Radikalität.

Ich verteilte Durchschläge meiner Texte an den beiden Gymnasien. Einmal kam ein Mädchen auf mich zu und nannte mich einen Existentialisten. Es schien für sie ein Schimpfwort zu sein. Ich versuchte, auch Wilhelm in unsere Séancen einzubeziehen. Er studierte inzwischen in Heidelberg Theologie, aber in seinen Semesterferien trafen wir uns häufig zu dritt, meistens bei mir zu Hause. Wir hörten Jazz oder Bartók, diskutierten endlos aneinander vorbei und verfertigten automatische Gedichte. Dabei tranken wir Moselwein und rauchten teure Zigarren, darunter einmal auch die aus der Glasröhre, die mir Onkel Otto geschenkt hatte. Ich servierte dazu meinen Freunden Tartar nach Onkel Antons Rezept. Da ich mich inzwischen nicht nur als Maudit, sondern auch als Dandy verstand, trug ich ein weißes Hemd mit abgerundetem Knopfkragen, einen Seidenschlips von meinem Großvater und eine rötlich-grün changierende Keilhose aus Dralon, außerdem spitz zulaufende schwarze Straßenschuhe. Wilhelm hatte meistens ein kariertes Holzfällerhemd an, das seine breiten Schultern zur Geltung brachte. Es war auch im Winter so weit aufgeknöpft, dass man seine blond behaarte Brust sah. Jens bevorzugte saloppe Kleidung, Jeans und Rollkragenpullover. Er gab am liebsten den gegen alles revoltierenden, aggressiven Zyniker, der jede Meinung gnadenlos zerpflückte, wenn sie nicht von ihm selbst kam. Wilhelm versuchte, in ebenso naiver wie beredter Weise, seinen Glauben und sein Theologiestudium zu rechtfertigen, die Jens und ich als eine Spielart des Schwachsinns bezeichneten. Wilhelm, den wir wegen seines wohlgenährten, ebenmäßigen Gesichts Posaunenengel nannten, verteidigte sich mit Bultmanns dialektischer Theologie. An die Auferstehung könne man zwar glauben, aber es werde eigentlich nur damit gesagt, dass man nicht ins Nichts stirbt. »Und in was stirbt man dann?«, fragte Jens. Wilhelm schwieg und schien zu überlegen. »Ich will es dir sagen«, fuhr Jens fort. »In eine Kiste aus Holz.« Ich sagte: »Der Tod ist der kongeniale Begleiter des Lebens. Seine Grundierung sozusagen. Der liebe Gott ist ein peinlicher Mythos.« Wilhelm war weitaus gebildeter als wir und steckte voller Wissen, das er sich in den Heidelberger Seminaren angeeignet hatte. Mythen seien Symbole für reales Leben, erklärte er. Gott sei das ganz andere. Man dürfe sich nicht nur kein Bild von ihm, sondern überhaupt keine positiven Aussagen über ihn machen, nur negative. Das habe schon Schleiermacher so ähnlich gesehen. Aber Symbole seien sinnvoll. Sie seien Schlüssel für die Wirklichkeit. »Es gibt überhaupt keine Wirklichkeit«, konterte Jens. »Deshalb braucht man auch keine Schlüssel für sie.« »Am Anfang ist nicht das Wort«, sagte ich, »sondern das Wortspiel. Deshalb ist Heinz Erhardt einer der wichtigsten Theologen der Neuzeit. Ist euch übrigens schon aufgefallen, dass im Wort ›Nichts‹ das Wort ›ich‹ enthalten ist, und zwar genau in seiner Mitte? Das sagt doch wohl alles!«

Ich hatte ein Manifest vorbereitet, das uns zu einer surrealistischen Gruppe vereinigen sollte. Es begann so: »Wir sind hier versammelt, weil wir zurzeit nicht woanders sind. Zweimalzwei ist auch noch nicht am Blinddarm operiert.« Es folgte der Aufruf zu einer dadaistischen Aktion. »Wilhelm steht auf einem Stuhl mit zweitausenddrei Kakaobohnen in der Hand, Jens hält eine Tasse. Ich schlage mit einem rostigen Fahrradlenker auf die Nase von Jens, und Wilhelm lässt jedes Mal eine Kakaobohne in die Tasse fallen, in der sich das Blut aus der Nase sammelt.« Obwohl wir uns bei einem Schlachter Schweineblut besorgt hatten, kam es nicht zu einer Verwirklichung der Aktion.

Jens' Vater gehörte ein kleines strohgedecktes Sommerhaus in Nebel, am Rande der Dünen von Amrum. In den Herbstferien fuhr ich mit Jens dorthin. Ich war endlich zurück auf einer echten Insel. Es war die Nachbarinsel meiner alten Heimat, und das war gut so, denn ich musste keine Verwandten oder ehemaligen Schulkameraden ertragen. Ich konnte mich ganz und gar als Strandläufer, Seeheld, Pirat und Priester der Meereswellen fühlen. Mein Hochgefühl übertrug sich auf meinen Freund. Wir liefen durch die Dünen, über die riesige Bühne von Kniepsand, der der Insel an der Westseite vorgelagerten Sandbank. Ich war Hamlet, mein Freund Fortinbras. Wir hatten beide unsere Väter verloren, und das machte uns zu Halbwaisen. Nun wünschten wir den Tod unserer Mütter, um völlig frei zu sein. Wir tranken Grog und schrieben und lasen uns unsere Texte vor. Als es einmal regnete, rannten wir zur Wattseite und zitierten in einem alten Bootswrack sitzend Heines Nordseegedichte. Wir hatten von Des Esseintes, dem Helden von Huysmans' Roman »À rebours« gelernt, dass es zu jeder Poesie eine angemessene Kulisse gab. Hier war es der Trübsinn des Wattenmeeres mit seinem Schlick und seinen Muschelbänken, die sich bei Ebbe zeigten wie die rauen und zugleich fruchtbaren Felder unserer inneren Einsamkeit. In der Nähe gab es eine Baracke, in der Filme gezeigt wurden. Dort sahen wir »Abend der Gaukler« von Ingmar Bergman. Es war eine Offenbarung. Die Intensität dieser nordischen, poetischen Tristesse faszinierte uns. Waren nicht auch wir Artisten im Zirkus des Lebens? Ich war der Clown Frost, dessen Bär getötet wird. Sein weißgeschminktes Gesicht vor dem Spiegel mit dem Revolver, den der heruntergekommene Zirkusdirektor an seine Schläfe hält, war mein eigenes Gesicht. Seine angstvolle Todesverachtung war ein Triumph über die Dummheit der Lebenden. Mein Freund identifizierte sich mit dem schönen Schauspieler Frans, der Albert besiegt, auch wenn er viel schwächer aussieht. Als wir wieder im Haus waren, schminkte ich mein Gesicht mit Niveacreme und Mehl weiß. Ich hielt mir eine Messingpistole an die Schläfe, die in Wirklichkeit ein Feuerzeug von Jens' Vater war. Mein Freund rezitierte mit Pathos und künstlichem französischen Akzent banale Artikel aus einer Zeitung. Der Grog floss in Strömen. Ich hatte einen Kofferplattenspieler dabei und einige 45er-Platten. Ich legte eine Platte auf, die mir zufällig in die Hände gefallen war: Debussys »Nachmittag eines Fauns«. Das war keine Musik mehr, sondern Klang und Traum gewordene Bilderflut. Ein Teufelsintervall am Anfang, die Flöte, die über vier Halbtonschritte wehklagend zum Tritonus herabsteigt und dann voller Hoffnung wieder zurück zum Ausgangspunkt findet, das war ein Modell des Lebens. Abstieg und Aufstieg verschmelzen im sanften Hauch des Instruments zu einem einzigen Akt melancholischer Lust. Um Mitternacht rannten wir in Schlafanzügen, Baskenmützen auf dem Kopf, durch die Dünen, die im Mondlicht wie Schneewehen aussahen, dann über die tausend Meter breite Sandbühne des Kniep zur Brandung. Wir stürzten uns in voller Montur in die Wellen. Auch die Schuhe hatten wir anbehalten. Der Mond stand bleich am Himmel. Wolken jagten ihn wie graue Wölfe, deren Heulen der Westwind herbeitrug.

Amrum war unser Mekka geworden, wo sich die göttliche Einheit von Poesie und Leben zelebrieren ließ. Als der Vater meines Freundes mit zwei Kollegen, freundliche, biertrinkende Skatspieler eintraf, ertrug ich deren Anwesenheit nicht. Ich empfand sie als Blasphemie und verließ die Insel. Als ich an Deck der Föhr-Amrum stand, tauchte meine Heimatinsel aus der Tiefe der Vergangenheit auf. Alles erkannte ich wieder: die Mündung der Godel, Goting Kliff, der Wald am Greveling, der Lembkehain, das Leuchtfeuer, Olhörn, Lüttmarsch, die Hotelkästen, die Mühle, die Schaubrücke, der Sandwall, die Mittelbrücke, das Fährhotel, in dem Tante Hella sicher in diesem Moment am Herd stand und Muschelsuppe kochte, die Hafengebäude, das Zollhaus, in dessen Vorgarten ich Inke zu erkennen meinte. All diese Einzelheiten waren der Blas eines Wals. Ich sah sogar Dinge, die ich längst vergessen hatte, den grünen Gummiball zum Beispiel, mit dem ich so oft allein mit mir selbst Fußball gespielt hatte. Mein linker Fuß war die eine Mannschaft gewesen, mein rechter die andere. Ich sah, wie Jens Petersen ihn mir abjagte und in das Gestrüpp der Dornenhecke an unserer Strandmauer warf, wie ich mir die Haut aufriss, als ich ihn herausholte, und ich hörte, wie die Luft aus dem Ball entwich, und sah, wie ich später versuchte, die Löcher mit Gummilösung zu flicken. Plötzlich hörte ich eine Stimme: »Sie haben aber einen tollen Schlips!« Ein junges Mädchen lehnte direkt neben mir an der Reling. »Der graue Tweedsakko ist auch nicht schlecht, er steht Ihnen gut.« Ich spürte, wie ich rot wurde. Sie trug die schwarzen Haare zu einem Turm gedreht. Während ich nach passenden Worten suchte, denn ich wollte ihr auch ein Kompliment machen, lachte sie: »Ich heiße übrigens Erika. Meine Freunde nennen mich Farah Diba, wegen meiner Frisur.« Sie rückte so nahe, dass sich unsere Ellbogen berührten, und erzählte, dass sie nach Niebüll fahre. Sie sei dort im Internat. In der Kleinbahn lehnten wir im offenen Fenster, und unsere Ellbogen berührten sich erneut, mal mehr, mal weniger, vom Schaukeln des Zuges bewegt. Ich erzählte stolz von meinem Großvater, der diese Bahn gebaut hatte. Und dann sagte ich sie wie eine Gedichtzeile auf, all diese magischen Namen: Dagebüll-Kirche, Dagebüll-Hafen, Blocksberg, Maasbüll. Ehe Erika in Niebüll ausstieg, waren wir per Du und verabredeten uns zu einem Ausflug. Sie schlug Sylt vor. »Muss es denn unbedingt Sylt sein?«, fragte ich. »Das ist ein Getto der Reichen. Wir könnten nach Föhr fahren. Dann würde ich dir alle Orte meiner Kindheit zeigen.« »Mich interessiert nur die Gegenwart und ein bisschen auch die Zukunft«, sagte Erika.

Eine Woche später saß ich im Zug nach Westerland. In Niebüll stieg Erika zu. Wir rannten durch die Dünen, und auf einer der höchsten, im Anblick der See, küsste sie mich. Ich versank tief im weichen roten Sumpf ihrer Lippen. Es war der erste richtige Kuss in meinem Leben. Ich dachte an Olga. Hatte ich jetzt glaubwürdig geküsst? Dann saßen wir in einem Café und unterhielten uns über das, was Jugendliche in unserem Alter bewegte. Musik, Filmstars, Eltern.

Wir schrieben uns ein paar Briefe, und ich lud Erika zu mir nach Hause ein. Sie kam tatsächlich. Sie hatte sich ihre Turmfrisur abgeschnitten und trug jetzt einen Bubikopf. Mir schwante Unheil. Hatte sich nicht auch Olga die Haare abschneiden lassen, bevor sie Schluss mit mir gemacht hatte? Wir standen in der saubergeputzten Resopalküche meiner Eltern, tranken Tee und aßen Schnittchen. Meine Mutter war ganz Gastgeberin, die sich rührend um das junge Paar kümmerte. Später gingen wir spazieren. Ich steuerte dem einzigen nennenswerten Wald der Umgebung entgegen. Dann lagen wir auf dem Waldboden. Es roch nicht nach Moos und Tannennadeln, sondern es stank bestialisch, denn ganz in der Nähe war die Klärgrube. Ich schob mein Bein halb über sie, und sie entfernte es sogleich wieder wie ein Stück Holz. »Noch nicht«, sagte sie, »es ist zu früh. Aber du wirst bestimmt mal ganz toll sein im Bett.« Wir schrieben uns noch ein paar Briefe. Dann war die Episode vorbei.

Es war das Jahr meines Abiturs. Ich hatte Lüders einige meiner kleinen, gelochten und gebundenen Anthologien und Prosabändchen gegeben, mit Titeln wie »Der Besuch des Doktors« oder »Das Lächeln«, ein Theaterstück, in dem ein kleiner grauer Mann den Dichter über den Verlust seiner Freundin tröstet. Kurz vor der mündlichen Prüfung kam Rüschmann mit einem Geigenkoffer in den Unterricht. Das war sehr ungewöhnlich. Wir starrten ihn an wie ein Wundertier. Er packte die Geige aus und klemmte sie sich unters Kinn. Wegen seiner massigen Gestalt sah das Instrument aus wie jene Kindergeige, die ich einst auf der Insel bei einem kleinen Jungen gesehen hatte. Dann begann er zu spielen. Ich glaube, es war etwas von Bach, und es klang erstaunlich gut. Als er fertig war und das Instrument abgesetzt und in den Kasten zurückgelegt hatte, blickte er mich an und sagte: »Das ist die wirkliche Kunst, mein Junge. Was du machst, ist keine Kunst. Es ist Spinnerei. Überlege dir gut, was du in Zukunft werden willst.« In der Klasse herrschte ein unterdrücktes Gelächter. Rüschmann hatte mich für ein mit 350 DM dotiertes Begabtenstipendium der Deutschen Forschungsgemeinschaft für das Studium der Physik und Mathematik vorgeschlagen. Doch ich war unsicher geworden, was meinen beruflichen Weg anging. Ich empfand dabei ein seltsames Gefühl von Angst und Triumph zugleich. Während mein Mathematiklehrer versuchte, meine literarischen Experimente lächerlich zu machen, um mich zurück auf den rechten Weg der Naturwissenschaften zu bringen, schlug mein Deutschlehrer vor, mir auf Grund meiner Schulleistungen und meiner besonderen Talente das mündliche Abitur zu erlassen. Konrektor Rüschmann war dagegen.

Am Tag der mündlichen Prüfung stand ich mit den anderen Abiturienten im Flur vor dem Prüfungszimmer. Ein Schüler nach dem anderen wurde in den Prüfungsraum gerufen und erschien einige Zeit danach wieder, meistens mit rotem Kopf. Ich hatte große Prüfungsangst. Eigentlich gab es keinen Grund für meine Aufgeregtheit, aber ich fühlte mich in offiziellen Situationen immer ausgeliefert und schwach. Plötzlich erschien Lüders und ging auf mich zu. Er hatte eines meiner Lyrikkonvolute in der Hand und wedelte damit wie mit einer Parlamentärsflagge. »Du kannst nach Hause gehen«, sagte er. »Ich habe eben deine Gedichte herumgehen lassen und danach meine Kollegen überzeugt, dass wir dir die mündliche Prüfung ersparen sollten.« Er gab mir die Hand. Sie war weich und feucht.

Ich ging in die Milchbar. Über dem schwarzen Glastisch leuchteten rot die Kirschen aus meinem Wodkaglas. Ich war stolz. Hatten nicht meine Gedichte gezeigt, wozu sie in der Lage waren, welche lebensverändernde Kraft in ihnen steckte? Und war Kraft nicht ein naturwissenschaftlicher Begriff? Vielleicht waren die Unterschiede zwischen Naturwissenschaft und Kunst gar nicht so groß, wie alle behaupteten. Ich wusste allerdings immer noch nicht, was ich werden wollte. Eines Tages würde ich es aber herausfinden. Ich kippte den Wodka und zerkaute die beiden kandierten Kirschen. Auf jeden Fall waren meine Tage in diesem trüben Nest gezählt. Ich würde diese reizlose Bühne, auf der ich zusammen mit meinem Freund Jens die Posse zweier Provinzmaudits aufgeführt hatte, schon morgen verlassen. Als Belohnung für mein gutes Abschlusszeugnis und die Befreiung von der mündlichen Prüfung hatte mir nämlich mein Vater eine Mittelmeerreise mit dem Zerssenschiff »Tinnum« geschenkt.

Die Seereise

* * *

*Ich hasse das Meer, die Bodenlosigkeit, die Tiefe,
aber ich komme nie davon los. Das Meer ist das
Unbegreifliche. Es ist unfassbar wie der Sternenhimmel und die Herzen der Menschen.*

Jens Bjørneboe, »Haie«

In der folgenden Nacht wachte B. von gewaltigen Erschütterungen auf. Die Wände bebten, die Gläser in der Minibar klirrten. Er rannte zum Fenster, öffnete es und lauschte. Wieder hörte er Detonationen. Sie kamen aus einer bestimmten Richtung. Er holte seinen Stadtplan heraus. Fraglos kamen die Explosionen aus der Richtung, in der die Sperrzone lag. Vielleicht war man dabei, die Häuser dort zu sprengen.

Als B. am nächsten Tag erwachte, lag dichter Nebel über der Stadt. B. hatte in dieser Stadt schon viele Tage erlebt, an denen es neblig war. Aber diesmal war der Nebel so stark, dass er sich fragte, ob es nicht besser war, im Hotel zu bleiben, wenn er sich nicht hoffnungslos verirren wollte. Dennoch machte er sich nach dem Frühstück auf den Weg. Er wollte sich auf seinen Ortssinn verlassen, und da er wusste, dass man im Nebel dazu neigt, im Kreis zu gehen, nahm er sich vor, gar nicht erst zu versuchen, einen geraden Kurs einzuschlagen. Vielmehr lief er absichtlich im Kreis, in der Hoffnung, dass sich beide Kreisbewegungen gegenseitig aufhoben und eine einigermaßen gerade Linie ergaben. Als er irgendwann in seiner linken Hand das kalte Eisengeländer einer Brücke spürte, wusste er, dass er auf dem richtigen Weg war. Vom Fluss war nichts zu sehen, aber B. glaubte, durch den dichten Nebel ferne Geräusche zu hören, klagende Nebelhörner, Schiffsglocken, das Brummen eines Dieselmotors. Er meinte auch, das Knarren von Riemen in den Dollen und eine menschliche Stimme zu vernehmen, einen monotonen Gesang, der aus dem milchigen Einerlei drang. Er blieb stehen, packte das Geländer mit beiden Händen und brüllte aus vollem Hals »Holüber«, der alte Ruf, mit dem man einem Fährmann mitteilt, dass man übergesetzt werden will. Eine Weile wartete er, aber nichts geschah. Der Gesang war verstummt, ebenso die Schiffsgeräusche. Dafür begann der Nebel sich zu lichten. Nach und nach wurde das andere Ufer schemenhaft sichtbar, ein kahler Streifen ohne besondere Merkmale. B. setzte seinen Weg fort.

Als B. schließlich dem Anderen gegenübersaß, zog er ein kleines, grau marmoriertes Büchlein aus seiner Tasche. »Wissen Sie, was das ist?«, fragte er. Er schob es über die Schreibtischplatte. Der Andere nahm es und blätterte darin. Als er schwieg, sagte B.: »Es ist mein Seefahrtsbuch. Für mich ist es mit seinen Stempeln so etwas wie ein schön illustrierter Gedichtband, vom Meer persönlich verfasst.«

»Ich habe Sie immer für einen Seemann gehalten«, sagte der Andere. »Für einen Seemann ohne Schiff und Wasser allerdings und möglicherweise auch ohne Hafen.«

29

Am 21. Februar ging es los. Tags zuvor war ich noch einmal zum Lornsen-Denkmal gepilgert und hatte eine Lux auf der nahe gelegenen Bank geraucht. »Auch du warst ohne Ziel und bist darum irgendwo gestrandet«, flüsterte ich. Wie nie zuvor empfand ich meine Zukunft offen. Mir war reisemäßig zumute, so wie einst Anton Reiser, der diesen Zustand in seinem Namen trug.

Mein Vater fuhr mich nach Hamburg. Ich war ihm dankbar, und fast sah es so aus, dass sich die verschüttete Freundschaft zwischen uns aus den Trümmern der Missverständnisse und Vorurteile würde befreien können. Meine Vorfreude wurde zur Euphorie, als ich den vertrauten Teer- und Eisengeruch des Schiffes roch, auf dem ich nun einige Wochen verbringen würde. Die »Tinnum« war ein Neubau von 6000 Tonnen Tragfähigkeit. Das Schiff war moderner, jedoch in meinen Augen hässlicher als die »Rantum«, denn die Brücke lag nicht mitschiffs, sondern vorne, kurz hinter dem Bug. Ich wusste von meinem Vater, dass Schiffe neben ihren technischen Eigenschaften auch menschliche haben konnten. Sie hatten Charakter, Wesenseigenschaften, Seelen. Sie konnten kokett, nervös, gutmütig oder phlegmatisch sein. Ihr Verhalten im Meer, ihre Seetüchtigkeit ließ sich am Reißbrett nicht genau berechnen. Erst bei der Probefahrt oder mehr noch in Stürmen und bei unterschiedlicher Beladung zeigte sich ihr wahres Wesen. Die »Tinnum« hatte in der Praxis bereits gezeigt, dass sie sich auf Grund ihres langen Decks sehr gut be- und entladen ließ, sich bei schwierigen Windverhältnissen auf hoher See jedoch eher wie ein störrischer Esel benahm. Mein Vater war an der Entwicklung dieses Schiffstyps maßgeblich beteiligt gewesen, aber offenbar waren dabei auch für ihn wirtschaftliche Aspekte wichtiger gewesen als ästhetische oder seelische. All das tat meinem Hochgefühl jedoch keinen Abbruch, denn endlich würde ich die richtige Seefahrt erleben, endlich die mythischen Orte besuchen, von denen mein Vater in seinen Briefen berichtet hatte. Obwohl ich mich bereits als Seemann fühlte, ging ich wie ein Passagier an Bord, in der einen Hand den Koffer mit meiner Gitarre, die andere am Geländer der Gangway. Vorsichtig streifte mein Blick die bedrohlich tiefe Schlucht zwischen dem Kai und der Bordwand unseres Schiffes. Überall an der Reling stand Besatzung und musterte neugierig den Ankömmling, war das doch der Sohn des Inspektors! Ich spürte deutlich die gespannte Reserviertheit, mit der die vielen Augenpaare auf mir ruhten. Mein Vater kam später nach und brachte meinen Reisekoffer und meine Schreibmaschine. Wieder bemerkte ich, wie sehr er sich an Bord eines Schiffes veränderte. Er hatte hier eine ganz andere Autorität als an Land. Sie war nicht künstlich, sondern vollkommen natürlich. Mich behandelte er nicht wie einen Sohn, sondern wie ein Besatzungsmitglied unter vielen, und ich war ihm dankbar für diese Haltung.

Der Kapitän der »Tinnum« hieß Prangel, und er hatte den zweifelhaften Ruf, sich auf jeder Reise eine Woche lang in seiner Kammer einzuschließen, um sich zu betrinken. Mein Vater stellte mich ihm vor und meinte, er solle sich um mich kümmern, ich sei noch unerfahren, was die Seefahrt anbelangte. Was er sagte, kränkte mich zwar, aber es stimmte ja. Ich war eine echte Landratte. Prangel gab mir die Hand und zeigte dabei keine Reaktion in seinem bleichen Gesicht, in dem es nirgendwo Spuren von Liebe oder Leidenschaft gab. Nicht einmal den Trinker sah man ihm an. Seine Augen schienen nichts als Zuverlässigkeit und Meerwasser zu spiegeln.

Der Steward zeigte mir meine Kammer. Sie war ebenso komfortabel wie langweilig. Meine Gitarre erhielt einen Ehrenplatz auf dem Sofa. Die Schreibmaschine kam auf den Tisch. Das belanglose Stillleben drehte ich zur Wand und heftete auf seine Rückseite die Kohlezeichnung des Idioten. Dann ging ich an Deck und gab mich jenem Anblick hin, den ich so gut kannte. Man war noch dabei, den Rest der Stückgutladung zu verstauen. Kräne reckten ihre Hälse wie stählerne Saurier über die geöffneten Luken und senkten an ihren großen Eisenhaken beim Licht von Scheinwerfern Kisten in den Bauch des Schiffes.

Der Abschied von meinem Vater war kurz und nüchtern. Keine Umarmung, kein Händedruck, nur ein wechselseitiges Nicken der Köpfe. Es war schon spät, eine viertel Stunde vor Mitternacht, als endlich die Ablegekommandos erschollen: »Schlepper vorn fest! Schlepper achtern fest! Leinen los!« Langsam und bebend erwachte die Schiffsmaschine zum Leben. Ich stand auf der Brücke neben dem Kapitän und den Offizieren und beobachtete mit dem Zeissglas das nächtliche Hafenpanorama, dieses Gemälde aus Eisen, Brackwasser, Duckdalben, Myriaden von roten, grünen, gelben Lichtern, die auf und ab tanzten, von der öligen Glätte des Wassers verdoppelt. Dazu eine Begleitmusik vieler Geräusche: das Tuckern der Barkassen mit ihren phantasievollen Namen, das Schrillen der Dampfpfeifen der Schlepper und der tiefe Orgelton unseres Typhons im Vormast. Langsam liefen wir die Elbe hinab. In der Ferne, gegen den nächtlichen Südwesthimmel, den der Nachschimmer der untergegangenen Sonne mit einem rötlichen Glanz überzogen hatte, der komplizierte Scherenschnitt der Stülkenwerft mit den schwarzen Linien der Laufkräne und Helgen, auf denen die gewaltigen, noch toten Leiber halbfertiger Schiffe lagen. Vorbei an Blankenese, die Hänge vom Licht der Straßenlampen und erleuchteten Fenster bedeckt. Flaggenmasten, Landungsbrücken und Jachten, die leise in der Flussströmung an ihren Bojen zerrten. Von der Begrüßungsanlage der Schulauer Fähre klang der Steckbrief unseres Schiffes und die deutsche Nationalhymne herüber, von unserem Typhon beantwortet. Die letzten Silhouetten der Großstadt zerflossen im Kielwasser, und die Sterne am Himmel ergänzten jetzt die Lichterprozession der Leuchtbojen und Toplampen anderer Schiffe. Unsere Schlepper hatten sich mit einem kurzen Ton ihrer Dampfpfeifen verabschiedet und waren stromauf verschwunden. Klingelzeichen tönten aus den Maschinentelegraphen. Ihre erleuchteten Zifferblätter mit den grünen und roten Feldern und die Zigarette des Lotsen waren das einzig Sichtbare im Dunkel der Kommandobrücke. Der Schiffskörper begann im Rhythmus der Schraube zu vibrieren. Da die Sicht immer schlechter wurde, schaltete der Wachhabende das Radargerät ein. Dessen grüner Lichtpfeil huschte kreisend über den Radarschirm und zeichnete die Umrisse der Ufer nach. Ich verließ die Brücke, ging an Deck und schlug wegen des frischen Fahrtwinds den Mantelkragen hoch. Innerlich jubelte ich noch immer, doch allmählich begann Müdigkeit meine Begeisterung zu verdrängen. Ich stieg die Eisentreppen hinab zu meiner Kammer. Wir würden bis zum Morgen brauchen, das offene Meer zu erreichen. Sein Anblick war es, der meinem Dasein Sinn verleihen sollte. Ein von keiner Silhouette verunreinigter Horizont, der die Gedanken klarer werden ließ.

Ich schloss die Augen, doch ich schlief lange nicht ein. Der Puls der Maschinen ließ alles, vom Mast bis zu den Blumen in der Vase auf meinem Kajütentisch, erzittern. Ich fühlte mich geborgen, stärker, als es je an Land möglich gewesen war. Mein inneres Meer war der Spiegel des äußeren Meeres, und das äußere Meer war der Spiegel meines inneren. Zwischen beiden Spiegeln vervielfältigte sich mein Dasein zu einer unendlichen Reihe von Augenblicken. Eine Konstellation, die anhalten sollte bis zu meinem Lebensende.

Gegen Morgen trat ich ans Bullauge und sah hinaus. Noch war das Land im Osten erkennbar, wenn auch nur als feine graue Linie. Das Meer glich jetzt einem dunkelgrünen Gobelin, der sich weich und rhythmisch bewegte und vom Bug unseres Schiffes wie mit einer Schere durchtrennt wurde. An einer Biegung im weißen Schweif aus Schraubenwasser, den wir hinter uns herzogen, erkannte ich, dass wir gerade den Kurs änderten. Jetzt ging es nach Süden, der Wesermündung zu. Ich kannte von den Meeren der Erde bisher nur Nord-

und Ostsee. Nun war ich vor allem gespannt auf die Biskaya, die für ihr stürmisches Temperament berüchtigt war, und natürlich auf das Mittelmeer, das ich mir unendlich blau, glatt und sonnendurchflutet vorstellte wie ein riesiges Aquarium, in dem Delphine miteinander spielten, und auf die Ägäis mit dem dort noch immer lebendigen Geist der Antike, den weißen Tempeln auf schroffen Felsen, den grünen Olivenhainen, in denen Götter lustwandelten, den Inseln, auf denen Odysseus sich einst verführen ließ. Am geheimnisvollsten aber war in meiner Vorstellung das Schwarze Meer. Zwar konnte ich mir denken, dass es nicht von tiefschwarzer Farbe war, aber es war sicher nicht so flaschengrün wie die Nordsee, so kobaltblau wie das Mittelmeer. Schiefergrau, träge, tot, so lag es da in meiner Phantasie. Faulige Tangbüschel, farblose Quallen trieben in ihm. Ich stellte mir vor, dass ich dort furchtsam und angeekelt über die Reling in fahles Wasser starren würde.

Als ich an Deck kam, verschlug mir der salzige Fahrtwind den Atem. Ich hatte Mühe, die Augen zu öffnen. Unten, zwischen den mächtigen Weinfässern, die mittschiffs standen und von den Matrosen immer wieder mit sehnsüchtigen Blicken gestreift wurden, sprang Struppi, der Bordhund, hin und her. Er trug seinen Namen völlig zu Recht. Jetzt ging er an eines der Speigatts, steckte seinen schmuddeligen, ziegenbärtigen Kopf hindurch und blickte auf das vorbeifließende Wasser, das weißblasig dahinschoss. Struppi bellte wütend, er verbellte das Meer, das schäumend am Schiff vorbeifloss.

Beim Frühstück beobachtete ich heimlich den schweigsamen Kapitän, der so bescheiden in seiner fleckigen Uniform am Tisch saß. Neben ihm thronte der Erste Ingenieur, der »Erste Ing« wie man an Bord sagt, massig und zyklopenhaft in seinem Sessel. Er beugte sich vor, hob seine Tasse eine Handbreit und schlürfte mit seinen breiten Lippen den Kaffee ein. Mir gegenüber verhielt er sich von Anfang an reserviert. Er sah es offenbar auch nicht gerne, wenn ich den Maschinenraum betrat. Dieses geliebte Terrain musste ich also notgedrungen aufgeben. Der Steward hatte ein mädchenhaft hübsches Gesicht. Es kam mir leer vor wie ein Tanzboden, bevor ihn die Paare betreten. Er blickte mich fortwährend lächelnd an. Ich merkte, wie er sich bemühte, einen vorteilhaften Eindruck auf mich zu machen. »Wer weiß, wenn ich eine gute Nummer bei ihm habe, wird er es seinem Alten erzählen«–, war das Einzige, was in seinem Gesicht geschrieben stand. Plötzlich, als hätte er meine Gedanken erraten, fuhr ihn der Kapitän an: »Steward, Sie haben keine Milch auf den Tisch gestellt. Was ist das für eine Wirtschaft! Übrigens haben Sie sich bei der Abrechnung schon wieder verrechnet! Bringen Sie sofort die Milch!« Der Gescholtene zuckte zusammen. Eine mädchenhafte Röte färbte sein Gesicht, und ein Anflug von traurigem Ernst grub sich in seine Wangen. Während er in der Pantry verschwand, wandte sich der Kapitän an mich. Er sagte mir, dass ich ein Seefahrtsbuch haben müsse, wenn ich in Konstanza an Land wolle. Touristen hätten dort keinen Zutritt zum Land. Ich solle mir in Bremen Passbilder besorgen und dann auf dem Seeamt anmustern. Der Funker würde mich dabei schon unterstützen.

Mittags um halb eins liefen wir in Bremen ein. Welch traurige Plätze gab es dort! Den Hafen verließ man durch einen dunkelfeuchten, übel stinkenden Tunnel. Als ich ihn zögernd betrat, sah ich zwei Betrunkene im Tunnelausgang lehnen. Sie hatten Bierflaschen in der Hand, und ihre Stimmen waren schrill und aggressiv. Sie schienen über irgendetwas wütend zu sein. Ich drückte mich an ihnen vorbei und war froh, als ich wieder draußen war. Auf meinem Weg zur Straßenbahnhaltestelle kam ich über unkrautüberwucherte Trümmergrundstücke, auf denen noch vom Krieg versengte Fassadenreste standen. Die unversehrt gebliebenen Erdgeschosse schienen bewohnt, denn sie waren mit weißer und rosa Wäsche beflaggt. Besonders ein Haus fiel mir in seiner kafkaesken Tristesse auf. Ein völlig schwarzer, würfelförmiger Bau. Die Schornsteinstummel auf seinem Dach zeichneten sich scharf gegen den bleichen Himmel ab. Die meisten der schmalen Fenster des Hauses waren zugemauert. Auf einem rostigen Eisenpfahl vor der Eingangstür stand eine rote Laterne. Ich hatte meine Kamera dabei und ging um die Laterne herum, um eine günstige Position zum Fotografieren zu finden. Als ich auf den Auslöser drücken wollte, öffnete sich eines der wenigen Fenster, das noch Scheiben hatte. Ein verschminktes Gesicht blickte unter wirrem Haargewölk heraus und goss einen Kübel obszöner Ausdrücke über mich aus. Verfolgt von Beschimpfungen ging ich weiter zur Trambahnhaltestelle und fuhr zum Bahnhof. Es war immer noch kalt, und es regnete leicht. Ich lehnte lange an einer Steinbrüstung, die sich terrassenartig erhöht an einer Seite entlangzog, und betrachtete die koffertragenden Menschen mit ihren Fahrplangesichtern. Dann betrat ich einen Passbildautomaten. Als ich den Vorhang zuzog, hatte ich das Gefühl, ganz allein auf der Welt zu sein, als der letzte Überlebende. Das kleine, feuchte Bild, das wenig später aus einem kleinen Eisenschlitz trat, zeigte ein kränkliches, leidendes Gesicht mit tiefliegenden Schwärmeraugen. »Blonder Baudelaire nach zweitem Schlaganfall«, dachte ich und war froh, dass ich über mich noch lächeln konnte.

Auf dem Bahnhofsvorplatz stand ein junges Mädchen neben einem Losverkäufer. Er trug eine gelbe Binde mit schwarzen Punkten, saß auf einem Stühlchen und las Zeitung. Das Mädchen hatte einen zerschlissenen marineblauen Lodenmantel an. Die Blässe ihrer Haut vertiefte die rötliche Farbe ihrer Locken. Während es Passanten einen Zettel hinhielt, ruhte sein Blick herausfordernd auf den Gesichtern der Vorbeigehenden. Ich lief zweimal vorbei, ohne zu wagen, einen Zettel aus ihrer Hand zu nehmen.

An diesem Abend lag ich müde vom Stadtgang ausgestreckt auf meiner Koje und lauschte der Musik des Hafens: entfernte Schraubengeräusche, das rhythmische Scheuern der Schiffswand an den Anlegepfählen, das gleichmäßige Summen der Lichtmaschine, dann und wann ein einzelner Möwenschrei. Ich hatte die kleine Leselampe über dem Bettende ausgeschaltet, weil ihr Schein mich beim Grübeln störte, und starrte auf den bleichen Lichtfleck an der Wand, die dem Bullauge gegenüber lag. In ihm konnte ich den schmalen Schatten eines Winschtaues schwanken sehen, ab und zu überglitten vom schwachroten Schein der Backbordlampe eines vorüberziehenden Schiffes. Ich war traurig, denn ich konnte den Blick des Bettlermädchens vom Bahnhof nicht vergessen. Schließlich stand ich auf, setzte mich an den kleinen Kajütentisch, auf dem meine schwarze Olympia stand, um ein Gedicht zu schreiben. Ich wollte für meine trostlose Stimmung trostlose Worte finden. Das Gedicht sollte möglichst schlecht sein, dann würde es nicht Harmonie heucheln wie die Reime, die ich so lange geschrieben hatte. Sie vertrugen sich nicht mit der Disharmonie, die ich innerlich empfand. Zwar hatte ich meine Rilkephase hinter mir, aber jetzt kam es darauf an, meine Empfindlichkeit für Sprache so zu steigern, dass selbst Stammeln, selbst abgebrochene Sätze, selbst unverständliche Satzfetzen Poesie wurden. Jedes Wort sollte unter Spannung stehen, sollte so etwas wie einen Tonus haben, eine Spannung der Muskulatur zwischen Erschlaffung und höchster Anspannung. Schlechte Literatur hatte keinen Tonus; sie war nur schlaff. Ich griff zum Bleistift, hetzte ihn übers Papier und schrieb Wörter, die mir spontan in den Kopf kamen: »Triste Kräne stehen am Hafen herum, gehen am Hafen herum. Sie sind geknickt, durchaus geknickt, denn sie laden rote Kähne voll roter toter Lotsen und lesen Laotse, und der Schiffskoch schaukelt ein fettes Meer auf seinen Lippen.« Ich tippte den Text ab, schnitt die Wörter aus und verschob sie auf einem Blatt, bis ihr Tonus meiner Ansicht nach am stärksten war. Dann las ich ihn mir einige Male laut vor und tippte ihn anschließend noch einmal ab. Das Gedicht war wirklich schlecht. Es scheute auch keine Kalauer, eine wilde Mischung von Mallarmé und Heinz Erhardt.

Ich warf mich wieder auf die Koje. Im Halbschlaf sah ich eine große, mit rotgekleideten Menschen beladene Schute, und ich sah das

Mädchen vom Bahnhof, wie es weinte. Ein Kerl versuchte es mit sich zu ziehen, ich sah seinen lüsternen Blick. Ihr weiter Lodenmantel stand offen, er flatterte wie eine Pelerine im Sturm. Ich dachte daran, dass ich diese Reise unternahm, um Abstand zu gewinnen von den Sehnsüchten und Irrtümern der letzten Jahre. Ich erhoffte mir von den Wochen auf See einen heilsamen Einfluss auf mein weiteres Leben und Denken. Draußen im Gang hörte ich die Schritte des Stewards, der die Pantry abschloss. Ich drehte mich zur Landseite um und schlief endlich ein.

Gegen sechs Uhr morgens weckten mich der Lärm der Winschen, das Poltern der Stückgutkisten und die Kommandos der Vorarbeiter. Nach dem Frühstück holte mich der Funker, ein langer, dürrer, hohlbrüstiger Mensch, zu einem Landgang ab. Er hatte auf dem Seeamt zu tun und wollte mir dabei zu meinem Seefahrtsbuch verhelfen. Aus seinem Trenchcoat schaute ein fast mädchenhaft zarter Hals hervor. Darüber ein junges Lausbubengesicht mit spöttischen gespitzten Lippen und Augen voll gescheiter Bläue. Eine stürmische Haarwelle verstärkte den Eindruck unverfrorener Kaltschnäuzigkeit. In seiner ganzen Erscheinung vereinten sich Jungen- und Greisenhaftigkeit so verblüffend miteinander, dass ich nicht wusste, wie ich ihn behandeln sollte, ob ehrerbietig oder vertraulich. Unterwegs lästerte er über Vorgesetzte, Gehälter, Wetter und Bremer Mädchen, mit denen er schlechte Erfahrungen gemacht zu haben schien. Mir gefiel seine freche Ausdrucksweise, und ich ließ mir seine Vertraulichkeit gern gefallen. Im Seeamt erwartete uns ein älterer Mann, der eine durchaus gemütliche Verkörperung deutschen Bürokratentums zu sein schien. Nach einigem Hin und Her und einer Mark Schreibgebühr überreichte er mir mein Seefahrtsbuch. Ich war nun »Verwalter«, natürlich nur auf dem Papier, denn ich erhielt keine Heuer, aber dafür brauchte ich auch nicht arbeiten. Ein Verwalter hat Offiziersrang und ist auf größeren Schiffen für die Ausgabe von Verpflegung und Getränken zuständig. Das ist keine besonders seemännische Funktion, dennoch hatte ich nun so etwas wie die Taufurkunde des Seemannes. Ich war jetzt für immer dem Wasser geweiht.

Das Erzittern des Schiffes ließ mich kurz nach Mitternacht erwachen. Es war der 24. Februar. Vom Bett aus sah ich durch das Bullauge die Lichter des Weserufers vorbeiziehen. Im Halbschlaf glaubte ich das Rauschen der Wellen zu hören. Es war in seiner Monotonie so etwas wie die freundliche Schwester der Totenstille und ließ mich wieder einschlafen. Beim Frühstück war ich allein. Der Steward, der wie immer sein ganzes Antlitz in Freundlichkeit getaucht hatte, sagte mir, dass der Alte auf der Brücke sei, und zwar schon seit ein Uhr nachts. Es sei ziemlich dick draußen. Tatsächlich ließ sich in diesem Augenblick das warnende Tönen des Typhons vernehmen. Als ich die Brücke betrat, spürte ich wieder deutlich die Reserve, die die wachhabenden Offiziere mir als dem Sohn des Inspektors entgegenbrachten. Draußen war es wirklich pottendick. Man konnte kaum die hinteren Aufbauten erkennen. Masten, Bäume und Schornstein waren wenig mehr als farblos angedeutete Schemen hinter treibenden Nebelschwaden; vom Wasser war nur noch ein schmaler, bräunlicher Streifen unmittelbar neben der Bordwand zu erkennen. Offiziere und Kapitän nahmen die schweren Zeissgläser nicht mehr von den Augen. Wie mythische Wesen standen sie an den Fenstern, in ihren schweren, weiten Wettermänteln, mit verkniffenen Gesichtern, schweigsam abweisenden Lippen, nur ab und zu die nassklamme Kälte mit unwilligen Bewegungen von sich abschüttelnd. Einer von ihnen war ständig am Radargerät und presste sein Gesicht eng auf den Gummistutzen, der den Schirm zum Schutz gegen Streulicht umgab. Der wachhabende Matrose, der neben mir stand – er wurde »der Lange« genannt –, stieß mich an. »Der Alte fährt volle Kraft trotz der dicken Suppe. Der hat vielleicht Nerven!«, flüsterte er. Dann wurde der Lange nach vorne geschickt zur Ablösung des Mannes am Ausguck und zur Bedienung der Schiffsglocke, die in regelmäßigen Abständen auf der Back geschlagen wurde, damit ihr dünner, weit tragender Klang andere Schiffe warnte. Wir waren jetzt auf der Höhe der Ostfriesischen Inseln und änderten den Kurs auf die Schelde zu. Der 2. Offizier schaltete die Wechselsprechanlage ein. Er grinste und zeigte nach vorn, wo sich der Lange mit seinem Troyer und seiner Pudelmütze wie eine Gestalt aus dem Schattenreich gegen die cremeweiße Nebelbank abhob. Durch den Lautsprecher hörten wir jetzt seine Stimme. Er sang aus voller Kehle vor sich hin, plattdeutsch und mit treuherziger, falscher Intonation. Ohne dass er es ahnte, nahm das kleine Mikrophon unter der Reling seinen Gesang auf und trug ihn bis zu uns. Einige lachten, aber der Kapitän befahl barsch, solche Späße zu unterlassen und die Wechselsprechanlage abzuschalten.

Am Abend fuhren wir immer noch durch Nebel. Es schien sogar, als nähme er an Dichte noch zu. Als die Nacht hereinbrach, tasteten Scheinwerfer wie Finger in eine milchige Dunkelheit, und die klagenden Töne des Typhons schienen von der Nebelwand als Echo zurückgeworfen zu werden. Lange konnte ich nicht einschlafen. Als ich um Mitternacht hochschreckte, lag es diesmal an der tiefen Stille, die uns umgab. Nur das eintönige Läuten der Nebelglocke auf der Back zeugte von Leben. Vor den Bullaugen war es stockfinster. Ich öffnete eines von ihnen und vernahm einen ganzen Chor von fernen Glockenschlägen durch den dämpfenden Dunst hindurch – wie Hammerschläge aus einem Bergwerk der Zwerge. Wir lagen also irgendwo mit vielen anderen Schiffen vor Anker, weil die Sicht und die Revierverhältnisse ein Weiterfahren unmöglich gemacht hatten.

Am nächsten Mittag begann sich der Nebel zu heben. Gleich einem Schleier, den eine vornehme Dame lüftet, gab er allmählich die Konturen der Umgebung frei, die Küstenlinien der Scheldemündung, die Silhouette von Vlissingen. Ein Schiff nach dem anderen lichtete den Anker. Entsprechende Kommandos vereinigten sich mit dem Rasseln der Ankerketten zu einem Konzert, das den Aufbruch des Geleitzuges untermalte. Auch wir begannen unsere Fahrt die Schelde hinauf. Die Nachmittagssonne drang bereits rötlich herab, abgemildert von einer Dunstschicht, die noch über dem Wasser lag. Hinter Vlissingen verengt sich die Schelde zu einem zehn bis fünfzehn Kilometer breiten Meeresarm, der vielfach gewunden ins flache Land eindringt und wegen seiner starken Strömung und der vielen Sandbänke als besonders gefährliches Gewässer gilt. Ich sah vom Peildeck aus ins weite belgische Land. Je weiter weg die Gehöfte, Knicks, Windmühlen und Landschaftserhebungen waren, desto bleigrauer verschmolzen sie mit dem Himmel. Vielfach abgestuft vermittelten sie den Eindruck zart bemalter Kulissen, die hintereinander bis zum Horizont gestaffelt standen. Es war Ebbe. Rechts und links der Fahrrinne sah man braune Sander mit meerfeuchten, prielgefurchten Rücken. »Hinter der nächsten Kurve liegt der Ort Bath«, sagte der 2. Offizier zu mir. »Wir nennen ihn ›Türkenbad‹, weil dort erst neulich zwei türkische Schiffe baden gegangen sind.« Ich nahm mein Fernglas zur Hand. Und tatsächlich, da war das erste verunglückte Schiff. Aus dem spiegelglatten Wasser ragten zwei gelbe Masten, ein hoher, dünner Schornstein und ein paar Aufbauten hervor. Peildeck und Kommandobrücke waren unversehrt und sahen fast gepflegt aus, reingewaschen von der Strömung. Noch vor wenigen Wochen hatten türkische Seeleute auf ihnen gestanden, jetzt hockten dort Möwen, schwammen Fische im Kartenhaus und kletterten Krebse über die verlassenen Kojen. Dann kam auch das zweite Wrack in Sicht. Hier hatte der Verfall schon um sich gegriffen. Wie braunrote Lianen schlang sich der Rost an Masten und Schornsteinen empor, das Dach der Kommandobrücke war eingeschlagen. Seetang hatte sich in die geborstenen Planken eingenistet, die wie hässliche Wunden auseinanderklafften. »Sie sind aus dem Ruder gelaufen«, hörte ich die Stimme des Zweiten neben mir. Ein Satz, der seltsam schön und beruhigend klang. »Aus dem Ruder laufen«, das würde vielleicht auch ich eines Tages. Gegen den

Osthimmel, an dem dunkel die ersten Nachtwimpel geflaggt wurden, erschienen jetzt die langen Lichtbalustraden der großen Scheldeschleusen. Signalmasten wie bunt geschmückte Weihnachtsbäume mit roten, gelben und grünen Kugeln. Ihrer Anordnung war zu entnehmen, dass wir noch Stunden vor Anker warten mussten, bis wir endlich in den Docks eines der großen Hafenbecken Antwerpens, weit außerhalb der Stadt, festmachen konnten.

*

Auf dem Rückweg zum Hotel hielt B. mehrmals an, stieg vom Rad und ließ seinen Blick über die Umgebung schweifen. Der Nebel hatte sich völlig aufgelöst. Solche Farben, solche klaren Linien, solche Leuchtkraft hatte er bisher nur im hohen Norden erlebt. War dies vielleicht ein Indiz für die geographische Lage der Stadt, die ihm unbekannt war? Allerdings passte der Sonnenstand nicht zu dieser Annahme, denn er war viel zu hoch am Himmel für einen nördlichen Breitengrad. Ihm war allerdings aufgefallen, dass die Sonne ihre Stellung am Himmel manchmal sprunghaft änderte. Damals, auf der langen Fahrt zur Stadt, hatte er völlig die Orientierung verloren. Die endlos langen Tunnelfahrten, die ständigen Richtungswechsel der Geleisführung, das manchmal lange Verharren auf Abstellgeleisen, all das hatte verhindert, dass B. sich ein Bild vom Verlauf der Reise hatte machen können. Als er einmal dem Schaffner eine entsprechende Frage stellte, erhielt er keine Antwort. Der uniformierte Mann hatte sich das Billett zeigen lassen, es sorgfältig auf beiden Seiten gemustert, hatte dann genickt und die Karte mit einer Zange gelocht, die an seinem Gürtel hing. Dieses alte Ritual, das B. an die vielen Bahnfahrten seiner Jugend erinnerte, hatte ihn beruhigt. Die gleiche Stimmung befiel ihn auch jetzt. Ein Gefühl tiefen Friedens, das sogar noch anhielt, als er wieder in seinem Zimmer am Fenster saß.

30

Als B. sich am nächsten Tag zur Arbeit aufmachte, wie er es inzwischen manchmal bei sich nannte, spürte er immer noch einen Nachklang der Zufriedenheit des zurückliegenden Abends. Und in der Tat verlangte es eine große Anstrengung und sehr viel Fleiß und Disziplin, sich sein ganzes Leben zu vergegenwärtigen und wie in einem langen Fries mit Erinnerungen auszumalen, von denen er sich allerdings nicht immer sicher war, ob sie mehr den einstigen Geschehnissen oder mehr seinen Wünschen und Phantasien entsprangen. Er würde jedenfalls diese Arbeit so lange nicht abbrechen, wie sie ihm hin und wieder das Gefühl verschaffte, wenigstens ein wenig des großen Rätsels zu lösen, der Frage: »Wie und warum bin ich so geworden, wie ich bin?«

*

Ich beschloss, in die Stadt zu fahren, auf den Spuren meiner Eltern. Unser Schiff lag weit außerhalb Antwerpens in einem Dock. Die Gegend war öde. Überall große Wasserbecken, zwischen ihnen ein Netz schmaler Dämme und Straßen. In der Ferne die Silhouette einer Raffinerie mit mächtigen Stahltanks und Röhrensystemen, die unwirklich vor dem Horizont aufragten wie eine künstliche Station auf einem fremden Planeten. Der Morgen war kühl und machte den Atem als graue Wölkchen sichtbar. Ich stand mit einer Tüte voll gut belegter Brote, vom Steward geschmiert, vor *Speck en Eieren*, einem berüchtigten Lokal, und wartete auf den Bus, der hier alle halbe Stunde halten sollte, um Arbeiter auszuspeien oder abzuholen. Endlich erschien ein grüner Doppeldecker voller Reklame, bremste scharf und raste schon wieder los, als ich noch kaum in den Ledersitzen Halt gefunden hatte. Wir schaukelten und kurvten durch ein verwirrendes Konglomerat von Schuppen, Docks und Schleusenbrücken, ohne das mindeste an Tempo zu verlieren. Arbeiter hinter rollenden Ölfässern, schimpfende Fahrer, die sich aus tief heruntergekurbelten Fenstern lehnten und die Fahrweise unseres Busfahrers lautstark kritisierten. Endlich landeten wir im Stadtzentrum. Ich stieg aus und sah mich um. Es war Liebe auf den ersten Blick. Die Stadt kam mir wie ein großes Wohnzimmer vor. Die Passanten begeisterten mich genauso wie die pittoresken Fassaden der Gebäude. Vor allem die Frauen und Mädchen glichen Wesen aus einer anderen Welt, salopp gekleidet, dabei von einer Eleganz, wie ich sie noch nie gesehen hatte. Ein dunkles Blau schien gerade große Mode zu sein. Überall wo man nur hinblickte, bei den reichen Damen, die ihren Pudel im Arm trugen, bei den Schulmädchen, die scharenweise an den Bushaltestellen zusammenströmten, sah man diese Farbe in den feinsten Variationen. Dazu ein metallisch glänzendes Aschblond der Haare und ein nur angedeuteter Perlmutterton dezent geschminkter Lippen. Ich ging zum Rubenshaus, von dem meine Mutter so geschwärmt hatte. Das imponierende Gebäude im altflämischen und italienischen Stil birgt eine ebenso imponierende wie bedrückend museale Sammlung von Bildern und Gebrauchsgegenständen aus der Zeit des Malers. Eines war mir schnell klar, weder im Atelier noch in den Wohnräumen mit ihren bombastischen Wandteppichen und Täfelungen, mit den Ritterrüstungen, Madonnen, Statuetten, Karaffen, Münzen und Pokalen kam die Atmosphäre einer Behausung auf. Hier hatte kein Künstler gelebt, sondern ein erfolgreicher Unternehmer. Ich blätterte im Katalog seiner Bilder. Wie hatte dieser Mann nur einen solchen Erfolg haben können! All diese fetten, welken Frauenkörper mit Cellulite. So sah inzwischen auch meine Mutter aus. Ich habe es, seitdem sie dick geworden war, immer vermieden, sie nackt zu sehen, doch dieser Maler hätte bestimmt seine Freude an ihr als Modell gehabt. Ich floh in die surreale Verfallenheit des Gartens, der umfriedet von den Rückseiten hässlicher Mietskasernen den Blick zum Himmel freigab, und biss in eines der Schnitzelbrote, die mir der Steward eingepackt hatte. Wut packte mich gegen alle erfolgreichen Künstler, und ich floh so schnell ich konnte wieder hinaus in die Straßen. Freundliches Sonnenlicht bemalte die Steige, als ich die Meir weiterlief, bis ich ans Hochhaus der Kredietbank kam, den berühmten Bauernturm, das erste Hochhaus Europas und Wahrzeichen der Stadt. In schmutzigfarbener Zweckmäßigkeit ragt es in den Himmel, an den Turm einer Kathedrale erinnernd, dem die Spitze fehlt. Hier wird Gott Mammon verehrt, dachte ich. Meine anfängliche Begeisterung für Antwerpen hatte inzwischen deutlich nachgelassen. Ich ging weiter zum *Chapeau Rouge*. Alles, was meine Mutter über dieses Schlemmerlokal geschrieben hatte, stimmte. Der lange, schmale Raum, die hell gescheuerten Holztische. Die enge Wendeltreppe, die bleigefassten Fenster, der Kamin aus Delfter Kacheln, die kupfernen Kasserollen, die glänzenden Rubensgesichter der Genießer, die Muscheln aßen und dazu aus großen Krügen Bier tranken. Auch die Kellnerin war da. »Ein reizendes Fräulein in schwarzer Seide, sehr kurzem, engem Röckchen und weißem Schürzchen mit zwei feurigen Kohlen statt Augen im Kopf.« Ich starrte sie an wie eine einem Biermeer entstiegene schaumgekrönte Venus. Als sie mich erblickt hatte, kam sie auf mich zu und wies auf einen freien Platz. Würde ich denn nie meiner Mutter entkommen? Befand ich mich für alle Zeiten in ihrem dunklen Gebärkanal? Als ich die Speisekarte las, wusste ich, dass die Preise meine Reisekasse allzu sehr plündern würden. Als die Kellnerin nach unten gegangen war, begab auch ich mich zur Wendeltreppe und floh nach draußen. Ich fuhr zurück zum Hafen und ging ins *Speck en Eieren*. Hier war es wenigstens ungemütlich, und es gab eine Jukebox, aus der die neusten Hits von Bill Haley dröhnten. Die zechenden Gäste waren hauptsächlich ehemalige Seeleute, arme Hunde, die, weil sie irgendeinen physischen Makel hatten, zum Beispiel schwache Augen, oder weil sie mit dem Gesetz in Konflikt gekommen waren, nun als Schauerleute für einen kargen Lohn ihre Knochen beim Tragen von Stückgut kaputt machten. Ich fühlte mich wohl unter ihnen, auch wenn sie mich nicht beachteten. Das änderte sich schlagartig, als die Tür aufging und einige von unserer Mannschaft erschienen. Sie setzten sich an einen großen Tisch und begannen Genever und Amstelbier zu trinken. Ich bemerkte, dass sie mich immer wieder musterten. Schließlich winkte mich einer der Matrosen zu sich und deutete auf den leeren Stuhl neben ihm. Er war schon ziemlich betrunken. »Du willst doch bestimmt einen ausgeben.« Ich nickte und rief den Kellner. »Eine Runde Genever für diesen Tisch.« Wir kippten gleichzeitig die bis zum Rand gefüllten Gläser. Dann sagte mein Nebenmann: »Du bist doch bloß auf der ›Tinnum‹, weil du für den Inspektor spionieren sollst. Ob wir unsere Arbeit gut machen und so.« Die anderen rückten ihre Stühle näher. Ihre Abneigung war physisch zu spüren. Ich stand auf, zahlte und ging. »Spion«, rief mir jemand nach.

Mein Vater hatte angekündigt, dass in Antwerpen noch zwei weitere Passagiere an Bord kommen würden. Auf meine Frage, ob er sie kenne, hatte er gesagt, er wisse nur, dass es Studenten der Theologie seien, denen der Konsul, der sich gern als Mäzen betätigte, die Reise geschenkt hätte. Sie würden bis Athen mitfahren und dort an Land gehen, um dann den heiligen Berg Athos mit seinen Klöstern und Mönchen zu besuchen. Am Abend trafen die beiden Gäste ein. Ich stand auf dem Peildeck und betrachtete sie durch ein Nachtglas. Den einen kannte ich nicht, der andere war mir nur zu vertraut. Es war Wilhelm. Er hatte einen Rucksack und einen Geigenkasten dabei. Als ich Wilhelm fragte, warum er mir nichts von seinem Glück erzählt hätte, sagte er, dass er von der geschenkten Reise erst erfahren habe, als ich schon fort gewesen sei. Wilhelm sah gut aus. Er war männlicher geworden und durch seinen athletischen Körperbau und sein freundliches Verhalten sehr schnell Liebling der Besatzung. Mir war er merkwürdig fremd. War es Eifersucht? Wollte ich ihn nicht als Zeugen meines Doppellebens als Lyriker und Seemann? Oder störte seine Anwesenheit meinen Versuch, mir über meine Zukunft klar zu werden? Der andere Passagier war ein Kommilitone Wilhelms. Manfred Kuchenguss, ein großer, bleicher Jüngling mit überlangen, ungelenken Gliedmaßen. Er erinnerte an ein Spinnentier, und er verhielt sich auch so. Die ganze Reise lag er, wenn es das Wetter zuließ, irgendwo an Deck in der Sonne auf dem Rücken, am liebsten auf dem Peildeck, und regte und rührte sich nicht, als lauerte er auf Beute. Die beiden angehenden Theologen teilten sich eine Passagierkammer an Steuerbord, während meine kleine Einzelkammer an Backbord lag.

Dann ging es nach Rotterdam. Da die Oosterschelde wegen eines Havaristen gesperrt war, mussten wir einen Umweg über die Westerschelde machen. Wir erreichten unseren Liegeplatz am Kai des Europahafens erst am 1. März um acht Uhr morgens. Sofort wurde mit der Beladung begonnen, denn am frühen Nachmittag sollte es bereits weitergehen. Ich hatte vom Boijmans-Museum und seiner einmaligen Sammlung holländischer Meister gehört und schlug Wilhelm und Manfred einen Abstecher dorthin vor. Auch dieser größte Binnenhafen Europas liegt weit außerhalb der Stadt. Wir liefen lange an Kais entlang, bis wir endlich eine Bushaltestelle fanden. Im Museum erwartete uns eine fremde Welt aus blütenweißen Halskrausen, rosigen Gesichtern, toten Vögeln und ausgenommenen Fischen. Am meisten faszinierte mich ein Bild von Hieronymus Bosch. »Der verlorene Sohn«. Ein langnasiger, abgerissener Kerl in grauer Kleidung vor einem grauen Haus in einer grauen Landschaft. Warum blickte er so ironisch? Lag nicht Angst in seinem Blick und zugleich Zufriedenheit? Auch ich war ein verlorener Sohn. Auch ich war langnasig und voller Unruhe und spürte doch dabei manchmal ein Gefühl der Geborgenheit in mir selbst.

Wir fuhren zurück in den Hafenbezirk. Als wir den Bus verließen, kam uns auf dem langen Kai des Europahafens ein Mann entgegengerannt. Er schrie: »Beeilt euch, wir legen gerade ab.« Als wir das Schiff erreicht hatten, war es nur noch über die Spring mit dem Kai verbunden. Ein großer Teil der Mannschaft stand grinsend an der Reling. Die Gangway war bereits eingezogen. Nur ein schmales, langes Brett führte zum Schiff. Es gab keinen Ausweg, wir mussten über diesen tiefen Abgrund öligen Wassers. Als wir an Deck waren, brüllte eine Stimme von der Brücke. »Kommen Sie sofort herauf, meine Herren!« Kapitän Prangel war aschfahl vor Wut. Er kanzelte mich vor der gesamten Mannschaft ab. »Wir wollten um drei Uhr los, jetzt ist es fast vier!«, schimpfte er. Ob ich denn nicht wüsste, dass eine Stunde Schlepperbereitschaft 5000 DM kosten würde. Das seien zwei Monate Kapitänsgehalt. Er würde diesen Vorfall dem Inspektor melden. In einer Minute hätte er den Befehl zum Ablegen gegeben. Dann hätten wir sehen können, wie wir wieder an Bord gekommen wären. Der nächste Hafen sei Konstanza am Schwarzen Meer. Während ich dastand wie ein begossener Pudel, streifte mein Blick die Besatzungsmitglieder. Ihre Schadenfreude war nicht zu übersehen. Am nächsten Morgen wachte ich verkatert auf, denn Wilhelm und ich hatten noch lange in meiner Kammer gezecht. Der Steward nahm sich meiner an, indem er mir einen extrastarken Kaffee bereitete und dann zum großen Kühlschrank in der Pantry zeigte. »Machen Sie mal auf«, sagte er. Ich erblickte neben Bierflaschen ganze Stapel von panierten Schweineschnitzeln. »Nehmen Sie sich, so viel wie sie wollen. Das geht sowieso alles nachher über Bord. Die Gewerkschaft hat durchgesetzt, dass Seeleute jeden Tag eine bestimmte Menge an Kalorien zur Verfügung haben müssen. Egal ob sie hart an Deck arbeiten oder eher nur herumstehen und nach Schiffen Ausschau halten. Außerdem haben wir einige Vegetarier und Magenkranke an Bord.«

Der Himmel war grau und diesig, als wir die Westerschelde verließen und auf den Schifffahrtsweg nach Südwesten in Richtung der Straße von Dover einbogen. Wir fuhren volle Fahrt, denn seit kurzem war die Geschwindigkeitsbegrenzung wegen Minengefahr auf 12 Knoten angehoben worden. Keiner auf der Brücke sprach ein Wort. Man hörte nur das Brummen der Maschine, die Morsegeräusche aus der Funkbude und hin und wieder ein knappes an den Rudergänger gerichtetes Kommando, der auf die Skala des Mutterkompasses starrte und den jeweils angesagten Kurs möglichst genau und ohne Schwankungen der Scheibe einzuhalten versuchte. Auch in der zweiten Nacht war ich auf der Brücke. Der Wind hatte zugenommen, von drei auf sieben Windstärken, und das Schiff musste gegen eine grobe See ankämpfen. Irgendwann passierten wir querab an Backbord Ouessant mit seinem berühmten Leuchtfeuer, dem Phare du Créac'h. Preußischer Grenadier nennen ihn die deutschen Seeleute wegen seiner schwarzweiß gestreiften Markierung.

Die Tür zur Funkstation war nur angelehnt. Ich ging hinein. Der Funker saß auf einem Drehstuhl, vor sich die Morsetaste und eine Schreibmaschine, neben sich ein Tisch, auf dem ein Tonbandgerät ohne Gehäuse stand, an dem er gerade herumschraubte. Er drehte sich zu mir um und lächelte freundlich. »Na, Seemann, schon Seebeine?« Er machte sich über mich lustig, aber auf eine angenehme Weise. Seit er mir mit dem Seefahrtsbuch geholfen hatte, kam er mir wie ein Komplize vor. »Ich mag Funkbuden«, sagte ich. »Es ist gemütlich hier.« »Ich sehe das anders. Es sind kleine Gefängniszellen. Das Gefängnis selbst ist allerdings ziemlich groß. Vor allem für kurze Wellenlängen. Kannst du morsen?« Ich schüttelte den Kopf. »Ich habe es als Kind versucht, mit einer Wäscheklammer als Morsetaste. Aber ich bin nicht weit gekommen.« »Wahrscheinlich hast du es falsch angestellt. Du hast mit langsamen Zeichen angefangen. Das ist verkehrt. Du musst von Anfang an schnelle Zeichen üben, bis sie dir in Fleisch und Blut übergehen. Hör mal.« Er ratterte eine schnelle Folge von Dits und Dahs herunter. »Ich schreibe sie dir auf, und dann kommst du jeden Tag vorbei und morst. Natürlich bei ausgeschaltetem Sender.« Er schrieb etwas auf einen Zettel und reichte ihn mir. Unter den Punkten und Strichen stand das Wort Liebe. In diesem Moment begann der Empfänger zu arbeiten. Der Funker schrieb die Botschaft auf der Schreibmaschine mit. Lauter Zahlenblöcke. Er zog das Papier aus der Walze und reichte es mir. »Der neuste Wetterbericht von Norddeichradio. Die Zahlen enthalten alle wichtigen Daten, Temperatur, Isobaren und ihre Positionen. Ich werde sie jetzt an den 3. Offizier weiterleiten, und der wird mit Hilfe seines Codebuches die Daten entschlüsseln und danach eine Wetterkarte zeichnen. Wenn ich einen Fehler gemacht habe, hätte das erhebliche Folgen für die Sicherheit des Schiffes. Wir könnten absaufen, wenn ich zum Beispiel den Kern des Tiefdruckgebietes hundert Meilen nördlicher angegeben habe, als er in Wirklichkeit ist.« Er stand auf. »Jetzt habe ich Freiwache und kann mich diesem kaputten Tonbandgerät widmen. Besuch mich doch mal in meiner Kammer. Wir können ein bisschen mexikanische Musik hören. Ich habe gestern Nacht die neusten Sambas aufgenommen. Und wir können uns dabei einen Schluck Tequila genehmigen.«

Ich hatte gehört, dass Funker oft seltsame Menschen sind, weil ihr ungewöhnlicher Arbeitsrhythmus sie verändert. Sie mussten ihre acht Stunden Arbeitszeit pro Tag in einem Zweistundenrhythmus von Wache und Freiwache verbringen, in einem Wechsel zwischen höchster Konzentration und Entspannung. Deshalb sind sie ständig übernächtigt. Es gab noch ein anderes Mitglied der Besatzung, das nicht in das gängige Klischee des Seemanns passte: Fernando, der 3. Offizier. Er war ein außerordentlich schöner Mann von brünetter Hautfarbe, dichtem, niedrigem Haaransatz und Augen von leuchtender Finsternis. An seiner linken Schläfe verlieh eine Narbe seinem guten Aussehen einen interessanten Makel. Fernando radebrechte ein herrlich falsches Deutsch. Wenn er mit sonorer Stimme »Bagborr« und »Stürborr« sagte oder »schlegte Siecht«, dann klang es wie Lyrik. Ich unterhielt mich manchmal mit ihm über moderne Dichter seiner Heimat und war nicht wenig erstaunt, dass er als Seemann meine Lieblingspoeten Lorca, Jiménez und Alberti kannte.

Am folgenden Tag hatte der Wind auf zehn Beaufort zugenommen, das bedeutete schwerer Sturm bei einer Windgeschwindigkeit von bis zu hundert Stundenkilometer. Auch die See aus südlicher Richtung war gröber geworden. Ich war wieder auf der Brücke und erlebte, wie Fernando dem wachhabenden 1. Offizier die Wetterkarte übergab. Beide studierten sie sie auf dem von einer kleinen Lampe beleuchteten Kartentisch. »Da braut sich einiges zusammen«, sagte der Erste. »Wir sollten den Kapitän wecken und informieren.« Ich trat hinzu und warf einen Blick auf die Karte. Fernando deutete auf die Isobaren. »Hier haben wir eine tipische Trockentwicklung.« Dann radebrechte er weiter. Ich verstand ihn besser als der 1. Offizier und übersetzte: »Wir haben im Augenblick einen stark zunehmenden Wind, und es regnet. Außerdem fällt der Luftdruck sehr schnell. Das ist typisch für eine Warmfront. Wenn sie durchgezogen ist, sollte normalerweise das Wetter im Warmsektor zwar instabil, aber doch recht erträglich sein, ehe es in der Kaltfront noch einmal bei rechtsdrehendem Wind stark aufbrist. In diesem Fall ist es anders. Wir haben starke Schauer, und die Temperatur steigt nicht. Das bedeutet, die Kaltfront hat die Warmfront eingeholt. Eine Okklusion. Es gibt keinen Warmsektor. Und kein Rückseitenwetter«, ergänzte ich, froh darüber, dieses von mir geliebte Wort wieder einmal benutzen zu können. »Serr gut, Freund«, sagte Fernando. »Und hinter der Okklusion wird der Druck nicht steigen, wie üblich, sondern weiter fallen. Der Trog, das ist diese Isobarendrängung«, er deutete mit dem Finger auf eine bestimmte Stelle der Karte. Wieder übersetzte ich. »Er folgt der Okklusion in einem Abstand von über 330 Seemeilen, und das bedeutet, dass wir in etwa sechzehn bis achtzehn Stunden, also etwa morgen Nachmittag, wahrscheinlich einen sehr schweren Orkan bekommen. Das Sturmfeld im Trog ist sehr stabil. Das Unangenehme an Trogstürmen ist nicht der Wind, sondern die schwere See. Riesige Wellen, die dadurch entstehen, dass sich die Dünung aus Norden mit Windseen aus Süden überlagert.« In diesem Moment erschien der Kapitän. Er beugte sich über die Karte und ließ sich die Lage vom 1. Offizier erklären. Dann sagte er, man solle sofort einige Männer an Deck schicken und prüfen lassen, ob die Deckslandung richtig festgelascht war. Im Übrigen müsse man einfach abwarten.

Es kam, wie es Fernando vorhergesagt hatte. Das Barometer fiel in den Keller, und die Dünung nahm zu. Der Sturm blies bald mit zwölf Windstärken aus Nordwest, und mächtige Wellen ritten von achtern heran, packten das Heck der »Tinnum«, warfen es hoch und rollten schäumend unter dem Schiff hindurch. Ich wagte mich nach vorne zum Bug und klammerte mich an der Reling fest. Es war ein Gefühl wie in einem Fahrstuhl. Wenn sich der Bug aus den Wogen hob, musste man in die Knie gehen, um die durch die Bewegung erzeugte enorme Zunahme des Körpergewichts abzufedern. Wenn der Bug wieder hinabtauchte, war man plötzlich leicht wie eine Feder und musste befürchten, vom Wind über Bord geweht zu werden. Als es ein wenig abflaute, kletterte ich aufs Peildeck. Der Anblick, der sich mir bot, war unbeschreiblich. Die Wellen mussten mehr als zwanzig Meter hoch sein, denn wenn das Schiff in einem Wellental war, versperrten ihre Kämme den Blick auf den Horizont, obwohl das Peildeck gut fünfzehn Meter über der Wasserlinie lag. War man auf einem Wellenkamm, sah man weit über diese wild gewordene Brecherherde hinweg und konnte Schwindelgefühle bekommen, wenn man in den kochenden Abgrund aus Wasser blickte. Dass die Situation nicht nur spektakulär war, sondern auch ernst, begriff ich, als ich kurz danach im Brückenhaus Zeuge wurde, wie der Kapitän, der 1. und der 3. Offizier mit der Stoppuhr am Krängungsmesser, einem kleinen Pendel mit Winkelskala an der Rückseite der Brücke, die Rollperiode bestimmten. »Das sieht nicht gut aus. Das Schiff ist viel zu weich«, sagte der 1. Offizier. Weich war ein Schiff, wenn sein

Schwerpunkt zu hoch lag und deshalb die Rollperiode zu lang war, also jene Zeit, die es nach einer Schräglage benötigte, um sich wieder aufzurichten. Nicht der Grad der Schräglage war offenbar gefährlich, sondern die Länge der Rollperiode. Ich sollte immer wieder die Erfahrung machen, dass Ähnliches für Lebenssituationen gilt: Nicht die Stärke der Schieflage war das Problem, sondern die Zeit, die es braucht, um sich wieder aufzurichten.

»Wir sollten die beiden Raupenschlepper über Bord werfen. Sie sind schuld an der schwachen Stabilität«, sagte der 1. Offizier. Der Kapitän schüttelte missbilligend den Kopf. »Lassen Sie sofort alle Ballasttanks fluten, die noch nicht voll sind, und lassen Sie das Dieselöl in höher liegende Tanks pumpen und füllen Sie dann die frei gewordenen Tanks mit Meerwasser.«

Nachdem die vom Kapitän angeordneten Maßnahmen durchgeführt worden waren, lag die »Tinnum« zwar etwas besser in den Wellen, doch kamen wir drei Tage nicht vom Fleck. Auch der Trogsturm schien sich nicht von der Stelle zu bewegen. Der Kapitän ließ das Schiff inzwischen mit halber Kraft gegen die Wellenfronten anlaufen, um die Rollbewegungen zu mildern. Die Fortbewegung an Bord war äußerst mühsam. Wenn man über eine der vielen schrägen Treppen gehen wollte, musste man mehrmals den Augenblick abwarten, wenn sie für kurze Zeit ihre normale Lage einnahmen. Die übrige Zeit hing man entweder mit beiden Händen in den schräg gestellten Stufen der dann senkrecht stehenden Treppe festgekrallt wie in einer Sprossenwand, oder man verharrte mit allen vier Gliedmaßen auf den schmalen Vorderseiten der Stufen, solange die Treppe fast waagerecht war. Ich schlief die ganze Zeit so gut wie nie. Drei Viertel der Mannschaft waren inzwischen seekrank. Von Manfred und Wilhelm hatte ich seit Tagen nichts mehr gesehen. Wie schlimm es stand, wurde deutlich, als der ebenfalls seekranke Funker mit blassem Gesicht auf der Brücke erschien und meldete, dass er die Notrufe von mehreren Schiffen in der Nähe empfangen hatte.

»Wir sind selbst in Not«, brummte der Kapitän. »Aussichtslos, ihnen zu Hilfe zu kommen.« Der Koch schaffte es immer noch, Mahlzeiten zuzubereiten und über das mit Seilen bespannte Deck nach vorne schaffen zu lassen. Ich war stolz darauf, dass ich immer noch nicht seekrank war. Am dritten Tag gab es das Lieblingsessen der Seeleute: Curryhuhn. Ich sah, wie der Steward beim Servieren am festgeschraubten Tisch mal schräg nach hinten in den Raum ragte, mal in die andere Richtung. Als jemand den in solchen Situationen üblichen Scherz zum Besten gab, am besten helfe es gegen Seekrankheit, wenn man ein Stück Speck an einer Schnur verschlucke und dann durch die Speiseröhre wieder hochziehe, war es so weit: Fluchtartig verließ ich die Messe. Vor meiner Kammertür musste ich den Moment abwarten, in dem die Lage des Schiffes es ermöglichte, sie zu öffnen. Doch diesmal klappte es nicht. Die schwere Stahltür riss mich in die Kammer. Ich schlug auf den Boden und kroch zum Klo. Der winzige Raum war voller Salzwasser, das von den Wellen durch die Toilettenöffnung nach oben gedrückt worden war. Ich lag auf den Knien und hielt mich am Rand der Kloschüssel fest und kotzte mir die Seele aus dem Leib. Dann kroch ich pudelnass ins Bett. Alle zehn Minuten musste ich wieder zur Schüssel. So ging es die ganze Nacht.

Am nächsten Morgen war der Spuk vorbei. Als ich an Deck kam, bleich und voller blauer Flecken, herrschte totale Windstille. Meer und Himmel hatten die gleiche schmutzig-gelbe Farbe. Zwar ging die See immer noch hoch, aber das Schiff hatte wieder Fahrt aufgenommen, und seine Bewegungen waren weniger trunken. Während ich an Deck in der sich mühsam durch die Wolkendecke quälenden Sonne stand, sah ich plötzlich, wie sich ein Bullauge im Brückenhaus öffnete und in ihm ein pausbäckiges, verquollenes Gesicht erschien. Wilhelms Lächeln wirkte säuerlich, aber es sollte wohl ausdrücken, dass uns der liebe Gott die ganze Zeit über beschützt hatte.

Inzwischen wehte ein stetiger achterlicher Wind, der uns gut vorankommen ließ. Bei La Coruña erreichten wir Spanien, und der Kurs wurde nach Süden abgesteckt. Jetzt ging es die schier endlose Küste dieses Landes und Portugals entlang. Einmal sah ich Fernando an der Backbordreling stehen. Er starrte zu seiner Heimat hinüber und murmelte leise Sätze auf Spanisch vor sich hin. Ich trat zu ihm und fragte, was er da aufsage. »Gedichte von Alberti«, sagte er, und seine kohlschwarzen Augen leuchteten. »Ich liebe Alberti. Er ist der Dichter des Meeres.« »Auch ich liebe ihn«, sagte ich. Er gab mir daraufhin die Hand und drückte sie fest. »Komm heute Abend zu mir in meine Kammer. Ich habe bis Mitternacht Freiwache.«

Die Tür zur Kammer des Dritten war angelehnt, als ich gegen zehn Uhr erschien. Ich klopfte, und eine Stimme sagte: »Adelante.« Ich betrat den Raum. Fernando saß an dem kleinen, mit dem Boden verschraubten Tisch, vor sich eine Flasche und zwei Gläser. An der Wand hing eine Fotografie, die einen ernsten Mann in Straßenkleidung zeigte. Ich setzte mich ihm gegenüber, und dann unterhielten wir uns. Die Dünung des Sturmes war immer noch zu spüren. Sie schaukelte uns. Fernando schenkte die Gläser voll. Bernsteinfarbener Sherry. Wir hielten die Gläser in der Hand, um die Schiffsbewegungen auszugleichen. Dann stießen wir an. Wer ist der Mann auf dem Foto, fragte ich. »Ignacio Sánchez Mejías, der große Stierkämpfer. Ein Freund Lorcas und Albertis. Das Töten eines Stieres war für ihn wie das Schreiben eines Gedichtes. Das kann ein Nordeuropäer unmöglich verstehen. Mejías hatte den Stierkampf aufgegeben und war Schriftsteller geworden. Doch dann erhielt er ein Angebot, in die Arena zurückzukehren. Mejías konnte nicht widerstehen. Er war unsterblich in eine französische Schriftstellerin verliebt, Marcelle Auclair. Sie war eine Freundin Lorcas und mit dem französischen Schriftsteller Jean Prévost verheiratet. Obwohl sie sich auf eine Affäre mit Mejías einließ, wollte sie ihren Mann nicht verlassen. Es war ein Drama. Dann kam der Tag, an dem ein nicht einmal besonders starker Stier Mejías tötete. Es war am 11. August

1934 in Sevilla. Ein Horn des Tieres ritzte ihn am Bein, Mejías blutete. Nicht sehr stark. Er wollte ins Krankenhaus nach Madrid, da ihm das Hospital in Sevilla nicht gefiel. Der Krankenwagen hatte Verspätung. Die Fahrt dauerte lang. Es war heiß. Zwei Tage später starb Mejias am Wundbrand. Mejías wurde neununddreißig. Manche sagen, es war Selbstmord aus Liebeskummer.« Ich lauschte Fernando verzückt. Sein Akzent veredelte alles, was er sagte. Kurz vor Mitternacht gingen wir auf die Brücke. Fernando hatte die Hundewache. Ich stand noch eine Weile neben ihm und sah hinaus. Wir schwiegen beide. Es war ein Schweigen voller Sympathie. Das Meer schien aus sich selbst heraus zu leuchten. Als ich in meine Kammer ging, glaubte ich, ein Stück weiter gekommen zu sein auf meinem holprigen Lebensweg.

*

B. fuhr nicht direkt zum Hotel zurück. Vielmehr ließ er sein Fahrrad stehen und ging am Hafen entlang, bis er an eine Stelle kam, von der man einen guten Blick auf das hier schon sehr breite Flussdelta hatte. Ein Ruderboot lag ein Stück weit draußen an einer Boje. Ein Mann saß darin und angelte. Neben ihm lag ein großer zottiger Hund. Immer wieder warf der Angler mit einem geschickten Schwung der Angelrute den Blinker weit hinaus und holte dann die Leine ein. Er schien nichts zu fangen. Hin und wieder blickte er durch ein kleines Sehrohr ins Wasser und schüttelte den Kopf. Als er B. bemerkte, der sich auf einem Poller niedergelassen hatte, machte er sein Boot los und ruderte mit wenigen Schlägen an Land. Mit einer einladenden Geste forderte der Mann B. auf, ins Boot zu kommen. B. nahm das Angebot an. Der Hund bellte und knurrte und zeigte sein Missbehagen über den Passagier. Der Mann ruderte in den Strom hinaus. »Können Sie mich ans andere Ufer bringen?«, fragte B. »Das geht leider nicht. Die Strömung in der Mitte des

Flusses ist viel zu stark. Außerdem, sehen Sie selbst.« Er reichte B. das Sehrohr. In der Tiefe erblickte B. seltsame Wesen, weiße Fische, die wie menschliche Hände aussahen und sich bewegten, als würden sie ihn zu sich hinabwinken. »Ich bringe Sie jetzt zum Institut zurück. Sie arbeiten doch dort, wie ich gehört habe.« B. nickte. »Ja. Gewissermaßen.«

31

Am 7. März erreichten wir die siebzig Meter hohe Steilküste von Kap St. Vincent, die Südwestspitze Portugals. Hier begann nach antiker Vorstellung das Außenmeer, der Okeanos, der die Erdscheibe wie eine riesige Wasserschlange umgab. Und hier hatte Ende des 18. Jahrhunderts die englische Flotte die spanische Armada vernichtend geschlagen und dadurch eine Zeitenwende bewirkt, das Ende der spanischen Weltherrschaft und den Beginn der Moderne. Als wir die Säulen des Herakles passierten, den Felsen von Gibraltar mit seinen Affen an Backbord, die Berge des Atlas an Steuerbord, war es, als öffnete sich eine Tür zum Paradies. Der Wind sprang um und flaute ab. Ein warmer Fahrtwind umfächelte uns. Als die Dämmerung hereinbrach, leuchtete an den Bordwänden das Wasser grün. Die kleinen Krebse, die dieses Wunder vollbrachten, wurden von der Bugwelle erregt und tauchten das ganze Schiff in ihre Fluoreszenz. Ich ging nach vorne und lehnte mich über die Reling. Grüne Schatten schossen vor dem Bug hin und her. Manchmal verschwanden sie plötzlich, um sogleich wieder zu entstehen. Es waren Tümmler, die dort im sauerstoffreichen Gischt der Bugwelle ihr liebstes Spiel spielten: dem eisernen Koloss zu beweisen, dass sie viel schneller und wendiger waren als er. Immer wenn sie aus dem Wasser sprangen, erlosch ihr kaltes Leuchten, und sie wurden für einen kurzen Moment unsichtbar. »Das sind die Seelen ertrunkener Seeleute«, sagte jemand neben mir. Es war Fernando.

Tage voller Sonne und Meerduft brachen an. Da das Schiff ruhig im Wasser lag, begannen umfangreiche Malerarbeiten, teilweise von Planken aus, die über Bord gehängt wurden. Manfred Kuchenguss lag den ganzen Tag wie ein toter Taschenkrebs auf dem Peildeck. Wilhelm mischte sich unter die Seeleute. Der Abstand, den die

Mannschaft zu mir hielt, blieb unverändert. Mit Ausnahme Fernandos, des Stewards und des Funkers.

Wenn nichts zu tun war, saßen die Decksleute auf einem Lukendeckel und zippelten um einen Kasten Bier. Wilhelm, der zwar auch im Vorschiff wohnte, aber aus Sicht der Mannschaft im Gegensatz zu mir ein ganz normaler Mensch war, durfte mitmachen. Er verlor oft, vor allem wenn er betrunken war. Er hatte wenig Geld, aber es gab immer jemanden, der einen Kasten Bier für ihn springen ließ. Das günstige Wetter erlaubte es dem Kapitän endlich, seinem Laster zu frönen, das vom Reeder geduldet wurde, weil er ein ausgezeichneter Seemann war. Prangel war Quartalssäufer und auf jeder Reise eine Woche lang so betrunken, dass er seine Kammer nicht verlassen konnte. Der Steward stellte ihm dann das Essen vor die Tür. Es gab noch einen zweiten Quartalssäufer an Bord: den Koch. Wenn er vorübergehend arbeitsunfähig war, übernahm der Bäcker seinen Job. Einmal kam jemand von der Mannschaft zu mir und sagte, der Koch wolle mich unbedingt sprechen. Er lotste mich übers Deck nach achtern zur Back, wo die Mannschaft ihre Kammern hatte. Die Kajüte des Kochs war winzig klein. Er empfing mich mit glasigen Augen und klemmte mich mit seinem dicken Bauch auf der schmalen Bank hinter dem festgeschraubten Tisch ein. Dabei brüllte er immer wieder nur einen Laut: »Wa«. Im Plattdeutschen bedeutete das »nicht wahr«. Auch der Koch hielt mich wohl für einen Spion des Inspektors und wollte mir beweisen, dass er durchaus Herr seiner Sinne war. Ich kroch unter der Tischplatte hindurch auf die andere Seite und verließ die Kammer. Wilhelm hatte den Kapitän gebeten, am Sonntag für die Mannschaft einen kleinen Gottesdienst in der Offiziersmesse halten zu dürfen, und der Kapitän hatte ohne große Begeisterung eingewilligt. Tatsächlich erschienen viele Matrosen zu dieser Veranstaltung, denn so durften sie in den Raum, der normalerweise für die Decksleute tabu war. Sie hatten Struppi, den Bordhund, dabei. Während Wilhelm aus der Bibel vorlas und einzelne

Stellen erklärte, spielten die Seeleute mit dem Hund unterm Tisch. Struppi bellte und kaute an den Schnürsenkeln des angehenden Pastors. Einen zweiten Gottesdienst erlaubte der Kapitän nicht mehr. Als wir durch die Straße von Sizilien fuhren, hing die halbe Freiwache an der Backbordreling und starrte mit Ferngläsern zur Küste, denn es ging das Gerücht, dass dort irgendwo Sophia Loren ein Haus hatte. Mich hatte inzwischen ein Gefühl von Zeitlosigkeit erfasst. Ursache waren die weiten Blicke, die Wärme der Luft, die Farben des Meeres und des Himmels und die Monotonie des Tagesablaufs. Durch die fast unnatürlich blaue Ägäis ging es weiter in Richtung Norden. Nachts sah ich aus dem Bullauge meiner Kammer die schwarzen Felsen der Kykladen. Nach dem Frühstück ging ich aufs Peildeck, schrieb Gedichte in mein Notizbuch und tippte sie später in der Kammer ab. Wilhelm hörte ich manchmal in seiner Kammer Geige spielen. Ich vermied es, mit ihm zusammen zu sein. Mitte März erreichten wir die Dardanellen. Byron hatte sie einst schwimmend durchquert. Eine unglaubliche Leistung für einen Poeten, der durch seinen Klumpfuß behindert war. Als wir Konstantinopel passierten, mit dem Blick auf die Paläste, die Moscheen, und man tief in das Goldene Horn hineinblicken konnte, war ich enttäuscht. Alles war kulissenhaft. Auch das Schwarze Meer war eine Enttäuschung, denn es war genauso blau wie die Ägäis. Doch änderte sich das bald. Das Wasser wurde zuerst grau, dann giftig gelb. Wir waren mitten in einen der gefürchteten Schwarzmeerstürme geraten. Die Wellen hier waren viel kürzer und steiler als in der Biskaya, und das machte sie unangenehmer. Wieder war ich auf der Brücke. Dichtes Schneetreiben behinderte den Blick. Wir waren aus dem lichtdurchfluteten Frühling der Oberwelt in eine kalte Unterwelt geraten. Am 13. März erreichten wir kurz nach Mitternacht unseren Zielhafen. Ich wollte so schnell wie möglich an Land, und da ich Besitzer eines Seefahrtsbuchs war, sollte es auch keine Probleme mit den Behörden geben. Früh am Morgen verließ ich unser

Schiff. Am Ende der Gangway standen zwei schwer bewaffnete Polizisten mit russischen Fellmützen auf dem Kopf. Ihre Gesichter waren mürrisch. Ihre Maschinenpistolen bewegten sich bedrohlich auf und ab, während ihr Atem zu Eisnebeln gefror. Der Steward hatte mir gesagt, man könne in diesem Kaff gut vom Zigarettentausch leben. Eine Schachtel amerikanische Marlboro-Filterzigaretten kostete an Bord wegen der Steuerbefreiung nur sechzig Pfennig. Hier würde man dafür in den Kneipen zehn Lei bekommen, so viel wie eine Literflasche bester Weißwein aus Dobrudscha kostete. Ich hatte sechs Schachteln in meinem Sakko versteckt. Sie nahmen die Stelle der Schulterpolster ein, die ich herausgetrennt hatte. Die Polizisten schickten mich zu einer Bretterbude, vor der wieder zwei schwer bewaffnete Uniformierte standen, die mich in die Baracke führten. Mein Blick fiel auf das schwarz gerahmte Brustbild des Staatspräsidenten, das grimmig von der schmucklosen Holzwand herabsah. Unter der Glasscheibe klebte ein totes Silberfischchen direkt auf dem Auge Ceauçescus. Es sah aus, als ob er schielte. Irgendwo tickte eine Uhr. Kurz-lang, kurz-lang. Im Morsealphabet war das der Buchstabe A. Der eine Beamte war groß und hager. Er lehnte an der gegenüberliegenden Wand und grinste mich unverschämt direkt an. Immer wieder ließ er ein ekelhaftes Schnalzen hören. Der andere war dick. Er deutete auf die Knöpfe meines Mantels und knurrte einen Befehl. Ich ahnte, was er meinte, und öffnete den Mantel. Draußen war der Schnee in Regen übergegangen, dessen Geräusch sich in das Ticken der verborgenen Uhr mischte. Ich spürte die Hände des Dicken unter meinem Mantel entlangkriechen, hörte sein Kichern, roch seine alkoholisierten Atemstöße, sah überdeutlich seine violetten, aufgesprungenen Lippen. Dann war die Durchsuchung beendet. »Poftim«, krächzte der Dicke. Ich wusste, dass das »bitte schön« hieß. Er machte mit der Maschinenpistole eine Bewegung, die mich zur Tür lenkte. Erleichtert trat ich ins Freie und knöpfte meinen Mantel wieder zu. Der Hagere folgte mir, versperrte mir mit ein paar schnellen Schritten den Weg, tippte mir gegen die Brust und sagte in unbeholfenem Englisch etwas, das wie »Zigaretten kaufen« klang. Ich nestelte zwei Schachteln hervor, er drückte mir eilig einen Schein in die Hand und verschwand in der Bude. Von der Küste her wehte ein salziger Wind. Durch den feinen Regenvorhang sah man lange Wellenfronten wie gezackte Bretter über die Ufermauern schießen. Ich schlug den Mantelkragen hoch und folgte der ehemaligen Promenade. Sie glich einer langen, verschorften Wunde. Hinter dem aufgerissenen Pflaster erhob sich ein großes Gebäude. Die Rundbögen, die Säulen und Türmchen, die pflanzenhaften Stuckverzierungen, die hohen muschelförmigen Fenster, von denen etliche zerbrochen und mit Pappe geflickt waren – es war reiner, prunkvoller Jugendstil, allerdings in einem völlig verwahrlosten Zustand. Die einst weiße Farbe der Fassade blätterte überall ab, die geborstenen Stufen der breiten Treppe, die zu einem von Säulen flankierten Wandelgang führte, die großen Holztüren mit den wuchtigen Messingbeschlägen, all das wirkte wie die Kulisse eines Films über bessere Zeiten, der mit einer brutalen, schaurigen Schlussszene endete. Eine der Türen ließ sich öffnen. Ich blickte in einen Saal voller leerer Stühle. Überall zerschlagenes Geschirr, wie zertrümmerte Hirnschalen. Im Hintergrund hörte man das Rauschen des Meeres, das in grauen, wie in Blei gegossenen Wellen auf die geborstenen Fensterscheiben der Rückfront zurollte. Plötzlich berührte mich jemand von hinten. Ich drehte mich um und sah einen abgerissenen Knirps vor mir. »Sigarett … Sigarett«, bettelte sein rotzumränderter Mund. Wirre Krauslocken quollen unter seiner geflickten Mütze hervor. Ich öffnete eine der Schachteln und gab ihm zwei Marlboro. Dann ging ich weiter. Er folgte mir wie ein dressiertes Hündchen. Immer wieder hörte ich sein »Sigarett, Sigarett«. Mehrfach versuchte ich, den Jungen loszuwerden, indem ich meine Schritte beschleunigte und abrupt in eine Seitengasse bog. Vergeblich. Das beschwörende »Sigarett« hörte nicht auf. Schließlich blieb ich stehen und gab ihm noch zwei Zigaretten. Er verschwand spurlos wie ein Zwerg, der unterirdisch in einer Höhle lebte.

Ich ging weiter in die Stadt. Nirgendwo waren Autos zu sehen. Die schachbrettartig angeordneten Straßen waren aufgerissen, viele Hausfassaden vom Krieg, der Zeit und der Armut zerstört. Verfall überall, dazwischen große grau gestrichene Masten mit trichterförmigen Lautsprechern, aus denen abwechselnd schrille Marschmusik und verzerrte Stimmen plärrten, politische Parolen, wie ich annahm. Schließlich landete ich auf einem großen Platz. Hier waren mehr Menschen. Alle trugen graue oder schwarze Mäntel, alle irrten sie wie ziellos durch die Trümmer. Man konnte denken, die Mäntel seien leer und würden durch irgendeinen Mechanismus bewegt. Mich schienen sie nicht wahrzunehmen, aber wenn ich mich umdrehte, sah ich, dass sie mir nachstarrten.

Ich blieb vor einem Schaufenster stehen, hinter dem sich Broschüren und Bücher türmten. Mein Gesicht, das sich im Glas spiegelte, kam mir wie eine verrutschte Maske vor. Plötzlich trug sie ein anderes Gesicht, das Gesicht einer jungen Frau. Meine graugrünen Augen waren mit einem Mal braun, meine blonden Haare tiefschwarz, und mein von der Sonne gerötetes Gesicht hatte jetzt einen braunen Teint. Die fremden Augen starrten mich an. Ein fremder Mund bewegte meine Lippen. Eine Hand fuhr mehrmals zum Mund und verschwand dann wieder in der Dunkelheit des Raumes. Die Gebärde des Rauchens. Nach kurzem Zögern trat ich ein. Eine alte Ladenglocke bimmelte.

Die Frau saß inzwischen hinter der Kasse. Sie trug einen verwaschenen grünen Pullover. Lange schwarze Strähnen fielen ihr in die Stirn. Ihr rosa geschminkter Mund schwamm wie ein Seerosenblatt im ovalen Teich ihres Gesichts. Sie lächelte. Vielleicht gilt dieses Lächeln mir, dachte ich und ging entschlossen auf sie zu. Umständlich kramte ich einige Zigaretten hervor und legte sie auf den kleinen Tisch neben der Tür. Verstohlen sah sie zur Tür. Ohne den

Blick von dort abzuwenden, schloss sich ihre Hand um die Zigaretten. Im Nu waren sie in einer Schublade verschwunden. Sie stand auf, kniete vor mir nieder und begann, meine Hose zu betasten. Es war die bügelfreie, braun und violett changierende Keilhose aus Dralon. Ich fühlte ihre Hände, wie sie den Stoff prüften und dabei meine Schenkel hochglitten. Mein Blut schoss die Halsadern empor und zersprühte zu einer roten Fontäne in meinem Kopf. Sie erhob sich, trat einen Schritt zurück und machte eine Bewegung mit den Händen wie jemand, der Geldscheine zählt. Zweifellos wollte sie die Hose haben. Aber wie war das möglich? Ich konnte doch den Laden nicht in Unterhosen verlassen!

In diesem Moment der Ratlosigkeit fiel mein Blick auf ein Buch mit einem schönen Lederrücken im obersten Regal. Ich zeigte nach oben. Sie stieg auf eine Leiter. Ihr schlanker Körper bewegte sich dabei wie eine Ranke, die im Zeitraffer an einer Wand emporwächst. Sie holte das Buch herunter und reichte es mir. Es war der dritte Band einer Ausgabe von Kleists Gesammelten Schriften. »Wieviel?«, fragte ich auf Englisch. Sie ging zur Kasse und zeigte mir einen Zehn-Lei-Schein. Dann zückte ich die lederne Brieftasche meines Vaters, zog einen solchen Schein hervor und gab ihn ihr. Sie griff nach der Brieftasche und roch an ihr. Dann sagte sie »How much?«. Ich überlegte, was wohl mein Vater sagen würde, wenn ich seine edle Brieftasche verkaufte. Sie sah mich flehend an und sagte »copil«. Immer wieder sagte sie dieses Wort. Ich zog das kleine rumänische Wörterbuch hervor, das mir der Funker mitgegeben hatte, und blätterte darin. »Copil« hieß Kind. Sie hatte also offenbar einen kleinen Sprössling. Aber warum brauchte sie eine Brieftasche für ein kleines Kind? Wahrscheinlich wollte sie ein Geschäft machen. »Hundert Lei«, sagte ich auf Englisch. Sie riss die Augen auf und verdrehte die Hände. Offensichtlich hatte sie verstanden. Und offensichtlich waren hundert Lei eine enorme Summe. Einen Moment lang zögerte sie. Dann zog sie die Kassenschublade auf, griff hinein und blätterte neun Zehn-Lei-Scheine auf das Pult. Ich leerte meine Brieftasche, steckte Geld und Ausweis in meinen Sakko und verließ den Laden. Als ich mich umdrehte, sah ich sie hinter der Schaufensterscheibe stehen, starr wie eine Kleiderpuppe.

Ziellos lief ich weiter durch die Stadt. Ich schämte mich. Warum hatte ich mich auf das Geschäft eingelassen? Warum einer jungen Mutter so viel Geld abgeknöpft! Für mich waren es nur neun Schachteln Zigaretten. Die Brieftasche hatte meinen Vater bestimmt hundert D-Mark gekostet. Das entsprach zehn Stangen Zigaretten. Ich hatte also ein schlechtes Geschäft gemacht, selbst wenn ich die neunzig Lei in neun Literflaschen Weißwein tauschen konnte. Morgen würde ich wieder zu ihr gehen und ihr das Geld zurückgeben. Als es schon dunkel wurde, traf ich Wilhelm und Manfred und einige der Matrosen. Alle hatten schon getrunken. Sie nahmen mich mit in eines der vielen Kellerlokale von Konstanza. Es ging eine steile Treppe hinunter. Ein dicker Vorhang schirmte den Raum gegen die Kälte ab. Bevor wir ihn teilten, hörten wir schon die Zigeunermusik. Dann waren wir in einer anderen Welt, als ob sich alles Leben dieser sonst so tot wirkenden Stadt hierher verzogen hätte. In der zigarettenrauch- und weindunstgeschwängerten Luft wogten Gestalten, trinkend, gestikulierend und redend. Auf einem kleinen Podium die Kapelle: eine breitschultrige Pianistin in einer blauen Uniform, ein weißhaariger Schlagzeuger und ein Geiger, der ganz dem Klischee des Zigeunergeigers entsprach, volle schwarze Locken, ein gepflegter Schnauzer mit gezwirbelten Spitzen. Alle Hälse drehten sich nach uns um. Die Kapelle brach ihr Stück ab und spielte »Que Sera, Sera«, die Titelmelodie des Hitchcockfilms »Der Mann, der zu viel wusste«, gesungen von Doris Day. Offenbar hielt man uns für Amerikaner. Wir setzten uns an einen Tisch, den andere für uns frei gemacht hatten. »Que sera, sera, whatever will be, will be!«, das war eigentlich ein gutes Lebensmotto, dachte ich, und ich nahm mir vor, mich mehr daran zu halten als bisher. Die Kellner umschwärmten uns, brachten uns einige Literflaschen Weißwein, einer von ihnen deutete zur Toilette. Er ging voraus, wir folgten. In dem weiß gekachelten Raum mit den Urinalen wechselten Zigarettenschachteln den Besitzer. Immer wieder erschien ein anderer Kellner und tauschte eine Schachtel für eine Flasche Wein. Wir tranken aus großen Biergläsern, und der Pegel unserer Trunkenheit stieg rapide. Der Geiger spielte immer hitziger und krümmte sich dabei wie ein Wurm, die Pianistin, die wie eine russische Parteifunktionärin aussah, saß völlig unbewegt auf ihrem Stuhl und entlockte dem Klavier erstaunlich swingende Töne, der Schlagzeuger bearbeitete seine Becken und Trommeln wie ein Wahnsinniger. Immer wieder landeten neue Flaschen auf unserem Tisch, die wir großzügig an Nachbartische weitergaben. Als wir weit nach Mitternacht die Treppe zur Oberwelt hochwankten, spielte die Kapelle »Muss i denn zum Städtele hinaus«. Die Musiker hatten inzwischen mitbekommen, dass wir Deutsche waren, die erste Schiffsmannschaft eines westlichen Landes nach dem Krieg.

Als wir an einem der Hafenkräne vorbeikamen, kletterte Wilhelm plötzlich wie ein Affe die senkrechte Eisenleiter hoch, und dann hangelte er sich in den Metallstreben des Auslegers voran, vielleicht zehn Meter über dem Boden. Er war vollkommen betrunken und reagierte nicht auf unsere Zurufe. Wir warteten. Schließlich hatten ihn der Regen und der kalte Wind, der an seiner Kleidung zerrte, offenbar so weit ernüchtert, dass ihm die Gefahr dämmerte, in der er schwebte. Er stieß ein Triumphgeheul aus, und dann kletterte er zurück auf den Boden. Als ich ihn wegen seines Leichtsinns schelten wollte, sah er mich mit einem teuflischen Grinsen an, das sein weiches, wohlgeformtes Gesicht zu einer wahrhaft abstoßenden Maske verzerrte.

Am nächsten Tag wollte ich den Kauf der Brieftasche rückgängig machen. Als ich den Laden endlich gefunden hatte, war er verschlossen, und hinter der Scheibe war niemand zu sehen. Zurück an Bord erfuhr ich, dass Kapitän Prangel uns und die halbe Mannschaft, die Freiwache hatte, in die Oper einladen wollte. Wir gingen gemeinsam. Im Opernhaus hatte man eine ganze vordere Reihe für uns frei gehalten. Während wir unsere Plätze einnahmen, erhoben sich alle Anwesenden und begannen zu applaudieren. Dann hob sich der Vorhang, und das Vorspiel von »La Traviata« begann. Das Stück spielte am Meer. Große Bahnen von Pergamentpapier im Hintergrund wurden blau beleuchtet. Weiße Wattewolken zogen an dünnen Schnüren über den Himmel. Mächtige Säulen aus Pappmaché wackelten bedenklich, wenn die allesamt übergewichtigen Protagonisten über die Bühne tobten oder sich gegen die Säulen lehnten. Die Sänger und das Orchestere waren sehr gut. Als Pause war, kam jemand zu Wilhelm und mir und komplimentierte uns durch eine kleine Tür neben der Bühne in die Katakomben des Hauses. Dort hatten sich einige der Musiker versammelt. Es war dunkel, und Flaschen mit Schnaps gingen von Hand zu Hand. Plötzlich waren Instrumente da. Ein großer, dunkler Mann entlockte seinem Kontrabass jazzige Töne. Wilhelm drückte man eine Geige in die Hand, mir eine Gitarre. Eine Snare war auch da und wurde von einem Musiker mit zwei Besen bedient. Wir jammten, »Lullaby of Birdland«, »The Man I Love«, »I Can't Give You Anything But Love«. Ich fragte den Bassisten, woher sie diese Stücke kennen würden. »Wir hören alle über Kurzwelle Rias Berlin und AFN«, sagte er in bestem Deutsch. Da gibt es viele Jazzsendungen.

Wir hatten verabredet, uns mit den Musikern nach der Vorstellung im Kellerlokal zu treffen. Als wir es betraten, war die Atmosphäre nicht wiederzuerkennen. Keine amerikanischen Schlager mehr, dafür russische Volkslieder. Auch keine Versuche der Kellner, Zigaretten gegen Wein zu tauschen. Wir hatten längst genug Geld, um Flasche nach Flasche kommen zu lassen. An einem der Nachbartische saßen Männer in Uniformen voller Orden. Ich winkte einen Kellner herbei, gab ihm eine Tafel Schokolade und forderte ihn auf, sie dem Mann mit den meisten Abzeichen und Ärmelstreifen zu geben. Als er sie erhalten hatte, erhob er sich, kam zu uns und salutierte. Dann schüttelte er unsere Hände, sagte einiges auf Russisch und ging zurück an seinen Platz. Der Kellner sagte: »Er hat sich für die Schokolade bedankt. Er will sie seinen Kindern mitbringen. Er ist übrigens der Kommandeur der russischen Schwarzmeerflotte.« Wir tranken weiter. Einige Musiker aus der Oper erschienen, darunter auch der Kontrabassist. Sie setzten sich etwas abseits und taten so, als ob sie uns nicht kennen würden. Ich wollte zu ihnen, aber der Kellner hielt mich zurück. »Securitate«, flüsterte er. »Es gibt hier heute Abend wegen euch viele Spione.«

Am nächsten Morgen hörte der Regen auf. Als ich in die Stadt ging, lagen Nebelbänke über der Bucht. Ein Mädchen in einem viel zu dünnen rosa Kleid lief vor mir her und kickte gegen leere Flaschen und Zigarettenschachteln. Immer wieder blieb es stehen und drehte sich nach mir um. Ich sah die Frau schon von weitem. Sie stand in der Tür. Ihr ausgewaschener grüner Pullover wölbte sich über ihrer Brust. Im Laden war niemand. Sie winkte mich herein. Ich fühlte, wie es in mir pochte und meißelte, und begann eifrig in irgendwelchen Büchern zu blättern. Sie brachte eine Leiter und zeigte nach oben. Da standen zwei weitere Bände der Kleistausgabe. Ich erstand sie. Sie gab mir eine Quittung, auf deren Rückseite sie etwas schrieb. Ich wollte ihr die hundert Lei geben, aber ich zögerte noch. Sie gab mir die Hand und zeigte zur Tür. Draußen las ich, was auf der Quittung stand. Eine Zeit, zwölf Uhr, und das Wort »Casino«. Ich war pünktlich dort und betrat mit einem mulmigen Gefühl das Gebäude. Überall zwischen den Marmornymphen und athletischen Göttergestalten spannten sich Spinnennetze voll toter Insekten. Da ich im Foyer und im Saal niemanden bemerkte, stieg ich die große Treppe hoch. Irgendwo knarrte eine Tür. In der Stille des Gebäudes hörte ich meine Schritte, von den leeren Räumen verstärkt. Wenn ich stehen blieb, hörte ich ihr Echo vielfach gebrochen. Am Ende des

Flurs sah ich eine angelehnte Tür. Vorsichtig blickte ich durch den Türspalt. Im Zimmer dahinter herrschte leidliche Ordnung. Auch die Fenster waren intakt. Sie lag auf einem roten Samtsofa, eine halb verrutschte Decke über ihren nackten Beinen. Leise zog ich die Tür zu, nahm hundert Lei aus dem Portemonnaie und schob sie unter dem Türblatt hindurch. Noch am gleichen Abend verließen wir Konstanza. Die Rückreise war eine Fahrt ins Licht. Orpheus ließ die Unterwelt hinter sich. Eurydike interessierte ihn nicht mehr. Ich saß auf dem Peildeck und schrieb Gedichte, wobei ich meine Feder in die Tinte der tiefblauen Ägäis tauchte. In Piräus verließen die beiden Theologen das Schiff. Beim Abschied empfahl mir Wilhelm, wenn wir auf der Rückreise in Israel Station machten, unbedingt zum Jordan fahren und mich dort taufen zu lassen. Er habe gehört, es gäbe die Möglichkeit dazu und es koste auch nicht viel. Eine Taufe mit echtem Jordanwasser, wie sie einst Jesus von Johannes empfangen habe. Das sei genau das Richtige für einen Heiden des kalten Nordens. Ob ich wisse, dass eine Taufe sehr viel mit Ertrinken zu tun habe? Sie symbolisiere Geburt und Tod in einem. Wir gaben uns die Hand. Ich spürte, dass wir uns in diesen Tagen nicht nähergekommen waren.

Seit einiger Zeit schon hatte ich bemerkt, dass mich die Mannschaft auf die Probe stellen wollte. Der Bootsmann schlug mir vor, in Piräus ein Bordell zu besuchen. Da würde es die jüngsten Nutten geben. Man könne sogar gegen einen entsprechenden Aufpreis echte Jungfrauen bekommen. Ich sagte, ich hätte kein Geld für derartige Abenteuer. Der Bootsmann erwiderte, sie hätten Geld gesammelt und würden meine Nutte bezahlen. Da ich darauf bestand, mir in der kurzen Liegezeit Athen und die Akropolis ansehen zu wollen, schlugen sie als Kompromiss vor, ein Bordell in der Hauptstadt aufzusuchen. Es blieb mir nichts anderes übrig, als einzuwilligen. Wir fuhren mit dem Bus in die Plaka, die Athener Altstadt. Die engen Gassen voller Menschen, die Gerüche nach stark gewürztem Essen faszinierten mich. Ich wäre am liebsten einfach herumspaziert, aber der Bootsmann zog mich in ein Lokal. Schummrige Beleuchtung, laute Musik, eine lange Bar, auf den Barhockern leicht bekleidete Frauen. Wir waren zu fünft. Kaum hatten wir an zwei Tischen Platz genommen, näherten sich uns fünf der Frauen und setzten sich auf unsere Schöße. »Gibst du mir etwas aus?«, hauchte meine Dame in gebrochenem Englisch. »Einen Ouzo?« »Bloß nicht das schreckliche Zeug. Lieber einen Whisky.« Ich schob sie von meinen Schenkeln und ging zur Bar. Während die anderen dabei waren, ihre Frauen zu betatschen, bestellte ich bei der Bardame einen sündhaft teuren Whisky und bezahlte ihn. »Bringen Sie ihn der Dame da drüben«, sagte ich. Dann ging ich mit schnellen Schritten zur Tür und verschwand nach draußen in die wohltuende Dämmerung eines sterbenden Tags. In einer Taverne setzte ich mich ans Fenster und bestellte ein Bier. Ein junger Grieche setzte sich zu mir. Er war schön, groß, mit schwarzen, lockigen Haaren und sprach ein ausgezeichnetes Englisch. Bald waren wir in einem richtigen Gespräch. Er hieß Alexis und studierte Musik und Philosophie. »Unser Land liegt wie immer am Boden. Das war nie anders, außer in der goldenen Zeit der großen Philosophen«, sagte er. »Seitdem waren wir immer am Boden, immer von Fremden unterdrückt. Erst die Römer, später die osmanische Herrschaft. Dann die Monarchie unter deutschen Königen, dann die Besetzung durch die Nazis, der Bürgerkrieg, und immer so weiter, wie soll man da ein natürliches Nationalbewusstsein entwickeln. Wir Griechen sind wie alle schwachen und unsicheren Menschen große Aufschneider. Wir sind Virtuosen darin, uns selbst zu belügen.« Er nahm meine Hand und streichelte sie. »Hast du mal griechische Süßwaren gegessen? Halwa zum Beispiel? Ich finde, das sagt alles. Sie sind übermäßig süß und klebrig. Alle unterdrückten Völker haben zu süße Süßspeisen, weil sie sich damit trösten wollen. Die Türken zum Beispiel auch. Aber die Franzosen nicht. Vermutlich weil sie ihre Revolution gehabt haben. Und eure Desserts, wie süß sind sie?« Er legte seine Hand auf meinen Unterarm. »Du gefällst mir. Du bist ein hübscher Junge«, sagte er. »Ich muss jetzt los. Sehen wir uns morgen wieder, hier, zur gleichen Stunde, am gleichen Platz? Wir könnten zum Pantheon hochgehen oder auf den Lykabettos.« »Ja«, sagte ich. »Ich freue mich darauf.«

Am späten Abend hieß es Leinen los. Weiter ging es durch den Saronischen Golf. An seinen Gestaden wurde die Demokratie erfunden, flanierten einst Sokrates, Aristoteles und Platon. Als wir an der Insel Salamis vorbeifuhren, dichtete ich, vom Fahrtwind umfächelt: »Architrav im Säulenhain, Niobe schweigt an der Mauer, Epitaph auf einem Stein, Lyralied im Mythenschauer. Stille streift die Silhouette jener Insel Salamis, wo einst Zeus den Farbenpinsel in des Himmels Leinwand stieß.« Ich war berauscht von den bisherigen Eindrücken dieser Reise. Ich hatte den Olymp bestiegen und hatte Höhenrausch. Zugleich fühlte ich mich wie ein Apnoetaucher, der in zweieinhalbtausend Jahre Tiefe hinabsteigt. Gab es nicht auch den Tiefenrausch? Und gab es nicht gewaltige Dekompressionsprobleme, wenn man zu schnell wieder an die Oberfläche der Gegenwart auftauchte? Ganz in der Nähe bei Plataiai hatte der griechische Feldherr Pausanias die Perser besiegt. Zehn Jahre später mauerte man den Helden der Nation wegen angeblicher Konspiration mit den Heloten im Tempel der Athene ein, wo er verhungerte. Auch ich war eingemauert in meinem bisherigen Leben, aber ich wollte nicht verhungern. Ich ging in meine Kammer und verfasste einen Gedichtzyklus, den ich »Der Tod des Pausanias« nannte. »Pythische Säure, was ätzt du den Irisbogen meiner Augen aus Mannit. Ambossblaue Tage, wer schmiedet diesen Leib zu Tau und kühlt sein Schwert an meiner Stirn. Das Blattgoldfiligran der Liebe ist verweht, wie in Absinth getaucht. Das Leid, das in den Ampeln glüht, rußt nieder auf die Haut von Porzellan. Wie hauchhaft angeträumt verhält der Blick, bevor er blutlos liegt: das schnelle Schweben im Gefieder einer Taube. Dann kreist der Schmerz in diesen Augen, zu deren Sturz der hellgelaunte Wind den Willen biegt und keltert mich mit dem Pastill.« Ja, ich würde die Mauern meines Gefängnissses wegätzen mit der pythischen Säure der Sprache. Pythisch heißt dunkel, abgründig, orakelhaft. Python ist in der griechischen Mythologie eine aus faulem Schlamm und Schleim entstandene Schlange, die das Orakel von Delphi bewacht. Apollon, der Gott des Lichts, tötet sie. Ich aber wollte dunkel bleiben, indem ich dunkel schrieb. Die Helligkeit der Vernunft war gefährlich. Diese Seereise hatte schon jetzt eine Veränderung in mir bewirkt. Was ich in meiner exaltierten Gemütsverfassung zu Papier brachte, mochte verworren und mittelmäßig sein, doch es war ein glaubhaftes Zeugnis eines neuen Lebensgefühls.

In Patras luden wir Retsina in große Tanks. Die Sonne leuchtete wie ein Schweißbrenner am Himmel. Ich ging an Land und folgte einer kleinen staubigen Straße ins Inland. Überall Gestrüpp, kahle Felsen. Ich kam an einer Baracke vorbei, über der Tür ein handgemaltes Schild: »Taverna«. Ich hatte Durst und ging hinein. Der Raum war brechend voll mit trinkenden alten Männern. Sie redeten durcheinander in einem A-cappella-Chor der Trunkenheit, der für einen kurzen Moment erstarb, als sie mich wahrnahmen. Dann setzte er wieder ein. Jemand kam auf mich zu und sprach mich an. Ich verstand kein Wort. Ein anderer drückte mir einen großen Becher Retsina in die Hand. Kaum hatte ich ihn geleert, wurde er wieder gefüllt. Sie lachten, hieben mir auf die Schulter und stießen mit mir an. Yamas. Yamas, immer dieses eine Wort. Als ich wieder draußen war, drehte sich die kahle Landschaft wie ein Kettenkarussell um mich. Die Hitze trieb mich Richtung Meer zurück. Als ich den großen Platz am Hafen von Patras erreichte, kam mir Kapitän Prangel entgegen. Zum ersten Mal auf dieser Reise schien er in aufgeschlossener Stimmung zu sein. Er nötigte mich an einen kleinen Tisch vor einer Taverne. Dann bestellte er Ouzo. Wir tranken mehrere Gläser. Der unerbittliche Schweißbrenner der Sonne versprühte weiße Funken. Prangel schien bester Laune. »Das war verdammt haarig in der Biskaya«, sagte er. »Ich hatte uns innerlich schon aufgegeben. Aber Neptun war noch einmal gnädig.« »Yamas«, lallte ich. Wir tranken noch einen Ouzo. Ich war jetzt mutig genug, den Kapitän jeden Augenblick nach dem Grund für seine Saufwoche fragen zu wollen. Er schien das zu spüren, denn sein Blick verfinsterte sich. Er warf einen Geldschein auf den Tisch, erhob sich und verschwand zwischen den tanzenden Häusern. Auch ich stand schwankend auf und ging über die sich wie eine Pythonschlange krümmende Pier zum Schiff und kroch in meine Koje.

Noch am selben Abend ging es weiter in dreitägiger Fahrt nach Haifa. Als die schneebedeckten Gipfel des Peloponnes vorbeiglitten, war ich wieder einmal im Brückenhaus. Der wachhabende 2. Offizier, ein vierschrötiger Mensch, mit dem ich bisher kaum Kontakt gehabt hatte, unterhielt sich mit dem Rudergänger. Sie prahlten mit ihren Erlebnissen mit den Prostituierten in Konstanza. Die würden dort nicht kontrolliert. Es gäbe viele Minderjährige. Das sei auch der Grund dafür, dass jenes Kap dort, sie deuteten zur fernen Küste, Kap Tripp heißen würde. Auf dieser Höhe würden bei denen, die sich einen Tripper geholt hatten, die ersten Symptome auftreten, was am Verhältnis von Reisegeschwindigkeit und Inkubationszeit liegen würde. Sie lachten, als sei diese Krankheit ein ehrenvoller Beweis männlicher Potenz. Der Dialog wurde immer schmutziger. Sie schwadronierten von Damen mit fingerlangen Kitzlern und schwärmten von anderen ekelhaften Details. Ich war mir sicher, dass ich niemals in diese Männerwelt passen würde.

In Haifa konnten wir nicht in den Hafen einlaufen, da Sabbat war. So gingen wir gut eine Meile vom Hafen entfernt vor Anker. Die Mannschaft hatte sich wieder etwas ausgedacht, um mich erneut auf die Probe zu stellen oder lächerlich zu machen. Ein Matrose schlug mir vor, im Meer zu baden. Ich hatte gehört, dass es in dieser Gegend jede Menge Haie gab. Doch es gab kein Zurück.

Todesmutig zog ich meine Badehose an. Die Lotsenleiter wurde ausgerollt, und dann hieß es, ich solle als Erster hinunter. Ich kletterte über die Reling. Dann hing ich in der Lotsenleiter. Da das Schiff unbeladen war, ragte die Bordwand sehr hoch über die Wasseroberfläche. Über mir sah ich die grinsenden Gesichter der Seeleute. Die Leiter endete gut einen Meter über dem Wasser. Niemand war mir gefolgt. Ich spürte die Sonne auf meinem Rücken. Würde ich jetzt aufgeben, wäre ich in den Augen der Mannschaft das, was die meisten mir unterstellten, ein Weichling und ein Spion dazu. Ich dachte an Byron und sprang. Das Meer war warm. Es musste hier sehr tief sein. Die Ankerkette war sehr lange ausgelaufen. Ich war noch nie in derart tiefem Wasser geschwommen. Es war ein unheimliches Gefühl, als schwebte man über einem Abgrund. Ich schwamm mehrere Züge, hastig und so schnell ich konnte. Dann kehrte ich zur Leiter zurück. Die unterste Sprosse hing unerreichbar über mir, und die Bordwand war glitschig von Algen. Mit dem Mut der Verzweiflung schwamm ich mehrmals gegen die Bordwand und versuchte, wie ein springender Lachs aus dem Wasser zu schnellen. Einige Male erreichte ich die unterste Sprosse mit den Fingern, doch jedes Mal rutschte ich wieder ab. Ich hörte Gelächter über mir. Bis heute weiß ich nicht, wie ich es schaffte, irgendwann die Leiter mit den Händen zu packen. Ich hing da wie ein nasser Sack. Aber eine Mischung aus Angst und Wut verlieh mir ungewohnte Kräfte. Ich zog mich hoch, packte mit einer Hand die nächste Sprosse, zog mich weiter, und dann bekam ich ein Knie auf die Leiter. Ich kletterte weiter und schwang mich über die Reling. Ich zitterte, aber ich fühlte mich stark wie selten. Jemand sagte: »Das hast du prima gemacht.« Auch andere zollten mir Lob. Dann fragte jemand: »Willst du mit uns zippeln?« Offenbar war ich in den Augen der Decksleute jetzt ein Mensch geworden.

Wir sollten Apfelsinen als einzige Ladung aufnehmen. Da in Israel die Schauerleute langsamer, weil nach Vorschrift, arbeiteten, da außerdem auch noch ein Sonntag nach dem Sabbat die Beladung verzögerte, rechnete der Kapitän mit fünf Tagen Liegezeit. Zeit genug, um sich im Land umzusehen. Es begann wenig schön. Ich ging mit einigen der Mannschaft in ein Lokal auf dem Karmel. Ein Kellner kam an unseren Tisch. Wir hatten von der Hitze großen Durst und bestellten Bier. Er musterte uns, und dann sagte er: »Sie sind Deutsche. Tut mir leid, aber dann bediene ich Sie nicht. Meine ganze Familie ist von euch umgebracht worden.« Tief betroffen verstand ich die Reaktion des Mannes, während die anderen wütend das Lokal verließen. Am nächsten Tag fuhr ich mit dem Bus nach Bethlehem. Als ich ausstieg, umringten mich Führer und stritten sich um das teuer zu bezahlende Recht, mir die Stelle im Keller der Geburtskirche zu zeigen, an der die Krippe mit dem Jesuskind gestanden haben soll. Ich stieg wieder ein und fuhr weiter über Nazareth nach Tiberias am See Genezareth. Da ich Hunger hatte, kaufte ich an einem Stand ein seltsames Gericht. Der Inhaber des Standes schnitt mit einem langen Messer einen großen Brotfladen auf, drückte ihn zu einer Art Tüte auseinander, die er bis zum Rand mit einem unappetitlich aussehenden braunen Brei füllte. Dann wickelte er sie in eine alte Zeitung und reichte sie mir. Es schmeckte scharf und köstlich, und ich war froh, endlich etwas zu erleben, das nicht vom Frömmigkeitstourismus verdorben war. Dann ging ich zum Seeufer, zog Schuhe und Strümpfe aus, krempelte meine Hosenbeine hoch und lief in den See hinaus. Das Wasser war so klar, dass man es über dem steinigen Grund kaum wahrnahm. Ich lief immer weiter, ohne dass es tiefer wurde. Plötzlich spürte ich einen Stoß im Rücken. Neben mir trieb eine aufgeplatzte Tomate. Ich drehte mich um und erblickte einen Mann am Ufer, der sie offenbar nach mir geworfen hatte. Er trug eine großkarierte Clownsjacke und machte Gesten mit den Armen, die mich zu ihm locken sollten. Ich watete ans Ufer zurück. Während ich mir Schuhe und Strümpfe anzog, stand er lächelnd neben mir. Er sagte etwas in seiner Sprache. Ich verstand ihn nicht. Mein Englisch verstand er ebenfalls nicht. Er klopfte mir auf die Schulter und deutete mit der Hand zur Straße. Ein Kleinlaster mit flacher Pritsche näherte sich. Als der Wagen uns passierte, begann der Araber zu rennen. Er sprang auf die Ladefläche, wobei er sich geschickt in der Luft drehte, sodass er zum Sitzen kam. Auch ich rannte dem Wagen nach. Der Palästinenser reichte mir die Hand und zog mich hoch. Wir legten uns nebeneinander auf die Säcke, die dort gestapelt waren. Ich fühlte mich seltsam frei und geborgen. So weit weg war ich noch nie von meinen Eltern, von meiner Heimat, von mir selbst gewesen. Wegen der schlechten Straße wurden wir ständig hin und her geworfen. Die Säcke waren weich, als ob sie Korn enthielten, an manchen Stellen jedoch hart. Ich riskierte hin und wieder einen Blick über die niedrigen Seitenwände. Der See lag da wie ein großes, eingesunkenes Auge in einer hitzeflirrenden, karstigen Landschaft. Einmal hielten wir, und der Fahrer lud die Säcke ab. Wir waren vorher abgesprungen und warteten hinter einer Hauswand. Dann sprangen wir gerade noch rechtzeitig wieder auf. Den halben Tag waren wir unterwegs, um den ganzen See herum. Als wir wieder in Tiberias waren, umarmten wir uns zum Abschied. Ich machte ein Foto von ihm, und er schrieb seine Adresse auf. In Arabisch, in einer Schrift, die ich nicht lesen konnte.

Zurück auf der »Tinnum« fiel mir ein intensiver Apfelsinengeruch auf, der die typischen Schiffsgerüche übertönte. Den ganzen nächsten Tag ging das Beladen weiter. Alle Laderäume füllten sich mit Kisten voller Apfelsinen. Laut Ladeliste waren es genau 69 785. Wie üblich waren einige von ihnen scheinbar zufällig von den Paletten aufs Deck gefallen und dabei kaputtgegangen. Auf diese Weise sicherten sich die Schauerleute und die Mannschaft ihren Anteil. Alle waren ausgehungert nach Obst. Ein, zwei Tage lang sah man überall an Deck Navelapfelsinen schälende Männer.

Die Rückfahrt begann am ersten April. Sie dauerte zwei Wochen. Sie war eintönig. Wir hatten nicht einmal schlechtes Wetter. Nur einmal geschah etwas Ungewöhnliches. Ich war gerade in meiner Kammer, als ich eine heftige Detonation hörte. Ich rannte an Deck und sah, wie lange Streifen aus Qualm und Flammen von den steilen Bergflanken der andalusischen Küste herabflossen. Wie brennende Wasserfälle sah es aus. Als der Funker wie üblich die per Morsezeichen übermittelte Kurzfassung des Hamburger Abendblattes verteilte, fand sich darin die Nachricht, dass ein Flugzeug in den Küstenbergen Andalusiens abgestürzt sei und niemand überlebt habe.

Am 13. April um fünf Uhr morgens langten wir in Hamburg an. Als ich festen Boden betrat, schwankte er unter mir. Ich hatte Seebeine bekommen. Schiffe sind kleine, bewegliche Inseln, überschaubar und klaustrophobisch. Ich war also ein echter Insulaner gewesen, und mir war wieder viel Misstrauen und Ablehnung entgegengeschlagen. Jetzt war ich froh, an Land zu sein. Ich war mir sicher, in den sieben vergangenen Wochen ein neuer Mensch geworden zu sein. Mein Vater erwartete mich am Kai. Ich kam von See, er aus seinem Büro. Unsere Begrüßung war wie immer eine Mischung aus Herzlichkeit und einem Gefühl von Fremdheit. Ein Abgrund lag zwischen uns, den unsere Umarmung nur scheinbar überbrückte. Ich spürte es deutlicher denn je: Ich liebte diesen Mann, aber ich mochte ihn nicht. Und gibt es einen schlimmeren Zwiespalt der Gefühle?

*

B. ging. Eine große, fast gegenständliche Trauer erfüllte ihn. Er hatte immer einen Freund gesucht, sein ganzes Leben lang. Vielleicht wäre der waffenschmuggelnde Palästinenser vom See Genezareth ein Kandidat gewesen. All seine späteren Frauengeschichten verdeckten nur die Tatsache, dass unter ihnen eine geheime Sehnsucht schlummerte, einen echten Freund zu finden. Gewiss, auch mit Frauen waren Freundschaften möglich. Das war sogar die Bedingung dafür, dass jenes Mysterium stattfand, das seine Mutter so missverstanden hatte und das sein Vater Liebe nannte, ein schwaches Wort für das Geheimnis vielfarbiger Nähe. Mit Männern hatte sich diese Nähe immer nur für eine kurze Zeit eingestellt. Viel zu schnell war sie jedes Mal von einem Gefühl unüberbrückbarer Fremdheit abgelöst worden. Die Momente, in denen sich ein Blick auf eine Landschaft, ein gemeinsam gehörtes Musikstück, ein paar vorgelesene Seiten Literatur als Augenblicke einer echten Nähe erwiesen, waren selten, und immer war dann bald nur noch eine Kumpanei gewisser geteilter Interessen übrig gewesen, zu wenig, um den Namen Freundschaft zu verdienen. Woran lag das? Er würde sich diese Frage stellen, solange er lebte.

Auf dem Weg zurück zum Hotel bemerkte B. eine Anhöhe inmitten der Stadt. Warum hatte er sie bisher übersehen? War sie ganz plötzlich aus der Erde gewachsen? Oder hatte er seine Aufmerksamkeit bisher zu sehr dem Boden geschenkt und den Blick nie hoch genug nach oben gerichtet? Er nahm sich vor, irgendwann diesen Hügel zu suchen und zu besteigen. Vielleicht bekam man von dort einen Überblick über die ganze Stadt.

Die Wälder rechts und links
der Gewissheit

* * *

Der Reichtum des Lebens besteht aus Erinnerungen, vergessenen.

Cesare Pavese

Nach einem hastig verzehrten Frühstück verließ B. das Hotel in Richtung Institut. Vergeblich hielt er nach jenem Hügel Ausschau, den er gestern zu sehen geglaubt hatte. Vielleicht war es eine Halluzination gewesen, eine Fata Morgana.

Er war in bester Stimmung, lächelte die ganze Zeit, ohne dass es ihm bewusst war, und manchmal klingelte er laut, obwohl niemand zu sehen war, der vor seinem Kommen gewarnt werden musste. »Es ist schon komisch«, dachte er, »jeder Mensch möchte einen Sinn haben, der über seine körperlichen Bedürfnisse, die Stillung seiner Lüste hinausgeht. Und jeder Mensch ist dennoch bedroht von der Kontingenz, diesem gnadenlosen, mit Leere gepanzerten Drachen, der ihm den erhofften Sinn zerstören möchte. Kontingent heißt möglich, jedoch nicht notwendig. Und das bedeutet mehr als zufällig, es bedeutet austauschbar, überflüssig und damit letztendlich ohne Sinn. Jeder Mensch, ob großer Politiker, brillanter Wissenschaftler, kreativer Künstler oder ein kleiner, einfacher Mensch, nimmt irgendwann den Kampf mit dem Drachen Kontingenz auf. Er will ihn töten durch ungeheure Anstrengungen in der Liebe, dem Sport, durch Reisen, Sammeln von irgendwelchen Gegenständen, durch Luxus, durch Kinder, durch berufliche Erfolge. Er will anschließend im schwarzen Blut dieses Drachen baden, um unsterblich zu werden, aber das Blut benetzt ihn leider nicht vollständig. Ein Lindenblatt fällt auf seinen Rücken. An dieser Stelle wird er verletzlich bleiben. Dort wird ihn der Speer Hagens treffen, des schwarzen Ritters Tod. Dieses Lindenblatt ist nichts anderes als das Zifferblatt unserer Lebensuhr.

Vor dem Institut stellte er sein Fahrrad ab, ohne es abzuschließen, denn diese Maßnahme kam ihm angesichts der Verhältnisse seiner

Existenz in dieser Stadt absurd vor. Dann betrat er den Raum, der inzwischen für ihn so etwas wie eine Bühne seiner Erinnerung war. Er nahm in seinem Sessel Platz, der ihm inzwischen ähnlich vertraut geworden war wie das Zimmer, in dem er schlief. Wie viele mochten schon vor ihm hier gesessen haben? B. glaubte, deren Stimmen wie ein leises Flüstern zu hören, oder waren es nur die Wellen draußen, die sich mit der steigenden Flut am Ufer brachen? »Die Zukunft ist ein steigender Nebel, und die Gegenwart ist der fallende«, hatte einst ein großer deutscher Dichter formuliert. Was aber war die Vergangenheit, wie verhielt sich in ihrem Fall der Nebel? Wenn er weder stieg noch fiel, dann konnte er eigentlich nur an Ort und Stelle verharren und alles einstige Geschehen in seine weißlichen Schwaden hüllen, bis er sich plötzlich auflöste und die Landschaft in aller Klarheit dem Blick zurück preisgab.

32

Meine Mutter empfing ihre Männer mit einem Festessen. Ich hatte als Geschenk für sie eine Flasche Algierwein mitgebracht. »Du hast jetzt mit eigenen Augen gesehen, woher dieser Wein kommt«, sagte sie. »Ich leider nicht. Dabei hat mir dein Vater schon lange eine Mittelmeerreise versprochen. Algier, die weiße Stadt. Ich sehe sie vor mir.« Sie trank den schweren roten Wein, als wolle sie dadurch die Reise nachholen. »Wir haben Algier nicht angelaufen«, sagte ich.

Irgendwann später, nachdem ich meinen Eltern eine Art Reisebericht abgeliefert hatte, in dem ich alles für mich Wichtige weggelassen hatte, lag ich hinter dem Haus im Garten auf dem Bauch und dachte voller Sehnsucht an die Rumänin mit dem Mondpullover. Das Gefühl, durch die Reise ein neuer Mensch geworden zu sein, drohte zu verfliegen. Ich hatte eher das Gefühl, mich auf einer dünnen Eierschale zu befinden, in der ein Lebewesen pickt, das endlich herauswollte und das ich selbst war. In den nächsten Tagen tippte ich die während der Reise entstandenen Gedichte auf Büttenpapier, dreißig an der Zahl, und band sie mit einem Strohhalm zu einem Heft. Es waren fragile Texte, die Syntax fragmentarisch, brüchig, die Wörter in unterschiedlich eingerückten Gruppen. Ich saß in meinem Zimmer, dieser kleinen Hölle der Geschmacklosigkeiten aus Mosaiktapete, Resopaltisch und senfgelbem Sofa. Wieder und wieder las ich mir die Texte vor. Es war eine Lesung nur für mich. Die Wörter auf dem Büttenpapier sahen aus wie Atome in einem Kristallgitter. Sie zitterten leicht um ihre Position, wobei ihr Klang ihre Bedeutung dominierte: »Ihr Menetekel torkelt in die Feigenbüsche.« Ich war unzufrieden. Vielleicht war die Tonustheorie eine Sackgasse.

Am nächsten Tag kam Wilhelm vorbei. Auch er war inzwischen von seiner Reise zurück und platzte vor Mitteilungsbedürfnis und seiner unübersehbaren Fähigkeit, der Absurdität des Lebens spontane Bedeutung abzutrotzen. Ich schlug vor, dass wir auch Jens einladen sollten, der schließlich die ganze Zeit zu Hause verbracht hatte. Wir trafen uns zu dritt in meinem Zimmer. Wieder grünes Licht, wieder Moselwein, wieder etwas Besonderes zu essen, diesmal »Angels on Horseback«, Austern im Speckmantel, die ich nach dem Rezept meiner Mutter in Ermanglung von Austern mit in Speck gewickelten Feigen zubereitet hatte. Jens war der Einzige, der nichts zu erzählen hatte. Er machte dieses Manko durch boshafte Bemerkungen wett. Wilhelm, braungebrannt von der griechischen Sonne, sah in seinem Holzfällerhemd besser aus denn je. Er schwärmte vom heiligen Berg Athos. Es gäbe nur noch wenige Mönche dort. Viele von ihnen seien warme Brüder. Eine reine Männerwelt. Auch weibliche Tiere würden nicht geduldet. Er hätte dort bleiben können, als Novize, so sehr seien manche hinter ihm her gewesen. Wegen der schönen Natur habe er das auch ernsthaft überlegt. Der Übertritt zum orthodoxen Glauben wäre ihm nicht schwergefallen. Da würde Jesus weniger ernst genommen als bei den Evangelen. Und auch der Heilige Geist sei weniger wichtig. Und überhaupt, dieser flotte Dreier im Himmel. Jesus sei im Übrigen schwul gewesen und Maria natürlich lesbisch. Je betrunkener Wilhelm wurde, umso blasphemischer waren seine theologischen Thesen. Jens sagte: »Der Heilige Geist ist das Knie, in das sich Gott fickt.« Wilhelm lachte unnatürlich laut. »Nicht schlecht. Könnte von mir sein. Und dabei ist Jesus herausgekommen. Eine echte Kniegeburt.«

Mir schien der Zeitpunkt gekommen, einen größeren Redebeitrag beizusteuern, war ich doch längst zum Glauben an die Sprache übergetreten. Meine Theologie war die Kunsttheorie. Ich erklärte meinen Freunden die Tonustheorie meiner Lyrik: Sie sei der Versuch, das Wesen von Poesie mit naturwissenschaftlichen Begriffen und Modellen zu erfassen. Gedichte müssten sich erst im Kopf des Autors, dann auf dem Papier und schließlich im Kopf des Lesers in einem ständigen Spannungszustand zwischen Erschlaffung und Verkrampfung befinden. Nur dann könnten sie wahrhaft poetisch sein. Es sei keine Frage des Inhalts oder der Form, es sei ausschließlich eine Frage verbaler, innerer Muskulatur. Verlören Texte den Tonus, seien sie tot. Hätten sie zu viel davon, würden sie exaltiert wirken. Je mehr ich dozierte, umso weniger hörten mir Jens und Wilhelm zu. Es störte mich wenig. Wie alle Missionare kümmerte ich mich kaum um die Reaktion der zu Bekehrenden. Jens öffnete die dritte Flasche Mosel und rülpste. Ich sagte: »Ihr müsst unbedingt Valérys ›Monsieur Teste‹ lesen, der kürzeste Roman der Welt. Er beginnt mit dem genialen Satz ›Dummheit ist nicht meine Stärke‹. Das ist auch mein Lebensmotto.«

Als die dritte Flasche Mosel leer war, gingen wir zum Kanal. Es war neblig. Das Wasser war schwarz wie Teer. »War das schon alles?«, sagte Jens. Wir gingen in den *Leuchtturm* und kippten einige Bommi mit Pflaume. Wilhelm meinte: »Wenn eine Lüge sich selbst belügt, dann wird Wahrheit daraus.« »Ja«, sagte ich. »Aber, die Wahrheit, die auf diese Weise entsteht, ist sehr empfindlich. Sie kann schnell wieder zur Lüge werden, wenn man nicht aufpasst. Es ist ein Balanceakt auf einem Hochseil. Der Absturz in die Banalität droht jederzeit. Es ist wie bei einem Gedicht, ein falsches Komma, und es bricht wie von einem Blattschuss getroffen tot in sich zusammen.« Wir waren schon eine seltsame Trinität. Jens glaubte an die Sinnlosigkeit des Sinns, das entsprach Jesus. Wilhelm glaubte an die Sinnlosigkeit der Sinnlosigkeit, das entsprach Gottvater. Ich glaubte an den Sinn der Sinnlosigkeit, das entsprach dem Heiligen Geist. Es waren drei unterschiedliche Lebensentwürfe: Verweigerung, Glaube an die Menschheit, Hingabe an die Illusion der Kunst. Das Band, das uns einte, war die Abneigung gegen unsere Elternhäuser, aus der wir eine Abneigung gegen die Gesellschaft schlechthin gemacht hatten. Wir hassten Mütter und Väter und alles, was damit zusammenhing. Die Nachthemden, die Pyjamas, die Orientteppiche, die Resopalküchen, die Tischrituale.

In dieser Nacht lag ich wie so oft in meinem Bett mit dem Gesicht zur Wand und starrte auf die Mosaiktapete. »Es muss etwas geschehen«, flüsterte ich. Es war die gleiche Formulierung, die mein Vater gebraucht hatte, bevor er um die Hand meiner Mutter anhielt. Seitdem ich zurück war, fiel es mir nicht leicht, mich zurechtzufinden. Vielleicht lag es an einem Nachleuchten der Sonne des Südens, dass nun alles noch depressiver auf mich wirkte, als ich es in Erinnerung hatte. Meine Vorstellung beim Gutachter war am nächsten Tag. Ziemlich verkatert fuhr ich mit dem Zug nach Kiel. Während der Fahrt wuchs der Entschluss in mir, endlich mit dem Dichten Ernst zu machen. Man hatte mir mitgeteilt, in welchem Gebäude und welchem Zimmer das Gespräch stattfinden sollte. Ich lief durch endlose Gänge. Dann saß ich vor einem älteren Mann mit weißer Lockenmähne, der mich anstarrte wie ein Schmetterlingsforscher einen für seine Sammlung präparierten Falter. Er blätterte in einigen Unterlagen und sagte dann: »Hier steht, dass Sie sich besonders für die Tensorrechnung interessieren. Das ist für einen Gymnasiasten recht ungewöhnlich.« »Ja. Ich glaube, dass Tensoren sehr wichtige Instrumente sind. Sie können viele Informationen zusammenfassen, so ähnlich wie Hieroglyphen.« Wieder sah er mich an, ich glaubte, diesmal so etwas wie Zweifel in seinem Blick zu erkennen. »Hieroglyphen? Ganz im Gegenteil. Tensoren sind äußerst strenge mathematische Objekte. Man kann sie wohl kaum mit einer Bilderschrift vergleichen.« Er zog hörbar die Luft durch die Nase ein. Ich war erstaunlich ruhig, als ich sagte: »Ich möchte versuchen, die Rätsel der Kunst mit mathematischen Mitteln zu erforschen. Vielleicht können ja Tensoren helfen, die Frage zu beantworten, warum ein Gedicht gut ist und ein anderes schlecht. Ich möchte zunächst Literatur studieren, um dann dieser Frage nachzugehen.« Er erhob sich abrupt und schüttelte dabei den Kopf. »Dann sind Sie bei mir an der falschen Adresse, junger Mann. Gehen Sie in den Seminarraum fünf. Da findet zurzeit ein Seminar statt, das unser Kunstgeschichtler leitet. Der kann Ihnen vielleicht weiterhelfen.«

Er setzte sich wieder und schob die Blätter in eine Schublade, die vermutlich meine Expertise enthielt. Da er mich keines Blickes mehr würdigte, ging ich ohne Gruß.

Als ich kurze Zeit später den Seminarraum fünf betrat, bot sich mir ein merkwürdiges Bild: Ein Mann mittleren Alters saß vor seinem Schreibtisch auf dem Teppichboden. Er hatte eine glänzende Glatze, die wie eine hautfarbene Badekappe aussah. Er trug keinen Schlips, dafür eine schwarze Hose und einen schwarzen Rollkragenpullover. Er redete unaufhörlich. Als er mich bemerkte, unterbrach er seinen Redefluss. »Setz dich zu uns. Ich weiß zwar nicht, wer du bist, aber nun bist du einmal da und kannst dich an unserer Diskussion beteiligen.« Die Studenten hockten um ihn herum, ebenfalls auf dem Boden. Die Diskussion bestand offenbar darin, dass die Schüler des Professors hin und wieder Fragen stellten, die dieser ziemlich pythisch beantwortete. Auch ich stellte eine Frage. »Wie kann man objektive Kriterien für die Kunstkritik finden? Sind da vielleicht Begriffe wie Manierismus hilfreich?« Er lächelte gnädig. »Ich höre aus deiner Frage heraus, dass du diesen Hocke gelesen hast, ›Die Welt als Labyrinth‹. Da kann ich nur lachen. Hocke ist überhaupt kein Kunsthistoriker. Er ist Journalist. Kein Wunder, dass er die Welt so sieht, wie es Journalisten tun, nämlich als einen wilden Haufen von Fakten, in den man durch klischeehafte Begriffe Ordnung zu bringen meint. Das hat mit Kunsttheorie nichts zu tun. Bei Kunst hängt alles mit allem zusammen, da gibt es keine andere Ordnung der Stile als die aus sich selbst heraus.« Er sah triumphierend in die Runde. Einige seiner Schüler nickten verständnisvoll. Dann beendete er das Seminar. Alle erhoben sich und gingen, nur ich blieb. Er nahm an seinem Schreibtisch Platz und sah mich fragend an. Ich trug mein Anliegen vor. Ich sei für ein Stipendium in den Naturwissenschaften vorgeschlagen. Ob er nicht bei der Deutschen Forschungsgemeinschaft ein Gutachten einreichen könne, das mir ein Stipendium in den Geisteswissenschaften ermöglichen würde. »Das ist nicht so einfach«, sagte er. »Bei einem Wechsel der Fachrichtung geht die alte Perspektive natürlich verloren. Kunst ist sowieso nicht förderungswürdig, jedenfalls aus Sicht der Deutschen Forschungsgemeinschaft. Tut mir leid für dich, aber lass dich trösten. Wenn du deinen Weg wirklich so gehen willst, wie du offenbar meinst, dass du ihn gehen musst, dann wird es auf jeden Fall der richtige sein.«

Er verabschiedete mich mit einem weichen Händedruck, und ich verließ den raum. Der Professor hatte mich ungeniert geduzt, obwohl er mich gar nicht kannte. Das verwirrte mich. Aber irgendwie hatte er recht. Mein Weg war längst vorgezeichnet. Ich lief zum Bahnhof und nahm den nächsten Zug in die Stadt meiner Heimatlosigkeit. Während ich aus dem Fenster sah, befiel mich ein innerer Jubel, ähnlich dem, mit dem ein Auswanderer nach einer langen stürmischen Überfahrt das neue Ufer begrüßt. Ich spürte, ich hatte den Bifurkationspunkt hinter mir. In diesem Moment durchfuhr der Zug eine Kurve, und ich wurde gegen die Scheibe gedrückt. So ist es gut, dachte ich, nur ein abrupter Richtungswechsel führt dazu, dass man sich spürt.

An diesem Abend rief ich meine Eltern ins Wohnzimmer. Sie saßen nebeneinander auf dem Sofa, ich im Ohrenstuhl. Sie hatten extra eine Flasche Sekt geöffnet, um mit mir auf meine Zukunft als Kernphysiker anzustoßen. Ich teilte ihnen mit, nicht Physik, sondern Literaturwissenschaft studieren zu wollen, und zwar in Frankfurt. Ich könne ja bei Muttl wohnen. Bis heute wundere ich mich, dass sie mir keine Szene machten, obwohl dieser Schritt für sie auch eine unvorhergesehene finanzielle Belastung bedeutete. Eine Weile schwiegen sie. Dann hob meine Mutter ihr Glas. »Ich kann dich verstehen, mein Sohn. Vielleicht ist Atomphysik für dich zu trocken. Du bist eine Künstlernatur. Das hast du von mir geerbt.« Mein Vater starrte zu Boden. Dann hob auch er sein Glas. Er hatte sein kleines Gesicht, das er immer aufsetzte, wenn er es mit einem Problem zu tun hatte, das sich hinter seinem geistigen Horizont befand. Dann sagte er mit gepresster Stimme: »Du musst wissen, was du tust. Du bist schließlich alt genug.«

Ich wusste es natürlich nicht wirklich. Gleichwohl gab es auch einen realen Grund für meinen Richtungswechsel. Ich hatte in letzter Zeit oft nachts, wenn meine Eltern schliefen, auf dem Wohnzimmerteppich gelegen, hatte Lux geraucht, Bier getrunken und Radio gehört, meistens das dritte Programm des Norddeutschen Rundfunks. Ich strich in der Programmzeitschrift meiner Eltern sorgfältig alle Sendungen an, die mich interessierten, zum Beispiel einen vierteiligen Beitrag über Marcel Proust. So war ich auch auf Lautréamont gekommen. Der »Riviera« war meine Universität. Einmal hörte ich voller Begeisterung eine Sendung über Hans Henny Jahnn und seinen Roman »Fluss ohne Ufer«. Es war wie eine Seereise in Wörtern. Magische Bilder, die wie Schiffe in einer wogenden, dunklen Sprache trieben. Ich war fasziniert und nahm mir vor, die Tetralogie zu kaufen, obwohl sie sehr teuer war. Häufig gab es auch Radiogespräche über Kunst und Philosophie. Dabei war mir immer wieder eine besondere Stimme aufgefallen. Die Stimme der Pythia, der Hohepriesterin im Tempel von Delphi, die der Sibylle ihre Stimme lieh. Sie troff nur so vor pythischer Säure und klang ziemlich ungewöhnlich. Das Q zum Beispiel. Statt »Kwalität« artikulierte sie »Gualität«, ein Tatbestand, der der Rede eine geheimnisvolle, fast liturgische Aura verlieh. Inhaltlich war die Stimme sehr klar. Sie redete in langen syntaktischen Bögen, als könne sie zahllose Neben- und Untersätze aneinanderreihen und am Schluss sämtliche dazugehörigen Verben hinzufügen. Sie hatte immer das letzte Wort, dem sich selbst so bekannte Geistesgrößen wie der katholische Intellektuelle Eugen Kogon beugen mussten. Die Pythia sagte dann etwa: »Was Sie soeben gesagt haben, Herr Kogon, ist völlig falsch und gerade dadurch auch wieder richtig. Naivität interpretiert sich in diesem Fall in ihrer eigenen Begrenztheit selber und nimmt dadurch automatisch die Gualität einer richtigen Erkenntnis an.« Kogon sagte nichts mehr, und der Moderator beendete das einseitige Gespräch mit einem Hinweis auf die nächste Sendung.

Die männliche Pythia hatte einen poetischen Namen, der mich an die Bachgrundwiese und den Hengsbach denken ließ: Theodor Wiesengrund Adorno. Ich stellte mir diesen faszinierenden Menschen als eine Art Weltgeist vor, groß und hager, ein schmallippiger Mund, dessen ausgeprägte Form der Klugheit der von ihm ausgesprochenen Sätze zu verdanken war, außerdem Augen wie verspiegelte Fenster, hinter denen sich unendliche Räume einer geheimnisvollen Welt des Wissens verbargen. Er war Philosophieprofessor in Frankfurt am Main. Bei ihm würde ich lernen, ein denkender Mensch zu sein. Denken war sicher mehr als die Fähigkeit, Probleme zu verstehen und zu lösen, Antworten auf Fragen zu finden. Denken war eine Form des Daseins, die sich dem Lügen verweigerte und dadurch eine Reinheit besaß, die alles wie klares Wasser durchdrang.

In den folgenden Tagen war das Wetter gut. Jeden Tag lag ich im Garten mit dem Gesicht im Gras und besah mir die Welt aus der Ameisenperspektive. Ich war unruhig, denn mit meiner Entscheidung ließ ich mich schließlich auf ein großes Wagnis ein. Wie sollte ich irgendwann Geld verdienen? Denken war ja gewöhnlich keine Tätigkeit, für die man bezahlt wurde. Einmal beobachtete ich eine Ameise dabei, wie sie einen langen Halm bestieg und auf seiner Rückseite wieder hinunterkletterte, nur um gleich wieder den nächsten Halm hochzusteigen. Um voranzukommen, wäre es für die Ameise viel einfacher gewesen, um die einzelnen Halme herumzukrabbeln. Warum diese Mühsal, erst hoch, dann wieder herunter. Es gab für mich keine sinnvolle Erklärung für ein solches Verhalten. Die Ameise unternahm den Aufstieg bestimmt nicht, um einen Überblick über diese chaotische grüne Welt des Rasens zu erhalten. Es war auch keine Flucht, denn sie wurde ja nicht verfolgt. Es lag wohl einfach in ihrer Natur, vergeblich nach Höherem zu streben und sich jedes Mal wieder dem Scheitern zu stellen und auf den Boden der Tatsachen zurückzukehren. Die Ameise erinnerte an Sisyphos, der nicht aufhört, den Stein den Abhang hochzurollen, obwohl er jedes Mal wieder herunterrollt. Auch ich war Sisyphos, auch ich würde nicht mit dem Schicksal permanenter Vergeblichkeit hadern.

Ich besuchte Hoop, um ihm von meiner Entscheidung zu berichten. Er empfing mich wie immer in dieser ungewöhnlichen Atmosphäre aus kühler Wohnlichkeit und spröder Gastfreundschaft. Er trug auch diesmal seine hellbeige Kleidung, und wie immer hörten wir erst Brahms und dann Mahler, tranken Weißwein und knabberten Käsegebäck, ehe wir miteinander zu reden begannen. Als ich Hoop meine Entscheidung mitteilte, in Frankfurt Literaturwissenschaften und Philosophie zu studieren statt Physik in Kiel, und dies wortreich begründen wollte, schnitt er mir das Wort ab. »Ich weiß das alles von meinem Kollegen Lüders. Ich finde, du hast einen mutigen Schritt gewagt. Die Welt der Atome mag geheimnisvoll sein, aber die Welt der Literatur ist es noch viel mehr. In ihr Entdecker oder sogar Erfinder zu sein, kann Qual und tiefe Befriedigung zugleich bedeuten. Ich habe einige der Bücher gelesen, die du mir empfohlen hast. Manches kommt mir ein wenig überspannt vor, vieles aber hat mich beeindruckt. Ich habe auch einige deiner Texte gelesen. Lüders hat sie mir gegeben. Du bist sicher erst am Anfang, aber ich habe den Eindruck, dass du dabei bist, einen eigenen Ton zu entwickeln. Ich muss übrigens gestehen, dass ich in der letzten Zeit selber angefangen habe zu schreiben.« Er lächelte verlegen, als gestehe er gerade eine lässliche Sünde. »Keine Gedichte, nur kleine Erzählungen. Ich habe für dich einen Durchschlag gemacht.« Hoop stand auf und kam mit einem Leitzordner zurück. Ich schlug ihn auf. Die erste Erzählung hieß »Schramm«. Ich überflog sie. Es war eine Horrorgeschichte, in der es von Blut und gebrochenen Gliedmaßen nur so wimmelte. Es war deutlich, dass Hoop »Maldoror« gelesen hatte, aber auch Texte von mir. Die Protagonisten seiner kleinen Geschichten trugen ähnlich hässliche einsilbige Namen wie meine, zum Beispiel Korf. Ich musste schmunzeln. Ein kleiner Sieg für mich. Diesmal war ich es, von dem der Einfluss ausgegangen war. Die Katze, die neben Hoop auf dem Sofa saß, drückte sich auf ihren Beinen hoch und machte einen Buckel. Dann sprang sie mit einem großen Satz über den Tisch und landete auf meinem Schoß. Sie begann zufrieden zu schnurren, während ich sie an der Kehle massierte.

Endlich kam der Tag, an dem ich nach Frankfurt aufbrechen durfte. Mein Vater fuhr mich mit meinem Gepäck, der Gitarre, der französischen Schreibmaschine und einem Seesack voller Kleidung zum Bahnhof. Es war sein eigener Seesack, den er schon lange nicht mehr brauchte. Unter den Anziehsachen war auch einer seiner gestreiften Pyjamas. »Du darfst nicht nackt schlafen«, hatte meine Mutter zum Abschied gesagt. »Das ist ungesund. Für den Körper genauso wie für die Seele.« Mein Vater umarmte mich auf dem Bahnsteig kurz und kräftig, so wie es seine Art war. Ich hatte dabei Angst zu zerbrechen, so sehr fühlte ich mich wie ein dünnwandiges Gefäß, das randvoll mit großen Erwartungen war. Diesmal sollte es ja nicht einer vermeintlich großen Liebe entgegengehen, sondern mir selbst. Ich fühlte instinktiv, wie schwer es ist, eine Zukunft zu haben, wie unerträglich fast, den Weg auf sie zu mit Entscheidungen zu pflastern.

Ich erlebte die Bahnreise in den Süden intensiver als alle zuvor, fuhr ich doch einem entscheidenden Lebensabschnitt entgegen. Wieder fiel mir jenes Haus kurz vor dem Hamburger Hauptbahnhof auf, seine fensterlose Brandmauer voller Einschüsse, das halb abgeblätterte Reklamebild, das für eine Wodkamarke warb. Ich hatte ein Notizbuch dabei und schrieb: »Die Wand sieht aus, als habe Fortuna dort ihre Zigarette ausgedrückt, weil sie endlich in meinem Fall weiterkommen will.«

Muttl empfing mich mit einem Nudelauflauf. Es war, als sei ich nie weg gewesen. Ich erhielt das Zimmer unter dem Dach, in dem einst der Chauffeur gehaust hatte. Es gab keine Heizung, aber ich bekam einen kleinen Radiator. Vom Fenster aus konnte ich auf dem Dach des Nachbarhauses, in dem ich die ersten sechs Jahre meines Lebens verbracht hatte, die erneuerten Schindeln sehen, ein hellrotes Viereck dort, wo damals die Brandbombe eingeschlagen war und Onkel Anton gelöscht hatte. Ihn gab es übrigens nicht mehr. Jedenfalls nicht im Villenort. Seine Ehe mit der Halbschwester meiner Mutter war zerbrochen. Zuletzt hatte er in dieser Dachkammer gewohnt. Ich spürte seine Anwesenheit immer noch, als sei sein Lebensunglück in den Tapetenmustern enthalten. Muttl sagte, dass er jetzt in Offenbach in seiner Lederfabrik wohnen würde. Ihre Tochter hatte sich von ihm scheiden lassen und einen anderen gut aussehenden und vermögenden Mann geheiratet. Er war der Chef der Frankfurter Filiale eines großen Pharmakonzerns, distinguiert und seriös. Unmöglich, ihn sich als Onkel vorzustellen. Das Paar wohnte mit seinen zwei kleinen Kindern im Parterre. Die Kinder, ein Junge und ein Mädchen, waren sehr hübsch und zerbrechlich wie Fayencen, innen porös und außen mit einer weißen Glasur überzogen.

Wir frühstückten immer alle zusammen in dem großen ehemaligen Esszimmer. Obwohl Muttl in gewohnter Souveränität die Gastgeberin gab und das Frühstück erstklassig war, die Brötchen frisch, die Eier weder zu hart noch zu weich, der goldfarbene Honig süß und sämig, blieb das Klima im Raum kühl. Draußen probte bereits der Frühling seine Auftritte, während drinnen Winter zwischen den Menschen herrschte. Wenn jemand etwas sagte, glitzerten Schneekristalle in der Luft.

Ich versuchte, mein kleines Zimmer mit den schrägen Wänden so zu gestalten, dass ich mich dort heimisch fühlen konnte. An die Wand heftete ich die Kohlezeichnung des Idioten, daneben ein Poster Albert Einsteins, der für mich mehr als ein gewöhnlicher Physiker war, denn er hatte in seinen Theorien die Trennung von Physik und Kunst überwunden. Außerdem bat ich Muttl, mir den Gipsabguss der Totenmaske Goethes zu geben, der immer noch über dem Flügel hing. Sie schien erfreut über meinen Wunsch, studierte ich ja schließlich demnächst deutsche Literatur. Ich nahm die Maske mit in den Garten und beschmierte sie mit roter Lackfarbe. Blut floss aus den Mundwinkeln und den Augenhöhlen des Dichters. Er hatte sich in Maldoror verwandelt. Ich hängte das Kunstwerk mit einem Nagel an die geblümte Tapete meiner Bude. Muttl regte sich furchtbar auf, als sie die Verwandlung des Dichterfürsten bemerkte. Sie war in meiner Abwesenheit in die Dachkammer gegangen, weil es ihre Art war, alles auszuspionieren, was in ihrer Welt siedelte. Sie machte mir Vorwürfe, ich hätte keinen Anstand, keinen Respekt vor echter Größe. Aber dann lachte sie und meinte, ich sei einfach noch zu unreif für die wahren Werte. Muttl konnte nie lange wütend sein. Sie war nicht nachtragend, und sie duldete es auch, dass ich ziemlich oft auf dem Seilerflügel spielte, zuerst mit Dämpfer, dann sogar mit aufgeklapptem Deckel. Ich spielte immer das Gleiche: die ersten drei Takte der Mondscheinsonate und natürlich Blues. Ich präparierte das Instrument mit Butterbrotpapier, das ich zwischen die Filzhämmer und die Saiten schob, um einen harten, cembaloähnlichen Klang zu erzielen.

So eingerichtet in meiner neuen Welt, konnte Fortuna kommen. Ich schlich hinunter in Vatls Weinkeller und holte eine Flasche. Dann saß ich einigermaßen gelassen in meiner Dachstube am Fenster und blickte hinaus in den dunstigen Abend. Während der Wein zu wirken begann, lichtete sich der Nebel, und die frisch belaubten Baumkronen traten immer klarer hervor. In ihrem hellen Grün leuchtete die Verheißung eines gelobten Landes, in dem Denken und Poesie das Sagen hatten.

*

B. stand auf und ging. Er hatte nur ein Bedürfnis: möglichst schnell in sein kaltes Hotelbett zu kommen, um dort in bizarren Träumen zu versinken, die wie Flaschenpost im Wasser der Lethe trieben. Der Andere war offenbar bereits vor ihm gegangen, denn der Stuhl hinter dem Schreibtisch war leer.

B. folgte der Uferstraße. Kurz bevor er in die Innenstadt abbog, sah er ihn wieder: den Mann im hellen Trenchcoat, mit dem tief in die Stirn gedrückten Filzhut. Auf seiner Schulter saß ein schwarzer Vogel. Er rauchte eine Zigarette und starrte ins Wasser. Dann warf er die Kippe in die Strömung. Sie qualmte noch, als sie davontrieb, ein winziger Dampfer auf großer Fahrt zu anderen Ufern. Als B. an ihm vorbeiging, drehte der Mann sich um und sah ihn schweigend aus seinen eng stehenden, wasserhellen Augen an. »Indem du dich damals falsch entschieden hast, hast du alles richtig gemacht, mein Junge«, sagte er. »Als Atomphysiker wärst du mit Sicherheit erfolgreicher, jedoch unglücklich geworden. Als Schriftsteller aber gelang es dir, eine gute Balance zwischen Erfolglosigkeit und privatem Glück zu finden.« B. wollte ihm die Hand schütteln. Als er ihn berührte, fiel die Gestalt in sich zusammen zu einem Häuflein Asche. Ein Windstoß nahm es mit auf den Fluss hinaus.

33

Es gibt jene Nächte, die nicht enden wollen, weil Schlaflosigkeit die Zeit dehnt wie ein bis zum Zerreißen gespanntes Gummiband. War es die Angst vor dem Vergessen oder gar vor dem Tod, die B. in dieser Nacht so schlecht schlafen ließ? Er wälzte sich unruhig in seinem Bett. Ihm fielen die vielen verpassten beruflichen Chancen ein und all die unglücklichen Lieben seines Lebens, deren Scheitern vielleicht noch das Beste an ihnen gewesen war. Um endlich einzuschlafen, bildete er immer höhere Fibonaccizahlen, und als das nichts half, stand er auf und trank zwei Flaschen Bier. Dann öffnete er den Schrankkoffer mit seinen Aufzeichnungen und holte den Ordner mit Mitschriften heraus, die er einst von Vorlesungen an der Uni gemacht hatte. Er begann darin zu lesen – eine unangenehme Lektüre, denn es waren Dokumente seiner damaligen Naivität und Gutgläubigkeit. Angst überkam ihn. Es war nicht die Angst vor dem Sterben an sich, sondern davor, dass ihn der Tod zum falschen Zeitpunkt traf, zu früh oder zu spät, wenn es noch einiges an Dingen zu erledigen gab oder wenn ein geistiger Tod dem biologischen vorausgegangen war.

Mit der Entscheidung, bei Adorno in Frankfurt zu studieren, war für B. eine Tür zugeschlagen, doch zugleich stand eine andere weit offen für ihn. Er war damals als Achtzehnjähriger den Naturwissenschaften untreu geworden, weil er sich hemmungslos und Hals über Kopf in Euterpe, die Muse der Lyrik, verliebt hatte. Er konnte nicht ahnen, dass Euterpe eine Hure war, die ihre Gunst gewerblich verschenkte. Wenn sie sich verkaufte, dann verlor sie alles, was an ihr liebenswert war. Und nur wenn sie liebenswert war, konnte sie die richtigen Freier finden. In diesem Widerspruch hatte sich B. immer wieder verstrickt, als er versucht hatte, den neuen Weg so konsequent wie möglich zu gehen. Stunden später saß er wieder vor seinem Beichtvater. Er hatte den Ordner mit den Mitschriften dabei und legte ihn auf den kleinen Tisch neben dem Sessel, um hin und wieder aus ihm zitieren zu können.

*

Ich fuhr nach Frankfurt, um mich einzuschreiben. Zu Fuß pilgerte ich den Grünstreifen entlang zur Universität, die den Namen des Dichterfürsten trug und die ich für mich am liebsten in Maldoror-Universität umgetauft hätte. Als ich die Treppe zu dem rötlichen Sandsteingebäude emporstieg, an dessen Fassade in großen Lettern Johann Wolfgang Goethe-Universität stand, sank mein Mut. Die Gänge waren trist und von einschüchternder Größe. Fast hätte man glauben können, die riesigen Flure einer Kaserne zu betreten oder die einer Grundschule der Totenwelt oder einer offenen Heilanstalt. Überall hingen Zettel an den Türen. Die Menschen, die vorbeihasteten, trugen meistens graue Sakkos, weiße Hemden und Schlipse. Sie wirkten orientierungslos, obwohl sie alle Ziele verfolgten und die Aushänge studierten. Ich trug meinen Tweedsakko, die changierende Dralonhose, die ich in Konstanza getragen hatte, und einen karierten Schottenschlips. Der doppelte Windsorknoten saß zu eng und drückte. Das bügelfreie Nylonhemd scheuerte an meinem Hals. Ich hatte mich dafür entschieden, neben Germanistik und Philosophie Geschichte als drittes Nebenfach zu belegen. Mein Interesse an dieser Wissenschaft hielt sich zwar in Grenzen, denn ich wollte schließlich Gegenwart und Zukunft erkunden und nicht die Vergangenheit, aber ich versprach mir von Kenntnissen der politischen und sozialen Verhältnisse früherer Jahrhunderte eine gewisse Grundierung, die die Farben der Gegenwart deutlicher hervortreten ließ.

Als ich nach der Einschreibung in meinem Dachzimmer zurück war, hatte ich ein Gefühl der Erleichterung, in das sich Ängstlichkeit und Neugier mischten. Dann kam der erste Vorlesungstag. Ich nahm in einem kleinen Hörsaal in einer der vorderen Bänke Platz. Ich musste an die Grundschule der Insel denken und an Inke. Diesmal wollte ich nicht in der letzten Reihe sitzen. Auch hier war es laut. Die Kommilitonen unterhielten sich. Aber statt Fräulein Eberhard erschien ein gebrechlicher, altersgebeugter Mann. Nachdem er so lange geschwiegen hatte, bis der Geräuschpegel im Raum so weit abgesunken war, dass man den Straßenverkehr draußen hören konnte, begann er mit leiser, brüchiger Stimme zu reden. In seinem Vortrag ging es um die Situation in Preußen gegen Ende des 13. Jahrhunderts. Es war seine letzte Vorlesung, denn am Ende des Semesters würde er emeritiert werden. Der Professor der Mediävistik war, wie allgemein bekannt war, Parteimitglied gewesen. Er hatte 1933 die Ehrenbezeugung der Deutschen Professoren für Hitler unterschrieben. Jetzt war er einer der sogenannten unbelasteten Nazis, von denen es im Lehrkörper deutscher Universitäten nur so wimmelte. Monoton leierte er Fakten herunter, zum Beispiel wie viel Hafersäcke ein Gaul pro Monat fraß und welche Strecken er dabei zurücklegte. Die Zeit stand still. Sie fiel in kalkhaltigen Tropfen von der Decke und bildete bizarre Formationen. Ich war enttäuscht, lockerte meinen Schlips und stellte das Mitschreiben ein. Der Professor hatte die Angewohnheit, am Ende der Vorlesung mitten im Satz abzubrechen und bei der nächsten Vorlesung an der gleichen Stelle wieder einzusetzen. Ich ging bald nicht mehr hin. Ich nehme an, auch sein letzter vorgetragener Satz blieb unvollständig.

Bei einem anderen Professor, einem Historiker der neueren Geschichte, war es schon interessanter. Vossler war ein großer Mann mit einem eindrucksvollen Gesicht wie man es auf Renaissancegemälden findet. Jedes Mal, wenn er den Hörsaal betrat, riss er mit einem Ruck das Katheder hoch, bis es in der höchsten Stellung einschnappte. Das war wie ein Weckruf: »Hört mir gefälligst zu, ihr Banausen!« Man spürte deutlich, dass er zu den Hirten gehörte, die ihre Herde nicht besonders mochten. Vielleicht lag das an seinem persönlichen Umfeld. Seine Mutter war eine italienische Gräfin und Lyrikerin, und er war sichtlich das geistig-sinnliche Leben der von der Renaissance geprägten Welt des Südens gewöhnt. Während seines Vortrags über unsere wolligen Köpfe hinweg sah er zum Fenster hinaus, als gewahrte er dort in weiter Ferne die Küste Italiens mit ihren Sarazenentürmen und Olivenhainen. Nie wandte er den Blick uns zu. Vermutlich unterhielt er sich persönlich mit Dante oder Petrarca, wenn er über die Geschichte Italiens im 15. und 16. Jahrhundert referierte.

Schräg hinter mir saß eine Studentin, die mir schon beim Betreten des Raumes aufgefallen war. Ihr Profil war beeindruckend. Es erinnerte an eine aus einem Lagenstein geschnittene Kamee. Ihre dunkelbraunen Haare waren mit Hilfe einer mondsichelförmigen Spange hochgesteckt, sodass ihr schlanker und erstaunlich langer Hals mit dem dünnen Samtbändchen gut zur Geltung kam. Während ich versuchte, mich auf den Monolog zu konzentrieren, der vom Katheder her tönte, spürte ich plötzlich eine leichte Berührung in meinem Rücken. Als ich mich umdrehte, sah ich in ein schmales Gesicht mit großen kohlschwarzen Augen. »Wissen Sie zufällig, wo die Lesung von Professor Waber stattfindet?«, flüsterte sie. Auch ich flüsterte, so gut ich es vermochte, aber es klang in meinen Ohren wie das Krächzen eines Rabens. »Ja. Ich glaube um zwei Uhr im Hörsaal V.«

Nach dem Ende der Vorlesung drängten alle durch die Tür hinaus in den Flur. Es war nicht anders als bei Erstklässlern, die auf dem Schulhof die armseligen Blümchen der Freiheit suchten. In der Menge vor mir sah ich die Kommilitonin mit dem Gemmenprofil. Sie drehte sich nach mir um und lächelte. Das war Grund genug für mich, mich ihr anzuschließen. Wir gingen zusammen in die Mensa. Dabei fiel mir auf, dass sie leicht nach vorne gebeugt lief, wie eine alte Frau. Dann saßen wir mit unseren Plastiktabletts voller unansehnlicher Häufchen Kartoffelbrei, weißlicher Scheiben Schweinebraten mit brauner Soße und grauem Rotkohl an einem der Resopaltische. Meine Verlegenheit kaschierte ich wie üblich mit ungebremster Redseligkeit. Eine Art rhetorische Flucht nach vorne. Ich erzählte vom Meer, von meinem Vater, von meiner Kindheit auf einer Nordseeinsel. Sie schien aufmerksam zuzuhören. Dann nannte sie ihren Namen. Sie wohne in Friedberg, und es sei ebenfalls ihr erstes Semester.

Später gingen wir in die Vorlesung von Professor Weber. Weber war eine Berühmtheit und der Hörsaal entsprechend groß und voll. Er befand sich im neuen fensterlosen Anbau der Uni. Hier gab es keine Schatten, keine Baumsilhouetten. Diese Unterwelt wurde nur von Neonlampen beleuchtet. Der Professor saß auf dem Podest, ein alter Mann, der sich beim Reden häufig mit einer papierfarbenen Hand über den haarlosen Schädel strich. Er sprach von Gottfried von Straßburg, Oswald von Wolkenstein und Walther von der Vogelweide, als seien es seine Freunde. Seine Stimme erhob sich tremolierend, ein rüttelnder Falke am Himmel, der auf unsere Ohren herabstieß. Bei der Minne schien es sich in seiner Darstellung um eine ziemlich unanständige Angelegenheit zu handeln. Er beschwor zum Beispiel genüsslich und wortreich die ekstatische Verzückung des Liebespaares Tristan und Isolde in der Liebesgrotte, nachdem es den Liebestrank getrunken hatte. »Wir zwei sin iemer beide, ein dinc ane unterscheide.« Die Stimme des Professors überschlug sich fast. Der Schluss des Verses evozierte das Wort Scheide, das mir aus dem Lexikon der Inselteestube unangenehm vertraut war. Später predigte der Professor vom Summertökl, dem Sommerpüppchen, dem Ideal der Ritter, von ihren schönen Haaren und ihren gedrechselten Brüsten und den beim Dichter durch sie erregten Gelüsten. Mich widerte es mehr und mehr an, wie sich dieser alte Bock gerierte, aber ich hatte jetzt einen Kosenamen für das Mädchen, das neben mir saß und eifrig mitschrieb. Sie war mein Summertökl.

Der Lieblingsautor des Professors war offenbar Wolfram von Eschenbach. »Bei ihm gibt es noch die Kardinaltugend der inneren

Schamhaftigkeit. Sie ist noch nicht zur Prüderie verwässert«, verkündete er sichtlich begeistert. »Erst im 17. Jahrhundert wird dieses Tugendideal zu dem, was es heute noch ist. Eine Abkehr von jeglicher Sinnesfreude. Die Frau hat bei Wolfram übrigens gegenüber dem Mann die größeren Dimensionen, nach beiden Seiten, nach vorne wie nach hinten.« Er lächelte diabolisch und strich sich über die Glatze, als sei sie eine erogene Zone. Ein Seitenblick verriet mir, dass meine Nachbarin errötet war. Nach dem Vortrag wurde mit den Fäusten Beifall getrommelt. Ich beteiligte mich nicht, da mir dies unangemessen zu sein schien. Ich hatte mich verliebt, natürlich wieder einmal unsterblich. Unsterblichkeit ist nichts anderes als sich ewig wiederholendes Sterben. Das hätte mir die Augen öffnen müssen, aber ich war vernarrt in meine Blindheit.

Anschließend sollte im gleichen Raum die erste Vorlesung des großen Theodor Wiesengrund Adorno stattfinden. Obwohl es mir schwerfiel, blieb ich sitzen, während Summertökl zu einer anderen Veranstaltung ging. Zum Abschied gab Summertökl mir die Hand. Ich sah sie an und bemerkte die feinen, dunklen Härchen auf ihrer Oberlippe. »Sehen wir uns nachher?«, meinte sie beiläufig. Es war, als werfe jemand trockenes Moos ins Feuer. »Ja. Bei *Marianne*, dem Café an der Bockenheimer Warte.« Sie ging und drehte sich tatsächlich noch einmal nach mir um.

Der Saal füllte sich rasch wieder. Bald gab es keinen einzigen freien Platz mehr, und immer noch kamen neue Studenten. Sie hockten sich auf den Boden des Mittelgangs oder lehnten an den Wänden. Einige ganz Mutige hatten sich auf die Rampe mit dem Katheder gesetzt. Das Stimmengewirr schwoll von Minute zu Minute an. Plötzlich trat Stille ein. Der Meister hatte den Raum betreten und schritt nun, gefolgt von seinen Assistenten, zwischen den zur Seite rückenden Studenten durch den Mittelgang nach vorne. Schreiten war eigentlich das falsche Wort. Er rollte eher den Gang entlang wie eine Kugel über die Kegelbahn. Direkt hinter ihm ging ein breitschultriger Riese, der ein gewaltiges Grundig-Tonbandgerät trug. Zu meiner Enttäuschung war der Weltgeist alles andere als hager und groß. Er war klein und korpulent. Über die kugelförmige Weste seines hellen Sommeranzugs spannte sich die goldene Ankerkette einer Taschenuhr. Ich musste an den Pfanniknödelvertreter denken, der selbst ausgesehen hatte wie die Ware, die er vertrat. Adorno schwebte auf das Podium hinauf wie ein gasgefüllter Kinderballon, der sich losgerissen hat. Dann glitt er zum Rednerpult, das seine Gestalt fast völlig verbarg. Nur eine runde Kürbiskugel war zu sehen, mit kleinen, stechenden, flinken Löchern als Augen, hinter denen eine schwarze Kerze flackerte, und einem sorgfältig ausgeschnittenen Mund. Der athletische Assistent hob das Tonbandgerät auf den vordersten Tisch und stöpselte ein Mikrophon ein, das er anschließend auf das Katheder stellte. Daneben legte er einen Schreibblock mit gelbem Umschlag und den Initialen MB. Es war jetzt totenstill, ähnlich wie bei einer Messe vor dem Klingeln der Wandlung. Was nun folgte, war ein Ritual, das ich in den folgenden Jahren noch oft erleben sollte. Adorno öffnete den Schreibblock, sah kurz hin und klappte ihn wieder zu. Was ich damals nicht wusste: Das Papier war leer, die Seiten weiß wie ein unberührtes Schneefeld. Adorno brauchte zum Reden keine Notizen, keinen Teleprompter. Er sprach frei und fließend. Die komplexe Diktion seiner Rede war melodisch und zugleich fremdartig in der Akzentuierung. Auf die Dauer wirkte das einschläfernd, obwohl alles, was er formulierte, faszinierend war wie zum Beispiel die verwirrende Bemerkung »Alle Definitionen sind säkularisierte Tabus«. Es war zwecklos zu versuchen, diese kühnen Gedankenflüge mitzuschreiben. Adorno verließ bald den Platz hinter dem Katheder und ging, ohne seinen Vortrag zu unterbrechen, an der Vorderkante des Podiums auf und ab. Er wirkte jetzt wie ein Schlafwandler auf dem First eines Daches, der den Abgrund neben sich ignorierte. Der Abgrund war nicht nur der Raum unter dem Podium, er bestand auch in der Ahnungslosigkeit und mangelnden Bildung der Zuhörer. Die flinken Frettchenaugen des Professors taxierten, während er weiter monologisierte, die Studentinnen in den ersten Reihen, etwa so, wie ein Modefürst bei einem Casting die Modelle begutachtet oder ein zahlungskräftiger Kunde die Edelnutten bei einer Flurschau. Der hünenhafte Assistent, der Jahre später ein berühmter Philosophieprofessor der Frankfurter Schule wurde, vermutlich weil er als Einziger von Adornos Assistenten über die Muskelkraft verfügte, das große Röhrentonbandgerät zu tragen, regelte ständig die Empfindlichkeit der Aufnahme nach, um die Sätze des Meisters trotz dessen Wanderungen für die Nachwelt einzufangen. Der erste Satz, den ich damals von diesem Gott der Erkenntnis zu hören bekam, sollte von ungeheurer Sprengkraft für mein Leben sein: »Sie alle, die Sie hierhergekommen sind, um von mir die Wahrheit zu erfahren, muss ich leider enttäuschen. Alles, was ich für Sie tun kann, ist Ihnen vorzumachen, wie man denkt. Ich werde vermitteln, was Reflexion bedeutet, aber ich kann Ihnen keine sogenannten Wahrheiten bieten. Wahrheit ist kein Geldstück, das man in die Tasche stecken und mit nach Hause nehmen kann. Wahrheit ist nichts anderes als die Bewegung des Gedankens.« Heute würde eine solche Aussage vielleicht kaum mehr Irritation erzeugen, damals aber war sie kühn und verwirrend zugleich. Wir waren ja in einer Welt der Dogmen und erstarrten Wahrheiten groß geworden. Nur in den Naturwissenschaften war seit Einstein und Planck ein Glatteis entstanden, auf dem die alten Newton'schen Wahrheiten ins Rutschen gerieten.

Ich glaubte damals zu spüren, wie sich Enttäuschung und Verunsicherung im Hörsaal breitmachte, so als hätte die Messe mit einer ungeheuerlichen Blasphemie begonnen. Ich aber lauschte fasziniert der Predigt, in der nicht nur große Namen der Philosophie wie Kant und Hegel vorkamen, sondern auch Dichter wie Beckett und Proust. Dieser große Pädagoge und Unterhaltungskünstler bewies eine geistige Vielseitigkeit, die ihm jede Volte, jeden Salto mortale mit großer

Eleganz auszuführen gestattete. Ja, es war richtig gewesen hierherzukommen. Nie wieder würde ich Teppichfransen kämmen in der kleinen, stickigen Welt meiner Eltern. Ich hatte ein Ziel vor Augen, auch wenn es bislang vage war und es sich mit jedem Schritt, mit dem man sich ihm näherte, zurückzog wie ein Regenbogen.

Nach der Vorlesung wurde frenetisch und lang anhaltend getrommelt. Ich ging enthusiasmiert ins Café, bestellte einen Kognak und wartete in einem der Plüschsessel auf Summertökl. Das Leben war ein Fest. Auch das Warten war süß, selbst wenn es diesmal zugleich bitter schmeckte, denn meine Freundin erschien nicht. Irgendwann zahlte ich meinen Kaffee und die drei Kognaks, die ich mir zur Unterstützung meiner Wartekunst gegönnt hatte. Zurück in der Villenkolonie überwog in mir immer noch das selige Gefühl einer Erweckung. In jenem fensterlosen Hörsaal war ein kleines Fenster in meinem Schädel aufgegangen und ein frischer, wohltuender Luftzug in das dort herrschende Chaos von unausgegorenen Meinungen und Vorurteilen gedrungen.

Ich saß in meiner Dachkammer, zündete eine Kerze an und starrte, während ich Bier nach Bier trank, den blutigen Dichterfürsten an. Es hieß, er habe seine Kreativität verloren, als er am Weimarer Hof Erfolg hatte und sogar Minister wurde. Jahrelang habe er nichts Bedeutendes geschrieben und sich erst durch eine Flucht nach Italien von seiner Misere befreit. Ich würde solche Fehler zu vermeiden wissen, würde meine Kreativität schützen durch eine wohldosierte Erfolglosigkeit. Hatte ich meine Italienreise nicht schon hinter mir? Erst einmal galt es, überhaupt ein echter Dichter zu werden. Und dazu brauchte ich vor allem zweierlei, eine unglückliche Liebe und einen kritischen Geist wie jenen Adornos. Die unglückliche Liebe war das kleinere Problem; ich schien ein Händchen dafür zu haben. Summertökl hatte mir erzählt, dass sie jeden Morgen mit der Bahn nach Frankfurt fuhr. Dass sie bereits verlobt war, hatte sie mir zunächst nicht verraten. Jeden Werktag fuhr ich nun schon sehr früh zum Frankfurter Bahnhof, versteckte mich hinter einem Imbissstand oder einer Reklametafel und wartete auf die Züge, die aus der Kleinstadt kamen, in der Summertökl ihr anderes Leben führte. Wenn ich sie im Strom der Ankommenden entdeckte, folgte ich ihr in einigem Abstand den ganzen Weg durch die Grünanlagen bis zur Uni. Es war nicht schwer, sie im Auge zu behalten, hatte sie doch diesen charakteristischen Gang, immer leicht nach vorne gebeugt, als trüge sie schon ihr Alter in sich wie eine Last. So ging es zwei Wochen lang. Ich vermute, ich stellte mich nicht besonders geschickt an. Sie musste die Beschattung längst bemerkt haben. Einmal, bei strömendem Regen, flüchtete sie sich in ein Gotteshaus. Ich folgte ihr und setzte mich einige Reihen hinter ihr in eine Bank des leeren Kirchenraumes. Sie drehte sich um und lächelte mich an. Nun gab es kein Ausweichen mehr. Ich erhob mich und setzte mich neben sie. Eine Weile saßen wir schweigend nebeneinander und lauschten dem Regen, der gegen die bunten Scheiben prasselte. Als das Geräusch nachließ, standen wir auf und gingen weiter. Sie hatte wie selbstverständlich meine Hand genommen. Von da an erwartete ich sie im Bahnhof, ohne mich zu verstecken. Wir gingen Hand in Hand zur Uni und saßen nebeneinander in den Vorlesungen. Wir hielten uns überhaupt ständig bei der Hand, wie Kinder, die sich in einer Menge von Erwachsenen nicht verlieren wollen. Ich besuchte mit ihr auch Veranstaltungen, die ich gar nicht belegt hatte. Nur zu Adorno ging ich allein. Summertökl interessierte sich nicht für seine Philosophie. Sie sei ihr zu kompliziert, meinte sie. Aber ich solle für sie einen Durchschlag meiner Mitschrift machen. Zur Vorlesung Max Horkheimers, seiner Einführung in die Philosophiegeschichte, begleitete sie mich. Den könne man wenigstens verstehen, meinte sie. Horkheimer war äußerlich das Gegenteil seines Freundes Adorno. Eine imposante Erscheinung, ein elegant in Maßanzüge gekleideter Weltmann mit einem kahlen, braungebrannten, glänzenden Schädel, den zuweilen ein schräg sitzender Filzhut bedeckte. Horkheimer wohnte mit seiner Frau im damals besten Hotel Frankfurts, dem gerade eröffneten Interconti. In jedem Zimmer gab es einen Fernseher. Das war damals ungewöhnlich und sicher für den Medienkritiker Horkheimer ein zusätzliches Argument, in diesem Gebäude zu leben. Horkheimer verfügte über eine sehr präzise artikulierende, glasklare Stimme. Dennoch langweilte mich sein Vortrag bald. Seine Ausführungen zur Philosophiegeschichte enttäuschten mich, vielleicht auch weil der Mann fast ohne Fremdwörter auskam. Mitschreiben war in diesem Fall kein Problem. Summertökl saß neben mir und schrieb manchmal mit ihrer winzigen, verknäulten Schrift in meine Aufzeichnungen hinein. Oft waren es Sachfragen wie »Was versteht man unter Chosisme?«, worauf ich brav sogleich eine Erklärung daneben schrieb: »Die quasi naturwissenschaftliche Behandlung sozialer Phänomene, so als seien es Sachen.« Es gab auch weniger vernünftige Randkritzeleien: »Im Wintersemester richten wir es uns auch so ein, dass wir nicht so früh rausmüssen. Am Montag um 8.40?« Ich war glücklich, denn diese Bemerkung verriet, dass unsere Beziehung auch aus Sicht von Summertökl eine lange Zukunft haben sollte. Vieles war auch Koketterie: »Wer mich nicht lesen kann, liebt mich nicht.« Ich habe dann aus lesen auflesen gemacht und sie daraufhin angefügt: »Frecher, böser, gemeiner.« Ich: »Ich würde dich gerne heiraten.« Sie: »Das kannst du nicht.« Ich: »Ich kann, kann, kann, kann. Du aber nicht, scheint mir. Hörst du, was dieser Korkeimer gerade sagt?« So ging es immer weiter auf unserer kleinen Bühne aus Papier, kleine, neckische Dialoge, wie sie typisch für Verliebte sind. Einmal verfasste ich ein Buchstabenrätsel. S.g.m.m.M.,d.i.s.s.g.u.d.m.d.n.g.w. »Was bedeutet das? Ist es etwas Lustiges?« Ich: »Dieser Satz ist sogar ziemlich ernsthaft. Gerade darum sag ich ihn Dir nicht.« Am Rand der Mitschrift findet sich in meiner Hand die Auflösung des Buchstabenrätsels: »So gefällt mir mein Mädchen, das ich so sehr gernhabe und das mir doch nie gehören wird.« Dabei schienen mir Summertökls neckische Kokettieren eigentlich ein Beweis dafür zu sein, dass sie es ernst meinte mit unserer Beziehung, die bislang nur daraus bestand, sich jeden Werktag am Bahnhof zu treffen, Hand in Hand zur Uni zu gehen, in den Vorlesungen nebeneinanderzusitzen, in der Mensa gemeinsam zu essen und anschließend bei *Marianne* einen Kaffee zu trinken und ich einen oder zwei Kognak dazu. Es war eine quälende Tagesehe, ohne echte Leidenschaft. Sie hatte alle Eigenschaften einer wirklichen Ehe, in der die Phase der Leidenschaft bereits Vergangenheit war. Der Bahnhof, der Grünstreifen, die Hörsäle, das alles bildete ein großes Reihenhaus, in dem wir kinderlos und glücklich-unglücklich nebeneinanderher lebten. Wenigstens unsere Hände hatten sich in kleine Tiere verwandelt, die miteinander sehr vertraut waren. War die Berührung der Hände nicht eine besonders schöne Form der Intimität? Schliefen die ineinander gekreuzten Finger nicht miteinander und zeugten die unsichtbaren Kinder ihrer Nähe?

Mitte Juli fuhr ich nach Kassel, um die Documenta zu besuchen. Ich fragte Summertökl, ob sie mitkäme. Natürlich lehnte sie ab. Also machte ich die kleine Pilgerfahrt zu diesem wichtigen Wallfahrtsort der modernen Kunst allein. Es war ein schöner Tag, ich lief zwischen all den Objekten und Bildern herum und betrachtete sie mit einem ähnlich angestrengten Blick wie die anderen Besucher auch. Die Tachisten beeindruckten mich, die Bilder von Wols und vor allem die großen Klecksereien Jackson Pollocks. Sie entsprachen meinem Lebensgefühl: chaotische und spontane Bewegungen, gesteuert von den ordnenden Händen des Zufalls. Als ich zurück war, besorgte ich mir Dosen mit weißem, rotem, gelbem und schwarzem Fahrradlack und schleuderte in Muttls Vorgarten mit Hilfe eines Pinsels die Farben wahllos auf große Platten Wellpappe. Anschließend bewegte ich sie hin und her und stellte sie dann schräg gegen die Bäume im Vorgarten. Die verlaufenden Farbbänder bildeten geheimnisvolle Muster, in denen, wie ich glaubte, Zufall und Struktur eine ästhetische Verbindung eingingen. Als die Farbe getrocknet war, dekorierte ich mein Zimmer mit diesen Bildern. Ich schrieb auch mehr Gedichte denn je, denn mein Herz brannte, aber es war von einer dicken Erdschicht zugedeckt, und das Feuer, das in ihm schwelte, brachte nur die Holzkohle melancholischer Texte hervor.

Die Vorlesungen, die Adorno jede Woche im Hörsaal V zelebrierte, waren für mich wie für viele andere Messen des Denkens. Wenn Adorno zum Beispiel beiläufig in seine von Einfall zu Einfall mäandernde Rede einfließen ließ, er habe sich neulich in einem Pariser Café mit Beckett getroffen und ihn gefragt, wer eigentlich mit dem so sehnsüchtig erwarteten Godot gemeint sei, dann ging ein Schauer der Bewunderung und Selbstinfragestellung durch unsere andächtigen Reihen. Beckett habe daraufhin geantwortet, er wisse es selbst nicht, und gerade darin bestünde ja letztendlich das wahre Wesen des Wartens. Auch ich war ein Meister des Wartens. Aber mein Problem war, dass mein Warten einen Inhalt hatte und dadurch unglaubwürdig war.

Neben Philosophie und Geschichte hatte ich Germanistik belegt. Meine Hoffnungen auf Erkenntnisse in diesem Fach ruhten vor allem auf einem großen Namen: dem Gastprofessor Walter Höllerer. Ich hatte sein Kafkaseminar belegt. Höllerer war nicht nur selbst Lyriker, er war auch Herausgeber des »Transit« und der Literaturzeitschrift »Akzente«, jener hoffnungslos grünen Broschur, die alle zwei Monate erschien und die ich wie fast alle Junkies der Lyrik regelmäßig verschlang. Entsprechend groß waren meine Erwartungen. Als ich dann in dem relativ kleinen Seminarraum dichtgedrängt mit vielen anderen Studenten saß, dauerte es ziemlich lange, bis ein hagerer, gut aussehender Mann in einem eleganten, gedeckten Anzug erschien und schmallippig und in korrekten, wohlerzogenen Sätzen zu reden begann. Er las dabei aus einem Manuskript ab. Was er zum Besten gab, war eine Art Exegese zu Kafkas Erzählungen, deren Sprache ich bewunderte, weil dieser Autor gänzlich ohne die Metaphern und Wortspiele auskam, die ich selbst so gerne im Übermaß benutzte, um meine süßlich-melancholischen Texte darin einzuwickeln wie in Bonbonpapier. Höllerer redete von Kafka wie ein Pfarrer, der sich bei dem Thema Kreuzestod Jesu nur für die Qualität des Holzes interessierte, aus dem das Kreuz bestand. Ich beschloss, sein Seminar nicht wieder zu besuchen, eine überflüssige Entscheidung, denn am Ende der Doppelstunde teilte Höllerer unter dem Zischen der Anwesenden mit, dass er das Seminar leider nicht weiter abhalten könne, da er als Professor an die TU Berlin wechseln würde.

Auch in den anderen Vorlesungen der Germanisten war es nicht besser. Ein Professor namens Stöcklein ereiferte sich zum Beispiel in seiner Vorlesung über den von mir bewunderten Georg Heym mit den Worten »Wie kann ein so begabter Dichter eine solch promiskuitive Haltung einnehmen, wie er sie in seinem Tagebuch offenlegt. Er war vielleicht ein begabter Lyriker, aber er war auch ein schrecklicher Weiberheld.« Dieses Fach beanspruchte, Schriftsteller und ihre Texte begreifbar zu machen, ähnlich wie ein Topograph mit seiner Landvermessung ein Gelände in seiner Struktur nachvollziehbar macht. Doch die Germanisten taten das genaue Gegenteil: Sie verschleierten den Gegenstand ihrer angeblichen Wissenschaft mit dem Nebel ihrer Thesen und Vorurteile. Ich litt schwer unter diesem Tatbestand und ging nur noch wegen Summertökl zur Uni und hin und wieder, um bei Adorno eine geistige Dusche zu nehmen. Ein Gerücht verbreitete sich damals wie ein Lauffeuer: Adorno habe Sekt aus den Kniekehlen einer Studentin getrunken. Eine niederschmetternde Vorstellung für uns, aber sie trug in sich auch einen Funken der Hoffnung: Nicht das Aussehen war unbedingt entscheidend für den Erfolg bei Frauen, sondern die Erotik des Geistes.

Das Semester ging dem Ende zu. Immer noch holte ich Summertökl vom Bahnhof ab, immer noch saßen wir in den roten Plüschsesseln bei *Marianne*. Ich liebte sie mehr denn je und litt mehr denn je darunter, dass sie sich offenbar nicht zwischen ihrem Verlobten, dessen Existenz sie mir inzwischen gestanden hatte, und mir entscheiden konnte. Es kamen heiße Tage. Ich wurde krank und hatte hohes Fieber. Aber ich wollte nicht im Bett bleiben, ich wollte Summertökl sehen. Ich holte sie am Bahnhof ab. Diesmal gingen wir mittags wegen des schönen Wetters nicht in die Mensa, sondern in den Grüneburgpark. Sie trug ein frisch gestärktes rosa Kleid. Auf den welligen Grasflächen lagen viele Studenten. Auch wir ließen uns nieder. Ich hatte ein von Muttl geschmiertes Butterbrot dabei, aber ich hatte keinen Appetit. Ich lag mit dem Kopf in Summertökls Schoß, roch den Duft von Waschpulver und sah dabei zu, wie ein Eichhörnchen direkt neben uns das Papier zerriss, in das mein Brot gewickelt war, und dann begann, es vollständig aufzuknabbern. Meine Freundin beichtete mir, dass sie demnächst heiraten würde, ihren Freund, der Autofahrer sei. Dann bat sie mich, ich möge sie im nächsten Semester nicht mehr vom Bahnhof abholen. »Und wir?«, fragte ich entgeistert, »was ist mit uns?« »Es war schön«, antwortete Summertökl und errötete. »Es war eine schöne, kleine Sommerliebe, und mehr kann daraus einfach nicht werden.«

Später, zurück in meiner Dachkammer, musste ich mich übergeben. Ich hatte Schüttelfrost und über vierzig Grad Fieber, und ich war kein Autofahrer. Muttl versorgte mich mütterlich mit Tabletten, kalten Wadenwickeln und einer kräftigen Hühnersuppe. Das Fieber entsprach meinem seelischen Zustand. Die Farben auf meinen Pollockbildern schienen sich zu verflüssigen und die Tapeten hinabzutropfen, genauso wie das Blut aus dem strengen Mund des Dichterfürsten. »Das Leben ist ein Moloch, der alle Kinder der Sehnsucht frisst, die Liebe ist ein Wadenkrampf des wandernden Herzens, der es daran hindert voranzukommen, Gedichte sind ein albernes und verzweifeltes Stöhnen des Gemüts, Verzweiflung ist eine schlechte Inszenierung enttäuschter Hoffnungen.« Solche und ähnliche Sätze gingen mir durch den fiebrigen Kopf.

Ich holte Summertökl am nächsten Tag nicht ab, sondern blieb in meiner Mansarde und wartete dort auf das Ende des Semesters. Ich ging auch nicht zum offiziellen Semesterabschlusstreffen mit Tanztee am Main. Doch am letzten Vorlesungstag musste ich nach Frankfurt, um die belegten Vorlesungen und Seminare testieren zu lassen. Im Hörsaal V hatten sich lange Schlangen gebildet, rechts und links des Podiums mit dem Katheder krochen sie zu Adorno hoch, der jedes Mal auf dem Umschlag des Vorlesungsbuchs den Namen des Studierenden las, ehe er es aufschlug, um zu signieren. Als ich an der Reihe war und er meinen Namen las, lachte er kurz auf und meinte: »Das ist ja schön. Da habe ich ja einen berühmten Namen als Schüler. Sie wissen, wessen Namen Sie tragen? Den Namen des Autors des ersten Bestsellers der Spätantike. ›Consolatio philosophiae‹. Er hatte verstanden, dass nur die Philosophie wahren Trost spenden kann, wenn man im Gefängnis des Lebens sitzt und seine baldige Hinrichtung erwartet. Er saß nicht nur im Gefängnis, weil er eine große Neigung zu jungen Damen hatte, unter anderem zur Ehefrau seines Vorgesetzten, sondern auch deshalb, weil er die griechische Philosophie, vor allem Platon und Aristoteles, umfassend durch Texte und Kommentare zu vermitteln verstand, und zwar in einer Qualität, die den durch Kriege und Glauben schleppenden Gang des Geistes entscheidend beeinflusste, für Naturwissenschaft genauso wie für Logik und Musik. Allein seine Vielseitigkeit machte ihn in den Augen der Obrigkeit zum Verräter. Ohne ihn würde ich hier nicht stehen. Man hat ihn den letzten Römer genannt, ich würde sagen, er war der erste Europäer.« Während er redete, blickte er geradeaus, als sei der Hörsaal noch voll. Dann drehte er sich mir zu und blickte mich mit diesen so ungeheuer intensiv blickenden Frettchenaugen an. Sie sahen durch mich hindurch wie durch eine auf Glas gemalte Figur. »Ich wünsche Ihnen viel Glück, erweisen Sie sich Ihres großen Namens würdig!« Er gab mir die Hand. Sie war klein und weich wie die von Eddi Hoop. Ich ging mit stolzgeschwellter Brust. Der große Adorno hatte sich tatsächlich die Zeit genommen, mir öffentlich diese kleine Privataudienz zu geben, während hinter uns die Wartenden immer unruhiger geworden waren.

So endete das Semester für mich doch noch mit einem tröstenden Moment. Am letzten Abend saß ich in meiner Mansarde und blickte aus dem kleinen Fenster hinaus auf die Straße, die längst asphaltiert war. Ich sah im Licht der Laternen die alten Villen mit ihren vertrauten Gesichtern. Das Haus, in dem meine Spielkameraden gewohnt hatten. Es war ein Blick in die Vergangenheit, der mir gefiel, weil sich dort einst, wie in einer Petrischale, winzige Keimzellen einer, wenn auch immer noch unbestimmten, Zukunft für mich gebildet zu haben schienen.

*

In der folgenden Nacht hörte B. wieder Geräusche vor seiner Tür. Er hatte in einer Art somnambulen Verfassung stundenlang im Sessel gesessen und vor sich hin gestarrt. Nun stand er auf, ging zur Tür, öffnete sie und sah hinaus. In der trüben Flurbeleuchtung, die von den Hinweisschildern für einen Fluchtweg im Falle eines Brandes ausging, sah er zwei Hände. Sie krochen, an den Fingern verhakt, wie zwei weiße Plattfische über den roten Teppichbelag und verschwanden schließlich um eine Ecke des langen Flures.

34

Am nächsten Morgen machte sich B. auf, jenen Hügel zu suchen, den er in der Ferne gesehen zu haben meinte. Eine Weile folgte er dem Flussufer. Dabei kam er an einem großen Gebäude vorbei, dessen verfallener Zustand nicht verbarg, dass es einst von eindrucksvoller Schönheit gewesen sein musste. B. ging die breite Treppe hoch, die zu den großen Eingangstüren führte. Ein Wandelgang führte zu einem Saal. B. hörte Stimmengewirr. Als er den Saal betrat, sah er eine Gruppe von Leuten um einem großen Spieltisch sitzen. Sie wirkten erstarrt, wie Puppen oder Roboter. Jemand reichte ihm in einer abgehackten Bewegung eine Handvoll Jetons und forderte ihn auf, sein Glück zu versuchen und alle Marken auf das grüne Feld mit der Zahl Zero zu setzen. B. gehorchte und beobachtete, wie der Croupier die Scheibe drehte, die kleine Kugel in den Kessel warf und dann »Rien ne va plus« rief. Er bemerkte, dass die Kugel, die in der Scheibe hüpfte, ein Auge war. Als sie anhielt, bewegte es sich weiter und zwinkerte B. dabei zu. Einen Moment verharrte die Kugel auf dem grünen Feld, dann sprang sie vom Tisch und rollte hinter B. her, als er fluchtartig den Saal verließ und noch gerade rechtzeitig die Tür hinter sich schließen konnte.

Kurze Zeit später war er wieder im Institut. Er war inzwischen zu der Überzeugung gelangt, dass es wenig Sinn machte, über das nachzugrübeln, was er einst erlebt oder geträumt hatte. Er wollte einfach nur noch drauflos erzählen. Er wollte sein Leben abrollen wie einen langen Teppichläufer, dessen Muster von Flecken und Fehlern gebildet wurde und über den er inzwischen als sein eigener, einstiger Ehrengast schritt.

*

Meine Eltern hatten beschlossen, den Geldbetrag, der meine Lebenshaltung decken sollte, nur während der Semestermonate zu überweisen. Daher musste ich in den Semesterferien nach Hause zurück. Auf der langen Fahrt in den Norden saß ich im Speisewagen, trank Bier und betrachtete mein Gesicht im Spiegel, der sich an der Seitenwand des Waggons befand. Es wirkte schmal, zerquält und bleich, wie das geschminkte Antlitz vom Clown Frost aus Bergmans »Abend der Gaukler«. Ich zündete eine Zigarette an und blies den Rauch in Richtung Spiegelbild.

Meine Eltern schalteten den »Riviera« nur noch selten an. Sie saßen lieber vor ihrem neuen Flimmerkasten. Er war ein echter Gesprächstöter, was ich im Übrigen als angenehm empfand, denn die Unterhaltung mit meinen Eltern war selten erfreulich. Meine Mutter hatte die Beine auf einen gepolsterten Hocker hochgelegt. Sie waren nicht mehr schlank wie einst, sondern geschwollen und in einen fleischfarbenen Stützstrumpf gezwängt. Sie trug eine Sonnenbrille, angeblich, um ihre empfindlichen Augen zu schonen. Ich glaube eher, dass sie das bläuliche Licht des flackernden Bildschirms in ein warmes Rembrandtbraun tauchen wollte. Es war ihr letzter Auftritt als Malerin. Hin und wieder gab sie einen zumeist boshaften Kommentar ab, wenn ihr zum Beispiel das Kostüm einer Fernsehjournalistin missfiel. Mein Vater saß leicht nach vorne geneigt in seinem Sessel, in einer Haltung, die einem Menschen entsprach, der jeden Moment aufspringen will, um seinen Platz wegen einer wichtigen Sache zu verlassen. Ich hatte erwartet, dass ich zahlreiche Fragen nach dem Fortschritt meines Studiums beantworten müsste. Aber sie fragten nichts, sondern blickten stattdessen gebannt auf einen Menschen mit großkariertem Sakko, der in diesem modernen Soufflierkasten voller schwarzer und weißer Schatten agierte. Und da hockte ich nun mit ihnen, und die Stummheit meines Vaters fiel gar nicht mehr auf, und die Redseligkeit meiner Mutter war verebbt. Nach einigen dieser sprachlosen Abende wurde zu später Stunde in mehreren Folgen eine Dokumentation über die Judenvernichtung gezeigt. Meine Eltern waren bereits zu Bett gegangen. Ich rauchte und starrte voller Entsetzen in diesen tiefen Brunnen, an dessen Grund unerträgliche Bilder flimmerten. Verrenkte Leiber in der Schaufel eines Baggers. Die unbeholfenen Bewegungen ihrer Gliedmaßen, wenn sie in das Massengrab fielen, als sei in ihnen immer noch ein Rest Leben. Ich hörte meinen Vater nebenan schnarchen. Für mich war die Vorstellung empörend, dass sie damals erwachsene Menschen gewesen waren. Sie mussten etwas mitbekommen haben wie alle anderen Erwachsenen auch. Es gab schließlich Judenwitze, es gab Gerüchte, die Reichskristallnacht, die Bücherverbrennung, die Deportationen, all das war öffentlich geschehen. Als ich meine Eltern am nächsten Tag beim Frühstück fragte, wie sie mit dieser grausamen Vergangenheit fertigwürden, erntete ich Unverständnis. Mein Vater sagte, nachdem er eine Weile geschwiegen hatte, er sei schließlich Seemann gewesen. Was damals an Land geschah, habe ihn nicht interessiert. Er wirkte nervös und ungehalten. Ich fragte mich, ob nicht auch er jener Baggerführer hätte sein können, der in der Arbeitspause sein von seiner Frau geschmiertes Wurstbrot zu einer Flasche Bier verzehrte, direkt neben diesem zu einem bizarren Untier verwachsenen Leichenhaufen. Meine Mutter meinte schließlich, es sei für alle eine schlimme Zeit gewesen. Auch sie hätten Hunger und Leid ertragen müssen. »Du wirst dich daran erinnern, mein Sohn. Die Angst um deinen Vater an der Front. Die Bombardements, die Verschütteten.« Ich war voller Verachtung. Als mein Vater das Haus verließ und zu seinem Wagen ging, blickte ich ihm aus dem Fenster nach. Er sah aus wie ein Strichmännchen.

Für mich war Radiohören jetzt wichtiger denn je. Wenn ich in meinem Zimmer war, lief es ständig. Eines Nachmittags hörte ich eine wohlklingende Stimme aus dem Lautsprecherstoff. Sie sprach einen kitschigen und zugleich wunderschönen Satz: »Sie hatte die schwarzen, strahlenden Augen der Blider mit den feinen, schnurgeraden Brauen.« Von wem war die Rede? Ich warf mich auf das senfgelbe Sofa, starrte die Wand an und lauschte der Radiostimme. Es war der Anfang des Romans »Niels Lyhne« von Jens Peter Jacobsen. Was ich zuerst für Trivialliteratur gehalten hatte, entpuppte sich als ambitionierter moderner Roman. Ich hörte nun jeden Tag die Fortsetzung. Mir gefiel vor allem Bartholine Blider, die Mutter des Helden. Solch eine Mutter wünschte ich mir. Es hieß, in Gedichten lebte sie, in ihnen träumte sie, und sie glaubte an sie mehr als an alles andere. Der Vater von Niels Lyhne war wie mein Vater. Das einstige Feuer in ihm war erloschen. Er glich einem toten Vulkan aus erstarrter Lava. Und Niels Lyhne, das war natürlich ich.

Ich ging in die Innenstadt. Sie hatte nichts Bedrückendes mehr. Es war, als existierte sie kaum, als sei sie unwirklich geworden. Ein Nebel aus Gesichtern und Häuserfassaden. Wenn er sich lichtete, würde nur noch Leere um mich sein, als sei ein Stück Weltraum auf die Erde herabgesunken. Ich war fest entschlossen, mir ein Tonbandgerät zu besorgen. Es sollte möglichst das Gleiche sein wie das von Adorno. Ich ging zu Berger. Er war genauso groß, genauso bleich und genauso breitschultrig wie Adornos Assistent. Ich beschrieb ihm das Gerät. »Das klingt ganz nach einem TK 920«, sagte Berger. »Es wiegt gut 23 Kilo.« Ich fragte ihn, ob er mir ein solches Gerät besorgen könnte. »Sicher. Aber es ist zu schwer für dich. Du willst es doch sicher ab und zu mitnehmen. Ein TK 5 wäre für dich besser. Das wiegt weniger als die Hälfte und ist auch nicht schlecht. Da hinten steht eines. Ich mache dir einen fairen Preis. Du kannst es in kleinen Raten abbezahlen. Und ein Mikro brauchst du auch. Am besten ein GDM 310. Ein dynamisches Mikro mit Kugelcharakteristik. Dann kannst du im Freien auch Naturgeräusche, Vogelstimmen, Wellenrauschen aufnehmen und dabei Gitarre spielen. Daumengriff natürlich. Bist du übrigens weitergekommen?« Er warf mir seine Gitarre zu. Ich fing sie am Hals auf, und dann spielte ich »The Man I Love«. Berger hörte aufmerksam zu. »Nicht schlecht, mein Junge.

Aber ich würde mehr Sieben-Nonen-Griffe einsetzen. Zum Beispiel an Stelle der einfachen Mollakkorde, die du verwendest.« Glücklich schleppte ich das Tonbandgerät nach Hause. Ich arbeitete gerade an einem Theaterstück, in dem ich meine verlorene Liebe verarbeiten wollte. Die Handlung bestand aus lauter Gedichten. Sie spielte auf dem Bahnhofsvorplatz, den ich so oft mit Summertökl überquert hatte. »Dort aus dem Hintergrund wächst die Silhouette des Bahnhofs. Davor eine Fläche, weiß und nackt im Tanz greller Lichter. Figuren im schwarzen Trikot bewegen sich starr und doch leicht wie an Schnüren. Orpheus kommt aus den Weiten des Bahnhofs und überquert mit langsamen Schritten die leere Fläche aus Stein. Und seht Eurydike: Ihre flüchtigen Füße bespülen das Pflaster mit Nähe und Licht. Der Tag ist so fremd, die Stimmen der Vögel so kalt, dass ihr Klang an den Fenstern der Häuser gefriert ...« Ich meinte noch nie so gut geschrieben zu haben. Endlich hatte ich meinen Stil gefunden. Er war gleich weit weg von Rilke und den künstlichen Produkten der Tonustheorie. Vielleicht war etwas dran an der Meinung, dass ein Dichter leiden musste, um gut zu sein. Erst Olga, jetzt Summertökl, jedes Mal hatte ich einen Schritt in Richtung auf mein Lebensziel gemacht. Wie viele unglückliche Lieben waren noch nötig, um mich wirklich zum Poeten zu machen?

Als das Stück fertig war, wollte ich es als Hörspiel realisieren. Ich trug das Tonband in den Keller. In der Waschküche war der Hall besonders gut. Er verlieh meiner Stimme einen Klang, wie ich ihn von professionellen Hörspielen kannte. Den Monolog von Eurydike ließ ich meine Mutter sprechen. Ich bat sie in diese Unterwelt mit den leeren Wäscheständern. Sie saß auf einem Klappstuhl, vor sich das Mikrophon. Sie hatte etwas getrunken, das stärker war als Feurio, wahrscheinlich war es Mariacron, und sie hatte rote Flecken am Hals. Ich schaltete das Tonbandgerät ein, und sie las auf mein Kommando hin mit warmer, brüchiger Stimme: »Deine Augen ruhn auf mir wie feuchte Sonnenblumen, Deine Hand durchforscht mich wie ein schwarzer Marder, der die Beute braucht. Was hab ich Dir getan, dass Du mich greifst und unter Deinem Schlaf erdrückst? Deine Arme sind zwei Ranken, die mich an die Straße Deiner Sehnsucht schnüren, fest, als sei ich nur ein Kartenspiel. Was hab ich Dir getan, dass Du mich spielst, mich lachst, mich weinst, dass Du mich in ein dunkles Zimmer sperrst und mir zur Welt den Schlüssel nimmst? Was hab ich Dir getan, dass Du in meinen Garten gehst und ohne Scheu die Wege meiner Lippen trittst, viel tiefer als das Gras? Wenn ich am Morgen auf der Straße bin, weht mir der Wind von ferne schon das Laub Deiner Hände entgegen, die Vögel tragen Deinen Schatten vor mir her, und mein Gefängnis ist Dein Schritt.« Sie war großartig. Sie schien sich ganz und gar mit Eurydike zu identifizieren. Nie war mir diese füllige Person mit der Sonnenbrille, die sich meine Mutter nannte, so nahe gewesen. Nie wieder würde sie mir so nahe sein. Ich würde versuchen, mich nicht nach ihr umzudrehen.

Als die Semesterferien vorüber waren, musste ich wieder zurück. Muttl empfing mich diesmal nicht mit einem Nudelauflauf. Die Stimmung im Haus hatte sich dem absoluten Nullpunkt genähert. Als ich durch den Grünstreifen zur Uni ging und mich einmal dabei umdrehte, sah ich Summertökl, wie sie mir in einem großen Abstand folgte. Eigentlich hätte sie nun wieder im Hades verschwinden müssen, aber sie verlangsamte nur ihren Gang. Als wir die Grünanlage vor dem Senckenberg erreicht hatten, blieb ich stehen. Auch sie blieb stehen, aber nicht lange, dann kam sie auf mich zu. Sie musste wohl gespürt haben, dass ihr Verhalten albern war. Ich hatte einen Durchschlag meines Stücks dabei, und als sie vor mir stand und mir zögernd die Hand reichte, zog ich das kleine Konvolut aus meiner Tasche und reichte es ihr. »Das ist für dich«, brachte ich gequält hervor, »zur Erinnerung.« Sie hielt den Blick gesenkt. Ich starrte auf den dunklen Flaum über ihrer Oberlippe. Später saß ich im Hörsaal V auf einer der letzten Bänke. Wie immer betrat Adorno den fensterlosen Raum wie ein Popstar. Wie immer gefolgt von seinem Assistenten mit dem TK 920. Und wie immer ließ ich mich von der Liturgie seines Vortrags hypnotisieren. Einige Reihen vor mir entdeckte ich Summertökl. Sie ging also doch zu Adorno, jetzt, wo es zu spät für uns war! Ich wartete vergeblich darauf, dass sie sich umdrehte.

Wenige Tage später las ich am Schwarzen Brett im Flur des Hauptgebäudes die Ankündigung einer Veranstaltung des deutsch-jüdischen Freundschaftsvereins. Auch Nichtjuden seien herzlich willkommen. Ich entschloss mich hinzugehen. Es war ein schöner Spätsommerabend, als ich zur angegebenen Adresse am Rande des Grüneburgparks lief. Ich kam in einen kleinen Saal voller Menschen. Nach einer kurzen Ansprache des Vereinsvorsitzenden, bei der er vor allem das Wetter lobte, gab es ein kaltes Buffet, und dann lud eine junge Frau zu israelischen Volkstänzen ein. Sie erklärte die Schritte, wir fassten uns an den Händen und bildeten einen Kreis. Bei der erstbesten sich bietenden Gelegenheit verschwand ich wieder. Die Situation war mir unerträglich gewesen. Man konnte doch nicht wegtanzen, was geschehen war.

Es gab ein Highlight in diesem Wintersemester: die neue Institution der Poetikvorlesung, eröffnet von der größten lebenden deutschsprachigen Lyrikerin, Ingeborg Bachmann. Wieder war der Hörsaal V brechend voll. Adorno und seine Frau Gretel saßen in der ersten Reihe. Wie passte das mit seiner These zusammen, dass es unmöglich geworden sei, nach Auschwitz Gedichte zu schreiben? Als die Bachmann ans Lesepult trat, erfasste eine fromme Stille den Raum. Ingeborg Bachmann hatte etwas Mädchenhaftes und zugleich Uraltes. Außerdem war sie offenbar sehr kurzsichtig, denn sie trug eine Brille mit dicken Gläsern. Sie las aus ihrem Manuskript ab, und da sie dabei den Kopf tief nach unten beugte, schlossen sich ihre glatten Haare wie ein Vorhang vor ihrem Gesicht. Durch diesen Vorhang drang eine leise, zittrige Stimme. Die Stimme eines Mediums, durch das sich der Geist der Poesie an die Sterblichen wandte. Was diese Geisterstimme allerdings sagte, enttäuschte mich. Die Dichterin, die sich in meinen Augen als weiblicher Kafka gerierte, schien nichts von Wortspielen zu halten. Soweit ich ihrem Geflüster zu folgen vermochte, beschwor sie die eigene Gangart der Sprache. Welche Gangart meinte sie? Stolpern etwa? Oder hüpfen? Oder rennen? Oder auf der Stelle treten?

Summertökl hatte sich mir seit unserer Begegnung vor dem Senckenberg von neuem angenähert. Sie setzte sich in den Vorlesungen wieder neben mich, sie schrieb auch wie früher kleine Bemerkungen in meine Mitschriften. Trostlose Dialoge entstanden in einem gezwungen ironischen Ton. »Dich zu sehen ist meine morgendliche Qual und Gefühlsentziehungskur.« »Das ist gesund.« »Das Mädchen mit dem großen Knoten vorne rechts sieht hübsch aus. Es könnte du sein. Geht Labelle mit Labete um fünf ins Kino?« »Ich treffe mich um fünf mit Klaus.« Ich war eifersüchtig auf diesen Klaus, von dem sie mehrfach erzählt hatte und den ich nie zu Gesicht bekommen hatte. Die Hand wollte sie mir anfangs nicht mehr geben, doch irgendwann nahm sie sie wieder, wenn ich sie vom Bahnhof abholte. Wenn ich neben ihr herlief, glaubte ich schmerzhaft das enorm starke Kraftfeld zwischen uns zu spüren, das die Nadel meines inneren Kompasses zu einer extremen Missweisung veranlasste und mich zu ihr hinzog. Bei ihr musste es anders sein, denn sie hielt ihren Kurs.

Onkel Antons Sohn Fritz besuchte mich. Er war längst nicht mehr der kleine, mir körperlich unterlegene Knabe, mit dem zusammen ich einst in Vatls Korbliegestuhl Autofahren gespielt hatte. Mit dem durchtrainierten, drahtigen Köper, dem dichten braunen Haar und der Hakennase ähnelte er seinem Vater, aber er verfügte nicht über dessen charismatische Schlitzohrigkeit. Ich mochte Fritz wohl deshalb, weil er vieles von dem verkörperte, was ich nicht besaß. Außerdem war er mit seiner stürmischen Weltlichkeit ein gutes Korrektiv für meine hilflose Weltflucht. Natürlich versuchte ich, auch ihn zu beeinflussen und ihn dadurch freundschaftsfähig für mich zu machen. Ich traktierte ihn mit Literatur, mit all dem, was mir so kostbar war. Einmal besuchten wir seinen Vater in seiner Fabrik in Offenbach, in der er wohnte. Heute würde man ein solches Zuhause schick finden, damals war es ein Kuriosum. Allein das Wohnzimmer hatte die Dimensionen einer Fabrikhalle, in der verloren einige antike Möbel, Bücherregale und ein Bechsteinflügel standen. Onkel Anton gab sich wie immer weltgewandt und überlegen, obwohl ich in seinem vom Skiurlaub gebräunten Gesicht einige graue Schleier zu entdecken meinte. Er hustete stärker und öfter als sonst. Abends gingen wir in eine Apfelweinkneipe, aßen Tartar, und wieder einmal erläuterte Onkel Anton mir die Kunst des Genießens. »Es ist wie bei einer Frau. Es kommt auf die richtige Balance der Ingredienzien an, der sauren und salzigen, der rohen und der scharfen.«

Am nächsten Morgen kaufte ich mir in einem Kleiderladen eine Hausjacke der Firma Bleyle. Sie war petroleumgrün und mit Satin gefüttert. Ich hielt mich mehr denn je für einen Dandy vom Schlage Oscar Wildes und band mir zuweilen sogar eine Fliege aus grüner, rot gepunkteter Seide um den Hals. Eines Abends spielte ich Fritz mein Orpheusstück vor. Ich hatte inzwischen eine Fortsetzung geschrieben und wollte sie auf dem Tonbandgerät realisieren. Ich bat meinen Vetter, die Rolle des Sprechers zu übernehmen. Er tat es auch, mit jener näselnden, leicht französisch angehauchten Stimme, die er von seinem Vater geerbt hatte. Dabei fiel einer der wenigen Sätze, auf die ich bis heute stolz bin: »Er starb am traurigen Grün seiner Jacke.«

Zu meinem Versuch ein Dandy zu sein, gehörten häufige Besuche in den verrufenen Nachtlokalen im Frankfurter Rotlichtviertel in der Nähe der Kaiserstraße. Ich sah ungewöhnliche Dinge, Linda und das Sofakissen zum Beispiel, eine frivole Attraktion, die extra auf einem Plakat angekündigt wurde. Linda war eine Blondine, die sich nackt auf einem Sofa räkelte und sich dabei immer wieder mit einer runden Kissenrolle zwischen die Beine fuhr. Ein anderes Highlight war ein Vampir, der seine künstlichen Eckzähne in den Hals einer nackten Schönen schlug, wobei ein langer schwarzer Blutfaden über deren linke Brust floss. Offenbar ein Trick mit einem hautfarbenen Beutel an ihrem Hals. In einer der Bars forderte mich eine Animierdame zum Tanzen auf. Ich bewegte mich ungeschickt zwischen einigen Paaren über das blau beleuchtete Parkett. Sie presste mich an sich und redete unaufhörlich von ihrem Kind, das sie versorgen müsse. Einmal saß ich bis zum Morgengrauen in einer Stripteasebar. Nur wenige Nutten, nur wenige Gäste waren noch da. Die Kapelle hatte aufgehört zu spielen. Der Pianist, ein dunkel gelockter Italiener, setzte sich ans Klavier und spielte Beethoven. Als jemand redete, drehte sich eine der Animierdamen empört zu dem Mann um und legte den Finger an die Lippen. Beim Klang der »Mondscheinsonate« zu reden war in ihren Augen nun wirklich unanständig. Ich schrieb damals ein Gedicht, in dem die Zeile »Die Nacht ist ein Brötchen« vorkam. Ich las es meiner Tante vor, als ich sie zufällig im Flur der oberen Etage traf. Sie drehte sich um, hob ihren Rock, unter dem sie keine Unterwäsche trug, und zeigte mir ihren wohlgeformten Hintern. »Die Nacht ist ein Brötchen«, rief sie und drehte sich lächelnd um.

Weihnachten musste ich wieder zurück. Kurz vor meiner Abfahrt aus der Waldkolonie kam eine Postkarte von Wilhelm: »Mein lieber Freund, kurz einen Gruß, bevor die Arbeit hier vorläufig abgeschlossen ist. Ich fahre am Montag, dem 21., nach Hause, ab Heidelberg 10.51, ich bin gegen Mittag in Frankfurt, wenn Du noch da bist, kannst Du Dir die genaue Zeit im Fahrplan suchen. Ich warte auf dem Bahnhof auf Dich. Grüße Deine Oma, Tante und Onkel bitte zu Weihnachten, herzlich, Dein Freund Wilhelm.« Wilhelm hatte mich schon einmal im Villenort besucht und dort seine Fähigkeiten als Charmeur gezeigt. Muttl hatte nur Augen für ihn gehabt.

Sie hatte ein Festessen gekocht, und Wilhelm hatte am Abend nach reichlich genossenem Sekt Chopin auf dem verstimmten Seilerflügel gespielt. Es war überdeutlich, er suchte meine Freundschaft. Eigentlich hätte ich mich darüber freuen müssen, aber irgendeine skeptische Stimme meldete sich warnend in mir. Trotzdem ging ich auf seinen Vorschlag ein und stieg zu ihm in den Zug. Wir gingen in den Speisewagen und tranken Bier. Wilhelm erzählte von seinem Studium, von der Verlogenheit der Professoren, von der Unchristlichkeit ihrer Lehre und von seinen Zweifeln an der Existenz Gottes. »Gib das Theologiestudium endlich auf«, sagte ich. »Du machst dich doch völlig unglaubwürdig.« »Unglaubwürdig, was für ein vielsagendes Wort«, antwortete Wilhelm. Als wir in Altona an jenem grauen Haus vorbeikamen, das mir mit seiner fleckigen Brandmauer voller Einschüsse bei allen meinen Reisen ins Auge gesprungen war, sagte ich spontan: »Sieh mal, da hat der liebe Gott seine Zigarette ausgedrückt.« »Gott raucht nicht«, erwiderte Wilhelm. »Er ist ein Saubermann. Es ist der Teufel, der raucht.«

Weihnachten war fast wie immer. Es gab Karpfen mit Meerrettich. Aber der Baum war noch sorgfältiger geschmückt als sonst, und er verfügte über noch mehr Lametta, Kerzen und rote Kugeln. Meine Eltern wollten diesmal alles wissen, über mein Studium, über die neue Ehe meiner Tante. Es war ein regelrechtes Verhör, dem ich, so gut ich konnte, standhielt. Ich brachte es sogar übers Herz, von Summertökl zu erzählen. »Du musst Geduld haben«, sagte meine Mutter. »Eine Frau kann man nicht immer so im Sturm erobern, wie es damals dein Vater bei mir tat.« Mein Vater lächelte und meinte: »Es war kein Sturm, eher eine sanfte Brise. Aber sie war ideal dafür, die Segel zu füllen.«

Mich befiel in diesen Tagen eine ungeheure Müdigkeit. Stundenlang saß ich vor dem Fernseher. Wenn ich schlafen ging, machte ich nicht wie sonst dreißig Liegestütze. Ich zog mich nicht einmal aus, sondern legte mich in Kleidern auf die Bettcouch und löschte das Licht. Die Zeichnung von schwachem Neonlicht und Schatten an der Decke beschäftige eine Weile meine Phantasie. »Du bist ein Narr«, flüsterte ich, »du hast doch gar keine echten Probleme. Du hast einen Vater, der dein Studium bezahlt, du hast ein Lebensziel, ein Fahrrad und drei Regenmäntel. Woher dann diese leidige Sucht zum Nichtstun, woher diese Müdigkeit, die dich nicht schlafen lässt? Soll ich jetzt aufstehen und in ein Lokal gehen? Vielleicht treffe ich dort ein Mädchen, das mir gefällt? Aber ich werde zu schüchtern sein, es anzusprechen. Ich werde erröten, schon bei dem Gedanken daran. ›Gute Kapelle, nicht?‹ Lächerlich, so ein Anfang. Und was wäre es schon, wenn ich Glück hätte. Soll ich mit ihr auf ein Zimmer gehen? Ihre weiße Haut betrachten mit dem Abdruck der Strumpfhalter? In einem Bett voll Zigarettenrauch verbluten, versickern?«

Am nächsten Morgen wurde ich vom eintönigen Rauschen des Regens geweckt. Es war ganz allmählich in meinen Schlaf gedrungen und hatte ihn aufgelöst. Ich trat ans Fenster, öffnete es und hielt den Kopf hinaus. Die schrägen Tropfenreihen kühlten angenehm. Wenn ich jetzt eine Platte von Chopin auflegte, wäre ich wunschlos glücklich, aber ich ging nur zur Eingangstür und holte die Milchflasche herein. »Der Morgen fängt nicht schlecht an«, dachte ich. »Eine traurige Reflexion der Natur ist dieser Regen. Eine Reflexion über alles, was nicht so sinnvoll ist wie ein Schluck Milch, wenn man Magenbeschwerden hat.« Ich putzte mir die Zähne mit seltener Inbrunst, spuckte den Schaum aus und betrachtete das Muster, das er im Becken bildete, als enthielte er ein Geheimnis. Später zog ich meinen braunen Nylonmantel an, nahm den Schirm und verließ die Wohnung. Ich sprang wie ein Junge zwischen den Pfützen hin und her und lief hinunter zum Kanal. Der Regen hing über dem Wasser wie eine feine, vom Wind leicht hin und her bewegte Gardine. Ich ging am Ufer entlang und wünschte mir ein Mädchen, das ohne Schirm war und meinen Schutz jetzt brauchte. »Guter Regen«, sagte ich, »du bist eine günstige Voraussetzung für die Liebe. Aber leider kein zureichender Grund.« Ich klappte den Schirm zusammen und ließ mich nassregnen. Die Haare hingen mir in wirren, langen Strähnen in die Stirn. Das Wasser lief mir in den Kragen hinein und rann kalt meinen Rücken hinab. »Ein Mädchen oder eine Lungenentzündung, Schicksal, gleichviel!« Ich rief diesen Satz laut über das Wasser, weil ich wusste, dass ihn niemand hören würde. Dann verlor ich plötzlich alle Lust an der Situation. Ich spannte den Schirm auf und ging nach Hause.

Am nächsten Morgen hatte ich einen abscheulichen Geschmack im Mund, der mich am Weiterdösen hinderte. Mit schlafschwerem Kopf stand ich auf, lutschte einen Bonbon und trat ans Fenster. Die Straßenlaternen brannten bläulich unter einer schmutziggelben Wolkendecke, die tief und übervoll auf die Dächer drückte. Ich atmete angewidert den intensiven Weihrauchduft ein, der aus dem Wohnzimmer kam, wo meine Mutter den Frühstückstisch deckte. Was für ein Tag, sagte ich zu mir, ich bin nicht unglücklich und nicht glücklich. Früher hätte ich etwas aus dieser Stimmung gemacht. Einen Dante'schen Höllenregen in einem Gedicht! Das ist vorbei. Alles Flausen der Jugend. Ich bin ein juveniler Greis.

Die Wolken begannen sich auszuschütten. Dicke Tropfen in peitschenden Böen schüttelten die kleine Birke vor dem Fenster. Breite Schmutzwasserströme gurgelten die Siele hinab. Ich malte ein Herz auf die beschlagene Scheibe und sah hindurch. »Herz, ich durchschaue dich. Du bist durchsichtig wie Glas, und hinter dir gibt man die Blumenfeste des Regens.« »Das ist ja so ziemlich das letzte Wetter heute«, hörte ich meine Mutter rufen. »Das letzte Wetter, ich finde es schön«, flüsterte ich. »Wie grausam wäre jetzt die Sonne. Wie grausam wären jetzt bunte Mädchenkleider auf den Straßen, blauer Himmel und wolkenlose, kleinstädtische Sonntäglichkeit.« Ich hörte das Surren der Kaffeemaschine und entschloss mich, nicht weiter nachzudenken.

Am Nachmittag sah man mich ziellos durch die Straßen der Stadt gehen. Am Abend saß ich im Sessel, rauchte meine Pfeife und sah mir das Quiz »Lustig, lustig mit Paul Blech« an. Am folgenden Tag hatte der Regen aufgehört. Das braune Herbstlaub strömte einen feuchten, betäubenden Duft aus, und einzelne Sonnenstrahlen wurden fast körperlich in der dampfenden Luft. Es war kühl, der Atem sichtbar, und ich fror ein wenig an den Händen. Ich sah sie sofort, als ich in den Weg zum Kanal einbog. Am Ufer stand ein großes Mädchen mit langen, verwehten Haaren. Sie trug einen grauen Trenchcoat, unter dem sich eine schlanke Gestalt abzeichnete. Die Sonne beschien ihre Wangen, auf denen ein Braun vom Sommer lag. Ich fühlte mein Herz klopfen. »Der elende Kaffee heute Morgen«, dachte ich. Ich bückte mich und hob einen schwarzen, glänzenden Stein aus einer Pfütze. Dabei beobachtete ich sie, wie sie, leicht auf einen Regenschirm gestützt, übers Wasser sah. Ich schleuderte den Stein so weit ich konnte auf den Kanal hinaus. Wildenten flogen auf, und sanfte Kreise vergrößerten sich über der spiegelnden Fläche. Sie hatte sich umgedreht und sah mich an. Ich bückte mich schnell ein zweites Mal und ergriff noch einen Stein. In diesem Moment setzte der Regen erneut ein. Im Nu war die Wasserfläche grau vom heftigen Tropfenfall. Da hörte ich ihre Stimme: »Kommen Sie, Sie können sich bei mir unterstellen.« Wieder spürte ich den wilden Tanz meines pochenden Herzens. War das wahr? Ich ließ den Stein fallen. Schwankend lief ich auf das Mädchen am Ufer zu und rief schon von weitem: »Das ist aber furchtbar nett von Ihnen!« Sie, deren Gesicht ganz dunkel war unter dem aufgespannten Schirm, lächelte mich an. Ich war jetzt ganz nahe bei ihr. Unsere Mäntel berührten sich mit einem leichten, streifenden Geräusch. Ich spürte, wie ich neugierig angeblickt wurde. Aber ich wagte nicht zurückzuschauen. Nervös sah ich zum anderen Ufer. Von dort floss es in gelblichen Rinnsalen zwischen Grassoden und Lehm hinab in das blasige Wasser. Einzelne Herbstblätter trieben vorüber. Auf einem von ihnen glaubte ich einen kleinen Glückskäfer zu erblicken. »Ein schönes Bild«, hörte ich die weiche Stimme des Mädchens. »Ich bin seit gestern in dieser Stadt. Ich bin fremd hier. Sie kennen sich bestimmt viel besser aus. Was ist das für ein Haus dort drüben?« Ich war froh, dass ich endlich einen belanglosen Grund zum Reden hatte. »Das ist die Lotsenstation!« Meine Stimme kam mir pelzig und fremd vor. Der Atem des Mädchens stieg wie ein kleiner, zarter Nebel zu mir auf. Ich sah schräg auf ihre Schulter hinab, von der einzelne Wasserperlen herabkugelten. »Da drüben liegt das Zollhaus.« Der Regen wurde heftiger. »Wir müssen uns irgendwo unterstellen. Gehen wir dort zu dem Schuppen hinüber.« Während wir gingen, nahm ich ihr den Schirm ab. Unsere Schultern berührten sich leicht bei jedem Schritt. Ich war so aufgeregt, dass ich ein paarmal fast gestolpert wäre. Endlich standen wir an den Schuppenbrettern unter einem überhängenden Dach, von dem der Regen wie eine gläserne spanische Wand herabtropfte. Jetzt erst traute ich mich, sie anzusehen. In ihren langen Wimpern hingen einzelne Regenperlen wie winzige Brillanten. Ihre Augen waren groß und grau, die Haut von matter brauner Tönung und ihre Lippen ein wenig heller. Mich verwirrte das alles wie ein absurder Traum. Ihre Stimme durchbrach das auf und ab wogende Geräusch der Schauer. »Das ist aber nett von Ihnen, dass Sie mir Gesellschaft leisten.« Ich sah mit Besorgnis, wie der Himmel im Westen heller wurde. Weiße Rinnen wurden dort breiter, und der Tropfenfall ließ bald nach. »Ich glaube, jetzt können wir wieder gehen«, sagte sie. »Ich bringe Sie noch bis an die Ecke.«

Der Abschied war so plötzlich gekommen wie die Begegnung. Ich fand mich allein unter den großen Eichen der Hauptstraße, aus denen mich einzelne dicke Tropfen trafen, die Nachzügler des Regens. Alles um mich hatte etwas Unwahres. Ein singender Schmerz ließ sich in mir nieder. Ich sah immer noch ihr Gesicht gegen den blauen Himmel, von dem die Sonne jetzt wieder herabschien. »Ich muss dich wiedersehen«, murmelte ich. »Ich muss dich unbedingt wiedersehen.« Schon auf dem Weg nach Hause, drehte ich mich um und rannte die Straße zurück in die Richtung, in die sie gegangen war. Aber ich holte sie nicht mehr ein. Mein erwartungsvoller Blick traf nur abweisende Gardinen in hohen Fenstern, irgendeine neugierig und starr blickende alte Frau hinter schwarzen Scheiben. Plötzlich fror ich erneut. Mein Herz hatte ausgetanzt. Ich blieb stehen und zündete mir eine Zigarette an. Ich inhalierte tief, wobei mir ihr Geschmack bitter in den Mund stieg.

Abends saß ich diesmal nicht vor dem Fernsehschirm. Ich hörte Blues und trank Wermut. Als ich genügend Kopfweh hatte, versuchte ich zu schlafen. Aber ihr Gesicht ließ es nicht zu. Es schimmerte auf der Tapete. Ich stand wieder auf und setzte mich in den Sessel. Wieder sah ich die Szene am Fluss und hörte ihre leise Stimme: »Das ist aber nett von Ihnen, dass Sie mir Gesellschaft leisten.« Jetzt wusste ich auch, an wen sie mich erinnerte: an Tatjana Samoilowa. Gegen drei Uhr schlief ich auf dem Teppich ein.

Am Morgen fand mich meine Mutter zwischen Zigarettenasche und der leeren Wermutflasche. Ich hatte Fieber und musste ins Bett. Drei Tage später hatte ich immer noch Fieber. »Ein Mädchen oder eine Lungenentzündung, Schicksal …«, dachte ich. Der Arzt aber beruhigte mich: »Eine kleine Bronchitis, mehr haben Sie nicht.« An das Mädchen dachte ich fast nicht mehr. Ich las Kriminalromane, und am Nachmittag wurde ich von meiner Mutter in einen Liegestuhl vor den Fernsehapparat gepackt, mit einem Brustwärmer, der alter Familienbesitz war, und einem Glas Fenchelhonig. Nach einer Woche durfte ich wieder auf die Straße. Ich lief abends die erleuchteten Gassen entlang, betrachtete die Spiegelungen auf den nassen Steinen, die aus den Passanten Kartenkönige machten. In den von unten erleuchteten Zweigen der Allee glitzerte die Feuchtigkeit. Ich bog wie zufällig in die Straße ein, in der ich sie zum letzten Male gesehen hatte. »Lohnt es sich überhaupt«, dachte ich, »diese verzweifelte Suche, diese verbohrte Idee, das Glück mit einem einzigen Menschen zu identifizieren?« Ich pflückte eine kühle Hagebutte und biss in sie. Mit der Schirmspitze versuchte ich flammende Blätter und gelbe Kastanienhülsen aufzuspießen. »Ich muss sie finden, schon um mich davon zu überzeugen, dass sie eine ganz normale Person ist«, flüsterte ich. In der dritten Woche hatte ich sie fast wieder vergessen. Bis zu dem Augenblick, als ich in der blendenden Sonne vor einem Schaufenster stand und mein Blick sie, vom Glas gespiegelt, auf der anderen Straßenseite gewahrte. Ich drehte mich mit einer Heftigkeit um, die völlig genügte, die Theorie über die Gnade des Vergessens zu widerlegen. Ich sah in der blendenden Helligkeit zwei Bilder übereinander wie in einer Doppelbelichtung: den Augenblick mit ihr am Fluss und die Tatsache, dass sie jetzt Hand in Hand mit einem großen jungen Mann vorbeiging, ohne mich zu bemerken. Eine merkwürdig kalte Stimmung stieg in mir auf. Ich folgte dem Paar in sicherem Abstand und mit betont uninteressierter Miene. Dabei sah ich ihre schmale Hand bis zum Gelenk verschwunden in der braunen, behaarten des Mannes, die sich besitzend um sie schloss. Ein grauenvolles Ineinander der Finger. Mir war, als würde mein Herz zwischen diesen Händen zerpresst. Irgendeine irrsinnige Nervenschaltung in meinem Gehirn ließ mich pfeifen. Den Schlager »Leg deine Hand in meine Hand«. Sie drehte sich um und lächelte, als sie mich gewahrte, und wie von selbst bewegte sich ihre freie Hand zu einem flüchtigen Winken. Ich winkte zurück. Dann drehte ich den Kopf in eine andere Richtung und starrte in den blauen Himmel. Das Paar blieb vor einem Kino stehen. Sie gingen hinein. Ich löste ebenfalls eine Karte und fand mich bald in der muffigen Dunkelheit des Saales. Ich sah die beiden einige Reihen vor mir, wie sie lachten und sich eifrig unterhielten, wie der Mann ihr Süßigkeiten anbot und wie sie ihren Arm um ihn legte. Ich verließ das Kino vorzeitig und zum Kanal, zu jenem Schuppen, unter dessen Dach wir gestanden hatten. Die Sonne schien. Bretterwände waren warm und rochen nach Teer. Ich lehnte mein Gesicht an das Holz, der Geruch betäubte mich. Ich rührte mich nicht vom Fleck. Ein kleiner ältlicher Mann kam vorbei und fragte: »Ist Ihnen schlecht?« Ich reagierte nicht. Er wandte sich wortlos ab und ging. Zu Hause schrieb ich in mein Tagebuch: »Sehnsucht ist eine langsam niederbrennende, tropfende Kerze. In den Nächten erscheint sie heller als am Tag. Bei ihrem Licht betrachte ich alte Bilder vergeblicher Liebe und sage mir die lange Litanei meiner Enttäuschungen auf. Und doch bin ich nicht mutlos geworden. Die Hoffnung kennt Ebbe und Flut wie das Meer. Und alle Enttäuschung ist wie ein Schaf, das man scheren kann, um sich wärmer zu kleiden.«

Meine Eltern wollten mir eine Erholung gönnen, bevor es ins neue Semester ging. Ich durfte nach Amrum, aber diesmal konnte ich nicht in das Dünenhaus in Nebel, weil Jens nicht da war. Als ich die Pier von Dagebüll betrat, war es wie die herzliche Umarmung mit einem alten Freund. Wenigstens das Meer war mir treu geblieben und ich ihm. In der langen Zeit auf dem Festland war es in meinem Kopf eingesperrt gewesen, und nun floss es wieder zusammen mit dem Bild, das vor meinen Augen lag: nicht in malerischer, gischtender Pracht wie auf Kitschgemälden, nicht im Geheimnis spiegelnder Ruhe, sondern in schwappender, grauer, kurz angebundener Heftigkeit, von Öl und Abfällen bedeckt. Ich genoss die Überfahrt mit dem Schiff wie eine Rückfahrt in meine Kindheit. Ich sah die Silhouette meiner Heimatinsel. Ich sah das Haus, in das ich Abend für Abend zurückgekehrt war, randvoll mit sinnlosen, phanastischen Ideen. Ich erkannte missbilligend, dass es jetzt neu gestrichen und im Erdgeschoss umgebaut war. Im Hafen verließ ich die Reling, um nicht von Verwandten oder Bekannten gesehen zu werden. Dann ging es weiter durch das Wattenmeer, an der niedrigen Küste der Insel entlang, quer durch Amrumloch, auf dessen Wattkanten ich einst mit meinem Vater Muscheln gegraben hatte, weiße Muscheln mit dem vulgären Namen Pisser. Endlich legte das Schiff an der Mole von Wittdün an. Ein kalter Wind pfiff. Die Pension, in der ich wohnte, lag hinter dem Dünengürtel in einer weiten, jetzt schwarzen Heide-fläche. An diesem Abend schlief ich mit einem Lächeln ein, denn ich hörte wie einst als Kind das Geräusch der Wellen, diese einschlä-fernde und ewig gleiche Musik, die schließlich lautlos wird, wenn man ihr Dasein ganz in sich aufgenommen hat. Am nächsten Mor-gen sah ich vom Toilettenfenster aus die Sonne aufgehen über den Watten. Möwen fischten in den Prielen und ließen Muscheln und Krebse aus großer Höhe fallen, um sie aufzubrechen und zu vertil-gen. Der Ostwind hatte das Meer wie einen bockigen grauen Esel hinausgetrieben in den Ozean. Ich zog meine Gummistiefel an. Man musste weit laufen, über die Sandfläche des Kniep bis zum Saum der Wellen. Im Westen schwärzte sich der Himmel mit Unwetterwolken. Sie kamen rasch näher und verdunkelten bald die Landschaft rings um mich. Ich rannte durch den feinen Sandsturm, der in flatternden Schwaden über die Fläche heulte. Weiter lief ich, von Strandgut zu Strandgut, ausgebleichtem Holz, das wie Tierknochen aussah. Plötz-lich erblickte ich einen großen Körper im Tanggürtel. Ein Seehund, von den auslaufenden Wellen bewegt, als ob noch Leben in ihm sei. Sein Fell war makellos, aber seine Augen waren eingesunken und ausgespült von der See. Blut und Sand hatten sich in seinem offe-nen Maul vermischt. Mich erfasste Mitleid. Der rötliche Streifen am Horizont, den ich schon lange bemerkt hatte, hatte unterdessen die Insel erreicht. Alles war plötzlich in unwirkliches Gold gegossen.

Als ich zurück war, fühlte ich mich so stark wie schon lange nicht mehr. Ich bestieg den Zug nach Frankfurt und saß mit dem Rücken zur Fahrtrichtung. So blickte ich nicht in die Zukunft. Vielmehr sah ich die Vergangenheit davonziehen und mit jedem neuen Telegra-phenmasten kleiner und kleiner werden. Die Isolatoren auf ihnen erinnerten an erfrorene Zugvögel. Ich begann meine Mitreisenden zu mustern. Abweisende Gesichter, jedes in sich selbst vertieft oder in eine Zeitung. Ich stand auf, stieg zwischen ausgestreckten Beinen hindurch zum Gang. Ich wanderte mit dem Zug, als wollte ich so die Reisezeit verkürzen, dann wieder zurück, als wollte ich den Moment der Ankunft hinausschieben. Schließlich blieb ich neben einer Frau mittleren Alters stehen, die auf einem der Notsitze saß. Während ich sie anblickte, zündete ich mir eine Zigarette an. Ihr enger Rock war hoch übers Knie gerutscht. Sie blickte mir direkt ins Gesicht, holte eine Zigarette aus ihrer Handtasche und steckte sie sich zwischen die grell geschminkten Lippen. Ich holte mein ledergebundenes Ronson hervor und gab ihr Feuer. »Oh, wie galant«, sagte sie mit übertrieben lauter Stimme. »Wo hast du das gelernt? Bei mir bestimmt nicht.« Ich lächelte verlegen und sagte kein Wort. »Aber bei mir kann man dafür manches andere lernen«, fuhr sie fort und zwinkerte mir zu. »Also so eine«, dachte ich. Ich hatte große Lust, dem üblichen Lauf der Dinge diesmal keinen Widerstand entgegenzusetzen. »Fahren Sie auch nach Frankfurt?«, fragte ich. »Ja, ich fahre, mein Guter. Du kannst mit mir fahren, da fährst du übrigens nicht schlecht.« »Seit wann nennt man das Fahren«, sagte ich und wunderte mich über meine Frechheit. »Du bist mir vielleicht einer, mein Gold. Ich glaube, wir werden uns noch oft zusammen die Zähne putzen. Ich heiße übrigens Lydia. Bei meinen engsten Freunden allerdings bloß Dia. Aber setz dich doch.« Sie klappte den zweiten Notsitz herunter. »Besonders attraktiv bist du eigentlich nicht. Ein bisschen schlaksig geraten. Aber das macht nichts. Es kommt auf die inneren Werte an.« Während wir schwiegen und auf die vorbeiziehende Landschaft starrten, drückte sie ihre Knie gegen meine. »Das Leben ist schön«, sagte Dia plötzlich, »solange man zu zweit ist und ein Bett überm Kopf hat.« »Und ein Dach zum Schlafen«, sagte ich. Sie lachte. »Nein, das stell ich mir schwierig vor. Bist du eigentlich glücklich?« Ich schüttelte den Kopf. »Glücklicherweise nicht.«

Im Frankfurter Hauptbahnhof schüttelte ich meiner Reisebekanntschaft die Hand. »Ich muss weiter, meine Großmutter erwartet mich.« Es klang erleichtert. Lydia kicherte. »Zu der passt du sicher auch besser, Opa«, sagte sie. Dann verschwand sie in der Menge, während ich einen Vorortzug bestieg, der in der Waldkolonie hielt.

*

Auf dem Rückweg zum Hotel sah B. in der dunstigen Luft eine Gestalt vor sich, deren Art zu gehen ihm bekannt vorkam. Eine junge Frau, die den Gang einer alten Frau hatte. Er beschleunigte seine Schritte, um sie einzuholen. Als er neben ihr war, sah er sie von der Seite an. Ihr schönes Profil, das an Abbildungen auf einer antiken griechischen Vase erinnerte, war ihm vertraut. Eine Weile liefen sie nebeneinanderher, ohne dass die Frau ihn beachtete. B. streckte seine Hand nach ihr aus. Ihre Finger schlangen sich ineinander. Die Hand war eiskalt. »Was ist eigentlich aus deiner Ehe geworden?«, fragte B. Sie drehte den Kopf. Dabei verschwand ihr Gesicht wie auf einem Foto, das man von der Seite betrachtet. »Nichts«, sagte sie, »nichts.« Sie näherten sich einem großen Gebäude, dessen Fassade und Dach von einer dicken Schicht Staub bedeckt war. B. atmete schwer. Er konnte bei dem Tempo, das die Frau angeschlagen hatte, kaum mithalten. Es kam ihm vor, als ginge der Weg steil bergauf, obwohl die Gegend völlig eben wirkte. Die Sonne schien, und B. bemerkte, dass die Frau an seiner Seite keinen Schatten warf. »Es war schön, dich wiederzusehen. Ich muss jetzt zurück«, sagte sie. »Du weißt hoffentlich, dass du dich nicht nach mir umdrehen darfst.«

Lange konnte B. nicht einschlafen. Er stellte sich vor, dass Winter war und der Fluss von einer Eisschicht bedeckt. Schnee lag auf ihr. Ein Schlitten kam angefahren, mit weißen Pferden davor, an deren rotem Geschirr kleine Glöckchen bimmelten. Die gleiche alte Frau, in schwarze Pelze gehüllt, saß darauf und sang: »Ich bin die Schneekönigin, ich bin dein Alter, sieh mich an, so runzlig, so triefäugig, so herzkalt.« B. betrat das Eis, um ans andere Ufer zu gelangen. Er wusste nicht, ob es fest genug war, ihn zu tragen. Die scharfen Konturen der Winterlandschaft wichen trüben Regenbildern. Das Eis schmolz, und B. begann zu schwimmen. Seine Arme wurden immer dünner, bis sie aussahen wie die Tentakel einer Qualle. Seine Augen waren salzverkrustet. Alles wurde grün um ihn. »Es ist kein schlechtes Ende, im kalten Wasser zu ertrinken«, dachte B. So schlief er endlich ein.

35

Einmal bemerkte B. drei Kinder in der Stadt. Es war ihm, als habe er sie flüchtig gekannt. Alle drei waren blond und sahen ihm ähnlich. Da begriff er plötzlich, es waren seine eigenen Kinder, ein Junge und zwei Mädchen. Sie liefen über den weiten, leeren Platz direkt auf ihn zu, und je näher sie kamen, desto mehr traute er sich, sich darüber zu freuen. Als sie ganz nahe waren, so nahe, dass er jede Pore, jeden Ausdruck in ihren Gesichtern erkennen konnte, wollte er ihnen etwas zurufen, etwas wie »Hallo, da seid ihr ja endlich, wo seid ihr so lange gewesen!«. Aber seine Stimme versagte. Sie war nur ein klägliches Geräusch, nicht lauter als das Fiepen einer Maus, und sie hörten ihn nicht. Sie sahen ihn auch nicht, denn sie blieben nicht stehen, sie wichen auch nicht aus, sie liefen einfach mitten durch ihn hindurch, als sei er Luft für sie. Er drehte sich um, nachdem er sie wie einen Hauch in sich gespürt hatte. Da sah er sie von hinten, wie sie weitergingen, den Häusern zu, und wie sie dabei kleiner und kleiner wurden und schließlich in einer Tür verschwanden, die sich hinter ihnen schloss. Schwer atmend ging er ihnen nach, denn er fühlte sich schwach, hatte Herzstechen und bekam kaum Luft. Als er endlich die Tür erreicht hatte und ihre Klinke ergriff, stellte er fest, dass das Haus verschlossen war. Er rüttelte an der Tür und rief laut ihre Namen, vergeblich. Auf der Tür stand etwas. War es die Adresse, wo seine Kinder wohnten? Aber es war nur ein einziges zweisilbiges Wort: vorbei.

Im Foyer des Hotels lag eine neue Ausgabe des »Einsamer«. Diesmal waren die Schriftzeichen klar und deutlich. Während er frühstückte, las B. einen Artikel, in dem es um die Erfahrung des Absurden ging. Das Absurde war für den Autor des Artikels der Normalzustand des Daseins. Alles war im Grunde absurd, die Liebe, der Beruf, die Existenz. B. hatte als Schüler den Aufsatz »Der Mythos des Sisyphos« von Albert Camus gelesen. Ein Text, der ihm so wichtig schien, dass er ihn auswendig lernte. Diese ewige Qual, einen großen, schweren Stein einen Berghang emporzuwälzen, nur um zu erleben, dass er anschließend wieder herunterrollte, war ein starkes Bild der Absurdität des Lebens. Aber das Glück, das Sisyphos nach Camus empfindet, wenn er dem hinunterrollenden Stein hinterherläuft, war im Grunde noch absurder, denn es war ausschließlich der Gravitation zu verdanken. Die Vorstellung ist ärgerlich, dachte B, sein Glück einer bloßen Naturkraft zu verdanken. Doch der Gedanke der Absurdität gefiel B. immer noch, trotz solcher Einwände. Auch die Liebe war absurd, denn sie scheiterte spätestens mit dem Tod. Aber sie hatte ebenso etwas von einer Mühsal, die sich in Entspannung auflöste, wenn sie zu Ende ging. All das las B. im »Einsamer«, Gedanken, die ihm seit langem vertraut waren. Vor allem die letzten Sätze des Artikels gefielen ihm. Plötzlich begriff er: Es waren seine eigenen Sätze, die er einst als Achtzehnjähriger geschrieben hatte: »Ein Mensch lehnt am Brückengeländer und starrt in den Strom. Sein Kopf ist dort gespiegelt. Eine runde schwarze Öffnung im glitzernden Wasser, durch die sein Blick hinabstürzt in endlose Tiefe. Er wirft einen Stein in dieses Loch, um es zu zerstören, aber nur halbkreisförmige Ringe laufen träge auseinander.«

Später saß er wieder dem Anderen gegenüber und setzte seine Erzählung fort.

*

Im Verlaufe des Wintersemesters wurde es bei Muttl für mich immer unerträglicher. Das lag nicht nur an meinem Gefühl, in Muttls Haus der Sphäre meiner Eltern immer noch zu nahe zu sein, es lag nicht nur an der realen Kälte in meiner Dachkammer, es lag vor allem an der Kälte zwischen den Mitbewohnern, diesem menschlichen

Eispanzer, aus dem immer wieder Flammen des Hasses und der Wut züngelten. Muttl schürte nach Kräften das verborgene Feuer, das vor allem in ihrer Tochter loderte. Sie genoss es offenbar, wenn es um sie herum zu Intrigen und Beleidigungen kam. Fast schien es, als ob sie sich seelisch vom Unrat zwischenmenschlicher Katastrophen ernähren konnte, eine Leichenfledderin der Gefühle, die damit ihr eigenes Altern vor sich verbarg. Einmal, als ich ein wenig zu spät zum Frühstück erschien, saßen die Erwachsenen wie erstarrt und mit bleichen Gesichtsmasken am Tisch. Nur Muttl strahlte. Die beiden hübschen Kinder des Paares wirkten völlig verstört. Es sah aus, als hätte die Glasur ihrer Porzellangesichter Risse bekommen. An der dem Tisch gegenüberliegenden Wand war ein großer brauner Fleck. Der Perserteppich war mit Scherben bedeckt. Meine Tante hatte gerade eine Kanne voll heißen Kaffees nach ihrem Mann geworfen. Er hatte sich rechtzeitig geduckt, und die Kanne war an der Wand zerplatzt. Muttl erhob sich und ging in die Küche, um neuen Kaffee zu bereiten. Ich sah die Grimasse des Triumphes auf ihrem stark gepuderten Gesicht. Ein andermal kroch ich zusammen mit dem Mann meiner Tante auf Knien im Vorgarten herum, um im Schnee nach dem kostbaren Ehering zu suchen, den seine Frau aus dem Fenster geworfen hatte, denn sie bezichtigte ihren Mann der Untreue. Ich schrieb meinen Eltern von diesen Verhältnissen im »Haus der fliegenden Kaffeekannen« und bat sie, mir ein wenig mehr Geld zu schicken, damit ich mir ein Zimmer in der Nähe der Uni suchen konnte. Meine Mutter freute sich über die schlechten Nachrichten aus der Waldkolonie und überredete meinen sparsamen Vater, mir in Zukunft 50 DM mehr zu überweisen. Am Schwarzen Brett fand ich ein Zimmerangebot im Westend, in der Eppsteiner Straße, also nur einen kleinen Fußmarsch von der Universität entfernt. Ich fuhr hin und stellte mich den Vermietern vor. Das Zimmer lag in einer schönen alten Villa. Die Hausbesitzer waren voller Misstrauen, zwei hässliche alte Leute, deren seelische Verkrüppelung ihnen Blick und Mimik geraubt hatte. Aber das Zimmer war schön. Im dritten Stock in einer Ecke des Hauses gelegen, geräumig und hell, mit vielen Fenstern, da es Teil des Turmes war, der am Haus emporragte. Die Miete war zwar sehr hoch, aber ich nahm das Zimmer, obwohl die 50 Mark nicht reichten und ich mich daher zukünftig in meiner Lebensführung würde einschränken müssen. Muttl gegenüber nannte ich als Grund für meinen Auszug die viele Zeit, die ich durch die täglichen Bahnfahrten verlor. Wieder gab es ein Abschiedsessen, das Lieblingsgericht meiner Großmutter: Salzburger Nockerln. Süße, von Vanillesoße umflossene und von Puderzucker bestäubte Eierteigberge, deren bloßer Anblick schon satt machte, ein Rezept, das angeblich einst von der Mätresse eines Erzbischofs erfunden worden war und das vielleicht deshalb Muttl so sehr gefiel.

Ich richtete mich in meinem neuen Zimmer häuslich ein. Die Pollocks, der Plattenspieler, das TK 5, die verunstaltete Goethemaske und meine wichtigsten Bibeln, die »Gesänge des Maldoror«, »Là-bas« von Huysmans, Rimbauds Gesamtwerk, Prousts »Auf der Suche nach der verlorenen Zeit« und Hans Henny Jahnns »Fluss ohne Ufer«. Ich kaufte eine Flasche Wein, setzte mich in den Turmbereich und legte meine neue Lieblingsplatte auf, das Violinkonzert »Dem Andenken eines Engels« von Alban Berg. Dieses Konzert hatte ich an einem denkwürdigen Abend in der Frankfurter Musikhochschule erlebt. Adorno hatte sich bereitgefunden, Bergs Komposition zu erklären. Er saß auf dem Podium an einem großen Flügel und extemporierte das ganze Stück als Klavierauszug. Immer wenn er mit seinen kleinen Wurstfingern eine Passage gespielt hatte, drehte er sich auf dem Klavierhocker zum Publikum um und erläuterte das Gehörte. Manchmal gab er dem Hocker dabei mit seinen kurzen Beinen einen zu großen Drehimpuls, sodass er sich wie auf einem Kinderkarussell zu weit drehte und uns wieder den Rücken zukehrte. Von dem, was er sagte, blieb mir vor allem eine Bemerkung im Gedächtnis. Sie bezog sich auf den Anfang der Komposition, genauer auf die ersten vier Töne des Werks: G, D, A, E. Das sind die leeren Saiten einer gestimmten Geige. Deshalb sei es unerträglich, hatte Adorno gesagt, dass es Geiger gäbe, die sie mit Vibrato spielen. Dadurch würde die musikalische Idee verraten, die diesem Beginn zugrunde liege.

Immer tiefer versank ich in die Musik. Ich fühlte, dass etwas Entscheidendes geschehen war. Endlich war ich mein eigener Herr, endlich war die Nabelschnur, die mich immer noch mit meiner Mutter verband, wirklich gerissen. In diesem Augenblick klopfte es. War den Vermietern die Musik zu laut? Das war unwahrscheinlich, denn die beiden wohnten zwei Stockwerke tiefer und waren außerdem schwerhörig. Wieder klopfte es. Ich stellte die Musik leiser und rief »Herein«. Ein junger Mann trat ein, der wie Franz Kafka aussah. Er trug einen Anzug und ein blütenweißes Hemd. Seine dichten braunen Haare waren in der Mitte gescheitelt. Seine Hautfarbe war dunkel, sein Gesicht schmal, die Augen groß und voller Glut, die Ohren abstehend. Ich erkundigte mich, was er wolle, und er sagte in fast akzentfreiem Deutsch, man habe ihm dieses Zimmer vermietet. Ich erklärte, das müsse ein Irrtum sein, denn ich hätte einen Mietvertrag für diesen Raum. Das schien ihn nicht weiter zu stören. Er setzte sich auf den zweiten Sessel neben der Stehlampe und lächelte mich an. Dann sagte er, die Musik, die ich da hören würde, gefiele ihm sehr gut. Er heiße Reza, genau wie der Schah, stamme aus Teheran und spiele selbst Geige. Und er studiere Medizin, um in Zukunft seinem Land dienen zu können. Ich schenkte ihm ein Glas Wein ein, und wir prosteten uns zu. Dann rauchten wir, sahen zu den Eckfenstern hinaus auf die von Gaslaternen beleuchteten Straßen voller Schnee und unterhielten uns leise über die Musik und die Politik von Schah Reza Pahlavi und seiner Frau, der Kaiserin Farah Diba. »Sie haben unser Land geöffnet. Es ist moderner geworden. Es gibt weniger Vorurteile. Es ist jetzt bei uns fast wie in Deutschland«, sagte er. Irgendwann zogen wir uns aus, schlüpften in unsere

Schlafanzüge und legten uns nebeneinander in das große Ehebett aus Eiche, das die Mitte des Raumes ausfüllte. Lange konnten wir nicht einschlafen. Reza schlug vor, mir Persisch beizubringen, und so kam es, dass ich Vokabeln nachsprach, die mir wie Lautmusik vorkamen, wie jenes Esperanto der Poesie, das ich in meinen Gedichten entwickeln wollte. Eigenartigerweise kam es mir nicht besonders seltsam vor, dass wir nun Nacht für Nacht wie ein Ehepaar nebeneinander in einem Bett lagen. Reza zahlte noch mehr Miete als ich. Unsere Wohnsituation selbst kam mir allerdings immer weniger erfreulich vor. Die Wirtsleute sprachen nur mit mir, wenn sie etwas kritisieren wollten, die in ihren Augen mangelhafte Sauberkeit in der kleinen Küche zum Beispiel. Wenige Tage nach meinem Einzug hatten sie, um Strom zu sparen, sämtliche Glühbirnen in Bad, Flur, Küche und unserem Zimmer ausgewechselt und durch Fünfzehn-Watt-Birnen ersetzt. Überall herrschte nur noch gelbliche Dämmerung, trübes Licht, wie in einer Unterwelt. Wenn wir lesen wollten, mussten wir zusätzlich Kerzen anzünden.

Ich begann in dieser Zeit Texte von mir an verschiedene Verlage zu schicken. Lange hatte ich damit gezögert, vielleicht aus Angst, meine fragilen Texte durch ihre Vermarktung zu beschädigen. Vielleicht sollten sie lieber in einer Schublade nachreifen. Ich war außerdem überzeugt, ein Gedicht ähnle einer Schrödinger'schen Katze: tot auf dem Papier, lebendig im Kopf des Lesers. Ein leises Schnurren war der Beweis ihrer Existenz, doch es drang nicht durch den schwarzen Kasten aus Druckbuchstaben. Bei Clemens Brentano stieß ich später auf die gleichen Bedenken. Er hasste das Gedrucktwerden und veröffentlichte deshalb seine Verse lieber durch Reinschriften, die er an Freunde oder Freundinnen verschickte, wobei er häufig den Wortlaut änderte, denn er war der festen Überzeugung, dass ein Werk nie vollendet ist. Ich las Reza meine Gedichte vor. Er war angetan. »Wir Perser haben ein besonderes Verhältnis zur Lyrik. Das liegt an Hafis. Er hat uns gezeigt, was mit Worten möglich ist.« »Warum sind traurige Menschen oft schöner als glückliche?«, fragte ich. Er überlegte einen Moment, dann sagte er: »Man kann Menschen als langsam niederbrennende Kerzen sehen. Die, die dabei tropfen, bilden bizarre Skulpturen und werden dabei immer schöner.«

Ich schickte Gedichte an verschiedene Verlage, auch an die ZEIT und die »Akzente«. Die beigelegten Briefe begannen meist mit dem arrogant hilflosen Satz: »Sie werden meinen Namen noch nie gehört haben, trotzdem bitte ich Sie, die beiliegenden Blätter aufmerksam zu lesen.« Die Einsendungen kamen mit einem ablehnenden Vordruck zurück oder nicht einmal das, sie verschwanden in irgendwelchen Papierkörben eines Lektorats, obwohl ich Rückporto beigelegt hatte. »Selbstverständlich werden alle eingehenden Arbeiten sorgfältig geprüft, ob sie für uns verwendbar sind« stand zum Beispiel auf dem Vordruck der ZEIT. Dass meine Texte regelmäßig zurückkehrten wie verlorene Söhne zum Vater, empfand ich als Strafe für das Vergehen, dass ich sie kommerziellen Interessen preisgegeben hatte. Reza tröstete mich. »Gedichte sind Blumen, die einen Duft verströmen, wenn man sie liest. Sie müssen dazu nicht gedruckt sein.«

Anfang März war das Wintersemester zu Ende, und ich fuhr zu meinen Eltern. Von dort schickte ich Gedichte an den Suhrkamp Verlag, den heiligen Gral des Literaturbetriebs. Diesmal geschah ein kleines Wunder: Walter Boehlich, der Cheflektor des Verlags, wie ich später erfuhr, reagierte seltsam persönlich und schrieb: »Ich hörte gerne ein paar Worte mehr über Sie, wie alt Sie sind, was Sie tun und treiben, läse auch gerne weitere Arbeiten von Ihnen, auch in Prosa. Was Sie mir geschickt haben, sind natürlich nur sehr wenige Gedichte, mit denen man noch gar nichts anfangen kann, und es sind auch einige darunter, auf die man gerne verzichten würde, aber dafür sind in den ersten Gedichten immer wieder Zeilen, von denen Fesselung ausgeht, und um dieser Tatsache willen habe ich Sie gebeten, mir das eine oder andere zu verraten. Sie schrieben, Sie würden Philologie studieren. Wo? In Kiel? In Hamburg? Haben Sie schon einmal versucht, das eine oder andere Gedicht in einer Zeitschrift zu veröffentlichen? Sie sollten es tun, Sie sollten aber auch immer, wenn Sie etwas Neues geschrieben haben, uns daran teilnehmen lassen.« Ich schrieb umgehend zurück und ließ den Entwurf von meiner Mutter korrigieren. Ich hatte die Nabelschnur offenbar doch noch nicht durchschnitten. Sie war nur dünner geworden wie ein elastisches Gummiband, an dem man zieht. Ich schrieb reichlich devot, gab der Kritik Boehlichs in allem recht, pries meine Jugendjahre als die eines waschechten Insulaners, beschwor den großen Einfluss der spanischen Lyrik auf mein Œuvre und bat um Tipps, was Zeitschriften anbelangte. Zum Schluss äußerte ich einen Wunsch: »Wäre es Ihnen angenehm, wenn ich Sie in Frankfurt einmal besuchen käme? Ich würde mir zu gerne ansehen, wie so ein Betrieb aussieht; in der Realität – um Illusionen zu verlieren oder Hoffnungen zu gewinnen.« Außerdem legte ich wieder einige Gedichte bei. Es war ziemlich ungeschickt, ausgerechnet diese hehre Institution des deutschen Geistes als Betrieb zu bezeichnen. Ich war eben ein ungehobelter Provinzler. Ich beendete meine Zeilen mit den Worten: »Ich freue mich sehr, dass für mich endlich jene für Anfänger so belastende Anonymität im Verhältnis zum Verlag dank Ihrer Freundlichkeit durchbrochen worden ist.« Das konventionelle »Mit vorzüglicher Hochachtung«, das ich in den Briefen an die ZEIT und die »Akzente« verwendet hatte, änderte meine Mutter in ein unverbindliches »Mit freundlichen Grüßen«. Boehlich antwortete postwendend: »Ja, die Schulung an der spanischen Lyrik merkt man Ihren Gedichten wirklich an; in manchen Bildern und gerade in den überraschenden einzelnen Zeilen. Dennoch scheint es mir nach wie vor zu früh, an eine Veröffentlichung Ihrer Gedichte zu denken; auch nachdem ich die neue Auswahl angesehen habe, finde ich zu wenig wirklich Befriedigendes. Wenn Sie wieder in Frankfurt sind, können Sie uns gerne einmal besuchen, und vielleicht wäre es auch möglich, Sie mit Herrn Höllerer zusammenzubringen, dessen Name Ihnen von Ihrem Studium her bekannt sein wird und der die Zeitschrift ›Akzente‹ herausgibt.« Ausgerechnet dieser Höllerer, dachte ich, dieser impotente Buchhalter der Lyrik. Aber ich schwelgte dennoch im Gefühl eines ersten Sieges über die Gleichgültigkeit der Verlegerwelt.

Zu Beginn des Sommersemesters war ich zurück. Als ich ankam, lagen lauter Gegenstände im Vorgarten des Hauses in der Eppsteiner Straße, Wäschestücke, ein aufgeplatzter Koffer, ein offener Geigenkasten, ein zertrümmertes Instrument mit abgeknicktem Hals. Ich rannte hoch. Reza saß auf dem Bettrand, Wut und Traurigkeit malten sich in seinem Gesicht. »Sie haben meine Sachen aus dem Fenster geworfen«, sagte er. »Sie hätten mich am liebsten hinterhergeschmissen, aber ich bin stärker als der Mann. Sie haben mit der Polizei gedroht, wenn ich nicht verschwinde.« Er gab mir die Hand und drückte sie fest. »Auch wenn wir uns nie wiedersehen, vergessen werde ich dich nicht.« Er ging. Ich klingelte an der Tür der Wirtsleute. Die Frau machte auf. Ihr mürrisches Gesicht ekelte mich an. »Ich ziehe aus«, schrie ich. »Morgen ist das Zimmer frei, auch wenn ich es für drei Monate im Voraus bezahlt habe.« Sie starrte mich an wie einen auf frischer Tat ertappten Verbrecher, mit einer Mischung aus Angst und Verachtung. Ich packte meine Sachen und zog zurück zu Muttl. Meine Tante, zu der ich nach wie vor ein gutes Verhältnis hatte, schenkte mir eine Eintrittskarte zu einer Hamletaufführung in der Bad Hersfelder Stiftsruine. Hamlet war für mich eine genauso gute Identifikationsfigur wie Orpheus oder Sisyphos. War ich nicht ähnlich zerrissen, entschlusslos, zerfallen in lauter Teilpersonen wie der Dänenprinz? War Ophelia, diese blonde, blauäugige Inke, nicht immer schon wahnsinnig und im Fluss ihres Lebens ertrunken? War meine Mutter nicht eine Verräterin, die ihren Mann betrog, indem sie ihm Gefühle vorgaukelte, zu denen sie überhaupt nicht fähig war? Sie hatte ihn vergiftet, als sie ihm damals auf einem Waldweg »Ich liebe dich« ins Ohr flüsterte. Und sie hatte sich dabei selbst vergiftet, weil sie an das glaubte, was sie log.

Nach der Vorstellung ging ich in ein Café und verfasste auf dem gelben, saugfähigen Papier einer Serviette eine Art Manifest: »Ich sitze in einem der so bequemen ockerlilafarbenen Sessel des *Café Bohländer*. Ich bestelle beim Kellner ein ›Herrengedeck‹, das bedeutet Bier mit Korn. Ich blicke hinaus über die Straße zur Stiftsruine. Im Hintergrund dezente Kaffeehausmusik. Eine weiße Taube steigt gerade vom Dach der gegenüberliegenden Villa auf. Ich stelle fest: Wir befinden uns heute in einer festgefahrenen Situation. Die Literatur hat sich eingegraben. In den von Avantgardisten der ersten drei Jahrzehnte nach der Jahrhundertwende gebuddelten Unterständen hockt das Feldgrau der Produzierenden. Aus den Schützenlöchern des Expressionismus, Dadaismus, Surrealismus, Futurismus wird brav und gemischt gefeuert. Es gibt Benn-Epigonen wie Rühmkorf, Gefühlsgärtner wie Krolow, Arp-Epigonen wie Höllerer oder Grass, Formalisten wie Franz Mon, Minne-Mystiker wie die Bachmann, politische Brechtnachfahren wie Enzensberger, der eigentlich ins Kabarett gehört, es gibt praktisch alles, und das in erschreckender Zahl. Die Lyrik hat aufgehört, abseits und besonders zu sein. Noch nie war die Situation einer Veröffentlichung so ungünstig wie jetzt. War die Zeit nach der Jahrhundertwende geeignet zum Experiment, so ist heute jeder Versuch einer Veröffentlichung zum hoffnungslosen Ertrinken in der Flut gängiger Lyrikjournale verdammt.« Ich trank mein Herrengedeck aus. Dann ergriff ich die Serviette und schnäuzte mich hinein. Doch ich nahm sie mit und schrieb das Manifest später in meinem Dachzimmer ab.

Wenig später fand ich mit Hilfe des Schwarzen Bretts ein neues Zimmer. Es lag in Oberrad, einer am Main gelegenen Siedlung zwischen Frankfurt und Offenbach. Ich kannte die Straße bereits, in der meine neue Bleibe lag: der Nonnenpfad, eine am ehemaligen Flussufer leicht ansteigende Straße mit lauter gleichen, kleinen, zweigeschossigen Reihenhäusern aus den zwanziger Jahren, in denen der Architekt Ernst May das Ideal der Bauhausarchitektur verwirklichen wollte, ökonomisches Wohnen für Arbeiter in hellen Räumen mit einer nur sechs Quadratmeter großen Einbauküche, in der man jede Stelle mit der Hand erreichen konnte, ohne sich groß bewegen zu müssen. Es war der Beginn einer Plattenbauweise, die noch nichts vom Image der grauen Betonbauten späterer Zeiten hatte. In dieser Straße hatte Onkel Antons Vater gewohnt. Ein jovialer Mann und erfolgreicher Antiquitätenhändler. Ich war im Krieg als kleiner Junge mit meiner Mutter einmal bei ihm gewesen. Das ganze Haus war vom Keller bis zum Dach voller schöner alter Möbel gewesen. Sie entstammten dem Besitz vertriebener oder ermordeter Juden, wie ich viel später erfuhr.

Nun wohnte ich im Nachbarhaus, in einem zur Straße gelegenen Zimmer im Erdgeschoss. Ich fühlte mich wie eine Schlange nach der Häutung. Erschöpft und glücklich. Die alte Haut war abgestreift, und die neue bildete sich allmählich. Es war mein erstes wirklich eigenes Zimmer. In einem Frankfurter Kaufhaus besorgte ich mir meergrüne und himmelblaue Dekostoffe aus Nessel und bedeckte Sessel und Sofa damit. Ich erstand auch einen sandfarbenen Strohteppich. Mich störte es nicht, dass in diesem auf Grund seiner Bauweise äußerst hellhörigen Gebäude die Stimme der Vermieterin, einer korpulenten, einfachen und gütigen Person, und die ihres ebenfalls korpulenten zwölfjährigen Sohnes fast immer zu hören waren. Während ich Westcoastjazz und Blues hörte, schallte immer wieder aus dem oberen Stockwerk der schrille langgezogene Ruf »Hebbeht« durchs Treppenhaus. Es war der Ruf des Muezzin, der die Gläubigen zum Gebet rief, doch meistens ohne Erfolg, denn Herbert war in dieser Hinsicht ein Ungläubiger. Gewöhnlich verschwand er auf der Straße, um dort seine Spielkameraden zu suchen. Einmal folgte ich ihm. Er lief den Nonnenpfad hinauf und bog in eine Nebenstraße, in der es eine Kirche gab, ein moderner, hässlicher Betonbau. Es war Sonntag, und man hörte deutlich die Orgel und die Stimme eines Mannes, der offensichtlich gerade predigte. Hinter der Kirche mündete die Straße in ein brachliegendes Feld. Dort standen einige Jugendliche, Jungen und Mädchen. Sie starrten mich neugierig an. Dann warf der größte Junge mit voller Kraft einen Ball gegen mich. Ich fing ihn ohne Mühe und warf ihn mit all jener Technik zurück, die ich mir durch das Steinewerfen am Meer angeeignet hatte. Ein Mädchen klatschte Beifall. Dann wurden zwei Mannschaften gebildet. Völkerball. Ich gehörte zu der Mannschaft des Mädchens, das geklatscht hatte, eine kleine puppenhafte Person mit Gliedmaßen, die wie gedrechselt waren, kurzen Haaren und braunen Augen. Wir gewannen, da ich der beste Werfer und Fänger war. Nun spielten wir fast jeden Nachmittag zusammen. Ich ging nur noch selten zur Uni, denn es schien mir wichtiger zu sein, endlich nachzuholen, was mir in meiner Zeit auf der Insel nicht vergönnt gewesen war: Anerkennung von Jugendlichen zu finden. Nur noch ein Seminar bei Adorno besuchte ich. Meine private Universität verlegte ich in das *Café Kranzler* an der Hauptwache. Dort verschlang ich Prousts »Auf der Suche nach der verlorenen Zeit«. Ich trug meine grüne Bleylejacke, mein bestes Nylonhemd, die Seidenschleife, trank Kaffee und Kognak oder Tee, in den ich in Ermanglung einer Madeleine ein deutsches Biskuit tauchte. Auf einer kleinen Bühne spielte eine Kapelle Operettenmelodien und klassische Gassenhauer wie das »Forellenquintett«. Wie im Rausch las ich alle fünf in rosa Leinen gebundenen Bände, mühelos und gefesselt, denn ich war die Hauptfigur Marcel, und es war mein Leben, von dem der Text handelte. Im Nonnenpfad hatte ich inzwischen einen Spitznamen. Zeo Beoz, der letzte Fürst vom Nonnenpfad. Ich traf mich mit Dora, so hieß meine kleine Völkerballfreundin, um mit ihr im nahe gelegenen Scheerwald zu flanieren. Das kleine, struppige Mädchen von vierzehn Jahren war meine Albertine. Wir hielten uns manchmal an der Hand, aber es war anders als mit Summertökl. Es gab keine Illusionen, was die Zukunft anbelangte, nur einfache Gegenwart. Dora zwitscherte neben mir wie ein Kanarienvogel, der die Gitterstäbe seines täglichen Käfigs besingt. Ich war meistens stumm, denn ihr zuzuhören war mir Gespräch genug. Hatte nicht auch Swann möglichst unmögliche Objekte für seine Liebe gesucht? Am Abend, in meiner Zimmerkajüte mit den meerblauen Möbeln, schrieb ich: »Ich liebe deinen kleinen, festen Körper, der dumpf tönt wie eine Glocke aus Fleisch und Knochen, wenn du den Ball fängst beim Völkerball. Ich liebe deine braunen Arme, die glatt in den Schatten tauchen oder bloß die Sonne spüren, wenn wir früh zum Scheerwald laufen. Ich liebe dein Haar, dein Gesicht, wenn ich es gegen den Himmel sehe, struppiges Pflaster auf der Wunde des Abendrots. Abends stehen wir spät in den schmucklosen Türen, reden, ohne zu wissen was, und sehen den schwarzen Köpfen zu, die voll Neugier aus allen Fenstern steigen. Nach dem letzten Glockenton ist es still in der Straße geworden. Du öffnest dein Fenster und beugst dich weit hinaus. Sei vorsichtig, deine Eltern schlafen direkt über dir. Morgen wird dich der Pfarrer in der Konfirmationsstunde streng und verächtlich ansehen. Dein Kopf hebt sich schwarz vom Lampenrot der Gardinen ab. Jetzt sehe ich deinen Arm. Du winkst mir. Ich kann dein Gesicht nicht erkennen, aber ich weiß, dass es mir zugewandt ist. Du wirst dich in deinem dünnen Nachthemd erkälten. Ich gehe vom Fenster weg und hole meine Pfeife. Dann zünde ich sie zum Fenster hinausgelehnt an, damit du im Licht des aufflammenden Streichholzes mein Gesicht erkennen kannst. Ich schaue zu dir hinüber, lehne mich hart an das Fensterholz und zähle die Glockenschläge mit, die gerade vom Kirchturm fallen.«

In diesen Wochen entwickelte ich eine neue Leidenschaft: Wenn ich mit der Linie 16 zur Uni fuhr, schrieb ich während der Fahrt im Geiste Greguerias. Manchmal so viele, dass ich Mühe hatte, sie mir zu merken, um sie später schriftlich festhalten zu können. »Greguería« ist spanisch und heißt Schweinegrunzen. Es sind Sprachspiele, die zwischen Aphorismus, Kalauer und poetischem Bild changieren. Ihr Erfinder, der Surrealist Ramón Gómez de la Serna definiert sie als Vereinigung von Humor und Metapher.« »Regen ist traurig, denn er erinnert uns an die Zeit, als wir noch Fische waren.« Solche Sätze gefielen mir sehr, liebte ich doch die Melancholie eines Regentags. Ich verfasste zwanzig bis dreißig Greguerias am Tag. »Mein Unstern ist mir schnuppe«, »Für einen Singvogel muss es etwas Wunderbares sein, vom eigenen Flügel begleitet zu werden«, »In der Nähe von Vorhängen zeigt Wind eine starke Gemütsbewegung«. Während einer der Straßenbahnfahrten verlor ich in einer Kurve den Halt und fiel gegen eine Frau. Wir kamen ins Gespräch. Sie war mindestens zehn Jahre älter als ich und schlug sich als Karikaturistin durchs Leben. Sie wohnte in Sachsenhausen und schien mich auf Anhieb zu mögen. Sie lud mich zu sich ein. Wir tranken viel Wein, und ich las ihr meine Greguería-Sammlung vor. Sie sagte, sie wolle kleine Illustrationen dazu machen. Poetische Karikaturen. Sie kenne da jemanden, der vielleicht Interesse hätte, sie zu veröffentlichen. Eine Woche später zeigte sie mir ihre Strichzeichnungen. Ein Singvogel mit einem Flügel voller Klaviertasten zum Beispiel. Ich fand sie ziemlich bieder, aber ich sagte das nicht. Wir fuhren zusammen zu einem gewissen Hans A. Nikel, der gerade dabei war, eine Satirezeitschrift mit Namen »Pardon« zu gründen. Er sah mit seiner Nickelbrille sehr intellektuell aus und doch auch dem Leben und den Frauen zugewandt. Seine fröhliche Selbstsicherheit verunsicherte mich. Er überflog unser Manuskript, lächelte einige Male und meinte, er sei eventuell durchaus interessiert. Er würde das Projekt der Redaktion seiner zukünftigen Zeitschrift vorschlagen. Er würde sich melden.

Ich saß in meinem Zimmer am Fenster, während ich auf den abendlichen Sonnenuntergangsspaziergang mit Dora wartete, und war selig. Es war schließlich das erste Mal, dass sich für mich die Perspektive einer Existenz als Autor eröffnete. Was wünschte ich mir eigentlich? Berühmt sein? Geliebt werden? Erfolg haben? Oder wollte ich doch lieber erfolglos bleiben? Ich wusste es immer noch nicht genau. Was ich auch nicht wusste, ich war mitten in einer dissoziativen Identitätsstörung. Das ist eine Situation, in der sich eine Person in mehrere Persönlichkeiten teilt. Sie wird so das, was man eine multiple Persönlichkeit nennt. Der Grund: eine Traumatisierung in der Kindheit. In meinem Fall wohl das Kriegserlebnis. Ich war Völkerballspieler, Lyriker, Student der Philosophie, Physiker, Bluesmusiker. Dieses Chaos verwaltete ich, indem ich mich als Insulaner stilisierte, der all diese Eigenschaften in sich vereinte.

Im Mai 1960, genau an meinem 21. Geburtstag, erschien eine neue Person auf meiner Lebensbühne, die einiges bei mir bewegen sollte: Marie Luise Kaschnitz, die neue Inhaberin des Poetiklehrstuhls. Alles war diesmal anders als bei der Bachmann. Viel weniger kamen, sodass ein kleiner Hörsaal reichte. Auch Adorno zeigte sich nicht. Marie Luise Kaschnitz war ein viertel Jahrhundert älter als die Bachmann, sie hatte den Büchnerpreis bekommen, war ebenfalls berühmt und erfolgreich, doch sie war viel bodenständiger. Sie ging am Stock, was ihr das Aussehen einer Märchenfigur verlieh. In ihren Vorlesungen sprach sie anschaulich über große Dichter von Shakespeare bis Beckett und schilderte ihre Leiden als Humus für ihre Kunst. Sie sprach gut, formulierte treffsicher, dennoch war ich enttäuscht. So ähnlich redete eine Hausfrau von Gemüse. Interessanter war das Seminar, das sie anschließend im gleichen Hörsaal vor nur wenigen dagebliebenen Studenten abhielt. Die Kaschnitz machte das, was man später, als es Mode geworden war, Schreiben zu unterrichten, »creative writing« nannte. Sie stellte ihren Studenten Schreibaufgaben. Man konnte wählen: eine Beschreibung vom Platz an der Bockenheimer Warte am Tage oder bei Nacht, einen Dialog von zwei bis drei Seiten Länge, ein Gedicht oder eine Kurzgeschichte von drei bis vier Seiten, zum Beispiel zu einem Familienereignis oder über einen Menschen, der einsam ist, weil er wie Robinson auf einer Insel lebt. Wenig überraschend, dass ich mich für dieses Thema entschied, denn war es mir nicht auf den Leib geschrieben? Ich reichte eine Geschichte aus meiner Kindheit ein. Sie war, wie ich fand, sehr poetisch. Die Menschen darin fügten anderen Wunden zu, und das Meer war ein großer Wundenheiler. Es gab auch eine kleine rosa Kinokarte und eine Blechdose, die im Rinnstein schepperte, weil ich sie getreten hatte. Die Kaschnitz nahm sich in einer gnadenlos kritischen Weise jeden der Texte vor und zerpflückte sie Satz für Satz. In meinem Fall rügte sie die ungebremste Metaphernflut und sprach sich für eine Art Trockenlegung meiner schäumenden Sprache aus. Ich war entrüstet. Als sie nach anderthalb Stunden zum Ende gekommen war und mühsam mit ihrem Stock zur Tür tastete, sprang ich auf, lief ihr nach und hakte sie unter. War es Mitleid, wollte ich mich für die Demütigung rächen? Oder bewunderte ich sie innerlich doch? Ich brachte sie nach Hause. Ihr Arm fühlte sich brüchig an wie Stroh. Als wir im zweiten Stock einer herrschaftlichen Villa in der Wiesenau vor der Tür standen, bedankte sie sich. Dann fragte sie mich, ob ich Hunger hätte. Ich nickte und folgte ihr in die Küche. Sie briet Spiegeleier, die sie mit Parmesan aus der Tüte bestreute. Das war neu für mich. Die gelben Spiegeleieraugen erblindeten unter weißem Schnee, der vom Mittelmeer herbeiwehte. Wir unterhielten uns über Gedichte und ihre Verfasser. Ich sagte, ich liebte Baudelaire, Lorca, Alberti, Jiménez, Éluard, Rimbaud, Lautréamont, Mistral, Proust und neuerdings am meisten René Char. Von den Deutschsprachigen nur Franz Kafka, Georg Heym, Else Lasker-Schüler und natürlich vor allem Robert Walser. Die Kaschnitz lächelte und streute Parmesan auf mein Spiegelei nach. Dazu schenkte sie einen italienischen Weißwein ein. Ich wurde immer mutiger und sagte: »Ich hasse Krolow, Benn, Celan, Grass, Enzensberger, Höllerer, Hölzer, all diese Neutöner, die nicht mit der Vogelfeder, sondern dem Holzknüppel schreiben.« Die Kaschnitz lächelte immer noch und reichte mir eine geöffnete Flasche Ketchup. Ich hatte auch einige Gedichte von ihr gelesen und meinte nun gönnerhaft, sie seien zwar talentiert, aber zu ordentlich, zu brav, zu wenig kühn. Sie lächelte weiter und blickte mich freundlich aus ihren großen, schönen, grauen Augen an, die das Alter bereits beringte. Ich sagte, man müsse Gedichte schreiben, in denen jedes Wort, jedes Satzzeichen aus großer Höhe auf das Papier fiele. Nur die besten würden das unbeschadet überleben, die anderen würden sich die Beine brechen. Ich merkte nicht, wie taktlos ich war. Vielleicht, weil ich gar nicht wusste, was Takt überhaupt ist. Ich kannte ja nur den Takt meines Herzschlags, und der war immer zu schnell und zu heftig.

Ich brachte die Kaschnitz nun nach jeder ihrer Veranstaltungen nach Hause, und sie bekochte mich in ihrer Küche. Einmal lud sie ihre Studenten in ihre Wohnung ein. Ich schleppte mein Grundig hin und spielte den auf dem Teppich sitzenden Kommilitonen meinen »Orpheus« vor. Es gab Schnittchen und einen italienischen Aperitiv mit Namen Negroni, ein teuflisches Mixgetränk aus Wermut, Gin und Campari, das sofort zu Kopf stieg. Alle waren bald sehr lustig, aber auf meinen Text gab es kaum Reaktionen. Nur Marie Luise Kaschnitz meinte, da sei einiges an Talent vorhanden. Ich gab ihr einen Durchschlag und bat sie um Korrekturen. Sie machte keine.

Ich ging wieder öfter an die Uni, denn ich hatte mich entschlossen, ernsthafter zu studieren. Dabei nahm ich meine seltsame Beziehung zu meiner ehemaligen Freundin mit dem Gemmenprofil wieder auf, aber ich vermied es jetzt, sie Summertökl zu nennen. Wir saßen wie einst in den Vorlesungen nebeneinander. Einmal schrieb sie in meine immer wilder werdenden Mitschriften voller Gedichten und Zeichnungen »Wie ich das letzte Mal bei *Marianne* war, musste ich Deinen Kaffee nachbezahlen, Du hattest das vergessen«. Ein andermal schrieb sie auf einen Peppermintabriss: »Wir beide leben dialektisch. In diesem Semester befinden wir uns in der Synthese.« Ich schrieb darunter: »Ein großes Wort für eine kleine Sache.«

Der Sommer war sehr schön. Ich zog jetzt oft das Freibad den unklimatisierten Hörsälen vor. Ich hatte die Gitarre dabei, saß mit einer Bierflasche im Gras und spielte Blues. Ein Mann in Badehose und Ringelhemd hörte zu und sprach mich dann an. Er habe eine Kneipe in Offenbach. Ob ich nicht bei ihm auftreten wolle? Diesen Abend spielten »Fats and his Cats« – eine noch kaum bekannte Gruppe von Musikern, die den Stil von Fats Domino brillant imitierten. Ich ging tatsächlich hin mit meiner Gitarre und spielte vor wenigen Gästen »When I Was Born«, meinen Lieblingsblues von Big Bill. Mein Englisch war etwas besser geworden, dennoch war es dilettantisch. Jedoch störte sich niemand daran. Während die Musiker aufbauten und dann mit dem Fats-Domino-Klassiker »Blueberry Hill« loslegten, ging ich ins Hinterzimmer. Dort war ein Boxring aufgebaut, und zwei Schwarze traktierten sich schwitzend mit ihren roten Handschuhen. Später stand ich am Tresen und trank auf Rechnung des Lokals Bier und Korn. Der Wirt und seine Gäste redeten von Negerschwänzen. Manche seien gigantisch groß, bis zu fünfzig Zentimeter. Die Nutten, die sich von einem solchen Schwanz vögeln ließen, seien danach praktisch unbrauchbar für ihren Job.

Später saß ich wieder in meiner nesselblauen Schiffskajüte und versuchte, den Nonnenpfad hinunter in den Rhein zu segeln und dann weiter bis zum Ozean, auf dem meine Träume in Würde untergehen konnten. Ich trieb in der reißenden Strömung der Stagnation und hielt mich mit Hundepaddeln über Wasser. »Es muss etwas geschehen«, murmelte ich.

*

Zurück im Hotel setzte B. sich ans Fenster und starrte hinaus in die Nacht. Solche Fensterblicke waren ihm ein Leben lang wichtig gewesen. Sie gehörten zu seiner Art der Astronomie. Der Fensterblick war eine Position des Wartens. Eines leeren Wartens. Auf Godot vielleicht. Aber war er nicht selbst Godot? Draußen war es keineswegs dunkel, denn das Licht einer Straßenlaterne verwandelte die Dinge in eine grelle Schattenwelt. Die gegenüberliegenden Fassaden der Häuser sahen aus wie Theaterkulissen aus Pappe oder Sperrholz. B. hatte eine Zeitlang in seinem Leben an einem Theater gearbeitet. Er kannte deshalb die merkwürdige Mystik, die hinter den Kulissen herrscht. Staubige Leere, trübe Dämmerung, die dumpfen Stimmen der unsichtbaren, auf der Bühne agierenden Schauspieler. Schauspieler, die hinter einer Kulisse standen und auf das Stichwort warteten, das sie auf die Bühne rief, auch sie waren Lebendtote, denn sie lebten nur im Scheinwerferlicht des Bühnenraums, während sie im Raum hinter den Kulissen in einem Zustand intensiven Wartens erstarrt waren. Manche Menschen leben ihr ganzes Leben hinter den Kulissen, dachte B. Sie trauen sich nicht ans Licht und vor die Augen der Zuschauer, selbst wenn ihr Stichwort fällt. Auch er war einst in der Gefahr gewesen, es ähnlich zu machen.

36

Als B. am folgenden Vormittag in seinem Sessel Platz genommen hatte, wirkte er fast zufrieden. Er fühlte sich gut wie schon lange nicht mehr. Der Andere schien es zu bemerken, denn er sagte: »Sie haben offenbar gut geschlafen und auch keine Albträume gehabt.« »Das ist wohl wahr«, antwortete B. »Ich habe endlich etwas verstanden, was mein Leben anbelangt. Die vielen Niederlagen in Sachen Liebe oder Beruf sind meiner Angst zuzuschreiben, ein Erfolg in diesen Lebensbereichen würde bedeuten, mich selbst zu verraten, und ebenso meiner übertriebenen Schwärmerei und Begeisterungsfähigkeit. Beides ist nämlich in dieser Welt eine Sünde. Man hält sie offenbar für einen Verstoß gegen die guten Sitten. Deshalb tut es mir gut zu beschreiben, was für ein unverbesserlich begeisterungsfähiger Idiot und Schwärmer ich schon immer war. Dass ich mich unter diesen Umständen zu einer multiplen Persönlichkeit entwickelte, ist auch der Angst zu verdanken, in eine der Fallen zu gehen, die für eindeutige Persönlichkeiten typisch sind: Eheglück, Berufserfolg, all das, was Eindeutigkeit und Kontinuität voraussetzt. Für das Talent, in keine dieser Fallen zu gehen, hatte ich vor langer Zeit eine Art Terminus technicus erfunden: konkretisiert. Der konkretisierte Mensch versteht es, sich aus allem herauszuhalten, was ihn durch Lebenslügen korrumpiert. Der konkretisierte Mensch ist insofern nicht lebenstüchtig. Er ist das Ideal eines kreativen Versagers. Er hat sich verwirklicht. Als ich ernsthaft zu malen begann, und zwar nicht mehr tachistisch, sondern figurativ, wiederholte ich immer wieder ein Motiv: Ein schwarz gekleideter Mann geht einen Weg zwischen Bäumen, die mit ihren Ästen nach ihm zu greifen scheinen. Er trägt einen schwarzen Hut mit breiter Krempe. Der Weg führt ans Meer, dessen Wellen man im Hintergrund sieht. Was sucht der Mann dort?

Sucht er etwas, das wie Strandgut angetrieben ist, oder will er nur einen weiten Blick haben, einen Blick auf sich selbst vielleicht, gespiegelt vom Wasser? Diese Person mit dem schwarzen Hut auf dem Kopf ist der konkretisierte Mensch.

*

In den Sommerferien war ich wieder jeden Tag mit Jens zusammen. Wir fuhren für zwei Wochen nach Amrum in das kleine Sommerhaus, und wieder gelang es uns, die Insel zur Bühne unserer poetischen Existenz zu machen. Wir schminkten uns weiß, indem wir unsere Gesichter mit Niveacreme eincremten und mit Mehl bestäubten. Wir zogen schwarze Klamotten an und geisterten als Hamlet und Horatio über den Sand auf der Suche nach einer verschollenen Ophelia. Wir ritzten mit Möwenfedern automatische Gedichte in den nassen Flutsaum und ließen sie vom steigenden Wasser löschen. Wir ergänzten uns wunderbar: Ich war manisch, er depressiv. Manisch-depressive Anwandlungen haben jedoch keine Chance angesichts der grauen Weite des Meeres und einer Brandung, die alle inneren Stimmen übertönt. Wir waren in einem permanenten Rauschzustand: Da waren der Rausch der Poesie, der Rausch der Wellen, der Rausch der Wolken, der Rausch des Heidekrauts in den Dünentälern, der Rausch der braungelben, süßen Fluten im Grogglas. Jens bevorzugte den zynischen Gestus, ich den pathetischen. Zu unserer damaligen Gemütslage passte es wenig, dass der Postbote von Nebel einen an mich adressierten rosafarbenen Brief brachte. Er roch durchdringend nach Parfüm und begann mit den Worten: »An Zeo Beoz, den letzten Fürsten vom Nonnenpfad«. Dora schrieb mir, wie sehr ich beim Völkerball fehlen würde. Ich wäre doch so ein guter Werfer und Fänger. Der Brief war vollkommen unsentimental. Dennoch konnte man ihn auch als verklausulierte Liebeserklärung lesen.

Der Vater von Jens, jener freundliche Farbenhändler aus Rendsburg, kam damals überraschend in Begleitung einer älteren Frau und ihrer jungen Nichte. Wir waren ziemlich indigniert über diese Störung unserer Selbstinszenierung und zogen uns in die oberen Kammern zurück oder waren draußen. Vor allem die Tante empfanden wir als Zumutung. Sie verkörperte alles, was wir an Menschen verachteten: das Bedürfnis nach einer strengen Kontrolle der Verhältnisse, verbunden mit einer, wie wir fanden, hinterhältigen Freundlichkeit. Dieser Blick auf die Tischdecke, ob auch alles richtig an seinem Platz lag, dieses Zurechtrücken der Messer und Gabeln, damit sie genau parallel lagen, wie Bahngeleise, die sich erst im Unendlichen schnitten. Doch dann verliebten wir uns beide in das Mädchen. Selbstverständlich unsterblich. Jana war vierzehn Jahre alt und ziemlich klein. Ihre Augen waren meergrün, ihre Haare blond und glatt. Sie hatte eine recht große Hakennase. Ihr wohlgeformter Hintern steckte in engen weißen Jeans, ein betörendes Bild gegen den blauen Sommerhimmel. Ich starrte es an, als sie vor mir eine hölzerne Treppe emporstieg. Sie führte zu dem Bohlensteg, der durch die Dünenlandschaft zum Kniep verlief. Starker Wind wehte. Er blätterte in einer Illustrierten, die im Sand lag. Durch eine Böe hochgehoben, flog sie vor uns her wie ein Vogel mit Schwingen voller schöner Körper in Badekleidung. Wir schaufelten mit den Händen eine Sandburg und lagen windgeschützt eng nebeneinander, Jana zwischen uns. Die Zeit stand still, das Rauschen der Brandung verschmolz mit dem Rauschen des Blutes in unsren Ohren. Wir nahmen Jana mit auf unsere Expeditionen durch die Dünenlandschaft. Wir spielten »Muschelkampf«. Dabei nahm jeder der beiden Kämpfer eine Herzmuschel. Der eine hielt sie von oben, der andere von unten. Man zog ihre ineinander verhakten Spitzen, bis eine der Muscheln zerbrach. Dabei berührten sich notgedrungen unsere Finger. Ich fand am Flutsaum eine Fischerkugel aus Glas. Die Sonne war ein kleiner grüner Ball, der in ihr hin und her rollte, wenn man sie bewegte.

Abends durfte Jana das Haus nicht verlassen. Die Tante wachte streng über sie. Sie musste jeden Abend mit dem Vater von Jens und ihrer Tante Karten spielen, während Jens und ich in eine Kneipe gingen, in die *Blaue Maus* oder ins *Ual Öömrang*. Jana schien nicht zu registrieren, welche Wirkung sie auf uns hatte. Doch die Tage waren durch sie verwandelt, süß und künstlich wie kandierte Früchte. Die Wirklichkeit war Poesie und die Poesie Wirklichkeit, eine Umkehr der Verhältnisse, wie ich es liebte.

Dann waren die Ferien zu Ende. Ein Taxi brachte uns alle zusammen nach Wittdün. Wir schleppten unsere großen Koffer an Bord und stellten sie auf dem Oberdeck ab. Der Spätsommertag war kühl, sonnig und windig, das Meer grün wie Flaschenglas, die Wellenkämme die Mähnen unsichtbarer Schimmel, die unter der Wasseroberfläche dahingaloppierten. Ich schlug vor, an Deck zu bleiben, um den Anblick zu genießen, und meinte nur Jana damit. Als die beiden Alten nach unten in den Fahrgastraum verschwanden, war ich froh. Wir saßen eng zusammen zwischen lärmenden Kindern, die Kärtchen um den Hals hängen hatten mit Namen und Adresse. Jana wieder zwischen Jens und mir. Ich hatte längst bemerkt, wie scheu sie war, und ich versuchte, durch permanentes Reden ihre Scheu zu mildern, denn ich fürchtete, dass sie sich jeden Augenblick unter die Fittiche ihrer Tante flüchten könnte. Ich zeigte auf die Sturmmöwen, die dem Schiff folgten und wahre Flugkunststücke vollbrachten, wenn sie sich auf Essbares stürzten, das Passagiere über Bord warfen. Eine von ihnen saß auf dem Flaggenknauf und überblickte die Lage mit ihren schwarzen, stechenden Augen. »Sie sieht wie deine Tante aus«, wollte ich sagen, aber ich schluckte diese Bemerkung hinunter. Während an Steuerbord die Halligen, an Backbord meine Insel vorbeizogen und ich durch ein Fernglas die Orte meiner Kindheit betrachtete, beklagte sich Jana darüber, dass sie kein Möwenfutter hatte. Ich versprach, es zu besorgen, und ging hinunter in den Fahrgastraum. Dort sah ich die Tante und Jens' Vater. Sie hatten gerade ihre Kuchenteller und Kaffeetassen geleert. Ich kaufte Kekse an der Theke und ging wieder an Deck. Vergeblich hielt ich nach Jana Ausschau. Jens sagte, sie sei nach unten zu ihrer Tante gegangen. Sie musste wohl eine andere Treppe benutzt haben. Wieder ging ich hinab und musste sehen, wie Jana neben ihrer Tante saß und Kuchen aß. Scheinbar gleichgültig näherte ich mich. Ich hörte, wie Jana gerade sagte, dass es draußen viel schöner sei als hier drinnen. Ich hielt die Kekse hoch und meinte: Die sind für die Möwen, Jana. Aber Jana blieb sitzen. Wieder an Deck sah ich, dass unsere alten Plätze von schreienden und sich balgenden Kindern eingenommen worden waren. Ein paar badebraune Mädchen blickten mich aufdringlich an. Ihre Shorts waren eng und kurz, ihre Beine pendelten im Takt der Schiffsbewegungen. Wieder stieg ich hinab in die Unterwelt des Fahrgastraumes. Ich wollte Eurydike unbedingt all jene magischen Orte meiner Kindheit, an denen wir gerade vorbeifuhren, zeigen. Ich schlug vor, ein paar Aufnahmen mit Janas Kamera als Reiseerinnerungen zu machen. Jana schien von der Idee angetan. Sie stand auf und folgte mir mit dem Apparat. Wir zwängten uns zwischen den Autos, die auf dem Verladedeck standen, hindurch zur Reling. Dann fotografierte ich Jana gegen den Hintergrund der Inselsilhouette mit dem Haus, in dem ich zehn Jahre gewohnt hatte, der Promenade mit den Ulmen, unter denen ich einst auf Irene gewartet hatte, dem Fährhotel, in dem immer noch Tante Hella lebte und kochte und liebte, dem Zollgebäude, aus dessen Tür jeden Augenblick Inke treten konnte. Jana drehte sich auf meinen Zuruf zur Kamera um, ihre Lippen formten ein Lächeln, das über der Insel schwebte wie ein kleiner Vogel mit ausgebreiteten Schwingen. Ich blickte durch den Sucher und drückte auf den Auslöser. Jana sagte, sie wolle den Fotoapparat zurückbringen, denn er gehöre ihrer Tante. Sie verschwand und kam nicht wieder, auch nicht, als wir im Inselhafen anlegten, um Passagiere aufzunehmen.

Am Kai von Dagebüll angelangt, holte der Vater von Jens sein Auto. Wir würden sehr eng sitzen müssen. Für mich galt es nun vor allem zu erreichen, dass Jana neben mir saß. Jens stieg als Erster ein. Ich blieb so lange draußen, bis auch Jana neben ihm auf der Rückbank saß. Dann schob ich mich neben sie. Direkt vor mir auf dem Beifahrersitz saß Janas Tante. Jana beugte sich vor, um Platz zu schaffen, ich aber sagte, dass sie sich ruhig zurücklehnen könne. Die Fahrt ging los. Es war so eng, dass sich die Berührung unserer Arme und Oberschenkel nicht vermeiden ließ. In den Kurven lehnte Jana sich mal gegen Jens, mal gegen mich. Ich merkte jedoch bald, dass sie sich stärker von Jens wegneigte und dass sich ihre rechte Hand fest zwischen meinen und ihren Arm einschob. In meinem Schoß lag die grüne Fischerkugel. Ihre Hand begann dicht neben der meinen die Kugel zu streicheln. In die Lehne des Beifahrersitzes war ein Aschenbecher eingelassen. Spielerisch tippte Jana mit einem Finger über ihn hin und ließ den Finger dabei ab und zu auf meinen Handrücken fallen, den ich vorsorglich auf mein Knie unterhalb des Aschenbechers geschoben hatte. Woher nahm sie diese Kühnheit? Wieder begann ich zu erzählen, von den Kögen, von den Endmoränen, die sich in die Marsch vorschoben wie große Krokodile, vom Wakengeist, der einen Schlittschuhläufer dazu brachte, den Kopf zu verlieren, weil er ihn in eine Wake, eine offene Stelle, hetzt und die scharfe Eiskante den Hals des Mannes durchtrennt. Der Körper schießt unter Wasser weiter, der Kopf auf dem Eis. Bei der nächsten Wake treffen sie wieder zusammen, und die Kälte lässt sie zusammenfrieren. Als der Mann in eine Kneipe geht und sich, um sich aufzuwärmen, über eine Schale glühender Kohlen beugt, schmilzt die Schnittstelle, und sein Kopf fällt zischend ins Feuer. »So ist es immer, wenn man den Kopf verliert«, sagte ich. Jana war nicht anzumerken, ob sie überhaupt zuhörte. Ich sah auf die Uhr. Wir hatten noch eine halbe Stunde Fahrzeit. Ich versuchte es mit harmlosen Witzen. Warum darf ein Polarforscher keine blaue Brille tragen? Damit er Eisbären nicht mit Blaubeeren verwechselt. Jana lachte laut auf und senkte dann ihr Gesicht auf meine Schulter herab. Dort lag es sekundenlang. Ich spürte es ganz deutlich durch den Stoff. Ich wagte kaum zu atmen. Dann sah sie wieder auf, weil ihre Tante sich auf dem Beifahrersitz umgedreht hatte. Das Auto hielt vor meinem Elternhaus. Ich stieg aus und blieb mit meinem Koffer und der Fischerkugel auf dem Bürgersteig stehen. Auch Jana stieg aus. Verlegen stand sie vor mir. Ich schenkte ihr die grüne Fischerkugel, die eigentlich für mein Zimmer bestimmt gewesen war. Jana wurde rot. Ihre kleinen Hände umklammerten die Kugel. Die Finger der einen Hand spreizten sich ab. Ich nahm sie kurz in meine Hand.

Abends saß ich in meinem Zimmer. Ich hatte aus der Erinnerung mit schwarzer Kreide eine Zeichnung von Jana gemacht. Nur ihre Augen hatte ich mit der grünen Tinte meiner Mutter gemalt. Ich starrte das Bild an und blies Pfeifenrauch dagegen. Dadurch schien ihr Gesicht zu leben. Ich sah hinaus auf die horizontlose Straße. Zum ersten Mal störte mich das grelle Licht der Straßenlaterne nicht. Am nächsten Tag erfuhr ich von Jens Janas Adresse. Ich schrieb ihr, schwärmte von unserer Zeit am Meer und empfahl ihr einige Bücher und Schallplatten. Sie antwortete in einer manierlichen Jungmädchenschrift. Schon der erste Brief endete mit »Deine Jana«. Wieder hatte also dieser Tanz begonnen: das Warten auf den Brief. Meine neue Freundin schrieb regelmäßig kindliche Jungmädchenbriefe in Schönschrift, in denen sie Alltagserlebnisse mitteilte. Meine Briefe waren voll von Ratschlägen, was Literatur und Musik anbelangte.

Meine Mutter bat mich eines Tages, sie zum Schuhhändler zu begleiten. Sie hatte Wasser in den Beinen, und ihre alten Schuhe waren zu eng geworden. Jetzt wollte sie bequeme Wildlederpumps mit nicht zu hohen Absätzen. Als wir das Geschäft betraten, sah ich sie sofort: hochgewachsen, schlank wie eine Zeder, das lange kastanienbraune Haar umgab ein blasses Gesicht. Es war das Mädchen, mit dem ich an einer Schuppenwand vor dem Regen Schutz gesucht hatte. Sie trug einen grauen, zerschlissenen Arbeitsmantel mit der Neigung, sich über den Knien zu teilen. Während meine Mutter ächzend in einem Sessel Platz nahm und ihre Beine auf einen gepolsterten Hocker legte, starrte ich die Schuhverkäuferin an. Ich war verwirrt, wie betrunken. Sie schien mich nicht wiederzuerkennen. Nachdem meine Mutter zufrieden war und die Verkäuferin die anthrazitfarbenen Pumps eingepackt hatte, gingen wir. Meine Mutter schnaufte und rang nach Luft, da ich ein zu hohes Tempo anschlug. Später ging ich zu Jens und schilderte meine Begegnung. »Ich habe einmal mit ihr zusammen einen Regen erlebt. Sie ist unvergleichlich«, sagte ich, »Fleisch gewordene Poesie, ein lebendes Gedicht.« »Wie immer übertreibst du«, sagte Jens. »Dann komm mit, überzeuge dich selbst. Um sechs ist Feierabend. Dann wird sie den Laden verlassen.« »Willst du sie ansprechen?« »Möglich. Wenn ich den Mut dazu habe.«

Kurz vor sechs waren wir am Schuhgeschäft. Gerade als wir auf der Höhe der Tür waren, öffnete sie sich. Ich dachte, das muss sie sein! Und tatsächlich stand sie dort und knöpfte ihren Mantel zu. Wir waren schon halb vorbei. Sie erkannte mich nicht, auch nicht als Begleiter meiner Mutter im Laden, jedenfalls nahm ich das an. Jens wurde rot wie eine Blutapfelsine. Er hatte sich schon so in mich hineinversetzt, dass ihm ihr Anblick genauso zusetzte wie mir. Wir gingen ihr in großem Abstand nach. Erst in der Herrenstraße verloren wir sie aus den Augen. Sie wohnte also ganz in meiner Nähe, was die Sache nicht leichter machte. Ich würde ihr sicher hin und wieder zufällig begegnen. Also würde es irgendwann nicht zu umgehen sein, sie anzusprechen, vielleicht schon bald. Ich schalt mich wegen meiner erotischen Anfälligkeit. Dabei konnte ich sicher sein, dass Jana dem Wesen und Niveau nach tausendmal über der Zeder aus dem Schuhgeschäft stand. »Wie gemein von dir«, sagte ich laut, »du mit deiner verhurten Phantasie!«

Am nächsten Morgen kam ein Brief von Jana. Ich schämte mich. Der Brief war wirklich sehr lieb, und ich gab mir Mühe, ihn angemessen zu beantworten. Ich hatte das Gefühl, mich wieder im

Griff zu haben, und dachte bereits viel rationaler über die Schuhverkäuferin. Aber am Abend, kurz nach sechs, war ich wieder unterwegs, querte den Kasernenhof und schlenderte vermeintlich entspannt die Herrenstraße entlang. Es dauerte nicht lange, und sie kam mir entgegen. Ich floh in einen Hauseingang und zündete mir eine Zigarette an. Natürlich sprach ich sie nicht an. Aber ich wusste nun, wo sie wohnte: gleich um die Ecke! Leider! Auf dem Klingelschild stand ihr Name: Jung. Ich lief nach Hause und schrieb am Fenster beim Licht der Straßenlaterne. »Mein Schmerz ist eine unstimmbare Geige. Ich darf nicht an Jana denken, sonst würde ich mich verachten. Doch wie eitel ist Selbstverachtung. Wie unwahr Selbstanklage. Ich fühle mein Blut. Es spielt auf meines Fleisches Harfe. Verzeih mir, Baum vor meinem Fenster, Kummer ist dein einziges welkes Blatt. Ich schreibe diese Zeilen um 12 Uhr nachts. Ich habe ein Linienblatt untergelegt, um Ordnung in meine Gedanken zu bringen.«

Jens war für mich in der letzten Zeit immer wichtiger geworden als Resonanzboden meiner Gedanken und Gefühle. Wir trafen uns meistens bei Rosie in der *Gemütlichen Stube*, einem dunkel getäfelten Lokal. Es lag im Keller von *Greens Hotel*, einem klassizistischen Bauwerk am Jungfernstieg mit dem morbiden Charme des 19. Jahrhunderts. Eine der wenigen urbanen Ecken der Kleinstadt. Hier gab es echte Kellner wie sonst nur in Wien, und vor allem gab es Rosie. Sie war ein hübscher brünetter Käfer, dessen weiße Schürze sich über ihren drallen Leib straffte wie eine Flügeldecke. Das »gemütliche Stübchen« hatte die Milchbar als Hauptquartier unserer Träume, Diskussionen und Spiegelfechtereien abgelöst. Rosie kam an unseren Tisch. Sie lächelte wie immer siegesgewiss, genau wie damals, als sie mir einen Korb gegeben hatte, als ich sie zum Kino einladen wollte. Wir bestellten Bier und Bommi mit Pflaume. »Es gibt drei Möglichkeiten der Lebensgestaltung«, begann ich. »Kein Talent zu haben, aber einen Charakter. Das ist schlimm, denn es bewirkt eine langweilige Existenz. Besser ist es, ein Talent zu sein und keinen Charakter zu haben. Mit etwas Fleiß und Propaganda wird sich dann schon leben lassen. Am schlimmsten ist das Dritte: ein Genie zu sein. Dann ist man entweder seiner Zeit oder seinen Mitmenschen oder beiden voraus, was gleichbedeutend mit Unbekanntsein ist, einem kläglichen Dasein im Untergrund – wenigstens solange man lebt. Ein Genie hat im Gegensatz zum Talent keinen Marktwert. Das gilt allerdings nicht für Proust. Er hat die Dinge jedoch ziemlich überspitzt. Man braucht keine Madeleine, um Vergangenheit und Gegenwart zur Deckung zu bringen.« Jens erwiderte mit dem leicht französischen Akzent, den er von seiner Mutter übernommen hatte: »Dass du Proust kritisierst, liegt an dir. Was für Proust die Madeleine war, ist für dich der Schiffszwieback. Er ist trocken und voller Maden.«

Später, als wir meinten, genug getrunken zu haben, gingen wir hinunter zum Kreishafen. Es war ein nasskalter, stürmischer Tag. Es roch nach Tran und Fischmehl. Kleine ölige Wellen schwappten gegen das Ufer. Wir kamen am Hause des Hafenkapitäns vorbei. Während der kalte Wind an meinem Mantel und meinen Haaren zerrte, streifte ich mit den Fingern der rechten Hand am Gartenzaun entlang und berührte plötzlich ein paar jener kleinen, grünen, gurkenförmigen Pflanzen, die zwischen den Zaunlatten hervorwuchsen. Wenn sie reif sind, springen sie auf, wenn man sie berührt, was den Gedankenverlorenen sehr erschrecken kann, denn er glaubt, ein lebendiges Wesen zwischen den Fingern zu haben. Ich hatte schon einmal mit den explodierenden Schoten gespielt, vor Jahren, auf einem heißen, von Sonnenlicht und Tannenduft überfluteten Waldweg im Villenort. Hinter mir war ein Mädchen gegangen, lachend und mich von Zeit zu Zeit berührend, als wäre ich selbst so eine Frucht, die unter Spannung steht und jeden Augenblick zerspringen könnte. Ich hatte mich damals umgedreht und gesagt: »Wie froh bin ich, dass du da bist, dass es dich gibt. Ich liebe dich, verlass mich bitte nie.«

Wir gingen in die Stadt. Unter dem Bronzestandbild von Uwe Jens Lornsen trafen wir auf Wilhelm. Er sah zufrieden aus. Am Springbrunnen setzten wir uns auf eine Bank, wie drei alte Männer, die eine Bewegungspause brauchen. Ich sagte zu Jens, er solle sich keinen Illusionen hingeben und lieber ein saturiertes, spießiges Leben führen. Die Antwort sei dort drüben auf dem Ladenschild zu lesen: Samenvertrieb. Er solle sich ein bürgerliches Mädchen suchen, ihr erst den Hof und dann ein Kind machen und so tun, als führe er ein glückliches Leben. Jens sagte: »Du merkst gar nicht, dass du gerade deine eigene Karriere beschreibst.« In der Dunkelheit kreisten die Glühzonen unserer Zigaretten wie kleine rote Planeten um eine schwarze Sonne. Wilhelm sagte: »Ich sehe soeben eine reizende Idee auf Stöckelschuhen vorbeigehen. Die Idee trägt den verheißungsvollen Namen Ortswechsel.« Jens entgegnete: »Ein Ortswechsel bringt nichts, weil man überall in die gleiche Scheiße tritt. Irgendein dämlicher Köter hat die ganze Welt zugekackt.« Trotzdem fanden wir Wilhelms Idee gut. Um diese Zeit gab es nur ein Lokal, das noch offen war, die berüchtigte *Scala*. Wir machten uns auf den Weg dorthin. Als wir vor der kleinen Treppe standen, die zur Eingangstür des Kellerlokals hinabführte, meinte Wilhelm: »Man sollte sich schon fragen, ob man da hinunter will, in diesen Ätnakrater, wo ein Bier fünf Mark kostet, oder ob man sich nicht lieber schlafen legt.« Aber da wir ziemlich betrunken waren, mangelte es uns nicht an Kühnheit. Wir öffneten die Tür, zogen den schweren roten Vorhang beiseite und traten ein. Die Luft, die uns entgegenschlug, war schwer wie nasser Stoff. Es roch nach Bier, Zigaretten und Schweiß. Der lange, schlauchartige Raum war gut besucht. Links neben der Tür stand ein ovaler Tisch mit Plastikdecke. Daran saßen drei Paare, die Männer in Anzügen, die Damen leicht bekleidet. Sie glotzten uns an, und ihre Mienen verrieten, dass ihr Urteil ziemlich negativ ausfiel. Wir waren sichtlich keine zahlungskräftigen Kunden.

Wir gingen zur Bar, nahmen auf Hockern Platz und bestellten jeder ein kleines Bier für den unerhörten Preis von zwei Mark fünfzig. Auf dem winzigen Podium spielte Berger mit seinem Trio. Als er mich erkannte, lächelte er breit. Seine große Tatze huschte wie ein Albinoeichhörnchen über den Gitarrenhals. Während wir an unseren Biergläsern nippten, starrten wir auf das Bild, das sich unseren Augen bot. Viel nackte Haut, viel grelle Schminke, viel billiger Schmuck, viel wattierte Schultern. Hin und wieder stand ein Mann auf, nahm eine der Damen an die Hand und verschwand mit ihr über eine Treppe im Hintergrund nach oben, um kurze Zeit später ohne seine Begleitung wieder zu erscheinen. Die Bardame, die uns bediente, wirkte gelangweilt. Auch sie war leicht bekleidet. In der Mulde zwischen ihren Brüsten ruhte ein Lapislazuli.

Eine rothaarige Frau im Pelzmantel kam die Treppe herunter. Sie ging, sich übertrieben in den Hüften wiegend, zum Podium. Das Licht ging aus. Nur der grelle Finger eines Spotlights betastete sie. Sie betrat das Podest, drehte sich um die eigene Achse und ließ langsam den Pelz von ihren Schultern gleiten. Sie war ziemlich korpulent, und ihr schwarzes Kleid war viel zu eng. Während die Kapelle einen Mambo spielte, begann sie sich Stück für Stück ihrer Kleidung zu entledigen, zuerst das Oberteil, dann der Rock, dann der Büstenhalter, dann die ellbogenlangen schwarzen Samthandschuhe im Burdastyle, die sie wie eine Schlangenhaut von ihren Armen zog, wobei sie ihre Zungenspitze zwischen den Lippen kreisen ließ. Als sie nur noch ihre Stöckelschuhe und ein winziges schwarzes Dreieck zwischen den Beinen anhatte, strich sie sich über die Brüste, während sie sich zu den Mamborhythmen bewegte, die immer schneller wurden. Als der Tanz vorbei war, hockte sie sich über den Trichter des Tenorsaxophons. Der Spieler erzeugte auf seinem Instrument laute Geräusche, die Leibwinde imitieren sollten. Einige im Publikum lachten. Wilhelms Kopf war auf den Tresen gesunken. Er schien zu schlafen, während die Zigarette zwischen seinen Fingern langsam niederbrannte. Jens zählte sein Geld und bestellte noch ein Bier, während ich auf einem Stapel von Bierdeckeln Texte kritzelte. Die Bardame sah mir neugierig zu. »Was machst du da?«, fragte sie misstrauisch. »Bist du von der Sitte?« »Ich schreibe an einem Theaterstück«, sagte ich stolz. Sie beugte sich vor, näherte ihr Gesicht meinem rechten Ohr und nebelte mich mit Zigarettenqualm ein. »Lies mir vor«, hauchte sie. Ich nahm einen Bierdeckel nach dem anderen, drehte sie wie eine Schallplatte und las von ihren Rändern ab: »Braune Nächte, Striptingsebar, sie sanken und tranken und hatten Dirnen im Haar. Irgendwo gibt es marmorschwarze Platten aus Glas. Dort spiegeln sich weiße Gesichter im blassen Licht der Neonröhren. In blauen Zigarettendunst gehüllt sitzen Menschen um den Tisch. Sie nagen an bleichen Knochen, und die purpurnen Feuerstreifen wachsen, grauen Schnee hinter sich türmend. Braunes Gift windet sich heiß, stößt taumelnd in die Nacht. Sie beugen sich tief über irdene Schalen und speien Nebel aus ihren Mündern. Sie schlingen, und immer neue Speisen bringt die große Mutter. Nach dem Essen entleeren sie ihre Mägen. Das fließt dann grün über den Kristall, tropft langsam über den Fußboden. Die Fliegen wissen das, und sie feiern an solchen Tagen ihre Freudenfeste.« Die Bardame kicherte. »Das ist irgendwie nicht schlecht, obwohl es völliger Blödsinn ist. Lies weiter, Kleiner. Ich geb dir dafür einen aus.« »Judith: Du bist klug. Du hast vieles durchschaut. Nur dich selbst noch nicht. Wir werden geboren. Wir träumen lange. Eines Tages wachen wir auf und sehen die anderen. Ihre Züge machen uns lächeln. Doch unsere eigenen sehen wir nicht. Erst wenn du über dich selbst lächelst, ein wenig, nicht zu viel, wirst du mehr sein als alles. Dichter: Hast du je geliebt? Judith: Ich habe geträumt, als ich liebte. Nun weiß ich mehr. Ich schlafe mit jedem und sehe mich in ihrem Spiegel. Und immer bin ich mir meiner bewusst. Noch in der Nacht kann ich über alle lachen. Und über mich selbst. Du aber siehst nur im Spiegel die hässliche Haut der anderen. Dichter: Du bist schön, Judith. Judith: Laufe dir nicht davon. Dichter: Ich habe mich noch nicht einmal gefunden.

Man hört leise Barmusik. Judith und der Dichter tanzen. Höhnische Blicke der Männer stechen durch den Rauch. Judith: Laufe mir davon, aber nicht dir.« Ich hob den Kopf. »Weiter bin ich noch nicht.« Die Bardame schenkte aus einer Flasche mit blauem Etikett, auf dem eine halbnackte Frau abgebildet war, ein ziemlich großes Glas voll und schob es mir zu. »Das geht auf meine Rechnung, mein kleiner Poet.« Ich trank. Der Wodka rann wie Feuer meinen Schlund hinab. Es war mein erstes Honorar für eine Dichterlesung. »Du wirst es nicht glauben, aber ich heiße Judith«, sagte sie. »Wenn das Stück fertig ist, komm her und lies es mir ganz vor. Schade, dass dein Freund die ganze Zeit schläft, er sieht verdammt gut aus. Ich würde es für ihn umsonst machen.« Ich stieß Wilhelm an. »Wach auf, Empedokles. Die Bardame sagt, du gefällst ihr. Sie würde es mit dir umsonst machen.« Wilhelm öffnete die Augen. Er sah wie ein rosiges Baby aus. »Mir ist schlecht«, stieß er hervor und verschwand in Richtung Toilette. Wir zahlten und taumelten die Treppe hoch. Dann standen wir auf dem Paradeplatz. Milde lächelnd und regengewaschen blickte der Denkmalskopf des großen Patrioten Uwe Jens Lornsen auf uns herab. Der Morgen dämmerte bereits. Ein Auto näherte sich und hielt direkt neben uns. Der Fahrer kurbelte das Fenster herunter und fragte: »Wo kann man hier einen machen?« »In der *Scala*«, sagte ich. Dann beschrieb ich dem Mann den Weg. Wir trennten uns. Wilhelm erzählte mir später, dass seine Eltern und Geschwister beim Frühstück saßen, als er das Wohnzimmer betrat. Im stummen Blick des Vaters lag ein Vorwurf, ebenso im Blick der Mutter. Die Schwestern lächelten verlegen. Wilhelm hatte ein paar Worte der Entschuldigung gemurmelt. Als der Vater ihn fragte, was mit ihm sei, habe Wilhelm nur ein Wort gesagt: »Nichts.« In diesem Moment habe er sich entschlossen, das Studium der Theologie aufzugeben.

*

B. hatte keine Lust, nach der Sitzung direkt in sein Hotel zurückzukehren, obwohl er inzwischen wusste, woran ihn dieses Gebäude erinnerte. Es hatte eine ähnlich angegriffene Fassadenschönheit wie das *Hotel Green*. Nur dass es in ihm keine Wiener Kellner und keine Rosie gab. Er fuhr direkt in die *Messina-Bar*. Er war guter Laune und benutzte die Fahrradklingel mehrfach grundlos. Immer wieder kam er um Ecken, die ihm neu waren. Dann sah er endlich die Schneekönigin an der Häuserwand. Er lehnte das Rad an die Hauswand und betrat voller Erwartung das Lokal. Dort herrschte eine ausgelassene Stimmung. Das lag vor allem an einer Person, die anscheinend fähig war, alle zu unterhalten und auch die trübseligsten Gäste in eine heitere Stimmung zu versetzen. Der Mann war untersetzt, hatte einen Kopf voller Locken und eine außergewöhnliche Stimme. Sie tremolierte und erinnerte an Gesang. Er trank ungeheure Mengen Bier und Whisky durcheinander und schien dabei nicht betrunken zu werden. Während er redete, tanzte eine erloschene Zigarette wie ein Derwisch auf seiner Unterlippe.

B. stellte sich neben den Gast und lauschte seinen Worten. »Ich bin ein Moonshiner, der heimlich Schnaps und Bier zu Gedichten destilliert. Der Rauch meiner Zigarette kommt von all den schlechten Gedichten, die ich in mir sofort verbrenne, ehe ich sie niederschreibe. Beim Licht der fleischfressenden Sonne sitze ich wie ein Schneider mit gekreuzten Beinen im Eingang zur Hölle und warte darauf, dass man mich endlich einlässt. Ich habe genug vom Leben, Gut und Böse sind zwei Wege auf meinen Tod zu am brandenden Meer.«

B. sagte: »Man muss lange hin und her gehen, bis ein Weg entsteht.«

»Ist das von dir?«, fragte der Lockenkopf.

»Ja. Das habe ich als junger Mann geschrieben, unter dem Einfluss Ihrer Gedichte übrigens.«

»Du bist mein Mann«, sagte der Lockenkopf, »ich gebe einen aus. Willst du Bier oder Whisky?«

»Ich trinke lieber Bier mit einem Kognak im Glas, Big Nelsons Lieblingscocktail.«

Der Vogel in der Brust des Trinkers begann zu zwitschern und zu trällern. »Dichter sind Kinder«, sagte er. »Ihre Verse sind kleine Zettel, in die man Knallbonbons gewickelt hat. Es gibt auch gute Lyrik an Toilettenwänden. Wenn du das nächste Mal pinkeln musst, solltest du die Gelegenheit wahrnehmen und die Verse über dem Pissoir lesen.«

B. ging nach dem dritten Big-Nelson-Cocktail auf die Toilette. An der Wand gab es tatsächlich etliche Klosprüche. Einer davon gefiel ihm besonders. Er lautete: »Gutty Floy is my name and terra is my nation. Empty space is my dwelling place and death my destination.« Die Verse kamen ihm bekannt vor. Ihm war, als habe er sie vor langer Zeit selbst an diese Wand geschrieben.

Als B. zurück am Bartresen war, war der red- und bierselige Dichter aus Wales verschwunden. Auf dem Barhocker, auf dem er gesessen hatte, tanzten zwei weiße Mäuse.

37

Als B. erwachte, war das ganze Zimmer in rotes Licht getaucht. Er trat ans Fenster und sah, dass die Straßen und Häuserfassenden ebenfalls rot waren. »Es muss am Sonnenaufgang liegen«, dachte er. Ein Zeichen für schlechtes Wetter. Auf der Insel hatte man gesagt: »Morgenrot bringt Water in Sod«, das war eine plattdeutsche Bauernregel und bedeutete, dass es bald regnen würde.

Auf dem Weg zum Institut begann es tatsächlich in Strömen zu regnen.

*

Seit der Nacht in der *Scala* hielten wir mehr denn je zusammen. Jens, Wilhelm und ich. Wir empfanden uns als Trinität, gerade weil wir so verschieden waren. Da mein Vater auf Dienstreise war, trafen wir uns jetzt häufiger in unserer Wohnung. Meine Mutter schien es zu genießen, drei kunstinteressierte Jünglinge bei sich zu haben. Ein wenig war es wie ein literarischer Salon für sie. Sicher hätte sie gerne an unserer Diskussion teilgenommen, aber zu meiner Erleichterung verschwand sie jedes Mal bald in der Küche, um etwas für uns zuzubereiten. Wir saßen bei Petroleumlicht in den Sesseln, rauchten, tranken, schwadronierten, monologisierten, redeten über uns und aneinander vorbei, stritten uns und lasen uns unsere neuesten Texte vor. Ich war glücklich, so stellte ich mir wahre Freundschaft vor, nicht den anderen von den eigenen Glaubensinhalten überzeugen zu wollen, sondern in eine lebendige geistige Auseinandersetzung einzutauchen. Wir waren konkretisierte Menschen, die Helden von morgen. Plötzlich ging das Deckenlicht an, und meine Mutter erschien. Sie war frisch frisiert, hatte ihre Bernsteinkette angelegt und trug ein Tablett, auf dem drei Teller mit dampfender Fleischbrühe standen. »Das ist ein Stehauffallumsüppchen«, sagte sie. Während wir geräuschvoll löffelten und die Suppe lobten, saß sie mit hochroten Wangen dabei. Sie tat mir leid, denn sie war kein konkretisierter Mensch. Als die Teller leer waren, verschwand sie mit ihnen wieder. An der Tür schaltete sie die Deckenbeleuchtung aus, während wir wieder in den Ring unserer literarisch-philosophischen Boxkämpfe stiegen.

Obwohl ich die Veröffentlichung meiner Texte eigentlich prinzipiell ablehnte, bemühte ich mich damals gleichwohl ernsthaft darum, einen Verlag für sie zu finden. Natürlich sollte es der beste Verlag des Landes sein. Ich musste nur diesen Herrn Boehlich überreden, es mit mir zu probieren. In mein Tagebuch notierte ich: »Ich lebe wie die Blätter des Baumes vor meinem Fenster. Wind ist ihre stürmische Seele. Und meine Gedichte sind ihr Rauschen. In einer Stunde werde ich den gelben Postbus besteigen und mit Jens ans Meer fahren. Ich will es noch einmal sehen, bevor ich nach Süden in die Großstadt fahre. Ich liebe das Meer, weil es die einzige Analogie zu meiner Seele ist. Ich bin Ödipus, denn ich liebe das Meer wie Mutter und Frau zugleich.«

Ich holte meinen Freund ab. Bei böigem Wind, der schon nach Regen duftete, fuhren wir Richtung Ostsee und stellten uns auf stürmische Meerbilder ein. Aber unterwegs legte sich der Wind, die Sonne brach hervor, und als wir ankamen, war es warm und windstill. Wir marschierten eine Stunde zum Steilkliff hinaus und lagerten oben zwischen Wald und Strand auf der Grasnarbe am Rand des Abhangs. Vor uns breitete sich ein fast südländisches Panorama aus. Von der Höhe aus gesehen war das Meer weithin bis auf den Grund von grüner Durchsichtigkeit. Gemasert von den blauschwarzen Schatten der Tangstreifen und beschlagen von einem rosa Kupferhauch, lag es tief unter uns. Ein Seehund trieb mit dem Bauch nach oben vorbei, von der anderen Seite der Bucht hallten schwere

Hammerschläge herüber. Atemlos lag der Wald hinter uns mit seinem dunklen Farbenspiel, das fast dem der See an Mannigfaltigkeit gleichkam. Später kletterten wir die lehmige Kliffwand hinab, setzten uns auf einen großen Findling, der ein Stück im Wasser lag und auf den die Kalkabsonderungen der Möwen weiße, schlanke Hände gemalt hatten. Von unserem nordischen Thron aus genossen wir die grauen Mondlandschaften und Traumwelten zwischen den Tangbüscheln, die Plastiken von Henry Moore und Hans Arp, die überall im Steingürtel ausgestellt waren. Der hereinbrechende Abend brachte uns innere Ruhe und schloss uns in sich ein wie ein großer Bernstein, in dem zwei winzige Fliegen vor dem Zerfall in der Zeit geschützt waren.

Am nächsten Morgen bestieg ich den Zug in den Süden. Wilhelm war schon fort. Er hatte vor, in Heidelberg Germanistik zu belegen. Jens war gekommen, um mich zu verabschieden. Ich beschwor ihn auf dem Bahnsteig, mir nach seinem Abitur an die Frankfurter Uni zu folgen. Er versprach es zu meinem Erstaunen und verzichtete diesmal auf jeden Spott.

Ich hatte meiner Brieffreundin versprochen, die Rückreise zu unterbrechen, um sie zu besuchen. Janas Familie nahm mich freundlich auf. Nach einem bürgerlichen Essen, bei dem auch Janas ältere Schwester anwesend war, machten Jana und ich einen Spaziergang. Wir gingen über Felder und Wiesen. Es regnete. Jana hielt einen blauen Schirm in der Hand, auf dem ein gelbes Ahornblatt lag. Wir berührten uns manchmal beim Gehen mit den Ellbogen, wie damals im Auto. Als wir an einen kleinen Bach kamen, etwa so breit wie der Hengsbach, doch in meinen Augen so mächtig wie der Amazonas, nahm ich allen Mut zusammen und hob Jana mitsamt ihrem Schirm vom einen Ufer zum anderen. Ich hatte nasse Füße, ein spezielles Glücksgefühl, das ich auf der Insel kennengelernt hatte. Als wir später zurück waren, verschwand meine Freundin in ihrem Zimmer, um ihre Schulaufgaben zu machen. Abends saßen wir zusammen, die beiden Schwestern und ich. Wir tranken Wein, Jana Apfelsaft. Die Eltern waren früh verschwunden. Ich packte meine Gitarre aus und begann einen Blues zu spielen. Die ältere Schwester summte mit und machte mir schöne Augen. Jana gähnte und äußerte den Wunsch, zu Bett zu gehen. Kurz darauf verschwand sie durch die Tür, auf deren weißer Fläche ich ihr Nachbild zu sehen meinte. Janas Schwester spielte auch Gitarre. Sie nahm mein Instrument und sang »Dors mon amour«, ein Chanson, mit dem André Claveau vor einem Jahr den Eurovision Song Contest gewonnen hatte. Wir tranken immer noch Wein. Mir war leicht übel. Endlich durfte ich auf das Sofa, das mir Janas Mutter im Wohnzimmer als Bett zurechtgemacht hatte. Ich konnte nicht einschlafen und fühlte mich immer elender. Mir wurde klar, dass ich mich jeden Augenblick übergeben musste. Um zur Toilette im Bad zu gelangen, musste man durch das Schlafzimmer der Eltern. Als es so weit war, machte ich mich so leise wie möglich auf. Ich sah sie unter ihren karierten Federbetten liegen, hörte den Mann schnarchen, neben seiner Frau, die Lockenwickler im Haar hatte. Es sah aus, als ob schwarze Schnecken über ihren Schädel krochen. In letzter Sekunde erreichte ich das Bad, kniete vor der Schüssel nieder und opferte dem Neptun meines inneren Meeres, auf dem ich seekrank vor Liebe geworden war.

Am nächsten Tag musste Jana früh in die Schule, während ich noch schlaftrunken auf dem Sofa lag. Ich fuhr, ohne sie je wiederzusehen. Ich schrieb auch keine Briefe mehr. Auf der Fahrt nach Frankfurt wurde mir klar, dass ich so ziemlich das Gegenteil eines konkretisierten Menschen war. Alles war vage, war Einbildung, war Illusion. Irgendetwas musste geschehen, um meinen Vater zu zitieren. Und dann geschah tatsächlich etwas, das in das Chaos meines Lebens für eine längere Zeit eine gewisse Ordnung brachte.

Der Fachbereich Germanistik war in Frankfurt unterbesetzt, vor allem was die neuere Literatur anbelangte. Ehe ein neuer ordentlicher Professor für die Fakultät gefunden war, versuchte man, durch eine Gastdozentur Abhilfe zu schaffen. Die Gastdozentin war eine schlanke, große Frau von herber, fast männlicher Schönheit. Sie trug ihr aschblondes Haar zu einem strengen Knoten geschlungen. Das Ungewöhnliche an ihr war, dass sie keinen Dünkel kannte. Ihr großes Fachwissen hinderte sie nicht daran, mit uns auf Augenhöhe zu diskutieren. Sie bot ein Seminar zum Thema Sturm und Drang an. Da ich Büchners Lenz-Novelle liebte, belegte ich es. Nur eine Handvoll Studenten besuchten den Kurs. Wir saßen im kleinsten Seminarraum an einem langen Tisch. Die Dozentin stellte sich vor. Sie rauchte eine filterlose Zigarette nach der anderen und redete so unverblümt von sich und ihrer Vergangenheit, als seien wir enge Verwandte bei einem Kaffeekränzchen. Sie trug eine starke Brille, die ihre grauen Augen unnatürlich vergrößerte, und erklärte uns, sie habe sich ihre Augen in den langen Bombennächten in Hamburg verdorben, als sie beim Licht einer flackernden Kerze ihre Studien betrieben habe. Dann mussten auch wir uns der Reihe nach vorstellen. Die neue Dozentin mit Namen Strohschneider-Kohrs dozierte nicht, sie achtete vielmehr streng darauf, dass wir alle miteinander diskutierten. Ich war von ihr so fasziniert, dass ich meine Angst, vor Publikum zu reden, überwand und mich am Wechselgespräch beteiligte. Es ging um romantische Ironie, über die die Dozentin gerade ein großes Buch verfasste. Eigentlich gehörte das nicht direkt zum Thema, aber das sei eben typisch für diese Form der Ironie. Alles müsse Fragment bleiben, alles in Bewegung sein. Sprünge seien wichtig. Wenn Clemens Brentano zum Beispiel in seinem Roman »Godwi« die Hauptfigur sagen lasse: »Dies ist der Teich, in den ich Seite 266 im ersten Band falle«, dann sei eine solche extreme Brechung der Erzählebene ein gutes Beispiel für romantische Ironie. Die Dozentin forderte uns auf, selbst Beispiele romantischer Ironie aus der Literatur oder unserem Leben zu geben. Ich meldete mich und erzählte von meinen Versuchen, keine gerade Linie einzuhalten, zwischen Literatur und Physik hin und her zu schwanken, ein konkretisierter Mensch zu werden, indem ich in allem möglichst unkonkret blieb.

Neben mir saß eine Kommilitonin, die mir bisher nicht aufgefallen war. Auch sie trug eine starke Brille, auch sie hatte große Augen, die von den Linsen noch vergrößert wurden, aber sie waren nicht grau, sondern himmelblau. Während die Augen von Ingrid Strohschneider-Kohrs wie gefrorene Teiche wirkten, war hier das Wasser offen und bewegt.

Es war der 18. November, Muttls Geburtstag. Ich war zur Feier eingeladen. Bevor ich zum Bahnhof eilte, hatte meine Nachbarin bereits das Seminar verlassen. Als ich durch die Waggons lief, sah ich sie in einem der Abteile am Fenster sitzen. Ich ging weiter und begann, mich mit jedem Schritt über meine Stieseligkeit zu ärgern. Dann blieb ich stehen und starrte auf die Bäume, die draußen wie eine Prozession in die Vergangenheit vorbeizogen. Schließlich gab ich mir einen Ruck, ging zurück und setzte mich meiner Kommilitonin gegenüber. Sie schien sich zu freuen und begann das Gespräch, indem sie erzählte, sie wohne bei ihren Eltern in Darmstadt, und da sie so klein sei und nicht so schnell laufen könne wie ich, sei sie früher gegangen, um den Zug noch zu erreichen. Wir unterhielten uns über die neue Dozentin. Auch sie war fasziniert von ihr. Wenige Minuten später musste ich aussteigen.

Die Geburtstagsfeier endete in einem Riesenkrach zwischen Muttl und ihrer Tochter. Beide hatten zu viel getrunken, ich ebenso. Ich übernachtete im Ankleidezimmer auf dem Sofa. Am nächsten Tag hatte ich einen schweren Kater und rasende Kopfschmerzen. Ich musste mich alle zehn Minuten übergeben, bis nur noch grüne Galle kam. Ein kleines Mädchen erschien und beugte sich über mich. Sie legte ihre kühle Hand auf meine verschwitzte Stirn und sagte: »Armes Hühnchen.« Das Kind war die Tochter der Putzfrau und eine Reinkarnation jenes Mädchens von den Pötten, das mir einst beim Schlittschuhlaufen zugesehen hatte.

Als ich eine Woche später wieder im Sturm-und-Drang-Seminar erschien, setzte ich mich wie selbstverständlich neben meine neue Bekannte. Wir tauschten unsere Vornamen aus und boten uns das Du an. Wir saßen jetzt immer zusammen in den Vorlesungen, und ich brachte Maria zum Lachen, indem ich Gregueria nach Gregueria in meine Kladde schrieb. Maria spielte Bratsche. Ich dichtete: »Man streicht eine Geige am besten braun.« Maria lachte. Ich schrieb: »Während der Schwangerschaft ist eine Violine eine Bratsche.« Maria lachte.

Bald gingen wir Hand in Hand, wenn ich sie zum Bahnhof brachte. Einmal trafen wir dabei meine Exfreundin. »Sie haben ihn also übernommen!«, sagte sie. Maria war empört. »Wie dumm von ihr, so etwas zu sagen«, meinte sie. »Man übernimmt doch niemand.«

Dass auf einmal jemand meine Gefühle ehrlich erwiderte und mich nicht auf die Streckbank des Wartens schnallte, war für mich schön und irritierend zugleich. War ich doch so an Enttäuschung gewöhnt, dass ihr Ausbleiben mich misstrauisch machte. Es dauerte nicht lange, und ich wurde an einem Sonntag ins Elternhaus meiner neuen Freundin eingeladen. Ich zog mein bestes bügelfreies Perlonhemd von Seidensticker an und meinen Konfirmationsanzug mit der roten Weste. Darüber trug ich einen schweren Mantel, dessen Kragen ich hochschlug. Dann fuhr ich mit gemischten Gefühlen nach Darmstadt. Maria holte mich am Bahnhof ab. Auch sie hatte sich fein gemacht. Ich fand, wir sahen aus wie ein Paar aus einer Frauenzeitschrift.

Mit der Straßenbahn ging es die lange Strecke in die Innenstadt. Ich war zum letzten Mal als Kind hier gewesen und hatte die Stadt als bizarre Trümmerwelt erlebt. Jetzt war sie wieder aufgebaut, nüchtern und zweckdienlich, grau und ohne Phantasie. Wir betraten die kleine Wohnung der Eltern im ersten Stock eines unscheinbaren Hauses. Erwartungsvolle Blicke musterten mich. Der Hausherr verstand sich bestens darauf, meine Verkrampfung mit ein paar launigen Bemerkungen zu lösen. So sagte er, während er mir mit festem Druck die Hand schüttelte: »Kommen Sie Ätna zu Vesuv?« Ich war froh, dass er Wortspiele zu lieben schien. Eine zwitschernde Begrüßung durch die Mutter folgte. Die grauen Strähnen in ihrem Haar betonten fast noch den Eindruck ihrer verbliebenen Mädchenhaftigkeit. Zwei Schwestern Marias standen im Hintergrund und strahlten wie gut gepflegte Topfblumen.

Es war sehr warm. Die Eisblumen an den Fenstern welkten in Bahnen aus Wassertropfen. Die Wärme kam von einem Kohleofen, einem Dauerbrenner mit brauner Glasur, der in einer Ecke des Esszimmers stand, aber sie kam vor allem auch von den Menschen selbst. Alles strahlte eine wohltemperierte Freundlichkeit aus, die mich verwirrte, denn ich war menschliche Kälte gewohnt.

Im kleinen Nebenraum gab es zur Begrüßung ein Glas Sekt. Es war Sonntag, und leise Musik von Vivaldi kam aus dem großen Grundig. Dann nahmen wir im Wohnzimmer am ovalen Esstisch Platz. Der eichene Erlöser am Kruzifix an der Wand blickte mit leutseliger Gnade auf mich herab. Es gab Sauerbraten. Der Duft der Soße breitete sich wie ein schützender Firnis über diese kleine, behagliche Ewigkeit. Der Hausherr holte eine Flasche Weißwein aus dem Kühlschrank. Als er sich setzte, wurde er kaum kleiner. Seine Frau bemerkte meinen Blick und sagte: »Als ich meinen Mann kennenlernte, war ich ganz verwirrt, denn als er aufstand, wurde er nicht größer dabei.« Die Töchter lächelten über diese Taktlosigkeit, aber der Hausherr wirkte gelassen. »Ja, ich bin in der Tat ein Sitzriese«, sagte er. »Das kann manchmal von Vorteil sein. Vor allem, wenn man sich während einer Tischrede aus Bequemlichkeit wieder hinsetzt, ohne dass es jemand bemerkt.« Dann sprach er das Tischgebet und dankte darin dem Herrn für Speis und Trank. Aber Sie sind es doch, der Sie durch Ihre Arbeit diesen Riesling und diesen Braten ermöglich haben, dachte ich und kreuzte unter dem Tischtuch Mittel- und Zeigefinger der linken Hand, um dem Gebet die

Wirkung zu nehmen. Ich wusste von Maria, dass ihr Vater ein hoher städtischer Beamter war. Als Oberbaurat war er involviert in den tristen Wiederaufbau der kriegszerstörten Stadt. Aber sicher hatte er wenig Einfluss nehmen können auf die Planung.

Das leise unregelmäßige Klappern der Bestecke, das nun anhob, klang wie mehrere verschieden eingestellte Metronome. Der Riesling war ausgezeichnet und gut gekühlt. Die Dame des Hauses bemerkte durch ihre Brillenteiche alles, was auf dem Tisch fehlte, ob Salzstreuer, eine Serviette, Soße in der Sauciere oder ein leeres Glas und schaffte mit raschen Bewegungen Abhilfe. Ich trank viel zu schnell und lobte mit übertriebenen Worten das Essen: den mürben Sauerbraten und die salzig eingelegten Bohnen, die zerbröckelnden Salzkartoffeln und vor allem die Soße, die alles bräunlich umfloss und die sogar Muttl akzeptiert hätte. Der freundliche Sitzriese bestritt das Tischgespräch. Dabei überschritt er die eng gezogenen Grenzen einer katholisch-kleinbürgerlichen Geisteshaltung immer ein klein wenig durch eingestreute harmlose Blasphemien, Wortspiele, Witze, kleine Formulierungsknallerbsen, auf die er selbst trat, wenn sie niemand bemerkte, und auf die seine wuselige Frau jedes Mal mit gespieltem Entsetzen reagierte. Die Zuneigung der Eltern zueinander war nicht zu übersehen. Sie zeigte sich in lauter Kleinigkeiten, zum Beispiel wenn ihm seine Frau das Endstück des Bratens auf den Teller legte oder er seine breite Hand wegen eines Soßenflecks auf der blütenweißen Tischdecke tröstend auf ihre legte, die dabei zusammen mit dem Fleck völlig verschwand. »Der Buddha und die Elfe«, dachte ich. »Sie ergänzen sich perfekt, im Gegensatz zu meinen Eltern.«

Maria zeigte mir das winzige Kinderzimmer. Hier waren die fünf Töchter aufgewachsen wie in einem Taubenschlag. Gewisper zwischen den Stockwerksbetten, Träume, die sich wie Abziehbildchen tauschen ließen.

Auf der Rückfahrt blickte ich sehnsüchtig aus dem Fenster, als die Waldkolonie vorbeizog. Ich war in einer komplizierten Gemütsverfassung. Sämtliche Farben von Glück über Zufriedenheit bis hin zu Zweifel und Resignation mischten sich. Wenn es Spektralfarben waren, dann ergab das ein unschuldiges Weiß. Waren es jedoch opake Farben, wie sie ein Maler benutzt, ergab sich ein düsteres Braun. Zweifellos hatte man mich als möglichen Schwiegersohn akzeptiert, vielleicht wegen meiner naturwissenschaftlichen Äußerungen. Denn ein Hobby von Marias Vater war die Mathematik, neben dem Schachspiel und dem Stricken von Pullovern und Schals mithilfe einer Strickmaschine. Noch immer sehe ich seine kräftige Hand vor mir, wie sie den Schlitten hin- und herbewegt, eine männliche Penelope, die das Stricken dem Weben vorzog. Und ich höre das ratternde Geräusch, das dabei entsteht, als glitten die Augenblicke des Lebens über ein Kopfsteinpflaster.

Ich beschloss, so bald wie möglich meine Wohnung in Oberrad aufzugeben, denn ich wollte meiner neuen Freundin räumlich näher sein. Vorerst besuchte ich sie inkognito mit der Bahn. Wir trafen uns in einem kleinen Lokal in der Nähe des Reiterdenkmals am Schloss und hielten Händchen unter der Tischdecke. Als es der Kellner bemerkte, warf er uns hinaus. Natürlich versuchte ich nach und nach, Maria mit meiner Welt vertraut zu machen. Lautréamont hatte keine Chancen bei ihr, aber Proust mochte sie auf Anhieb. Sie war als Romanistin sogar in der Lage, ihn im Original zu lesen, worum ich sie sehr beneidete. Außerdem nahm ich Maria mit in den Frankfurter Jazzkeller. Sie war sofort begeistert, was mich ein wenig wunderte. In einem Raum im Studentenwerk, in dem ein Musikschrank stand, spielte ich ihr meine Lieblingsplatten vor.

Weihnachten näherte sich, und ich musste zurück in den Norden. Brieflich bat ich meine Mutter, diesmal die roten Kugeln und das Lametta wegzulassen, nur Bienenwachskerzen, wegen des Duftes und der Erinnerung an ihn, die ganz rein sein sollte, wie ich schrieb. Als Hauptgeschenk wünschte ich mir die »See-Marken« des französischen Lyrikers Saint-John Perse. Beiläufig deutete ich an, dass ich ein Mädchen kennengelernt hätte mit einem Wesen, wie ich es mir nur wünschen könnte, und dass vielleicht etwas Ernstes daraus werden würde. Ich schwelgte in Andeutungen, die meine Unsicherheit verrieten. »Ob was draus wird? Wer weiß es. Ich bin ja nicht mehr so Hals über Kopf wie früher in solchen Dingen. Auf jeden Fall ist alles konkreter, wahrscheinlicher als bei Jana. Und ich Armer habe Jana doch versprochen, jetzt in Hannover wieder Station zu machen. Ich würde ihr wehtun, wenn ich es nicht tue! Was soll ich nur machen?!«

Natürlich hatte meine Mutter den Baum wie immer geschmückt, mit noch mehr Lametta und noch mehr roten Kugeln. Die euphorische Beschreibung meiner neuen Bekanntschaft blieb mir im Halse stecken, als ich sah, wie sich die Mienen meiner Eltern verdüsterten, als ich nebenbei erwähnte, dass Maria und ihre Eltern streng katholisch seien. Für die Leute im Norden war das Wort »katholisch« ein Synonym für »falsch«. Plattdeutsch sagte man »He is katholsch«, und das bedeutete »Er ist nicht ehrlich«.

Ich bekam die »See-Marken«. Sie enttäuschten mich. »Und dies ist ein Meer-Gesang, wie er noch nie gesungen ward, und das Meer in uns wird ihn singen: Das Meer, in uns getragen, bis zur Ersättigung des Atems und dem Verhauchen des Atems. Das Meer in uns, tragend sein seidiges Rauschen der Hochsee und seine große Frische reinen Glückes über die Welt hin.« So hymnisch, so pathetisch darf man nicht vom Meer schreiben, dachte ich. Kein Wunder, dass der Mann den Nobelpreis bekommen hatte. Erfolg ist die Kehrseite der Münze des Scheiterns und macht sie wertlos. Unter dem Weihnachtsbaum lag auch ein Brief des Kieler Kreiswehrersatzamtes, in dem ich zur Musterung geladen wurde. Dieser martialische Zwischenruf der realen Welt irritierte mich zutiefst. Ich würde eine Studienbescheinigung schicken und meinen Vater bitten, sie der Behörde zuzustellen. So hoffte ich, Aufschub zu bekommen.

Wieder trafen wir uns bei Rosie in *Greens Hotel*. Wilhelm teilte uns stolz mit, er habe Heidelberg aufgegeben. Er würde am liebsten in Berlin Germanistik studieren und später vom Schreiben leben. Aber er habe ein Mädchen kennengelernt, aus Meldorf. Noch Schülerin, Geigenspielerin, gutbürgerlich. Er habe sich bereits dreimal von ihr getrennt. Er würde ihre Sonaten nicht ertragen, vor allem ihren Blick dabei. Aber sie sei trotzdem eine tolle Frau. Um nicht zu weit weg von ihr zu sein, würde er nun in Hamburg studieren. Da er wegen des Studienwechsels kein Geld mehr von seinem Vater bekomme, müsse er jobben. Das ginge in Hamburg besser wegen des Hafens und der Brauereien. Vielleicht könne er auch beim Funk volontieren. Jens wirkte noch resignierter als sonst. Die Vorbereitung auf das Abitur machte ihm zu schaffen. Er habe das Schreiben aufgegeben, ebenso das Malen, alle Pubertätsbilder von den Wänden genommen, all diesen verkorksten Mist, wie er sich ausdrückte. Er rauchte eine Zigarette nach der anderen, natürlich blaue Gauloises. »Ich nehme neuerdings Beruhigungstabletten, trinke viel Bier und esse dazu löffelweise Luvos Heilerde«, sagte er. »Du musst zu mir nach Frankfurt kommen«, sagte ich. »Bei Adorno studieren. Das hilft gegen Depressionen.« Als Rosie kurz vor Lokalschluss an unseren Tisch kam und fragte, ob die Herren noch etwas zu trinken haben wollten, sprang Wilhelm auf seinen Stuhl und machte auf einem Bein stehend ausladende Schwimmbewegungen. »Ich quere soeben Lethe und schlucke dabei so viel Wasser, dass ich nichts vergessen kann. Rosie, bring mir einen doppelten Wodka mit zwei Kirchen. Einer katholischen und einer protestantischen.« Jens sagte: »Kann man eigentlich aus einem Kellenfenster in den Tod springen? Auch einen doppelten Wodka, aber ohne Kirchen. Ich bin nämlich ungläubig.«

Kurz nach Neujahr teilte mir das Kreiswehrersatzamt brieflich mit, dass ich nach Kiel kommen solle, um zu klären, wo ich gemustert werden solle. Es war ein trostloser Ausflug. Irgendwo am Rande der Stadt ging ich durch einem trostlosen Gang und landete schließlich vor dem Schreibtisch eines trostlos aussehenden Beamten. Ich musste unterschreiben, dass ich in Frankfurt gemeldet sei. Meine Unterlagen würden an die zuständige Behörde dort verschickt. Auf dem Rückweg ging ich in einen Plattenladen und kaufte eine Langspielplatte. Der schwarze Sänger auf dem Cover trug eine Sonnenbrille und lächelte wie ein Raubtier. Als ich die Scheibe auflegte, warf es mich um. So etwas hatte ich noch nie gehört. Hier sang eine Seele, die größer war als der zu ihr gehörende Körper. Singen war nicht das richtige Wort. Es waren melodische Schreie, die aus dem tiefsten Keller einer unbändigen Lebenslust zu kommen schienen. Ich eilte zu Jens und spielte ihm die Platte vor, immer wieder. »I've got a woman, way over town, that's good to me ...« Auch Jens war begeistert. »Das ist besser gegen Depressionen als Adorno«, sagte er. Der Sänger hieß Ray Charles.

Die Fahrt zurück nach Frankfurt war anders als sonst, fuhr ich doch meinem neuen Glück entgegen. Auch ich hatte eine Frau, die gut zu mir war. Maria erwartete mich am Frankfurter Bahnhof. Sie hatte sich schick gemacht und war beim Frisör gewesen. Man erwartete mich mit einem Essen. Ich war nun häufiger Gast, spielte manchmal Schach mit meinem künftigen Schwiegervater, der mich manchmal gewinnen ließ, spielte mit Maria und ihren Schwestern Tischtennis im Hinterhof, die Mädchen brav mit der Rückhand, während ich meine unwiderstehliche Orlandovorhand auf die Platte schmetterte. Der Winter kam. Maria besuchte mich in Oberrad. Wir machten lange Spaziergänge durch die verschneite Landschaft. Der Schnee glitzerte. Die Bäume waren mit Raureif geschmückt. Wir wärmten uns in Lokalen auf, tranken Glühwein und schmiedeten Pläne. Die Schneekristalle draußen waren Momente der Zukunft, zum Beispiel Kinder, die irgendwann kommen würden. Ich beobachtete die Kondenswassertropfen, die am Glas herabrannen, und gab mich vorsichtig der Erwartung eines erfüllten Lebens hin. Nach unseren winterlichen Ausflügen brachte ich am Abend Maria zum zugigen Frankfurter Bahnhof, von wo aus sie in ihre behagliche kleine Kohleofenwelt zurückfuhr, während ich mich an die Küste meines blauen Nesselmeeres im Nonnenpfad begab, um dort am Fenster mit dem von Häusern verstellten Blick nach Westen über meine Situation nachzudenken. So fragte ich mich, was mit mir derzeit geschah. Wie so oft nahm ich bei dem Versuch, die neue Situation zu verstehen, Zuflucht zu physikalischen Modellen. Zweifellos änderte sich durch meine Beziehung zu Maria mein Aggregatzustand, fragte sich nur, in welche Richtung. Beim Auftauen von Eis musste Wärme bzw. Energie zugeführt werden. Die sogenannte Schmelzwärme. Umgekehrt wird beim Gefrieren von Wasser Wärme frei. Ebenso beim Kondensieren von Dampf zu Wasser. Das ist die Kondensationswärme. Ich glaubte damals, dass ich dabei war aufzutauen und dass die dazu nötige Wärmeenergie von Maria stammte. War es jedoch möglich, bei einem solchen Wechsel des Aggregatzustands noch Gedichte zu schreiben? Wäre es für meine Poesie nicht besser, ich würde gefrieren oder wenigstens kondensieren und dabei Wärme in Form von Gedichten freisetzen? Alles eine Frage der Enthalpie, dachte ich, der inneren Engerie.

Ich schrieb meine Arbeit über Lenz, als schriebe ich über meinen Zwillingsbruder. Ingrid Stohschneider-Kohrs gab mir nur eine Drei und schrieb unter den Aufsatz, die Arroganz des Verfassers sei unübersehbar. Ich war empört, was meiner Sympathie für die Dozentin jedoch keinen Abbruch tat. Sie konnte einfach nicht verstehen, dass ich mit der emotionalen Nähe zu meinem Gegenstand neue Wege in der Germanistik gehen wollte. Empathie statt nüchterner Analyse. Ich zwang mich auch dazu, weiter Lyrik zu verfassen. An meine Eltern schrieb ich um dieselbe Zeit: »Ich habe trotz Uni- und Maria-Belastung inzwischen elf neue Gedichte, z. T. sehr lustige, gemacht. Körperlich geht es mir fabelhaft. Mein Magen ist prima, dank Haferflocken, Sanddorn, wenig rauchen und natürlich dank meiner lieben, kleinen Freundin. Ich möchte, dass Ihr wisst, wie glücklich ich bin, damit Ihr ebenfalls froh sein könnt. Jetzt fehlen mir nur noch der Erfolg an der Uni und die Anerkennung als Dichter. Dann habe ich im Grunde alles erreicht und kann mich daranmachen, mein Leben in Glücklichkeit abzuspulen.« Abspulen, welch negative Formulierung! Lustige Gedichte, welch Niedergang! In der Tat waren meine Texte inzwischen nichts weiter als aufgewärmte Anakreontik.

Wieder einmal wurde ich krank. Es begann mit Gliederschmerzen wie eine ganz normale Grippe. Ich schluckte Tabletten und schrieb für ein Seminar bei Adorno an einem Referat über Kant, das ich in zwei Tagen halten sollte. Als ich im Seminarraum des Soziologischen Instituts den Vortrag hielt, war ich in einem merkwürdigen Zustand, der mir meine abgrundtiefe Angst vor dem Reden in der Öffentlichkeit nahm. Normalerweise schwieg oder stotterte ich vor Publikum. Diesmal war es anders. Ich artikulierte zwar unscharf, jedoch flüssig, wie ein Betrunkener, der nicht genau weiß, was er sagt. Ich nahm die Gesichter wie schillernde Seifenblasen kurz vor dem Platzen wahr, und Adorno glich einer kleinen Gewitterwolke, die über dem Boden des Raumes schwebte. Es lag wohl am Fieber, dass ich den so schwierigen und rätselhaften Begriff der synthetischen Einheit der Apperzeption auf einmal zu verstehen meinte. Ich sagte ungefähr Folgendes: »In der zutiefst pessimistischen Sicht dieses Königsberger Philosophen sind die Welt der sinnlich erkennbaren Dinge, der Phänomena, und der intelligiblen Gedankendinge, der Noumena, zwei völlig verschiedene Kontinente, die sich nirgends berühren, denn ein unendlich großer, leerer Ozean liegt zwischen ihnen. Auf dem Kontinent der sinnlichen Erfahrung herrscht wildes Chaos, totale Unordnung. Hier ist die Entropie hoch. Auf dem Kontinent der Gedankenwahrheiten herrscht hingegen übermäßige Ordnung, die Entropie ist deshalb niedrig, fast null. Es gibt keine Möglichkeit, beide Kontinente gleichzeitig zu bereisen. Einzig die synthetische Einheit der Apperzeption ist so etwas wie eine Fähre, wie Charons Nachen, der die Toten über den Styx transportiert. Sie ist das Wunder, das mir als Person mein Selbst schenkt. Sie verhindert, dass sich mein Ich im Chaos verliert.« Adorno nickte zustimmend, als ich fertig war. »Mir gefällt, dass Sie in Ihren Thesen auf naturwissenschaftliche Begriffe rekurrieren. Das verleiht Ihren Ausführungen die Gualität. Es scheint Ihnen übrigens nicht gut zu gehen. Ich empfehle Ihnen, nach Hause zu fahren und sich ins Bett zu legen. Auch das Bett ist manchmal ein Modell der synthetischen Einheit der Apperzeption.« Ich hörte wie aus großer Ferne, wie die Zuhörer trommelten, und verließ den Raum mit weichen Knien. Ich ließ mir von der Wirtin ein Thermometer geben und legte mich hin. Ich hatte fast vierzig Fieber. Maria kam am nächsten Tag. Sie saß an meinem Bett und wechselte regelmäßig den heiß gewordenen Waschlappen auf meiner Stirn. Ich begann, die Situation zu genießen. Als das Fieber gesunken war, fuhr Maria wieder nach Hause, doch nachts war das Fieber zurück, und ich hatte Schüttelfrost. Da die Wirtin auch krank war und nichts für mich tun konnte, entschloss ich mich, zu Muttl zu fahren. Ich erlebte die kleine Reise in den Villenort wie eine Fahrt im Heißluftballon, schwebend, von einer imaginären Gasflamme vor dem Absturz bewahrt.

Muttl war von totaler Großmütterlichkeit. Ich wurde in dem kleinen Raum ins Bett gelegt, in dem einst Vatl gestorben war. Doktor Niemöller, ein Landarzt vom alten Schlage, kam und diagnostizierte eine Bronchialpneumonie. Er vermutete einen inneren Entzündungsherd, den er beim Abhorchen allerdings nicht gefunden hatte und gegen den er Sulfonamide und Penicillin verschrieb. Sollte das Fieber nicht weggehen, müsse ich geröntgt werden. »Es ist die Enthalpie«, sagte ich. »Die innere Energie.« Doktor Niemöller lächelte und sagte: »Es scheint Ihnen bereits wieder besser zu gehen.«

Am Sonntag kam Maria, um mich zu pflegen. Sie und Muttl sahen sich zum ersten Mal, und ich hatte den Eindruck, dass Muttl zufrieden war, was mich ein wenig wunderte, kannte ich doch ihre Fixierung auf Äußerlichkeiten. Nachts schlief ich jetzt auf der Couch im Wohnzimmer. Ich war wieder fieberfrei, aber sehr schwach. Muttl nahm mir das Fieberthermometer weg. »Wenn man zu häufig misst, steigert die damit verbundene Erregung das Fieber, und es kommt zurück«, sagte sie.

Maria kam jeden Tag. Muttl schlug vor, dass ich wieder in der Dachstube wohnen könne, mit Vollpension natürlich. Die Kostenfrage würde sie mit meinen Eltern klären. Über vierzehn Tage hatte die Krankheit gedauert. Mein Entschluss stand freilich fest: so bald wie möglich in die Nähe meiner Freundin zu ziehen. Meine Eltern schickten mir einen Brief, in dem sie mir rieten, zusammen mit meiner Freundin an die Kieler Uni zu wechseln. Das würde vieles erleichtern. Dem Brief lag eine Zeitschrift mit einem Artikel über die Kaschnitz bei. Sie habe rosa Fingernägel und würde ihre Zigaretten nie zu Ende rauchen, stand darin. Kein Wort über ihre Gedichte. Ich schrieb zurück und klärte meine Eltern darüber auf, dass Maria die Uni nicht mehr wechseln könne, da sie bereits im achten Semester sei. Ich kündigte außerdem an, bald nach Darmstadt zu ziehen. Die ewigen Trennungen von meiner Freundin im Bahnhof seien quälend und die wahre Ursache für meine Krankheit gewesen. Ich sei im Übrigen viel zu knapp bei Kasse. Allein die Flasche Sanddorn koste 8 Mark 50. Und ich würde jeden Tag für fünf Mark essen, und da ich abzüglich der Miete nur sieben Mark täglich zur Verfügung hätte, blieben nur zwei Mark für Kultur, Theater, Kino, Bücher usw. Das sei einfach zu wenig. Außerdem kündigte ich Marias Antrittsbesuch bei ihnen für Mitte April an. Wir könnten dann gemeinsam zum Beginn des Sommersemesters wieder zurückfahren. Ich versicherte, dass ich vollkommen glücklich sei und dass wir uns bereits die Namen unserer Kinder ausdenken würden. Mein Sohn zum Beispiel würde Jan Christian heißen.

38

B. wurde krank. Es war, als hätte sich sein Bericht in Wirklichkeit verwandelt. Anders war nur, dass sich hier niemand um ihn kümmerte. Wenn er Wasser brauchte, schleppte er sich zur Flurtoilette. Er war schließlich so schwach, dass er auf allen vieren kriechen musste. Er musste sehr hohes Fieber haben. Alles um ihn herum sah in diesem Zustand noch banaler, noch langweiliger aus als sonst. »Ich bin einfach zu alt für Krankheiten«, dachte B. »Sie heben sich nicht mehr ab von der Normalität, die selbst längst alle Merkmale einer Krankheit hat.« Eine volle Woche verbrachte er in diesem Zustand. Dann saß er wieder dem Anderen gegenüber. »Sie sehen wohl aus«, sagte jener. »Das kann nur daran liegen, dass Sie krank waren. In Ihrem Alter sind Krankheiten oft Erholungsphasen, in denen sich der Körper durch Nichtstun genauso regeneriert wie der Geist. Sie sollten sich überhaupt daran gewöhnen, dass in Ihrem Alter die Unterschiede von gesund und krank nivelliert sind. Im Tod fallen sie sogar zusammen. Fahren Sie jetzt bitte fort.«

*

Ich ging in Darmstadt zu einem Makler. Er empfahl mir, in einen Vorort zu ziehen. Da seien die Mieten billiger. Er habe da etwas für mich in Sankt Stephan. Dort lebten lauter aus Ungarn vertriebene Banatdeutsche, die man nach dem Krieg hier angesiedelt habe, Spargelbauern wegen des kargen Sandbodens. Ich solle an der Haltestelle »Felsenkeller« aussteigen. Eine Familie Brenner in der Jahnstraße biete ein Zimmer an, mit Badbenutzung. Mit 60 Mark ungewöhnlich preiswert. Es sei eine ruhige Gegend, aber ich dürfe auf keinen Fall in den *Felsenkeller* gehen. Das sei die gefährlichste Kneipe der ganzen Gegend, noch schlimmer als die *Patronentasche* in der Parallelstraße. Lauter amerikanische Neger, wegen der Kaserne in der Nähe. Jeden Abend Schlägereien, die MP sei ständig dort. Ich fuhr also mit der Straßenbahn nach Sankt Stephan. Es ging nach Westen. Die Gegend war flach, gesichtslos, irgendwo ein Waldrand mit hohen Kiefern. Davor richtige Dünen. Fast hätte ich meinen können, mich einer Meeresküste zu nähern.

Ich klingelte bei Brenners. Der Hausherr, der Deutsch mit einem harten Akzent sprach, zeigte mir ein Zimmer im ersten Stock. Überall roch es nach Putzmitteln. Rosa PVC-Boden, lindgrünes Klappsofa, schwarzer Nierentisch. Der Blick ging auf einen Sportplatz. Herr Brenner zeigte mir das fensterlose Klo. Er betätigte einen Schalter. Mit dem Licht sprang auch ein Ventilator an. »Für die stinkerte Luft«, sagte er freundlich. Der Neubau war extrem hellhörig, und mir war klar, dass ich hier meine Musik nur ganz leise würde hören können. Ich nahm das Zimmer. Die Uni war weit weg, irgendwo hinter dem Horizont des verschwundenen Meeres. Ich würde eineinhalb Stunden brauchen, um sie per Straßenbahn, Zug und Fußmarsch zu erreichen. Auch zu meiner Freundin war es eine kleine Weltreise.

Ich verließ die Wohnung, um mir die Umgebung anzusehen. Hinter der Siedlung lag ein Freibad, ein klägliches Stück rechteckigen Wassers. Dann ein Militärflughafen der U.S. Army. Überall Schilder »Betreten streng verboten. Vorsicht. Schusswaffengebrauch«. Am Ortsrand ein Lokal mit Namen *Puszta*. Ich hatte Hunger, betrat es und bestellte Paprikagulasch. Das Essen war so scharf, dass ich jeden einzelnen Bissen mit Bier, Wasser und einem trockenen Brötchen löschen musste. Dabei liefen mir Tränen die Backen herunter. Der Wirt kam und bemerkte: »Sie werden sich dran gewöhnen, junger Herr, wenn Sie hier Stammgast sind.« Er stellte einen doppelten Slibowitz neben mein Bierglas. Da begann ich mich wohl zu fühlen in meiner neuen Heimat, denn sie kam mir wie ein

Niemandsland vor, und das entsprach meiner inneren Verfassung sehr gut.

Ich kündigte die Wohnung im Nonnenpfad und zog um. Maria und ihre beiden Schwestern halfen mir beim Packen. Sie redeten ständig dabei. Es kam mir vor, als sei ich in eine Voliere mit drei Kanarienvögeln geraten. Es brauchte zwei Zug- und Straßenbahnfahrten, um meine Sachen in die Jahnstraße zu schaffen. Das Letzte, was ich hörte, als ich den Nonnenpfad verließ, war ein verzweifeltes »Hebbeth«.

So gut es ging, richtete ich mich in meiner neuen Bleibe ein und versuchte wie immer, dem Zimmer so etwas wie eine maritime Note zu geben. Das war hier deutlich schwerer als im Nonnenpfad. Anschließend fuhr ich in die Stadt, besuchte meine Freundin kurz auf einen Kaffee und besorgte mir anschließend Geschirr, Gläser, Besteck und Proviant für meine neue Kajüte, darunter zwei taubenblaue Mokkatässchen aus Steingut. Als ich wieder in meinem Zimmer war, kochte ich Wasser mit dem Tauchsieder und goss in einem der Tässchen gekörnte Brühe auf, die ich mit Sambal Oelek höllenscharf machte. Dann rauchte ich eine Pfeife, hörte Ray Charles, »Lonely Avenue«, und starrte auf den leeren Sportplatz. Wo war ich hier gelandet? In welchem Raumschiff und auf welchem Planeten? Es schien mir unmöglich zu sein, von hier aus noch zur Uni zu gelangen. Zu weit weg war jene Welt, in der man sich auf einen Beruf vorbereiten sollte. Alles war irreal. Vor allem auch die Realität. Eine seltsame Leere breitete sich in mir aus. Ich existierte und existierte auch nicht. Das war typisch für eine Schrödinger'sche Katze. Daran änderten auch die Besuche bei Maria und ihren Eltern wenig. Ich fühlte mich bei aller Sympathie, die mir entgegengebracht wurde, wie ein Abonnent in einem Provinztheater.

In den Semesterferien war ich wieder bei meinen Eltern. Mitte April kam Maria für zwei Wochen. Meine Mutter machte ihr im Wohnzimmer auf einer Luftmatratze ein Bett. Einmal schlich ich, ohne Licht zu machen, hinüber. Kaum war ich bei meiner Freundin, ging erst im Flur das Licht an und dann in meinem Zimmer. Mein Vater war aufgestanden, um mich auf die gleiche Weise aus dem Wohnzimmer zu vertreiben, wie man es mit einer Motte macht. Ich gehorchte. Alles, was mir von dem Augenblick im Wohnzimmer blieb, war das Bild von Marias Schlafanzug, ein geblümter Sternhimmel auf dem Teppichboden mit den gekämmten Fransen. Die Tage verliefen harmonisch, wie man so schön zu sagen pflegt. Wir machten Radausflüge am Kanal entlang und zum Westensee. Meine Mutter überbot sich in perfekt inszenierten Mahlzeiten, und mein Vater erzählte abends bei Petroleumlicht und einer Flasche Wein Episoden aus seinem Leben als Seemann. Maria schien fasziniert. Ich kannte die Geschichten, aber für sie waren sie neu.

Dann fuhren wir zurück, diesmal zu dritt, denn Jens hatte sein Versprechen wahr gemacht und kam mit. Er zog in ein kleines Hinterhaus direkt neben dem *Felsenkeller*. Es gehörte dem deutschungarischen Spargelbauer Temmer. Die Temmers hatten es nach ihrer Umsiedlung selbst gebaut, ehe sie ein zweistöckiges Haus direkt an der Straße errichtet hatten. Das Hinterhaus hatte in der Mitte eine primitive Küche mit einem Kohleherd und rechts und links davon je ein Zimmer. Das eine bewohnte Jens, das andere Oma Temmer, eine über 80-jährige Frau, die kaum Deutsch sprach. Ein Bad gab es nicht. Nur ein Plumpsklo voller Spinnen außen an der Hauswand. Zum Spülen musste man einen Eimer Wasser aus der Küche mitnehmen.

Jens hatte nur wenige eigene Sachen mitgebracht. Er brauche nichts, behauptete er, denn er sei schließlich nichts. Er gehöre zu den Menschen, die der liebe Gott nur in die Welt gesetzt habe, um sich überlegen fühlen zu können. Ich war fast jeden Abend bei ihm, denn hier war es möglich, laut Musik zu hören. Es war Spargelsaison, und Oma Temmer stellte uns Unmengen von Bruchspargel vor die Tür. Wir aßen Spargel zum Frühstück, mittags, abends. Jens hatte kiloweise Heilerde mitgebracht, auf die er schwor. Es sei die richtige Erde, um darin nicht nur seine Magenschmerzen, sondern auch seine Illusionen zu beerdigen, meinte er. Obwohl er sich nach wie vor als zynischer Melancholiker gab, ständig mit seinem Scheitern kokettierte und Bücher über Gifte las, gefiel er mir besser als in Rendsburg. Er hatte an Deutlichkeit gewonnen. Wir fuhren einige Male gemeinsam zur Uni. Zu meiner Enttäuschung kritisierte er Adorno nicht. Das sei ein Edelschwätzer, meinte er, Peter Frankenfeld sei besser. Einig waren wir uns nur in Sachen Musik. Ray Charles, Westcoast und meine neuste Entdeckung: Mose Allison. Ich hatte eine Platte dieses Amerikaners zufällig in einem Plattenladen beim Weißen Turm in Darmstadt entdeckt, und wir hörten sie jeden Abend mehrmals. Seine nasale Stimme, seine ironischen Texte und sein groovendes Klavier bildeten eine überzeugende Einheit von distanziertem Intellekt und erdiger Unmittelbarkeit. »I live the life I love, and I love the life I live«, genau das wollte auch ich erreichen. Einmal, irgendwann nach Mitternacht, stand Oma Temmer in unserem Zimmer. Sie trug ein weißes Nachthemd, und ihre grauen Haare, die sie normalerweise zu einem Knoten geschlungen hatte, wallten bis zu ihren Hüften herab. »Bitte, meine Herren, stellen Sie die Musik etwas leiser. Ich kann nicht schlafen«, sagte sie in gebrochenem Deutsch, und brav gehorchten wir dieser in Ehren alt gewordenen Ophelia.

Ich schlug Jens vor, in diesem Niemandsland Abenteuer zu erleben, wie sie Alain-Fournier in seinem »Grand Meaulnes« beschrieben hatte. »Fourniererlebnisse« nannte ich es. Das Prinzip: Einfach loslaufen und dem Zufall die Chance geben, sich als Poet zu zeigen. Einmal gerieten wir nach einem langen Marsch über abgeerntete Spargelfelder auf einen Rummelplatz. Es war nach Mitternacht, und die meisten Besucher waren schon gegangen. Wir saßen in dem fast leeren Festzelt und tranken Wein. Die Blaskapelle packte gerade ihre Instrumente ein. Nur der Klarinettist spielte noch. Am Nebentisch hockten ein paar Leute vom fahrenden Gewerbe. Zwei stark geschminkte Mädchen, ein Zwerg und ein Herkules, der wie Milo Baro aussah. Eines der Mädchen sprang plötzlich auf und kam an unseren Tisch. Es setzte sich auf meinen Schoß und steckte sich eine Zigarette zwischen die blutroten Lippen. »Hast du Feuer, mein Kleiner?«, sagte sie. Während ich in meiner Hosentasche nach meinem lederbezogenen Ronson-Feuerzeug fingerte und dabei notgedrungen ihre Schenkel berührte, legte sie den Kopf zurück und sagte lachend: »Ich glaub, ich kenne dich aus dem Kino. Du bist Pinocchio, diese ungeschickte Marionette aus Holz, die ein Leben lang versucht, ihre eigenen Fäden in die Hand zu bekommen.« Als ihre Zigarette brannte, machte sie einen tiefen Zug und blies mir den Rauch ins Gesicht. Dann stand sie auf, und während sie an ihren Tisch zurückging, rief sie mir zu: »Du bist süß. Aber du brauchst bestimmt noch ein bisschen Zeit, um deine Fäden zu finden.«

Wir wollten uns bald verloben. Da eine Heirat mit Maria erst in Frage kam, wenn ich mir eine berufliche Existenz aufgebaut hatte, stellten wir uns auf eine mehrjährige Verlobungszeit ein. Maria war als brave Tochter und eifrige Katholikin den Normen unterworfen, die auch ihre Eltern vertraten: kein Geschlechtsverkehr vor der Ehe, Enthaltsamkeit als die einzig legitime Form der Verhütung. »Lass dir nicht in die Bluse greifen«, sagte ihre sonst so liebe Mutter einmal, als sich Maria auf den Weg zu mir machte. Als Tante Maruschka, von der Onkel Anton behauptete, dass sie hin und wieder mit einer gecharterten Segeljacht voller junger Matrosen auf dem Bodensee unterwegs war, einem schwimmenden Bordell, in dem sie der einzige Kunde sei, uns ihre Wohnung als sturmfreie Bude anbot, gingen wir auf dieses Angebot nicht ein. So beschränkte sich unser Liebesleben hauptsächlich darauf, dass wir manchmal in den Wald gingen, nebeneinander auf dem Waldboden lagen und in der hereinbrechenden Dämmerung in die Baumwipfel starrten, die der Wind bewegte, unsterbliche Momente, in denen sich Unendlichkeit und Endlichkeit berührten, so wie das Meer bei Sturmflut im Vorland die Deiche.

War die Dämmerung nicht auch eine Art Vorland zwischen Tag und Nacht? Ja, so wollte ich leben, immer im Vorland, nie ganz auf dem Meer, nie ganz hinter dem Deich. Das Meer war der Tod, das reale Leben das Land hinter dem Deich. Das Vorland aber war die Zone, in der sich beide Welten berührten, und nur hier schien eine poetische Existenz möglich. Ich merkte nicht, dass ich mich auf einen gefährlichen Weg begeben hatte, besser gesagt auf zwei Wege, die nicht parallel verliefen, sondern auseinander. Der eine war lang und führte in eine geordnete Zukunft, der andere war kurz und führte in die kleinen Offenbarungen der Gegenwart. Ich verbrachte viel mehr Zeit mit Jens als mit Maria. Ich brauchte ihn, nicht nur zum Diskutieren, sondern auch als Partner für ästhetische Erlebnisse. Auf Amrum hatten wir uns in dieser Hinsicht besonders erfolgreich ergänzt. Hier war es deutlich schwerer. Es war einfach mehr Alkohol nötig, um auf abgeernteten Spargelfeldern den Kniep zu simulieren. Ich war darauf bedacht, Jens und Maria voneinander fernzuhalten, war ich mir doch ziemlich sicher, dass sie nichts miteinander anfangen konnten. In Wahrheit ging es mir um die Reinhaltung meiner Doppelexistenz als Bürger und als Poet. Aber natürlich war es unvermeidbar, dass sich meine beiden wichtigsten Bezugspersonen hin und wieder begegneten. Erstaunlicherweise mochten sie sich auf Anhieb. Jens war weniger zynisch, und Maria lieh ihm interessiert ihr Ohr, wenn er die finsteren Seiten der Wirklichkeit beschrieb. Jens wurde auch von den Eltern Marias zum Essen eingeladen und benahm sich dabei mustergültig. Manchmal ging ich mit Maria ins Theater. Wir redeten anschließend in einem Lokal über Zukunftspläne. Auch dass ich mein Studium wieder ernsthafter betrieb, gehörte zu meiner Doppelstrategie. Ich merkte nicht, dass ich mit dieser zwiespältigen Lebensform tatsächlich zu einer Art Schrödinger'schen Katze wurde. Zugleich lebendig in der Blackbox meiner Innenwelt und zugleich tot, wenn ich den Deckel öffnete auf die Perspektive eines fernen Daseins als geldverdienender Ehemann und Vater.

Ich war jetzt häufiger bei meinen Schwiegereltern in spe, weil mir die Freundlichkeit und Wärme der Menschen in dieser kleinen kosmischen Idylle guttat. Ich muss ein aufmerksamer Zuhörer gewesen sein, denn Marias Mutter äußerte ihrer Tochter gegenüber, dass sie sich bei mir »in Gedanken ausruhen könne«. Ich brachte ihr fast immer eine gelbe Rose mit. Es war einfach für mich, sie zu besorgen, denn im Parterre des Nachbarhauses war ein Blumenladen, in dem Herr Schuck, ein rotgesichtiger Mann mit grüner Schürze und weißem Haar, residierte. Herr Schuck war vom selben Schlag wie mein Schwiegervater in spe. Er hätte mit seinem Mutterwitz und seiner Fähigkeit, die einfachsten Äußerungen mit einem doppelten Boden zu versehen, eine Erfindung des Dramatikers und Büchnerfreunds Niebergall sein können.

An der Uni belegte ich wieder mehr Vorlesungen und Seminare, denn ich wollte mich auf das Philosophikum vorbereiten. Auch hatte ich die Kühnheit besessen, mich für das illustre Oberseminar von Adorno und Horkheimer anzumelden. Die Veranstaltung fand in einem tristen Hauskubus statt, dem Institut für Sozialforschung. Die Stimmung im Seminarraum war weihevoll und nüchtern zugleich. Man sprach leise, ehrfürchtig flüsternd, als seien wir lauter Erstklässler des Denkens, die um den großen Geburtstagstisch der Wahrheit saßen, von der wir ja alle wussten, dass man sie leider nicht in die Tasche stecken und mit nach Hause nehmen konnte. An der einen Längsseite des Tisches standen zwei leere Stühle. Wir warteten ziemlich lange, und die Spannung stieg und entlud sich in leisen Bemerkungen. Endlich kamen sie, und Stille trat ein: Adorno und Horkheimer, das leuchtende Zwillingsgestirn der Frankfurter Schule. Beide nahmen nebeneinander Platz. Ihre Blicke tasteten uns ab, wie man einst Sklaven auf einem Sklavenmarkt begutachtete. Wie üblich ging eine Anwesenheitsliste herum. Adorno und Horkheimer lasen sie. Als sie auf meinen Namen stießen, schienen sie sich köstlich zu amüsieren. »Wir haben einen berühmten Menschen

unter uns«, sagte Adorno. »Es wäre angebracht, dass er das erste
Protokoll schreibt.« Alle starrten mich an wie ein exotisches Tier.
Ich wurde rot und stammelte, ich würde mir die Aufgabe nicht zu-
trauen. Horkheimer sagte freundlich: »Dann soll es Ihr Nachbar
übernehmen.« Der Assistent schaltete das Tonband ein und regelte
die Empfindlichkeit. Dann wurde zunächst das Protokoll der letzten Sitzung, an der ich noch nicht teilgenommen hatte, verlesen. Als
der verunsicherte Student neben mir fragte, ob er das Protokoll mit-
protokollieren solle, sagte Adorno wie aus der Pistole geschossen,
das würde dann wie bei einem Mistkäfer sein, der den eigenen Kot-
ball vor sich herrollte. Alle lachten übertrieben laut. Dann begann
Horkheimer in seiner glasklaren, schön artikulierenden Diktion zu
reden, wobei er eine These in den Raum stellte, der Adorno sofort
fast rüde widersprach. »Was du eben gesagt hast, lieber Max, ist
so naiv, dass sich darin die Umrisse einer gewissen durchaus richtigen Erkenntnis, wenn auch höchst vage, abzeichnen.« Die Jüngeren
unter uns, die die Rituale dieses philosophischen Diskurses nicht
kannten, erschraken über eine solche Frechheit. Horkheimer jedoch
lächelte und meinte: »Es gibt eben Erkenntnisse, die den Humus
der Ahnungslosigkeit brauchen, um aufzublühen. Das gilt übrigens
auch für dich, mein Lieber.« So ging es weiter. Horkheimer gab den
Naiven, Adorno den Wissenden. Ihr Dialog war eine Variante der
sokratischen Methode, in der sich die beiden Protagonisten durch
ein Frage-und-Antwort-Spiel der Erkenntnis näherten, die in der
scheinbaren Unwissenheit des einen schlummerte. Mäeutik nannte
man das, Hebammenkunst. Die beiden duzten sich ganz ungeniert
und öffentlich. Das schloss uns natürlich zusätzlich aus, da wir uns
alle mit »Sie« anredeten. Die wenigsten von uns vermochten dem
Dialog zu folgen. Worum ging es eigentlich? Waren das Genies oder
Scharlatane? Zumindest waren beide in hohem Maße schlitzohrig,
unterhaltsam und bis über beide Ohren verliebt in ihre Formulie-
rungskunst. Und dennoch war es tatsächlich ein Ort angewandten

Denkens, auch wenn es kaum Ergebnisse zeitigte. Einmal begann Adorno eine längere Ausführung mit den Worten: »Wer wie ich mit dem Fluch der exakten Phantasie geschlagen ist ...« Ich war elektrisiert. Exakte Phantasie, genau das war es, was auch ich haben wollte. Phantasie nicht als Abschweifung, als Träumerei, als Flucht aus der Realität, sondern als das genaue Gegenteil, als ihre präzise Beschreibung. In dem Dialog der beiden Philosophen trieben einige Wörter wie Fahrwassertonnen, die das Kurshalten erleichterten: »banausisch«, »Verdinglichung«, »Hypostasierung«. Dennoch gelang es mir häufig nicht, der komplexen Argumentation zu folgen. Wenn Adorno jedoch Sibelius als komponierenden Oberförster bezeichnete oder von einem Buch erzählte, mit dessen Hilfe man beim Smalltalk in Amerika Sinfonien identifizieren konnte, und zwar durch gereimte Verse, denen die Anfangstakte unterlegt waren, zum Beispiel »Come let me in, I am your faith«, woran man Beethovens Schicksalssinfonie erkannte, dann herrschte eine Stimmung wie in einer Kabarettveranstaltung.

Ende Mai erhielt ich eine Postkarte von Ingrid Strohschneider-Kohrs, auf der sie mich und meine Freundin zu sich in ihre Frankfurter Wohnung im Großen Hasenpfad einlud. Wir verabredeten uns telefonisch und erschienen mit einem Wickenstrauß. Dann saßen wir zwischen Unmengen von Büchern. Die Stimmung zwischen uns war gelöst. Bei Kognak, Wein, Zigaretten und Erdbeertorte mussten Maria und ich vom Studium erzählen und ihr Kätzchen bewundern. Wir unterhielten uns offen über die Mängel des Unibetriebs, die Arroganz der Professoren. Sie sprach von den Schwierigkeiten und dem Entbehrungsreichtum einer Hochschul-Laufbahn, vor allem für Frauen. »Man darf nur den Büchern leben und nicht dem Leben«, sagte sie, und ihre Augen wirkten traurig hinter den starken Gläsern. »Zu viel Fleiß zerstört allerdings die Erlebnisfähigkeit«, sagte ich altklug und merkte wieder einmal nicht, wie unhöflich ich war.

Nach dem Abendessen sprachen wir über meine Gedichte. Ich

war überrascht, wie sehr sie der Gastgeberin gefallen hatten. Sie schien ehrlich begeistert. Der Wein und ihr Lob hatten mich mutig gemacht. Ich sagte: »Sie waren damals gegen Ende des Krieges wahrscheinlich genauso alt wie ich jetzt. Mich würde interessieren, ob Sie etwas von der Ermordung der Juden gewusst haben?« Sie sah mich verblüfft an und drückte mit einer heftigen Bewegung ihre Zigarette aus. Ihre kurzsichtigen Augen schwammen in den Goldfischgläsern ihrer Brille. »Natürlich habe ich es gewusst. Alle haben es gewusst. Aber es gibt verschiedene Arten des Wissens. Man kann etwas wissen, ohne es an sich heranzulassen. So haben es wohl die meisten gemacht.« »Auch meine Eltern haben es so gemacht. Deshalb kann ich sie zwar lieben, aber nicht schätzen.« Sie zündete sich eine neue Zigarette an. Dann sagte sie: »Sie sind zu streng mit ihnen. Versetzen Sie sich einmal in sie und fragen Sie sich, wie Sie sich selbst damals verhalten hätten. Ich jedenfalls ergriff die Flucht in die innere Emigration, in das Land der deutschen Dichtung.« Dann stand sie auf, ging zum Plattenspieler und legte eine Musik auf, die mir sofort überaus gefiel. Eine Solosonate für Geige von Johann Sebastian Bach. Als das Stück zu Ende war, sagte sie: »Ich habe damals, als ich mir lesend und schreibend im Luftschutzkeller die Augen verdarb, fest daran geglaubt, dass aller Hass, alle Bomben, alle dumpfe Wut der Menschen eines nicht vermöchten: Sie würden nicht die Sprache eines Hölderlin zerstören können, auch wenn man alle Bücher verbrennt. Irgendwo würde es immer noch einen Band mit seinen Gedichten geben. Ich lernte viele Gedichte auswendig, um sie in meinem Kopf zu verstecken.« »Worin besteht das Geheimnis dichterischer Sprache?«, fragte ich unvermittelt. »Das sollten Sie so nicht fragen. Man nimmt einem Geheimnis sein Wesen, wenn man meint, es rational erklären zu können.« »Ich glaube, dass es Möglichkeiten der Naturwissenschaften gibt, die man zur Erklärung von Dichtung heranziehen sollte. Max Bense zum Beispiel hat in seiner Ästhetik diesen Weg vorbereitet. Er nennt das Geheimnis von

Kunst Mitrealität.« »Ich kenne sein Buch. Mitrealität ist auch nur ein Wort und keine Erklärung.« Wir schwiegen. Dann sagte unsere Gastgeberin: »Dass ihr beide euch bei mir kennengelernt habt und nun ein Leben lang zusammenbleiben wollt, macht mich froh.« Sie klang ein wenig traurig, als sie dies sagte.

Es war fast Mitternacht, als wir uns verabschiedeten, nicht ohne eine neue Zusammenkunft in 14 Tagen zu verabreden. Kurz darauf erreichte mich ein Schreiben der Darmstädter Musterungsstelle. Ich sollte mich zu einem bestimmten Termin im Kreiswehrersatzamt einfinden. Als ich dort erschien, stellte man fest, dass meine Akte bereits wieder auf dem Weg nach Kiel war. Aber ich war nicht in Kiel. So ging es ein paarmal hin und her. Eines Tages aber war es so weit. Ich stand mit vielen jungen Männern in einem gekachelten Raum. Wir mussten Urin abgeben. Anschließend rief man uns nacheinander in ein anderes Zimmer. Ich musste mich bis auf die Unterhose ausziehen. Dann wurde ich vermessen, Größe, Gewicht. »Sie haben Senkfüße«, sagte ein Mann in einem weißen Kittel. Es klang, als hätte ich etwas verbrochen. Jemand schrieb an der Schreibmaschine mit. Ich hörte Wörter wie Leptosom, schlechte Haltung. Ein anderer Mann fragte mich, was ich studiere. »Philosophie«, sagte ich. Er lachte spöttisch. Das ist ein Grund, sie als Grad drei einzuordnen, also als nur bedingt wehrtauglich. Ich würde daher vorerst zurückgestellt und könne mein Studium fortsetzen.

*

Auf der Fahrt zurück ins Hotel musste B. die ganze Zeit lächeln. Es war kein spöttisches Lächeln. Auch drückte es weder Sympathie noch Freude aus. Doch es war auch kein leeres Lächeln. Vielleicht galt es ihm selbst. Vielleicht war es der Ausdruck des Resümees eines langen Lebens, in dem sich keine eindeutigen Strukturen und kein bestimmtes Ziel erkennen ließen. Doch dann begriff er endlich:

Es war das Lächeln eines Menschen, dem klar wurde, dass er nicht mehr im eigentlichen Sinne existierte, sondern nur noch ein Schatten war, den die Erinnerung warf.

B. hielt am Flussufer und setzte sich auf die Böschung. Vom anderen Ufer wehte ein warmer Wind herüber. Er ließ die Beine baumeln und blickte in die Strömung. So ruhig hatte er sich schon lange nicht mehr gefühlt. Irgendwann würde er die Stadt verlassen. Er würde zurückfahren. Aber wo lag eigentlich dieses »zurück«? Vielleicht am Ende der Welt? War es die Insel der ewig glücklichen Hyperboreer, die irgendwann Selbstmord begingen, weil sie so viel Glück nicht auf Dauer ertrugen? Das Schönste, das ich in meinem Leben gesehen habe, dachte B., sind die kleinen blauen Tümpel in einer grünen Marsch. Windgekräuselt, flach und zugleich scheinbar unendlich tief. Ein blaues Loch, die Öffnung eines senkrecht stehenden Meeres. Es gibt diese Tümpel nur im Winter, wenn das Licht blaustichig ist und die tief stehende Sonne zugleich alles in ein goldfarbenes Licht taucht. Ich glaube, ich werde im Augenblick meines Sterbens einen solchen Tümpel vor mir sehen.

B. fiel ein, dass er in den letzten Nächten mehrmals von der Hafenstadt auf der Insel seiner Jugend geträumt hatte. Die Gassen waren im Traum noch enger, die Häuser geduckter und älter. Ein pittoresker Ort, an dem er gerne leben würde. Er hatte auf seinen Reisen einmal an der englischen Ostküste einen ähnlichen Ort entdeckt. Sein Name war Staithes. Dort war er damals in eine kleine Hafenkneipe gegangen und hatte Whisky getrunken, Glenmorangie, Mongie, wie der Wirt liebevoll sagte. Es war Sturm. Mächtige Wellen brachen sich an der Ufermauer, und der Wind trieb die Gischtfontänen über die Dächer hinweg in die Straßen. Noch einen Mongie und noch einen. Er schmeckte immer noch diese bernsteinfarbene Flüssigkeit, die mit ihrer rauchigen Wärme die Mundhöhle füllte. Nach dem sechsten Mongie hatte er sich an das verstimmte Klavier gesetzt, der Wirt hatte ein Schlagzeug geholt, und dann hatten sie Musik gemacht. Später, nachdem seine Frau ins Bett gegangen war, war B. mit einer jungen Amerikanerin über die Felsen an der Steilküste geklettert. Sie hatten sich geküsst, und sie hatte ihm ihre Adresse gegeben. Als er später schrieb, kam keine Antwort.

39

Nachdem B. Platz genommen hatte, blickte er auf seine Uhr, um zu überprüfen, ob er sich verspätet hatte. Dabei bemerkte er, dass die Zeiger rückwärts liefen. Der Sekundenzeiger bewegte sich gegen den Uhrzeigersinn. Ich reise also in die Vergangenheit als eine Art von Zukunft, dachte er. Dann seufzte er tief und begann von sich zu erzählen, mit jener angestrengt nüchternen Stimme, wie sie vermutlich ein Jugendrichter hatte, der über einen straffällig gewordenen Menschen urteilen musste, dessen Vergehen von geringfügiger gesellschaftlicher Bedeutung war, ein Delinquent also, dem Bewährung zustand, nicht als Strafe, sondern als Erziehungsmaßnahme.

*

1961 sollte für mich ein entscheidendes Jahr werden, ein Jahr der Weichenstellungen, wenn sie auch den Zug meines Lebens auf Geleise schickten, an deren Ende sich ein Prellbock befand. Es begann damit, dass ich mir vornahm, neuerlich einen ernsthaften Anlauf zu nehmen, um für die Publikation meiner Gedichte zu sorgen. Ich überwand mich deshalb und schrieb an Herrn Boehlich vom Suhrkamp Verlag. Ich schrieb noch in den Semesterferien unter der Adresse meiner Eltern und ließ den Briefentwurf wieder von meiner Mutter überarbeiten. Sie machte aus »Sehr geehrter ...« ein »Sehr verehrter ...« und sorgte auch sonst dafür, dass der Ton noch ein wenig devoter war als in meiner ersten Fassung. Ich schrieb, ich hätte im dritten Programm des NDR einen Vortrag anlässlich der deutsch-französischen Schriftstellerwoche von ihm gehört und dadurch den Mut gefasst, mein langes, durch seine Kritik bewirktes Schweigen zu brechen. Ich hätte inzwischen einen eigenen Ton in meiner Lyrik gefunden und sei nicht zuletzt von Marie Luise Kaschnitz zu diesem Schritt ermuntert worden. Und nun bäte ich ihn, die beigelegten Gedichte nicht von einem Kollegen begutachten zu lassen, sondern selbst zu lesen, auch wenn er wenig Zeit dazu habe.

Es dauerte zwei Monate, bis Boehlich antwortete: »Lassen Sie die Hoffnung nicht sinken, denn in der Zwischenzeit bin ich doch dazu gekommen, Ihre Gedichte anzusehen, und ich finde, dass Sie viel dazugelernt haben. Wenn ich mich nicht täusche, wird es immer noch nicht zu einem Bändchen, jedenfalls bei uns, reichen, aber ich meine, wir sollten Sie ermutigen, einige davon in Zeitschriften abzudrucken, wobei wir Ihnen vielleicht behilflich sein könnten. Ich spreche noch einmal mit Herrn Enzensberger darüber, an dessen Meinung Ihnen doch sicherlich gelegen sein wird. Dann hören Sie von uns.« Es war ein neuerlicher Teilerfolg, aber sind Teilerfolge nicht eigentlich bitterer als Erfolglosigkeit? Als ich wieder zwei Monate vergeblich auf Antwort gewartet hatte, schickte ich zwei neue Gedichte an Boehlich. So füttern Angler Fische an, indem sie Weißbrotkrümel ins Wasser werfen. Das Wunder geschah, Boehlich versprach, er würde die beiden Texte an Walter Höllerer schicken und ihm nahelegen, sie in den »Akzenten« abzudrucken. Ich schrieb einen Dankesbrief. »Nach so langer Arbeit im Unsichtbaren gäbe mir ein gewisser äußerer Erfolg schon einen großen Auftrieb.« Außerdem bat ich Boehlich, mir die letzten Gedichte zurückzuschicken, da ich von der Sammlung nur ein Exemplar besäße. »Ich erlaube mir dafür, Ihnen eine neue kleine Sammlung zu schicken, die in diesem Semester entstanden ist. Hoffentlich gefallen Ihnen ein paar der Gedichte, und hoffentlich finden Sie Muße, sie zu lesen.« Sicher war es ein taktischer Fehler, den Mann derart mit Lyrik zu bombardieren. Ich erhielt auch prompt nur eine gedruckte Postkarte vom Verlag: »Wir danken Ihnen für die Zusendung Ihres Manuskriptes, das heute bei uns eingegangen ist. Es wird in angemessener Frist vom Lektorat gelesen und auf seine Eignung geprüft werden. Für eingegangene Manuskripte übernimmt der Verlag keine Haftung.«

Ich hatte all diese Briefe wie lang erwartete Liebesbriefe in höchster Erregung gelesen. Schon wenn ich das Kuvert aufriss, klopfte mein Herz. Welch eine Mischung aus Stolz und Verzagtheit beherrschte mich jedes Mal! Da gab es selbsternannte Experten, die sich anmaßten, Urteile über die Kinder meiner Phantasie zu fällen. Da traf meine sprachliche Sensibilität auf die Brutalität einer Qualitätseinschätzung, die sie als gut oder schlecht oder bloßes Mittelmaß einstuften, ohne mir dabei in die Augen zu sehen. Ich begriff, dass ich den persönlichen Kontakt suchen musste. Marie Luise Kaschnitz hatte mir empfohlen, meine Texte Karl Krolow zu geben, der in diesem Semester die Poetikvorlesung übernommen hatte. Vor einigen Jahren hatte ich dessen spielerisch hingehauchte Gedichte bewundert, inzwischen kamen sie mir reichlich preziös vor, vielleicht auch, weil ich diesen Makel an meinen eigenen Elaboraten festzustellen meinte. Ich ging in seine Vorlesung und sein Seminar. Meinen Eltern schrieb ich: »Das Seminar bei Krolow – naja. Der Krolow ist halt ein selbstbewusster, eitler Kunsthandwerker, der sich für einen großen Dichter hält und keine Widerrede duldet. Er erzählt viel von sich selbst, interpretiert weitschweifig seine Gedichte, die talentiert gemixt sind, aber ohne Genie. Es fällt mir manchmal bitter schwer, schweigend dazusitzen mit dem Bewusstsein, größere Gedichte als jener berühmte Mann geschrieben zu haben. Ihr dürft mir das nicht als Überheblichkeit auslegen. Es ist mein Glaube, mein Pathos, ohne das mir mein Leben zu trist wäre. Aber die Zeit wird mich schon prüfen, und ich glaube eben daran zu bestehen.« Ich besorgte mir die Adresse und Telefonnummer Krolows. Es traf sich gut, dass er ebenfalls in Darmstadt wohnte. Die Stadt hatte ihm für seine schriftstellerischen Leistungen ein Haus auf der Rosenhöhe zur Verfügung gestellt. Ich schickte ihm einige Gedichte, und als keine Reaktion kam, sandte ich noch einmal ein Konvolut neuer

Gedichte und Greguerias nach. Endlich kam eine Antwort, in winziger Schrift geschrieben. Die Buchstaben krochen wie kleine Würmer über das weiße Papier. Was ich entzifferte, elektrisierte mich und veränderte das reichlich negative Bild, das ich von Krolow hatte. »Es war sehr nett, dass Sie mir neue Gedichte schickten. Sie sind beinahe alle sehr gut: gut durch Zurückhaltung, durch ihre bemerkenswerte Fähigkeit auszusparen, sich keine Schnörkel zu gestatten. Ihr Norddeutschland mit Meer, Wind und Salzgeschmack auf der Zunge ist oft anwesend, fast traumatisch. Aber sie müssen nun offenbar von *daher* sprechen, denn zu Ihrem Talent gehört diese Vision vom Norden. Sie haben sich, finde ich, von der Spanierära (Alberti) wieder zurückzuziehen verstanden. Lassen Sie den Kontakt nicht abbrechen! Ihre Gedichte sind – Gedichte, in jeder Zeile. Schicken Sie sie doch einmal – mit Empfehlung von mir, wenn Sie wollen – an Herrn Schwedhelm, Kulturelles Wort, Süddeutscher Rundfunk. Möglich, dass er zugreift. Beste Grüße, Karl Krolow. P. S. Auch Ihre Aphorismen sind ausgezeichnet. Sie können mich gerne einmal besuchen.«

Ich machte mich sofort auf den Weg. Die Rosenhöhe war ein Landschaftsgarten, den die hessische Großherzogin Wilhelmine 1810 hatte anlegen lassen. Ein idyllisches Künstlergetto, das man durch ein Tor mit fünf Jugendstillöwen auf hohen Klinkerpfeilern betrat. Es hatte geschneit, und der Boden war jungfräulich. Als ich klingelte, hörte ich mittelalterlichen Gesang, ein Lied der Troubadours. Die Tür öffnete sich, und ein filigraner Mensch in heller Sommerkleidung bat mich herein. Die Wohnung war modern, schwedisch eingerichtet. An den Wänden tachistische Bilder. Ich nahm dem Dichter gegenüber Platz. Er wartete, bis die Platte zu Ende war. Dann nahm er meine Gedichte und las aus ihnen vor, wobei er wie ein Dirigent ausholende Gesten mit der Hand machte. Dann wiederholte er immer wieder den einen Satz: »Ihre Gedichte sind Gedichte.« Er sprach das »st« wie ein Hamburger mit spitzem S-t, was seinen Äußerungen eine gewisse Komik verlieh. Wir tranken Tee und knabberten Gebäck. Krolow sagte: »Ich kann Ihnen nicht helfen, niemand kann einem Dichter helfen. Aber ich finde Ihre Gedichte sehr gut, porös, es sind Gedichte ihrer Zeit.« Wieder nahm er ein Blatt zur Hand, zitierte eine Stelle und sagte: »Das ist großartig, das ist sehr schön.« Nachdem eine halbe Stunde vergangen war, sagte er noch: »Wenden Sie sich an meinen Freund Joachim Günther, der die Neuen Deutschen Hefte herausgibt, und berufen Sie sich ausdrücklich auf mich.« Ansonsten hätte ich Zeit, viel Zeit. Ich solle ihn in einem Jahr wieder besuchen. Er komplimentierte mich zur Tür und gab mir seine weiblich wirkende Hand. Als ich ging, hörte ich wieder den Troubadourgesang. Auf dem Weg zurück zum Löwentor bemerkte ich, dass meine Spur unter neuem Schnee begraben war.

Für das Studium der Germanistik, Geschichte, Philosophie und Pädagogik musste ich am Ende des sechsten Semesters eine Zwischenprüfung ablegen, das Philosophikum. Dazu gehörte auch eine größere schriftliche Arbeit in einem meiner Studienfächer. Als Adorno einen Vortrag über das Thema »Anforderungen an einen Prüfling im Philosophikum« hielt, ging ich hin. Adorno sagte dabei etwas, das meine begeisterte Zustimmung fand: Wenn ein Prüfling nicht in der Lage sei zu erklären, was Kant mit der Einheit der synthetischen Apperzeption meine, dann sei das weniger schlimm. Wenn er aber die Begriffe Expressionismus und Impressionismus verwechsle, wie es neulich während einer mündlichen Prüfung geschehen sei, dann sei das leider ein Grund, ihn durchfallen zu lassen. Er lege weniger Wert auf spezifisches Fachwissen, dafür umso mehr auf eine fachübergreifende Allgemeinbildung, die auch Kunst und Naturwissenschaften einzubeziehen vermochte. Ich war mir sicher, diesem Ideal vollauf entsprechen zu können. Als Adorno dann als ein geeignetes Thema für eine schriftliche Arbeit die Beziehung von Proust zu Bergson nannte, kannte mein innerer Jubel keine Grenze mehr. Ich war der richtige Mann für ihn, und er war es für mich. Es hatte sich als vollkommen richtig erwiesen, wegen Adorno nach Frankfurt zu gehen. Mich faszinierte es schon lange, dass weder Proust noch Bergson einen naturwissenschaftlichen oder einen kantischen Zeitbegriff hatten. Die Zeit war ihnen vielmehr eine Art Strömung des Bewusstseins mit Strudeln, Katarakten und einem Stillstand in den toten Armen dieses Flusses. So erlebte auch ich die Zeit, als Fluss, in dem die Augenblicke wie kleine Schiffe aus Rinde trieben, die vom Baum des Lebens stammte. Und die Zeit verstrich nicht konstant wie in der klassischen Physik Newtons angenommen. Sie war dehnbar wie ein Gummiband. Man konnte sie auch stauchen. Das war die Dilatation der Zeit, wie sie Einstein in seiner speziellen Relativitätstheorie beschrieb. Genau das erlebten wir alle immer wieder. Angst dehnte die Zeit, Glück stauchte sie. Auch Bewegung ließ sie langsamer verstreichen. Ebenso wie die Gravitation. Bei unendlich großer Anziehungskraft blieb sie stehen. Das waren Augenblicke, wie ich sie suchte. Augenblicke mit größtmöglicher Schwerkraft. Sie waren in der Liebe manchmal zu finden oder auch in der Kunst, in Landschaften, und da vor allem am Meer.

Während unserer langen Waldspaziergänge trafen Maria und ich den Entschluss, uns endlich zu verloben. Marias Eltern zeigten sich erfreut. »Ihr seid so vernünftig«, meinte Marias Mutter. Natürlich war es nicht zu umgehen, dass ich offiziell bei meinem Schwiegervater in spe um die Hand seiner Tochter anhielt. Mir war die Vorstellung nicht geheuer, und ich wusste nicht, wie ich mich dabei verhalten sollte. Bei drückend heißem Wetter, schwülen dreiunddreißig Grad, fuhr ich, angetan mit meiner Ritterrüstung aus Nylonhemd und Konfirmationsanzug, in die Innenstadt. Bevor ich die Wohnung meiner zukünftigen Schwiegereltern betrat, ging ich in eine Kneipe und trank zwei doppelte Doornkaat. Der Schweiß verklebte mein Hemd mit meinem Körper wie eine zweite Haut. Im Blumenladen erstand ich einen großen Strauß gelber Rosen. Herr Schuck zwinkerte mir verständnisvoll zu, als ich zahlte. Er wusste natürlich längst Bescheid. Dann saß ich reichlich nervös meinem in einen Smoking gekleideten zukünftigen Schwiegervater im kleinen Nebenzimmer gegenüber, während die Mutter und ihre Tochter nebenan in der Gewissheit eines positiven Ausgangs der Zeremonie den Tisch deckten. Ich begann mit schwankender Stimme, während die Augen meines Gegenübers mit freundlicher und, wie mir schien, ein wenig spöttischer Gelassenheit auf mir ruhten. Es hätte eine Szene aus Niebergalls »Datterich« sein können. Und war ich nicht tatsächlich dessen Filou, diesem versoffenen, schlitzohrigen und ewig bankrotten Lebenskünstler irgendwie ähnlich? Ich starrte auf das Grundig-Radio, um mir Mut zu machen, und stotterte: »Sie wissen sicher schon, was ich jetzt sagen will: Ihre Tochter Maria und ich würden uns gerne im August verloben, und ich möchte Sie nun um Ihr Einverständnis bitten.« Dann versuchte ich zu skizzieren, wie ich mir meine Zukunft als Ernährer einer Familie vorstellte. »Ich werde in spätestens fünf Jahren in Germanistik promovieren, eine Stelle annehmen und dann heiraten können.« Mein Gegenüber lächelte weise wie ein Buddha, der das Nirwana längst erreicht hat und dadurch der Qual ewiger Reinkarnation entbunden ist, weil es dort genügend Sauerbraten gab, während ich selbst noch sehr weit entfernt war von einem solchen Zustand der Erweckung. Dann hörte ich eine Stimme, die aus dem Radio zu kommen schien: »Ich glaube, dass Maria durchaus die geistigen und gesundheitlichen Voraussetzungen für eine glückliche Ehe aufweist, und wir glauben, dass Sie …« Ich verstand die Stimme nicht mehr. Es war, als drehte jemand den Lautstärkeknopf am Radio herunter. Dafür hörte ich meine eigene Stimme überlaut: »Hoffentlich bin ich Ihnen recht als Schwiegersohn!« Jetzt war die Stimme aus dem Grundig wieder deutlich zu hören: »Ich kenne Sie jetzt doch so weit, dass ich auch von Ihnen überzeugt bin, dass Sie meine Tochter glücklich machen können, dass sozusagen alles da ist von Ihrer Seite. Sie wissen, dass wir konfessionell gewisse Vorbehalte haben, in puncto Taufe und Kindererziehung zum Beispiel.« Ich fiel ihm ins Wort: »Ja, aber ich denke, dass Schwierigkeiten auch dazu da sein können, ein Verhältnis zu festigen, wenn wir sie gemeinsam überwinden.« Er nickte und erhob sich. »Ich trage meinen Smoking übrigens nicht wegen Ihnen, sondern weil ich nachher auf ein Fest der Nassoven gehe«, sagte er. »Ich bin mit der Verbindung einverstanden und freue mich für Maria und Sie. Maria meint übrigens, dass Sie die Verlobungsringe nicht vom Geld Ihrer Eltern bezahlen sollten, denn das würde vielleicht Unglück bringen. Ich habe da eine Idee. Wir haben eine Werkstatt, in der wir die Modelle für unsere Stadtentwicklung anfertigen lassen. Sie wird von Herrn Fiebig, einem geschickten Kunstschreiner geleitet. Er arbeitet allein, und da wir gerade die Renovierung unserer städtebaulichen Perle, der Mathildenhöhe, planen, wäre es nicht schlecht, wenn Sie Herrn Fiebig eine Weile gegen einen angemessenen Stundenlohn zur Hand gingen.«

Ich zeigte mich hocherfreut über das Angebot, und dann lösten sich die Förmlichkeiten auf angenehmste Weise im Esszimmer auf, bei einem Glas Sekt und einer kurzweiligen, an das künftige Brautpaar gerichteten Rede des künftigen Brautvaters voller witziger Anspielungen. Wir boten uns das Du an. Ein besonders gelungener Sonntagsbraten wurde serviert. Ich fühlte mich wie erlöst und schenkte dem Mann aus Eichenholz an der Wand einen zufriedenen Seitenblick.

Noch am selben Tag informierte ich meine Eltern brieflich von dem Schritt und schlug als Zeit der Verlobungsfeier einen Tag im August vor und als Ort die Terrasse von Muttls Haus. Ich hatte noch nie selbst Geld verdient, und so war es für mich ein Abenteuer, als ich mich in der kommenden Woche bei Herrn Fiebig um sieben Uhr morgens vorstellte. Fiebig war ein kleiner, filigraner Mann, wie gedrechselt und mit scharfen, jedoch freundlichen Gesichtszügen. Er sprach kaum, aber er demonstrierte mir mit seinen Händen, was ich zu tun hatte. Sägen, Hobeln, Rechnen, Zeichnen, Hämmern, Schrauben, Kleben. Arbeitsbeginn war um 7 Uhr 20, Schluss um

17 Uhr 10. Verdienst 180 DM inklusive Steuern. Ich sollte zunächst für das Modell der Mathildenhöhe, dieser Akropolis des Jugendstils, das an ihrem Rand gelegene Alice-Hospital im Maßstab 1:250 anfertigen. Das Bauwerk hatte eine dem Straßenverlauf entsprechende leicht gekrümmte Form und war deshalb eine handwerkliche Herausforderung. Zum ersten Mal machte ich Bekanntschaft mit der Tatsache, dass sich in einem Handwerk weniger leicht mogeln ließ als in der Kunst. Als das Hospital fertig war, nickte Fiebig anerkennend. Dann gab er mir wichtigere Aufgaben, den Hochzeitsturm und die russische Kirche. Fiebig war nicht nur ein guter Handwerker und gnadenloser Kritiker, er war auch ein Meister des Handwerkerschläfchens. Jeden Mittag aß er zwei große Leberwurststullen, trank dazu eine Flasche Bier und legte sich dann für exakt eine viertel Stunde auf die Hobelbank. Ich lag ein Stockwerk tiefer auf dem Steinboden und lauschte seinen ruhigen, leise schnarchenden Atemzügen. Nach zwei Wochen war das Modell fertig. Fiebig war zufrieden, und ich hatte so viel Geld verdient, dass ich mit Maria zu einem Juwelier gehen konnte, um Eheringe zu erstehen. Sie sollten schlicht sein und bezahlbar. Nicht zu protzig, nicht zu dick, 333 Gelbgold. Wir zogen die Ringe, in die wir das Datum und unsere Vornamen eingravieren ließen, manchmal heimlich an mit dem Gefühl, dass dabei so etwas wie eine magische Wandlung geschah.

Der Weg für die Verlobung war nun geebnet. Muttl hatte begeistert eingewilligt, das Fest in ihrer Villa auszurichten. Ich legte meiner Mutter brieflich die Liste der Gäste zur Genehmigung vor. Die Einladungskarten wurden gedruckt. Ich war glücklich wie selten in jenen Tagen, denn mein Leben nahm nun wirklich so etwas wie eine Gestalt an, und damit hatte ich eigentlich nicht gerechnet. Meine Mutter fühlte sich in diesen Tagen nicht wohl. Sie hänge schwarzen Gedanken nach, schrieb sie. »Hol Dir Deine schönste Rose aus dem Garten, stelle sie in eine Vase und denke, sie sei von mir«, schrieb ich zurück. »Viele Leute laufen mit gefüllter Galle herum! Es ist so ungünstig, wenn Du schwarzsiehst, das schwächt Dich und macht Deinen Mann traurig. Also, seid bitte glücklich in Eurem wunderschönen Zuhause. Und freut Euch über das Glück Eures Sohnes.«

Die Verlobung fand an einem schönen Spätsommertag im August statt. Meine Eltern reisten mit dem Dienstwagen meines Vaters an, einem grauen Opel Olympia. Mein Vater trug seine Kapitänsuniform mit den vier Goldstreifen, meine Mutter ein weit geschnittenes Leinenkleid, das ihre füllige Figur vorteilhaft kaschierte, und ihre bequemen weißen Pumps, die wir bei Fräulein Jung gekauft hatten. Ich hatte wieder meinen viel zu warmen Konfirmationsanzug aus dunklem Flanell an, dazu die weinrote Weste, ein bügelfreies Schwarze-Rose-Hemd und einen schwarz-silbernen, längsgestreiften Schlips mit einem viel zu kleinen Windsorknoten, der mich im Würgegriff hatte und das Scheuern des Kragens verstärkte. Meine links gescheitelte Fassonfrisur war sorgfältig zur Seite gekämmt und von meiner Mutter mit ein paar Stößen aus der Sprühdose fixiert. Die Braut trug ein züchtig ausgeschnittenes, stark gemustertes, jedoch insgesamt helles Sommerkleid. Ihr freundliches Antlitz mit dem zuweilen eingefroren wirkenden Lächeln und den großen, unter den Glaskuppeln der Brille ruhenden Augenteichen wurde von einer gemäßigt hochtoupierten Farah-Diba-Frisur gekrönt. Während Muttl in der Küche mit Vorbereitungen beschäftigt war, trafen die Gäste ein: Onkel Anton, Onkel Brudda mit seiner Frau, die Halbschwester meiner Mutter mit ihrem attraktiven Mann, beide großstädtisch elegant gekleidet, Tante Mary, mein jüngster Onkel mit seiner Frau. Nachdem meine Mutter, untergehakt von der Braut und mir, einige Male den Garten umrundet hatte, wurden wir auf die Terrasse gebeten. Es war festlich gedeckt. Onkel Anton kredenzte Kullerpfirsiche. Sein Blick ruhte kurz taxierend auf Marias Busen. Dann gab es Lachsschnittchen, Spargel mit Kochschinken, neuen Kartoffeln und einem eleganten Riesling, später Erdbeertörtchen mit süßem Dessertwein. Mein Schwiegervater in spe stand auf, klopfte mit dem

Löffel an sein Glas und hielt eine launige Rede, gespickt mit Datterichzitaten wie »Ich wahß net, ich hab heit schon de ganze Daag so en verstackte Dorscht«. Dann hob er sein Glas, und alle stießen an. Anschließend musste mein Vater wohl oder übel die Brautrede halten. Er mochte offizielle Reden nicht, aber er löste die Aufgabe souverän, indem er mit Begriffen aus der Seefahrt die Kiellegung eines Schiffes, den Stapellauf und die erfolgreiche Fahrt emblematisch zum Bild eines gelungenen Beginns einer Beziehung kombinierte. Muttl, die immer, wenn sie in die Küche ging, ein Gläschen Kognak kippte, gefolgt von meiner Mutter, die diese heimliche Quelle des Glücks längst gefunden hatte, war nun als Gastgeberin an der Reihe. Sie überbot sich in Komplimenten, wahllos an alle verstreut, an die Gäste, das Wetter, das Essen, die Getränke, die Spatzen, die unter dem Tisch auf den Solnhofener Platten ihre eigene Festtafel eingerichtet hatten, und vor allem an sich und die vorbildliche Ehe mit ihrem leider viel zu früh verstorbenen Mann. Meine Mutter war inzwischen so betrunken, dass sie die Rede immer wieder mit einem lauten »Hört, hört« oder »So ein Schwachsinn« oder »Alles gelogen« unterbrach. Meine künftigen Schwiegereltern erstarrten zu Gipsfiguren, während meine frischgebackene Braut zu weinen anfing, denn sie war so viel Boshaftigkeit und Aggressivität zwischen Menschen nicht gewohnt. Die Tränen rollten wie barocke Perlen über ihr Make-up und hinterließen dort mäandernde Spuren. Mein Vater wirkte noch vereister als meine Schwiegereltern, während seine Schwägerin sichtlich die giftige Stimmung genoss und Tante Mary ihr Lieblingsgedicht »Wanderers Nachtlied« mit erhobener Stimme fast schreiend zu rezitieren begann: »Über allen Gipfeln/Ist Ruh',/In allen Wipfeln/Spürest du/Kaum einen Hauch;/Die Vögelein schweigen im Walde, Warte nur, balde/Ruhest du auch.« Onkel Anton versuchte sein Bestes, die Stimmung zu retten, indem er zur Gitarre griff. Gemeinsam mit Onkel Brudda sang er »Am Brunnen vor dem Tore«, während ich aufstand, meine Braut unterhakte und mit ihr in die hinterste Gartenecke ging, dorthin, wo hinter einer Buchenhecke der stinkende Komposthaufen lag, in dem ich einst mit meinem Vetter Fritz eine Höhle gebaut hatte. Hier küssten wir uns, und ich wischte ihr die Tränen von der verschmierten Backe. Tröstend sagte ich: »Du weißt doch, was Lenz in seiner Ballade ›Piramus und Thisbe‹ gedichtet hat: ›Nehmt euch in Acht, ihr Alten! Störet kein liebend Paar.‹« Sie nickte tapfer, und dann lachte sie wieder, und wir gingen zurück zur Terrasse.

Meine Mutter hatte sich inzwischen wegen angeblicher Migräne zurückgezogen. Mein Vater und der Brautvater unterhielten sich angeregt über die Zeiten im Krieg. Tante Mary und ihre Schwester deckten geräuschvoll ab. Onkel Brudda verschwand mit seiner Frau, nachdem er Maria und mir Glück und viele Kinder gewünscht hatte.

Mein jüngster Onkel fuhr uns nach Darmstadt. Wir saßen noch eine Weile im kleinen Zimmer, hörten Vivaldi und tranken einen guten Tropfen. »Ihr Vater ist ein interessanter Mann. Er hat viel erlebt und deshalb viel zu erzählen«, sagte der Brautvater. »Ich beneide manchmal Menschen, die so weit herumgekommen sind.« Später nahm ich die letzte Straßenbahn nach Sankt Stephan. Ich hatte Magenschmerzen und machte mir ein scharfes Frugolasüppchen. Ich starrte auf die leere Straße und lauschte dem tröstenden Gesang von Mose Allison: »I live the life I love ...«

In den Briefen an meine Eltern, die ich gemeinsam mit meiner Verlobten schrieb, erwähnte ich den Eklat auf der Verlobungsfeier nicht. Es waren Briefe, die eine wunderbare Zukunft beschworen. Wir würden als Lehrerdichterkinderehepaar in den Norden, in ihre Nähe ziehen. In diesen Briefen kamen groteske Sätze vor wie dieser: »Maria und ich wollen uns Eure Ehe zum Vorbild nehmen, und ich glaube, wir können es verwirklichen.« Ich schrieb auch weiter Gedichte, schickte sie an Boehlich und wartete auf eine Antwort. Meine Texte wurden immer preziöser. Ich spürte, dass ich in eine Sackgasse geraten war. Doch dann geschah etwas Unerwartetes. Ich besuchte einen Kommilitonen. Zu später Stunde spielte er mir eine Schallplatte vor, die mich wie ein Keulenschlag traf. Es waren englische Gedichte, vom Autor selbst gesprochen, fast gesungen. Ich hatte so etwas noch nie gehört. Die Stimme erinnerte mit ihrem Tremolo an die eines Predigers, der von der Kanzel seiner eigenen Einsamkeit von der Einsamkeit der Menschen predigte, von der Liebe und dem Schmerz, vom Meer und von den Dingen, den Bäumen, den Hügeln und ihrer Magie. Ein Gedicht endete mit der Zeile »After the first death there is no other«. Sie bohrte sich in mein Hirn. Ich wurde sie nie wieder los. Diese Verse glichen brennenden Fackeln, geworfen in den Heuhaufen meiner Sprache, in dem ich immer noch nach der Stecknadel einer vollkommen gelungenen Gedichtzeile suchte. Es war das endgültige Ende meiner Tonustheorie. Viel zu lange hatte ich geglaubt, Poesie könne durch eine künstliche Spannung zwischen Wörtern entstehen. Jetzt wusste ich es dank diesem walisischen Barden namens Dylan Thomas besser: Sie entstand in der Person des Autors, aus einer extremen Spannung zwischen seinem Leben, seinem Denken und seinen Gefühlen. Ich schrieb Jens, der wieder auf Amrum war, in hymnischen Tönen von meiner Entdeckung und von meiner Sehnsucht nach der mythischen Aura des Skalnas-Tals, in die die Poesie des Walisers gut passen würde. Er antwortete prompt: »Dank für Deinen sagenhaften Brief. Er hat mich ebenso sehr an die alten Zeiten hier erinnert wie Amrum selbst. Aber es ist unmöglich, das frühere Amrumgefühl wieder hervorzukramen, aufzuputzen und sich einzubilden, es passe noch zu mir. Es ist auch unmöglich, in Wehmut zu zerfließen. Du darfst nicht vergessen, dass für mich die große Amrumzeit weniger an die Umgebung gebunden ist als bei Dir, einfach deswegen, weil ich schon seit etlichen Jahren hier die Ferien verbringe. Ich kann noch nicht sagen, wie es weitergehen wird; denn da meine Eltern heute Mittag erst fortgefahren sind, geht es jetzt erst los. Am Freitagabend, als wir kamen, habe ich mich trotz Müdigkeit und

Trübsinn dazu aufgerafft, noch einen Spaziergang ans Meer zu machen. Und es war wieder großartig. Kalt, stürmisch, der Lärm des Meeres, Kniepsand usw. Du weißt schon, was ich meine. Es war wieder dieser wahnsinnige Rausch. Der ästhetische Scheintod. Aber ich esse nicht nur weißen Kleehonig, sondern ich gehe auch wieder ins *Heidecafé*. Ich war gestern Abend da, und ich werde heute wieder hingehen. Wie es morgen ist, weiß ich noch nicht. Ich soll wieder schreiben, meinst Du? Sicherlich eine gute Idee. Wenn Du mich nicht daran erinnert hättest, wäre ich selbst nicht auf den Gedanken gekommen. Ich habe im *Heidecafé* ein Mädchen aus Groß-Gerau kennengelernt, und dazu noch ein sehr süßes, leider nur flüchtig. Deswegen gehe ich heute Abend wieder hin, obwohl ich sie wahrscheinlich nicht treffen werde. Ich werde also ein einsamer Idiot bleiben. Wenn ich zurückdenke ans vorige Jahr, wie ich hier gesessen habe, den Tisch voller Gedichte, meinen Bart kraulend und in der Poesie schwimmend, dann ist es Zeit, ein wenig sentimental zu werden. In der Ferne im blauen Dunst Deine Heimatinsel und auf dem Schrank die alte Petroleumfunzel. Am Strand die traurig lächelnde Leiche von Orpheus. Und Mädchen mit wehenden Röcken gehen vorbei. Die Kühe werden in den Stall getrieben. Im Dorf blasen Bläser den Abend ein. Die Sonne ist errötend weggelaufen, weil sie sich der Dinge schämt, die sie am Tag beschienen hat. Verkünde Deinem Wiesenengel meinen selbstlosen Gruß und habe Mitleid mit dem Untröstlichen. Dein alter Freund Jens.«

Nachdem ich den Brief mehrfach gelesen hatte, saß ich am Fenster und starrte auf den leeren Sportplatz. Ich hatte »Nachmittag eines Fauns« aufgelegt und versuchte, mir vorzustellen, wie es wäre, jetzt auf Amrum zu sein. Dann setzte ich mich an die Schreibmaschine und begann einen Zyklus mit dem Titel »Jener am Meer«.

Meine Freundschaft mit Marie Luise Kaschnitz hatte das Ende ihrer Poetikvorlesung überlebt. Ich besuchte sie hin und wieder, meistens zu einem einfachen italienischen Mittagessen. Sie schien sich um meine Zukunft kümmern zu wollen, denn eines Tages sagte sie, sie habe eine schöne und noch dazu gut bezahlte Stellung für mich. Der mit ihr befreundete Leiter des Münchener Goetheinstitutes würde eine rechte Hand suchen und habe sie gefragt, ob sie jemanden wüsste, und da habe sie mich vorgeschlagen. Das Angebot war verlockend. Ich wäre meine finanziellen Probleme auf einen Schlag losgeworden, und ich hätte sicherlich interessante Leute kennengelernt, die für meine Karriere als Lyriker nützlich sein könnten. Ich hatte der Kaschnitz meine neusten Gedichte mitgebracht, die ich unter dem Einfluss von Dylan Thomas geschrieben hatte. Sie fand sie gut und wollte sie ihrer Verlegerin Frau Claasen schicken. Bevor ich ging, bat ich sie bezüglich der Münchener Perspektive um Bedenkzeit. Ich hätte mich ja gerade erst verlobt, und meine Braut wäre bereits so weit in ihrem Studium gekommen, dass ein Wechsel der Uni für sie nicht in Frage käme. »Ich glaube, sie könnte auch in München ihren Abschluss machen«, meinte die Kaschnitz. Wahrscheinlich befand ich mich damals wieder einmal an einem echten Bifurkationspunkt, doch neigte ich dazu, diese Situation zu ignorieren.

Die Neue Deutsche Literatur war immer noch das Stiefkind der Fakultät. Doch Mitte November gab es einen Grund zum Aufatmen. Die Stelle eines ordentlichen Professors in diesem Fach wurde eingerichtet und mit Professor Heinz Otto Burger besetzt. Burger hatte ein Standardwerk verfasst, die »Annalen der Deutschen Literatur«, ein umfassendes Kompendium voller Namen, Daten und Einflüssen. Das war ein neuer Wind. Hier wurde nicht moralisiert, nicht klassifiziert, nicht interpretiert, sondern nur Faktenwissen vermittelt. Ich belegte das Oberseminar bei diesem Schwaben, der es verstand, seine Schüler mit einer Hand in der Hosentasche, frei redend wie ein Wanderführer, durch die Landschaft der deutschen Literatur zu geleiten.

*

Bei seiner Rückfahrt zum Hotel, bei der er einen Umweg einschlug, stieß B. zufällig auf einen Ort, von dem er glaubte, ihn schon lange vermisst zu haben. Ein heruntergekommenes Café mit jenem morbiden Charme, wie er ihn einst am Wiener *Café Eiles* so geschätzt hatte. Er betrat den trüb beleuchteten Raum und setzte sich in einen der roten Plüschsessel. Hier konnte man endlos warten, auf die Frau seines Lebens zum Beispiel oder auf sich selbst. Warten fiel hier nicht schwer, denn hier schien die Zeit stillzustehen.

B. war der einzige Gast. Als endlich die Kellnerin erschien, bestellte er einen Kaffee und einen Kognak. Er saß am Fenster und sah hinaus. Draußen schneite es, obwohl das eigentlich nicht zur Jahreszeit passte. Irgendwann wurde die Tür geöffnet, und ein Strom von Menschen quoll herein. Es waren junge Menschen, Männer und Frauen. Die Garderobe füllte sich mit ihren Mänteln. Offenbar waren die Vorlesungen zu Ende. Überall wurde diskutiert, in einer Sprache, die B. nicht verstand. Nur an seinem Nachbartisch wurde für ihn verständlich gesprochen. Dort saß ein Pärchen und hielt sich an der Hand. Sie trank ihren Kaffee mit der rechten Hand, er mit der linken. Sie weinte, aber ihre Tränen bildeten sich auf ihren Wangen und stiegen zu ihren Augen empor, die sie wie leere Teiche füllten. Auch ihr Partner hatte einen Kognak bestellt. Es war ein feingliedriger Mensch mit dünnen blonden Haaren. Plötzlich wandte er sich zu B. um und sagte: »Unsere Beziehung ist später leider zerbrochen, wie die Schale eines rohen Eis. Es war mein eigener Schnabel, der es von innen aufpickte, weil es mir drinnen zu eng geworden war. Als ich schließlich herauskroch, konnte ich nicht fliegen, und niemand war da, dessen Federkleid mich wärmte. Ich habe nur mit Hilfe der Flügel der Phantasie überlebt.«

B. erhob sich und ging. Später, im Hotel, fiel ihm ein, dass er zu zahlen vergessen hatte.

40

B. hatte es einige Male bemerkt: In die Gesichter sehr alter Menschen kehrt oft das Gesicht des Kleinkinds zurück, wie ein Fuchs in den vertrauten Bau. Er hatte in solchen Momenten die Person immer besonders geliebt, seinen Vater zum Beispiel wenige Minuten vor seinem Tod. Er musste in dieser Nacht von ihm geträumt haben, denn als er aufwachte, sah er das Gesicht seines Vaters an der Decke, wie ein von einer schwachen Lampe projiziertes Bild. B. lächelte, und auch der Mann an der Decke schien zu lächeln. Es war ein kindliches Lächeln voller Neugier auf die Zukunft. Als B. zum Institut fuhr, hatte er das Gefühl, vieles, aber nicht alles falsch gemacht zu haben im Leben.

*

Im Oktober 1962 wurde die Welt von der Kubakrise erschüttert. Sie währte fast zwei Wochen, in denen viele mit dem Weltuntergang in einem Atomkrieg rechneten. Auch ich gehörte dazu. Ich hob das wenige Geld ab, das auf meinem Bankkonto lag, kaufte eine Flasche Arrak, mein neustes Lieblingsgetränk, und saß in meinem Zimmer und starrte zu meinem Fenster hinaus in Erwartung, bald einen Atompilz am Horizont wachsen zu sehen. Später ging ich wie so oft die wenigen Schritte die Straße hinab zu meinem Freund. Wir hörten Platten und debattierten über die gefährliche Weltlage. Jens machte sich lustig über meine Ängste. »Was hast du eigentlich gegen einen Weltuntergang«, fragte er. »Er würde vieles erleichtern.« Wir waren uns immer noch sehr nahe, obwohl Jens an der Universität inzwischen seine eigenen Wege ging und ein Seminar bei dem Hegelianer Bruno Liebrucks belegte, der nur wenig Schüler hatte. Es war deutlich, dass Jens versuchte, sich meinem Einfluss zu entziehen.

Wir hatten im letzten Sommer aus den geöffneten Fenstern des *Felsenkellers* genau die Musik gehört, die auch wir liebten. Jimmy Smith mit seiner Hammondorgel, Ray Charles, Ben E. King. Eines Abends beschlossen wir, trotz der Warnung des Maklers, in das Lokal zu gehen. Es lag erhöht über der Straße auf einer ehemaligen Sanddüne. Als wir mit mulmigem Gefühl den Kneipenraum betraten, war es, als wären wir mitten in Harlem gelandet. Überall Schwarze in Zivil. Hinter der Theke stand eine ältere Frau, die Wirtin. Sie war die einzige Weiße und starrte uns an wie Außerirdische, und auch die anderen im Raum schienen uns als solche zu empfinden. Für einen Moment trat Stille ein. Die vier am Kicker unterbrachen ihr Spiel. In diesem kritischen Augenblick tat ich wohl das einzig Richtige: Ich ging zur großen Musikbox, warf eine Münze ein und drückte den Hit von Jimmy Smith »In the Heat of the Night«. Das Stück beginnt mit einem vom Schlagzeug erzeugten flirrenden Grillenton, in dem die schwüle Hitze einer Sommernacht enthalten ist, ehe die groovenden Akkorde der legendären B 3 einsetzen, in denen sich die ungeheure Spannung der Situation löst. Auch in Wirklichkeit war es so. Die Schwarzen redeten wieder, der Kicker wurde bedient, die Wirtin lächelte zufrieden. Wir setzten uns in eine Ecke und bestellten Bier und panierte Schweineschnitzel. Es waren die größten Schnitzel, die ich je auf den Teller bekommen hatte. Wir waren nun fast jeden Abend im *Felsenkeller*. Wenn die Fenster geöffnet waren, hatte man freie Sicht über die Häuser hinweg bis zum fernen Waldrand. Dass wir den Mut gehabt hatten, uns in diese angeblich so gefährliche Welt zu wagen, trug uns bei ihren Besuchern Anerkennung, ja Zuneigung ein. Man gab uns Drinks aus, und wir spielten bald beim Kickern mit. Mein Lieblingspartner war ein Hüne namens Big Nelson. Er sprach kaum ein Wort und trank den ganzen Abend aus Halbliterkrügen eine trübe Mischung aus Bier und Kognak. Meistens spielte ich als Torwart und Verteidiger, und wenn es mir gelang, von hinten einen Treffer direkt oder über die Bande zu erzielen, hieb mir Big Nelson mit seiner Bratpfannen-hand auf die Schulter und brüllte: »Big shot«, und ich musste, wenn wir gewonnen hatten, ebenfalls den Bier-Kognak-Cocktail trinken.

Hin und wieder gab es Schlägereien aus Gründen, die wir nicht kannten, doch die Beteiligten krümmten uns kein Haar. Man lehnte uns wie Besen an die Wand, bevor die Fäuste flogen und der gro-ße Wurlitzer-Musikautomat in der Hitze der Nacht bläulich schimmernd und mit drehender Singlescheibe ein Stück durch die Kneipe rutschte, weil ihn der Körper eines Mannes traf, den jemand niedergeschlagen hatte. Das Spektakel dauerte immer nur so lange, bis die Militärpolizei erschien, von der Wirtin herbeitelefoniert, was ihr keiner ihrer Gäste übel nahm, denn sie war für die Schwarzen so etwas wie eine Mutter. Die Militärpolizisten waren Weiße, kleine, physisch mickrige Kerle mit Gummiknüppeln und Pistolen am Gürtel. Sofort trat Ruhe ein. Die Schwarzen hatten offensichtlich einen Riesenrespekt vor diesen Pyknikern, die den einen oder anderen Unruhestifter mit einem Polizeigriff niederdrückten und in Handschellen abführten, um ihn in eine Zelle des Militärgefängnisses zu stecken. Ich liebte bald diese Welt, die für mich so fremd war. Sie nahm mir jede Lust, weiter an die Uni zu fahren. Der *Felsenkeller* war eine Insel inmitten eines Meeres der Normalität, ein Sklavenschiff, auf dem ich am liebsten angeheuert hätte. Ich war fast jeden Tag dort, angezogen von der Musik, von der Offenheit der Schwarzen und ihrer Lebensfreude. Das Studium vernachlässigte ich jetzt noch mehr. Auch war es undenkbar, Maria in den *Felsenkeller* mitzunehmen, denn das Lokal war die Gegenwelt zu ihrem Milieu und ihrer Wirklichkeit.

Jens machte Ernst mit seinem Projekt, sich meinem Einfluss zu entziehen, und zog nach Frankfurt, in eine Wohnung direkt am Eisernen Steg. Sie lag am rechten Flussufer, ausgerechnet im vierten Stock des Hauses, das einst Beckmann in seinem Bild vom Eisernen Steg gemalt hatte. Ich übernahm seine Wohnung im Hinterhaus der Temmers, nicht nur, weil sie billiger war, sondern vor allem, weil ich hier Platten laut genug hören konnte. An das Plumpsklo mit seinem Karbidgestank gewöhnte ich mich schnell, auch an die vielen großen schwarzen Spinnen, die über der Tür regelrechte Klumpen bildeten. Einmal ging ich in die *Patronentasche*, denn es war Montag und der *Felsenkeller* geschlossen. Als ich den großen Raum der Gaststätte betrat, sah ich lauter kleine Löcher an der Wand, wie ein Fries. Ein durchgedrehter GI hatte das Magazin seiner Maschinenpistole einmal rundum in Brusthöhe geleert. Niemand war verletzt worden, denn alle hatten sich rechtzeitig auf den Boden geworfen.

Seit dem Weggang von Jens vermisste ich mehr denn je einen Freund und Gesprächspartner. Ich glaubte Ersatz gefunden zu haben in einem Kommilitonen, der in der Nähe wohnte. Er war Kommunist und trug immer den gleichen ausgeleierten, blauen Parallelo. Wir marschierten nachts über die Spargelfelder und diskutierten. Ich versuchte, ihm Proust nahezubringen, er versuchte es bei mir mit Marx. Wir redeten ständig aneinander vorbei, und bald gab ich es auf. Seit einiger Zeit stand ich mit Wilhelm in einem intensiven Briefwechsel. Mir war bewusst geworden, dass er mit seinen breiten Interessen und seiner Bildung im Grunde der ideale Partner für mich war. Er studierte jetzt in Hamburg, volontierte beim Rundfunk und schrieb mir offen, wenn auch in seinem gedrechselten Stil, von seinen Schwierigkeiten mit seiner bürgerlichen Freundin, von der er sich immer wieder trennte, um sie dann erneut für sich zu gewinnen. Er trug sich mit düsteren Gedanken: »Manchmal ist der Selbstmord ein platonischer Kalauer im Himmel der Ideen, um an ihm einen Katerzustand der Existenz zu rechtfertigen. Man ist halt ein Zufall, man muss ihn nochmal wahrscheinlich machen, um altern zu können.« Ich lud ihn ein. Wilhelm war labil und exaltiert wie immer. Es machte Spaß, seinen uferlosen Ergüssen zuzuhören, in denen sein theologisches Wissen und seine lyrischen Worthülsen wie Treibgut dahinströmten. Wir schminkten uns und fuhren zum Waldfriedhof. Ich hatte mich als Clown Frost verkleidet. Wilhelm sah mit seinen schwarz umrandeten Augen und den mit einem Lidstift nachgezogenen Stirn- und Wangenfalten wie ein gealterter Cherub aus. Er kniete sich auf meinen Wunsch hinter einen Grabstein und legte den Kopf auf dessen Oberkante. Ich fotografierte ihn. Aber ich war dann doch froh, als er wieder nach Hamburg zurückfuhr.

Die einzige Veranstaltung, die mich einmal in der Woche noch an die Uni lockte, war Adornos legendäre Vorlesung zur Ästhetik, die im Wintersemester 1961 begonnen hatte und zwei Semester währen sollte. Die Erwartungen der Studenten waren enorm. Es gab auch viele ältere Gäste, Kollegen, Journalisten, die in den ersten Reihen saßen. So voll war der Hörsaal V noch nie gewesen. Auch die seitlichen Gänge und der Mittelgang waren besetzt. Es herrschte noch mehr als sonst eine fast esoterische Stimmung. Adorno begann mit einem ungewöhnlichen Versprechen: Er würde am Ende des kommenden Sommersemesters den Vorhang lüften, hinter dem sich die Antwort auf die große Rätselfrage nach dem Wesen der Kunst verbarg. Eine solche Ankündigung stand im Widerspruch zu jenem Satz, der mich im ersten Semester so irritiert und aufgerüttelt hatte: Man könne die Wahrheit nicht in die Tasche stecken und mit nach Hause nehmen. Nun sollten wir in einigen Monaten sogar ein echtes Hauptgeschenk bekommen. Entsprechend groß war die Spannung im Publikum, und sie hielt sich auch bis zum letzten Tag, obwohl sehr vieles an Adornos Ausführungen dunkel und vieldeutig blieb. Dann war er endlich da, der letzte Tag der Vorlesung, der Moment der Bescherung. Die anderthalb Stunden waren fast vergangen. Ungeduld machte sich breit in Form eines Raunens, das den fensterlosen Saal füllte wie eine langsam steigende Flut. Adorno musterte uns gelassen mit seinen braunen Frettchenaugen. Dann sagte er: »Das Wesen von Kunst, ich hatte versprochen, es zu benennen. Ich kann dazu nur eines sagen: Es hat etwas mit Musik zu tun. Lauschen Sie einem Klavierstück von Beethoven oder Chopin, dann wissen Sie, was ich meine.« Mehr kam nicht über seine die Lippen. Ein unhörbarer Wutschrei der Enttäuschung ging durch den Raum. Es dauerte lange, bis ein schwaches Trommeln der Fäuste anhob. Auch ich verließ tief enttäuscht den Saal, fuhr nach Hause und flüchtete mich zu Big Nelson in den *Felsenkeller*.

Mit einem Assistenten Adornos besprach ich unterdessen das Thema meiner Arbeit für das Philosophikum. Ich schlug vor, über das Verhältnis von Proust zu Bergson zu schreiben. »Können Sie Französisch?«, fragte er. »Nein«, gab ich kleinlaut zu. »Dann sollten Sie lieber die Finger von diesem Thema lassen. Übersetzungen geben nie ganz korrekt wieder, was Autoren sagen wollen.« Er schlug als neues Thema eine Arbeit über den Begriff des Erhabenen bei Kant und Schiller vor. Ich war inzwischen in der Lage, Diktion und Stil Adornos ziemlich gut zu imitieren. Auch die kühnen Sprünge zwischen den verschiedenen Welten, zwischen Naturwissenschaft, Psychoanalyse und Kunst lagen mir. Ich schrieb die Arbeit schnell und mühelos. Der Assistent versah sie mit der Note Eins und der handschriftlichen Bemerkung »ausgezeichnet«. Vor der mündlichen Prüfung musste ich zu einem Gespräch mit Adorno, um die wesentlichen Linien der Prüfungsfragen und Antworten festzulegen. Ich begab mich also in sein Büro im Soziologischen Institut. Im Vorzimmer saß eine attraktive dunkelhaarige Sekretärin. Ich hatte das Gerücht gehört, dass sie eine seiner vielen Exgeliebten war. Mit klopfendem Herzen musste ich in einem Skailedersessel warten, ein Gefühl wie im Wartezimmer eines Arztes vor einer bedrohlichen Diagnose. Endlich öffnete sich die Tür zum Sprechzimmer, ein deprimiert aussehender Student erschien und verschwand grußlos. Jetzt war ich dran. Mein Herz klopfte noch schneller. Vermutlich hatte ich rote Flecken am Hals, und das Schwarze-Rose-Hemd scheuerte. Schließlich stand ich mitten im Zimmer. Adorno näherte sich, ohne ein Wort zu sagen. Er umkreiste mich mehrmals, als sei ich eine Litfaßsäule, auf der nichts Besonderes angekündigt war. Nach der dritten Umrundung sagte er: »Das genügt mir. Ich sehe, aus Ihnen wird noch mal etwas.« Er gab mir die Hand und komplimentierte mich zur Tür hinaus. Ich war verwirrt und ging wie auf Stelzen zum Bahnhof, geadelt und zerschmettert zugleich.

Am Tag der mündlichen Prüfung erschien ich zum Entsetzen der Prüfer, Protokollanten und Beisitzer nicht zur festgelegten Zeit im vorgesehenen Seminarraum. Ich war stattdessen im *Felsenkeller* und spielte Tischfußball mit Big Nelson. Es war keineswegs meine Absicht gewesen, den Termin zu verpassen, kein böser Wille, nicht einmal Feigheit oder Schusseligkeit. Ich hatte wie so oft einfach kein Zeitgefühl und mich stattdessen wie ein Schlafwandler auf dem Dachfirst des Lebens voranbewegt. Adorno tat daraufhin etwas, das einmalig war in der Geschichte der Frankfurter Goethe-Universität, wie mir der Dekan versicherte, der mich wegen meines unerhörten Fehlverhaltens einbestellt hatte. »Sie haben es Professor Adorno zu verdanken, dass Sie nicht, wie es sich gehören würde, ein Semester verlieren, sondern dass wir den Prüfungstermin nächste Woche ausschließlich für Sie wiederholen werden. Das heißt Überstunden machen für alle Beteiligten. Nehmen Sie sich das gefälligst zu Herzen und seien Sie in Zukunft weniger schlampig, was Ihr Studium betrifft.« Die Prüfung wurde tatsächlich wiederholt, und diesmal erschien ich pünktlich. Obwohl ich ziemlich wirres Zeug gestammelt haben muss, als mich Adorno nach dem Sinn der Einheit der Apperzeption fragte, bestand ich das Examen. Ich ging weiter fast jeden Abend in den *Felsenkeller*. Eines Tages war Big Nelson spurlos verschwunden. »Vietnam«, sagte die Wirtin. »Onkel Sam holt meine Jungs und schickt sie in den Tod.«

Ich ging viel mit Maria spazieren oder ins Theater und besuchte meine künftigen Schwiegereltern an den Sonntagen. Es war ein Leben im Standby-Modus. Neu war nur, dass sich meine Texte veränderten. Sie waren jetzt länger und bilderreicher. Keine spanischen Klänge mehr, dafür keltische Töne. Ich trank englisches Starkbier, das mir nicht bekam, und las mir meine Gedichte laut und mit tremolierender Intonation vor. »Diese Wälder rechts und links der Gewissheit« war meine neue Lieblingszeile. Sie war auf der Rückfahrt nach Darmstadt entstanden, nach dem Besuch des Bergman-Films »Das Gesicht«. Ich saß ich in einem leeren Waggon am Mittelgang und sah rechts und links Fichtenwälder wie bewegliche Attrappen vorbeigleiten. In beiden Reihen der Zugfenster spiegelte sich endlos vervielfältigt mein blasses Gesicht. Schwarze Wipfel zogen darüber hin.

Mir war längst klar, dass man von Lyrik nicht leben konnte. Auch das gehörte zu jener Gewissheit. Ich hatte oft Lebensangst. Um einschlafen zu können, stellte ich mir eine gigantische Welle vor, auf deren konkave Flanke ich zukraulte, bis sie mich verschlang. Oder ich malte mir Attentate aus, die ich an wichtigen Politikern beging, wie zum Beispiel Franz Josef Strauß. Um Maria heiraten zu können, musste ich einen seriösen Beruf ausüben. Im Grunde kam nur Lehrer in Frage. Als Voraussetzung für das Staatsexamen musste ich zunächst in einer Grundschule hospitieren. Sie sollte möglichst in der Nähe meiner Wohnung sein. Die nächstgelegene Grundschule lag im Nachbarort. Dort sollte ich zwei Wochen als Hospitant arbeiten. Ich fand mich plötzlich in der Rolle von Fräulein Eberhard wieder. Es war laut, und die Schüler wuselten durcheinander, obwohl ich immer wieder »Setzen« rief. Um sie zu disziplinieren, versuchte ich es mit Erzählen, vom Wakengeist, wie der Schlittschuhläufer seinen Kopf verlor, von Ebbe und Flut, von Stürmen. Ich erklärte die Springflut und malte Deichprofile auf die Schultafel. Der Lärm in der Klasse ebbte tatsächlich ab. Es gab auch hier eine Inke, genauer gesagt, es waren zwei. Während ich erzählte, kritzelten diese beiden Lolitas etwas auf kleine Zettelchen. Dann standen sie abwechselnd auf, gingen zum Papierkorb neben der Tafel und warfen sie hinein. Nach dem Unterricht holte ich sie heraus. Es waren alles Liebesbriefchen an mich.

In der zweiten Woche fuhr die Klasse mit der Klassenlehrerin und mir in ein Schullandheim im Odenwald. Die Lehrerin, die mich nicht leiden konnte, ging jeden Nachmittag mit den ältesten Mädchen in ein Café, um über Frauenprobleme zu reden, während ich mit den Jungen und den beiden Lolitas durch die Wälder streifte. Die Mädchen wichen mir nicht von der Seite. Als ich einmal pinkeln musste, schickte ich sie vor und stellte mich hinter einen Baum, doch sie blieben stehen und sahen mir zu.

Ich hatte ein kleines Fläschchen Kräuterlikör dabei. Auf einer Lichtung erklärte ich uns zu Piraten und ließ den winzigen likörgefüllten Schraubdeckel kreisen, als Zeichen unserer Zusammengehörigkeit. Dann hatte ich die Idee, einem der Jungen, der der dickste war und von allen ständig gehänselt wurde, den Kopf mit weißen Tüchern zu verbinden und bei der Rückkehr zu sagen, dass er sich durch einen Sturz verletzt hätte. Wir wollten einfach die Klassenlehrerin aufziehen, aber das war natürlich keine gute Idee gewesen, denn als sich das Ganze als tölpelhafter Streich erwies, stellte mich die Klassenlehrerin zur Rede und sprach mir mit überschnappender Stimme jegliches pädagogische Vermögen ab. Auch der Landschulleiter mochte mich nicht. Am Tag der Verabschiedung versammelte er die Klasse um sich und entrollte vor uns ein großes weißes Tuch. Es war ein Bettlaken. Er deutete mit dem Finger auf einen winzigen braunen Fleck. Dann sagte er: »Das ist das Bettlaken eures Lehrers. Er ist nicht einmal in der Lage, sich den Hintern richtig abzuwischen.« Der Rektor der Schule stellte mir nach dem Ende der Hospitation ein verheerendes Zeugnis aus. Ich könne zu Schülern nicht den nötigen Abstand halten, der für eine erfolgreiche pädagogische Arbeit nötig sei. Er musste mich nicht überzeugen, mir war selbst klar, dass ich für den Lehrerberuf ziemlich ungeeignet war.

Es blieb mir also nur noch die Möglichkeit, den Doktor zu machen, und dafür brauchte ich unbedingt ein Thema und einen Doktorvater, der es billigte. Ich ging zu Professor Burger in die Sprechstunde und bat ihn, mein Doktorvater zu werden. Als Thema meiner Arbeit schlug ich eine Dissertation über den Roman »Fluß ohne Ufer« von Hans Henny Jahnn vor. Burger hatte den Namen des Autors noch nie gehört. Ich schwärmte vom Autor, von seiner Vielseitigkeit, von seiner poetischen Sprache. Man würde ihn den deutschen Joyce nennen. Burger hörte lächelnd zu. »Schwärmen Sie nur nicht zu sehr«, meinte er. »Das ist keine gute Voraussetzung für eine wissenschaftliche Arbeit.« Ich lieh ihm den ersten Band der Trilogie. Bei der nächsten Sprechstunde gab er ihn mir zurück mit den Worten: »Ich habe das Buch auf meinen Nachttisch gelegt und immer wieder darin geblättert. Mein Eindruck ist, es handelt sich um ziemlich schwülstige Trivialliteratur, aber wenn Sie unbedingt wollen, dann schreiben Sie über das Werk.« Ich war verletzt und wütend, aber ich zeigte meine Gefühle nicht. Am wichtigsten war mir, dass ich nun grünes Licht für eine akademische Karriere bekommen hatte. Doch dann gab es einen Vorfall, der meinen Plänen und Hoffnungen beinahe einen Strich durch die Rechnung hätte machen können: Eine Kommilitonin entdeckte in der Bibliothek des Deutschen Seminars eine Broschüre, der einen Aufsatz Burgers aus der Zeit des Nationalsozialismus enthielt. Sie wusste, dass Burger mein Doktorvater war und zeigte mir den Artikel. In ihm klassifizierte der damals dreißigjährige Burger die deutschen Dichter nach Merkmalen der braunen Rassentheorie. Mir fiel nichts Besseres ein, als den Text meinem Bekannten, dem Parallelokommunisten zu geben, der ihn wiederum an einen Amerikaner weiterreichte, der bei Burger studierte. Der Stein kam ins Rollen. Der Amerikaner ging zum Dekan, der Dekan zeigte sich besorgt, denn Burger sollte zum Rektor der Universität gewählt werden. Burger verteidigte sich, es handele sich bei der Schrift um eine Jugendsünde, wie sie viele seiner Generation begangen hätten. Doch es war zu spät. Die Aufregung war groß. Es gab Fackelzüge für und gegen Burger, es gab Wandschmierereien, und das lange vor dem Beginn der Studentenbewegung. Man befragte den amerikanischen Studenten nach seinen Informanten, und als er meinen kommunistischen Bekannten nannte, wurde dieser von der Universität verwiesen. Es war der erste Fall einer Relegation aus politischen Gründen. Bei der Frage nach seinen Hintermännern hatte mein Bekannter dichtgehalten, für mich ein großes Glück, denn sonst hätte ich wohl kaum bei Burger promovieren können. Professor Burger bat schließlich auf Drängen der Universitätsleitung beim Kultusminister Schütte um die Einwilligung, von seiner Kandidatur zurücktreten zu dürfen. Sein Lebenstraum war geplatzt, und ich hatte ein schlechtes Gewissen.

Weihnachten fuhr ich zum ersten Mal nicht zu meinen Eltern nach Hause. Ich saß vielmehr bei meinen Schwiegereltern mit meiner Braut und ihren Schwestern vor dem kleinen Lichterbaum. Nach dem Festessen packten alle ihre kleinen Geschenkpäckchen aus. Auch ich war bedacht worden, mit lauter Nebengeschenken, Socken und Topflappen zum Beispiel. Gegen Mitternacht flüchtete ich in den *Felsenkeller*. Dort saßen die Schwarzen mit ihren Frauen und Kindern. Der Weihnachtsbaum hier reichte bis zur Decke, und die Stimmung war wegen der Musik am Kochen. Gospelgesang und wilde Tänze, an denen ich mich so gut ich konnte beteiligte. In welche Welt gehörte ich eigentlich, dachte ich. Warum war ich nicht Parzivals Halbbruder, der schwarz-weiß gescheckte Feirefiz. Völlig überraschend erhielt ich einen Brief von Suhrkamp, diesmal nicht von Walter Boehlich, sondern von seinem Mitarbeiter Karl Markus Michel. Er schrieb, Boehlich sei im Moment leider überlastet, was an den allzu fleißigen und dicke Pakete einschickenden Autoren läge. Da sei es fast schon eine Erholung, ein Manuskript in die Hände zu bekommen, das einen so sparsamen, fast kargen Gebrauch von den Wörtern mache. Bis hierhin hatte ich voller Vorfreude gelesen. Dann wendete sich das Blatt: »Einfachheit kann auch zur Einfalt werden, Kargheit und Zucht können in Dürre und Sterilität umschlagen. Ich glaube, dass hier eine große Gefahr für Sie liegt, zumal Ihre Motive sehr begrenzt sind und sich oft gegen ihre lyrische Entfaltung sperren.«

Ein vernichtendes Urteil. Erst Lob, dann barsche Kritik, dann wieder Lob. Eine klassische Double-Bind-Situation. So behandeln Eltern oft ihre kleinen Kinder. Mit einer Bewegung erst aufrichten, dann ihnen das Rückgrat brechen und sie niederdrücken, um sie in ein moralisches Korsett zu zwängen, das sie wieder ein wenig aufrichtet. Dazu passten auch die letzten Sätze des Schreibens: »In dem Zyklus ›Jener am Meer‹ gibt es nun freilich Ansätze für eine Weiterentwicklung; die Sprache wird aufgebrochen, das lyrische Ich lässt mehr Welt in sich ein, um sie neu zu formen. Es sind Ansätze, wie gesagt. Das Neue bleibt noch metaphorisch verschlüsselt, und zuweilen müssen Worte wie ›Schute‹, ›Buhnen‹ und ›Priele‹ weiterhelfen. Ich schicke Ihnen Ihr Manuskript mit Dank zurück, möchte Sie aber ermuntern, Ihre Versuche nicht aufzugeben. Mit den besten Empfehlungen …«

Trübe Verzweiflung durchflutete mich. Ich war auf ganzer Linie gescheitert. Sollte ich aufgeben? Nein. Jetzt erst recht nicht. Mit schwerem Kopf schrieb ich gleich am nächsten Tag einen Brief an Joachim Günther, den Herausgeber der »Neuen Deutschen Hefte«, und legte meinen Meerzyklus bei. »Glücklicherweise bin ich noch so jung, dass mein bisheriges Ungedrucktsein noch nicht zu der Neurose vom unverstandenen Mauerblümchen geführt hat. Andererseits fühle ich mich alt genug, mir ein Publikum zu wünschen, weil Gedichte, die man nur für sich selbst schreibt, irgendwann an Inzucht sterben.«

Günther antwortete: »Was Sie machen, hat mir Eindruck gemacht, und ich glaube, dass Sie eine recht kräftige und gut aus Sinnlichkeit und Verstand gemischte Gabe haben. Wenn Sie noch so jung sind, wie Sie schreiben, so wird sich da vielleicht noch Weiteres und Besseres entwickeln. Ich möchte aber doch auch heute schon ins Auge fassen, einige Gedichte von Ihnen in die Hefte zu übernehmen. Ich denke da am ehesten an den Zyklus über das Meer, obwohl es ein Element der Konvention und damit auch eine sozusagen automatische Veraltung bedeutet, heute noch in rein thematischen Zyklen zu dichten. Wenn es Ihnen recht ist, behalte ich also diese Gedichte einmal bei uns und sehe zu, dass ich einige davon in absehbarer Zeit veröffentliche.«

Ich abonnierte die »Neuen Deutschen Hefte« sofort, obwohl das mein Budget stark belastete. Auch Boehlich meldete sich unerwarteterweise wieder. Sein Brief war leutselig, fast väterlich. »Ich habe lange nichts von Ihnen gehört, ohne Sie deswegen zu vergessen. Was haben Sie in der Zwischenzeit Neues getan? Ist es Ihnen gelungen, das eine oder andere Gedicht zu veröffentlichen? Oder haben Sie, was mir, wie Sie wissen, leidtäte, dem Gedichteschreiben ganz entsagt? Ich habe mir lange überlegt, wie man Sie ermutigen könnte, und glaube, dass jetzt endlich eine Möglichkeit besteht. Könnten Sie nicht ein paar Ihrer Gedichte, und zwar diejenigen, die wirklich bestehen können (wenn Sie selbst nicht ganz sicher sind, dann können Sie getrost eine etwas größere Auswahl zusammenpacken), in einen Umschlag stecken und an Herrn Enzensberger nach Tjøme schicken – mit dem Hinweis, dass ich Sie darum gebeten hätte. Herr Enzensberger wird diese Gedichte sehr aufmerksam lesen und Ihnen, sofern sie ihm zusagen, und zwar zusagen als Beweis Ihrer Begabung, sehr bald ausführlich über unsere Absichten schreiben.« Ich schrieb ihm, dass Joachim Günther einige meiner Gedichte in seinen »Neuen Deutschen Heften« angenommen habe und dass ich 75 Gedichte zusammengestellt und an Herrn Enzensberger abgeschickt hätte und sehr gespannt auf dessen Urteil sei. Boehlichs Antwort ließ nicht lange auf sich warten. »Ich danke Ihnen für Ihren Brief und schreibe Ihnen nur schnell, dass Ihre Manuskripte Herrn Enzensberger erreicht haben. Herr Enzensberger denkt nicht anders über Sie als ich und hätte auch einige Ihrer Gedichte für unser Vorhaben vorgeschlagen, wenn Sie nicht gerade die besten schon den ›Neuen Deutschen Heften‹ zum Vorabdruck übergeben hätten. Das ist Pech, aber weder Sie noch wir sollten die Hoffnung sinken lassen. Für die neuen Gedichte den schönsten Dank. Wenn Sie einmal herüberkommen wollen, so tun Sie das doch bitte. Sie müssten mir nur Tag und Stunde Ihres Besuchs vorher mitteilen.« Günther zog sein Angebot plötzlich zurück und wollte nun andere Texte von mir publizieren. Es war zu spät, die Meergedichte Enzensberger noch einmal anzubieten. Er würde niemals bereit sein, von einem anderen abgelehnte Texte seinerseits zu akzeptieren. Sie hatten in seinen Augen jetzt Druckstellen wie Äpfel, die bereits in Fäulnis übergingen.

Nach so vielen Schwankungen des Schicksals entschloss ich mich, meine künstliche Inselwelt im *Felsenkeller* und mein Zimmer bei Temmers aufzugeben und nach Darmstadt zu ziehen. Es war wohl ein Versuch, mich dem Diktat der Realität wenn nicht zu beugen, so es doch wenigstens billigend in Kauf zu nehmen. Mein Schwiegervater in spe besorgte mir eine Wohnung im Haus seines Freundes Schuck. Der Schritt hatte Vorteile, aber auch einige Nachteile. Ich konnte jetzt öfter von der guten Küche meiner zukünftigen Schwiegermutter profitieren und außerdem mit meiner Verlobten spontaner zusammen sein. Es war allerdings auch schwieriger, fortan Abstecher in die andere Welt meines Doppellebens zu machen.

Mein Zimmer lag direkt unterm Dach. Sein Fenster ging nach Westen. Ich montierte eine halb durchsichtige blaue Plastikfolie vor die Scheiben. Wenn sie bei Wind flatterte, sah man auf ein täuschend echtes stürmisches Meer. Hier saß ich nun oft, trank Grog und hörte meine Platten. Da ich jetzt über eine eigene kleine Küche verfügte, begann ich auch, meine Kochkünste zu erweitern. Am unteren Ende der Straße gab es einen Schlachter. Dort gab es spottbillige Nieren, die nach Urin stanken. Ich briet sie scharf an und würzte sie, bis sie schmeckten. Nebenan vernahm ich manchmal das Schlurfen einer dicken alten Frau, eine Zeugin Jehovas und meine Mitbewohnerin, mit der ich Küche und Bad teilen musste. Nachts begegnete ich ihr manchmal im Flur, oder sie stand unbeweglich in der Küche, wenn ich mir Grogwasser holte. In ihrem unförmigen Fleisch erstarrt, fixierte sie mich misstrauisch aus winzigen Augen und sagte nie ein Wort.

Ich fuhr nur noch nach Frankfurt, um mit Jens in seiner Wohnung die alten Séancen zu zelebrieren. Es kam häufig vor, dass ich nach einem Abend bei meinen Schwiegereltern noch mit dem letzten Zug nach Frankfurt fuhr, einige Male sogar mit dem Taxi, was bedeutete, dass ich für den Rest des Monats pleite war. Wir tranken Wodka, nachdem wir am Main entlanggerannt waren auf der Suche nach Meerstimmungen. Jens hatte sich eine Luftpistole gekauft. Wenn wir betrunken waren, schossen wir auf leere Gläser, die auf der Anrichte standen. Sie waren blau und zerplatzten bei einem gelungenen Treffer wie ein Stück Himmel, das sich von Amrum hierher verirrt hatte. Auch mein Freund besuchte mich hin und wieder. Wir brachten es fertig, drei Nächte hindurch ohne Schlaf auszukommen, indem wir schon am zweiten Abend Unmengen Pharisäer tranken. Dabei redeten wir ununterbrochen. Es ging um alles, um Literatur, um den Sinn des Lebens, um Ästhetik. Jens machte sich über meine naturwissenschaftlichen Argumente in Sachen Kunsttheorie lustig. »Kunst ist das ganz andere«, sagte er unter Anspielung auf die negative Theologie. Am letzten Abend fuhren wir dann meistens in den Odenwald. In Niederbeerbach gab es eine Dorfschänke, in der die Schweineschnitzel noch größer waren als im *Felsenkeller*. Anschließend wanderten wir zum Felsenmeer, einer riesigen Geröllhalde unterhalb des Melibokus. Wir hatten eine Flasche Wodka dabei. Puschkin natürlich, schon zu Ehren des Poeten. Wir tranken aus den blauen Himmelsgläsern, von denen mein Freund eine beachtliche Menge besaß, und warfen dann die Gläser und die leere Flasche in die schwarze Nacht über den Steinen. Im Morgengrauen waren wir wieder in meinem Zimmer. Im Widerschein der Morgensonne sah es durch die Folie aus, als ginge sie über einer nebligen Nordsee auf.

*

Als B. einzuschlafen versuchte und sich dabei wieder eine große Welle vorstellte, auf die er zuschwamm, hinderte ihn ein lautes Geräusch daran. Es war sein eigener Herzschlag, dieses regelmäßige Tomtom einer Pauke, das den Rhythmus des Ruderns auf der Galeere des Lebens vorgibt. Er lag auf der linken Seite, und erst als er sich auf die andere Seite drehte, hörte das Geräusch auf, und er konnte endlich einschlafen. Doch mitten in der Nacht weckte ihn ein gewaltiger Lärm, von dem er zunächst nicht wusste, woher er kam. Aber dann gewahrte er mit Schrecken, dass sich das Bett bewegte wie ein Schiff auf dem stürmischen Meer. Alles im Zimmer bewegte sich, die Vorhänge, die Deckenlampe, die Stühle, von denen einer sogar umfiel. Er stand auf und ging ans Fenster. Dabei musste er sich an allen möglichen Gegenständen festhalten, um nicht den Halt zu verlieren. Draußen schwankten die Straßenlaternen wie Betrunkene, und auf den gegenüberliegenden Häuserfassaden erschienen plötzlich Risse, die wie schwarze Blitze den Mörtel des Mauerwerks hinabfuhren. In der Ferne sah man Feuerschein. Dann ein dumpfes Grollen, das immer näher kam. Wasser schoss durch die Straßen. In ihm trieben Gegenstände, Möbel, Autos, Mülltonnen. B. glaubte sogar menschliche Körper zu erkennen, Gestalten, deren Gliedmaßen sich bewegten, als versuchten sie zu schwimmen. Dann ließ der Lärm nach. Draußen und auch im Zimmer bewegte sich nichts mehr.

B. schlüpfte in seine Kleider. Es bereitete ihm einige Mühe, die klemmende Tür zu öffnen. Im Flur war es dunkel. Auch die beleuchteten Pfeile, die die Fluchtwege markierten, waren erloschen. Er tastete sich die Wände entlang, bis er auf ein Hindernis stieß. Ein großer Schutthaufen versperrte den Weg. B. mühte sich zurück, in der Hoffnung, die Tür seines Zimmers zu finden. Immer wieder ließ er sein Ronson-Feuerzeug aufschnappen, um von der kleinen Gasflamme ein wenig Licht zu haben. Die Gänge waren schwer zu passieren. An manchen Stellen hing die Decke herab. Von irgendwo kam Wind. B. ging ihm entgegen. Plötzlich sah er Sterne. Ein großes

Loch klaffte im Mauerwerk. Er kletterte hinaus und fand sich auf einem Platz, der sich anscheinend auf der Rückseite des Hotels befand. Er blieb stehen, denn er traute sich nicht auf dieses ihm unbekannte Terrain.

Der Sternenhimmel begann zu verblassen. Es sah aus, als würde ein rosa Vorhang über ihn gezogen. Die Morgendämmerung hatte eingesetzt. B. sah jetzt, dass er nicht allein war. Auf dem Platz standen Menschen, einzeln oder in kleinen Gruppen. Er näherte sich einer Gestalt in seiner Nähe. Es war ein Mann in einem gestreiften Schlafanzug. »Worauf warten die Leute hier?«, fragte B. »Sie warten darauf, dass es endgültig vorbei ist. Manchmal gibt es Nachbeben, die gefährlicher sind als das Hauptbeben. Sie bringen instabil gewordene Häuser zum Einsturz.« »Und das viele Wasser in den Straßen?« »Wissen Sie nicht, dass die Stadt auf einem unterirdischen See liegt?« Mit einem kurzen Auflachen wandte sich der Mann ab und ging.

41

Der Flügel des Hotels, in dem B. bisher gewohnt hatte, war so in Mitleidenschaft gezogen, dass man ihm ein anderes Zimmer anbot. Eine Dachkammer. Sie war klein, hatte schräge Wände und verfügte über keine Heizung. Für kalte Nächte stellte man B. einen kleinen elektrischen Radiator zur Verfügung. Waschen konnte er sich in einer Porzellanschüssel, die auf einer Kommode stand. Den Wasserkrug musste B. in der Toilette auf dem Flur füllen. Man hatte seinen Reisekoffer mit den Manuskripten gebracht. Es gab sogar eine Minibar, aber sie war nicht angeschlossen, und die Getränke hatten Zimmertemperatur.

Erst wollte B. sich über die primitiven Verhältnisse beschweren, dann aber sah er davon ab, denn er hatte entdeckt, dass er aus dem Gaubenfenster einen weiten Blick über die Dächer hatte. Man sah bis zu den Hafenanlagen. B. meinte auch, in der Ferne das Dach des Instituts zu erkennen.

Als er am Portier vorbeikam, winkte ihn dieser heran und übergab ihm einen Brief. »Das ist für Sie abgegeben worden.« B. öffnete das Kuvert und las die kurze Nachricht. »Ich möchte Sie kennenlernen. Kommen Sie morgen in mein Büro. Der Herausgeber des ›Einsamer‹.« Der Absender war schwer zu lesen. B. bat den Portier um Hilfe beim Entziffern der winzigen Buchstaben. »Das ist bei der Schleuse. Im Osten der Stadt. Dort wo der Nebenfluss in den Hauptstrom mündet.«

Auf dem Weg zum Institut sah B. das Ausmaß der Zerstörungen, die das Beben angerichtet hatte. Das Pflaster der Straßen war aufgebrochen. An manchen Stellen klafften Spalten, in denen es unendlich tief ins Innere der Erde zu gehen schien. Immer noch sprudelte Wasser aus geborstenen Leitungen. Es gab viele Häuser, von denen nur noch die Fassade stand. Wie nach einem Bombenangriff, dachte B.

Das Institut selbst schien keinerlei Schäden davongetragen zu haben. Im Gegenteil, so neu und gepflegt war es ihm noch nie vorgekommen. Der Andere empfing ihn mit den Worten »Nun haben Sie erlebt, wie gewalttätig die Natur bei uns sein kann. Die Stadt liegt auf einer Bruchzone.«

»Und auf einem unterirdischen See.«

»Das behaupten zumindest einige der Bewohner. Ein bloßes Gerücht. Sicher ist nur, dass der Grundwasserspiegel manchmal außerordentlich hoch ist und einige Keller deshalb volllaufen. Aber nehmen Sie doch Platz und fahren Sie fort.«

*

Obwohl wir uns in vielen Dingen sehr gut verstanden und unsere Beziehung trotz der Umstände von großer Zärtlichkeit geprägt war, litt ich inzwischen immer stärker unter Marias bedingungsloser Glaubenstreue. Sie unterwarf sich in meinen Augen viel zu sehr den Forderungen der katholischen Kirche. Ich litt darunter, dass sie jeden Sonntag zur Messe ging. Manchmal schlich ich ihr heimlich nach und sah in der großen Kuppelkirche hinter einer Säule verborgen diesen fremdartigen Turnübungen zu, diesem Aufstehen, Sichsetzen, Niederknien, die Maria synchron wie in einer Gymnastikgruppe mit allen anderen Gläubigen vollzog. Ich war empört, wie sehr hier eine sich für allmächtig haltende Institution die Menschen ihren Täuschungen unterwarf. Einmal spuckte ich beim Weggehen vor dem Ende der Messe, als das Klingeln die Wandlung ankündigte, ins Weihwasserbecken am Ausgang. Meine Versuche, Maria durch Argumente zu bekehren, scheiterten an der Freundlichkeit, mit der sie zuhörte und hin und wieder ungläubig den Kopf schüttelte über so viel heidnischen Unverstand. Ich erwähnte zum Beispiel immer wieder beiläufig, dass nahezu alle wichtigen Personen der neueren Geistes- und Literaturgeschichte Atheisten waren, einfach deshalb, weil es ihnen notgedrungen an der für Frömmigkeit nötigen Naivität gebrach. Am liebsten aber war mir das kosmologische Argument: Das Weltall enthält einige Trilliarden Sonnen, sagte ich, und erstaunlich viele von ihnen haben Planeten. Selbst wenn nur wenige sich in einer Entfernung zu ihrer Sonne befänden, die pflanzliches und tierisches Leben zulassen würde und damit eine Evolution, die menschenähnliche Wesen ermöglichte, blieben rein statistisch gesehen allein in unserer Milchstraße immer noch einige tausend Planeten übrig. Wenn die katholische Religion recht hätte, müsste es dann einige tausend Erlöser geben und ebenso einige tausend Päpste. Das wäre doch ziemlich grotesk. Im Grunde setze der Anspruch der Kirche ein geozentrisches Weltbild voraus. Die Erde als Mittelpunkt der Welt und der Petersdom als Mittelpunkt der Erde. Schon das heliozentrische Weltbild habe der Kirche nicht gepasst, weil es ihr Machtzentrum an den Rand des Sonnensystems verlegt habe. Deshalb habe sie es, wie der Prozess gegen Galilei zeige, erbittert bekämpft. Und heute, nach dem Ende des heliozentrischen Weltbildes, wüssten wir doch, dass die Erde nichts weiter ist als ein Sandkorn in einem All ohne Mittelpunkt. Das mache den Anspruch der katholischen Kirche völlig lächerlich. So oder so ähnlich redete ich auf Maria ein. Ihr schien die Vorstellung zahlloser Erlöser in den Weiten des Alls irgendwie zu gefallen, vielleicht weil sie so ein mütterlicher Typ war.

In den Semesterferien wollte ich wieder nach Amrum. Da ich Maria so oft von der Insel vorgeschwärmt hatte, konnte ich gar nicht umhin, sie einzuladen mitzukommen. Ihre Eltern erteilten ihre Erlaubnis, vorausgesetzt, wir wären bereit, uns an das Gebot der Keuschheit vor der Ehe zu halten. Noch vor unserer Abreise hatte ich einige meiner Gedichte mit einer Empfehlung Krolows an den Süddeutschen Rundfunk geschickt, und sie waren wunderbarerweise angenommen worden. Der Leiter der Literaturabteilung, Karl Schwedhelm, ein bedeutender Mann, der mit vielen bekannten deutschen Lyrikern in Kontakt stand, teilte mir brieflich den späten Abend des 4. September als Sendetermin mit und bat um meine Bankverbindung, um die 150 D-Mark Honorar überweisen zu können. Ich jubelte und schwelgte in meinem Erfolg. Genauso viel hatten unsere Eheringe gekostet.

Als wir auf Amrum eintrafen, war Jens schon da. Gemeinsam zeigten wir Maria die Sehenswürdigkeiten der Insel. Die riesige Sandfläche des Kniep, die Dünen und die heidekrautbewachsene Senke des Skalnas-Tals. Maria war begeistert, aber aus ihrer Begeisterung sprach nicht jene mythische Verklärung, die Jens und ich der Insel entgegenbrachten. Tagsüber waren wir meistens draußen. Abends brachte ich Maria in ihre Pension. Die Eltern hatten darauf bestanden, dass sich ihre Tochter ein eigenes Zimmer nahm. Ich begreife heute nicht mehr, dass wir uns dieser rigiden Bedingung unterwarfen. Schließlich wäre im Ferienhaus von Jens' Vater genügend Platz für uns drei gewesen. Andererseits muss ich leider zugeben, dass ich jedes Mal froh war, wenn ich mit meinem Freund allein war und wir ungestört unsere üblichen Exerzitien aus Trinken und Literatur zelebrieren konnten. Nach einer Woche musste Maria wieder zurück. Ich brachte sie zur Fähre und sah kurz darauf den kleinen weißen Parlamentärswimpel ihres Taschentuchs am Heck des Schiffes flattern.

Am 4. September waren Jens und ich rechtzeitig in den Dünen. Wir bereiteten alles vor, um den Empfang des Senders zu gewährleisten. Wir bohrten eine angespülte Pricke auf einem Dünengipfel in den Sand. Dann befestigte ich einen langen Klingeldraht an ihrer Spitze und führte ihn zur Antennenbuchse des Kofferradios. Wir tranken dänisches Porter, während ich am Abstimmknopf drehte. Es krachte und rauschte. Dann hörten wir auf einmal tatsächlich eine verzerrte Stimme, die meine Gedichte rezitierte. Sie schien aus den Tiefen des Alls zu kommen und sich an die gesamte Menschheit zu wenden. Sternbilder funkelten im schwarzen Lautsprecherstoff des Firmaments wie Sonnenlicht, das durch winzige Löcher drang. Es gab keine Zeit mehr, nur noch die Brandung kleiner Ewigkeiten an unseren Ohren: »Narziss mit dem bleibenden Namen, dein von Trauer gesegneter Mund hütet sich wohl zu sprechen. Nachts, wenn du schön bist, gespiegelt vom Leib eines schlafenden Mädchens, siehst du dein spurloses Leben von Heute und Morgen verlassen. Schon liebst du die Strände, an denen du anspülst. Du treibst, gepriesen vom Meer, von Taten entblößt und ohne entstellendes Glück in den Wellen. Die Zukunft ist ein Almosen, für das du keine Hände hast, aber die Wahrheit zu sterben, heimzukehren in den Staub, dass der Tod dir eines Tages dein Gesicht verwirrt, dass er deine Seele ausgießt in die Finsternis, hat deinen Mund bestattet tief im Schweigen.«

Einen Monat später schrieb ich an den Redakteur des Senders und fragte, ob es irgendwelche Reaktionen begeisterter Hörer gegeben habe. Er antwortete so freundlich wie nüchtern: »Ich freue mich zu hören, dass Sie die Sendung Ihrer Gedichte sogar haben empfangen können, was bei der Entfernung ja immer auf gewisse Schwierigkeiten stößt. Eine Resonanz auf diese Sendung ist bisher nicht eingegangen. Doch darin unterscheidet sie sich nicht von anderen zu so später Stunde, denn man muss berücksichtigen, dass um diese Zeit nur noch ein ausgesuchter und besonders interessierter Hörerkreis die Sendung verfolgt und dieser im Allgemeinen erfahrungsgemäß nicht zu schriftlichen Äußerungen neigt.«

Zurück in Darmstadt nahm ich mein Studium wieder auf. Ich hatte das Oberseminar von Burger belegt. Hier ging es wesentlich lockerer zu als in anderen Seminaren. Trotzdem traute ich mich nicht, mich in die Diskussionen einzumischen. Zu weit und tief klaffte der Abgrund zwischen meinem Innenleben voller Literatur und der realen Welt. Eines Tages erschien ein Student, der schon äußerlich alle an Größe und Attraktivität überragte. Ein blondgelocktes Jungsieg-friedhaupt, dandyhaft gekleidet und von extremem Selbstbewusst-sein. Eine Weile hörte er der Diskussion offensichtlich gelangweilt zu. Doch dann ließ er mitten in einem längeren Dialog seinen Blei-stift auf die Tischplatte knallen. Alle starrten ihn an, als er meinte: »Seid ihr sicher, dass ihr soeben etwas gehört habt, oder war es nur Einbildung?« Allen, den Studenten, dem Professor wie seinem be-redten Assistenten hatte es die Sprache verschlagen. Der Dandy fuhr fort: »Es ist ziemlich naiv zu meinen, die Realität sei real. Sie kann durchaus etwas völlig anderes sein. Dieser Bleistift ist vielleicht ein Ding an sich, oder er ist eine optische Täuschung, oder er ist ein ba-naler Bleistift, wer will das schon wissen. Das gilt natürlich auch für sämtliche Anwesenden hier.« Es dauerte eine Weile, bis die Diskus-sion wieder in Gang kam. Der Professor tat sein Möglichstes, den neuen Studenten zu ignorieren, was jedoch schwierig war, meldete er sich doch immer wieder mit provokanten, das Gespräch untergra-benden Bemerkungen zu Wort. Zum Beispiel behauptete er, dass wir im neunzehnten Jahrhundert seien und daher von moderner Litera-tur einfach keine Ahnung haben könnten. Nach der Doppelstunde erfuhr ich, wer dieser freche und zugleich anziehende Mensch war. Er hatte einen Künstlernamen, Bazon Brock, war Maler, ein Schüler von Hundertwasser, und er war Lyriker. Seit er mit seinem Lehrer in Hamburg an der Kunsthochschule einen Raum mit einer endlosen farbigen Spirale verziert hatte, war er auch in den Medien bekannt. Immer wenn man ihn auf dem Campus sah, war er in Begleitung langbeiniger Blondinen. Er nannte sich, übrigens nicht zu Unrecht, den schönsten Dichter Deutschlands, und er suchte in einer in mei-nen Augen aufdringlichen Weise die Nähe Adornos, der allerdings mehr an dessen Begleiterinnen interessiert zu sein schien als an dem Mann selbst. In der Grabbelkiste der Unibuchhandlung fand ich ein großformatiges Paperback mit Gedichten und Jugendfotos dieses aus einer norddeutschen Kleinstadt stammenden deutschen Oscar

Wilde. Es gab auch Fotos vom Meer und von Dünen. Darunter der blasphemische Satz: »Amrum, dazu braucht man nichts weiter sagen.« Ich fühlte mich wie der Polarforscher Scott, der, als er nach unsäglichen Mühen den Südpol erreicht hatte, dort auf die Flagge seines Konkurrenten Amundsen stieß. Da trieb sich jemand, der noch dazu Erfolg hatte, bei Frauen wie im Literaturbetrieb, schamlos im Allerheiligsten meiner geheimen lyrischen Existenz herum und entweihte es mit seinem unerträglichen Narzissmus.

Da ich mich immer mehr für moderne Musik interessierte, ging ich zu einem Konzert der Kranichsteiner Ferienkurse für neue Musik. Im Konzertsaal saß ich neben einem kleinen, unscheinbaren, glatzköpfigen Mann. Plötzlich erhob dieser sich und verschwand, nur um kurz danach auf der Bühne zu erscheinen. Er wurde als der dänische Komponist Yngve Jan Trede angekündigt. Trede kurbelte den Drehstuhl hoch, setzte sich an den Flügel und produzierte Wolken von Tönen, in denen man kaum Strukturen ausmachen konnte. Es wurde zögernd applaudiert, und dann saß er wieder neben mir. Ich wusste dank meiner Recherchen über Hans Henny Jahnn, dass Trede sein Adoptivsohn war, mit Jahnns Tochter Signe verheiratet und von Jahnn als der neue Mozart bezeichnet. Ich flüsterte ihm zu, dass ich die erste Dissertation über seinen Ziehvater schreiben würde und ob ich ihn besuchen könne. Er nickte und gab mir die Adresse. Ich fuhr nach Hamburg, übernachtete bei Wilhelm, und dann erschienen wir auf der letzten imposanten Lebensbühne des Schriftstellers, einem großen, reetgedeckten Kavaliershaus im Hirschpark in Nienstedten. Realität und Fiktion vermischten sich. Schon der Weg von der Bushaltestelle durch mächtige Lindenalleen war ein echtes Fourniererlebnis. Signe begrüßte uns. Sie war eine nordische Walküre, die in jedes Jugendstilgemälde gepasst hätte. Die großen Räume des Hauses waren voller vom Dichter selbst gebauter Möbel und Instrumente, die Bretter der Bücherregale genauso dick wie die Buchreihen, der Tisch, an dem wir saßen und dänische Spezialitäten aßen, hatte eine mindestens zwanzig Zentimeter dicke Platte. Jahnns Vorstellung von Ewigkeit. Alles wie für eine Arche gezimmert, der keine Sintflut der Jahre etwas anhaben können sollte. Der Aquavit floss in Strömen. Ich bemerkte, dass die Hausherrin von Wilhelms Äußerem und seinen mit zunehmender Alkoholisierung immer blumiger werdenden Bonmots fasziniert war. Ich versuchte, die Situation für mich zu retten, indem ich den Hausherren bat, auf dem Flügel einige der Kompositionen zu spielen, die er für Jahnn geschrieben hatte und deren Notenbilder in den Büchern standen. Signe lachte und meinte dann, er sei doch schon viel zu besoffen dafür. Wahrscheinlich würde er keine einzige Taste richtig treffen können. Trede wirkte deprimiert. Sein Kopf sank auf die Tischplatte und ruhte dort wie eine glänzende Billardkugel an der Bande. Ich erhob mich und ging in den Garten, um meine Blase zu erleichtern. Dabei spürte ich plötzlich schwer eine Hand auf meiner Schulter. Es war Signe. Ich kannte ähnliche Szenen aus Jahnns Romanen, und ich war zugleich peinlich berührt und fasziniert davon, wie nahe sich Realität und Dichtung kommen konnten. War es nicht genau das, was ich selbst anstrebte, das Leben als Roman und der Roman als das Leben?

Im Mai des Jahres 1963, kurz nach meinem vierundzwanzigsten Geburtstag, erhielt ich einen Brief, dessen Absender mich zittern ließ beim Öffnen des Kuverts. »Alle Jahre wieder. Wir bereiten einen neuen ›Vorzeichen‹-Band vor, und wieder hoffe ich, dass die Möglichkeit besteht, ein paar Gedichte von Ihnen aufzunehmen, unter der Voraussetzung, dass Sie in den letzten zwölf Monaten nicht untätig waren. Könnten Sie uns etwas schicken? Beste Grüße, Ihr Walter Boehlich.« Nun also doch. Mein Schicksal wollte mich mit Gewalt zum Erfolg führen. Ich mobilisierte alle meine Zweifel und schrieb auf die Rückseite des Briefes: »Na hoffentlich wird's was.« Ich schickte Boehlich neue Gedichte und wurde bald darauf ins Verlagshaus eingeladen. Als ich in einem nüchtern eingerichteten Zimmer saß, das jeder Arztpraxis Ehre gemacht hätte, sah ich mir gegenüber zwei Personen. Die eine war groß und sah sehr gut aus. Es war Karl Markus Michel. Die andere war kleiner und sah mit der Hornbrille, der hohen Stirn und den Geheimratsecken weniger gut, jedoch intellektueller aus. Es war Walter Boehlich, der Cheflektor des Verlages. Ich fühlte mich wie K. aus dem »Prozess«, als diese beiden Kunstrichter hinter dem mächtigen Schreibtisch mich anblickten, so wie eine putzsüchtige Hausfrau eine Schabe betrachtet. Michel griff eines der Manuskriptblätter aus dem Stapel, den ich eingeschickt hatte, und zitierte: »Meine Worte sind aufgeflogen, empfindliche Vögel der Nistzeit«. Dann schüttelte er missbilligend den Kopf. »Vögel fliegen nicht auf in der Nistzeit«, sagte er, »da sitzen sie doch am Boden und brüten.« Ich spürte, wie ich rote Flecken am Hals bekam, die Flecken meiner Mutter. »Aber wenn man sie stört, fliegen sie doch auf«, wollte ich sagen. Und hatten sie mein Wortspiel mit »aufgeflogen« nicht verstanden? Es war doch Selbstironie, meine Worte als aufgeflogen wie eine schlecht verborgene Heimlichkeit zu bezeichnen. Ich dachte einen Moment: Diese Kritiker, auch wenn sie wohlmeinend sein mögen wie in diesem Fall, wollen einfach nicht wahrhaben, dass das, was sie betreiben, auf einem Zirkelschluss beruht, auf einer hermeneutischen Absurdität. Wenn ein Text gut ist, dann ist er auch innovativ. Und für Innovation gibt es keine Regeln, sonst wäre es keine Innovation. Also lässt sich ein innovativer Text nicht nach herrschenden ästhetischen Regeln beurteilen, denn er schafft sich ja eigene, völlig neue Kategorien. Nur Redundantes lässt sich beurteilen. Wenn ich mit Hilfe eines Teilchenbeschleunigers neue Teilchen suche, dann muss ich offen sein für Abnormitäten, mit denen die Natur aufwartet, ohne Rücksicht auf mein Vorwissen. Und genau das wollen oder können Kritiker nicht begreifen. Sie neigen dazu zu schwafeln, leere Worthülsen von sich zu geben, um sich nicht vor sich selbst bloßzustellen. Arme Kerle. Sie taten mir leid. Als ich ging, drehte ich mich in der Tür noch einmal um und sah die beiden Herren am Schreibtisch. Hinter ihnen sah man im Fenster den Main mit seinen trüben, langsamen Fluten. Mein Blick war voller Mitleid. Ihr versteht nichts, rein gar nichts. Weder vom Leben noch von Literatur, dachte ich.

Dann war ich wieder draußen im großen Flur. Eine ältere Frau mit blonden Haaren kam mir entgegen. Sie sah sehr vornehm aus. Es war die Frau des Verlegers. Sie reichte mir die Hand. »Sind Sie der junge Dichter?«, fragte sie. Ich nickte tapfer. »Ich bin Frau Unseld. Morgen Abend geben wir ein Fest. Ein kaltes Buffet, Getränke und anschließend Tanz. Wir sind ein großes Haus mit vielen Angestellten, aber wir haben leider einen ziemlichen Frauenüberschuss. Die vielen jungen Sekretärinnen, Sie kommen doch?« Wieder nickte ich tapfer.

Am folgenden Abend ging ich stattdessen in den *Felsenkeller*. Ich wusste, dass ich einen unverzeihlichen Fehler machte. Ich hätte meine armseligen Künste, die ich der Tanzschule Schmolke verdankte, meiner Karriere in den Dienst stellen sollen. Wäre Rilke gekommen? Vielleicht. Rimbaud bestimmt nicht. Das Buch erschien gleichwohl tatsächlich. Die beiden Belegexemplare, die ich erhielt, bewiesen es. Ich war jetzt ein gedruckter Autor, ans Licht der Welt gebracht von Martin Walser, dem Herausgeber des Buches. Als ich stolz das blau-weiße Paperback in den Händen hielt, las ich zuerst meine Texte, dann das Vorwort des Herausgebers: »An Stelle einer interpretierenden Hinführung zu diesen acht Autoren, an Stelle etwa des Versuchs, diese acht Autoren unter einen besonders zeitgenössischen Hut zu bringen, hat der Herausgeber etwas gesetzt, was er Freiübungen nennt. Das ist ein Versuch, Verwirrung zu stiften.« Wirklich verwirrend war, dass von acht Autoren die Rede war. Wir waren aber neun, eigentlich zehn, wenn man den Text des Herausgebers mitrechnete, der ein großer Künstler der Selbstbeschmeichelung war, ein Artist narzisstischen Weihrauchschwenkens, ein echter Messdiener seiner eigenen Heiligkeit, und ich bewunderte ihn darum. All das fehlte mir. Leider oder Gott sei Dank? Das war mir damals noch nicht richtig klar. Walser hätte bestimmt mit all jenen jungen Sekretärinnen das Tanzbein geschwungen, auch wenn er das längst nicht mehr nötig hatte. Eigentlich müsste er Walzer heißen. Martin Walzer. Im Herbst erhielt ich von Suhrkamp eine Einladung zur Buchmesse. Zum ersten Mal tauchte ich ein in dieses wogende Meer von Besuchern, das an die endlosen Gestade von bunten Buchrücken spülte. Überall gab es kleine Buchten, die zu verschiedenen Verlagen gehörten. In ihnen sammelten sich die Interessierten wie Treibgut. Ich war stolz darauf, nicht zu den Lesern, sondern zu den Erzeugern zu gehören. Als ich am Stand des Suhrkamp Verlages strandete, wurde mir schnell bewusst, wie lächerlich klein mein Erfolg war. Niemand beachtete mich. Alle, Besucher wie Verlagsangestellte, hatten den gleichen Blick, der nichts sah außer der eigenen Bedeutung. Als ich dann kurz vor Weihnachten zu meinen Eltern fuhr, erlebte ich im Speisewagen des Zuges eine besondere Bescherung. Ich hatte die ZEIT gekauft. Plötzlich fiel mein Blick auf Gedichtzeilen, die mir bekannt vorkamen. Es war eine Liebeserklärung an das Meer: »Tönende Flut, die Anklang findet am Gestade, deine Wellen berauschen mein tägliches Herz. Flut, wie du die Wellen zusammentreibst, dass ihr Rauschen die Stille streicht gleich eines Besiegten Fahne. Hochaufgeschossenes Mädchen, Flut, Strandläuferin meines Glücks, morgen, wo du im Sand gelegen hast, die schwarz geflaggte Spur.« Es dauerte einen Augenblick, bis ich begriff, dass diese Zeilen von mir waren. Sie standen in einem langen Artikel mit dem hämischen Titel »Vorzeichen als Rücklichter«, und zwar als Beispiel für den Niedergang der deutschen Lyrik, für die Tatsache, dass solche dilettantischen Verse, die nicht einmal das Niveau der Gedichte in Studentenzeitungen erreichten, heute Beachtung fänden. Der Verfasser des Artikels, Walter Jens, beteuerte, er würde aus purer Menschlichkeit keine Namen nennen, dabei war es natürlich durch den Abdruck meiner Verse ein Leichtes, mich als Autor zu identifizieren. Die Auflage des Wochenblatts war riesig. Die zitierte Strophe aus meinem Gedicht war bestimmt sechshunderttausend Mal durch die Druckmaschine gelaufen. Ich fühlte daher Scham und Stolz zugleich.

Ich bestellte noch ein Bier. Zum ersten Mal hatte ich mit der brutalen Härte der Literaturkritik Bekanntschaft gemacht, bei der sich ein selbsternannter Scharfrichter der Sprache anmaßte, aus der göttlichen Perspektive der Allwissenheit ein Urteil zu fällen, das die gleiche Gültigkeit beanspruchte wie ein Axiom der Naturwissenschaft. Ich fühlte mich wie der enthauptete Störtebeker, aber ich sah niemanden, der es wert war, an ihm ohne Kopf vorbeizulaufen, um ihn von seiner Strafe zu befreien. Wahrscheinlich hatte sich auch Ikarus so gefühlt, als er spürte, wie das Wachs schmolz, das seine Flügel zusammenhielt, weil er der Sonne zu nahe gekommen war. Der Vater hatte ihn gewarnt, weder zu hoch noch zu tief zu fliegen. Das Meer war zu kalt und feucht für seinen Flugapparat, die Sonne zu heiß. Dem Meer war ich schon zu nahe gekommen und jetzt auch der Sonne des Erfolgs. Ich sollte lieber mittelmäßig bleiben. Äußerlich fühlte ich mich zwar überlegen, aber innerlich war ich tief verletzt. Ich warf die ZEIT aus dem Zugfenster, und sie flatterte davon wie ein aufgestörter Vogel in der Nistzeit. Dann blickte ich voller Skepsis und Sympathie auf mein bleiches, gastritisches Gesicht im Spiegel des Speisewagens an, und ich fand, dass ich wirklich wie der Clown Frost aussah, voller Angst und zugleich ergeben in sein Schicksal, vom Zirkusdirektor dieser Welt erschossen zu werden.

Jens und ich fuhren noch einmal nach Amrum. Es war ein Abschied, denn das Ferienhäuschen sollte verkauft werden. Wir feierten ihn wie einen Weltuntergang. Auf halber Strecke zwischen Wittdün und Nebel gab es direkt an der Straße eine Bar. Wir hörten Tony Sheridans »Skinny Minnie« in der Musikbox, rauchten King-Size-Zigaretten, tranken Wodka mit Kirsche. Amrum war und blieb unsere Insel, unser Narrenschiff mit Kurs auf den Unsinn des Lebens.

Ich erklärte meinen Eltern, dass ich unbedingt auf eine Hallig müsse, um meine Doktorarbeit schreiben zu können. Ich brauchte dazu nicht nur Ruhe, sondern auch ein Umfeld, das dem Autor gerecht würde. Jahnn sei Sohn eines Schiffbauers gewesen und seine Sprache durch und durch von maritimen Bildern geprägt. Meine Eltern fanden für mich in den Semesterferien eine Bleibe auf Nordstrand. Das war zwar keine Hallig, denn ein Damm mit einer Straße verband Nordstrand mit dem Festland, doch die Landschaft entsprach in ihrer Kargheit voll und ganz der Atmosphäre auf einer Hallig. Ich wohnte bei Inge Schröder, einer kleinen Frau, die im Norden der Insel in einem Arbeiterhäuschen im Ortsteil »Oben« lebte. Arbeiter konnten sich in früheren Jahrhunderten nicht wie die Bauern Warften leisten, um ihre Häuser vor Sturmfluten zu schützen. Sie mussten ihre Häuser auf Binnendeiche setzen, mit der Folge, dass sie Jahr für Jahr ein paar Millimeter abrutschten und dabei immer schiefer wurden. Die Türen mussten dann trapezförmig abgehobelt werden. Frau Schröder verdiente ihr Geld mit Krabbenpulen. Jede Nacht saß sie mit einigen anderen Frauen in der Küche und pulte. Sie tranken Weinbrand und redeten pausenlos. Der von Inge Schröder bevorzugte Satz war: »Das ist schon möglich.« Sie schien ganz im Konjunktiv zu leben. Ihr Mann war vor vierzig Jahren im Krieg geblieben. Sie hatte vier Kinder aufgezogen und musste als junge Frau sehr hübsch gewesen sein, zierlich und blond, eine Inke von Nordstrand. Nie habe ich einen bescheideneren Menschen kennengelernt.

In der Küche gab es ein Radio, ein besonderes Exemplar mit magischen Fähigkeiten, denn wie konnte ich es mir anders erklären, dass aus seinem Lautsprecher am ersten Abend, als ich eintrat und das Gerät anschaltete, nach dem Warmwerden der Röhren ausgerechnet mein Lieblingssong »I live the life I love« von Mose Allison kam. Die Folge dieses Wunders war eine große Euphorie, die mich bei Wind und Regen über den Deich in die nächste Kneipe trieb, das *Café Halligblick*, das zu meinem neuen Lieblingslokal werden sollte.

Frau Schröder bekochte mich jeden Tag, salzig und fett und mit mütterlicher Liebe. Frühstück gab es am Küchentisch, Mittag- und Abendessen in der guten Stube unter der tickenden Wanduhr. Die kleinen Doppelfenster gingen auf die Marsch hinaus. Ich saß abends oft stundenlang auf dem Sofa und starrte hinaus. Wie immer faszinierten mich Fensterblicke. Schon lange war ich nicht mehr so ruhig und zufrieden gewesen. Es war ein Blick in völlige Ereignislosigkeit. Manchmal meinte ich mich selbst zu betrachten, von draußen, als sei ich dort in dem mondbeschienenen Grasland und spähte durch die Scheiben auf mein eigenes bleiches Gesicht. Jeden Abend marschierte ich die drei Kilometer nach Westen über den Deich zum *Café Halligblick*. Dau, der Wirt, spielte Akkordeon, wenn er gut gelaunt war, und das war er meistens. In der Kirche spielte er die Orgel. Ich trank Pharisäer, das Kultgetränk der Insel. Kaffee, Rum und Schlagsahne. Den siebten gab es bei Dau umsonst, und den schaffte ich jedes Mal spielend. Das *Café Halligblick* trug seinen Namen zu Recht. Von den Fenstern des Restaurants sah man einige Halligen als dünne Striche am Horizont. Auf dem Rückweg lag ich immer eine Zeitlang auf dem Vorland zwischen Schafen und kleinen Wassergräben. Es war fast still. Nur manchmal ein menschliches Husten, als sei jemand in der Nähe. Es kam von den Schafen, die wie ich im Gras lagen. Schafe können husten wie Menschen. Anders als auf Amrum war das Meer an dieser Küste sehr unpathetisch, fast kontemplativ mit seinen kleinen, flüsternden Wellen. Mit meiner Ruhe war es zu Ende, als ich wie jeden Abend am dunklen Fenster des Wohnzimmers saß und es plötzlich gegen die Scheibe klopfte. Ich sah im Licht der Petroleumlampe kurz eine Faust. Dann klopfte es gegen die Tür im Hof. Inge Schröder schlief schon, denn diesmal gab es wegen des Sturms der letzten Tage keine Krabben zu pulen. Ich öffnete und starrte in das grinsende Gesicht Wilhelms. Er war unangekündigt hergetrampt. Wir liefen über den Deich zum *Café Halligblick*. Mein Freund hatte die Geige dabei, und es dauerte nicht lang, bis auch Dau sein Akkordeon holte und wir zu dritt Musik machten. Wieder floss der Pharisäer in Strömen, wieder trieben die Eisberge aus Sahne über das schwarze, rumgeschwängerte Kaffeemeer in den Tassen. Am nächsten Morgen bezirzte Wilhelm Frau Schröder und durfte umsonst eine kleine Kammer unter dem Dach beziehen. Sie kochte jetzt für zwei junge Männer. Sie lieh Wilhelm ihr klappriges Damenrad. Mein Bauer hatte ich dabei. Und so fuhren wir tagsüber die ganze Insel ab. Es war warm. Der Sommerwind tanzte und rauschte in den Blättern gewaltiger Ulmen im Inselinneren. Ich würde diese flirrenden mächtigen Kronen immer vor mir sehen wie eine Epiphanie. Jedes Mal landeten wir abends bei Dau. So ging es drei Tage. Als Wilhelm wegfuhr, blieb ich zurück mit dem schönen Gefühl, dass sich unsere Freundschaft enorm vertieft hatte. An meiner Doktorarbeit hatte ich noch nichts geschrieben, zu sehr genoss ich den Stillstand der Zeit. Meine Eltern besuchten mich. Als mein Vater im Wohnzimmer auf dem Sofa saß, kam er mir vor wie ein Bild eines seiner Vorfahren. Dies war eigentlich seine Welt, während meine Mutter in ihr sehr fremd wirkte. Als meine Eltern wieder fort waren, schrieb ich ein Gedicht, das mir heute noch gefällt: »Mein Vater war da. Keine halbe Stunde ist es her, dass er dasaß mit seiner Geschichte. Er ist alt geworden, er geht auf die siebzig zu, und wenn er seine blaue Kapitänsmütze lüftet, brist es gewaltig im Zimmer.« Kurze Zeit später fand ich im Vorland genau so eine blaue Schiffermütze. Ich setzte sie manchmal auf, obwohl sie mir etwas zu klein war, und tippte mit der Hand grüßend an den Schirm.

Zurück in Darmstadt ging alles seinen üblichen Gang. Ich studierte ein wenig, ich lebte ein wenig, ich liebte ein wenig. Die Zeit war ein Tropfstein, die Vergangenheit der Stalaktit, der Tropfen für Tropfen wuchs, die Zukunft sein Gegenstück, der Stalagmit, der auf dem Boden der Ewigkeit Tropfen für Tropfen Gestalt annahm. Weihnachten musste ich wie immer zu meinen Eltern. Diesmal wollte ich mit dem Nachtzug fahren, denn ich versprach mir dadurch einen Halbschlaf, der Inspirationen begünstigte. Wie gewöhnlich war ich zu früh am Bahnhof und setzte mich daher in der kleinen Bahnhofscafeteria an einen Holztisch und bestellte ein Bier. Zwei Tische weiter saß ein junger Mann, sicher ein Student wie ich. Der Blick seiner blauen Augen fiel mir auf. Er wirkte neugierig und zugleich abwesend, als ginge er über eine Deichkrone hinweg in die Endlosigkeit. Seine hellblonden Haare umstanden den Schädel wie ein Kranz Dünengras, das der Wind gekämmt hat. Ich sah zu ihm hinüber, und er blickte zurück. Da er keine Anstalten machte, etwas zu unternehmen, sondern ruhig sein Bier trank, stand ich auf und setzte mich an seinen Tisch. Wir kamen in ein Gespräch, das zunächst ziemlich einseitig verlief. Ich fragte nach seinem Namen, was er mache und wohin er fahren würde, nachdem ich mich vorgestellt hatte und kurz mein Studium der Literatur und Philosophie und mein Vorhaben, nach Schleswig-Holstein zu meinen Eltern zu reisen, erwähnt hatte. Er hieß Ben und studierte in Darmstadt Architektur. Es war deutlich, Ben war kein Redemensch. Aber seine Augen sprachen dafür umso mehr. Er rollte sie und legte die hohe Stirn in Falten, was offensichtlich Interesse bekundete. Ich war immer noch auf Freundschaftssuche, vor allem nachdem meine Beziehung zu Jens schwächer geworden und Wilhelm in Hamburg so schwer erreichbar war. In diesem Fall fühlte ich eine fast körperliche Nähe zu meinem Gegenüber, wie ich sie bei meinen anderen Freunden nie empfunden hatte. Als der Nachtzug eingefahren war, suchten wir ein leeres Abteil. Ben war hellhäutig, fast wie ein Albino. Mir fielen seine Hände auf. Sie waren knochig und die Gelenke der Finger knotig. Wir schalteten die Beleuchtung aus, und dann entwickelte sich im schummrigen Licht der Notbeleuchtung ein intensiver Dialog, wie wir ihn nie wieder geführt haben, obwohl wir später noch oft zusammen waren. Ben sagte, er wolle später einmal Häuser bauen, im Stil der Sielhäuser seiner ostfriesischen Heimat. Roter Klinker, schlichte Form, eine Tür in der Fassadenmitte. Er machte Musik,

spielte Klarinette, liebte die gleiche Musik wie ich. Ben konnte ost-
friesisches Platt reden wie ein Einheimischer, er sah mit seinen blonden Haaren und himmelblauen Augen aus wie ein echter Ostfriese,
er war ein besessener Segler, der mehr von dieser Kunst verstand als
die Küstenbewohner, er trank gerne Kruiden, den Kräuterschnaps
der Region, er war wortkarg wie ein Ostfriese, aber wenn er redete,
dann ohne Pause wie ein Ostfriese. Mit anderen Worten: Er war ostfriesischer als jeder Ostfriese, aber in Wirklichkeit war er Berliner.
Auch ich gab mich als authentischer nordfriesischer Insulaner aus,
obwohl ich doch süddeutsche Wurzeln hatte. Beide spielten wir die
Rolle des Einheimischen, was uns verband, denn beide waren wir im
Grunde heimatlos. Ben erzählte mir während der langen Fahrt, dass
er als Jüngling todkrank gewesen sei. Die Spezialisten hätten ihn da-
mals aufgegeben, trotz einer Operation, bei der man einen Teil der
Lunge entfernt hatte. Sein Stiefvater, ein praktischer Landarzt, war
anderer Meinung gewesen. Er schickte seinen Stiefsohn, den er wie
einen echten Sohn liebte, in ein Lungensanatorium in der Schweiz.
»Du warst also auf dem Zauberberg«, warf ich ein. Ben sagte, sein
Zustand habe sich in dem Heim nicht gebessert. Er habe dort eine
Freundin gehabt, eine gute Querflötistin. Er war nachts oft bei ihr.
Sie rauchten dann heimlich Zigaretten. Eines Tages sei sie fort gewesen, einfach so, ohne Abschied. Wahrscheinlich sei sie gestorben.
Er habe das zum Anlass genommen abzuhauen. Er sei zurück in die
Heimat getrampt, ohne sich bei seinen Eltern zu melden, und habe
sich als Bauarbeiter verdingt. Im Winter, in der Kälte, von Schnaps
gewärmt, in dem Würfelzuckerstücke aufgelöst wurden. Es brachte ihn nicht um. Ganz im Gegenteil. So kam es, dass er eines Tages kerngesund vor der Tür des Elternhauses stand, was den Landarzt an der Schulmedizin wieder einmal zweifeln ließ. In Hannover
trennten wir uns mit dem Versprechen, im kommenden Semester in
Darmstadt Kontakt aufzunehmen. Ben stieg in den Zug nach Bremen um, während ich weiter durch den Tunnel der Nacht fuhr, an

dessen Ende das Kerzenlicht einer scheinbar geborgenen Existenz in einem scheinbar schützenden Zuhause schimmerte.

Als ich später wieder zurück im Süden war, wartete ich vergeblich auf ein Lebenszeichen von Ben. Hatte ich mich in ihm getäuscht? Sicher nicht. Er hatte vermutlich nur ein anderes Verhältnis zur Zeit. Zufällig traf ich Ben dann eines Tages auf der Straße. Wir verabredeten einen Besuch bei ihm. Bewaffnet mit meiner Gitarre und einer Flasche Geele Köm machte ich mich zu ihm auf. Sein kleines Zimmer im Erdgeschoss war sparsam eingerichtet. Die Farbe Orange dominierte. An der Wand Fotos von Sielhäusern und einige Modelle von Bauwerken aus Papier. Ben freute sich. Er machte Tee nach ostfriesischer Art, rabenschwarz, auf Kandis mit einem Schuss Sahne. Natürlich nur *Bünting Grünpack*, denn ein anderer Tee kam für Ben nicht in Frage. Ich kippte einen Schuss Geele Köm in den rabenschwarzen Tee, über den Sahnewolken wie über einen Nachthimmel zogen. Das passte nicht zusammen, denn für Teepunsch muss der Tee so dünn sein, dass er fast keine Farbe hat. Doch Ben und ich harmonierten gut. Wir spielten zusammen, »Lullaby of Birdland«, »The Man I Love«, »Moten Swing«. Es war, als hätten wir schon oft zusammengespielt.

Von nun an sahen wir uns regelmäßig. Ich besuchte ihn in der Technischen Hochschule und half ihm beim Basteln der Modelle aus Balsaholz. Negern nennt man das. Einmal besuchte mich Ben mit seiner Freundin. Sie war von einer mädchenhaften, spröden Attraktivität. Ich bot alles auf, um meine Gäste zu gewinnen, servierte Teepunsch und Pharisäer, legte Platten auf und spielte das Tonband mit den Gedichten von Dylan Thomas ab. Ben hatte die Klarinette mitgebracht, und wir spielten die Swingnummern, die wir beide kannten. Seine Augen traten beim Spielen ein wenig hervor und leuchteten wie blaue Glasmurmeln, die ihre Löcher verlassen wollen. Seine Freundin ging einmal nach nebenan und kam erst nach einer Weile wieder. Später gestand sie mir, dass ihr schlecht geworden war. Sie habe sich übergeben müssen, weil sie sich erdrückt gefühlt habe von der Messe, die ich nicht aufhörte zu lesen.

Am Ende des Semesters lud mich Ben in seinen Heimatort ein, einem kleinen holländisch wirkenden Nest an der Ems. Bens Eltern nahmen mich herzlich auf. Beide Elternteile hatten je drei Söhne in die Ehe mitgebracht. Man konnte die sechs jungen Männer für echte Brüder halten. Der Landarzt war eine charismatische Persönlichkeit, hager, von natürlicher Autorität. In seiner Nähe wünschte man sich sofort, krank zu sein, um von ihm geheilt zu werden. Wir frühstückten alle zusammen. Der Hausherr saß in der Mitte eines langen Tisches, seine Frau sorgte dafür, dass alle Teller und Tassen gefüllt waren. Ich hatte solch ein opulentes Frühstück noch nie erlebt. Mettbrötchen, Krabben, Lachs, Räucheraal, Rührei. Es hätte für die Speisung der 5000 gereicht. Auch hier wurde kurz gebetet. Aber es war eine andere Frömmigkeit als jene im Elternhaus meiner Braut. Sie war protestantisch, introvertiert, fast ein wenig düster.

Nachts gingen Ben und ich zum Segelhafen, dessen Schlickwanne sich langsam füllte, weil auflaufend Wasser war. Am Himmel funkelten die Sterne wie Positionslichter verirrter Seelen. Ben band ein Ruderboot los, in dem die Riemen lagen, und dann pullten wir gegen den Strom bis zu einer kleinen Flussinsel. Wir legten an und gingen zur westlichen Spitze des kleinen Eilands, an der sich die Strömung teilte wie am Bug eines Schiffes. Wir hatten eine Flasche Kruiden dabei und tranken, bis die Sterne Polka tanzten. Dann warf Ben die leere Flasche gen Westen in die Dunkelheit, und wir ruderten mit dem Strom zurück. Als ich später im Bett lag, grinste ich zur Zimmerdecke, als könnte sie Anteil nehmen an meinem Glück.

Unsere Freundschaft sollte viele Jahre halten. Sie zerbrach erst, als ich einmal an der Haltestelle einer Straßenbahn die Sinnfrage stellte. »Ben«, sagte ich, »was ist eigentlich für dich der Sinn des Lebens? Es kann doch nicht nur das Segeln oder das Entwerfen von Sielhäusern sein, das ist einfach zu wenig.« Er rollte die Augen, und auf seiner hohen, fliehenden Stirn bildeten sich lange Querfalten wie Entwässerungsgräben. Er sagte kein Wort. Doch ich spürte, dass meine Frage ihn nicht erreicht hatte. Von da an war alles anders zwischen uns. Wir blieben zwar Vertraute, aber das Schiff unserer Freundschaft war auf Grund gelaufen.

*

B. fuhr mit dem Rad zu dem großen Haus an der Schleuse. Es war ihm schon früher aufgefallen, auch dass es in einem erstaunlich guten Zustand war. Das Erdbeben schien ihm nichts angetan zu haben. Als B. durch die gläserne Drehtür ins Innere gelangt war, schob der Portier in seiner Loge ein Schiebefenster zur Seite und sah ihn fragend an. »Ich möchte zum Herausgeber des ›Einsamer‹«, sagte B. Der Portier schüttelte den Kopf. »Sie meinen sicher den Verleger. Herausgeber besagter Zeitschrift ist er allerdings auch. Es ist besser, ich bringe Sie selbst zu ihm.« Der Mann verließ seine Loge, schloss die Tür ab und ging voran. Nachdem sie mehrere Flure durchschritten hatten, kamen sie an einen Paternoster. B. hasste diese Art Aufzüge. Immer betrat er die Kabine zu früh oder zu spät, und immer musste er daher springen oder sich bücken. Im obersten Stockwerk stiegen sie aus. Durch die Glasfassade hatte man einen Panoramablick über die Stadt. Man sah die erstaunlichen Ausmaße des Häusermeeres. Aber auch, welche großen Zerstörungen das Erdbeben angerichtet hatte. Ganz in der Ferne, in einer der Vorstädte, meinte B. einen Hügel zu erkennen.

Der Portier wies auf eine Tür, über der eine Überwachungskamera hing. »Drücken Sie die Klingel dort«, sagte er noch, ehe er ging. B. tat, wie ihm geheißen. Es dauerte eine Weile, bis die Tür, offenbar von einem elektrischen Mechanismus angetrieben, zur Seite schwang. B. trat ein. Der Mann hinter dem mächtigen Schreibtisch sah ihm erwartungsvoll entgegen. Er war eine imposante Erscheinung. Groß, das fast haarlose Haupt hoheitsvoll erhoben. »Da sind Sie also, es freut mich, Sie bei guter Gesundheit zu sehen. Ich habe übrigens damals einiges für Sie getan. Ich habe sogar einen Text von Ihnen abgedruckt, einen Essay, wie ich mich zu erinnern meine.«

Er reichte B. die Hand, ohne sich dabei zu erheben, und bedeutete ihm mit einer Geste, sich auf dem Stuhl vor dem Schreibtisch niederzulassen. »Schön, dass Sie meiner Einladung Folge geleistet haben«, sagte der Verleger. »Es soll nicht zu Ihrem Schaden sein.« Während er redete, schien er immer größer zu werden, als drehe er eine Kurbel an seinem Bürostuhl, mit der man die Sitzhöhe verstellen konnte. B. hingegen schien kleiner zu werden. »Vielleicht liegt es an der Osteoporose meines Rückgrats«, dachte er. Er ging in letzter Zeit sehr gebückt und starrte dabei immer nach unten auf seine Füße. Jetzt versuchte er mit einiger Mühe, den Kopf zu heben, um in die Augen des Verlegers sehen zu können, aber er sah nur dessen Kinn und den vorspringenden Kehlkopf, der beim Reden auf und ab hüpfte. »Diesmal will ich es mit einem Gedicht von Ihnen versuchen«, sagte der unsichtbare Mund. »Sie sind doch Lyriker, nicht wahr? Dann wissen Sie aus eigener Erfahrung, ein Autor ist nichts anderes als ein gewöhnlicher Mensch, nur mit einem übergroßen Mitteilungsbedürfnis. Die Kunst des Verlegers besteht darin, Interesse beim Publikum für das zu wecken, was eigentlich nur für den Autor interessant ist. Seine privaten, kleinen Herzensergüsse zum Beispiel. Aber sehen Sie selbst, auch das kann ein Weg sein.« Er zeigte zum großen Fenster. B. sah über den Dächern einen Heißluftballon schweben, eine Montgolfiere. Der Mann im Korb warf immer wieder Papierseiten in die Luft, die wie weiße Vögel in die Tiefe schwebten. »Ich habe seine Gedichte abgelehnt. Jetzt versucht er es auf diese Weise. Haben Sie etwas Verwertbares für mich?«

B. hatte zufällig eine Reinschrift eines Gedichtes dabei, mit dem er besonders zufrieden war. Er zog sie aus der Jackentasche und reichte sie dem Verleger. »Wie wäre es damit?«

Der Verleger überflog die wenigen Zeilen. »Nicht schlecht. Wenn auch ein wenig altmodisch. Ist das wirklich von Ihnen?«

»Gewissermaßen. Ich habe es um die Jahrhundertwende schreiben lassen, zwischen 1799 und 1801. Ich habe damals eine Frau sehr geliebt, und ich war zugleich sehr unglücklich dabei, denn ich verstand es offenbar nicht, ihr meine Liebe auf angemessene Weise zu zeigen. Wir hatten ständig Krach miteinander. Das löste in mir Todessehnsucht aus.«

»Ich werde es nehmen. Wir haben im ›Einsamer‹ eine kleine Rubrik für Lyrik. Auf der letzten Seite, neben dem Wetterbericht. Ich werde Ihnen ein, wenn auch bescheidenes, Honorar zahlen. Ich schicke es in Ihr Hotel.«

Der Verleger drückte eine Taste der Telefonanlage auf seinem Schreibtisch. Eine Stimme meldete sich. »Holen Sie meinen Gast jetzt bitte ab«, sagte er. Dann stand er auf, und B. sah jetzt nur noch seinen Hosenbund. Auch er stand auf. Der Verleger geleitete ihn zur Tür und schüttelte ihm wieder die Hand. »Kopf hoch«, sagte er. »Es wird schon werden. Warten Sie vor der Tür, bis Sie abgeholt werden.«

Auf dem Heimweg hielt B. mehrmals an. Er hob einzelne Blätter auf, die auf der Straße lagen, und barg sie in seiner Aktentasche. Als er stromabwärts am Flussufer entlangfuhr, erkannte er viel mehr Einzelheiten am gegenüberliegenden Ufer als sonst, so klar war die Luft. Dort drüben drehten sich zahllose Windmühlen. Don Quichotte hätte viel zu tun gehabt. B. überlegte, ob er, wie einst Byron, den Fluss durchschwimmen solle. Schließlich war Frühling. Er zog die Schuhe aus, stellte sie an die Böschung, krempelte seine Hose hoch und ging ein Stück ins Wasser. Es umspülte ihn mit einer sanften Strömung und war unnatürlich warm. Er ging weiter. Der Boden musste sehr flach abfallen, denn er war bereits ein gutes Stück weit vom Ufer entfernt, und das Wasser hatte seine Knie immer noch nicht erreicht. Als ein großer toter Fisch mit dem weißlichen Bauch nach oben an ihm vorbeitrieb, gab er auf und ging zurück.

Er fuhr in die *Messina-Bar*. Es waren nur wenige Gäste da. Eine ältere Frau saß am Fenster und blickte ihm freundlich entgegen. Sie winkte ihn herbei. »Setz dich«, sagte sie. Sie rauchte und drückte die Zigarette aus, als sie erst halb verbraucht war. Dabei sah er, dass sie ihre Fingernägel rosa lackiert hatte. »Ich habe dich sehr gemocht, als wir uns damals öfters gesehen haben. Du warst ein junger Mann, unreif, voller Illusionen, aber du hattest etwas, das wenige in deinem Alter haben. Eine enorme Willenskraft, das zu verwirklichen, was dir die Neugier eingab. Das gefiel mir. Ich habe versucht, dir auf deinem Weg zu helfen. Aber du warst gefeit gegen jeden Rat einer lebenserfahrenen Frau. Es freut mich, dass du es dennoch geschafft hast.«

Sie rief zur Theke, an der jemand bediente, den B. hier noch nie gesehen hatte. »Seien Sie so nett und bringen Sie uns zwei Negroni.« Dann wandte sie sich B. wieder zu. »Du hast mich damals an einen störrischen Esel erinnert, der zwar viel tragen kann, sich jedoch weigert, rückwärts zu gehen, wenn es nötig ist. Zum Beispiel auf einem Bergpfad, der zu schmal ist für zwei, die sich begegnen. Auch warst du so etwas wie ein Entdecker, der dort am besten ist, wo es nichts zu entdecken gibt.« Die Getränke kamen, Gläser mit einer blutroten Flüssigkeit, in der Miniatureisberge schwammen. Sie prosteten sich zu. »Hätte ich ein wenig mehr von deinen Eigenschaften gehabt, meine Gedichte wären bestimmt besser gewesen. Da hattest du schon recht mit deiner Kritik. Sie waren zu brav, genauso wie die Autorin.«

Die Tür ging auf, und ein neuer Gast erschien. Er kam direkt auf B. zu und gab ihm die Hand. Sie war knochig und fühlte sich hart und spröde an. B. spürte die enorme Kraft des Händedrucks. »Und was ist für dich der Sinn des Lebens?«, fragte der Mann. Dann wandte er sich ab und ging in Richtung Tresen. Dabei taumelte er, als hätte er einen Schwächeanfall. Schließlich fiel er zu Boden, ohne dass dabei das mindeste Geräusch entstand. B. stürzte hinzu, aber da war der Mann offenbar schon tot. Amon erschien. Gemeinsam mit ihm trug B. die Leiche vor die Tür. Sie war leicht wie ein Stück salzgebleichtes Treibholz. »Ich bringe ihn zum Fluss«, sagte der Wirt. »Das wird wohl das Beste sein. Die Strömung wird ihn mitnehmen, hinaus auf sein geliebtes Meer.«

Amon trug den Toten über der Schulter wie ein schwereloses Bündel. B. folgte mit dem Rad. Als sie am Ufer des Flusses waren, schob Amon den Leichnam hinaus in die Strömung. Während er davontrieb, glaubte B. zu sehen, wie kleine Segel auf ihm gehisst wurden, die sich im Wind blähten und den Toten weiter flussabwärts trieben, obwohl mit der einsetzenden Flut die Strömung inzwischen gekentert war.

Als er in dieser Nacht aufwachte, sah er ein kleines Tier im Zimmer. Es war blauviolett und glänzte ein wenig im schwachen Licht, das von einer Straßenlaterne hereindrang. Es kroch über den Teppichboden und dann langsam die Wand empor. Schließlich schwebte es ein paarmal um die Deckenlampe, die er inzwischen angeschaltet hatte. Es wird ein Bläuling sein, dachte er. Doch irgendetwas kam ihm merkwürdig vor. So sah kein Schmetterling aus. Dazu war das Wesen zu amorph, zu fleischlich. Als es niederschwebte und sich auf den Bettrand setzte, berührte er es vorsichtig mit dem Finger und spürte seine raue pelzige Oberfläche. Das Wesen verformte sich, krümmte sich, zog sich zusammen, und dann kroch es davon.

42

Als B. am nächsten Vormittag im Institut erschien, war ihm schlecht vor Erregung. Es war die gleiche Panik, die ihn befallen hatte, als er auf die Doktorprüfung wartete. Er fragte sich, warum er so reagierte. War es nur die Angst, durch eine normale Prüfung zu fallen? Oder gar durch die Prüfung des Lebens? Es stimmte, er hatte sich schlecht vorbereitet. Das rächte sich jetzt. Der Andere betrachtete ihn mit einer Mischung aus Spott und Mitleid. Jedenfalls bildete sich B. dies ein.

*

Jahnn war bekennender Homosexueller. Ich nahm dieses damals noch stark tabuisierte Thema ernst – schließlich war der berüchtigte Paragraph 175 immer noch in Kraft –, so ernst, dass ich versuchte, entsprechende Feldforschung zu betreiben. Recherche war mir wichtig, und zwar nicht als Lektüre, sondern als Eintauchen in das Leben eines Autors. Ich wusste, dass Jahnn in einer stürmischen Überfahrt auf der Insel Föhr gelandet war. Ich hatte sein Haus gesehen, seine Tochter. Jetzt ging ich in die *Rote Katze* in der Kleinen Bockenheimer, nahe dem *Domicile du Jazz*. Es war ein berühmtes Schwulenlokal. Ich sprach Gäste an und interviewte sie. Meine Naivität schien mich zu schützen. Ich war ein schüchterner blonder Jüngling, der hier einiges Wohlgefallen auszulösen verstand, mehr als bei den Heteros.

Ich setzte in meiner Zimmerkajüte die angetriebene Schiffermütze auf und begann wie im Rausch meine Doktorarbeit zu schreiben. Nach einem Monat war sie fertig. Professor Burger hatte den Text mit dem literarisch ambitionierten Titel »Utopie und Verwesung«

mehrfach gelesen. Er fand ihn gut, bis auf den Stil, in dem ich mich seiner Meinung nach zu sehr bei dem Herrn Professor Adorno und seiner unverständlichen Ausdrucksweise bedient hätte. Ich überarbeitete den Text entsprechend. Zum angegebenen Termin der mündlichen Prüfung wartete ich im Gang des Plattenbaus, in dem sich das Germanistische Institut befand. Mit mir warteten einige andere Studenten, zwei Professoren und die Beisitzer. Der graue Himmel sah aus wie eine schlecht verputzte Wand, und ich fühlte mich als Delinquent in der Todeszelle, der darauf wartete, zur Vollstreckung des Urteils abgeholt zu werden. Ich sollte in drei Fächern geprüft werden, jeweils eine halbe Stunde. Der Zeitpunkt verstrich, und immer noch fehlte eine entscheidende Person: Adorno. Prüfer und Beisitzer wurden ungeduldig. Mir war übel, und ich musste mehrmals auf die Toilette, weil ich Durchfall und Erbrechen hatte. Als Adorno endlich mit halbstündiger Verspätung erschien, bedeutete dies, dass für die drei Fächer nur noch jeweils 20 Minuten zur Verfügung standen. Als ich an der Reihe war und den kleinen Raum betrat, gab mir Adorno die Hand. Er musterte mich durchdringend, und ich gewahrte zu meinem Schrecken, dass er die gleichen haselnussbraunen Augen hatte wie meine Mutter. Ich hoffte auf ein lockeres Gespräch, aber wieder stellte er reine Sachfragen, die ich nur zum Teil beantworten konnte. Dann musste ich in einen zweiten Raum. Hier saß der Geschichtsprofessor Vossler. Ich hatte mich auf das Thema Kreuzzüge vorbereitet, hauptsächlich, indem ich Belletristik mit diesem Thema las. Der Professor schwenkte jedoch auf ein anderes Thema um. Ich war hilflos. Von vier Fragen, die er stellte, konnte ich nur eine beantworten. Bei den übrigen drei sah ich mit Entsetzen, wie sich der Kopf des vor mir sitzenden und zu Boden starrenden Professors kopfschüttelnd hin und her drehte. Mit hochrotem Kopf stolperte ich in die dritte Zelle. Hier begrüßte mich Professor Burger freundlich. Er kam nicht dazu, mich etwas zu fragen, sondern ich überschüttete ihn mit einem Schwall von

Thesen zur Ästhetik, die ich bei Karl Phillipp Moritz und anderen Poetikern des 18. Jahrhunderts gelesen hatte. Ich erklärte ungefragt die Schönheitslinie von Hogarth und das interesselose Wohlgefallen bei Kant und das Erhabene bei Schiller. Es war, als ob ich um mein Leben redete.

Tage später wurden in der alten Aula die Ergebnisse der Doktorprüfung bekanntgegeben. Wir standen aufgereiht an der Wand wie einst in der Tanzschule Schmolke. Ich war mir ziemlich sicher, dass ich, wenn ich nicht gar durchgefallen war, so doch die schlechteste Note »rite«, d. h. »genügend«, zu erwarten hatte. Dass es dann ein »cum laude« wurde, also eine Drei, war vermutlich der Gnade meiner Gönner Adorno und Burger zu verdanken. Als fürsorglicher Doktorvater bemühte sich Burger, seine Doktorsöhne, also auch mich, in Amt und Würden zu bringen. Dabei half ein günstiger Umstand: Doktor Detlev Lüders, der Direktor des Freien Deutschen Hochstifts, einer Institution im Goethehaus, die Handschriften berühmter Autoren besaß, suchte einen persönlichen Assistenten. Er wohnte in einer vornehmen Villa im Edelort Hochheim im Taunus. Sein Nachbar war ausgerechnet Professor Burger, ein Zufall, der meinen weiteren Lebensweg bestimmte. Wahrscheinlich hatte ein erstes Gespräch in dieser Angelegenheit über den Gartenzaun hinweg stattgefunden. Burger, dem Lüders' Anliegen bekannt war, hatte seinem Nachbarn wohl gesagt, er hätte einen geeigneten, wenn auch ziemlich weltfremden jungen Mann für ihn, der gerade die Promotion abgelegt habe. Das brachte die Dinge ins Rollen. Direktor Lüders war ein sehr großer Mann. Ein Hüne fast. Er trug seine glatten Haare zurückgekämmt und mit Brillantine fixiert. Sein Gesicht war so ausdruckslos, dass man es sich nur schwer merken konnte. Keine Gefühlsregung zeigte sich dort. Die meisten legten dies als Selbstbeherrschung, als würdevolle Zurückhaltung aus. Niemand kam auf die Idee, dass sich in diesem mächtigen Körper eine Kinderseele befand.

Lüders schrieb mir und lud mich zu einem Gespräch ein. Es verlief vielversprechend. Lüders war Hamburger, und so hatten wir genügend Stoff, um uns über den Norden zu unterhalten, über die Jahreszeiten dort, den Wind, den Regen, die langen Nächte im Winter. Zum Ende des Gesprächs sagte Lüders, ich könnte die Stelle haben, wenn ihm die Promotionsurkunde vorläge, was reine Formsache sei.

Endlich nahm mein Leben Gestalt an, oder sollte ich im Nachhinein nicht lieber sagen: Missgestalt? Was ich nicht ahnen konnte: Mein Leben war fortan ähnlich wie ein Flipperautomat konstruiert. Die Abwärtsneigung der Spielbühne zwang die Kugel unweigerlich zum Hinunterrollen in ihr Grab. Das entsprach dem Zeitvektor des Alterns. Es gab nur drei Möglichkeiten, diesen Prozess wenigstens hinauszuzögern und dabei Punkte zu gewinnen: Man konnte zum einen durch geschicktes Bedienen der beiden Flipperhebel die Kugel wieder hochtreiben. Wenn man Glück hatte, berührte sie außerdem beim Hinabrollen Kontakte, die sie wieder emporschnellen ließen, was die Chance eröffnete, weitere Punkte zu sammeln. Das waren die kleinen Glücksmomente, wenn man sich zum Beispiel verliebte oder eine Epiphanie erlebte. Und drittens konnte man durch Bewegung des ganzen Apparates die Bahn der Kugel beeinflussen. Das war jedoch riskant, denn trieb man es zu weit dabei, stoppte das Spiel, und ein Wort in roten Buchstaben erschien: Tilt.

Nachdem ich jetzt eine Anstellung gefunden hatte, war der Weg frei für die Heirat. Wir hatten einen Termin zum kirchlichen Brautunterricht. Maria hatte sich schick gemacht. Sie war beim Frisör gewesen. Ich trug meinen Pepitasakko, eine Stretchhose ohne Bügelfalte und rote Slipper. Das schien mir in diesem Fall die größtmögliche Form des Protestes zu sein. Schließlich war ich Protestant, und dazu noch ein ungläubiger. Wir betraten die katholische Kirche durch einen Seiteneingang und landeten in einem schmucklosen Zimmer mit hoher Decke. Hinter einem mächtigen Schreibtisch thronte ein weißhaariger Würdenträger im schwarzen Talar. An der Wand der

Erlöser. Er thronte nicht. Er hing. Er wurde wohl oft geputzt, denn sein Bronzekörper glänzte. Lange begriff ich nicht, was der Würdenträger sagte. Seine Sätze stiegen als Wolke zur Decke und verdunkelten den Leuchter. Irgendwann verstand ich, dass ich ein Ehehindernis war, denn ich war kein Mitglied der einzig wahren Religion. Ein Dispens würde deshalb notwendig sein, und ehe er gnädig gegeben werden konnte, mussten wir uns einiges anhören. Ich versuchte zuzuhören, so schwer es mir auch fiel. Der Mann redete offenbar von dem, was meine Mutter das Mysterium nannte. Er erklärte uns, dass die Ehe ein Sakrament sei, daher unauflöslich. Bis dass der Tod uns scheide. Scheide, war das nicht ein obszönes Wort? Er erklärte weiter, dass der Geschlechtstrieb vor allem der Fortpflanzung diene, dass es aber durchaus einige erlaubte Möglichkeiten gäbe, ihm auch zu frönen, wenn dabei keine Zeugung denkbar war. Allerdings um Gottes willen keinerlei mechanische Verhütungsmittel, keine Pille, keine Spirale, keine Präservative. Ein Coitus interruptus sei jedoch erlaubt, ebenso die Verhütung nach Knaus-Ogino. Gar nicht erlaubt seien einige Stellungen, die sich nur Tiere gestatten dürften, Hunde zum Beispiel, denn ihre besondere Anatomie zwinge sie dazu, das Geschlechtsorgan von hinten einzuführen. Mir fiel eine Episode von der Insel ein. Ein geiler Dackel, der auf der Treppe von Haus Rungholt mit erigiertem Glied mein Bein besprang. Für Menschen seien derartige Praktiken dagegen höchst unnatürlich und deshalb sündhaft. Auch Fellatio, Cunnilingus seien Frevel, genauso wie die Selbstbefriedigung. Am besten, weil natürlichsten, sei die Missionarsstellung. Bei ihr sei auch die Entstehung neuen Lebens am wahrscheinlichsten. Detailliert beschrieb der Priester diese Stellung. Sein Mund mit den feuchten Lippen sah aus wie eine waagerechte Vulva, die sorgfältig rasiert worden war. Ich starrte auf den blitzsauberen Lendenschurz des Erlösers, der, wie mir schien, immer praller wurde. Maria saß neben mir mit gesenktem Kopf, während ich versuchte, dem Priester in die Augen zu schauen. Vergeblich, denn er hatte keine Augen, nur kleine Schießscharten für Blicke. Ich versuchte mich in möglichst blasphemische Gedanken zu retten. Armer Erlöser, dachte ich. Der Heilige Geist hat sich in deinem Fall offenbar nicht an Knaus-Ogino gehalten. Und seine Stellung? War sie nicht reichlich unnatürlich? Mitten ins Ohr? War das nicht fast so etwas wie eine akustische Fellatio? Die Jungfrau Maria war bestimmt nach der Penetration mit perforiertem Trommelfell stocktaub gewesen. Als der Talar schließlich den Dispens erteilte, war es, als sei die Sündenlast auf meinen Schultern festgezurrt worden wie ein Rucksack voller Steine. Wir gingen. Draußen lösten sich unsere Hände, die sich die ganze Zeit während des Brautunterrichts ineinander verkrallt hatten. Jetzt trocknete der Schweiß auf ihren Innenflächen in der kalten Sonne. Alles war jetzt bereit für den Schritt in die Ehe.

An die Hochzeit selbst kann ich mich nicht mehr erinnern. Sie muss ziemlich harmonisch abgelaufen sein. Es gibt nur ein Bild in meinem Kopf, ein Schwarzweiß-Foto. Die Frischvermählten stehen vor einem Kirchenportal auf einer Treppe. Die Braut mit der Hochfrisur lächelt freundlich. Sie hält einen Strauß Wicken in der Hand. Der Bräutigam lächelt offensichtlich erleichtert. Er ist zwei Kopf größer, und seine frischgewaschenen blonden Haare sind seitlich gekämmt. Der Scheitel sieht aus, als sei dort ein Beil abgeprallt. Die Silberbromidschicht hat sich in der Gelatine des Fotopapiers beim Entwickeln verwandelt. Das Brom ist verflogen, das Silber ist schwarz geworden. Das Brom war die Liebe, das Silber die Wirklichkeit.

Wir hatten das Angebot von Muttl angenommen, in den Dachboden ihres Hauses einzuziehen. Ich baute zusammen mit einem Handwerker ein Veluxfenster in den schrägen Raum ein, in dem einst der Chauffeur von Vatl gehaust hatte und der uns nun als Wohnzimmer dienen sollte. Der unisolierte und ungeheizte Dachboden war an einer Stelle durch einen elektrischen Wandstrahler halbwegs bewohnbar geworden. Dort standen der Fernseher, ein Sofa und eine große Seekiste, auf der sich ein Kompass, ein defek-

ter Schiffschronometer und ein Schiffsempfänger befanden, ein All-
wellengerät von Hagenuk, mit dem ich auch im Binnenland Seefunk
hören konnte. Mein Vater hatte mir das Gerät von der »Tinnum«
geschenkt, als es aus Versicherungsgründen ausgetauscht werden
musste. Er hatte mir damit eine der größten Freuden gemacht, die
er mir je bereitete. Alles Theaterrequisiten, die das Innere einer
Schiffsbrücke glaubhaft simulierten. Das sogenannte Mädchenzim-
mer, meine ehemalige Studentenbude, war nun das Schlafzimmer.

Die Hochzeitsreise wurde ein Desaster. Wir fuhren mit der Bahn
in die Stadt, ohne ein Ziel zu haben. Bei der Paulskirche war Schluss.
Weiter ging es nicht. Aus irgendeinem Grunde war mir keine Reise
möglich. Wir kehrten um und fuhren zurück. Nachts, als wir zum
ersten Mal, vom Sakrament der Ehe legitimiert, nebeneinander im
Bett lagen, störte uns ein Geräusch. Ein leises, eiliges Trippeln hinter der langen Fußleiste. Hin und her. Hin und her. Ich stand auf
und entdeckte in der Leiste ein Mauseloch. Vom Fenstereinbau war
genug Mörtel übrig. Ich rührte einen Brei an und schloss die kleine
Öffnung. In den folgenden Nächten wurde das Trippeln immer leiser und langsamer, bis es irgendwann ganz verschwand.

Jeden Werktagmorgen fuhr ich nun mit dem Zug zum Frankfurter Hauptbahnhof und lief von dort zum Hirschgraben. Eine völlig
neue Erfahrung. Die Zeit war plötzlich streng gegliedert, was sie
zu dehnen schien. Mein Arbeitsplatz lag im Geburtshaus Goethes.
Gegen Ende des Kriegs war es bei einem Bombenangriff der Amerikaner völlig zerstört und dann gegen viele Bedenken wieder re-
konstruiert worden. Nichts war echt, alles war Illusion, die Fassade
ebenso wie die Innenräume und ihre Einrichtung, die man stilistisch
passend in Antiquariaten zusammengekauft hatte. All dies verlieh
dem Ort eine seltsame Unwirklichkeit, die alles durchdrang wie Nebel, der Dinge größer erscheinen lässt, als sie in Wirklichkeit sind.
Am Eingang befand sich die Kasse. Ein schwergewichtiger, großer
Mann, ein freundlicher Zerberus, empfing mich. Ich nannte meinen

Namen. Er war informiert. »Gehen Sie durch die Glastür nach links, dann den Gang nach rechts bis zur Tür. Dann nach oben, drei Treppen, und dann nach links und am Ende wieder nach links. Hier, Ihr Schlüssel.« Trotz dieser Anweisungen verlief ich mich und landete in einem großen Saal voller Bücher, dem Magazin, wie ich vermutete. Vor einem der Regale stand ein junges Mädchen. Ich näherte mich, sprach sie an. Als sie sich umdrehte, sah ich in das Gesicht einer alten Frau. »Ich bin die Bibliothekarin«, sagte sie. Ich erklärte, ich sei der neue Mitarbeiter. »Besuchen Sie mich doch mal auf einen Kaffee.« Dann geleitete sie mich zu meinem Ziel. Ein winziger Raum, ein Fenster, ein Büroschreibtisch mit Schubladen und einer weinroten IBM-Kugelkopf-Schreibmaschine. Nebenan ein kleines Bad mit Badewanne, Toilette, Waschbecken. Auf der anderen Seite des Flures ein großes Zimmer mit zwei Fenstern. Ich klopfte und hörte eine tiefe Stimme, die mich hereinbat. Vor einem großen Schreibtisch saß ein schwergewichtiger Mann mit bleichem Gesicht, lockigen Haaren und einem beneidenswert energischen Kinn. Er hatte etwas von einem fröhlichen Affen an sich und war passenderweise gerade dabei, eine Banane zu schälen. Er musterte mich aus freundlichen Augen. Dann erhob er sich und reichte mir seine Pranke mit den Worten: »Herzlich willkommen im Reich der Poesie. Ich bin Kustos und der Redaktionsleiter der kritischen Brentano-Ausgabe.« Er deutete auf die großen Stahlschränke an der Seitenwand des Raumes und bot mir eine Banane an. »Ich bin noch zwei Wochen hier und soll Sie einweisen, dann dürfen Sie meinen Platz übernehmen.«

Er stand auf, nahm einen kleinen BKS-Schlüssel und öffnete einen der Schränke. Eine Reihe grüner Pappkästen wurde sichtbar. »Das ist er, der Nachlass des großen Romantikers. Vieles davon ist ungedruckt und sogar ungelesen. Texte, die bis heute nur der Autor kennt. Eine Geisterwelt der Sprache sozusagen. Können Sie die deutsche Schrift lesen?« »Ich habe in der Grundschule Sütterlin gelernt«, behauptete ich kühn. Er stellte einen der Kästen auf den

Schreibtisch, öffnete ihn ehrfürchtig und entnahm ihm ein vergilbtes Blatt. »Nehmen Sie es zu sich hinüber und versuchen Sie, seine Handschrift zu entziffern. Es ist nicht einfach, denn er hat eine winzige Schrift, einfach deshalb, weil Papier damals sehr teuer war.« Dann saß ich wieder in meiner engen Zelle, vor mir das vergilbte Blatt. Die winzigen Zeichen darauf glichen Hieroglyphen einer fremden, archaischen Sprache.

Ich spannte ein Blatt Papier in die Maschine ein. Das militante Knallen des Kugelkopfes wirkte beruhigend. Ich begann, einen Roman zu schreiben. Es sollte eine Schutzmaßnahme sein gegen die neue Realität, die mich umgab und die ich als absurd und fremd empfand. Nach anderthalb Seiten gab ich auf. Ich war zu fließender Prosa nicht fähig. Das glucksende Geräusch aus der Zentralheizung weckte die Illusion, auf einem Schiff zu sein. Ich widmete mich wieder der Handschrift. Sie wirkte apokryph, doch plötzlich fügte sich aus winzigen Buchstaben ein Wort zusammen: »Zeit«. Dann entzifferte ich ein zweites Wort: »Traum«. Es klopfte. Auf mein zögerndes Herein erschien mein Zimmernachbar. Er schien mit seiner Physis den ganzen Raum auszufüllen. »Mittagszeit«, sagte er. »Ich gehe in die städtische Kantine. Ich habe genug Essensmarken. Wollen Sie mit? Es ist nicht weit.« Ich nickte und bedankte mich.

In dem Saal mit den großen Fenstern herrschte ein summendes Essgeräusch, begleitet vom Klappern der Bestecke. Das Essen war etwas besser als in der Mensa. Der Kustos aß wie ein Tier. Er stopfte Leber mit Apfelmus in riesigen Stücken in sich hinein. »Und? Geht es voran bei Ihnen?«, fragte er kauend. »Ja. Ich habe schon ein paar Worte heraus.« »Das ist schön, eine gute Nachricht«, sagte er und wischte sich seinen großen Mund mit der Papierserviette ab. »Wissen Sie übrigens, warum ich gehe? Es ist wahr, ich habe ein Stipendium. Ich darf mich habilitieren. Aber der eigentliche Grund ist unser Chef. Ich mag ihn nicht, und er mag mich auch nicht. Wir verstehen uns einfach nicht.«

Am Nachmittag hatte ich den kompletten Text transkribiert. Das Erfolgserlebnis trieb mich aus dem Raum zum Kustos hinüber. Ich legte ihm die Handschrift und meine Abschrift vor. »Sehr gut«, meinte er. »Ein kleiner Fehler: Es heißt nicht starb, sondern sterb.« Er blätterte in einer Kartei. »Der Text ist nicht erfasst. Glückwunsch. Sie haben ein unbekanntes Gedicht entdeckt.« Dann las er mit seiner schönen Bassstimme vor: ›Bis kalte Wirklichkeit den goldnen Traum zerstöret, im Uhrenschlag die Zeit der Einsamkeit mir kehret, zähl ich der Tropfen Zahl an deiner Pulse Klopfen und leere den Pokal und sterb im letzten Tropfen.‹ Ein schöner Text. Man kann ihn sogar datieren. Sehen Sie die t-Striche? Brentano hat sie nur bis zum Jahr 1802 verwendet. Danach verschwinden sie. Wer weiß, was dahintersteckt. Wir haben also einen Terminus post quem non: Das Gedicht muss vor 1803 geschrieben sein. Wahrscheinlicher Adressat war seine damalige Frau Sophie Mereau, mit der er drei Kinder hatte. Sie sind alle gestorben. Beim letzten starb die Mutter gleich mit. Er hat sie sozusagen mit seiner Liebe umgebracht.« »Das durchstrichene t erinnerte ihn vielleicht zu sehr an ein Grabkreuz«, sagte ich. Der Kustos schenkte mir einen skeptischen Blick. »Ich sehe, dass Sie viel Phantasie haben. Zu viel vielleicht für einen Wissenschaftler.« Das Telefon klingelte. Es war Direktor Lüders. »Er möchte Sie sprechen«, sagte der Kustos.

Ich ging hinunter in den ersten Stock. Der Direktor saß an seinem Schreibtisch. Als ich eintrat, wuchs er wie ein schwarzes Gebirge vor mir empor. Er gab mir die Hand und sagte: »Setzen Sie sich.« Dabei wies er auf einen niedrigen Stuhl, der neben dem Schreibtisch stand. »Wie geht es Ihnen? Kommen Sie voran?« »Ja. Ich habe schon einen ersten Text transkribiert. Ein unbekanntes Gedicht Brentanos. Geschrieben vor 1803. Man erkennt es am durchstrichenen Buchstaben t. Offenbar ein Liebesgedicht für Sophie Mereau.« Er musterte mich wie einen Irren. »Das haben Sie heute schon herausgefunden?« »Ja«, sagte ich. »Der Kustos hat mir natürlich beigestanden. Aber den Text habe ich allein entziffert.« Er blickte zum Fenster hinaus. Plötzlich ergriff ihn eine große Erregung. »Sehen Sie das?« Er schrie fast. »Es brennt. Da. Sehen Sie. Feuer!« Tatsächlich stieg weit weg über einem der Dächer des Innenhofes ein dunkler Rauchpilz auf. Direktor Lüders hatte völlig die Fassung verloren. Er merkte nicht einmal, dass ich ging.

Zwei Wochen später durfte ich in das große Zimmer umziehen. Jetzt saß ich auf dem hölzernen Bürostuhl des Redaktionsleiters. Ich öffnete einen der Stahlschränke, hob einen der grünen Kästen heraus und nahm vorsichtig den Deckel ab. Da lagen sie in Stapeln wild durcheinander, eng bekritzelt mit Zeilen, senkrecht und quer, kleine Zeichnungen am Rand, Geschlechtsorgane, Phalli, viele durchgestrichene Wörter, kryptische Signale einer geistigen Inselwelt. Dieser wertvolle Schatz – einzelne Handschriften Brentanos kosteten auf Auktionen mehrere tausend Mark – war hier gelandet, weil die Erbin der Handschriften, eine entfernte Verwandte des Dichters, sie dem Freien Deutschen Hochstift für eine kleine Leibrente überlassen hatte, deren Zahlung bald aufhörte, da sie kurz darauf starb. Ich würde nun jahrelang durch die Labyrinthe dieses Œuvre streifen und ihren Bauplan zu begreifen versuchen, nie genau wissend, wo die Ausgänge und Eingänge waren. Ich konnte die Schrift bald immer besser lesen, und ich erkannte, dass das Argument mit den Papierkosten unmöglich stimmen konnte. Ich war mir bald sicher: Der Dichter hatte die großen gelblichen Bögen mit der braunen Tinte nicht aus Geiz so vollgeschrieben, sondern um ein Gesamtkunstwerk zu schaffen. Die zahlreichen Streichungen, die Listen mit Reimen, die infantilen Kritzeleien, die vielen Entwürfe verschiedener Gedichte, all das gehörte zusammen und fügte sich zu einem einzigen kalligraphischen Kunstwerk, in dem graphische und semantische Elemente, selbst Tintenkleckse miteinander verschmolzen. Sein Schöpfer hasste offenbar das Veröffentlichen, er hasste Drucke, Verhandlungen mit Verlegern, äußeren Ruhm. Sogar

Reinschriften seiner Texte waren selten. Manchmal fertigte er sie für Freundinnen und Freunde an und legte sie Briefen bei. Diese scheinbar chaotischen Blätter waren seine Art der Publikation. Sie waren die Flaschenpost, die er ins Meer der Zeit geworfen hatte, und ich hatte nun das Glück, dass sie an meinem Strand angetrieben war und ich sie aus ihrem stählernen Gefängnis befreien durfte.

Meine Kollegen im Hochstift sah ich kaum. Jeder hockte in seiner Zelle. Zwischen ihnen gab es verwirrend konstruierte Gänge, wobei häufig kleine Treppen eingebaut waren, da die Stockwerke der verschiedenen Gebäude um den Innenhof unterschiedlich hoch waren. Ich stellte mich bei dem zweitwichtigsten Mann des Hauses, dem neuen Kustos, vor. Er war ebenfalls übergewichtig, hatte braune Haare, die sich in einer großen Welle über seine Stirn legten und ihm etwas Weibliches verliehen. Seine grauen Augen waren riesengroß, als gehörten sie einem Tier, das im Dunklen sehen musste. Vielleicht war es das eigene innere Dunkel. Etwas Tristes ging von ihm aus, als ahnte er bereits, dass seine Karriere bald zu Ende sein würde, denn er lief eines Tages in ein Taxi und war von da an Rentner.

Direktor Lüders ließ mich durchaus spüren, dass ich sein persönlicher Assistent war, denn ich musste ihm zuweilen eine dicke Aktenmappe nach Hause in den Taunus bringen und in seinem Wohnzimmer bei einer Tasse Tee und Gebäck über den Stand meiner Arbeit referieren. Einmal, während ich redete und Lüders mit konzentrierter Abwesenheit zuhörte, ging eine Tür auf. Zwei kleine Kinder rannten durch den Raum und verschwanden durch eine zweite Tür. Dabei schrien sie lauthals Scheiße, Scheiße, Scheiße. Ich bemerkte, wie Lüders in sich zusammensackte, ohne dabei auch nur einen Millimeter kleiner zu werden.

Je mehr ich mich mit Brentanos Gedichten beschäftigte, umso deutlicher wurde mir, dass er ein echter Barde war, ein deutscher Dylan Thomas des frühen neunzehnten Jahrhunderts. Was er sagte, sang er zugleich, und was er sang, enthielt Begriffe, als seien es

Klänge. Bedeutung und Klang verschmolzen zu einem Amalgam, das jeder Scheideanstalt widerstand, also auch einer philologischen Interpretation. »Wenn der lahme Weber träumt er webe«, »Wenn die Abendwinde wehen, muß ich zur Linde gehen«: Für solche Sprachwunder gab es keine Kategorien.

Meine Aufgabe war zunächst, alle gedruckten und ungedruckten Gedichte ihren Anfangszeilen nach alphabetisch auf Karteikarten zu erfassen und eine entsprechende Liste anzufertigen. Ich merkte bald, dass die Anfangszeilen aneinandergereiht ein neues, langes, faszinierendes Gedicht ergaben. Ich stürzte mich nebenbei in das mir völlig unbekannte Gebiet der Editionstheorie. Endlich konnte ich meine Leidenschaft für naturwissenschaftliche Modelle auf die Literatur anwenden. Eine kritische Edition versucht, nicht nur die fertigen Texte vollständig wiederzugeben, sondern auch alle Phasen ihrer Entstehung. Diesen genetischen Aspekt wollte ich näher untersuchen. Ich fand schnell heraus, dass es in diesem Metier zwei Glaubensrichtungen gab, die sich ähnlich bekämpften wie die evangelische und die katholische Theologie: Die Beißnerschule und die Zellerschule. Friedrich Beißner, Jahrgang 1905, wie mein Doktorvater einst Mitglied der SA, jedoch nach dem Krieg »entlastet«, wie es so schön hieß, war durch seine Stuttgarter Hölderlinausgabe zum Papst der Editionstheorie geworden. Der Schweizer Hans Zeller, 21 Jahre jünger, hatte mit der kritischen Conrad-Ferdinand Meyer-Werkausgabe den Gegenentwurf geliefert. Er war der Martin Luther der Editionstheorie. Während Beißner die Endfassung eines Textes ins Zentrum stellte, Entwurfe und Vorstufen in den Apparat verbannte, war für Zeller der Prozess der Werkentstehung das Entscheidende. Für ihn war der Weg das Ziel, während er für Beißner nur Mittel zum Zweck war, eine gültige Version zu ermitteln. Beißner vertrat das klassische Ideal zeitloser Dichtung, so wie er für das Bildungsbürgertum typisch war. Für Zeller war Poesie ein offener Prozess. Endfassungen gab es im Grunde nicht, nur mehr oder weniger willkürliche Abbrüche der Genese. Das entsprach der romantischen Ästhetik, und auch mir war diese Textauffassung näher. Schließlich war auch ich unfertig und würde es vermutlich immer bleiben. Hinzu kam, dass Zeller wie ich ursprünglich Physiker hatte werden wollte. Brentano war mit seinen Entwürfen und mäandernden und sich verzweigenden Textversionen zweifellos ein idealer Kandidat für die Zeller'sche Methode. Doch unsere Ausgabe sollte der Beißnermethode folgen. Das war vor meinem Eintritt in die Redaktion längst entschieden worden.

Ich lernte Beißner auf einer Tagung der Herausgeber und des wissenschaftlichen Beirats persönlich kennen. Da Direktor Lüders völlig hilflos war, was die Editionstheorie betraf, musste ich das Konzept unserer Edition vorstellen. Das brachte mich in ziemliche Konflikte, sosehr ich auch beeindruckt war von der väterlichen Aura des Hölderlin-Herausgebers. Zeller hatte offenbar Wind bekommen von der Situation, denn er forderte mich auf, einen Aufsatz zu einem von ihm herausgegebenen Sammelband über Editionstheorie zu verfassen. Es war eine große Ehre, aber sie belastete gleichzeitig mein Verhältnis zu Lüders. Er ließ sich das Manuskript vorlegen und versuchte, alle Zeller'schen Anklänge zu beseitigen. Ich wehrte mich. Zeller seinerseits versuchte, die Beißner'schen Momente im Aufsatz zu eliminieren. Wieder einmal saß ich zwischen den Stühlen, eine meiner Erfahrung nach keineswegs unbequeme Position.

Ich war zu diesem Zeitpunkt bereits drei Jahre im Goethehaus und verirrte mich nicht mehr in seinem Labyrinth. Ich hatte inzwischen eine ganze Menge an Fachliteratur publiziert und mir einen Namen als Germanist gemacht, was die Eifersucht von Lüders sichtlich anwachsen ließ. Er schikanierte mich, wo es nur ging. So durfte ich keine Führungen von Diplomatenfrauen mehr machen, die ein Kulturprogramm absolvierten, während ihre Männer irgendwo tagten. Hierzu waren die promovierten Mitarbeiter verpflichtet, aber ich hatte auf Grund meines Äußeren – Lederblouson, Jeans, farbiges

Hemd – mehrmals Trinkgelder bekommen, da mich die Damen für einen Studenten hielten, eine Ungeheuerlichkeit in den Augen des Direktors. In der Anfangszeit, als der Graben zwischen Lüders und mir noch nicht so tief war, als es noch Zugbrücken gab, die heruntergelassen werden konnten, zum Beispiel bei Gesprächen über die Landschaft des Nordens, die Lüders liebte – er wollte ursprünglich Maler werden und fertigte nun zu Hause in seiner Freizeit Aquarelle –, war es mir gelungen, meinen Freund Jens als meinen Assistenten ins Goethehaus zu holen. Er kokettierte immer noch mit seiner Erfolglosigkeit und idealisierte Nichtstun als einen Zustand der existenziellen Reinheit. Jetzt verdiente er plötzlich Geld und wurde sogar zum Herausgeber eines der Brentanobände der geplanten kritischen Ausgabe ernannt. Jens gefiel seltsamerweise Direktor Lüders, der so seinen völligen Mangel an Menschenkenntnis bewies. Für mich bedeutete die tägliche Anwesenheit meines Freundes, der im Nebenzimmer saß, eine willkommene Ablenkung vom Trott der Büroarbeit. Wir hockten stundenlang zusammen und diskutierten SPIEGEL-Artikel. In der Mittagspause ging ich oft in das einstige Arbeitszimmer Goethes und legte mich auf dessen Chaiselongue. Ich schloss die Augen und versuchte mir vorzustellen, was er geträumt haben könnte. Die Bilder, die ich sah, waren seltsam monoton, lauter leere, graue Flächen, auf denen nackte Knaben vorbeitrieben. Manchmal erholte ich mich auch bei Josefine Rumpf, der Bibliothekarin. Sie war siebzig und hatte immer noch etwas Mädchenhaftes. Die Art, wie sie redete, war wie eine Stimme aus einer anderen Zeit. Gebildet und einfühlsam, voller Melodien des Geistes. Ich saß in ihrem Büro, umgeben von besonders wertvollen Büchern. Wir sprachen zuweilen über Adorno, den sie aus dem gemeinsamen Studium kannte und mit dem sie immer noch befreundet war. Als ich ihr von meiner Kindheit auf einer Insel erzählte, sagte sie: »Teddi hatte auch so eine Inselkindheit. In Amorbach im Odenwald, einer grünen Insel mitten im Wald. Er hat sich immer dorthin zurückgesehnt, vor allem in seiner amerikanischen Zeit. Vielleicht hat er bei Ihnen eine Verwandtschaft gespürt. Es gibt Menschen, deren ganzes Wesen einer unstillbaren Sehnsucht entspringt.« »Sie ist die Quelle, das Leben ist der Fluss, und der Tod ist das Meer. So war es auch bei Clemens Brentano«, sagte ich. Es gab noch eine zweite Person, bei der ich gerne in den Kaffeepausen war. Sie war so alt wie ich und die Leiterin des Goethemuseums im Haus. Wenn ich mich mit ihr unterhielt, legte sich meine innere Unruhe. Sie hatte etwas aus der Zeit Gefallenes, als ob über die Jahre der Gegenstand ihrer Arbeit in sie eingedrungen war.

Mein Alltag bestand darin, in Brentanos so chaotischer und großenteils von Vorgänger falsch archivierter Hinterlassenschaft nach kompletten Texten zu suchen, Entwürfe von Gedichten zuzuordnen und auf Karteikarten zu erfassen. Außerdem die Entstehung von Texten mit allen Vorstufen nach einem von mir entwickelten Editionsverfahren, bei dem die Beißner'sche Methode um einige Elemente von Zellers Ansatz ergänzt wurde, in Typoskripte umzusetzen, die später einmal als Druckvorlage für die kritische Ausgabe dienen sollten. Diese Arbeit verlangte viel kriminalistischen Spürsinn, aber auch Glück war nötig, um Zufallsfunde zu machen. Einmal lag eine besonders schwer lesbare Handschrift Brentanos auf meinem Schreibtisch, ein mit winzigen Schriftzeichen vollgekritzeltes Papier, das Entwürfe zu seinem Gedicht vom »Lahmen Weber« enthielt. Weber. Ich versank immer tiefer in diese dadaistische Sprachmusik »Wenn der lahme Weber träumt er webe«, als plötzlich die Tür aufgerissen wurde und Polizisten in Kampfanzügen hereinstürmten, die Gummiknüppel in der Hand. Sie sprangen auf meinen Schreibtisch. Ich sah einen schwarzen Knobelbecher unmittelbar neben dem in feiner brauner Tinte geschriebenen Entwurf. Ein absurdes Traumbild, das ich nie vergessen werde. Die Polizisten rissen das Fenster auf und kletterten in den Innenhof des Volksbildungsheimes hinab, wo die NPD eine Versammlung abhielt und wo gerade ihre Schläger wüteten. Später saß eine meiner Hilfskräfte, ein Germanistik-student, auf dem Rand der Badewanne und blutete aus einer klaffen-den Stirnwunde. Er war von den NPD-Leuten zusammengeschlagen worden. Am nächsten Tag ging ich bei einer Demonstration mit. Ich hielt mich am Rande, während es die Zeil entlangging. Ich hatte mir in einem Delikatessengeschäft einen Wurstsalat gekauft. Die Sonne schien. Ein seltsam flüssiges Glück rieselte durch meine Adern.

*

B. stand in der *Messina-Bar* am Flipper. Immer wieder zog er am Abschussbolzen, um die Kugel aufs Spielfeld zu schicken, aber ver-geblich. Entweder nahm sie nicht genügend Fahrt auf und roll-te daher wieder zurück. Oder sie knallte gegen die Bande, schoss von dort nach unten und verschwand in der Öffnung unterhalb der Flipperhebel. Irgendwann spielte B. so wütend, dass das Gerät mit »Tilt« reagierte. So schlecht hatte er noch nie gespielt. Plötzlich war Amon neben ihm. »Du machst den Fehler, nur mit dem Kopf und den Händen zu spielen. Du musst aber den ganzen Körper einset-zen. Ich mache es dir vor.« Der Wirt beförderte die Kugel mit einer spielerischen Bewegung aufs Feld, und dann rasselten die Punkte, und die Zahlen auf der Anzeige wuchsen und wuchsen. Wenn Amon die Kugel mit den Flipperhebeln wieder hochbeförderte, bewegte er sich wie ein Tänzer aus den Hüften. Er brachte es fertig, den Appa-rat zu erschüttern, ohne dass er tilte. Als er viele Freispiele gewon-nen hatte, machte er Platz für B. Der versuchte es jetzt ähnlich, auch wenn sein Hüftschwung weniger gekonnt war. Freispiel nach Frei-spiel verlor er. Amon sah dabei zu. »Nicht aufgeben, mein Sohn«, meinte er. »Irgendwann kannst du es.«

43

Bei der Sitzung am nächsten Tag wirkte B. bedrückt. Seine Stimme schien unsicher. Immer wieder brach er mitten im Satz ab und verschränkte die Hände, als wolle er ein Gebet sprechen. Der Andere musterte ihn nachdenklich. »Sie haben offenbar Schuldgefühle. Das ist typisch für Leute, die nicht nur etwas verbrochen haben, sondern auch ihr daraus resultierendes schlechtes Gewissen pflegen, als sei es für ihr Selbstwertgefühl unverzichtbar. Ich empfehle Ihnen, dieses Spiel aufzugeben. Es bringt Sie nicht weiter.« Der Andere begann in einer Zeitung zu blättern. B. glaubte zu erkennen, dass es ein Exemplar des »Einsamer« war.

*

Als das erste Kind kam, war es wie ein verstörendes Wunder, das meine eingeübten Lebensstrategien völlig durcheinanderbrachte. Maria hatte am oberen Ende der Bodentreppe einen Blasensprung gehabt, weil sie mit mir in der für Hochschwangere typischen inneren Unruhe einen schweren Tisch verrückte. Fruchtwasser rann den roten Läufer hinab. Ein kleiner Bach, der in einer roten Sisalwiese versickerte. Ein Taxi brachte uns in die Frankfurter Uniklinik. Dann fuhr ich mit dem Zug zurück. Als man mich am nächsten Tag anrief und mir mitteilte, ich sei der Vater einer gesunden Tochter geworden, machte ich mich sofort auf den Weg. Im Blumenkiosk am Bahnhof erstand ich einen Strauß Rosen. Als ich zwischen den Gebäuden der Klinik hindurchlief, blickten überall aus den Fenstern grinsende Schwestern. Es war ein Spießrutenlauf. Es gibt wohl nichts Lächerlicheres als einen frischgebackenen Vater.

Muttl mischte sich immer mehr in die Säuglingspflege ein, erklärte, wie man das kleine Wesen ernähren sollte, wie seine Haut zu pflegen sei. Maria war erbost. Schließlich war sie als Zweitälteste in einem Haushalt mit fünf Töchtern in dieser Hinsicht sehr kompetent. Muttls Auftritte waren bühnenreif. Sie stand am unteren Ende der Treppe und schrie Beschimpfungen, mit überkreuzten Beinen, wie jemand, der eine schwache Blase hat. Wir mussten ausziehen. Da ich inzwischen fest angestellt war und recht gut verdiente, leisteten wir uns eine Wohnung im sechsten Stock eines Hochhauses in einem nahegelegenen Ort. Sie war hell. Der Blick ging auf dunkle Fichtenwaldränder und andere Hochhäuser. Ich kam mir glücklich vor, wenn ich das Baby auf der Waschmaschine wickelte und ein kleiner übel riechender Heiligenschein aus gelber Scheiße aus dem Kragen des Strampelanzugs quoll. Ein Schwall von Vatergefühlen überkam mich. Das war endlich das richtige Leben, keine egomane Simulation. Ich hatte mich konkretisiert. Ich wollte nicht wahrhaben, dass ich mich auf einer Straße befand, die in beiden Richtungen eine Sackgasse war. Ich konnte weder vor noch zurück. Ich hatte Platzangst und versuchte, mir etwas Erleichterung zu verschaffen, indem ich die kleine Besenkammer unserer Wohnung in eine Funkbude verwandelte, den Allwellenempfänger mit einem langen Draht aus Kupferlitze verband und diese Antenne an der Teppichstange neben dem Sandkasten festmachte. Oft saß ich nun bis spät in der Nacht in diesem winzigen Raum, hörte über Kopfhörer Radio Norddeich und bildete mir ein, auf großer Fahrt zu sein. Stattdessen fuhr ich in Wirklichkeit jeden Werktag mit dem Bus zur Arbeit und im Sommer mit einem Vélosolex, dessen Motorblock ich aufgebohrt hatte, sodass es über 30 km/h schnell war.

Eines Tages hätte ich fast einen tödlichen Unfall erlitten. Der Bus hielt wie gewöhnlich an unserer Haltestelle. Mit mir war nur noch ein zweiter Fahrgast an Bord. Ich stieg aus, aber ein wenig zu spät und zu langsam, wohl weil ich in Gedanken war. Der Fahrer schloss per Knopfdruck die Tür und fuhr los. Mein Fuß aber war in der Tür hängen geblieben, und ich wurde von der Bewegung des Fahrzeugs auf die Straße gezogen, sodass sich mein Kopf unmittelbar vor dem riesigen Hinterrad des Busses befand. Überdeutlich sah ich das Reifenprofil. Der Bus fuhr immer schneller, meine Jacke riss auf, und meine Haut ebenso. Der einzige im Bus verbliebene Passagier sah zufällig den eingeklemmten Fuß und alarmierte den Fahrer. Hätte dieser die Tür geöffnet, bevor der Bus zum Stehen gekommen war, hätte mich das Hinterrad wie eine Laus zerquetscht. Doch der Mann war geistesgegenwärtig genug, erst zu halten und dann die Tür zu öffnen. Ich raffte mich auf, rannte zur Fahrertür und sagte mit ruhiger Stimme: »Passen Sie doch gefälligst auf.« Dann eilte ich nach Hause. Auf mein Klingeln öffnete Maria, sah mein weißes Gesicht, meinen blutenden Arm. Jetzt erst kam der Schock. Ich stürzte zur Toilette und übergab mich.

Dieser Vorfall hatte irgendetwas in mir verändert. Mir war das Leben neu geschenkt, ohne dass ich recht wusste, was ich mit diesem Geschenk anfangen sollte. War es nur ein Nebengeschenk? Ich fühlte mich alleingelassen, vor allem von mir selbst. Mit meinen Freundschaften stand es auch nicht zum Besten. Ben kam nur noch selten vorbei. Mit Jens blieb es bei den monotonen Dialogen am Arbeitsplatz. Zu Wilhelm war der Kontakt völlig abgebrochen. Er war inzwischen schwerer Alkoholiker. Einmal kam er zu Besuch, um sich Geld zu leihen. Er hatte sich telefonisch angekündigt und so schnell mit Grog betrunken, dass man nicht mehr mit ihm reden konnte. Immer wieder lallte er: »Weißt du noch ... weißt du noch ...«. Ich schleppte schließlich seinen schweren Körper wie einen Kartoffelsack zur Bushaltestelle. Ein letztes Mal sah ich ihn, als ich ihn in der geschlossenen Psychiatrie besuchte, in die er wegen zweier Selbstmordversuche eingeliefert worden war. Doch dann raffte er sich noch einmal auf und machte Karriere als Jazzkritiker der Frankfurter Rundschau. Seine Artikel wurden wegen ihrer philosophischen Tiefe und ihres Metaphernreichtums bewundert und wenig verstanden. Wilhelms immer noch vorhandene starke Anziehungskraft auf Menschen schien ihm beizustehen. Der Rundfunk brachte ein surreales Hörspiel von ihm. Ich vermute, dass ich damals neidisch auf ihn war.

Ich versuchte unterdessen auf drei Hochzeiten zugleich zu tanzen, was unweigerlich in eine Katastrophe führen musste: Da war meine berufliche Existenz als Editionsfachmann, mein Dasein als Ehemann und Vater und mein geheimes Leben als Poet der Selbstinszenierung. Letzteres gelang mir immer schlechter. Ich schrieb auch keine Gedichte mehr. Beruflich bestand ein immer größerer Widerspruch zwischen meiner fachlichen Kompetenz und meinem Verhalten als Mitarbeiter. Und meine Rolle als Vater und Ehemann spielte ich zwar mit wechselndem Erfolg, jedoch halbherzig. Ich fühlte mich oft wie eine Fliege, der man Flügel und Beine ausgerissen hatte. Als wollte ich mich gegen all das wenigstens äußerlich auflehnen, ließ ich mir die Haare wachsen. Ich war jetzt ein Hippie, vielmehr dessen Karikatur. Manchmal ging ich ins *Storyville*, ein stillgelegtes Kino auf der Zeil. Das alte, rot gepolsterte Kinogestühl war noch vorhanden. Wo früher die Leinwand war, befand sich jetzt ein Podium, auf dem Jazz- und Bluesgrößen auftraten. Einmal, als ich zur Toilette ging, bemerkte ich eine leicht angelehnte Tür. Ein schwacher Lichtschein fiel heraus. Meine Neugier war geweckt, und ich öffnete sie. Vor mir lag ein mittelgroßer, schwach beleuchteter Raum. Bänke an den Seiten, auf denen Menschen saßen. Sie redeten kein Wort. Dafür gaben sie von einem zum anderen ein Pfeifchen weiter. Ein durchdringender, betörend süßlicher Geruch schwebte über allem. Jemand rückte zur Seite, und ich nahm Platz. Auch ich erhielt schließlich das Pfeifchen, sog ein paarmal daran und gab es weiter. Das war meine erste Begegnung mit Haschisch. Es wirkte nicht bei mir, da ich zu unerfahren war, doch das sollte sich bald ändern. Einer der Studenten, die als Hilfskraft im Goethehaus arbeiteten, verkaufte mir ein paar Gramm schwarzen Afghan. Der Stoff muss von guter Qualität gewesen sein, denn er wirkte, und fortan ging ich, wenn ich zu Hause einen Joint rauchen wollte, entweder auf den Balkon oder in die Besenkammer.

In diese Zeit fiel eine Entwicklung, an die ich mich besonders ungern erinnere. Ich begann wieder wie früher mich wahllos zu verlieben, zwanghaft, nach einem Muster, das ich das Swann-Prinzip nennen möchte: Je ungeeigneter das Objekt meiner Gefühle war, desto extremer verstieg ich mich in das Begehren nach ihm. Proust lässt seinen Helden Swann resümieren: »Wenn ich denke, dass ich mir Jahre meines Lebens verdorben habe, dass ich sterben wollte, dass ich meine größte Leidenschaft erlebt habe, alles wegen einer Frau, die mir nicht gefiel, die nicht mein Genre war.« Auch Brentano war ein wahrer Meister darin, sich in unpassende Damen zu verlieben. In meinem Fall begann es damit, dass ich in dem Bus, mit dem ich morgens zur Arbeit fuhr, mit einer jungen attraktiven Frau Kontakt aufnahm, und zwar im wahrsten Sinne des Wortes. Der Bus war sehr voll. Wir mussten beide stehen, Rücken an Rücken. Dabei berührten wir uns, ein Druck, der sich in jeder Kurve verstärkte. Sie schien auf das Spiel einzugehen, denn es wiederholte sich nun jeden Tag. Sie fuhr eine Haltestelle weiter. Einmal stieg ich dort ebenfalls aus und folgte ihr. Ich hielt dabei genügend Abstand, wie ich meinte, um nicht von ihr bemerkt zu werden. Wir liefen durch eine gesichtslose Siedlung. Plötzlich blieb sie vor einem Hauseingang stehen und drehte sich nach mir um. Als ich sie erreicht hatte, sagte sie nur: »Heute Abend um zehn«. Dabei zeigte sie auf ein Klingelschild und verschwand in der Tür. Ich sagte Maria, ich wolle noch einen Freund besuchen. Dann klingelte ich an jenem grauen Mehrfamilienhaus, das man von unserem Balkon aus sehen konnte. Ich hörte die Klingel. Der Türöffner schnarrte, und dann stand ich in einem modern eingerichteten Wohnzimmer. Sie hatte einen seidenen Kimono an und ging zu einem großen Schrank, öffnete eine Klappe und holte eine Flasche aus der verspiegelten Bar. Es war Whisky. Ihr Mann war Flugkapitän und hatte ihn mitgebracht. Wir tranken schweigend. Die Situation war von unerträglicher Spannung. Plötzlich erhob sie sich und ging wieder zum Schrank. Sie schloss die Klappe, und dann lehnte sie sich an eine der Türen. Ich begab mich zur anderen. Wir bewegten uns ganz langsam wie in Zeitlupe Millimeter für Millimeter, dabei an das polierte Holz gepresst, aufeinander zu, bis sich schließlich unsere Finger berührten. »Geh jetzt bitte. Komm morgen wieder, um die gleiche Zeit«, flüsterte sie. Am nächsten Tag war sie nicht im Bus. Als ich um zehn Uhr abends auf den Klingelknopf drückte, hörte man nichts. Auch der Türöffner blieb still. Sie hatte die Klingel abgestellt. Sie war da, denn durch die heruntergelassene Jalousie sah ich Licht schimmern. Ich wartete und drückte noch mehrmals die Klingel. Nichts. Zu Hause legte ich eine Platte auf, das »Adagio« von Albinoni. Ich war allein. Maria war mit dem Kind bei ihren Eltern. Ich rauchte einen Joint nach dem anderen und hörte wieder und wieder das gleiche Stück. Ich befand mich in einem Zustand großer Hysterie und zelebrierte meinen Schmerz, der von einer fast bösartigen Süße war. Als der Morgen graute, schlief ich im Sitzen ein.

Es folgten noch einige ähnlich trostlose eskapistische Kapriolen. Erzählenswert ist nur eine: die mit Lisa. Sie zapfte Bier in einer Darmstädter Eckkneipe namens *Kopernikus*, in die ich ging, weil mich der astronomische Name lockte. Lisa war ein großes Mädchen mit glatten braunen Haaren, eine jener Schönheiten, deren Reiz in gewissen Abweichungen vom Ideal besteht. Sie war die Tochter eines stadtbekannten Kneipen- und Bierzeltbesitzers. Einige wenige Besucher saßen auf Barhockern und traktierten Lisa mit anzüglichen Bemerkungen, die sie mit scharfen Worten konterte. »Ihr seid die üblichen versoffenen Hohlköpfe. Hier interessiert mich nur einer, der da, der ist anders.« Sie zeigte auf mich. Ich saß ganz außen auf dem Barhocker, der der Eingangstür am nächsten war, mehrere leere Barhocker von den anderen entfernt. Lisa verließ ihren Platz und wechselte die Seite. Ich setzte mich neben sie. Sie zündete sich zwei Zigaretten an und reichte mir eine. »Ich muss gehen«, sagte ich, »ich brauche mit meinem Solex fast eine Stunde zu meinem Arbeitsplatz. Können wir uns wiedersehen?« »Morgen um acht. Da werde ich abgelöst.« Ich fuhr die lange Strecke in Siegerstimmung zurück und machte das V-Zeichen in Richtung kahler Stoppelfelder. Das heliozentrische Weltbild des Kopernikus hatte mir eine neue Sonne geschenkt. In diesem Augenblick war ich, glaube ich, nicht mehr bei Verstand. Am nächsten Tag war ich kurz vor acht im *Kopernikus*. Diesmal hatte ich den Bus genommen. Aber die Sonne war nicht da, sie ging auch nicht auf, als ich bereits eine Stunde wartend meine Biere getrunken hatte. Lisa hatte mich versetzt. Ich fuhr mit dem letzten Bus zurück, aber ich gab nicht auf. Schon am nächsten Tag fuhr ich in der Mittagspause die ganze Strecke zurück ins *Kopernikus*, diesmal wieder mit dem Vélosolex. Lisa stand am Zapfhahn und lächelte. Sie schenkte mir ein Bier ein und sagte: »Das geht auf mich. Tut mir leid, dass ich dich versetzt habe. Es ist nicht meine Schuld, es liegt an Manni, meinem Verlobten.« Ich trank das Glas leer und fuhr zurück. So ging es auch die nächsten Tage. Immer nur zehn Minuten im Zentrum des Planetensystems. Meine glücklichsten in diesem Leben, wie ich meinte. Der Zerberus am Eingang des Instituts registrierte meine lange Abwesenheit jedes Mal mit einem Lächeln.

Ich traf mich mit Lisa jetzt manchmal in einem kleinen Lokal in der Innenstadt. Wir tranken *Carlos Primero* und redeten. Ich stellte fest, dass wir überhaupt nicht zusammenpassten. Lisa interessierte sich weder für Literatur noch für das Meer. Dennoch wusste ich, es war meine Kopernikanische Wende. Alles war plötzlich verändert. Unter der Kopernikanischen Wende versteht man die Ansicht, dass nicht mehr die Erde der Mittelpunkt der Welt ist, sondern die Sonne. Lisa bewirkte bei mir genau diesen Wechsel. Ich war nicht mehr der Mittelpunkt, sondern sie. Einmal sagte sie, sie wolle mich in die

Wohnung ihrer Eltern mitnehmen. Sie seien nicht da. Aber sie würde nicht mit mir schlafen. Sie würde bald heiraten. Manni sei in Berlin. Er würde dort studieren. Dann betraten wir die Wohnung. Wir saßen in der überhitzten Küche auf einem Klappsofa und tranken Flaschenbier, bevor wir uns schließlich nebeneinander legten. Die Waschmaschine lief. Sie war sehr laut. In einem Vogelbauer flötete ein Wellensittich. Die Zeit stand still, und das Meer gischtete in der Trommel. Irgendwann schliefen wir eng umschlungen ein.

Lisa fuhr einen roten VW. Beim Bedienen der Kupplung gab es einen charakteristischen Ton, eine Art Klacken. Dieses Klacken prägte sich mir für immer ein. Es machte meine Gefühle zeitlos. Einmal fuhren wir nach St. Stephan. Klackklack. Wir gingen in den *Felsenkeller* und kletterten später in der Dunkelheit über einen Zaun auf das Rollfeld des amerikanischen Militärflughafens. Wir rannten die Beleuchtung entlang und schraubten die Birnen heraus. In dieser Nacht nahm Lisa mich mit in ihre eigene kleine Wohnung. Diesmal brach sie ihr Versprechen, ihren Verlobten nicht zu betrügen. Ich blieb da. Morgens fuhr ich mit dem Zug ins Institut. Mittags holte ich mir in dem Delikatessengeschäft edle Fleischsalate. Ich schwebte in irgendeinem kopernikanischen Himmel, dessen Wolken so blau waren, dass sie sich nicht von ihm abhoben.

Wir hatten eine Hilfskraft mit Namen Bröse, einen langen, dünnen Kerl mit fettigen, seitlich gescheitelten Haaren und einem Feuermal im Gesicht. Er trug immer den gleichen grauen Anzug, und sein Hemd war am Hals gelblich von Schweiß und Schmutz. Er war so dünn, dass es aussah, als sei sein Anzug leer bis auf einen Besenstiel wie bei einer Vogelscheuche. »Glück macht dumm«, rief er mir einmal nach. Sein Feuermal leuchtete rot. Aus seinen Haaren löste sich eine Strähne und fiel über sein linkes Auge.

Da mir das Solex zu langsam war, kaufte ich mir ein Moped, für das man eigentlich einen Führerschein brauchte, eine frisierte Motograziella mit einem Fünf-Liter-Tank. Der Vorbesitzer hatte sich den

Tank aufschweißen lassen, um eine Freundin in Paris zu besuchen. Es schien mir das richtige Gefährt für eine Amour fou. Ich klebte das Etikett einer *Oude Kuyper*-Fasche auf den Tank und fuhr damit jeden Tag zur Arbeit. Das Moped hatte eine üble Eigenschaft: Bei dem geringsten Regen blockierte das Vorderrad. Immer wieder kam es vor, dass ich mich überschlug und inmitten von all dem Werkzeug landete, das in einer der beiden Satteltaschen war und das ich wegen der ständigen Probleme mit dem Motor brauchte. Ich war jetzt jeden Abend bei Lisa. Wir taten so, als existierte die Wirklichkeit nicht, wir lebten auf einer Insel, die wir uns selbst geschaffen hatten. Wir spielten verrückt. Ich meldete mich nicht bei meiner Familie. Ich war verschollen, für sie genauso wie für mich. Ich hatte kein Realitätsbewusstsein mehr und deshalb auch keine Moral. Moral und Wirklichkeit hängen schließlich irgendwie zusammen. Gegen Ende der Woche wachte ich nachts von einem Geheul auf. Jemand winselte und heulte hinter der heruntergelassenen Jalousie. Auch Lisa war wach geworden. »Das ist Manni. Meine Eltern müssen ihn informiert haben. Ich muss mit ihm reden.« Sie stand auf und schlüpfte in einen Bademantel. Sie blieb lange weg, und das verriet mir, wie sie sich entschieden hatte. Ich begann, mich langsam anzuziehen. Es dauerte eine Ewigkeit, bis Lisa erschien. »Es ist vorbei«, sagte sie. »Ich darf ihn nicht verlassen. Er würde es nicht verkraften.« Wir umarmten uns, und dann ging ich, ohne Manni gesehen zu haben.

In den nächsten Wochen trafen wir uns in den Schrebergärten im Norden der Stadt. Wir saßen im roten VW und weinten. Lisa war untröstlich. Aber sie blieb bei ihrer Entscheidung. Jahre später trafen wir uns noch einmal in jenem kleinen Lokal und tranken Carlos Primero. Sie war verändert, trug elegante Kleidung und wirkte stark gealtert. »Wir leben jetzt bei München«, sagte sie. »Ich spiele viel Tennis, und ich mache eine Therapie. Manni ist erfolgreich in seinem Beruf. Mir geht es nicht gut. Ich habe vergessen, was Glücklichsein bedeutet.« Sie berührte zögernd meine Hand. Dann stand sie auf, zahlte und ging.

Kann man von einem Kartenhaus erschlagen werden, wenn es zusammenbricht? Wohl nur, wenn die Karten schwer genug sind. Meine Karten waren es offenbar nicht. Sie waren so leicht, dass sie beim leisesten Luftzug davonflogen. Und doch versuchte ich immer wieder, mit ihnen neue Häuser und Brücken zu bauen, nachdem meine Kunstwerke zusammengefallen waren, weil dafür schon eine einzige ungeschickte Bewegung genügte, ein Stoß gegen das Tischbein. Fest stand nur, dass all diese Amouren mit Liebe nichts zu tun hatten. Sie waren eher ein Symptom für die Krankheit, die mich befallen hatte und für die Enge, die Realität, unter der ich litt, die mich einschnürte, mir den Atem nahm, die die Phantasie knebelte und die Sehnsucht nach Selbstverwirklichung strangulierte.

Ein anderes Mal verliebte ich mich in eine verheirate Frau. Sie war weder besonders anziehend noch klug. Es genügte, dass sie meinen Eroberungsversuchen einigen Widerstand leistete. Um sie heimlich treffen zu können, mietete ich ein möbliertes Zimmer. Es lag im Souterrain eines Mehrfamilienhauses. Sie besuchte mich nur ein einziges Mal. Wir lagen auf dem Bett und hörten AFN mit einem kleinen Kofferradio. Dann ging sie für immer. Ich aber war nicht fähig, das Zimmer zu kündigen. Ich zahlte die Miete, ohne es je wieder zu betreten. Erst nach einem Jahr traute ich mich in mein Liebesnest. Mich erwartete eine böse Überraschung: Bei einem Unwetter waren durch das angelehnte, in Höhe des Trottoirs liegende Fenster Unmengen von Schlamm eingedrungen. Sie bedeckten den Boden und einen Teil der Wände mit einer braunen, stinkenden Kruste. Ich besorgte mir Schaufel, Eimer, Besen und Lappen und arbeitete stundenlang, bis der Raum in einem Zustand war, in dem ich ihn dem Vermieter wieder übergeben konnte.

War meine Seele nicht auch längst ein Schlammzimmer? Waren da nicht auch Massen von Unrat eingedrungen und hatten es unbewohnbar gemacht? Immerhin brachte Maria noch zwei weitere Kinder zur Welt. Sie waren plötzlich da, wie aus dem Nichts einer nebelhaften Wirklichkeit entsprungen. Sie hatten sich materialisiert, einfach so.

Ich hatte die Freude an meiner Arbeit keineswegs verloren. Nach wie vor durchstreifte ich das poetische Labyrinth Brentanos und machte immer wieder neue Entdeckungen. Es gelang mir nicht selten, Texte zu rekonstruieren, die bei der Überlieferung der Handschriften ihren Zusammenhang verloren hatten, weil Blätter durcheinandergeraten waren. Mir fiel auf, dass Brentano zuweilen eine ganz ungewöhnliche Methode anwandte, um ein Gedicht zu verfassen. Er schrieb Türme von Endreimen untereinander, um sie dann anschließend mit dem eigentlichen Text zu versehen. Mein ehemaliger Klassenlehrer von der Insel würde sagen, er zäumte das Pferd vom Schwanz her auf. Vielleicht wollte ich mein Leben auf ähnliche Weise mit Sinn erfüllen. Erst die Endreime, dann der Text.

Maria hatte inzwischen eine Beziehung zu einem anderen Mann. Doch bei ihr waren es sicherlich echte Gefühle. Wir redeten viel über unsere schwierige Situation. Es musste trotz der Umstände eine tiefe Zuneigung zueinander in uns überlebt haben, denn wir entschlossen uns, nach Darmstadt umzuziehen, um einen Neuanfang zu versuchen. Neuanfänge haben leider meistens etwas Unglaubhaftes an sich. Sie sind kulissenhaft wie ein Potemkin'sches Dorf. Die Fassade ist scheinbar intakt. Was dahinter ist, ist marode. Anfangs brachten die Renovierungsarbeiten, bei denen Ben tatkräftig half, eine Beruhigung unserer Gemüter zustande. Das Umfeld gefiel mir. Die Altstadtkneipen, die kleinen Läden. Es war die Zeit einer allgemeinen Politisierung. Wohngemeinschaften entstanden. Die Haare wurden länger, die Musik progressiver, die Kindererziehung liberaler. Wir schickten unsere Kinder in den nahegelegenen Kinderladen und nahmen an den abendlichen Diskussionen über Erziehungsfragen teil, bei denen eine Goldschmiedin und ein linker Pädagogikdozent aus Frankfurt das große Wort führten. Der am häufigsten verwendete Ausdruck war »antiautoritär«, der zweithäufigste »Bezugsperson«. Natürlich duzten sich alle. Das war das Mantra der neuen Zeit.

Ich war inzwischen stolzer Besitzer einer Hasselblad und fotografierte im Auftrag des KBW Demonstrationen und das Verhalten von Polizisten. Ich sog den neuen Zeitgeist auf wie ein Schwamm. Es kam mir vor, als würde ich neu geboren. Gegenüber von uns wohnte ein weißblonder, langhaariger Architekturstudent, ein echter Hippie. Er war ungeheuer locker, hörte indische Musik, würzte seine Suppe mit Nelken und rauchte trichterförmige Joints. Ich bewunderte ihn. Die Goldschmiedin, sie hieß Roxana, war unsere Nachbarin und eine Berühmtheit in ihrer Branche. Sie war in den wichtigsten Kunstbänden über Schmuck vertreten und hatte landesweit betuchte Kunden, die Jahr für Jahr zu ihr pilgerten, um ein handgemachtes Unikat zu erwarben. Roxana heißt »die Strahlende«. Sie trug ihren persischen Namen zu Recht. Sie war eine hennarote Schönheit mit einem unwiderstehlichen Lächeln. Alle waren in sie verliebt. Sie selbst war leider nur in Mao Tse-tung verknallt. Sein überlebensgroßes Porträt hing in ihrer Werkstatt gleich neben unserer Wohnung. Hinter dem großen Fenster blickte man in ihr alchimistisches Labor, Werkbrett, Walze, viele Puppen, ein Affenskelett, das von der Decke hing, ein Hochbett, in dem sie sich hin und wieder mit wechselnden Liebhabern beschäftigte. Quer über die Ladenscheibe zog sich in Augenhöhe ein schmaler Spiegel, sodass jeder Voyeur zwangsläufig in sein Neurotikergesicht blicken musste. Ich bot ihr an, ihren Schmuck zu fotografieren, und tauchte zu diesem Zweck in ihre surreale Tiefseewelt, wobei ich so lange wie möglich die Luft anhielt, ein armseliger Apnoetaucher, der in der Nähe dieser Meerjungfrau echte Perlen zu finden hoffte und doch nur die wertlosen Kieselsteine seiner Kleinbürgerlichkeit an die Oberfläche brachte. In der Jugoslawenkneipe in unserer Straße floss der Slibowitz in Strömen. Einmal traf mich ein ansatzloser Faustschlag mitten im Gesicht, als ich zum Tresen ging, um ein Bier zu bestellen. Er war so kräftig ausgeführt, dass ich über die Holztische mit den Schnapslachen flog und an der Wand landete. Der Wirt drückte mir einen mit einer beißenden Flüssigkeit getränkten Lappen in die Hand. »Dein Pech, dass du neben seiner Freundin gestanden hast«, sagte er und deutete auf einen kleinen, untersetzten Typ, der ein stadtbekannter Schläger war. Mein Auge schwoll zu, und die Haut darum herum färbte sich dunkellila. Eine Woche lang trug ich bei der Arbeit eine Augenklappe. Meine Situation im Institut wurde immer schwieriger. Ich hielt mein Doppelleben immer weniger aus und ging oft früher als erlaubt. Dazu nutzte ich einen Umweg durch das Magazin, um nicht an der Zimmertür des Direktors vorbeizukommen. Einmal wurde ich dabei von einem Polypenarm gefasst, der zu Direktor Lüders gehörte. Er hatte hinter einem der Stahlregale voller Bücher auf mich gelauert. Er packte mich am Kragen und sagte: »So nicht, Herr Doktor. Sie haben sich gefälligst an die Arbeitszeiten zu halten. So nicht, Herr Doktor.«

Inzwischen hatte ich einen neuen Kollegen. Er war sehr höflich, wirkte zurückhaltend und bescheiden, trug Anzug und Schlips und sollte die religiösen Schriften Brentanos herausgeben. Sein Gesicht erinnerte an einen Brotteig, bei dem die Hefe nicht mehr lebte. Was ich nicht ahnte: Er berichtete regelmäßig Lüders, wie ich mich am Arbeitsplatz verhielt, denn er wollte unbedingt mein Nachfolger werden. Es gab inzwischen eine ganze Reihe von Gründen für meine Entlassung. Dazu gehörte auch ein kleiner Fotoroman. Ich fotografierte viel mit meiner Pentax und entwickelte die Bilder selbst. Ich war der stolze Besitzer eines Fischauges und gewann einmal sogar einen Preis, eine vergoldete Uhr. Der Fotoroman hieß »Ich arbeite im Meiermuseum«. Ich machte von meinen Mitarbeitern bizarre Fotos. Direktor Lüders ließ ich von jenem Studenten spielen, der mich mit Hasch versorgte. Ich besorgte ein Vampirgebiss und fotografierte ihn im Zimmer des Direktors in Hut und Mantel, wie er mit gefletschten Zähnen hinter dem Vorhang hervorlugt. Dann ließ ich den Fotoroman im Haus kursieren. Alle fanden ihn lustig, vor allem die einfachen Angestellten, nur der Kustos und der Direktor nicht. Ich glaube, sie hätten mich längst hinausgeworfen, aber sie brauchten meine Kompetenz, vor allem um die jährlichen Berichte an die Deutsche Forschungsgemeinschaft über den Stand der Arbeit an der Kritischen Brentano-Ausgabe so zu schönen, dass die Gelder weiter flossen. »Schweig, Herz, kein Schrei! Ach, alles geht vorbei!« So beginnt ein Brentano-Gedicht. Auch mein Herz blieb damals merkwürdig stumm.

Die Art und Weise, wie ein Gefangener an den Stäben seines Käfigs rüttelt, sagt einiges aus über seinen seelischen und körperlichen Zustand. Ist es Wut? Ist es Verzweiflung? Ist es Ohnmacht oder eher ein symbolischer Protest? Ich glaube, das Letztere traf am ehesten auf mich zu. Ich revoltierte nicht offen, sondern nur indirekt. Anscheinend war ich zu schwach oder zu feige, gegen die Bedingungen meines Daseins wirklich aufzubegehren. Ich flüchtete lieber in Bereiche wie die Musik, in denen ich innerlich aufatmen konnte. Im Studentenheim der Technischen Universität Darmstadt hatte ich einen jungen Mann aus Tschechien kennengelernt. Er war aus seiner Heimat geflüchtet und versuchte nun, sich in Deutschland als Klavierlehrer durchzuschlagen. Er war sehr anziehend, ein wilder rothaariger Lockenkopf mit himmelblauen Augen, der so zu lächeln verstand, dass man ihm alles verzieh. Er spielte hervorragend Boogie, und so hatte ich endlich einen kongenialen Mitspieler. Karel war nicht lange allein. Er bekam ein Kind und zog mit seiner Freundin aufs Land. Sie bildeten mit Freunden eine Kommune in einem alten Bauernhof. Ich war oft dort, fasziniert von dieser neuen Art zu leben. Eine Symbiose archaischer Wohn- und Esskultur mit moderner Lebensart. Karel war deutlich der Platzhirsch, aber die Stimmung war so locker, dass ich jedes Mal meinen Ängsten und Skrupeln entkam, wenn ich dort war. Eine Weile überlegte ich sogar, dorthin zu ziehen. Ich schrieb wieder Gedichte. In ihnen befreite ich mich vom übermächtigen Dylan Thomas, ohne in die alte Wortspielerei zu fallen. Eines der Gedichte verfasste ich nach einer Party auf Karels Bauernhof. Es trägt den Titel »Man muss lange hin und her gehn, bis ein Weg entsteht«: »Wenn ich manchmal bei euch vorbeikomme, dann nicht, weil ich etwas von euch will, und auch nicht, weil ich irgendeinen konkreten Grund hätte, eine Sache, eine Person oder eine Meinung betreffend, vielmehr komme ich vorbei, trinke Bier in der Küche, benütze die alten Argumente, erzähle die gleichen erdachten Abenteuer und gehe an derselben Stelle pissen im Hof, weil ich von innerer Sehnsucht getrieben immer dieses eine Stück Wiese hin und her gehen muss, bis ein Weg entsteht.«

Inzwischen war ich zweiter Gitarrist in einer Bluesband. Wir übten bei uns und auch zuweilen in der Offenbacher Wohnung des Bassisten Billy. Dort lernte ich seinen Vater kennen, der mit großem gärtnerischem Geschick im Badezimmer Hanfpflanzen züchtete. Als ich eine Beziehung mit der Freundin des Leadgitarristen begann, führte das zu einer absurden Situation. Mitten im Winter versammelten sich zwei Parteien in zwei Wohnungen zweier einander gegenüberliegender Häuser. In der einen tagte Maria mit ihrem Hofstaat, zu dem auch Karel und Ben gehörten, in der anderen meine Freundin mit ihrem Anhang, Billy und seinem Vater. Sie hatten mir angeboten in die Wohnung des Vaters zu ziehen. Ich rannte zwischen beiden Orten hin und her wie der Hase zwischen zwei Igeln. Auf dem Straßenpflaster lag frisch gefallener Schnee, und meine Spuren vervielfältigten sich. Irgendwann gab ich auf. Ich musste eine Entscheidung treffen, und sie bestand darin, dass ich bei meiner Familie blieb.

Immer wieder versuchte ich, meine Zerrissenheit mit Hilfe von Haschisch zu überdecken. Einmal rauchte ich eine besonders große Menge Stoff und trank dazu Bier und Schnaps. Plötzlich teilte ich mich. Ich sah überdeutlich, wie ich neben mir stand, ein Doppelwesen wie in einem Stereobild. Die eine Person begann zu schreien, die andere Person hörte den Schrei und versuchte vergeblich, ihn zu ersticken. Ich habe eine kräftige Stimme. Damals muss sie so laut gewesen sein, dass man sie weithin hörte, in allen Straßen des Viertels. Maria bekam es mit der Angst zu tun. Sie entwickelte erstaunliche Körperkräfte, packte mich, schleppte mich ins Schlafzimmer, warf mich aufs Bett, zog mich aus und begann, Körper und Gesicht mit einem nassen Tuch zu bearbeiten. Ich hatte einen Kreislaufzusammenbruch, und Maria war kurz davor, einen Arzt zu rufen. Dann muss ich eingeschlafen sein. Nach diesem furchtbaren Erlebnis sah ich mir meine Haschreserven genauer an. Wenn man einen der grünen Brocken zerbrach, wurden lauter weiße Punkte sichtbar. Ich hatte gepanschten Stoff genommen. Ich warf alles weg und rührte nie wieder Cannabisprodukte an.

Diese Erfahrung hatte mir deutlich gemacht, dass ich in der Tat ein Doppelwesen war. Ich war gespalten in eine Person, die versuchte, ein seriöses Leben zu führen, und eine, die aus ihm ausbrechen wollte. Eine solche schizophrene Situation konnte nicht lange stabil bleiben. Die Dinge entwickelten sich in eine Richtung, die mich über kurz oder lang zu einer größeren Eindeutigkeit meiner Lebenssituation zwang. In der Tat kam es zu einer dramatischen Zuspitzung der Verhältnisse im Hochstift, die meinen Verbleib dort unmöglich machen sollte. Ich hatte eines Tages Direktor Lüders eröffnet, wir seien ein Tendenzbetrieb mit über dreißig Mitarbeitern und deshalb stehe uns ein Personalrat zu. Er sei sogar verbindliche Pflicht. Lüders starrte mich entgeistert an. Schon der Begriff Tendenzbetrieb schien ihn aufzuregen. Er sagte, er wolle sich die Sache gründlich überlegen und mir dann nach Rücksprache mit dem Verwaltungsausschuss Auskunft über die Behandlung der Sache geben.

Eine Woche später erhielt ich einen Anruf vom Vorsitzenden des Verwaltungsausschusses. Er forderte mich auf, zu einer Unterredung in sein Büro zu kommen. Ich erschien pünktlich und saß einem Mann gegenüber, der mir auf den ersten Blick sehr sympathisch war. Er erinnerte mich an Onkel Brudda. Er bot mir eine Zigarre an, die ich ablehnte. Stattdessen rollte ich eine Selbstgedrehte. Nach einer kleinen Pause, während der unsere Qualmwolken sich unter der Zimmerdecke vereinigten, sagte er: »Lieber Herr Doktor, ich muss Ihnen leider mitteilen, dass Ihre weitere Beschäftigung im Institut keinen Sinn mehr macht. Es fehlt die Vertrauensbasis zwischen Direktor Lüders und Ihnen, und das ist juristisch gesehen ein Kündigungsgrund, und auch menschlich ist es für beide Seiten die beste Lösung. Sie haben eine Woche Zeit, Ihren Arbeitsplatz zu räumen. Auf Grund Ihrer offensichtlichen Fähigkeiten mache ich mir übrigens keine Sorgen über Ihr weiteres Fortkommen. Damit die Angelegenheit einen besseren Eindruck von Ihnen erlaubt, im Falle einer Bewerbung zum Beispiel, möchte ich Ihnen nahelegen, selbst zu kündigen.« Er stand auf und gab mir über den Schreibtisch hinweg eine kühle, trockene Hand. Später erfuhr ich, dass es Hermann Josef Abs war, der reichste und wahrscheinlich mächtigste Mann Deutschlands und ein Mitglied des Verwaltungsrates des Freien Deutschen Hochstifts. Ich folgte seinem Rat und kündigte selbst, ohne zu wissen, dass ich dadurch die folgenden drei Monate kein Arbeitslosengeld erhalten würde. Lüders war übrigens nicht für mich zu sprechen. Es hieß, er habe eine Woche Urlaub genommen.

Was ich nun tat, sollte in meinem weiteren Leben noch eine große Bedeutung erlangen. Ich kopierte sämtliche Texte Brentanos, die ganze Lyrik, die Prosa und die Dramen. Außerdem die von mir angelegten Karteikarten, die Hinweise auf Datierung und Texteigenschaften enthielten. Es waren Hunderte von Kopien, die ich in der letzten Arbeitswoche in einer schwarzen Aktenmappe nach Hause schleppte und dort in eine Art Seekiste tat, auf die ich eine Meerjungfrau malte. Jens hatte schon vor mir das Haus verlassen müssen. Es war für ihn keine Katastrophe, denn er hatte längst eine Beziehung zur Leiterin des Goethemuseums und würde sie heiraten. Ich nahm es ihm ein wenig übel, dass er mich nicht eingeweiht hatte.

Da ich Mitglied der Gewerkschaft Erziehung und Wissenschaft war, sprach ich in meiner Not im Gewerkschaftshaus vor. Dort war man bereits über meine Entlassung informiert. Man teilte mir mit, dass man leider nichts weiter für mich tun könne. Das Institut würde mir freiwillig drei Monatsgehälter als Abfindung zahlen und sei damit juristisch auf der sicheren Seite. Ich lief durch die Straßen in einer Mischung aus Erleichterung und Verzweiflung. Sieben Jahre Knast waren zu Ende. Aber meine Zukunft sah düster aus. Der Himmel über der Stadt war weißlich, eine riesige Mullbinde auf einer klaffenden Wunde. Das Blut floss dennoch. Ich war zu weit gegangen in der Kunst des Scheiterns. Ich schrie diesmal, aber ich hörte meinen Schrei nicht, ich sah ihn nur, diese Ellipse eines Schreis, die über die Dächer zog.

Dann saß ich im Warteraum des Arbeitsamtes einem Mann gegenüber, dessen Stimme ich nicht hörte, während er sprach. Meine eigene Stimme klang dumpf, wie durch ein dickes Kissen. Der Arbeitsvermittler starrte mich an. Seine Lippen bewegten sich wie in einem Stummfilm. Doch plötzlich hörte ich ihn. »Tut mir leid, Herr Doktor, Sie sind leider überqualifiziert«, sagte er. »Wir können absolut nichts für Sie tun. Wenn Sie wenigstens ein Staatsexamen hätten.« Es gab keinen Ausweg mehr. Niemand in Deutschland brauchte Editionsfachleute. Die wenigen vorhandenen Stellen waren vergeben.

Später saß ich in der *Marianne* und trank mehrere Kognaks. Ich ging, ohne zu zahlen. Ich hatte den Flipper zu heftig bewegt. Der Apparat zeigte in leuchtenden Buchstaben: Tilt. Es gab nur eine Chance: ein Habilitationsstipendium. Ich stellte einen entsprechenden Antrag bei der Deutschen Forschungsgemeinschaft und beschrieb mein Projekt. Ich war wild entschlossen, meine Kenntnisse der Gedichtentstehung bei Brentano mit Hilfe thermodynamischer

Modelle verstehbar zu machen. Ich nahm an, dass eine Werkentstehung ein Produkt höchst komplexer Rückkopplungsphänomene ist. Schon eine Magenverstimmung, das Wetter, die Farbe des Himmels, ein Klingeln an der Tür wirkten sich auf die Kreativität des Autors aus. Ich nahm auch an, dass es einen Carnot'schen Kreisprozess bei Gedichten gibt. Die Wärmequelle des Autors und die Wärmesenke beim Leser würden ein Gefälle bilden, bei dem emotionale Arbeit verrichtet würde. Ideale Gedichte seien sprachliche Perpetuum mobiles. Aber da es Reibungsverluste gäbe, vor allem verursacht durch die Abnutzung von Wörtern im Alltag und die mangelnde Sensibilität und Unbildung bei den Lesern, müsse immer wieder Wärme zugeführt werden, damit der Prozess nicht zum Erliegen komme. Eine solche enge Kombination geisteswissenschaftlicher und naturwissenschaftlicher Argumente war unüblich und setzte sich kühn über die tiefe Kluft zwischen beiden Disziplinen hinweg. Daher rechnete ich mir wenig Chancen aus, aber ich täuschte mich. Das Projekt wurde akzeptiert. Einer der Gutachter war der ehemalige Kustos des Goethehauses, der mir so freundlich zu einem Einstieg verholfen hatte. Vielleicht wollte er sich durch seine positive Entscheidung an seinem ehemaligen Chef Direktor Lüders rächen.

Die guten Aussichten stabilisierten mein Verhältnis zu Maria für eine Weile. Aber dann brachen die Wunden und Widersprüche wieder auf. Eines Abends, nach einer heftigen Auseinandersetzung, verließ ich die Wohnung und ging um den Block, um ein wenig Ruhe zu finden. Die Luft war mild, und es roch nach Frühling. Über mir öffnete sich ein Fenster, und eine junge Frau blickte auf die Straße herunter. Ihr Gesicht war eingerahmt von wallenden, dichten Haaren. Ich sah es gegen den dunklen Himmel, beleuchtet von einer Lampe im Zimmer. »Hallo«, rief ich. »Kennen wir uns nicht?« »Schon möglich, komm hoch.« Ich lief noch einmal ums Karree, dann stolperte ich die Treppe hinauf. Sie stand in der Tür. »Wir kennen uns von einer Party bei Christian«, sagte sie. »Ich heiße übrigens Isolde.« Dann saßen wir in der Küche und spielten Schnapsmühle. Statt Steinen standen gefüllte Schnapsgläser auf dem Brett. Immer wenn man eine solche Figur schlug, musste man sie austrinken. Isolde vertrug viel mehr als ich. Ich blieb.

Wenig später reichten Maria und ich die Scheidung ein, obwohl es immer noch eine tiefe Zuneigung zwischen uns gab. Das zeigte sich, als wir im Flur des Gerichts auf den Richter warteten und dabei Händchen hielten. Als der Richter das bemerkte, herrschte er uns an, wir sollten solche Intimitäten gefälligst unterlassen, sonst könne er uns nicht scheiden. Dann folgte das damals übliche Verhör, Fragen nach dem letzten Geschlechtsverkehr und dergleichen. Alles wurde auf einem altmodischen Tonträger festgehalten, einem Drahttongerät, das wahrscheinlich noch aus den dreißiger Jahren stammte. Wir wurden nach dem Schuldprinzip geschieden. Das war damals so üblich. Das Zerrüttungsprinzip wurde erst drei Jahre später eingeführt. Als ob es keine Schuld an Zerrüttung gäbe. Natürlich war ich der Schuldige. Ich verlor damit alle Ansprüche auf das Sorgerecht für meine Kinder und auf den materiellen Zugewinn während unserer Ehe. Da ich arbeitslos war, galt für mich das Armenrecht. Ich musste für den bürokratischen Akt nur wenig zahlen. Als wir das Gebäude verließen, war alles so, als sei es nie gewesen. Ein seltsam traurig-lustiger Zustand der Welt, in der die Realität nicht mehr Gewicht hatte als ein Pusteblumensamen.

Es war eine Ironie des Schicksals, dass Marie ihren Glauben aufgab, kaum dass wir uns getrennt hatten. Ich holte ein paar Sachen, Kleidung und die Seekiste mit den Brentanotexten aus der Wohnung und zog zu Isolde. Als ich ging, sah ich meine drei Kinder im Pyjama auf dem Sofa sitzen. Sie starrten mir nach. Kein Vorwurf, keine Verwunderung in den sechs Augen. Nur eine fast ironische Leere, in der sich meine eigene Leere zu spiegeln schien.

Monatelang verließ ich Isoldes Wohnung nicht. Meistens lag ich im Bett, einem Futon auf einem hölzernen Podest. Das war meine neue Insel. Neben ihm an der Wand stand als Tangstreifen eine alte einundzwanzigbändige Ausgabe von Meyers Konversationslexikon. Ich las alle Artikel über stürmische Inseln. Die Kerguelen, die Hebriden, die Orkneys, und nahm mir vor, irgendwann zu allen zu reisen. Maria nahm die Kinder aus dem Hort. Wenn sie in den Kindergarten gingen, der in der Nähe von Isoldes Wohnung lag, reckte ich den Kopf aus dem Fenster und sah zu, wie sie dort verschwanden. Wenn ich im Bett lag, schien die Zeit stillzustehen. Mein Kopf war ein Kaleidoskop. Immer wieder entstanden neue Bilder, wenn ich ihn schüttelte, und ich hatte wahrlich Grund genug, ihn wegen meiner Lebensführung permanent zu schütteln.

*

Auf dem Platz vor dem Hotel wurde ein Jahrmarkt aufgebaut. B. ging hinunter und schoss in einer Schießbude auf einen Spiegel. Er traf, und das Glas zersplitterte in tausend Scherben. Er schoss noch einmal, und die Scherben fügten sich wieder zu einem ganzen Spiegel zusammen. So ging es ein paarmal hin und her, bis B. den Spaß an diesem Spiel verlor. Als er ging, hörte er eine Stimme hinter sich: »Leere Lippen Nullen lallen, alle sind und alle fallen.« Er drehte sich um und sah einen alten, zahnlosen Mann. Er war ganz krumm und offensichtlich so schwach, dass er sich kaum auf den Beinen halten konnte. B. hakte ihn unter und stützte ihn. »Wer sind Sie? Kennen wir uns?« »Schon möglich«, sagte der Alte. »Aber das ist lange her. Sehr lange. Ich kann mich kaum mehr an unsere Begegnung erinnern. Sie waren ein schmächtiger Kerl. Sie wirkten wie Pinocchio, so hölzern wie Sie sich bewegten. Eine große Unruhe ging von Ihnen aus, als ob Sie ungeduldig auf etwas warteten, das nie kommen würde, weil es genauso schnell davonlief, wie Sie ihm nachrannten.«

B. blieb stehen. Dann ließ er den alten Mann los und wartete, bis dieser Mann außer Sicht war.

Niemandsland

* * *

*Ich sage euch: man muß noch Chaos in sich haben,
um einen tanzenden Stern gebären zu können.*

Friedrich Nietzsche, »Also sprach Zarathustra«

44

Am nächsten Morgen fühlte B. sich schlecht. Er hatte einen trockenen Hals. Sein Kehlkopf schmerzte. Neben seinem Gesicht hatte sich auf dem Kissen eine rote Lache gebildet. Er schmeckte die fade Süße der Flüssigkeit im Mund. Dass es sein eigenes Blut war, begriff er erst nach und nach. Er stand auf und ging ins Bad, dabei schwankte er wie ein Betrunkener. Im Spiegel starrte ihn eine rote Fratze an. Das Blut lief aus beiden Nasenlöchern, sammelte sich in den Mundwinkeln und tropfte von seinem Bart ins Waschbecken. Er lächelte, auch seine Zähne waren rot. So musste Maldoror ausgesehen haben, als er sich mit einem Rasiermesser die Mundwinkel aufschnitt, um lächeln zu können. Der Traum fiel ihm ein, aus dem er erwacht war. Zwei Männer waren in sein Zimmer gekommen. Sie trugen Ringelhemden und sahen aus wie Clowns. Sie hatten ihn aufgefordert, ihnen zu folgen. Er hatte den Bademantel angezogen und war den Männern nachgegangen. Dabei hatte er die flauschige Wärme des Mantels gespürt. Es war die Wärme seines Vaters. Sie schützte ihn, wie damals, als er in seiner Kindheit an Weihnachten mit ihm spazieren gegangen war.

B. wusch sich das Gesicht, zog sich rasch an und verließ das Hotel. Er fuhr ins Kardiologische Institut. Die Blutung hatte zwar aufgehört, aber er fühlte sich schwach. Tatjana war da. Sie begrüßte ihn mit einer flüchtigen Umarmung. Der Arzt untersuchte ihn. »Ist es das Herz?«, fragte B. Der Arzt schüttelte den Kopf. »Das hat mit dem Herzen nichts zu tun. Sie sollten einen Spezialisten aufsuchen. Ich empfehle Ihnen den HNO in unserem Haus. Berufen Sie sich auf mich, dann bekommen Sie gleich einen Termin.«

Der HNO-Arzt war ein drahtiger Mann, von dem eine enorme Lebenslust und Vitalität ausging. Er schickte B. in ein kleines Zimmer und nötigte ihn in einen Untersuchungsstuhl. Dann schwenkte er eine Lampe herbei und schob ein kleines Handmikroskop in B.s Nasenlöcher. »Ein Blutgefäß ist geplatzt. Sie haben außerdem eine schiefe Nase. Die Nasenscheidewand ist stark verformt. Haben Sie als Kind einen Unfall gehabt? Sie atmen schlecht. Ich nehme an, Sie schnarchen. Sie sollten sich operieren lassen. Das ist keine große Sache. Drei, vier Tage stationär. Ich schicke Sie aber zuerst zu einer Kollegin, Frau Dr. Pers. Sie ist Schlafexpertin. Hier die Adresse.« Der Arzt drückte ihm einen Stadtplan in die Hand. Eine Stelle war mit Kugelschreiber eingekringelt. »Das ist der Eingang zu den Katakomben. Dort finden Sie ein Hinweisschild zur Praxis und zum Schlaflabor. Ich melde Sie für morgen Vormittag an.«

B. verließ die Praxis, fuhr ins Institut und setzte dort seinen Bericht fort.

*

Eines stand für mich fest: Ich musste mich neu erfinden, mich selbst erst zur Welt bringen, und die Presswehen, die dabei nötig sein würden, würden fürchterlich sein. Es begann jedoch sehr schön. Isolde lebte in einer völlig anderen Welt als meiner. Sie war befreundet mit frankophilen Architekten und Künstlern, für die Boulespielen und mediterranes Essen eine Selbstverständlichkeit waren. Auf einer Party bei ihrem Exfreund Christian, einem Erfolgsarchitekten, trug ich aus unerfindlichen Gründen den Anzug, in dem ich geheiratet hatte, und erntete dafür ungläubige Blicke, denn alle anderen hatten Jeans und weite Pullover an. Um Mitternacht fragte Isolde den Gastgeber, ob er ihr sein Auto leihen könne. Für einen Trip in den Süden in sein Ferienhaus. »Natürlich«, sagte Christian. »Hier sind der Autoschlüssel und der Schlüssel zum Haus.« Wir fuhren mit dem Wagen, zufällig wieder ein roter VW, in Isoldes Wohnung. Nachdem ich mich umgezogen hatte, ging es los. Isolde war eine ebenso gute wie leidenschaftliche Fahrerin. Sie fuhr die ganze Strecke von fast 1000 Kilometer in einem Stück. Nur einmal hielten wir auf einer Bergwiese in der Schweiz und wälzten uns im Tau, um uns zu erfrischen. Unser Ziel war ein kleines, auf einem Bergkegel gelegenes Dorf, in dem Christian ein baufälliges Haus gekauft hatte. Es war primitiv, aber es gab Strom, Wasser und eine Toilette. Im Hochbett hatte es sich ein Skorpion gemütlich gemacht. Isolde schnappte ihn tollkühn und warf ihn aus dem Fenster. Das Dorf war labyrinthisch, und ich brachte eine Weile damit zu, seinen Plan zu ermitteln und zu zeichnen. Ein eiskalter Wind, der berühmte Mistral, fegte um die Ecken, drang durch die Häuserritzen und machte den Himmel stählern blau. Der Ort lag am Gardon, einem Nebenfluss der Rhône. Man sah ihm nicht an, dass er große Zeiten hinter sich hatte. Ganz in der Nähe hatte einst Karl Martell die Sarazenen besiegt. Frankreichs erster Renaissance-König, Franz I., war hier gewesen, ebenso der depressive, schwindsüchtige Karl IX., den das Trauma der Bartholomäusnacht umbrachte. Heute war im Ort viel Bausubstanz verfallen. In der Kneipe lief ständig der Fernseher ohne Ton. Der Kneipenhund glotzte auf den Schirm mit seinem einen, tränenden Auge. Die Bauern spielten Domino, und der Pastis erleuchtete die Gehirne mit seinem trüben gelben Licht. Es war eine Atmosphäre, die nach einigen Tagen eine tiefe Ruhe in mir hervorrief, etwas, das ich so nur selten erlebt hatte. Wir fuhren an die Strände der Camargue. Überall Zelte mit Hippies. Auch wir übernachteten unter freiem Sternenhimmel. Als wir zum Auto zurückkamen, war es aufgebrochen, und Isoldes Papiere und Geld waren verschwunden. Ein Vorfall, der unsere gute Grundstimmung nicht zu trüben vermochte, obwohl wir uns häufig stritten, denn Isolde war sehr eigenwillig und betont emanzipiert. Hier, im Licht dieser südlichen Landschaft, ihren Farben und Gerüchen, die auch das düstere Gemüt van Goghs für kurze Zeit aufgehellt hatten, meinte ich mich endlich häuten zu können, um zusammen mit der alten Haut alles zurückzulassen, was die kleinbürgerliche Welt meiner Eltern in mir angerichtet hatte.

Im folgenden Winter versuchte ich, Isolde die Vorzüge meiner Heimat zu vermitteln. In Rendsburg ließ ich meine Freundin zu ihrer Empörung in einem Hotel zurück und fuhr mit dem Bus zu meinen Eltern. Sie hatten das Ende meiner Ehe nicht verarbeitet und hielten mich für krank. Ich sagte: »Ich bin nicht krank, wenn ihr unter Krankheit dasselbe versteht, was ich darunter verstehe: Desorientiertheit, schiefes oder unwahres Leben als Nachgeben Zwängen gegenüber, die dem Wesen der eigenen Person fremd sind. Wenn man diese Bedeutung von Krankheit ansetzt, dann sind eher Leute wie Muttl krank, gerade weil sie vermeintlich so lebenstüchtig sind. Wenn ich Schwierigkeiten beruflicher Art habe, wenn ich mich schwertue im Zusammenleben mit anderen, dann ist das eher ein Zeichen von Gesundheit, des Versuchs, ehrlich mit mir und anderen zu sein, identisch zu leben, nicht von Ersatzwelten zu zehren, ohne selbstgemachte Krücken durchs Leben zu gehen. Ich bin erst aus dem Institut geflogen, als ich meine wirklichen Interessen, meine wirklichen Fähigkeiten nicht mehr verborgen habe. Was meine Trennung von Maria betrifft, so steckt auch hier das Verlangen nach Ehrlichkeit dahinter. Viele, allzu viele Leute leben bekanntlich scheinbar in Frieden miteinander und berauben sich doch in Wahrheit der Möglichkeit einer Selbstverwirklichung im Miteinander. Dass sich Paare heute immer öfter trennen, liegt daran, dass sich die überkommenen Denk- und Glaubensstrukturen zunehmend auflösen und dass die Menschen deshalb leichter den Mut zur Ehrlichkeit entwickeln. Sicher ist es in unserem Fall sehr traurig und schmerzhaft, vor allem wegen der Kinder. Aber es ist auf keinen Fall das Resultat von Krankheit, eher im Gegenteil. Es hat keinen Zweck, nach Schuld oder nach Krankheit zu fragen, wo die Antwort in den so schwer zugänglichen Psychen der beteiligten Personen liegt. Ich neige auch nicht, wie ihr meint, zum Überinterpretieren oder zu überzogenen Analysen. Ich bin vielmehr so reflektiert, dass ich glückliche oder schmerzhafte Prozesse nicht als Naturgeschehen hinnehme, sondern den Versuch unternehme, den Dialog zwischen meinem Leben und meiner Person so offen wie nur möglich zu betreiben. Natürlich bringt das Schwierigkeiten mit sich, natürlich sieht mein Lebenslauf dann chaotischer aus als die geraden Bahnen vieler anderer Leute, die weniger ehrlich sich selbst gegenüber sind. Mein Anspruch ans Leben ist sehr hoch, ebenso mein Anspruch an den Kontakt zwischen Menschen. Ich muss diesen Anspruch aushalten, auch wenn er manchmal die Ursache großer Schwierigkeiten ist. Ich kann mir mein Leben nicht durch Unehrlichkeit mir selbst und anderen gegenüber leichter machen. Dieser Lebenswille unter dem Anspruch der Ehrlichkeit ist meine Gesundheit.« Während dieses langen und umständlichen Monologs, den ich wohl hauptsächlich an mich selbst gerichtet hatte, starrte mein Vater aus dem Fenster, als habe er nicht zugehört. Dann sagte er: »Du musst wissen, was du tust. Alt genug bist du ja.« Und meine Mutter meinte: »Jaja, du bist einfach viel zu sensibel, mein Sohn.«

Am nächsten Tag holte ich Isolde ab. Sie war wieder bester Laune, denn sie hatte einen Kneipenbummel hinter sich und sich erfolgreich, wie sie meinte, einen tiefen Einblick in die hiesigen, ziemlich düsteren Seelen verschafft. Wir fuhren nach Bongsiel ins *Swarte Peerd*. Eine Kultkneipe in der Marsch und die Lieblingsgaststätte meines Vaters. Auch Nolde war hier einst Stammgast gewesen. Wir saßen im vorderen Raum an einem runden Tisch und tranken Teepunsch. Wir waren zu fünft: der Wirt, Hanni, zwei Bekannte von ihm, Isolde und ich. Am Nachbartisch aßen einige alte, schwarz gekleidete Männer, die wie Totengräber wirkten, armdicke Aale, die Hanni eigenhändig geräuchert hatte. Das Ritual war ganz einfach. Jeder Neuankömmling gab eine Runde aus, und jeder am Tisch revanchierte sich mit einer Runde, machte fünf Tassen pro Person. Es war bitterkalt. Die Pfützen auf der Straße waren gefroren. Draußen hielt ein Trecker.

Der Fahrer trat ein und gesellte sich zu uns, wobei er eine Runde Teepunsch ausgab. Jeder von uns antwortete mit einer neuen Runde. Das waren jetzt elf Tassen für jeden. Der Mann mit dem Trecker erzählte auf Platt, dass er Reetschneider sei. Dann wandte er sich an Isolde und fragte, ob sie das Vogelschutzhaus schon gesehen habe. Er sagte »Vagelschutzhuus«. Isolde verneinte. »Dann kommt mit.« Wir folgten ihm in die Kälte. Er kletterte auf den Trecker, und wir stiegen auf die großen hinteren Schutzbleche. Es dauerte ziemlich lange, bis er den Zündschlüssel ins Schloss bekam. Dann zündete sich der Fahrer ein Klöbchen an, und ab ging es in halsbrecherischem Tempo die schmale Deichkrone entlang und dann die steile Böschung hinab ins Reet. Es teilte sich wie Wasser vor dem Kühler. Wir kamen an eine Lichtung, auf der ein Mann mit einem großen Messer Reet schnitt. »Willst du mitkommen, Chef?«, fragte der Treckerfahrer. »Spinnst du? Du bist doch betrunken.« »Willst du den Beweis, dass ich nicht betrunken bin?« Er fuhr rückwärts auf eine Aktenmappe zu, die auf dem Boden lag, und stoppte erst, als der Reifen sie fast berührte. Dann schaltete er in den Vorwärtsgang, gab Gas, und wieder ging es durch das hohe Reet. Plötzlich waren die sich teilenden Halme weg, und vor uns lag ein Gewässer, ein großes Siel, das der Entwässerung der eingedeichten Marsch diente. Statt jedoch zu halten, gab er noch mehr Gas, und wir landeten im Bongsieler Loch. Der Treckerfahrer saß bis zur Brust im Wasser und rauchte weiter sein Pfeifchen. Wir sprangen von unseren Sitzen in Richtung Land. Es war zu weit weg, um trocken zu bleiben. Völlig nass gingen wir bei klirrender Kälte durch das Schilf. Der Treckerfahrer lief uns nach. Als er uns eingeholt hatte, sagte er: »Na, habt ihr ordentlich Schiss gehabt?« Isolde lachte. »Wovor denn«. Als wir auf dem Deich waren, kam ein Radfahrer mit einem Anhänger vorbei. Er hielt, und der Treckerfahrer zwängte sich in den kleinen Wagen. Dann fuhren sie davon.

Wir liefen weiter zur Gaststätte, zogen uns um und legten unsere nassen Klamotten auf die Heizungskörper im leeren Tanzsaal. Dann setzten wir uns in die Kneipe, ließen uns von Hanni Muschelsuppe bringen und baten ihn, auf Hallig Hooge anzurufen, ob es dort eine Übernachtungsmöglichkeit gäbe. Hanni griff zum Hörer. »Auf Hanswarft gibt es ein Zimmer«, sagte er dann. »Ich habe es für euch reservieren lassen. Der Wirt holt euch mit dem Boot ab.« »Mit dem Boot?«, fragte ich. »Ja. Wir hatten gestern Sturmflut. Hooge ist vollgelaufen wie ein Suppenteller, weil es einen Deich hat.«

Gegen Mitternacht brachte uns Hanni zur Fähre. Ganz langsam ging es durch den schmalen Priel zur Hallig. Die Ebbe war extrem, wie sie es oft ist nach einem großen Sturm. Wir gingen über eine Gangway auf den Deich. Ein Mann näherte sich im Wasser mit einem Boot im Schlepptau. Er trug eine Gummihose. Das Wasser ging ihm bis zur Brust. Die Hallig war ein glitzernder See, in dem sich Mond und Sterne spiegelten. Wir stiegen ins Boot, und der Wirt zog es über unsichtbare Straßen an zwei Seilen, eines vorne, eines hinten vertäut, sodass das Boot durch die Strömung seitlich verschoben dahinglitt, dort wo sich der unsichtbare Graben befand und es tief genug war. Immer wieder mussten wir Stacheldraht hochheben. Wir hatten eine Flasche Rum dabei und boten unserem Fährmann daraus zu trinken an. Als wir die Hanswarft erreicht hatten, auf der sich die Häuser wie eine kleine Herde Schafe drängten, war die Flasche leer. Isolde war so betrunken, dass wir sie mit ihrem stattlichen Gewicht aus dem Boot heben und dann weiter die Warft hoch tragen mussten.

Am nächsten Tag war das Wasser bereits ein Stück durch die geöffneten Schleusen abgelaufen. Für den Abend hatten uns die Wirtsleute zu einer Party eingeladen. Wir saßen zu acht im Wohnzimmer um einen großen Tisch und tranken Grog. Kaum ein Wort fiel. Das Schweigen wuchs wie eine Hecke um jeden von uns. Es gab eine Klampfe, auf der ich spielte, in der Hoffnung, die Stimmung geselliger zu machen, doch ohne Erfolg. Zwei quälende Stunden mochten vergangen sein. Plötzlich spürte ich den Fuß der Wirtin auf meinem. In diesem Moment sagte einer der Anwesenden, ein Spediteur aus Hamburg und wahrer Koloss von Mann: »Karla, ich kann mit der bloßen Faust die Tischplatte durchschlagen.« Kaum hatte er das gesagt, wurden Gläser, Flaschen und Tischdecke weggeräumt. Karla sagte: »Du musst den Tisch aber bezahlen.« Es war ein besonders solider Couchtisch von *Ilse-Möbel* mit einer dicken Sperrholzplatte und einer Mechanik, mit der er in der Höhe verstellbar war. Der Spediteur hob seine riesige Hand, ballte sie, und dann schlug er zu. Ein tellergroßes Loch war die Folge. Sekunden später war ein großes Messer da. Jemand hatte es unter dem Sofa hervorgezogen. Reihum nahm es jeder in die Hand und versuchte, die Tischplatte zu durchstoßen, was nicht einfach war, da sie federte. Man musste sehr kräftig und ansatzlos zustechen. Nach kurzer Zeit war die ganze Platte zerfetzt. Karla breitete die Tischdecke über die Löcher, und dann waren Gläser und Flaschen wieder da. Die Stimmung war jetzt locker. Es wurde tatsächlich geredet. Plötzlich war Karlas Mann verschwunden. Wir suchten ihn und fanden ihn in der Küche. Er hatte ein langes weißes Nachthemd an und ging mit pendelnden Armen gegen die Wand, die Stirn an die Tapete gedrückt. Lass ihn, sagte Karla. Später sahen wir noch einmal nach. Er war verschwunden. Am nächsten Morgen erfuhr ich, dass er im Nachthemd mit dem Fahrrad über die vereisten Wege der Hallig gefahren und erst gegen Morgen wieder zurückgekommen war.

Das Wasser war inzwischen durch die geöffneten Siele so weit abgelaufen, dass wir spazieren gehen konnten. Wir besuchten die kleine Inselkirche und lernten den Pastor kennen. Ich erzählte, dass ich vorhätte, eine Habilarbeit zu schreiben, und er bot mir an, in seinem Haus zu wohnen, um dieses Vorhaben unter idealen Bedingungen zu verwirklichen, denn das Leben hier sei so ereignisarm, dass sich gute Ideen viel leichter einstellen würden als anderswo. Abends saßen wir am Fenster. In der langen Dämmerung herrschte ein rötliches Licht, in dem die Marsch, die Wiesen, das Watt und das

Wasser wie auf Kupfer gestochen wirkten. Unter dem Horizont sah ich die Insel meiner Kindheit, eine Fata Morgana, aufgetaucht aus der Ewigkeit einer erinnerten Zeit. Ich hatte den Eindruck, dass sie näher kam, als triebe sie der Westwind auf mich zu. Ich war glücklich, aber Isolde wollte nicht länger bleiben. Sie fand die Landschaft zwar beeindruckend, aber sie meinte, dass hier keine menschlichen Wesen lebten, sondern Ausgeburten der Finsternis. Eigentlich passten wir sehr gut zusammen. Wir hatten beide Schwierigkeiten mit einem konventionellen Leben. Wir wollten uns den üblichen Zwängen der Vernunft entziehen, wir liebten das Chaos und liebäugelten mit dem, was es an Überraschungen bot. Vielleicht waren wir uns auch zu ähnlich. Jedenfalls war Isolde die Person, die mir so etwas wie Lebenskunst beibrachte, die meine Essgewohnheiten revolutionierte und mir einen Teil meiner Alltagsängste nahm. Darin erinnerte sie an Onkel Anton.

Kaum waren wir zurück in Darmstadt, gingen wir auf eine neue Expedition. Es war, als wollte ich meine alte Sesshaftigkeit abschütteln. Jetzt wollte ich auf die Orkneys, eine für ihre Winterstürme berüchtigte Inselgruppe. Um uns an die Kälte zu gewöhnen, fuhren wir zunächst in die Vogesen und verbrachten die Nächte im Schlafsack in einer gelben Fourgonnette, die ich gebraucht vom Geld meines Habilstipendiums gekauft hatte. Von dort ging es nach Schottland. In Thurso, am Nordende des schottischen Festlandes, wurde das Auto mit dem Kran verladen. Dann ging es über den Pentland Firth, wegen der starken Strömungen eine der gefährlichsten Wasserstraßen der Welt. Die Wellen erinnerten an große gewalttätige Tiere, die uns verschlingen wollten. Ich stand an Deck und tanzte die Bewegung des Schiffes aus. Als wir an der Steilküste der Insel entlangfuhren, sah ich, dass die Wasserfälle vom Wind getrieben wie Geysire in den Himmel stiegen. Ich war meinem Ziel ganz nahe gekommen. Die wütende Natur, der extreme Wind, der Dark Rum, all das wirkte wie eine Droge, die meine seelischen Schmerzen vertrieb, meine

Schuldgefühle, auch meine Angst vor dem Scheitern. In Stromness, einem ehemaligen Walfängernest, herrschte eine maritime Atmosphäre, in der ich meinte, Queequeg, Ismael und meinen Vater treffen zu können. Es war Silvester. Kein Feuerwerk, dafür New Year's Bottles. Jeder bot jedem einen Schluck an, bis man selbst in den nachtschwarzen Himmel aufstieg und in Feuergarben zerplatzte. Ich lernte damals Chock kennen. Er schielte und sagte immer wieder »I was sailing round the world. Mañana, that's Spanish.« Er musste die Welt von zwei Seiten gleichzeitig umsegelt haben, was das Schielen seiner Augen erklärte. Auf dem Platz am Hafen bildete sich ein wachsender Menschenklumpen von Betrunkenen. Man lag übereinander wie Sperrmüll. Wir schliefen in unserem Auto. Als ich am Morgen aufwachte, sah ich unsere Schuhe fein säuberlich auf dem Pflaster vor der Hintertür aufgereiht wie im Flur eines Hotels.

Der Sommer kam. Ich spielte mit Isolde und ihren Freunden Boule auf der Mathildenhöhe. Ich spielte schlecht, denn mir fehlte von Neuem die innere Ruhe, die man braucht, um der Eisenkugel den richtigen Drall zu geben. Mein Habilstipendium war auf zwei Jahre begrenzt. Einen Teil des Geldes überwies ich an Maria, für mich blieb genug übrig, um bei Isolde das Leben eines Frührentners zu führen. Ich hätte meine Arbeit voranbringen müssen. Eigentlich drängte die Zeit, aber was war das schon für eine Kategorie. Die Zeit war ein Mäntelchen, das sich der Raum umhängte, um möglichst unschuldig auszusehen. Ich überredete Isolde, mit mir nach Laugharne in Wales zu fahren, in jenes kleine Nest, von dem ich wusste, dass es das Vorbild von Dylan Thomas' Hörspiel »Under Milk Wood« war. Vielleicht konnte der von mir so verehrte tote Dichter meinem Dasein neuen Schwung verleihen. In *Brown's Hotel*, einer am Dorfplatz gelegenen Kneipe, saß ich in einer Fensternische, dem einstigen Stammplatz des Dichters, und trank ein Pint Brown Ale nach der anderen in der Hoffnung, dass sein Geist in mich fahren würde. Als ich genug getrunken hatte, um für Sinnestäuschungen empfänglich zu sein, ging ich zum Friedhof und legte mich der Länge nach auf das Grab mit dem schlichten Holzkreuz, auf dem nur sein Name und seine Lebensdaten in schwarzen Lettern standen. Ich glaubte im Heulen des Windes eine Stimme zu hören: »After the first death there is no other.« Wenn Dylan Thomas mit seinem typischen Tremolo rezitierte, tanzte die Zigarette, die an seiner Unterlippe klebte, wie ein Taktstock oder Zauberstab, der seine Sprache in betörende Musik verwandelte.

Zurück in *Brown's Hotel* lernte ich auf der Toilette einen Mann kennen, der sich als ehemaliger Fahrer des Lyrikers zu erkennen gab. Während wir nebeneinander an den Urinalen standen, erzählte er in dem für die Südwaliser typischen Singsang von dem großen Dichter. Er sei ein guter Kerl gewesen, vor allem zu Frauen. Er habe immer draußen warten müssen, wenn Dylan eine von ihnen besuchte, und das tat er manchmal drei- bis viermal am Tag. Obwohl er Schulden hatte, habe er immer bezahlt und ein anständiges Trinkgeld gegeben. Am Abend ging ich mit Isolde in die Townhall zu einem Fest. Es gab Kaffee und von den Frauen des Ortes gebackene rosa und lindgrüne Torten. Alkohol wurde nicht ausgeschenkt. Trotzdem stieg die Stimmung von Minute zu Minute. Ich begriff auch bald, warum, denn ich sah zufällig, wie ein Flachmann kreiste. Alle schienen ihre kleinen Flaschen dabeizuhaben, die Männer in den Jacketts, die Frauen unter den Röcken. Auch uns wurde bald etwas davon angeboten. Viele Paare tanzten zu der Honky-Tonk-Musik eines alten Mannes, der hinter einem verstimmten Klavier saß und mit gichtigen Fingern spielte, während sein Flachmann auf den obersten Tasten stand. Er sagte voller Stolz, er sei der Onkel von Rory Gallagher, dem besten Gitarristen des Jahrhunderts, und er habe in dessen erster Band Schlagzeug gespielt.

Am nächsten Tag schlug ich Isolde vor, auf den nahegelegenen Hügel Fern Hill zu steigen. Dort wollte ich ihr das gleichnamige Gedicht von Dylan Thomas vorlesen. Als wir den Hohlweg in Richtung Fern Hill betraten, gesellte sich ein weißer Hund zu uns. Er war groß wie ein Kalb und trottete gemächlich hinter uns her. Ich wollte ihn unbedingt loswerden. Deshalb kroch ich mit meiner Freundin auf allen vieren einen besonders steilen Abhang zum Hügel hoch. Aber das Tier ließ sich nicht so einfach abschütteln. Ich hörte es hinter mir keuchen und japsen. Der Hund rutschte immer wieder ein Stück zurück. Das Letzte, was ich von ihm sah, war sein großer zottiger Kopf mit bernsteinfarbenen Augen und einer heraushängenden blauen Zunge. Wir nahmen auf einer Bank auf dem Gipfel von Fern Hill Platz. Von hier aus konnte man das Meer sehen. Ich schlug den Lyrikband auf und begann: »Now as I was young and easy under the apple boughs about the lilting house and happy as the grass was green.« In diesem Moment kam der Hund in großen Sätzen auf uns zu, setzte sich keuchend neben mich auf die Bank und begann nach Fliegen zu schnappen, von denen es nur so wimmelt. Das laute Aufeinanderschlagen der Zähne neben mir brachte mich aus dem Rhythmus. Ich gab auf. Auf dem Rückweg kamen wir an einen hohen, stacheldrahtbewehrten Zaun. Wir kletterten mit einiger Mühe hinüber. Der Hund schaffte es diesmal nicht. Er blieb auf der anderen Seite zurück und begann laut zu winseln. Das war zu viel für mich. Wir kletterten zurück und hoben das schwere Vieh über das Hindernis. Als wir die ersten Häuser erreichten, bemerkte ich, dass einige Frauen den Hund wie einen alten Bekannten grüßten. Ich überlegte währenddessen, wie wir ihn daran hindern konnten, uns in *Brown's Hotel* zu folgen. Ich öffnete die Tür zum Lokal und schob meine Freundin hinein. Als ich schnell hinterher wollte, sah ich, dass keine Eile mehr nötig war. Ein Reisebus war angekommen, dem eine Reihe wie Banker gekleideter Männer entstieg. Sie gingen in Richtung Dylans Walk, und der Hund trottete ihnen nach. An uns schien er jedes Interesse verloren zu haben. Als ich die Geschichte einem Einheimischen erzählte, sagte er, das mache dieser Hund immer so. Er liebe es, mit Fremden diesen Weg zu laufen, vielleicht bekäme er auch die eine oder andere Leckerei dabei zu fressen. Ich aber war mir sicher, dass das nicht die ganze Wahrheit war. Obwohl ich nicht an Geister glaube, möchte ich in diesem Fall eine Ausnahme machen: Der Hund war die Seele des verstorbenen Dichters.

Von Laugharne fuhren wir weiter nach Irland. Auch das war eine Insel, ein grüner Hoffnungsort, in dem eine Musik gemacht wird, deren keltische Wurzeln ihr mythische Präsenz verliehen. Ich selbst spielte inzwischen ziemlich gut Tunes auf der Flöte und dem Banjo. In Ballinskelligs, der westlichsten Region des Landes, von der aus einst das Überseekabel nach Amerika führte, trafen wir einige Freunde aus Darmstadt, mit denen ich in den Kneipen irische Musik spielte. Plötzlich bekam ich rasende Zahnschmerzen. Meine Backe war dick geschwollen. Als ich beim ortsansässigen Zahnarzt sah, dass sein Bohrer noch mit einem Fußpedal betrieben wurde, entschied ich, mich dort besser nicht behandeln zu lassen. Einer der Freunde, der bei der Lufthansa arbeitete, hatte hochdosierte Antibiotika dabei. Ich schluckte sie, und Schmerzen und Schwellung gingen zurück. Dafür wuchs ein anderer, seelischer Schmerz. Zum ersten Mal realisierte ich, welcher Abgrund sich durch die Trennung von Maria und den Kindern in meinem Leben aufgetan hatte. Ich wollte zu ihnen, und zwar so schnell wie möglich. Ich wusste, dass Maria mit den Kindern in Dänemark bei Ringkøbing auf einem Zeltplatz war. Ich erklärte Isolde, dass ich unsere Reise abbrechen müsse, und machte mich sofort auf den Weg. Da ich nur wenig Geld dabeihatte, trampte ich. Durch Irland, durch England, durch Holland, durch Deutschland, durch Dänemark. Ich kam erstaunlich schnell voran. Doch dann begann ich aus dem Mund zu bluten. Schließlich so stark, dass trotz Taschentüchern meine Kleidung rot besudelt war und die Autofahrer nicht mehr anhielten, wenn ich den Daumen reckte, vielleicht weil sie annahmen, ich sei Opfer einer Schlägerei gewesen. Irgendwann erbarmte sich doch ein Fahrer und nahm mich bis Ringkøbing mit. Ich fand einen Zahnarzt. Auf dem

Tisch im Wartezimmer lagen Pornohefte. So etwas wäre in Deutschland ein Unding gewesen. Der Arzt untersuchte mich und meinte, er könne da nichts weiter unternehmen. Offenbar sei der Kieferknochen angefressen. Es wäre besser, ich würde mich in Deutschland zu einem Kieferchirurgen begeben. Auf dem Zeltplatz fand ich unser großes braunes Klepperzelt leer. Alle waren am Strand. Ich fühlte mich so schwach, dass ich mich ins Vorzelt legte. Da lag ich nun wie ein angespültes Treibholz, als Maria mit den Kindern vom Meer zurückkam. Natürlich erweckte ich Mitleid, aber auch Gefühle, wie man sie einem Fremden gegenüber empfand. Ich drehte mich auf den Rücken, und meine Kinder krochen über mich. Sie kicherten dabei, und ich spürte ihre Nähe wie einen Abglanz vergangenen Glücks.

Die Ferien waren am nächsten Tag zu Ende, und Maria nahm mich mit. Sie hatte genügend Papiertücher besorgt, um zu verhindern, dass ich die Sitze verschmutzte. Vor Isoldes Wohnung setzte sie mich ab. Ich musste so blass ausgesehen haben, dass meine Freundin, die inzwischen aus Irland zurückgekehrt war, sofort ein Taxi rief. Der Fahrer fuhr mich zu einem Zahnarzt, der ebenfalls einen Tretbohrer hatte, allerdings nur zu Dekorationszwecken. Er besah sich die Quelle der Blutung und meinte, ich müsse zuerst zu einem Arzt, um ein Mittel zur Blutverdickung zu bekommen. Mir fiel der Hausarzt meiner ehemaligen Schwiegereltern ein, und ich nannte dem Taxifahrer seine Adresse. Als der Arzt mich sah, sagte er kein Wort, vielmehr drückte er meinen Arm über eine Stuhllehne und gab mir eine Spritze. Dann schickte er mich zu einem anderen Zahnarzt. Ich hatte inzwischen wohl so viel Blut verloren, dass ich mich in einem euphorischen Zustand befand, irgendwo schwebend zwischen Himmel und Erde. Der neue Zahnarzt griff sofort zur Zange und zog ohne Betäubung den schuldigen Backenzahn. Sofort hörte die Blutung auf. »Durch die Antibiotika, die Sie genommen haben, hatte die Entzündung Zeit genug, eine regelrechte Grotte in ihren

Kiefer zu fressen, in die die Blutgefäße einmündeten. Der Zahn, den ich gezogen habe, war so etwas wie ein Deckel über dieser Grotte. Durch ihn entstand ein großer Druck. Jetzt habe ich den Deckel entfernt, und ein normaler Heilungsprozess kann beginnen.« Er hatte recht. Die Blutung ließ nach, und bald kamen auch meine Kräfte zurück und mit ihnen die Schwere, die mich am Boden hielt. Ich begann endlich, ernsthafter an meiner Habilarbeit zu schreiben, und schickte einen Zwischenbericht an die Deutsche Forschungsgemeinschaft und meine beiden Gutachter. Ich war durch meine Jahre im Institut geübt darin, Berichte zu schönen. Auch jetzt erweckte ich den Eindruck, bereits sehr weit zu sein. Ich sei dabei, mittels einer detaillierten Untersuchung von rund 800 Gedichtentwürfen Brentanos verschiedene typische Formen der Werkentstehung zu eruieren und an einem einzelnen Text, dem Gedichtentwurf »Bis kalte Wirklichkeit«, den äußert komplexen Prozess einer Genese zu rekonstruieren, wobei ich nicht nur die Modelle der Linguistik heranziehen würde, sondern auch sämtliche bisher nur in den Naturwissenschaften gebräuchliche Ansätze der Systemtheorie, der Regelungstechnik, der Thermodynamik, der Kybernetik und der noch jungen, jedoch vielversprechenden Informationstheorie. Der ehemalige Kustos des Goethehauses schrieb an den zuständigen Vertreter der Deutschen Forschungsgemeinschaft: »Offensichtlich hat Herr B. das erste Jahr gut genützt. Bei intensiver Arbeit dürfte damit zu rechnen sein, dass die ganze Untersuchung im Herbst 1975 fertig ist.« Auch der zweite Gutachter, ein Dozent der Frankfurter Uni, den ich vom Studium her kannte, teilte der DFG mit: »Ich bestätige gerne, dass einer Habilitation von Dr. B. im Fachbereich Neuere Philologie an der *Johann Wolfgang Goethe*-Universität nichts im Wege steht.«

Ich war inzwischen Mitglied einer Band, die mit großem Erfolg den damals noch kaum bekannten irischen Folk in den Kneipen des Viertels spielte. Maria war oft bei unseren Sessions dabei. Sie stieg sogar mit ihrer Bratsche ein. Unser Sänger hatte eine irische Freundin und entsprechende Kontakte in die dortige Szene. Das machte es möglich, in den Sommerferien auf die Insel zu fahren, um uns dort an einem Musikwettbewerb zu beteiligen. Ich schlug Maria vor, doch mit den Kindern mitzukommen, denn ich wollte unsere schwierige Beziehung verbessern. Sie war einverstanden, und so flogen wir gemeinsam nach Dublin. Mit zwei Leihwagen ging es weiter nach Rathmelton, eine Kleinstadt am Lough Swilly in der Grafschaft Donegal im Nordwesten der Republik Irland. Dort sollte die Competition stattfinden. Wir mieteten uns in einer Pension ein. Es gab nur ein Doppelzimmer, und da es die katholische Wirtin nur einem verheirateten Ehepaar geben wollte, kam es dazu, dass ich wieder neben Maria lag, in einem gewaltigen Doppelbett mit klaffender Besucherritze. Der Wettbewerb bestand darin, dass die fünf teilnehmenden Bands von Kneipe zu Kneipe ziehen mussten, um jeweils eine halbe Stunde zu spielen. Danach wurde die Lautstärke des Applauses beurteilt und von der Jury protokolliert. Wir erreichten immerhin den vierten Platz, wahrscheinlich wegen der vielen Rebel-Songs, die unser Leadsänger kannte und die von den über die Grenze gekommenen Nordiren besonders geschätzt wurden. Statt nun das Verhältnis zu Maria und den Kindern zu stärken, verliebte ich mich in eine Person namens Johanna, die als Fan mitgekommen war und mich trotz ihres zurückhaltenden Wesens an Inke erinnerte. Sie war mit dem Lufthansaangestellten verheiratet, der mir die Antibiotika gegeben hatte und der ebenfalls mit von der Partie war. Das Paar lebte inzwischen getrennt. Es begann damit, dass wir einen Ausflug ans Meer machten und Johanna in den Klippen von einer gewaltigen Welle erfasst wurde, die sie fast in die Tiefe gezogen hätte, hätten ihr Mann und ich sie nicht im letzten Moment festgehalten. Anschließend saß ich mit Johanna bis spät in der Nacht im Frühstücksraum, und am nächsten Morgen verschwanden wir mit einem der Leihwagen in Richtung Süden. Das war ein sehr unschöner Abgang, über den Maria mit Recht empört war.

Als wir in Darmstadt zurück waren, schlug ich Isolde vor, eine Weile abwechselnd mit zwei Freundinnen zu leben. Als Antwort verprügelte sie mich. Ich rührte mich nicht, nicht nur, weil sie stärker war als ich und allen Grund hatte, auf mich wütend zu sein. Ich hielt inne, weil ich mich weigerte, den Stein noch einmal den Berghang hochzurollen. Er war mir zu schwer geworden, und zu viel Dreck klebte an ihm. Ich musste endlich allein versuchen, mit dem Leben zurechtzukommen, musste damit aufhören, unter irgendwelche Rockschöße zu kriechen, aus einer diffusen Kinderangst, mich an dieser Welt zu erkälten.

Gegenüber dem *Kopernikus*, in dem einst Lisa bedient hatte, lag ein Haus, das abgebrochen werden sollte. Es gab keinen Vermieter. Die Zimmer hatten, bis auf eines, keine Türen, und die meisten Fenster waren kaputt. Ich zog bei Isolde aus und in das Zimmer mit der Tür. Ich hatte zwei Mitbewohner, Fred, einen arbeitslosen Junkie, und Heiner, einen alten Mann, der einst bessere Zeiten gesehen hatte. Als ich Fred zum ersten Mal sah, spürte ich sogleich, welche Gefahr von ihm ausging. Er hatte einen strengen Körpergeruch, denn er wusch sich nicht. Er war nicht besonders groß, doch er schien sehr kräftig zu sein. Die Gefahr, die er vermittelte, lag vor allem in seinem Blick, in diesen starren Augen, die zugleich unruhig waren, als könnten sie jeden Augenblick aus ihren Höhlen rollen. Sein Zimmer war bis zur Decke mit Fotos von nackten Frauen tapeziert. Fred fuhr jeden zweiten Tag mit seinem alten Rennrad nach Kassel und zurück. Das waren fast 450 Kilometer. Er brauchte dazu anderthalb Tage. Dann pennte er. Würde er das nicht tun, würde er jemanden töten, sagte Heiner. Heiner war der friedlichste Mensch, den ich je kennengelernt habe. Sein kleines, türloses Zimmer lag neben der Treppe. Vor dem einzigen Fenster stand ein großes, altes Röhrenradio. Heiner saß den ganzen Tag vor ihm und starrte in Richtung Lautsprecher, als gäbe es hinter dem Schallstoff eine große Welt voller Vergangenheit. Er war in den zwanziger Jahren Schlagzeuger in einem Berliner Swingorchester gewesen. Jeden Abend ging Heiner in seine Stammkneipe, und wenn er nach Mitternacht zurückkam, stellte er immer eine Flasche Bier vor die Tür meines Zimmers. Ich glaube, er liebte mich wie einen Sohn.

Ich richtete mein Zimmer ein, natürlich wie eine Schiffskajüte, baute eine Koje und Regale für meine Bücher. In die Mitte des Raumes stellte ich einen Kohleofen und schloss ihn mit einem langen Rohr an den Kamin an. Ich war jetzt so tief gesunken, dass es nicht tiefer gehen konnte. Ich war in der Kältesenke des Carnot'schen Kreisprozesses gelandet. Von hier aus konnte es nur wieder aufwärts gehen. Zum Wärmeberg. Und genau das ließ meine Kreativität offenbar zurückkehren. Als Erstes schrieb ich einen Text an meinen Sohn: »Wenn ich hier sitze, allein und stumm in meinem Zimmer, mit meiner Pfeife, dem Grog, der Petroleumlampe, umgeben von dunklem Holz wie in einer Schiffskajüte, schiffbrüchig und traurig am wärmenden Ofen, wenn ich ab und zu ein Stück Holz auflege vom tischlernden Strand oder blätternd in einem Buch an früher denke, wenn ich mein Leben vor meinen Augen rauchen lasse wie einen Schwelbrand im Sommer und wenn ich mich kaum bewege wie ein winterschlafendes Tier in seiner Erde Erinnerung, wenn ich die Uhr ticken höre und das Gefühl für Zeit langsam am Fenster verblasst und wieder ein Glas dieser heißen, dampfenden Flüssigkeit mir in die Seele rinnt, ohne sie trösten zu können, dann warte ich Stunde um Stunde, Abend für Abend, Jahr für Jahr, auf den einen Moment, an dem die Tür aufgeht und mein Sohn hereinkommt, sich zu mir setzt und ich ihm alles erzählen kann.«

*

Auf dem Heimweg sah B. in der Ferne die Anhöhe wieder. Diesmal lag sie an einem völlig anderen Ort, eine verwirrende Tatsache, der er demnächst endlich auf den Grund gehen wollte.

45

B. machte sich zur Praxis der Schlafspezialistin auf. Es war nicht weit. Der Eingang zu den Katakomben befand sich am Rande des großen zentralen Platzes, an dem auch sein Hotel lag. Bisher war er ihm nicht aufgefallen, weil ihn ein hoher Bretterzaun verbarg. Er hatte Müllcontainer hinter ihm vermutet, aber als er die Tür zu dem Verschlag öffnete, blickte er in den metallenen Schlund einer langen Rolltreppe. Zu seiner Verwunderung gab es nur eine abwärts laufende Treppe. Er betrat sie nach einigem Zögern, und dann ging es mit ziemlicher Geschwindigkeit in die Tiefe hinab. Warmer Wind wehte ihm entgegen, wie er es von U-Bahn-Stationen kannte, bei denen der Luftausgleich über die Eingänge stattfand. Der Schacht war nur schwach beleuchtet. An den Wänden tauchten immer wieder rätselhafte Zeichen auf, Hieroglyphen, Graffiti, deren Sinn er nicht verstand. Schließlich sah er unter sich einen hellen Schimmer, und bald darauf mündete die Rolltreppe in einen großen, von Neonlampen grell beleuchteten Raum. Er hatte die Dimensionen einer Kathedrale. Zahllose Gänge führten von hier in alle möglichen Richtungen.

Eine Weile wusste B. nicht weiter. Da entdeckte er ein kleines Schild »Schlaflabor von Dr. Pers«. Darunter befand sich ein Pfeil, dem B. folgte. Nach mehreren Abzweigungen mit jeweils neuen Hinweisen erreichte er sein Ziel. Hinter einer Tür befanden sich mehrere Räume, die durch Gänge miteinander verbunden waren. Lauter übergewichtige Damen eilten an B. vorbei. Irgendwo schrie eine Stimme: »Kräftig Pustenpustenpusten.« An der Wand hing eine große schwarze Uhr, auf der die Zeit in Form von ganzen Sätzen angezeigt wurde. »Fünf Minuten nach zwölf« stand dort. Dann: »Sechs Minuten nach zwölf«. Er sah auf seine Armbanduhr. Es war zehn vor zwölf.

B. nahm auf einem der Stühle Platz. Neben ihm saß eine alte Frau. Sie war sehr dezent und edel gekleidet. In ihrem Schoß lag eine schwarze Handtasche. Offenbar war sie gehbehindert, denn sie stützte sich auf einen Krückstock. »Wir kennen uns«, sagte B. »Erinnern Sie sich?« Sie musterte ihn. Ihr Blick war leer. Dann öffnete sie ihre Handtasche und griff hinein. Sie holte einen kleinen, toten Vogel heraus. Sein Gefieder schillerte bunt. Sie begann, das Tier zu rupfen. Die Federn hob sie vor die Lippen und pustete sie in die Luft, in der sie eine Weile schwebten, ehe sie irgendwo niedersanken.

Nach einer Zeit, die B. wie eine Ewigkeit vorkam, wurde sein Name aufgerufen. Erleichtert erhob er sich und folgte einer der übergewichtigen Schwestern. Sie führte ihn in ein weiteres Wartezimmer und wies ihn an, Platz zu nehmen. Die gleiche Prozedur wiederholte sich mehrmals. Immer wieder ein neues Wartezimmer, immer wieder eine Zeit, die stillzustehen schien.

Manche Patienten wurden direkt auf ihren Stühlen im Wartezimmer behandelt. Blut wurde abgenommen, Messgeräte zur Schlafkontrolle angelegt. Plötzlich ließ sich ein regelmäßiges Tocktock vernehmen. Eine schwarz gekleidete Dame erschien. »Persephone – die Göttin des Todes und der Fruchtbarkeit«, dachte B. Sie trug schwarze Stöckelschuhe, die das monotone Tocktock verursachten. Langes schwarzes Haar fiel über ihre Stirn und teilte ihr Gesicht in zwei Hälften wie ein halb zugezogener Vorhang. Auf der offenen Seite starrte ihn ein großes Auge aus einer schwarzen Hornbrille an. »Der CT nach, die mir Ihr HNO-Arzt übermittelt hat, haben Sie eine schiefe Nase. Sie bekommen vermutlich nachts zu wenig Luft. Sie sollten sich operieren lassen. Jedenfalls müssen Sie unbedingt ins Schlaflabor. Zufälligerweise ist heute ein Bett frei. Das ist ein großes Glück für Sie. Die meisten Patienten müssen Monate warten. Meine Tochter wird Sie einweisen.«

Die Tochter der Ärztin erschien. Sie hatte dichtes, aschblondes, gewelltes Haar und war übergewichtig wie offenbar alle Angestellten hier. Sie lotste B. in einen kleinen Raum mit einem Bett. Er musste sich ausziehen und in ein Nachthemd schlüpfen. Dann machte sich die Tochter ans Werk, klebte Sensoren auf seine Brust, stülpte ihm eine viel zu enge Maske über seine große Nase und verkabelte alles miteinander. Dabei kam sie ihm so nahe, dass ihm ein unangenehmer Essensgeruch aus ihren Kleidern in die Nase stieg, süßsäuerlich wie Senfsauce. Als sie mit ihrer Arbeit fertig war, beugte sie sich zu ihm nieder und gab ihm einen nassen Kuss auf die Stirn. »Schlaf gut, mein Lieber. Ich habe damals immer auf dich gewartet in meinem einsamen Bett, aber du warst einfach viel zu schüchtern.« Sie schloss die Tür, und B. schlief ein. Mitten in der Nacht wachte er auf. Er sah die farbigen Leuchtdioden der Apparatur, die sein Schlafverhalten aufzeichnete. Es erinnerte ihn an die Nächte, die er als Kind im Pumpenraum und der Funkbude der »Wikinger« verbracht hatte. Die Nasenmaske drückte schmerzhaft. Er konnte nicht wieder einschlafen und begann, immer größere Fibonaccizahlen zu bilden. Am Morgen erschien die Tochter und befreite B. von den Kabeln. »Du hast kaum geschlafen«, sagte sie, »aber meine Mutter meint, es reicht für die Diagnose. Du sollst gleich zu ihr kommen.«

B. folgte ihr in einen großen Raum, dessen Wände von Regalen voller Bücher bedeckt waren. Der Stuhl hinter dem Schreibtisch war leer. »Sie kommt bestimmt gleich«, sagte die Tochter und verschwand. B. betrachte die Buchrücken und war erstaunt, dass nur wenig Fachliteratur darunter war. Das meiste war Belletristik, darunter Werke, in denen der Schlaf eine große Rolle spielte, »Oblomow« zum Beispiel oder »Auf der Suche nach der verlorenen Zeit«.

Als er sich umdrehte, saß Doktor Pers bereits auf ihrem Platz. Er hatte sie trotz ihrer Stöckelschuhe nicht kommen gehört. »Setzen Sie sich«, sagte sie mit strenger Miene. Dann musterte sie ihn mit ihrem kalten Auge. »Sie atmen schon sehr lange nicht mehr richtig. Sie haben eine besonders schwere Apnoe. Wir haben über dreißig Aussetzer von bis zu drei Minuten Dauer registriert. Das ist eine durchaus lebensbedrohliche Symptomatik.«

»Ich habe schon als Kind die Luft sehr lange anhalten können«, erklärte B. »Ich habe es geübt, das Gesicht in ein volles Waschbecken getaucht und eine Uhr auf den Rand gelegt. Ich habe es über drei Minuten lang ausgehalten. Dadurch konnte ich viel weiter tauchen als die anderen.«

»Wenn Sie nichts unternehmen, werden Sie bald überhaupt nicht mehr auftauchen. Ich bin übrigens wegen meiner Tochter persönlich an Ihrem Wohlergehen interessiert.« Sie schob den Haarvorhang beiseite, nahm die Hornbrille ab und musterte B. noch einmal eindringlich. Ihm war, als ob ihre Augen schmelzen würden, denn ihr kaltes Grau verwandelte sich plötzlich in ein zartes Grün. »Ich empfehle zuerst eine Operation der Nasenscheidewand. Dann werden wir weitersehen. Ich habe mit dem HNO-Arzt gesprochen und einen Termin für nächste Woche ausgemacht.« B. nickte. Es hatte keinen Zweck zu widersprechen. »Wie komme ich nach oben?«, fragte er. »Mit dem Fahrstuhl dort.« Sie zeigte auf eine Tür mit einem Leuchtknopf. Der Fahrstuhl erwies sich als einer jener engen Käfige, die B. hasste und deren Benutzung ihn in Panik versetzte. Er schloss die Gittertür und drückte auf den obersten Knopf. Im Fahrstuhl war ein Spiegel angebracht. B. sah sein verkrampftes Gesicht, während der Aufzug ruckte und wackelte. Es dauerte endlos lange, bis der Lift endlich unsanft hielt und B. das Gitter öffnen konnte. Durch eine schwere Eisentür gelangte er von hier nach draußen. Extreme Helle blendete ihn. Ihm schien, dass sich der Boden unter ihm rollend bewegte. War er vielleicht auf einem Schiff? Als sich seine Augen an das Licht gewöhnt hatten, sah er, dass er sich auf einem ihm unbekannten Platz befand. Die Sonne brannte von einem wolkenlosen Himmel. Er begann auszuschreiten, ohne zu wissen wohin. Dabei fiel ihm auf, dass sein Körper unerklärlicherweise zwei Schatten warf, als ob die Sonne ein Doppelstern wäre. Wie durch ein

Wunder sah er plötzlich die schmucklose Fassade des Instituts vor sich. Auch die Zeit stimme. Er war rechtzeitig am richtigen Ort, um seinen Bericht fortzusetzen.

*

Der Sommer kam, und die Verhältnisse im Abbruchhaus wurden unerträglich. Es stank bestialisch. Die Badewanne war voll mit einer braunen Suppe, fauliges Wasser, in dem Exkremente schwammen. Fred lud mich in sein Zimmer ein, und als ich nicht kam, grüßte er mich nicht mehr. Seine Blicke verhießen nichts Gutes. Ein paarmal besuchten mich meine Kinder, aber sie schienen sich nicht wohl zu fühlen. Auch Johanna weigerte sich, meine Wohnung zu betreten. Eines Morgens fehlte die Bierflasche vor meiner Tür. Heiner war nicht da. Das Radio in seinem Zimmer dudelte den ganzen Tag, bis ich es ausschaltete. Ich erfuhr, dass er die Nacht zuvor tot vom Barhocker seines Stammlokals gefallen war.

Um mich von den schlimmen hygienischen Verhältnissen im Abbruchhaus zu erholen, fuhr ich jetzt immer häufiger zu meiner neuen Freundin. Johanna wohnte in einer nahegelegenen Kleinstadt in einem gesichtslosen Neubau, der jedoch über eine Dachterrasse verfügte. Hier saß ich am liebsten und starrte sehnsüchtig den Flugzeugen nach, die sich vom nahegelegenen Flughafen erhoben wie plumpe, vollgefressene Vögel. Meine neue Freundin war Lehrerin und würde erst am Nachmittag kommen. Einmal, es war ein schwüler Sommertag, trank ich Campari-Soda auf der Dachterrasse und beobachtete fasziniert die dunkle Gewitterfront, die sich von Süden näherte. Plötzlich ein heftiger Windstoß, eine kleine Windhose. Sie packte die inzwischen 200 Seiten des Manuskriptes meiner Habilarbeit, die auf dem Tisch lag. Sie segelten wie ein Möwenschwarm in den inzwischen fast schwarzen Sommerhimmel. Bei Blitz und Donner und· einsetzendem Regen machte ich mich auf die Suche nach ihnen. Ich war der Meinung, etwas Interessantes herausgefunden zu haben. Es gab offenbar einen Vierten Thermodynamischen Hauptsatz, den der Ästhetik. Der Autor musste Wörter von ihrem Gebrauchscharakter befreien. Er musste sozusagen die durch ihre Alltagsbedeutung entstandene Reibung verringern, indem er ihren Klang zur Geltung brachte. Dann begannen sie dicht über der Oberfläche des Papiers zu schweben. Sie konnten sich zu Schwärmen vereinigen und wie beiläufig ein Gedicht bilden. Die vielen Streichungen und Überschreibungen in Brentanos Entwürfen waren die graphischen Relikte dieses Prozesses. Ich rannte hinunter und begann in den Straßen und Vorgärten nach den Blättern meines Manuskriptes zu suchen. Die verschmutzten und durchweichten Blätter, die ich einsammelte, ergaben zwar keinen vollständigen Text mehr, aber ich würde die verlorenen Teile rekonstruieren können. Doch empfand ich das Ereignis als einen Wink des Schicksals, der mich am Sinn des eingeschlagenen Weges zweifeln ließ.

Ich überredete Johanna, ihre sterile Neubauwohnung aufzugeben und nach Darmstadt in einen Altbau zu ziehen. Ich fand eine schöne, wenn auch primitive Wohnung. Sie hatte nicht einmal ein Bad. Ich richtete die Zimmer mit Möbeln vom Sperrmüll ein und bemalte Türen und Decken. In den kleinsten Raum baute ich eine Klappbadewanne ein. Er war gleichzeitig auch Dunkelkammer und Funkbude. Ich versuchte, ein Gesamtkunstwerk zu schaffen, und ließ mich dabei von einem gewissen Jan van Amstel inspirieren. Ich hatte den Mann auf dem Amsterdamer Flohmarkt gesehen, ein Riese mit breitem Kreuz und grauem Lockenkopf. Amerikaner, Philosoph und Installationskünstler. Sein Pullover war voller Strohreste, denn er lebte auf einem Hausboot, dessen Räume mit Stroh bedeckt waren. Er fuhr ein Fahrrad mit einer großen Ladefläche, über der auf einem Gerüst sein Firmenname stand: »The second hand construction company«. Ich malte auf die Seiten unserer Fourgonnette in großen Buchstaben »The never come back construction company Ltd.« Das war meine fiktive Firma. Sie versprach, immer unterwegs zu sein und nie zum gleichen Ort zurückzukehren. In Wahrheit war ich nur Hausmann, ein Zustand, der zehn Jahre währte, in denen ich ohne Skrupel zu empfinden vom Geld einer anderen Person lebte. Zehn Jahre, die in meiner Erinnerung auf wenige Minuten schrumpfen. Tagsüber saß ich unter den grünen Witwen am Kinderspielplatz mit einer Tüte voller Sonderangebote. Ich schrieb nicht mehr, sondern ich kochte und machte abends Kneipenmusik. Abwechslung brachten nur die Reisen in den Schulferien. Im Winter fuhren wir auf stürmische Inseln wie die Äußeren Hebriden und zelteten auf zugefrorenen Seen. Im Sommer ging es meistens nach Norwegen. Ich war auf der Suche nach der vollkommenen Insel. Nach und nach kannte ich sämtliche Inseln an der norwegischen Westküste, die man mit einer Fähre erreichen konnte. Auf Hitra fanden wir einen fast verlassenen Fischerort namens Titran. Wir mieteten zu einem Spottpreis ein altes Haus. Hier setzte ich in einem letzten Verzweiflungsakt meine Habilarbeit fort. Und ich schrieb ein Gedicht mit dem Titel »Wohntraum«. »Ich habe hier immer schon wohnen wollen mit Möwen zur See auf dem Dach und Fenstern, die nicht am Haus, sondern Fenster der Landschaft sind, als sei sie selber das Haus, vor dem ich im Freien anderer Häuser wohne. Ich habe hier immer schon wohnen wollen am frierenden Meer, das seinen Mantel aus Wellen zurückschlägt, um den Fisch seines Herzens zu zeigen, den niemand fangen kann. Ich habe hier immer schon wohnen wollen in einer Gebärmutter aus Regen und Wind, fern von der Küste, an die meine Mutter verschlagen wurde und mein ahnender Vater ein Leben lang strandete am innersten Land. Ich hatte mich aufgemacht, um nördlich des Nordpols das niemals tauende Eis zu entdecken. Ich war in vielen Menschen einsam und viele Menschen einsam in mir, und jetzt sollte endlich die Eisdrift mein eingeschlossenes Leben über alle Erfahrung hinweg, über alle Erfüllung von Wünschen in dieses möwenbedachte Haus einziehen lassen, das ein Wohntraum blieb im Wachsein der Reise.«

Ich war jetzt fünfunddreißig und übte keinen Beruf aus. Ich gab die Arbeit an meiner Habilarbeit auf und reagierte nicht auf die Anfragen seitens der Gutachter und der DFG. Immerhin hatte ich Steuergelder des Deutschen Volkes verbraucht. Ich hatte es auch aufgegeben, meine eigenen Texte zu veröffentlichen. Ich publizierte sie zuweilen, indem ich sie mir und manchmal Freunden vorlas. Das genügte, bildete ich mir ein. Um das Taschengeld, das Johanna mir gab, aufzubessern, holte ich alte Fahrradteile von einem Schrottplatz und baute Räder daraus, die ich holländisch frisierte, indem ich das hintere Schutzblech weiß anstrich. Ich bewegte mich in einer Zone, in der ich meinte, außerhalb der sogenannten Realität zu sein. Ich war sozusagen negativ konkretisiert, ein Traumtänzer, mit dem niemand tanzen wollte. Trotzdem war ich immer noch ein fleißiger Partygänger, der allen damit auf den Wecker ging, dass er zu später Stunde, wenn genügend Alkohol geflossen war, die Sinnfrage stellte. Eines Tages verfasste ich ein Flugblatt. Auf ihm erklärte ich den sofortigen Austritt aus dem Viertel, denn ich ertrüge die allgemeine Gedankenlosigkeit nicht mehr. Ich vervielfältigte es und warf es in alle Briefkästen der näheren Umgebung. So konnte es nicht ewig weitergehen. Ich suchte nach einem Ausweg und kam auf die Idee, Filme zu machen. Ich kaufte vom letzten Geld meines Stipendiums eine semiprofessionelle Kamera und drehte seltsame Streifen. Es war eine Doppel-Super-8-Kamera, die mit teuren Tageslichtfilmen gefüttert werden konnte. Meine Produktionen waren endlos lang, bis zu drei Stunden. Manchmal sah man nur die Fußspitzen eines Mannes, der uber norwegische Hochfjelle lief, um an den Strand der Hyperboreer, den »Desert Beach«, zu gelangen. Dann hatte ich Glück: Das Darmstädter Staatstheater suchte einen Musiker, der für irische Stücke eine atmosphärische Note beisteuern konnte. So landete ich in einer ungewöhnlichen Welt voller multipler Persönlichkeiten. Unter den Akteuren am Theater herrschte eine muntere Gesetzlosigkeit. Alles war Theater: der Beruf, die Liebe, die Meinungen, die Moral, sogar die Verzweiflung und die Unzufriedenheit. Das war ganz nach meinem Geschmack. Manche spielten in ihren häuslichen Wänden eine biedere Spießigkeit, andere betranken sich tendenziell 24 Stunden lang in der Kantine. Alle waren Sklaven der Intendantur auf diesem Piratenschiff. Es gab wie bei echten Piraten seltsam archaische Rituale wie das dreimalige Spucken über die Schulter. Es gab auch unsühnbare Vergehen. So durfte man nicht pfeifen und nicht gähnen, es sei denn, die Rolle schrieb es vor. Da Schauspieler im Verlauf ihrer Karriere sehr viel kluge Sätze auswendig lernen müssen, vor allem, wenn es um Shakespearestücke geht, waren ihre Köpfe oft eine einzige chaotische Rumpelkammer voller Hochbildung, Weltklugheit, Tiefsinn und Witz. Doch daraus ergab sich keine echte Intelligenz, vielmehr eine penetrante Fähigkeit und Lust, ohne Sinn und Verstand bei allem mitreden zu wollen.

Ich mochte die raumfüllende Leere, die von diesen Leuten ausging. Es war angenehm, mit ihnen zusammen zu sein. Sie waren aufmerksam und begeisterungsfähig, Tugenden, die ihrer beruflichen Aufgabe entsprangen, auf der Bühne blitzschnell auf den Mitspieler zu reagieren, zum Beispiel, wenn dieser einen Aussetzer hatte oder eine Textzeile übersprang und man deshalb improvisieren musste. Es gab Prachtexemplare unter ihnen wie den Hamburger Schauspieler Carsten Otto, der immer sturzbetrunken war, auf der Bühne jedoch in eine perfekte, simulierte Nüchternheit fiel. Auf seiner mächtigen, stark behaarten Brust – er trug das Hemd auch im Winter weit offen – pendelte eine zugeschweißte Glasphiole voller Nordseewasser. Man wurde seekrank, wenn man ihre schwankenden Bewegungen betrachtete. Auch er war ein Insulaner, nur dass er das Meer umgab und das Meer nicht ihn. Ich passte mit meinen eigenen mehrdeutigen Persönlichkeitsmerkmalen gut hierher, wäre da nicht meine Bühnenangst gewesen, eine Art Höhenangst vor dem Abgrund, den Publikumsaugen erzeugen. Als Musiker konnte ich mich wenigstens hinter meinem Instrument verstecken. Schlimm wurde es erst, als ein Gastregisseur namens Gert Pfafferodt erschien, um »Ein wahrer Held« von John Millington Synge zu inszenieren. Bei den Proben mischte ich mich immer wieder sehr zur Freude der Schauspieler in seine Erklärungen ein, denn ich war schließlich Fachmann für Textinterpretationen. Einmal, als über der Probebühne, an einer Stange hochgezogen, diagonal über den Raum lauter Kostüme hingen, meinte ich zu Pfafferodt: »Das sind all die Klamotten, die du in deiner Laufbahn inszeniert hast.« Alle lachten, außer Pfafferodt. Der Regisseur, der meine Bühnenangst erkannt hatte, rächte sich grausam, indem er eine Rolle für mich ins Stück schrieb, wohl wissend, dass ich bei den Aufführungen Qualen leiden würde. Ich sollte einen musizierenden Dorfdeppen darstellen, eine durchaus anspruchsvolle Aufgabe. Je näher die Premiere kam, umso nervöser wurde ich. Auf einer der Hauptproben öffnete sich eine Seitentür, und ein Mensch betrat die Bühne. Er war untersetzt und hatte ein grobes, nichtssagendes Gesicht. Ich hielt ihn für einen Bühnenarbeiter, deutete auf ihn und sagte zum Regisseur, der sei doch viel besser als ich geeignet, einen Dorfdeppen zu spielen. Wieder wurde schallend gelacht, denn der Ankömmling war niemand anderes als der Hauptdarsteller, der wahre Held Hermann Scheidleder, ein echter Star, vor allem in seiner Heimat Österreich. Scheidleder hatte meine Sottise natürlich gehört. Er kam schwankend wie ein Autist auf mich zu und umarmte mich. Mein Fauxpas, der für einen normalen Menschen eine Beleidigung gewesen wäre, war für ihn das größte Kompliment, das man einem Schauspieler machen kann: nämlich in der Lage zu sein, mit einer Rolle völlig zu verschmelzen.

Dann war der Moment da, an dem es kein Zurück mehr gab. Die Premiere. Alle waren aufgeregt, selbst die alten Hasen. Lampenfieber kann die Bühnenpräsenz eines Schauspielers durchaus verstärken. Bei mir jedoch war es mehr als Lampenfieber. Kein Blut war mehr in mir, nur noch Adrenalin. Wir standen hinter dem Vorhang in der Dunkelheit und warteten auf unser Stichwort. Die Schauspieler spürten meine Nervosität, und sie halfen mir, indem sie leise Geräusche von sich gaben, Kichern, Seufzen zum Beispiel. Jemand legte kurz seine Hand auf meine Schulter. Dann musste ich hinaus ins grelle Rampenlicht. Die gleißende Sonne eines Spotlights folgte meinen unsicheren Schritten. Der Zuschauerraum war ein schwarzes Loch mit ungeheurer Gravitation. Das Licht blendete mich. Es ging in der Szene um eine Beerdigung. Ich hatte die große irische Flöte in der Hand und spielte. Jemand warf einen Kranz, und ich musste ihn mit der Flöte auffangen, während ich weiterspielte. Es klappte, und ich bekam sogar Szenenapplaus.

Bei der nächsten Vorstellung war meine Aufregung einer gewissen Apathie gewichen. Sie war so groß, dass ich auf der Bühne herzhaft gähnte, dabei angestrahlt vom Spotlight. Ich musste nach der Vorstellung viele Runden in der Kantine ausgeben. Die Schauspieler behandelten mich von da wie einen Kollegen. Einige von ihnen gingen bei mir ein und aus. Die bizarre Kulissenwelt meiner Wohnung wurde zum Narrenschiff. Ich zeigte meine endlosen Filme, in denen nichts geschah, und den Kollegen gefielen sie, denn sie hatten zur Handlung eine andere Einstellung als normale Menschen. Es musste nichts geschehen, um Spannung zu erzeugen. Ich war froh über diese Entwicklung, auch wenn mir klar war, dass Schauspielerfreunde alles andere als normale Freunde sind. Sie spielten natürlich auch die Freundschaft. Einmal brach während einer Filmvorführung in der Küche unserer Wohnung das lange Regal aus der Wand, auf dem lauter Behälter mit Mehl, Zucker, Pfeffer und anderen Pulvern standen. Außerdem hatte ich den Docht der Petroleumlampe zu hoch gestellt, mit der Folge, dass jetzt ein Schneefall von schwarzem Ruß gemischt mit dem Staub der weißen Substanzen aus den zerbrochenen Gefäßen von der Decke fiel und wir hustend den Raum verlassen mussten. Meine Gäste applaudierten, denn es war für sie eine gelungene Actionszene. Eigentlich war jetzt alles im Lot. Ich glaubte mich sogar inzwischen gefestigt genug, um zum zweiten Mal zu heiraten.

Einen Tag nach der Hochzeit mit Johanna hielt ein ehemaliger VW-Postbus vor unserem Haus. Kurz danach klingelte es. Ich öffnete und sah in das blendende Lächeln Roxanas. Sie kam mit ihrem Freund herein und erzählte, sie wohne inzwischen auf dem Lande und habe aus politischen Gründen das Schmuckmachen aufgegeben. Es sei dekadent, für reiche Leute zu arbeiten, die sich mit ihrem vielen Geld dekorieren wollten. Sie habe eine Ausbildung als Schweißerin gemacht und arbeite inzwischen für eine Heizungsfirma. Außerdem habe sie ein Haus gekauft und sei dabei, es zu renovieren. Und dafür brauche sie nun ein Doppelschiebefenster, und so etwas gäbe es nur in England. Ich hing an ihren Lippen. »Du kennst dich doch in England aus«, sagte sie. »Kannst du mir nicht ein paar Tipps geben?«

Irgendwann nach Mitternacht und viel Teepunsch meinte ich, es wäre am besten, ich käme einfach mit. Am nächsten Morgen war der Postbus wieder da. Der rückwärtige Teil des Wagens war als Bett ausgebaut. Ich legte mich auf die Matratze und ließ die lange Fahrt über mich ergehen wie einen Film. Roxanas Freund fuhr. Er hatte einen handgestrickten Wollpullover an, ein schöner, junger Mann, der nicht viel redete. Neben ihm sah ich den roten Federwisch von Roxanas Haar. Manchmal drehte sie sich um und bedachte mich mit einem siegesgewissen Lächeln. Das letzte Stück der Fahrt ging durch immer dichter werdenden Nebel. Nach Mitternacht konnten wir aufs Schiff und stellten unseren Bus zwischen lauter riesigen LKWs ab. Wir setzten uns in die Backlounge und tranken Bier. Um Roxana zu imponieren, erzählte ich von meinem Vater und seinen vielen Schiffsuntergängen. Als ich bei der Kollision der »Rolf Verhey« war, tat es einen gewaltigen Schlag. Das Licht ging aus. Es roch verbrannt, Stimmen schrien »No panic«, »No panic«. Als ich mich umdrehte, sah ich, dass der Tisch mit den Passagieren hinter uns verschwunden war. Stattdessen gähnte dort ein gewaltiges Loch. Roxana erzählte mir später, sie habe ganz kurz den Bug eines anderen Schiffes gesehen. Er hatte wie eine Axt die Fähre vom Oberdeck bis zur Wasserlinie gespalten.

Ich war so durcheinander, dass ich die Plastiktüte mit den beiden Tax-free-Bottles nahm und an Deck ging. Ich mutmaßte, dass ein Rettungsboot aus den Davids gefallen war und den Schaden verursacht hatte, ein Symptom für meine geistige Verwirrung. Ich lehnte mich über die Reling und starrte in das Wasser zehn Meter unter mir, über das Nebelschwaden zogen. Ich war mir völlig sicher, dass ich jetzt stellvertretend für meinen Vater den Seemannstod sterben würde. Das konnte kein Zufall sein. Ich hatte die Katastrophe herbeigeredet.

Dann gingen die Lampen an Bord wieder an. Die Maschinen liefen nicht, und das Schiff lag völlig ruhig im Wasser. Wäre es nicht totenstill gewesen, hätte es den geringsten Wellengang gegeben, wäre Wasser ins Schiff gelaufen, und wir wären unweigerlich untergegangen. Dann sprang die Maschine wieder an, und wir gingen ganz langsam in einer Kurve auf den Kurs zurück nach Dünkirchen. Wir brauchten über drei Stunden für die Rückfahrt, denn die Schiffsführung wollte vermeiden, dass durch eine zu schnelle Fahrt Wasser ins Schiff eindrang. Ich hatte Roxana und ihren Freund aus den Augen verloren. Als ich sie suchen ging, sah ich durch eine angelehnte Kabinentür blutüberströmte Menschen auf Pritschen liegen. In der Frontlounge traf ich die beiden wieder. An der Bar fragte ich ein Besatzungsmitglied, was eigentlich geschehen sei. »Wir sind trotz starken Nebels volle Fahrt gefahren, um den Fahrplan einzuhalten. Dabei ist uns ein Tanker in die Quere gekommen. Eine französische Schulklasse hat es getroffen. Sehen Sie, die Lehrerinnen suchen immer noch Kinder.« »Warum fahren wir zurück, obwohl wir doch schon fast in England sind und außerdem Schwerverletzte an Bord sind?« »Das hat Versicherungsgründe. Es ist ein französisches Schiff. Es ist eine Geldfrage für die Reederei, in welchem Hafen sie die Fähre reparieren lässt.«

Im Morgengrauen in Dünkirchen gingen wir hinunter auf das Autodeck. Wir befürchteten, dass unser Bus völlig demoliert war, denn er befand sich im hinteren Teil des Laderaums, genau dort, wo die Fähre gerammt worden war. Aber er stand unbeschädigt zwischen verbogenen Stahlträgern und Fontänen, die aus geborstenen Wasserleitungen spitzten. Das Fährenpersonal winkte uns zwischen den Hindernissen hindurch. Wir fuhren die Rampe hoch auf eine zweite Fähre, die bereitlag. Wieder ging es mit voller Fahrt durch den Nebel. Ich hatte so viel Angst, dass ich während der Überfahrt an der Bar der Frontlounge stand und Bier trank.

In London machten wir uns auf die Suche nach einem Schreiner, der Doppelschiebefenster nach Maß anfertigen konnte. Immer wenn Roxana ein Haus mit einem Baugerüst sah, ließ sie anhalten, um das Gerüst hochzuklettern und die Arbeiter auszufragen. Schließlich erhielten wir einen Tipp. In einem Vorort gab es eine kleine Schreinerei, die solche Fenster herstellen konnte. Der Meister, der wie ein Philosophieprofessor aussah, nahm Roxanas Konstruktionszeichnung entgegen und sagte, er würde eine Woche für den Auftrag brauchen. Ich wollte nicht so lange in London bleiben und schwärmte vom Norden, von den Lowlands, von Portpatrick, einer kleinen Hafenstadt an der Irischen See. Dabei wollte ich in Wirklichkeit nur eines: meine Freundin Christine wiedersehen, die ich auf einer meiner früheren Schottlandreisen kennengelernt hatte und in die ich mich damals heillos verliebt hatte. Sie lebte in Portpatrick in einem Leuchtturm und betrieb dort eine Töpferei. Sie erinnerte mit ihren hüftlangen roten Haaren, ihrem weißen Teint und ihrem Faible für den Jugendstil an eine Illustration von Aubrey Beardsley.

Wir fuhren also Richtung Norden, zuerst Autobahn, dann über kleine Straßen durch Northumberland. Es begann zu schneien. Ein richtiger Schneesturm. Irgendwann ging es nicht weiter. Der Schnee türmte sich so hoch, dass wir in einem weißen Tunnel feststeckten. Wir ernährten uns aus Dosen, schliefen auf dem Bett, Roxana zwischen uns. In der zweiten Nacht begann sie mit mir anzubändeln. Am nächsten Morgen erklärte sie ihrem Freund, sie habe nun einen neuen Partner. Er sagte kein Wort. Er sagte überhaupt fast nie etwas.

Am dritten Tag befreite uns eine Schneefräse. Es ging weiter. Der stumme Freund fuhr. Roxana beschäftigte sich unterdessen mit mir auf der Matratze, mit der Folge, dass die englischen LKW-Fahrer hupend bis fast an unsere Stoßstange heranfuhren. Als wir in Portpatrick ankamen, war Wochenende und Christine tatsächlich zu Hause. Sie schien erfreut, mich zu sehen. Ich spürte jedoch auch, dass sie Roxana nicht mochte, und umgekehrt war es ebenso. Ich aber hatte nur einen Wunsch, beide Damen wie in einer Fotomontage als ein Bild zu sehen. Ich bat deshalb Christine, die immer noch am Samstag ihren kleinen Friseursalon betrieb, obwohl sie längst eine berühmte Töpferin war, mir die Haare zu waschen und zu schneiden. Während ich ihre massierenden Finger auf meiner Kopfhaut spürte, sah ich ihr Botticelligesicht im Spiegel und dahinter das Gesicht Roxanas mit ihrem ein wenig starren Siegerlächeln. Das Bild grub sich für immer ein in mein Gedächtnis. Es hatte etwas von einer Halluzination an sich, in der Traum und Wirklichkeit verschmolzen.

Am nächsten Tag fuhren wir zurück, holten das Fenster ab und dann kam der schwierige Moment des Wiedersehens mit Johanna. Ich war froh, dass Roxana das Heft in die Hand nahm und meiner Frau erklärte, sie habe ein Verhältnis mit mir angefangen. Es gebe jedoch einen Weg, für alle Beteiligten eine verträgliche Lösung zu finden. Sie wolle ihre politischen Bedenken dem Goldschmiedeberuf gegenüber zurückstellen, eine neue Werkstatt einrichten und mich ausbilden. Zu meiner Verblüffung war Johanna von dem Vorschlag angetan. Überhaupt verstanden sich die beiden offensichtlich gut, was vielleicht daran lag, dass sie Antipoden in der Welt der Weiblichkeit waren. Roxana entdeckte im Keller eines Hauses ganz in der Nähe eine ehemalige Schlachterei. Alles war noch da, die alten Hackklötze, die Marmortafel mit Instrumenten und Schalthebeln aus der Vorkriegszeit. Und es roch immer noch nach Blut und Knochen. Roxana war begeistert, denn das Ambiente kam ihrer surrealistischen Ästhetik entgegen. Nun begann eine seltsame Zeit. Ich hatte plötzlich zwei Frauen. Jeden Morgen fand ich mich in der Werkstatt ein, um zunächst Sägen und Feilen zu lernen. Das Material war Gold. Ich merkte es daran, dass Roxana nach einem Monat meinte, ich hätte jetzt für 2000 Mark Gold zersägt und müsse dafür finanziell geradestehen. Dadurch, dass ich mir den Wert des Materials nicht klargemacht hatte, hatte ich angstfrei Sägen und Feilen gelernt.

Meine Meisterin unterwies mich in allen möglichen uralten Techniken, dem Löten, dem Walzen, dem Treiben und Schmieden. Ich machte schnell Fortschritte und begann schon bald, eigene Schmuckstücke anzufertigen. Vor allem Medaillons, die man auf- und zuklappen konnte und in denen sich geheimnisvolle Landschaften verbargen. Roxana hatte ihre Stammkunden angeschrieben, und sie kamen bald, überglücklich darüber, dass die Meisterin wieder aktiv war. Roxanas Kunden kauften auch bei mir, und bald stellte ich auch aus und verdiente richtig Geld. Es war wie ein Wunder. Ich war aus einer alten Haut geschlüpft und in eine neue gekrochen. Und ich machte die heilsame Erfahrung, dass man in diesem Metier nicht betrügen konnte. Silber und Gold verziehen es im Gegensatz zu Wörtern nicht, wenn man unehrlich mit ihnen umging. Dann, nach einem Jahr, war es vorbei. Roxana schloss die Schmuckschlachterei wieder und wechselte den Liebhaber. Zum Abschied schenkte sie mir ihr altes Werkbrett, an dem sie gelernt hatte. Dann verschwand sie aus meinem Leben, ohne ein negatives Gefühl bei mir zu hinterlassen.

Ich baute mir zu Hause eine eigene Werkstatt auf und setzte meine Arbeit fort. Ich hatte einen kleinen Kundenstamm und war nun kein Hausmann mehr. Der Steinehändler kam regelmäßig, saß in der Küche, trank Tee, klappte seinen Koffer auf und verkaufte mir Steine, die erschwinglich waren. Alles, was mir noch fehlte, war eine Apothekerwaage, neben der Walze eine Art Statussymbol des Goldschmieds. Als ich mit dem Rad durch die Stadt fuhr, in Sandalen, T-Shirt und kurzen Hosen, ging ich in eine Apotheke und fragte nach einer Waage. Der Apotker verschwand in einem Nebenraum und kam mit einer wunderschönen Waage zurück. »Was soll sie kosten?«, fragte ich in Erwartung einer für mich unbezahlbaren Summe. »Nehmen Sie sie mit«, sagte er, »das Strahlen in Ihrem Gesicht ist mir Lohn genug.« Auch als ich das Rad mit der Waage auf dem Gepäckträger nach Hause schob, bekam ich das Lächeln nicht aus meinem Gesicht.

Ich war erfolgreich als Goldschmied, nicht zuletzt, weil ich es verstand, einen Schmuck zu machen, der originell und altmodisch zugleich war. Viele meiner Kunden glaubten, ich würde historischen Schmuck imitieren. Ich ging mit einem selbstgebauten Bauchladen auf Handwerksmessen. Einmal in Angeln, wo auf einem Bauernhof eine solche, drei Tage währende Veranstaltung mit vielen Kunsthandwerkern stattfand. Ich zeltete auf einer Weide und stand tagsüber mit meinem kleinen Koffer neben einer dänischen Goldschmiedin. Ich verliebte mich in sie. Wir vereinbarten, nach jedem Verkaufserfolg zusammen einen *Gammel Dansk* zu trinken. Ich verkaufte viel mehr als sie, obwohl ihre Sachen im nordischen Design erheblich professioneller ausgeführt waren, und bald war die Flasche alle.

Als mein Vater mich abholte, kam es zu dem wohl schwersten Zerwürfnis in unserer Beziehung. Auf der Rückfahrt erzählte ich ihm stolz von meinem Erfolg und nannte die für meine Verhältnisse große Summe meiner Einnahmen. Plötzlich stieß er hervor: »Ich will nicht, dass du dich mit diesen Zigeunern abgibst.« Ich war verletzt und brüllte: »Halte sofort an, du verdammter Alltagsfaschist!« Er wurde grau und stoppte das Auto. Ich nahm meine Sachen, stieg aus und rannte in ein Kornfeld. Ich sah ihn wegfahren. Er fuhr aus meinem Leben. Es dauerte lange, bis wir wieder Kontakt aufnahmen.

Johanna hatte mein Verhältnis mit Roxana mit erstaunlicher Gelassenheit ertragen. Vielleicht hatte sie sich innerlich von mir weiter zurückgezogen, aber da eine gewisse Kühle zu ihren seelischen Eigenschaften gehörte, spürte ich es nicht. Auf einer unserer Norwegenreisen besuchte ich einen Freund, mit dem ich irische Musik gemacht hatte und der jetzt in Oslo lebte. Er erzählte mir von Jens Bjørneboe, einem norwegischen Autor, der so etwas wie das Gewissen der Nation gewesen sei und der sich vor sieben Jahren aufgehängt habe, weil er das Leid nicht mehr aushielt, das die Menschen sich gegenseitig zufügten. Er habe ihn noch kennengelernt. Eine moralische Instanz. Immer auf Seiten der Unterdrückten. Wenn ein Sträfling in Norwegen ausbrach, dann flüchtete er zu Bjørneboe, und der versteckte ihn in seinem Keller. Sein letztes Buch mit dem Titel »Haie« sei sein politisches Testament und zugleich eine knallharte Seefahrergeschichte von der Kraft eines Herman Melville oder Joseph Conrad. Ich besorgte mir das Buch noch in Oslo. Durch die vielen Norwegenreisen konnte ich die Sprache lesen, wenn auch nicht gut sprechen. Ich war neugierig geworden. Schon nach der Lektüre der ersten Zeilen war mir klar, dass ich es übersetzen musste. Der Held des Romans, der 2. Offizier Peder Jensen, betritt mit Seesack und Geigenkasten die »Santa Venere«, die heilige Göttin der Liebe, eine Dreimastbark, den schönsten je gebauten Segelschiffstyp. An Bord herrscht Chaos, Mord und Totschlag, ein Abbild des Zustands der Welt, wobei alle Nationen durch einzelne Crewmitglieder verkörpert werden. War auch ich nicht ein Peder Jensen? War mein Kopf nicht auch ein Geigenkasten voller klingender Flausen inmitten einer grausamen Welt? Ich machte mich sofort an die Arbeit. Als die Frankfurter Buchmesse kam, hatte ich fünfzig Seiten übersetzt. Ich suchte den Stand des Kleinverlegers auf, der den in Deutschland weitgehend unbekannten Bjørneboe verlegte, und pries den Roman als Meisterwerk an. Der Verleger, der aussah wie ein englischer Premierminister, nahm das Teilmanuskript in Empfang und versprach, sich bald zu melden. Tatsächlich erhielt ich Wochen später einen Vertrag. Die »Haie« sollten schon zur nächsten Buchmesse erscheinen.

Ich stürzte mich in die Arbeit, froh, endlich meine alten Schreibambitionen verwirklichen zu können, wenn auch nur als Übersetzer. Es war zwar nicht mein Text, aber es war meine Sprache. Eine Kneipenbekanntschaft aus Norwegen, Agathe, half mir. Das fertige Manuskript schickte ich meinem Vater mit der Bitte, die seemännischen Fachwörter und Kommandos zu überprüfen. Erstaunlicherweise reagierte er. Er schickte nicht nur das Manuskript mit einigen wenigen Verbesserungen zurück, sondern auch das Schiffsmodell einer Dreimastbark, das er für mich gebaut hatte. Zur Kontrolle hatte ich das Manuskript an einen Professor für Nordistik an einer rheinländischen Universität geschickt, und dieser hatte mich dem norwegischen Kultusministerium als Teilnehmer eines anstehenden Übersetzerkongresses vorgeschlagen. Das Ministerium erklärte sich bereit, Flug und Aufenthalt zu bezahlen. So kam es, dass ich in einem Hotelzimmer in der Hauptstadt Oslo landete. Auch Knut, der Nordistikprofessor, war da. Am nächsten Morgen ging es mit dem Bus zur Tagungsstätte, einer Ansammlung von Baracken auf einem Felsplateau nördlich der Hauptstadt. Da wir zu früh waren, wanderten Knut und ich zu einem nahegelegenen Berg. Es war kalt, die Luft extrem klar. Sie erlaubte einen weiten Blick über die Landschaft, den großen See, die langen Bergrücken mit ihren Schneeresten, den schwarzen Fichtenwäldern. Alles war blau und violett umrandet wie auf den Bildern von Munch. Eine tief stehende Herbstsonne lasierte die Landschaft. Wir gingen über Rentiermoos und Tyttebeeren. Ich hatte einen viel zu dünnen Trenchcoat an, eine Hose mit ewiger Bügelfalte und bordeauxfarbene Lackschuhe, die ich mir extra für die Tagung gekauft hatte. Sie drückten und verursachten Blasen. Außerdem waren sie völlig ungeeignet für den Boden. Mehrmals rutschte ich aus. »Ist das nicht ein herrliches Bild?«, sagte Knut, dieser bärtige, freundliche, weiche Mann. Auf dem markierten Wanderweg kamen uns Pulks von Menschen entgegen, Teilnehmer einer Tagung für Frieden und Abrüstung, die offenbar gleichzeitig mit der Übersetzerveranstaltung stattfand. Immer wieder hörte ich im Vorbeigehen die Wörter »peace contract«, »atom war«, »nuclear weapons«. Als wir zurück waren, betraten wir durch eine Art Schleuse mit Videokamera und Codeverriegelung eine der Baracken, und ich begriff, dass es sich bei dem Ort um einen Hochsicherheitstrakt handelte. Was so unscheinbar aussah, war in Wirklichkeit ein gut bewachtes Luxushotel. Im Foyer brannte ein Kaminfeuer. Die edel ausgestatteten Zimmer erinnerten an komfortable Mönchszellen. Im Keller ein Schwimmbad mit Heißwassermassage, eine Sauna. Überall hochflorige, schallschluckende Teppiche. An den Flurwänden Ölbilder der Landschaft, als seien es Fenster. Ich fühlte mich nicht wohl, denn ich hatte das Gefühl, nicht hierher zu passen. Schlimmer noch war die Erfahrung, dass man sich einer solchen Atmosphäre nicht lange entziehen kann. Ehe man sich's versieht, ist man ein genuiner Teil von ihr. Nach und nach trafen alle Teilnehmer ein: die Autoren, die Übersetzer, die Diplomaten, die Journalisten, die Wissenschaftler, die Verleger, die Ehefrauen und Lebensgefährtinnen, die Männer in gedeckten Anzügen, die Damen in unauffälligen Wollkleidern. Nach einem Begrüßungsumtrunk wurden wir ins Konferenzzimmer gebeten. Arbeitsmaterial wurde verteilt, und jeder erhielt ein Namensschild. Die Unbekannteren wie ich unter den etwa vierzig Anwesenden mussten ihr Schild selbst ausfüllen. Dann musste ich mein Manuskript abliefern; es sollte in der Botschaft kopiert werden, als Arbeitsgrundlage. Nach dem Begrüßungsessen ging ich nach draußen vor den Eingang. Es war schon dunkel, und man sah die ersten Sterne. Neben mir stand ein Mann, der sich als Leiter des Osloer Goetheinstituts vorstellte. Ich sagte, ich sei eigentlich kein Wissenschaftler mehr, sondern inzwischen Handwerker. Früher sei ich allerdings Wissenschaftler gewesen. Editionsfachmann. Jetzt sei ich Goldschmied. Er nickte verständnisvoll. Es war eiskalt, und der Mond ging auf. In seinem Licht sah unser Atem aus, als rauchten wir Zigaretten. Der See glitzerte wie eine Platte Schmucksilberblech. Der Institutsleiter trug einen hellgrauen, maßgeschneiderten Anzug mit Weste und einen graumelierten, sorgfältig geschnittenen Bart. Seine Halbglatze brachte seine hohe Denkerstirn zur Geltung. »Sie sind also ausgestiegen«, meinte er. »Sie haben das gemacht, was wir uns alle wünschen.«

Es ging das Gerücht, auch der berühmte norwegische Schriftsteller Knut Faldbakken würde kommen. Von diesem Moment an warteten alle nur noch auf ihn. Er kam tatsächlich, leibhaftig sogar und sehr spät abends, als alle schon einiges getrunken hatten. Faltbakken war ein attraktiver, großer Mann mit blondem, gewelltem Haar und ruhelosen, intelligenten Augen. Sein Mund war sehr beweglich, seine Stimme melodisch und voller Resonanz. Ich nahm wahr, wie schön diese Sprache ist, aus der ich übersetzt hatte. »Wie kann man ein guter Autor sein, wenn man so toll aussieht«, sagte ich zu Knut. Er erwiderte, sein Namensvetter sei privat weniger erfolgreich. Seine Frau sei eine bekannte Töpferin und nach vielen Jahren Ehe mit einem deutschen Töpfer durchgebrannt, die Kinder habe sie zurückgelassen. Knut, der ständig die Werbetrommel für mich zu rühren versucht, stellte mich dem Dichter vor. »Ein Kollege von dir. Er hat die ›Haie‹ von Jens übersetzt.« Faldbakken sprach mich auf Norwegisch an. Ich sagte, ich könne die Sprache nicht gut genug, und genau das würde mich zum Übersetzer prädestinieren. »Oh, das glaube ich aber nicht«, flötete er und wandte sich wieder seinen Bewunderinnen zu.

Ich schlief schlecht in dieser Nacht. Ich hatte zu viel durcheinandergetrunken, Bier, Aquavit, Wein, Whisky, alles, was es so gab. Nach vier Stunden wachte ich auf. Es war vier Uhr morgens. In drei Tagen würde meine Übersetzung dran sein, dann würde man mich als Scharlatan entlarven. In meinem verkaterten Kopf entstand ein

Fluchtplan. Zuerst wollte ich nach der Mittagspause verschwinden. Aber ich fürchtete, man würde mich inzwischen erkennen. Ob die Rezeption auch um diese frühe Zeit besetzt war, fragte ich mich. In der Hölle würde sie es sein, und war dies hier nicht die Hölle? Ich stand auf, packte und schrieb ein paar Zeilen an Knut. Dann straffte ich das Bettlaken und schlug die Bettdecke ordentlich zurück. Es sollte aussehen, als wäre ich überhaupt nicht im Zimmer gewesen. Ich ließ den Schlüssel stecken, zog die Tür leise hinter mir zu und schlich über den Gang. Gut, dass der Teppich so hochflorig war und jedes Geräusch verschluckte. Vor Knuts Tür schob ich den Zettel unter die Fußmatte. Kurze Zeit später fand ich im oberen Stock das beleuchtete Schild »Exit, nødudgang«. Die Doppeltür darunter war abgeschlossen. Ich klappte den Hebel des rechten Flügels hoch und drückte die Flügel auseinander. Eisige Luft und rabenschwarze Dunkelheit quollen mir entgegen. Als ich verborgen hinter einem Busch auf den Frühbus wartete, der die ersten Arbeiter in die Stadt brachte, bohrte sich der mahnende Zeigefinger eines schlechten Gewissens in meine Magenwand. Ich hatte die Veranstalter durch mein Verschwinden um mindestens 1400 Mark betrogen. Die Flugkarte, die Übernachtung in Oslo und die Nacht hier einschließlich Essen und Getränke. Die anderen fünf Nächte würden wohl nicht von der Hotelleitung berechnet werden.

Endlich kam der Bus. Ich stieg ein und schlug den Mantelkragen hoch. Angestrengt und zugleich innerlich befreit sah ich hinaus in die einsame Landschaft. In der Maschine nach Deutschland war noch ein einziger Platz frei. Leider war es ein Fensterplatz, was meine Flugangst unerträglich steigern würde. Ich zahlte den Flug von meinem letzten Geld. Ich schämte mich, dass ich einfach so abgehauen war. Es war Fahnenflucht. Ich hatte das Programm mitgenommen und wusste daher, dass gerade in diesem Moment, als der Kapitän über den Bordlautsprecher den Start freigab, Knut Faldbakken mit seiner Rede begann. Mein Herz klopfte wie rasend, als die Turbinen zu dröhnen begannen. Ich klammerte mich an die Sitzlehnen und schloss die Augen. Warum fallen wir so schnell, fragte mit zittriger Stimme ein kleiner Junge hinter mir. Aber wir steigen doch, sagte seine Mutter. Erst als wir über den Wolken waren, fühlte ich mich besser und bestellte ein Bier und einen Aquavit. Ich dachte an Dädalus. War er nicht einst der Sonne zu nahe gekommen? Wahrscheinlich war er nur seinem Vater zu nahe gekommen und deshalb abgestürzt.

Wir flogen in zehntausend Meter Höhe. Das war entschieden zu hoch, um abzustürzen. Ich trank noch einen Kognak und schloss die Augen. Dann begann der Landeanflug, und mit ihm überfiel mich neue Panik. Die Wolken waren schon über uns, und die Erde rückte immer näher. Sie sah mit ihren abgeernteten Feldern, den Fluss- und Straßenmäandern aus wie ein gewaltiger Totenschädel. Ich trank den Pappbecher mit dem doppelten Kognak in einem Schluck leer. Die Stewardess näherte sich. »Möchten Sie noch etwas zu trinken?« Mit zitternder Stimme lehnte ich ab.

Mit dem stolzen Gefühl, etwas Begehrenswertes verweigert zu haben, bereitete ich mich auf das Ende vor und überlegte mir meine letzten Worte. Kein leichtes Unterfangen. »Scheiße« zum Beispiel ist eines Dichters nicht würdig. Jetzt waren bereits deutlich Ackerfurchen zu erkennen. Dann dieses furchtbare Geräusch, als die Räder den Boden berührten. Alle klatschten, während das Flugzeug ausrollte. Die Mutter weckte den kleinen Jungen. Er begann sofort zu schreien. Die Mutter legte den Arm um ihn und versuchte, ihn zu trösten. Vergeblich. Das Kind schrie noch im Bus, der uns zum Terminal brachte. »Ich bin doch bei dir«, sagte die Mutter. Die Leute im Bus starrten betont gleichgültig vor sich hin, während das Kind hemmungslos weiterschrie. Sein Kopf war rot angelaufen. Es hatte immer noch Todesangst.

Zwei Stunden später war ich zu Hause. Johanna stand in der Küche und wusch Geschirr ab. Sie starrte mich aus ihren graublauen

Augen an wie einen Fremden. »Wieso bist du schon zurück?«, fragte sie. »Es war so furchtbar schön dort«, sagte ich, »dass ich es einfach nicht ausgehalten habe.«

*

In der letzten Zeit war B. jedes Mal unzufrieden, wenn er dem Anderen gegenübersaß. Zwar war dessen Gesicht inzwischen deutlicher geworden. Es kam ihm sogar seltsam vertraut vor. Aber ihn ärgerte, dass der Andere fast nie etwas sagte. Er war sich nicht einmal sicher, ob er überhaupt zuhörte. Vielleicht war er mit seinen Gedanken ganz woanders. Vielleicht schlief er sogar oder ging einfach unbemerkt.

Immer häufiger verließ B. das Institut mit dem Entschluss, bald aufzuhören. Es gab nichts mehr zu erzählen. Sein Gedächtnis war leer.

In der Nacht erwachte B. von einem lauten, rhythmischen Geräusch. Es klang, als schlüge jemand mit der Faust gegen das Türblatt. Er stand auf. Zu seiner Verwunderung trug er einen gestreiften Schlafanzug, obwohl er doch wie immer nackt zu Bett gegangen war. Er ging zur Tür und öffnete sie. Ein Mann kam herein. Er hatte eine Tüte in der Hand. Der Mann stellte die Tüte ab und umarmte B. kurz und heftig. B. spürte seine Arme wie die Backen eines Schraubstocks. Der Mann hatte ein kleines, immer noch ebenmäßiges Gesicht. Es war sein Vater.

»Setz dich«, sagte er. »Wir müssen reden.«

B. nahm in einem der Sessel Platz, während sein Vater die Tüte auspackte. Eine Thermoskanne, ein Gläschen mit Würfelzuckerstückchen, zwei Gläser, zwei Glasstößel und eine Flasche Rum kamen zum Vorschein.

»Kirchgang«, sagte der Vater knapp und bereitete die Getränke zu. Er füllte die Gläser halb mit Rum, warf in jedes Glas drei Stückchen Würfelzucker, füllte mit heißem Wasser aus der Thermoskanne auf und rührte mit den Glasstößeln um. Dann setzte er sich in den anderen Sessel und prostete B. zu. Beide tranken. Der Grog war viel zu süß und stark für B.s Geschmack. Er hatte noch nichts gegessen und spürte das Getränk in seinen Magen rinnen wie flüssiges Blei, aus dem man an Silvester Figuren gießt, um die Zukunft vorherzusagen. Beide schwiegen und tranken noch ein zweites und ein drittes Glas. B. fühlte sich bereits betrunken.

Schließlich brach der Vater sein Schweigen, wobei er B. aus kleinen, listigen Augen musterte: »Du bist alt geworden mein Sohn, du gehst auf die siebzig zu. Es wird Zeit dass du hier verschwindest. Ein Hotel ist nicht der richtige Ort für dich. Du musst dich endlich entscheiden, was du werden willst. Und du solltest endlich auch die Frau finden, die wirklich zu dir passt. Als ich deine Mutter kennenlernte, wusste ich sofort, dass sie die Richtige war. Ich habe seitdem kein einziges Mal an eine andere Frau gedacht.«

Wieder schwieg sein Vater und bereitete neue Gläser zu. »Du musst endlich lernen«, fuhr er fort, »dich den Realitäten zu stellen. Zum Seemann taugst du nicht. Dazu fehlt dir die Härte und Disziplin, wahrscheinlich auch die moralische Qualifikation. Zu diesem Beruf muss man geboren sein. Man darf nicht in erster Linie an sich selbst denken, sondern erst ans Schiff und dann an die Mannschaft. Egozentriker gehören nicht in eine solche Welt. Bleibt noch die zweite Möglichkeit: Wissenschaftler. Die nötige Intelligenz und die nötige Neugier hast du ja, aber ich fürchte, zu diesem Weg bist du zu sprunghaft, hast du zu wenig Ausdauer. Bist du eigentlich deinem Plan, ein Perpetuum mobile zu konstruieren, inzwischen näher gekommen? Und der dritte Weg, der des Schriftstellers, scheint mir sehr steinig zu sein. Man macht sich wohl sehr abhängig von anderen und von dem, was der Markt verlangt. Du musst lernen, dich den Realitäten zu stellen. Was bleibt also noch? Fällt dir etwas ein, mein Sohn?«

»Nein«, sagte B. »Ich weiß nur, dass ich die Realität hasse. Sie ist der Totengräber der Poesie. Sie bringt die Reibung ins Geschehen. Das Anwachsen der Entropie. Sie ist schuld daran, dass es kein Perpetuum mobile gibt.«

Der Vater stand auf und stopfte Gläser, Thermoskanne und das Gläschen Würfelzucker in die Tüte. Die halbvolle Rumflasche ließ er stehen. »Ich muss jetzt gehen. Die Pflicht ruft. Besuch mich doch mal, ehe es zu spät ist. Hier ist meine Adresse.« Er reichte B. einen Zettel und ging.

B. sah seinem Vater nach. Dabei bemerkte er, dass dessen Gestalt sich nicht entfernte, sondern trotz seines Ausschreitens auf der Stelle blieb. Er wurde jedoch immer undeutlicher. »Warum sind alte Männer kurz vor ihrem Lebensende so durchscheinend«, fragte sich B. »Warum erinnern sie an Wasserzeichen auf der Rückseite eines handgeschöpften Blattes Papier? Man sieht sie nur, wenn man es gegen das Licht hält. Dann spürt man, dass ihre einstige Vitalität nicht völlig verschwunden ist. Sie äußert sich nur nicht mehr so deutlich wie in ihrem früheren Leben. Es ist keine Kraftlosigkeit in diesen Männern, keine Schwäche, aber ihre Kraft hat sich verwandelt in eine schemenhafte Erscheinung wie Nebel. Alten Männern kann man nicht böse sein. Sie nehmen ja keine echten Positionen mehr ein, weder beruflich noch politisch, noch sexuell. Sie haben sich bereits verabschiedet vom Leben, aber sie stehen noch mitten in ihm. Nur Säuglinge haben eine ähnlich nebelhafte Existenz. Auch sie sind Wasserzeichen, aber auf der Vorderseite des Blattes. Auch sie sieht man nur, wenn man das Papier gegen das Licht hält. Das scheinbar grundlose Brüllen von Säuglingen erinnert an das scheinbar grundlose Schweigen von Greisen. Die Menschen dazwischen, die weder Säuglinge noch Greise sind, verbreiten hingegen gewöhnlich nur Lärm, eine wenig glaubhafte Mischung aus Brüllen und Schweigen.«

46

Als B. den Zettel am folgenden Morgen auf seinem Nachttisch fand
und ihn las, war er enttäuscht. Da stand nur »Wir müssen die Sitzung morgen ausfallen lassen. Ich bin auf einer Fortbildung.« Er
blieb den ganzen Vormittag im Bett. Er fühlte sich nutzlos und hangelte sich an seinen Gedanken entlang wie ein Bergsteiger beim Abstieg. Er fragte sich, ob sich das Rätsel des Lebens im Tode lösen
ließ. Ihn ärgerte, dass die Summe aller Tage unter dem Strich eine
Null ergeben konnte. Am übernächsten Tag war er trotz aller Bedenken wieder im Institut.

*

Einige Jahre später sollte auch ich mit meinem alten Bauer-Fahr-
rad die gleiche Strecke von Kassel nach Darmstadt fahren wie jener
Wahnsinnige aus dem Abbruchhaus. Ich war zu einem Jahnn-Sym-
posion eingeladen worden und hatte mein Igluzelt dabei, in dem
ich auf meinen Reisen in Schottland oder Norwegen so tief und zufrieden geschlafen hatte wie in keinem Bett. Es war mein Rettungsboot, denn ich fürchtete die Stürme einer Wirklichkeit, aus der ich
mich zurückgezogen hatte. Ich baute es auf dem fast leeren Cam-
pingplatz in der Fuldaniederung auf, und auch diesmal fiel ich in
einen wunderbaren Erschöpfungsschlaf. Am nächsten Tag fand ich
mich in einem großen Hörsaal der Hochschule Kassel ein. Ich saß in
einer der letzten Reihen und lauschte den Vorträgen. Dabei ging es
auch um meine Doktorarbeit, die einen Streit zwischen Anhängern
und Gegnern ausgelöst hatte, von dem ich nichts wusste. Mich beschlich das Gefühl, auf meiner eigenen Beerdigung zu sein. Da gab
es doch tatsächlich eine Art Gelehrtenstreit über etwas, das meiner

Feder entstammte, die ich längst aus der Hand gelegt hatte. Beim Mittagessen gab ich mich zu erkennen. Ein Mann kam auf mich zu und schüttelte mir die Hand. Es war ein amerikanischer Professor, der eine große Jahnnbiographie geschrieben hatte und nun vorhatte, eine kritische Edition der Werke herauszugeben. Abends trafen wir uns zu einem Umtrunk in einem Lokal. Den Mann, der die Begrüßungsrede hielt, kannte ich. Er war am Freien Deutschen Hochstift ein unbedeutender wissenschaftlicher Mitarbeiter gewesen. Ich hatte ihn nicht gemocht und für einen gnadenlosen Karrieristen gehalten. Schon früher hatte er immer eine Fliege getragen, wie einen Propeller, der ihn emportragen sollte, und er trug sie immer noch. Der amerikanische Professor flüsterte mir zu, dass dieser Herr die Edition der Jahnnbriefe übernehmen solle. Ihm wäre es jedoch lieber, ich würde es machen. Ich solle um acht Uhr zum Frühstück in sein Hotel kommen. Dann könnten wir die Sache festzurren. Es war eine echte Verschwörung, die meine Rückkehr ins Reich der Germanistik bedeuten würde. Die Möglichkeit war auch finanziell verlockend. Zum ersten Mal schlief ich schlecht in meinem roten Kuppelzelt. Um sechs Uhr morgens, in der Frühdämmerung, baute ich es ab, belud mein Fahrrad und machte mich auf den Rückweg. Es war herrliches Wetter. Ein Frühsommertag. Im ersten Dorf, durch das ich kam, erstand ich ein Sixpack Bier und klemmte es auf meinen Gepäckträger. Um acht Uhr, zu der Zeit, in der mich der amerikanische Professor zum konspirativen Frühstück erwartete, stieg ich vom Rad und legte mich in ein Kornfeld. Ich hörte die Vögel. Die Sonne hatte bereits Kraft Ich trank eine Flasche Bier und fühlte mich wie jemand, der aus einer Niederlage einen Sieg gemacht hatte.

Das Jahr verlief ereignislos. Aber in mir wuchs die Unruhe. Die Insel meiner Kindheit ließ mich nicht los. Ich wollte sie wiedersehen, wollte wissen, ob das rote Kupferherz, das ich damals auf ihr hatte zurücklassen müssen, immer noch schlug. Ich wollte sie umrunden, und das in einer Jahreszeit, in der kein Einheimischer auf die Idee kommen würde, dies zu versuchen. Es war ein kalter, schneereicher Winter, wie geschaffen für eine Polarexpedition. Ich kaufte in einem Geschäft für Jäger einen Parka, der für die letzte dänische Grönlandexpedition hergestellt worden war. Dann verstaute ich meine Zeltausrüstung in meinem Rucksack und fuhr zu meinen Eltern. Sie hielten mich für verrückt, als ich das Igluzelt im Garten aufbaute und die eisigen Nächte im Doppelschlafsack verbrachte. Tagsüber belud ich den Rucksack mit Büchern, bis er das Gewicht meiner Ausrüstung hatte, etwa vierzehn Kilo. Ich machte mit dieser Last auf dem Rücken lange, stumme Spaziergänge mit meinem Vater, um für mein Vorhaben zu trainieren. Nach einer Woche fühlte ich mich kräftig genug und reiste nach Föhr. Ich wollte inkognito bleiben, ein Vorhaben, das der herrschende starke Nebel begünstigte. Ich füllte meine Wasserflasche in der Toilette des Reedereigebäudes. Dann verschwand ich über den Deich in Richtung Norden. Als ich am Zollhaus vorbeikam, schenkte ich ihm einen sehnsüchtigen Blick. Obwohl ein stürmischer Wind wehte, hielt sich der Nebel. Die Sicht betrug kaum zehn Meter. Ich konnte das Meer nicht sehen, aber ich hörte es, denn die Eisschollen rieben sich mit einem knisternden Geräusch aneinander. Ich musste gegen den immer stärker werdenden Nordwind ankämpfen und kam nur bis Neshörn. Es wurde dunkel. Beim letzten Licht baute ich das Zelt im Vorland auf und kroch hinein. Das Thermometer zeigte minus zehn Grad. Ich warf mit einiger Mühe den Primuskocher an, brachte Wasser zum Kochen, trank Grog und aß Makrelenfilets aus der Dose. Es briste immer noch auf. Trotz des Lärms, den das flatternde Zelt machte, schlief ich lächelnd ein, denn ich war Amundsen, der es geschafft hatte, den Südpol am Nordpol zu erreichen. Als ich am Morgen erwachte, lag der Zeltstoff direkt auf meinem Gesicht. Der Wind hatte die Zeltstangen wie Drillbohrer in den Kleiboden getrieben, und das Zelt war dadurch extrem geschrumpft. Ich kroch mit einiger Mühe ins Freie, barg das Zelt und packte. Es regnete. Alles war durchweicht, und die Last, die ich tragen musste, war dadurch viel schwerer geworden. Ich kam nur noch sehr langsam voran. Der Nebel hatte sich verzogen. Das Meer war bis zum Horizont eine weißgraue Wüste aus Eisschollen, die Strömung und Wind gegeneinanderpressten und zu Wällen auftürmten. Als ich am Nachmittag aufgab, weil mein Rücken schmerzte, war ich erst auf der Höhe von Toftum. Ich schlug das Zelt im hier sehr breiten Vorland auf, kroch hinein und kochte Wasser. Gerade als ich mir einen steifen Grog machen wollte, hörte ich draußen eine Stimme. Ich öffnete den Reißverschluss und sah einen Mann auf einem Trecker. »Wenn du hierbleibst«, brüllte er, »dann wirst du absaufen. Sie haben zwei Meter über Normal vorhergesagt. Dann ist das ganze Vorland unter Wasser.« Er fuhr davon. Er musste mich vom Inselinnern aus auf der Deichkrone gesehen haben und war den ganzen Weg durch die Marsch hierhergefahren, um mich zu warnen. Mir blieb nichts anderes übrig, als das Zelt wieder abzubauen und es auf der Deichkrone zu errichten, obwohl hier der Wind heftig an ihm zerrte. Ich versorgte die vielen Zeltschnüre, und dann machte ich mich in der einbrechenden Dunkelheit auf ins Inland. Nach einem Marsch von ungefähr drei Kilometern erreichte ich den Geestrand bei Toftum. Ich fand eine Kneipe. Man beachtete mich nicht, und ich verstand die Gäste nicht, da sie Friesisch redeten. Ich trank mehrere Tassen Teepunsch und aß ein Brot mit Katenschinken. Ich war glücklich und fühlte mich frei wie schon lange nicht mehr. Das sagte ich auch Johanna, die ich von einer Telefonzelle aus anrief. Über Wirtschaftswege machte ich mich auf den Rückweg durch die stürmische Finsternis. Es regnete, und ich fror. Als ich den Außendeich erreicht hatte, wurde mir klar, dass ich nicht wusste, in welcher Richtung mein Zelt lag. Ich machte meine Taschenlampe an, aber kein Zelt war zu sehen. Es gab zwei Möglichkeiten, den Weg über den Deich fortzusetzen, aber nur eine Richtung würde mich zum Zelt bringen, der andere aber vielleicht in einen Tod durch Erfrieren. Rouge ou noir. Panik befiel mich, und ich begann zu rennen. Immer wieder rutschte ich auf den vereisten Pfützen auf der Deichkrone aus. Dann sah ich im Lichtkegel der Lampe einen roten Fleck. Das Zelt.

Am nächsten Morgen ließ der Sturm nach, und es begann zu schneien. Ich schleppte mich mit schmerzendem Rücken weiter. Als ich bei Utersum den westlichsten Punkt der Insel erreicht hatte, gab ich auf. In einem Lokal aß ich ein großes goldbraun paniertes Schnitzel, und dann nahm ich den Bus nach Wyk. Ich stieg am Südstrand aus und klingelte im Pidder Lyng, dem Haus, in dem mein Vater den größten Teil seiner Kindheit verbracht und das später Tante Hella und Onkel Otto übernommen hatten. Es war wie einst: Ich ging zu meiner Lieblingstante, um meine Kleidung zu trocknen. Sie erkannte mich nicht gleich, da ich so schlammverspritzt war. Dann aber bat sie mich herein. Ich nahm ein heißes Bad und brachte meine Kleidung zum Trocknen in den Keller. Tante Hella gab mir ein paar Sachen ihres verstorbenen Mannes, und dann saßen wir in ihrem Lieblingsraum unter dem Dach. Von hier aus konnte man den Geleitzug der Halligen sehen. Wir tranken Tee, und ich erzählte von meiner Expedition. »Das hätte meinem Mann gefallen«, sagte Tante Hella. »Er war auch ein bisschen verrückt.«

Am nächsten Tag saß ich wieder bei meinen Eltern im Wohnzimmer. Es gab Grog. Mein Vater schmunzelte, als ich von meinem Abenteuer berichtete. »Im Winter rund Föhr, das hat vor dir noch niemand versucht.« Dann erzählte er von seinen Touren auf Robbenjagd damals im Polarmeer, als er mit der »Südmeer« in Kirkenes lag. Tags darauf fuhr ich wieder in den Süden.

Die Jahre vergingen wie Herbstblätter, die sich verfärben, ehe sie verrotten. Die Beziehung zu meinen Kindern bekam wieder etwas Leben, was daran lag, dass wir alle in den Sommerferien zusammen in den Urlaub fuhren, meistens nach Norwegen. Maria und Johanna verstanden sich gut. Wir zelteten auf einsamen Inseln, angelten und fuhren mit dem motorisierten Schlauchboot durch die Schären und

Fjorde. Ohne dass es mir bewusst war, versuchte ich mit Erfolg die Beziehung meiner Kinder zu den maritimen Welten zu stärken, die mir selbst so wichtig waren. Doch mehr und mehr litt ich darunter, dass ich meinen Wunsch, Dichter zu werden, nicht verwirklicht hatte. Zwar war »Haie« inzwischen erschienen, aber Übersetzen war etwas anderes als Schreiben. Zuweilen besuchte ich Veranstaltungen, bei denen Autoren öffentlich geehrt und ausgezeichnet wurden. Ich demütigte mich absichtlich, wollte mich für mein Versagen bestrafen. Dabei hatte es mir nicht an Fleiß und Talent gefehlt, wohl aber an systemkonformem Verhalten. Es tröstete mich auch nicht, dass ich mich mit meiner Erfolglosigkeit in bester Gesellschaft mit all jenen Schriftstellern befand, die erst posthum zu verdientem Ruhm gekommen waren: Autoren wie Kafka, Lautréamont, Rimbaud, Lenz, Büchner und Georg Heym. Ich würde nie herausfinden können, ob ich zu ihnen gehört hätte. Im September 1984 fuhr ich zur jährlichen Inthronisierung des Stadtschreibers von Bergen-Enkheim und ließ die Zeremonie mit Reden und Dixielandmusik über mich ergehen. Als alles vorbei und die Bühne leer war wie mein Kopf und sich nur noch wenige Menschen im Bierzelt befanden, wurde mir klar, dass ich nicht wusste, wie ich nach Hause kommen sollte, denn öffentliche Verkehrsmittel fuhren um diese Zeit nicht mehr. In meiner Nähe stand, mit einem Bierhumpen in der Hand, ein blonder, schlaksiger Typ, der mir gefiel, vielleicht weil er Steve McQueen ähnlich sah und einen ähnlich entschlossenen Gesichtsausdruck hatte wie jemand, der in einem Showdown »Zieh, Hund!« sagt. Ich fragte ihn, ob er eine Möglichkeit wüsste, noch nach Darmstadt zu kommen. Er musterte mich prüfend. Dann sagte er: »Wer bist du?« Ich nannte meinen Namen. »Sagt mir nichts«, meinte er. »Und wer bist du?«, fragte ich. »Vito von Eichborn.« Ich meinte, einen gewissen Stolz aus seiner Stimme zu hören. »Sagt mir nichts«, antwortete ich ehrlicherweise. Er schien verblüfft über meine Unkenntnis zu sein und lächelte mitleidig. »Und was machst du so?«

Ich überlegte nicht lange. Spontan trat eine Antwort über meine Lippen, die mein Leben verändern sollte. »Ich bin zwar nur Hausmann. Aber ich habe einen Schatz aus der geistigen Karibik.« Die Formulierung schien ihm zu gefallen. Er fragte nach, um was es sich denn dabei handeln würde. »Dreihundert ungedruckte Gedichte von Clemens Brentano. Sie, ich meine ihre Kopien, sind in einer Seekiste in meiner Wohnung.« Ich erzählte ihm von meiner Vergangenheit als Editionsfachmann und meinem Rausschmiss. »Hast du morgen Abend Zeit?«, fragte er. »Ja. Natürlich. Ich habe immer Zeit. Leider.« »Dann komme ich vorbei und sehe mir deine geistige Karibik an.« Er winkte einige jüngere Leute heran, die dabei waren, Bücher zu verpacken. »Die sind von Luchterhand«, sagte er. »Die müssen sowieso nach Darmstadt. Sie können dich absetzen.«

Am nächsten Abend klingelte es, und der Verleger Vito von Eichborn stand in der Tür. Später wurde mir erzählt, er habe so eine Spontanaktion noch nie gemacht. Wir saßen in meiner simulierten Schiffskajüte mit dem Meer in der Klappbadewanne. Der Verleger musste Teepunsch trinken. Dann öffnete ich die Kiste mit der Meerjungfrau und zeigte ihm einige Handschriften. Ich redete und redete und ließ Vito von Eichborn kaum zu Wort kommen. Plötzlich zog er ein Papier aus seiner Aktenmappe. Es war ein Vertrag. »Sind dreitausend okay?« Ich starrte ihn an. Er meinte offenbar den Vorschuss. Dann unterschrieb ich mit zittriger Hand. »Du musst die interessantesten Texte aussuchen und möglichst bissig kommentieren. Wir machen einen Literaturskandal daraus. Außerdem müssen alle Unis der Welt unser Buch kaufen, weil es Erstdrucke sind. Es kann also nichts schiefgehen. Du brauchst auch keine Angst vor gerichtlichen Konsequenzen zu haben. Ich werde dich freistellen. Aber du musst das Manus spätestens Ende des Jahres fertig haben. Wir werden es nächsten Februar herausbringen.« Er stand auf und gab mir die Hand. Wieder lächelte er sein kühnes Cowboylächeln. Als der Verleger gegangen war, griff ich noch einmal in die Kiste und zog einen Gedichtentwurf heraus. Zufällig war es der zum »Lahmen Weber«: »Wenn der lahme Weber träumt er webe, träumt die kranke Lerche auch sie schwebe ...« Ich träumte ebenfalls, und auch ich schwebte dabei, aber ich war alles andere als lahm und machte mich sofort an die Arbeit. Ich las noch einmal sämtliche Gedichtentwürfe Brentanos, versank förmlich in diesem wuchernden Wörtergespinst. Mehr denn je kam es mir wie ein riesiges Myzel vor, bei dem die fertigen Texte die Pilze waren, die hin und wieder bis ans Tageslicht vordrangen.

Vito von Eichborn hatte mich zum Verlagsfest eingeladen. Ich belud mein Fahrrad mit meiner Zeltausrüstung und fuhr los. Unterwegs kaufte ich in einem Fischgeschäft große Mengen Räucherfisch. Die komplette Verlagsmannschaft saß im Vorgarten des Frankfurter Landwehrweges. Die Sonne schien. Ich packte meine Kostbarkeiten aus. Vito sagte knapp »Ich mag keinen Fisch«. Hatte ich wieder alles falsch gemacht? Nach einem langen Saufgelage übernachtete ich in meinem Igluzelt im Vorgarten des Verlags hoch über der Rheinmainmetropole. Die Verlagsangestellten hielten mich vermutlich für einen Wildlifespinner, aber Vito hatte bereits mein hohes Lied gesungen, und ich wurde als Exot akzeptiert. Das Manuskript wurde rechtzeitig fertig. Es war nicht nur eine Edition von Erstdrucken, es war auch eine Liebeserklärung an Brentano und eine Abrechnung mit dem Fachgebiet Germanistik. Mein Hauptvorwurf: eine der Sache unangemessene Seriosität. Im Vorwort stand: »Eine Nebenfunktion der Seriosität von Germanisten besteht darin, dass sie wie ein Futteral die völlige Hilflosigkeit und Vagheit ihrer geistigen Position verbirgt. Da wird mit abgebrochenen Lanzen in den Nebel gestochen, und diese hoffnungslose Jagd auf ein längst entschwundenes Wild nennt sich dann Interpretation.« Vito von Eichborn behielt recht. Das Buch verkaufte sich für ein Sachbuch nicht schlecht. Aber es trug mir auch das Image des Nestbeschmutzers ein. Ein bekannter Kritiker rief mich unter dem Vorwand an, ein Interview mit mir führen zu wollen. Er kanzelte mich ab und machte sich lustig über mich. Ich hatte nicht daran gedacht, dass die meisten Kritiker und Rezensenten abgebrochene Literaturwissenschaftler sind und dass ich sie mit meiner Kritik nur beleidigte. Auch Vitos Ruf, ein Provokateur zu sein, trug dazu bei, dass ich für die Feuilletons ein schwarzes Schaf war und fortan blieb. Mich scherte das nicht. Ich trug gerne schwarze Wolle, und Vito war es zufrieden.

Dann musste ich auf meine erste Lesung. Ich betrat einen Raum voller leerer Klappstühle. Der Veranstalter war ein kleiner Buchhändler, der auch Passfotos machte. Während wir warteten, verschwand er immer wieder in seiner Dunkelkammer und kam kauend wieder heraus. Niemand erschien. Nach einer halben Stunde half ich ihm die Stühle zusammenzuklappen und verzichtete auf mein Honorar. Bei der zweiten Lesung kam Vito mit. Er hatte erkannt, dass ich seinen Beistand brauchte. Diesmal war der Raum voller Menschen. Ich war so nervös, dass ich kaum ein Wort herausbrachte. Schließlich nahm Vito das Buch und las statt mir daraus vor. Auf der Rückfahrt im ICE saßen wir als einzige Gäste im Speisewagen. Ich erzählte maritime Episoden aus meinem Leben. Als ich bei jenem Schiffsunglück im Ärmelkanal angelangt war und gerade meinte, ich hätte die Kollision herbeigeredet, knallte es wie von einer Peitsche. Direkt hinter Vito war ein kleines kreisrundes Loch in der Scheibe. Während wir noch rätselten, was geschehen war, erschienen zwei Männer in Zivil und schickten uns aus dem Wagen. Im Frankfurter Hauptbahnhof sahen wir dann, wie Beamte mit einem Maßband die genaue Lage des Loches vermaßen. Es war klar: Jemand hatte von außen auf den Zug geschossen. Vito erklärte, er würde nie mehr mit mir auf eine Lesung fahren, aber dann fuhr er mich doch noch einmal auf eine solche Veranstaltung nach Kassel. Diesmal versagte ich nicht. Auf der Rückfahrt raste Vito mit seinem Mercedes mit Vollgas durch die eiskalte Nacht. Ich starrte gerade verzweifelt auf die bereits über 180 km/h gekletterte Tachonadel, als er plötzlich beide Hände vom Steuer nahm und aus dem Handschuhfach einen Flachmann mit Wodka zum Vorschein brachte. Er schraubte den Deckel ab, nahm einen großen Schluck und reichte die Flasche dann mir. Ich fand, dass wir jetzt quitt waren, was die Gefährdung von Leib und Leben betraf.

Ich hatte seit einiger Zeit eine Beziehung zu einem blutjungen Mädchen. Wir trafen uns heimlich in billigen Hotelzimmern. Sie sprach fast nie ein Wort und zeigte keinerlei Leidenschaft. Diese Umstände führten dazu, dass sich bei mir eine regelrechte Amour fou entwickelte. Vito von Eichborn beharrte unterdessen darauf, dass ich jetzt etwas Richtiges verfassen müsse, und damit meinte er natürlich einen Roman. Meinen Einwand, ich könne das nicht, ich sei doch Lyriker, ließ er nicht gelten. Als ich ihm meine zweifelhaften Lebensverhältnisse als Handicap beim Schreiben schilderte – Hausmann, halber Ehemann, dubiose Frauengeschichten –, bot er mir seine im zweiten Stock gelegene Wohnung als Refugium an. Sie werde gerade frei, da er zu seiner derzeitigen Freundin ziehen würde. Ich müsse nur für seine Katze sorgen. So kam es, dass ich plötzlich in einer fremden Wohnung lebte und zum ersten Mal in meinem Leben eine Dose Katzenfutter öffnete, den unansehnlichen Inhalt in einen Napf kippte und ihn einem fetten Kater hinschob. Nach einer Woche war Vito wieder zurück. Es hatte wohl Streit gegeben. Er bot mir an, ein kleines Zimmer im Keller des Verlages zu beziehen, um dort in Ruhe ein Meisterwerk zu schaffen. Als ich auf seine Frage »Brauchst du Geld?« vorsichtig nickte, zückte er einen Scheck und stellte ihn auf 10000 DM aus. »Wir verrechnen die Summe irgendwann mit den Vorschüssen«, sagte er. Er war ein großzügiger Mensch und ein hervorragender Wünschelrutengänger, wenn es um geistige Wasseradern ging. Er hatte mich aus dem Sumpf meines Scheiterns gezogen. Weder aus karitativen Gründen noch aus Eigennutz, allein aus einer Art Gerechtigkeitssinn, den er besaß, weil er selbst ein Schaf mit schwarzer Wolle war. Ich lebte jetzt also im Keller des Verlagsgebäudes wie eine Assel, in einem Raum mit dem Charme einer Gefängniszelle. Ein kleines Kellerfenster unter der Decke. Eine Pritsche, ein Büroschreibtisch aus Blech. Und zwei antike rote Sessel, die meine Frau und ich zu Beginn unserer Beziehung in Holland gekauft hatten. Den einen der Sessel ließ ich bei einem Polsterer blau beziehen. Wenn ich Damenbesuch hatte, saß ich immer im blauen Sessel. Nebenan stand, ebenfalls auf einem Schreibtisch, mein Primuskocher. Ich fuhr in die Stadt hinunter und erstand einen kleinen emaillierten Kochtopf. Als ich in ihm meine erste Suppe kochte, war ich glücklich. Der Topf war das Emblem meiner Emanzipation, so etwas wie die letzte Steuerbordtonne, hinter der das unendliche Meer der Sprache begann, das ich nun befahren wollte. Ich begann ein fiktives Tagebuch Kaspar Hausers zu verfassen, denn ich fühlte mich wie Kaspar Hauser, besser gesagt, ich war Kaspar Hauser. Ich folgte dem Prinzip, mich beim Schreiben total und distanzlos mit meinem Helden zu identifizieren. Vielleicht war das ein Versuch, der eigenen inneren Zerrissenheit zu entkommen.

Johanna hatte eingesehen, dass es richtig war, wenn wir eine Weile eine Wochenendehe führten. Unter der Woche hielt ich mich an keine festen Zeiten. Ich schlief manchmal tagsüber, fuhr abends in den Jazzkeller, kehrte morgens zurück und briet mir Hammelkoteletts. Der strenge Geruch stieg aus dem gekippten Fenster und umgab zu seinem Ärger Uwe, den Kompagnon Vitos, als er sich gerade mit der Zeitung und einer Tasse Kaffee in den sonnigen Hinterhof setzte. Aus Dankbarkeit stellte ich Vito jeden Morgen ein Gläschen *Gammel Dansk* auf seinen im Dachzimmer gelegenen Schreibtisch. Außerdem begann ich alles zu reparieren, was nur irgendeinen Defekt hatte. Schreibmaschinen, Lampen, schadhafte Dielen.

Meine Geliebte besuchte mich regelmäßig in meinem Kellerloch. Als sie plötzlich Schluss machte, wohl weil sie sich als Kebsweib missbraucht fühlte, litt ich Qualen. Es war die klassische Reaktion auf das Ende einer Liebe, die nie so richtig existiert hatte, aber auch eine enorme Stimulation für meine Kreativität.

Meinem Verleger gefiel das Kaspar-Hauser-Projekt nicht. Er wollte etwas Neues, einen echten literarischen Paukenschlag. Ich schlug einen autobiographischen Roman über das erste verkannte Genie der deutschen Literatur vor, den Lyriker Johann Christian Günther. Ich würde lauter kleine Szenen verfassen, so wäre ich der Gedichtform stilistisch am nächsten. Vito hatte im hinteren Vogelsberg eine leer stehende Schule gekauft, als Ferienwohnung, aber auch als möglichen Kulturort. Er brachte mich dorthin, und dann saß ich Tag für Tag und Nacht für Nacht an meiner alten Schreibmaschine in einem dunklen, kalten Saal bei lauter brennenden Kerzen und ließ mich von einer Zeitmaschine ins 18. Jahrhundert transportieren. Am liebsten hätte ich den Text mit einer Gänsefeder geschrieben. Ich arbeitete wie in einem Rausch. Mein Held war ganz in der Nähe. Ich hörte ihn. Er streifte draußen über die Felder, lebte von Futterrüben und Schnaps. Ich hingegen lebte von Dosen und Wein. Beides besorgte ich mir in dem kleinen Dorfladen. Manchmal ging ich in die Dorfkneipe. Ich verstand die Einheimischen nicht. Sie hätten mich auch nicht verstanden, wenn ich von meiner Arbeit erzählt hätte. Ich lebte im 18. Jahrhundert. Ich hörte den Wind draußen. Die Kerzen flackerten, weil die Fenster undicht waren. Einmal, als ich dabei war einzuschlafen, kam ein Mensch in mein Zimmer. Er trug eine Perücke, beugte sich über mich und nahm die Perücke ab, sodass seine Stoppelhaare zum Vorschein kamen. Er stank nach billigem Fusel. Ein schöner Mann, waren da nicht die Pusteln in seinem Gesicht gewesen. Er blutete aus Nasenlöchern und Mund wie später Lautréamont. Er wollte etwas sagen, aber seine Worte gingen in einem Hustenanfall unter. Ich ging vor die Tür. Der Mond schien. Nebel füllte die Täler. Es sah aus, als sei ich auf einer Insel.

Im Herbst 1986 war das Manuskript fertig. Vito und Uwe waren zufrieden. Nur einen Titel gab es noch nicht. Einmal fuhren wir zu dritt in einem Taxi. Ich saß vorne, drehte mich plötzlich um und sagte: »Schönheit der Verwilderung«. »Das ist es«, sagte Vito. »Genau das ist es.«

Das Buch erschien 1987, und fast hätte ich damals den Aspektepreis dafür bekommen, aber ich landete nur auf dem zweiten Platz. Das sollte auch künftig so bleiben. Ich bekam nie einen Preis, obwohl Buch nach Buch folgte. Das Feuilleton ignorierte mich weitgehend. Das war nicht weiter schlimm, denn es bestätigte mich in meiner Weltsicht. Preise gehören zu den Eitelkeitsritualen der Branche.

Dann lebte ich wieder in meinem Kellerloch. Einmal lud mich Vito zum Essen ein und meinte: »Jetzt musst du weitermachen, damit wir dich durchsetzen. Du bist doch intelligent. Schreib mal was über einen Intelligenten. Fällt dir jemand ein?« Ich starrte auf den Rest des Wiener Schnitzels, das ich mir bestellt hatte. Offiziell wohnte ich immer noch bei Johanna in der Lichtenbergstraße. »Lichtenberg«, sagte ich. »Dieser kleine bucklige Gnom, der ein Verhältnis mit einer Minderjährigen hatte.« Mehr wusste ich nicht von dem Mann. »Kling gut«, sagte Vito. »Fang heute gleich an.«

Ich begann meine Recherche, indem ich mit dem Fahrrad alle Kirchen in Südhessen abfuhr, die Lichtenbergs Vater gebaut hatte. Ich konnte nicht anders, als aus jedem Schreiben eine Expedition zu machen. Ich fuhr auch nach Margate, um die Englandphase meines Helden nachempfinden zu können. Diesmal dauerte die Arbeit fast zwei Jahre. Es war nicht einfach, sich in einen geistreichen kleinwüchsigen Skoliosepatienten mit gesteigertem Triebleben hineinzuversetzen. Noch während der Entstehung des Textes legte mir Vito nahe, mir eine neue Bleibe zu suchen. Die räumliche Nähe zum Verlag sei einfach zu groß. Die Mitarbeiter würden den Respekt vor mir verlieren. Vielleicht war es ihm auch einfach zu viel, jeden Morgen einen *Gammel Dansk* trinken zu müssen.

*

An diesem Tag waren die Straßen voller gelbem Schaum. Ein Sturm zerrte an den kahlen Baumkronen. Abgerissene Äste voller Seetangballen wehten um die Häuserecken. B. lag angezogen auf dem Bett und starrte die schalenförmige Deckenlampe an. An ihrem tiefsten Punkt hatten sich Fliegenleichen angesammelt und bildeten dort einen schwarzen Fleck. Nur zwei Fliegen lebten noch und krochen im Inneren der Lampe hin und her.

B. begab sich ins Krankenhaus, um sich die Nasenscheidewand begradigen zu lassen. Die Klinik war in einer vornehmen Villa, die früher einmal einem reichen Kaufmann gehört haben musste, untergebracht. B. lag im Bett und konnte nicht einschlafen. Zahllose Erinnerungen belästigten ihn wie Schmeißfliegen. Er hätte ihnen am liebsten die Flügel ausgerissen. Sie stammten aus einer Zeit, in der er sich erfolgreich geglaubt hatte. Man kannte seinen Namen, seine Bücher wurden einigermaßen gut verkauft. Er war Sisyphos, der es glücklich geschafft hatte, den Stein auf den Berggipfel zu rollen. Jetzt rollte er von alleine herunter. B. lief ihm nach und gab ihm manchmal einen kleinen Schubs. Einmal versuchte er sogar, ihn zu überholen, aber dabei entstand die Gefahr, von ihm erschlagen zu werden. Dann war es wieder vorbei, sein Name verblasste, seine Bücher wurden aus den Verlagsprogrammen genommen. Es dauerte einige Jahre, und dann war er fast genauso unbekannt wie vor seiner Karriere.

Sein Vater fiel ihm ein. Ihre langen gemeinsamen Spaziergänge im Winter über verschneite Felder. Es kam häufig vor, dass sein Vater plötzlich stehen blieb, als müsse er sich darauf besinnen, wer er eigentlich sei. Das löste eine Welle von Sohnesliebe in B. aus, die alles überflutete, was zwischen ihnen im Lauf der Jahre an Negativem vorgefallen war. B. hatte den Vater umarmt und dabei seinen starken Mundgeruch gerochen.

In jenen Jahren hatte B. das Gefühl, seinem Vater immer ähnlicher zu werden. Wenn er sich unverhofft aus den Augenwinkeln im

Spiegel sah, erschrak er. Dieser gleiche skeptische Blick, dieser gleiche, stumme Enttäuschung ausdrückende Mund. Als sich sein Vater die Hüfte brach, schenkte der Sohn ihm einen blau-rot gestreiften Bademantel für den Krankenhausaufenthalt. Es war wohl der Versuch, ihn einzukleiden für eine lange Reise fort von dieser Welt. Der Bademantel war teuer gewesen. Der Frotteestoff war weich und mollig. Der Vater trug ihn gerne.

In seinen letzten Lebensjahren wurde der Hass des Vaters auf Sonn- und Feiertage immer größer. Sie brachten seine Hyperaktivität zum Erliegen, mit der er sich mehr schlecht als recht gegen seine schwarzen Gedanken zu schützen versuchte. Sie störten für ihn den Ablauf der Zeit. Sie blieb an solchen Tagen stehen wie in einem Tümpel, in einer dreckigen Pfütze voller Sekunden und Minuten der Untätigkeit. Wenn B. ihn besuchte, was nun häufiger vorkam, redete sein Vater gerne von der Sankt-Pauli-Pille. Angeblich konnte man sie dort für 3000 DM kaufen. »Sie wirkt sehr schnell«, sagte der Alte. »Man merkt den Übergang gar nicht.«

Der Tod eines Menschen hat etwas Subversives. Er unterhöhlt die Straßen und Brücken der Zeit und bringt sie zum Einsturz. Er vernichtet Zusammenhänge, die über viele Jahre gewachsen sind, ein Verlust, der schwer wiegt, selbst wenn diese Zusammenhänge unangenehme und belastende Züge haben. Aus einem komplizierten Organismus wird ein Zellhaufen. Das war auch so, als sein Vater starb. Sein Daseinsschatten steckte nun plötzlich in den vielen Tweedsakkos, die in seinem Wäscheschrank hingen. Es war jener große Schrank aus hellrotem Holz, den einst Vatl dem jungen Paar geschenkt hatte. Auch seine blaue Uniform, die er als Kapitän getragen hatte, hing darin auf einem der Bügel. Die Ärmelstreifen waren abgetrennt. Dort war der Stoff dunkler. Als der Sohn die Uniform anprobierte, merkte er, dass sein Vater viel kleiner und schmaler gewesen war, als er ihn als Kind und Jugendlicher wahrgenommen hatte.

Ein Krankenpfleger kam und führte B. durch die langen Gänge des Krankenhauses. Sie landeten vor zwei Türen. Auf der einen war das Piktogramm eines Mannes, auf der anderen das einer Frau aufgemalt. Der braungebrannte HNO-Arzt kam, begrüßte ihn mit einem äußerst festen Händedruck und sagte: »Das sind keine Toiletten, wie Sie vielleicht annehmen. Es sind besondere Warteräume.«

Der Arzt öffnete die eine Tür. B. sah eine Reihe von frisch bezogenen Betten. Nirgendwo medizinische Geräte. Keine Fenster. »Dies ist das Zimmer, in dem Männer auf ihren Tod warten. Zumeist sehr alte Männer, wie Sie sich denken können. Menschen, die ihr Leben nicht durch Gerätemedizin künstlich verlängern lassen wollen. Wir geben ihnen ein Beruhigungsmittel, manchmal auch, falls nötig, ein starkes Schmerzmittel. Die meisten schlafen friedlich ein. Spüren Sie etwas? Spüren Sie diese besondere Aura? Es sind die letzten Atemzüge. Sie verändern die Atmosphäre, die man hier atmet. Die Luft in diesen Räumen ist voller letzter Atemzüge.«

»Warum sind Männer und Frauen getrennt?«, fragte B. »Weil sie ganz anders sterben«, sagte der Arzt. »Es gibt da geschlechtsspezifische Unterschiede. Morgen früh kommt der Anästhesist zu Ihnen. Es ist nur ein kurzer Eingriff. Entsprechend niedrig wird das Betäubungsmittel dosiert.«

Man gab B. ein Einzelzimmer. Diesmal schlief er gleich ein. Er befand sich in einem langen, finsteren Tunnel. Das Licht an seinem Ende flackerte. Mal war es grell wie Scheinwerferlicht, mal dunkel wie das Licht in einem Keller, in dem nur eine Kerze brennt. In den hellen Augenblicken beeilte er sich voranzukommen, in den dunklen blieb er stehen und lauschte auf sein heftig klopfendes Herz.

Als er gegen Mitternacht erwachte, hatte er nur einen Gedanken. Weg von hier. Nicht noch eine Operation. Lieber Apnoe. Lieber mit einer schiefen Nasenscheidewand leben. Er zog den Bademantel an und ging zum Fenster. Es ließ sich nicht öffnen. Leise machte er die Tür zum Flur auf. Die Notbeleuchtung verbreitete ein trübes bläuliches Licht. Er ging hinaus und schlich den Flur entlang. In diesem Moment hörte er Schritte. Die Nachtschwester, dachte er. Es war zu spät, ins eigene Zimmer zurückzugehen. Er öffnete die nächstbeste Tür und schloss sie wieder hinter sich. Er hörte leises Schnarchen, Seufzer. Kichern. Als sich seine Augen an die Dunkelheit gewöhnt hatten, erkannte er Einzelheiten. Lauter Betten, in denen Menschen lagen. Als er vernahm, dass sich jemand draußen an der Tür zu schaffen machte, schlüpfte B. ins nächste Bett und zog die Decke bis zur Nasenspitze hoch. Neben ihm lag ein menschlicher Körper. Es schien noch Leben in ihm zu sein, denn B. glaubte zu merken, wie er sich im Rhythmus von Atemzügen bewegte. Er spürte die erlöschende Lebensflamme neben sich und dachte an das Spiel, das er so oft mit seinen Eltern gespielt hatte: das Erlöschen der letzten Kerze am Weihnachtsbaum, dieses Flackern einer Flamme, die nicht mehr genug Nahrung hat, und dann das Nachglühen des Dochtes, begleitet von einem dünnen Faden Qualm.

B. schlief ein. Als er am frühen Morgen erwachte, war der Körper neben ihm eiskalt. Er stand auf, ging auf den Flur, und dann verließ er das Haus über die breite Treppe, ohne dass ihn jemand bemerkte. Er trug immer noch den Bademantel. Über ihm leuchtete sein Lieblingssternbild am Himmel: der Orion. Irgendetwas stimmte nicht. Plötzlich begriff B., was es war: Dem Gürtel fehlte der mittlere Stern.

*

Am Morgen stand B. vor dem Spiegel und kämmte sich die immer noch rotblonden Haare. Er wusste, dass es noch eine Reihe von Tagen für ihn gab, ehe die endgültige Nacht anbrach. Für ihn stand inzwischen fest, dass er die Stadt bald verlassen würde. Den ganzen Rest des Tages machte er Pläne, wie sich das am besten bewerkstelligen ließ.

Später am Tag zog B. seine Wetterjacke und seine Wanderstiefel an. Es gab keine Richtung, die er einschlagen wollte. Er lief einfach los. Als er die letzten Häuser der Stadt hinter sich hatte, atmete er auf. Vor ihm lag nichts. Ein Nichts, das aus grauem Gestein bestand, von der Zeit abgeschliffen, mit Rissen, in denen zaghaft einige grüne Pflanzen wuchsen. In der Ferne sah man Silhouetten von Häusern. Sie bildeten eine gezackte Linie, die ihm vertraut vorkam. Eine Mühle, eine Allee von Bäumen, einige hohe Gebäude. Nebel zog auf und verschlang alles. Dann erkannte er einen Menschen, der direkt auf ihn zukam. Es war der Schrotthändler. Sie begrüßten sich per Handschlag. B. wirkte erleichtert, denn dieser Mann flößte ihm großes Vertrauen ein. »Können Sie mir sagen, ob es in der Stadt einen Hügel gibt, der immer wieder seine Position verändert?«

»Sie meinen doch wohl nicht meine Müllhalde?«, sagte der Schrotthändler lächelnd. »Es gibt in der Tat eine solche Anhöhe. Manche glauben allerdings, es handele sich um eine Halluzination, eine Fata Morgana. Ich selbst glaube, es ist eine Wanderdüne, die der Wind vor sich hertreibt.«

»Wie komme ich zum Bahnhof«, fragte B. »Hier war einmal der alte Bahnhof«, sagte der Schrotthändler und deutete auf einige undefinierbare Gebilde. »Sie sehen es an den Geleisen dort auf dem Damm, auch wenn sie von Unkraut überwuchert sind. Das da hinten war einst ein Prellbock. Jetzt ist er umgestürzt. Und das Gebäude aus rotem Ziegelstein, mit den zerbrochenen Fenstern und der vernagelten Tür, das ist, Sie werden es kaum glauben, das ehemalige Bahnhofsgebäude. Es liegt ziemlich weit außerhalb der Stadt. Das war von Anfang an ein Problem. Deshalb hat man irgendwann den neuen gebaut. Wo er liegt, weiß ich leider nicht. Auf jeden Fall liegt er auch zu weit außerhalb. Vermutlich geht man davon aus, dass die Stadt noch weiter wächst.«

Der Schrotthändler kroch auf den Bahndamm und legte das Ohr an eines der Geleise. Dann erhob er sich und meinte: »Ich höre ein fernes Geräusch. Vielleicht ist es ja mehr als ein Gerücht, dass noch einmal ein Zug hier durchkommen soll. Überzeugen Sie sich selbst.«

B. folgte dem Rat, kniete auf dem Schotter das Bahndamms nieder und presste sein Ohr an das kalte, rostige Eisen. Er hörte tatsächlich etwas. Es klang wie Stimmengewirr. Nach einer Weile glaubte er sogar, einzelne Sätze zu verstehen. »Wann kommst du«, »Ich warte auf dich«, »Es wird Zeit, dass wir uns wiedersehen«.

Als er aufstand und um sich schaute, war der Schrotthändler verschwunden. Er hatte sich einfach in Luft aufgelöst. So etwas war hier schon oft vorgekommen, als ob das zu den Eigenschaften dieser Stadtbewohner gehörte, sich ganz einfach aus dem Staub zu machen. Er selbst verfügte offenbar nicht über diese Möglichkeit.

B. machte sich auf den Rückweg. Es ist die Lüge, die die Menschen tötet, dachte er. Wären sie wahrhaftig, würden sie ewig leben. Diese permanente, im Siebenjahresrhythmus ablaufende Erneuerung der Zellen ist nichts anderes als der Versuch, sich von den Lebenslügen zu reinigen. B. kehrte um und fuhr noch einmal ins Institut. Der Mann am Fenster erwartete ihn schon. »Ich sehe Ihnen an, dass Sie einen Entschluss gefasst haben.«

»Ja«, sagte B. mit fester Stimme. »Ich möchte aufhören. Ich habe meinen Frieden mit der Vergangenheit gemacht und sehe nun keinen Sinn mehr, meine Lebensbeichte fortzusetzen.«

»Überschlafen Sie Ihre Entscheidung noch einmal«, sagte der Mann am Fenster. »Es ist gefährlich, seinen Frieden mit der Vergangenheit zu machen. Es könnte sein, dass es dann keinen Frieden mit der Zukunft gibt. Denken Sie darüber gründlich nach. Kommen Sie morgen wieder und teilen Sie mir das Ergebnis mit.«

47

Am folgenden Tag fuhr B. noch einmal ins Institut. Sein Entschluss, die Stadt zu verlassen, hatte jeden Zweifel überstanden. Nun wollte er ein letztes Mal seinem Beichtvater gegenübersitzen. Die Tür zum Sprechzimmer war angelehnt. B. stieß sie auf und trat ein. Der Andere saß hinter seinem Schreibtisch. Zum ersten Mal war sein Gesicht gut zu erkennen, da es vom Licht einer kleinen Arbeitslampe beleuchtet war. Es wirkte teilnahmslos. Ein Gesicht, das weder alt war noch jung. B. bemerkte, dass der andere rotblonde Haare hatte. »Sie brauchen nichts weiter zu sagen. Wie ich Ihnen ansehe, sind Sie entschlossen, Ihr Vorhaben zu verwirklichen. Wir müssen also einen einigermaßen glaubwürdigen Abschluss finden. Ich schlage vor, Sie erzählen stichwortartig von Ihrer zweiten Lebenshälfte.«

B. nickte und begann.

*

Nachdem ich aus dem Keller des Eichborn-Verlages ausgezogen war, wohnte ich eine Zeitlang in einer Frauen-WG. Man hatte mich dort sehr schnell vom Steh- zum Sitzpinkler umgezogen. Ich hatte meine Kreativität nicht verloren, im Gegenteil, sie war noch stärker geworden. Ich publizierte eifrig weiter. Ich ließ mich von Johanna scheiden. Wir hatten beide eingesehen, dass diese Seemannsehe aus Besuchen an Wochenenden nicht funktionieren konnte.

Wieder verliebte ich mich unsterblich, aber diesmal war alles anders. Das Verliebtsein verwandelte sich in Liebe. Als ob die Vorzeichnung auf einem Bild sich von selbst zu Ende malte. Ich empfand dieses unverhoffte Geschenk als eine Art Wiedergutmachung der Parzen, jener Schicksalsgöttinnen, die oft als Symbole des Todes dargestellt werden. Dann kam eine gute Zeit voller Reisen, Arbeit und Menschennähe. Als ich schwer erkrankte, trennte ich mich von meiner großen Liebe. Ich wollte ihr die Umstände, in denen ich mich nun befand, nicht zumuten. Ich wollte für sie kein Pflegefall sein. Sie sträubte sich gegen die Trennung. Ich warf mein Mobiltelefon weg und verschwand, ohne Spuren zu hinterlassen. Nur den Zugang zu meinem Honorarkonto bei meinem neuen Verlag behielt ich. Die letzten Jahre meines Lebens verbrachte ich allein. Ich schrieb immer noch, aber ich redete mit niemandem mehr richtig. Die meiste Zeit über dröhnte die Glocke eines tiefen Schweigens in mir. Die Liebe impliziert ihre ewige Dauer, dachte ich. Der Augenblick kann diesen Wahn nicht ersetzen. Was da eines Tages stirbt, ist daher immer schon eine Form der Nichtexistenz. Die einzige Ewigkeit, die es gibt, ist die der Nichtexistenz. Als ich das verstanden hatte, ergriff mich eine tiefe Traurigkeit, die sich auf alles wie Mehltau legte, auf das Grün der Blätter genauso wie auf das Rot jedes einzelnen Blutkörperchens in meinen Adern. Das Schweigen in mir wurde immer lauter. Es dröhnte förmlich. Ich führte fast nie mehr Selbstgespräche, auch wenn ich manchmal laut vor mich hin redete. Etwas anderes redete dann in mir, nicht mein Selbst, sondern ein Tier, das immer größer wurde, das in mir wuchs und mich mehr und mehr anfüllte. »Höre auf, etwas zu beschönigen, höre auf, etwas zu bedauern, höre auf, dich zu bemitleiden«, sagte ich einmal in einem meiner seltenen inneren Monologe. »Alles, was geschehen ist, geschah, weil die Umstände es erzwangen. Die Freiheit, die du dir immer nehmen wolltest, war nichts anderes als das Geräusch, das entsteht, wenn ein Gefangener mit einem harten Gegenstand am Gitter seines Käfigs entlangstreift.« War ich zurückgekehrt in den Kopf meiner Mutter, steckte ich irgendwo in ihrer Substantia nigra? Ich war immer noch rotblond, trotz meines Alters. Die Haare meiner Mutter wuchsen auf meiner Kopfhaut.

Ich erholte mich von meiner Krankheit, aber ich nahm keinen

Kontakt mehr auf zu meiner großen Liebe. Einmal sah ich sie im Fernsehen. Sie hatte einen Bestseller geschrieben, eine Liebesgeschichte.

Nun war also die letzte Lebensphase angebrochen, das Altwerden von Körper und Geist und das Kindischwerden der Seele. Das mit dem Kindischwerden fiel mir leicht, denn ich war schon als Kind kindisch gewesen. Ich hielt mich inzwischen tatsächlich für einen konkretisierten Menschen. Ich war am Ziel, aber das Ziel war nicht in mir. Ich konnte plötzlich wieder vom Schreiben leben, aber ich war nicht glücklich dabei. Die Zwänge des Marktes waren zu groß. Es verwirrt Sisyphos, dass der Stein manchmal von selbst den Berg hochrollt, er hingegen seine ganze Kraft und sein Talent dafür einsetzen muss, den Stein wieder hinabzurollen. Ich schrieb ein Buch über einen bestimmten Lebensabschnitt meines Vaters und hatte zum ersten Mal einen großen Erfolg. Ich hatte Geld. Ich war, wie man so schön sagt, auf dem Kamm der Welle. Sogar Hollywood wollte mein Buch verfilmen. Das Drehbuch war fertig, das Casting auch. Ich hatte 100 000 Dollar allein für die Option auf den Stoff erhalten. Als Autor blieb ich anonym. Mein Verlag schützte mich vor der Preisgabe meiner Identität. Als der Vertrag unterschrieben war, ging ich in ein Edelrestaurant, bestellte ein sechsgängiges Menü und trank eine Flasche Wein für 300 Euro. Der Restaurantchef bediente mich persönlich, zusammen mit einer Kellnerin, die mir schon bei früheren Besuchen aufgefallen war. Sie war eine herbe Schönheit, wie man sie nur im Norden findet. Der Chef war ein großer Mann mit schwarzen, glatten, zurückgekämmten Haaren. Er sah ein bisschen aus wie mein ehemaliger Chef Direktor Lüders. Plötzlich aber wusste ich, wer er in Wahrheit war: Er war der Tod. Vielleicht ärgerte es diesen Schachspieler, dass er durch meine letzten Züge in die Defensive gedrängt worden war. Mir wurde plötzlich übel und schwarz vor Augen. Die Schwärze floss aus dem Anzug des Restaurantchefs, aus seinen Augen, seinen Haaren und drang in mich. Ich fiel vom Stuhl und riss die Tischdecke mitsamt den Jakobsmuscheln in Trüffelsauce mit. Die Bedienung beugte sich über mich. Ihre sanften blauen Augen waren vor Entsetzen geweitet und zugleich voller Mitgefühl. Als ich wieder zu mir kam, war ich in einem Wagen der Ambulanz. Man fuhr mich ins Krankenhaus. Allmählich kam ich wieder zur Besinnung. Es begann damit, dass ich die Umgebung als Negativ sah. Schwarz war Weiß, Weiß war Schwarz. Es war wie einst, als ich einen Projektor gebaut und die Negative meines Vaters an die Wand projiziert hatte.

Der Arzt empfahl mir, mich gründlich von einem Spezialisten untersuchen zu lassen. Es könne sich bei meinen Visusstörungen um einen Schlaganfall oder sogar um einen Tumor handeln. Ich fuhr mit dem Nachtzug in die Stadt, in der es angeblich den besten Gehirnchirurgen gab. Ich bekam ein Einzelzimmer. Ich hatte nur wenige Sachen dabei, darunter den Bademantel, den ich einst meinem Vater geschenkt hatte. Es dauerte nicht lange, und mehrere Untersuchungen ergaben eine eindeutige Diagnose: Ich hatte einen bösartigen Gehirntumor.

Während ich, befallen von einer diffusen Angst, auf die weiteren Maßnahmen der Ärzte wartete, dachte ich an Menschen, die in meinem Leben eine Rolle gespielt hatten und die inzwischen tot waren. Der Meister hatte seine dürren, knöchernen Finger in die Löcher einer schwarzen, glatten Kugel gesteckt. Dann hatte er Anlauf genommen, war ächzend in seine vom Alter arthritisch gewordenen Knie gegangen und hatte die Kugel auf die blank polierte Umlaufbahn geschleudert, auf der sich die Personen um mich bewegt hatten, die mir wichtig gewesen waren. Es war ein Meisterwurf. Alle Kegel, es waren sogar elf, fielen einer nach dem anderen.

Den Anfang hatte Tante Betty gemacht, die Frau von Onkel Brudda. Ihre mangelnde Schönheit war die Grundlage ihrer geistigen Freiheit gewesen. Das hatte mich damals nachhaltig beeindruckt. Sie starb eines natürlichen Todes, was zu ihr passte. Nach der Beerdigung ging man zu Muttl. Onkel Brudda hielt im Musikzimmer, mit dem Sektglas in der Hand, eine launige Rede, in der er nicht ohne Ironie die großartigen Fähigkeiten der Verstorbenen pries. Sie sei klug gewesen, und sie habe verzeihen können. Das sei ihre größte Stärke gewesen. Sie hätte sogar dem lieben Gott verziehen, dass er die Welt erschuf. Es war eine Rede, die keinerlei falsche Sentimentalität aufkommen ließ, und dafür waren ihm alle dankbar.

Als Maruschka starb, schien niemand der Verwandtschaft und ihrer Freunde innerlich berührt, und doch fehlte sie in Wahrheit allen. Ihre Verrücktheit, ihre fast bigotte Bewunderung der Werke Goethes, ihr gebundenes, mit viel zu viel Pedal geübtes Spiel auf dem verstimmten Piano, all das war nun für immer Vergangenheit und wurde schmerzlich vermisst. Sie hatte nach einem Schlaganfall noch ein paar Tage in einer Frankfurter Klinik unter einem Sauerstoffzelt, während ihre Schwester in ihrer Wohnung die Schränke nach ihr passenden Kleidern durchsuchte. Ich besuchte Maruschka. Sie war gut gelaunt. Vielleicht glaubte sie sich auf ihrer Jacht unter vollen Segeln auf dem Schwäbischen Meer. Sie konnte nur flüstern. Ich musste mein Ohr ihrem Mund nähern, um zu verstehen, was sie sagte: »Warte nur, balde ruhest auch du.« Jeder Tod eines Menschen, mit dem man näher zu tun gehabt hat, ist immer auch ein Verlust eigener Lebenszeit. Deshalb reagierte ich damals stärker, als ich es erwartet hatte. Ich schrieb ein Gedicht mit dem Titel »Auf den Tod einer alten Frau«: »Das Zimmer hatte zuerst eine eckige Form, dann wurde es rund, immer kleiner und lief blau an. Ein leichtes Zittern befiel die Tapeten, die Möbel sanken schweißnass zu Boden, der Teppich schwebte wie ein bunter Nebel über einem schwarzen Schacht. Aus dem Ofen kam eine kalte Stimme, gedämpft von der spanischen Wand: Siehe meine Tochter, du bist alt, dein Blut ist ohne Zukunft. Das Sofa überströmte roter Samt, die Bilder der Angehörigen verblassten vor Mitleid, auf dem Schreibtisch lagen Briefe, Abschiedsworte, ungelesene Bücher mit bleistiftunterstrichenen Sätzen. Noch einmal zeigte das glänzende Klavier seine Tasten, noch einmal bemerkten Blumen die Stille, ehe alles zu einem kleinen blauen Ball wurde. Während die Welt dieses Zimmer umkreiste wie ein vom Leben gleichgültiger Stern, war dieser Vorgang unumstößlich wahr und wirklich: Jemand nahm den Ball und warf ihn gegen eine Wand, wieder und wieder, warf ihn und fing ihn ewiglich.« Zu Tante Marys Beerdigung reisten auch meine Eltern an. Alle standen auf dem Friedhof des Villenortes um das Familiengrab, in dem der Textilkaufmann neben der walzertanzenden, einzahnigen Großmutter lag. Muttl versuchte betroffen auszusehen, was ihr trotz des Schleiers, der ihr stark gepudertes Gesicht fast völlig verbarg, ganz gut gelang. Meiner Mutter gelang es noch besser, denn Tante Mary war schließlich einst ihre wirkliche Mutter gewesen. Mein Vater hatte sein immer noch schönes Seemannsgesicht in eine Maske der Anteilnahme verwandelt. Onkel Anton schien an etwas Schönes zu denken, vielleicht an Erdbeerbowle oder Frauen, denn er lächelte still in sich hinein.

Anfang 1963 erkrankte Onkel Anton an Lungenkrebs. Ich wollte ihn im Krankenhaus besuchen, aber er lehnte ab. Er fühle sich wegen der Medikamente zu apathisch, sagte er hustend am Telefon. In Wahrheit war es wohl ein letztes Beispiel seiner Weltklugheit. Er wollte seinem Neffen den Anblick seines körperlichen Verfalls ersparen und außerdem kein Mitleid erwecken. Dazu war er zu stolz. Er starb sehr bald darauf. Für mich war es ein großer Einschnitt, denn ein wichtiger Gott meiner Kindheit existierte nicht mehr. Der Lebenskünstler par excellence, der Meister des Rasenschnitts, der Frauenkenner, ein Bruder Leichtfuß und Liebhaber ernster Musik war für immer gegangen. Fast geräuschlos, wenn man von seinem röchelnden Atem absah.

Auch ein anderer wichtiger Onkel starb: Onkel Otto. Sein Tod war von besonderer Tragik. Er, dessen Liebe zur Literatur für mich eine frühe und sehr wichtige Erfahrung gewesen war, wurde ausgerechnet von einem mit einer tonnenschweren Papierrolle beladenen Gabelstapler überfahren. Es passierte auf einer Fahrt über die südschwedischen Kanäle und Seen mit einem Schiff, dessen Kapitän er war. Seine Frau saß bei herrlichem Wetter auf dem Peildeck und war Zeugin der Katastrophe. Onkel Otto überlebte nur kurze Zeit. Als mein Vater abends den Anruf mit der Hiobsbotschaft erhielt, war ihm sofort klar, was zu tun war. Er musste den Sohn informieren, der in der Nachbarstadt als Leutnant der Bundeswehr arbeitete. Er nahm mich mit, denn er wusste, dass ich einst auf der Insel mit Kai befreundet gewesen war. Es war eine gespenstische Autofahrt. Im Licht der Scheinwerfer leuchteten die vorbeihuschenden Bäume auf wie eine endlose Reihe von Kondolierenden, die dem Toten die letzte Ehre geben wollten. Ich erlebte schmerzlich die Kluft zwischen denen, die die Botschaft kannten, und der Ahnungslosigkeit dessen, der sie erhalten sollte. Wir klingelten an der Tür eines tristen Mehrfamilienhauses. Es dauerte lange, bis wir Schritte hörten. Kai öffnete, und da es schon spät war und wir ihn zuvor nie besucht hatten, drückten seine Gesichtszüge ungläubige Freude aus. Er bat uns herein. Mein Vater teilte ihm noch im Flur in seiner knappen, nüchternen Sprache die grausame Wahrheit mit. Kai schien nicht zu begreifen, doch dann, als wir schon in der Küche saßen und er uns etwas zu trinken anbot, befiel plötzlich das Verstehen seine Züge. Nie hatte ich so stark erlebt, wie sich im Gesicht eines Menschen ein Ausdruck von Verzweiflung mit Ungläubigkeit mischte. Mein Vater versuchte, einige tröstende Sätze zu formulieren, aber Kai schien sie nicht zu hören. Er brachte uns mechanisch wie ein Roboter zur Tür und bedankte sich für den Besuch. Auf der Rückfahrt fiel kein Wort. Die kondolierenden Bäume kamen uns nun aus der anderen Richtung entgegen, als gebe es noch eine zweite Beerdigung am anderen Ende der Welt.

Als es mit Muttl zu Ende ging, lag sie im gleichen Krankenhaus, in dem ich geboren worden war. Wie schon ihre Schwester lag sie unter einem Sauerstoffzelt, denn auch sie hatte einen Schlaganfall gehabt. Als ich sie besuchte, fiel grelles Sonnenlicht durch das Fenster und brachte das Zelt zum Leuchten. Zwei Schläuche führten in Muttls Nase. Ihr faltiges Gesicht mit den dunklen Augenringen wirkte wie von den zahllosen Unwettern des Lebens gegerbt. Sie erinnerte mich an einen Polarforscher, an Amundsen oder Scott, der dabei war, auf einer wichtigen Expedition zu scheitern. Sie schien mich nicht wahrzunehmen. Sie konnte nicht sprechen. Nur ihre Augen redeten. Sätze voller Empörung darüber, so schien es mir wenigstens, dass es nun mit all ihren Koch- und Liebeskünsten endgültig vorbei sein sollte. Ich ging leise und drehte mich in der Tür noch einmal um. Ich hatte den Eindruck, dass sie mich jetzt erst bemerkte. Die Beerdigung fand auf dem Friedhof der Waldkolonie statt. Die Verstorbene lag nun zwischen ihrer ungeliebten Schwester und ihrer Mutter. Die Feier war weniger entwürdigend als die von Tante Mary. Meine Eltern waren wieder angereist und wirkten auf mich wie eifrige Anwärter auf ihren eigenen Tod. Meine Tante schenkte mir zum Andenken an Muttl das Barometer, das immer im Foyer gehangen hatte. Auf der Skala die Wörter Tempête, Grande Pluie, Pluie ou Vent Variable, Beau Temps, Beau Fixe, Très Sec. Es schien mir, dass diese Kategorien nicht das Wetter meinten, sondern Muttls wechselnde Launen. Ich fuhr am nächsten Tag noch einmal allein mit dem Fahrrad zum Grab und legte mein Ohr an die frisch aufgeworfene Erde. Die Blumen dufteten penetrant süß. Plötzlich hörte ich ein leises Geräusch, wie von klappernden Töpfen und Pfannen auf einem gusseisernen Herd.

Vom Ende meines ehemaligen Freundes Wilhelm erfuhr ich aus der Zeitung. Wir hatten seit Jahren keinen Kontakt mehr. Er war immer noch Alkoholiker, trotz seiner Erfolge als Jazzkritiker. Auf der Kaiserstraße wurde er nachts nach einem Kneipenbesuch von einer Gruppe Halbstarker zusammengeschlagen. Das war zu viel für ihn, der seidene Faden, an dem sein Leben schon lange hing, drohte zu reißen. Er fuhr nach Nordstrand. Es war, als folgte er einem Kompass, dessen Nadel tief in seinem Hirn steckte. Im *Café Halligblick* saß er am Fenster und trank Pharisäer. Nach dem fünften ließ der Schmerz der Wunde nach und machte einem diffusen Glücksgefühl Platz. Es ist immer das Gleiche, dachte er. Die Wirklichkeit ist nicht in der Lage, sich einzugestehen, dass sie lügt. Die Realität ist nichts anderes als die scheußlichste denkbare Fiktion. Der siebte Pharisäer war umsonst. Er spürte bislang noch keine Wirkung des Alkohols. Diesmal würde er es bis zu einem zweiten Siebten schaffen. Hier hatte er mit seinem Freund gesessen. Sie hatten geredet, ohne dabei zu denken, und sie hatten gedacht, ohne dabei zu reden. Nie fand beides gleichzeitig statt, und das war richtig gewesen, denn Reden stört das Denken, und Denken stört das Reden. Er wünschte sich eine Neugeburt oder besser eine Wiedergeburt. Diesmal aber ohne Wehen und protestantischen Klimbim. Er musste in sich hineingrinsen. Die Sprache, die er so liebte, war eine Nabelschnur, durch die er sich lange versorgt hatte. Jetzt würde er sie durchschneiden müssen oder besser durchbeißen, wie es die Hunde machen oder die einfachen Frauen, wenn sie kein Messer zur Hand hatten. Zwischendurch ging er auf die winzige Toilette mit dem Bullauge auf die Marsch hinaus und dem Spruch an der Wand, direkt neben dem Urinal: Der Schiffer wird gebeten, das Ruder so zu halten, dass das Schiff immer in der Fahrrinne bleibt. Ein perfektes Wortspiel. Nach dem gleichen Muster hatte er versucht, Gedichte zu fertigen. Eine genaue Metaphorik auf klarem Kurs. Meistens war er dabei gescheitert. Er war beim vierzehnten Pharisäer. Auch der war umsonst. Er sah sich um. Wo war Dau mit seinem Akkordeon? Als er fragte, hieß es, der Wirt sei im vorigen Jahr ganz unerwartet verstorben. Fünfzig Jahre alt erst. Herzversagen. Wilhelm stieg auf Grog um. Das war billiger. Er war erst zweiundvierzig. Er hatte noch Zeit. Dau spielte jetzt im Himmel »Wo de Nordseewellen trecken an de Strand«. Oder in der Hölle, weil es da wärmer war. Die volle Rumflasche stand vor ihm auf dem Tisch. Das war hier so üblich. Man zahlte nur die Gläser mit dem heißen Wasser. Wie viel man dazuschenkte, blieb einem selbst überlassen. Obwohl er erst dreimal ein Glas Heißwasser bestellt hatte, war die Flasche schon halbleer. Er sah Dau, wie er sich das Akkordeon um den dicken Bauch schnallte. Dabei entstanden unangenehme Töne. Ein Stöhnen und Hecheln. Wilhelm zahlte. Er kaufte auch die halbvolle Flasche und ging dann schwankend über den Deich in Richtung »Oben«. Die Schafe schliefen. Sie sahen aus wie dicke Kissen. Wie praktisch, dachte er, sie können auf sich selbst schlafen. Als er über eines der Tiere fiel, machte es drei Sätze, hustete wie ein Mensch und starrte ihm nach. Es war Ebbe, die Welt bestand bis zum Horizont aus Schlick. Wilhelm dachte darüber nach. Der große Empedokles, mit dem er sich einst so gerne identifiziert hatte, hatte einen Fehler gemacht. Die Welt bestand nicht aus vier Elementen, sondern aus fünf. Erde, Wasser, Feuer, Luft und Schlick. Der Schlick, das war die Sprache. Wenn man ein Gedicht schrieb, dann hinterließ man eine Spur im Schlick wie der Abdruck eines Vogelfußes. Er hörte sich laut auflachen. Es gab noch ein sechstes Element. Schnaps. Er trank aus der Flasche, während er ging. Dann war er am Ziel. Hier hatten sie gelegen, sein Freund und er, im kurzen Salzgras, die Beine im Graben, um auf das Meer zu warten, wenn es sich bei auflaufendem Wasser langsam mit seinen grauen, kleinen Wellen über die Watten schob. Er zog seine Schuhe aus und rollte zur Seite. Als er über die Graskante rutschte, füllte sein Körper den ganzen Graben aus. Er lag mit dem Gesicht nach unten. Der Zeigefinger seiner linken Hand steckte im Hals der leeren Rumflasche. Die rechte Hand lag unter seiner Brust. Die Flut leckte mit ihrer schmutzigen Zunge den Graben hoch. Es war seine Taufe, seine erste richtige. Das steigende Wasser spülte einen kleinen Schwimmkrebs mit sich. Als das Tier den Kopf des Schlafenden erreicht hatte, spreizte es die Scheren. Dann kroch es weiter, an seinen Augen entlang, über die Wange, bis es den Mund erreichte. Da er offen war, kroch es dort hinein und wartete, bis das Wasser weiter gestiegen war. In dieser Höhle war es vor Möwen sicher. Ein Tourist fand den Toten am nächsten Tag. Er hatte ihn aus der Ferne für einen angetriebenen Balken gehalten. Die Flut hatte bereits eingesetzt, und der Graben mit der Leiche war halb gefüllt mit Wasser. Eine Spinne hatte damit begonnen, ihr Netz zwischen seinen Haaren und einem Grasbüschel zu bauen. War es ein Unfall? Oder Selbstmord? Der Tote hätte diese Unterscheidung lächerlich gefunden, denn war das Leben nicht sowieso immer ein Unfall mit Selbstmordcharakter? Die amtsärztliche Untersuchung ergab keine für echtes Ertrinken typischen Merkmale. Kein Salzwasser in der Lunge, keine Diatomeen. Am wahrscheinlichsten war wohl ein sogenannter Badetod. Ein Herzstillstand, bedingt durch Alkohol und die Abkühlung durch kaltes Wasser, die Puls und Blutdruck blitzartig ansteigen lässt. Zu dieser These passte, dass die Blutuntersuchung einen Gehalt von vier Promille ergeben hatte. Das war bei den meisten Menschen eine letale Dosis, auch wenn kein Wasser im Spiel war.

Als ich von Wilhelms Selbstmord erfuhr, erschrak ich bei der Vorstellung, dass mein Exfreund sich für seinen Tod offenbar die gleiche Stelle ausgesucht hatte, an der ich damals, als er mich auf Nordstrand besuchte, ein Gedicht über einen Todeswunsch verfasst hatte: »Ein tiefes aus dem dämmernden Erdreich des Himmels ausgehobenes Rechteck war jenes Fenster für seine Augen. Sie hatten es schwer genug, einen Weg zu finden über den nassen Deich in all der Dunkelheit aus untergegangenen Sonnen. Umsonst brachen die Deiche im ablaufenden Wasser, umsonst gaben die niedergebogenen Ähren des Meeres ihr graues Brot für die Speisung eines fünftausend Tage während Lebens: Seiner Unfähigkeit, auf dieser Seite zu sterben, folgte ein neuer Morgen mit dem Versprechen ebenmäßiger Freude. Er ging auf die Lahnung hinaus und hörte das singende Watt unter den Wellen. In jener Stunde wünschte sich niemand so sehr seinen Untergang wie er, der versunken war in den Anblick des Meeres.«

Vitos Kompagnon Uwe G. war auch für mich eine wichtige Person gewesen, da er bei meinen Buchproduktionen im Eichborn-Verlag dafür sorgte, dass Vitos und meine Affinität nicht überhandnahm. Sowohl Uwe als auch Vito waren meine Lektoren. Wo sie sich einig waren, wusste ich, dass der Text stimmte. Viele Jahre später begab sich Uwe G. zu jener Pforte, die sich nur in einer Richtung öffnen lässt. Er fuhr mit dem Fahrrad fröhlich winkend davon, auf den Gepäckträger eine Plastiktüte geklemmt. Sein Ziel war der Altkönig, dieser Berg, von dessen kahlem Gipfel man den besten Ausblick in die Rheinebene hat. In der Tüte befanden sich die beiden Flaschen Likör aus dem Keller, die ich so oft gesehen hatte, als ich dort wohnte. Es war zehn Grad minus. Auf dem Gipfel des Berges ließ sich Uwe G. nieder in den Schnee. Eine Weile saß er still da, mit gekreuzten Beinen, wie ein Buddha, mit einer Art gelassener Zufriedenheit im Blick. Dann begann er zu trinken, zügig und in kleinen Schlucken. Erst die eine, dann die andere Flasche. Eine lodernde Fackel entzündete sich in ihm, die sein Herz vorantrug wie bei einer Prozession für Vergeblichkeit. Er trank beide Flaschen leer, direkt aus dem gläsernen Hals in den Hals aus Fleisch und Blut. Die Schneekristalle leuchteten wie Sterne am weißen Nachthimmel. Eine wohlige Müdigkeit wuchs in ihm mit jedem Schluck wie Schnee vor einem Schneeschieber. Irgendwann legte er sich auf die Seite. Die Kälte kroch in ihn hinein und wärmte sich an ihm. Sein Herz schlug wie ein neugieriger Geologe mit dem Hammer gegen den grauen Stein, der sich ein Leben lang in ihm gebildet hatte. Das letzte Bild, das er in sich sah, waren die Schuhe eines Onkels. Er war fünf Jahre alt und saß in seinem Heimatdorf in der Rhön in der Dorfkneipe unter dem Stammtisch. Oben wurde laut debattiert, und jedes Mal, wenn ein Bierglas auf die Platte knallte, schrak er zusammen wie jemand, der den Fall einer Bombe erlebt. Es war Krieg. Irgendwo brannte es. Es roch nach Zigarren. Die Lederstiefel des Onkels hatten weiße Schrammen, Schriftzeichen in einer Sprache, die er jetzt erst verstand: Du darfst nie stehen bleiben! Als Wanderer den Toten fanden, glaubten sie zuerst an einen Unfall. Aber dann sahen sie die beiden leeren Flaschen und ahnten, was passiert war. Niemand von Uwes Bekannten und Freunden verstand die Tat, auch seine Lebensgefährtin war ratlos. Es gab offensichtlich kein Motiv. Uwe G. hatte sich vom Sohn eines Kneipenwirtes ohne Abitur hochgearbeitet. Er war in seinem Beruf erfolgreich, anerkannt und für sein Urteil über Literatur hoch geschätzt. Er betreute die »Andere Bibliothek«, er hatte eine schöne Wohnung, hatte keine Geldsorgen, keine Frauengeschichten, jedenfalls keine, von denen man wusste. Er trank nicht übermäßig, er hielt sich mit Joggen fit, die Partys, die er hin und wieder gab, waren legendär. Es gab also keinen offensichtlichen Grund für seinen Selbstmord. Oder war es am Ende gerade diese Grundlosigkeit, die den Ausschlag gegeben hatte?

Als Ben starb, war er 64 Jahre alt. Sein Körper hatte sich gegen ihn gewendet und ihn umgebracht. Autoimmunkrankheit nennt man das. Eine Art Selbstmord der Somazellen. Auch mit ihm hatte ich seit vielen Jahren keinen richtigen Kontakt mehr gehabt. Unsere Wege waren auseinandergegangen, unsere Interessen auch. Ben war kein Sprachmensch wie ich. Doch ich vergaß ihm nie, wie er mir während einer Segeltour mit einem schweren alten Eicheschiff bei 10 Windstärken die Pinne übergab und anschließend in die Kajüte hinunterging, nachdem er mir erklärt hatte, was eine Patenthalse ist. Wir segelten platt vor dem Wind, und man musste jede einzelne Welle im Auge haben und sofort gegensteuern, um die Katastrophe einer Patenthalse, das plötzliche Überkommen des Baumes, zu verhindern. Es hätte den Mast abgerissen und uns steuerlos der wütenden See ausgeliefert. Die Situation war lebensgefährlich, der Jollenkreuzer mit dem bleiverstärkten Kiel so schwer, dass ihn eine einzige überkommende See in die Tiefe geschickt hätte. Ich hatte noch kaum

Segelerfahrung, aber statt in Panik zu geraten, erwachte der verhinderte Seemann in mir. Ich brachte den Jollenkreuzer in einer zweistündigen Fahrt in den schützenden Hafen. Ben war die ganze Zeit über in der Kajüte geblieben. Er war müde und schlief. Das blinde Vertrauen, das er damals in mich gesetzt hatte, erwies sich als Notration für ein ganzes Leben. Später heiratete Ben Maria. Es muss eine sehr glückliche Beziehung gewesen sein. Der Tod beging in diesem Fall ein Verbrechen, für das es keine Vergebung gibt.

Billy starb auf der Bühne an einem Herzinfarkt. Das Stück, das die Band gerade spielte, hieß »Satisfaction«. Als ich davon erfuhr, stand mir ein Bild lebhaft vor Augen: wie wir im Winter von Offenbach nach Darmstadt gefahren waren, um in meiner Wohnung zu üben. Auf halber Strecke fuhr Billy seine Ente in eine Schneewehe und zündete sich ein Haschpfeifchen an, das er mit mir teilte. Wir sprachen kein Wort und sahen den Schneeflocken beim Fallen zu, als sei dies ein Geschehen von größter Wichtigkeit.

Als meine Mutter an Kreislaufversagen starb, vermutlich eine Folge ihres Alkoholkonsums und Übergewichts, verschwanden die Stäbe des Käfigs endlich, in dem sie ihr Leben lang gefangen war. Aber da war aus dem Panther längst ein kleines Hauskätzchen geworden. Bei unserer letzten Begegnung thronte sie mit großen Kissen im Rücken im Ehebett, das sie nun schon seit Jahren nicht mehr verlassen hatte. Ich stand unbeholfen vor ihr, wie jemand, der sich schuldig fühlt, ohne zu wissen, worin seine Schuld besteht. Sie musterte mich mit ihren leicht hervorquellenden haselnussbraunen Augen. »Wir werden uns nicht wiedersehen, mein Sohn«, sagte sie. Dann nieste sie, und ich sah für einen Moment eine kleine blaue Zunge zwischen ihren Lippen. Ein Bild, das ich nie wieder loswerden würde. Als mich mein Vater einige Tage später anrief und kurz und trocken mitteilte, dass seine Frau in der Nacht gestorben sei, berührte es mich zunächst nicht. Erst nach einer Stunde schüttelte mich ein kurzer, heftiger Weinkrampf. Das war wahrscheinlich der Au-

genblick, in dem mein eigener Käfig einige seiner Stäbe verlor, sodass eine Lücke entstand, durch die ich vielleicht hindurchschlüpfen
konnte. Jener letzte Satz meiner Mutter, den ich als Vorwurf, ja als
Drohung empfunden hatte, war in Wirklichkeit ein klarer Gedanke, der sich in ihrem ansonsten von Phantasien, Wahnvorstellungen
und Schnaps umnebelten Hirn gebildet hatte. Mein ganzes weiteres
Leben lang warf ich mir vor, diesen Satz damals nicht ernst genommen zu haben.

Viele Jahre später, in der letzten Lebenswoche meines Vaters,
wohnte ich in seinem Haus und besuchte ihn täglich im nahegelegenen Altersheim. Einmal sah ich ihn nackt, weil er aus seinem Bad
kam. Ich sah, dass er noch mehr Leberflecken hatte als früher. Und
ich sah, dass es Sternbilder waren. Es war sein Planetarium. Der
Kosmos hatte sich auf seiner Haut ausgebreitet. Es war wie damals,
als ich seine Negative projiziert hatte. Schwarz war Weiß, und Weiß
war Schwarz. Ich hatte zwei Schachteln Salmiakpastillen und den
teuersten Rum besorgt, einen, den mein Vater sich nie geleistet hatte. Wir zelebrierten eine ganze Woche lang jeden Mittag das, was
man auf den Segelschiffen einst »Kirchgang« nannte, das bedeutete, wir tranken Grog. Dabei unterhielten wir uns so intensiv wie nie
zuvor. Mein Vater war neugierig wie ein Kind. »Du hast doch Philosophie studiert«, sagte er einmal. »Kannst du mir erklären, was
die Zeit ist und warum sie vergeht, statt stehenzubleiben oder rückwärts zu gehen?« »Das ist tatsächlich schwer zu begreifen«, sagte
ich. »Eigentlich sind alle Phänomene in der Welt symmetrisch. Materie und Antimaterie, Kraft und Gegenkraft, Energie und Materie,
Liebe und Hass und so weiter. Warum sollte dann ausgerechnet die
Zeit eine Ausnahme bilden? Vielleicht wächst sie ja in einer Paral-
lelwelt im gleichen Maße, wie sie in unserer verschwindet.« »Dann
wäre dein Perpetuum mobile also doch möglich«, sagte mein Vater
listig. »Und mein Glas würde sich beim Trinken füllen, statt leer
zu werden. Das wäre auch viel billiger für dich.« »Eine symmetri-

sche Zeit würde der Vorstellung der alten Griechen entsprechen. Alles kehrt wieder. Die Zeit ist ein Kreis. Nur die Germanen hatten die deprimierende Vorstellung einer linearen Zeit, die nicht anders kann, als ständig zu vergehen.« »Wenn die Griechen recht haben, würde ich also deine Mutter irgendwann wiedersehen. Ein schöner Gedanke.« »Und ich würde in deiner Frau verschwinden wie in einem Mauseloch.« Er lachte. »Schenk nochmal ein, solange die Zeit bei uns germanisch verläuft«, sagte er und hielt mir sein Grogglas hin. Dann trank er, schloss die Augen und sagte: »Ich würde ihr noch einmal sagen können, lass uns die seltene dunkle Blume gemeinsam suchen.« »Eigentlich gibt es die Zeit gar nicht. Sie ist nur das Auf und Ab der Raumteilchen. Sie stoßen sich gegenseitig an und erwecken so den Eindruck des Fließens. Du kennst das von der Oberfläche eines Sees. Wenn der Wind sie aufwühlt, entsteht der Eindruck einer Strömung, obwohl das unmöglich ist. Die Zeit ist nichts anderes als eine Erregung des Raumes.«

Mein Vater war eingeschlafen, und ich hatte auf Zehenspitzen den Raum verlassen. Als ich in seinem Haus war, setzte ich mich ans Fenster und blickte hinaus. Ich sah einen Totentanz, eine Gruppe schwarzer Silhouetten gegen das Abendlicht. Sie hatten sich an den Händen gefasst und zogen über den gewölbten Rand des Orbis terrarum. Der Letzte in dieser Pavane streckte seine freie Hand nach hinten. Ich wusste, dass ich sie irgendwann ergreifen musste. Als ich zurück zum Altersheim ging, kamen sie mir schon entgegen. »Ihr Vater ist sanft entschlafen, kaum hatten Sie sein Zimmer verlassen«, sagte eine der Schwestern.

Auch im Falle meines Exfreundes Jens war der Kegel getroffen worden. Aber er war stehen geblieben. Wir hatten jahrzehntelang keinen Kontakt mehr, nicht aus einem Mangel an Interesse, sondern weil ich ihn bei seiner Suche nach dem Nirwana nicht stören wollte. Dabei schien er es längst gefunden zu haben. Er hatte aus Kontemplation und Nichtstun eine Einheit gemacht. Er war verheiratet und hatte einen Sohn. Er trank nur noch alkoholfreies Bier und stählte seinen Körper im Fitnessstudio. Er schien glücklich mit seiner Situation. Ein Glück, das darin besteht, dass man sich aus dem Kreislauf des Lebens erfolgreich ausklinkt. Dann hatte er einen Herzinfarkt. Da Bekannte in der Nähe waren, wurde er rechtzeitig medizinisch versorgt und überlebte, ohne Schaden zu nehmen. Er hatte geschafft, was das Wesen der Schrödinger'schen Katze ausmacht: zugleich lebendig und tot zu sein.

B. verstummte und blickte den Anderen an, als warte er auf ein Zeichen des Mitgefühls. Dann fuhr er leise fort:

»Das Gefühl, selbst nicht mehr lange zu leben, macht mich einsam. Man kann Einsamkeit kaum intensiver erleben als in einer Situation, in der man rücklings auf einem Bett liegt und die Deckenlampe anstarrt, diese trübe Sonne, die das Alleinsein so unerbittlich beleuchtet, dass es zum körperlichen Gefühl wird. Ein bleiernes Gefühl. So ging es mir heute morgen. Es kostete mich viel Überwindung aufzustehen, mich anzuziehen, das Licht auszuschalten und zu gehen. Zum ersten Mal fand ich die Tür verschlossen, als ich aus dem Zimmer wollte. Vielleicht befürchtete man, ich könne das Hotel verlassen, ohne meine Rechnungen zu begleichen. Ich versuchte alles, um die Tür aufzubekommen. Ich rüttelte an der Klinke und trat ungeduldig mit dem Fuß gegen das Türblatt. Plötzlich sprang sie wie von selbst auf, als habe man irgendwo im Haus einen entsprechenden Mechanismus bedient. Ich ging hinunter, an der leeren Pförtnerloge vorbei. Draußen war es unnatürlich hell, und die Dinge hatten schärfere Konturen als sonst. Es waren mehr Menschen als gewöhnlich in den Straßen. Ich ging durch die Stadt, durch diesen Konfettiregen von Gesichtern. Alle glichen sich, alle waren weiß und leicht wie Schneeflocken. Sie tauten, wenn man sie berührte. Und noch etwas hatte sich verändert. Die Fassaden der Häuser waren nicht mehr so grau und rissig wie früher. Manche schienen frisch gestrichen, und an vielen Stellen sah es aus, als ob über Nacht kleine Verzierungen aus den Mauern gewachsen wären. An einigen der Wände waren Gerüste angebracht, aber man sah keine Arbeiter. Vielleicht wurde nur nachts gearbeitet. Ich ging zum Fluss, ließ mich auf der Böschung nieder und starrte ins lehmgelbe Wasser. An der reißenden Strömung war zu erkennen, dass es ebbte. Wie gestorben kam ich mir vor, so ruhig, so leer fühlte ich mich. Plötzlich sah ich etwas Seltsames: Ein mächtiger Frauenkörper trieb den Fluss hinab Richtung Meer. Er war so groß, dass er beide Seiten des Ufers berührte. Er bewegte sich formlos in seinem fahlen, welken Fleisch, sodass man nicht sagen konnte, ob er tot war oder noch Leben in ihm steckte. Ich dachte an mein Vorhaben, die Stadt für immer zu verlassen, und ich wusste, es würde nicht einfach sein. Angeblich sollen zurzeit keine Züge mehr fahren. Wegen riesiger Überschwemmungen nach sintflutartigen Regenfällen seien die Gleise unterspült, hatte der Portier gesagt. Vielleicht sollte ich zu Fuß gehen oder mit dem Fahrrad fahren. Da ich jedoch keinerlei Vorstellung von der Ausdehnung der Stadt habe, da ich im Hotel wieder einmal vergeblich nach einer Karte gefragt hatte und auch keine Auskunft bekam, welche Richtung die beste sei, um die Vorstädte zu erreichen, habe ich mich zu einem ersten Schritt entschlossen, zu einer Maßnahme, die mein Vorhaben wenigstens einleiten wird. Ich werde in ein anderes Hotel umziehen, und zwar heute noch. Und ich werde nicht mehr zu Ihnen ins Institut kommen. Ich habe nur noch eine letzte Frage: Hat Sie meine Lebensbeichte interessiert, oder hat sie Sie gleichgültig gelassen?« »Weder noch«, sagte der Andere. »Ich finde, das ist ein gutes Zeichen für ein ehrliches Resümee.«

»Ich frage mich immer noch, was mich damals veranlasst hat, den vorgezeichneten Weg zum Atomphysiker zu verlassen, auch, warum die meisten meiner Beziehungen, Ehen und Arbeitsverhältnisse so kläglich gescheitert sind.«

»Ganz einfach. Sie sind so etwas wie ein Deserteur des Lebens. Sie wollten einfach kein Soldat sein, der den Schlachten der Wirklichkeit zum Opfer fällt.«

Der Andere stand auf und gab B. die Hand. Diesmal war sie nicht kalt, sondern warm, als sei sie aus Fleisch und Blut. B. blickte ihm ins Gesicht und glaubte dabei, in einen Spiegel zu blicken.

»Alles Gute auf Ihrem letzten Stückchen Lebensweg«, sagte der Andere. Auch die Stimme war B. vertraut. Sie war der seinen so ähnlich, dass er auf einmal das Gefühl hatte, er hätte die ganze Zeit nur Selbstgespräche geführt.

*

B. fühlte sich seltsam leicht. Das bleierne Gefühl war völlig verschwunden. Er fuhr mit dem Rad die Küste entlang. Bald wusste er nicht mehr, wie lange er schon unterwegs war. Er hatte kein Zeitgefühl, nicht einmal Hunger oder Durst stellten sich ein. Die Straße endete schließlich in einer Landschaft aus grauem Gestein. Glatte, leicht gewölbte Felsen, zwischen denen tiefe Risse klafften. Sie erinnerten an den versteinerten Cortex eines Riesen. Er lief den Flutsaum entlang. Dabei fand er das Gehäuse einer Wellhornschnecke. Als er es sich ans Ohr hielt, war keinerlei Rauschen zu hören.

Später im Hotel packte er seine Sachen. Einen Teil der Unterlagen und Dokumente ließ er im Schrank zurück. Sie hatten keinen Wert mehr für ihn, seitdem er so ausführlich von seinem Leben berichtet hatte. Dann ging er zur Rezeption, um seine Rechnung zu begleichen. »Es ist schon alles bezahlt«, sagte der Portier.

»Von wem?«

»Von einem Freund.«

»Ich habe keinen Freund.«

»Da täuschen Sie sich offenbar.«

B. ließ sich mit seinem Gepäck und dem großen Reisekoffer voller beschriebenem Papier mit einem Taxi zum Hafen bringen. Dort mietete er sich in einer kleinen Pension ein. Vielleicht bestand die Möglichkeit, die Stadt mit einer Fähre zu verlassen. Das Gebäude lag ein wenig abseits in einer Seitengasse, die auf das Hafenbecken zulief. Auf dem Dach prangte ein roter Stern, der nachts beleuchtet war. Die geschwätzige Dame an der Rezeption gab ihm ein Zimmer im vierten Stock. Einen Fahrstuhl gab es nicht. B. konnte, wenn er sich aus dem Fenster lehnte, von seinem Zimmer aus das Hafenbecken übersehen. Im grauen Schlick lag ein schwarzes Schiff mit geborstenem Rumpf. Das Zollhaus stand immer noch. Vielleicht war sie zurückgekehrt. Sie musste inzwischen 72 Jahre alt sein. Ihre blonden Zöpfe waren vermutlich längst grau oder abgeschnitten.

Den Rest des Tages verbrachte er in einem Liegestuhl auf dem Balkon, eingehüllt in eine wollene Decke. Er war müde. Der scharfe Ostwind hatte den Himmel rein gefegt. Die niedrig stehende Sonne schmiedete das glänzende Messingmeer zu einer Schale voller Licht. An der Stellung der Fahrwassertonne erkannte er, dass die Strömung gekentert war und die Flut eingesetzt hatte. Er schloss die Augen und lauschte dem Geschrei der Möwen. Einmal schlief er ein, aber dann raffte er sich auf und ging an der Hafenmole entlang zum Reedereigebäude der Fährgesellschaft. An der großen Glastür hing ein Zettel. Der Betrieb sei bis auf weiteres eingestellt mangels Passagieren und Personal. Auch gebe es zurzeit keinen Treibstoff. Er würde also wohl noch einige Tage und Nächte, vielleicht sogar Wochen hierbleiben müssen, an diesem Ort, der ihm inzwischen so vertraut war und der doch vielleicht überhaupt nicht existierte.

Am nächsten Tag entschloss sich B. zu einer Expedition. Er wollte einen letzten Versuch unternehmen, jene ominöse Erhebung zu finden. Den ganzen Tag fuhr er umher, ziellos, denn er hatte im Leben die Erfahrung gemacht, dass man beim Suchen am erfolgreichsten war, wenn man sich dem Zufall überließ. Und wirklich, plötzlich sah er über den Dächern einer ihm unbekannten Gegend den Gipfel eines Hügels. Er näherte sich ihm durch eine kleine Seitengasse.

Der Berg war eine Düne, die bereits einige Häuser unter sich begraben hatte. Er kletterte durch rieselnden Sand den Abhang hoch. Als er den Gipfel erreicht hatte, setzte er sich und sah sich um. Das Häusermeer der Stadt erstreckte sich rundherum bis zum Horizont. Plötzlich spürte er mit den Händen im warmen Sand etwas Hartes. Er grub danach, und bald hatte er Teile des Gegenstandes freigelegt. Es war ein alter Kickertisch. Er setzte seine Arbeit fort. Es dauerte Stunden, bis er das Gerät freigelegt hatte. Die kleinen blauen und roten Figuren ließen sich nur schwer drehen, denn die Achsen, auf denen sie saßen, waren verrostet. B. begann mit den hinteren beiden Griffen zu spielen und versuchte, einen kleinen Ball, den er auf der Tischplatte gefunden hatte, ins Tor zu schießen. Ein unsichtbarer Gegner schoss den Ball mit großer Kraft zurück, wieder und wieder. Die vorderen Stangen drehten sich wie von unsichtbaren Händen bewegt. Als B. mit einem gewaltigen Schuss ins gegnerische Tor traf, hörte er eine Stimme neben sich: Big shot. Und dann spürte er einen kräftigen Schlag auf seiner Schulter. Starker Wind kam auf und wirbelte den Sand in gelben Schwaden davon. B.s Augen tränten. Eine der Böen war so heftig, dass der Kickertisch umfiel. Es dauerte nur wenige Sekunden, bis er wieder völlig zugeweht war. Wie ein Skiläufer rutschte B. die Düne, die inzwischen fast die ganze Seitengasse verschüttet hatte, hinab und machte sich auf den Heimweg.

Gegen Abend fuhr er noch einmal zur *Messina-Bar*. Ein Pappschild hing an der Tür »Bis auf weiteres Betriebsferien«. Auf dem Rückweg zur Pension sah er einen alten Mann, der am Brückengeländer stand und ihm lächelnd entgegenblickte. B. hielt, stieg ab und drückte eine breite Hand mit wulstigen Fingern. Der braune Anzug des Mannes wirkte schäbig und ausgebeult, aber sein Lächeln überstrahlte alles. »Warst du schon da?« Herr Fiedler deutete zum Himmel, den die Abenddämmerung zu verschlingen begann. Die Sterne des Orionnebels waren bereits zu sehen. Der eine Gürtelstern fehlte immer noch.

»Folge mir. Ich habe etwas für dich.« Herr Fiedler ging voran. Er schien immer noch erstaunlich rüstig zu sein, denn obwohl er ein Bein nachzog, bewegte er sich so schnell, dass B., der sein Fahrrad schob, kaum mitkam. Schließlich landeten sie vor einem düsteren Backsteinhaus, zu dessen Eingangstür ein paar Treppenstufen führten. »Du siehst, ich wohne immer noch hier, aber ich bin umgezogen. Ich wohne jetzt in deiner alten Bude, der Dachkammer. Wegen dem Blick, den man von dort hat.«

Die Tür zum Esszimmer stand offen. B. blickte neugierig hinein. Um die Tische saßen mehrere Menschen in starrer Haltung, bewegungslos, wie Figuren auf einer Fotografie. Unter ihnen ein Mensch, der einen weißlichen Kloß zwischen den Zähnen hielt.

Sie stiegen die Treppe empor und betraten den kleinen Raum mit schrägen Wänden. In der Gaubennische stand ein großes Fernrohr. »Das ist ein Vierzöller. Es ist der alte aus der Schule. Ich habe ihn geholt. Die Linsen sind von außerordentlicher Qualität. Überzeuge dich selbst.«

Die Flügel des Fensters waren geöffnet. Fiedler sah durchs Okular in den Nachthimmel und korrigierte die Position des Refraktors durch Drehen an den beiden biegsamen Wellen am Stativkopf. Dann trat er zur Seite und winkte seinen ehemaligen Schützling heran. B. blickte durchs Okular. Gegen das matte Schwarz der Unendlichkeit hob sich ein blass leuchtender Ring ab, ähnlich einem Rauchkringel. »Der Position nach sind das die Reste von Alnilam«, sagte Herr Fiedler. »Er scheint ohne großes Theater implodiert zu sein. Das ist sehr höflich von ihm. Unsere kleine Sonne wird nicht so bescheiden sein. In ungefähr fünf Milliarden Jahren hat sie ihren Wasserstoff verbraucht. Ein neuer Fusionszyklus beginnt. Dann verbrennt Helium zu Sauerstoff. Die Sonne ist dann viel heißer, ein gigantischer Schweißbrenner, dem die Erde zu nahe ist. Die Menschheit verglüht, wenn sie dann überhaupt noch da ist. Selbst wenn sie auf den weiter weg liegenden Mars ausgewandert ist, verglüht sie. Sie müsste schon auf den Jupiter umziehen, um diesem Schicksal zu entgehen, aber auf dem Riesenplaneten würde sie von der Schwerkraft erdrückt. Die Frage ist, ob man das bedauern soll. Bereust du eigentlich deine damalige Entscheidung, die Naturwissenschaften aufzugeben? Du solltest es tun, denn die Astronomie wäre das Richtige für dich gewesen. Die langen Arbeitsnächte hätten deinen Blick auf dich geschärft. Aber meine Zeit ist um. Ich werde jetzt verschwinden, auch wenn ich kein roter Überriese bin, sondern nur ein brauner Zwerg. Ich schenke dir zum Abschied den Vierzöller.«

Der alte Mann ging und ließ B. allein in seinem ehemaligen Gaubenzimmer zurück. Der Blick war noch genau der gleiche wie damals, aber B.s Wahrnehmungsweise hatte sich verändert. Er sah nur noch Dachziegel, die den Horizont verstellten. Er trug den Vierzöller die Treppe hinab und klemmte ihn auf den Gepäckträger seines Fahrrads. Als er sein Zimmer betrat, stand dort das alte hölzerne Stativ, das Herr Fiedler gebaut und ihm einst geschenkt hatte. Er befestigte den Refraktor auf dem Stativkopf. Dann schaute er durch das geöffnete Fenster zum weit entfernten anderen Ufer. Er erkannte wenige Einzelheiten, einige Dächer, die über den Deich ragten. Auf einem befand sich, auf dem Kopf stehend, ein Schriftzug: *Café Lange*. Undeutlich glaubte B. eine menschliche Gestalt auf dem Deich zu sehen. Er stellte die Schärfe nach und sah jetzt, dass es ein kleiner Junge war, der ihm den Rücken zuwandte. »Das bin ja ich«, flüsterte B. »Dass ich mich selbst von hinten sehe, und dazu, wie ich vor vielen Jahrzehnten aussah, kann nur an der Krümmung des Raumes liegen.« Er sah jetzt, wie der Junge sich umdrehte und winkte. Dann verschwamm das Bild. »Meine Augen sind auch nicht mehr die besten«, murmelte er. »Als Astronom hätte ich jetzt Probleme.«

Am nächsten Tag änderte sich das Wetter. Weiße Schraffuren von Cirrocumuli erschienen am Himmel. Dann zogen Schäfchenwolken auf, die die Annäherung der Warmfront eines Tiefs ankündigten. Am Abend hatte sie die Küste erreicht. Die Wolkendecke war jetzt dicht und grau. Böenränder zogen heran. Sie sahen aus wie lange Teppichstangen, von denen Regenläufer herabhingen. B. saß auf dem Balkon, um sich dem Wetter auszusetzen. Regenböen wie Peitschenhiebe im Gesicht, Windstöße wie freundliche Ohrfeigen, das liebte er. Plötzlich riss die Wolkendecke auf, und ein Sonnenstrahl fuhr ähnlich einem Scheinwerferkegel über die aufgewühlte See. Er traf auf ein Schiff und ließ dessen Segel golden aufleuchten. Es war eine Viermastbark, die sich unter Vollzeug mit schäumender Bugwelle auf die Küste zubewegte. Dann schloss sich die Wolkenlücke wieder. Das Meer war jetzt schwarz wie Teer. Das Schiff war verschwunden.

In dieser Nacht näherte sich eine Frau seinem Bett. Sie trug einen schwarzen, weitmaschigen Schleier über dem stark gepuderten Gesicht, sodass ihre Augen und ihr Mund aussahen, als gehörten sie zu einem in einem Käfig gefangenen Tier. Sie hatte ein Capothütchen auf und eine Rose im Knopfloch. In der einen Hand trug sie eine rosa Handtasche aus Kunstleder. Ein wenig schwankend ging sie direkt auf B. zu. Er sprang aus dem Bett und versuchte auszuweichen. Die Frau parierte seine Ausweichbewegungen mit ihrem Schwanken. Schließlich umgab ihn ihr Geruch wie eine Wolke. Sie hatte getrunken. In den Geruch nach Schnaps mischte sich der nach Urin und Kölnisch Wasser. »Du hast mich nie verstanden, mein Sohn«, sagte sie. »Obwohl du so sensibel bist, hast du mich nie verstanden.« Sie setzte sich aufs Bett und forderte B. auf, sich neben sie zu begeben. Er tat, wie ihm geheißen. Er wollte sie umarmen, um Verzeihung bitten. Wofür, wusste er nicht. »Ich habe uns etwas mitgebracht«, sagte die Frau. Ihre Stimme war weich und mütterlich. Sie öffnete die Tasche und holte zwei Gläser und eine Flasche heraus. »Das ist Feurio«, sagte sie. »Würdest du bitte das Einschenken übernehmen. Ich zittere zu sehr.« B. füllte die Gläser mit der dunkelroten Flüssigkeit. Dann stießen sie an. »Auf deine Zukunft«, sagte sie. »Möge sie eine würdige Vergangenheit werden.« Sie tranken, und B. schenkte noch einmal nach. »Würdest du bitte so lieb sein und das Fenster öffnen. Es ist so stickig hier.« Er stand auf, ging zum Fenster, öffnete es und lehnte sich weit hinaus. Böen fuhren in den Raum und bauschten die Vorhänge. Als er sich umdrehte, war die Frau verschwunden. Wo sie gesessen hatte, war ein großer nasser Fleck auf dem Laken.

Der Sturm, der im Verlauf des nächsten Tages über die Stadt hereinbrach, war so gewaltig, dass er alles Leben in ihr lahmlegte. Die Straßen verwandelten sich in reißende Flüsse. Die Mauern der Pension bebten unter den Wellen, die sich an ihnen brachen. Das Wasser stieg und stieg. Schaum auf den Fenstern. Sand überall. Tangbüschel, vom Wind über den Platz getrieben.

B. stand am Fenster. Es war, als sei er auf der Brücke eines Schiffes. Am Nachmittag flaute der Wind ab, und das Wasser zog sich zurück. B. ließ sich zum Fluss fahren. Er hatte den großen Koffer voller Aufzeichnungen dabei und begann, sie Blatt für Blatt in den Fluss zu werfen. All diese vielen Seiten voller Erinnerungen trieben mit der Strömung ins Meer hinaus und versanken, wenn sie sich vollgesogen hatten. Nur seine Gedichte behielt er.

Er blieb noch einige Tage in der Pension am Hafen. Ihm fiel ein, dass es eine bequeme und schnelle Art der Fortbewegung in der Stadt gab, die er schon damals bei seiner Ankunft genutzt hatte: die Untergrundbahn. Die Eingänge zu ihr waren leicht zu übersehen. Es gab keine Hinweistafeln, nur hin und wieder schmale Treppen, die in die Tiefe führten. Man erkannte die Stationen am ehesten daran, dass auch an windstillen Tagen plötzlich von irgendwo ein enorm starker Wind aus dem Untergrund heraufwehte. Man musste sich regelrecht gegen ihn anstemmen, wenn man zur U-Bahn hinwollte. Die Wagen der Untergrundzüge waren schmal und bestanden aus Holz. Die wenigen Passagiere saßen sich auf langen Bänken gegenüber. In den Kurven ächzten und stöhnten die Fahrzeuge. Ihre Konstruktion war nicht sehr steif, daher bogen sie sich, wenn sie mit enormer Geschwindigkeit durch die unterirdischen Tunnel rasten. An den Stationen gab es keine Schilder. B. stieg manchmal auf gut Glück aus. Dann trieb ihn jedes Mal der Wind die Treppe empor. Draußen sah er sich um. Die Stadt war noch da. Sie musste sich immer weiter ausgedehnt haben wie ein riesiger, quellender Brotteig. Die Häuserfassaden glichen sich überall. Sie waren mit Stuckelementen verziert und hatten kleine eiserne Balkongeländer. Zahllose Schornsteine ragten wie Fingerstummel in einen trüben, wolkenlosen Himmel. Viele der Fenster waren mit Brettern vernagelt.

Einmal traf er in einem Park vor einer der Stationen einen Mann, der dort auf einem Mäuerchen saß, das ein Rondell mit verwelkten Blumen umgab. Er hatte lange graue Haare, einen mächtigen Schnauzer und war dabei, sich auf einem Gaskocher ein Menü zu kochen. Neben ihm lag ein großer Rucksack. Es war offenbar kein normaler Obdachloser. Dazu sah er zu gesund und durchtrainiert aus. B. näherte sich und sah zu, wie er sein Mahl verzehrte. Endlich traute er sich, ihn anzureden. »Sie sind unterwegs?« Der Mann nickte, während er mit seiner Gabel ein Stück Fleisch aus dem Topf fischte. »Ja, das stimmt. Ich bin unterwegs.«

»Warum?«

»Weil es die einzige Möglichkeit ist, das Ende hinauszuzögern. Man stirbt immer an Ort und Stelle. Stationär sozusagen. Niemals ambulant. Wenn man sich bewegt, entkommt man diesem Umstand jedes Mal ein wenig. Ich schiebe mein Ende hinaus, indem ich dem Tod davonlaufe. Er ist nämlich ein armseliger Nesthocker. Er liebt Friedhöfe, und er hasst Bewegung. Ich bin ihm immer ein Stückchen voraus.« Er zog eine Flasche aus dem Rucksack und reichte sie ihm. »Nimm einen Schluck. Ich habe dich schon erwartet.«

B. erkannte ihn jetzt an den Tätowierungen, die seine Arme bedeckten. Es war der Wirt der *Messina-Bar*, Amon, der andere Amon.

L'autre Amon! Er schien inzwischen um viele Jahre gealtert zu sein, aber er wirkte immer noch genauso stark wie einst. Amon packte seine Sachen in den Rucksack und stand auf. »Komm jetzt. Wir sollten uns beeilen, man weiß hier nie, was die Zeit mit uns macht.«

»Ich muss noch einmal in mein Hotel. Ich habe wichtige Dokumente dort, meine Gedichte.«

»Das brauchst du alles nicht mehr. Es ist jetzt Makulatur.«

Amon ging auf eine der Rolltreppen zu, die in die Tiefe führten. Sie war so lang, dass man ihr Ende nicht sah. Schließlich hatten sie die Geleise erreicht. Als der Zug einfuhr, drängten sie sich mit anderen schattenhaften Personen in einen der Waggons.

Am Hauptbahnhof stiegen sie wieder aus und fuhren die Rolltreppe hoch. Auf einer großen Anzeigetafel standen ein paar Zahlen und Buchstaben, die für B. keinen Sinn ergaben. Aber Amon verstand sie zu lesen: »Heute soll tatsächlich ein Zug die Stadt verlassen.« Sie warteten an einer kleinen Trinkhalle. Dann saßen sie im Waggon. Ein leichtes Rucken, und sie fuhren. Es dauerte eine ganze Weile, bis die Vororte der Stadt verschwanden. Endlose Kiefernwälder dann. B. dachte an jene Gedichtzeile: »Diese Wälder rechts und links der Gewissheit«. Im Großraumwagen saßen wenige Mitreisende. Sie schaukelten mit den Bewegungen des Waggons. Niemand sprach, niemand lächelte. B. fragte sich, ob diese Leute überhaupt lebten oder ob sie bloß ausgestopfte Puppen waren, Mumien, Untote, Schrödinger'sche Katzen. Wohin wollten sie? Hatten sie überhaupt ein Ziel?

Draußen regnete es, doch der Himmel riss bereits an einigen Stellen auf. Rückseitenwetter, flüsterte B. Die Cumuli am Himmel verrieten ihm, dass sie in ein Hochdruckgebiet hineinfuhren. Fasziniert starrte er auf die mäandernden Hieroglyphen der schrägen Tropfenbahnen. Sie kamen ihm vor wie eine Geheimschrift des Lebens. Schwerkraft, Fahrtwind, Bewegung des Zuges, die Größe des Tropfens, Schmutzpartikel, Adhäsion, all das wirkte zusammen, um diesen rätselhaften Schriftzeichen ihre Form zu geben. War es nicht ähnlich im Leben der Menschen? Der Körper, der Geist, die Erfahrungen, die Zufälle, all das ergab eine Struktur, die das Schicksal bestimmte, vorausgesetzt, man blieb in Bewegung.

»Wohin fahren wir?«, fragte B. Amon, der neben ihm saß.

»Wir sind immer noch auf einer Insel. Die Endstation ist ein Ort mit Namen Insula. Man nennt ihn auch die Reil'sche Insel, ein irreführender Name, denn es handelt sich nur um eine Landzunge, um eine Halbinsel also. Von dort kommst du mit dem Schiff weiter.«

Der Zug hielt oberhalb einer von niedrigen Bergen umgebenen Bucht. Vom Bahnhof führte ein steiler Pfad hinunter zum Strand. B. fühlte sich schwach, so schwach, dass er nicht weitergehen konnte. Amon hob ihn hoch und setzte ihn wie ein Kind auf seine breiten Schultern. B. kam die Bucht vertraut vor. Ihre Schönheit hatte etwas Kontemplatives, ähnlich wie manche Landschaften auf japanischen Aquarellen.

Als sie unten waren, setzte Amon B. behutsam ab und deutete zum Horizont. Im Abendlicht leuchteten die Segel einer Viermastbark, die auf die Bucht zuhielt. Der Mann am Bug warf ein Lot aus und sang die Tiefe aus. Die Stille trug seine Stimme klar und deutlich über das Wasser. Auf dem Achterschiff stand der Rudergänger. Er gab jetzt den Befehl zum Fallenlassen des Ankers. Obwohl es schon spät war, wurde es heller, so als sei die Abenddämmerung in Wirklichkeit eine Morgendämmerung. »Sie liegt auf Reede«, sagte Amon. »Sie werden ein Boot aussetzen, um dich zu holen.«

»Kommst du nicht mit?«, fragte B. voller Hoffnung.

»Nein. Ich werde hier noch gebraucht. Du weißt ja, die *Messina-Bar*. Ich werde sie renovieren und wieder eröffnen.« Er klopfte B. auf die Schulter. Dann ging er den steilen Pfad zurück. Oben drehte er sich noch einmal um und winkte. »L'autre Amon, du hast mich gerettet«, rief B.

Hinter sich hörte er, wie ein Boot auf den Strand lief. Jemand sprang an Land und eilte auf ihn zu. Der Mann war klein und drah-

tig und trug eine Leopardenhose und einen weißen Rollkragenpullover. »Willkommen im Leben, mein Freund«, sagte er. »Ich hoffe,
du hast die Vorhand noch nicht verlernt, die ich dir beigebracht
habe.« Er nahm B. an der Hand und führte ihn zur Schaluppe. »Wir
müssen uns beeilen. Der Sturm nimmt wieder zu. Es ist weit bis Paramaribo.«

Zurück

* * *

Er starb am traurigen Grün seiner Jacke.

Henning Boëtius

48

B. hielt die Augen geschlossen. Es war dunkel. Vergeblich versuchte er, sie zu öffnen. Er meinte, durch einen langen Flur zu gleiten. Dann hörte er ferne Stimmen. Ein leises Gemurmel, das schwer zu verstehen war. »Immer noch die Nulllinie, so gerade wie ein Horizont am Meer.« Eine andere Stimme mischte sich ein. »Wir sollten alles vorbereiten zur Organentnahme, falls er stirbt.« Jemand lachte. »Aber bitte nicht die Leber. Zu viel Snow Queen.«

B. erkannte jetzt nebelhaft Einzelheiten in seiner Umgebung, den Monitor, die Schläuche, die Infusionsflaschen. Dann sah er ein vertrautes Gesicht. Es war braungebrannt und hatte markante Züge. Zwei Augen musterten ihn voller Empathie. »Sie haben es überstanden. Wir haben zwölf Stunden operiert. Es war kein leichter Weg, aber jetzt ist alles gut.«

Eine Weile lag er ruhig da und versuchte, sich zu sammeln. Es war mühsam, wie ein Puzzlespiel, Teilchen für Teilchen. Er begann mit den Zehen. Ihm fielen Sätze ein, die sein Arzt einmal zu ihm gesagt hatte: »Der Tod ist das Verstummen des Gesprächs der Neuronen untereinander. Alle sind sie noch da, aber keine Nervenzelle redet mehr mit ihrer Nachbarin.« Seine Nervenzellen flüsterten inzwischen offenbar miteinander, sie stammelten, sie redeten unverständliches Kauderwelsch. Als er mit seinem Versuch, sich zu sammeln, in seinen Gedanken den Kopf erreicht hatte, wurde ihm schwarz vor Augen. Wieder verlor er das Bewusstsein. Als er zum zweiten Mal erwachte, spürte er, dass er sich nicht bewegen konnte. Überall waren Sensoren, Schnüre, Kabel wie das Netz einer Spinne, in dem er sich verfangen hatte. Der Bademantel hing scheinbar völlig leblos am Haken. Er wollte aufstehen, in ihn hineinschlüpfen, um ihn zu neuem Leben zu erwecken, aber sosehr er sich auch mühte, es gelang ihm nicht. Da sah er, wie der Mantel sich vom Haken löste und immer näher kam. Er öffnete sich dabei, die leeren Ärmel breiteten sich aus, und dann umarmte er ihn. »Vater«, flüsterte B. »Schön, dass du wieder zurück bist.«

Jemand saß neben ihm auf der Bettkante. Er schien sich zu freuen. »Ihre Augenbewegungen sind die ersten Anzeichen Ihrer Rückkehr in die Wirklichkeit. Sie erwachen gerade aus dem längsten REM-Schlaf Ihres Lebens. Sisyphos hat Thanatos, den Gott des sanften Todes, dadurch überlistet, dass er ihn betrunken machte und anschließend fesselte. Bei mir würde das nicht funktionieren. Ich vertrage zu viel.«

B. erkannte ihn jetzt. Es war der Anästhesist.

»Sie haben übrigens während der OP viel geredet. Ich bin erst später dazugekommen. Meine Tochter hat die Narkose eingeleitet. Sie hat es wie immer gut gemacht.«

Wieder schlief B. vor Erschöpfung ein. Als er aufwachte, saß der Chefarzt neben seinem Bett. »Der Eingriff ist erfolgreich verlaufen. Jetzt müssen wir weitersehen. Die nächsten Tage sind noch am ehesten kritisch. Aber die Prognose ist gut. Es handelt sich tatsächlich, wie ich vermutet habe, nicht um ein Glioblastom. Wir wissen allerdings noch nicht genau, was für ein Tumor es ist. Es gibt so viele Gehirntumore, wie es Patienten gibt.«

Einmal schob man B. auf seinem Bett in einen kleinen Saal. Im Hintergrund eine ganze Zahl von Studenten und Studentinnen. Sie starrten B. an, während der Arzt dozierte: »Man kann ein Gehirn mit einer Stadt vergleichen, geteilt in zwei gleich große Stadtteile. In den Straßen und Häusern dieser Stadt herrscht reger Verkehr. Nicht nur Nervenimpulse, auch Blut für die Sauerstoffversorgung. In der grauen Substanz ist übrigens der Blutfluss deutlich höher als in der weißen Substanz, nämlich 90 Milliliter pro 100 Gramm in der Minute gegenüber 25 Milliliter. Kommen wir nun zum Tumor unseres Patienten. Hier sehen Sie die Stelle, an der der mittlerweile erfolgreich entfernte Tumor saß. Es ist ein Tumor der mittleren Kategorie, was seine Bösartigkeit anbelangt.« Der Arzt deutete auf ein großes Foto an der Wand. »Jetzt sehen Sie sich bitte die Operationsnarbe an.«

Die Studenten erhoben sich und näherten sich B. Einige hatten kleine Lupen dabei und beugten sich über seinen kahl rasierten Kopf.

»Die herausgesägte Platte hat einen Durchmesser von zehn Zentimetern. Wir haben sie wieder eingesetzt. Es handelt sich also um eine konventionelle Kraniotomie.«

B. war eingeschlafen. Das Letzte, was er hörte, war das Trommeln der Studenten.

*

Er schlief viel in letzter Zeit. Wahrscheinlich war der Schlaf tatsächlich der kleine Bruder des Todes. Hypnos und Thanatos, welch großartige Komplizenschaft! Einige Wochen später ging es B. wieder so gut, dass er das Krankenhaus verlassen durfte. Er fuhr ins Strandcafé. Er fühlte sich wie einer dieser Alaskafrösche, die den Winterfrost, der sie zu zwei Dritteln tiefgefroren hat, überstehen, weil sie in sich viel Zucker gespeichert haben. Er schmeckte diese Süße deutlich. Es war die Süße aller Epiphanien seines Lebens. Die Kellnerin kam und wischte die Tische mit einem Handtuch ab. Eine Regenfront war durchgezogen. B. deutete zum Himmel und rief: »Haben Sie den Böenrand gesehen? Ist er nicht schön?«

Sie kam an seinen Tisch und wischte auch dort die Tropfen weg, die sich auf der Resopalplatte angesammelt hatten. »Ich glaube, ich kenne Sie«, sagte sie. »Habe ich Sie nicht schon einmal irgendwo gesehen?«

»Natürlich. Ich war im letzten Sommer einer Ihrer Stammkunden. Und dann haben Sie in einem am Meer gelegenen Zwei-Sterne-Restaurant gearbeitet. Auch dort war ich einige Male zu Gast.«

»Was darf ich Ihnen bringen?«

»Einen Pastis, mit Eis diesmal. Und dazu einen lauwarmen Rosé. Ich kann mich nur schwer entscheiden. Das ist auch kein Wunder. Ich habe schließlich mein ganzes Leben an Bifurkationspunkten verbracht.«

»Was ist das für ein Punkt?«

»Es ist eigentlich kein Punkt, sondern eher ein Schnellimbiss des Schicksals, an dem man steht und sich nicht entscheiden kann, ob man bleibt oder weitergeht. Ein Bifurkationspunkt ist zugleich chaotisch und erstaunlich stabil. Er ist typisch für Verzweigungen in einem nichtlinearen System. Einfacher gesagt: Man ist nicht fähig, zwischen verschiedenen stabilen Zuständen zu wählen, weder beruflich noch menschlich. Das führt zu einem ewigen Schwanken, das schließlich zur Lebensform wird. Man lebt auf engstem Raum, wie ein Insulaner, umgeben vom unendlichen Meer der Möglichkeiten.«

Die Kellnerin brachte ihm die zwei Gläser, den lauwarmen Rosé und den Pastis mit Eis. Er kippte beide Getränke zusammen und leerte das Glas in einem Zug. Dann sah er zum Horizont. Er war keine gerade Linie. Vielmehr war er gekrümmt, als sei er das Segment eines Kreises, der alles umschloss. »Was ist das eigentlich für ein seltsamer Cocktail«, fragte die Kellnerin.

»Es ist pythische Säure. Sie ätzt alles weg. Den Verstand genauso wie die Phantasie, den Schmerz genauso wie die Lust, die Hoffnungslosigkeit genauso wie die Hoffnung.«

Die Kellnerin kam noch einmal an seinen Tisch. »Wollen Sie noch mehr pythische Säure?«, fragte sie.

»Ja. Bringen Sie mir das Gleiche noch einmal. Sie erinnern mich übrigens an jemanden. An eine gewisse Inke. Es ist lange her. Sie war meine erste große Liebe.«

»Meine Mutter heißt so mit Vornamen«, sagte die Kellnerin. »Leider ist sie vor kurzem gestorben.« Sie ging und kam kurz danach mit den gewünschten Getränken zurück. »Das geht auf mich«, sagte sie.

*

Später ging B. zum Strand hinunter. Das Meer war glatt. Kleine Wellen liefen auf dem Flutsaum aus. Wie regelmäßig sie auch wirkten, er wusste, dass keine Einzige der anderen glich. Er zog die Schuhe aus und ging ins Wasser. Es war wohltuend kühl. Er betrachtete voller Missbehagen seine weißen, dünnen Beine mit den Krampfadern und den offenen Stellen. Dann nahm er etwas Seltsames wahr. Seine Haut wurde plötzlich braun und glatt. Muskeln traten hervor und rundeten die Waden. Es waren die Beine eines kleinen Jungen.

Er wagte sich ein Stück tiefer ins Wasser. Plötzlich sah er ein hölzernes Ruderboot. Es trieb nicht weit von ihm im kristallklaren Wasser. Er kannte es. Es war das Spielzeugboot, das er einst als Kind so sehr geliebt hatte. Er nahm die Schnur in die Hand, die an seinem Bug befestigt war, und dann zog er es voran. Das gläserne Dreieck der Bugwelle folgte ihm, während er immer weiter hinauslief. Das Wasser reichte ihm bis zur Brust, und immer noch hielt er nicht an. Wenn es zu tief wird, klettere ich einfach ins Boot, dachte er. Ich bin ja inzwischen so leicht, dass es mich tragen kann.

Als er zurück war, zog er sich aus bis auf die Unterhose und legte sich bäuchlings in den warmen Sand. Wie einst zog er ihn mit ausgebreiteten Armen an sich, Myriaden von Sandkörnern, die einen Hügel bildeten vor seiner Brust. Jedes einzelne davon war ein Augenblick seines Lebens. Er würde sie alle mitnehmen über den Styx, denn sie klebten an seiner Haut.

 Dieses Buch ist auch als E-Book erhältlich.

Verlagsgruppe Random House FSC® N001967

1. Auflage
Taschenbuchausgabe Oktober 2019
Copyright © der Originalausgabe 2017 by btb Verlag
in der Verlagsgruppe Random House GmbH,
Neumarkter Str. 28, 81673 München
Covergestaltung: semper smile, München
Covermotiv: © Getty Images/Arnt Haug und
Shutterstock/Rtw_Love; Lukasz Z
Druck und Einband: GGP Media GmbH, Pößneck
cb · Herstellung: sc
Printed in Germany
ISBN 978-3-442-73881-6

www.btb-verlag.de
www.facebook.com/btbverlag